습작 비화

습작 비화(개작본)

김원우 문학선집 2

개미

차례

무병신음기(無病呻吟記)

1

어느새 자위가 돌았는지 속이 가뜬하다. 개학 후 강의에 쫓기다 보면 어김없이 덮쳐와서는 종강 대목 밑에서야 숙지근해지는 더부룩증이 이번 학기에는 좀 우선한가 싶더니 그새 또 비집고 나선 터이라 이 교수는 시방 학교 뒷산을 시름맞게 거닐고 있는 참이다. 하기야 만사가 귀찮아 꼼짝하기도 싫었으나, 지병인 만성 통풍(痛風)을 고명딸 애지중지하듯 오지랖에 보듬고 사는 같은 학부 소속의 곽 교수가 점심 식탁에서 엉거주춤하니 일어서자마자 명색 소요학파의 일원인 양 교직원 식당 옆대기의 철쭉과 개나리 덤불길 사이로 우련히 멀어져가던 그 반듯한 뒷모습을 불쑥 떠올리고 용약 나선 걸음품이었다.

유독 아랫도리가 살망한 다복솔밭 사이로 구불구불 뻗어오르는 자드락길이 왼쪽으로는 제법 가파른 비알을, 오른쪽으로는 민틋한 버덩을 거느리고 있다. 발걸음을 떼놓을 때마다 해묵은 솔가리가 살갑게 달라붙는다. 아마도 곽 교수는 발바닥에 엉겨오는 이 부드러운 착지감으로 맥빠진 발모가지 힘을 추스르면서 구두보다 두 배나 비싼 암벽 등산화를 매일 같이 닳구고 있는지 모른다. 짚신 감발하고 살얼음판을 걷는 듯하는 그의 보행 자세는 자신의 처세관을 요약하고 있기도 하다. 그의 말을 따오면 '꽉 찬 마흔다섯 중년부터 국립 대만사범대학에서 꼬박 네 해동안' 박사 학위과정을 밟으며 지겹도록 먹어댄 그 기름진 중국 음식이 발모가지 아픈 병을 불러왔다는 곽 교수의 병인(病因) 탐색벽은 분명히 좀 괴덕스럽지만, 어떤 음식이라도 영양가의 과중(過中)을 따져서 먹는 버릇하며, 먹을거리에 기대서 요산(尿酸)의 발생 근거를 기어이 규명해대려는 그 끈질긴 열성만으로도 일병장수(一病長壽)를 보장하고 있는 데다가, '산책'이나 '산보'가 일본식 엉터리 조어라고 타박하며 굳이 '소요'를 물고 늘어지는 데서도 드러나듯이 매사에 꾸물꾸물 매달리는 그의 연찬벽은 구덥다 못해 굴침스러운 구석마저 없지 않다.

솔버덩 길이 끝나자 억새 같은 수풀과 칡 같은 덩굴나무들이 빼곡히 우거진 언틀먼틀한 너설길이 펼쳐진다. 까무룩하긴 해도 언덕빼기가 저만치 훤칠하게 드러나서 메숲진 솔밭길보다는 환하니 발씨가 익은 길이다. 더욱이나 해바른 길인데도 벌써 가을 기운이 완연해서 이르는 바대로의 '소요'를 일삼기에는 안성맞춤이다. 이제 5주째를 마쳤으니 이번 학기도 대략 10주쯤 남은 셈이라 그나마 좀 홀가분하다.

꽁지가 뾰족한 걸 봐서도 그렇지 않나 싶은 종다리 한 마리가 언덕빼기께에서 푸른 하늘로 까마득하니 솟구친다. 잽싸게 일직선을 그었다가 지워버리고 있는 그 비상이 하 신기해서 한참이나 먼눈을 맡기고 있자, 그는 왠지 아득해진다. 이때다 싶게 땀방울 한 점도 가슴팍을 타고 길게 기어내린다. 들꿩인지 제법 큼지막한 날것 한 마리가 버덩 쪽에서 길다라니 곡선을 그리다가 덤불 속으로 자취를 감춘다. 그 너머로 투박한 옥외 계단이 지그재그식으로 바깥벽을 휘감고 있어서 볼 때마다 벌거벗은 듯한 공학관 건물이 우뚝하다.

길 잃은 철새? 문득 같잖은 비유가 그의 뇌리에 괴어든다. 제 갈 길을 본능으로 몸에 지니고 재우치는 미물이 철새 아닌가. 더러는 깜빡 한눈을 팔다가 무리의 대열에서 떨어져나간 것들도 있기는 할 게다. 그 본의 아닌 일탈도 순간적일 수밖에 없고, 결국에는 본길을 찾아나서잖나. 철새의 본분이 그것이니까. 비유는 늘 일방적이고, 그래서 무정부적이라는 지탄을 들어도 싸다. 미조(迷鳥). 상투적 표현의 하찮음. 그래도 상투어는 우리의 따분한 삶만큼이나 끈질기고, 그 쓰임새는 모든 생활 집기들이 그런 것처럼 진부한 채로나마 요긴해서 가슴에 곧장 와 닿는다. 부엌칼로 사과를 깎아본 사람만이 과도의 필요성을 안다. 역시 '산 위에서 부는 바람은 시원한 바람' 답다. 잠시만 음미해보면 동요만큼 만만하고 가슴을 후벼파는 서정도 달리 없다. 모든 통속물의 원형은 동요나 민요나 그 너머의 설화일지도. 물리지 않는다는 점에서는 어느 쪽이나 다 그렇지 않나 싶고, 때묻은 어른들의 비속성이 노골적으로 드리워져 있다는 점에서는 한쪽이, 곧 통속물 쪽이 좀 다를 테고. 읽을거리나 볼거리나 두루.

명색 정상이다. 며칠 전까지 늦더위를 시비하던 게 새삼스러울 지경으로 소슬하다. 비록 8차선 국도가 학교 부지의 한쪽 경계를 잘라버리는 일방 그 기다란 몸통의 한 토막을 뭉청 도려내고는 있으나, 와룡산(臥龍山) 줄기의 한 비늘에 값하는 터이라 사방이 일시에 탁 트인다. 해발 250미터나 될까. 국도 너머로 높낮이를 달리하면서 점점이 기어오르다가 사라지는, 그것도 용틀임 형상으로 산자락을 친친 동여매고 있는 전선 철탑들 중에서 제일 높은 곳에 붙박인 머리께가 와룡산이지 싶은데, 자동차 운전자용의 조잡한 전국도로지도가 가르쳐주는 대로라면 저 뭉턱한 산꼭대기의 고도가 자그만치 해발 300미터였다. 누운 용의 몸통이 그만큼 두툼하다는 과시일 테지. 형형색색의 자태를 버젓이 쓸어안고 있는 산세를 볼 때마다 조물주의 조홧속에 대한 어떤 경외감마저 무색해진다. 북쪽은 가파른 산세의 너덜겅이어서 자잘한 잡목과 덤불만 우거져 있고, 따라서 이쪽 원경은 한눈에 다가든다. 곳곳에 번들거리는 비닐하우스가 반듯반듯하나 시드러운 기색으로 이부자리를 깔아놓은 듯 펼쳐져 있다. 누가 꽤나 그럴듯하게 표현한 것처럼 '콜라주 기법으로' 붙박아둔 아파트들이 평지에다 배산임수(背山臨水) 지세로 우쭐우쭐 임립해 있어서 전경(前景)의 부분도들이 흡사 무슨 포스터 같다. 사실적인 풍경화가 드문드문 도려내져버린 이런 광경이야말로 오늘의 삶 자체가 '키치'할 수밖에 없다는 한 실물이 아닐지. 금호강(琴湖江) 줄기가 누런 물굽이로 와룡산 자락을 휘감으며 낙동강 쪽으로 흘러간다. 도마뱀 같은 화물열차가 경부선 철길을 따라 재바르게 북행길을 내달린다. 학기 중에만 서너 차례씩 맞닥뜨리는 반추상화풍의 전원 풍경인데, 이제는 괴이쩍다는 느낌도 거의 없다.

남향받이의 교정은 썰렁할 정도로 고즈넉하다. 금요일 오후니 그럴 수밖에 없다. 11교시부터 시작하는 야간 강의는 아직 두어 시간이나 좋이 남아 있다. 오전까지만 해도 캠퍼스 안 곳곳으로 몰려와 투그리고 있던 명색 학술답사용 대절 버스들이 장사진을 이루었고, 먹을거리들을 실어나르는 학생들이 그 끌밋한 대형 탈것들 발치마다에 오골거리고 있었는데, 점심녘 무렵에는 벌써 가로수 밑은 말할 것도 없고 주차장들마저 텅 비어버렸다.

군데군데 무더기로 심어놓은 조경수조차 없었다면 교정 전체는 나름의 아종다종한 병렬적 모형도를 드러내고 있지만, 여러 건물이 하나같이 어슷비슷한 돌연변이형 구조물들이라서 저것도 무슨 인위의 조작미인가 싶다. 비싼 돈 들여 나무를 애써 옮겨다 심어놓은 수고라도 두드러졌더라면 좋았으련만. 그도 이제 이러구러 6년째 말썽없이 재직하고 있는 학교여서 이렇다 할 유감이나 회포가 있어도 그만하니 삭여낼 줄 안다. 여느 대학의 장삼이사 접장들처럼. 그러나 아무렇게나 건물 짓기보다 아무 데나 나무 심기에 좀더 주력해야 한다는 성토만큼은 어느 자리에서나 터뜨리곤 하는 위인이다. 하기야 모든 공공건물 주위를 쉴 자리 하나 없는 무슨 정원처럼 꾸며대는 일종의 베끼기 경쟁도 뭉텅이돈이 불러온 작금의 한 유행인데, 이처럼 얄궂고 촌스러운 자연의 총체적 왜곡은 낭비의 일대 경염장임을 시위하는 것이나 아닌지. 보기 나름이고 좋다면 좋은 것일 터이며, 황무지처럼 안 가꾸고 내버려두는 것보다야 백번 낫겠지만, 우리의 이른바 '근대화' 세목이 대체로 이처럼 겉만 번지레하다. 낭비? 쓰잘데없는 관심벽도 일종의 정신적 낭비로서 나름의 박식을 자랑하고 싶어 안달하는 먹물들의 지나친 편집증이자 이 시끄럽고 요란한 시대의 한 속성일 게다. 굳이 우원사고(迂遠思考)을 빌리지 않더라도 우리의 모든 구조물이 경제성을 제대로 살리면서 얼마나 환경친화적인지 미심쩍다. 교육도 그때그때 임시방편으로, 땜질하듯이 가르치고 외우고 시험쳐서 상대 평가에 급급하는 것을 다 알면서도 누구도 근본적인 대책을 내놓지 않는다. 그동안 그럴 기회가 없지도 않았지만, 가르친다는 품팔이에 수시로 역정이 치밀었어도 환경운동 따위의 범사회적 봉사에 말품이나마 보태지 않은 것은, 그렇다고 달리 뭘 이뤄놓았거나 무엇에 이바지한 바도 없긴 하나, 정말 잘한 짓거리라고 여기는 반편. 자신의 엄친처럼 일종의 근본주의자로 살려면 역시 나이가 말해야 한다는 엉거주춤한 처신조차 가소롭지만. 끝없이 멍청해질 수 있는 생업, 또는 그 직장, 그런 생리. 팔자에 고분고분 순종하며 산다? 나름의 성실을 적당히 위장하며. 반은 가짜 순응주의자로, 나머지 반은 냉소적인 체제 비판주의자로.

제풀에 발품이 붙는다. 평소대로라면 하산길에 마냥 늑장을 부리며 좀 엉뚱하고 어정쩡한 상념이나마 되새김질을 하는 터이건만, 그는 까닭 없이 쫓기는 심사를 쉬 걷어낼 수 없다. 굳이 까닭을 들먹이자면 '길 잃은 철새' 신세라기보다도 '보금자리 잃은 텃새' 처지로 나앉은 일주일 전부터의 한심한 일상이 소요나 즐기기에는 얼토당토않은 몽둥이찜질을 수시로 퍼붓고 있는 판이기는 하다. 잔금 치를 목돈도 넉넉히 준비해놓았고, 집주인이야 누가 됐든 중도금도 건넸으니, 다시 계약을 파기한다 만다 하지 않는 한 꼬박 이레만 더 어영부영 지내면 된다. 그뿐이다. 그렇지 않고선. 비편하기 짝이 없는 잠자리야 참아낼 수밖에. 그동안 주전부리하듯 아침, 저녁을 사먹어야 하는 성가심에는 그때마다 적잖은 짜증을 일굴 터이나 그 돈과 시간 낭비도 어쩔 수 없는 노릇이다. 그야말로 재수 없고 운수 사납달 밖에.

연구실은 온갖 가재도구로 터질 듯 넘쳐난다. 숨통이 막힐 지경이다. 용량이 두 배쯤 다른 냉장고도 두 짝이다. 넓이와 높낮이가 각각 다른 직사각형 회의용 탁자와 식탁은 포개두고 있다. 양말, 내의, 와

이셔츠 따위의 옷가지를 넣어두는 4단 플라스틱 서랍장은 책상 옆에다 칸막이처럼 세워놓고, 그 위에다 식기 따위의 자취용 살림살이를 쓸어 담아놓은 얼금얼금한 플라스틱 대야를 세 짝이나 켜켜이 쌓아두었다. 세탁기는 퍼스널 컴퓨터를 책장 위로 내몰고 그 자리에다 올려놓았다. 접으면 소파 대용품이 되기도 하는 3단식 간이침대는 문짝 옆에 세워놓고 있다.

세간이란 제자리에 놓고 살 때는 제법 깔끔해 보이건만, 아무 데나 처박아놓으면 곧장 후줄그레한 잡동사니가 되고 만다. 그래서 창고 속의 물건은 보석이라도 허섭스레기일 수밖에 없다.

지난 토요일 한낮에 마침 아파트 단지를 빠져나가는 용달차를 이 교수는 손짓으로 불러세웠다. 막상 세워놓고 보니 적재함 안에는 네모진 페인트통이 반 너머나 빼곡히 쟁여 있었고, 그중 반 이상은 빈통들인지 뚜껑이 없었다. 픽업이 아니라 중형 화물 트럭이었다. 이쪽에서 자취 살림 이삿짐 운운하며 통사정하자 그쪽에서는 바쁠 거야 없지만, 다 실어질란가 모르겠네 하며 긴가민가했다. 얼룩덜룩한 페인트 자국이 추상 무늬를 그리고 있는 돌가루색 잠바때기의 지퍼를 턱밑까지 여민 중늙은이 운전사 양반은 거둠손이 칠칠했다. 이삿짐을 싣고 난 후 3분도 채 안 걸려 학교 동문을 걸터넘자, 그제서야 궁금했던지 운전사 양반이 "테레비도 안 보고 사요?"라고 물었다. 그것을 살까 말까 하며 별러온 지가 햇수로 6년쯤 된다고 하자, 운전사 양반은 용하다는 건지 수상쩍다는 건지 아리송한 표정으로 이쪽의 안면을 한참이나 훑어보았다. 배롱나무에 점점이 무리지어 매달린 담홍색 꽃보숭이가 너무 고왔으나, 당최 그늘이 없어서 탈이었다. 열흘 전에 추석을 물렸는데도 햇살이 따가웠다. "아직 혼자요?" 여기서는 혼자 살지만, 하나 아들이 내년이면 벌써 중학생이 된다고 했다. 그쪽에서는 곧장 지레짐작으로 "요즘 세상은 안팎이 다 안 벌면 사람 행세하고 살기 힘들어. 직장 따라 서로 떨어져 살아도 그기 사람 대접 받고 사는 기라는 데야 할말 없지. 그기 옳게 사는 긴지 우짜는 긴지 몰라도"라면서, 자기 둘째 여동생 내외는 밤늦도록 "15평짜리 비디오 가게를 당번제로" 번갈아 가며 지키고 사는데, 그 벌이가 "이런 모찌꼬미 화물차를 두 대나 굴리는" 자기 벌이보다 낫다고 했다.

그의 연구실은 411호였으나 오르막길을 올라가서 후면 통로를 이용하면 오히려 계단 없는 내리막길을 한 번만 내려가도 되었으므로 짐부리기에는 수월했다. 옷가지가 잔뜩 들어앉은 서랍장을 등짝에 짊어진 운전사 양반이 로비라고 해도 좋을 널찍한 출입구에 들어서자마자 휴대용 전화기를 잠바 주머니 속에서 꺼냈고, 자신이 부리는 듯한 송화자에게 뭐라고 하명이 길었다. 수화자는 김 사장이었고, 송화자는 조 기사였다. "무거운 짐은 놔두고 자잘한 것만 먼저 옮기시오"라며 김 사장은 그에게 걸음품을 많이 시켰고, 연이어 걸려온 전화를 받고 나서는 두어 번쯤 핸드폰의 번호판을 노안으로 눌러대느라고, 또 통화 내용을 기이느라고 그러는지 화장실 속으로 어정거리며 들어가는 수선을 피웠다. 그 통에 그는 오랜만에 힘든 일을 하느라고 땀을 많이 흘렸으나, 김 사장에게 덜 미안해서 마음이 편했다. 김 사장이 냉장고를 복도 바닥에 부렸을 때, 그는 연구실 문짝을 땄다. 새카매서 더 깜찍한 핸드폰을 한 손에 야무지게 거머쥔 김 사장이 복도에 선 채로 고개만 연구실 속으로 밀어넣고 말했다. "꼭 대본집만한 여기다 이 많은 살림을 어떻게 다 집어넣을라꼬. 연구를 한참이나 해야겄네." 용달 일거리를 쫓아가야 하는 김 사장이 '연구'를 연구실 주인에게 맡겼으므로 그는 두말 않고 바지 뒷주머니에서 지갑을 꺼냈다. 만 원짜리 한 장을 얹어주며 가시다가 점심이라도 사 자시라고 선심을 쓰자, 김 사장은 "오늘 점심 두 번 먹게 생겼네"라며 짐짓 떨어지지 않는 발을 억지로 돌려세우는 척했다.

복도에 널브러진 짐을 연구실 안으로 대충 다 집어넣고 창틀 쪽의 면벽용 책상을 등지고 앉았을 때, 그의 시선에 우선 붙잡힌 것은 양쪽 책장 위의 훤히 남아도는 벽면이었다. 선반이나 시렁을 튼튼하게 달아놓았더라면 자취살림이야 하나쯤 더 들여놓을 수 있지 싶었다. 선풍기와 식탁용 의자, 이불 보퉁이 따위를 책장 위에다 쟁였다. 창고의 활용도를 높이는 관건은 좌우와 전후 따위의 평면 면적보다 상하의 공간 면적을 최대한으로 채우는 것이었다. 통로도 생겼고, 누울 자리도 마련되었다. '연구'를 시작할 때부터 버릴까 말까 한참이나 고심하며 일단 복도에 내놓았던, 이상하게도 일곱 개짜리와 여섯 개짜리의 기다란 장상심렬엽(掌狀深裂葉)이 층층이 드리워지는 열대 음지식물인 관상수 파킬라 화분도 다시 제자리에다 들여놓았다.

2

5주 전이었으니까 지난 8월 25일 해거름이었다. 그날은 금요일이었고, 개강이 임박했으므로 서둘러 내려와 그동안 달장근이나 비워둔 숙소와 연구실을 챙겨야 했다. 다른 동료들은 어떤지 몰라도 그는 개강 임시 때마다 온갖 찜부럭이 난동을 부리듯 쳐들고 일어나서 죽을 맞이었다. 특히나 늦더위가 심하게 마련인 2학기가 좀더 심했는데, 꽃샘추위가 3월 한 달 내내 얼쩡거리는 거야 그런대로 견딜 만했다. 아무려나 그런 긴장의 완급을 날씨 탓으로 돌리는 버릇도 찜부럭의 한 빌미였다. 막상 닥치면 대과 없이 면피나 한다는 심정으로 대학 접장 생활에 나름의 성실을 발휘하는 터이지만, 요컨대 하면 할수록 첫걸음이 하냥, 또 점점 더 고역이었다. 그 심사를 맞춤하게 옮기기는 힘들었다. 무력감, 귀찮음, 상실감, 구속감, 옥죄임, 의무감, 허전함, 박탈감, 게으름, 낭패감, 맥빠짐, 실족감, 엉거주춤, 안달복달. 말이 부족한 게 아니라 심기가 언제라도 제멋대로 꿈틀거렸다.

우편함에서 자동 이체하고 있는 아파트 관리비, 전화료, 가스대에다 재산세, 자동차세 같은 공과금 고지서 다섯 장을 빼내 손에 쥔 그가 풀기 없는 몸으로 아파트 경비실 옆을 지나 승강기 앞에서 바장이고 있을 때, 누가 등 뒤로 다가와 물었다.

"혹시 댁이 801호에 사는 집주인 아닌교?"

집주인은 아니고 세입자라고 일렀다.

"내 눈썰미가 아직은 쓸 만하네"라며 자기 자랑을 내놓은 노인네는 굵은 망사 야구 모자를 뒤통수께에다 젖혀 쓰고 있었으나, 어디서 한 번쯤 본 듯한 얼굴이었다. 이마에서 정수리까지 시원하게 벗어진 구릿빛 대머리, 새카맣게 물들인 옆머리와 뒷머리, 흔히 이 사이가 드문드문하면 복 나간다고 땜질을 단단히 해박은 은이빨, 학도병 출신의 상이군인임을 드러내고 있던 오른쪽 검지와 중지의 흉한 접골. 노인은 황만득씨로 그가 전세로 세 들어 사는 숙소의 집주인이었다. '기계치'라는 말이 있듯이 그는 '숫자치'여서 연구실 전화번호와 숙소의 그것마저 헷갈리다 못해 아예 외우지도 못하는 반편이었으나, 사람 얼굴과 이름만은 웬만큼 식별하는 총기가 있었다.

승강기 문이 열렸다. 길을 먼저 내주느라고 그가 한 발짝 물러서자 황 노인은 잽싸게 승강기 속으로 들어가서 8층 버튼을 눌렀다.

"도통 연락이 돼야 말이지. 전세 계약서에 적힌 서울 집 전화번호도 늘 불통이고, 벌써 이럭저럭 달장근이나 됐을 끼구마는. 전화통 붙들고 씨름한 지가. 허참, 이번에 겪어본이 지 물건 지멋대로 처분 못 하는 경우도 허다하겠구나 싶더마는. 경찰청 무슨 과엔가에 조회를 해 볼 엄두까지 내봤다믄 말 다했지 머."

불시에 무슨 혐의로 지명수배라도 당한 인물로 굴러떨어진 그가 찬찬한 눈길로 양쪽 거울 속에 비친 주름 많은 늙은이의 옆얼굴과 목덜미를 번갈아 보고 있는데도 황 노인은 촘촘히 바뀌고 있는 승강기 상단의 숫자를 헤아리느라고 시선을 내둘리지 않았다.

"경비실의 저 멍청한 영감도 댁의 직장이 어딘지도 모른다 카지. 싯가에 반도 안 되는 보상금인가 먼가 받고 내 논밭 전지 다 내주고 난 뒤로 우리도 수삼 년째 발로꾼이로 살지마는 대한민국은 애 어른 할 것 없이 밥만 축내는 식충이들이 너무 많아서 탈이라. 언제 망해도 또 쫄딱 한 번 더 망하고 말끼구마는. 두고 보라매, 내 말이 빈말인가."

이쪽에서 말할 짬을 앗아가는 황 노인의 버릇도 여전했다. 세상이 돌아가는 통빡을 제 깜냥의 안목으로 꿰차고 있는 양반들이 상대방의 말을 잘 안 들어 버릇하는 것도 큰 병폐였다. 결국 남의 사정을 바르게 알지 못하게 될 테고, 그 아전인수식 세상 이해는 생고집이나 생트집일 뿐으로 그 심성은 어떤 원망의 체증이라고 불러도 좋을 심각한 정신병이었다. 교직원 식당에서의 대화나 교수회의 때의 발언을 유심히 들어보면 그런 정신병자들이 의외로 너무 흔해서 그는 잠시나마 시간 낭비라며 신물을 켜다가 이내 허탈해지곤 했다. 그래서 학교 교육을 제대로 바루어놓으려면 쓰기보다는 읽기를, 말하기보다는 말 듣기를 더 강화해야 하련만 그런 본말전도의 사람 만들기는 성과주의에 밀려 쪽을 못 쓰는 게 또 다른 병통이었다. 그렇긴 해도 그런 체증의 원인을 저저이 발겨내려면 우선 당사자의 말을 곰곰이 새겨들어야 뭔가가 잡힐 것이었다.

승강기가 멎었다. 지은 지가 6년쯤 된 15층짜리 '신축' 아파트인데도 복도는 늘 더러웠다. 공동주택에서는 삽짝이든 뜨락이든 제집 앞 쓸기도 품팔이꾼이 도맡게 되어 있지만, 일반 관리비의 명세와 그 비용의 과다 여부를 따지는 부녀회에서 복도와 계단 청소비 명목을 '철폐' 하기로 했다는 공지사항을 지난봄에 읽은 후부터 그 꼴이었다.

그가 열쇠 꾸러미를 찾느라고 책가방의 한쪽 지퍼를 타는 짬에 황 노인이 물었다.

"학교 선생인갑소?"

"예, 방학중이라 어디 좀 갔다오느라고 집을, 여기 숙소와 서울 본집을 오래 비워뒀습니다."

그새 일찌감치 맹모삼천지교를 좇느라고 이사를 한 차례 했으므로 서울 본집의 전화번호가 국번만 바뀌었다는 사정까지 덧붙일 필요는 없었다. 현관문을 열자마자 후터분한 열기와 매캐한 곰팡내가 불쑥 끼쳤다. 그는 문짝을 아예 활짝 열어 오리발을 샌들 뒤꿈치로 내렸다.

황 노인은 역시 총기가 출중했다.

"이 우에 자물통이 바로 그긴가베. 와, 전에 살던 청년들이 지들 마음대로 달아놓고실랑 반값이라도 쳐달라고 생떼그렝이로 찍자 부리서 이 선생이 생돈 2만5천 원인가를 물어냈을거로."

"예, 맞습니다. 그 청년들이 워낙 말들도 잘하고, 열쇠 건네줄 때 말실랑이가 길어서 얼빵한이 물어줬지요. 그때 저 밑 와룡 부동산 중개업소에서요. 2만원이었던지 2만5천원이었던지는 아슴아슴하고요. 저는 귀찮아서 그걸 잘 쓰지도 않았습니다. 오른쪽인가로 반 돌렸다가 반대로 또 한 바퀴 돌려야 열리는가 그렇고. 밖에서 잠그면 안에서 못 열게 되어 있는가 머 그래요. 아주 복잡해요. 복잡할 게 따로 있지…"

그는 쓸데없는 말이 길어졌다고 생각하며, 얼핏 본말전도의 세상에 살고 있다는, 어차피 그런 기교 나부랭이에 치여 살 수밖에 없는 시속이 되고 말았다는 자기 전용의 투정을 삭였다.

황 노인은 엄지발가락 사이에 걸빵을 끼우는 슬리퍼를 벗었고, 그는 찍찍이 샌들 끈을 뗐다. 곧장 그는 현관 쪽에 붙은 작은방의 창문을, 뒤이어 큰방의 두 문짝과 베란다 창문도 연달아 활짝 열었다. 방충망 너머에서 불어오는 저녁 바람이 제법 시원했다.

그가 그처럼 통풍권을 행사하는 동안에도 황 노인은 그 특유의 눈썰미를 단련시키려는지 빤한 실내 여기저기를 뚜릿뚜릿 살펴갔다. 그 노골적인 검색이 좀 못마땅해서 그는 싱크대 앞의 식탁 의자를 권하지도 않고 황 노인의 하소연조 지시를 기다렸다. 겉짐작으로도 그거야 며칠까지 집을 비워달라는 당부일 터였다. 꼬박 4년 6개월을 살았으므로 계약 기간이 두 번이나 만료된 셈이니까.

늘 베란다에 내놓고 그 위에 걸터앉아 밤 한때의 사소한 시름들을 다독이곤 하는 식탁 의자 한짝을 그가 들고 오자 황 노인도 그 짝을 식탁 아래서 끄집어내 서로 결눈질하기 좋게 외어앉았다.

황 노인이 혼잣말처럼 읊조렸다.

"도배는 다시 안 해도 되겠구마는. 나 혼자 끓여묵고 살낀께…"

그는 짚이는 바가 있어 책가방 속의 수첩을 꺼냈다. 거기에는 온갖 전화번호, 은행구좌번호와 비밀번호, 가족과 친지들의 주민등록번호, 집 주소와 학교 주소 및 그것들의 우편번호, 심지어는 학교 경리팀에서 인식표처럼 매겨준 그 자신의 인사번호, 승용차와 운전면허증 번호까지 적혀 있었다. 그 수첩이야말로 그에게는 가장 요긴한, 남과의 연대를 이어주는 통로라기보다 자신의 실존을 자리 매겨주는 일종의 사회적 자격지수였다. 당연하게도 황 노인의 집 주소와 연락처도 거기에 적어놓았다.

그가 수첩을 보며 물었다.

"저쪽 길 건너 푸른마을 아파트에서 아드님과 동거하시잖습니까? 여기에 그렇게 정리돼 있는데요."

"같이 살지. 헌데 떨어져 살아야겠어. 속이 터져서 한솥밥 묵고는 도저히 더 못 살겠어."

좁은 실내로 꾸역꾸역 몰려드는 더위만 좀 눅었더라도, 또 저 멀리 미국 매사추세츠 주 스프링필드에서부터 묻혀온 묵은 여독만 그만했더라도 그는 "그새 늙지도 않았습니다, 여전히 근력도 좋아 보이시고, 4년여 만에 뵙는데"라는 덕담쯤이야 건넸으련만, 갑자기 영락한 몰골의 한 노인 앞에서 잠시나마 뜨악하지 않을 수 없었다.

"나 냉수 한잔 얻어 마실 수 있을란가? 여기 이 냉장고 안에 없으까."

그는 일어설 것도 없이 팔을 뻗어 냉장고 문을 열고, 음료수 팩에 담아둔 수돗물을 꺼내 식탁 위의 유리컵에 따랐다. 황 노인은 단숨에 냉수 한 컵을 다 들이켜고 나서 손수 유리컵에 물을 가득 채웠다.

그때부터 황 노인은 조증과 울증을 번개치듯이 마구 희번득거리는 장광설을 풀어놓기 시작했다.

"이 선생, 일언이폐지하고 이 집을 하루라도 빨리 좀 비워주소. 허어, 늙은 것이 한 살이라도 덜 묵은 젊은 사람들한테 이런 딱한 사정을 말하는 벱이 아인데, 그래도 사정이 그런이까 우짜겠노. 우리 장수(長水) 황가가 시방 망신살이 톡톡히 뻗쳤어. 암 그렇지, 허허허. 내사 내일이라도 내 한몸 여기다 쑤셔박고 싶지만서도 이 선생 형편도 있을 낀께 그랄 수는 없고, 마, 한 보름쯤 기한을 잡으만 어떠까? 돈이 없지 집이사 없으까. 이 동네가 10년 이쪽부터 개발 바람이 불어제끼든이 그새 아파트만 자그만치 3만 5천 세대가 들어앉았다 카네. 천지개벽한 기지. 저쪽 와룡산자락 밑에 시방 민영 아파트 천5백 세대가 들앉은 그 땅이 원래는 내 남새밭이라. 8천 평이 실했던 거로. 그 땅값이 시방 솔솔 다 허공으로 날라갈 판이라. 본이께 이 선생도 직장 따라 단신 부임한 모양인데, 이런 홑살림이사 내일이라도 들라놓을 데가 이 동네에 쌔고 쌨을기라. 우리가 별나기 말 안 해도 많이 봤겠지만서도 원룸이라 카는 것도 천지삐까리고, 또 여기 주공 아파트 단지 내에도 이만한 평수는 복덕방에 전세로 많이 나와 있을 끼라. 우리가 성질도 급하고, 이 선생 사정도 있지 싶어 벌써 다 알아봤구마는. 실제로 매물은 흔해빠졌고. 열흘 전까지만 해도 전세는 세 집이나 나와 있더마는. 복덕방 말이 전세는 내놓은 금에 흥정할 것도 없이 나오는 족족 쏙쏙 빠져나간다 카데. 먼저 잡는 놈이 장땡이라 이기지."

황 노인은 숨을 돌렸고, 냉수를 벌컥거렸다. 뒤이어 깜박 잊고 있었다는 듯이 황황한 손길로 바지 주머니에서 흰 편지 봉투를 끄집어내 식탁 위에 놓았다. 반으로 접은 낡은 봉투에는 땟국이 흘렀다.

"내가 시방 복장이 터져 죽겠어. 이라다가 지명대로도 못 살지 싶어. 하루아침에 생돈 3억 원이 지난달 25일부로 날라갔는데도 아들놈은 눈도 깜빡 안 해. 헐렁인지 간댕이가 부은 긴지 그놈한테는 꼭 갖다 붙일 말도 없어. 울고불고 난리를 치든지 부도낸 놈을 찾아가서 종주먹이라도 들이대면 밉지나 덜하지. 그 거금을 날려놓고도 사업인가 먼가를 더 벌릴라꼬 시방 또 은행돈 하고 남의 돈 사채를 마구 끌어붓고 있어. 오지기 미친 기지. 은행도 어음만 받지 소위 문방구 어음이라 카는 자가어음은 절대로 받지 마라고 그렇게나 신신당부를 했는데도 도대체 그 천둥벌거숭이는 지 애비 말은 죽어라고 안 들어. 귓구녕에 소캐를 틀어막고 있어. 요새 사업이 원래 그렇다나 어떻다나. 에라이, 미친놈, 사업 좋아해라. 니 놈 사업은 죽을 사자 사업이다. 조선놈들은 상도덕(商道德)이란 걸 도통 몰라. 남한테 줄 돈을 겁낼 줄 모르믄 거기 도둑놈 심보지 머꼬. 학교에서 멀 가르치는지 몰라."

아무 대목에서나 학교 교육 탓을 들고나서는 데는 그도 가만히 있을 수 없었다.

"아드님이 무슨 사업을 그토록 크게 벌렸길래 그 거금을 떼이고도 눈 하나 깜빡 않고…"

황 노인의 두서 없는 말이 마구 쏟아졌다.

"떼였다고사 하나, 안 하지. 언제 받아도 받을 거라고. 또 부도낸 놈도 시방 사업을 멀쩡하게 벌리놓고는 있은이까. 우리하고 요즘 젊은 것들은 생각이 아주 달라. 돈이란 기 줄 때 안 주면 거기 머꼬. 빚 안 갚는 놈이 돈 떼묵겠다는 말이사 하나. 언제 줘도 준다 카지. 도둑놈 심보야. 남의 돈, 남의 물건을 지멋대로 쓰고 있슨이까. 망하고 나서, 죽고 나서 빚 갚는다는 기 말이 될라? 열 처리 회사라고 그거 해. 장치 산업이야. 직원 열댓 명 두고. 이 선생은 아는가 몰라도, 모든 금속 뿌시래기는 열 가공을 단디 해야 용처에 쓸 물건이 만들어진다꼬. 말하자면 합금을 가스로에 집어넣고 벼리는 사업이야. 공장은 여기서 택시 타면 3천 원도 채 안 나오는 저쪽 3공단에 있어. 아들놈이 시방은 서류상으로 사장도 아니야. 3년 전에 지도 벌써 부도를 한 차례 내서 감방에도 들어갔다가 이내 풀리나오고부터는 지 매부 이름으로 또 사업을 벌리놓고 있은이까. 좌우당간 자식 등쌀에 못 살겠어. 우리가 상이연금 대상자로 판정 받고부터 이날 이때까지 치과에나 수시로 들락거렸을까, 병원 문 앞도 모리고 살아오는데, 요즘은 밤마다 나도 모리게 끙끙 앓는 소릴 질러대다가 벌떡 일어나서 며눌애 보기가 민망해 죽겠어. 할마씨는 또 아들놈 사업을 밀어줄라거든 푹푹 한참에 목돈을 찔러주지 찔끔찔끔 늙은이 오줌 누듯기 갈기면 머 하냐고 타박만 놓다가 아예 보따리 싸서 큰사우집으로 살러 갔어. 이런 말은 꿈에서라도 남한테 안 할 소리지마는, 허리가 내리앉도록 내 손으로 일군 논밭뙈기 내놓고 받은 보상금을 두 딸년한테 몫몫이 얼매씩 떼주고, 아들놈 이름으로 올리놓은 저쪽 아파트 하나, 꼴란 18평짜리 이 아파트 하나가 내 전 재산이야. 아들놈 아파트는 벌써 남의 물건 다 됐어.

은행에 담보로 잡혔은이까. 까딱 잘못하다가는 이 아파트마저 날리고 거리에 나앉게 생겼어. 우리는 술도 못 배운 기 아이라 아예 안 배우고, 담배도 못 피운 기 아이라 돈이 아까버 내 돈 주고는 안 사 피았다 카믄 말 다 했지 머. 내일부터라도 내가 여기 들앉았다고 기별 가믄 딸네들이 밑반찬이야 해올 끼라."

이 교수의 입에서 자연스레 위로의 말이 흘러나왔다.

"그래도 자식들 뒷바라지할 수 있을 때가 호시절이라 여기시고 여생을 마음 편케 사셔야지요. 돈이란 있다가도 없고 없다가도…"

남의 말을 제대로 안 듣는 버릇은 그 아들에 그 애비가 똑같은 듯 황 노인은 또 그의 말을 자르며 우락부락하니 대들었다.

"허어 참, 돈이 우예 있다가도 없고 없다가도 있는가. 없으면 영영 없고, 있으만 있는 대로 대를 물리는 기지, 안 그래? 이 동네에 시방 내 꼬라지처럼 천금같은 지 땅 뺏기고 돈은 돈대로 날린 토백이들이 허다해. 이런 경우는 민원사항으로 어디 하소연할 데도 없어서 더 원통하구마는. 그런이 곱다시 미치는 수밖에 없어. 자, 자, 여러 소리 할 것 없이 이 돈부터 받으소. 미적거리다가는 이 선생 이 전세금도 못 막게 생겼어. 석 장이야. 보수로다. 나머지 2천7백만 원은 내일 오전 중으로다 이 선생 통장에다 집어넣어줄 테인께 받는 즉시 이사할 집이나 알아보고, 집 비워줄 날짜만 통기하소. 나는 빠르믄 빠를수록 좋은이 그리 알고. 이설(異說) 없지요. 두말할 기 머 있나."

성깔이 거굴져서 덴겁한 건지, 아니면 자식 밑에 날린 돈이 원통해서 반미치광이가 되어가는 중인지 종잡을 수 없었으나, 황 노인의 말씨에는 고리삭은 경제 관념일망정 억척스레 살아낸 이력도 넘실거리고, 말에 조리도 번듯해서 숙연해질만한 대목도 없지 않았다. 세입자는 냉수를 따라 권하며, 집주인의 구리빛 얼굴을 빤히 어루만졌다.

황 노인은 냉수를 벌컥거리며 유독 징그러운 그 손으로, 곧 소아마비 앓은 이의 다리처럼 뼈만 남았는데다 삭정이처럼 뒤틀려 있고, 손톱 두 개도 모지라져 풀씨만한 새카만 점만 간신히 매달고 있는 그 보기 흉한 두 손가락으로 봉투를 톡톡 건드리면서 "한 자 적으소"라고 말했다. 3백만 원을 받았다는 영수증을 편지 봉투에라도 적으라는 말인지, 그 자신의 은행구좌번호를 써달라는 건지 쉬 분별할 수 없었다.

세입자가 편지 봉투 위에다 기다란 숫자와 은행 이름을 적고 나서 황 노인에게 밀치며 말했다.

"이 돈은 일단 가져가시고 내일 한꺼번에 제 통장으로 넣어주시지요. 전세 계약금 정도야 저도 수중에 갖고 있으니 내일 아침부터라도 서둘러 여기저기 알아보지요."

비로소 황 노인은 뭘 곰곰이 생각하는 눈치였고, 한동안 잠잠했다. 움막 속의 정적 같은 그 고요를 황 노인은 일부러 조장하는 듯싶었다.

"그기 좋겠네. 통장이 영수증인까. 우리는 여축없이 말한 대로 실천할 낀께 내일 중으로라도 이삿날만 통기해주소. 돈 앞에서는 자식도, 남도, 세상도 다 못 믿겠더마는." 황 노인이 의자에서 강단 좋게 벌떡 일어나며 당신의 아둔한 눈썰미를 휘둘렀는데, 세입자의 짐작이 맞다면 그 첨언은 집을 하루라도 빨리 비워달라고 내놓는 쓸데없는 공치사였다. "살림도 너무 없어 이삿짐 꾸릴 것도 없겠네. 집도 워낙 깨끗이 썼는 거 겉고."

드디어 세입자는 무려 4년여 동안 벼뤄온 말을 내놓을 때가 왔다 싶어 보란 듯이 불평을 터뜨렸다.

"그동안 저는 이 집에 못대가리 하나 안 박고 살았습니다. 전에 살던 청년들이 얼마나 집을 험하게 썼던지, 제가 들어와서 손을 많이 봤습니다. 도배야 제가 답답해서 한 것이니까 그렇다 치고, 전기 콘센트도 죄다 다시 달고, 벽마다 촘촘히 박아놓은 못대가리 다 뽑아내고, 싱크대, 세면대가 모조리 삐꺼덕거리다가 나중에는 뿔뿔이 내려앉아 버려서 이것들 수리하느라고 25만 원이나 들었지, 저쪽 베란다 방충망도 다시 해달고, 수도꼭지 두 개, 변기 깔개, 물 내리는 꼭지, 저수조 다 갈아끼웠어요. 처음 이사 오고 나서 약 한 달 동안은 판잣집에 들어앉은 것 같고, 뭣이 자꾸 허물어지는 것 같애서 영 죽을 맛이었습니다."

그는 싱크대 밑의 붙박이장 여닫이문 두 짝을 열고, 바로 그 문짝들 안쪽에 다닥다닥 붙여놓은 온갖 배달 음식점 전단지를 가리키며 덧붙였다.

"그것들은 날마다 밥도 시켜먹고 사무실처럼 썼다는데도 이 새 집을 완전히 창고로 만들어놨습디다. 그때 형편이 워낙 급해서 한번 와서 둘러보지도 않고, 계약금 건네고, 사흘만에 이사 온 게 얼마나 후회스럽던지. 잔금 건네던 날, 부동산 중개업소에서 영감님께서는 전세금 오른 값 5백만 원만 얼른 챙기시고 나서는 이사 날짜는 양쪽에서 수의대로 하라, 그 말만 하시고 그랬는데 기억하시겠습니까?"

방금까지 그처럼 씩씩거리던 황 노인이 완전히 어리뻥뻥이로 돌변해 있었다.

"몰라, 그때 5백만 원을 챙긴 거는 기억나도 나머지 것은 하낫도 모리겠는데. 몰랐네. 나는 오늘이 이 집에 두 번째 걸음이라. 분양 받아 내 집 만들어놓고 나서 한번 둘러봤고, 열쇠 거머쥐고 바로 복덕방에 가서 전세로 내놓았은이까. 그 청년들이 컴퓨터 전문가라서 벌이가 원캉 쫀쫀하다는 말은 들은 듯하고. 내남없이 사람은 다 이렇다 카이. 돈 앞에서는 지 앞만 보일까 남의 형편이사 눈에 안 보이는 기라. 몰랐네, 정말이라."

그가 잘못 보지 않았다면 전 세입자였던 두 청년은 비디오 테이프와 콤팩트 디스크의 불법 복제업자였다. 포르노 비디오나 그런 시디까지 '굽거나 튀겨서' 팔았는지는 몰라도 전화기를 세 대나 가지고 있었고, 두 대의 승용차에 나눠 싣는 각종 전자기기를 봐도 그랬다. 그해 어느 날 퇴근길에 이불 보퉁이 하나와 옷가지를 쓸어담은 트렁크 두 개만 달랑 실은 승용차를 몰고 와서 열쇠를 건네받은 후, 그는 그들의 이삿짐 나르는 광경을 멀뚱히 쳐다보며 '이건 좀 얼빠진 먹물들을 적극적으로 희화화시키고 있는 미국판 블랙코미디 영화다' 라는 느낌을 또록또록 새겨두었었다. 이어서 그들과 함께 텅 빈 아파트에 들어섰을 때, 난장판이 바로 이런 것인가 싶었고, 그들 중 하나가 가스대 밑의 붙박이장을 열더니, 거친 시멘트 바닥 위에 큰방, 거실, 작은방이란 딱지를 붙여놓은 난방 밸브 뒤쪽에 숨겨둔 울긋불긋한 주스 상자 세 개를 끄집어내자마자 "큰일날 뻔했네, 이걸 빠뜨리고 갈 뻔했잖아. 야, 너 정신 차려. 실성한 놈처럼 건들거리면서 휘파람이나 불어대지 말고"라고 지껄였다. 무슨 복제용 원판 같은 것이 들었지 싶은 그 갭직한 종이 상자를 서로 받고 채면서 이사를 도우러 온 불법 거래물 운반책 같은 동무놈까지 의미심장한 눈짓을 짓더니, 이쪽의 시선을 기인답시고 저희들끼리 옆구리를 찌르고 엉덩이를 철썩 소리나도록 쳐대곤 하는 것이었다.

그때까지 그는 소위 원룸을 열세 개나 찡박아둔 조잡한 3층짜리 신축 건물 속의 한 세포로 서식하고 있던 참이었다. 그래도 나이가 있고, 직장과 직업이 그만한 통에 대학생들만 오골거리는 위층은 피해서 주인집 방들과 나란히 붙은 1층의 가장자리 곁방에서 덧니처럼 붙박여 아침저녁을 밖에서 매식으로 때우는 숙박인 신세를 곱다시 붙안고 살던 판이었다. 밤마다 돌아앉으면 변기통을 쳐다봐야 하는 철창 신세를 1년 반 남짓 겪다 보니 막판에는 주리 틀림을 당하고 있는 자신의 몸과 마음이 두루 처량했다. 겨울방학 동안 내내 서울에서 빈둥거리다가 다시 신명 없는 감옥살이를 하러 내려왔을 때, 퇴직하고 나서도 임시직 지방공무원으로 새벽같이 걸어서 출근하던 주인장께서 차마 나가달라는 소리는 안 떨어지는지 “우리 둘째아가 곧 군에서 제대를 하게 생겨서 이 방을 좀 써야겠는데, 이거 원 섭섭해서 우짜면 좋을는지 모르겠심더” 운운했다. 그렇잖아도 잘 됐다 싶었고, 바로 그날 점심때 인근의 부동산 중개업소에 들러 30분쯤 기다렸다가 만난 황 노인의 아파트가 그 꼬락서니였다. ‘101호 아저씨’ 가 불과 사흘 만에 801호 세입자가 된 셈이었고, 그전까지 까맣게 모르고 지냈으나 같은 아파트 단지 안에는 학교에서 얻어준 외국인 객원교수의 숙소도 열 개쯤 있다고 했고, 다들 그와 비슷한 사정으로 홀아비 생활을 영위하는 동료 교수들의 움막도 열대여섯 채나 있었다.

그후 1년 남짓 동안 801호 우편함 속으로 쉴새없이 날아오던 자동차 두 대의 할부대금 청구서, 어느 전자기기 수입상에서 보내오는 각종 카탈로그 따위를 보는 족족 종이쓰레기 수거함에 처넣는 게 그의 귀소길 일과였다. 그의 좀 엉뚱한 상상력을 부풀려보면 전 세입자 두 놈은 전자기기에 미친것들인 만큼 그 조작에는 만능일 터이고, 한 놈은 곧 결혼한다고 했고, 다른 한 놈은 무슨 민간 연구소에 취직이 되었다고 했으니까 그 불법 복제업으로 결혼 밑천과 아파트 전세금쯤은 각자가 따로 장만했을 성싶었다.

황 노인은 짐짓 심각해진 얼굴을 그렸으나 곧장 이쪽의 속내를 떠보는 분별을 차렸다.

“가만있자. 이런 경우는 우짜믄 좋노. 저 자물통 값을 나도 이 선생한테 얼매라도 물어야 안 될라, 여기저기 손 본 수리비는 따로 계산한다 캐도 말이라.”

“제가 저 외제 자물통을 떼가서 머 하게요. 저는 못도 하나 제대로 못 박는 사람입니다. 그냥 쓰세요.”

“그래도 경우가 있지. 이사 비용이라도 다문 얼매를 내가 내놓던지 해야것네. 으이, 이 선생?”

“그것도 놔두세요. 내일중으로라도 이사 갈 집을 잡는 대로 연락드릴 게요.”

그날 밤 땀내나 가시는 샤워를 마친 다음 저녁도 안 먹고 3단식 요때기 위에 중국제 대자리를 깔고 몸을 누이자 등판이 풀을 먹인 듯 뻣뻣해졌다. 그는 몸이 몹시 피곤하거나 잔걱정을 일구기 시작하면 잠을 못 이루는 체질이었다. 별것도 아닌 이사 걱정은 끝도 없이 이어졌고, 아내에게 이 중대한 신상의 변화를 언제쯤 알려야 적당할지 쉬 단안을 내릴 수 없었다.

3

그의 연구실에서 빤히 건너다보이는 10차선 국도 너머에 25층짜리 대단위 아파트 단지가, 그 이름도 씨억씨억하니 '한국형' 아파트로 들어선 지는 불과 1년 남짓 전이었다. 지방 경제 규모가 워낙 옯고 부실한데다 연전의 아이엠에프 급채(給債) 사태와 상관없이 지방 경기란 게 예나 이제나 빌빌거리는 판이라 바로 그 한국형 아파트의 여러 평형이 골고루 급매물 및 급전세로 나와 있다는 사실은 익히 알고 있었다. 이른 새벽마다 그의 연구실 문짝 밑으로 떨궈주는 한 중앙지 속의 광고지를 그는 유심히 보아왔기 때문이었다. 22평형, 35평형, 42평형, 56평형. 황 노인의 아파트에다 자잘한 수리비로 애먼 돈을 수월찮게 처넣고부터 새 아파트에서 깔끔하게 꾸며놓고 살고 싶은 욕심은 그의 연래의 꿈이었다. 무슨 생각이라도 일단 손만 댔다 하면 닳도록 쓰다듬는 이 교수의 편집병은 거의 중증이었다.

연구실에서 한국형 아파트까지는 걸어서도 5분이면 닿을 거리였다. 기름이 떨어진 채로 보름씩 학교 주차장에 처박아두곤 하는 고물 승용차는 폐기 처분해도 될 것이었다. 일주일에 꼭 두세 차례씩 22분쯤 걸리는 숙소까지 운동 삼아 걸어다니는 그 시간 낭비도 줄일 수 있게 생겼다. 고개만 돌리면 보이는 아파트 측면의 벽화, 곧 하얀 구름, 짙푸른 하늘, 녹색 나무를 여러 마리의 잠자리 군무(群舞)와 열두 발 상모 돌리기 속에 오려 붙여놓은 듯 배열한 조형 감각도 딴에는 색다른 것이어서 보기에 좋았다.

이튿날은 토요일이어서 오전 열 시쯤 학교 구내의 지방은행 지점에 들렀더니 황만득씨는 벌써 3천만 원을 입금해놓고 있었다. 미적거릴 계제가 아니어서 그는 서둘러 5백만 원을 찾았다. 곧바로 한국형 아파트 단지 속으로 차를 몰았다. 거의 두 달 이상 학교 주차장에 세워둔 고물 승용차는 말썽 없이 잘 굴러갔다. 새 아파트를 얻는 대로 아내의 말을 좇아 10년째 부리고 있는 그 고물차를 버릴 작정이었고, 그동안 모아둔 목돈을 과감하게 분질러 쓸 데 써볼 작심을 다졌다. 소형 승용차, 전기압력밥솥, 비디오 디스크 플레이어가 딸린 텔레비전 세트와 오디오 세트, 흔들의자, 침대, 에어컨, 진공청소기. 소비사회에 더불어 부화뇌동. 거의 반(半)영구적으로 이어질, 따라서 따분할 수밖에 없는 직업상 별거생활의 촉촉한 활력소. 꼬박 6년 동안 소비의 미덕을 억지로 미루면서 권태, 방만, 나태로 전전긍긍한 시대착오적 삶의 일대 혁파. 담박하나 고졸(古拙)한 새로운 삶의 실천.

한국부동산 중개업소에는 '물껀'이 많이 나와 있었다. 매물만 있다면 이 교수는 제일 작은 평형이나 바로 그 위엣것쯤은, 2년마다 이사하기도 귀찮고 비워달라는 말도 듣기 싫어, 아예 사버릴 마음도 없지 않았는데, 그 유지비도 수월찮아 그런지 주로 큰 것들을 팔겠다고 내놓았고, 작은 것들은 죄다 빌려주겠다는 것뿐이었다. 그런 현황도 썰렁한 지방 경기의 한 단면이었다. 게다가 22평형은 전세로 내놓은 게 딱 하나였고, 그것마저도 1층의 가운데께 숨어 있는 물건이었다. 누구의 이름 앞으로 올리든, 아니면 공동명의로 하든 아내의 돈을 반쯤 보태 시골에 묻어둔 별장 맞잡이로 장만해버릴 꿈은 삽시간에 일단 허물어졌다.

이즈막에는 언제 그랬느냐는 듯이 자라목이 되고 말았지만, 매학기 등록률이 정원의 반 남짓을 오르내리던 중부권의 한 신설 사립대학에서 꼬박 3년 동안 재직하던 때나 지금의 대학으로 갓 부임해왔을 당시만 해도 그의 아내는 서울 살림을 그쪽으로 옮길 수도 있다고, 연고도 전혀 없을뿐더러 자기 출신대학의 선후배들도 전혀 연줄이 닿지 않으므로 그가 직장을 알아봐 주고, 요행히 그런 기회만 생기면 '거기서도' 맞벌이 부부생활을 하겠다는 의사를 비치곤 했다. 아내가 말하는 '거기서도'는 '지방에서도'가 아니라 '시골에서도'였다. 생후부터 거주지를 서울에서 한 발짝도 옮겨보지 못한 그의 아내에게는 인구가 2백50만 명에 육박하는 대도시도 시골이었다. 힘든 수술은 대체로 남자 동료들이 맡는다지만, 그의 아내는 부인병과 임부의 임상만 취급하는 어느 개인 종합병원의 산부인과 전문의였다. 어쨌거나 그때도 하나 아들 성권이를 둘째 이모, 곧 그의 둘째 처형에게 맡기면 된다는 토를 달긴 했지만.

이번에는 기필코 실물을 좀 찬찬히 뜯어보아야 했다. 등때기에 시커먼 땀이 배어 나오는 회색 티셔츠 차림의 부동산 중개업자 한씨를 앞세우고 22평형 실내에 들어서니 아주 곱상하게 생긴 반바지 바람의 처녀 하나와 역시 외모가 단정한 중년 신사 하나가 비닐 포장지도 벗겨내지 않은 갈색 소파 위에 앉아서 뭔가 긴한 이야기를 나누고 있었던 눈치였다.

한씨가 좀 뜨악하니 "사모님은 안 계십니까? 집 보러 왔는데요"라고 하자, 처녀는 뽀얀 허벅다리가 송두리째 드러나게 앉은 자세를 허물지 않고 "괜찮아요, 둘러보세요"라고 야젓하니 받았다. 그에게는 처녀의 그런 작태가 새집이나 마찬가지니까 흠잡을 데가 있는지 발겨내 보라는 자세 같았다. 과연 그대로였다. 내부 구조는 광고지에 실려 있던 단면도를 통해 익히 외워두고 있었으므로 더 둘러볼 것도 없었다. 그런데 실내 여기저기에는 포장도 뜯지 않은 여러 가지 가전제품들이 골판지 상자째로, 깔끔한 비닐 포대 안에 개켜서 쌓아놓은 새 이불 보퉁이 따위가 잔뜩 널려 있어서 그것들이 새집을 더욱 화사하게, 아니 조촐하게 꾸미고 있는 것 같았다.

한씨가 더 볼 것도 없지 않냐는 눈짓을 보냈고, 그는 그렇다고, 좋도록 하자고 머리를 끄덕였다.

처녀와 중년 신사를 번갈아 쳐다보며 부동산 중개업자가 말했다.

"지금이라도 전세 계약을 하지요, 머. 사모님께서는 내놓은 금이면 아무 때라도 좋다고, 급하다고 했는데… 어디 가셨나? 이쪽도 사정이 급하다 카고요."

기다렸다는 듯이 처녀가 받았다.

"계약이 계약금 주고받는 거 아니에요? 아빠가 대신하세요."

새치 많은 이 교수보다 더 숱이 짙은 고수머리 은발을 짧게 깎은 중씰한 신사가 처녀의 아버지인 모양이었다. 그때까지 올록볼록한 무늬가 자잘하게 박힌 하얀 긴 팔 남방셔츠의 소매를 팔뚝까지 걷어붙인 채로 기다란 담배연기를 내뿜으며, 한 손에 쥐고 있는 전자 감응식 자동차 열쇠고리를 만지작거리면서 삼발 부목을 튼실하게 대놓은 창밖의 어린 벚나무를 망연히 쳐다보고 있던 주인집 양반은 이렇다 할 말이 없다가 찬찬한 손길로 담뱃불을 콕콕콕 눌러 끄고 나서 느직하니 말했다.

"내가 중뿔나게 나서서 계약을 해도 될란가 모리겠다. 나중에라도 니 엄마가 공연한 일에 질거 나서서 참견했다고 머라카지 싶은데…"

내주장이 심한 집안인 듯했고, 그거야 안주인들이 모든 가사의 경제권을 거머쥐었답시고 매사를 제멋대로 쥐락펴락하고 있는 오늘의 이 땅의 한 풍속이므로 이해 못 할 것도 없었다. 서로가 믿을 수만 있다면 그런 만부득이한 위탁경영 내지는 불가피한 대리 두량권의 발휘만큼 편리한 분업도 달리 없겠는데, 그의 경우는 그것을 각자가 알아서 챙기느라고 생고생을 사서 하는 형편이었다.

처녀가 아랫사람이라도 다루듯 제 아비에게 시원시원하니 말했다.

"괜찮아요. 어차피 이 집은 전세 놓기로 했어요. 아빠가 계약하세요. 괜찮아요, 지금 도장 가지고 계시잖아요?"

'괜찮아요'는 처녀의 입에 발린 말인 듯싶었고, 서울에서 대학을 다녔는지 그쪽 말이 제법 자연스러웠다.

뭔가가 거꾸로 뒤바뀐 듯한 그런 오순도순한 가족적 풍경도 그의 눈에는 그렇게 낯설지 않았다.

한씨도 누구에겐지 단안을 촉구하고 나섰다.

"그래요. 그렇게 하세요. 시방이 여름이고 추석 대목 밑인데다가 이 집이 1층이라서 한동안 임자 만나기 어려울지도 모릅니다. 쇠뿔은 단김에 빼랬다고 여기서 지금 서로 도장을 지르지요. 이쪽은 벌써 잔금치를 돈까지 다 장만해둔 모양이고."

모든 부동산 중개업자가 다 그렇듯이 한 건이라도 후딱 성사시키고 소개료를 양쪽에서 받아먹고는 두 손을 털어버리는 그 속성대로 한씨는 서둘렀고, '1층' 운운하는 대목에서는 좌중을 골고루 훔쳐봤으므로 이 교수도 그제서야 실내에 다소곳하니 들어선 후 처음으로 나직이 말을 흘렸다.

"저야 1층도 괜찮아요. 승강기 사용료도 안 내서 좋고, 시간 뺏기지 않아서 더 좋고요."

제 주위에 고요를 한아름이나 거느리고 있는 게 시쳇말로 무슨 카리스마라도 되는 양, 또 아리송한 그 시선을 누구라도 정면으로 쏘아볼 수 없도록 삐딱하니 앉아 있는 주인집 바깥양반이 이번에도 느직이 말을 흘렸다.

"만사가 돈이지. 세상이 그래, 그렇게 돌아가고 있어. 돈에 안 쫓기는 인간이 어딨나."

한씨가 더 들을 것도 없다는 듯이 바지 주머니에서 임대차 계약서 서류뭉치를 꺼내며 주인집 바깥양반의 곁에 다가앉았고, 처녀가 냉장고를 열러 일어섰으므로 세입 희망자도 그 자리를 차고 앉았다.

계약은 대체로 수월하니 끝났고, 그럴 수밖에 없는 일이었다. 그도 그럴 것이 집주인은 시덥잖다는 듯이 제 이름도 "도자 기자 열자 쓰는데 그냥 적당히 한글로 적으소"라고 한씨에게 일렀고, 큰 짐이나 막 부려놓고 나서 털버덕 주저앉은 사람처럼 힘없이 "돈 쓸데가 너무 많아"라고 가녀리게 중얼거렸다. 한씨가 못 들은 체하고 중도금을 건넬 날짜, 이삿날 등을 챙기자 도씨는 남의 바쁜 사정도 모르고 그런 게 그렇게나 중요한가라는 투로 부동산 중개업자를 멀뚱히 쳐다보고는 "재가 시방 혼인날을 잡아놔서 우째야 할지"라고 남의 말하듯 지껄이고 나서, 싱크대 앞에서 달그락거리는 제 딸애에게 "니 엄마가 무슨 다른 말은 안 하더나?"라고 의논성스럽게 물었다.

딸애가 몸도 비치지 않고 선선히 대꾸했다.

"우리는 괜찮아요. 짐은 언제라도 이삿짐 센타 불러다 실어 보내면 돼요. 아빠가 알아서 적당히 날을 잡아 정하세요."

연치가 서로 어금버금한 쉰줄께의 도씨와 한씨가 비로소 눈을 맞췄으나, 부동산 중개업자는 다소 어이가 없다는 실소를 베어물었고, 집주인은 웃을 일이 아니라는 듯이 표정을 딱딱하니 굳혔다.

"혼인날이 언젠데요?"

"다음 달 추석 쇠고 나흘 뒤로 잡았는가베요. 그날이 16일이고 토요일일 기라. 올해는 웬 놈의 추석까지 이렇게 일찍 닥쳐서 사람을 심란스럽게 들볶는지."

또 딸애가 얼굴도 안 비치고 지시를 떨구었다.

"아빠, 집 비워줄 날짜는 결혼식 뒤로 넉넉히 잡아놓으세요. 중도금은 좀 일찌거니 받으시던가요. 인제 큰돈 쓸 일도 없지만."

"그라까? 그래도 니 엄마가 무신 딴 요량이 없을란가. 이 집에서 잔치 칠 일이야 없겠지만서도."

비로소 딸애가 오징어 모양의 마른 수건으로 손을 닦으며 나타나서 예의 그 장유(長幼), 선후, 주종, 본말 따위를 모조리, 또 적극적으로 뒤섞고 바꿔놓는 세태의 한 단면을 곧이곧대로 드러냈다.

"이삿날은 그다음 주 토요일로 잡아주세요. 다음 달 23일로요. 한 달도 채 안 남았네요. 중도금은 다음 주나 그다음 주 토요일에 주시고요. 아빠, 내 말대로 그렇게 해요."

더 이상 맞춤할 수 없는 판이라 이 교수는 막 끊어온 자기앞수표 한 장을 계약금으로 선뜻 내놓았고, 서둘러 인감도장을 질렀다. 도씨도 마지못한 거동으로 바지 허리춤에서 도장을 꺼내 한씨에게 건네주면서 돈 받을 날짜는 외워두려는지 계약서에다 멀건 시선을 잠시 못박았다.

그게 다였다. 일이 뜻밖에도 간단히, 또 빨리, 그리고 이삿날까지 한 달 안으로 잡히게 돼서 이 교수는 후련했다. 간밤의 수면 부족으로 머릿속이 온통 뻑적지근하던 판이었는데, 그 뻐근기가 단숨에 묽어지는 기분이었다. 한씨가 건네주는 계약서를 두 번 접어 손에 쥐자마자 그는 마음이 바빠져서 엉덩이부터 들썩거렸다.

한씨가 너무나 고분고분한 두 매매자의 상거래를 좀더 단단히 조이는 끈을 풀어놓았다.

"그래도 혹시 사달이 날지 모른이까 두 분이서 서로 명함들이라도 교환하시고, 저한테도 한 장씩 주시면 여러모로 좋겠네요. 바쁘게 연락할 일이 생길지도 모른이까."

일리가 있는 소리라 그는 지갑을 다시 꺼내 우표 딱지보다 사춤 큰 종이쪽지 두 장을 내놓았다. 그 명함 대용품은 방학중에 혹시 쓰일 데가 있을지 몰라서 그가 손수 퍼스널 컴퓨터로 작성한, 한자(漢字)와 영문자 서너 개와 아라비아 숫자만으로 자신의 근무지 주소, 학교에서의 소속과 직책, 연구실 전화번호, 이메일 주소 따위를 빽빽하니 작성해둔 것이었다. 그것을 꼭 스무 장만 지니고 지난 여름방학을 보내러 상경길에 올랐는데, 아직도 지갑 속에는 수북하니 남아 있었다. 한가한 짬만 있다면 지난달과 이번 달에 걸쳐 스무날 남짓 동안 일본 오사카의 한 사립대학 기숙사에서 묵으며 서로 명함을 주고받은 이들의 이름과 얼굴까지 헤아릴 수 있을 정도였다.

돈과 시간이 아까워서라도 외국물을 먹을 기회를 좀체로 안 만들고 있는 터인데, 지난 여름방학중 그에게 닥친 그 기회는 자매학교와의 상호 교환교수 방문계획의 일환으로 여비와 숙식비 일체를 학교측에서 부담해주는데다가 그나마도 차례가 저절로 돌아왔기 때문에 떠밀려서 간 것이었다.

한씨가 그의 명함 대용품을 유심히 쳐다보며 알 만하다는 듯이 고개를 까딱거렸고, 도씨는 무슨 보스처럼 그 종이쪽지의 앞뒤를 건성으로 들춰보다가 슬그머니 탁자 위에 내려놓았다.

도씨가 우물쭈물거렸다.

"내 명함은 저기 자동차 안에 있어놔서… 이 집으로 연락하믄 재가 늘 있을 텐께. 시집갈 때까지는 여기서 지 이종 언니와 이것저것 결혼준비를 챙길란다고 하인께."

한씨가 궁금해서 못 참겠다는 듯이 다잡았다.

"그라이까 이 집은 재테크 차원으로다 하나 잡아둔 모양이네요. 잘했습니다. 이 단지 앞으로 2, 3년 안에 전철만 뚫리면 분양가의 금리 정도야 제 발로 굴러올 깁니다. 그거야 또 그때 가서 일이고, 그라면 본집은 따로 있는갑지요?"

"본집? 본집이사 성주 읍내에 있지요. 아직 우리 양친이 다 구존하신께…"

"아, 아, 성주 도씨네요?"

"성주나마나 우리 도가는 그 본뿐이고, 거기에 우리 도가들이 아직도 더러 살기는 하지마는 다들 도회지로 빠져나와뻬리서 인자는 집성촌이랄 것까지도 없고…"

남의 사정이었다. 황 노인도 임대차계약서를 주고받은 후, 4년여 만에 처음으로 코빼기를 마주친 판이니, 비록 헤식은 구석은 비칠망정 한창 나이의 도씨야, 또 그의 집안이야 당장 내일부터라도 까맣게 잊어버리고 지낼 수 있었다. 그것도 내남없이 바쁘게 살아가는 도시생활이 불러들인 단순한 편리였고, 비록 덕수(德水) 이가로 이이(李珥) 같은 대학자를 조상으로 모시고 살아가나, 그는 평생토록 초등학교 교직에 종사하다 정년퇴직을 몇 달 앞둔 그해 한겨울에 상배(喪配)하자마자 고향 인근의 칠갑산 자락께에다 누옥 한 채를 마련하여 홀로 끓여 먹으며 밭도 메고 나무도 심는, 그 구구절절을 몽땅 외울 작정이라도 한 듯 언제라도 앉은뱅이 책상 위에 사서삼경만을 펼쳐놓고는 그야말로 주경야독에 청경우독하시는 가친을 1년에 두서너 차례쯤 찾아뵙고 지내는 터수였다. 그는 공주 사람으로 그의 위로 두 살씩 터울 지는 두 형과 한 누이가 있었다.

탁자 위에 놓인 계약서, 자기앞수표 한 장, 한씨 것까지 명함 두 장을 멀뚱히 쳐다보고 있는 도씨의 착 까부라진 뒷모습을 말갛게 훔쳐보며 그와 한씨는 서둘러 108호집을 물러나왔다. 그는 뒷고개가 가벼웠다. 무슨 성취욕이 이런 것인가 싶어 가슴이 벅차기도 했다. 한씨가 "부도를 맞은 건지, 부도를 막을 건지 어째 사람이 저렇게나 매가리가 없으까. 차림새로 보나 머로 보나 더위 먹을 양반도 아이더마는 잔칫날까지 받아놓고실랑은"이라고 도씨의 성품을 품평했으나, 그에게는 역시 남의 애 이름을 내가 어이 짓냐는 심정이었다. 일사천리란 말을 좇기라도 하듯이 그는 한씨를 따라 부동산 소개업소에 들러서 달라는 대로 소개료를 건넸고, 그 영수증도 지갑에 단단히 챙겨넣었다. 이어서 지척간의 학교로 달려와 전을 걷기 직전의 교직원식당에서 점심을 먹었고, 연구실로 돌아와 방금 자신이 한씨와 함께 땡볕 속을 거닐었던 바로 그쪽의 곧은 아파트 앞 한길을 내려다보자 비로소 졸음기가 개떼같이 몰려왔다.

4주 후부터 새집에서 살아갈 궁리를, 그것도 주로 돈 쓸 데와 그 용도가 빚어낼 분위기를 씨가 닳도록 주물럭거리느라고 그는 그 이튿날인 일요일을 온종일 좀 들뜬 상태로 죽쳤다. 현관문까지 활짝 열어놓은 채로, 반바지 차림에 슬리퍼를 탈탈 끌어대면서. 평소대로라면 일요일 오전에 청소를 하건만, 방학 동안 내내 쌓인 먼지 구덩이 속의 큰방과 거실에 비질과 물걸레질하기도 도저히 엄두가 나지 않았다. 이른바 동선만 빤할까 구석구석에 켜켜이 슬어 있는 더께를 한두 주일쯤 더 묵혀둔다고 해서 딱히 더 불편할 것도 없는 일이었다. 그것도 일이랍시고 미뤄두는 게 얼마쯤 스트레스를 앙금처럼 일구기야 할 테지만, 아무려나 그런 식으로 매사에 차일피일을 일삼은 세월도 어느새 4년여나 흘렀으니까. 따지고 보면 우리네의 삶이란 대개 다가 그럭저럭 임시방편으로, 땜질씩으로, 허허실실로 꾸려지는 것이었다. 말하자면 아파트라는 주거 형태의 위용이 드러내는 바와 같이 그 대강(大綱)은 누가 봐도 번듯한데 그 세목들이 워낙 부실할뿐더러 그 실천에는 한껏 느럭느럭거리는 양태마저 우리의 생활세계의 한 관습이 되었으며, 자신도 그 일원일 수 밖에 없다는 군말까지 툴툴거리면서. 그날 일요일에 그가 마지못해 해치운 큰일이라고는 아침 겸 점심을 라면 한 그릇으로 때우고 나서 황 노인에게 4주 후 토요일에 집을 비워드리겠다고 전화로 통보한 것과 저녁으로 평양식 보따리 만둣국을 사먹은 게 다였다.

4

다음 날 아침 일찍 등교하면서도 그는 문득문득 뭔가가 긴가민가하는 심정을 다독거리고 있었는데, 아니나 다를까, 오전 아홉 시쯤 한씨에게서 한 시간 후에 자기 사무실로 좀 나와달라는 연락이 왔다. 왜 그러냐니까, 자기도 아직은 뭐가 뭔지 모르겠다면서 108호집 사모님이 전세 계약을 취소할 모양이라고 했다. 이어서 덧붙이기를 자기가 잘 아는 인편에 급히 등기부를 열람시켜 보았더니 108호집 명의가 도씨 아들 이름으로 되어 있는 것은 틀림없고, 그 때문에 시비를 가린다 해도 이 선생이야 이렇다 할 하자도 없는데다가 위약한 바도 없으니 법대로 한다 하더라도 계약금을 곱으로 받게 되어 있고, 어쨌든 그 위약금을 다는 못 받아도 공돈이 얼마쯤 생길 테고, 또 다른 전셋집이야 쉬 구할 수 있을 거라면서 데설궂게 허허거렸다. 뭔가가 크게 뒤틀려버린 듯싶었고, 그는 낙담이 커서 긴 한숨을 토해냈다.

이번에는 이런저런 생각거리를 간추리느라고 그는 터덜터덜 걸어서 캠퍼스를 빠져나와 큰길을 건넜고, 조마조마한 마음으로 한국 부동산 중개업소로 다가갔다. 무슨 움막처럼 푹 꺼진 중개업소 속으로 들어가니 이미 부둥부둥한 몸매의 중년 부인이 소파에 한쪽 다리를 포개고 앉아서 책상 앞에 착석해 있는 한씨를 향해 무슨 사설을 쉴새없이 늘어놓고 있는 중이었다. 한씨가 손짓으로 자리를 권하는 대로 도씨 부인과 마주 앉자마자 어디선가 핸드폰 신호음이 울렸다.

도씨 부인이 큼지막한 왕골 가방에서 앙증맞은 핸드폰을 잽싸게 꺼냈고, 곧장 고함을 내지르기 시작했다.

"야, 이것아, 시방 니가 니 서방 어딨는지 모린다는 기 말이 되나.

여러 소리 할 것 없이 빨리 찾아내라. 오늘 중으로 그 계약금 당장 안 갖고 오면 니 연놈 집구석을 내가 확 불싸질러뿔 텐께 그리 알아라. 남의 잔치에 너거가 목돈 쓸 일이 머 있노, 돈 쓰지 마라. 너거가 미숙이한테 머 해주는 거 하나도 안 반갑다. 더럽다, 부정탄다, 내가 내 사우 보지 니가 사우 보나. 듣기 싫다, 징징 짜는 소리 하지 마라, 너거가 와 돈이 없노. 주유소 월세 받아서 다 어디다 처넣노. 야, 이년아, 니도 사람의 탈을 덮어쓰고 살라카거덩 그 고운 니 서방을 좀 위해줄 줄 알아라. 우째 니는 살 섞고 사는 니 서방을 맨날천날 그렇게 빨아만 처묵노. 찰거머리가 따로 없다. 니가 바로 찰거머리다. 그렇게 좋다는 니 서방을 오래오래 보듬고 살라믄 돈이든 머시든 대강대강 빨아처묵어야지 니처럼 그렇게 핥고 빨아대믄 지 명대로 못 산다. 그 형님, 형님 소리 지발 예식장에서는 하지 마라. 지금도 딱 귀에 거슬친다. 빨리 니 서방 찾아서 그 화상을 이리로 보내든지, 어제그제 받은 그 계약금을 당장 갖고 오든지 양자택일해라. 좋게 말할 때 알아들어라. 말하는 거 본이 벌써 니년도 그 돈에 얼매라도 코를 묻힛고, 훑닦아 쓴 기 틀림없다, 안 그렇나, 바른말 해라. 한번 물어나보자. 너거 연놈은 우째 니것 내것을 모르노. 이 아파트는 엄연히 진국이 이름으로 올라져 있는데, 이기 우째 너거 꺼고. 아무리 미장가 자식이라 캐도 가가 집주인인데, 명색이 애비랍시고 그걸 지멋대로 처분해도 되는 것까. 법대로 해도 너거 연놈은 삥땅죄에 걸리 끼다. 삥땅죄가 아이믄 사기든지 절취나 절돌끼다. 야, 듣기 싫다. 내가 시방 너거 친정집 사정이나 들어줄 정도로 한가한 사람인 줄 아나. 그놈의 공조(空調) 가겐가, 닥트 점방인가로 찾아가서 그 화상 멱살을 잡고 이리로 빨리

와라. 택시비는 내가 주께. 요새 그 화상은 명색 지 처남놈과 거기서 맨날 달그락거린다며, 마작 밑에 니년이나 잽히묵었으믄 내가 원이 없겠다. 아이구, 이 한심한 것들."

도씨 부인이 핸드폰 뚜껑을 열 때처럼 날렵하니 닫았다. 분을 삭이느라고 긴 숨을 들이마시자 그녀의 두두룩한 젖가슴이 한껏 부풀어올랐다. 잠시나마 도씨 부인의 어깨 주위에 빗자루로 쓸어놓은 듯한 말간 정적이 가물거렸다.

한씨가 막 씻어서 물기 듣는 차반을 들고 뒷문으로 들어서는 제 집사람에게 구실을 일렀다.

"아무래도 말이 길어지게 생겼네. 여보, 여기다 시원한 냉커피라도 한 잔씩 말아내주소. 내 꺼는 따신 물에 녹차나 한 봉다리 담가주고." 뒤이어 그는 도씨 부인에게 조촘조촘 물었다. "그런이까, 그 점잖게 생기신 도 사장께서 시방 작은댁 살림을 채리놓고 있는갑지요. 이중삼중으로 돈 깨지는 거야 그렇다 치고, 머리도 허옇게 세신 양반이 몸에 무리가 많이 갈 낀데, 그 감당을 장차 우짤라고… 그 힘 앞에는 아무 남자라도 장사 없는 법인데."

도씨 부인이 풍성한 반바지 밑의 맨살 다리를 엇바꿔 포개며 말했다.

"벌써 딴살림 차린 지가 전후로 10년도 넘는데 몸에 무리가 갈 거나 머 있을라꼬요."

"호오, 전후씩이나. 그라믄 시방 전화한 그 소실이 두 번째란 소린가요?"

본처의 즉답은 거침이 없었다.

"그년이 한때 보험을 팔러 다니다가 우리 애 아빠를 알아서 2년 남짓 내놓고 군서방질을 하다 내한테 들키고 나서는, 다시는 안 만나겠다고 맹세해놓고선 한 1년 남짓 잠잠하더마는 그새 지 본서방하고는 갈라서고 또 저 지랄을 벌인 지 벌써 햇수로 7, 8년도 넘는가 보네요. 초등학교 댕기는 머스매 하나, 유치원에 댕기는 기집애 하나까지 낳았으니 인자 떨어질래야 떨어질 수도 없어져버렸어예. 우리 애들 아빠는 집발 떨어진 지 오래됐고, 돈 문제, 자식 문제로 긁은적거리지만 않으만 나하고는 할말도 없고, 남의 서방처럼 길바닥에 내놓은 지가 벌써 석 3년도 넘네요."

굵은 얼음 조각이 수북하니 떠 있는 유리잔 커피가 두 개, 가두리에 실밥이 대롱거리는 녹차잔 하나가 탁자 위에 놓여졌다.

한씨가 손을 내저으며 두 손님에게 차를 권하고 나서 물었다.

"전에 자식은 없고요?"

한씨 부인이 차반으로 아랫배를 가리고 서서 제 남편의 구실을 채근했다.

"이 선생님도 바쁘실 텐데, 남의 사생활은 고만 뒤적거리고 어서 계약건이나 서로 좋도록 합의를 보도록 해야지, 당신은 어쩌자고 남의 쓸데없는 일에 참견이야."

"어허, 말씽이 거기서 불거졌는데 그걸 모르고 어떻게 되다 만 계약을 성사시켜?"

계약 당사자가 냉커피를 한모금 들이켰다. 커피가루덩이가 얼음조각에 점점이 엉겨붙어 있었으나, 맛은 씁쓰레하니 괜찮았다. 도씨 부인도 빨대로 얼음조각을 휘젓고 나서 싯누런 얼음물을 길게 빨아들였다.

“그런가 보데요. 지 말로는 전 남편이 볼일은 봐도 애는 못 낳는 사람이라고 병원에서 판정이 내린 후부터 애는 꼭 낳아 키우고 싶어서 샛서방질을 했다데요.”

“무정자증인가 먼가 하는 그런 탈은 체외수정으로 얼마든지 임신할 수 있다 카던데, 우짤라꼬 남의 가정에 풍파를 일으켰을까. 거참, 헷갈리는 일일세.”

저만치 떨어진 책상에서 한씨 부인의 어이없다는 깔깔웃음이 터졌고, 참견이 뒤따랐다.

“당신도 참, 남이야 애를 낳든 말든, 다 그만한 속사정이 있을 건데 자꾸만 엉뚱한 소리나 지껄이고 있어.”

진작부터 이 선생도 말이 겉돌고 있다는 것은 절감하고 있었으나, 수더분하게 생긴 도씨 부인의 안방 사정이 적잖이 구수하게 들리는 것도 사실이었다.

그제서야 아까 전화로는 그처럼 우락부락하니 삿대질을 퍼붓던 도씨 부인이 몰라보게 차분한 소리로 뇌까렸다.

“그년이 그래도 성질 하나는 배처럼 사근사근하니 좋아요. 지 팔자가 남의 앞에 살도록 돼 있다나 어쩐다나 해대면서. 머리도 좋고 눈이 할끔한기 좀 개살궂게 생겼어도 인물도 그만하면 새첩고 살림도 오목조목 잘해요. 보험 세일을 잘해서 사장이 주는 해외여행상도 탔을 정도니까 말이사 표밭 매는 정치꾼들보다 더 잘 척척 둘러대고, 마작도 등 너머로 배웠다카는데 요새는 지 서방 돈까지 따묵는다이까 말 다 했지요. 우리사 자식 건사, 집안 건사, 돈 건사, 일 건사에나 억척스러울까 그년보다야 여러 모로 한참이나 모지라지요."

한씨가 태평스레 두둔하고 나섰다.

"사모님이 어디가 어때서요. 복스럽게 생기셨고, 거둠손도 워낙에 푹하신 것 같은데."

그때까지 제 구실을 챙길 짬을 놓쳐 어설픈 몰골로 멀뚱거리는 이 선생을 도씨 부인이 비로소 빤히 쳐다보았다. 공연히 무안해진 그도 계약서 서류 봉투를 바지 주머니에서 끄집어내 탁자 위에 반듯이 놓았다.

기다렸다는 듯이 도씨 부인이 계약서 봉투를 집적거리며 말했다.

"여기저기 알아봤더니 이 계약은 무효라고, 나중에 말썽이 나면 댁에서도 곱다시 책임을 져야 한다고 하대요. 서울서 고시 공부하는 우리 아들도 와 지 집을 아부지가 멋대로 계약하냐고, 당장 취소하라고, 계약금 받아내라고, 나보고 엄마가 알아서 단디 바로잡아라고 난리네요."

이게 도대체 무슨 공갈성 시비인가, 아니면 사기성 협박인가 하는 생각을 재우치며 계약 당사자는 "내가 무슨 책임을…"이라고 말을 흘렸다.

"집주인한테 직접 계약금을 안 건넸으니 당연히 책임이 있지요."

"집주인 아버지가 대리인 자격으로 계약을 했으니까 요건상 하자도 없지 않나 싶고, 또 계약을 취소하겠다면 위약금인가 먼가는 나중에 수의대로 한다 치더라도 제 계약금이라도 돌려주면서 없었던 일로 하자고 해야 순리가 아닌가 싶은데요?"

도씨 부인이 굵다란 녹색 비취반지 낀 손을 까뒤집으며 대답했다.

"대리인은 그 화상이 아이고 난데, 내 이 손바닥으로 그 돈을 만져 보지도 않았으니 나한테 계약금 물어내라 카는 소리도 이치에 안 맞지요, 그렇잖아요?"

한씨가 나섰다.

"아니, 그날은 도 사장이 돈 급하다는 소리는 중얼거리면서도 그 계약금을 시쁘게 보더니 언제 널름 집어갔나, 그래? 또 신부 될 처녀도 그렇지, 지 아부지가 그렇게나 오래전부터 돈 빨리는 소실치레를 하고 있는 줄 뻔히 알며는 그 중한 돈을 단디 갈무리해뒀다가 사모님께 소롯이 전했어야지…"

"아까도 말했지만 그 화적은 아무 돈이나 봤다 카면 시부지기 집어넣고는 미꾸라지 삼신이 씌어버린다니까요. 우리 아버님도 몇 번이나 당해서 그 화상 앞에서는 돈 말을 일체 안 한 지가 오래됐어요. 그날도 날 받아놓은 우리 딸애가 댁에들 때문에 화장실 출입을 못 하고 있다가 잠시 볼일 보는 새 그 화적이 그 돈만 달랑 들고 내빼버렸다이까요. 우리 딸애가 이내 내 핸드폰으로 그 사단을 때리길래 큰일났구나 싶어 그 화상 집으로 전화 걸고, 하도 답답해서 그날 저녁답에는 불불이 쫓아갔든이 내 보는 앞에서 그년이 지 서방한테 핸드폰을 쳐대도 가물치 콧구멍이더라카이요."

이 선생은 얼핏 이게 도대체 무슨 사기 행각인가, 말 잘하는 한쌍의 여편네들과 의뭉스럽기 짝이 없는 한 축첩자가 짜고서 이쪽에다가 덤터기를 씌우려고 덤비는 수작이 아닌가 하는 방정을 떠올렸다가 이내 지웠다.

"요컨대 이쪽에서 건넨 계약금 5백만 원을 그쪽에서 받은 것은 틀림없는데, 복잡한 집안 사정 때문에 그 돈이 정당한 임자 손에 제대로 안 전해진 것 같습니다. 제 입장은, 제가 딱히 잘못한 것도 없지 싶은데, 계약대로 이 임대차건이 성사됐으면 좋겠습니다."

계약자의 표준말을 본받은 도씨 부인의 대꾸가 잇달았다.

"내 돈 5백만 원이 날아갈 판인데 내 집을 어떻게 비워줍니까? 내가 그 미친 인간한테 왜 또 사기를 당해야 합니까?"

한씨가 실소를 깨물었고, 이 선생은 말이 엉뚱하게 번지고 있다고 느끼면서도 도씨 부인의 기세에, 아니, 오늘날의 힘 좋은 여성 일반의 드센 기에 밀리는 기분을 쉬 떨쳐낼 수 없었다.

"부군께서 그 돈을 틀림없이 받은 건 사실이고, 요긴하게 썼을 테니까 그쪽에서 서로 여수(與受)를 따지면 되지 않습니까? 그 문제를 저한테 떠넘기면, 글쎄요, 법에 호소한다든지로 아주 복잡해지고 서로 난처해지지요. 어쨌든 법적으로도 집주인의 친부가 대리인 자격으로다, 말이 또 되풀이됩니다만, 사모님께서도 부군의 좀 허랑한 금전 문제를 차제에 잡도리하는 셈치시고, 제가 이런 말까지 할 수 있는지 모르겠습니다만, 따님의 혼사를 앞두고 부군께서도 돈 쓸 일이 많을 테니까 그러려니 하시고 한 번쯤 대범하게 넘어갈 수도 있는 일이지 싶습니다만… 계약을 취소하시겠다면 위약금까지 받을 생각은 추호도 없으나 너무나 일방적으로 저만 당할 수도 없는 처지지 싶은데…"

도씨 부인이 집주인답게 단호히 말을 자르며 거의 역정에 가까운 실토를 쏟아냈다.

"안 할랍니더. 그렇게는 못 해요. 그 화상 이름이 우리 아들아이 집 계약서에 버젓이 올라 있다는 것 자체가 거슬치고 끼꿈합니더. 그까짓 돈 있어도 살고 없어도 살지만, 제가 한양 조(趙)간데 내 이름하고 계약해야 됩니더. 나를 별나다고 욕하지 마시고 내 말뜻을 똑똑히 새겨들으시소. 위야악? 집주인이 난데 누가 멀 위약한댔습니꺼? 실은 이 집도, 우리 아버님이, 시아버님요, 당신이 그 미친놈 도가하고 이혼만은 안 된다고 사정사정 타일러서, 또 자식 보고 살라면서 위로금조로 잡아준 것을 내가 상속세도 겁나고 해서, 자식 셋 이름으로 진작부터 들어둔 차세대주택통장을 주택청약예금으로 바까서 합법적으로 증여할라는 깁니더. 나중에 알고 본이 더 큰 평수를 잡았어도 됐고, 세금도 별거 아이던데 혹시나 나중에라도 자식들 신상에 무슨 누나 끼칠까 봐 쫄때기짓 한 기 요즘에사 후회가 됩니더. 우쨌기나 이런 말은 혼인날 받아놓은 부모로서 할 것도 없지만서도 사돈한테 부모가 갈라선 집이라는 말은 안 들을라고, 또 우리 딸년이 예식장에서 지 애비 팔이나 떳떳이 잡고 나서라고 이때껏 참고 참으며 살아왔십더. 그날도 지 애비한테 여름 양복이라도 새걸로 한 벌 맞차입고 예식장에 꼭 나오라고, 그 말을 나는 차마 못 하겠고 딸년이 하겠다고 해서 불러들이서 온 깁니더. 인자 며칠 남지도 않았네요. 딸년만 여의고 나믄 올해 안으로 깨끗이 갈라설 깁니더. 서류도 다 꾸미났고, 우리 같은 경우는 결혼파탄주의를 적용해서 가정법원에 갈 것도 없이 자동 이혼이 된답디더. (아까 '우리 아버님' 운운할 때부터 도씨 부인의 눈에 축축한 물기가 어리더니 이제는 숫제 울부짖는 소리였다.) 우리 아버님 낯을 봐서… 서방 뺏긴 년 소리 들어가미 참고 살아왔지만서도 인자는 끝났십더. 정 없는 부부가 무슨 부붑니꺼. 인자는 그년을 나무래지도 않십더. 그렇게나 서로 좋다카이 부디 헤어지지나 말고 오래 살아라고 비는 마음이 솔직한 내 심정입니더. 그 화상이 벌써 남인데 그 남의 여편네한테 욕할 기 머 있겠심니꺼. 남의 곳감 내 못 묵는다고 찔러밧자 내만 욕 묵고 불쌍한 년 소리나 듣지…"

한씨가 한쪽 팔꿈치에 괴고 있던 '깨끗한 나라' 티슈를 쏙쏙 빼내서 도씨 부인에게 건넸다. 도씨 부인의 육덕 좋은 어깨가 이내 잠잠해졌고, 발그레하니 달아오른 볼을 또닥또닥 찍어대는 뽀얀 화장지가 곧장 축축하니 젖어버리자 왼쪽에 걸려 있는 벽거울을 훔쳐보았다.

한씨 부인이 다가왔고, 이 선생을 데리고 나가라는 눈짓을 제 남편에게 보냈다. 아마도 제 설움에 북받친 여자 속내는 동성이 다독거려야 제격인 눈치였다.

그는 잠시 망단했으나 한씨가 길을 트는 대로 뒤따라 뒷문으로 빠져나가니 좁직하나 기다란 상가의 복도였다. 전자제품 수리점, 치킨집, 사진현상소, 따로국밥집, 짜깁기 옷수선집, 손칼국수집, 전기기구상, 문방구점 따위가 양쪽으로 촘촘히 박여 있었다. 한씨가 실내스포츠센터로 내려가는 계단 옆에서 담배를 꺼내 물더니 바로 건너편의 뽀얀 김 서린 떡집 속을 응시하며 "그참, 개자석이네, 허우대는 멀쩡한 것이 애비 잘 만났겠다, 엄전한 부인 슬하에서 호강에 바쳐 살민서"라고 탄식을 내놓고서는 한쪽 종주먹을 뻗쳐 끄덕이면서 "이것밖에 없어"라고 말했다. 그는 한씨의 그 손짓이 남자의 그 힘을 말하는가 싶었는데 망상이었다.

"이 선생, 그 멀쩡한 도둑놈이 시방 돈을 갖고 잠적한 모양인데, 그런 작자한테는 공갈 아이믄 통하는 기 없심더. 내가 알음알이로 시내 병풍들을 불러 주먹다짐만 놔도 한 번만 살리돌라고 칼 테지만 시방 사람이 코끝탱이도 안 비친다이까 그랄 수는 없고, 하여간에 그 작은 집에 쳐들어가서 사기횡령죄로 당장 잡아처넣겠다고 내가 나서서 공갈을 칠 테인께, 이 선생은 아뭇소리 말고 가만이 있으소. 며칠 걸리더라도 그 수가 제일이지 싶구마, 무슨 말인지 알겠지요?"

"고소하겠다는 말씀이신지?"

한씨는 가소롭다는 눈길을 이 선생의 어리숙한 안면에 얼른 끼얹었다.

"공갈이 안 통하믄 그거라도 해야지요. 시방 천금 같은 이 선생 돈이 공중에 붕 뜰 판인데. 저 도씨 본마누라가 죽어도 집 안 비아주겠다고 나자빠지믄 우짤기요. 요새 눈알 바로 백인 여자들은 한번 한다면 하고 맙니다. 남자들은 그 생떼 앞에 곱다시 두 손 들고 항복해야 합니더. 하여간에 그런 놈은 우물딱쭈물딱 이 임시만 모면해버리믄 된다는 주의로 사니까 까딱 잘못하면 돈 떼이고 사람 병신됩니더. 그런 인간은 원래 돈 앞에서는 체면도 없고 눈에 보이는 것이 없어서 내일 걱정을 안 해요. 머리 구조가 그렇게 돌아간다니까. 지 본댁에서 우째 해결해놓겠지 하고 나가자빠지는 게 그런 놈들 본성인 걸 내가 겪어봐서 잘 알아요. 지 애비한테서 물려받은 노란자위 땅에다 주유소 채리놓고, 그것마저 남의 손에 맡기고 있다이까 그 기름 판 돈이 시방 어느 구멍으로 줄줄 새나가는지도 모를기요. 마작에 미쳐 있다이까 두말하면 잔소리지. 요컨대 그렇다고 또 생돈 들여 도씨 부인하고 널름 재계약을 할 수는 없고, 또 해서도 안 되고, 나한테 매끼시고 이 선생은 이 길로 돌아가세요."

소개비를 한푼도 안 깎고 진작에 건네주길 정말 잘했다고 생각하며 그는 계약자답게 다짐을 놓았다.

"도씨한테서 돈을 돌려받는 대로 그 돈을 바로 건네면서 다시 도씨 부인과 재계약을 해야지요?"

한씨가 또 주먹손을 끄덕였다.

"아, 그거야 물론 말하나마나. 2, 3일 안으로 내가 해결해놓고 연락할 테인께 그리 아시소. 그때 다시 도씨 부인하고 재계약하면서 일주일 안으로 중도금까지 건네고는 바로 전세 등기해뿌리면 그만입니더. 그라면 도씨 부인 아이라 그 도둑놈도 꼼짝 못 합니다. 아, 전세 등기할 것도 없네. 요새는 법이 바뀌서 주거지만 이리로 옮기뿌리믄 그 날짜부로 채권이 최우선 영 순위로 확보되이까. 땅 많은 촌부자 맏며느리, 맏손자가 집 잽히가미 돈 쓸 일도 없겠지만서도. 이 선생은 우째 핸드폰도 안 갖고 사회생활하시오? 서울집에서도 수시로 찾을 일이 많을 낀데."

"연구실에서 꼼짝 않고 죽치고 사는 게 버릇이 돼놔서… 바쁠 일도 없고, 집에서도 어쩌다가 하는 전화조차 대개 학교로…"

"됐심더. 나만 믿고 가만히 계셔보이소. 저 도씨 본마누라 팔자도 참 열 받기 생깃네. 돈 있고 시애비 귀염 받으만 머 하노. 생때 같은 서방 뺏기고 맨날천날 와불(臥佛) 독수공방으로, 참 안 됐네."

이 선생은 다시 한씨 꽁무니에 붙어서 쫄레쫄레 복도 끝까지 따라갔다.

한씨가 아예 손님을 들이지 않겠다는 듯이 출입문을 가로막고 서서 말했다.

"너무 걱정하지 마이소. 벨일 아입니더. 우리는 이런 시비를 원캉 많이 당해놔서… 이 선생건은 약괍니더. 어떤 불상놈들은 중도금을 오전에 받아놓고 그날 오후에 은행 대출로, 사채로 이중삼중 집 잽히 묵는 짓도 하는 판이라믄 말 다했 거 아입니꺼. 그래서 요즘에는 토요일 오전에 반드시 등기부 떼보고 늦어도 그 다음다음날 오전까지는 전세 등기하든지 명의 이전을 해뿌리야 안심한다는 소리도 나도는 기라요."

그에게는 그 말도 금시초문이었으나 걱정을 더 끼얹는, 다들 돈 갈급증에 지독히도 멍들었을 뿐만 아니라 법망 헤집기에만 잔머리를 굴리는 통에 전혀 쓸데없는 가외경비만 탕진하고 있다는 방외의 생각까지 들추게 했다.

"그럼 한 사장만 믿고… 재판을 하는 한이 있더라도…"

"허어, 참, 쓸데없는 걱정일랑 접어두시고요, 어느 천년에 재판까지나. 있는 사람이나 소일삼아 송사 좋아하지. 이런 일을 그렇게 버르집었다가는 어먼 데다 귀한 돈만 꼴아박고, 속 썩이고, 시간 뺏기고, 사람 추접어지고 팍싹 늙는다 카이요."

시쁘다는 건지 한심스럽다는 건지 한씨는 그의 시선을 외면하더니 "더버서 잠을 설쳤던이"라며 눈물을 그렁거리는 하품까지 켜댔다. 유리벽 너머로는 툭실한 등덜미부터 유독 들먹이며 느껴 우는 도씨 부인의 미태가 훤히 보였고, 그 모습 때문에라도 발길이 떨어지지 않건만 마주 앉아서 화장지나 연방 집어주고 있는 한씨 부인도 그와 눈이 마주치자 어서 가라는 눈짓을 해 보였다.

상가의 공동변소 앞을 스쳐 지나가면서 그는 왠지 허기를 느꼈다. 떡집의 구수한 김 냄새가 코끝에서 어룽거려서 그랬는지, 나중에 생각해도 이상할 정도로 그 허기증은 갑자기, 또 맹렬히 치솟았다. 설마 돈이야 떼일까라는 자기최면을 걸면서도 뭔가가 온통 뒤죽박죽이 되고 만 자신의 갑작스러운 신상 변화를 원상태로 되돌려놓는 데 도대체 얼마나 많은 시간과 정력과 경비를 쏟아부어야 하는지를 더듬어보니 그는 난감 천만이었다.

5

다리와 등줄기가 무지근하니 저려온다. 잠자리의 질이 나쁜 탓이다, 전적으로. 뜻밖에도 잠의 질은 그런대로 괜찮았다. 잡꿈도 없이. 단속적이기는 했을망정. 점심을 먹고 난 뒤면 어김없이 몰려오는 식곤증을 달래기 위해, 더러는 밤 늦도록 책상 앞에 앉아 있으면 머리가 얼떨떨해지는 증세에 휘둘릴 때 잠시 '해골을 누이기 위해' 마련한, 등받이를 밀면 머리 누일 자리가 뒤로 비스듬히 젖혀지면서 무릎받이가 수평으로 올라오는 안락의자 신세를 밤마다 어쩔 수 없이 진 지도 벌써 꼬박 일주일째를 맞는다. 부임해와서 6개월쯤 지난 그 이듬해 초봄의 어느 토요일 오후에 가구점 거리를 한나절이나 뒤져서 사들인 것이다. 가구점에서는 그것을 '사우나 의자'라고 했다. 책말고는 이 연구실에 처음으로 들여놓은 고가의 개인 비품이다. 장딴지 밑부터 발목까지가 디룽거려서 한동안 책상 의자로 발뒤꿈치를 괴다가 또 한 학기가 지나서야 네모반듯한 보조의자를 사들였다. 손쉽게 들 수 있는 손잡이가 없던가, 등받이나 팔걸이가 없는 개인용 걸상을 뭉뚱그려서 모조리 '보조의자'라고 부른다는 것을 그때 처음으로 주워들어 알았을 것이다. 이른바 '근대' 이후에 새롭게 발명되었거나 온갖 자잘한 기교와 편리성을 한목에 우겨넣은 돌연변이형 제반 문물에의 이름짓기에 관한 한 기표와 기의의 상관관계는 자의적이기도 할 테지만, 한편으로는 이미지적이다. 적실하지는 않지만, 그런대로 감은 잡히는, 그러나 선부르다 못해 마구잡이식으로. '사우나'와 '보조'라는 관형사가 그렇듯이. 화용론이나 형태론이나 의미론 같은 보조학문은 전적으로 불요불급할지도. 비록 남의 나라 말일망정 그런 것을 따져서 밥벌이 밑천을 마련했다는 조촐한 의의가 작지는 않겠지만.

그야말로 비좁아터진 누울 자리만 간신히 떠받치고 있는 '사우나 의자'. 우선 돌아누울 수조차 없다. '보조의자' 쪽 다리 부위는 확실히 감각이 무디어져 있다. 곧장 착실한 보조로 일시적 반신마비라는 신체 이상이 덮쳐올지도 모른다. 네 활개를 활짝 펴고 뒤치락대고 싶은 욕망. 욕망이라는 단자의 미동감. 그것의 감미로움을 재는 기계. 어서 일어나라는 불씨만한 성화. 그것들끼리의 이전투구.

지금 그는 비록 온몸이 배겨와서 찌뿌드드하지만, 하등에 쓰잘데없는 머리 굴림을 버릇으로 즐기는 터이라 스스로도 아직은 살 만하다는 자위에 겨워 있다. 다섯 시에 맞춰놓은 자명종 시계가 어김없이 1분 동안 귀뚜라미 소리를 울려댄 지도 오래다. 방충망 너머로 미명이 훤히 터오고 있다. 매캐한 모기향 내음이 언제부터 잦아들었는지 알 수 없다. 새벽 기운이 제법 살랑하다.

자박거리는 발소리 사이마다에 일정한 간격을 두고 연구실들의 문짝 손잡이를 비틀어대는, 간밤의 도난사고 여부를 점검하는 관리요원이 다가온다. 밤에는 경비 전담의 용역회사에 매인 늙은이 둘이 건물 입구의 수위실을 지키고 있으나, 새벽부터 낮 동안은 학교 직원 두 사람이 두 겹으로 지은, 곧 장인 공(工)자형의 건물을 도맡아 건사한다. 희한하게도 한 사람은 혀짤배기인지 말더듬이인지, 다른 한 사람은 외사시인지 눈찌그둥이인지 쉬 분간할 수 없다. 나이마저 종잡을 수 없는 두 관리요원은 늘 허름한 잠바때기에 뿌연 먼지를 홈빡 뒤집어쓰고 살지만, 청소부 아줌마들에게 일을 시킬 때는 당당하고, 짱딸막한 체구들에 어깨들이 딱 벌어졌다. 형광등이 파딱거린다든지 줄을 잡아다녀도 멈추지 않는 햇빛가리개를 손볼 때는 둘 중 하나의 도움을 청해야 하는데, 대체로 그들의 일솜씨는 시원시원하다.

"교수님, 베, 베, 베리 없십니꺼?"

"예, 별일은 무슨… 아직은 무사해요."

벌쭘하니 열린 문이 이내 조심스럽게 닫히고, 자박거리는 발소리가 멀어진다.

불과 10년 안팎 저쪽의 일이지만, 그때는 눈곱이나 가셔내는 고양이 세수에 들이는 시간도 아까워서 세수수건을 막 제자리에다 되돌려놓았는데도 커피포트의 물이 끓지 않으면 짜증이 일었다. 그때는 시간을 초 단위로 그렇게 쪼개 써도 늘 허둥지둥이었건만, 언젠가부터 매사에 미적미적거리는 못된 버릇이, 적당히 때우고 면피나 하자는 투의 생활 타성이 무슨 신조처럼 몸에 배어버렸다. 무슨 성취욕 같은 것에 달떠서 사흘 안에 해치울 일거리 따위를 일일이 책상 머리맡에 붙여두고 매달리는 짓거리도 하찮게 여겨졌다. 그래서 타성은 진절머리나도록 따분한 것이지만, 우리의 일상, 삶, 한평생도 알고 보니 바로 그 관성의 지칠 줄 모르는 줄달음질이었다. 속수무책, 몸은 소처럼 느럭거리고, 머릿속만 풍뎅이처럼 나부대고.

칼자국 없는 둥그런 식빵을 뭉텅이로 쥐어뜯는다. 커피에 적신다. 눅눅해진 빵이 씹힐 것도 없이 녹아서 되직하고 미지근한 죽처럼 목구멍 안쪽으로 넘어간다. 무슨 맛인지도 알 수 없다. 노래방 골목 안으로 한참이나 들앉은 집 강창실비식당에서 거의 1년 이상을 하루같이, 그것도 아침저녁으로 추어탕 백반만 시켜서 개밥그릇처럼 훑닦아 먹으면서도 살았는데, 맛이 대수랴. 시퍼런 시래기, 불그죽죽한 토란대를 걸게 넣고 푹 끓인 다음 산초가루를 듬뿍 쳐서 내주는, 철마다 무 넣고 지진 갈치 조림, 자반고등어 한 토막, 벌겋게 무친 무채나물 같은 밑반찬 한두 가지를 번갈아 곁들여 내놓는 그 상밥은 물리지도 않았다. 물리지 않기로는 강창댁이도 마찬가지여서 매번 거스름돈으로 된장 투가리 속에 소복하니 쟁여두고 있는 5백 원짜리 동전 하나를 집어 꼬박꼬박 손바닥에 얹어주었다. 어쩌다가 평일에 이틀쯤 걸렀다가 나타나면 강창댁은 또 늘 하는 말솜씨로 "인자는 참말로 물렸는가 싶었구마는"이라며 이쪽의 안면을 훑고 나서 "그새 얼굴이 좀 축났는가 어쩐가"에 이어 "참말로 안 물리요?"라고 물었다. 음식이 물리면 그날로 죽는 날을 받아놓은 것이지 별거겠는가. 첫애가 들어서자 속이 메스꺼워 피우기 시작했다는 궐련을 평생토록 즐기시다가 담배맛이 없다시며 한 달쯤 끼니를 모이 쪼듯 하시다 일흔아홉 살에 자는 듯이 돌아가신 할머니를 보더라도 그것은 그랬다. 겁이 나서도 감히 엄두를 못 내지만, 끼니도 걸러 버릇하면 일체의 먹거리 자체가 가끔씩 물리지 않을까. 그래서 편식 따위는 일단 무식하고 우직한 고집이 아닐지. 여물만 편식하는 소나 말처럼.

전셋집으로 이사를 한 김에 싸구려 전기밥솥을 하나 사서 본격적으로 손수 밥을 지어먹기 시작하고부터는 찬거리보다 국거리 장만이 늘 한걱정이었다. 바로 이웃 동에 사는 둘째 처형이 메추리 알과 마늘을 낫게 넣고 잘팍하니 조린 쇠고기 장조림을 얼추 됫박만한 플라스틱 통에 담아 쥐어주곤 했다. "버릇 될까 봐 겁나네"라면서도 거의 다달이. 김치도 온갖 것을 다 차로 실어날랐다. 그래도 반찬이 떨어진 날은 많았다. 새우젓, 콩자반, 그것을 한 알씩, 한 마리씩 집어 반드시 밥 위에 일단 올렸다가 저작하면 밥맛이 그런대로 살아났다. 그때마다 이 많은 새우와 콩을 언제 다 먹나라는 생각을 떠올리곤 했지만, 반찬이나 세월은 결코 물리는 법이 없었다. 한 달이면 새우젓 한 뚝배기가 동이 났다. 국은 주로 사먹었다. 흰 비닐 봉지에 퍼담은 다음 다시 검은 비닐 봉다리에 넣어주는 추어탕 3천 원어치만 사도 다섯 끼니는 너끈히 때울 수 있었다. 선지국은 추어탕보다 맛이 못했고, 중들이나 먹는 고사리를 쓸데없이 많이 넣은 쇠고기국보다는 나았다. 김치 남은 것을 쏟아붓고 돼지고기 반 근을 넣어 끓인 김치찌개는 언제라도 무슨 맛인지도 모를 그런 개밥 맛잡이였다. 그 기름투성이의 설거지거리도 언짢았다. 음식 솜씨가 좋은 둘째 처형의 상투어. "그게 무슨 맛일까. 꿀꿀이죽도 아니고."

그래서 어느 날 문득 기발하다고 속으로 쾌재를 부르며 개발한 국거리가 보리차였다. 맑은 쑥색 사기 밥그릇에 따끈한 보리차를 따른다. 희미한 김이 피어올라야 안성맞춤이다. 어쩌자고 둘째 처형은 쑥색 사기그릇만을 일습으로 사줬는지. 까만 콩밥을 한 덩이 떼서 만다. 쑥색, 놀면한 보리차 색깔, 하얀 쌀밥 속에 말긋말긋 떠다니는 검은 알맹이의 돌올한 자태. 너무나 선명하면서도 단조로운 그 색깔의 조화를 완상하는 재미도 수월치 않다. 보리차맛은 구수하고, 밥맛은 개운하고, 콩맛은 담박하다. 씹는다. 담백한 화학적 감각과 그 소화력에 대한 전폭적인 신뢰감. 입맛이 조촐하니 돌아온다. 역시 둘째 처형이 손수 으깨서 담아준 명란젓 더미에 젓가락을 박았다 빼내 그 발가니 묻어 올라온 알가루를 빨아먹는다. 이번에는 콩밥을 먼저 한 숟가락 입에 떠넣고 보리차를 반 숟가락쯤 떠서 간 보듯이 다신다. 팍팍한 입속이 이내 산뜻해지며 밥맛이 새로워진다. 반듯한 제맛들이 하나씩 오똑하게 살아서 미각을 다채롭게 열어가고 깨우쳐주는 듯한 그 감질. 그 맛에 한창 길들여져가던 즈음 조련사 둘째 처형의 훈수 하나. "거기다 소금을 약간 넣어봐. 맛이 훨씬 부드러워지고 향기도 한결 도타워져. 보리차물이 한창 우려질 때 커피 스푼으로 3분의1쯤 뿌려."

단사표음(簞食瓢飮)의 으뜸가는 실속이라면 과식을 원천적으로 제어한다는 것이다. 어떤 습관이나 제도의 위력과 그 전과(戰果). 슬기까지는 아닐지라도. 어떻든 과식은 마약이니까.

사실상 식사야말로 모든 제도의 규범이다. 하루 세 끼가 그렇듯이. 나중에는 구수하기 이를 데 없고 그윽한 향내마저 탁월한 둥글레차에다 밥도 말아 먹고, 커피도 그 물에 타 마셨다. 그 일대 도약이 제 발로 슬슬 가짓수를 늘려갔다. 결명자차, 옥수수차, 녹차, 말만 듣고 글로는 숱하게 봐왔으나 현지에서 먹어볼 기회는 없었던 일본 관서 지방 사람들이 특히나 간식으로, 더러는 다회(茶會) 따위의 모임을 대충 마무리짓기 위한 신호용 후식으로 내놓아 그 정갈한 맛을 기린다는 이른바 오차즈케(御茶漬)의 재연이거나 패러디일지도 모른다는 생각을 얼핏 떠올렸을 때, 즉각 속으로 '무슨 소리야, 이것은 분명히 자생적이고 전적으로 내가 발명한 성스러운 식사법인데' 라고 흰소리를 쳤지만. 도스를수록 헛물이나 켜대는 것 같던 그 찌들어빠진 생활방편. 억지. 억지투성이 일상에는 어떤 호들갑도 얼씬거릴 수 없다.

다행히도 지난 6년 동안, 그전까지 친다면 꼬박 10년을 집 떠나 혼자서 그런 밥을 먹고 살아내면서도 이때껏 뚝 불거지게 아프거나 병을 앓은 적이 없다. 무던한 몸과 마음자리를 물려준 부모에게 우선 고마워해야 할 것이다. 나이가 들수록 이 은혜를 절감하는 것조차 직장 따라서 홀아비 생활을 영위하게 된 여덕일지도. 더욱이나 형제의 때 이른 주검이나 영어생활 같은 험악한 광경을 보지도 겪지도 않게 해 준 것만도 지복이다.

먼데서 자발머리없는 고동이 연거푸 두 번 울려온다. 바로 등 너머의 대로 밑에 지하철을 까느라고 출근시간대를 피해 땅속에서 다이너마이트를 터뜨리겠다는 예비 경적이다. 여섯 시 50분에서 일곱 시 10분 사이. 그런데 이 땅울림은 언제라도 경적이 채 끝나기도 전에 지반을 요란하게 흔들어댄다. 차량들이 미처 대피할 수도, 주춤할 틈새도 없이. 수상쩍게도 저 위태로운 땅울림과 불온한 경적은 멀어지지도 않는다. 요즘에는 10차선 대로를 끌밋하게 포장해놓고. 양쪽 인도에 부목 댄 가로수까지 심어놓았는데도.

토요일이다. 강의가 없으니까 만판으로 시간을 요리할 수 있다. 월요일 점심 때까지는 일단 만고강산이라는 생각만으로도 몸이 한결 가뜬해진다.

책상 앞에 착석한다. 관성이다. 팔자는 관성의 집합이고, 관성은 개개인의 일상을 단단히 얽어맴으로써 제가끔의 인생행로에 고유한 특전을 점지한다. 각자의 관성을 해체하지 않고 제 팔자를 달다느니 쓰다느니 하는 것도 앞뒤가 안 맞는 소리다. 주말형 이산가족의 허수아비 같은 가장 노릇도 팔자 소관이다. 승용차로, 기차로, 고속버스로, 가끔씩은 비행기로 오르락내리락하는 여일한 관성. 그것도 격주형에서 월별형으로 바뀌어가고 있지만. 동료 선생들 중에는 방학형도 드물지 않다. 남녀 구별 없이. 그들은 방학 동안에 미국으로, 독일로, 프랑스로, 오스트레일리아로 날아가서 두 달쯤씩 살다가 돌아온다. 그쪽에서 철새처럼 날아오는 경우도 있는 모양이다. 아무래도 자식들을 도맡아 키우는 여선생이 이쪽에서 사는 경우는 여비 때문에라도 그쪽에서 날아와야 할 테지만. 물론 그쪽에서 자식들을 키운다면 이쪽의 지아비를 만부득이 불러들일 수밖에 없을 테고.

오늘날의 노인들은 대체로 악지가 세다. 중년 부인들은 더 말할 것도 없다. 시방 황 노인은 아들자식이 애먼 데다 남의 돈을 밑도끝도없이 꼴아박고 사기꾼이나 다를 바 없는 명색 거래처 사업주들에게 뭉칫돈을 자꾸만 떼이고 있어서 끙끙거린다. 눈물을 훔치며 도리질해대던 도씨 본부인은 명색 서방 밑에다 또 목돈을 날릴까 봐 전전긍긍이다. 둘 다 그 신고 때문에 잠도 제대로 못 잔다. 그러니까 두 쪽 다 멀쩡한 육신을 갖고서 생병을 앓고 있다. 무병신음(無病呻吟). 이상하게도 그들은 낮 동안에는 씩씩거리면서도 밤만 되면 털버덕 주저앉아서 신음한다. 괴상망측한 개인적인 생병이라기보다도 일종의 사회적 증후군이 아닐지. 언제라도 남 앞에서는 삿대질을 퍼부을 수 있을 정도로 기운이 펄펄 남아돌지만, 혼자 나둥그러지면 병적인 무력감에 휩싸이고 마는. 이름도 제대로 붙일 수 없는 그 심적 공황을 자기불만, 나아가서 자아분열감이라고 한다면 그들은 돈이라는 이 시대의 유일신마저 하찮게 여겨야 하는데, 그것이 너무나 생생하고 막강하게 그들을 통제하고 있다. 혹시 이것이야말로 한글 언어권이 아무렇게나 잘 써먹는 그 소위 한(恨)이란 말인가. 그러려면 무병신음자들은 무슨 흉악한 물리적 행사나 그런 몹쓸 서글픔 일체에 피멍이 든 나머지 몸져누워 있어야 하는데, 황가 성 가진 기업인이나 제 주유소에다 고용인 사장까지 부리고 있는 도씨는 어떤 권위의 남용과는 담을 쌓고 있을 정도로 살가울뿐더러 그 슬하의 포원자들도 그들 못지않게 신들거리고 거쿨스럽다. 그런저런 불평과 불만의 착종 상태를 불러들인 대상이 꼭 돈만도 아닌 듯하다. 허랑해서 더이상 믿을 수 없는 인간에 대한 실망감. 나아가서 그 배신감? 자기상실감으로 비화할 게 틀림없는 어떤 체념. 그런 응어리들을 떨쳐버리기에는 너무나 드세게 달려들고 있는 온갖 법률적, 윤리적 제재와 조잡한 인정에 대한 분노.

간밤에 잠자리도 워낙 불비한데다 당연하게도 이런저런 생각거리도 샘솟듯 괴어들어, 특히나 눈물을 그렁이다 뭔가를 보채듯이 도리머리를 흔들어대며 울부짖던 그 좀 적잖이 섹시한 도씨 본부인의 모습이 자꾸 눈에 밟혀와 책상 앞에서 엉덩이 씨름을 했다. 잔다라울 정도로 돈셈에는 부드드하면서도 제 속내를 끔찍이도 안차게 드러내던 그 속태라니. 닷새 후 재계약건으로 다시 대면하고, 또 그다음 주 토요일에 중도금을 건네러 만났을 때는 역시 살이 인물이다 싶게 푼더분하게 생긴 그 외모도 그랬지만. 두름성 좋아 보이는 그 성격도 미쁜데다 명실상부한 혼주 노릇을 제대로 하려는 무슨 시위처럼 점점 짙어지던 그 화장술까지 제법 고혹적이었다. 한씨와 그의 부인은 어떻게 봤는지 몰라도 그에게는 분명히 그렇게 비쳤다.

그러나 남자를 재량껏 휘어잡는 그 중씰한 여성미의 밑바닥에는, 그런저런 부부관계를 대충 알아들은 나머지 그 뻔할 수밖에 없는 어림짐작을 제멋대로 확대해석해서 그랬는지 몰라도, 어떤 그늘이 넘실거렸다. 성적인 원망, 배추 밑동같이 검질기게 붙박여 있는, 그 오똑한 살갗 아래 훤히 비치는 시퍼런 멍 자국, 그 드레진 자아와 뒤둥그러진 상처는 당연하게도 두동져서 시방 박이 터지도록 싸우고 있다.

혼자서 잠자리를 꾸려가야 하는 한창나이의 기혼 남자들을 자주 괴롭히는 잡념이라면 성적인 숱한 환상이 그중 으뜸이 아닐지. 의식주 관행을 웬만큼 추슬러낼 만한 형편이라면 자식 걱정과 돈 걱정 다음으로. 어디 남자뿐이랴. 조씨 부인인들 별난 여자일 리 만무하다. 그런저런 환상 변주가 한창 기세 좋게 불붙고 있을 때, 그의 뇌리에 예의 그 '무병신음' 이라는 불씨가 탁탁거렸다. 그렇잖아도 전공이 그것이라 그 어원을 쫓아갔다. 사전, 자전을 뒤적거리는 것도 그의 일상 중 두드러진 타성이었다.

사전에 적혀 있는 대로라면 그 말은 문자 그대로 아픈 곳이 없으면서도 신음하는 것, 비유컨대 걱정할 일이 없는데도 탄식을 일삼는 짓거리다. 곧 부정적 의미로 제한해서 쓰고 있다. 특히나 명대(明代)의 양명학자 이지(李贄) 같은 이가 글이란 모름지기 그래서는 안 된다는 비유로 이 말을 즐겨 썼고, 그 예문을 두어 개씩이나 들어놓았다. 물론 주자(朱子)도, 노신(魯迅)도 쓰고 있다. 호적(胡適)은 문학 개량을 위한 여덟 가지의 강령을 제시하면서 네 번째 항목에다 '무병신음' 을 못박아두고 있기도 하다. 문학이란 반드시 문법을 갖춰야 하고, 진부한 상투어를 버려야 하며, 대구(對句)를 굳이 따질 것까지는 없으며, 속자, 속어를 피하지 말라는, 곧 일상어를 활수히 쓰라는 항목들은 크게 봐서 언어의 운용에 대한 교과서적 훈시에 그치고 있지만, 나머지 네 항목들은 주로 무엇을 써야 하느냐는 것이다. 그 내용을 조작하는 하나의 방법론으로 병도 없이 신음하는 짓을 '지어서는 안 된다(不做)' 고 단언해놓고 있다. 허장성세에 대한 경계, 과장벽에 대한 징치, 남의 염병이 내 고뿔보다 못하다는 식의 엄살에 대한 재갈물림. 내용적으로도 그래야 할 테지만, 표현으로도 당연히 그래야 할 것이다. 뿐만이 아니었다. 다른 뜻으로 쓰이기는 했지만, "장자"에도 '무병자구(無病自灸)' 라는 말이 보였다. 공연히 번뇌를 일삼고, 사서 생고생한다는, 그래서 병도 없는데 스스로 뜸을 뜬다는. 그것도 공자가 그처럼 성깔 사납게 몰아붙였다니.

백 번 타당한 훈화였다. 그러나 한편으로 사람이니까 병이 없어도 앓는 것 아닌가. 누구라도 나이가 들수록 육신의 병과 그 극복보다 더 화급한 생활권이 달리 없을 테지만, 마음의 병도 그에 못지않게 심각함은 보는 바대로다. 문학이든 생활이든 제대로 하려면 일단 몸건강이 우선임은 말할 것도 없으나, 신음하지 않고 글쓰기도, 불평 없이 생활경험을 속속 따라가기도 근본적으로 불가능하지 않을까. 특히나 오늘날처럼 복잡다단한 생활환경 속에서는 그렇다. 모든 글은, 또 모든 삶은 우선적으로 씩씩해서 쓸모가 있고, 튼튼해서 베풀 수 있으며, 본보기가 되어야 한다는 무슨 실용주의 같은 주장만 앞세운다면 달리 할말도 없을 테지만. 비근한 예로 그의 글이나 삶이 여러 의미에서 두루 화려했던 일본의 미시마 유키오(三島由紀夫)는 '다자이 오사무(太宰治)의 노이로제는 라디오 체조만 했어도 나을 수 있는 것이었다' 라고 했다는데, 망발도 유분수지, 매일 아침마다 맨손체조를 한다고 해서 신경쇠약증이 치료되지는 않는다. 적어도 천부적인 두뇌 활동이나 감정 조절 기능을 생리적으로, 또 인위적으로 제거하거나 표백시키지 않는 한은. 실제로도 그런 표백은 원천적으로 불가능하고. 만에 하나 그렇게 되었다면 그야말로 식물인간이 되고 만다. 맨손체조가 노이로제 치료에 보조적인 기능을 맡는다 하더라도 우선 팔다리를 흔들어댈 엄두를 내야 하고, 그런 용단도 신경쇠약증을 부분적으로나마 제거한 후에 가능할 게다. 요컨대 정신병자한테 정신 차리라는 윽박지름은 전적으로 형용모순이다. 제 고생, 제 엄살, 제 머리가 얼마나 비루하고 피폐해져 있는지조차 모르는 판이니까. 맨손체조를 규칙적으로 할 수 있는 사람은 이미 정신적으로나 신체적으로 건강해서 모든 신경증과는 무관하고, 그렇다는 것은 거꾸로 몸에 탈이 없고 튼튼해야 맨손체조라도 할 수 있다는 일종의 공식이 통한다는 말인데, 하기야 막말은 자칭 건강한 인간들이 함부로 내뱉는 무식한 특권이니까.

도씨가 마지못해 계약금을 되돌려주면서 "우리 집안 사정에 대해 별아별 소릴 다 들었을 테지만서도 그 집은 누가 머라캐도 내가, 이 도기열이가 내 맏자식한테 임시로 증여한 것인께 그렇게나 아시오. 명의야 누구 앞으로 돼 있던지 지금이라도 내가 마음만 독하기 묵고 내 재산 행세를 제대로 하기로 들만 꼼짝 못할 기요. 그 돈이 다 어디서 나온 긴데. 상식적으로 생각해도 안 그렇교?" 운운했다는 말을 한씨가 영판 보일 듯이 전하자, 도씨 본부인은 양양이가 나서 대뜸 "미친놈, 들은 돌이 있어야 낯을 붉히지. 지가 인자 와서 무신 할말이 있다고"라고 받았다. 한씨는 눈치 빠르게 "할말이 없은이 머쓱해서 공연히 엄포나 놓는 소리지 벨뜻이야 있을라꼬요"라며 재계약을 서둘렀다. 도둑놈 심보를 안 가졌다 하더라도 갑자기 이 물건, 이 돈, 심지어는 어떤 여자마저도 내 것이라는 망상에 휘둘려서 남의 배타적 소유권을 송두리째 짓밟아버리는 도씨 같은 부류의 인간은 의외로 많고, 누구라도 그런 미친 증세를 조금씩은 갖고 있다. 그때부터 도씨 본부인은 말끝마다 그 '화상'을 '미친놈'으로 승격시키고 있었다. 그것의 소유권이 누구 것인지는 결국 밝히지 않았지만, 한 외곽지에 있는 4층짜리 건물에다 맨 꼭대기층에는 자기 살림집을 붙박아두고, 2, 3층에서는 대중목욕탕을 손수 운영하면서 1층에는 약국을, 지하층에는 슈퍼마켓을 각각 세놓고 있다는 중년 부인의 입이야 그 재산처럼 걸 만도 했다. 하기야 조만간 변호사 사위를 보게 되었다니까 자식 양육과 성가(成家)에 관한 한 전혀 이바지한 바가 없었을 위인에게야 '미친놈'보다 더한 별칭인들 못 안길까. 어쨌든 그 '미친놈'이란 적절한 호칭도 묘한 여운을 길게 끌었다. 이래저래 말이란 역시 신통방통했다.

그의 아내도 꼭 한번 그 '미친놈' 소리를 똑같은 경우에다 퍼부은 적이 있다. 되돌아보니 한창 배가 불러오던 때였지 싶다. 명색 나라에서 운영하는 한 종합병원에서 같은 전공의로 일하며 그 미친놈과 사사건건 티격태격하다가 종내에는 서로 말도 안 한다고 밤마다 투덜거렸으니까. 그즈음 한 살 많은 신부에게 늦장가를 든 이쪽은 서울 시내에 있는 두 사립대학교에서 일주일에 열두 시간씩 말품을 팔던 시간강사였다. 서로 살(煞)이 낀 그 미친놈과 신경전을 팽팽히 벌이고 있던 만큼 아내는 해산 당일까지 제자리를 지킬 요량이었다. 그러던 중 그 미친놈을 일방적으로 비방, 매도하는 소문이 동료 의사들 사이에 나돌고 있다고 했다. 인물, 학벌, 가문 등이 죄다 나무랄 데 없는, 더욱이나 애까지 연년생으로, 그것도 아롱이다롱이로 둘이나 딸린 제 부인을 놔두고 딸 하나까지 딸린 유부녀와 바람이 나서 제 본처와는 이혼을, 그 사련의 주인공과는 재혼을 하련다는 소문이 그것이었다. 아내는 그 보란 듯이, 사생활이 그처럼 개차반이었으니 매사에 그렇게나 신경질을 부리고, 비록 서로 다른 대학 출신이었지만, 학번으로는 다섯 해나 밑인 자기를 '빈대 옆구리만한 포용력도 없이' 냉대했다고, 그 '미친놈'이 이제는 창피해서라도 다른 직장으로 자리를 옮길 것이라고 은근히 좋아했다. 그 '미친놈'만 자리를 옮겨버리면 자기도 다른 직장을 알아보고 미련 없이 이 공무원 신분을 벗어버리겠다면서.

만삭이었으니까 그즈음이었을 것이다. "미친놈, 여자 그게 머 그리 좋다고 조강지처까지 버린다고 지랄이야. 맨날천날 벌리고 빤히 쳐다보면서 싫증도 안 나나 몰라." 역시 자연과학을 짓주물러대는 사람은 여자라도 언어 감각이 형편없이 무디고, 어떤 대상이 그야말로 즉물적으로만 보이는 듯. 되감기와 재생의 되풀이로 얼른거리는 기억의 파편 한 토막. 그때 서로 나란히 누워서 이쪽은 한창 두둥실 떠올라 있는 임부의 배를, 그 속의 태동까지 생생하게 손바닥으로 감지하며 나눈 말들. "꽃을 돋보기로 쳐다봐야 그게 그거라는 소린데, 실은 그게 간단치 않잖아. 그 지경까지 이르려면 서로 숱한 감정의 화합이 짝짜꿍이를 부렸다고 봐야지. 그게 그렇게 간단하다면 세상에 무슨 재미가 있나.—얼어죽을 재미. 감정만 있고 이성은 없다는 소린데 말이나 돼. 아니, 정말이야 이건. 스페큘럼이나 콜포스코퍼로 벌리고 쳐다보면 그냥 좀 지저분하고 머 그래. 뭐랄까, 좀 단조로운 근육조직 속에 나 있는 길일 뿐이야. 우습게도 바기나라는 게 그렇게 단순하게 생겨먹었어. 외래환자로부터 온갖 시시콜콜한 사연을 한참이나 다 듣다 보면 어처구니가 없어져서 한동안씩 멍청해진다니까. 흔히 관상(管狀)이라고 말하는 그대로 대롱만한 길이 뻥 뚫려 있을 뿐인데 남자들은 어쩌자고 그렇게나 미쳐 날뛰는지 알 수가 없어.—앞에 두 영어는 무슨 소리야. 무슨 청진기 같은 건가?—그대로 번역하면 하나는 질경이고 뒤엣것은 자궁경관 확대경이야. 그것들도 무식하기 이를 데 없이 생겨먹었고. 그래도 벌리고 비춰보면 바기나 입구가 파랗기 때문에 임신 여부는 곧장 밝혀줘.—파랗기까지나? 그것 참 오묘한 거네.—평소에는 빨갛다가 임신하면 멍든 것처럼 그렇게 변해. 무슨 오묘까지나. 얼마나 단순해빠졌는데.—그게 단순한 건가. 아주 복잡하기 이를 데 없는 거지. 그 안에 있다는 아기집까지는 안 보이나?—그게 소위 자궁이라는 건데 거기는 더 아무것도 없어. 우리 의사들 말로는 적멸보궁이야.—설마 부처같이 정교한 조각품이 있을 리야 만무할 테지만.—그러니까 그런 데다 아무리 비손질을 해봐야 별무소용이라는 거지.—열심히 비손해서 영험을 보는 게 임신인데 적멸보궁의 구실이야 오죽 당당해?" 아내는 그런 여자였다. 이쪽에서 잘 모르고 있는 부분에 대해 덧댈 말까지 즉흥적으로 막아버리는. 과학적이라는 설명 아래. 나중에 들은 말이지만 그 미친놈은 그 직장에 끈질기게 붙어 있었을뿐더러 그 말썽 많은 사생활까지도 제 뜻대로 정리해버렸다고 했다. 오히려 그 직장에서 애까지 낳은 아내가 그 미친놈과 업무적인 말만은 서로 주고받게 되었을 때쯤, 지금의 직장으로 옮겨 나앉았다.

따지고 보면 자식 때문에, 남편 때문에 무병신음들을 한다지만, 그 밑바닥에는 여러 제도의 불공정, 불평등, 불합리 같은 것이 암류하고 있어서 앓는 소리가 끊임없이 속출, 길어질 수밖에 없다. 돈을 떼이고도 하소연할 길이 없는 억울감, 허울 좋은 일부일처제 아래서 한쪽의 일방적인 성적 방종과 그 피해 정황. 어떤 의미에서도 돈은 사람살이와 세상살이에 부대적인 수단일뿐인데도 그것이 그들을 끙끙거리도록 족쳐댄다고 착각한다. 그런 지저분한 시비거리가 몽땅 해소되었다고 해서 과연 신음이 사라질까. 역설적이게도 사람은 앓을거리를 쉴새없이 장만하며 살아간다. 물론 그 형형색색의 신음을 어떤 식으로든 끄기 위해 더 모질게 앓을 수밖에 없기도 하다. 여러 장애 요인들과 고군분투하기는 할 테지만.

등 너머의 우람한 '한국형' 아파트를 멍하니 쳐다보는 그는 제풀에 떡심이 풀어진다. 자신은 어떤 원망도 없다는 어설픈 자위를 추스르면서. 어떤 엄살도 고이 잠재워가며 살아가련다는 자조를 깨물고. 또 극기로 살아갈 수밖에 없다는, 허나 그럴 나이도 아니라는 생각을 곱씹으면서.

6

결국 길이 막히는 모양이었다. 미리미리 예약해놓고 서둘러 챙길 것과 다독거릴 일을 일일이 메모해뒀다가 분별한 다음 일찌거니 채비를 차리라고 그렇게 일렀건만, 아내는 성권이의 여권은 진작에 나왔는데 비행기표를 구할 수 없다고 나자빠졌다. 여권을 하나는 새로 만

들어주고 제 것은 재발급해준 여행사의 더덤한 일솜씨를 '엉터리에 개판이야' 라고 비난하면서. 8월 둘째 주까지는 서울발 도쿄행이나 오사카행 비행기표는 모조리 동이 났고, 8월 15일 밤에 도쿄를 경유하는 미국행 비행기표는 어떻게 구할 수 있지 싶은데, 그것도 현재는 웨이팅 넘버가 36번이라고 했다. 계획대로라면 8월 9일에 도쿄에서 만나 2박 3일 동안 볼 것 보며 쉬다가, 미국 동부에 사는 첫째 처형네 집으로 날아가서 거기서 일주일쯤 머물다 귀국할 예정이었다. 그런데 내주장만은 그렇게 심하지도 않은 한 불출의 불찰로 모든 것이 뒤죽박죽이 되고 만 것이었다. 오사카에서의 미국행 비행기표 석 장 예매, 도쿄에서의 투숙 여관 예약과 그에 따른 일체의 취소 소동 따위가. "자리가 없다는데 난들 어떻게 해. 용 빼는 재주도 없는데. 거기에 무슨 꿀이 발렸나, 왜 다들 일본만 찾아. 벌떼처럼. 여름 한철만 이런 것도 아니라는데. 일정도 끝났으니 당신이 거기서 사나흘 더 관광하고 개기면 안 돼?" 말 같잖은 소리였다. 과외로 그럴 돈이야 이럭저럭 돌려맞출 수도 있을 테지만, 혼자서 그러고 싶지는 않았다. 넌지시 비추기도 했는데, 딱 2박 3일 동안만 도쿄 일대의 공원과 유원지를, 특히나 본바닥 것 못지않게 오밀조밀하게 잘 꾸며놓았다는 디즈니랜드를 아들애에게 구경시키고, 마지막 날 저녁밥은 일본 특유의 전통 여관에 딸린 별실에서 깍듯한 시중을 받아가며 그곳 정식을 제대로 먹여줄 참이었다. 돌이켜보면 결혼 후 여름휴가를 한 번이라도 즐겨본 적이 없었다. 피곤하다는 핑계로, 서로 일에 쫓겨서 짬을 낼 만한 여유조차 없다면서. 다행히도 가사 두량에서는 전적으로 팔불출인 여의사는 어릴 때부터 째이는 집안에서 살아왔고, 또 별것도 아닌 제 앞가림에는 그럭저럭 온전하려고 덤비는 사람답게 세칭 금수강산의 골골마다를 쓰레기 하치장으로 만들어놓는 이런 동네에서 도대체 바캉스란 게 무슨 의미가 있으며, 무슨 말라비틀어진 호사 취미냐고 원성을 터뜨리는 터였고, 아들마저 그런 걸 보채지 않는 좀 별종이었다. 고맙기도 하려니와 그런 지어미와 자식을 거느린 것도 이쪽의 천만다행한 분복이라고 자위하며 살아온 셈이었다.

자리가 없다니까 이번에도 분복대로 살아갈 수밖에 없는 노릇이었다. 여름 한철은 도쿄 시내에도 잠자리 구하기가 하늘에 병 매달기만큼이나 어렵다는 풍문은 익히 듣고 있어서, 오래전부터 서로 오락가락 보고 지내며 해마다 꼭 한문 연하장을 주고받는 중국어 문법학자인 한 일본인 친구에게 특청을 넣어 우에노(上野) 공원 부근에 있다는, 제 부인이 대만계 중국 여자이면서도 자기 전공에서는 조만히 도회벽(韜晦癖)을 일삼는 그 친구도 생색을 내느라고 2백 년쯤 묵었다는 한 여관을 잡아놓았는데, 그것부터 취소시키자니 제 분복에 저절로 짜증이 일었다. "당신이 먼저 들어가세요. 사흘 뒤에 성권이하고 뒤따라갈 테니까요. 미국 직행은 웨이팅 넘버에 관계없이 그때까지는 어떻게 만들어진다니까.—나도 미국은 초행길인데 그 낯설고 물선 데를 어떻게 찾아가라고 그래. 도대체 당신은 머 하는 친구야. 매사에 엉망이고 뻥만 튀기고. 칠칠찮은 여자하고 억지로라도 말 모아가며 살려니, 나 원, 참, 후회막급이야.—후회해봤자지. 내가 본래 그런 여자란 걸 이제 알았나 머. 여러 소리 할 것 없이 먼저 들어가세요. 장모도 있겠다, 낯설기는 머가 낯설어. 큰언니더러 뉴욕까지든 스프링 필드 읍내까지든 차 갖고 마중나가라고 일러놓을 테니. 당신 몸만 일단 날아가라니까 그러네. 여기 내 일도 막상은 열흘씩이나 자리 비우기가 좀 그래.—이때껏 그 직장에서는 연가도 한번 안 찾아 먹었다고, 처음으로 제 권리 찾아 먹는데 누가 말리겠냐고 너스레를 떨며 나를 꼬실 때는 언제고 이제 와서 무슨 소리야. 그 병원만 유독 이 더운 여름에 산모들이 밀어닥쳐? 일복이 터져 좋겠네.—나중에 말하기로 하고요. 또 날 찾나봐. 저놈의 구내방송 등쌀에 미치겠다니까. 여기 비행기 사정이 그렇다는데 난들 어째. 시카고에서 그쪽 국내선을 갈아타는 것하고 워싱톤 디씨까지 논스톱으로 가서 고속버스 타고 올라가는 수밖에 없다는데. 뉴욕행은 언제 자리가 날지 모른다고 배짱만 퉁기고 있고. 지금 지구촌은 바야흐로 온통 비행기타기 쇼에 걸신들린 모양이야. 이런 걸 누가 좀 착실히 연구해서 개선 안 시키나 몰라.—연구 좋아하고 있네. 자연과학이 일하는 꼬라지가 늘 그렇지.—내가 무슨 자연과학을 해. 여성과학이든 임부과학으로 밥이나 겨우 빌어먹고 사는데.—아이구, 시끄러워. 끊어. 전화비만 오르게 생겼어.—언제 거기서 떠나겠냐니까? 그걸 알아야 승혜 언니에게 전화 칠 거 아냐. 길도 모르고 영어도 할 줄 모르면서 어떻게 하겠다는 거야?—전화번호 알고 주소 있는데 설마 집을 못 찾을까.—그래, 이쪽 스케줄 맞추려 하지 말고 부킹하는 대로 당신 먼저 가서 환대를 받아. 엉뚱한 생각하지 말고.—엉뚱한 생각은 무슨 소리야?—성권이한테 일본서 기어코 디즈니 랜드를 구경시켜주겠다며?—글쎄, 그걸 누가 망쳐놨는데?—예약 같은 거 다 취소하고 돈 아끼라는 소리지 머.—내 돈을 내가 어떻게 분질러 쓰던 이제 와서 무슨 상관이야. 썅, 아, 열 받네.—열 받지 마. 자꾸 그러면 나도 열 받는다니까. 모처럼만에, 아니지, 출산휴가 후

난생처음으로 여름휴가 한번 제대로 찾아먹으려다 이래저래 욕만 터배기로 얻어먹고 있는 판이잖아."

군이 따져본다면 아내는 분명히 덜렁이는 아닌데, 어딘가 어리광스러운 구석이 몸에 배어 있었다. 막내딸로 자라서 그런지 어떤지. 이쪽에서 자의반 타의반의 객지 생활을 아무런 불평 없이 또 말썽 없이 꾸역꾸역 꾸려가리라 믿고 말로나마 어떤 조력을 보태지 않는 것이야 그렇다 치더라도 자기 자신의 그 타고난 무신경과 근본적인 불찰이 미상불 민망해서 어떤 간섭도 디밀지 않는 것은 웬만큼 이해할 수 있는 대목이었다. 실제로도 이쪽의 그런 폭폭한 사생활을 엄살 섞어 늘어놓기도 싫었고, 아내로서 이런저런 살림 요령이라든지 흔해빠진 계집질에의 예방적 다짐 같은 것을 내놓지 않는 점은 그쪽의 눈치 빠른 미덕임과 동시에 이쪽의 쪽 곧은 독수공방 영위에 한 부조가 되었다.

그렇긴 해도 간호장교 출신의, 지금도 그런저런 연줄의 강권성 앙청에 못 이겨 간호행정과 성인간호학을 시내의 한 사립대학에서 짬짬이 가르치는 둘째 처형에게 이쪽의 밑반찬 걱정이나 살림 두량을 거의 맡기고 있는 전천후적 의탁 내지는 방임적 무신경은 분명히 어리광 차원을 넘은 것이었다. 매번 둘째 처형의 그런 푹한 거둠손을 받을 때마다 고맙다는 생각은 뒷전으로 물러나고 팔불출 아내를 얻은 자격지심이 들끓어 곤혹스러웠다. 어쨌든 그런 머쓱함도 이제는 만성이 되어버려서 오히려 둘째 처형의 보살핌을 은근히 바라고 있는 판이니 그 나물에 그 밥 식으로 동화되고 말았다고나 해야 할지.

아마도 그때가 4, 5년 저쪽의 어느 이른 봄날이었을 것이다. 주말이라 이쪽에서 불원천리로 상경하여 밥이라도 제때 구색 갖춰 얻어먹을 속셈으로 기다리고 있는데, 팔불출은 밤 여덟 시가 지났는데도 코빼기를 비치지 않았다. 성권이는 진작부터 피자 한 상자를 무릎 앞에 놓아두고 대여점에서 빌려온 어린이물 미국 영화에 한창 눈독을 올리고 있었다. 이쪽이나 그쪽이나 곧장 쪽 팔리는 일이라 직장에다 팔불출의 행방을 알아보는 전화질도 차마 할 수 없었다. 아들애에게 최근의 제 엄마 동정을 물어보자니 그짓도 무슨 염탐질 같아서 체면이 안 서는 노릇이었다. 은근히 속이 끓어올랐으나 기다리는 수밖에 없었다. 거의 아홉 시가 다 돼서야 전화기가 울었다. 뜻밖에도 둘째 처형이었다. 코드 없는 전화기를 들고 베란다로 나갔다. 둘째 처형네는 같은 단지 안에서 서로 기역자로 돌아앉아 있는, 그쪽에서도 베란다로 나와 손짓하면 그 얼른거림이 이쪽에서 빤히 내려다보이는 마흔여덟 평짜리 아파트에서 살고 있었다. 이쪽은 남향에 7층 한가운데 집이고, 그쪽은 동향에 3층 가두리 집이긴 했지만. "제부야, 그렇잖아도 벌써 올라와 있을 거라고 했어. 지혜가 아까부터 우리집에 와 있어. 술 마셨다고, 술 취한 얼굴로 어떻게 지 남자를 보냐고, 성권이한테도 술 냄새 풍기며 갈 수야 있냐고 시룽거리면서. 이제 술이 좀 깨나 봐. 방금 일어났어. 진작에 전화해달라는 걸 내가 뭣 좀 장만하느라고 정신이 없어서 이제사 걸었어. 일루 와, 아직 저녁 안 먹었지?"

팔불출은 신체적으로도 그런지 어떤지 맥주를 한 잔만 마셔도 얼굴이 시뻘겋게, 좀 과장하면 단풍잎 불붙듯이 달아오르는 이상한 체질이라 술을 입에 대지도 않았다. 아무리 그렇다 하더라도 결혼해서 가정까지 가진 여자가, 더욱이나 마흔 줄의 쑬쑬한 여의사가 제 언니집으로 무작정 처들어가서 술을 깨우고 있다니. 좀 철딱서니가 없다고 해야 할지, 애교로 봐야 할지 종잡을 수 없었다. 그로서는 순간적으로 머리가 내둘렸고, 왠지 눈 속에 더운 기가 차올랐다. 부득불 양말까지 찾아 신고 둘째 처형네 집으로 밥 얻어먹으러 라기보다 팔불출을 데리러 간다고 내심 우기며 객쩍게 들어갔더니, 산부인과 전문의는 소파의 한쪽 구석 자리에서 두 무릎을 가슴팍에 끌어안고 오두마니 앉아서 머리칼을 쥐어뜯으며 고개를 마구 내젓고 있었다. 이쪽의 한심하다는 시선을 받자마자 두 손바닥으로 얼굴을 가리며 "이쪽 쳐다보지 말아요"라고 핀잔까지 주면서. 그 앙그러진 자태가 살천스런 내숭 같지는 않았으나, 지아비 보기가 점직해서 라기보다 아직도 불그죽죽한 제 안면에 대한 수치심만은 뚜렷했다.

둘째 처형은 도가니탕을 데워서 받침 쟁반 위에 올려 내놓으며 "여기서 정신 깰 때까지 더 내버려뒀다가 자는 애 업고 가듯이 제부가 잘 데리고 가. 재가 요즘 고단한가 봐"라고 하자, 팔불출은 벽에다 머리통까지 짓이기며 "아, 이게 뭐야, 꼴사납게, 아주 망했어"라며 버르적거렸다. 아무리 늦은 저녁밥을 배가 고파서 거머넣고 있다 해도 무슨 일로 술을 마셨느냐고 묻지 않을 수 없었다. "몰라, 아, 말하기도 싫어. 왜 이렇게 어지럽지, 원장인가 뭔가 하는 그 얼렁뚱땅이가 이번에 지 맏아들이 드디어 전문의 과정도 끝내고 학위도 땄다며 온갖 설레발을 다 떨면서 보르도 산인가 뭔가 하는 와인을 두 잔이나 멕였어. 무슨 잘나터진 세습이라고. 남의 손목까지 잡고 마시라며 지켜보고 있는데 어째, 아이고, 머리가 왜 이렇게 화끈거려. 미치겠어. 택시 타고 오는데 챙피해서 죽을 뻔했어." 몸매나 성품이 고루 드레진 둘째 처형이 곧장 "술 삭이는 효소가 선천적으로 부족한 특이체질이야. 그렇게 봐버려, 응? 아무리 권해도 안 마시면 그뿐이지, 누구 탓이야. 밉살스럽게"라며 이쪽은 달래고 제 피붙이는 휘갑쳤다. 도가니탕은 누린내도 없이 구수해서 그 감칠맛이 먹을 만했다.

그즈음 둘째 처형네는 큰아들이 고등학교 때 이미 한 차례 월반해서 과기대에 다니고 있었고, 그 밑의 아들은 재수한다며 독서실에 처박혀 있는데다 한때는 중앙부처의 고급공무원이었다가 그 당시는 정부에서 재정을 지원하는 한 기관의 부책임자로 봉직하던, 이쪽보다 꼭 10년 연상의 그 동서는 지어미의 숙수 솜씨 덕을 톡톡히 봐서 그런지 매일같이 꾁지가 돌도록 술을 즐겨도 강강하기 이를 데 없는 양반이라, 밥상차림이 그렇듯 집안도 반듯하고 훗훗했다. 그에 비해 이쪽 집안 꼴은 어딘가 많이 버스러져 있어서 신푸녕스러운 것이었다.

비행기 안에서와는 달리 그레이하운드 고속버스에 올라타니 이상할 정도로 조바심도 가뭇없어졌고, 몸부림마저 숙지막해져버렸다. 아마도 미국 영화를 통해 눈여겨 봐온 그곳의 포실한 풍토에 걸맞게 인심들도 유순한 게 피부로 바로 와 닿아, 그 일종의 기시감을 마음 편하게 누려도 괜찮겠다고 작정을 해서 그런 게 아닌가 싶었다. 그러고 보면 지구촌 전체가 지금 미국 문명 일색으로 발빠르게 단일화 내지는 세속화되어가는 추세라는 속단은 물론 어폐가 있겠으나, 구석구석 가려운 데를 긁어대며 나름의 가치와 의미를 나번득이는 미국 영화의 드센 영향력은 실로 막강한 셈이었다. 하기야 고속버스 운전사부터 승객들까지 그 환한 외모들도 물론 우리 쪽의 찌들어빠진 누런 거죽들보다야 월등히 보기 좋은 것도 사실이었다. 그런데 잠시만 찬찬히 뜯어보아도 그들의 그 잘생긴 윤곽에는 어딘가 착한 기운이 뚝뚝 흘렀다. 텔레비전 화면이나 신문 지상을 통해 대정부 질문을 떠벌이는 선량들의 면면이 대표적으로 그렇듯이 우리 쪽 외양에 드리운 어떤 기상은 사박스럽다 못해 츱츱스러운 형용이 역력하다는 평소의 느낌이 떠올라서 그랬던지. 옛날에는, 불과 한 세대 전만 해도 우리 쪽 기상이 그렇지는 않았는데, 그 소위 개발 독재 덕분에 웬만큼 먹고 살 만해지자 껄끄러운 욕심만 휘둘러대는, 너는 죽고 나만 살자는 안하무인의 악착꾸러기들이 되고 말아서. 그거야 어쨌든 그들의 행동거지도 좀 호들갑스럽긴 해도 구김살이 없었다. 우리 쪽이 공연스레 남의 눈치를 의식하며 쭈뼛쭈뼛거리는 것과 달리. 대저 사람은 사람답게 살아야 형용도 무던하게 살아 오르는 게 아닌지. 이제는 우리도 그냥저냥 아쉬운 소리 않고 살 만한데 어쩌자고 인면수심의 탈바가지를 칙칙하게 덮어쓰고 기를 쓰며 용심을 부려쌓는지 알다가도 모를 일이었다.

마중도 긴 것과 짧은 것을 두 차례나 받았다. 맏처형은 고속버스가 길가에 멎자 나무 그늘 밑에서 성큼성큼 걸어나와 마지막으로 내리는 이쪽의 초면 얼굴을 대뜸 알아보고 환하게 웃었다. 쇄골까지 드러난 쪽빛 원피스의 가슴팍에다 새카만 선글라스를 매달고, 앞챙이 길게 내달린 밀짚모자를 쓰고. 듣기로는 친탁 덕분으로 키도 둘째나 넷째 동생보다 훨씬 커서 그게 벌써 맏이다웠다. 불과 서너 번쯤 만났던 셋째 처형과는 한본인 듯싶었고. 바퀴 달린 트렁크를 뒷좌석에 싣고 10분쯤 달리니 코네티컷 강이 아스라하니 멀어지면서 곧장 교외 풍경이 펼쳐졌다. 이정표가 세 번이나 나타났다가 살 같이 뒤로 내빼버렸고, 그때마다 왼편으로 차를 꺾었다.

"지금 우리가 캐나다 쪽으로 가고 있습니까?"

"글쎄, 어떻게 대답해야 재밌다 소리를 들을까. 반은 맞고 반은 틀린 것 같애. 차라리 오대호 쪽으로 간다고 해야 맞을 거야. 두 쪽 다 여기서는 너무 까마득하니 멀지만. 지혜, 많이 변했나 몰라. 결혼 전에 여기 잠시 들렀을 때 보고 여태 못 봤네. 그게 벌써 14년 전이야. 잠시야. 사람 한평생이. 똘방똘방한 것이 떼쟁이 짓만 골라서 하더니 걔가 벌써 갓난애 받는 전문의에다 학부모까지 됐다니. 어젯밤에 잠이 안 와서 엄마와 그 말만 주거니 받거니 했어."

워낙 넓은 땅덩어리를 착하고 불쌍한 원주민으로부터 막무가내로 빼앗아 쓸모 좋게 꾸며놓고 사는 인공국가. 땅을 널찍널찍하게 쓸 줄 아는 통 큰 안목과 뚝뚝한 기량.

장모는 잔디와 수목을 반듯반듯하게 가꿔놓고 있는 동구 앞까지 나와 뒷짐을 지고서 띄엄띄엄 내달리는 차량 행렬만 유심히 바라보고 있었다. 이태 전까지만 해도 성권이를 도맡아 키워준 일흔다섯 살의 자그마한 노파. 정이 들 대로 든 막내 외손자를 향후 2, 3년 안에 미국으로 불러들여 당신 슬하에서 공부시키겠다는 궁심. 앞챙만 달린 야유회 모자를 쓰고 목밑에다 주름 넣은 헐렁한 얼룩무늬 원피스를 입고서.

짐작 못 한 것은 아니지만 장모는 좀 뿌루퉁하니 부어 있었다. 차가 슬그머니 멈추자 땡볕 속으로 내려가 인사를 하려는데, 그에게 그냥 앉아 있으라는 손짓부터 그랬다. 이어서 뒷좌석에 앉자마자 장모는 입속에서 외워둔 듯한 말씨로 "방학중에나 좀 지 집에서 같이 지내며 몸도 챙기고 성권이한테 없는 정이라도 내고 할 것이지, 일본에서는 왜 한 달씩이나 사람을 붙잡아싸 그래?"라며 타박부터 디밀었다. 딸이라도 지 자식만 귀하다는 늙은이 특유의 안하무인격 갉작거림. 겪어봐서 잘 아는 대로 암상을 아무 데서나 좀 심하게 부리는 노파. 오사바사한가 하면 게염스럽고. 맏처형 바로 밑 하나 아들의 참척을 일찌거니 본 것말고는, 비록 보석 감정사인지 세공사인지에게 사기 결혼 소동에 휘말려든 후, 10년 남짓이나 어느 종교단체의 봉사요원으로 일하다 90년 벽두에서야 전처 자식이 하나 딸린 재취자리일망정 강원도의 한 갯가 마을에서 목회를 베풀고 있는 예수교 장로회 소속의 목사 부인이 된 셋째 딸을 비롯하여 딸 넷이 다들 나름대로 자수성가하여 기를 펴고 산답시고 휘둘러대는 늙은이의 자세 부림.

"우리 막내 제부가 미국 오자마자 되게 혼나네. 한창 일할 땐데 바쁜 게 좋지 머. 엄마는 어째 성권이만 그렇게 챙겨싸 그래? 성권이가 누구 자식인데 그 아비를 나무라면 어떻게 해."

"에미 애비 정을 모르는 그 불쌍한 것을 내가 안 챙기면 누가 챙겨."

"장모님 얼굴은 한국서보다 한결 더 좋으신데요. 역시 미국의 산천경개가 수려하니 사람들마다 신수도 훤하니 닮아가나 보네요."

"여기야 천국이고 별천지지. 그새 내 얼굴을 어떻게 봤다고 전에 안 하던 입에 발린 덕담까지 들먹여. 그래, 성권이는 조기유학 올 마음이나 먹고 있대? 대학 접장이라면서 방학도 못 찾아먹는 주제니 운이나 제대로 떼봤을까."

오로지 허울 좋은 소위 명문대학에 집어넣기 위해 어릴 때부터 온갖 종류의 과외 공부에 가외의 사교육비를 처들이고 있는 한국의 교육 현실. 그 과외 공부 바람이 이제는 조기 유학 열풍으로 바뀌어 있다. 영어 잘하기와 돈 잘벌기가 교육의 대본이 되고 만 셈인데, 그것에 관한 한 제도권 교육기관이나 선생이 도맡아야 할 본분은 이렇다 할 게 없다.

"내일모레 여기 오면 잘 꼬셔보세요. 그놈이 지 엄마 아빠 정을 모르는 거야 어디 우리 내외 탓인가요 머."

"내가 꼬드기면 뭣 해. 유학비 댈 지 애비 에미가 놔줘야지. 이쪽 큰이모 미리엄 에미도 텅텅 빈 집에 외롭잖고 좋다니 오죽 좋아. 십상이 따로 있나, 이런 기회가 바로 십상이지."

"집사람은 놔주겠대요. 들인 공이 아까워서라도 자기 일은 할 때까지 해야겠고, 엄마 구실도 제대로 못 할 바에야 아들 하나 뒤나 열심히 밀어주자고요."

"그러면 이 서방은?"

"저도 떠다밀지는 않을 생각이지만, 지만 하겠다면 중학교 마치기 전에라도 보낼까 어쩔까 생각중이에요. 어차피 지 인생 지가 알아서 살 건데 가라 마라 할 것도 없고, 자식 공부시키는데 들이는 돈이야 낭비랄 것도 없지요. 여기서 이런저런 생각을 좀더 여물게 엮어봐야지요. 그럴라고 왔잖아요."

"맨날천날 그놈의 생각만 자꾸 주물럭거리고 있으면 뭣 해. 실천을 앞당겨야지. 남들은 호언장담도 잘하고 생각할 것도 없이 일만 척척 잘 저지르더만. 이 서방은 당최 답답해서 탈이야. 머릿속에 뭣이 들앉았는지. 떨어져 안 살았으면 누가 진작에 복장이 터졌을 거라."

모계중심사회가 아니라 처족중심사회로의 행진. 미국 사회는 어떤지 몰라도 한글 문화권 안에서는. 법률적으로만 허울 좋은 부계제도를 내걸어놓고. 그 과도기적 현상으로서의 편법. 그 획책의 주무자는 장모이자 외할머니다. 겉 다르고 속 다른, 또는 물에 기름 같은 이중 구조로서의 풍속. 옳은 교육의 수수는 뒷전이고 같잖은 학벌이나 챙기려는 작태가 그렇듯이.

잘 다듬어놓은 인도와 잔디밭. 포치 달린 2층 목조건물. 대목수의 나무랄 데 없는 손끝. 빈틈없는 공간 분할. 야무지게 이어붙인 나무 바닥과 난간. 보풀이 일어난 듯 페인트 칠을 깔끔하게 해놓은 상아색 벽. 시르죽은 욕심을 되살려내본다면 한 번쯤은, 더도 말고 3년쯤만 살아보고 싶은 여물어빠진 집이었다.

얼음조각이 둥둥 떠다니는 미숫가루를 맏처형이 내오자 장모는 서울에서 하는 버릇대로 이쪽에다 물어보지도 않고 트렁크를 까뒤집어 빨랫거리부터 거뒀다.

"목물이라도 한번 덮어써."

"성권이 아빠는 시차도 안 타나 봐?"

"소야 소, 주는 대로 먹고 눈만 껌뻑거리며 느릿느릿 지 실속만 챙기고. 무슨 재미로 사는지. 그나마 안 아파서 좋고 볼멘소리 안 내질러서 다행이야."

갑자기 날이 저물었다. 방금까지 옆집에서 시나브로 뿜어대는 스프링클러의 점선 같은 물줄기가 아지랑이처럼 어른거렸는데, 그게 감쪽같이 안 보이더니 땅거미가 성큼성큼 내려앉았다. 곳곳에 숲이 울을 치고 있어서인지 사위가 이내 시커메졌고, 외등 불빛을 받은 잔디가 희고 검게 파딱였다. 고분(古墳) 주위 같은 완벽한 정적감. 시골에서 가끔씩 부닥치는 어떤 원시 상태의 괴괴함. 나른해질 만도 하건만 점점 명료해지던 시야와 고즈넉해지던 마음자리. 자꾸만 이게 뭔가, 여기가 어딘가라며 하릴없이 자신의 소속감을 뒤적이던 의식의 숨바꼭질.

장모가 가리사니없이 훼방을 놓았다.

"국수를 말까? 밥도 있는데. 여기는 끼때도 정해진 시간이 없어. 천국이지."

"국수가 좋지요. 열무김치까지 있으면 금상첨화고요."

때맞춰 보비위라도 할 것처럼 장모는 댓바람에 신명을 추슬렀다.

"그것도 담가놨어. 밀가루 풀어서. 시원한 맛은 서울만 못해. 성권이 오면 진짜 미제 밀가루로 만든 칼국수도 만들어줄 거야."

굵은 통멸치를 우린 국물이 진하고 노란 달걀채 고명까지 얹은 이른바 잔치국수가 보기에도 먹음직스러웠다. 시퍼렇게 살아있는 열무김치를 듬뿍 거머넣었다. 두 모녀에게 보란 듯이 맛있게 먹었다. 무슨 맛인지 도무지 알 수 없고 음식 같잖은 기내식에 잔뜩 진절머리를 내고 있던 속이 개운하니 풀려갔다. 하기야 차려주는 집음식을 제대로 얻어먹기도 오랜만이었다. 그것도 미국 땅에서.

"먹성도 좋으네. 술 줘? 술 잘한다며. 맥주도 사놨고, 양주도 여러 가지 다 있어. 술 한잔해. 여기서 나한테 잔치상 받는다 셈쳐, 응?"

"양주는 안 돼." 장모는 늘름 손사래까지 치며 말렸다. "누구처럼 그 맛들여 간 부으려고. 내 생전에 그 꼴은 다시 못 봐. 안 봐. 양주는 손대지 마."

7

그 술이 도화선이었다. 줄줄이 엮어내는 밀양 변(卞)씨 일가의 숨은 비화가 고치의 실처럼 풀려나온 게. 사실상 그때까지 이 서방은 자신의 가계도 그야말로 장삼이사 민초의 그것이어서 그런 내력 따위에는 관심도 없었고, 이쪽에서 내색을 안 하니 그쪽에서도 일언반구조차 내비치지 않은 채 지내왔다. 몇 번이나 들었건만 예식장 연단 앞에서 신부의 장갑 낀 손을 건네주며 "자네가 복주머니 하나 줏어 가네. 아무쪼록 잘 좀 부탁하세"라던 부기 있는 불콰한 얼굴이 무두질한 듯 번질거리고 키가 훤칠해서 무슨 무당 서방 같던 그 양반이 처친족인지 처외족인지도 모르고 지내는 판이었으니까.

좀 놀랍게도 1980년 한여름에 가슴이 북통처럼 부어올라 숨을 헐떡거리며 돌아가셨다는 장인 양반의 생업이 하필 미군 군속이었다. 그것도 주한미육군의 장사병들이 저지르는 모든 범죄들, 예컨대 군수물자 횡령, 살인, 간첩 및 이적 행위, 한국 민간인이나 군인이 연루된 각종 부정, 사기, 위계, 절도, 공갈 따위를 수사, 취조, 이첩하는 양코배기 사복 근무자들의 통역관 겸 그 보고서를 수정, 가필하는 타자수였다. 한국 경찰관으로 파견 나와 있는 사복 근무자들과 함께 거의 준사법적 권한까지 행사하며 마음먹기에 따라서는 호가호위(狐假虎威)도 할 수 있는 별난 직위를 누렸다니.

그런데 불가해한 대목도 많았다. 가령 해방 직후 함경도 땅에서 강원도로 걸어 넘어왔다는 두 형제와 한 누이 중 그 맏형은 흔히 '이전투구'라 지칭하는 그쪽 출신답게 서울 충무로 바닥을 누비며 국산영화의 지방 판권을 사서 영화관 주인과 46제나 55제로 배당금 상담을 벌이는, 주로 강원도 일대의 중소도시 개봉관까지만 누비는 일종의 흥행업에 전심전력하여 60년대 중반 무렵에는 속초와 양양의 허름한 재개봉관 건물을 하나씩 인수할 정도로 재산을 일궜다가 쉰줄에 접어들어 무단히 빈뇨증에 걸리자 동해안의 한 읍내에 정착, 기독교에 거의 광신적으로 귀의해버려 동생네들과도 의절하다시피 지내며 치병에만 골몰했다는데, 그 아우가 어떤 연줄로 미군 군속이 되었는지. 또 주한미군사령관의 표창장까지 받을 정도로 정통했다는 그 영어 실력과 업무 능력을 어디서 깨쳤는지. 하기야 불가해한 곡절을 들먹이자면 우리의 최근세사 조목조목이 죄다 그럴 테고, 그 난장판을 헤쳐나오며 기사회생한 저마다의 삶도 영판 그럴 수밖에.

"하루에 열두 시간씩 3교대로 일했어. 니 아부지보다 두 살 많은 뚱보 정씨는 하냥 영어는 더듬거리면서도 양코배기 상관들에게 손바닥을 잘 비빈다고 소문이 났어. 새치 많은 스포츠 머리를 일주일에 꼭 한 번씩 이발관에 가서 깎고, 손도 검고 배짱도 커서 발발이 안 순경과 짜고 들어내 먹는 장물은 주로 양담배와 양주에 투바이포라는 각목(角木)이야. 기다란 목잰데 톱으로 잘라 문틀도 짜고 선반도 만들고, 집 짓는데도 꼭 필요해. 공병부대 창고에 그런 재목이 산더미처럼 쌓여 있대. 그걸 다른 부대나 한국군 부대에 지원한다면서 들고나와 반이상 가로채는 거야. 아무 물건이라도 우리 시중에 나오면 부르는 게 값이야. 미제거든. 금값이고 말고. 미제를 누가 싫어해. 또 마씨라고, 너희 아버지가 장 마서방, 말서방 하고 부르던 머리 벗거진 이가 있었어. 수전증이 좀 있었어도 그이는 양반이고 양심가였어. 그이도 영어는 니 아부지만큼은 못했어도 나중에는 많이 따라 왔다대. 그런데 그이는 영어사전을 그렇게나 열심히 뒤적거리는데도 오타를 많이 낸다고 퉁바리를 맞아서 그 양반 대머리에 진땀 마를 짬이 없다고 놀려댔어. 둘이서 죽이 맞는 술친구였어. 정씨가 밤 근무에 들어가면 만판이었거든. 너희 아부지는 그 다음날 밤 일곱 시까지 꼬박 하루를 반은 술 마시고 나머지 반은 잠자고 그랬어. 양코배기 상관들이 영어로 괴발개발 그려주는 사건 개요를 육하원칙에 맞춰 말이 통하도록 글로 꾸며서 타자를 쳐야 하는데, 정씨 그 도둑놈은 눈치로 때려잡아 말이나 그냥저냥 더듬거릴까 당최 글을 못 만들지, 마씨 그이는 니 아부지 말대로 머리가 좋은 건지 나쁜 건지 쓸데없는 말을 자꾸 집어넣어 무슨 엿가락처럼 길어빠진 보고서만 만들어놓는다고 늘상 툴툴거렸어. 그러니 정씨는 얼렁뚱땅 지 일거리를 마씨한테 떠넘기고, 마씨는 또 진땀만 팥죽같이 흘리다가 그 일까지 니 아부지한테 미루는 판이야. 니 아부지 일이 두 곱, 세 곱으로 늘어날밖에. 셋 중에 조장이나 한가지야. 재판이 벌어지면 니 아부지가 대표로 불려다녔으니까. 참, 너희 아부지는 늘 양키, 양키 그랬어. 수사관 양키들도 장교건 하사관이건 죄다 너희 아부지한테만 일을 맡겨. 말하자면 아무 사건이라도 너 아부지 손끝을 거쳐야 일목요연하게 요령도 서지고 모양도 나고 일이 수월하니 매닥지어진다 이거지. 양키들도 눈이야 있잖아. 저것들 글인데 읽어보면 말이 되는가 안 되는가를 모를까. 일 수세가 그렇게 돌아가니까 양키들은 양키들대로, 그 도둑놈 정씨도 안 순경과 통을 짜고선 지 직책이 뭔지도 모르고 길쭘한 미제 시보레 차나 하꼬가다 한국 경찰차를 타고 덜렁거리며 피엑스 물건이나 빼돌리려고 눈이 벌게서 설치니까 그 죄 밑으로다 너희 아부지 눈치만 할끔거리는 판이야. 이마팍에 땀이나 빠작빠작 흘리고 있는 마씨는 노력가에다 사람은 신실해도 일솜씨가 느림보로 그렇게 늘어터졌으니 다들 미스터 벤, 형님, 아우 해대며 너희 아부지에게 양주병만 들이앵겨. 사흘이 멀다 하고 지들이 집으로도 갖고 오고, 집 앞까지 차 태워주며 누런 봉투를 두 개, 세 개씩 손에 쥐어주기도 하고. 눈감아주니 고맙다고 사례한다 이거지. 그게 독약이고 쥐약이었어. 사람을 그 양주가 그렇게 망가뜨렸으니까. 주위 인간들이 굽실거리는데 싫어할 사람이 어딨어. 영어가 사람을 죽였는지 양주가 골병을 들였는지. 63년 봄에 처음으로 간이 부었다고 해서 술을 꼬박 1년 끊었어. 술을 끊었더니 오른쪽 가슴 밑에 혹처럼 두두룩하니 부풀러 있던 게 이내 가라앉데. 그때 내가 양주를 남대문시장에다 많이 내다 팔았어. 제이 앤 비라고 그 양주가 중급인데 인기가 좋아. 술맛이야 양키나 우리나 먹어보면 다 알잖아. 양담배도 박스떼기로 그랬고. 그때도 너희 아부지는 그랬어. 양담배, 양주는 정말 최고라고, 너무 잘 만들었다고, 그 맛을 알면 도저히 못 끊는 마약 이상이라고."

자의식이 묻어나는 맏처형의 걱실걱실한 눈매에 회상이 그득히 고여들었다. 그 어려운 고비를 진득하니 이겨낸 나머지 이제는 완벽한 미국 시민으로 배우자 몫 연금까지 받아 유족한 생활을 누리는 미망인으로서 이쪽에다 '이런 구질구질한 흘러간 옛노래가 뭣이 그렇게 재미있다고 귀담아 듣느냐' 라는. 그게 귀여워 죽겠다는 자상스러운 눈길을 건네며. 또 잔이 비었다 하면 연방 캔맥주를 크리스탈 유리잔에 따라주면서.

"그 시절에 미국 사람들이 우리집에도 들렀어요? 미국 차가 우리집 앞까지 왔다갔다한 건 기억나는데 나머지 것은 양주고 머고 통 모리겠네."

"집 안에야 안 들였지. 앉을 데나 있었나 머. 남영역 굴다리 밑을 빠져나와 숙명여대 쪽으로 거슬러올라가다 왼쪽편 골목 안에 있던 우리 기와집 기억나? 그 대로 한복판에 판잣집촌이 길다랗게 박여 있었고."

"알지, 기억나다말다. 마당 없던 집. 나지막한 담벼락 위에 피뢰침 같은, 그걸 뭐라고 그러나…"

"방범용 철망요."

"그래, 맞아, 도둑 막을려고 벽돌담 위에다 시멘트로 논두렁처럼 두둑을 쌓아 그걸 가지런히 꽂아두고 그랬어. 수돗간도 담벼락 밑에 붙어 있었고."

"어째 그걸 여태 다 안 잊어버렸어?"

"그걸 어떻게 잊을까. 그 집에서 내가 서독으로 돈 벌러 갔는데. 66년 10월 2일이야. 그때 우리 일행이 251명으로 제1진이었어. 초봉 640마르크에 팔려서, 그때는 꽤 큰돈이었어."

장모는 어느 자리에서나 자기가 할말은 다 하고 마는 사람이었다.

"성권이 문자대로 잠시만요, 내 말 다 하고 니가 바톤을 받아. 공돈이 날벼락처럼 제 발로 굴러온 이야기야. 그 집 앞 골목이 얼마나 좁았어. 양키들은 그래도 그 실골목 안으로 기어코 차를 집어넣고 그랬어. 운전기술을 자랑하느라고 그러는 게 아니라 사람들 눈을 기이느라고. 대로변에 미국차가 서 있어봐, 조무래기 동네 애들이 개떼처럼 몰려들잖아. 그 시절에 탑싸전 존스라는 양반이 있었어. 인물이 아주 사내답게 생겼고, 키도 크고 사람 본바탕이 호인이야. 나이는 쉰줄이 넘었지 싶은데 잘 모르겠어. 서양사람은 어른만 되고 나면 우리 눈으로는 나잇살을 모리겠데. 미국에 딸이 하나 있는데 부인과는 이혼하고, 한국서는 양공주와 살림도 안 차리고 부대 안에서 혼자 산다데. 그런데 그이 눈빛이 비둘기 목 색깔처럼 어째 보면 새파랗다가도 옆에서 보면 회색기도 많이 섞였는데, 사람을 꼼짝 못 하게 하는 힘이 철철 흘러넘쳐. 그 양반이 니 아부지를 많이 따랐어. 퇴근도 지 차로 꼬박꼬박 시켜주고. 나중에 보니 이용해먹으려고 그랬더만. 그런데 그 양키는 영관급 장교생활을 세계 각지에서 오래 하다가 제대하고 나서 또 재입대하여 계급이 고참 상사, 탑싸전이라데. 아무리 미국 군대가 좋고 세계를 호령한다지만 군인이 뭣이 좋다고 두 번씩이나 복무를 하냐고 물어봤더니, 니 아부지가 군인이 얼마나 배짱 편코 등 따신 직업인데 지까짓 게 사회에 나가봐야 별 볼일 있겠냐 그러고 말데. 미국 군대는 옛날부터 지만 원하면 두 번씩도 들락거리도록 돼 있대. 군인 대접을 그렇게 잘 하니까 나라 꼴이 제대로 굴러간다는 소리지. 그런데 그 탑싸전은 지 덩치처럼 간도 커서 주로 양주나 쇠고기 같은 식품을 지엠시 트럭떼기로 해처먹었어. 미트라고 빨간 덩이 쇠고기 살코기만 뿌연 비닐 포장에 두 겹씩 싸발라 라면 상자만한 데다 미어터지도록 담아놓은 군수물자가 있어. 너무 묵직해서 우리 힘으로는 들지도 못해. 그게 시중에 나가면 금값이야. 말은 유통 기한이 다 돼가는 것들이고 처재놔봐야 창고만 비좁아진다지만 그걸 고아원 같은 데다 공짜로 주는 것도 아니고, 한국 시장에다 내다 팔아처먹으니 불법은 불법이지. 모리지, 수사관이니까 미국 정부에서도 썩어 내버리는 것보다야 낫다고 눈감아줬는지."

"그 양반이 그 부대에 얼마나 오래 있었길래?"

"꽤 오래 있었어. 니가 서독으로 가고 나서도 한참 더 우리집에 들락거렸으니까. 밤낮으로. 우리말도 꽤 잘했어. 머리도 좋고 눈치가 여간 빨랐어야지. 파김치가 돼서 늘어져 누워 끙끙 앓다가 자다 말다 하는 사람을 불러내는 거야. 크락숀 소리를 빵빵 빠앙 세 번 울리면서. 미스타 벤, 일이 터졌어요, 급해요, 빨리 서둘러요 이러면서. 일이야 일이지. 그러고는 동두천으로, 문산으로, 파주로 돌아다니는 거야. 미제 물건 팔고 한국 돈 거두러. 니 아부지가 트럭 운전도 곧잘 했지. 하루는 한밤중에 크락숀 소리가 울려. 니 아부지도 밤근무중인데. 이상하다고, 가슴이 펄떡거리는데 안 나가볼 수도 없어. 철대문 왼쪽에다 박아놓은 쪽문을 반쯤 열고 고개만 내밀었더니, 그 양키가 차 속에서 좀 들어갈 수 있습니까 이래. 안 된다고 손을 흔들었더니, 알아요, 나 나쁜 사람 아닙니다, 미스터 벤처럼 착한 사람입니다, 다음달에 미국 들어갑니다, 그래서 선물 가지고 왔습니다 이래. 그래도 믿을 수가 있나, 안 된다고, 니 아부지 미스터 벤한테 직접 프레젠트하라고 했어. 그랬더니 그이는 손가락으로 핸들을 토닥토닥 두드리면서 한참이나 뭘 생각하는 눈치더니, 나 한국 사랑하고 미스터 벤 좋아합니다, 나 한국에서 나쁜 일 하지 않았습니다 이래. 그러더니 뒷좌석에 놓아둔 누런 봉투 두 개를 집어서 나한테 가지라고 내밀면서, 이거 술입니다, 미스터 벤, 술 좋아하지요 이래. 안 받겠다고 손사래만 치고 있는데, 자꾸 받으라면서 벌써 차를 뒤로 물리고 있어. 그러고는 손바닥을 몇 번 까딱거리더니 휭하니 가버려. 방에 들어와서 끌러보니 양주 한 병씩 들어앉은 종이 상자가 한 봉투에 두 개씩 세워져 있는데 그것들이 무지 가벼워. 아주 갭직해. 이상하다 싶어 까봤더니 그 안에 한국돈이 수북수북 쟁여 있어. 노란 고무줄로 감아놓은 다발돈이 뭉테기로 굴러다녀. 낌짝 놀랐어. 그다음날 아침에 니 아부지가 일 끝내고 왔길래, 참 겨울이다, 널찍한 칼라에 하얀 양털 달린 갈색 새무 잠바를 입고 있었으니까. 본 대로 받은 대로 옮겼더니, 거참 이상한 친구네라면서 마 서방 복권 꿈이 일루 왔나 이래. 그해 100원짜리 주택복권이 처음으로 나돌아 천시가 났어. 마씨는 주일마다 늘 열 장씩 산다데. 니 아부지는 천성이 돈을 몰라서 주머니에 술값만 몇푼 지니고 있으면 세상만사 나 몰라라야. 그라고 니 아부지가 그 양주갑을 하나씩 까보더니 아주 난색이야. 그러고는 김칫국 끓인 밥상을 들고 들어갔더니 니 아부지가 이 돈은 당신이 알아서 써버려, 난 두 번 다시 안 볼 테니 이래. 그 돈으로 니 동생들 등록금도 대고 입학금도 내고 그랬어. 호사다마라더니 그때부터 니도 서독서 돈 부쳐보내고 해서 살 만한데, 니 바로 밑에 동생 승두도 시름시름 아프고, 니 아부지도 간이 부었다 가라앉았다 해서 집안에 우환 떨어질 날이 없어. 그렇게 살았어."

"장인 어른께서 그 군속 일을 언제까지 하셨는데요?"

"내가 미리엄 아빠와 결혼하고 나서 미국으로 이민 오기 직전에 곧 그만둔다고, 몸도 안 좋아서 그만두겠다는 말은 들은 것 같애. 니만 잘살고 형편 되는 대로 동생들이나 거둬주면 다른 일이야 있겠냐 그러시면서."

"그만둔다는 말이야 그때만 했나. 그 말이 노래던 걸. 늘 입에 달고 살았어. 기름차라도 몰겠다면서. 미군 부대 안에서 한밤중에 양키들한테 배운 실력으로 거기서 운전면허증도 땄거든. 그 면허증만 보이면 우리 면허증도 그냥 나온다고, 그래서 탑싸전 존스가 미국 들어간 직후에 거기서 같이 근무하던 우리 경찰관이 알아서 우리 면허증도 발급해줬어. 그 운전 재미에 탑싸전과 같이 미군용 차를 몰며 미군 부대도 들락거리고, 서울 시내를 돌아다녔어. 정년을 못 채웠어. 그 직장도 정년이 있거든. 55세가 그래. 월급이 우리 직장들보다는 약간 많았어도 자식들 공불시킬라면 늘 빠듯했어. 피엑스 무시로 들락거리는 것들은 한결 살기가 낫고. 니 아부지는 그짓을 죽어도 못하겠다데. 그저 양주나 양담배만 좋아하고."

하수인 인생. 내남없이 이때껏 우리 서민의 삶 자체가 그런 것이었을지도. 적어도 외세를 늘 이마에 붙이고 사는 한은. 시키는 대로 뒤치다꺼리를 도맡는, 궂은일이든 좋은 일이든 가리지 않고. 짐짓 손사래를 치기는 하지만 내심은 간절해서. 외국에 용역을 팔아서 살아낸 가족. 달러와 마르크의 위력. 인력 수출은, 국내에서든 국외에서든, 자본 형성의 근간이다.

8

인문학이나 자연과학이나 두루 그 교수진이 훌륭하기로 소문났다는 명문교 벤더빌트 대학에서 최종 학위를 마치고 2년 전부터 노스다코다 대학에서 컴퓨터 공학을, 그중에서도 인공 지능 분야를 가르친다는 아들 웨스타인이 쓰던 방을 내주었다. 아래층 거실에서 한쪽 벽면에 붙은 널빤지 계단과 발코니 같은 복도가 훤히 보이는 2층의 방 세 개 중에서 구석방이었다. 장모와 맏처형이 따라와서 방 속의 불까지 켜주었다. 변기와 세면대와 샤워 시설까지 갖춰져 있었다. 계단을 밟는 두 모녀의 발소리가 멀어지자마자 불을 끄고, 줄을 당겨 하르르

한 커튼을 걷었다. 외등도 보이지 않는데 방 안의 의자 두 개, 낡은 컴퓨터가 올려져 있는 책상 따위의 윤곽이 선명하게 드러났다. 안성맞춤의 자연 조명. 생수팩 두 개만 달랑 들어앉아 있는 소형 냉장고. 갈색 담요 한 장만 얌전히 개켜져 있는 침대. 무슨 실험실 속처럼 소음이 완벽하게 제거된 고요. 잠이 안 와 뒤척거릴 때마다 매트리스가 출렁거리는 소리와 베개 속의 화학 솜이 찌꺽거리는 소음조차 크게 들렸다. 발이 아주 고운 모시올을 천연스레 들여다볼 때 느낄 성싶은 그런 찹찹한 심사. 멀뚱한 시간이 그 올 틈새로 빠져나가는 듯한. 숨 죽은 이불솜처럼 정적 그 자체가 집안을, 숲이 우거진 동네 전체를, 청교도들이 개척했다는 뉴잉글랜드의 희끄무레한 여름밤을 고이 감싸고 있는 것 같던.

세 해 전까지만 해도 수간호사로 하루에 여덟 시간씩 일했으며, 지금은 어느 종합병원에 소속된 자원봉사자라지만 교통비 정도는 받는 이른바 호스피스로서 차로 30분쯤은 좋이 코네티컷 강을 따라 남쪽으로 내려가야 닿는다는, 혈전(血栓) 장애로 반신불수인 한 노파의 저택에서 그 집주인의 두 번째 연하 남편과 함께 오전중에만 환자의 일상생활을 챙겨주고 있다는 맏처형은 근면과 성실이 몸에 배어 있다기보다도 일이 곧 생활이자 삶 자체임을 매분 단위로 실천하고 있는 중년 여자였다. 호스피스 역할을 끝내고 돌아오자마자 점심식사를 챙겼고, 전화를 세 군데나 걸었고, 왜건형 자동차를 세척했다.

운동화를 신고 오전중에 이미 동네 주택가를 한 바퀴 돌아보았지만, 이번에는 아예 길을 잃어버릴 때까지 발길 닿는 대로 스프링필드의 외곽 지역을 답사하며 지명이라도 몇 개 외워두려고 나서는데, 작은 이파리가 밀생한 울타리용 잡목을 가지치기하던 맏처형이 이쪽을 불러세웠다.

"바람 쐬러 가려고? 성권이 오면 여기 볼 만한 데는 내가 차로 안내할 참이야. 무기 박물관, 국립 농구 기념관, 웹스터 사전 회사 정도가 볼 만해. 지금이 두시 다 돼가네. 네시에 나하고 커피나 한잔 마셔. (집 뒤쪽의 숲을 가위 든 손으로 가리키며) 저쪽 단풍나무 숲속에 퓨리탄이라는 카페가 있어. 거기서 만나. 이쪽 길 따라 쭉 올라갔다가 왼쪽으로 한참 올라가다 보면 숲길 입구에 팻말을 붙여놨어."

"압니다. 철책 대문 달린 창고 같은 돌집 말이지요. 안내판만 봤습니다."

"벌써 이 동네 주민 다 됐네. 그럼 이따가 거기서 봐."

쉬엄쉬엄 걸었다. 옥수수밭도 펼쳐졌고, 대형트럭만 들락일까 근로자가 한 명도 보이지 않는 무슨 플라스틱 제품 공장 따위에 한동안씩 한눈을 팔기도 했다. 이북에서 이남으로 넘어온 후손이 이제는 미국 대륙의 한 오지에서 퓨리턴으로, 원주민으로서 살아가고 있다니. 난민들이 세상을 만드는 건지, 세상이 난민을 쉬임없이 재생산하고 있는지. 지구촌의 이런 인종 생태계를 구전으로 전한다면, 그때나 지금이나 개연성이 한참 떨어지는 '개화기 신소설' 같다고 중덜거릴지도.

큼지막한 베조각 가방을 한쪽 어깨에 걸치고 하늘색 띠 두른 하얀테 모자를 눌러쓴 여자가 돌조각 깔린 길을 빠른 걸음으로 걸어왔다. 방풍림들이 겹겹으로 시야를 가로막고 있는 짙푸른 녹음 일색. 헐렁한 플레어스커트에 나무 바닥을 깐 샌들을 신은 맏처형은 널빤지 차일을 엇비스듬하니 길게 달아내놓은 그늘 속으로 들어서자 두리번거리지도 않고 일직선으로 다가왔다.

"벌써 와 있었네. 이 집이 이래 봬도 3백 년도 넘었대나 봐. 독립전쟁할 때 무기고로 쓴 집이래나 머 그래. 예전에 이 집 내력을 소개한 책자를 읽었는데 다 잊어먹었어. 머 마시겠어? 이 집은 셀프 서비스로 운영해. 말하자면 늙은이들 동네 사랑방이야. 가끔씩 벼룩시장도 서고, 가을에는 동네 파티도 왁자지껄하게 열리고 하지만."

"냉커피나 마시지요."

"그래, 밀크 탄 걸로다?"

손님들이, 주로 늙은이들이 쌍으로, 두 조 세 조로 무리 지어 모여들어 와서 조심조심 자리를 차고앉아 폭염이 퍼붓는 원근경의 숲을 느긋하게 바라보았다. 늙으면 누구라도 우선 말이 없어진다. 또는 말을 최대한으로 아낀다. 그것도 동작이니까. 엑스자로 나무 받침대를 괴고 있는 네모난 식탁들이 얼추 스무남은 개는 되지 싶었고, 자리들이 반 넘어 차 있는데도 말소리가 들리지 않았다. 간혹 나무 의자들이 삐꺽거리는 소음은 들렸지 싶지만.

"독립전쟁이요?"

맏처형이 모자를 벗어 탁자 위에 올려놓았다. 순간적이나마 고풍스런 탁자에 생기가 돌았다.

"응, 영국과 싸움박질해서 나라 세우려고. 신대륙을 개척하고 난 다음 얘기지. 이런 집이 저 등성이 너머로도 서너 채 더 있고, 돌로 아주 튼튼하게 지어놓은 망루도 있어. 이 일대에 무기공장이 많았대. 우리말로 머라고 하나, 아, 군수산업이 일찍부터 발달한 도시야."

맏처형이 "독립, 독립"이라고 중얼거리며 깍지 낀 손으로 좀 기름한 얼굴의 반을 가렸다. 귀국하면 한 난민 통역관의 생전 모습을 사진으로라도 꼭 봐둬야겠다는 욕심이 얼핏 떠올랐다.일을 많이 한 사람답게 맏처형의 손이 남자들처럼 투박하고 컸다.

"어디서부터 말을 풀어갈까? 미국 온 지가 올해로 꼭 4반세기야. 75년 이맘 때 와서 이듬해 미리엄을 낳았으니까. 지금 내 뒤쪽에 앉아 있는 늙은이들이 우리 애들 아빠 얘기를 하고 있어. 그이에게서 정맥류(靜脈瘤) 수술을 받았대."

눈썹까지 하얀 백발에 종잇장처럼 얇은 입술을 선홍색 루즈로 칠해서 그 선 두 개를 달싹이는 노파였다. 이쪽에다 호의 넘치는 곁눈질을 연방 던지면서.

"정맥류요?"

맏처형이 깍지 낀 손을 풀어 손등의 푸른 핏줄을 가리키며 말했다.

"이게 보기 흉하게 뭉쳐져서 살갗 위로 울퉁불퉁 튀어나오는 병이야. 주로 다리에 많이 생겨. 이쪽 사람들이 동양 사람들보다 많이 걸려. 쉽게 말해서 피돌기가 안 좋아서 생기는 병인데, 전신 마취 후 끊어내고 이어붙이는 수술을 하고 나면 정맥이 감쪽같이 피부 속으로 숨어버려."

돌바닥을 깔아놓은, 마구간처럼 무릎께까지 올라오는 나지막한 돌담만 둘러놓아 사방이 툭 터진 퓨리턴 카페. 그 덕분에 더위도 한풀 꺾였다. 소형 승용차를 몰고 와서 관상용으로 심어놓은 단풍나무 군락지에다 얌전히 주차시키고 걸어오던 중년 부부, 선글라스는 남녀가 다같이 상용하고, 여자는 꼭 모자를 덮어쓰고. 주말 오후였다.

그쯤에서 당사자도 그 별명을 기렸을뿐더러 미국으로 솔가하여 이민, 정착하고 나서도 한동안 자신의 그 버릇을 실천했다는 '보따리 의사' 펠트만의 좀 기이한 유랑기가 막을 열었다.

"69년 가을이야. 하루는 미리엄 아빠가 그날 오후에 있을 세 시간쯤 걸리는 한 노인 환자의 심장 수술 일정을 점검하다가 나를 빤히 올려다보며 한국 여성들은 결혼하고 나면 평생토록 한 남편만 섬긴다는데 사실이냐고 물어. 그렇다고, 십중팔구는 그런다고, 남편이 먼저 죽고 난 후에도 개가하는 경우는 아주 드물다고 대답했어. 그랬더니 전설 같은 얘기라고, 한국이 동화 속 같은 세상이라며 머리를 절레절레 흔들어. 한국인 미혼 간호부들이 독일 각지에 우리 광부들만큼 많이 흩어져 있었으니 독일인들의 호기심의 대상이 되던 때고, 그런 남의 나라 풍속이야 자주 지네들끼리의 화제에 떠올라서 그러려니 하고 말았어. 건데 바로 그날 퇴근 때 그이가 가방을 꾸리면서 자기는 조만간 캐나다나 미국으로 이민을 갈 작정이라며 나한테 그쪽에 가서 일할 마음이 없냐고 물어. 갑자기 아닌 밤중에 홍두깨 같은 소리야. 그래도 뭔가가 얼핏 짚히는 데가 있어서 기회만 주어진다면 그쪽에서도 한번쯤 일해보고 싶지만, 지금은 프랑크푸르트에서의 계약도 있으니 당분간 꿈도 못 꿀 이야기라고 대답했어. 그 당시 그이는 1년쯤 전에 베를린에서 거기로 직장을 옮겨와 순환기 계통 전문의로 일하고 있었어. 참, 우리집에 개띠가 셋이야. 성권이 외할배, 그이 게오르게 펠트만, 여기 말로는 조지 펠드만이야, 이름이나 성이나 둘 다 흔한 독일 본토박이 성명인데, 펠트만을 우리말로 옮기면 야인(野人), 농부, 들판의 남자쯤 돼. 또 나도 개띠야. 그이가 나를 잘 봐주고 있다는 것은 진작부터 알고 있었고, 또 아무리 독신 남자라지만 그이는 벌써 마흔 줄을 넘보는 중년인데 나는 한창 적령기의 처녀라서 결혼 같은 것은 감히 생념도 못 냈어. 말이 안 된다고, 정신을 더 바짝 차리고 일에만 빠져 지내자고 다짐하면서 서울 집에다 매달 월급을 반쯤씩 부쳐 보내며 재미없이 살았어. 그러고 한 반년쯤 우리는 무심하니 각자 할 일만 꼬박꼬박 하고 지냈어. 그런데 그이를 유심히 주목해봤더니 누런 가죽가방 속에 칫솔, 치약, 커피잔, 수건, 모자, 심지어는 운동복 비슷한 허드레옷까지 넣고 다니는 거야. 결벽증이 있는 사람인가 싶었어. 독일 사람들 중에 제 것을 그렇게 악착같이 챙기는 이들이 더러 있어서 그런가 보다 했지. 그런 자기 일용품을 숙소에 한 벌씩 더 사다 놓으면 되련만 그걸 매일같이 들고 다니는 거야. 병원에서는 그것들을 제대로 이용도 안 하면서. 무슨 괴상한 버릇인가 여겼어. 그러고 또 의학서적, 신문, 잡지 같은 것을 잔뜩 들고 다녀. 납작한 가방에 그것들을 다 쟁여넣을 수 없으니까 그런가 보다고, 우리 같으면 큼지막한 가방을 하나 사버리고 말겠는데, 독일 사람들은 대개 다 안 그래. 걸레가 되도록 다 떨어질 때까지 그 떨어지지도 않는 가방을 줄창 써. 내버리는 법이 없어. 대를 물려가며 쓰지. 그래서 내가 쓰지도 않는 보자기가 하나 있길래 그걸 줬어. 책 같은 걸 싸들고 다니라고. 밤 속의 보늬처럼 희끗희끗하게 물들인 갈색 광목 보자기야. 돛베처럼 질겨빠졌긴 해도 별로 귀한 것도 아닌데 네 귀에 토끼귀같이 생긴 귀잡이가 달린 거야. 옛날에는 밥보자기에 흔히 그런 게 달려 있었어. 거기서 같이 일하던 경상도 김천 출신의 친구는 그걸 밥보재, 밥보재 그러대. 그이가 아주 반색이야. 물건을 많이 쌀 수 있게 만들어져서 편리하다며, 신기해서 어쩔 줄 몰라. 그 다음날부터 곧장 그 보따리를 들고 다녀서 내가 보따리 의사라고, 독토르 보따리라고 별명을 붙였어. 독일서 햇수로 꼭 10년 살았는데 이제는 그때 일들을 까맣게 다 잊어 먹었지만 그 보따리만은 바로 어제 일처럼 생생하게 떠올라. 요즘에는 독일 국토도 지도에서 보는 것처럼 보따리 모양이라는 생각도 들고, 펠트만, 개띠, 보따리, 이 세 가지가 그이 인생 역정에 의미심장한 무슨 상징 같애."

"그 순국산 보자기를 여기 미국까지 가지고 왔겠군요?"

"물론이지. 여기서도 아주 요긴하게 썼어. 그이는 독일서도 신문을 꼭 세 가지씩 받아봤어. 그걸 안 잃어버리고 숙소로, 병원으로 들고 다닐려면 보따리만큼 편리한 게 없어. 나중에 알고 보니 그럴만한 사연이 있었어. 그이는 원래 국적 같은 것은 대수롭잖게 여기고 혈통은 꽤나 따졌어. 그이 혈통에 피가 서너 가지는 섞였을 거야. 손가락을 이렇게 하나씩 꼽아가면서 일일이 일러줬는데 지금은 다 잊었어. 우리와는 그게 달라. 한국, 중국, 일본, 몽고 사람들이 어슷비슷하게 생겨서 그런지 다들 국적만 따지잖아. 큰 것만 따지면 우선 그이 모친은 체코인이고, 외할머니는 유태계 폴란드인이야. 우리 딸 미리엄이 그 할머니 이름을 그대로 물려받았어. 미리엄 코도 영판 유태코야. 그이 아버지는 물론 독일 사람이고, 친할아버지는 러시아 사람이야. 그이 아버지가 단치히 출생이라니까. 아주 복잡해. 그다음은 나도 잘 몰라. 그이 아버지가 한때 체코 프라하에서, 머라나, 교환교수 같은 걸로 체류하면서 그이를 얻었나 봐. 그렇게 유명한 학자는 아니었지만 일부 김나지움에서 교과서로 채택한 역사책을 공저로 쓰기도 했고, 우리가 결혼할 임시에는 벌써 은퇴해서 콘스탄츠라고, 스위스 귀퉁이와 붙어 있는 데서 살았어. 신제 미국식 대학으로 신설한 그 콘스탄츠 대학에서 정년 퇴직했대나 봐. 거기가 신설 대학이었거든. 한때는 스위스의 유명한 바젤 대학에서도 몇 년 동안 강의했다데. 그이 이부(異父) 자매 둘 중 하나는 독일 남자와 결혼해서 나와 한창 사귈 때 벌써 서베를린에서 살았고, 그 밑에 동생은 아마 지금도 프라하에서 살고 있을 거야. 이복형제 셋은 독일에서 여기저기 흩어져 살고 있어. 물론 그 복잡한 형제 자매들 중에서 그이가 제일 맏이야. 어릴 때는 자기 엄마와 체코에서 살다가 나치가 망하고 나서야 자기 아버지한테로 왔대나 봐. 우리로서는 너무 골치가 아파 정신이 헷갈리는 혈통에다가 가계인데, 그게 당사자들한테는 아무렇지도 않은 거야. 저쪽 사람들은 그래. 그러니 나도 그 혼탁한 물에서 이럭저럭 견디기는 쉽겠다고 속짐작만 하고 있었어. 건데 이 보따리 의사는 그런 복잡한 혈통 때문이 아니라 자기 아버지 영향력 때문에 그런지 유럽의 2천 년 역사는 온통 전쟁판이었다는 거고, 그러니 이 아수라장판에서는 더 이상 살 수 없다는 거야. 그 양반 말을 곰곰이 새겨들어보니 틀린 소리는 아니었어. 신문을 그렇게나 챙기고 다니는 것도 알고 보니 바로 그 피난민 근성에서 나온 거야. 자기는 어차피 난민의 아들로 태어났으니 그렇게 살 수밖에 없는데, 캐나다나 미국이 전쟁 등쌀을 피하고 사는 데는 여기 유럽보다 다소 낫지 싶다면서 나한테 함께 가자고 졸라. 가느니 마느니는 나중 일이고 애를 가졌으니 우선 결혼부터 했어. 우리 결혼식 하객은 죄다 같은 직장 동료들이었어. 내 쪽 가족이야 여비 때문에라도 프랑크푸르트까지 날아올 형편이 안 됐고, 19세기 사람인 그이 친부 내외는 고령자여서 못 오고, 그이 모친도 연금생활자여서 축하 카드만 보냈어. 아, 그이 남동생 중 둘째는 그 당시 하노버에서 건축기사로 일한다며 지 약혼자와 함께 결혼식장에 나타났어. 또 베를린에서 살던 그이 여동생 내외도 결혼식 끝나고 일주일쯤 후에 왔구나. 그 여동생은 빨간 머리에 얼굴도 술 먹은 사람처럼 빨갰어. 잘 익은 홍시 같은 그 얼굴색이 동독 그 너머로는 아까 말한 그 혼혈이 워낙 흔해서 많다대. 그이는 은발인데, 아마 그이 모친 쪽에 라틴계 피가 섞였는지도 몰라. 나는 사진으로만 봤지만, 그이 모친 머리가 흑발에 이란계처럼 안면 윤곽이 선명하니 아주 미인이었어. 아무튼 마인 강 건너 도이치헤른가에 있던 방 세 개짜리 임대 아파트에서 살림을 차렸는데, 하루는 그이가 아이를 낳겠냐고 정색하며 물었어. 무슨 소리냐고, 딱 잘라서 낳겠다고 했어. 원치 않는 임신이었다고 두 사람이 서명하면 병원에서 정식으로 낙태를 할 수는 있었어. 프랑크푸르트에는 큰 병원이 많아. 적십지 병원도 두 개나 있었고, 그이와 내가 일하던 시민병원, 성모 마리아 병원, 오펜바하 가에 있던 뮈르베르크 병원 등, 다들 나라에서 병원 운영을 국비로 보조해줘. 어쨌든 그 문제로 둘이서 꽤나 옥신각신했어. 자기를 의심하지 말라고, 지금껏 미국 쪽의 취업 자리를 호시탐탐 알아보고 있는 것은 잘 알잖냐, 애가 있으면 아무래도 유럽 탈출은 어렵잖냐는 거야. 그건 그때 가서 일이라고, 당신 엄마가 그렇게나 체코를 사랑해서 안 떠났듯이 나도 서독을 버리기는 싫으니 당신 아버지처럼 여기로 양육비나 부쳐 주면 될 것 아니냐고 나도 마구 대들었어. 애가 없어봐, 내 처지야말로 낙동강 오리알 신세로 굴러떨어질 거 아냐. 생각만 해도 끔찍했어. 그러는데 앞서거니 뒤서거니로 그이 생부가 돌아가시고, 심장병이었어, 그이 가계가 심장이 안 좋아, 의부가 죽자 그이 모친도 별세했다는 기별이 속속 들이닥쳤어. 72년, 73년 그 언저리야. 그때까지 그이 외할머니는 체코에서 살아계셨어. 그이 생부와 그 유태계 장모는 나이 차도 별로 안 났어. 두 사람 다 19세기 사람이야. 그이 엄마가 보따리 의사를 첫애로 스물다섯에 얻었다니까 그럴 거 아냐. 재미없지? 그래도 잠시만 더 들어. 오늘 내 이야기의 골자는 곧 나와. 하여튼 보따리 의사는 집요한 남자였어. 베스타인, 여기 말로는 웨스타인이지. 걔가 무럭무럭 커가고 그 재미에 솔솔하게 빠져서 그 끈질긴 난민 근성도 차차 수그러드나 했어. 그때 내가 애 낳고 두 해 남짓 일 놓고 전업 주부로 집에서 쉬고 있었거든. 어쨌든 낮에는 애나 키우며 놀고 밤에는 청강생으로 프랑크푸르트 시립대학에서, 흔히 괴테대학이라 그러는 바로 그 대학이야, 거기서 유럽사, 독일사, 독일문명사 같은 강좌를 귀동냥이나 하고 있는 판인데, 또다시 낯설고 물선 외국에 가서 어떻게 사나 싶고, 한시도 마음이 안 놓여. 그이가 집에 와서 신문만 뚫어져라 읽고 있어도 조마조마하니 긴장이 됐어. 나중에는 없던 병도 저절로 생길 것 같애. 그래서 다시 취업하고 손에 익은 일에 나름대로 열심히 매달리니까 자신도 생기고 해서 이번에는 내가 먼저 보따리 꾸릴 생각은 이제 없어졌냐고 그이한테 물었어."

얼음조각이 다 녹아버려 멀건 고지랑물 같은 냉커피를 말끔히 비웠다. 땅거미가 슬금슬금 내리자 노인들이 서둘러 하나둘 자리를 떠나고 있었다. 올 때처럼 말없이 땅이라도 꺼질까 봐 조용조용한 걸음으로.

"60년대 말부터 돈에 팔려 서독에서 취업한 우리 같은 출신들이 그쪽 사람들과 결혼해서 스위스로, 덴마크로, 스웨덴으로, 심지어는 터키로, 그리스로, 아일랜드로 넘어가 살면서 다들 고만고만한 사연들 때문에 이때껏 한국을 한 번도 안 찾아본 이들이 많을 거야. 아예 한국의 친인척들과 연락을 끊고 그냥저냥 사는 이들도 있을 테고. 물론 간호부 일이 적성에 안 맞아 진작에 그만두고 관광 가이드로 전업한 이들이라든지, 돈 많고 나이도 지긋한 남자를 만나 팔자 좋게 매년 한국을 들락거리고 사는 이들도 있긴 할 거야. 건데 나는 한국 떠나고 난 후 이때껏 한 번도 내 핏줄이 살고 있는 모국을 못 찾아갔어. 이번에는 가야지 가야지 하고 벼르기만 하다가도 막상 엄두를 낼라면 그때마다 공교롭게 일이 터졌어. 내 밑에 주혜가 결혼할 때는 내 살기가 바빴고, 그 밑에 미혜가 웬 금은방 한다는 놈과 사기 결혼했다가 살림 한 지 반 년도 안 돼 집으로 쫓겨와 있달 때도 간다 간다 하면서 결국 못 갔어. 그러다가 성권이 외할배가 돌아가셨다는 기별을 받았어. 80년 6월 초이레야. 나중에 알고 보니 속초에서 장례식을 다 치르고 이틀이나 지나서 알렸다대. 그즈음 서너 해 동안 성권이 외할배는 몸조리 겸해서 속초의 한 영화관에서 입장권 표 받는 문지기 일을 하고 있었어. 그때 당시 한국에서 무슨 일이 일어났는지는 막내 제부도 잘 알 거야."

"압니다, 군대 갔다 와서 복학해 3학년이었습니다. 데모를 하다 말다 했을 겁니다. 정말 미친 시대였고, 유치한 세월이었습니다. 아래위가 다, 애어른 할 거 없이 다 그랬어요. 이제사 우리 세대만 민주화 운동이니 뭐니로 죽도록 고생했고, 그래서 잘났다는 소리도 철딱서니없는 짓거리 같고요."

대학 접장으로서 이가도 요즘에사 그 시절을 가끔씩 되돌아보면 워낙 천방지축이어서 그랬든지 그 지겹던 20대가 온통 안개 속의 그것처럼 희뿌옇고 바래서 역시 둔재는 할 수 없다고 치부해버리고 말지만, 그런 심사가 왠지 맏처형 앞에서는 민망했다.

"보따리 의사가 다짜고짜로 못 간다는 거야. 그 위험한 나라를 어떻게 들어가려느냐고 아주 펄펄 뛰고 난리야. 워싱톤 포스트지, 뉴욕 타임즈지 같은 신문을 찾아와서 보라고 들이대며, 광주 매스커, 광주 슬로터라고 고함쳐대고, 나 보고 미쳤냐고, 제정신이냐고, 아예 사람 취급을 안 해. 나도 막무가내로 대들었어. 한국도 독일만큼은 땅덩어리가 넓은 나라라고, 광주만 난리를 치르고 있는 모양인데 나는 그곳이 어디 붙어 있는지도 모르고, 거기는 아무 연고도 없어서 갈 일도 없으니 서울에서만 일주일쯤 있다가 돌아올 거라고, 나는 평생 휴가 한 번도 못 찾아먹냐고, 당신처럼 소심공포증 환자도 아니라고 악을 썼어. 그때 내 나이가 만 서른네 살이었으니까 기운도 한창 펄펄 날 때지. 나중에는 서로 욕까지 퍼붓고 싸웠어. 그즈음에는 벌써 미국생활에도 웬만큼 이력이 나서 살 만한데다 우리 내외도 소위 권태기 비슷한 걸 느끼던 계제였어. 나중에사 그때 서로 베개를 던지고 해대다 그이가 처음으로 심장에 쇼크가 왔다고 해. 실제로 자기 가슴을 토닥토닥 쳐대는 걸 나도 곁눈질로 보긴 했어. 꼬박 사흘 동안 서로 말도 않고 지내다가 이혼할 생각이 있냐고, 그렇다면 어디를 가든 상관 않겠다고 그이가 나한테 아주 진지하게 물어. 어이가 없어서 나는 그런 것 안 한다고, 정 할려거든 당신이 법적 절차를 밟아오라고, 그러면 이혼은 해줄 테지만 자식들은 내가 키울 테니 더 이상 걔들 얼굴 볼 생각은 마라고 공갈을 쳤어. 그러는데 서울에서 몇 번 전화도 오고, 순엉터리 신문 기사만 믿고 꼬치꼬치 따지는 그이에게 보란 듯이 한국은 태평성대라고 비아냥거리기도 했어. 당신은 겁쟁이에 바보라고 욕도 해대면서. 아무 대꾸도 안 해. 나를 못 가게 붙잡아둔 자기 목적은 이뤘으니까 욕쯤이야 얼마든지 듣겠다 이거지. 그런데 실은 그이와 한바탕 싸움박질을 하고 난 다음부터 나 자신이 한국엘 가기 싫었어. 말로 표현하기는 좀 그래. 왠지 그런 심정이었어. 내가 한국 떠날 때, 딴 것은 다 몰라도 지금까지 안 잊혀지는 건 쌀값이 한 가마에 4천 원도 했다가 4천7백 원도 했다가 들쭉날쭉이었어. 자고 일어나면 널 뛰듯이 올라갔다 내려왔다 그 판이었어. 어젯밤에 성권이 외할매가 말한 그 돈벼락이 얼마나 됐을까 하고 밤새 그 생각만 했어. 그때 우리가 주로 썼던 돈이 10원, 50원, 100원짜리였어. 서독으로 출국하던 그해 여름에 푸른색 500원짜리 새돈이 나와서 그걸 가지고 내가 쌀 팔러 간 기억이 나. 그러니 그 돈벼락도 없는 살림에야 큰돈이지 실은 별것도 아니었을 거야. 그때 우리가 받은 초봉이 640마르크였으니 대략 5만 원쯤 됐어. 서울서보다 월급이 열서너 배쯤 많았지. 그 기억만 나는데, 햇수로 15년이 흘렀다지만 서울이 나한테는 얼마나 우중충했겠어. 정말 가기 싫더라고. 아버지 빈소에 못 간 게 서럽기는 하지만, 내 심정이 그랬고, 또 사정이 그랬는데 난들 어쩌겠어. 한국 떠나온 후 그때 처음으로 많이 울었어. 감옥은 빈말에 과장이 심하고, 보따리 속 같은 데 내가 꼼짝 못하고 갇혀 있다는 생각도 들었고. 오로지 외국인들한테 손가락질 안 당하려고 내 앞가림에만 허겁지겁 매달려온 내 인생이 그렇게 불쌍할 수 없었어. 그때 다 울어버려서 눈물이 말랐던지 그

이가 죽고 나서도 가슴만 텅 비어 올까 눈물이 안 나왔어. 이태 남짓 그이 병수발에 진이 빠질 대로 다 빠져 그랬던지. 장례식 치르고 난 뒤 애들이 지들 직장 따라 비즈마크로, 필라델피아로 떠날 때야 비로소 내 눈앞이 뿌옇니 그렁그렁거리데. 흔히 우리 쪽 사람들이 잘 쓰는 문자대로 팔자소관이라기에는 뭔가 미흡해. 내 인생, 내 삶이 말이야. 영 마뜩잖아. 아직 수면제는 복용 안 하지만 잠이 안 와 뒤척거릴 때마다 뭘 따지고 있는 나 자신이 생병을 앓고 있는 것 같애서 공연히 억울하고 서글프고 분하고 그래. 내 말만 너무 해서 미안해. 자랑도 뭣도 아니지만."

종속절을 잔뜩 거느린 과거완료형 장문이 마침내 마침표를 찍어야 할 시점에 이르렀다는 느낌이 여실했다. 그럼에도 불구하고 글이 아니라 말이어서 통사구조는 어떤지 몰라도 주절은 명백하고 의미도 대체로 잡혀 오지만, 곳곳에 드리워진 애매한 구문들을 어떻게 해석해야 할지 난감했다. 허술해 보이는 그런 문맥들의 갈피마다에는 주체의 너무나 일방적인 이해가 깔려 있을지도 몰랐다. 물론 귀담아들었던 이쪽의 상당한 몰이해도, 세대차로 말미암은 감수성의 미달과 당대 현실에 대한 무지몰각도 그 이상으로 많았을 테지만.

문득 누가 보따리였는지, 또 보따리 인생을 살았던 사람이 누구인지 헷갈린다는 느낌이 들었던 것도 쌍방의 그런 몰이해가 불러일으킨 것임에는 의심의 여지가 없었다. 가령 우리 쪽의 보따리 인생은 그쪽의 그것보다 다소 낭만적이지 않았을까 하는 생각이 떠올랐던 것도 이쪽의 일정한 이해 미달과 무관하지 않을 성싶었다. 기아 탈피로서의 보따리 인생과 사지 탈출로서의 그것이라는 대비를 떠올릴 때는 더욱이나 그랬다. 그러니까 평생토록 남의 눈을 의식한 한쪽의 그런 피동적 자기 강요가 어떤 모면, 순응, 자기방어로 나아갔다면, 오로지 자기 목숨의 안전한 보존을 구축하려는 다른 한쪽의 그 능동적 강제는 무소부지의 역사적, 국가적, 종족적 권력 일체에 대한 부정, 도전, 자기 옹호로 이어지지나 않았는지. 혈통이나 인종에 대한 편견 여부도 그런 맥락 때문에 서로가 달랐을 테지만.

어스름이야 내려앉든 말든 현재완료형의 구문 한 자락을 더 듣고 싶은데, 맏처형이 또 주어진 시간과 도맡아야 할 일에 쫓기는 사람 행세를 곧장 드러냈다. 그녀의 주름 많은 팔목에는 젊은이들이 레저용으로나 차지 싶은 튼튼한 즈크줄에 여러 개의 기능이 달린 방수 손목시계가 수갑처럼 채워져 있었다.

"밥 먹으러 가야지. 끼때 섬기는 성권이 외할매한테 야단 맞겠어. 이쪽 길을 보따리 의사와 자주 다녔어. 불과 2년 3개월 전까지만 해도."

이쪽의 동정을 줄곧 염탐하고 있었다는 듯이 두 쌍이 자리를 밀치고 일어섰다. 그들이 철책 대문 옆에 세워둔 차로 다가가며 이쪽을 향해 알은 체를 하더니, 그런 얼굴에는 좀체로 드문 먹물이 두드러지게 밴 중년의 안경 쓴 흑인 남자와 그 배필로서는 짝이 기운다기보다도 좀 안 어울린다 싶은, 얼핏 보기에도 건강한 미국 여성상으로 흔히 떠올릴 수 있는 한때의 인기 여배우 캔디스 버겐을 닮은 백인 여자가 맏처형을 너그러이 쳐다보며 자기들 차를 타라고 고개짓했다. 공교롭게도 바로 그 옆에는 좀더 선량하게 생겼을뿐더러 오늘날의 세계 정세와 미국의 월권적 역할에 대해 일가견을 가졌지 싶은 정력적인 중년의 백인 사내가, 헐렁한 내리닫이 홑옷을 입은 걸로 보아 임신 7개월

쯤인 듯싶은 가냘픈 인상의, 그렇게 봐서 그런지 그의 두 번째나 세 번째 부인 같은 한 쌍이 "미시즈 펠드만"이라고 부르며 손짓 어깻짓으로 자기들 차를 권했다. 만처형이 두 쪽을 번갈아 쳐다보며 난색을 표하고 있는데, 같은 동네에 사는 두 쌍은 저희들끼리 뭐라고, 이쪽이 알아듣지 못하도록 그들만 통하는 빠른 말씨를 주거니 받거니 하다 흑백 한 쌍이 그러라고, 우리가 양보하겠다고 신접살이 부부에게 두 손을 펼쳐 보이며 어깨를 으쓱거렸다. 이웃끼리의 과잉 배려가 빚어내는 촌극 한 자락이었다. 그 장면을 천연스럽게 보듬고 있는 단풍나무 군락지 앞의 찰진 부식토에 제법 짙은 어둑발이 내려앉아 있었다.

임부가 마지막으로 올라타자마자 앞좌석과 뒷좌석이 수다스런 인사와 소개와 악수를 나누었다.

"자기들 집이 저쪽 커플보다 우리집과 좀더 가깝대. 우리집에서 한 블록 너머에 살아. 우리집 앞을 지나서 오른쪽으로 돌아가는 길에서 두 번째 집이야. 그이 장례식 때도 왔었어. 보험 전문 회계사라지 아마. 신부는 초혼이라는 것 같고. 여기는 다들 이렇게 살아. 지들만 좋으면 각자 권리를 극성스럽게 찾아먹으면서. 가족이라는 게 여기는 그야말로 부부 단위야. 너무 단출한데 속을 들여다보면 그 최소 단위가 온통 뒤죽박죽이고 변덕이 죽 끓듯해. 개성들이 강하고, 인권을 찾아먹는데 기를 쓰고 덤벼서 그런가 봐. 자식 키우기도 우리와는 좀 달라, 사람되라는 말이 정말 맞는지 헷갈리는 경우를 여기서 많이 봐."

"가족이야 어떻게 대하든지 이웃은 잘 섬기는데요?"

"글쎄, 이런 친절이 잘 섬기는 건지. 자식을 챙기면 부모도 챙겨야 하잖아. 그런데 여기서는 그렇지 않은 것 같애. 슬하에 있을 때만, 미성년일 때만 지독하게 다루고, 그 다음부터는 서로 간섭 안 해. 우리는 그렇지 않잖아."

"많이 닮아갈걸요. 어차피 이렇게 돼갈 거고요. 밑바닥에 깔린 돈 문제만 없어지면 인정, 친절, 배려 같은 것들이 살갑게 달려들었다 바람처럼 날아가고 그러지 싶은데, 아직 돈맛을 제대로 누리지 못해서 우리의 인간 관계가 속좁은 짓거리로 아옹다옹하는 게 아닌지."

"몰라, 과연 그런지. 성권이 외할매만 돌아가시면, 내가 맏자식이면서도 우리 부모한테 너무 박정하게 굴어서 그런지 어떤지, 보따리 같은 것 안 챙기고 내 멋대로 한번 살아보고 싶지만 역시 꿈으로 끝나고 말지 싶어. 한 번도 뭘 내 뜻대로 성취해본 적이 없으니까. 우리네 삶, 각자의 인생에는 뭔가가 자꾸만 등덜미를 떠다밀고 있어. 그걸 떨쳐버리면 될 텐데 특별한 유전인자가 매사에 작동해서 못 그러는 것 같애. 그래도 여기서 죽는다는 걸 생각하면 뭔가 잘못됐다 싶고, 나름대로 잘 풀어간 수학 문제가 결국에는 오답이 되고 만 것 같은 그런 생각이 들 때가 많아. 집 팔아 두 애한테 나눠주고, 내 연금까지 맡기고 양로원 같은 데 들어가기는 정말 죽기보다 싫고 그래. 그런저런 궁리로 요즘 나는 밤에 잠을 제대로 못 자. 보따리 의사가 나를 숭해, 숭해라고 부르던 그 말도 묘하게 귀에 쟁쟁거리고. 내 이름이 오를 승(昇)자에 꼬리별 혜(彗)자 쓰잖아. 그이는 그 승을 아무리 가르쳐줘도 제대로 발음 못 했어. 숭해가 도대체 뭐야. 정말 사위스럽고 흉하잖아. 아무튼 얼마 남지도 않은 내 앞날에 대한 궁리가 요즘 내 생활이야. 일할 때가 제일 좋아. 그런 잡념이 잠시라도 없어지니까. 보따리 인생을 그렇게나 타박할 때가 그래도 살 만하던 시절이었던 것 같고. 요즘에사 보따리 의사의 근성 같은 것을 좀 이해할 수 있을 것 같기도 하고 그래. 진짜 쫓겨다닌 난민 인생이었지만, 그이는 결국 자기 뜻대로 살았거든. 막판에 가슴을 쥐어뜯기는 했을망정 평생토록 자기 보전을 위해서 씩씩하게 산 셈이니까. 죽기 전에도 스스로 그런 말은 했었고."

차가 가로수 밑에 멎었다. 백인 남자와 동양 여자가 볼을 맞부비는 또 한 차례의 수다스런 인사. "느긋하게 마음 편히 가지세요.—알아요, 정말 고마워요, 한번 만나요." 배가 완연히 불러오는, 신랑보다 열다섯 살은 더 어려 보이는 신부의 손이 차가웠다.

규모 있게 살아가는 사람들이 누리는 어떤 여유의 안식처마다에는 벌써 불이 밝혀져 있었다. 그 윤택한 살림들에 하나같이 드리운 주름살들. 그 제가끔의 주름살들을 맞줄임해버리면 결국 끙끙거리며 살아갈 수밖에 없는 사람살이의 본질적인, 그러나 불가해한 어떤 멍에에 닿는 것인지. 피멍을 두텁게 앉히는 그 멍에 때문에 다들 시난고난하는 난민처럼 어디서든 오막살이를 못 면하는지.

잔디밭 속의 돌길을 차곡차곡 밟아가며 맏처형이 나지막하게 읊조렸다.

"밤마다 간신히 한두 시간쯤 눈을 붙였다 일어나면 꼭 중병 앓다 회복기에 들어선 사람마냥 내 몸골이 새들새들해져 있어. 온몸이 뻐근하고 머리는 얼떨떨하고. 그래도 추스르고 일어나서 일에 매달리면 감쪽같이 몸에 생기도 돌고 그래. 요즘 내 생활이 이래."

9

일요일 오후 느지막이 대중목욕탕 안에 들어앉아서 두어 시간은 좋게 진이 다 빠지도록 땀도 빼고, 숨이 가빠지도록 때를 밀어대는 것도 이 교수가 누리는 생활 습관이다. 일주일 동안 묵은 피로를 가셔내는 유일한 방편이기도 하려니와 안 나는 신명이나마 일구며 다시 생업에 매달리려는 준비 작업으로.

아침부터 감기몸살기가 현저했다. 진땀이 흘렀고, 온몸이 욱신거렸다. 그래도 약을 사먹을 생각만은 억지로 물리쳤다. 버틸 수 있을 때까지 버텨봐야 할뿐더러 앞으로도 장장 엿새 밤은 더 연구실에서 새우잠을 자야 하므로 약에 기댔다가는 만사가 파투날 것 같은 자기 암시에 들려 있어서였다. 오후 서너 시경에야 찾아가는 대중목욕탕 행차도 오전으로 앞당겼다가는 착실한 일상 일체가 뿔뿔이 버스러질 것 같았다.

일요일에도 숲속에서 테니스를 쳐대는 열성꾼들의 '으야, 엇샤' 같은 용쓰는 추임새를 뒤로 물리며 그는 주차장을 향해 로봇처럼 설렁설렁 걸어갔다. 가을 햇살을 한아름 쓸어안고 있는 교정은 짐짓 엄숙했다. 차로 5분도 채 안 걸리는 인근의 재래식 시장통 속으로 들어가 뜨거운 선지국으로 늦은 점심을 때우고, 단골 대중목욕탕에 들러 널찍한 빨랫돌 같은 쑥돌에다 발뒤꿈치의 군살을 비벼댈 참이었다.

역시 판에 박은 듯한 일상의 반복은 즉효약이었다. 하기야 소시민의 팽이치기 같은 '일상' 자체와 그 운신의 구조화가 이른바 '근대'의 산물이며, 그것으로부터의 궤도 이탈은 누구에게나 기휘(忌諱)의 대상임에 틀림없다. 찌뿌드드한 몸의 부조(不調)가 한결 제자리를 잡아갔고, 용을 써볼 기운도 저절로 모여들었다. 하룻밤이라도 네 활개를 쫙 펴고 숙면에 곯아떨어지고 싶은 염원이 꿈틀거렸다. 손톱과 발톱까지 깎고 대중목욕탕을 벗어나니 이미 날이 저물어 있었다.

차를 몰았다. 기계적인 질주감에 심신을 온통 내맡긴 채 무작정 돌아다닐 작정이었다. 오래전부터 일요일만은 책을 안 읽는 이른바 무독일로 정해두었으므로 길이 막혀도, 신호등이 촘촘히 다가와도 마음이 보대끼지도 않을 것이었다. 시내의 번화가를 관통했고, 앞산 밑자락을 휘감고 있는 순환도로를 질주했다. 지하철 공사장 위의 철판이 드르륵거렸다. 도시 고속화도로 진입로가 저만치 앞으로 다가오자 차가 저절로 멈칫거렸다. 학교 교정까지는 차로 불과 15분 남짓 걸리는 지점이었고, 그 진입로에 차를 올려놓으면 공항까지는 일사천리였다. 문득 한때의 해프닝이 오롯이 눈앞에 얼쩡거렸다.

일요일까지 껴묻은 연휴가 나흘이나 이어지던 어느 해 가을의 주말 오후였다. 밀쳐둔 평전(評傳)류 잡서 대여섯 권을 읽으려고 단단히 작정했고, 서울의 집에다가도 못 올라간다고 미리 알려두었다. 사흘 동안은 연구실에서 죽치고 지내며 이번 기회에 독파해버리지 않으면 죽을 때까지 영영 못 읽고 말 것 같은 일종의 덜렁이 강박관념에 쫓겨 제법 충일한 시간을 가졌다. 잡서는 어쩔 수 없어서 기억에 남을 만한 문맥도 희소한데다 온갖 잡동사니 전거(典據)만 잔뜩 끌어다 부려놓아서 어수선하기 짝이 없을뿐더러 설부른 현학취미를 과시하는 것들이었으나, 밀린 숙제를 마쳤다는 기분은 수수했고, 일요일 아침까지 내내 마음 한자락이 뿌듯했다. 그 성취감은 그런대로 즐길 만한 것이었다. 그러구러 아침으로 라면을 끓여먹고 나서부터 시틋한 무료감이 슬금슬금 괴어들기 시작하더니 대중목욕탕을 또 의무적으로 찾아가서 땀빼기와 때밀기 숙제를 해치워야 한다는 생각에 넌더리가 났다. 곧장 신들린 듯한 발작이 그때부터 밀어닥쳤다. 집에 한시바삐 가봐야 한다는, 불과 하루해도 안 남은 무료한 시간을 혼자서 맴질하기에는 너무나 억울하고 비참하며 갑갑해서 미칠 것 같다는 심정에 휘둘려서, 차를 몰아 공항까지 단숨에 달려갔다. 그곳 유료주차장에다 차를 처박아두고 숨을 헐떡이며 뛰어가 막 이륙하려는 비행기를 탔다. 55분 만에 김포공항에 떨어졌고, 5호선 전철을 타고 한 시간 20분 만에 올림픽공원 역에 도착했다. 그때가 오후 여섯 시께였다. 우연이랄 것도 없이 초인종을 눌렀을 때는 두 모자가 텔레비전이나 비디오 시청에 곁들인 주전부리 죽여내기에도 웬만큼 신물이 나서 기지개를 켜대고 있던, 당연하게도 성권이는 "아, 아빠 보고 싶다"라는 탄성이 하품과 함께 저절로 흘러나와서 제 엄마도 "정말 그렇지?" 정도의 화답을 내놓고 있던 참이었다. 안에서 "누구세요?"라는 미심쩍은 물음과 "아빠다"라는 환호성이 동시에 들려왔고, 뒤이어 현관문이 활짝 열렸다. 두 모자에게는 무슨 기적 같은 장면이 바로 눈앞에 나타나 있었던 셈이었다. 마침 장모도 또 다른 사위네로 한시적 출장을 가 있던 판이라 곧장 세 식구가 함께 외식으로 손칼국수에 파전 한 접시를 시켜 먹고 돌아와서는 카펫 갈린 거실에다 잠자리를 폈다. 임시로는 아들애를 가운데 누이고 이런저런 말을 주거니 받거니 하는데 베란다를 걸터넘고 흘러들어오는 찌그러진 달빛이 싸해서 눈이 아렸다. 그 이튿날 새벽같이 일어나서 첫 지하철을 타려고 집을 나서려는데 눈도 뻑뻑하고, 그 소위 '적멸보궁'에다 허무한 비손질을 일삼는 점잖은 몸부림을 제법 오래도록 쳐댄 뒤끝이라 온몸이 까부라지기 직전이었으나, 마음만은 가뿐하기 이를 데 없었다. 꼭히 부부간의 운우지정을 바치려고 날아간 것은 아니었지만, 그런 해프닝도 더러는 사람살이에 불가피한 청량제였다.

아마도 그런 유의 해프닝을 저지르려는 욕구가 잠재의식으로 내연하고 있었던지 어떤지. 동기는 어차피 무료감을 떨쳐버리기 위해서였으니까. 물론 구실은 천양지차로 다를 테고. 앞엣것은 가족과 함께 잠시 노닐기 위해서. 지금은 단순히 다소 편한 잠자리를 찾으러.

색색이 플라스틱으로 그럴싸하게 꾸민 수세미 덩굴이 출입문짝 위에 주렁주렁 드리워져 있다. 대화장 모텔. 자동문이 저절로 열린다. 카운터 쪽으로 걸음을 떼놓기가 바쁘게 등뒤에서 '어서 오십시오, 저희 업소를 찾아주셔서 대단히 고맙습니다. 편히 쉬었다 가십시오'라는 낭랑한 여자 음색의 자동 음성이 들려온다. 그것이 신호인 듯 머리를 말갈기처럼 누렇게 물들인 종업원이 텔레비전을 보고 있다가 벌떡 일어선다. 한쪽 손에 들린 리모컨으로 텔레비전의 음량을 다급하게 줄여가는 일방 화면에 붙박아둔 시선을 미련 많게 거둬들이면서. 종업원은 곧장 "아"하는 탄성에 뒤이어 이쪽 손님의 얼굴을 알아본 자신의 당황을 후딱 감추려는 눈짓이 그의 눈썰미에 고스란히 쓸어담긴다. 종업원의 긴팔 흰 티셔츠 가슴팍에는 '아르바이트생'이라는 뺄딱지 명찰이 붙어 있다.

"따뜻한 방 하나 있을까?"

"죄송하지만 지금은 없는데요."

"일요일 초저녁인데도 이렇게 붐비나?"

손님이 자신을 몰라봤다고 지레 단정해버린 시간제 아르바이트 학생은 조롱기를 좀 묻혀서, 좋게 봐주면 다 아시면서 무슨 너스레냐는 투로 그의 안면을 아주 노골적으로 뚜릿뚜릿 훑어댄다.

"예, 그렇습니다. 여기가 외져서요. 혼자서 오셨습니까?"

"그럼, 혼자지. 보다시피. 어째 자네 얼굴이 낯이 익다?"

그제서야 종업원은 겸연쩍은 낯색을 가득히 피워올린다. 리모컨으로 텔레비전의 전원까지 아예 꺼버리면서.

"아, 예…"

"내 강의를 들었나?"

"그렇지는 않고요. 제 여자친구 하나가 지지난 학기에 교수님 강의를 들어서 몇 번 복도에서, 자판기 앞에서 기다리다가…"

"그럼, 자네도 국제학부 소속인가?"

몸피도 덩실하고 얼굴도 그만하면 호남아에 우량아 축에 들만한 종업원은 반죽이 좋다.

"저는 사회과학부 소속이고요. 제 여자친구는 일본학과에 다녔는데 올해 봄에 졸업하고 스튜어디스로 취업했습니다. 그때 교수님은 현대중국어 특강인가 중국어 강독인가를 가르쳤지 싶은데요…"

"이것저것 다 가르쳤지."

사회과학부 소속인지는 몰라도 일본학과 운운은 엉터리 같다. 둘 다 임기응변으로 둘러댄 말일지도. 아무렇든 어떠랴. 손님도 선생이 아니라 교수라는 직업에 종사하고, 종업원도 대학생이 아니라 아르바이트생일 뿐인데.

"어쩌다 교수님께서 혼자 여길 다 찾아오셨습니까?"

"그렇게 됐어. 집주인 내외의 소유권 시비로 아파트 전세 계약이 말썽을 일으켰어. 그 통에 벌써 일주일째 연구실에서 반쯤 누워 온밤을 섰더니 삭신이 쑤셔서 그래. 따끈따끈한 온돌방에서 등짝을 좀 지지고 싶던 차에 이쪽 외곽도로를 지나가다가 그냥 불쑥 들렀어. 어떻게 안 될까?"

그의 실토정이 그럴싸하게 들리는지 아르바이트생은 상체를 부풀린다. 삼두박근과 가슴팍이 우람하다. 이쪽이 이처럼 딱한 경우를 당하고 있는데 의협심을 발휘하지 않으면 교육에도 문제가 있을 테지만, 우선 생때같은 저 몸이 부끄러운 노릇일 게다.

"잠시만요." 아르바이트생은 큼지막한 판때기를 비닐로 덮어씌운 숙박현황판인가를 눈으로 점검하는 일방 쌀색 구내전화의 송수화기를 들고 호기를 부린다. "아줌마, 212호 아직 안 비었어요? 되게 꾸물대네, 두 시간도 넘었는데…"

땀빼기 약효도 어느새 가뭇없어졌는지 가슴팍으로 땀방울이 두어 줄기나 흘러내리자 그는 이왕 내친 김에 엉너리를 쳐서라도 소기의 목적을 엉구고 싶어진다. 실제로 오한기도 없지 않고, 이마에 손바닥을 짚어보니 열도 있다.

"방이 아직은 좀 그런데요. 온돌방이야 있지만 지금은 다 만실입니다. 침대방도요. 차 가지고 왔습니까?"

"저쪽 공터에다 대놨네."

"내일 아침까지 주무실 거지요?"

"그럴 참이긴 하지만 몸 컨디션을 봐서… 설마 연구실에서 자는 한뎃잠보다야 못할까."

"시끄러워서 잠도 제대로 못 주무실 텐데요."

"머 괜찮아. 여자들이 내지르는 그 기성 말이지? 반은 가짜고 나머지 반은 지레 호들갑이야. 그 앓는 소리 때문에 내 몸도 생기가 살아나면 방값은 빼는 셈이지. 나야 평생 엄살 안 떨고 살기로 작정한 사람이지만."

"정 그러시다면 제가 어떻게든 온돌방 하나를 만들어놓을 테니요, 한두 시간쯤 후에요, 어디 계시다 열 시까지 오십시오. 드라이브를 하시든지, 참, 이쪽 골목 안에 잘하는 꼬치집이 있거든요. 거기서 한잔하고 계십시오." 아르바이트생은 서둘러 손님을 일단 따돌리려는지 튼실한 울짱 밑에 뚫린 개구멍으로 기어나온다. 이어서 그에게 대화장 모텔의 상호와 전화번호가 굵직한 글씨로 박힌 명함을 쥐어준다.
"이따가 이리로 전화 주시고 이군을 찾으면 됩니다."

"성씨도 좋네. 전주 이씬가?"

"아니요. 그런 대성은 아니고요. 경주 이갑니다. 아아 참, 교수님도 창피하게 왜 그런 걸 자꾸 물으세요."

"창피할 게 머가 있나. 시간 때우기로 일해서 돈 버는데."

학력에 구애받을 것 없이 어떤 식으로든 노동시장을 열어 가야 한다는 소신을 갖고 있고, 바야흐로 오늘날의 이 물러빠진 세상은 대학교육의 이수 여부와 상관없이 직업 선택의 폭을 열어놓고 있다고 주장하는 만큼 그는 이군이 덕수(德水) 이가였다면 넌지시 그 툭박진 어깨라도 잡아주었을 것이다.

이군이 앞장서서 현관 쪽으로 나아가자 또 예의 자동 음성이 천장에서 무슨 새소리를 지저귄다. '편히 쉬셨습니까, 다음에 또 저희 업소를 찾아주시면 더욱 정성껏 모시겠습니다. 안녕히 가십시오, 고맙습니다.' 그는 거의 조건반사적으로 천장을 바라보며, 이렇다 할 무슨 장치가 얼른 눈에 띄지 않았음에도 불구하고, 이런 감지기의 일사불란한 작동이, 좀더 범박하게 말한다면 이같은 전자기기의 좀 방정맞은 일상화가 뭇 선남선녀들의 겉멋들린 성적 방종을 알게 모르게 부추김으로써 자기 변명 내지는 자기 위안을 조장할 뿐만 아니라 그들의 윤리적 잠금장치도 더불어 한껏 느슨해져서 스스로를 어리광쟁이로 축약시키는, 그런 일체의 분위기 띄우기에 톡톡히 기여하고 있다는 느낌들이 새들의 날개짓처럼 파딱거려서 자신의 범상한 안면마저 스르르 딱딱하게 굳혀가고 있음을 깨닫는다.

비록 일순간에 지나지 않으나, 대학 공동체라는 한 울타리 소속의 손님이 주춤하면서 출입구 천장을 일별하자, 시커먼 선탠 유리문짝을 반쯤 열어놓고 기다리던 이군은 "별거 아닙니다. 센서가 지멋대로 알랑방구를 끼는 기지요, 머"라며 손님의 자발적 퇴거를 재촉한다.

"믿거나 말거난데요, 실은요, 이 러브호텔도 저희 막내외삼촌이 운영하는 건데요. 다른 집들과 마찬가지로 원칙적으로는 윤방 손님만 받으라고 해서 그래요." 짐짓 이건 또 무슨 수작이냐는, 허지만 오늘날의 성 풍속도가 얼마나 요란딱딱한지쯤이야 안다는 투의 그의 눈짓을 무시하고, 이군의 반죽이 수월수월 좋다. "아, 다른 뜻은 없고요, 교수님 형편이 딱하시고 또 몸 컨디션도 그렇게 불편하시다니 제가 책임지고 한 시간 내로 온돌방 하나를 제일 구석 걸로 잡아서 치워놓겠습니다. 저 밑에 불빛 보이시지요, 저기가 맨 먹자골목입니다. 거기서 좀 계시면…"

"나야 어떡하든, 자네 외삼촌도 수완이 좋고 부자인 모양이네."

"이런 영업집이 저쪽 평리동에도 두 개나 더 있어요. 물론 건물 주인들은 따로 있으니 임대한 거고요."

"자네는 언제까지 근문가?"

"저녁 여섯 시부터 새벽 두 시까지요."

"시간당 얼마씩이나 받나?"

"외삼촌 영업장이라니까요. 남한테 맡겨두면 삥땅으로 날아가는 이용료가 더 많다고 저한테 접수 보게 하고 등록금에 잡비 정도는 받아 쓰고 있어요. 교수님, 이거 정말 죄송합니다. 세상이 워낙 개판이라서요. 요즘에는 여관방 하나 잡기도 혼자서는 힘들어요. 우리 친구들도 그래요. 무슨 놈의 세상이 돈 있어도 여자 없으면 잠잘 방도 없냐고요. 외삼촌이 꼬시는 바람에 하는 수 없이 여기서 아르바이트해보니 다들 미쳤다고 결혼은 했냐 싶고, 여자나 남자나 다 사람같이 안 보이고, 장가가고 싶은 생각이 싹 달아나던데요."

"그래도 아직은 반듯반듯한 사람이 더 많을 거야, 안 그렇겠어? 그러니 이 지경으로라도 세상이 굴러가는 거고."

"글쎄요, 다들 반듯반듯하기사 하지요. 교양들도 많고 매너도 점잖고 세련됐고요. 어디서 어디까지만 그런지는 잘 모르겠지만서도요."

"좋은 인생공부 하네. 모름지기 모든 현상은 아래위나 안팎을 샅샅이 굽어살펴야지."

"그럼요, 교수님. 꼭 전화주세요. 방 잡아놓고 기다릴게요."

"제대는 한 것 같다?"

"예, 1년 재수에, 제대에, 호주에서 어학연수 6개월에, 휴학 6개월까지 마치고 이제 한 학기 남았습니다. 교수님, 휴대폰 갖고 계시지요?"

"설마 전화할 데야 없을까."

그는 하릴없이 고개를 빠뜨리고 어둑어둑한 골목길을 터덜터덜 걸어나온다. 전세 계약이 사달날 때부터 자신이야말로 돈도 웬만큼 지니고 있으면서도 졸지에 거처를 빼앗겨버린 난민임을 하루에도 몇 번씩이나 새록새록 되새김질해온 터이지만, 이제는 무슨 악운 같은 것이 그의 운신마저 겹겹으로 가로막고 있다는 자기 최면에 걸릴 지경이다. 물론 그의 여러 능력을 미뤄보더라도 자기반성에 게으른 위인은 아닌데도 언걸먹은 자신의 처지가 원망스럽고, 얼떠빠진 자신의 처신조차 껄끄럽기 이를 데 없다. 따지고 보면 그 모든 원인과 근인의 지근에는 얽히고설킨 여러 인정과 제도 자체의 모순이 질펀하니 깔려 있지만, 그것들이 왜 유독 그에게만 횡포를 부리느냐는 물음 앞에는, 씨팔, 재수가 없으려니 오입쟁이까지 내 계약금을 후무리고 같은 욕부터 튀어나온다.

더욱이나 지난 추석 연휴 때 꼬박 하루 동안 큰형댁에서 배기다가 또 내려오고 올라가는 이산가족의 한시적 상봉과 작별을 나눌 즈음에서야, 가친을 비롯한 여러 식구들의 배웅을 멀찌감치 뒤로 물렸을 때, 각자의 승용차 사이에 서서 "숙소를 좀 나은 데로 옮겨얄까 봐, 비워달라니까"라고 운을 떼자, "진작에 그랬어야지, 자기 돈도 있잖아, 알아서 잘 처리하세요"라는 팔불출의 즉답을 들은 것도 덩둘한 위인의 오죽잖은 처신 같아서 짜증스럽다. 중뿔나지도 않은 제 생고생만 들먹이고 만 데 대한 자격지심.

도시 고속화도로가 산허리를 뭉청 잘라내고 유선형으로 굽이굽이 돌아간다. 그 옆으로 조금 더 높다란 직선의 88고속도로가 차량 행렬로 붐빈다. 곳곳에 우뚝우뚝한 아파트들이 즐비하다. 무슨 애니메이

션 속의 한 장면 같고, 미니멀리즘이 달리 없다.

입체교차로의 진입구가 지척에 있어서 공터가 훤히 널려 있고, 그 사면에는 히말라야시더, 단풍나무, 벚나무 같은 조경수들이 잘 가꿔져 있다. 달은 간 데 없으나 별빛들이 파리하게 떨어대는 춥지도 덥지도 않은 초가을 밤이다. 판잣집 촌 같은 먹자골목 너머에는 야간 실내 골프장이 불야성을 이루고 있다. 하얀 점들이 쉴새없이 포충망에 걸려들자마자 자맥질하며 지상으로 굴러떨어진다. 잎사귀의 가운데 귀를 가위로 오려낸 듯한 백합나무들이 입체교차로 진입구의 가로수로 촘촘히 심어져 있고, 자투리 화단에는 그 붉은 열매들이 오골오골 매달리기 시작하는 피라칸타가 싱그럽다.

어슬어슬해서 그는 차 속으로 기어든다. 속이 징건하다. 백합나무 사이에 걸려 있는 현수막의 문구가 해학적이다. '기(氣), 밤이 두렵지 않다. 단학선수련장이 책임진다' 사람은 움막살이를 시작하고부터 앓는 습성을 길들였는지 모른다. 그렇다면 길에 나앉은 사람은 앓을 수 있는 특권조차 빼앗겼다는 등식도 나올 법하다. 휴대폰이 없으니 이군에게 전화를 걸 수도 없다.

차창문을 내리자마자 기다렸다는 듯이 찌르륵, 찌르륵거리는 무슨 경보음 같은 소음이 일정하게 간격을 두고 들려온다. 어디선가 들려오는 자명종 탁상시계의 그것이다. 꼬리가 몸통보다 커다란 청설모 한 마리가 화들짝 놀라 쓰레기봉투 속에서 튀어나와 백합나무 위로 달아난다.

쓰레기봉투들이 잔뜩 쌓여 있다. 자명종은 그 속에서 줄기차게 울어댄다. 고장난 시계라서 누가 버린 모양이지만, 시간 맞춰 울어대는 제 기능만은 정확하게 찾아낸다. 오늘날 문명권의 인간들도 대체로 이렇지 않을까. 누구라도 스스로 울지는 못해도 피할 수 없는 외부의 어떤 가학적 제재 때문에 신음 없이는 살 수 없을지도 모른다. 그래서 세상은 사디스트이고, 사람은 곱다시 마조히스트가 되고 만다. 울면서 태어나 신음하다 죽어간다.

기다린다. 자명종은 때맞춰 울다가 제풀에 그치기로 되어 있으니까. 무슨 짐승을 건드리듯 검은 홑잠바를 입은 사내 하나가 발로 자명종 소리가 울어대는 쓰레기봉투를 툭툭 걷어찬다. 울음보가 제대로 터진 갓난애처럼 자명종 소리는 더 다급하게 자지러진다. 이상하게도 쓰레기봉투에서는 냄새가 안 난다. 가정용이 아니라 사업소용의 대형 쓰레기봉투들이다. 주위를 둘러볼 것도 없이 외딴집은 대화장 모텔밖에 없으므로 거기서 버린 것들이 틀림없다. 아예 주저앉아서 코를 대고 큼큼거려본다. 남녀가 그짓을 교환할 때 쏟아내는 그 분비물 특유의 비릿한 내음도 맡기지 않는다. 자명종은 그새도 지치지 않고 울어댄다. 무슨 몹쓸 것인 듯 그는 다시 한번 힘차게 쓰레기봉투를 걷어찬다. 이내 진땀이 배어난다. 이제는 그 소리가, 쓰레기봉투가 이물스럽다. 슬금슬금 뒷걸음질친다. 앞 차체에 뒷걸음질이 부딪쳐서 허둥거린다. 저것도 이 시대의 무슨 경보음인가라는 생각이 얼핏 떠오른다.

차 속으로 다시 기어들어가 모텔 쪽을 바라보자 옥상에 가로닫이로 세워놓은 상호 간판의 네온사인만 훤할까 3층짜리 신축 건물은 온통 시커멓다. 그 출입구 앞에서 담뱃불이 가끔씩 깜빡거린다. 이군이 이때껏 이쪽의 동정을 주시하고 있었던 모양이다. 이제는 그쪽도 이쪽의 주목을 눈치챘는지 담뱃불을 후딱 끄고 안으로 들어간다. 그는 뭔가에 쫓기듯이 황황한 손길로 시동을 걸고 페달을 밟는다. 공터를 아무렇게나 뒤뚱거리며 가로질러가는 고물 승용차가 흡사 미친 사람의 걸음걸이 같다. 그의 귓바퀴에 자명종의 울음소리가 끈질기게 달라붙어 있다.(467장)

↓

군소리 1 – 세태소설은 시공간의 활달한 전개, 변화로 그 구체성/현실성을 확보해 간다. 상식적/상투적인 말인데, 시간/공간의 맞춤한 조작이 뜻대로 풀어지지 않을 때가 태반이다.

군소리 2 – 미국 땅을 여태 한 번도 밟아보지 못한 주제라서 작중의 미국 풍물, 지리를 조작해내느라고 대학 도서관에서 사흘쯤 관련 자료를 복사해 오는 설레발을 떨었다. 독일의 인문지리도 마찬가지다. 물론 '실제성'과는 한참 동떨어진 '가짜 현실'일 테지만, 소설에서의 시공간은 어차피 경험의 유무와는 무관하게 '장르'를, 또는 '장르의 상부 구조'를 거느리고 다스린다. 실내/실외, 국내/국외, 집/야외 같은 대비를 어떻게 조율하느냐는 것은 기고를 멈칫거리도록 쐐치는 첫 장애물이기도 하다. 시공간이란 '환경'의 설정, 창조야말로 인물의 성격, 활약보다 더 중요하다는 것이 내 어쭙잖은 소설관의 요지이다. 소설에서의 시공간은 어차피 '현실성/현재성'과는 무관하게 작동하면서 스스로 '현장감'을 거느린다.

객수산록(客愁散錄)

1

나이순으로 이른바 '명예퇴직 대상자'를 모조리 엮고 나서, 늦어도 새천년의 일사분기 전까지는 그들을 죄다 퇴출시킬 것이라는 인사 시안은 2천년 벽두부터 행내의 초미의 화제였다. 일차적으로는 그 하한선이 대체로 사변동이쯤에서 그어질 텐데, 굳이 변수를 들먹이자면 두 은행의 (경우에 따라서는 세 은행까지의) 합병 과정에서 당연히 불거질 쌍방의 밥그릇 싸움이 얼마나 치열하게, 또 그만큼 지지부진하게 공방전과 지구전을 벌일지에 따라서, 또 그 모가치 시비 중 경영상태의 상대적 우위를 과시하기 위해 어느 한쪽이 언제쯤 한발 앞서 (부실한 부목 같은) 고액 연봉 수령자들을 솎아내느냐에 따라 인사처리의 시한이 결정되리라고 했다. 이미 여러 번이나 겪은 바 대로 일과성 소요에 그치고 말 쌍방 노조원들의 합병 결사반대 시위쯤이야 고객들의 원성을 제꺽 쓸어들이는 (대국적) 견지의 신문, 텔레비전의 (압력성) 보도와 논조에 떠밀려 오래 버틸 리가 만무했고, 세칭 구조조정이란 것이 결국은 양식이나 축내는 군입 덜기이므로 합병을 주무하는 당사자들도 인정과 사정을 고루 참고할 수 없는 인사 척결 원칙상 상대방의 동태를 살필 겨를도 없을 터였다. 따라서 변수라는 게 있을 수도 없었고, 멀쩡한 직장인들의 밥줄 떼기 경쟁도 바야흐로 무슨 몹쓸 시속이나 눈에 딱 거슬리는 유행이 되고 만 셈이었다.

그의 입행 동기생 중 하나가 골고루 반듯한 학연, 지연, 혈연에 힘입어, 또 인품과 줄서기에서도 모가 나지 않는 데다가 편 가르기에도 무던해서 (공칭) '국민의 정부' 가 들어서자마자 임원급으로 승진하여 서울의 본점에서 바로 그 인사업무를 총괄, 추진하고 있었으므로 지방의 한 광역시에서 명색이 노른자위 지점의 점장으로 재직하고 있던 박덕률은 그런저런 인사방침의 시한부 판세를 속속 전해 듣고 있는 편이긴 했어도 짐짓 무념무상의 틀거지를 조금도 흩뜨리지 않았다. 어중된 나이라서 그는 그 소위 하한선보다는 두 살이나 많았고, 출신도 워낙 시식잖음을 일찌거니 모질게 깨달아 매사에는 되놈처럼 처변불경(處變不驚)을, 인사에는 모르쇠처럼 함구불언(緘口不言)을 생활신조라기보다도 성품 그 자체로 지니며 그냥저냥 살아오는 터이라 그 뜨르르한 퇴출 임박설쯤은 걱정거리로 삼지 않았다. 그렇긴 해도 일주일에 두어 차례 이상씩은 꼭 있게 마련인 부하 직원들과의 점심이나 저녁 회식 자리에서마저 그 인사설이 식탁을 너저분하게 어지럽힐 때면, 마지못해 '명예퇴직' 이란 시쳇말은 어째 그 말뜻이 진작부터 빛도 안 곱고 맛도 떫은 개살구 꼴이므로 '희망퇴직' 이라고 해야 한결 그럴싸하고, 또 '희망퇴직' 이란 어휘가 산업사회의 특정 용어로 엄연히 국어대사전에도 등재어로 올라 있는 만큼 그 앞에다 '퇴직 위로금 부(附)' 같은 관형사를 매겨주면 더 좋을 것이라는 한가로운 객설을 너부죽이 내놓고 나서는 더 이상 달다 쓰다는 낌새도 안 내비치는 일방, 누가 쓸데없는 토라도 달고 나설까 봐 서둘러 말꼬리를 채뜨리곤 했다.

이러구러 박가도 은행원으로서 생업을 꾸려온 지 어언 26년째를 넘겨다보고 있던 계제였고, 한 고을에서 논두렁 정기 같은 걸 서로 앞다투어 타고났지 싶던 두 친구가 그 막강한 권력마저 골패짝 돌리듯 물려준 제2의 두 번째 군부정권이 별 탈 없이 끝난 88서울올림픽 특수경기를 시늉으로나마 좀더 끌어가고 싶어 그랬던지 1990년대 초부터 시중은행의 신설을 대중없이 인허하던 판이라 기존의 은행마다 경쟁적으로 점포를 늘였고, 덩달아 그야말로 위관택인(爲官擇人)의 승진 인사 바람에 운 좋게도 어물쩍 껴묻어들 수 있어서 난생처음으로 제 이름 석 자가 신문의 지점장 인사란에 깨알로 박여진 때도 벌써 10여 년 전이었다. (모든 은행이 대체로 그렇듯이) 인사 규정대로라면 이태돌이로 임지가 바뀌는 터이지만, 어물어빠진 그의 성정을 위에서 눈여겨보고 있었던지 그는 그동안 점장 자리를 (과외의 두 번까지 합쳐) 일곱 군데나 옮겨 앉는 망외의 수선도 떨었다. 두 번 다 1년씩도 못 채우고 철새처럼 떠나온 그 임시 보금자리들은 물론 크고 작은 금융사고를 저지른 점포들이었다.

첫 번째 경우는 (금융실명거래제가 실시되기 전이었음에도 불구하고) 제 이름을 본명이라고 굳이 밝힌 한 고객의 복잡다단하기 짝이 없는 (하소연조) 투서를 좇아 본점의 감사팀이 내막을 캐봤더니, 그 졸가리는 주로 금융업 종목에의 증권 투자를 알선해달라면서 투서자가 일가친지들의 모갯돈들까지 끌어모아 한 점장에게 부득부득 맡겨온 예탁금의 금리 시비였는데, 원금들을 더러는 일부씩 까먹긴 했으나, 쌍방의 주장에 다 일리가 있는 일종의 구설수였다. 그러나 연줄을 달고 온 그 투서자의 말꼬리에 불거진 시비 당사자의 사생활이 말썽으로, 어느 쪽이든 이렇다 할 (객관적인) 결격사유를 들먹일 수 없는데도 오래전부터 파탄 일보 직전의 혼인 장애 사단을 벌이고 있는 데다가 당연하게도 남자 쪽에서 거지반 중혼 상태의 딴 집을 두고 있었기 때문에 그 (강제적인) 의원면직 후보자의 후임으로 그가 느닷없이 찍혔던 것이다.

박가가 갯가 M시에 부임하기도 전에 전화 통화로 전임자의 실토를 들어보니 그 모든 말썽이 제 본부인의 사주에 따른 것이며, 아, 재수없어, 내가 도대체 뭘 잘못했어, 뒷거래를 했어, 커미션을 먹었어, 통장을 안 만들어줬어, 똑똑한 여편네 만난 것도 무슨 죈가 보네, 지네들이 떼지어 찾아와 대기성 여유자금을 투신사에 맡기기는 아무래도 좀 의심쩍다 어떻다 해대며 예탁해 놓고, 또 그것을 각자가 임의로 주식에, 공사채에 투자해놓고선 나보고 어쩌라고, 내가 왜 옷을 벗어, 못 벗어, 대기발령? 변호사 댈 거야. 법에라도 호소해야지, 별 뾰족수도 없잖아 라며 누군가를 한껏 매도하는 한편, 자신의 잔풀내기 기질을 감추려 들지 않았다. 책상 서랍의 열쇠나 주고받는 인수인계를 마치고 난 후, 두 선후임자가 다 같이 좀 빠르적거리는 기색으로 지점장실의 접대용 소파에 마주 보고 앉자, 선임자 강모는 박이 무슨 말이든 먼저 물어주기를 바라는 듯이 한동안 잠자코 있었는데, 이틀 전에 전화로 그토록 헐떡거리던 기세가 그새 많이도 꺾여 있어서 차마 눈 맞추기도 민망할 지경이었다.

대개의 민원은 법을 잘 몰라서, 법보다 빨리 제 쪽의 유리(有利)를 챙기려는 속셈의 발로일 뿐인데, 그 성마른 편법에 일방적으로 걸려들어 버리면 누구든 한동안 오만상을 짓게 되고 마니 다 운수소관으로 돌리고 속부터 편히 다스리는 수밖에 달리 무슨 할 일이 더 있겠느냐고 그는 짐짓 선임자의 어수선한 울화를 다독거렸다. 돌이켜보면 그때 선임자의 대응은 (그제나 이제나) 전혀 뜻밖이었다. 곧 그가 서른다섯 살에 프랑스 유학 경력을 다섯 해나 지닌 동향의 명가(名家) 출신인 서른한 살짜리 규수를 환전 업무 건으로 알게 되어 부랴부랴 늦장가를 들었고, 세 해 만에 어렵사리 딸을 보고 나서 한창 그 재롱에 녹아나던 어느 날 저녁 밥상머리에서 그는 문득 밖에서의 일거일동을 안에다 일일이 고해바치고 있을뿐더러 그 매사에 들이대는 (그쪽의 간섭성) 교시를 고분고분하게 받들고 있는 자신의 처지를 똑똑히 의식하게 되었다고 했다.

"우리가 참으로 멍청한 것이 그때서야 비로소 그걸 깨달았다니까. 좀 이상한 성미야, 세상만사 모르는 게 없는데도 자꾸 머든 더 알아야 속이 편타는 주의로 살아가는 여자야, 그쪽이. 그때부터 나직나직 캐대는 그 목소리만 들어도 진절머리가 나. 오만 정이 다 떨어지고. 곧장 옥신각신 티격태격했지. 서로 불불이 이 방 저 방으로 들락거리면서 문짝이나 처닫아대며. 두어 달 안 가서 아예 지긋지긋해지더라고. 오죽했으면 그즈음서부터 신문에서 프랑스의 프자나 부처 불(佛)자만 보여도 단박에 고개를 내돌리고 마는 나 자신이 참으로 어이가 없어지고, 아, 아, 내 머리가 피멍이 들어도 아주 심각하게 들었다 싶데. 그 좋다는 프랑스 요리만 안 먹겠다는 편식광쟁이가 말이 되는 소리야, 프랑스 자본의 은행까지 이 땅에 버젓이 지점을 열고 있는 마당인데."

도대체 그쪽은 그 짱짱한 문화대국에서 무슨 공부를 했길래 그처럼 왕성한 식욕(識慾)을 주체할 수 없는 희한한 병에 걸리게 됐느냐고 박은 웃는 낯으로 물어보았다.

"공부는 무슨. 그냥 안다니 똥파리 같은 그 성질이 지랄이지. 이쪽에서 19세기 불시(佛詩)라나 머 그런 구름 잡는 공부를 대학원에서 1년인가 하다가 그쪽으로 건너갔다는 말만 듣고 그런가 보다 했지. 다들 겪듯이 한창나이 때야 여자든 남자든 처음에야 온통 열을 받아 홀라당 미치다가 이내 후회하고 그러잖아. 내가 워낙 무식해서 그랬을 거야."

평생토록 이어질 신용거래를 막 개설할 판인데, 비싼 학비를 쏟아부은 그 전공 분야야말로 전임자 쪽에서 꼬치꼬치 캐물어 봤어야 할 사안이었다.

"물어본들 내가 뭘 알아야지. 머라고 머라고 또 변죽이나 잔뜩 늘어놓을 텐데. 암튼 언제라도 말이 좀 많아. 무슨 건수라도 그 밑바닥에는 전혀 다른 본질적인 머시 있다는 식이야. 현상과 본질은 다르다 어떻다 해대며. 겉과 속을 꼭 어렵게 현상입네 본질입네 하고 떠들어. 말이야 맞겠지. 이런 탁자와 의자는 오크 재질로 만들었거나 인조가죽이다고 알고 말면 될 것을 이 밑바닥까지 손바닥으로 훑고 난리야. 한번 당하고 나면 성가셔 죽을 맛이야. 그래도 인물은 곱상해. 옷도 아무것이나 척척 걸치면 겉멋이 자르르 흐르고. 꿈도 많아, 못다한 공부 포원이 워낙 커서 언젠가는 그 좋다는 파리에서 다문 몇 달씩이라도 살아보겠다고 머 그랬어."

만혼한 부부답게 두 쪽 다 좀 까탈스런 성질에 변덕도 죽 끓듯 했던 모양이라고 박이 이해의 폭을 넓혀가며 전임자의 안색을 훑어가니 회상기도 아니고, 그렇다고 딱히 낭패기라고 하기도 뭣한, 뭐랄까, 씩씩거리는 체념기랄까 정색한 조롱기 같은 것이 무르녹아 있었다.

"아마 박 점장도 조만간 보게 될 거야. 그쪽 친정 구닥다리들이 아직 이 바닥에서 따문따문 행세하며 살고 있슨이까. 보거든 이것저것 한번 물어봐. 거기서 우리나라 관광객 현지 가이드 노릇도 짬짬이 했다는 말은 얼핏 하대. 사람 이름 외우는 데는 아주 귀신이야. 동서고금의 유명인들을 죄다. 연예인, 배우, 유명인사 이름부터 그들의 에피소드, 여러 재벌의 혼맥까지 훤히 꿰차고 있어. 그런 거야 하루 벌어 하루 먹고 사는 우리 같은 월급쟁이와는 별개의 다른 세계 아냐. 그걸 알아서 머 할라꼬. 그래도 그게 재미있다기보다 저절로 알아진다는 거야. 머리가 그렇게 돌아가나 봐. 암튼 암기력은 아주 비상하고 뛰어나. 그래서 자기 머리가 좋다는 건지, 자기 말만 네모반듯하다는 건지 먼지. 가만히 보면 우리 주위에 그런 사람이 꽤 많아. 세상 거죽을 그렇게 외우고 다니며 사는 법을 학교에서 배우지 않았을까 싶어. 우리 교육이 일단 외우라고 족쳐대니까."

전임자는 결론으로 이 말만은 꼭 하고 싶다는 투로 덧붙였다. 듣고 보니 그 경험담도 중뿔났다. 곧 지지난해 봄에 그의 전임지가 전국에서 10등까지 추려내는 경영평가에서 우수 점포로 선정되어 그 포상으로 지점장 열 명이 태국, 싱가포르, 인도네시아 등지의 유명짜한 관광지를 열흘 동안 둘러볼 기회가 주어졌는데, 그때 그는 아예 작정하고 현지의 한국인 여자 관광 안내원들의 일거일동만 찬찬히 뜯어보았다고 했다. 볼거리에는 건성으로 먼눈만 팔고, 무슨 주전부리 같은 먹거리 시식 행사에는 방금 자고 일어난 사람처럼 군입만 다시며, 또 토산품 사재기 경쟁에는 뒷짐 지고 눈요기나 하면서 나라마다 바뀌는 그 관광 가이드들의 행태, 성정을 예의 주시했더니 어렴풋이나마 그 직종의 속성 같은 것이 붙잡혀지더라는 것이었다. 요컨대 아무리 기후와 풍속이 유별나다 하더라도 어디나 사람 사는 문리가 별다를 리 없을 것이건만, 온갖 것을 일일이 다 가르쳐주려 들고, 여러 종류의 구속 일체에서 방금 풀려나 한시적인 게으름, 자유, 방만을 제대로 누리려는 일행들을 달달 볶아대는 그 일종의 의무적인 근성이 (명문 혈족에 명문 학교 출신의 어떤 여자의) 그 지랄 같은 성미를 그대로 빼닮아 있어서 저절로 고개가 끄덕여졌다고 했다. 어쨌든 세상사가 워낙 다사다난하고 변화무상한 줄이야 진작부터 잘 알고 있었지만, 부부살이도 그처럼 별쭝난 경우가 있는 줄은 박도 그때서야 처음으로 알았다. 신문 기사 중에서 프랑스 쪽 뉴스만 도려내고 읽는다는 그 편식광은 상고 출신으로 박보다는 세 해나 입행 고참이었고, 이재에도 밝아 결혼 전에 이미 노후 걱정을 안 할 만큼 돈도 벌어 놓았을뿐더러 지방의 한 사립대학 경영대학원 석사 과정까지 마친 향토의 유지였다.

두 번째 경우는 두 종 이상의 지방지에 3단 기사로까지 비화한 일종의 편취(騙取) 사건으로, 여덟 명 이상의 예금주들로부터 총계 20여억 원의 거금을, 세금 안 떼는 은행 금리 정도만 보장한다는 조건으로 빌려 증권 투자, 아파트 분양 및 부동산 투기, 심지어는 운영자금 마련에 늘 허덕이는 몇몇 중소기업체 사장들에게 고리의 급전 돌려주기 등등으로 미쳐 날뛴, 그것도 제 여편네를 앞세워 거미줄처럼 돈을 돌리고 돌린 만년 차장인 한 덜렁이 행원에 대한 관리, 감독 부실의 책임을 물어 그 지점의 점장을 징계 면직 대상자로 돌려세우고, 그 일파만파의 수습책으로 박을 발탁한 것이었다. 엄밀히 따진다면 지점장

다음 자리라는 직위를 쌍방이 (잔머리를 굴려) 적극적으로 활용한 (선의의) 여유자금 굴리기가 한동안 잘 돌아가다가 어느 시점에서 느닷없이 삐꺽거리는 통에 불거진 빚받이 소동이었으나, 금융기관의 공신력과 은행원 일반의 품위를 실추시킨 여파는 엄연했으므로 박은 후임자로서 채권자들에게 일단 민사소송부터 제기해놓고 나서 선후책을 마련해 보자고 권면할 수밖에 없었다. 빚을 내서 쓸데없는 부동산도 사재는 한편, 악귀처럼 쫓아오는 빚도 갚는 빚단련 재미에 신들린 그 철딱서니 없는 내외의 치부책 복사철을 전임자로부터 넘겨받는 것으로 그는 인수인계를 끝냈지만, 큰돈의 (명목상) 주인들이 대개 다 호들갑스럽기 짝이 없는 안방마님이라는 불가해한 현실을, (결과적으로) 떼이려고 작정한 돈놀이에서는 채무자의 신용과 재산 정도가 꺼칠하기 이를 데 없다는 일반적인 현상을, 돌고 도는 돈의 생리에 발맞춰 채권자나 채무자가 공히 간들이 너무 커서 돈 무서운 줄도, 돈이 한 군데서 막혀버리면 얼마나 피를 말리는 참상이 닥치는지도 미처 모르고 있다는 뻔한 사실만을 새삼 확인했을 뿐이었다.

막상 남의 자리를 엉거주춤하니 차고앉아 보니 두 점포 다 영판 속빈 강정 같은 영업실적이 한눈에 드러났다. 그렇게 보아서 그랬을 테지만, 여신 거래의 면면들도 큰 것일수록 이런저런 외부의 (강압적) 청탁과 압력에 기대고 있어서 위태위태하기 짝이 없었고, 국공채 판매, 어음 할인, 예대마진 등의 실적도 상대적으로 부진한 편이었다. 하기야 이런저런 (고약한 관행의 제도적) 부대 경비까지 합친다면 거의 연리 15퍼센트 이상에 육박하는 시중 금리체계를 그대로 방치했다기보다도 내놓고 부추긴 정부 당국의 금융정책, 시중은행들끼리의 방만한 대출 경쟁 및 대출 초과 현상의 일반화 같은 자금의 전반적인 흐름 자체가 어불성설이기도 했다. 되돌아보면 지난 세월의 숱한 고비들이 (이론적으로도 정서적으로도) 어수룩한 모순끼리의 치열한 야합으로 여겨지지만, 연간 매출액의 1할 이상을 순이익으로 남길 수 있는 장사란 있을 수 없고, 있어서는 안 된다기보다도 가격 경쟁에서 곧장 밀릴뿐더러 재개발에 투자하지 않았다가는 수년내 도태되고 마는 게 시장원리다. 어떤 상품의 생산에서 사용가치를 먼저 챙긴 전근대적 사회와 그것의 교환가치부터 따지는 현대사회는 우선 자잘한 수치와의 살벌한 싸움에서 구별되고, 거꾸로 그 차이가 벌써 가격과 품질 경쟁을 부추기고 있다. 요컨대 경쟁의 궁극적인 기호는 소수점 이하의 수치이며, 그 티끌만한 수치의 비교 우위에서 뒤지면 망하게 마련이다. 어쨌든 무슨 광풍처럼 지구촌을 닦달질해대는 신자유주의 시장경제체제를 들먹이지 않더라도 그 정도의 고금리를 보장하는 시장을 저금리 기조가 일찌감치 자리잡은 외국의 내로라하는 기업들이 마냥 내버려 둘 리 만무하다. 쉽게 말해서 수입해서 쓰는 것이 득이고, 이제 세상은 바야흐로 그렇게 니것 내것도 구별 않고 뒤죽박죽으로 일시적 효용만 즐김으로써 상품 지천, 쓰레기 양산으로 몰아가고 있다. 하기야 요식업체나 그와 유사한 서비스업종 및 유통업체들이 연간 20퍼센트 이상의 마진을 남길 수도 있기는 할 테지만, 결국 그런 수익분기점도 한시적일 수밖에 없고, 그런 사업의 주체들은 대체로 현금의 수요에 쪼들리지도 않을뿐더러 급전을 돌려써야 하는 때에도 금융기관보다는 거액을 주무르는 대금업자에게 직접 빌붙는다. 아무튼 두 자리 숫자의 시중 금리 자체야말로 부실한 제반 경제적 여건의 표본에 값하고 남는다 해도 빈말은 아니다. 그런 의미에서도 지난 정권이 곱다시 당할 수밖에 없었던 아이엠프 외환 급채 소동은 이 땅의 제반 경제적 수준과 여건이 얼마나 열악했던지를 여실히 드러냈다고 해야 옳을 것이다. 너무나 엉성한 개략적 분별이긴 한데, 지금도 여전히 허무맹랑한 여신 주체들에다 공적 자금을 끝없이 쏟아붓고 있는 현실에 대한 같잖고 되잖은 헛소리일 뿐이고, 그들의 도식적 변명이 설혹 설득력이 좋다 하더라도 그 수치 놀음에 어떤 근본적인 개선책이 비치지 않는 한 맹탕임은 보는 바와 같다.

2

지점장 박으로서는 실직이 눈앞에서 빤히 어른거리는 마당이라 그런저런 상도(想到)도 맥없이 중동무이가 되곤 했다. 그동안 여러 수치와의 눈 씨름에 악지만 부려왔다 싶은 생업을 차제에 어떤 식으로든 정리해야 마땅하다고 잡아채 가고 있기는 했어도 뒤숭숭한 심사가 쉬 걷히지 않았다. 왠지 수상쩍은 장면이나 이상한 느낌들이 꿈길에서처럼 갈피를 잡을 수 없게 희번덕거리다가 까마득하니 멀어져갔다. 출근하자마자 돋보기를 걸치고 부하 직원 둘이 올린 그 전날의 예금, 대출 현황을 일일이 따지고 있건만, 그때마다 머릿속에는 엉뚱한 생각들이 조곤조곤 괴어들고 있는 게 또록또록 보였다.

오래전에 백과사전을 뒤적이다가 알고 나서부터 과연 그럴듯하다 싶어 자신의 성격을 그렇게 점지해버린 분열성 기질의 한 증상이 바로 이런 거지 싶었다. 뭔가가 미진했다. 되돌릴 수 있다 해도 다시는 감당하기 싫건만, 아쉽고 허전하다는 기분만은 촘촘했다. 멍청한 얼굴로, 허청거리는 걸음걸이로 나날을 그럭저럭 때워가고 있던 차에 그 좋다는 단풍철도 후딱 지나가 버리자, 두 은행이 그렇게나 미루적거리던 '결연(結緣)' 작전을 확 걷어차고, 한집 살림을 차리겠다는 공동선언을 터뜨렸다. 기다렸다는 듯이 두 은행의 노조원들이 힘을 합쳐 서울의 한 변두리 공터에서 아예 천막까지 치고 '합병' 결사반대를 위한 무기한 농성에 돌입하겠다고 했다. 마침 어수선한 연말이어서 뭉칫돈 수요가 폭주하는 대목이었다. 본점에서는 충분히 예상하고 있었다는 듯이 점포장들에게 자리를 비우지 말고, 곧 섭외성 영업활동을 당분간 일체 중단하고 농성 가담 예상자와 번갈아 가며 오르내릴 농성 가담자들의 극성을 잘 구슬려서 은행 고유의 업무 수행에 한치의 차질도 없도록 하라는 훈령을 떨구었다. 믿기지는 않았으나, 풍문으로는 농성 가담자의 비율을 참작하여 점장들의 인사고과에 반영하겠다고 했다. 국내적으로는 상부의 방침이 (비록 전시 효과를 노린 것일망정) 그런 쪽으로 정해진 듯하고, 국외적으로도 서로 뜻만 맞으면 대형 자본으로 뭉친 합병 은행들이 경쟁력 제고에도 유리하다고 하니 그런저런 대세나 예의 읽고 농성을 하든지 말든지 해야 할 테고, 이 추운 겨울에 몸이나 안 상하도록 각자가 각별히 유의하라고 박은 부하 직원들에게 (상관으로서가 아니라 연장자로서) 신명 없이 일렀다.

위에 위세가 있다면 아래에도 대세가 있어서 농성에 참여하든 않든 (간부급들을 제외한) 모든 직원으로부터 특별노조비가 월급의 가불 형식으로 걷히는 것이 훤히 보였는데. 그것도 물론 과시적 자세(藉勢) 부리기였다. 구들장이 둘러빠질 만한 거금이 단숨에 모였고, 다른 지역의 점포들보다 상대적으로는 적었으나, 박의 부하 직원들도 반 이상이 대절 버스들에 분승하여 상경 걸음을 잇대었다. 신문들마다에 그 뻔한 시위 사진이, 땅바닥에 퍼지르고 앉아 이마빼기에 헝겊을 두르고 한쪽 팔로 하늘을 찌르는 무리의 반(半)유희성 결기 내지르기 장면이 컬러 사진으로 실렸다. 그 내막을 웬만큼 알고 있는 사람에게는 어떤 정보라도 그 밑바닥에는 보도자 측의 조롱이 얼마쯤 껴묻어 있는 것으로 비쳤고, 사진의 속성 중 일부가 그렇듯이 피사체들은 어릿광대 짓을 아예 내놓고 즐기기를 마다하지 않는 낌새가 역연했다. 그래서 두쪽 다 그런 역할과 목적을 마냥 누리기에 부지런을 떨어대고 있는 꼬락서니들이었고, 좋다 나쁘다 할 것도 없이 매스컴의 주체나 그 이용자들은 제멋에 겨워 자기 화장(化粧)에 이어 자아도취 증후군에 신들려버리는 셈이었다. 물론 그런 야지랑스러운 작태를 완상하는 이쪽의 냉소를 미처 모르고 있거나, 알아도 모른 체한다는 점에서 그쪽은 점점 더 의젓한 위선의 탈바가지를 덮어쓰고 으쓱거릴 터였다. 고객들의 대기 시간이 평소보다 다소 길어졌을망정 은행 업무는 지극히 정상적으로 굴러갔음에도 불구하고 서민들의 불평이 이만저만이 아니라는 어느 시청자의 '약삭빠른' 코멘트도 어김없이 텔레비전 화면에 비쳤다. 다들 배웠답시고 그때그때 앵무새처럼 주어진 정답(定答)을 되뇌는 가식의 처신술은 우리 시민사회 전반이 대중매체의 편의적 보도술에 얼마나 깊이 오염, 세뇌되어 있는가를 보여주는 단적인 증거였다. 행원이 평소보다 반이나 줄었으니 고객이 불편을 느낀 것은 당연지사지만, 그런 사소한 불평을 확대해석하여 일종의 공분을 증식, 확산시키는 상투적, 고식적인 보도 방식은 시청자를 우롱하는 저질스런 횡포나 다름없었다.

편 갈라서 짜고 치는 화투판처럼 손발이 척척 맞아 돌아가는데도 (우리 동네의) 상부 구조는 허구한 날 왜 이처럼 삐걱거리는지를 올빼미처럼 밤눈도 밝은 '관변' 경제학자들이 먼저 연구해볼 만한 과제임에 틀림없다는 생각을 박은 얼핏 떠올렸다가 시답잖아 곧장 지웠다. 본점에서는 (만일의 사태에 대비하여) 농성 가담자의 숫자를 미리 파악해두느라고 점검조를 짝지어 내려보내 점포마다 둘러보게 독려했다. 때맞춰 성탄절을 앞둔 강추위가 덮쳤고, 이틀 만에 다시 업무에 복귀한 농성 교대자가 전하는 바에 따르면 먹거리는 국밥, 라면, 빵, 초코파이, 비스킷, 사과 등등으로 그리운 것이 없는데, 당최 생리적 배설물의 처리가 골칫거리로, 하루 만에 지천으로 깔리기 시작한 그 오물의 냄새 때문에 천막 안에 누워 있어도 골머리가 띵하니 아팠으며, 특히나 여행원 농성자들 중 일부는 아예 그 생리적 배설 욕구를 포기해버려서 그런지 얼굴이 누룩처럼 헐쑥해지는 게 안타까웠다고 했다. 왠지 그런 고생담의 제공자도, 경청자도 각자의 밥줄과 맥이 닿아 있어서 심각하다면 너무나 심각한 그 성토 자체를 즐기고 있는 것 같았고, 이것이야말로 유사 이래 물질적 풍요를 최대치로 구가하는 한 세기말의 얼빠진 표정이라는 분별을 쉬 떨쳐버릴 수 없었다.

박의 (식견이라기보다) 나잇살이 예상하기로는, 또 은근히 바라는 대로라면 합병 결사반대의 신호탄인 무기한 노천 농성 시위의 열기는 일주일쯤 맹렬히 타오르다가 강경파 노조원 서너 명의 (엄살성) 졸도로 구급차가 달려오고 난 후, 노사가 (막후의 협잡성) 조정을 벌이지 않을까 하는 것이었는데, 불과 나흘 만에 어이없는 해프닝으로 막을 내렸다. 불효시(拂曉時)에 덮친 헬리콥터의 돌개바람이 천막을 날려버림으로써 그 속에 널브러져 있던 남녀 농성자들을 졸지에 거지 귀신 꼴로 만든 것이었다. 생각할수록 그 해프닝은 꽤 의미심장했다. 시위 해산조가 그것까지 예상했는지 어떤지 알 수는 없었으나, 헬리콥터의 날개바람의 위력은 워낙 막강해서 이렇다 할 물리력을 행사하지 않고서도 시위장 전체를 일시에 발가벗겨놓음으로써 빚잔치에 거덜난 집안 꼴로 바꿔놓았고, 노조원들도 그런 체통으로서야 사용자를 맞볼 수 없는 노릇이었다. 더불어 상부의 총체적 권력 비대화 및 그것의 무소부지한 남용은 마음만 먹으면 언제라도 하부의 경제적, 물질적 기반 일체를 단숨에 알거지로 만들어 생활권(生活圈)에서의 잠정적 추방과 생활권(生活權)조차 족쇄로 묶어 한데로 내몰아 버릴 수 있겠구나 하는 끔찍한 상상까지 부추기는 것이었다.

시퍼렇게 얼어붙은 거지꼴로 돌아온 농성 가담자들에게 박은 지점장 권한으로 요령껏 쓸 수 있는 업무 추진비의 일부를 허물어 뜨거운 해장국과 삼겹살 구이를 안겼다. 그들의 같잖은 무용담에는 그 숱한 오물과 갈가리 찢어진 천막을 비롯한 온갖 쓰레기들을 치우는 비용만도 수천만 원대에 이를 것이라는 말도 따랐다. 그가 유심히 주목한 패잔병들의 표정에는 인공강우나 어떤 초자연적 섭리 같은 대적의 막강한 화력 때문에 어쩔 수 없이 항복하고 말았다는 조출한 자위랄지 얼빠진 변명이 무르녹아 있긴 했으나, 아무런 전과도 없이 두 손 탈탈 털고 내려온 헐렁이들치고는 홀가분하다는 기색이 완연했다. 조만간 그 자신이 알몸으로 발가벗겨질 때, 그들의 위로를 극구 사양하고 싶은 심사가 괴어들어 그랬던지 그처럼 허무하게 무장해제를 당했음에도 불구하고 무슨 익살스러운 마당극 한판을 벌이고 온 듯한 그들의 신들거리는 행티는 실로 가관이었다. 하기야 오늘날 흔히 목격하는 집단적인, 그래서 대규모로 벌어지는 해프닝은 죄다 무슨 굿판처럼 무당은 진지하고 심각할지 모르나, 국외자들로 하여금 쓰디쓴 웃음을 베어 물게 만들고, 그 푸닥거리의 결과야 어찌 되었든 다들 관심도 없는 것 같았다. 모든 굿판이 원래 그렇듯이 한낱 가소로운 후일담의 밑천이나 쟁이는.

이제는 그가 발가벗겨질 차례를 기다리는 일만 남은 셈이었다. 세상이 하도 사박스러우니 만사가 시들스러워 기분이 저절로 축축 처졌다. 새 천년이 이렇다 할 의미도 없이 슬금슬금 밝아왔고, 3월 말에 그는 대기발령을, 좀더 정확히는 직무와 책임만을 해제하니 실직에 대비하라는 명을 받았다. 도 단위로 하나씩 있는 지역 본부에서 책상만 하나 차고앉아 6개월쯤 뭉그적거리면서 정액의 월급을 받다가 퇴직금에다 소위 명퇴금으로 25개월치 안팎의 월급을 한목에 얹어주며 옷을 벗기는 것이 그 명의 골자이자 통상 관례였다. 막상 닥치고 보니 그처럼 초조하게 기다렸던 심정과는 달리 좀 싱거운 건건이를 먹고 난 뒤끝처럼 목이 칼칼해 왔다.

3

더듬어보니 박으로서는 첫애가 한창 분주를 떨어대던 때여서 15평짜리 전세 서민 아파트 107호의 현관 문짝을 언제라도 벌쭘하니 열어놓고 지낸 시절, 그후 5년쯤 지나 과장 초임 때, (아이엠에프 외환 급채 파동 이후 모든 은행이 경비 절감 차원에서 그 직제를 없애가고 있던) 차장 때 1년 남짓까지를 합쳐 네 번째로 옹근 제 집밥을 먹기 시작한 지 꼭 세 해 만에 당하는 신상의 일대 변동이었다. 그러니까 은행원 생활 27년 중 얼추 스무 해 남짓을 (주로 영남지방 일대의) 여러 객지로만 떠돌아다닌 신세였다. 열 군데 이상의 그 객지살이들에는 물론 제각각의 유별난 무늬랄지 얼룩 같은 것이 있어서 그 시절들에 만난 각계각층의 여러 면면과 나눈 교분, 먹거리들이 다를 수밖에 없지만, 공통점이 하나 있다면 그 지방들과 그곳 사람들이 아무리 만만하더라도, 또 무간해질수록 집 떠나온 봉급 생활자의 몸과 마음은 뿔뿔이 겉돌아서 수시로 허탈감이랄지 괴리감에 휩싸였다는 사실이다. 그것이 바로 객지살이의 병폐였다. 주말마다 처자식을 보러, 또 제 집 밥을 세 끼쯤 얻어먹기 위해 부지런히 오르내리곤 했는데, 무슨 탕아처럼 집에 도착하자마자 혼곤하니 젖어오는 몸과는 생판 다르게 가족이란 혈연의 끈조차 자꾸만 스스럽게 느껴지는 고약한 심사가 행여나 드러날까 봐 마음자리 한구석이 저절로 움츠러들어 버리는 것이었다. 어쨌든 새삼스럽게 몸과 마음이 온전히 하나가 되어 제법 다소곳이 반강제적인 가정생활에 입맛을 길들여가던 즈음에 대기발령을 맞게 되어서 그나마 다행이었다.

자리를 옮겨 앉았다지만, 지역 본부가 들어앉은 건물은 박의 전근무지와 불과 5백 미터쯤 떨어진 시내 한복판에 있어서 출근길도 한결같았다. 새벽부터 자정 넘어까지 연락부절인 무궁화호에 몸을 실으면 정확히 25분 후 다음 역에 닿았고, 거기서 그의 근무지까지는 걸어서 15분 남짓 걸리는 거리였다. 퇴근 때는 역에 내려서 곧장 택시를 주워 타면 기본요금에다 1, 2백 원을 더 보태줘야 하지만, 철길 위의 육교를 건너서 방금 상경행 기차가 밟아온 쪽으로 신작로를 낸 민틋한 오르막을 먼눈팔며 걸으면 곧장 대단위 아파트 단지의 초입에 이르고, 거기서도 목이 제일 좋아 한밤중에도 늘 그 앞이 환한 2층짜리 상가 건물이 그의 자가였다. 건평이 불과 80평 안쪽인데도 아래층에는 밤늦도록 문을 열어놓고 있는 '죽죽(竹竹) 마트'와, 촌수도 헷갈리게 이종사촌 동서간이라는 두 중년 사내가 소일삼아 꾸려가는 부동산 중개업소가, 위층의 들머리에는 사진관이 세 들어 있어서 그 안쪽에다 꾸려놓은 그의 살림집은 방바닥이란 게 없으므로 슬리퍼를 질질 끌고 다녀야 하는 사무실 맞잡이였다. 그것도 띠동갑인 그의 아내가 세 해전에 교직에서 물러 나오며 이런저런 돈을 끌어모아 장만한 것으로, 조막만한 것들일망정 그동안 일궈놓은 다른 부동산 세 무더기와는 달리 그녀의 이름으로 등기부에 올라 있는 것이었다.

바뀐 자리로 첫 출근 하던 날은 마침 그의 아내에게도 수업이 있었으므로 그는 여느 때처럼 그녀가 끈질기게 몰아대는 승용차에 편승할 수 있었다. 동년배뻘인 담당 교수나 자식뻘인 글 동무들도 자신을 한선생이라고 불러 버릇한다는 그의 아내는 지난해부터 한 사립대학의 시간제 등록생으로 소설 창작 실기 과목을 일주일에 세 시간씩 수강하고 있었는데, 이번 학기에는 두 시간짜리 연강과 나머지 한 시간 강의 둘 다가 오전 아홉 시부터 시작하도록 짜여 있어서 그는 덕분에 화요일과 목요일에는 경부선 하행 열차를 타지 않아도 되었다. 아파트 단지의 붉은 벽돌 담벼락 밑에다 세워둔 승용차 앞자리에 탑승한 지 19분 만에 고속도로 인터체인지에 이르렀고, 거기서부터 출근 차량이 밀리기 시작하는 터이라 그의 근무지까지는, 이정표대로라면 12 킬로미터인데도 흔히 20분 안팎이나 지정거리게 마련이었다.

그의 아내가 핸드 브레이크를 올려놓고 나서 꼿꼿한 시선을 앞차장 너머에다 고정시키며, “어쩌다 당신이나 나나 둘 다 꼭 27년 만에 그만두게 됐어. 우연의 일치치고는 좀 의미심장한 것 같애”라고 별러온 듯한 말을 흘렸다. 그는 버릇대로 체머리 흔들 듯 반백의 머리통을 끄덕이며 “나야 아직 완전히 옷을 벗은 건 아니잖아”라고 응수하자, 그의 아내는 “미련 버려요, 나처럼. 내 경우는 벼르고 벼르다 훌훌 벗고 나섰지만. 어차피 올해 안으로 결판이 나게 돼 있었다면서요?”라는 즉답을 내놓았다.

“이때껏 관례가 그렇다는 소리지. 또 그렇게 굴러가는 분위기고.—(운전대 앞의 계기판 구석에 붙박인 디지털 시계는 7;28이었다.)—그러니까 미련을 버리라는 거지, 하루라도 빨리.—(묵언. 차 속은 잠시나마 소음이 완벽하게 걷힌 진공 상태였다.)—그게 마음먹은 대로 쉽나. 시한부일망정 뭉그적거리라는 대로 죽치고 있어야지. 벌써 소문 듣고 여기저기서 같이 일하자고 오라는데, 다들 퇴직금이나 발라먹으려는 수작이야. 말이 좋아 책임자지 관리 사장, 등기 사장 해서 뭣해, 골머리만 썩이다 스트레스 받아 제명대로도 못 살아.—그러게. 그런 사장 노릇 절대로 하지 말아요. 사장? 어울리지도 않아. 차라리 백수가 낫지.—백수? 그건 요새 젊은것들한테 갖다 붙이는 명찰 아냐? 열 명 중 일곱이 그거라니까.—그러니까. 좀 젊어져 보라는 소리지.—무슨… 또 소설을 쓰나? 소재거리 하나 생겨 좋겠네.—(때맞춰 차가 슬금슬금 움직였다.)—시간제 등록생인가 하는 그게 한 학기에 얼마를 내야 한다고? 그 계산법이 복잡해서 들을 때도 무슨 소린지 잘 모르겠대.—그게 머 복잡하다고. 학부 재학생들은 한 학기에 20학점까지 제멋대로 아무것이나 신청할 수 있는데, 한 과목은 대개 다 일주일에 세 시간씩이고 그게 결국 3학점이라는 소리니까 등록금의 20분의 3을 내라는 말이지. 요즘 사립대학들 인문계나 사회계 한 학기 등록금이 2백만 원 조금 넘으니까 거기다 곱하기 20분의 3을 하면 한 과목당 수강료가 30만 원 안팎이라는 소리예요. 왜요? 당신도 뒤늦게 나처럼 뭘 제대로 한번 배워보려고요?—어쨌든 나도 이제부터 소일거리를 찾아야 할 판이니까. 꼭 뭘 시간 맞춰 찾아다니며 배울 생각은 아직 없고. 이런저런 생각이 많아, 그 궁리가 재밌어."

이랬다 저랬다 바꾸기도 잘하는 한때의 덜떨어진 학제가 그랬으므로 박의 아내는 2년제 교육대학을 졸업하고 곧장 시골에서 교편을 잡고 있던 중에 (그녀의 말대로라면) "방학 네 번을 몽땅 털어넣어 얼렁뚱땅이로다" 4년제 대학 졸업장을 갖춘 셈이었으나, 교정도 없이 새벽마다 방송으로 받아쓰기를 시키는 희한한 대학의 한 인기학과에 몇백 명씩 몰린다는 소문을 듣자 거기에도 (3학년에 편입할 수 있는데도 불구하고) 2학년부터 이수하여 학사 학위만 두 개를 만들어놓더니, 뒤이어 어느 사립대학의 교육대학원에 등록하여 (유아교육학을 전공하여) 석사 학위까지 따낸 때가 벌써 햇수로 7, 8년 전이었다. 비록 코흘리개를 가르칠망정 직장에 매인 몸임에도 무엇이든 자꾸 배우려는 그 버릇도 나중에는 신들리는 경지까지로 나아가는지 어떤지 도무지 알다가도 모를 일이었다. 그러나마나 권면할 염은 추호도 안 생겼으나, 그렇다고 말리고 나설 수도 없는 노릇이라 그는 가타부타할 수도 없거니와 그 밑에 쏟아붓는 적잖은 돈도 손수 벌어 충당할뿐더러 다른 물가에 비하면 학비나 교재만큼 싼 것도 달리 없고, 배움에 투자하는 돈이 낭비라면 옷도 털갈이 안 하는 짐승처럼 한 벌로 그냥 저냥 견디지 뭣 하러 두 벌, 세 벌씩 장만해두고 사느냐는 그녀의 되바라진 주장에 딱히 맞받아칠 말도 없는 게 사실이었다. (누구나 함부로 잘 쓰는 말인) '교양'이 텔레비전의 시청률 높은 일일 연속사극을 보고 그 수준과 범위를 넓혀가는 것이라면 속물도 각양각색으로 그 구색이야 얼마든지 다채롭게 갖출 수 있지 싶었다. 다들 살 만해지자 어떻게 사는 것이 제대로 사는 것인가를 스스로 어림잡는 데 그치지 않고, (열어놓은 닭장에서 뛰쳐나온 닭들처럼) 떼 지어서 보고 듣고 지껄여야 옳게 사는 것 같다고 여기는 '구경 체험' 풍속이 만연해진 셈이었다. 시비를 따질 것도 없이 시속이 그렇다는 데야 잠자코 있는 게 까짓것이었다.

"나 때문에 이래저래 시간 낭비가 많은 거 아냐? 길이 이렇게 뻥 뚫려 있으면 강의 시간까지 한참이나 기다려야겠네?" 그 이름이나 알까 (최근이라 해도) 이미 10여 년 전부터 제2캠퍼스를 광역시 외곽지대에다 옮겨서 붉은 벽돌 교사들을 대대적으로 조성했다는 그 사립대학이 어느 구석에 붙박여 있는지도 모르는 터이라 그가 넌지시 물어본 말이었다.

"30분쯤 기다려야겠네. 작년에는 집에서 곧장 가니까 35분도 채 안 걸리더니만. 학생용 주차장에 파킹시켜놓고 차 속에서 커피 마시며 이런저런 생각을 엮어가면 금방 지나가요.—(커피포트를 챙겨왔는지 뒷좌석을 힐끔 쳐다보는 그의 아내의 고개짓에는, 미태랄 것까지는 없겠으나, 아연 생동감이 넘실거렸다.)—소설 구상을 하시는구먼?—그것도 하고. 머릿속이 자글자글 끓는 게 좋아. 아무리 머리를 굴려봐도 진짜 학생들처럼 젊은 감각을 도저히 못 따라가는 것 같아서 열 받는 것도 재미있고. 남의 작품이 혹독하게 깨지는 걸 듣고 앉았으면 이 나이에도 싸다, 깨져도 싸 하고는 속으로 미쳤다, 미쳤어 그러고 있으니 참 우습다 싶어.—당신 작품은 이제 덜 깨지는 모양인가?—왜 안 깨질까. 다소 약하게 깨지고 아무래도 나이가 있으니까 점잖게 깨지지. 동서고금의 걸작이나 명작도 보기 나름이지 흠 없는 작품이야 있을라고.—저 앞에다 세워줘. 잠시 걷지 머. 커피 타줄 여직원도 없어서 다들 지하에다 원두막처럼 꾸며놓은 다방에서 한 시간씩 죽치고 지내나 봐. 아침 운동하고 바로 나오는 친구들은 거기서 흑임자죽이나 호박죽, 달걀 후라이에 토스트 따위로 요기도 한다고 그러네.—그걸 뭐라고 이름 지을까. 실직 대기자 아침 담론 교환회(交歡會)쯤 되나.—조기 전직(轉職)추진대책소위원회쯤 될 테지. 불과 열 명 안쪽이니까. 제때 출근도 안 하고 다른 볼일을 보느라고 여기저기 기웃거리는 양반들도 없잖은 모양이고.—이제 백과사전은 원도 한도 없이 만판으로 볼 수 있게 돼서 다행이네요.—그래야지, 또 그럴 수밖에 없고. 어제 점심때 벌써 그것 두 권부터 직원 시켜 옮겨다놨어."

한갓진 짬만 나면 회사나 집구석의 책상 앞에 정좌하고, 소파에 비스듬히 누워서, 이부자리 위에서 모잽이로 뒹굴며 대백과사전을 뒤적이는 게 그의 유일한 취미였다. 어언 20여 년 전부터 길들인 그의 이 취미의 연원, 그 몰입 경과와 여러 망외의 소득을 더듬어가자면 말이 길어지지만, 그동안 두 종류의 한글판 대백과사전과 영어판 그것을 전질로 갖추고 있는 데다가 객지 생활을 할 때도 그것 두어 권씩만 소지품으로 달랑 들고 오르락내리락했으며, 그것의 용도가 그런 것처럼 첫 쪽부터 읽어갈 필요도 없을뿐더러 언제라도 펼쳐지는 대로 더듬다가 읽은 항목에다 볼펜으로 표시를 해두는 그 나름의 조만한 경도를 보더라도 이미 소일거리의 차원은 넘어서 있었다. 출신이나 성장 환경이 평균치 이하였던데다 워낙 게을러터진 성정이라 어릴 때부터 책 읽기에는 나름대로 부지런을 떨어온 그의 가리사니에 따르면 백과사전은 그 어떤 항목을 보더라도 거시적 시각으로 엄정한 가지치기로서의 범주를 설정한 다음, 믿을 만한 단언적 정의 내리기에 뒤이어 그 개념의 역사적, 사회적, 문화적 맥락을 통시적으로 짚어가는 풀이를 통해 탐독자로 하여금 세상의 구조에 대한 전반적인 도해 능력을 열어가게 해주었다. 따라서 온갖 종류의 소설이나 잡서들이 한결같이 내지르는 엉성한 문맥, 듣그럽기만한 횡설수설, 번쇄하나 속 보이는 얄팍한 현학 따위와 견줘 볼 때, 백과사전 읽기는 우선 두뇌 회전의 속도감을 제고시켜준다는 점에서 단연 월등했다. 그 단정한 문체, 그 무류(無謬)의 사실증언벽, 그 해박한 박람강기의 적절한 현시성, 더불어 그 항목별 관지(關知)의 연쇄를 마냥 즐길 수 있음은 앎의 광대무변에 스스로를 유폐시켜 몰아의 경지에 이른다고 해도 과언이 아니었다. 따라서 평생토록 읽어도 다 못 읽을 읽을거리를 확보하고 있다는 생각만 해도 뿌듯해지는 것이었고, 그런 의미에서도 이 세상의 모든 책은 사실상 백과사전의 견강부회거나 그 항목들의 지리멸렬한 조합에 불과한 것이었다.

4

구질구질한 일상으로부터 한시적 일탈을 일삼으며 어떤 자기 반란으로서의 글쓰기를, 이른바 '고삐 풀린 상상력'을 최대한으로 작동시켜가며 맞춤한 집짓기에 골몰하느라고 영일이 없는 소설가 지망생 한 씨의 미끈한 아이보리색 승용차가 그 두리뭉실한 엉덩짝을 뒤채며 미련 없이 멀어져 갔다. 흔히 찻길을 선점하니 양해해달라고 짐짓 들어보이는 그런 그녀의 무심한 손짓을 박은 멀거니 쳐다보다가 비록 순간이긴 했을망정 이제 가정적으로도, 사회적으로도 어떤 길항력의 끈을 놓쳐버린 자신의 매골을 얼핏 뒤적였다. 그 정도의 양해야 얼마든지 할 수 있었지만, 그는 왠지 뜨악해지는 느낌을 애써 추슬렀다.

(그것의 성취 과정 중에 따를 이해득실이야 어떻든지) 자아실현을 위해서라면 자식이나 남편까지도 일정한 선 밖으로 서둘러 내몰아버리는 여자. 대학에서의 전공을 살리느라고 재학 중에 세 차례나 현지 어학연수를 시키더니, 거기서 저희끼리 눈이 맞았다는 재일동포 3세라는 선머슴애에게 보따리로 싸서 건네주듯이 첫애를 시집보내 버린 짓거리만 해도 그랬다. 모녀가 동시에 가르치고 배우는 학교생활을 영원히 작파한 그해 여름의 일이었다. 신부 댁의 시원섭섭함을 고려한 나머지 예식을 서울에서 우선 치르기로 정하고 나서, 듣고 보니 바깥사돈은 국적을 아직 안 바꾸고 있으며 죽을 때까지 그것만큼은 지니겠다고 장담했으나, 그 한자 이름마저 아무리 머리를 굴려봐도 사돈에 팔촌만큼이나 연이 먼 이쪽 것과 그쪽 것을 휘뚜루마뚜루 쓰고 있고, 안사돈도 그쪽 출신인 이쪽 여자와 그쪽 여자를 사업상 이른바 현지처처럼 따로 떼놓고 거느리며, 소생들도 그 각각에게서 셋씩 둘씩 본 명색 사업가로서, 빠찡꼬 점포를 홋카이도(北海道)에만 다섯 개나 갖고 있다고 했다. 해방되던 해 열여섯 살이었다는 그 늙은이는 그동

안 안 해본 고생이 없었다는 난민답게 듬성듬성한 상고머리 밑에서 빠작빠작 배어나오는 진땀을 닦느라고 두 손을 쉴새없이 놀려댔다. 딸애의 신랑 될 위인은 (다행하게도) 본부인 쪽에서 본 막내이자 외아들로서 그의 네 매형이 삿포로(札幌), 치도세(千歲), 오타루(小樽) 등지에서 처가살이를 하다시피 빠찡꼬 점포를 하나씩 맡아 꾸려가고 있는데, 막상 자신은 제 아비가 그곳의 터줏대감으로 오늘의 재력을 일군 무로란(室蘭)인가 하는 후미진 어촌에서 자연환경보호운동에 종사하고 있다는 것이었다. 물어보나 마나 윗대는 일제 강점기 때 징용 노무자로 팔려 갔을 테고, 그 덕분인지 재일동포 2세는 아직도 경상도 사투리를 본토박이 이상으로 생생하게 구사하고 있었지만, 그 3세는 서울에서 우리말 연수를 6개월이나 받았다는 데도 혀짤배기처럼 받침소리를 못 내놓거나 코맹맹이처럼 비음(鼻音)이 태반이었다.

장인이 될 박가로서는 딸애의 뽀얀 살결과 상글거리는 눈매에 혹해서 제정신을 못 차리고 있는 바깥사돈이나 사위 될 위인의 설쳐대는 꼬락서니가 더러 민망스러웠지만, 뭔가가 성에 안 차서 당장에라도 그 어수선한 인연을 싹둑 잘라버리고 싶은가 하면, 이제사 난들 무슨 용빼는 재주가 있겠냐는 체념이 슬며시 고여 드는 것을 어쩌지 못했다. 시늉으로라도 딸애의 해산구완인가를 하려고 그 이듬해 6월 초에 그의 아내는 보름 일정으로 홋카이도 땅을 밟아보고 왔는데, 그쪽 사돈댁 살림의 견문담은 가부장권을 제대로 누리는 한 세기 전의 무슨 민담(民譚) 같았다.

우선 서울의 강남 땅 언덕바지에 있던, 그것도 바깥사돈 양반이 서로 잘 아는 사이라던 한 재일동포가 자신의 장조카와 소유권 시비 소송 끝에 그즈음 막 찾아서 그 주식을 자기 아들과 반분했다는 한 호텔의 예식장에 양장 차림으로 나타나서 그 얄쌍스럽고 정갈한 자태만으로도 많지 않은 하객들 중 단연 돋보이던 안사돈보다 본처가 오히려 다섯 살이나 적었다. 우리말을 하는 데는 좀 더듬거릴까 읽는 데는 막힘이 없는 본처 쪽에서 본 첫딸은 제 이복언니와 연년생이었다. (간추리자면 내연관계의 일본인 처를 놔두고 또 다른 재일동포 여자와 정식으로 혼인을 치르고 나서 그 두 집 살림을 그럭저럭 꾸려가고 있는 푼수이겠는데, 박으로서는 그것만으로도 숫자처럼 방정하지 못하고 뭔가가 잔뜩 뒤틀려 있고, 수선스럽기 이를 데 없었다.) 또한 소실 댁은 그 세련된 외모에 걸맞게 상주인구가 160만 명에 이른다는 대도시 삿포로의 중심가에 있는, 그쪽 말로는 맨션인가 하는 끌밋한 아파트였고, 본가는 고작 10만 명 남짓이 모여 사는 무로란의 바닷가 둔덕에다 지은, 한길에 붙박아놓은 미닫이 대문을 열고 들어가면 곧장 반들반들한 골마루가 잇대어 있는 전형적인 일본식 와가로 그 살림들 행색이나 두 중늙은이의 외모만으로도 나잇살을 엇바꿔 박아놓은 듯해서 큰집 작은집의 분별이 쉬웠다. (듣자하니 바깥사돈의 그 두 집 살림 건사는 무슨 접붙이기를 마음 내키는 대로 치러 개량종을 잔뜩 양산하려는 셈속으로 비치는 것이었다.)

제멋대로 흘러내리는 빠찡꼬의 그 쇠구슬처럼 두서도 없고, 온통 뒤죽박죽인 인연, 혈연의 차랑거림을 두 안사돈과 그 슬하들은 수굿하게 받드느라고 매사를 일사천리로, 깔끔하게, 고분고분하니, 사근사근히 말맞춰 처리하고, 그 여러 점포의 원주 영감은 소실 댁에 틀어박혀서 하루에도 꼭 두 번 이상씩 그쪽 말로 적은 하명을 팩스로 본가에다 떨군다고 했다. 명색 장손을 보게 해서 눈짓에도 벌써 양양이가 올라붙은 제 처보다 불과 두 살 많은 사위라는 것도 지레 자갑스럽게 병원으로, 본가로 부리나케 차를 몰아대면서 그 팩스 쪽지를 손에 쥐면 낄낄거리다가도 순식간에 맹한 눈매로 고개를 갸웃거렸다고. (딸애의 전언에 따르면) 김가와 우에다(上田) 성씨를 동시에 거느리는 제 시아버지는 성깔이 불같고, 돈 문제에서는 한 푼이라도 빈틈이 없는 데다, 제 진짜 시어머니는 그 지역에서 알아주는 서예가로서 전국 규모의 무슨 공모전에서 이미 장려상도 받은 바 있는 여류명사인데, 첫딸을 낳은 후부터 가는귀가 먹어 이즈막에는 전화를 아예 못 받는다고 했다. 그래서 그런지 재바른 말눈치가 비상하고 늘 보살 같은 환한 웃음만 피우며, 그즈음에는 서도연구실을 집 밖에다 차려놓고, 바로 그 건물의 옆방에다 제 자식이 사무총장으로 일하는 자연환경보존협회를 꾸며 그 일까지 두량하고 있다는 것이었다.

6월 중순인데도 산비알과 응달에는 희뜩희뜩한 눈이 두껍게 쌓여 있더라는 그곳 풍정만 몇 번이나 애달아 그리더니, "종숙인 시집 잘 갔어. 일의대수라잖아. 심리적으로만 뚝 떨어져 있을까, 난 차라리 서울보다 더 가까운 것 같애. 어떻게든 지 깜냥대로 잘 살아내겠지"라며 제 밑에서 배우다 졸업한 제자처럼 그쪽에서 기별이 없는 한 인연을 영 끊게 되어 홀가분하다는 낌새를 노골적으로 드러내던 안식구를 그는 한동안 벙벙하니 쳐다볼 수밖에 없었다.

한편으로 아들애 종일이의 경우는, 중학교 3년 동안 굼뜨게나마 도시락 챙겨주기에도 진력이 났던지 전교생이 기숙사 생활을 하기로 되어 있고, 주말마다 좌석버스로 50분 남짓 걸리는 집에 들러 속옷을 챙겨 간다지만, 자모(慈母) 노릇도 제대로 못 할 바에야 학교 당국과 당사자의 각고면려에 전적으로 맡겨버렸는데, 그 밑바닥에는 아내 나름의 제 잇속 밝히기가 출렁거렸다. 좀 물러터졌다 싶은 아들애의 어리무던한 성정도, 나아지기는커녕 늘 그만한 학교 성적에도 애달아 하는 법도 없어서 경쟁심을 부추길 줄도 모르는 저런 여자가 무슨 교육자 행세야 싶었지만, 부모로서 용을 써본들 개선의 여지도 없다는 일반적 추이를, 에미는 선생으로서가 아니라 '훈육 한계론'의 추종자로서 오래전부터 훤히 꿰차고 있었던지 아예 오불관언이었다. 급기야는 다들 한다는 재수조차 탐탁잖게 여기더니, 두 번째 수능시험에서도 바라는 바의 예상 점수에서 한참이나 못 미쳐 두 부자가 우두망찰해 있을 때도, 그녀는 "아무 데라도 들어가, 일류대학? 다닐 때 잠시 좋고 그뿐이야. 어차피 밥 세 끼 먹고 사는 건데 좋은 대학 나왔다고 껍죽대봐야 누가 알아주나. 지만 웃음거리로 주저앉고 말지. 원래 껍데기들이 출신 학교 자랑으로 평생 노닥거리다가 빈털터리로 막차까지 놓치는 걸 흔히 봐오잖아"라며 한쪽의 노심초사를 가소롭다는 듯이 저만큼 내쳐버렸다. 만사를 제 편한 대로, 알아본들 뻔할 뻔자인데 식으로 알거냥하며 나서서 착잡한 사정 일체의 전후 맥락을 뭉개버리는 그 천성은 분명히 교사직이 몰아온 건공잡이의 본색과 다르지 않았다. 그녀가 세칭 자기실현의 만만한 대상으로 소설 짓기에 도전해보겠다는 포부를 넌지시 시사했을 때, 한낱 은행원으로서 언뜻 떠올린 상념도 무엇이든 '모를 게 머 있어, 그렇게 굴러가게 돼 있는데' 조로, 그러니까 소위 지어내는 이야기의 '설풀이'를 일방적으로 풀어놓는 그 작업의 속성이 매사를 제멋대로 단정해버리는 예의 그 성정과도 죽이 잘 맞아떨어진다 싶었다. 어떻든 그 말솜씨가 즉흥적인 비유거나 소설식의 과장인 줄이야 모를 리 없지만, 빈털터리야 막차를 탈 엄두도 못 낼 테고, 일류 학교 출신들을 우대하는 세상 풍조에 섭쓸리는 것도 꼴불견이라는 주관은 질시를 감추는 한편 제때 쏟아부어야 소기의 성취를 맛보게 되어 있는 노력과 그 가치를 지레 방치, 포기하고 나서, 만년 열등생의 성마른 변명을 딴에는 알량한 '개성'으로 포장하려는 수작이 아니고 무엇인가. 그런 발상 일체가 소설로서 적당히 엉구어 내는 그 이야기의 허장성세와 그것의 조작에 연연하는 한 중년 여자의 허영심을 그대로 반영한다 싶었고, 흔히 모정과 인정 미담을 한껏 떠받드는 세상의 통념과 그 등쌀에 치이는 아들애의 흐릿한 몰꼴이 소설 속에서는 어떻게 투영될지 그로서는 초미의 관심사였다. 백과사전파로서 그의 골몰이 깊어진 거야 자업자득이라 어쩔 수 없겠으나, 아내의 그 미지의 가공한 이야기들이 거둘 성취의 수준을 미리 가늠하기에는 여러 정황 증거들이 넘쳐날 지경으로 풍부할 뿐더러 정말 '좋은 소설'의 탄생에는 부족한 전제조건들이 너무 많다는 것이 그만의 잠정적인 결론이었다.

아들의 장래야 두고 볼 일이었으나, 매사에 그런 방기, 태무심, 치지도외하는 성정으로 어떻게 교사 노릇을 꾸려냈는지 알다가도 모를 일이었다. 좋게 봐주면 집안일과 바깥일을 대범하게 분별하는 성격이랄 수 있었다. 무슨 도통한 비구니처럼. 누구라도 제 인생 제가 알아서 살아갈 텐데, 가족이라고 해서 간섭할 일도 아니라는 주의로. 가족과 일가친지를 적당한 선 안에서 방목시키며 자신은 다락방 같은 곳에 들어앉아 무슨 이야기를 지어내느라고 늘 머리를 분주하게 쥐어짜고 있는 여자. 글을 쓴다는 핑계로, 세상을 남보다 잘 안다는 자부심으로 살아가는 한 주부의 일상에서 걸러낸 일종의 시대정신으로서의 여권(女權) 구현, 자기표현의 구체적 증거로서의 페미니즘이 조각보처럼 짜여 있는 것은 사실이겠지만, 그런 자아실현에 깔린 분수 망각으로서의 허영심부터 점검해야 좋으련만, 그만한 머리도 재능도 없다는 한계를 모르는 데야 어쩌랴. 문학 공부가, 그로부터 얻어지는 이름 날리기가 나쁜 제도일 리야 만무하겠으나, 그 무한한 포충망에 일시적으로 걸려드는 선남선녀의 정신적 방황을 다독거릴 수 있는 인성 교육의 부재도 개탄스러운 일이 아니고 무엇인가.

소설 쓰기는 결국 세상사와 인간사에 대한 작가 자신의 고만고만한 일가견을 부풀려서, 내 생각만이 옳다는 그 소위 '매사에 알거냥하고 덤비는' 쥐대기의 발심이겠는데, 그 현학 취미생활에서 소기의 성취를 거둔다 한들 진정한 장인으로서의 보람을 만끽할 수 있는, 그런 심성의 함양이 과연 소용돌이처럼 들끓는 오늘날 제대로 가능하기나 할까.

5

그의 아내 한씨가 소설 쓰기에 부쩍 열을 내기 시작한 때는 둘째 애를 기숙사에 집어넣기로 작정한 그 어름이었으니까 어언 햇수로 5, 6년 저쪽이었다. 여러 가지 학력이 만들어놓은 뒤끝이 고작 그 (주제넘은 허영기로서의) 글짓기에 가닿은 모양새였고, 그것도 원껏 해볼려니 그때까지 졸업장 만들기에 들인 공력으로는 명함도 못 내밀겠던지 그즈음서부터 교직을 그만두겠다는 넋두리를 대놓고 흘려댔다. 박은 남편이랍시고 제발 제 주제를 알고 나서 덤벼도 늦지 않다고 할 수는 없어서 하던 일은 힘 부칠 때까지 해보고 안 하던 짓은 나이도 있는데 설건드렸다가 머리에 골병만 들지 무슨 자격증이라도 제때 따낼 성싶냐고 에둘렀다. 그 나이의 여자들이라고 다 그런 것은 아닐 테지만, 한씨는 무슨 일이든 한다면 해치워버리는 당돌한 구석도 있는 사람임을 그는 함께 살아봐서 잘 알았다. 몇 번이나 제 고집대로 밀어붙인 집 늘리기 및 집 바꿔치기에서 보인 강단이 그랬고, 그는 이사 간 집을 몰라서 전화로 물은 다음 겨우 찾아가 낯선 대문 앞에서 머무적거린 적도 있었다. 말린다고 주저앉을 여자가 아니었다. 훑뜨고 살펴봐도 지어미로서의 사람이 달라진 것 같지는 않았으나, 살림 사는 여자로서의 생활은 많이도 달라져서 나이에 상관없이 무엇에 몰입하는 정경이 그럴싸하게 비치는 것도 사실이었다. 그 공부에는 딱히 외조를 보탤 것도 없지 싶었다. 기성작가들의 소설책에다 하늘색과 녹색 형광펜으로 밑줄을 번갈아 가며 그어대는 짓거리나 밤늦도록 퍼스널 컴퓨터 앞에서 말과 단어를 골라가며 찍어대는 혼 빠진 자태를 등 너머에서 멀뚱히 쳐다보는 것이 고작이었다.

그러나 객수에 찌든 몸으로 허둥지둥 달려온 지아비를 부쩝도 못하게 내물리는 그 골몰 앞에서 그는 이중삼중의 소외감을 맛보아야 했다. 아무리 그 방면에 맹문이라 하더라도 제대로 하려 들면 그 공부가 끝도 없고 그만큼 어렵고 힘든 줄이야 짐작 못 할 바도 아니었으나, 독학으로서야 무슨 끝을 봐낼까 하는 군걱정도 따랐다. 어느 쪽이든 자격증을 따내는 데 들이는 공력이나 그 경과야 어금지금할 테지만, 앞서의 세 번에 걸친 제도권 교육의 학습 과정에는 이수 연한이라도 못 박아 두고 있어서 제때 돈만 갖다 바치면 이력저력 이력서에 한 줄 올릴 학력이라도 생기는 터이건만, 소설 짓기에는 그런 시한이나 무슨 보장이 없었다. 그러니 오히려 더 기를 쓰고 어떤 작은 성취라도 일궈내려고 덤비는 모양이었으나, 다른 분야와 달리 일컬어 예술이라는 장르에 발을 빠뜨렸다가 패가까지는 몰라도 망신살을 덮어쓰고 나서 결국 덜떨어진 굴퉁이가 되고 만 사례는 숱하게 들 수 있지 싶었고, 늙마에 그 알량한 한때의 문명을 날려보겠다는 겉멋이 적잖이 걱정스러웠다. 요컨대 그는 자신의 아내로서보다 한 사람의 여성으로서 어떤 자기실현에 몰두하는, 어느 경우보다 그 비용도 싸게 먹히는 그 독립독행의 정진에 무슨 결말이든 속히 나기를 바랐다. 결말이란 그 대적 앞에서 도저히 안 되겠다며 꼬리를 사리거나 저 포도는 시어서 못 먹어 라며 돌아서는 것이었다. 언감생심 명색 소설가로서 그녀의 글줄이 활자화되기를 바란다면 거룩한 예술 행위 자체를 모독하는 소행이 아닐까 싶기도 했다.

뜻밖에도 한씨의 그 정진을 격려하는 몇 줄의 글이 2천년 신년호에, 그것도 집에서 정기구독하는 중앙지와 지방지 하나씩에 나란히 실렸다. 곧 그동안 나름대로 공들여 새기고 다듬은 대여섯 편의 단편소설 중 기중 그럴듯하다고 생각한 작품 세 편을, 서울쪽에다 두 편, 지방쪽에는 한 편을 (장난 삼아) 예의 신춘문예 공모에 투고한 게 그나마 체면치레를 한 것이었다. 책상 앞에서 거의 넋을 놓은 자세로 앉아서 창밖으로 가지런히 임립한 아파트와 수목들을 우두커니 쳐다보고 있던 한씨의 개구 일성은 "2등, 3등이 무슨 소용 있어. 하나는 예선에도 못 들었나 봐, 말도 없어"였다. 그 전해 여름부터 휴학계를 내고 서울의 하숙집과 향리의 제집을 겨끔내기로 들락거리며 빈둥거리던 아들애도 의무전투경찰로 복무 중인데다 마침 연말연시의 경계강화 근무로 시 외곽지에서 차량이나 검문 검색한답시고 외박을 못 나온 터이라 그렇잖아도 사무실처럼 꾸며놓은 집안이 한층 썰렁하던 판이었다.

파운드 케이크 한 조각에다 밀크커피로 아침 끼니를 때운 식탁 위에는 신문지만 수북하니 쌓여 있었는데, 정기 구독지 두 종류 말고는 한씨가 새벽같이 일어나자마자 아래층의 편의점에서 경제지까지 골고루 사온 것들이었다. 맨발에 털실로 짠 덧버선을 꿰고 그 위에다 가죽 슬리퍼를 신은 채로 그는 식탁 앞에 앉아서 "그만해도 장하지 머, 처음 투고했다며? 이제부터는 내놓고 소설 공부한다고 해도 남세스럽지는 않겠네"라고 건성으로 응수했다. 그런데 그쪽으로는 워낙 무식한 소치겠으나, 두어 번이나 샅샅이 뜯어 읽었는데도 그 심사평들은 하나같이 좀 난해해서 그의 가름으로는 '일반 독자를 상대로 쓰는 소설에 대한 나름의 평가도 이처럼 전문적일 수 있구나'에 이어 무슨 공작기계의 구조나 그 작동 요령을 간추려놓은 매뉴얼 같았다. 요컨대 그 글들은 백과사전에 실린 숱한 문맥들처럼 명료한 구석이 없어서 짜증스러웠다. 이를테면 그중 하나로서, 한씨가 자기 작품이라고 녹색 형광펜으로 밑줄까지 그어놓은 그 거명작에 대한 품평은 이랬다.

—재일동포 집안으로 출가한 딸과 그 사위 및 사돈네 내외를 만나서 베푸는 모정의 곡진한 정감을 아로새긴 '유치우편물'은 화자의 절절한 정서 일체가 비상하고 또 그만큼 공감을 불러일으키기에 부족한 점이 없으나, 바로 그런 정서의 절대화가 여러 등장인물을 과보호함

으로써 한 자락의 풋풋한 이국 취향을 빚어내고 말았다. 익히 알만한 작중세계의 통속화도 이 작품의 결함으로 다가오지는 않는다. 그러나 대개의 모정이 감당하는 감정 일체에는 시비와 선악의 그것이 극과 극으로 치닫는, 그 소위 양가감정이 뒤범벅되게 마련인데, 그것의 편향 자체는 반쪽 세계의 조명과 다를 바 없고, 화자를 비롯한 주요인물들의 천사화를 오로지 조장할 뿐이다.

당선작에 대한 상찬이 마지막에 씌어 있었으므로 그 순서대로라면 한씨의 작품이 첫 번째로 언급되어 있어서 3등에 그치고만 또 하나의 품평은 좀더 난해했다.

—'에움길'은 남편과 동복인 시숙과 시누이까지 거느린 한 집안의 맏며느리가 그 시어머니의 헤픈 춘사(春思)를 사추(邪推)하면서 자신의 흔들리는 여심까지 션주어본 이색적인 작품이다. 그 겹겹의 육체적, 정신적 간통 행각에는 우리 소설사에 드문 치정문학의 한 백미 같은 경지도 얼비치는데, 그 정조도 대체로 난잡하지 않고 삽상한 기운이 넘실거린다. 하지만 그 재미난 남녀상열지사에 반드시 따라야 할 자기검열 행위가 안 보이는 것도 이상하려니와 그 소속감의 부재는 이른바 유희본능 그 자체에의 매몰로 치달아서 산문문학의 위상과는 크게 어긋나고 말았다. 오늘날의 소설은 재미만을 쓸어담는 무슨 게임 같은 역할도 적극적으로 사양해야 옳고, 어떤 정보 전달의 수단으로서도 그 기능을 마감했다고 봐야 하므로 남다른 해석적, 분석적 세상 이해는 필지다. 게다가 이 작품에는 비문에 해당하는 대화 문장을 적어도 다섯 개 이상 적발할 수 있다.

두 작품 다 그 소위 화자가 한씨 자신임은 쉬이 짐작할 수 있었고,

특히나 후자는 일흔한 살 안팎의 노친네이면서도 팬티스타킹을 신는가 하면, 지난해 구정에도 깃 높은 팥죽색 저고리에 언제라도 두둑한 쑥색 치마로 일습을 맞춘 그 소위 개량 한복을 입고 술상을 봐오던, 모자 사이라고 해도 오래전부터 (서로라기보다 그 자신이 먼저) 소닭 보듯이 지내는 그의 모친의 별난 삶을 조명한 것임이 틀림없었다. 그가 그 대목을 눈에 쓸어 담았을 때 곧장 얼굴이 달아오르고 머릿속이 홧홧거렸음은 물론이었다. (일이 잘못되었다가는) 그 자신의 비루한 출신과 내력 일체가 벌건 대낮에 발가벗겨지는 수모를 치를 뻔했는데, 낙선작으로 굴러떨어졌더니 그나마 천행이 아닐 수 없는 희한한 꼴이었다.

어떤 분김을 삭히고 있는지 퍼스널 컴퓨터의 화면만 아무렇게나 바꾸고 있는 한씨에게 그는 무슨 말이든 시켜서 다독거려야 할 것 같았다.

"당신은 이 심사평이 무슨 말인지 알겠어? 내가 작품을 안 읽어서 그런가, 내 머리로는 긴가민가한데, 뭔가가 부족하다는 말인 것 같기는 하고.—여러 가지로 미숙하다는 소리지 머. 별 뜻이야 있겠어, 말이 없어서 흠을 못 잡을까.—천사화는 무슨 소리야? 양가감정은 또 머고, 분석적 세계 이해라니, 도대체 아리송한 말 천지네.—줄변덕이 심해야 한다는 소리 같애. 그게 사람 마음이라는 거고. 말이야 맞겠지. 글이 너무 재미만 바쳐도 쓰잘 데 없잖냐는 말도 되고. 지든 말든 이 시답잖은 세상과 한판 싸워보라는 말이지 싶어. 화해는 곤란하다는 소린지 먼지. 딴 건 다 받아들이겠는데, 문장도 안 된다니, 나, 참 어이가 없어. 3백 장이나 되는 대학원 논문을 남이 써줬나. 그때도 지도교수의 첫마디가 문맥은 잘 통한다고 했는데. 아, 몰라.—오타가 많았던 거 아냐?—오타는 무슨. 얼마나 읽고 또 읽었는데. 학생들 맞춤법, 띄어쓰기만 몇 년을 바로잡아줬는데.—여기까지 왔으니까 이제는 빼도 박도 못하게 생겼네. 하는 데까지 해서 끝장을 봐야잖아?—아, 모르겠어, 운도 없었나 봐. 바꿔 낼 걸 그랬어.—그건 또 무슨 소리야?—봉투에 신문사 주소 먼저 써놓고 어떤 걸 어디다 넣을까 한참이나 망설였거든. 이때껏 엄마 노릇도 제대로 못한 죄로 종숙이 종일이한테 봐란 듯이 낯 한 번 세워보려 했는데. 아, 신경질 나. 우체국에 가던 날 꿈도 좋았는데."

기대가 컸던 만큼 실망도 컸던지 그 낙선의 후유증은 제법 오랫동안 이어졌고, 더러는 실성거린다 싶게 그녀의 언행이 툭툭 불거져서 그는 딱했고, 불편했고, 조마조마했다. 우신 정월 초하룻날부터 원두커피만 여러 잔 마시며 뭘 먹지도 않고 멍청해 있더니, 정초 연휴가 없어진 탓으로 그 다음날 제때 출근한 그가 낮 동안 집으로 몇 번이나 전화를 넣어봤으나 '우리집 식구가 지금 외출 중이오니' 운운하는 그의 아내의 좀 새된 녹음한 목소리만 재잘거렸다. 전화를 받지 않는 낌새가 역력했으나 내색하지 않을 작정을 단단히 하고 택시에서 내려 귀갓길을 곧바로 펴는데, 죽죽마트의 주인장 내외가 그를 불러 세워놓고 흰 봉투를 디밀면서 점심때 2층 댁에 들러 월세를 전하려 했더니 한 선생이 그 문짝 밑으로 밀어놓고 가세요 라고, 전에 안 하던 말을 하며 코끝도 안 비쳤다고, 댁에서 어디 아프냐고, 좀 주제넘게 생긴 그 여편네는 두 분이 사랑싸움하신 건 아니냐는 눈짓을 내둘리며 염탐질을 펼쳤다. 실제로 몸이 시원찮다는 말이야 자주 했을 테지만, 그는 집사람이 학교를 그만두고부터 밤잠을 설치더니 요즘에는 불면증이 아주 심해졌다고, 임시교사직이라도 다시 잡네 마네 하고 있다면서 집주인답게 이런 가게는 불경기와 관계없이 장사가 그런대로 잘 돌아가지요 라고 인사를 건성으로 건넸다. 매도 증서를 전주인으로부터 넘겨받던 날, 바뀐 집주인으로서 임대차매매계약서를 다시 쓰려고 했을 때, 죽죽 마트 내외도 지점장-초등학교 교사 내외처럼 굳이 집사람 명의를 고집해서 그의 예단으로는 그쪽 바깥양반이 부도어음 발행자였거나 당분간 돈 쓸 권리를 강제로 압류당한 사람이 아닐까 싶었다.

그때까지 그녀는 아무것도 안 먹었던지 눈매가 때꾼했고, 몸보다 마음이 그 지경으로 앵하니 뒤틀려서 밥 앗아줄 염은 터럭만큼도 안 생기는지 "늘상 밖엣밥 자시고 오더니 오늘따라 집밥은 섬겨싸"라고 중덜거리더니 저쪽 시장통에 잘한다고 소문난 개장국이나 한 그릇 사 자시라고 그를 떠다밀었다. 토란 줄거지와 대파를 낫게 넣고 손으로 찢은 그 살코기와 껍데기까지 쓸어 부어 걸게 끓인 불그레한 누렁이 개장국은 별미에다 소화도 잘 되어 그의 아내도 사철 내내 즐겨 찾는 음식이었다. 그가 좋은 음식을 어째 혼자 사 먹으라 하냐며 점잖게 권했으나, 그녀는 고개만 흔들까 코대답도 없었다. 오랜 객지 생활에 익은 솜씨로 손수 끓인 라면 가닥을 후루룩거리는 일방 동치미 통무를 우걱우걱 씹다가 그는 짐짓 생색내는 말투로 "그 투고작 말이야, 나한테도 한번 보여줘 봐. 그 애매한 심사평이 과연 맞는지 어떤지 톺아보게. 설마 보는 눈이야 다를까"라고 그녀의 의중을 떠보았다. 소파 위에 당그라니 올라앉아 두 무르팍을 가슴에 끌어안고 있던 그녀는 이제 와서 무슨 때늦은 관심이야 라는 투로 눈을 흘기고 나서 "활자로 찍혀 나오거든 그때 보든지 말든지 하세요. 언제가 될지 알 수 없지만"이라고 받았다. 그새 심기일전할 채비는 갖췄다는 의사로 들렸다. 그 말이라도 듣자 왠지 복대기던 그의 심사가 단숨에 잔자누룩해져서 배나 채우는 그 인스탄트 식품만 먹으면 물컥물컥 몰려드는 성가신 객수가 설핏해졌다.

6

그후부터 그녀의 자기실현 욕구는 악지 세다 싶게 천방지축으로 날뛰기 시작했다. 밤늦도록 담요 한 자락만 붙안고 소파 위에서, 책상 앞에서 오도카니 앉아 있는가 하면, 텅텅 비어 있는 두 애의 방을 번갈아 드나들며 거기서 잠도 자고 밤도 밝혔다. 각자의 침대와 옷가지를 주워 담는 7단 나무 서랍장, 책걸상 등만 간신히 비집고 들어가도록 칸막이를 쳐둔 애들 방 둘은 사진관 쪽과 등을 맞대고 있고, 거실 겸 주방 겸 화장실이 출입문과 함께 한가운데 펼쳐져 있는데, 높다란 책장으로 가려둔 그들 내외의 명색 침실에는 침대 두 짝을 덩그렇게, 그것도 그의 것은 길가 쪽 벽에다 처박아두고, 그녀의 것은 퍼스널 컴퓨터를 얹어둔 기역자 책상 옆에다 비치해둔 인테리어 감각부터가 한씨 자신의 퇴직 후 작량과 그 성취에의 기약을 단단히 새겨둔 꼬락서니였지만, 안방에다 칸살도 안 지르고 문짝도 안 낸 것은 합방을 아예 안 하겠다는 시위를 넘어 승용차 안에서나 공원 같은 데서의 그 짓거리처럼 은근히 노출증을 과시하고 관음증을 교사해대는 작태인지 뭔지 모를 일이었다.

그런 엉성궂은 집 안에서도 그들 내외가 제때 누려야 그 맛인 합환

(合歡)의 재미를 무작정 물리치며 살았다고 할 수는 없겠지만, 이번의 경우는 좀 달랐다. 그로서는 그녀의 그 앵돌아진 독수공방이 전혀 다른 내발적 요인 때문임을 잘 알았으므로 부처처럼 무한정 우두커니 앉아서 기다릴 수밖에 없었다. 애들 방의 침대 위에서 나름의 소설 쓰기 구상에 매진한다면 그것은 그것대로 어떤 조작 세계의 실경이 손으로 만져질 수도 있을 터였고, 남편으로서 그 정도의 조력조차 못 보태서야 도리가 아니지 싶었다. 미쁘기까지 한 그녀의 그런 앙버팀은 차라리 약과였다. 강추위가 연일 이어지는 한겨울의 막바지인데도 앞서거니 뒤서거니로 퇴직한 또래의 한때 동료 교사들, 또 대학 및 대학원의 동기생들과 무리 지어 나들이를 즐기는 눈치였는데, 거나하게 취한 그가 막차라기보다는 다음날 첫차라고 해야 맞을 밤 1시 22분 발의 서울행 기차로 귀가하면 방금 화장실 속의 샤워 꼭지 밑에서 빠져나온 차림으로 기초화장인지를 끝내고 소파 위에 널부러져 있기도 했다. 젖은 머리로 보나 물기 없는 싱크대를 일별하더라도 저녁도 안 해 먹고 온종일 밖으로 나돌아다녔음은 분명했다. 그녀도 그만큼이나 근무지를 바꿔 다닌 교사직에 매여 있었을 때는 말할 것도 없고, 그만두고 나서도 밤 외출은 거의 없다시피하던 여자였다. 그녀의 행실을 의심할 것까지는 없었으나, 그 자기실현 욕구를 저렇게 일시에 내팽개칠 수 있는가 싶어 한편으로는 이상했고, 다른 한편으로는 괘씸했다. 분간을 모아보니 그런 돌출 행동도 쓸거리 장만에 다소나마 도움을 받으려는 발버둥질 아닌가 싶었다.

그즈음의 어느 토요일에는 저녁 끼때에 맞춰 초인종도 없는 터이라늘 그러는 대로 열쇠로 문을 따고 들어갔더니 퍼스널 컴퓨터 쪽으로 덧버선 신은 발을 포개고 앉았던 그녀가 그를 보지도 않고 "저녁도 안 했어요. 정말 하기 싫어, 놀아보니 이렇게 좋은 걸 갖고서 너무 애면글면 살았나 봐"라고 말했다. 실제로 그렇게 살아왔고, 그렇기도 하겠다는 생각이 들었다.

"나가서 사 먹지 머. 나야 객지 밥에 이골이 난 사람 아냐. 사람 팔자가 어디 쉬 바뀌나.—(곧장 실성기가 들었나 싶은 말이 뒤따랐다.)—종숙이 그년은 전화 한 통도 없어. 연말 연초가 다 지났는데.—무소식이 희소식이잖아. 젖떼기 전까지야 지 시아버지 팩스 받을 짬이나 있겠어.—설도 쇠지 말았으면 좋겠어.—쓸거리가 너무 밀렸어?—겁나. 한창 열이 올랐던지 이제는 무슨 이야기든 말이 되게 만들어낼 수는 있지 싶더니만. 내가 세상을 몰라도 너무 몰라. 말도 모자라고.—말? 무슨 말?—내 손에 쏙 쥐어지는 표현 같은 거. 그런 걸 만들어내는 재주가 없나 봐.—딴 사람, 딴 책들도 실은 이거다 싶은 말들도 없다면서?—너무 늙었어. 다섯 살만 젊었어도.—젊은 동급생 애들은 알아?—뭘?—당신이 낙선했다는 것 말이야.—몰라. 어떻게 알까. 모를 거야.—실컷 더 땡땡이를 쳐봐. 일보 후퇴 이보 전진이라는 식으로.—이 나이에. 제대로 놀아나질까. 마음이 딴 데서 노는데. 술이라도 마실 줄 알았으면 감정 전환이라는 걸 할 수도 있을 텐데.—왜, 지금이라도 배우지, 혼자 집에서. 배우는 것 좋아하잖아.—그게 배운다고 되는 건가 머. 체질이 못 따라주는데."

역시 계절은 환경만큼이나 위력적이었다. 날씨가 풀릴 조짐이 완연해지자 한씨는 인터넷을 뒤져 예의 시간제 청강생 제도를 찾아내서 용약 등록했다. 그때까지의 소설 쓰기 독학을 접었다기보다도 자신의 작품 수준을 육성으로 점검받는 또 다른 제도권의 배움터를 찾은 셈이었다. 소설 창작 실기를 맡은 그 대학의 K교수는 3년 전인가부터 전업작가 생활을 작파하고 강단에 서기 시작한, 말하자면 전직한 문인인 모양으로 스무 명 남짓의 재학생 및 두세 명의 외부 청강생을 상대로 순번을 정해서 각자의 작품을 사전에 복사하여 돌려보게 하고, 그것의 일정한 성취 여부를 공개적으로 질타, 품평하는 식의 수업을 꾸려가고 있다고 했다. 다들 소설 쓰기에 따르는 여러 구체적인 방법을 배우기로 작정하고 수강한 만큼 거의 만화 수준에도 이르지 못하는 습작품들이 대다수라 품평자는 매시간 문체와 내용의 시시비비는 뒷전으로 물려두고 주로 문장의 잘잘못을 지적할 수밖에 없다는 것이었다. 익히 짐작할 만한 사정이었다.

어느 날 받아쓰기를 해와서 정서한 그 문장론의 대강이랄지를 그녀가 보랍시고 퍼스널 컴퓨터의 모니터를 켜놓은 채 싱크대 앞에서 얼쩡거리고 있었으므로 그도 간접적이나마 초첨단의 '화면식' 판서를 주목하는 수강생이 될 수 있었다. 판서에다 설명을 곁들인 그 내용은 다음과 같았다.

1. 어순을 반드시 지킬 것(문법의 근본, 도치법도 자제하고. 따분해도 어쩔 수 없다. 규칙 따르기란 원래 그런 것).

2. 의미(뜻)를 분명히 건져 올릴 것(어휘 선택에서의 허영은 금물. 시에서처럼 은유를 너무 드러내면 의미가 모호해짐. 오로지 짧게, 그러나 충분하게 설명만 하도록. 이야기는 그 내용을 최대한으로, 꼭 필요한 것만 간추려서 쉽게 전달하면 그뿐이니까).

3. 구어(수다스럽고 너스레의 만발을 자초한다)와 문어(지시적 기

능과 유희적 기능을 고려한다)를 분별해서 사용할 것(직접화법과 간접화법의 차이를 숙지, 둘의 사용 빈도수도 점검, 문장의 박진감을 유의).

4. 동어반복을 철저히 피할 것(한 문장, 한 단락 안에서 같은 말의 중복은 적극적으로 피한다. 다만 강조의 경우는 별도. 그것도 제한해야. 내용상으로도 했던 말을 또 하지 말아야, 점증 효과가 없는 한. 첫말과 끝말도 반복시키면 지루하고 답답하다. 첫말 '그가' 와 끝말 '말했다' 를 참고. 문장 단위로도, 문맥 단위로도 반드시 그렇게 되니 도취법을 활용할 것. 우리말의 종결어미 '다' 는 어쩔 수 없다).

5. 단어마다의 종성(終聲)이 겹치게 하지 말 것(술술 읽히지 않으므로. 토씨도 마찬가지).

6. 비유법의 적절한 구사에 매신할 것(직유법—잘 쓰면 임자, 못 쓰면 남. 은유법—난해/이해, 정치/유치가 꼭 반반임. 환유—인접성을 고려하여 아끼지 말고. 역시 반복이 심하면 동화처럼 유치해진다. 제유법—사고의 귀천을 조절할 수 있어야. 대유법—상투성만큼은 피해야. 완곡어법/위악어법—작품의 정조와 인물의 개성을 감안해서. 모순어법—인간 심성, 사회제도 등의 자가당착을 파악할 수 있는 안목을 높여가야).

7. 접속사의 활용 빈도수를 최대한 낮출 것(문맥 짜기의 관건. 사고의 진폭/완급을 자유자재로 조절해야. '하지만, 그러나, 그리고, 그럼에도 불구하고' 등을 남발하지 말 것).

8. 부호의 사용에 낭비도 인색도 자제할 것(부호도 문장의 일부임. 가독성을 최대한으로 존중해야. 삽입구, 삽입절의 다발은 수다스러워

지고, 적절히 활용하면 사실성에 득이 됨).

K교수가 누누이 강조해대는 말을 그대로 옮겼다는 그 정리는, 그녀의 부연 설명을 듣지 않더라도, 문장의 골격 짜기에 따르는 기본 지침 같은 것이었고, 그 일반론의 활수한 적용, 사용(私用), 응용에 따라 수많은 개성적인 문체가 짜여질 테고, 그 결과물은 결국 작가별로 독보적인 문체나 개별적인 문투의 탄생을 보장할 것이었다. 어떤 이야기를 그에 맞춤한 문체로, 어떻게 직조하느냐는 문제는 나중의 일이고, 그 밖의 자잘한 기술적인 방법론은 중요하지 않다기보다도 완제품을 만들어내려는 고심의 정도에 따라 저절로 깨우쳐지니까 문체와 그 내용은 동전의 앞뒷면과 마찬가지라고. 좀 전문적인 비유를 빌린다면 기표와 기의로 짜여진 언어의 이치와 똑같다고 보면 된다는, 요컨대 그 수단이 언제라도 목적의 의의를 정당화시키면 비로소 소설 특유의 지위는 늠름해지게 마련이라는 그녀의 (힘에 부치는) '대변성 전언'을 그는 새겨들었다.

"백과사전을 정독하는 것도 적잖이 도움이 되겠네 머. 너무 정확해서 따분할는지 몰라도.—그걸 어느 세월에 다 읽어. 언어 감각의 유무에 관계 없이 국어사전을 부지런히 찾는 버릇부터 길들이라는 말은 하데요. 사전만 믿어도 안 되지만, 답답하니 그거라도 안 볼 수 있냐면서."

언젠가부터 그녀의 말주변에는 동문서답이 자연스레 스며들어 있었지만, 그것이 문학에 은결든 흔적일 터이므로 그는 모른 체할 수밖에 없었다. 하기야 겉도는 대화가 우리 모두의 일상 중에 얼마나 많은지를 따져보면 당사자가 그 엉뚱한 즉답을 미처 의식하지 못하고 있다고 해서 면박할 수도 없는 노릇이었다.

술술 쓰이는 말이 아니라 꼭 쓸 말을 찾느라고 낑낑대는 그녀의 자발적인 고행에 그는 무언의 성원을 보내지 않을 수 없었다. 뚝 떨어져서, 새삼스럽게 오붓하나 겹겹으로 옹색해지는 홀아비의 맥쩍은 뭇 망상을 뒤적이면서 멍청히 지켜보는 것이 다였다. 그녀의 발표 순번이 4월 중순에 잡혀져서 K교수에게 그동안 써둔 습작품을, (부끄러운 이력이지만) 선외에 머물고 말았던 예의 그 '유치우편물'과 '에움길' 중 하나를 선보일 의중으로 그걸 제출해도 되겠느냐고 물었더니 그 양반은 그런 문의가 있으리라고 짐작하고 있었다는 듯이 즉석에서 누가 이미 본 것을 자기가 다시 봐봐야 다를 게 뭐 있겠냐면서 신작을 써서 내라고, 자꾸 새 작품에 매달려야 실력이 는다면서 엉뚱하게도 미친년이 지 애가 귀여워 죽겠다면서 씻어 죽인다는 말도 못 들었느냐고 되묻더니, "시키는 대로 하세요, 소가 우유를 만들어낼지 거름을 쏟아낼지는 다음 문제고 내가 여물간까지는 길라잡이 노릇을 할 테니 잠자코 따라오든 말든 알아서 하세요"라면서 이쪽 말을 더 들을 것도 없다는 투로 연구실 문을 열어주며 축객했다고 했다. 대체로 말해서 그녀는 이때껏 누가 시키는 일이라면 소처럼 수굿수굿 해치우면서 살아온 둔물(鈍物)이었다. 의뭉스런 사람이 더 그렇듯 실생활에서 못다 이룬 희원을 최대한으로 부풀려서 끌어넣는 식으로.

바로 그 신작의 기고는 물론이거니와 탈고도 지지부진하던 어름에 그렇잖아도 전생에 무슨 살이라도 끼었는지 오래전부터 버성기는 그와 그의 모친 사이를 더 버그러지게 만든 사단이 일어났다. 벚꽃이 막 눈을 틔우고 있어서 그 파뜩파뜩한 기운이 철길 가에도, 죽죽마트 앞의 가로수에도 완연하게 올라붙어 묵은 한기와 을씨년스러움을 서럽게 물리치고 있던 어느 토요일의 한밤중이었다. 그날 오전 중에 그는 아내로부터 그렇게 하라는 당부를 전화로 받았던 터이라 가끔 찾곤 하는 그물막에서 소말소말 얽은 뽀얀 고무공을 후려쳐서 잔디밭 너머로 날려 보내는 허리 운동을 두어 시간이나 좋게 한 후, 마침 샤워실 옆에 딸린 그곳 관리인 숙소에서 한나절 내내 마작을 하다 나오는 재력가 유모씨와 변소간 들머리에서 마주쳤다.

유씨는 부동산 임대업자이자 그의 지점 고객이기도 한데다 그와는 동갑내기였고, 학연이 닿지는 않았으나, 좁다면 좁은 바닥에서 연줄을 대자면 친구의 친구쯤 되는 사이였다. 등산과 마작은 국내외 각지로 원정을 나다닐 만큼 베테랑이고, 여태껏 운전면허증도 없지만, 애주가로서 독주도 말술을 사양치 않는 데다 담배는 하루에 다섯 갑 이상을 피운다고 해서 그의 별명이 백 가치나 백 개비로 통하는, 게다가 딸린 식구들 때문에 제 취미생활을 제대로 못 누릴까 봐, 또 그 통에 짊어져야 할 온갖 스트레스가 지레 버거워서인지 지금껏 홀아비로 지내면서도 건강은 필요 이상으로 좋은 유씨 같은 고객이야말로 토요일 저녁나절의 술친구로서는 제격이었다. 곧장 호형호제하는 두 친구는 생갈비살을 구워가며 맥주를 들이켰다. 아무리 돈 걱정 없이 사는 금리생활자라지만 자식도, 집사람도 없는 홀아비와의 대화에는 한쪽에서 안부를 챙길 말도 딱히 없어서 이내 심드렁해졌고, 유씨도 내일 새벽부터 장장 여덟 시간 이상 주행하기로 되어 있는 팔공산 등반 약속 때문에 술안주가 떨어지자마자 평생 마실 술인데 아껴가며 두고두고 먹읍시다며 둘은 자리를 털고 일어섰다.

아마도 기갈이나 겨우 메운 그 술 탓도 있었을 것이다. 언제라도 그런 것처럼 신명 없는 집발을 끌며 문을 따고 들어가서 숨도 고르기 전에 자지러지게 울어댄 전화기 소리부터 짜증스러웠다. 청강생으로 등록하면서 휴대전화기를 마련한 아내는 평소에도 전화 걸기에는 꽤나 인색하므로, 그것이 새로운 문명의 이기로 등장했을 때부터 회사에서 적극적으로 권장해서 그 효용에 인이 박인 그의 휴대전화기로는 좀체 그를 찾지 않는, 이른바 정보만능시대의 그 예절만큼은 제대로 지키는 편이었다. 아내는 대뜸 썰렁한 집구석을 어깨 너머에서 빤히 들여다보고 있다는 듯이 방금 들어왔느냐고 묻고 나서, 자기는 오늘 밤 여기서 '외박하고', 곧 지 시어머니와 함께 밀린 이야기나 나누면서 자고 내일 저녁때쯤에나 귀가하겠으니 그동안 냉장고 속에 재어둔 불고기감과 무쳐둔 햇나물 따위를 꺼내서 끼니를 놓치지 말라고 일렀다. 그 음색에는 봄기운 같은 생기가 넘실거려 그나마 듣기 싫지는 않았고, 아내의 그 드문 명색 시댁 걸음이 무슨 이야깃거리를 장만하려는 셈속이겠거니 하면서도 글 쓴다는 사람이 사용한 말치고는 적잖이 어긋진 '외박'이라는 소리 때문에 그는 앵한 기분이 울컥 치솟는 것을 어쩌지 못했다.

"오랜만에 얼굴이나 보고 인사를 닦았으면 됐지 남의 영업집에서 온밤 잠은 왜 자겠다고 설쳐.—(불쑥 튀어나온 그의 말처럼 아내도 앞뒤를 따지지 않고 쏘아붙였다.)—여기가 왜 남의 집이에요. 당신도 참, 이제 할아버지까지 된 양반이 듣기 좋은 말 다 놔두고. 오늘 저녁부터 내일까지는 여기도 영업 안 하고 쉰다는데, 나도 따신 온돌방에서 등때기 지지며 잠이라도 푹 좀 자고 갑시다.—(그것의 성능이 워낙 좋아서 그랬을 테지만, 곧장 그의 모친이 들으랍시고 악을 써대는 소리가 아련하게 들렸다.)—남우 영업집? 말솜씨 한번 좋다. 아이구, 저 인간은 어째 저러코롬 정내미 떨어지는 소리만 골라서 할까, 좋은 말 다 놔두고. 가던 정도 뚝뚝 다 떨어진다 카이. 누구 안 닮았달까 봐서. 아이고 언선시러버래이, 얘 에미야, 니 그 손전화기 나 좀 빌리조 봐라. 아무리 내 뱃속 가르고 낳은 자식이라 캐도 노망 들기 전에 퍼부을 말은 퍼붓고 살란다.—(아내가 모자간의 말다툼을 더 번지게 할 리는 만무해서 그도 별러온 말을 내놓았다.)—따신 온돌방? 이 썰렁한 창고를 노래방처럼 꾸미가 이사하자고 한 사람이 누군데 이제 와서 딴소리야. 만장 같은 우리집 놔두고. 꼴란 월세 몇 푼 받을라다가 등짝 시리고 골병 들어 질거 늙어 죽겠다. 전원생활, 노후대책? 좋아한다. 따신 온돌방이 그렇게나 그리우면 당신도 아예 거기서 살든지 말든지 알아서 해.—내가 왜 여기서 살아. 그 집이 누구 집인데. 얼마 안 있어 당신도 명퇴당하면 그 월세가 어느 밑에 쓰일 건데.—(아내의 말이 채 끝나기도 전에 아직도 시새움질이 자심한 그의 모친이 말시비를 가로맡고 나섰다.)—야, 이 멀대 같은 애비 귀신아. 내가 니한테 멀 잘못했다고 악담이냐. 남우 영업집? 배울 만큼 배운 인간이 겨우 한다는 소리가 그것가? 종숙이 에미가 멀 잘못했다고 타박이야. 지 시에미와 하룻밤 자겠다는데. 업어조도 시원찮을 판에. 집사람이 돈 버는 것도 그렇게나 못마땅하거덜랑 진작에 홀애비 귀신으로 늙어 죽지 장가는 왜 갔어?—(누구와라도 말시비가 붙거나 말을 빨리하게 될 때는 사투리가 튀어나오고, 그의 모친과 시시비비를 가릴 때는 특히나 그랬다.)—잘한 거 하나도 없구마. 집어치우소. 그 장사 말임더. 자식들 얼굴을 봐서라도 진작에 접어라 안 카든교.—누가 시방 예전처럼 술장사하고 기집 장사하나. 그것도 내가 하나. 남우 사람한테 집 빌려주고 나는 두량이나 하는데. 니가 내 생활비 대도고. 그라믄 이 집도 팔아뿔고 나도 따로 나가 살란다. 언제처럼 한 달에 50만 원 가지고는 못 산다. 내 밑에 딸린 식구가 몇인데. 텍도 없다.—(한때 대판으로 싸우고 난 후 1년치 용돈이라며 6백만 원을 그는 그의 모친 통장으로 송금한 적이 있었다.)—그 남우 식구들 입 살릴라꼬 내한테 손 벌릴라 카능교. 그런 돈도 없지마는 나도 그래는 못 함더.—누가 니보고 그 불쌍한 것들 밥 멕이라 캤나. 내 용돈 돌라 캤지. 지 에미하고 한솥밥 묵으미 모시라 캤다가는 살인이라도 내겠다. 모진 놈의 종자하고서는. 우째 인정머리가 그렇게도 없노. 피도 눈물도 없는 놈이다, 니 인간은. 내가 지금 이 나이에도 남우 밥상 봐수는 기 다 누구 때문인데.—누구 때문인교. 당신 팔자가 그렇고, 당신 오지랖이 그렇게나 넓은데 아무리 맏자식이라 캐도 난들 우야겠능교. 지금도 안 늦었구마. 속히 오지랖부터 단디 여미고 용돈 타령은 하든동 말든동 알아서 하소.—에미 가슴에 대못을 박는 니가 내 자식 맞는가 몰따. 아이고, 사내 종자가 우짜믄 속알머리가 꼭 빈대 옆구리 같노. 내가 니하고 말만 하믄 내 한평생이 서럽고 내 복장이 터져 죽을 맛이다. 말아라, 말아. 니도 자식 키우는 인간 맞나? 니 안식구 됨됨이를 반이라도 닮아 봐라. 이 집이 누구한테 가겠노. 내가 유언하고 죽을 끼다. 니 인간한테는 노랑돈 한잎도 주지 마라꼬.—반갑지도 않구마. 준다 캐도 안 받을 낀게 그리 알고 작량이나 잘하소."

속이 부글부글 괴어올라서 그는 전화 송수화기를 거칠게 내던졌다.

그의 모친과 말다툼만 벌이면 늘 그 모양이었으나, 이제는 그 잘나 터진 인생살이를 아내가 명색 소설이라는 도구를 빌려 만천하에 드러내려고 하니 이래저래 부대껴서 미칠 지경이었다. 전화기가 연거푸 길게 울었으나 그는 받지 않았고, 뒤이어 양복저고리 속에서도 진동음이 덜덜거려서 아예 꺼버렸다.

해묵은 화딱지가 심부(心府)로부터 부걱부걱 괴어올랐다. 수전증도 없건만 담배 든 그의 손가락이 파르르 떨렸다. 자신의 모친 혐오증, 나아가서 그 기피벽은 지병처럼 오래된 것인데, 이제는 중증이었다. 나이에 걸맞게 좀 숙지근해질 만도 하건만 우선할 기미조차 안 보였다. 한때는 당신만 어서 죽으면 이 던적스러운 악연의 족쇄에서 놓여날 수 있으리라는 헛된 망상도 줄기차게 주물럭거렸다. 물론 그 망상은 더 큰 대적 앞에서 맥없이 사그라들었다. 곧장 깨닫고 보니 혼인제도나 가족제도 자체가 개개인의 제 잇속 차리기에서 돌출한, 전적으로 임의로운 속단에서 빚어진 일종의 야합성 공동체의 규약이었으니까. 서로의 생활 영위에 다소간의 편리를 도모하기 위해서, 주체하기 힘든 성욕을 만만하게 처리할 수 있는 한 방편으로서. 사랑이라는 허울 좋은 분식(粉飾)을 온몸에 치렁치렁 두르고서.

어쨌거나 어떤 악업의 첩첩 같은 그 내력이 부분적으로나마 그 자신의 가장 살가운 살붙이에 의해서, 또 다른 포장술에 힘입어 기록으로 남겨질 판이었으니 그의 심사는 점점 더 배배 꼬여질 수밖에 없었다. 고약한 일이었다. 그것이 어떤 식으로든 저속화되는 것도 싫었고, 애틋한 정서로 미화된다면 더 만정이 떨어질 노릇이었다. 하기야 더 속화될 것도 없는 개차반의 그것이긴 했고, 따지고 보면 남녀 사이에 일쑤 벌어지는 모든 종류의 모듬살이 자체가 비루하기 짝이 없는 것이긴 했지만, 유독 제 시어미의 그 유별난 생애를, 여러 사내의 등골을 우려먹는 그 기생살이를 발겨내려는 아내의 적잖이 수상쩍은 집착도 괘씸했다. 그런 의미에서도 그녀는 좀 유치한 여자였고, 더불어 그런 속된 화젯거리에 광적으로 열중하는 문학이, 또는 소설이라는 미천한 장르 자체의 속성도 괴까닭스럽긴 마찬가지였다.

사람의 한평생에는 누구나 선행과 악행이 꼭 반반씩 섞여 있게 마련일 텐데, 그것들을 생전에 저저이 밝혀두는 것이 과연 옳은 일일까. 실제로도 혼자서 또는 당사자들끼리만 속병처럼 쓰다듬다가 무덤 속에까지 고스란히 끌어안고 가야 하는 말 못 할 사연들이 숱하고, 그것이야말로 역사의 위엄의 토대거나 인간다운 엄숙의 근본이기도 하다. 그러나 이제는 숱한 기록 매체들 때문에 그런 악업 일체마저 미주알고주알 까발려지는 세태가 되고 말았으니, 그의 곯마른 정신적 외상이야말로 그 노출증 앞에서 진저리를 쳐야 할 판이라 실로 난감 천만이었다.

그날 밤 그는 가죽 소파 위에 우두커니 앉아서 마냥 멍청해졌다. 바로 탁자 위에 얹힌 백과사전조차 무슨 애물 같았다. 이슥고 한때 그렇게나 따분하게 주물럭거렸던 괴상망측한 잡념들의 포로가 되어가는 자신을 내버려둘 수밖에 없었다. 담쟁이덩굴로 뒤덮인 어느 끌밋한 영업집에서 두런거리며 온밤을 밝히고 있을 두 고부처럼.

7

씨가 닳도록 우려먹은 장면들이지만, 자신의 유년 시절을 되돌아보면 그의 눈앞에는 줄줄 골진 함석 지붕을 얹었고, 거칠게 이겨 바른 바람벽에다 뚫어놓은 유리창 문짝에는 돌가루색 먼지가 더께로 앉아 있던 납작한 집부터 떠오른다. 양쪽으로 철길과 아스팔트 한길이 나란히 뻗어 있던 그 옴팍집은 그가 초등학교 3학년 때까지 살았던 명색 할매집인데, 미닫이 가게문짝을 열면 시멘트 계단 다섯 층계 위의 한길 건너로 시커먼 차부가 음험한 아가리를 벌리고 있고, 그 속으로 시외버스들이 쉴새 없이 들락거렸다. 겨울 한철 내내 그 기름 젖은 한길에는 번질거리는 얼음이 덮여 있어서 늘 누런 모래를 뿌려두고 있었다. 기차 정거장도 지척에 있어서 흔히 차부집이라고 부르던 그 국밥집 겸 선술집은 워낙 목이 좋았다. 철길의 시뻘건 자갈밭 쪽으로는 녹슨 철조망 울타리가 엉성궂게 둘러쳐져 있었고, 여름이면 그 위에 나팔꽃이 올라붙고, 해바라기와 아주까리, 맨드라미와 붓꽃들이 빼곡히 자라났다. 가겟집의 돌아앉은 부엌 옆대기에다 내달아 지은 두 칸살 헛집의 들창 밑으로는 상추, 무, 정구지, 봄동 같은 채소를 시나브로 갈아먹는 남새밭도 널찍하니 펼쳐져 있었다. 나중에사 그이의 성씨가 강가인 줄 안 할매는 호랑이상에 목소리까지 꺽꺽거리는 주모였고, 욕쟁이 할매라는 별호답게 '저 망할 놈우 소상'을 입에 달고 살았다. 그가 초등학교에 입학하기 직전까지는 함께 살았던 그의 모친은 강씨의 수양딸이었다. 남상 지른 그 외모에서도, 좆 빤다고 왔더나 같은 쌍욕 내지르기를 예사로 하던 것을 보더라도 그이는 돌계집이었음에 틀림없다. 희한하게도 그 할매가 꼼짝 못하는 사람이 꼭 하나 있었다. 가끔 장날에 들러 꼿꼿한 자세로 앉아 수저질마저도 조심스럽게 할뿐더러 다 먹은 밥그릇과 국그릇이 씻은 듯이 깨끗하고, 꼭 손으로 입을 가린 채 숭늉을 꿀렁꿀렁 소리 내어 입가심하고 나서 중절모자를 천천히 바뤄 쓰고는 생각 많은 뒷모습을 오래 끌며 휘적휘적 돌아가곤 하던 할매의 '사촌 형부'라는 바로 그 사람이었다. 자식뻘이나 되는 그이의 막내아우가 대동아전쟁 때 학도병으로 끌려갔다가 전사했으나 일본에서 제일 좋은 고등학교에 다녔는데, 방학을 맞아 귀향할 때면 어떻게 알았는지 긴 칼 찬 왜놈 순사가 역으로 마중을 나가 종놈처럼 그의 쇠가죽 트렁크를 대신 들고 10리 너머의 동경 유학생 본가까지 따라왔다는 전설 같은 이야기도 들은 바 있었다. 물론 그의 모친도 그 양반 앞에서는 눈도 제대로 못 뜨고 슬슬 기던 꼴을 그는 몇 번이나 목격한 적이 있었고, 그 양반을 이모부라고 부르지 않고 꼬박꼬박 아버님이라고 하는 것이 어린 소견에도 참으로 이상했다. 역시 한참 후에야 알았지만, 그의 모친의 성씨 엄가를 물려준 사람이 중옷처럼 물들인 수목 두루마기에 고동색 중절모 테두리에다 기차표를 꽂고 다니던 바로 그 양반이었다.

지금도 그는 사람의 됨됨이를 상놈과 양반으로 구별하는 버릇이 있는데, 언행이 점잖고 무거워 애든 어른이든 찬찬한 눈길로 지그시 쳐다보기만 하던, 5백석 지기에 사과와 단감 같은 과수 농사도 2백 주나 짓는다던 농투성이일망정 그 엄씨의 신분을 먼저 떠올린다. 억지 촌수로 이모부이자 호적상으로 애비까지 된 그 엄씨가 그의 모친에게는 제2의 은인이었고, 젊은 시절에는 북지(北支)까지 유람도 다녔다던 그 양반이 (나중에 들은 바에 따르면) 당사자 쌍방을 불러 박덕률의 출생까지도 인지해준 장본인이었다. 그렇긴 해도 그의 모친이 어느 땡추중의 소생인지, 출신도 모르는 비렁뱅이의 내버린 딸자식이었는지 알 수 없으나, 타고난 인복 하나로 수양어미 슬하에서 고이 자라, 더욱이나 심상소학교까지 마쳤다니 사람의 팔자는 난해의 연속이랄 밖에 달리 설명할 길이 없다. 그런 수수께끼라면 아무한테나 '어느 말 뼉다구 소상인지 몰따' 라던 예의 그 욕쟁이 할매의 입버릇도 사람의 명운을 나름의 눈썰미로 터득하고 있어서 꽤 의미심장하다. 딴 도둑질 다 해도 씨 도둑질은 못 한다지만, 믿을 만한 핏줄은 제 딸자식이 낳은 외손자의 반 토막 씨앗밖에 없다는 말도 있으니까. 하기야 의심하려 들면 씨 내림의 반은 천성처럼 긴가민가하는 흠투성이일 테지만.

비록 쌍욕을 입에 달고 살았으나, 자신의 수양딸의 출신을, 그 '뼉다구' 를 끝내 털어놓지 않고 죽은 강씨 할매야말로 그나마 사람의 형용을 맞춤하게 거느리던 양반이었다. 모든 쌍욕의 골자가 그것에 맞춰진 데서도 알 수 있듯이 욕쟁이 할매의 제2의 천성은 남자 정을 모르고 산 당신 팔자에 대한 원망의 삐뚤어진 실토가 아니었을지. 그이에게는 만사가 욕질거리였고, 그것도 대부분은 얌전 떨던 고양이가 부뚜막에 먼저 오른다는 속담을 그대로 보여준 수양딸이 불러들인 것인데, 기가 차게도 수양딸이 스무 살도 되기 전에 배가 불러온 사단이 그것이었다. 사범학교 출신으로 일제 때는 시골에서 어린 것들을 잠시 가르치기도 했다는 양반이 해방 후에는 서울과 향리를 뻔질나게 들락거리다가 (짐작이 가는 사유로) 25일 동안 구류를 살다 나온 후부터 술고래질을 일삼다 급기야 사생아까지 보았을 그의 생부 박모씨도 욕쟁이 할매에게는 좆방맹이질이나 잘하는 껍데기 같은 인간이었다. 그쪽 일가권속들만 산다 못 산다고 패악을 쳐댔다는 그 첩치레도 당사자들조차 알게 모르게 숙지근해지자 그즈음 전쟁 경기로 한창 달아

올라 있던 80리 밖의 대처로 제출물에 흘러 들어가 본격적으로 기생질에 나선 수양딸은 막걸리 사발을 주욱 들이키고 난 후의 할매 입에서 나온 말 그대로 '개 씹에서 빠져나온 잡년의 소상' 이었던지도 모른다. 명색 육영사업가이자 토호로서 그 일족들이 운영하던 사립중고등학교를 다섯 개나 갖고 있었고, 그 당의 공천만 받으면 시골에서는 작대기만 꽂아놓아도 당선된다던 호시절에 본인도 금배지를 한 번은 달아보았던 젊은 영감에게서 그보다 아홉 살, 열한 살 밑인 두 동생까지 보자 그의 모친은 한동안 첩살이질에 재미를 붙이면서도 그 당시 내로라하는 유명인사들만 앞다투어 출입한다던 일류 요정을 꾸려가는 세칭 '오야 마담' 으로 떼돈을 벌기 시작했다. 이씨 성의 그 의붓아비는 공과 사도 혼동했던가, 금배지를 달기 전후에 첩실에서 봤답시고 그 소생들의 이름도 세민(世民)이와 민지(民枝)로 지었다. 이미 그즈음에는 예의 그 옴팍집도 팔아치우게 하고 수양어미도 불러올려서 따로 마련한 대궐 같은 살림집을 건사하도록 했고, 식모, 찬모, 유모 같은 딸린 식구도 살림집과 영업집에 여럿씩이나 두고 있었다. 군사혁명 후에는 의붓아비의 발걸음이 한동안 몰라보게 뜸해졌고, 그의 모친의 요정은 여전히 호황을 누려서 통금시간이 임박해서야 그 양반은 첩실의 부축을 받으며 들르곤 했다. 모르긴 하나 그즈음에는 세상도 그렇듯이 정계도 천지개벽한 판이라 그의 권세도 영락했을 테고, 토호로서의 재산도 형제들 손에 이리저리 뜯긴 나머지 잘나갈 때 그나마 챙겨준 첩치가 덕분에 첩실의 식객 겸 주객으로서 기둥서방 노릇이나 하지 않았을까. 물론 그 양반은 들를 때마다 온밤을 자고 갔는데, 설마 의붓어미란 말이야 듣지도 못했으련만 눈치로 때려잡았는지 명색 안방의 장모에게는 온다간다는 인사도 않고 지냈다. 그러나 아침마다 나부죽한 전 달린 놋대야에 더운물을 담아 대령하면 그 양반은 대청마루 끝에 서서 칫솔질을 오래 하고 나서 세수한 그 물에 발까지 담가 씻었고, 그러면 그의 모친은 타일 박은 댓돌 위에서 수건을 들고 서 있다가, 왜 그러는지 비누질까지 해서 씻은 그 발만은 꼭 손수 닦아주었다. 수건을 활짝 펴서 발모가지부터 발가락 사이사이까지 곰살궂은 손길로. 호강작첩이란 말도 있듯이 난데없이 발모가지와 발샅만 칙사대접을 받은 게 아닌지. 언제라도 포마드를 발라 빗질한 머리 매무새에다 더러는 그것보다 더 빤질거리는 옻칠한 팥죽색 나무 지팡이를, 여름이면 합죽선을 꼭 들고 다녔던 그 의붓아비는 아래채에서 얼금뱅이로, 그것도 누가 주워다 데리고 와서 이제는 그의 모친의 수양딸로 삼은 덕자라는 식모때기와 함께 맹장지로 한 방을 나눠 쓰던 그와는 눈도 마주치려 하지 않았고, 문틈으로 그쪽의 동정을 샅샅이 살피고 있는데도 한껏 점잔을 뺀답시고 대문간을 들고날 때마다 꼭 한 번씩은 헛기침을 길게 터뜨렸다.

그 의붓아비도 욕쟁이 할매에게는 당연히 욕가마리였다. 저 잡아뽑아 쥑일 놈, 아, 수세(嗽洗)가 이렇게 개운하네 라꼬? 에라이, 염병할 놈우 소상, 저런 거드름꾼이 정치를 한다꼬? 오살 맞아 뒈질 놈, 나라 팔아 묵는다이. 진작에 때리치아라, 저런 쥐고 뜯어 쥑일 놈한테 자식 교육 매낏다가는 아 베리놓는다. 치아라, 치아, 발모가지 뿌러져 죽을 놈. 새벽마다 안방문을 열어놓고 참빗으로 희끗희끗한 머리를 빗어 내리던 수양어미가 놋대야 속의 푸르끼한 비눗물을 수채간에다 쏟아부으며 내지르던 실성기 많은 부아가 그 모양이었다. 수양딸은 원래 행실이 참하고 염의도 반반할뿐더러 뽀얀 살결에 찬찬한 눈매가 늘 상글거려서, 엄마는 고만 좀 하소, 이서방 귀가 간지럽겠구마는. 좋으나 궂으나 이녁 손자까지 보게 한 사우 아인교. 저 자식들이 나중에라도 우리 할매가 지 애비 못 잡아묵어서 맨날천날 욕만 주저리주저리 퍼붓고 그랬다 카믄 듣기 좋겠능교 라며 조근조근 타이르듯 다독거렸다. 그러면 수양어미는 불퉁한 입술을 이내 펴며, 서방질을 할라 카거든 옳게 하던가, 니 옴팡눈에는 저런 기생 오래비 같은 기 사내 틀거지로 비이더나, 정치한다꼬 애어른도 모리는 호로자석, 작량 잘해라, 니 주무이 따로 차고, 한 살이라도 덜 묵었을 때 지 본마누라한테 후두까뿌는 기 니 신상에도 좋을 끼다 라며 숙지근히 물러섰고, 내 팔자가 까짓것인데 우짜겠능교, 어무이도 참, 인자 와서 다 큰 딸자석한테 께깡스럽게 서방질 공부시키기가 어데다 써묵을란교, 민의원인지 먼지를 꼭 한 분만 더 하겠다 카이 쪼매 더 두고 보입시더라는 수양딸의 말대꾸를 들어야 했다.

설마 그 헛말을 따르려고 그러지는 않았을 테지만, 그 양반은 기어코 두 번째로 국회의원에 출마했으나 보기 좋게 떨어졌다. 차점자이긴 했어도 표차가 너무 커서 재기를 노릴 언턱거리도 없었다. 축첩자라는 소문도 시절이 달라졌으니 감표 요인이었고, 그 교명을 일본의 최근세 연호 중 하나에서 따온 대학을 졸업했다는 학력을 굳이 선거벽보에다 박아둔 것도 시속을 제대로 꿰차지 못한 미련스런 짓이었으며, 군사정권이 온갖 모양새를 다 갖춰 만든 정당의 공천을 못 받아낸 것도 그렇고, 그렇다고 야당 쪽은 체질상 맞지 않아서 무소속으로 나온 자만심도 결정적인 흠이었다. 게다가 재력도 모자라서 돈 안 주고 부리는 일가권속들로만 선거운동을 치른 것도 후회막급의 가마리였다. 요즘 말로 하면 출마자의 이미지도 축축하고, 줄서기에도 둔해서 제 처신 꾸리기에도 머줍었던 그 양반은 명색 훤한 인물값을 한답시고, 또 스스로 그 유전적 자부심에 취해서 정치를 떠세 부리기의 한 수단으로 여긴 한낱 한량에 지나지 않았다. 그 선거판에 첩실도 촌지를 제법 쏟아부었을 것이나, 생색도 안 난 그 낮내기가 두 인연을 멀어지게 한 결정적인 계기였을지도. 권세가 떨어지자 발모가지 힘도 부대꼈을 테고, 주변머리도 없는 천성 탓으로 첩실 대하기도 데면데면해졌을 테니까. 차제에 본부인 오지랖에 납죽하니 기어들어갔을 수밖에.

이른 아침에 욕쟁이 할매가 깡깡 얼어붙은 장독대에서 김칫독을 끌어안고 쓰러진 후 한나절 내내 게우다 그날 해거름에 숨을 거둔 때가 62년도쯤이었을 텐데, 성적이 반에서 중간만 해도 동계고등학교에는 수월하게 들어갈 수 있었으므로 그는 입시 공부에 딱히 열을 올린 기억도 없는 걸 보면 그때가 중학교 3학년 겨울방학 때였지 않았을까. 그때 초상을 어떻게 치렀는지도 아슴푸레하다. 엄마 정을 모르고 자란 그를 키워주고, 겨울철 내내 입고 있던 당신의 배자 가두리에 달린 거뭇거뭇한 토끼털과 똑같은 색깔의 구멍 뚫린 귀마개도 그이가 사줬는데, 이상하게도 서럽지도 않았고 눈물도 안 나왔다. 그래도 뜨개질한 검은 털실 모자를 벗자 파릇한 두상이 놋요강처럼 동글동글하니 잘생겼던 까까중 하나가 밤새도록 용 비늘 새긴 목탁을 두드리며 한 마디도 알아들을 수 없는 경을 중얼중얼 읊조리고, 그에 묻어온 비구니 서너 명이 소복한 수양딸의 흐느끼는 어깨를 번갈아 가며 부둥켜

안고 토닥거리던 광경만은 아직도 눈에 선하다.

아마도 그즈음의 어느 날 밤이었을 것이다. 담벼락에 달아 붙인 판자때기 연탄 광을 친친 동여매고 있던 가마니 위에 눈 녹은 살얼음이 얇게 엉겨 붙어 있었다. 그것 역시 외모만큼이나 반질거리는 족제비 목도리를 두르고, 모자도 짐승털로 만든 벙거지 같은 걸 눌러쓰고 그날 밤 느지막이 들렀던 전직 민의원 이씨와 그의 모친이 무슨 일로 말다툼을 벌였다. 명색 장모상에 문상도 안 온 비례를 구실삼아 그 희멀쑥한 민의의 대변자에게 찍자를 부린 게 아닌지. 제법 음성들이 커서 덕자와 찬모 월배댁이 두 손을 모두 잡고 대청마루에서 서성였다. 이윽고 이씨가 성마르게 툇마루 쪽의 방문짝을 열어젖히더니 높직한 개탕을 걸터넘고는 황황한 손길로 기다란 나무 주걱을 손수 찾아 신발을 꿰신었다. 흰 대님 맨 한복 바지는 녹두색이었다. 대문간을 처음으로 배웅 없이 나선 그 양반의 주춤거리는 발소리가 길게 이어졌다. 덕자가 열어놓은 방문짝을 닫으려 하자, 그의 모친은 보풀이 뽀얀 털 스웨트에 분홍색 뉴똥 속곳을 입고 한쪽 무릎을 세운 자세로 앉아, 그냥 놔두라고, 방문을 처닫지 마라고 조용히 일렀다. 그의 기억이 정확하다면 그날 밤 그의 모친은 그 자세를 허물지 않고, 방문을 열어둔 채로 밤을 꼬박 새웠을 것이다. 기둥서방짜리가 다시 돌아오기를 기다린 게 아니라 자식을 둘이나 내질러놓기는 했을망정 이제부터는 그와의 모든 거래가 끝났다는 다짐을 곱씹는다고 그런 시위를 자식과 권속들에게 보이지 않았을까.

그나마 수양어미가 죽고 난 후부터는 잔소리로 간섭할 사람도 없어서 그랬던지, 여자 나이로는 한창인 마흔을 바라보던 때라 이제는 그쪽 장사에도 손끝이 여물 대로 여물어져서 자식들 앞갈망이나 해가며 세파를 이겨내는 데는 자신만만하고, 주색을 밝히는 사내들을 휘어잡는 데도 도가 터서 그랬던지 그의 모친의 오지랖이 점점 더 펄럭거렸다. 서울 유학에서 두 번째 여름방학을 맞자마자 합천 해인사로 내려가 그곳의 한 암자에 틀어박혀 고시 공부를 하던 향리의 초등학교 동기생인 그의 유일한 외우 김정두와 함께 달장근이나 지내다가 용돈을 타 쓰려고 집에 들렀더니 그새 그의 모친은 또 몸을 풀고 있었다. 이번에는 토건업을 크게 벌리고 있어서 경부고속도로 건설공사의 한 구간을 도급 맡았다고 하는 성모씨의 씨를 받았다고 했다. 굄성이 조촐하니 좋고 눈만 맞춰도 애 서는 체질을 타고 난 양반이라 이제는 그런가 보다 여겼고, 그의 모친도 머리 굵은 맏자식에게 이렇다 저렇다 군말이 없었다. 앙증맞은 체질상의 결점이라고나 해야 맞을 당신의 그 수태 능력과 살가운 이성 교제술을 팔자소관으로 돌린다면 어딘지 미흡하다. 유독 볼살이 어린애들의 그것처럼 탱글탱글하고 윤기가 흐르는 그 얼굴에 화색이 돌면 여자 몸을 아는 뭇사내들의 가슴은 이내 설레고, 어쩌다 자의반 타의반으로 당신과 합궁만 하고 나면 어떤 득의의 기쁨이 온몸을 거머쥐고 놓지 않는, 종내에는 온정신마저 붙들고 쥐어뜯는지 어떤지. 한편으로 앞서 스쳐간 서방짜리의 쿰쿰한 체취를 후딱 지워버리기 위해, 언제라도 발밭게 챙겨야 속이 편하던 덧정은 가뭇없어지고 불뚝심지처럼 흉하적거리만 불끈거려서 그 옛 사내를 매정하게 걷어차는 방편으로 새 남자의 가슴을 자청해서 후벼판 게 아닐지. 게다가 벌여놓은 장사를 떠세 좋게 밀어붙이기 위해서도, 달고 오는 접대객마저 단골손님으로 붙들어두는 데도, 다른 사내들이 집적거리는 게 싫다기보다도 뒷배를 봐주는 정해진 남자가 있어야 모양도 나고 첩치가로서 집칸이나마 우려먹을 수 있는 구실이 생겼을 테니까.

뿐만이 아니다. 최근에는, 그래 봐야 10년 안팎 저쪽부터는 주로 용공을 비롯한 반체제 활동을 사전에 파지, 공작하면서 그 주무자들을 쥐도 새도 모르게 단속, 엄단, 제재한다는 모기관의 도책(道責)을 산 김모씨를 그의 모친은 거두고 있다. 한창 잘 나갈 때는 최고위층의 최측근의 심복 중 하나였다는 이 작자와의 내통은 종전의 그것과는, 아무래도 늙다리들이라 그럴 텐데 좀 다르다. 우선 그 몰골부터 흐리멍덩하달까, 그리다가 그만둔 추상화처럼 알쏭달쏭한 당사자가 그의 모친보다 서너 살 적다고 알려져 있고, 그 양반은 초혼이 워낙 늦었는데다가 나이 차도 밟이 나는 첫 부인과의 사이에 애만 둘을 보고 이내 갈라서버린 듯 연상의 퇴기짜리와 배가 맞았을 때는 홀아비였다고 알려져 있다. 당연하게도 그의 모친은 처음으로 남의 호적상에 비록 재혼처일망정 엄송자라는 본명을 올림으로써 비로소 명실상부한 가시버시가 되었다. 한때는 화류계에서 그 이름도 희한하게, 그 기둥이나 갓이 성숙한 남성의 그것을 닮았대서, 또 그 맛도 쫄깃쫄깃해서 미식가들이 자나 깨나 기린다는 '송이'로 인구에 회자했는데, 이제는 늙마에 해로할 배필을 정식으로 구워삶아 들였으니 이런 낭자한 성생활도 여성 상위 시대의 최첨단 사례인지 어떤지. 그거야 아무려나 지지난 해인가는 그의 모친이 의붓어미로서 수삼 년이나 거두던 그 김가 성가진 딸자식이 고등학교만 졸업하고 제 생모가 사는 미국 땅 어딘가로 날아가 버렸고, 그 밑의 아들자식 하나도 조만간 무슨 수속만 끝나면 제 누이 뒤를 밟을 것이라고 한다.

맏자식으로서 박덕률의 경험칙에 따른 보매로는 엄송이 마담의 마지막 남자이지 싶은 김가는 거의 맹추에다 색정(色情)에 삭고 휘진 푸석이다. 죽을 때까지 제 소관의 국가 기밀 사항을 지켜야 한다는 전직의 족쇄 때문인지 그는 아는 것도 못 들은 체, 잘 모르는 것은 금시초문인 체하며 살아가는 위인이어서 그렇다. 어딘지 흐리터분한 그 눈동자부터 여름 타는 개의 그것이어서 그런 인상이 지배적인 게 아닌지. 하기야 모든 주구(走狗)는 사냥질이 끝남과 동시에 용도 폐기당함으로써 주접이 들게 되어 있긴 하다. 어쨌든 김가는 머리 쪽 능력만으로 따지면 겨우 식물인간을 면한 처지고, 먹성은 당뇨병 환자 이상으로 좋다. 좀 부은 듯한 그의 얼굴이 언제라도 제 본바탕을 흐릿하니 감추고 있어서 그렇다. 그의 말버릇도 정확히 닮았다. 연전에 장수하다 죽은 일본 천황이 전후에 그 말을 아무렇게나 잘 써먹어 이칭이 그것이었다는데, 김가도 아무 데서나 "아, 그랬나"를 입에 달고 산다. 다른 게 있다면 "몰랐네"라든가, "모르겠네, 저쪽은 워낙 썩었거든, 고였으니까 썩을 수밖에, 그게 그렇다고, 안 돼, 근본적으로 그래, 복잡해, 그렇게 돌아간다고"에 이어 "글쎄, 알 수 없는 일이지. 실은 별것도 아닌데" 같은 골갱이 없는 말만 덧대는 판이다. 상대방의 말문을 그처럼 잘 틀어막는 것도 재주라면 큰 재주다. 왠지 이런 앞잡이형 인간을, 평생토록 제 돈 내고 술을 사 먹을 수 있는 능력을 후천적으로 또 직업적으로 거세당해버린 이런 삼류 인간의 처신을 매도하면 신명이 저절로 일어나서 한나절도 모자랄 지경이지만, 그 좋은 권세를 20년 이상 떨쳤다면서도 몸에 지닌 것은 거의 알거지다. 전처에게 위로금

조로 죄다 떼줬다지만 믿기지도 않는다. 엽렵한 후처가 둘러대는 말대로라면 크지도 않은 아파트 두 채가 전 재산인 듯하고, 거기서 나오는 월세로 자기 용돈과 애들 학비를 댄다는데, 호구마저 제 반쪽 반려에게 전적으로 의탁하고 있는 낌새다. 그럴 수밖에 없는 것이 만원짜리와 천원짜리 지폐를 몇장씩 섞어 여기저기다 꼬불쳐두었다가, 옷을 갈아입을 때마다 그것들을 다시 이 주머니 저 주머니에다 쑤셔박아 둔다는 기벽에서도 그의 곁방석꾼 삶은 그대로 드러난다. 그런 수선을 무슨 낙이랍시고 일일이 간섭하며 사는 후처도 한때의 그 사납던 사내 용심은 어느 구석으로 잦아졌는지, 가련하기 그지없는 인생이다.

8

세상의 흐름을 그때그때 제대로 읽고 총기도 웬만큼 있는 사람이면 누구나 쉬이 짐작을 때렸듯이 88서울올림픽을 전후해서 이 땅의 성 풍속도가 선무당처럼 천방지축으로 날뛰기 시작했음은 주지의 사실이다. 보기 나름이기야 할 테지만, 오늘의 성 풍속이야말로 현란할지는 몰라도 거의 환칠에 가까운 추상화가 아닐지. 왜 그렇게 되고 말았는지는 우리 사회의 성격과 그 매무새를 어떤 식으로든 규명, 품평한 다음 선남선녀 일반의 성의식에 대한 변모 양상도 먼눈으로 검토하고, 더불어 경제상의 여러 수치까지 끌어대서 분석해봐야 할 전문가의 소임이다.

그러나 누구라도 손쉽게 자가진단할 수 있는 시약(試藥) 같은 게 없는 것도 아니다. 곧 화류계의 적자생존 현상이랄까, 그 변천의 단면도를 살펴보는 것이 그것이다. 그중에서도 요정(料亭), 좀더 정확히는 좋은 술에 맛있는 요리와 더불어 손님 숫자대로 짝지어 앉히는 젊고 고운 기생들의 노골적인 성적 향응을, 여럿이서 접대 목적으로든 혼자서 즐길 셈으로든, 제대로 받을 수 있는 사람들이 한때는 제한되어 있었고, 극소수였다. 돈이 있든가, 군세를 누리든가 해야 명함이라도 내밀 수 있었는데, 그 주고객층이 시기별로 어떻게 바뀌었는가는 거꾸로 그 시대의 성격 분석에 한 측도가 된다. 행세하는 지주나 토호들이, 높은 계급장을 단 빼득빼득한 군인들이, 번지레한 말솜씨를 휘두르다 돌아서면 후안무치해져서 방금 자신이 무슨 말을 했는지도 잊어버리는 가짜 탈바가지의 표본 같은 정객들이, 밤낮 졸부 행세에 급급한 부동산 투기꾼들이, 국가와 민족을 위한다지만 서민의 모듬살이에는 온갖 간섭을 일로 삼는 행패꾼 맞잡이인 고급관리들이, 회사의 장래와 가족의 생계를 도모한답시고 눈칫밥에 이골이 난 한낱 하수인일 뿐인 간부급 회사원들이 저마다 주고객층으로 부침해왔음은 물론이다. 한편으로 우리의 제반 경제력이 양적으로만 월등히 부풀어 오름에 따라 요정의 이용객들도 기하급수적으로 늘어났다. 상대적으로 향응에 드는 술값과 화대는 다소 하향조정되었는데, 돈 단위도 크진 데다 개인 소득의 일취월장 때문이었다. 수요공급의 법칙에 따라 그렇게 되고 말았으니, 한국동란 후 태어난 이른바 베이비붐 세대의 미녀들을 거의 제한 없이 그 장사의 밑천으로 동원할 수 있었던 것도 한 부조였다. 더 노골적으로 말한다면 기생짜리 하나와 동품하는 데 드는 비용과 그 과정이 누구에게나 수월하게, 일컬어 속전속결식으로 치뤄지는 것은 전적으로 국민 소득의 불공평한 증대와 그에 발맞춰 느슨해진

성풍속의 완력에 기인하는 것이었다. 반상이 유별했던 그 음침하나 그윽한 정취로서의 성적 향락열의 불평등이 한편으로는 평준화 국면을 맞으면서, 다른 한편으로는 전국토의 색향화라고 해도 지나친 말이 아닐 정도로 누구에게나 외도의 기회가 잦아지면서 성윤리, 성의식도 거침없이 개방화, 나아가서 비등화의 길로 치달은 것이다. 다른 연유도 끌어다 대야 할 테지만, 대학교육의 일반화 추세와 대체로 같은 맥락이라고 해도 무리는 없을 터이다. 오비이락 격으로 요정업은 발 빠르게 도태의 길로, 아니 사장화 추세를 밟을 수밖에 없었다.

그 대신에 나타난 것이 룸살롱이라는 신형 향락업종이라기보다 본격적인 매춘업인데, 이것은 상대적으로 적은 비용을 들여도 되지만, 감질만 일구는 외도를 아무하고나 또 자주 하도록 부추김으로써 당사자들을 정신적으로나 육체적으로나 더 쉽게 망가뜨린다. 몸 파는 여자들도 그들의 고객과 마찬가지로 상대자들을 복수로, 다수로 거느린다는 점에서 몸과 마음이 빠른 속도로 삭아가는 것이다. 영악하게도 요일별로 다른 남자에게 몸을 맡기는, 이를테면 둘째 주 목요일에는 김가와만 만난다는 이런 난교 현상은 풍성하나 저렴한 온갖 먹을거리와 아파트 살림처럼 깔끔한 생활의 보편화로 말미암은 사회적, 개인적 위생 관념의 향상에 기대고 있는 평균수명의 놀라운 신장 때문에 그것의 향락 연령대마저도 거의 세 배 이상으로 늘여놓았다. 더군다나 자식 건사와 체면치레라는 장애 요인 때문에 다른 나라에 비해서 상대적으로 훨씬 강제적인 이 땅의 단혼제 풍토성, 그런 집단심성에의 유별난 집착이 외도의 대수롭잖음을 측면지원한 객관적 사실도 엄연하다. 자식을 키울 줄 몰라서가 아니라 그 멍에의 장기적 수습에 따르는 여러 경제적, 정신적, 시간적 과외비용을 감당하기가 귀찮고 힘에 부친다는 임신 기피, 임신 중절, 출산 회피 같은 풍조가 여염집이나 화류계의 가임여성들에게 두루 안착함으로써 난교는 일단 감기 몸살 같은 속환(俗患)으로 떠오른 것이다.

좀 비약하면 이제는, 또 앞으로는 가족의 모든 구성원이 서로가 서로에게 부담을 주지 않는 범위 안에서만 정을 나눈다. 늘 보다시피 그런 눈치놀음으로서의 정 나누기 행태의 반은 가식이다. 흔히 나쁜 뜻으로 자주 쓰는 '정실에 흐른다'는 말은 오늘날의 부부애, 모성애, 부성애 등에도 제한적일망정 암류하고 있으며, 실제로 그렇게 굴러간다. 그런 현상에 대한 반론은 억지거나 둘러맞추기식 너스레이다. 모든 가족 구성원들은 예나 지금이나 무시할 수 없는 경제적 여력의 소지 여부, 세련의 극치를 달리는 온정주의적 이해타산의 충동적 과시 같은 행태에 오염되어 있으므로 가족사랑은 각자의 제 삶 가꾸기를 위한 임시방편적 겉치레에 불과하다고 해도 빈말은 아니다.

그러나저러나 그 탁월한 수태 능력에 자발적으로 몸을 맡긴 그의 모친은 여성 및 여성성의 본말에 철두철미하게 부응, 순종한 측면만은, 그 실적이 바로 보여주고 있는 바대로 크게 인정해줄 만하다. 물론 그 밑바닥에는 자식 건사라는 명분으로 한밑천 우려내려는 속셈이 암약하고 있다. 그 목적은 사생자의 아비의 재력이 상당하든 말든 대체로 집칸 장만에 그치고, 서방 바꿔치기보다 더 자주 팔아치우기와 사들이기를 거듭하여 이제는 목 좋은 데다 제법 덩치 큰 부동산 몇 뭉치로, 대개 다 슬라브 지붕을 얹은 길가의 상가형 주택이나 골목 안의 반듯한 기와집으로 탈바꿈해 있다. 그런 재산 보듬기에 집착한 것처럼 살림하기에서도 그의 모친은 꾀부리기를 한 전력도 없다. 제 서방 건사는 명절마다 한복이나 양복 따위의 옷 해 입히기로, 그것의 대종이 밥상 차리기라 그 정갈함과 순토종 음식으로 구색 차리기와 맛깔스러움은 송이 마담의 자랑거리로 손색이 없다. 실제로 지금도 그것이 주업이다. 이때껏의 인생 역정이 말하는 대로 수하에 숱하게 널려 있는 수양딸 맞잡이들을, 개중에는 공개적으로 송이 할머니라고 지칭하는 것들도 있는 모양이지만, 어쨌든 그들을 부려서 한정식집을 꾸려가고 있다. 알려져 있기로는 죄다 개량 한복을 색깔만 다르게 맞춰 입힌 나름의 현대판 일색들을 방마다 한 명꼴로 배정하여 낮이든 밤이든 머리당 2만 원짜리서부터 3만5천 원짜리까지의 한정식을 주로 방뙈기로 팔며, 술값은 별도이고, 오후 세시와 밤 열시면 '세상 없어도' 점심 영업과 저녁 장사를 끝낸다고 하는데, 특히나 철마다 달리 나오는 온갖 종류의 찌룩한 찜이 일반 여염집에서는 평생 맛볼 수 없는 명물이고, 곤이 넣고 맑게 끓인 생대구머리탕이 별미려니와 숙주나물을 비롯하여 여러 푸성귀를 잔뜩 넣고 끓인 생선해장국이, 그중에서도 물 좋은 놈을 통째로 넣어 그 뼈만 추려낸 고등어국이 특미라고 소문이 나 있을 정도이다.

한때의 요정보다 더 성가가 높다던 그 한식집은 뜨락도 넓고 깊숙할 뿐더러, 크고 작은 방들이 아래위층으로 열 개 남짓 있는 데다 담쟁이덩굴에 휩싸인 명색 양옥집이다. 그 집은 요정업이 서리 맞은 구렁이처럼 비실거리던 88년도 전후까지는 그런대로 명맥만은 유지하던 '방석집'이기도 했다. 물론 니나노 가락 대신에 불려온 엠프 기타 연주자가 방방이 시간제로 돌며 쿵작거리고, 그 배음 반주로 접대부가 손님과 짝맞춰 대중가요를 불러제끼는 색주가였을 테지만, 세상의 흐름을 웬만큼 꿰차고 결단력도 남다른 송이 마담의 선견지명에 따라 곧장 문을 닫았다. 그러다가 한때 '새끼 마담'으로 데리고 있었던 한 수양딸이 그 집을 월세로 빌려서 양구이 전문점을 내자 미식가의 입사치에 부응하여 뭉칫돈을 만지게 되었고, 바로 그 영업집을 웃돈까지 얹어 주겠다며 팔라고 덤볐다고 했다. 모르긴 해도 대문을 활짝 열어놓고 서방을 쫓아낸 뒤 뒷문으로 새서방을 맞아들이는 이악스러운 생활력으로서의 이재 관리 수완이나 자식 교육에 극성스러운 면모를 되돌아보면, 그의 모친은 심술 사납게 '니 에미 서방을 넘보거라'라며 일언지하에 그 매도 제의를 퇴짜 놓았을 게 뻔하다. 어떤 장사라도 성쇠가 엄연한 것처럼, 또 먹거리도 전자제품의 모델만큼이나 유행을 타는 터이라 어느새 쇠밥통구이와 양즙을 찾는 손님도 가물에 콩 나듯 뜸해지자 또 다른 수양딸이 제 수양어미를 구슬러 전세금을 시가의 반만 내고 현재의 요식업을 동업했다고 하며, 아이엠에프 외채 파동 사태 직전부터 떠벌린 영업이 아직도 그런대로 굴러가는 모양이다.

뭔가가 미진하다. 산전수전을 다 겪은 그의 모친의 남성 편력이 그때그때의 세태를 반영했듯이 오늘날에도 그런 분별력을 들이댄다면 사채업자나 금리생활자나 부동산 임대업자 같은 불로소득자라야 시절과도 어울릴 텐데, 나이를 먹자 남자 보는 눈마저 삐었는지 전직 기관원을 오지랖에 거느리다니. 분명히 화사첨족이다. 남들이 다 치르는 정상적인 제도권 교육을 제때 이수하지 못한 사람들은 어딘가 처신이나 사고방식 일체가 뒤틀려 있을뿐더러 그 일종의 자기 모순을 풀어버리려고 기를 쓰듯이 그의 모친은 이때껏 남의 호적에 정식으로 자기 이름 석 자를 올려야겠다는 꿍꿍이속 하나로, 그 남의 앞에 사는 열등감을 극복하기 위해 노심초사하며 살아왔던 게 아닐까. 그 자기 한계, 요즘 말로 한다면 스스로를 괴롭히는 '자기 왕따'의 극복책에 신들려버린 사람으로서 그의 모친이나 그의 아내는 일맥상통할지 모른다. 소양이야 어금버금하다 하더라도 세대도 다를뿐더러 처지나 생업도 판이해서 오월동주라면 어폐가 있을 테지만, 되돌아보기로 들면 끝이 없다. 한창나이 때의 당사자 쌍방이나 감질날까, 치정극 자체는 너무나 유치하고 뻔하다. 곧이곧대로 까발려봐야 또 무수한 자극적 표현을 덧대본들 남녀 사이의 그짓처럼 지루한 행위의 반복, 그 점철로 이어지는 인생 무상극에 그토록 혈안이 되어 덤비는 소설이란 언어 제도는 얼마나 괴덕스럽고 알량한 말 장난인가.

9

단김에 쇠뿔이라도 뺄 듯이 덤비던 한씨의 의욕이 몰라보게 숙지근해졌다. 아마도 소설 쓰기의 어려움을 제대로 절감해서이든가, 아니면 문장 고르기에서부터 이야기 짓기에서의 바른 시각 갖기까지 오로지 가없는 절차탁마를 강조해대는 K교수의 우격다짐에 지레 진력이 나고 벌떡거리던 신명마저 알게 모르게 풀어져서 그러지 않나 싶었다. 그가 곁에서 엿보기에는 그런 진정 국면이 옳게 비쳤고, 그런 점에서도 교육의 의의는 적지 않았다. 어쨌든 피교육생의 소양과 한계 같은 개별적 정체성만큼은 깨닫게 해주었으니까. 그런 자신과의 대면이랄지 자아 탐색 자체를 귀찮아하거나, '나는 잘 안 될 거야, 내 한계를 아니까' 하고 지레 게으름을 피우는 수강생들이 대다수일 테지만, 나이에 기대더라도 그의 아내가 그 수준보다야 두 발쯤 앞서 있지 않을까 싶었다. 조만간 자기 저서를 꼭 두 권만 가지겠다는 묵은 소원을 이루기 위해서는 일단 유자격자가 되어야 할 테고, 그러자면 공식적인 관문을 당당하게 통과할 수 있을 만한 작품을 여러 편 재고로 쌓아두고 또 그만한 성취를 빚어내는 작품을 언제라도 쓸 수 있는 기량을 확보해야 한다는 애초의 다짐이 느슨해질수록 그녀는 속없달까, 실없쟁이가 되어가고 있었다.

그로서는 나이도 있으니만큼 가물에 콩 나듯 싱겁게라도 살을 섞고 사는 아내가, 이제는 성격이나 취향 같은 것이 어떤 딴딴한 틀을 확고하게 차리고 있어서 도저히 바뀌질 수 없을 듯한 중년 여자가 그처럼 추연히 까부라져 가고 있는 모습을 가까이서 바라보자니 엔간히 조마조마했다. 그는 아내의 그런 변모를 넌지시 지적하기도 망설여졌고, 언감생심 바꿔볼 어떤 엄두도 디밀 수 없었다. 그녀가 추구하는 작업을 도와주지는 못할망정 훼방을 놓을 수는 없다는 최소한의 염치가 그에게 수수방관을 강요하는 것 같았지만, 비록 배려는커녕 곰살궂은 관심조차 내비치지 않는 행태라 할지라도, 그런 자세는 그것대로 나름의 의미가 없는 것도 아니었다. 달리 말하면 그런 혹독한 침잠으로서의 자기 투시가 외부의 여러 정황에 대한 성찰과 숙지를 거쳐 어떤 작품 세계의 뼈대로 드러나야 할 테고, 그 과정에서 남은 곧 외부의 관심 따위는 백해무익할 것이며, 비록 남편의 격려라 할지라도 무슨 도움이 될까 싶었다. 요컨대 마냥 내버려 두는 것이 옳은 외조이고, 그 이상의 상책은 있을 리 만무였다.

어느새 가장 평범한 두 중년 부부 사이는 집 구조가 그런 것처럼 뿔뿔이, 각자가 일인용 노래방 속에 갇혀서 남이 들어주지도 않는 제 노래만, 그것도 더러는 박자와 가락마저 음치에 가까운 뽕짝 가요만을 한사코 불러대는 형국이었다. 겪어보니, 더불어 더듬어보니 각자가 그런저런 쓸데없는 망상과 근거 없는 수심과 온갖 상스러운 잡념을 뒤적거리는, 그 좀 나른하나 지겨워서 답답하고, 꼭 그만큼 맥빠져서 싱겁고, 어떻게 돌파구를 찾을 수도 없어서 멍멍하니 눈만 껌뻑거리는 무료한 일상의 연속이 그렇게 낯선 것도 아니었다. 인생살이가, 특히나 부부살이가 대체로 그렇지 않을까 싶기도 했고, 다행인지 불행인지 그들 내외는 이때껏 직업들이 그래서 이미 그런 객수를 지긋지긋할 정도로 겪어본 바 있었다. 서로가 제 짝에게 객수를 만끽할 수 있는 시혜를 베풀었다는 점에서 그들은 좀 별난 부부였고, 이런 경우가 근래에는 의외로 흔하고, 세칭 후기산업사회의 특성상 빠르게 불어나고 있다고 해야 옳지 않을까 싶었다. 짐작건대 한씨가 떠벌리고 있는 그런 자아실현 욕구 및 그 근본적인 계기랄지 동인 따위를 발겨내려면 자신의 내부에서보다도 비등하는 여권 신장을 무작정 수용하고 있는 사회적인 맥락에서 찾는 것이 더 손쉬울는지도 몰랐다.

그렇긴 해도 잘 쓰든 못 쓰든 소설 쓰기는 결코 포기할 수 없다는 듯 한씨는 밤늦도록 책을 붙들고 있었고, 퍼스널 컴퓨터 앞에서 멍하니 앉아 있곤 했다. 언제가 됐든 등단을 할 궁심이 목젖까지 차올라 있는 것 같았고, 그 무기한의 고투에 제 재량껏 성의만은 다 쏟아붓고 있음은 그 자세에서도 훤히 보였다. 따라서 답답하니 송사 쓴다고, 그녀는 그에게 대놓고 묻지는 않았어도 들으랍시고 입속말을 흘리기도 했다. 그때마다 그는 언제 읽어도 물리지 않는 세상의 골골과 그 내막이 평이한 문장과 불편부당한 관점으로 짜여진 백과사전을 느릿느릿 훑고 있었는데, 서로 시선도 안 맞추고 나누는 그 좀 우스꽝스러운 대화는 다소 연극적인 일면도 없지 않았다. 예컨대 다음과 같은 대화를 나눈 것도 창밖이 취객들로 시끌벅적하던 지난해 초여름의 어느 날 한밤중이었다.

"타고난 성격이 정말 변할까?—타고난 성격? 말이 되나? 그러면 팔자라는 한마디 말로 모든 사단이 결정되어 버리니까 재미없잖아.—팔자가 얼마나 각양각색인데, 오히려 재미있지. 어릴 때 성격이 커서 백팔십도로 달라지는 사람은 못 본 것 같애.—(그녀가 무슨 말을 하고 싶은지 얼핏 감이 잡히는 것 같았다. 어느새 그의 어투도 백과사전을 닮고 있었다.)—어릴 때 가족이나 주변의 생활환경, 나아가서 그 자신의 정신적, 신체적 여러 조건 따위가 복합적으로 작용하여 형성된 제2의 유전형질 같은 기질적 특색, 그걸 성격 또는 성품이라고 한다면, 어쨌든 그 성질은 잘 안 바뀐다고 봐야겠지. 30년 전에 했던 말버릇을 어조도 안 바꾸고 되풀이하는 친구들을 우리 주변에서 많이 보잖아.—지진아거나 정신장애가 있나 보네.—예상외로 그런 사람이 많아. 적당히 써버려, 말이 되게.—적당히? 뭘? 어떻게? 쓸거리가 있어야지.—쓸거리? 지어내야지. 적당히 바꿔치기해서 덧붙이든지. 자기 경험담을, 간접적인 것이든 직접적인 것이든. 적당히 윤색해서. 말하자면 비장의 표현력으로 살을 통통하게 찌워서.—(벌써 대화가 겅중겅중 건너뛰고 있다는 것을 쌍방이 또록또록 의식하고 있었다. 대개의 대화가 다 그렇듯이. 소설 속의 그것이야 실경보다 많이 간추린 것이거나 늘린 것일 테고.)—말하자면 그게 에피소드라는 건데 밑천이 워낙 짧으니까 이렇게 비리비리한 짱구를 쥐어짜 봐도 옳은 게 안 나오나 봐.—사건이나 주변인물, 무슨 계기 같은 것에 대처하는 그 사람의 태도나 정서 일체 및 그 말씨가 곧 성격을 드러내는 거잖아?—그거야 누가 몰라, 상식인데. 문제는 이거다 싶은 무슨 이미지 같은 게 줄줄이 엮어져야 하는데, 아, 머리 아파.—골머리 아픈 걸 사서 즐기는 거 아냐?—당신은 어릴 때 어땠어?—머가?—성격이지 머긴 머야.—글쎄, 나한테도 성격이란 게 있었을라나, 물에 물 탄 것 같은 성질이 있었는지는 모르지만. 남의 눈치나 힐끔힐끔 보면서. 버림받은 자식이란 생각을 혼자서 주물럭거리느라고 외부의 자극에 태무심한 성격을 저절로 키웠을지도 몰라. 난 머리를 이리저리 굴릴 줄 몰라서 성격을 바꿀 생각도 못 했던 것 같애. 아비를 모르고 자랐으니 무슨 자극이 있었겠어. 눈치는 성장 환경이 비정상이었으니까 제법 빨랐던 것 같고. 지금도 잊히지 않는 풍경이랄까, 거시기가 딱 하나는 있어.—(그는 백과사전을 탁자 위에 내려놓았고, 그의 아내는 경청자로서 좀 종잡을 수 없는 침묵에 빠졌다.)—초등학교 졸업식 날이야. 새카만 시골 촌놈이었다가 4학년 때 전학 왔으니 개근상도 못 타고, 공부도 썩 잘하지는 못해서 우등상도 못 받고 졸업장 하나만 돌돌 말아서 쥐고 집에 오니 엄마가 누가 주더라면서 제법 두툼한 국어사전 한 권과 영어사전 한 권을 선물로 내밀었어.—누가? 당신 아버진가 보네.—몰라 그랬겠지 머. 엄마야 그때나 지금이나 신문만 건성으로 볼까, 책은 뭔지도 모르는 사람이잖아. 머리 구조가 그렇게 되어 있다기보다 환경이 그랬으니까. 책과 기생질? 어울리지도 않아. 어쨌든 그랬어. 나한테도 공부를 열심히 하라 어쩌라 같은 잔소리도 안 했어. 그게 좀 서러웠달까 머 그래. 가끔씩 들렀을망정 의붓애비 눈치를 보며 자랐으니 그런 환경적 요인이 내 성격 형성에 영향을 미쳤긴 했을 거야. 이것도 나중에 서울서 대학 다니며 간추린 생각이고, 그때는 나 자신한테나 엄마한테 무슨 유감 같은 것도 없었어. 학비나 용돈은 알아서 주는 대로 받아 썼으니까.—(경청자가 무엇에 씐 듯 이때라는 듯이 바퀴 달린 의자를 밀치고는 벌떡 일어나서, 당신, 맥주 좀 마실래요 라며 추임새를 넣었고, 그는 즉답을 피했으나 속으로 마다하지 않았다.)—그러면 어떻게 되는 거야? 그때까지 당신 아버지와 종숙이의 삼촌, 그러니까 이세민 교수의 생부 이씨를 동시에 만나고 있었다는 소리야 뭐야? 두 양반은 범띠로 동갑이었다는데.—손님으로서야 못 만날 것도 없지. 벌써 옛정은 넌더리가 나서 냉돌방 같았을 텐데. 범띠? 동갑? 그건 처음 듣는 소린데.—그랬대요. 어머님이 당신을 만 열여덟에 낳았고, 도대체 열여덟 살이 머야? 원조교제도 아니고. 근데 헷갈리는 게 범띠라면 26년생 아니면 14년생인데 어느 쪽인지 모르겠어.—열여덟? 그게 진짜 나일래나 모르지. 호적 나이는 그것보다 두어 살쯤 많을걸. 하기야 자기가 알고 있는 나이도 대충 맞을걸. 어쨌든 그쪽은, 서방들은 빠른 쪽일 거야. 그럴 거 아냐? 이씨 그 양반은 삼덕동 할매집에 출입할 때 벌써 중년이었어. 마흔 넘은. 허여멀거니 인물이 아주 그럴듯했어. 멋쟁이고.—시방 누구 말이야?—누구긴, 이세민 교수 생부 말이지. 나야 박모씨는 얼굴도 못 봤는데.—그이 동생인가 누구는 꼭 한 번 만났다면서요?—(맥주 거품이 가라앉았다. 그의 눈매에 좀 더운 촉기가 고였다.)—내 밑으로 신병이 안 와서 입대한 지 1년 2개월 만에 파로호(破虜湖) 밑 월명리(月明里) 골짜기에서 첫 휴가를 나오니, 한여름이었어, 어떻게 수소문을 했던지 한 번 찾아왔대. 엄마가 주선을 한 눈치였어. 송정이라고 그때 엄마 영업집에서. 베레모 쓰고 사진관 한다던 삼촌인가 하는 양반이 누님, 누님 하는 중늙은이 하나 데리고. 내 위로 이복형이 둘 있고, 그 밑으로 자식들도 두었다더라고. 자기 형은 돌아가셨다면서. 군사혁명 직후에 무단 벌채 건으로 경찰서에 붙들려가서 사유림인데도 며칠 구류를 살았는데 그 후 유증이 막심했다면서. 나중에는 국가 상대로 소원을 내서 배상금을 받네 어쩌네 했다는 말도 하고. 농림학교 임학과에서 가르치기도 했다 그러고, 방학 때 숙직으로 교무실 책상 앞에 앉아 있다가 죽었는지 마룻바닥에 쓰러져 있었다대. 70년 그 언저리였던가 봐. 그때 나한테는 고모라는 그 양반이 자꾸 벌써 작년 겨울이다 그랬으니까. 말년에는 한약방 공부를 독학해서 알음알이들에게 첩약도 지어주고 했다던가 그러고. 어쩌다 말이 여기까지 왔어. 아이구, 구질구질해. 무슨 말을 하다가 궁상스러운 비화까지.—머 재밌구먼도. 사전 두 권을 받았다며?—아, 그거지. 그 사전에다, 이걸 머라고 그러나?—(그는 탁자 위에 놓인 백과사전의 책갈피 세 면을 손으로 어루만졌다.)—이쪽이 책등이니 여기는 책배고, 아래위는 책머리나 책발이 되겠네, 이 책배에다 내 평생 좌우명이랍시고 글자를 새겨넣었어. 잉크로.—좌우명? 그때 벌써?—들어봐, 침묵은 금이라고 쓰고, 이쪽 사전 상단 책머리에는 웅변은 은이라고 새기고. 나중에 부끄러워 그 글자를 지우느라고 까끌까끌한 모래 페이퍼로 박박 문지른 기억도 남아 있어.—두 사전에다 다?—그때는 볼펜도 없었어. 잉크를 서리처럼 뽀얗게 메끼 올린 펜촉에다 찍어서.—멕끼?—도금 입힌 걸 거야. 그런 게 있었어. 국어사전은 이내 없어졌던 거 같고, 영어사전은 대학 입학 전까지 책상 위에 굴러다녔어. 그 좌우명을 먹칠로 새카맣게 지운 채. 그때의 그 어물거리는 성질이 지금도 나한테 좀 남아 있다고 봐야지.—어머님이 그러는데 이때껏 당신이 웃는 꼴을 못 봤대요. 그러고 보니 나도 못 본 거 같애.—누가 그러는데 나는 웃으면 어설프대. 못 봐주겠다는 거야.—누가?—누구라면 알겠어? 인제 성격이 다 나왔네 머. 그렇게 살아왔어. 요즘에사 알았는데 난 이때껏 학교 교실에서나 회사 연수원 같은 데서 질문을 해본 기억이 없어. 눈치로 대충 때려잡아 세상 돌아가는 통빡을 알고, 알아도 모른 체하며 살아온 거야.—눈썰미야 어머님도 얼마나 좋으신데. 시집 와서 나보고 대뜸 너 손발이 왜 그렇게 크냐고, 손 크다고 분필 잘 잡냐고. 여자가 손발이 오목조목 예쁘게 생겨야 귀엽고 사랑받는다고 해서 사람을 영 망신주데.—(그에게도 그런 기억이 하나 있었다. 장가 들어 처음 맞은 명절 날, 그의 모친이 며느리를 애, 머리통 큰 애야라고 불러서 무슨 소린가 하고 자세히 봤더니 방바닥에 놓아둔 전기 프라이팬에서 지짐을 뒤적거리고 있던 한복 입은 그의 각시 머리가 얼추 요강 단지 만하다는 것을 그제서야 알고 속으로 뭔가 밑졌달까 켕기던 일이 어제 일처럼 새로웠다.)—어머님 손은 아직도 그야말로 섬섬옥수야. 갈쭉갈쭉하니 파란 정맥만 불거졌을까 저승꽃도 하나 없어. 전번에 보니 음식 냄새 뱄다면서 잘 밤에 손화장을 얼마나 열심히 해대는지, 내 속으로 저게 무슨 지극 정성인가 싶데.—소설거리 하나 건졌네. 그러나마나 그게 직업이고 생활인데. 어릴 때 유심히 보면 새벽같이 일어나 방에서 놋대야에 미지근한 물을 받아놓고 부드러운 가제 수건에다 비누질을 해서 얼굴 맛사지부터 발까지를 그렇게나 오래 씻고 나면 얼굴 피부 밑에서 발그레한 기운이 모락모락 피어나고, 또 한참이나 손가락으로 토닥거리고, 나잇살 들어서는 계란, 오이 마시지는 기본이고 우유에다 꿀 탄 빽빽죽 같은 걸 처바르고 가제 수건을 덮씌워서 누워 있곤 했어. 그 장사를 제대로 하려면 뭐니뭐니해도 얼굴 바탕이 깨끗하고 매끄러워야 된다 이거지. 여자는 우선 얼굴이고 몸이야 나중 일일뿐더러 벗은 알몸이라봐야 다 그게 그것일 테니까. 그러고 나면 얼굴 윤곽이, 코나 뺨이나 턱 선이 선명하니 살아 오르는 건 사실이야. 그 오만 정성이 뭇 남자를 설레게 했겠지. 참, 그 김가는 어쩌고 당신과 동무해서 자고 그래?—술 마신 날은 마당 귀퉁이에다 무슨 옥외 변소간처럼 지어놓은 그 헛집에서 재운다고, 그이도 거기가 편하다고 해서 그러라고 했대. 그날은 마침 무슨 퇴물들 모임에서 주선한 1박 2일 온천여행을 갔다데. 당신도 늙었지만 늙은 남자들 쿰쿰한 노인내는 도저히 못 맡겠대. 젊을 때는 안 그랬는데 이제는 그렇다고. 나보고도 청주 세안이 피부를 촉촉하게 만드는 데는 제일이라고 이르대.—청주 세안? 약주가 남의 얼굴까지 호강시키나. 이제 머 소설 재료는 다 나왔네. 청주에, 학교 숙직에, 사진관에, 참, 그 삼촌이라는 양반은 그때 굳이 돌사진, 환갑사진, 가족사진, 증명사진 같은 것은 간판이나 달고 있으니 어쩔 수 없이 조수 시켜서 찍게 하고, 자기는 상업광고사진을 찍는다고 자랑해서 속으로 좀 웃긴다 싶데. 난 지금도 그렇지만 어릴 때부터 사진 찍기가 그렇게 싫었어. 흔적 없이 사는 데까지 살다 사라지겠다는 배짱이 그때부터 싹 텄는지 어떤지.—(흐리마리한 채로나마 어떤 이미지가 몽글몽글 피어오르는 듯 한씨의 눈매에 암중모색기가 모여들었다.)—아둔한 머리를 한참 굴려봐야겠네."

10

차일피일 미루다가 한 학기가 끝나갈 무렵 간신히 탈고한 신작을, 막상 작품을 만드는데 들인 공력보다 그동안 쏟아부은 수강료에다 다리품 비용이 아까워서라도 K교수의 품평만은 꼭 듣고 싶어서 그의 아내는 마지막 순번으로 제출했다고 했다. 혼자서 끼적거리던 때와는 달리 왠지 운필이 뻣뻣해져서 나름의 용을 썼으나 성에 차지 않았고, 본인도 예상은 했지만, 여기저기 부족한 대목이 많아 제법 매섭게 지적을 당했던 듯 그녀는 작품의 이면지에다 K교수가 휘갈겨 쓴 품평을 문득문득 들여다보면서 기가 꺾인 모습을 며칠 동안 노골적으로 드러냈다. 아마도 그 작품평의 자구 해석은 강의를 통해 웬만큼 설명이 곁들여졌을 것이므로 그 진의, 곧 오늘날의 소설이 누려야 할 어떤 명분이나 소임에 대한 근본적인 이해를 더듬는 눈치였다. 그런 낙담, 난색, 번민은 일정한 기량의 성숙 과정상 반드시 거쳐야 할 통과의례일 것이었다.

어느 날 아침, 그는 검정콩 박은 백설기 두 쪽, 소금 친 우유 한 잔, 참기름 돌린 계란 노른자 한 알로 차려낸 새벽밥 식탁 머리에서 아내의 책상 쪽을 턱짓하며, "뭐래?"라고 물어보았다. 꿀을 한 숟가락 탔다지만 빻은 오곡 가루가 깔끄럽기만 해서 도무지 무슨 맛인지도 알 수 없는 대용 선식(禪食) 한 대접으로 아침 끼니를 때우는 아내가 잠시나마 말을 공글리느라고 뜸을 들였다.

"웬만큼 쓴다고, 자꾸 쓰라고, 목표를 정해놓고 매달려보라고는 하대요. 나이가 있으니 많이 봐줘서 하는 말인지 어떤지.—목표? 그거야 등단인데 무슨 새삼스러운 소리야?—그야 당연하지만, 일주일에 이런저런 책을 서너 권씩 독파한다든지, 한 달에 단편 한 편씩을 반드시 쓰겠다든지, 창작 노트 같은 것을 별도로 장만해서 착상, 구상 중에 떠오르는 어휘들을 일일이 적어 버릇하고, 그 말들에 따라붙는 여러 이미지를 최대한 간추려놓는 식으로, 말하자면 조직적으로 작업 계획을 짜서 실천해보라고 연구실로 불러서 이르기는 하대. 지금 당장이라도 글 안 쓰고 그냥저냥 살면 편할 텐데 사서 고생하신다 어쩐다고 말 같잖은 소리도 지껄이면서.—체계적으로 다잡아서 한번 붙어보라는 소린데, 그거야 뻔한 말이고, 잘 썼나 못 썼나, 잘 쓴 데는 어디고 못 썼으면 어느 구석이 허술하다든가, 쓰잘 데 없는 장면, 일화, 대화들이 어느 대목에서 넘쳐난다든가 그런 걸 꼭꼭 집어줘야지. 그게 무슨 족집게 과외 수업 같기야 할까만, 그래도 그걸로 밥 먹고 사는 양반이 그렇게 두루춘풍 같은 말이나 하고 있으면 곤란한 거 아냐?—집어주기야 했지. 좀 낡은 얘기라고. 요즘 소설이론대로 말하면 낭만적인 여성화자 소설인데, 주요인물들이 너무 착하고 심약해빠졌다고. 시대착오적이라나 머라나. 좀더 칙칙했으면 좋겠다 그러고.—무슨 소린지.—그러게 말이야. 이랬다 저랬다 사람 헷갈리게. 공부가 부족하다는 소린지는 알겠고, 바로 대놓고 그러면 속이나 덜 부대끼지.—그 양반 혹시 줄변덕꾼에 트집쟁이 아냐?—왜 아닐까, 글쟁이들이 다 그렇지. 그래도 허튼소리기야 할까 싶어. 그러고 머, 여성들이나 남성들이나 늙은 여자든 젊은 여자든 죄다 가지고 놀라고, 희화화시키라고 그러면서 이렇게 애지중지 쓰다듬고 곱다라니 데리고 놀아서야 어디다 써먹겠느냐고, 과보호증을 털어버리라고, 놀리는 말인지 무슨 소린지 종잡을 수 없는 말도 하대.—(곱게 빚어냈다는 그 주인공들이, 늙은 여자나 젊은 여자나, 그 성분이나 출신 배경, 환경 같은 조건들이 뒤섞여 많이 바뀌어졌을 테지만, 누구를 모델로 삼았는지는 대충 짐작이 갔으나, 그렇게 미화할 건더기도 없을 텐데 하는 생각에 미치자, 그는 K교수라는 양반이 나름의 진지한 품평을 내리는 데 협협할지도 모른다는 분별이 슬그머니 고개를 쳐들었다.)—방향을 잡아줬으니 갈 데까진 가봐야겠네 머, 밥이 되든 죽이 되든.—편하게 살 건데라니. 소질이 없다는 건지 너무 늦었다는 소린지 도무지 모르겠어. 그렇다고 대놓고 묻지도 못하겠고. 이제 와서 내가 뭘해? 쇠털같이 많은 시간을 뭘로 소일 삼고 지내. 암 것도 없어. 분필 대신에 잡을 건 이것밖에 없다고 작정하고 덤볐는데.—그 양반이 말은 그런대로 잘해? 알아듣도록 조리는 분명히 세우냐고? 들어보면 알잖아, 가짠지 진짠지.—싱겁쟁이는 아니야. 진솔한 면도 있고, 아무려면 대가리 굵은 대학생들을 가르치는 선생인데.—(그의 아내의 한때 천직이 그것이어서 초등학교 선생은 다소 예외지만, 그에게는 요즘 대학 선생들을 엉너리나 쳐대는 얼치기로 간주하는 고질의 편견이 있었다. 그 연원도 나름대로 분석하기로 들면 끝이 없지만, 2류대학들을 골라가며 다녔을 뿐더러 전공들도 그 당시에는 별볼일없던 것을 입시 성적 때문에 택했고, 그후 과정들도 억척같은 그의 모친이 떠다밀다시피 마치게 하여 이제는 비록 지방대학들일망정 각각 통상학과 소비자정보학 전공의 명색 교수로 재직하고 있는 바로 밑의 두 동복 남녀 동생을 보더라도 그 못난 고정관념은 점점 더 떨어지지 않는 알레르기성 체질의 일부가 되어버렸다. 그들이 한 생모 슬하에서 자란 맏형, 맏오빠랍시고 그에게는 할 만큼 하지만, 머리 수준이나 그 굴림에서나 행실에서 골고루 함량 미달임은 분명했다. 대학 접장이라는 직업을 아무리 좋게 봐주더라도 그 둘에게는 사회적 통념에 반하는 어떤 개성이 태부족한, 한낱 평범한 직장인에 불과했다. 게다가 사회적으로는 제법 덩실한 직위의 자식들을 당신이 손수 길렀답시고, 그래도 남을 가르치는 직종이 다른 것들보다는 한결 사람 행세를 하더라는 당신 특유의 생체험에 기대서 그에게마저 직업을 잘못 선택했다고, 자기가 무슨 수를 써서라도 끝까지 밀어줄 테니 대학에 빌붙어보라는 강청을 들은 둥 만 둥 내물리더니 겨우 남의 떼돈이나 유치하러 다니는 은행원이 됐다며 은근히 깔보는 소갈머리도 따지고 보면 당신의 첫 남자의 직업이 그것이어서 그 대물림을 시키려 했는데, 어그러져 버렸다는 원망이 깔려 있을 테니, 그와 그의 모친은 일찌감치 후천적으로도 서로 살이 끼었다고 할 수밖에 없다. 하기야 강의실에 수백 명씩 모아놓고 수강생들의 출석 점검을 조교들이 도맡고, 교수는 정치인들의 유세처럼 마이크를 잡고 떠들어댄다고 하니 그 강의가 부실하다고 누구를 탓할 수도 없는 세태이긴 하고, 웬만한 2류 종합대학이면 교수 요원만 1천 명 이상씩 바글거린다고 하니 인품과 실력을 두루 갖춘 유자격자를 분별하기도 지난한 일이긴 할 터이다.)—그 양반의 강의 특징이 좀 우습긴 해. 우리 수강생들이 보기에는 말도 안 되는 수준 이하의 작품한테는 고분고분하달까 싹싹하달까, 알았다고, 잘해봐야지 그러며 자기가 따로 가르칠 거야 머 달리 있겠냐고, 교양 필독서나 고

전이 아니더라도 닥치는 대로 잡지 같은 책이라도 좀더 열심히 읽어야겠다고 이르며 내둘러. 그런데 꽤 잘 쓴 작품에게는 버럭버럭 고함을 쳐대고, 도대체 이 꼴이 머냐는 투로 아예 삿대질이야. 그 기고만장이 가관이라면 가관이야. 해당자는 코가 석 자나 쑥 빠져서 고개만 자라 모가지처럼 움츠러넣고. 자기 뒤에는 문학이라는 신이 버티고 있으니 사부대중인 너희들 따위야 경배 않고 배기겠냐고 떠들어대는 신흥종교 교주 같달까 머 그래. 막상 우리 수강생들이야 다들 광신도도 아니지 싶은데, 자기 혼자서 그러고 있어. 학생들 말로는 그 양반의 그런 메치기, 굳히기 강의가 요즘에는 그래도 많이 순화되고 약해진 거래. 그래도 덜렁이나 아부꾼은 아닌 것 같애. 그럼, 아니고 말고.—그러면 당신은 어느 쪽을 당한 거야? 굳히기는 안 되겠으니 일찌감치 항복하고 다른 공부를 하든 말든 알아서 하라는 소리 같은데.—당신은 어째 제꺽 알아듣네. 나는 그 말이 무슨 뜻인지 도통 몰랐는데, 알고 보니 웃겼어. 몇 년 전에 그 학교에서 한때 특기생으로 유도(柔道)한 양반이 무슨 전공인가로 박사과정을 마치고 학위 논문을 써서 냈더니 지도교수가 안 되겠다고 그러면서 문맥이 통하게 쓰려거든 그 양반의 소설창작 실기 시간을 들어보라고 했대나 봐. 그래서 그 양반한테 양해를 구하고 무료로 청강을 하더니 두어 주일쯤 듣고 나서 대번에 그랬대. 메치기 당한 사람은 그래도 아직 한 번쯤 더 붙어볼 만한 경우고, 굳히기는 목 조르기, 팔 꺾기, 가슴팍 누르기 같은 걸 당한 경운데 이미 끝났다고. 종 쳤으니 졌다고 하는 게 속 편하다고 했다는 거야.—그래서 당신은?—글쎄, 그게 알쏭달쏭해. 싹수가 안 보인다고 굳히기를 당한 건지, 한번 제대로 다시 붙어보라는 건지. 그냥 말은 겨우 통하는데, 미흡, 미비, 미숙, 미달 같은 긴가민가 하는 말만 자욱이 갈겨놓고실랑. 적어놓은 작품평이 그래. 아직 멀었다는 소리겠지 머. 참, 그러고 남녀관계가 이런 식으로, 내 작품에 그려진 식으로 말이지, 어쨌든 이럴 수는 없다고 하대. 재미난 이야기를 자꾸 만들려고 설치는데 자기는 하나도 재미없다고. 오늘날 재미있는 이야기가 어딨냐고 그러면서.—그 재밌다는 게 뭔데?—그것까지는 당신이 알 것 없고, 쉽게 말해서 무슨 갈등의 정점, 그런 것까지의 애증이 복잡미묘하게 뒤섞여 있어야 한다는 소리지 싶어. 이렇게 비닐하우스에서 키운 채소처럼 허우대만 멀쩡하니 쭉 빠져서야 되겠냐고 그러면서. 비유를 잘도 끌어다 대.—무슨 소린지, 글쟁이들은 어째 똑 부러지는 말을 못 할까. 돈처럼 명명백백하게 말이야. 거의 등신축에도 못 드는 치들 아냐?—더 이상 어떻게 똑 부러지는 소리를 해. 장사꾼들처럼 이것이 낫다고, 저것보다 비싸다고 할 수는 없을 거 아냐. 남녀관계가 이렇게 흐지부지 끝날 수도 없으려니와 그럴 리가 없다는데.—머가?—아이 몰라. 난들 알아. 그렇다면 그런 줄 알아야지. 학생인 내가 멀 제대로 알겠어. 경험을 해봤나, 보기를 했나, 접장 집안 둘째 딸의 한계지.—(언젠가 외동아들인 그의 장인이 당신 슬하의 다섯 자녀 중 셋, 당신의 매제 하나, 동서 둘 등이 각각 초중고등학교에서 봉직한 연수를 합산해보았더니 꼭 180년이 되더라는 말을 그는 들은 바 있었다.)—당신 엄마의 경험담도 반은 엉터리 같애. 가식이야. 내가 보기에 자기가 겪은 걸 곱게 싸발라서 말하는 것 같애.—그거야 말하나마나지. 그래도 소설보다야 훨씬 실물에 가까울 걸? 눈에 보이는 실제 그대로니까. 그러니까 각각 두 개야. 현실에 진짜 가짜 하나씩,

소설에 각 하나씩. 결국은 두 개밖에 없는 셈이고.—무슨 소리야? 그럼 어떻게 되는 거야?—몰라, 나도. 찬찬히 생각해봐. 나가야겠어. 기차 시간 다 됐네."

그날따라 아침 하늘이 잔뜩 흐렸다. 우산을 가지러 방금 뛰어내려온 계단을 올라가려다 그는 마침 기차로 출근하는 승객들을 네 명씩 불러모아 역까지만 실어나르는 첫 번째 합승용 택시가 기다리고 있어서 운전석 옆자리에 잽싸게 올라탔다. 택시가 내리막길을 줄달음질치자 빗방울이 차창에 점점이 엉겨 붙었다. 단비였다. 대학은 이미 방학에 들어간 6월 중순이라 새벽 여섯 시면 날이 훤했다. 뒷좌석의 승객 셋 중 둘은 미혼인지 기혼인지 가리기가 힘든 여자들이었다. 출근 시간까지 남은 한 자투리를 외국어 교습소에서, 아니면 실내 체육관에서 땀을 흘릴 직장인들 같았고, 누구 것인지 알 수 없는 좀 야릇한 향수 냄새가 물컥물컥 몰려왔다. 이상하게도 그 냄새는 앉음새를 바꾸거나 손으로 면도 자국을 쓰다듬거나 넥타이 매듭을 바꿔놓는 따위의 자잘한 손짓 몸짓마다에 일일이 반응하는 섬세한 미물이었다. 자연스럽게도 그의 회상 한 자락이 불씨처럼 깜빡거렸는데, 방금 그의 아내와 나눈 시답잖은 대화에서 얼핏 비친 '흐지부지하게 끝나고 마는 남녀관계' 란 말도 점화 구실을 하느라고 파닥였다.

아무리 부부 사이라 하더라도 읽어보지도 않은 그의 아내의 어떤 작품에 대한 나름의 소견이 좀 시건방졌다는 생각도 들었고, 이야기의 재미 여부에 대한 판단도 전적으로 독자 개개인의 소양과 취향에 달린 것이라는 K교수의 견해도 떠올랐다. 그도 한때는 베스트셀러를 찾아 읽는 평범한 독자였으나 이제는 백과사전이나 뒤적거리는, 지적 호기심이 좀 있기는 하나 하릴없이 냉정한 체념에 길들은 일종의 점자 독서가일 뿐이다.

손가락 끝에 와닿는 그 촉감은 언제라도 숱한 상념을 끌어오는 탁월한 능력을 발휘한다. 그런저런 정황 때문에 그의 머릿속이 햇수로 불과 이태 전까지만 해도 그렇게나 심란하게 뒤적거리던 객수의 갈피들로 점멸해서 차갑게, 아니 씁쓸하게 들떠버렸다.

11

여느 날과 마찬가지로 그는 점심 식사 후의 졸음을 쫓느라고 책상 앞에 앉은 채 무대소(無大小)로 손아귀 힘을 단련시키고 있었다. 한 고객이 중국 출장을 갔다 오면서 선물이라며 갖다준 그것은 팔찌처럼 생긴 탄력 좋은 고무 제품으로 고리 바깥쪽에 혹들이 우툴두툴하니 박혀 있었는데, 생색을 내는 사람의 말에 따르면 짬이 날 때마다 그것을 주물럭거리라고, 그러면 손바닥 한가운데께 있는 노궁혈(勞宮穴)을 자극하여 발기 둔화 인자를 눅여 준다고 했다. 수면의 질이 현격하게 떨어지기 시작하는 50대부터는 내남없이 앉으나 서나 발기와 그것의 강직도가 최대의 관심사이니, 발바닥 한복판에 있다는 용천혈(湧泉穴)과 노궁혈을 매일같이 꾹꾹 눌러주면 발기 위협 인자를 무찌르는데 상당히 도움이 된다면서, 국사(國師) 중의 국사 퇴계(退溪) 선생께서도 아침마다 그 발바닥 지압술을 거르지 않았으며, 그 당시에 일흔까지 수를 누린 것도 그런 단련 덕분이었다는 너스레를 늘어놓으면서. 사람에 따라 다른지 어떤지 막무가내였다. 점심 전후가 유독 나른해지면서 어김없이 오후의 수마는 가물가물 덮쳐왔고, 강직도를 따지기도 민망스럽게 그것에 피 모으기는 새들새들해가는 낌새가 완연했다. 하룻밤에도 세 번씩이나 깨어나는 노루잠의 연속은 노쇠의 증거였다.

그는 자신의 호적상 나이가 집엣나이보다 한두 살쯤 적을 것이라는 자기최면을 오래전부터 걸고 있던 만큼 남자에게 쉰 줄이란 게 생리적으로 이토록 급격히 조락의 갈림길에 접어드는 연배임을 절감하고 있는 판이었다. 직장생활도 맥빠진 나날의 연쇄로, 퇴근 후의 사생활은 낮 동안보다 더 민민하기 이를 데 없는, 더욱이나 알맹이가 쏙 빠져버린 이런 껍데기로서의 삶이 언제까지 이어지다가 모래 속으로 물이 스며들 듯 잦아지는지에 생각이 미치면 막막할 뿐이었다. 어떤 돌파구도 원천적으로 막혀 있는 그 분기점에는 수수방관만큼 좋은 대책이 달리 없지 싶었고, 실제로도 그렇게 되고 마는 희뿌연 시공간이 인생살이 중에 잔뜩 실쭉해지는 황혼 무렵이지 싶었다.

그날도 그는 막 오수에서 깨어나 찜부럭을 부리느라고, 공교롭게도 책상 위에 올려져 있는 다리 때문에 무대소가 바로 다리 가랑이 사이의 요부 위에 덩실하니 떨궈져 있어서 그 좀 요망한 물건을 흐리멍덩한 시선으로 쳐다보고 있었다. 그 바깥 테두리에 박힌 자잘한 점으로서의 돌기와 볼수록 매끈한 그 안쪽의 동그란 원을. 손아귀에 쥐면 착 달라붙는 그 좀 축축한 질감의 원형 고리는 너무 큰 구멍을 뚫어놓은 요상한 노리개였다. 반지에 제 몸통보다 큰 구멍이 나 있음은 그것이 두 개 이상의 짝을 이룰 때만 뜻밖에도 새삼스러워지고, 가락지를 여러 짝씩이나 지니는 여자들은 제 손가락에 그것을 낄 때마다 그 구멍의 크기와 자신의 신체적 조건의 변화를 알아낸다는 점에서도 남자들보다는 감각 및 감성의 질감이 한결 섬세하다고 할 수 있을지 모른다.

마침 전화기가 자지러지게 울리지 않았더라면 그의 그런 무의미한 골몰이 10분쯤은 더 이어졌을 테고, 그후에야 잠투정을 간신히 떨칠 수 있었을 것이었다.

책상 전화를 받아보니 그의 외우 김정두 변호사였다. 판사 출신답게 그는 점잖게 따지기를 좋아해서 잠시라도 행방이 묘연해서는 안 되는 은행 지점장께서 왜 휴대전화기를 한 시간 이상 꺼두었느냐는 질책을 내놓았고, 뒤이어 예금 유치를 위한 영업 활동에 무슨 애로사항은 없냐고 물었다. 그는 자네가 다디단 낮잠을 깨울까 봐 일부러 휴대전화기를 꺼두었다면서 양복장 속의 옷걸이에 걸려 있을 제 양복 상의를 떠올렸고, 웃돈까지 얹어주며 예금을 사러 동분서주하던 시절은 이제 영원히 끝났으며, 오히려 돈 쓸 고객을 모시러 다녀야 할 판이라고 짐짓 마른하품을 켜댔다. 물론 다소 거품 많은 흰소리이긴 했으나, 그의 지점이 항도 P광역시에서는 상권의 중심지로서 지난해에는 수신 실적이 전국에서 1위를 기록했던 데서도 드러나는 대로 예금이 넘쳐나고 있던 실정이었다. 그래도 돈 장사하는 은행이 목돈을 장기 예탁하겠다는데도 마다할 거냐고, 그런 돈방석을 보낼 테니 선처하라고 김 변호사는 일렀다. 돈방석이란 말이 좀 묘해서 박 점장은 대뜸 돈 임자가 여자냐고 물었고, 그쪽은 어떻게 알았냐고 되물었다. 그걸 왜 모르겠냐고 그는 능치면서 역시 임기응변으로 돈과 여자의 공통점은 너무 많은데, 이를테면 둘 다 줏대가 없고, 냄새를 사방에 풍기며, 새것이나 중고품이나 다 좋고, 누구 것이라도 들을수록 늘 새롭고, 많다고 거치적거리는 법도 없으며, 토라지면 안면박대하는 것도 같다고 늘어놓았다. 총기 좋은 김 변호사가 적어놓아야겠다고 해서 박 점장은 그 여자가 도대체 누구냐고 다잡았다. 당시의 소문대로라면 수임 건수가 많기로 그 지역에서 세 손가락 안에 든다는 김 변호사는 그것까지 알 것은 없다고 해놓고서는, 잠시 뜸을 들이더니 예비 고객 후보쯤 된다고, 고객을 보호하기 위해서 지금은 더 말할 수 없다고 했다.

"고객은 알겠는데 예비는 뭐고, 후보는 또 뭔가? 헷갈리네, 내가 머리 하나는 너무 나빠서, 다 유전인자가 시원찮아서지.—앞뒤 말 중 하나는 필요 없거나 강조어법쯤 되겠네 머.—어째 신원이 벌써 다 드러난 것 같은데.—직업을 서로 바꿔야겠다, 가끔씩."

전관예우인지 뭔지로 한창 떼돈을 버는 신출내기 변호사인 김의 사무실은 그의 지점과 승용차로 불과 20분 남짓 떨어져 있었다. 김 변호사는 자신의 고객 후보자에게 지금 가겠느냐고 묻는 듯했고, 곧장 양 여사가 당장 갈 테니까 그에게 기다리고 있으라는 호령까지 떨구었다.

말을 줄이면 그의 외우 김정두는 지독한 성품을 타고 났는가 하면 한편으로는 너무 방정하고 순리대로 살아서 너그럽기 짝이 없는 만큼이나 순박한 위인이었다. 그의 누님 한 분의 심성도 똑같이 그랬다. 두 동기는 얼굴도 찍어낸 듯이 닮았고, 머리들도 출중하게 뛰어났지만, 그는 명색 일류 학교를 다닌 적이 한 번도 없었고, 동생보다 여섯 살이나 많은 그의 누님의 학력은 중학교 졸업이 고작이었다. 그는 어느 상업고등학교의 특대생으로, 서울의 어느 3류 대학을 전면 장학생으로 끝냈으니 공납금이나 등록금을 내본 적도 없다. 그의 누님은 오로지 하나뿐인 남동생의 학업을 뒷바라지하기 위해 저잣거리의 한 귀퉁이에서 나무 판때기 상자 두어 짝을 늘어놓고 생갈치, 자반 고등어 따위를 팔기도 했고, 서울에서는 구로공단의 한 기성복 제조업체에서 재봉틀을 밟는 여공으로, 나중에는 그 조장으로 일하면서 근로자 저축왕으로 뽑히기도 했다. 박 지점장의 짐작으로는 그의 양친이 한국동란 전후에 행불자가 되지 않았나 싶지만, 그것만은 정색해서 묻기도 뭣하고, 본인도 그 대목에서는 여태 우물쭈물하고 있다. 하기야 두 쪽 다 출신 성분이 워낙 허술해서 그 부분에 관한 한 서로가 금기시하며, 김 변호사는 박의 모친의 안부 묻기조차 삼가는 판이다. 두 친구가 향리의 초등학교에서 3년 동안 함께 다녔을 때 김군은 그의 누님과 함께 고모집에 얹혀 살았고, 그 고모도 예배당으로 올라가는 자드락길에서 나사점(羅紗店)을 벌여놓고 있었으나, 손님이 가져오는 양복감으로 옷을 지어주기보다는 수선을 주로 하면서 친정 조카 둘보다 어린 오누이 둘을 개 다루듯 닦달질해대는 과부 맞잡이였다. 그의 고모부는 일본으로 밀항했다는 소문도 나돌았다. 당연한 귀결로 그는 대학 4학년 때 사법고시에 합격했고, 학교 당국의 강청으로 대학원에 적을 걸어두기도 했다. 부선망(父先亡) 2대 독자인가여서 그는 군 복무를 조퇴하다시피 마쳤고, 연수생 과정을 끝내고 판사가 되어서도 결혼을 한사코 내물리며 그의 누님과 함께 살았다. 아마도 그때는 그가 제 누님의 배우자를 물색하고 있었을 것이다. 80년대 중반에 박이 과장으로 P시의 한 지점에 부임하자 두 죽마고우는 자주 만날 수밖에 없었는데, 그때서야 김 판사는 자신의 입신 과정에 늘 따라다닌 양자택일의 고충담을 털어놓았다. 곧 고등학교부터 일류 학교를 가고 싶은 마음과 그럴 수 없는 처지로 냉가슴을 앓았고, 사법고시도 후딱 끝내버리고 말까 하는 심사와 언제 합격되어도 될 테니 형법이나 민사소송법 같은 공부라도 더 해서 대학에 남고 싶은 소원이 꼭 반반씩 엉겨 붙었고, 결혼도 그의 누님이 주선하는 자국에다 자신을 비끄러매야 한다는 의무감과 이런저런 좋은 자리가 줄곧 나설 때마다 거기다 의탁하고 싶은 세속적 유혹과 싸워야 했고, 이제는 판례 공부에 재미를 붙여 좋으나, 누님과 처가 쪽은 말할 것도 없고 고종사촌 동생들의 뒷배까지 봐주자니 너무 박봉이라 하루라도 빨리 옷을 벗고 변호사 사무실을 개업하고 싶은 욕심 때문에 어쩔 줄 모르고 있다는 것이었다. 요컨대 그는 이때껏 그 두 가지 갈등에서 늘 자신의 본심과는 다른 쪽 길을 택한 게 아니라 그런 식으로 살아지는 자신의 삶이 한심하다고 한숨을 쉬었다. 박으로서는 그때의 그 끄무레하던 그의 표정과 의기소침은 언제라도 생생히 떠올릴 수 있는 잡티 없고 단정한 흑백사진이다.

"내가 참 맹물은 맹물이야. 사람이 어째 간이 덜 뱄어. 자네도 봐서 잘 알 테지만, 어릴 때부터 난 내 누님이 사돈 할매와 같이 팔다 남은 간고등어만 구워 먹고 컸는데 어쩌다가 이렇게 싱겁고 애매모호한 인간이 되고 말았는지 알다가도 모리겠어.—자네야 간이 너무 맞아서 탈이지. 사돈 할매? 모리겠는데.—있었어. 안짱다리에다 왼쪽 눈두덩에 팥알만한 혹이 달린 양반이었어. 우리 고모의 시어머니 되시는.—아, 아, 알 것도 같다."

더는 둘 다 되돌아보기 싫은, 도저히 무심해질 수 없어서 서로가 머리를 흔들어 가며 자기방어 기제를 작동시켜야 하는 대목이었다. 그런 그가 어느 순간부터 아주 다른 사람이 되고 말았다. 출신 환경이 그 사람의 됨됨이를 두루뭉술하게 모양내듯이 직업도 그런 능력을 네모반듯하게 드러내는 데는 빈틈이 없는 듯하다. 다른 게 있다면 앞쪽은 천천히, 그리고 내향적으로 착색하는 기능이 월등하고, 뒤쪽은 잽싸게, 그리고 외향적으로 표백하고 마는 식으로. 어쨌든 일 욕심과 돈 욕심이 좀 지나칠 정도로 많은 것이야 변호사의 직분상 어쩔 수 없다 하더라도, 판사로 재직 중일 때는 사람도 철저히 가려서 만나고, 대면 기회도 시간을 재가며 자제하던 친구가 이제는 그런 절도를 찾아볼 수 없었다. 뒤꿈치에 구멍 난 양말도 예사로 신고 다니고, 이쑤시개 하나를 와이셔츠 주머니에 상비품으로 넣고 다니며 꼭 일주일씩 사용하고 나서야 버린다는 그의 버릇은 여전하다 해도 어설픈 웃음마저 헤퍼졌고, 코에는 붙임성 좋은 기색이 달라붙었으며, 주저주저하며 사려 깊은 내색을 드러내던 그 구뜰한 자태도 간 곳 없어졌고, 어줍던 말씨조차 다소 허풍스러워졌다. 그런 돌변도 영민한 그의 머리와 시속을 빤히 꿰차고 수습하는 안목의 뒷받침 때문이겠으나, 은결든 그의 포원이 애옥살이에의 복수라면 그 원수는 이제 웬만큼 갚았을 텐데도 어질고 깔밋하던 처신에 장사치들처럼 애바른 욕심만 잔뜩 껴묻어 있는 꼴이다. 요컨대 너무 목눌(木訥)해서 숙연한 분위기를 스스로 조장하던 위인이 권력 대신에 돈을, 판례 연구보다는 수임 건수의 과다에 집착하는 속물이 되고 만 것이었다.

곧장 온다던 양반이 왜 이렇게 늦나, 여기저기 묻어두었던 돈을 차제에 끌어모아서 오려나 하는 쓸데없는 짐작을 어르다가 지점장실 안의 한쪽 구석에 호텔의 그것처럼 듬직하니 장식해둔 화장실에서 그가 이빨을 닦고 나오니 첫눈에도 대번에 잘나가는 여자다 싶은 중년 여성이 막 문짝을 밀고 들어서면서 굄성 좋게 지껄였다.

"야, 방 한번 좋다, 지점장실치고는 너무 크잖아. 인테리어도 무게를 잔뜩 잡았고. 김 변호사는 별걸 다 꼬치꼬치 가르쳐주면서 이건 왜 안 알려줬지.—(활달한 성격이야 가타부타할 게 아니지만, 초면에 좀 거침없는 이런 방자한 대인관계는 어떤 위장이 아닐까 하는 경계심에 뒤이어 이처럼 안하무인의 여자까지 예비 고객으로 거느리는 김 변호사라는 작자도 이제 맛이 한물가 버린 알짜 속물이 되어버렸나 하는 의구심을 그는 적이 다스렸다.)—다소 분에 넘치는 건 사실입니다. 아마도 우리 은행 본점의 은행장실 말고는 이처럼 넓게 쓰는 점장 방은 없을 겁니다. 건물이 워낙 후져빠져서 이렇게밖에 쓸 수 없나 봅니다.—(사실이었다. 그가 80년대 중반에 처음으로 P시에 부임하여 일하던 지점은 큰 건물에 세 들어 있던 형편이긴 했어도 지점장실은 일곱 사람이 앉을 소파 세 짝이 겨우 들어갈 정도로 옹색한 데다 3면이 죄다 유리창 칸막이라 주렴 같은 창가리개만 치렁치렁 늘어뜨려져 있어서 액자를 걸어둘 벽조차 없었다.)—저쪽 대청로(大廳路) 지점에서도 근무하셨다면서요? 김 변호사가 그러시데요. 지점장님은 이 바닥이 제2의 고향이나 다름없다고.—고향요? 발붙이고 사는 데가 고향이라고 생각하며 사는 주의라서 여기나 어디나 주인이라면 주인이고 객이라면 객이고 그렇지요. 나잇살을 먹으니 이제는 집에서도 주인 같다가도 객 같고 객 같다가도 주인 같고 머 그렇데요.—(그는 직업적 처세술의 한 가지라고 할 수 있는 그의 아내의 말본새를 억지로라도 실천하려고 애쓰는 편이었다. 곧 억양이야 어쩔 수 없다 하더라도 표준말 쓰기가 초등학생들의 철딱서니 없는 어릿광, 성가신 저지레, 가소로운 어깃장 따위를 잠재우는 데 즉효약이고, 동료 선생들끼리에서도 그런 어색한 말솜씨가 자신의 장단점을 감추는 데 있어서, 특히나 뭇 방치기 같은 교감, 교장들의 권위주의적 횡포에서 비켜날 수 있는데 요긴하다는 것이었다. 일종의 선긋기 처신이라 할 수 있겠는데, 남의 돈을 맡고 빌려주는 직업에서도 그런 말투는 고객과의 일정한 공생관계를 끝까지, 아무런 탈 없이 꾸려가는 관건이었다. 정장 차림이 자신에게는 보호색을, 상대방에게는 경계색을 띠어 도리 갖추기와 예의 차리기를 서로에게 강제하듯이.)—김 변호사한테서 너무 이런저런 정보를 많이 들어서 그런지 낯이 좀 익어요. 저희집은 부민동(富民洞)인데 혹시 그쪽에 살지 않았어요?—(너무 속도가 빠르달까, 엉겨붙는달까 해서 그의 처신이 저절로 도사려졌다.)—거기서 내려오면 곧장 대청로 지점이지요. 한때 제 숙소가 가톨릭센터 부근에 있어서 대청공원까지 조깅도 하고 산책도 더러 하고 그랬어요.—아, 그랬구나. 저 그림은 이 건물에 딸린 회사 비품이에요?—(한쪽 벽에 70호쯤의, 점묘법으로 달동네의 오르막길을 아스라이 그린 먹빛 기조의 유화를 턱짓으로 가리키며 묻는 말이었다. 이재에 너무 발밭아서 반지빠르나 신실한 고객임에는 틀림없는 화랑 주인의 강권에 못 이겨 산 것이긴 해도, 구레나룻을 지저분하게 기른 화가가 한 작품을 끝낼 때마다 까라져서 며칠씩 누워 지낸다고, 점의 명암만으로 사물의 흐릿한 윤곽이 드러나도록 화폭을 빈틈없이 메우는 그만의 제작 기법에 따르는 신체적 고충이 예사로 들리지 않아서 그는 선뜻 고개를 주억거렸는데, 청색 물방울 무늬의 스카프로 목을 붕대처럼 친친 동이고 있던 화랑 주인은 그의 고갯짓을 달리 알아듣고, 붓글씨로 '예매'라고 쓴 은박지를 들어 보이며 '붙여요? 붙입시다'라고 재잘거렸다.)—저것만은 제

개인용 사물입니다. 지난봄에 5백50만원 주고 샀습니다. 화랑 주인이 우리 점포 고객이라서 그 강매에 꼼짝 못하고. 회사 경비를 한 푼도 안 들이고 제 사비로 샀지만, 이 방에 물려주고 갈 생각입니다. 개인전 때는 '도시의 풍경' 인가 하는 제목을 달았던 것 같고요. 저런 흔적이라도 남기고 다른 점포로 전근 갈 생각을 하면 왠지 이 땅에서 사는 게 그런대로 해볼 만한 짓이다 싶기도 하고 머 그렇습니다.—싸게 샀네요. 구질구질한 동네를 안개 같은 것이 따뜻하게 뒤덮고 있고, 싫증도 안 나겠고. 이야깃거리도 꼬물꼬물 기어나오겠고요.—(그는 상식에 지나지 않는 백과사전적 지식을 이럴 때 써먹어야겠다고 생각했다.)—점묘법이 감추면서 드러내고 드러내면서 감추는 기법일 겁니다. 세상살이가 그렇듯이요. 분명한 것은 싫다. 현미경을 들이댈 일이 그렇게 많나, 미주알 고주알 캐봐야 좀 징그럽지 않을까. 제대로 알고 나면 이 세상에 곱고 아름다운 게 머가 있나, 그런 주의로 실경을 그대로 베끼는 게 아니라 화가가 느끼고 본대로 일부러 침침하게 그리는 기법이 아닌가 싶습니다.—(좀 중뿔났다 싶어서 그는 용건부터 추슬렀다.)—차는 천천히 드시고, 우리 점포 브이아이피실 실장을 소개시켜 드릴 테니 통장을 만드시든지 국공채를 사시든지 알아서 하십시오. 일 보고 나서 별 볼 일 없으시면 저녁이나 함께 하시지요. 김 변호사 그 친구도 합석시켜서요. 돈거래에는 머니 머니해도 3자 대면 아래 보증인이 있어야 구덥습니다.—그 양반은 오늘 저녁에 약속이 있대요. 저보고 한턱 단단히 울궈 먹으라던데요. 이 점포 브이아이피실 실장이 미인이라면서요?—그 친구가 별걸 다 가르쳐줬네, 남의 영업 비밀까지. 글쎄요, 미몬지 어떤지는 몰라도 얼굴이나 몸매로 열등감을 가질 정도는 비켜나 있는 수준입니다. 기혼자예요. 싹싹하고 아주 친절해서 돈 많은 노인네들이 며느리감 놓쳤다고 혀를 차고 그럽니다."

다음 날 아침 박 지점장은 늘 그러는 대로 개점 전에 차장급 부하직원 네 명과 함께 커피를 마시면서 전날의 일일 수여신 현황보고서를 받아보았더니 과연 예금 잔고가 부쩍 늘어나 있었다. 더러 뜬금없이 뭉칫돈이 들어와서 억 단위의 예금 잔고를 두 자리 숫자까지 불려놓는 경우가 없지는 않으나, 그날도 그에 버금가는 실적이었다. 마침 연말도 달포쯤 남은 시점에다 그해 내내 수신증강운동을 펼치고 있던 만큼 영업점 실적 평가에 톡톡히 한몫할 정도의 거금이 들어왔으므로, 그것도 그의 외우 김 변호사의 알선에 힘입은 점포장 자신의 입김 탓이라 박 지점장의 목에 힘이 실렸다. 그렇긴 해도 간밤의 격식을 갖춘, 한쪽의 제법 곡진한 식사 대접을 받아내는 그쪽의 언행 일체는 종잡을 수 없는 것이었다. 사람의, 특히나 돈거래로 맺어지는 여자 고객의 첫인상은 대단히 중요하고 오래 가는 법인데, 그가 긴장을 늦추지 않으면서 예의 주목한 눈대중이 틀리지 않는다면 양 여사는 소탈의 도가 지나쳐서 감정과 이성의 조율 능력 자체에 나사가 헐겁지 않나 싶었고, 경제적 여유가 넘쳐나서 탈속한 경지를 일부러 비치는가 하면 이목구비가 시원한 자신의 미모를 너무 의식한 나머지 그 매력을 아무렇게나 내둘린다 싶게 깔깔거렸다가, 갑자기 새치름해지면서 상대방을 민망할 지경으로 빤히 쳐다보는 식으로 변덕스러웠다. 대체로 그런 허세 부리기는 어떤 종류의 열등감 때문에 자신의 개인적, 사회적 여러 조건을 뻥튀기는 가식임이 곧장 드러나고, 그쯤에서는 벌써 만정이 떨어지게 마련인데, 그녀에게는 그런 언행 일체가 어울리고, 이상하게도 귀여운 결점투성이의, 아니, 구슬픈 자랑거리를 풍성히 가진 여자의 자기 까발리기처럼 비쳤다.

모든 회사의 요식적 회의가 그렇듯이 잘해보자는 쑥덕공론으로 머리를 맞대고 있는 네 명의 부하직원들 너머로는 그날따라 유독 가물거리는 그 짙은 점묘화 풍경이, 가로로 세로로 짧게 이어지는 각진 지붕의 선들이 박 지점장의 시선을 맞받아내고 있었다. 욕심 사납게 피사 범위 안에 드는 남루한 가옥들과 어슷비슷한 크기의 지붕들을 죄다 끝없이 펼쳐놓고, 그 사이로 뚫린 지저분한 언덕길 한 자락과 그 위로 구불구불한 전선들을 한사코 얼기설기 얽어놓은 풍경화는 오리무중 그 자체여서 그의 눈씨를 어지럽게 구박했다. 그는 후딱 심신의 피로를 걷어내기 위해 애가 둘 딸린, 그녀의 남편도 제2금융권에서 일하는 이 실장만 남으라고 이르면서 아침 회의를 물렸다.

"어제 그 양 여사 배경을 좀 알아보지, 만사 제쳐두고.—예, 아니래도 그럴라고 하던 참인데. 어제도 몇 년이나 거치하시겠냐고 했더니 알아서 하라고 하길래 요즘은 금리변동이 심하니 일단 1년짜리로 하시라니까 또 그러라고, 되게 수월수월하대요. 변덕 부릴 여자 같지는 않던데요.—알 수가 있나. 특히나 속없는 돈과 변덕스런 여자 마음이야 조물주들 뭘 제대로 알겠어.—어제저녁에 술 많이 드셨나 보네요.—좀 했어. 나 혼자만. 그쪽도 양주를 서너 잔은 했을걸. 얼음 띄워서. 나는 택시 탔고, 정 기사한테 대리운전시켜서 모셔다 드리라고 했으니 잘 들어갔겠지.—(선임자와의 인수인계 때 가장 요긴한 대목이 그 지점 인근의 재력가들 명단과 그 금권들의 크기에 대한 정보인데, 양 여사는 이미 드러난 대로 그 범위를 벗어나 있었다.)—김 변호사님

한테 슬쩍 물어보시면……속 보이고 낯 부시지. 그쪽이나 우리나 서로 고객의 비밀은 보장해줘야지. 서로 빤히 보이는 심리전이지 머, 알았어, 어서 알아봐."

바로 그날 오후에 택배회사 직원이 박 지점장에게 사각봉투 하나를 떨구었다. 그 안에는 수제화(手製靴) 전문점의 약도와 대표자 이름이 적힌 명함이 한 장 들어 있었는데, 그 뒷면에는 30만 원을 정히 영수했다며 돈 받은 날짜와 도장이 찍혀 있었다. 날짜는 바로 그날이었다. 봉투에는 양신옥이라는 그녀의 이름은 안 적혀 있었으나 보낸 사람은 분명했다. 그럴 수밖에 없는 것이 간밤의 식사 자리에서 그는 메마른 화제를 축이느라고 손바닥과 발바닥 건강 타령을 늘어놓다가 덩달아 자신의 특이한 체질을, 곧 어떤 신이라도 한 달쯤 신고 다니면 뒤축의 오른쪽이 삐딱하니 닳아버려서 그 실그러진 볼 바닥 때문에 엉치뼈가 욱신거리고 온몸이 뒤틀리는 증세에 시달린다고 실토했고, 그녀는 그렇잖아도 운동화 같은 그의 단화를 눈여겨봤다면서 역시 시원시원하게 내일 당장 수제화를 맞춰 신으라고 했다.

진위를 헤아리기도 헷갈리는 그녀의 신원 정보가 속속 그의 귀에 답지했다. 말을 간추려보니 그녀의 착잡한 내면 풍경이랄지 갈팡질팡하는 심경의 변화는 알쏭달쏭한 수수께끼였으나, 또 그 외형 내지는 생활환경 자체는 너무 풍요롭고 다채로워서 귀를 간질인다고 할 정도였으나, 대체로 실경을 베낀 사생화처럼 눈앞에 바싹 다가들었다. 이를테면 성형외과의로 일약 졸부의 반열에 오른 양 여사의 남편은 현재 11층짜리 빌딩 전체를 여성용 전문병원으로 꾸려가고 있다. 20년 안팎에 그처럼 큰 재력을 일굴 수 있었던 것은, 여러 설이 많지만, 집

사람의 땅 투기질, 부동산 사들이기 같은 대담한 듣보기 사업가 기질이 일등 공신이다. 한 마디로 매조지면 안팎이 두루 돈복은 타고났다. 그런데 불과 이태 전부터 메스를 놓고 종합병원의 경영에만 전념하던 쉰 중반의 성형외과 전문의가 일을 놓자 바람이 난 모양이다. 상대자는 물론 환자였는데, 딱히 뚝 불거진 병명도 없는 숙환을 치료하겠답시고 들락거린 미모의 30대 여성으로 재미동포 출신이다. 전문의만도 아홉 명에다 산모만으로도 입원실을 예약해야 할 만큼 성업 중인 종합병원이라 기십 명의 간호부와 관리 요원을 거느리는 것은 당연하고, 그들이 노조를 결성한다 어쩐다 해대는 판이라 병원장은 그 회유책의 일환으로 직원들에게 영어 회화를 배우게 하는 한편 조를 짜서 해외 관광도 시켰는데, 영어 회화 선생 자리를 그 정부(情婦)에게 맡겼고, 거의 정식 직원 행세를 하는 그녀가 꼭 한 번 그 해외 관광의 인솔자로 따라간 적도 있다. 들통이 나서 비로소 드러난 사실이지만, 그녀는 되모시로서 지금의 남편인, 역시 미국 유학 경력을 가진 선박 관련의 컨설턴트 엔지니어와 다소 삐꺼덕거리는 터이며, 무슨 곡절이 있는지 둘 사이에 자식은 없다. 더욱이나 이 국적 불명의 엔지니어는 일본의 한 선박회사에도 자문역으로 다리를 걸쳐놓고 있어서 1년에 반쯤은 나가사키(長崎)와 사세보(佐世保)에 체류한다. 더욱이나 수상하게도 본부인 입장에서는 점점 의심의 고삐를 늦출 수 없는 사안이 지금껏 진행 중인데, 그것은 병원장과 고정급을 다달이 받는 영어 회화 선생이 입을 맞춘 듯이 서로는 결백하다고, 존경하는 정도만큼이나 각자의 중뿔난 의학적, 어학적 기량을 기리는 처지일 뿐이라고 딱 잡아떼고 있다는 것이다. 게다가 컨설턴트 엔지니어마저도 그런 남녀관계는 얼마든지 있을 수 있으며, 자기로서는 충분히 이해할 수 있는 정황이라서 제 아내라고 어떤 제재를 가할 수도 없으려니와 그럴 마음은 추호도 없다며 팔짱을 끼고 있으니 본부인만 부아가 치밀어 미칠 노릇이다.

양 여사의 추단으로는 그 모든 술수가 남의 복장을 태우는 음흉한 계략이며, 두 연놈이 통을 짜고 병원장의 전 재산을 들어먹으려는 사기꾼의 장기적 수작이라는 것이다. 그러나 더 희한한 사연은 병원장이 양 여사 앞에서는 언제라도 당신 없이는 난 못 살아 식으로 치신머리없이 질질거릴 뿐만 아니라 텔레비전 연속극 같은 데서 불륜관계의 남녀만 비쳐도 당장 저 때려죽일 연놈들이라고 쌍욕을 퍼부으며 돌아앉는다는 사실이다. 따라서 근자에는 양 여사가 자신의 친정 쪽 조카와 질녀 하나씩을 불러들여 병원 운영의 일익을 맡기는 한편, 단돈 10원도 그녀의 승낙 없이는 출납을 못하고, 인사와 노무 관리도 함부로 바꿀 수 없는 체제를 구축해놓았는데도, 안에서 그처럼 설치니 직원들의 원성과 비아냥이 자자하며, 병원장 정 박사는 그 알력을 쓰다듬느라고 늘 허허거리며 지낸다. 그런 중에도 축출당한 되모시는 보란 듯이 어느 외국어전문학원의 강사로 취직하여 한때의 제자들을 불러모으고 있으며, 그동안 얼마나 환심을 사뒀는지 병원 직원들은 한사코 그녀에게 본토박이 영어 회화를 교습받겠다며 예전의 관례대로 그 수강료를 직장에서 대달라고 떼를 쓰고 있다. 그 요구마저 안 들어줬다가는 당장 파업사태가 일어날지 몰라서 만부득이 재교육비 수당을 지급하고 있긴 하나, 양 여사로서는 이래저래 화딱지가 나서 환장할 지경이다. 그렇긴 해도 이제는 양 여사의 신체제가 상당한 위력을 발휘하고 있고, 정 박사쪽의 구체제 인물들은 청소부나 수위로 간신히 명맥을 유지하고 있어서 일단 위태위태한 평온상태는 유지하고 있긴 하다.

남의 아이 이름짓기일망정 그 집안의 재산 일부를 맡은 입장인 박 지점장의 진단은 이랬다.

우선 두 쌍의 부부가 시방 제정신들이 아니다. 비정상을 넘어 네 사람 다 정신병의 초기 증세로서 강박신경증을 앓고 있지 않나 싶다. 삐끗했다가는 차례로 줄타기에서 떨어지기 직전이다. 그 위험천만한 사태를 겨우 밀막아 주고 있는 방패막이는 물론 거금의 돈과 부동산이다. 말할 나위도 없이 지금의 사태를 도출한 소인은 두 부부의 성적 부조화인데, 그에 대한 각자의 개선 의지는 근본적으로 무망하다. 생활상의 징글징글한 타성, 보기 싫다기보다 이제는 그 일거수일투족이 너무 진부해 빠져서 끔찍이도 귀찮아지는 쌍방에의 진절머리. 혼인의 파탄 사유에 대한 적극적인 해결책을 완강하게 틀어막고 있는 이 땅의 역사적, 사회적 풍토성과 그 멍에에 질질 끌려다니는 중년 부부들의 세속적인 순응주의, 더불어 갈수록 맹위를 떨치는 미국적인 사고방식 일체의 착종과 그 착근의 부실 등등이 쓸데없는 질시, 미치광이 같은 위선과 무관심, 돈에의 검질긴 집착, 덜렁이 같은 허세와 안하무인 따위가 똘똘 뭉쳐서 파행 국면을 불러들이고 있기 때문이다. 만사는 돈이 화근이며, 그다음으로는 혼인 당사자가 반드시 누려야 하는 어떤 결속감에 대한 존중심 결여가 서로를, 아니 각자를 천덕꾸러기로 내몰아가고 있다.

한편으로 양 여사는, 그야말로 홍안백발의 정 박사가 환한 얼굴로 메스를 잡는 데는 이 바닥에서 제일일지 모르나, 이재 관리에서는 좀생이일뿐더러 여자 문제에서는 줏대도 없고 믿을 수는 더 없어서 앞으로의 대책을 김 변호사와 상의하고 있다. 이 실장에게 당좌예금 계좌를 트겠다는 언질을 띄우는 것만 봐도 시방 병원 돈이든 개인의 숨은 돈이든 한곳으로 끌어넣는 중이며, 저녁 식사 대접 자리에서도 자신의 신분과 여러 능력을 옹동그린달까, 별것 아니란 듯이 감추려는 행태는 일종의 자기 정체성 교란으로 빚어진 허영이다.

12

생돈 5만 원을 덧붙여서 각각 생고무창과 가죽창을 댄 튼실한 코도반 두 켤레와 가벼우나 틀진 등산화 한 켤레를 맞춰 신은 전말을 자랑하고 싶어서라도 박 지점장은 김 변호사를 만나 술을 사고 싶었으나, 의뢰인과 위임자 들을 일일이 만나고, 사후 처리를 당부, 조치하는 그의 꼼꼼한 분망 때문에 전화질로 아쉬움을 달래야 했다. 당연하게도 양 여사의 신상에 대한 정보가 주제로 떠올라서 박 지점장은 시치미를 떼고 있었지만, 그 점을 모를 리 없는 김 변호사는 그녀의 법적 보호자를 자청하는 낌새를 노골적으로 드러냈다. 곧 물증만 없을 뿐 여러 차례나 육체적 교접 관계를 가졌다는 실토를 쌍방으로부터 받아냈다고 할망정 그것만으로는 친고죄로 법정에 세워봐야 실익이 전혀 없을 뿐더러 망신만 당하니 앞으로 잡도리나 단단히 하는 게 상책이며, 영어 과외선생이 내숭스러운 사랑과 얼어죽을 존경심을 미끼로 한때의 첩실들처럼 다른 목적을, 예컨대 한 살림을 발라먹을 궁심이 있다면 그런 소행머리야 얼마든지 헛물을 켜게 만들 수 있다는 지도편달을 내려두었고, 그런 상담은 지금도 수시로 받고 있다는 것이었다. 그 결과로서의 금전적 흐름에 박 지점장도 거들고 있는 셈이었다.

"돈은 얼마나 맡기데?—(이번에는 그가 고객을 보호해야 할 차례였다.)—상당하던데. 벌써 두 번씩이나. 액수는 불문에 부치는 게 서로 편할 테고.—대충 짐작은 가지만. 전체 규모를 털어놓았으니까. 그것도 많이 숨겼을 테고.—당좌 거래도 어제 날짜로 텄던데. 이 실장 말로는 다른 뭉칫돈도 우리 점포 쪽으로, 그러니까 양 여사 자기 이름으로 맡길 궁리를 하는 모양이고.—그게 무슨 소용이야. 돈은 껍데긴데. 알고 보면 그 여자도 불쌍해. 뒤숭숭한 마음자리야 시간이 해결해주고 스스로 수습한다 치더라도 현재 갈팡질팡이야. 여자가 좀 이상하지 않데?— 모르겠던데. 털버덕 주저앉아 있달까, 좀 무너져 있는 것 같기는 하더라만.—뭘 몰라. 혼 빠진 게 눈에 빤히 보이는데. 두 부부가 외양으로는 서로 못 위해줘서 안달을 부리지만 내가 보기에는 전적으로 가식이야. 껍데기뿐이야. 가면을 뒤집어쓰고 살아간다는 것이 좀 더 정확한 표현일 거야.—그런 위선이야 그 나이에, 또 우린들 안 갖고 사나.—정도가 문제지. 있는 게 문제고 탈이야. 돈, 위신, 명망 같은 거 말이야. 그걸 끝까지 잘 지키고 싶은 거지. 그게 없는 알짜 서민들이야 툭툭 털고, 까발리고, 뿔뿔이 갈라서면 그뿐이고 편하거든. 이혼? 다 놓치기 싫은데 그걸 어떻게 해? 못 하지. 여긴 미국이 아니잖아. 갑자기 돈맛을 알았으니 그걸 한동안 즐길 짬을 줘야지. 그런 맥락이야. 영어 과외 선생도 그걸 아니까 더 가지고 노는 거야. 심리전이지. 약이나 오르라고. 그러니 양 여사는 느긋할 수가 없잖아. 그 신경전에서 스트레스를 너무 받아 지금 정신적 피로증후군에 시달려서 멀쩡하던 사람이 그 모양이야.—야, 너 정말 상담료를 톡톡히 받아야겠다. 어쨌든 알만해. 이럭저럭 연말이잖아. 자네 예비 고객의 후보생을 불러서 자리를 만들지. 내가 주선할까? 명분이야 좀 많고 좋아?—바쁜데. 좀 그래. 그 양반을 예비 고객으로 만들 건수도 없고, 그 후보 자리에 안 끼워주려니까 내 말 품앗이만 처들이는 꼴이야. 상담할 게 뭐 있어? 법적인 문제가 아니라 두 부부의 정신적 방황이 문제고, 두 연놈의 내연하는 심정적 간음 행각이, 소위 '애정 없는 정열'이 당사자 제위의 제반 인간적 관계망을 뒤죽박죽으로 헝클어뜨려이 지경인데. 실제로는 벌써 내 소관을 떠나 있어. 다 가르쳐줬으니까. 이래저래 조치하라고. 돈 갈무리 말이야. 만사는 돈 아냐. 돈 없이 무슨 정열을 불태워.—그래도 양 여사야 법을 모르니 답답할 거 아냐.—법? 모를 게 뭐 있어? 책에 다 씌어 있고, 등기부에 죄다 재산등록이 되어 있는데. 과외 선생이 위자료를 청구할 요건도 성립이 안 돼. 지 입으로 그런 차원을 떠나 있다는 게 더 문제라면 문제지. 아, 손님 왔어. 양 여사의 심리 상담은 자네가 맡든지? 별것도 아닐 것이다만."

김 변호사의 명징한 분별대로라면 양 여사의 정서적 불안 심리가 공연한 소동을, 추접스럽고 비린내 나는 입소문을 흩뿌리고 있는 것이 되고, 뭉칫돈의 행방까지를 들쭉날쭉하게 만들고 있는 것인데, 그렇게 버르집어놓은 사단도 변호사 사무실의 공연한 저지레 탓이지 싶었다. 김 변호사가 약도 주고 예후적 증상까지 진단해준 것이 아니라 돈 있는 식자가 스스로 우환거리를 자아올려 공글리는 단계였다.

그해 12월의 두 번째 주말이었다. 그동안 몇 번 통화는 있었으나 양 여사가 박 지점장을 직접 찾아와서 만난 것은 두 번째였다. 첫 대면에도 그랬지만, 그녀는 무간한 사이처럼 점심을 사겠다고 자청했고, 바닷가 쪽의 생선횟집이 어떻겠느냐며 자신의 승용차를 몰았다. 다 좋은데 잠시 그의 숙소에 들를 수 있겠느냐고, 짐을 꾸려 나와야 하는데 짐이래야 빨랫거리와 백과사전 한 권뿐이라고, 5분도 채 안 걸릴 거라고, 식사가 언제 끝나든 곧장 역으로 나가 새마을호로 한 시간 남짓이면 떨어지는 귀갓길에 올라야 하므로, 토요일 오후는 대체로 그런 일정에 얽매여 있다고 했다. 그녀는 굵다란 갈색 뿔테의 선글라스를 꼈고, 알 만하다는 듯이 고개를 끄덕였다. 그의 숙소도 바다가 훤히 내려다보이는 대단위 아파트 단지의 15층에 숨어 있어서 길목이기도 했다. 방 세 개짜리의 그 숙소는 물론 회사에서 제공하는 직원용으로 옷장, 냉장고, 에어컨, 가스레인지, 텔레비전 같은 기본 설비를 갖추고 있긴 했으나, 2년마다 갈마들게 마련인 나그네에게는 거의 무용지물에 가깝고, 객수가 저마다 다르듯이 주인의 생활 의욕이나 취향에 따라 난 키우기, 오디오 듣기, 돌 모으기 따위로 수선을 피우는 사례도 흔하지만, 그는 삼단식 요때기 위에서 차렵이불을 다리에 감고 백과사전이나 뒤적이는 데다가 라면 끓이기, 달걀 삶기, 커피 물 데우기로나 싱크대를 사용하는 형편이었다. 차를 세우고 나서 그녀는 어웅한 눈길로 "저도 따라가면 안 돼요?"라며 의미심장하니 웃었고, 그는 즉각 고개를 내저으며 먼지 구덩이라 곤란하다고, 수위들이 자기 신분을 알뿐더러 전근이 세 달 앞으로 다가와 있는 판에 불필요한 오해를 사서 좋을 게 뭐 있겠냐고 말했다.

"겁도 많아, 누가 뭘 오해해. 진절머리나는 그놈의 남녀관계. 다들 지겹지도 않나 몰라. 어쨌든 사람이 누구 방의 그 그림처럼 좀 흐릿하고 제멋대로면 얼마나 좋을까. 유유상종이라더니 김 변호사와 똑같애. 똑똑 부러지는 소리나 하고. 누가 모르나 실천이 어렵지.—그 친구가 요즘 돈독이 잔뜩 올라서 그래요. 돈이야 원래 똑똑 부러지는 거니까. 판사 시절에는 우물쭈물, 꾸물꾸물거렸는데 이제는 말도 청산유수로 잘하고. 정나미 다 떨어지게. 돈이 멀쩡한 사람을 삽시간에 그렇게 쫄딱 망쳐버리네요. 멀쩡한 속물로, 모르는 게 없는 뭇방치기로. 상당히 괜찮은 친구였는데.—누가 모르나 머, 배운 사람들이 다 그렇고, 변호사가 기중 약장사처럼 지 자랑꾼으로야 제일이지. 갔다 오세요. 운전수 주제가 마냥 대기나 하고 있어야지, 별수 있나."

전복죽도 간이 맞았지만, 전복탕이 시원했다. 제철이기도 해서 그랬을 테지만, 주인이 귀전복은 도통 안 나서 못 쓰고 오분자기를 썼다며 대신에 요리는 제대로 했으니 먹을 만은 할 거라고 자랑한 만큼 과연 제맛이 우러난 것 같았다.

양 여사가 먼저 "우리 뼈 없는 서방님은" 동호인들과 골프 치러 1박 2일 일정으로 지금쯤 제주도에 갔을 거라고 남의 말하듯 털어놓았고, 뒤이어 "다 들어서 알고 있을 거라, 우리집 분란 말이에요?"라고 떠보아서 그는 "귀가 있는데요, 이 바닥이 워낙 좁잖습니까. 그게 무슨 화젯거리나 된다고 이런저런 소문이 파다합디다. 양 여사 어른께서 군사혁명 직후에 어디 지방에선가 고법 부장판사를 사셨다면서요? 그 정보가 그중 쓸 만할까, 다른 것은 죄다 쓰레기나 마찬가집디다"라고 받았고, "아, 정말 창피하네, 대법관은 못 하셨어요. 저희 큰아버님이요. 제 큰오빠가 그이에게 양자를 들었고, 앞뒷집에서 살았어요. 우리 형제자매, 사촌 언니들은 늘 아버님이 둘이라고 그랬어요. 제 아버님은 그이보다 좀더 유명했어요. 다들 돌아가셨어요. 제가 막내거든요."라는 즉답을 들었다.

"바로 올라가실 거예요?—해 있을 때 들어가기가 좀 그래서 통상 저녁차나 밤차를 타 버릇합니다. 주로 오후 시간은 헬스클럽이나 숙소에서 뭉그적거리다가요.—잘됐어요. 저하고 드라이브나 해요. 할 말도 많지만 남의 말을 잘 들어줄 것 같은 동무가 생긴 것 같네요. 아, 드라이브나 마나 내 차로 집 앞까지 모셔다 드릴게. 사모님이 교편 잡고 계시다데요?—곧 그만둘라나 봅디다. 할 일이 너무 많다 어떻다 해대면서.—할 일이 그렇게나 많으면 얼마나 좋을까.—양 여사도 일이야 오죽 많습니까. 병원을 제대로 굴러가게 건사하려면 꽤 바쁠 텐데요.—그게 머 하고 싶어 하는 일인가. 부득불 하는 거지. 나야 영수증이나 받을 줄 알까, 전표를 알아요, 계정이 뭔지 알겠어. 그까짓 거 봐봐야 그게 그건데."

동해안을 끼고 굽이굽이 이어지는 국도가 연락부절의 차량 행렬로 제법 붐볐다. 날씨마저 잠포록해서 파도도 조촘조촘 나울거렸다. 차값의 반을 1년 거치 2년 분할 상환해도 된다는 미끈한 외제차여서 그가 대리운전을 해봐도 되겠냐고 묻자, 양 여사는 주인 행세나 제대로 하며 폼을 잡고 있으라며, "그년이 왜 위자료를 안 받는달까? 무슨 복장이야, 달라는 대로 다 주겠다는데"라고 본격적으로 신상 상담을 펼쳤다.

"왜 줍니까? 김 변호사도 줄 만한 요건이 아직은 성립이 안 된다던데.—김 변호사도 순엉터리야. 법밖에 몰라. 남의 여자를 1년 반씩이나 데리고 놀았으니 희롱죄 값을 마땅히 물어야지요. 그래야 서로 깨끗이 끝나는 거고.—지는 머 남의 남자를 데리고 안 놀았나, 피장파장이지.—로맨스라 이거지?—스캔들이라도 그렇지 별수 있나. 부군께서도 주랍니까?—뻰뻰스런 우리 홍서방이야 불그죽죽한 얼굴로 줘버려, 당신이 알아서 해라고 할 테지만 꿀 먹은 벙어리지요. 주지 말래도 내가 내 멋대로 처리할 거지만, 애들도 그러고 끝내라는데.—자식들요? 애들이 멀 안다고, 부모들 일을.—(그녀의 두 자식 중 하나는 음대에서 첼로를 켜고 있고, 다른 하나는 예비 의사라는데, 위의 딸이 가업을 물려받을 거라는 말을 그는 김 변호사로부터 들은 바 있었다.)—우리 애들은 착해서 거꾸로 알고 있어요. 지네 아빠가 미인계에 빠져서 망신살이 뻗쳤다고.—제대로 알고 있네요. 그렇게 알고 있도록 해야지 그러면…—잘못 알고 있는데도요? 미인계는 아니었나 봐. 그래야 앞뒤가 맞고. 아이, 머리 아파.—즐기고 있는 것 같은데요?—누가? 내가? 뭘? 창피해서 미치겠는데. 어떻게 그처럼 뻰뻰스럽게 내놓고 그 지랄을 떨었을까. 병원 안팎에서 소문이 자자하도록. 그걸 한참이나 몰랐던 나도 엉망으로 멍청한 년이지만. 감쪽같이 몰래몰래 했어야지. 아, 모르겠어. 그년이 지금도 홍서방을 갖고 놀면서 조종한다고 봐야겠지.—부군께서는 뭐래요?—뭘요? 지금이야 딱 잡아떼지요. 한때 도깨비한테 홀렸다면서 손이야 발이야 빌고. 도깨비가 도대체 머야, 여우라면 또 모를까. 칼잽이들은 무식해서 말도 잘 못 해.—아니, 들통나기 전후에 양 여사에게 어떻게 해줬냐고요.—뭘 해줘요. 그냥 나만 자기 곁에 있으면 마음 편타 어떻다 해대고. 당신이 최고라고 떠버리 짓을 했고, 지금도 늘 그래요. 최고다? 머야? 최고가 도대체 머예요? 난 요즘 이런 쉬운 말이 도무지 말이 안 되는 것 같애요. 안 그래요? 내가 돌았어요?—분명히 안 돌았습니다. 언어 감각만은 정상인 것 같습니다. 최고? 좋지요. 다만 사적으로, 개인간에 사용하기에는 좀 덜떨어진 용어든가 우스개고. 그런 쉽고 부들부들한 과장어를 조직사회에서 잘만 쓰면 효용 가치가 높은 것은 사실일 겁니다.—우리 지점장님이 말동무로는 그야말로 최고네요. 약삭빠른 이 실장이 그러던데 나보다 한 살 밑이라대요?—제 나이는 엉터립니다.—나이가 엉터리도 있나?—출신이 엉터리면 그럴 수도 있는데, 더 이상은 몰라도 됩니다.—모르긴 뭘 모를까. 이제 세상은 표면적으로는 너무 환하게 드러나 버렸잖아요. 수태한 지 2개월만 되면 태아의 발바닥까지 찍어서 보는 판인데.—(그는 뭔가 좀 섬뜩해서 움찔거렸다.)—태아의 성별까지 미리 알려는 인간의 조급증에 부화뇌동하는 과학이나 의학에 윤리, 도덕 같은 것을 덮어씌워 봐야 공염불이지요. 그러니 각자가 잣대를 수시로 바꿀 수밖에 없지 싶어요. 그 편리한 잣대를 누구나 함부로 쓰고 휘둘러대서 말이 많고, 서로 엉뚱한 말로 시비를 가리자고 언성을 높이는 데야 어쩌겠어요.—누가 변호사고 지점장인지 헷갈리네."

갑자기 차창 밖이 끄느름해지더니 싸라기눈도 나풀거렸고, 하늘이 흐려서 일부러 그러는지 대낮인데도 붉고 푸른 네온사인을 숨 가쁘게 깜박거리는 이른바 러브호텔 군락지가 나타났다. 그는 왠지 좀 멍해졌다. 뭔가가 그를 옭아매고 있다는 느낌도 들었고, 목표와 시한이 정해진 업무를 큰 탈 없이 끝마치고 난 직후처럼 허탈감도 덮쳐왔다. 졸지에 말문도 막혔다. 이심전심인지 그녀도 입을 다물고 생뚱맞게 바싹 다가왔다가는 뒤로 내빼는 러브호텔의 간판을 무심히 주목하는 눈치였다. 저개발국의 발 빠른 도시화, 산업화 및 그 확장의 눈부신 속도 때문에 지도를 만들 수 없다는 말처럼 승용차의 대중화, 일상화가, 그 전천후적인 대열이 이 수더분한 지형과 어질더분한 지물을 깡그리 바꿔놓고 있다는 생각이 얼핏 들었지만, 기차로 귀가하는 도중에 자주 챙기곤 했던 그 상념을 말로 옮겨놓기에는 번거로웠다. 더욱이나 상대방은 연상의 여자에다 아는 것과 모르는 것을 뒤죽박죽으로 움켜쥐고 있는 이 땅의 최신형 '유한 마담' 고객이었다.

작정한 것은 물론 아니었을 테고, 그런 휘황한 지물과 맞닥뜨리는 봉변도 미처 예상을 못 해서 무심코 튀어나온 말이었을 테지만, 그녀가 "아이, 나도 몰라, 누군들 지 마음을 제대로 알겠어"라고 지껄이고 나서 차를 꺾었다. 차가 잠시 출렁이자 그 틈을 이용하겠다는 듯이 그녀는 "우리도 좀 쉬었다 가요. 속으로 미쳤냐 그러든 말든 괜찮다고 그래요"라면서 시선을 꼿꼿하게 앞쪽에다 못박고 있으면서도 한쪽 손으로 그의 손을 찾아 잡았다.

체질이 따라주어서, 또한 친분 챙기기와 업무 밀어붙이기 과정에서 당연히 따르는 풍속 차원의 준강제적 과외 업무인 빈번한 술자리 지키기가 그에게 술 마시기에 이골이 나도록 만들긴 했으나, 그는 바람피우기만은 적극적으로 피해왔다. 여러 본능 중의 하나일 뿐인 그것에의 몰입은 생활 세계의 재미난 한 단면이긴 해도 분명히 과장되어 있다는 그의 생각에는 자신의 모친 기피가 절대적으로 영향을 끼친 셈이었다. 어떻든 그동안 여러 번의 집요한 유혹을 술집 접대부는 말할 것도 없고 심지어는 어엿한 여염집 부녀자들로부터도 받긴 했지만, 그는 단호하게 물리쳐왔으며, 의외로 그 퇴치법은 간단해서 회식 자리가 파하자마자 서둘러 택시 잡기에 이어 곧장 귀가하기, 우리 사회 곳곳에 뿌리 깊이 드리워진 온정주의를 적극적으로 밀어내는 방편으로서의 정색하기와 표준어 쓰기, 요컨대 그 수고와 비용이 상대적으로 훨씬 덜 먹히는 넥타이 차림에 정장 갖추기 같은 생활 습관에 자신의 의식과 처신을 (가능한 한) 비끄러매는 것이었다. 딱딱하다기보다 기계처럼 뻣뻣하기 이를 데 없는 그런 규범적, 탈세속적 사회생활의 강제야말로 '송이 마담'의 그 헤픈 속정이 불러들인 뭇 남자와의 통정에 대한 반발이겠는데, 그의 모친으로부터 '저 매정한 인간, 내가 지한테 머슬 안 해줬다고, 에미로서 할만치 했건만 배은망덕한 놈'이라고 욕먹는 관건이기도 했다.

역시 갑작스럽게도 좀 흉물스러운, 그 시커먼 색깔만으로도 피댓줄 같은 합성수지제품이 아닐까 싶은 주렴벽이 앞을 가로막았고, 승용차가 그 치렁치렁한 아랫도리를 기세 좋게 찢어버리며 안으로 차 대가리를 들이밀었다. 우멍한 공터가 꽤 넓었고, 대여섯 대의 미끈한 승용차들이 꽤꽝스럽다는 듯이 이방의 한 멀쑥한 탈것을 노려보자 차 주인이 호들갑스럽게 혼잣말을 중덜거렸다. "아, 몰라, 머야, 이게"에 뒤이어 화살표 표시등을 손짓하며 "저리로 가라나 봐, 망할 것들, 다 외지 차들이야, 좀 앞장서 봐요." 그에게 그런 허튼소리를 흩뿌릴 비윗살이 없었던 것은 난생처음 겪을 외간 여자와의 통정에 적잖이 쫄아 있었기 때문이었을 것이다. 소돔성이 옛날에, 다른 곳에만 있는 게 아니었다. 그런 성들을 찾아다니는 사람들은 대개 다 그렇지 않나 싶게도 두 사람은 무언가에 쫓기고 있었다. 그는 자신의 시야에 미치는 모든 대상 일체가 낯설어서 사진을 찍듯이 그것들을 퍼뜩퍼뜩 눈에 쓸어 담고 있었지만, 촬영 행위가 그렇듯이 피사체들은 후딱후딱 지나갔다. 당연하게도 그의 의식은 무풍지대처럼 일시적으로 무감각 상태에 빠졌다. 그와 그녀는 로봇처럼 어딘가로 주춤주춤 떠밀려갔다.

"엘리베이터도 있나 봐. 한참 멍청해지네.—그러게, 못 말려."

미로는 끝이 없는 게 아니라 끝이 있어야 미로이지 싶었다. 하마나하마나하고 벼르기만 하다가 어느 순간 털썩 떨어지고 나서야 잠잠해져 버리는 눈 맞은 삭정이처럼 그녀와 그는 그 만만한 맨살 비비대기와 요부(凹部)에다 신근를 깊숙히 집어넣기와 구덩이 속 여기저기를 마구 문대는 그 상투적 성행위를 후딱 치렀다. 여자쪽은 어떤지 알 수 없었으나, 그로서는 차갑고, 딱딱하고, 마뜩잖고, 축축하고, 꺼림칙하고, 끈적거리는 그런 것이었다.

"별거 아니다, 그치?—그런가 봐.—너무 심했다, 응? 우리 나이에. 벌써 쉰이야. 허무하게도. 이게 머야? 수북하든지 아예 없든지 해야지 가슴 털이 헤아릴 수 있을 정도로 났네. 좀 우스워. 무슨 말이든 좀 해봐. 나든 남이든 마구 욕을 해줬으면 꼭 좋겠어. 처음은 아니지?—머가?—이런 데 온 거 말이야, 머긴 머야.—믿거나 말거난데 모든 게 처음이야. 이런 데 온 것도, 남의 여자와 나란히 누워 맨살을 부비고 문질러 본 것도.—정말? 나도 그래. 왠지 안심이 되고 기분이 괜찮아. 자기가 처음이라니까. 내 마음에 꼭 드는 옷이나 살림 도구를 산 기분이야. 자기는 어때?—모르겠어. 머리가 복잡해.—심각하지 말어, 고민할 게 머 있어, 응?—앞으로 우리 사이가 이런 짓거리를 상습적으로 탐하면 안 좋을 것 같애. 칙칙하고 지저분해지면 곤란하잖아.—그

건 그래. 장담은 못 하지만. 우리 나이에 사랑 같은 것은 어설프고 안 어울리고 유치할 테니까.―(간발의 차이를 두고 휴대전화기 두 개가 연이어 울어댔다. 그의 것이 먼저였음은 팔걸이에 당초 무늬를 두툼하게 새겨놓은 발치께의 나무 의자 등받이 위에 아무렇게나 벗어놓은 양복 상의 속의 그 음색이 다소 크게 들려서였고, 그 맞은 편 의자의 녹색 비로드 시트 위에 놓인 그녀의 것은 유독 반질거리는 검은 핸드백 속에서 좀 여리게 울려서였다.)―받지 마. 나도 안 받을 거야.―집 사람 전화야. 몇시쯤 귀가할 거냐고 묻는.―너무 규칙적이야. 고전적인 거 같기도 하고.―따분하지 머. 세상살이란 게 어차피 따분한 거니까 그냥저냥 겸손하게 무료감을 잘 받들어가며 살면 덜렁이 소리는 안 듣지 싶어. 우리 사이가 소문이나 안 났으면 좋겠어.―내가 머 어린앤가. 김 변호사를 의식하며 하는 소리 같애, 그렇지? 걱정하지 마. 얼마 남지도 않았네. 내년 3월에는 어디로 전근가?―모르지 머. 인사 담당자한테 집엣밥 먹게 해달라고 털어놓을 참이야. 누구 때문에 영업실적이 너무 좋아서 가능할 거야. 명퇴도 얼마 남지 않았으니까.―퇴직하면 뭘 하려고?―할 일? 많다면 많고 없다면 없어. 하루 용돈으로 5천원씩만 쓰며 싫증이 날 때까지 백과사전이나 열심히 읽으려고 해. 짜장면 한 그릇에 2천5백원이거든. 나머지는 모아서 아구찜에 소주도 한잔씩 걸치면서. 점심까지 집에서 얻어 먹으면 모양이 사납고 좀 썰렁하잖아.―백과사전이 재밌어?―무궁무진해. 교양이라는 말은 다들 너무 함부로 써서 무슨 소린지 모르겠고, 그 대신에 백과사전 같은 걸 읽으면서 소양을 길렀으면 좋을 텐데, 우리는 그게 부족해서 못 배운 것들처럼 천박한 것 같애. 돈독이 올라서 그래. 돈에 갈급증만 안 내면 누구라도 번듯하고 멀쩡하거든. 먹고살 만하니 오히려 비굴해지고 헐렁이들이 되고 말았어. 백과사전 앞에서 좀 공손해지면 무지렁이 소리는 안 들을 텐데. 물론 나 혼자 생각이 그렇다는 소리지.—그래도 돈이야 다다익선이고 누군들 그 앞에서 안 빌빌거릴 수야 있나 머.—그건 그래. 돈은 인간과 달리 정직하니까. 당장 돈 쓸 데가 연방 꼬리를 물고 나서는 데야 누구라도 용빼는 재주가 있을 리 만무지. 그래도 씀씀이를 최대한으로 줄이고 의젓하게 살면 그뿐이야.—알 듯 말 듯 하네. 팔 아파? 저쪽 팔로 바꿔 벨까?—괜찮아. 곧 나서야지. 낮인지 밤인지도 모르겠어.—진짜 그렇네, 밀실은 밀실이다, 응?—너무 조촐하잖아. 생활이 없고.—우리도 입만 발랑 까져서 사람 같잖고, 그치?—그런가 봐."

그녀가 한발 앞서 나가기로 하고 채비를 서둘렀다. 그는 넥타이 매듭을 만지작거리며 방 안을 두릿두릿 살폈다. 핸드백을 열어보던 그녀가 "여깄었네. 제정신이 아니야. 아까 화장실에서 챙겨놓고선 이렇다니까"라며 새알심만한 진주 귀고리를 찾아내 귀에 걸었다. 그녀가 "화장실도 한번 둘러봐 줘. 흔적을 남기면 그렇잖아"라고 했고, 그는 "없었어, 장담해. 몇 번이나 훑어봤으니까"라고 받았다. 허리와 엉덩이를 뒤채며 그녀는 스커트 자락을 바뤄놓았다. 그녀가 단호히 문쪽으로 걸어나가다 돌아섰고, "한번 안아줘 봐, 힘껏, 응?"이라고 무슨 마침표 같은 동작을 채근했다.

13

생활환경이나 생활 조건이 불가피한 우연과 만부득이한 필연을 긴는데 이바지하는지도 몰랐다. 그가 오랜 세월에 걸쳐 막심한 객고를 이겨내는 한 방편으로 가려온 심심풀이 화두는 홍인종, 곧 아메리카 인디언의 모듬살이였다. 일부다처제가 기껍게 이루어지고 있었다는 그들의 그 좀 서러운 외양, 강인한 체구, 꼿꼿한 눈길, 말도 없이 억센 매부리코 등은 그의 독수공방을 지키는 자리끼 같은 것이었다.

휘영청 밝은 초저녁 보름달이 베란다 너머로 만져질 듯이 떠 있을 때, 백과사전 읽기에 지쳤을 때, 산마루에 걸려 있는 새벽 그믐달이 느릿하니 사위어갈 때, 그는 어김없이 얼굴 붉은 그 인종을 떠올렸다. 그 연원을 분석해 들어가면 어떤 필연성 내지는 개연성이 불거질 테지만, 그것까지 따지기는 귀찮았다. 그가 떠올릴 수 있는 다처의 범위는 네 사람이 최대치였고, 그들은 각각 성격이나 외모에 나름의 특징이 있었다. 왜 하필 네 명으로 한정하는지 묻는다면 사람에게는 사지가 있고, 방위도 동서남북이 위아래, 좌우를 가리고, 세모는 불안하지만 네모는 안정감이 있을뿐더러 오각형은 수선스럽다고 둘러댈 수도 있었다. 더 이상의 설명은 번거롭기도 하려니와 전적으로 우연에 기대고 있는 그의 태생만큼이나, 서둘러 갈아댄 그의 모친의 서방짜리 숫자만큼이나 어떤 설득력이 부족하지 싶었다. 그 육질이 워낙 연해서 고깃맛이 일품이라는 버펄로 떼를 따라가며 살아가는 그들은 유목민족도, 그렇다고 농경민족으로서의 정착 생활도 하지 않았다. 옥수수가 그들의 주식이긴 했으나 그 곡식은 어디서나 재배할 수 있었고, 양식치고는 간수가 그렇게 단출할 수 없는, 입맛 사치를 원천적으로 밀막고 있는 알곡이었다. 줄줄이 또 촘촘히 늘어서 있는 강냉이 낱알을 한 알씩 입속에다 털어 넣으며 한겨울의 달 바라기로 시름없을 때야말로 인생살이의 고진감래와 흥진비래를 제대로 음미하는 기회일 것이었다. 그들의 거칠어빠진 생활환경, 대범한 생활 태도, 단출한 생활양식만으로도 그들은 어떤 문명의 분류기준이나 그런 분별을 철두철미 거부하고 있다. 필요할 때마다 꼭 한 마리씩만 잡아먹고 남은 가죽으로 지은 원추형 천막인 티피 속의 삶은 비록 스산할망정 자질구레한 여러 생활방식에의 집착을 애초부터 도외시하는 탈속성을 지닌다. 그 좀 추상화된 특유의 생활문화가 대단히 야만적이고 이악스런 다른 문명의 내침으로 무지막지하게 짓밟힘으로써 제 종족 자체의 늦어빠진 도태가 아니라 갑작스럽고 완벽한 멸망을 스스로 재촉한 그 불굴의 초월성도 기릴 만하다. 그런 사멸이야말로 인간으로서 패배를 거부하는, 항복을 부인하는 장한 위엄이다. 황금의 곳간 엘도라도를 자기들 조상 전래의 대지에 쓸어안고 있으면서도 무심하게 내버려 두었던 그들의 경제관, 자연관은 돈을 손에 거머쥐고 굶어 죽은 꿋꿋하고 엄격한 기상의 현시가 아니고 무엇인가. 이제 지구 문명에서는 그런 장엄한 일대 서사시가 영원히 사라지고 말았으며, 그 대신에 구질구질하고 너절한 잡문 같은 억지 삶이 휴머니즘, 모더니즘이란 수다스러운 분식 아래 과보호를 받고 있지 않은가. 세상은 실로 너더분해지고 만 것이다.

그의 객수는 언제라도 끝이 없었고, 그러므로 다채롭게 이어졌다. 실제로 얼굴색이 붉기도 하려니와 그 양반의 언행 일체가 좀 뻔뻔스런 어릿광대 같대서 제 남편을 홍인종이라는 이칭으로 불러 버릇한 그녀를 알기 훨씬 전부터 그의 그런 객수의 짝이 배필보다 더 만만하게, 더 싱싱하게 잠자리를 같이 해왔으므로 두쪽은, 곧 성희(性戲)라는 기준치로 따질 때 새로운 종족으로 떠오르는 상습적인 혼외정사족과 처절하게 절멸해버린 그 좀 특이한 종족은 어떤 유비의 대상이 아니었다. 오늘날 누구나 손쉽게 해치워버리는 어른들의 저지레, 곧 불륜의 몸 섞기를 그도 꼭 한 번 치러봤으므로 홍인종처럼 멸족할 운명에서는 비켜나 버렸는지도 몰랐다.

우연이라면 우연이고 필연이라면 필연인 박 지점장과 양 여사의 돌출행태 및 그 인간적인 관계 맺기에는 돈이라는 매개물이 끼어 있어서 좀 불온한 것이었다. 돈은 강냉이와는 전적으로 달라서 그것 자체로서는 아무런 의미도 없고, 어떤 종류의 매개 역할을 제대로 수행할 때만 제 기능을 발휘함으로써 더러 인륜에 패악을 부리는, 그것의 거래에 신용과 크기의 정도만 따라다니는 반면교사이다.

그는 그녀의 이칭으로 '심했다'를 사용(私用)하기로 했다. 그녀와의 대면 기회가 생길 때마다 양복 상의 안주머니에 상비하는 기다란 잡책에 '심했다—점심'이라든지, '심했다—저녁 식사 후 드라이브, 달바라기의 묘미 운운, 무탈, 숙소 앞에서 왈, 달맞이꽃이 심심하거들랑 전화줘, 응? 졸병처럼 발이 안 보이게 달려올 테니까. 무슨 말인지 알지? 차에 발이 달렸나 머, 타이어가 달렸지' 같은 암호를 일일이 기록했다.

명예퇴직 대상자의 범위와 그 시한은 좀 느슨해졌지만, 다음 근무지는 당사자가 원하는 대로 위의 결재가 났으며, 앞으로는 '연고지 및 향토 근무제'를 내규로 정해서 거기서의 활발한 영업활동을 최소한 5년간씩 보장한다는 본점 인사부의 통보를 그가 오전에 전화로 받았던 날이었다. 따분할망정 관행을 좇아야 마음자리가 편한 백성답게 그날 점심 식사 후에도 그는 무대소를 주물럭거리다가 다디단 오수에 빠져 들었다. 전화기가 울려서 화들짝 일어나니 제풀에 무대소가 책상다리 아래로 굴러떨어졌다. '심했다' 로부터 걸려온 전화였다. 한쪽은 여러 의미의 여유를 과시하듯 농담 반 진담 반의 말을, 다른 쪽은 출신의 비화가 어지럽고 생업마저 그래서 쭈뼛쭈뼛하는 대꾸를 주거니 받거니하다 잠시 대면하자는데 합의했다. '심했다' 가 약속장소를 일방적으로 정했다. 그의 근무지에서 전철을 타고 네 정거장째 내려서 수정산(水晶山)으로 올라가는 한길을 3백 미터쯤만 걸어오면 그 부근에는 그것밖에 없는 우뚝한 오피스텔이 나오는데, 거기 809호로 노크 없이 들어오라고 했다. 뭔가 찜찜했으나 여러 말을 줄였고, 앞으로도 쓸데없는 말들로 우연과 필연의 착종 및 그 연쇄를 예방하기 위해서라도 꼭 한 번쯤은 더 만나야 했고, 두 번째로 성인 남녀간의 그짓까지 해야 한다면 어쩔 수 없다는 단안을 내렸다. 이미 겨울옷도 집으로 옮겨다 놓았으니 백과사전 한 권만 들고 신임지로 떠나버리면 그만이었고, 그녀와의 소위 '애정 없는 정열로서의 화간(和姦)' 으로 말미암아 자신의 모친과 그 창피스런 생업에 대한 열등감이 다소 묽어진다 해도 양해할 수밖에 없다는 속수무책의 체념까지 곁들였다. 그 오피스텔은 물론 '심했다' 의 숨겨둔 부동산으로 이태 전까지는 그녀의 둘째애에게 첼로를 교습시키던 과외 수업장이었다가 이제는 병원 운영의 일익을 도맡고 있는 친정쪽 질녀가 자취생활을 하는 곳이었다.

무탈로 끝났고, 서로가 어떤 정점임을 또록또록 의식했던 거기서의 두 번째 통정이 사달 났던 때는 그가 새 임지에서 제법 생기를 찾아가던, 그러나 이사다 혼사(婚事)다로 공사가 어수선하기 짝이 없던 그해 4

월 중순이었다. 곧 '심했다'가 어느 날 오후 느지막이 전화를 걸어와 대뜸 간밤에 술을 마셨느냐고 물었다. 그는 업무상 과음할 수밖에 없었다고 이실직고했다.

"좀 이상해. 전화로 날 찾진 않았지?―내가?―술김에 혹시 헛소리를 했냐고?―무슨 소리야? 무슨 일이 있었어?―글쎄, 헷갈려 미치겠어. 지난 주일에도 한 번 그러더니만 웬 놈이 어젯밤 여덟시쯤 당번이라 원장실에서 대기하는 홍인종을 찾아서 당신 마누라 행실부터 단속하라 어쩌라고 주정을 부렸다는 거야. 홍인종이 한 번만 더 그 전화가 걸려오면 녹음을 해서 추적하겠대. 알다시피 내 행실이야 자기와 그게 처음이자 마지막이고, 그것밖에 없잖아.―설마하니 내가 그런 전화를 할까, 잘 알 테지만.―그러게 말이야.―어디서 탄로가 났는지 그것부터 추적하는 게 빠르지 싶네 머.―탄로? 탄로가 왜 나? 감쪽같았는데. 나야 딱 잡아뗐지. 웬 미친놈이 악질적으로 모함하는 수작 같다고. 전화국에 연락해서 발신자를 발겨내자고 펄펄 뛰었지만, 홍인종은 긴가민가한가 봐. 부쩍 의심하는 낌새가 역력하거든. 자기 귀로 똑똑히 들었는데 웬 변명에 사설이 많냐고 정수리까지 시뻘겋게 달아올라 을러대면서. 나 참 기가 막혀서.―정말 귀신이 곡할 소리네.―그러게. 이게 무슨 횡액에 봉변이야. 창피하게.―어쨌든 난 아니야.―혹시라도 자기한테까지 무슨 투서질 같은 게 들어가서 불이익을 당하지 않을까 싶고, 오만 방정맞은 잡생각이 다 든다니까.―(그때서야 좀 섬뜩한 기분이 들었으나 그는, 알았어, 내가 처리할게, 자기도 끝까지 딱 잡아떼기야, 무슨 말인지 알지 라는 말을 듣자 이내 통화가 끊어졌다.)"

그것은 수수께끼였다. 우선 그런 '근거 많은' 중상모략의 전화질이 실제로 있었다면 그 작자가 누구였을까 하는 의문부터 떠오른다. 그러나 그 작자는 익명이어서 더 이상 신분이 드러날 수 없게 되어 있다. 그런 전화질이 없었는데도 홍인종이 선의의 위계극으로, 그러니까 순수한 창작품으로 그 사달을 만들었다면 자신의 한때의 불륜 행각을 때늦게나마 후회하는 의미에서, 또 자기 집사람의 탈선 행각을 사전에 예방하려는 차원에서 일침을 놓은 셈이 된다. 그것은 인체의 어둡고 어마어마한 구석구석에 뿌리내리고 있는 성적 욕구를 잠재우는 데는 이렇다 할 약효가 전혀 없을지 몰라도 정신적인 간음의 제어 기제로서는 충분히 유효한 위약(僞藥)일 수 있다. 한편으로 그 조제약을 '심했다'가 손수 만들었다면 수수께끼는 의외로 쉽게 풀린다. 반드시 불륜 행각의 재연을 꿈꾸고 있는 것은 아닐지라도 한때의 사련(邪戀)이 덧없이 사위어가는 데 대한 미련 많은 원망의 토로일 수는 있지 않을까. 왜 벌써 자기를 깡그리 잊어버리고, 전화조차 하지 않느냐는 '심했다'의 투정이 그런 조제약을 지어낼 지경에 이른 것이다. 그녀의 좀 기고만장한 자존심과 구김살 없는 여유를 되돌아보더라도 그 정도의 창작력과 실행력쯤이야 손쉽게 발휘할 수 있었을 것임은 틀림없다.

세상살이와 인생살이의 반영일 터이므로 소설에서도 우연과 필연은 작가의 임의대로 막강한 권력을 휘둘러, 군데군데가 조잡한 채로나마 가공 내지는 조작되어 소위 그 개연성이란 것을 새기지 않을까 싶었다. 그의 아내 한씨가 그해 2월 말부로 27년간의 교편생활을 마감하고 본격적으로 소설 창작에 달려들겠다고 했을 때, 그의 뇌리에 선연히 떠올랐던 한 상이 '심했다'였음은 여러 정황상 지극히 자연스러웠다. 한씨가 앞으로 한동안 절차탁마하려는 그 입지가 우연이 아니었듯이 그와 돈으로 맺어졌던 '심했다'와의 불륜관계도 그랬다. 두 여자는 물론 닮은꼴이었다. 지긋한 연배로나 난숙한 유부녀로서나. 심지어는 자질구레한 가사와 여러 종류의 씀씀이의 구속으로부터 웬만큼 자유로워졌다는 자격으로서도 그랬지만, 어떤 실존감을 당당히 누리려는 적극적인, 아니 발악적인 행태를 소신껏 떨치고 보자는 배짱에서도 그랬다. 당연하게도 그런 행태 일체는 무작스러운 것이었다. 특히나 한씨의 경우는 그녀의 배필이 오랜 세월에 걸쳐 곱다시 감수해야 했던 숱한 객고, 그 다채로운 객수 일체와 어슷비슷할 수밖에 없는 자신의 그것을 어떤 식으로든 주물화(鑄物化)할 것인데, 그 기록이 '심했다'의 여러 비명, 행태, 위장의 재연임은 말할 나위도 없었다. 물론 그 작업에는 비록 세련되어 있기는 할망정 근본적으로는 눈속임에 그치고 말 다양한 장치로서의 기법이나 기교 따위가 과장스러운 언어의 씨줄과 날줄에 힘입어 득의의 줄무늬를 짜낼 테지만, 그 수준은 '심했다'가 깔밋하게 만들어 그에게 하소연한 그 모함 전화질의 그것을 벗어날 수 없을 것이었다. 두쪽의 그런 수준을 참작하더라도 이렇다 할 문자로서의 기록을 남기지 않고 이 수선스러운 지구상에서 장렬하게 사라져간 홍인종은 어딘가 서슬 시퍼런 기상이 늠름하다. 그런 기상을 떠올릴 수밖에 없는 경우가 그에게 이따금 제발로 닥쳐왔다. 예컨대 한씨가 청주 세안을 정성스레 하고 난 후, 길가 쪽으로 붙은 딸애 방에서 자겠다고 하면 그것이 신호여서 그도 동침하러 기어들어갈 수밖에 없었는데, 그때마다 은은히 피어오르는 그 곡주 냄새는 옥수수 술에 거나해진 어떤 종족을 떠올리게 했고, 그런 상상은 너무나 만만히 기리고 누렸던 한때의 객수의 반추를 독촉했다. 그때부터 완연히 촉촉해진 한씨의 볼에 그가 자신의 얼굴을 비벼대고는 있어도 두 사람은 이미 오래된 각자의 독수공방에서 누렸던 그 객수의 갈피들 속으로 깊숙이 침잠해가는 셈이었다.

인간의 성 심리의 '검은 대륙'을 줄기차게 탐사하여 그 기원을 유아기에서 찾고, 리비도야말로 모든 인간 행위의 동력원이라고 선언한 서구의 어느 힘 좋은 선동가는 자신의 처제와 한집에서 동거하며 은밀한 내연의 관계를 장기간 지속했다고 하며, 자신의 그런 불륜 행위를 의심, 지적하는 제자나 떨거지들에게 버럭버럭 화를 내며 딱 잡아떼는 위선 행사에 지치는 법이 없었다고 알려져 있다. 물론 그런 위선의 밑바닥에는 일부일처제를 어쩔 수 없이 고수한다기보다도 여러 제재가 그것의 유지를 단속하고 있으므로 마지못해 그 인륜의 제도화에 순응하려는 문명인의 헛된 발버둥질이 깔려 있다. 바로 그런 발악이라는 측면에서 박 지점장에게 숱한 불면의 밤을 강요한 여러 종류의 객수, 결국은 자신의 배필의 그것과 똑같았던 한씨의 정서 일체와 그 조작 행위, '심했다'의 창작물인 모함 전화질로서의 자기 의중 얼비치기 등은 곱다시 겹쳐진다. 요컨대 그것들은 크기만 다를 뿐인 동심원들인 셈이다. 씁쓸한 특유의 청주 냄새를 옴팍 뒤집어쓴 한씨의 옴팡눈에 어리는 어떤 영상은 언제라도 다채롭다. 곧 그녀 자신의 존재감이나 체적감도, 그녀 자신과 맨살을 문지르고 있는 배필의 실체감도 잊어버리는 그 한순간의 섬망에서만큼은 어떤 위선이 없다.

역시 영민한 예의 선동가는 그 점을 지적하기를, 모든 부부의 침대 위에는 언제나 네 사람이 함께 누워 있는데, 두 사람은 두 부부 각자의 머릿속에 들어 있다는 것이다. 유령과 흡사한 그 영상물은 당연히 둘에 그치지 않고 더 많은 복수를 허용하므로 결국 '둘'이란 숫자는 저마다 임의로 불어날 수 있다는 점에서 상징적인 정수(定數)에 불과하다. 부부의 유형이 아무리 각양각색이라 할지라도 이 동상이몽의 행태만은 정확히 공통함수일지도 모른다. 이쯤에서 부부 각자의 머릿속에 그려지는 어느 특정 인물이 어떻게 매번 똑같을 수 있는가 라는 의문은 떠오르고, 선동가 자신의 실제적인 내연관계를 곧이곧대로 털어놓은 것이라면 그의 동상이몽론에서 자신의 머릿속 숫자와 그 상만큼은 위선이 아닌 셈이 된다. 사람은, 가족은, 특히나 부부는 어차피 서로가 서로를 남처럼 멀찍이 밀쳐낸 나머지 각자가 뚝뚝 떨어져서 살아가게 마련이다. 나그네 세상의 나그네 길에는 객수의 휴지가 한 순간도 있을 수 없는 것이다.(498장)

↓

군소리 1– '산록(散錄)'이란 유서 깊은 용어는 이른바 모더니즘/포스트모더니즘 류 소설의 그 비인간성/불연속성을 내발적으로 구축하고 있다. 당연하게도 원고 작성법도 다르고, 문장/문맥/문투도 산만함을 조장한다. 하기야 아무리 '산문(散文)'이라도 무작정 헛소리로 일관할 수는 없다. 글이란 말보다는 조리정연해야 하니까.

군소리 2– '자기 어머니 자랑하기' 글은 읽을수록 듣그럽다. 수다의 수준과 구색을 고루 갖추고 있어서 그럴텐데, 그 통념을 약간이라도 훔치고 치우려는 작의를 좀 서늘하게 드러내기는 참으로 마뜩찮았다. 통념, 통속을 뜯어보고 나서 시비를 열어가기는 꽤 껄끄럽다. 인정이라는 통설을 부정할 수는 없어서.

군소리 3 – 소설은 기술(記述)상 설명, 해설, 논평이 불가피한데, 그 읽는 재미가 지루한다면 만화 같은 통속물을 '보는' 것으로 위안을 삼을 수밖에 없을 것이다. '장르 감각'의 차이는 시비의 대상이 아니니까. 그래도 소설의 '장르 감각'이 그 왕성한 번식력을 과시하는 것과 그 고유성을 지키는 것은 전혀 다른 논란거리이다.

헤매는 천사

1

연단 위에 꼿꼿이 선 석장(席長)이 총중을 너그러운 눈길로 훑어보며, 질의응답이 없으면 이상으로 금년도 첫 전체교수회의를 마칠까 한다고 곱다라니 동의를 구하자, 김 교수는 그때까지 내내 오른쪽 벽면에 높다랗게 걸려 있는 그림을 힐끔힐끔 쳐다보던 시선을 슬그머니 거두었다. 개회 벽두부터 각 부처의 보직교수들이 차례로 연단에 올라가 간략하게 읊조려댄 보고들은 회의장 입구에서 참석자들 앞앞에 돌린 소책자형 유인물에도 적혀 있는 대로, 멀게는 1년 전부터 이미 눈으로도 봐 오고 귀로도 익히 들어온 학교 전반의 요령 좋은 운영 실태였다. 이를테면 그동안 아껴 쓴 교비(校費)로 연래의 숙원 사업인 박물관을 비롯한 몇몇 신축 건물의 건립이 차질 없이 진척되어 준공을 코앞에 두고 있고, 전년도에 이어 올해도 신입생의 등록률과 재학생의 그것이 두루 98퍼센트를 상회했으며, 좀 지루한가 싶자 막간을 이용하여 석장이 나서서 이르기를, 전국 규모의 각종 학술회의 및 유관단체의 회장으로 피선되었거나 연이어 중임하여 대외 봉사로 수고가 많은 본교 재직 교수들이 무려 열여덟 명에 달한다며, 어디선가 주워들은 듯도 싶고, 반드시 있어야 할 것 같기도 한 그 숱한 기관들과 그 중책의 임자들을 일일이 호명해대는, 사감(私感)을 아무리 내물리며 들어도 같잖은 승전보로 우쭐거리는 것 같은 공치사조 과시벽 따위가 그것이었다. 하기야 그런 요식행위가 큼지막한 조직체의 구성원들을 비끄러매는 결속감의 제고에 있다면 굳이 가타부타할 것도 없었다. 그렇긴 해도 찬찬한 항목별 점검을 송두리째 틀어막고 있는 한 자락 관행으로서의 이런 연례행사에 이른바 민주적 절차로서의 난상토의 한두 자락쯤은 반드시 끼워 넣어야 구색을 갖춘 게 아닌가 하는 소견은 불가피하지 싶었고, 그러자면 특정사안에 대한 발언을, 예컨대 주수입원이 등록금일 수밖에 없는 사학(私學)으로서 대외전시용 교사(校舍) 짓기에의 주력이 교직원들의 내실 있는 대우 챙기기보다 과연 더 시급한 것인지, 또 그런 거금의 우선적 안배와 처우 개선의 천연성(遷延性) 소홀이 무슨 근거에 기대고 있는지 등등의 질의를 무제한으로 받아들여야 할 것인데, 참석자들은 하나같이, 그런 피상적인 절차 자체에 내심으로 불평불만이야 없을까만, 흐지부지 끝내버리는 것이 당연하다는 낌새였다.

관행이란, 나아가서 어떤 제도란 끈질기고 편리한 만큼 불가항력적인 위세를 스스로 거느리는 것이었다. 우연이라기보다도 팔자에 씌어 있었든지 늘그막에 분수없이 대학 접장질에 나서서 어언 여섯 번째로 총중의 미미한 일부가 된 김 교수는 매번 그랬듯이 심드렁한 채로나마 조마조마하니 어떤 파격을, 한창나이의 소장파 교수 한둘쯤의 돌출행위를 촘촘히 기대하고 있었건만, 이번에도 예외 없이 어물쩍거리며 넘어갈 모양이라 한편으로는 아쉽다가도 자신의 가당찮은 기대 심리를 진작에 잡아채 버린 터였다.

그 그림은 누구라도 어릴 때부터 미술 교재 따위에서 빤히 봐 온, '이상'과 '현실'을 가리키는 두 사람의 암시적인 손짓을 주목하라는 진부한 해설조차 귀에 익은 라파엘로의 '아테네 학당'을 그대로 베낀 모사화였다. 그런데 좀 지나치게 밝은 듯한 그 채색도 그렇고, 원근법이 저절로 드러나는 네 개 이상의 궁륭을 무슨 후광처럼 천장에 두르고 짱짱한 설(說)을 풀어대며 걸어 나오는 중심인물, 곧 플라톤과 아리스토텔레스의 걸음걸이가 그 주위에 널브러져 있는 숱한 학자들의 남루한 행색과 걸맞은 그 다양한 자태에 비해 오히려 무딜 뿐만 아니라 하늘과 땅을 지적하는 예의 두 노장(老壯)의 손동작에도 어딘가 역동감이 빠져 있다는 감상을 지울 수 없게 만들었다. 채색 정도야 프레스코 벽화로서의 원화가 그렇다니까 수긍할 수밖에 없겠으나, 그 축소비율도 세로 길이보다 가로 폭을 좀더 줄인 게 아닌가 싶었다. 김 교수의 먼눈 보매로는 무슨 걸개그림 같은 구도가 앉은자리만큼은 제대로 골랐네 라는 것이었지만, 공들여 베낀 대작에 막말이 심했나 싶어 아직은 그런대로 쓸 만한 한눈 팔기로 찬찬히 뜯어보니 그 근사한 모사력에도 불구하고 왠지 조잡하달까, 다소 품위가 떨어져 보인달까 하는 감상이 점점 더 여실해졌다. 미대 서양화과 소속의 이모 교수는 대상물을 그대로 베끼는 데는, 그래서 초상화가 아니라 인물화를 실물과 유사하게 잘 그리기로 이름을 떨치고 있는 중견 화백이므로 재료비보다는 화료를 학교 당국으로부터 웬만큼 받아내지 않았을까 하는 추측도 김 교수의 뇌리에서 쉬 떨어지지 않았다.

작품 구도에 따라 다르긴 해도 벽화는 대체로 세로 길이에 비해 가로 폭이 다소 길 수밖에 없다. 사람의 두 눈이 아래위로 달려 있지 않으므로 풍경화도 대개는 그렇게 되고 만다. 천장까지의 높이는 한정되어 있으나 벽면의 가로 넓이는 건물의 내부 구조에 부응해서 얼마든지 길어지게 마련이어서 그렇기도 하다. 주문에 따른 모사인만큼 가로와 세로의 축소비율을 아무렇게나 재단했을 리는 만무하다. 벽에다 직접 그린 것이 아니라 액자 속에 쓸어 담아 놓아서, 또 유화여서 군상화(群像畵) 특유의 동세(動勢)가 제풀에 줄어버린 것인지도 모른다.

원화와 달리 비록 틀 속에 갇혀 있는 모사화일망정 도판으로 보는 것보다야 그 감흥이 월등해서 자꾸만 그쪽으로 쏠리는 눈길을 어쩌지 못하고 있던 차에 김 교수는 문득 어떤 의미 계시 같은 감정에 휘둘려 곧장 머리를 주억거렸다. 그때는 마침 앞단추가 두 줄로 달린, 옷자락이 널찍하니 포개지는 이른바 더블 브레스티드라는 멋쟁이 신사복 상의가 연만해서인지 언제라도 어울리는, 그래서 나치의 총통이 그 카리스마를 조장하느라고 자주 걸친 옷거리부터 떠올리게 하는 석장께서 예의 그 교외(校外) 부직으로 분망한 활동가 교수들의 교내 소속 단과대학명과 학과명의 소개에 이어 함자 아래 꼬박꼬박 '선생님'을 붙여대는 호명식이 벌어지고 있던 판이었다.

근엄해야 할 캠퍼스 속인데도 야단스럽기는 사람의 언행이나 건물의 구조나 마찬가지였다. 그것은 방음장치라기보다는 일종의 벽면 장식용으로 붙박아둔, 피라미드형의 뾰족한 뿔들이 사방으로 툭툭 불거져 나온 두 줄의 기다란 부조물(浮彫物)이었다. 그 무질서한 모서리 직선들과 세모꼴의 단정한 면들이 빚어내는 돌출감은 8백 명 남짓을 수용할 수 있다는 천장 높은 중강당의 심심한 벽면에다 덧댄 장식물로는 제법 이채로운 것이었다. 자연스럽게도 조명을 받는 각도가 다르므로 돌출물의 면과 선들은 그 음영의 짙고 옅은 정도에서도 제각각이었다. 그래서 모사화 액자는 그 두 줄의 돌출물 골짜기에 폭 파묻혀 간신히 숨을 쉬고 있는 형국이었다. 모래와 흙이 켜켜이 더께 앉은 사암의 틈바구니에서 아무리 현란한 색깔로 제 목청을 돋우어도 그 공명이야 보잘것없기도 할 터이다.

오늘날 이 땅의 '아테네 학당'은 어떤가. 그 속에서 보무당당한 보행권을 누리는 접장들이나 가끔씩 떼 지어 웅성거리다가도 제 전공의 벽장 속에서 잔뜩 웅크리고 지내는 먹물바치들의 위상도 꼭 저 베낀 그림의 힘없는 운동감을 재현하고 있지 않나. 물론 그들의 처신마저 저 사암의 드센 면면들처럼 온 사방에서 옥죄어오는 여러 압력성 간섭 때문에 무풍지대인 벽장 속에서조차도 운신이 부자유스럽다. 모사화의 저 어정쩡한 제자리 지키기는 분명히 고역이다. 그것이 사회적인 것이든, 아니면 개인적인 것이든 어떤 해소의 길을 못 찾을 경우는 비극이거나 절망이라고 해도 과언은 아니다.

비약이 심하달 것도 없이 김 교수의 그림 읽기는 대충 그쯤에서 끝이 났다. 화첩을 덮어버리자 김 교수 주위의 길벌레들이 엉거주춤하니 일어섰고, 더러는 밀폐공간에 부득불 갇혀 있다가 풀려난 날벌레처럼 캠퍼스 안팎을 자발없이 휘젓고 돌아다닐 채비로 부산했다. 개회 선언 때 성원이 재직 교원의 72퍼센트에 이르렀다고 했으므로, 또 회의 진행을 두량하는 직원들도 곳곳에 무슨 호위군사처럼 붙박혀 있었으므로 실내에는 빈자리가 보이지 않았다.

벽 없는 지붕을 테라스처럼 기다랗게 달아낸 건물 입구가 이내 빼곡해졌다. 떠밀려서라도 건물 밖으로 성큼 나서야 하건만, 분말처럼 고운 입자가 자욱하니 엉겨서 시계를 부옇게 가리고 있었다. 손바닥에 내려앉는 물기를 보더라도 농무라기보다는 는개에 가까웠다. 연일 푹하더니만 계절의 끝물에 그예 궂은 날씨로, 개강 밑이라 이래저래 초조해진 한 대학 접장의 심사를 더욱 어수선하게 만들었다.

우산을 펼쳐 든 동료들이 사방으로 점점이 흩어졌다. 속눈썹에 올라붙는 이슬로 시야가 흐려졌으나, 김 교수는 개의치 않고 침엽이 짙은 히말라야시더 가로수 길을 느직느직 걸었다. 대형 주차장을 끼고 걷다가 오른쪽으로 꺾어지면 노천강당의 무대 뒷덜미를 휘감아 돌아가는 길목이 나오고, 그 언덕길을 한참 올라가면 김 교수가 낮 동안 틀어박혀 지내는 붉은 벽돌 건물의 등짝에 붙은 출입문이 나왔다. 예정대로라면 한 학기에 두어 번꼴로 지아비의 만부득이한 홀아비살림을 건사해주는 아내가 서울서 내려와 있을 터였다. 학교에서 지척 거리에 있는 그 숙소로 아내의 도착 여부를 알아보기 위해 전화를 걸어야 해서 김 교수는 갑자기 무엇에 쫓기는 사람처럼 종종걸음을 떼놓기 시작했다. 전체교수회의가 오후 두시에 열렸는데 벌써 3시 40분이었다.

물기가 방울져서 이마를 타고 흘러내리는가 싶은데, 등 뒤에서 누가 김 교수를 불러세웠다.

"겨울방학 동안에도 서울에 안 올라가시고 여기서 쭈욱 계셨나 봅니다?"

영문과에 재직하고 있는 동연배의 지 교수였다. 김 교수의 눈대중으로는 항상 무슨 일인가를 하고 있다는 과시벽을 특정인은 물론이고 여러 사람에게 드러내 버릇하는 위인을 당번병 같은 인물이라고 치부하는데, 책장이 가로막혀 있어서 좁다란 출입통로만 간신히 내놓은 지 교수의 연구실 문짝은 사시장철 활짝 열려 있었다.

"예, 그냥저냥 여기서, 연구실에서 죽치고 지냈습니다. 서울 집에 올라가 봐야 내 방도 없고 손님처럼 앉을 자리도 마땅찮아서요."

막상 이쪽의 동정 따위는 관심도 없다는 듯이 지 교수는 다짜고짜로 물었다.

"혹시 지난 학기나 이번 방학 중에 우리 과 심 선생과 연락이 있었습니까?"

뜬금없는 물음이기도 하려니와 뭔가를 따져보려는 기세였다.

"그 친구는 안식년 받아 지금 미국에 있잖습니까?"

김 교수가 의아한 눈길로 다음 말을 잇대려 했을 때, 그의 왼쪽으로 영문과의 또 다른 교수짜리가 보조를 맞춰 다가섰다. 그는 송 교수로 김 교수보다는 열다섯 살 안팎의 연하인데, 언제라도 목에 힘이 빳빳이 들어가 있어서 경호원형 인물인가 하면, 1년에 몇 차례 있게 마련인 단과대학별 전체교수 회식 자리 같은 데서 다른 사립대학들에 비해 본교의 봉급 수령액이 상대적으로 적다고 여러 수치를 들먹이며 소곤소곤 투정을 일삼는 통에 기생(妓生)형 인물의 혐의까지 받는 위인이었다.

"이제 안식년도 대충 끝난 셈인데, 아직 연락이 없어서요. 이메일을 띄워도 받았다는 기별도 없고요." 뒤이어 지 교수는 현대영어희곡 전공자인 송 교수에게 재우쳤다. "심 선생이 이번 봄학기에 다섯 과목 맡기로 돼 있지요?"

"그렇습니다. 밤무대 두 과목까지 합쳐서요."

'밤무대'란 야간강의를 뜻하는 변말임을 김 교수도 모르지는 않았으나, 소속학과의 특성상 자신이 올빼미 면학도들에게 강의한 적은 없어서 귀 밖으로 흘려들었다.

"기다려 볼 수밖에 없겠네요. 워낙 동에 뻔쩍 서에 뻔쩍하는 친구라 지금쯤 구름 속을 날고 있는지도 모르지요. 그거야 어쨌든 내일이 윤달 마지막 날에다 모레가 3월 1일 공휴일이니 화요일까지는 혁명에 반혁명이 뒤따라도 충분한 시간이 남아 있으니까…"

엉뚱하게도 송 교수의 오사바사한 지청구가 슬그머니 끼어들었다.

"전체교수회의를 황금 같은 토요일 오후에 개최한다는 것도, 아무리 관행이라 해도 문제가 있어요."

"공사로 워낙 바쁘신 모양이지요?"

김 교수의 의례적인 물음에 송 교수는 미리 갈무리해둔 듯한 즉답을 내놓았는데, 그 본의를 좀더 확대, 적용해서 공개적으로 까발렸더라면 좋을 성싶은 화제였다.

"바쁘기로 들면 한이 없지만, 학교 본부의 일방통행식 요식행위로 추인을 받겠답시고 아무렇게나 날짜를 잡는 것부터가 강압적인, 다소 몰지각한 행태일 수 있다는 거지요."

"월급쟁이인데 별수 없잖습니까."

이쪽저쪽을 굽어살피는 식의 섬세한 배려가 아쉽다는 투정으로써 백 번 지당한 지적이긴 했으나, 한편으로는 무슨 건이든 시비를 따져야 직성이 풀리고, 심지어는 제 주장만이 옳세 라며 남의 말을 전적으로 무시하는 세태에는 내심 '무지막지한 것들'이라며 돌아앉아 버릇하는 김 교수는 울컥거리는 성을 억지로 삭였다.

송 교수는 애먼 자리에서의 성토인 줄도 모르는지 남의 기분 헤아리기도 안중에 없었다.

"월급을 주는 주체는 총장이 아니라 교육 시스템인데요. 아무리 사학이래도 제도를 방정하게 꾸려갈 의무는 마땅히 지켜야지요."

별것도 아닌 사안에도 말발을 곧추세우며 잘난 척하는 작태도 한심한 일종의 풍조라고 여기니만큼 김 교수는 철부지 어르듯 씨부렁거렸다.

"어쩌겠습니까. 의식이 족해도 점점 더 무례해지는 야만의 세상에서 고분고분하지 않으면 제발 더 이상 이 땅에서 살지 말아라며 대들고 나서는데요. 중구난방과 의견 분분이야 물론 다른 말이지만, 이런 저런 얼치기 현상들도 다원화 사회에서는 어쩔 수 없이 겪어내야 하는 통과의례쯤으로 봐야지요."

명색 먹물바치들끼리의 대화도 흔히 이상한 쪽으로 번지는가 하면, 논외의 논란으로 시간을 낭비하는 경우도 비일비재함을 김 교수는 웬만큼 꿰차고 있는 편이었다. 그래서 유령형 위인임을 자임하며 동료와의 상면, 상담, 상종을 적극적으로 꺼리는 터이며, 오늘날 이 땅의 대학이 그나마 챙기는 미덕이 있다면 연구실을 일종의 일인용 아지트로 삼고서 있는 듯 없는 듯 살아가는 그를 그냥 방목해둔다는 사실이고, 그 자신의 경우야말로 미운 애에게 떡 하나 더 먹이며 어서 나가 떨어지라는 꼴 같아서 여간 감지덕지해 하지 않는 쪽이었다.

"심 선생이 작년 여름방학 중에는 일시 귀국하여 무슨 책인가 출판건으로 서울에서 한동안 머물렀다는 소문도 돌았다는데, 혹시 들어보셨습니까?"

이번에는 지 교수의 힐문조 염탐질이었다.

"그래요? 저로서는 금시초문이지만, 대충 짐작은 갑니다. 아마 그러고도 남았을 겁니다."

내친 말끝이라 김 교수는 평소의 짐작을 털어놓음으로써 동료의 노파심을 다독거려야 할 것 같았다. 그러고 보니 지난해부터 학제를 개편하여 어문학부가 인문대학과 외국어문학대학으로 갈라지면서 지 교수가 학장직을 맡고 있음을 떠올렸고, 그런만큼 학사 일정 및 그 행정을 말썽 없이 운영해야 하는 책임자로서 신학기를 맞은 이때 같은 대학 소속의, 그것도 같은 학과의 한 젊은 교수의 행방 묘연은 초미의 관심사일 수밖에 없을 것 같기도 했다. 자연스럽게도 그의 말씨에 느물거리는 어조가 실렸다.

"거참, 좀 지나치게 부지런을 떨치더니. 할 일이 태산같이 밀려 있다며 옆도 안 돌아보고 헐레벌떡거리더니만. 요즘 세상에는 그런 노출형 인간이 흔하고, 매사에 질이야 나중 일이고, 우선 양적으로 풍성해야 알아주고, 그래야 살 만한 세상이 되고 말았지요. 서울뿐이겠습니까, 그 친구가 이스탄불이나 시드니나 산티아고에 나타났다 해도 놀랄 일이 아닐 겁니다. 이제는 이 지구 문명권을 휘젓고 돌아다녀야 하는 활동 무대쯤으로 여기는 사람이 의외로 많습니다. 저 수많은 승용차를 봐도 대번에 알 만하지요. 국내를 국외로 확대해버리면 결국 마찬가집니다. 교통수단이야 자동차보다 훨씬 빠르고 안전한 비행기가 있는 세상이니 더 말해봐야 누가 귀담아듣기나 하겠습니까."

도대체 이게 무슨 헛소리냐는 투로 양쪽의 두 동료가 동시에 눈총을 주었으나, 김 교수는 자신의 근거 많은 억측에 군살을 덧붙이는 데도 주저하지 않았다.

"파스칼인지 데카르트인지 아슴아슴한데 누가 그랬지요. 인간의 모든 불행은 자기 방에서 조용히 칩거하며 지낼 수 없는 데서부터 시작한다고 말이지요. 그렇게 혼자서 죽치고 지낼 수 없게 만드는 이 세상의 구조가 틀려먹었다는 소리가 아닌지 모르지요. 아까도 그런 대목이 나왔는데도 다들 무심히 그런갑다고 지나치던데, 실은 끼리끼리 뭉쳐서 단체를 만들고, 같은 부류랍시고 정당도 꾸리고, 다수가 제일이라며 뭉쳐야 산다 어쩐다 떠들어대는 횡포는 민주주의도 뭣도 아니고 그냥 부화뇌동하는 작태지요. 제 생각, 제 주장, 제 안목이 없는 작자들이, 혼자서 실력을 키울 재주가 없으니 남에게, 다수에게 제 몸과 혼을 맡기는 것에서부터 잘못이 출발하는 거지요. 물론 노출형 위인들이 따로 있고, 그들에게 빌붙지 못하는 치들이 내놓는 탄식이라고 할 수도 있겠으나, 그렇게 부산을 떨어대는 단체나 개인들이 결국 이렇다 할 실적을 못 내놓고 있다는 데는 누구도 주목하지 않습니다. 하기야 어느 쪽인들 그대로 내버려 둬야 할 겁니다. 말린들 듣지도 않을 테고, 결국 제 본색을 찾고 밥이라도 제때 먹으려면 근거지로 돌아와야지 별 뾰족수야 있겠습니까."

특정인의 지시만 좇기로 되어 있는 당번병 인물은 역시 남의 말을 제대로 들을 기량이 사회적 관습상 퇴화 일로가 아닐까 싶었다.

"첫 시간부터 대강(代講)을 시킬 수도 없고 해서 말이지요. 그럴려면 본부에 사유서도 올려야 강사료도 탈 수 있고, 아주 골치 아프지요. 송 선생이 여기저기 좀더 알아봐주세요. 오하이오 대학이라 그랬습니까, 거기도 인터넷으로 조회를 해보고 그래야 될 것 같은데요, 어때요?"

"오늘이 마침 토요일이라서 말이지요. 거기는 지금 한밤중이겠네요. 오하이오대가 아니라 일리노이 주립대일 거에요. 오하이오 주립대는 학기가 쿼터제예요. 심 선생이 한 학기 맡은 강의는 시메스터제였어요. 일리노이 주립대는 레귤러로 학기가 길 거에요. 워낙 힘이 좋은 양반이라서. 다른 대학들도 세 군데서나 즉각 애플리케이션을 받아서 보수, 숙소, 연구실 제공 같은 조건이 꽤 좋았는데, 왜 그러는지 우정 거기로 골라잡대요."

듣기로는 그 지역에서 명문 중 명문으로 손꼽힌다는 시카고 대학과 쌍벽인 노스웨스턴 대학에서 박사학위를 따왔다는 송 교수의 소상한 정보는 믿을 만한 것이었고, 그쪽의 사정에는 워낙 까막눈인 김 교수로서도 뭔가가 오롯이 짚이는 듯도 해서 속으로 '과연' 이라고 중얼거릴 수밖에 없었다.

김 교수는 상투적인 관심을 비쳤다.

"학교야 그렇다치고 뭘로, 무슨 주제로 한 학기 동안 강의를 맡기로 했답니까? 제가 남의 강의에는 관심이 없어서도 그렇지만, 그 친구도 그런 사적인 자기 일, 자기 자랑 같은 걸 흘린 적이 없어서 그럽니다만."

역시 젊은 사람이라 모르는 게 없는 송 교수가 즉답을 내놓았다.

"페미니즘 쪽일 거예요. 중국까지는 모르겠고, 한국소설, 일본소설에 나타난 그런 현상, 실상을 주제로 잡지 않았나 싶은데요. 요즘 페미니즘이 인기잖아요. 아마 미국 쪽의 동문이자 친구인 유태계 교수 한 분과 반반씩 담당하는 합동강의였을지 몰라요." 무엇이 켕겼는지 송 교수는 서둘러 자신의 말을 부정하고 나섰다. "아, 잘 모르겠네요,

심 선생이 평소에 그쪽으로 관심이 많은 듯해서… 그냥 제 짐작입니다. 잘 알지도 못하면서 공연히 제가 주제넘게 나서고 말았네요.”

국내에서, 그것도 석사는 미국에서 박사는 이 지역의 한 국립대학에서 현대미국소설을 전공하여 학위를 ‘만들었다’고 들리는 지 교수가 말을 받았다.

“심 선생의 안식년 연구 계획서에서도 그런 말을 본 듯합니다. 길다면 길고 짧다면 너무 짧은 1년 동안 계획서대로, 일정대로 끼워 맞출 수는 없을 테지만, 문제는 그쪽에서의 강의나 연구야 어쨌든…”

마침 두 동을 공(工)자 형으로 이어붙여 인문대와 외국어문학대학이 함께 쓰는 5층짜리 건물의 뒤쪽 출입문에 이르렀다. 언덕배기에 지어진 교사여서 뒤쪽 출입문은 4층에 뚫려 있었고, 김 교수의 연구실은 4층에, 지 교수와 송 교수의 그것들은 각각 2층과 3층에 자리 잡고 있었다. 엄살이 아니라 제 처신도 제대로 추스르기가 점점 힘겨워진다고 여기는 만큼 공연히 남의 일로 심사가 좀 어수선해지는 판이라 김 교수는 서둘러 두 동료와 멀찍이 떨어져 나름의 아지트형 인물로 자적(自適)하려고 마음이 바빴다. 거의 병적일 정도로 안심에, 심지어는 방심까지 여의로워지는 유일한 처소가 그에게는 그 자신의 두 군데 아지트뿐이었다. 그 밖의 외부는 너무 살벌하거나 시끄럽고, 무작스러운가 하면 시시껄렁해서 바짝 긴장해야 그나마 사람 행세를 할 수 있는 난장판이나 다를 바 없었다.

김 교수의 그런 낌새를 눈치 빠르게 읽었는지 젊은 동료가 로비에서 먼저 수인사를 닦았다.

“예, 먼저 올라가시지요.”

연배의 동료도 이렇다 할 소득이 없었을 텐데, 그나마 의논 상대에게 껄끄러운 사단을 털어놓은 것만으로도 한시름 놓았다는 투로 거들었다.

"자, 저희들은 내려갑니다. 의논할 일거리가 터지면 곧장 연락드리지요. 공연히 번거롭게 민폐를 끼쳤습니다."

"무슨 말씀을… 불민해서 옳은 정보도 제대로 못 갖춰드린 듯싶은데요."

"제 방은 지난주부터 히터를 안 켜도 이럭저럭 견딜 만하던데 김 선생님 방은 어떻습니까?"

"방이야 똑같을 테니까 머 그렇습니다만, 저도 더위라면 진저리를 내도 추위는 아직 그냥저냥 이겨내는 체질이라 지난 1월에나 군불을 땠을까, 이번 달부터는 아예 플러그를 빼놓고 지냅니다. 자, 그럼 또…"

질감스럽게도 여전히 무슨 말인가를 하려고 여짓거리는 지 교수의 수더분한 얼굴에는 웃음기가 번지고 있어서 그를 당번병 인물로 낙점한 자신의 인물관이 새삼스럽게 떠올랐고 , 더불어 실없이 자신의 좀 너더분한 말씨까지 드러남으로써 약점이나 잡히지 않았나 싶어 김 교수는 실소를 베물었다. 왠지 그의 기분도 후딱 습습해졌고, 비록 소속 대학은 다르다 할지라도 어쨌든 학장이라는 보직교수에게 부닐지 못한 것 같아서 좀 열적었다.

2

매사에 지독히도 게으르다면 다소 어폐가 있겠으나, 어떤 실천으로서의 융통성이 지지리도 없는 줄 뻔히 알면서도 자신의 천학과 무능을 재우치기는커녕, 심지어 일상마저 송두리째 허비하는데 이골이 나서 그야말로 각주구검(刻舟求劍) 격의 허무한 나날을 영위해오는 김 교수가 제 세포 속에 눌러 박히자 곧장 그의 머릿속에는 여러 자잘한 영상이 한꺼번에 어룽거렸는데, 그 순서야 어찌 되었든 그 낱낱을 족집게로 집어낼 수 있을 정도였다. 말하자면 머리를 연방 주억거리며 꼬리에 꼬리를 물고 이어지는 언어의 거미줄치기인 그만의 저회(低徊) 취미가 발동한 것이었다.

좀 점직하게도 김 교수가 스스로 아지트형 위인이라고 자임한 것은 명색 한 대학의 연구실 주인이 되고 난 후부터인데, 그 명명은 고질의 자기경멸과 세태 능멸이 어우러진 일종의 위악어법이었다. 차제에 그 해명을 간략하게 부기하면 이렇다.

세상이 굴러가는 대세를 보더라도 오늘날 아지트란 어느 사회에서나 있을 수 없고, 특별한 목적을 기도, 성취하기 위한 비밀결사 조직을 굳이 만들 것도 없다. 그럴 수밖에 없는 것이 조잡한 채로나마 선명하기 이를 데 없는 자신들의 주의 주장을 동시간대에 퍼뜨릴 수 있는 이른바 네티즌 계급이 광범위하게 엉구어져 있어서 그들은 언제라도 유목민처럼 여기저기서 소기의 소규모 전복극을 일으킬 수 있기도 하다. 당연하게도 사람의 품위나 자질에 따르는 고유한 신비감, 특별한 외경감이 단숨에 휘발되어버리는 세상이 되고 만 것이며, 따라서 어떤 정보나 지식의 권위는 물론이거니와, 심지어는 밥벌이 같은 작은 목적의 성취를 위한 최소한의 노력조차 그 가치가 보잘 것이 없어진 셈이다. 이를테면 지식의 주요 공급원이었던 대학 접장이나 대학의 지위는 말할 것도 없고, 무잡해진 책의 의의를 보더라도 이 점은 분명하다. 요컨대 아지트의 소용 자체가 무색해진 것이다.

좀더 구체적으로 말한다면 학문이든 문학이든 그것의 강령은 두 개인데, 하나는 자기만이 알고 있다고 자부하는, 예컨대 독보적인 눈으로 본 세상을 적바림하는 것이고, 다른 하나는 자기만이 쓸 수 있는 문맥 차원의 기술적(記述的) 경지다. 전자는 그것의 진위, 질적 가치가 논란거리이기는 할 테지만, 오늘날의 지식이나 정보의 즉각적인 유통 및 그 호환 구조 때문에라도 독보적인 시각은 있을 수 없다기보다도 예전에 비해 상대적으로 지극히 제한되어 있다. 후자는 워낙 천차만별인 데다가 사람마다의 기호의 차이가 엄연할 수밖에 없어서 특정인이 구사하는 득의의 감각 및 그 스타일에 대한 평가는 함부로 말할 수 없는 것이기도 하다. 어느 정도의 과장을 허용한다면 어떤 유일무이한 경지는 바로 이 문맥과 문투의 정교한 짜임새에서 빚어진다고 할 수 있겠으나, 그 실적은 보다시피 자기가 읽은 세상의 진면목이나 그 이면을 견강부회함으로써 그것의 전면 내지는 실상과 겉돌거나 등져버린다. 더욱이나 그 자기 생산, 자기 소비 체제는 오늘날의 제반 시스템과는 맞지도 않고, 온갖 허섭스레기의 아우성 속에 파묻히고 만다. 소위 그 양화가 푸대접이 아니라 철두철미 백안시 당하게 된 것이다, 사회 구조상.

부언컨대 김 교수는 특정의 기획을 도모하느라고 동분서주하는 일방, 그 전복적 사고와 실천을 위해 기성체제에 악착같이 덤비는 아지트형 인물과는 다르다마다, 오히려 그들과 그들의 기상을 한편으로 부러워하면서도 다른 한편으로는 그 과대망상이 다분히 시대착오적이 아닐까 하고 곁눈질에만 부심하는 트레바리에 불과하다. 그러므로 그가 게으르다면 틀린 말이 아니라 세상이 개인을 투안(偸安)으로 몰아가는 시대적 조류에 부응했다고 해야 맞을지 모른다. 요즘 같은 세상에는 자발적인 거지와 자족적인 실업자가 얼마든지 있을 수 있듯이 게으름 피우기를 작정한 먹물바치나 글쟁이가 넘쳐나도, 또 중뿔나게 그들의 위상을 나지리보더라도 '독선이야 가지각색이니까' 라고 내버려 둬야 하지 않을까. 그들의 대척점에서 무슨 주의 주장을 열심히 떨어대는 사람들에게는 돈키호테형 인물이라거나 공연히 말참견을 일삼는 가납사니라는 명찰을 달아주어야 할 터이다. 그들보다 상부에는 좀 이상한 구도(求道)와 착잡한 진리와 신산한 기도와 막연한 구세(救世)를 집중적으로, 아니 밤낮없이 부르짖는 일단의 무리가 있겠는데, 그들의 뻔뻔스러운 부지런과 팔자 좋은 안심입명에는 눈이 부실 지경이어서 주목하기조차 겁이 난다.

김 교수의 세계관이라기보다 세태관이 대체로 그러했으므로 그는 자신의 아지트 지키기에는 제법 극성스러워서 매일같이 낮 동안에는, 꼬박 12시간을 연구실에서 죽쳤다. 붙임성도 없어서 서로 무던히 언죽번죽할 우인도 없었고, 씀씀이에도 인색해서 놀 줄도 몰랐기 때문에 연구실이 제일 만만했고, 그곳이 그의 그런 무능 일체를 사주하고, 보호해주었다. 간신히 밥벌이를 하고 있다는 알량한 자부심 말고는 새로운 세상이 만든 방관자형 무능력자임을 자처한다는 점에서, 한때 러시아에서 유행했다는 쓸모없는 인간 쓰레기라는 그 오블로모프라고 해도 틀린 말은 아닐 성싶다.

분무기로 뿌려놓은 듯한 자디잔 흰 점들이 유리창에 잔뜩 엉겨 붙어서 미물처럼 옴지락거렸다. 무자위 같은 것이 쉴새 없이 뭔가를 자아올리느라고 김 교수의 머릿속은 어느새 분주해졌다.

그가 처음으로 심과 인사를 나눈 때는 벌써 햇수로도 10년쯤 전이다. 자신의 사무실에서 둘을 소개시켜준 백 사장이 일부러 그런 자리를 마련했을 리는 만무하다. 예나 지금이나 그에게는 백 사장이 대추 같은 양반이다. 자그마한 체구에 겉늙은 얼굴이 붉어서도 그렇지만, 심지가 대추씨만큼이나 단단해서도 그렇다. 오래전부터 그와는 외우 사이인데, 한때는 서로의 아파트가 한 블록 떨어져 있었으므로 인근의 꽤 오래된 사찰 주변을 산책하다 만난 적도 여러 번이나 있다. 한창 팔팔했을 때는 그도 책 만드는 과정이 너무 재미있고, 그 전반을 꼭 알아둬야겠다 싶어서 자청하여 여러 출판사와 잡지사를 옮겨 다니며 품을 팔았다. 백 사장은 30대 초반에 창업하여 책다운 책을 만들어 파는 데는 깐깐하기로 소문난 사람이었다. 비근한 실례로 원색 화보의 인쇄까지 끝낸 책의 본문에 결정적 흠이 드러나자 인쇄물 전량을 재단기로 잘라버림으로써 그 책의 발간을 영구히 파기해버린, 그 손실금이야 어찌 되었든 또 그 책의 역자와는 앙숙이 되든 말든 오불관언의 고집불통을 과시한 바도 있다. 그런 괴팍한 성정에도 불구하고 그가 근무처를 옮겨 앉을 때마다 백 사장은 꼭 출근길에 한번씩 들러 그에게 월급을 주는 출판사 사장과 이런저런 정보도 주거니 받거니 하는 일면도 있었는데, 돌이켜보면 백 사장의 끈기 좋은 사업가 기질은 그런 대목에서도 읽을 수 있을지 모른다.

무슨 이해관계 같은 것이 비집고 들어갈 틈조차 없으므로, 좋게 말해서 신실한 우의를 나눠오는 터이라 둘은 1년에 서너 차례씩은 꼭 만난다. 그것도 반드시 백 사장 쪽에서 먼저 전화로 "오랜만에 저녁이나 합시다"라며 그를 불러냈고, 약속시간에 맞춰 정확히 그가 들어서면 책상 위를 말끔히 치워놓고 기다리던 백 사장은 그동안 손수 교정을 봐서 발간한 책들을 한 보따리씩 그에게 안겨 주었다. 그렇게 만날 때마다 둘은 험담가 행세로 죽이 맞았고, 최근에는 4반세기에 걸쳐 한눈 팔지 않고 한 업종을 성실히 꾸려왔음에도 불구하고 겨우 밥이나 제때 먹는 자신의 비세에 대한 울분을 자주 털어놓는 걸 보면, 백 사장의 험담 수위가 그의 것보다 훨씬 높아 거의 악담 수주에까지 이르렀음은 분명하다. 당연하게도 험담의 대상은 이 땅의 출판 행태 전반의 반근대성(꼭 있어야 할 책보다는 잘 팔릴 책만 선호하는 그 자질 자체를 '돈독이 올라서 돈맛이나 핥아대는 저질의 무식한'이라고 매도하는데 그는 서슴지 않았다), 그 업자들의 천박한 소부르주아 근성, 내로라하는 역자, 저자, 문인 제위의 악문과 오문과 비문, 내용의 칠칠찮은 조악성과 더불어 그들의 유치한 매명 욕구였다. 심지어는 신문에 오르내리는 각 분야의 유명인들도 둘의 험담 재판대에 오르면 매타작 끝에 병신이 되고 나서야 놓아주었다. 거의 블랙코미디 같은 장면도 없지 않은데, 명색 작가인 그를 면전에 앉혀놓고서 백 사장은 한국 문인의 9할 이상이 오문의 생산자 겸 비문의 유포자에 불과하다고 매도해대면 그 자신도 그중 하나임에도 "말이야 바른 말이지"라며 멋쩍게 서로의 눈길과 표정을 엄숙하게 고정하고 마는 것이다. 뿐만 아니라 사전 하나도 옳은 게 없고, 그것을 제대로 만들 기량은커녕 좀더 나은 것을 꾸릴 엄두조차 내지 못하는 이 땅의 지식산업 전반은 악덕업자의 소굴과 진배없으며, 이런 열악한 환경 속에서도 여러 유무명의 글쟁이들이 글쓰기 행위에 놀아나는 작태는 치졸하고 난잡한 허영일 뿐이라고 닦아세우곤 했다. 그 시퍼런 서슬 앞에서는 그도 마지 못해 "그래도 어쩝니까, 농사지을 땅도 없고, 대가리에 든 게 그것밖에 없는 불쌍한 것들인데, 누구 말대로 아무 짝에도 써먹을 데가 없는 무능한 인간만이 작가로 행세한다고 했으니"라며 짐짓 비감한 시늉을 짓고 마는 것이다.

어느 해 초여름께였을 텐데, 그날도 백 사장은 그동안 모아두었던 이 땅의 각 분야에 만연한 제반 비리, 몰상식, 자가당착 따위를 함께 성토하기 위해 그를 불러냈을 것이다. 매번 전철에서 내려 육교를 건너고 나서도 한참이나 걸어가야 백 사장의 사무실이 나온다. 백 사장의 실토대로라면 20여년이나 한 건물에 세들어 지내오면서, 그것도 책 창고로 쓰는 지하까지 세 층이나 빌려 쓰면서도 월세 납기일을 단 한 번도 어긴 적이 없다는데, 그로서는 백 사장의 어떤 '저항'을 떠올리지 않고 그 건물을 들어설 수 없다. 분석자는 물론 이 세상의 비리를 약으로는 고칠 수 없으므로 글과 말로 교정해보려는 책이다. 그러므로 이랬다저랬다 줄변덕부리기를 능사로 삼는 이 땅의 못나빠진 사회적 습성을 따라야 한다는 마음의 갈등, 곧 프로이트식으로 말하면 그 '억압'에 피분석자인 백 사장은 완강히 '저항'하는 본성을 감출 수 없다 못해 그 노예가 되어 있다. 털어버릴 수도 있는 그런 '저항'의 또 다른 실례로서는 원고료나 인세는 두말 할 것도 없고, 인쇄비, 제본비 같은 순수제작비의 지불도, 자가어음이나 팔린 책값으로 받아온 서점의 두 달짜리 당좌수표로 치르는 동업계의 관행을 무시하고, 죄다 현금으로 지불하는 백 사장 특유의 비사업가적 고집을 들 수 있다. 그런 '억압'과 '저항'은 환자의 치부를 곧이곧대로 드러낸다는 점에서 가장 인간적인 면모이고, 명색 작가인 그도 그런 류의 환자로서는 어금버금하므로 백 사장을 무조건 성원할 수밖에 없다. 그래서 예의 그 험담의 성찬에 동석하여 동병상련의 두 험담가는 언제라도 지칠 줄 모르는 장광설의 배설을 또록또록 의식함으로써 비로소 '카타르시스'의 만복감을 누리는 것이다.

그러나마나 책이란 개인과 세상의 갈등을, 그 지양을 반상투적으로 해석, 설득하는 언어 제도인데, 이른바 '근대'가 그것의 중요성보다 일반화 곧 보급에 주력함으로써 양적 풍요와 질적 무잡을 맞바꾼 측면이 두드러져 있다. 책의 희소가치가 없어진 데 반해 허섭스레기 같은 내용의 지식, 정보가 양화를 구축하고 악화를 만연시킨 그 국면을 그대로 답습하게 된 것이다. 출판업자는 당연하게도 양서보다는 악서라고 해야 할 잡서에 치중함으로써 사업을 본궤도에 올리고 싶은 욕심과의 '저항'에 질 수밖에 없다. '근대'가 약을 제공하면서 약화(藥禍)까지 계산할 머리는 없었던 셈이다. 하기야 인간의 모든 지적 역량이 실은 그런 수준에 그치고 있음은 보는 바와 같다. 백 사장은 적어도 그 '저항'을 의식하고는 있다. 이제는 '사업이랄 것도 없지만 이왕 벌인 생업인데 남들처럼 베스트셀러도 만들어 돈도 벌고, 그 돈으로 부동산 투자도 하고 싶은 마음이야 굴뚝 같지만, 내 기질이라기보다 원고만 검토해보면 만정이 다 떨어져서 돈 생각은 가뭇없어지니 만사가 도로아미타불이지' 투의 술회를 흘리고 있으니 그 '저항'의 깊이를 알 만하다.

편집과 영업의 실무를 맡는 댓 명의 직원들은 3층에다 전을 펴주고 자기는 그 위층에서 독야청청하는 백 사장의 아지트는 집무실이라기보다는 서재다. 무명화가들의 특이한 추상화풍 그림 서너 점이 벽을 채우고 있고, 그예 싫증이 나서 유리창 밑에다 기대놓은 어슷비슷한 유화들, 구닥다리 궤짝, 절구, 항아리, 한때는 낙숫물받이로 썼을 돌확, 귀 떨어진 구들장인가 싶은데 수집가가 "우리는 돌 하나도 제대로 못 쪼는 밥벌레들이라니까"라며 중국산이라고 했으니까 지댓돌이나 섬돌이었지 않나 싶은, 그 요철을 예서체 굵기로 깊게 새긴 골판지형 석재 따위의 골동품들과, 낙엽 같은 누런 이파리만 빼곡이 매달린 화분 몇 개를 여기저기다 빈틈없이 쟁여두고 있다. 출입문 들머리 쪽은 서재이고, 책장으로 반쯤 가려놓은 그 안쪽의 한쪽 구석에다 면벽해 둔 책상 앞에서 백 사장은 언제라도 각종 사전만 뒤적거리는, 담배도 안 피우면서 치실 상용자이므로 몸은 건강하지만, 정신적으로는 중증의 편집광이다. 이 땅의 예의 그 분석자도 알려져 있는 대로 그 능력이 워낙 부실하고, 피분석자인 백 사장의 '저항'도 만만찮아서 치유는 거의 불가능하다.

그때 심은 출입문 쪽에 놓아둔 널찍한 테이블 위에 책들과 원고와 교정지를 무더기로 쌓아놓고 교열을 보고 있었다. 그 교열 원고의 원본도 두 권이었는데, 한 권은 영어책이었거나 일어책이었을 것이다. 다른 한 권은 독어 원서였다. 무슨 전쟁 비사를 다룬 호저였을 것이다. 그런데 명색 일류대학의 한 접장이 차일피일 미루다가 몇 년만에 탈고한 번역이 곳곳에 아리송하고, 더러는 어물쩍거리며 땜질한 대목도 있어서 백 사장의 눈 밖에 난 모양이었다. 백 사장의 문장 분별안으로 볼 때 그 번역 원고는 "한마디로 엉망이고 지리멸렬투성이야, 만행과 횡포가 별거야, 이게 바로 그거야"였다. 그렇다고 폐기 처분하자니 그 동안 들인 공이 아깝고, 그 호저를 꼭 펴내고 싶은 운김도 달아 그 방면에 소상하다고 알려진 심에게 바로 잡아달라는 특청을 넣은 것이었다. 그래서 심은 백 사장이 이미 교정지와 원서에다 밑줄을 그어둔 대목을 일일이 대조, 교정하고 있는 중이었다.

한참이나 서서 그런 원고 타박을 질펀하니 늘어놓은 다음에야, 새삼스럽게 인사를 나누기도 계면쩍은 시점에 백 사장은 "좀 앉읍시다, 연하니까 심 박사가 먼저 인사드리시오"라고 말했다. 기다렸다는 듯이 심이 "아, 여기서 뵙게 되는군요"라고 받았다. 그 말이 김가에게는 자신의 이름을 지면으로가 아니라 하잘것없는 풍문으로 들은 바 있다는 투였다. 뒤이어 백 사장의 소개에 따르면 심이 '미국 남부의 하버드 대학이라는 말도 있다는' 듀크 대학에서 찰스 디킨스 연구로 최근에 학위를 딴 소장 영문학자라고 했다. 총포 같은 근대의 화기류와 군제(軍制)에 밝은 서양사학자인 줄로 넘겨짚고 있었는데, 의외였다. 취미나 관심 분야가 별스러운 젊은 학자들이 예로부터 없지 않은 만큼 그러려니 여겼다. 그러나 미국 사립대학의 1년치 등록금이 이 땅의 고위직 공무원 연봉과 맞먹는다는 말은 들어온 바 있어서 그 정도의 명문대학을 나왔다면 상당히 유족한 집안 출신인 모양인데, 그러고 보니 그 듬직한 덩치로나 무딘 조각도로 빚어놓은 듯한 돌부처형의 각진 얼굴에는 나잇살이 착실하게 들러붙은 걸망스러운 분위기가 철철 넘쳐흐르고 있었다.

셋이서 이런저런 말을 주워섬겼는데, 지금까지도 김 교수의 기억에 남아 있는 화제가 몇 개있다. 우선 그쪽 방면에 해박한 심의 단언적 언급에 따르면 본격적인 근대의 총기류 탄생과 그 발전은 대체로 방적 및 방직 기계의 발명과 그 개량에 빚지고 있는데, 실을 자아 나르는 이치와 총알을 장전 후 밀어내는 원리가 비슷해서 그렇다는 것이었다. 또한 심 자신의 디킨스 전공은 이 땅의 대학에서 밥벌이가 용이할 것 같아서 택한 이력서용이었으나, 막상은 그 취업이 현재로는 여의치 않다면서, 디킨스도 복잡한 성격이었지만, 그의 소설 속 주요인물들은 비정상적으로 다채로운 면면이 많고, 드라마틱한 사건들의 연쇄는 통속 취향이라기보다는 당대 영국의 현실 및 런던의 빈민층에 대한 도저한 세태비판이라는 라이트 모티프로 읽히며, 시사적 기민성을 놓치지 않았던 작가의 정치적 신념 같은 것이 신문이나 잡지 만들기 따위의 저널리즘적 사업 수완과 상동 내지는 상충하는 것도 재미있다면서도 자신의 실력은 주마간산에 불과하고, 실제로는 그 문호의 청년기 때 불이 붙은 범죄소설들에 관심이 많지만, 그 당시 영국의 재판이나 형법에 대해서 모른 것이 너무 많아 역시 수박 겉핥기 수준에 머물러 있다고 했다. 이래저래 맥이 닿는 것 같기도 해서 그가 전공 분야도 아닌데 독어까지 통달한 연유를 물어보자, 심은 마스터는 어림도 없고 그냥 읽을 수는 있는데, 실은 독일에서 나치 집권사를 공부하다가 역시 귀국한 후 대학에 자리잡기가 쉽지 않을 것 같아서 도중하차하고, 마침 방문교수로 도미하는 그쪽의 한 선생이 그를 좋게 봐서 껴묻어 미국으로 건너간 것이 전공까지 바꾸게 된 결정적인 계기였다는 것이었다. 연이어 나치의 갑작스러운 등장과 제3제국의 미증유의 세계사적 폭력을 거론하면서 흔히 독일 정치의 후진성을, 그것에 대응하는 이웃나라의 대혁명과 시민세력의 성장을 배면에 깐 프랑스 정치의 선진성을 도식화하고 있는데, 그 근원이 농업국가의 가난

하나 열려 있는 노동조건 대(對) 공업국가의 생계보장형 임금체계와 숨막히는 노동조건 때문이며, 또 다른 실례로는 러시아도 프랑스처럼 찢어지게 가난한 농업국가였으므로 금세기 초에 그 막강한 차르 체제를 무너뜨리는 정치적 선진성을 과시했지 않았냐고 했다. 물론 그 밑바닥에는 계몽 세력들, 말하자면 지식인들의 개혁 의지를 부분적으로 쓸어안은 공업국가 쪽 위정자들의 우호적, 기계적, 비개성적 현명함과 그것을 철저히 짓밟아버린 농업국가 쪽 보수반동 세력들의 적대적, 사이비 인간적, 개성적 무식함이 암류하는데, 그런 기류가 한쪽에는 정치적 폐쇄성을 다른 한쪽에는 그 약진성을 조장하다가 어느 시점에서 미친 듯이 폭발해버렸다는 것이었다. 요컨대 결과적으로는 똑같은데, 다만 그 규모가 국지적, 국내적이냐, 전면적, 국제적이냐의 차이로 나눠지며, 그 차이는 결국 농업경제의 국내적 자족성과 공업경제의 대외적 의존성이라는 본질과 그 맥이 닿아 있기 때문이라고 했다. 또한 덧붙이기를 일본의 개화기 때와 오늘의 미국의 정세에도 이 이분법을 확대 적용하면 그런대로 아귀가 들어맞는다는 것이었다. 심 자신의 것이든 남의 것이든 그 논조가 대담한 가설, 형식적 이분법, 정식화된 결론에 기대고 있는만큼 대단히 선동적인 설풀이여서 그쪽으로는 문외한인 김가로서도 알아듣기는 쉬웠다. 후에 되돌아보니 디킨스 소설의 그 숱한 범죄적 요소, 정치적 폭력의 근원 따위에 대한 심의 별난 관심벽이 그 자신의 유년기 성장기간을, 예컨대 그의 부친이 집에 놔두기도 했던 자동권총을 만지작거리며 그 구조를 유심히 뜯어보기도 했다는 그 좀 특이한 경험을 부분적으로 반영하고 있는 듯해서 김 교수로서는 심의 첫인상이 각별했다.

아마도 그때쯤 조촐한 외모의 여직원이 조심스러운 노크를 앞세우고 들어와 흰 봉투를 테이블 한쪽 귀퉁이에 말없이 얹어놓고 물러갔을 것이다. 백 사장은 즉각 그것을 집어다 심에게 건네주며, 약소하지만 교열비니 받으라고, 영수증을 쓸 필요도 없는 것이 이런 지출은 무슨 계정으로 잡을 수도 없어서 그런다고 했다. 말 자체가 모순이라기보다 오문이었다. 그것은 교열비조 수고료로, 크게는 편집비용이거나 원고료일 수 있었고, 좀더 정확히는 과외의 이중 손실비용으로 떨어버릴 수 있는 것이었다. 김이 싱거운 간섭을 디밀자, 백 사장은 곧장, 아하, 그게 그렇게는 안 통하게 돼 있다니까, 우리 세무회계는 도통 말이 안 통해, 한마디로 복잡다단하고 엉망진창이라니까, 그나마 내 사비로 충당하는 게 가장 반(反)불법적이라니까 라고 받았다. 말 같지도 않은 백 사장 특유의 '저항'이었다. 그처럼 원리원칙대로 회사의 회계업무를 꾸려간다고 해서 누가 알아줄 것이며, 세무 당국조차 그 안간힘으로서의 '저항'을 우스개거리로 삼을 텐데, 그가 자신의 속내는 물론이고 '저항, 억압' 같은 특수용어를 백 사장도 미처 이해하지 못할 것이라고 단정하며, 저항이 너무 심해서 탈이라니까, 방금도 그런 말이 나왔지 싶은데, 공장제 산업구조의 폐쇄성이 심한 데다 부르주아의 닳아빠진 인성이나 사회체제가 빳빳하니 굳어 있으면 터져버린다고, 적당히 서로 봐주고 아첨도 떨고 그렇게 살아가면 좀 좋아라고 속물근성이 덕지덕지 더께 앉은 말솜씨를 휘두르자, 대추씨 양반은 차분히 깔아앉은 목소리로, 너무 열악해, 우리 환경은, 만년 후진성을 면치 못하게 돼 있어, 악성이야, 나만 옳다는 소리도 아니고 라고 숙지근히 말을 줄였다.

이쪽의 그런 실랑이를 심은 멀거니 두리번거리다가 공돈이라도 줍듯이 그 봉투를 집었다. 곧장 그 봉투를 반으로 반듯하게 접어 풍성한 남방셔츠의 한쪽 주머니 속에 갈무리했다. 가슴팍 양쪽에 큼지막한 주머니가 달려 있고, 루바슈카처럼 머리통부터 집어넣으며 입도록 만든 모래 색깔의 그 남방셔츠는 제법 섹시한 마대자루형 차림으로, 평생토록 빚과 커피와 과부에 쫓기며 정력적으로 글쓰기에 매진한, 무슨 특정의 사명을 띠고 잠시 이 세상에 내려온 듯한 '천사형' 인간 발자크가 입었더라면 더 어울렸을 그런 옷이었다.

화장실에서 볼일을 보기 위해 백 사장이 잠시 자리를 떴다. 그때 심이 주뼛주뼛하다 방금 봉투를 갈무리할 때처럼 주위를 휘둘러보고 나서 그에게 불쑥, 사모님 잘 계시지요 라고 물었다. 그때서야 그는 희끄무레하던 장막이 자신의 안전에서 확 걷힌 듯한 기분에 휩싸였다. 심은 어디선가 본 적이 있는 낯익은 얼굴에다 특히나 그 목소리가 귀에 설지 않았다. 더욱이나 그의 성씨도 귀성(貴姓)이어서 대번에 누군가가 떠올랐다. 그가 짐짓 놀란 눈길로 심을 직시했다. 그의 집사람과는 어릴 때 한 동네에서 살았다며, 집에 가서 물어보시면 잘 알 것이라고 했다. 기연치고는 겹겹의 우연이 얽히고설킨 것이었다.

독일연방공화국이 돈으로 사다시피 독일민주공화국을 통일 독일에 편입시킨 직후였다. 그때도 초여름께였으니 그 이듬해 곧 1991년이었던 모양이다. 어느 날 오전에 고등학교와 대학을 같은 학교에서 마친 동창생 하나가 느닷없이 전화를 걸어오더니 오전 중에 김가의 집필실로 찾아왔다. 대학 졸업 후 처음으로 만나는 터이긴 해도 술집에서 어쩌다가 만난다면 서로가 합석을 청하든가, 먼저 나가는 쪽이 남아 있는 쪽의 술값 정도는 내야 하는 사이였다. 인편에 듣기로는 두루 주(周)씨 성을 가진 학훈단 출신의 그 법학사 동창생은 만기 전역 전에 정보부에 들어갔다는데, 유신헌법이 터뜨려진 직후였으니 정보장교 경력을 사서라도 특채로 그런 요원을 대거 발굴, 적소에서 활약하게 해야 할 계제였을 것이다.

거의 20여 년만에 만나는 터인데도 주가는 신사복에 넥타이 차림만 달라졌을까, 여전히 멀쑥한 허우대에 의논성스러운 말투까지 학창 시절 때 그대로였다. 그동안 서로가 어떻게 살아왔는지는 인편에 들었을 터이므로 딱히 할 말도 없었다. 그런데 그처럼 오랜만에, 또 느닷없이 찾아온 목적이야 뻔할 텐데도 주가는 본론을 끄집어내지 않고 엉정벙정 말을 에둘렀다. 혹시라도 써먹을 데가 있을까 싶어, 또 남의 직업에 대한 호기심이 남다를 수밖에 없는 자신의 생업상 그가 오히려 주가에게 그쪽의 여러 사정을 캐물었다. 한때를 풍미한 사회주의 체제가 그처럼 일시에 거덜나 버린 직후여서 그랬던지 주가는 숨길 것도 없다는 듯이 수월수월 털어놓았다. 국가공무원으로 채용이 결정되고 난 후, 정식 정보요원이 되려면 짧게는 6개월, 길게는 1년씩 소정의 교육과정을 이수해야 하고, 자기들 '공장' 도 명색 수익사업체를 서울 시내에만 여러 개나 벌려두고 있으며, 자신은 퇴계로에 있는 한 사무실에서 근무한다고 했다. 하는 일은 물론 그 사업체의 '수지타산' 을 맞추는 것이지만, 자신의 전문분야는 대공 및 대북 관계에 따르는 업무라서 그즈음에는 탈북자나 부모 없이 유리걸식하는 일명 '꽃제비' 들의 동태 파악 때문에 중국 땅 여기저기를 장기 출장으로 자주 다녀온다는 것이었다. 덧붙이기를 북한의 핵심계층은 두말 할 것도 없고, 이른바 '동요 계층'도 이상할 정도로 탄탄할 뿐만 아니라 '말썽 없이 즐겁게' 살아가고 있는데, 그쪽 동향을 알면 알수록 신기할 지경이라고, 그 별세계를 도무지 이해할 수 없다는 조의 우회적인 이쪽 체제 우위론을 펼치기도 했다. 연이나 상식적으로도 수상한 사람이나 비정상적인 정황은 겁나고 두려워서라도 경계부터 단단히 해야 말썽이 없는 법인데, 이쪽의 철딱서니 없는 일부 세력들은 그것을 의도적으로 신비화하고 있으니 영판 신흥종교에 미쳐버린 광신도와 다를 바 없다고도 했다.

그때의 전반적인 인상이 그후 그대로 이어졌는데, 역시 직업은 인간의 외양을 바꿔 가는 관건이라서 주가는 말을 요령 좋게 잘했다. 그 신비화를 조장하는 이쪽의 뻣뻣하고 묵은 정치 행태, 광풍처럼 한곳으로 몰아가는 민심의 풍향계는 과연 정상적인지 따위의 사설을 늘어놓기로 들면 끝이 없을 터이나, 김가는 자신이 광신도는 아닐망정 이상한 사람으로 비칠까 봐 함구했다. 이상하기로야 여자라는 생물적 본성을 어떻게 따르겠으며, 그것을 신비화시키느라고 한평생 내내 허둥지둥거리는 남성들이야말로 광신도일 것이고, 그런 미망이 인간의 본질일 것이었다. 어쨌든 주가가 모르는 것을 아는 체하지도 않고, 아는 것을 모르는 체하지도 않는 것은 분명했다. 진득이 들려주는 그의 말투에는 신빙성이 실려 있었다. 그가 '불바다' 운운을 떠올리며 저쪽의 실제 군사력을 묻자, 주가는 즉각 사정거리가 7백 킬로미터인 소련제 스커드 미사일을 독자적으로 개발, 연간 생산량도 상당하고 보유기수도 이미 상한선까지 차 있다고 보는데, 이런 짐작은 군사 전문가들에게는 상식이지만 누군들 그 실상을 정확하게야 알겠느냐고 했다. 그런데 주가의 말을 들을수록 뭔가가 꽉 차 있는 것 같으면서도 막상 그 속은 텅 비어 있는 듯한 느낌을 뿌리칠 수 없었다. 하기야 따지고 보면 우리의 생활세계 전반, 일체의 정보, 소상한 지식, 탁월한 학문적 실적 따위도 실은 그처럼 속이 엉성하다 못해 허황할 것이었다. 더욱이나 급변하는 현실이라는 변수를 상정한다면 현재의 정보란 말썽의 '유무'나 겨우 파악할 정도로 소루한 것일 터였다.

이윽고 주가가 시간을 너무 많이 빼앗은 것 같다고, 출국 전에 저녁이나 함께 하자며 그에게 출국 준비는 웬만큼 해뒀냐고 물었다. 주가는 이미 그의 출국일과 항공편은 물론이고 독일에서의 투숙 예정지와 그후의 일정까지 훤히 꿰차고 있는 눈치였다. 짚이는 바가 있어서 그는, 행장은 출발 당일에나 꾸리면 될 테고, 밀린 일이야 밀쳐둬 버리면 그만인데, 베를린 대학에서 발표하기로 되어 있는 자신의 리포트만 대충 작성하면 된다고 곧이곧대로 실토했다.

분야가 제가끔 다른 외국문학 전공자 네 명과 함께 한국문학 연구자 한 명이, 그들은 죄다 쟁쟁한 대학의 이름난 교수들이었는데, 다른 문인 한 명과 더불어 통일 독일의 본바닥 베를린 대학에서 북한의 사회과학연구원 소속의 그 방면 '일꾼' 서너 명, 동구권의 몇몇 한국문학 연구가들과 합석하여 '현단계 한반도 현대문학의 위상' 같은 주제를 내걸고 3박 4일 동안의 심포지엄을 가질 예정인데, 참석할 수 있겠느냐고 그 일의 주무자인 모대학 국문과 소속의 아무개 교수가 그에게 물어온 것은 불과 열흘 전쯤의 일이었다. 언감생심이어서 그는 흔쾌히 그러겠다고 했다. 나중에 알고 보니 관변단체에 쟁여 있는 예산을 그런 명분으로 타내어 활수하게 씀으로써 한국문학의 국제적 홍보에 미력을 다 바치는 고명한 학자들이 대학별로 수다하고, 그런 양반들의 거침없는 일솜씨와 정력적인 노고에는 그도 혀를 내둘렀지만, 그런 관례적인 담론의 집회가 끝난 후에는 1주일쯤의 해외 견문 넓히기 기회가 주어진다는 사실쯤은 그도 웬만큼 알고 있었기 때문에 만사 전폐하고 따라나설 참이었다.

약속대로 일급 정보요원 주가가 출국 전날 오후 느지막이 그에게 다시 들렀다. 이번에는 다짜고짜로 베를린까지 열차편으로 온다는 북한의 '동포'들에게 뭔가 선물을 해야 하지 않겠느냐면서 그를 서울 한복판의 일류 백화점으로 데리고 갔다. 그로서는 처음으로 그 백화점의 요란한 번성을 육안으로 목격할 판이었다. 아무튼 주가가 기사 딸린 승용차의 앞자리에 앉자마자 뒷좌석의 그에게 선물로 무엇이 좋을지 생각해보라는 하명을 떨구었다. 막막했다. 이게 도대체 무슨 '화해 공세' 차원의 공작인가 하는 의구심이 들기도 했으나, 무엇으로 따져보나 더 이상의 소설적인 불길한 사단을 엉군다는 것 자체가 허황한 상상력의 발동이거나 소심한 기우에 지나지 않았다. 선물이므로 넥타이와 부인용 스카프가 무난하지 않겠느냐고 그가 조심스럽게 제안하자, 주가는 그러라고, 마음대로 골라보라고, 이왕이면 최고가품을 쌍으로 다섯 조쯤 사라고 수월수월하니 일렀다. 그가 백화점에서 넥타이 고르기로 그처럼 진땀을 흘린 적도 그야말로 전무후무한 일이었다. 꽃보다 예쁜 판매원 아가씨가 역시 꽃처럼 예쁜 포장지로 일일이 날개 포장을 하고 나서 이만하면 특등 선물용으로 나무랄 데가 없지 않냐고 보란 듯이 조끼리 또 포장해서 제법 커다란 종이 쇼핑백에 쓸어담자 주가가 기다란 지갑을 꺼냈다. 그리고는 빳빳한 고액권을 뭉치로 집어내서, 서양인들이 영화에서 흔히 그러는 것처럼 돈을 한 장씩 계산대 위에 놓는 식으로 값을 치르고 나서는 지갑과 영수증을 한 손에 들고, 아무래도 선물로는 다소 약소한 것 같다며 뭣이든 더 사라고, 자네가 개인적으로 필요하다면 사진기나 녹음기, 넥타이 핀 같은 것이라도 사야 되지 않겠느냐고 자꾸만 권했다. 부담스러운 게 아니라 그런 것이 앞으로 거추장스럽고, 문자 그대로 하등의 무용지물인 짐이 될까 봐 그는 한사코 사양했다.

뒤이어 주가는 인사동의 한 대중음식점으로 그도 몇 번인가 들른 바 있는 조촐한 기와집 속의 한 방을 차지하고 앉아서 마시는 술집으로 그를 인도했다. 방 안에는 이미 낯선 인물 하나가 좌정하고 있다가 두 동창생이 들어서자 환한 얼굴로 맞으면서, 수고하셨다고, 불청객이 먼저 와서 기다리니 꼴이 좀 우습다고 깍듯이 인사를 닦았다. 주가의 소개에 따르면 그 불청객은 함께 일하는 '우리 공장'의 직원으로, 최근에 해외에서 장기근무를 끝내고 막 귀국한 참이라 국내 업무를 익히고 있는 중이라고 했다. 불청객의 성씨는 심이었다. 이런저런 말이 부산하니 오고 가는데, 주가와 심가는 서로 말을 들다 놓다 해서 그가 물어봤더니 심의 출신 대학명은 밝히지 않고 학번이 서로 같은데, 심 쪽이 정기공채로 1년쯤 일찍 '공장'에 들어와서 그런다고 했다. 술잔을 두어 차례 돌리고 난 후, 그가 술김을 빌려 정색하고서는 베를린에서의 내 소임이 뭐냐고 물었다. 그런 질문을 기다렸다는 듯이 심이 먼저 잘라 말했다. 소임? 그런 것은 없다고, 그냥 토론회를 잘 마치시고, 저쪽의 동포들과 공석에서나 사석에서나 짬짬이 만나 이런저런 이야기를 많이 나누시라고, 이제는 안기부도 예전 같잖아서 이번 일로 김 선생을 오라 가라 하지는 않는다고, 어떤 보고서 따위도 써달라 어쩌라 하지 않겠다고, 귀국 때 일행들이 보는 앞에서 '우리 공장 차' 로 모시는 그 따위 유치한 수작은 절대로 없을 것이라고 장담했다. 주가도 곁들였다. 일행과 따로 저쪽 동포들과 회식할 기회가 있으면 얼마든지 그러라고, 차제에 월북하신 자네 부친의 행방이나 근황도 캐물어 보고 차후에라도 연락할 방도를 그쪽과 상의해보는 것도 좋지 않겠느냐고, 귀국 후에 원한다면 그런 일체의 회식 경비는 '우리 공장' 에서 얼마든지 부담할 테고, 다만 자네 견문담을 들으러 '우리' 가 자네 집필실은 1차 방문하겠다고 했다. 이해할 만한가 하면 한편으로 저의가 적잖이 수상한 것 같기도 해서 조바심이 일었다.

역시 주가의 말대로 이해할 수 없는 대상은 두려운 것이었고, 피상대자가 먼저 그 상대방을 신비화시키는 모양이었다. 따져보니 '돈' 이 개입되어 있어서 그렇지 않나 싶었으나, 벌써 그 자신이 그 수렁에 한 발을 깊숙이 빠뜨리고 있는 판이기도 했다. 술자리를 파하고 나오니 긴장을 늦추지 않고 있었던 탓인지 그 좁은 골목 입구가 제법 삼엄해 보였다. 사실이었다. 배추처럼 밑동을 하얗게 도려낸 군대 머리의 사복짜리 젊은것들이 여기저기 떼를 지어 서성였고, 더러는 새카만 무전기를 손에 든 상관의 눈짓 지시를 받고 있음이 대번에 그의 눈에 띄었다. 그의 짐작으로는 마침 군 쪽의 어느 수사기관 수장이 그 일대의 한 술집에서 회식 중이라 그렇게 경계 근무를 서고 있지 싶었다. 그러거나 말거나 주가와 심가는 아무런 내색도, 어떤 동요도 없이 방정한 걸음으로 그 시커먼 '병풍' 들을 헤치고 차도에 버젓이 세워둔, 바로 그 경계 근무자들도 이미 알아서 잘 모시고 있는 그들의 승용차 쪽으로 나아갔다. 약속이나 한 듯 둘은 앞다투어 택시를 잡느라고 두리번거렸다. 택시가 멎자 그를 뒷좌석에 모시면서 주가는 그에게, 2차 할 생각일랑 말고 곧장 집으로 가라고, 내일 오후 비행기에 탑승하는데 지장은 없겠지 라며, 또 보자고 다짐을 놓았고, 심가는 운전수에게 손님을 잘 모시라며 차비를 집어주었다.

새 길도 만들고, 옛길도 넓히느라고 어수선한가 하면 군데군데 대형 기중기만 박혀 있는 건설 현장만 보일까, 동베를린 시가지 전체가 휑뎅그렁했다. 적막강산이 따로 없었다. 어떤 체제의 붕괴는 민망할 정도로 안쓰러웠고, 그런 의미에서도 '국파산하재(國破山河在)' 같은 구절은 전적으로 너무 원시적이고 감상적이었다. 뿐만이 아니었다. 일행들과 함께 지상 전철을 탔더니 쇠스랑으로 갈아엎어 놓은 밭뙈기처럼 얼굴과 손이 온통 굵은 주름투성이인 한 노인이, 통일 등쌀에 우리 동독 주민의 사는 꼴이 이렇다며 자꾸만 손을 흔들어 보였다. 노인의 두 손에는 짚단처럼 묶은 시든 장미 다발이 들려 있었는데, 그것이라도 시장에 내다 팔아 당장 가용으로 써야 할 푼돈이라도 마련할 작정이라고 했다. 피카소의 동생이라고 해도 곧이들을 만한 그 대머리 노인은 한숨을 쉴 기력도 없는 듯해서 전형적인 게르만족의 그 큰 엄장이 딱할 지경이었다.

베를린 대학은 좀더 심해서 대로변에 지어놓은 그 우람한 학교 건물들에는 인적조차 보이지 않았다. 한 게시판에는 '명심하라, 홈볼트는 당신 나이 때 어디서 무엇을 하고 있었나!' 같은 재학생의 장난기 많은 격문이 붙어 있기도 했다. 그 정도의 독어는 그도 읽을 수 있었지만, 출국 전에 사전을 뒤적거려 베를린 대학의 연혁을 익혀두었으므로, 저 훔볼트는 아무래도 베를린 대학의 설립자를 지칭하기보다는 지리학자 겸 탐험가였던 그의 동생을 지칭하는 게 아닌가 싶었다. 방학 중이어서 그런 엉뚱한 연상이 떠올랐을 것이다.

'일꾼들' 은 종무소식이었다. 모스크바까지는 비행기로 온다는 풍문이 돌더니 그것도 낭설이었다. 모종의 소임 때문에라도 그는 일행들보다 낙담이 더 컸다. 심란했다. 동포들에게 꼭 전해줘야 할 선물을 어떻게 처리해야 하나라는 숙제거리마저 그의 심사를 들볶았다. 심포지엄은 아예 관심도 없었다. 대개의 토론회가 그렇지만, 그것도 재미없기는 마찬가지였다. 더욱이나 동구권의 몇몇 한국문학 연구자들의 연찬 수준은 유치하기까지 했다.

심드렁하니 귀국해서 주가에게 저쪽의 '일꾼들' 은 코빼기도 안 비쳤다고, 가져간 선물은 심포지엄에 구색 갖추기용으로 참석한 동구권의 한국문학 연구자들에게, 이를테면 체코의 두 여성, 헝가리의 한 남성, 폴란드의 한 노파, 북한 출신의 유학생과 모스크바에서 사귀다 결혼까지 한 서독 출신의 한 소장 여성학자에게 골고루 나눠줬다고 전화로 '보고' 하자, 주가는 차분한 어조로, 알고 있다고, 잘했다고, 조만간 심군과 함께 뒤풀이나 하자면서 자리를 주선해 연락하겠다고 했다. 그러고는 그때까지 이쪽의 또 다른 '일꾼들' 과는 일체 연락이 없던 터였다.

큰 심도 그의 집사람 안부부터 묻더니 작은 심도 그랬다. 다른 게 있다면 큰 심의 경우는 직장 동료가 그를 만나러 간다니까 그 양반 집사람은 자기도 좀 안다며 합석을 자청하자, 주가도 어색하지 않게 숟가락 하나 더 놓는 게 여러모로 편했을 테고, 작은 심의 경우는 전적으로 우연히 마주쳤다는 사실이었다. 어느새 4, 5년 저쪽의 기연이라서 큰 심의 얼굴도 희미했으나, 그때의 술자리 정경은 점점 여실히 떠올랐다. 그가, 그러면 그 안기부에 재직하던 양반이 심 박사 형이 되는가 라고 물었다. 돌이켜보면 그때부터 작은 심의 자기중심적인 성격이 설핏설핏 드러났지 않았나 싶다. 그 종구 형이 자기 둘째형이라고, 지금도 그쪽에 재직하고 있으며, 이번 정권에서도 별 탈 없이 자리는 지킬 모양이라고, 작은 심은 자조적인 말을 흘렸다. 그러면서도 작은 심은 그에게 자기 형을 어떻게 아느냐고 묻지도 않았다.

백 사장은 앞으로 두고두고 요긴하게 도움을 받을 수 있는 필자여서 그랬을 테고, 그도 큰 심과의 구연을 생각해서라기보다 심가네의 내력을 좀더 알고 싶은 천착벽이 발동하여 예의 그 험담의 성찬에 합석하라고 작은 심에게 강청했으나, 심 박사는 바쁜 약속이나 할 일이 있다는 따위의 상투적인 말을 둘러대지 않으면서도 한사코 사양했다.

3

출국을 앞둔 양반이 징글맞은 인연 타령까지 물고 온 게 밉살스러웠던지 그의 아내는 불퉁거렸다. 아무리 동기 동창생이라지만 언제라도 대세를 좇으며 권력의 주구(走狗)로서 일이 꼬였다 하면 사적 정분 따위는 당장 모르쇠 잡을 게 틀림없는 속칭 기관원을 만나 자랑이랍시고 저쪽 '일꾼들'에게 줄 선물을 한 보따리나 받아오고, 또 되돌아보기 싫은 자신의 어릴 때 기억들을 되살려보라는 그의 짓조름이 무슨 방정맞은 늧으로 여겨지는 모양이었다. 일리가 있었다. 구지레하기로 따지면 그의 집안이나 처가 쪽의 그것이 어슷비슷해서 그는 가급

적이면 그쪽으로의 관심을 일부러 내물리는 편이었다. 제 앞만 보고 달리는 인간이라고 할 수 있을지 모르겠으나, 일상적으로나 그의 생업상으로나 전적으로 자가당착이었다.

생각을 이어가다 보면 되돌아보기 싫든 말든 과거의 여러 기억이, 심지어는 그 자잘한 편린들이 무시로 우리의 일상에 난입하여 가당찮은 장애물로 기능한다. 또한 그것들이 이런저런 조합, 변형의 과정을 거쳐 제법 그럴듯한 현실적인 구체성을 띠어가는 것이 이야기 엉구기의 골격이다. 그러므로 개개인에게는 그런 감춰져 있는 연대기적 사실로서의 기억이 현재까지도 요지부동의 제2의 유전형질로 안존해 있다가 수시로 막강한 영향력을 행사하고 있다기보다 일상 자체를 완강히 묶어놓고 있다. 실제로도 오늘은 어제의 집적물에 불과하며, 누구라도 과거의 체험에 빚진 언행으로 새로운 기억들을 만들어감으로써 자신을 드러내는, 또한 남과 달라지는 아주 다채로운 피조물에 지나지 않는다.

기억이, 그 자극의 일상적 반복이, 그것들의 육화 정도가 고만고만하다면 인간은, 동포는, 인류는 숫자처럼 또는 성씨만큼이나 단조로울 게 틀림없다. 따라서 각자의 현재적 삶이란 과거의 체험의 온당함, 철저함, 절실함으로부터 마름질한 의복이다. 의복은 그때그때마다 어떤 사람의 신분, 취향, 능력을 어느 정도까지는 확연히 드러낸다는 점에서 중요하지만, 그것이 바뀜으로써 그의 과거와 현재를 적당히 위장할 수 있다는 점에서 주목할 만하다.

그러나 다들 알다시피 모든 기억은 갈무리하는 것과 내버리는 것이, 그 선택이 워낙 선명한 만큼 확대재생산을 거듭함으로써 실상을 왜곡하고, 결국에는 부정확한 허상으로 기림을 받는다. 물론 그것의 본색은 과장이다. 그래서 그 어떤 실경도 기억의 회로에 올라가는 즉시 선경이 되거나 생지옥으로 바뀐다.

첫 대목부터 그랬다. 수치 같은 것이 그나마 그 부실을 어느 정도 상쇄시켜주는 것으로 알았는데, 그것도 믿을 수 없는 것이었다. 심 형제 둘이 다 제 누이들로부터 '영어 잘하기로 소문난' 최 선생 댁 맏딸이 영어 시험에서 여러 차례나 만점을 받은 것으로 들었다고 해서 그가, 당신에게도 그런 '희한한 치부' 가 있었느냐고 반어법으로 묻자, 그의 아내는 고등학교 때 모의고사에서 어쩌다가 딱 한 번 그런 적이 있었다고 계면쩍어했다. 그가 본 대로 들은 대로 그의 장인은 선생도 아니었다. 그 호칭이 밥술이나 먹게 생긴 백수 건달에게 아무렇게나 붙이는 경칭이라면 모를까, 그이는 향리에서 한때 어느 사립 여자중고등학교의 서무주임이었다. 그것이 그나마 옳은 직업으로서의 유일한 경력이었고, 그 직책이 바로 가리키는 대로 그이는 그 지방에서 육영사업을 떡 벌어지게 벌여놓고는 시 외곽지의 나대지와 임야를 학교 부지용으로 마구 사들이는 일방 금배지를 달아보려는 암중모색에 머리가 두 개라도 모자라는 한 이사장짜리의 하수인이자 집사였다. 집사란 아무리 맞춤한 거동으로 시키는 일만 여축없이 해도 상전의 눈에는 아둔패기로, 그 자식들에게는 흑책질에 지다위질만 일삼는 애물이기 마련이다. 그나마 상전의 근력이 그만할 때까지는 교장 앞에서도 빳빳할 수 있었으나, 도장을 찍을 자리가 하나 더 늘어나자 집사의 할 일은 점점 줄어들어 소사 맞잡이로 굴러떨어졌다. 그래도 상전은 말 인심이라도 후해서 학교 운동장과 담벼락을 나눠 쓰는 명색 사택의 사용권만은 기한 없이 누리라고 했건만, 이사장의 맏자식은 걸핏하면 용도 변경 운운하며 장차 그 사택을 가사 실습실이나 농구부 선수들의 합숙훈련실로 쓸 계획이라고 했다.

옛말에 우는 아이와 모진 마름 앞에는 이길 재간이 없다지만, 그 말은 시나브로 체념이라는 골병에 길들어진 아랫것들의 박복한 팔자를 요약하고 있다. 그러나 그이는 고생을 고생으로 여기지 않는 무던함으로나, 남의 출세나 자기 입신도 대단찮게 여기는 광신도 같은 탈속한 경지로나, 불운이 얼마나 억울한지도 모르는 무골호인 풍의 물렁함으로 자기 자신은 물론이고 가족들에게조차 모질 수가 없는 양반이었다. 어쨌거나 최 선생 댁과 심 형사 댁은 담장 하나로 붙은 이웃이었고, 그 나지막한 시멘트 담벼락 위에는 군데군데 이가 빠진 좁장한 나무 판때기 울짱이 꽂혀 있었다. 대문이 기역자로 서로 붙어 있었으니 문짝 여닫는 소리만 들려도 이웃집의 누가 출입하는지 훤히 알 수밖에 없었고, 몇 번씩이나 꾸불텅거리다가도 한참씩 쭉 곧기도 한 긴 골목에서 꺾어진 가지의 끝자락에 두 집이 박혀 있었던 만큼 가까운 쪽으로 뚫린 한길까지 다닥다닥 붙은 이웃집들이 더러는 데면데면하게 지나치기도 했으나, 그 면면들은 낯익을 수밖에 없었다.

심 형사네는 식구가 많았다. 두 내외 말고도 자식들만 일곱 남매 이상이었고, 말을 제대로 못하는 처녀꼴의 반버버리 하나까지 딸린 데다 도회지 공부를 한답시고 시골에서 올라와 저희들 형제 자매끼리 자취하는 곁방내기도 늘 두 쌍쯤은 껴묻어 있었다. 그들은 심씨 내외의 일가친지들 자식이었고, 대문에 딸린 방 세 개에 나눠 살았다. 당연하게도 심 형사네는 자식 많은 집인가 하면 학생 많은 집으로 통했다. 그런데 심씨의 윗자식 남매 중 하나는 그 양반의 형님 자식이라는 둥, 혼례도 올리지 않고 살다가 일찌거니 사별한 첫 부인의 소생이 그 중 하나라는 말도 들렸다. 아마도 그 전처의 아우 중 하나가 심씨의 후처였기 때문에 그런 억측이 나돌았을 것이라고 했다. 어쨌든 이 인물 고운 후처의 어릴 때 일화 한 토막도 그이의 별난 팔자를 일찌감치 대변하고 있다. 곧 그이는 슬하에 아들만 셋을 두고 그냥저냥 양식 걱정을 덜고 사는, 뱃삯을 줘야 건너는 강 너머 마을의 한 과수댁에게 입을 살러 갔으나, 무싯날에는 엄전스럽다가도 장날이면 온종일 울며불며 장바닥을 싸돌아다니는 병이 들었다. 제 피붙이를 찾느라고 그런 거리 귀신이 씌었다는 소문이 들려오자 딸부잣집 내외는 하루도 마음 편할 날이 없었다. 온 식구가 끼니때마다 목이 메고 건건이조차 제대로 삭이지 못하는 나날을 보내는 중, 하루는 맏자식이 홀연히 자취를 감추더니 며칠 후 해거름녘에 제 불쌍한 동생의 손을 잡고 나타났다. 그리고는 용단 없는 부모에게 제가 동생 대신 그 과수댁의 수양딸로 들어가겠다고 했다. 그 맏딸이 이번에는 민며느리로 그 과수댁에 들어갔는지 어쨌는지는 알 수 없다. 만에 하나 그랬다면 실성기 때문에 생가로 복적한 한때의 수양딸의 언니를 며느리로 삼았으니 인연 맺기는 실로 끈질기다 못해 무상한 것이 되고 만다.

심 형사는 아주 과묵한 사람으로 집에 있을 때면 있는지 없는지도 모를 지경으로 기척이 없었다. 날도 새기 전에 집사람의 배웅을 받고 나가면 밤늦게, 심지어는 통금 중인 한밤중에 "내다"라며 대문을 거칠게 두드리곤 했는데, 그것이 그나마 그 양반의 유일한 인기척이었다. 언제라도 뒤통수의 머리칼이 까치집을 짓고 있는 그가 부석부석한 얼굴로 긴 골목길을 빠져나갈 때는 누구에게도 아는 체를 하지 않고 힐끔 곁눈질로 일별을 던지는 것이 고작이었다. 아예 인사를 할 줄 모르는 사람으로 호가 날 정도였다. 가끔씩 대낮에 좁은 골목길을 지나다닐 때도 그는 자기 옆을 스치고 가는 행인을 전혀 의식하지 않는 거동이었고, 잠이 덜 깨서 그런지 걸음새는 한결같건만 갈지자걸음을 떼놓곤 했다.

한번은 이런 일도 있었다. 최 선생이 꾸미에 지단채와 나물 같은 건더기를 잔뜩 얹은 칼국수를 워낙 좋아해서 점심으로 집에서 말아낸 그 음식을 바치려고 학교 정문을 빠져나와 수양버들이 박인 한길을 돌아 골목길에 들어섰다. 마침 심 형사도 간밤의 야근 후 느지막한 출근길이어서 골목길을 빠져나가고 있던 판이라 두 이웃 바깥양반이 딱 마주쳤다. 그렇잖아도 사람 사귀기를 좋아하는 데다 빽 좋은 이웃을 알아두면 요긴할 때 등 비빌 짝지로 삼을 수 있을까 해서 최 선생이 먼저 좋은 낯으로, 바로 옆집에 사는 아무개인데 인사가 늦었다고, 야근이 잦으시던데 나랏일로 얼마나 고생이 많으시냐고, 착실히 인사를 닦아 올렸다. 그런데 심 형사는 마지못한 듯이, 알아요 라고 데퉁스럽게 받고는 잠시 이런 한심한 것을 봤냐는 상호를 긋더니, 더 할 말 없지요 라며 무안을 주더라는 것이었다.

이런 심 형사 댁에서 언제부터인가 잊을 만하면 매타작을 퍼붓는 끔찍한 소리가 들려오곤 했다. 주로 긴긴 여름 해가 뉘엿뉘엿 저물어갈 때라든지 짧은 겨울 해가 깜빡 져버려 추녀 끝에도 새카만 어둠이 매달려 있을 때, 그러니까 심 형사가 무슨 생각인가를 골똘히 하는 듯 고개를 빠뜨리고는, 술은 입에도 못 대면서도 술 취한 듯이, 피곤에

절은 듯이, 졸음에 겨운 듯이 휘청휘청거리는 그 묘한 비틀걸음을 떼놓으며 귀가한 날에 꼭 그런 소동이 벌어졌다. 온 집안이 악머구리 끓듯 해서 삼이웃이 최 선생네 담장에 붙어서서 구경꾼 노릇을 하게 마련이었는데, 심 형사는 숯 포대 회초리나 연탄집게나 고무호스 따위를 주워들고 제 자식을 개 패듯 두들겨대는 것이었다. 대청마루에는 이미 밥상 두어 개가 나뒹그러져 있고, 아이들은 부엌으로 방방으로 뛰어다니며, 아부지, 한 번만 살려달라고 울부짖어대니 생지옥이 따로 없었다. 그런데 매 맞는 자식이나 매질하는 애비가 내지르는 땡고함을 새겨들어보면 별것도 아닌 일로 그런 사매질을 놓는 것이었다. 이를테면 이 애비가 너희들한테 밥을 굶겼냐, 한뎃잠을 재웠냐, 헐벗겨 놓았냐에 이어 공납금을 제때 안 줬냐, 돈 벌어 오라고 시키더냐 같은 잣다라운 제 공치사를 입에 담기도 거슬리는 쌍욕 갈피마다에 주워섬기는가 하면, 트집거리는 더 가관이어서 똑같은 머리로 한다고 하는 공부가 왜 그 모양이냐, 거지처럼 왜 이발을 제때 안 하고 장발로 돌아다니냐, 불량배처럼 왜 운동화 뒤축을 빼개 신느냐, 개새끼들처럼 왜 시도 때도 없이 아무 데서나 자빠져 자느냐 등등이었다.

제 집사람도 욕가마리로는 예외일 수 없어서, 버르장머리없는 계집년, 육시랄 년, 본 바 없는 무식한 년, 지 자식 밥투정도 제대로 잡도리 못하고 정만 헤픈 년이라며 귀싸대기를 때리고 난리였다. 직업상 매질에는 워낙 이력이 나서인지 그런 손찌검에는 어린 것이거나 어른이나 매번 벌렁벌렁 엉덩방아를 찧으며 나가자빠지기 일쑤였다. 심 형사의 그런 횡포를 말리기보다는 어이가 없어서 수수방관할 수밖에 없는 한 떼거리가 또 있었다. 행랑채에서 저희들 형제 자매끼리 자취

생활하는 일가붙이들이었다. 그들 중 머리 굵은 머슴애 하나가 그 험악한 난장질을 뜯어말리느라고, 아재비요, 지발 고정허세유, 사람을 말로 타일러야지, 소 돼지처럼 그렇게 함부로 후두들겨패는 벱이 어딨데유 하고 나서면 대뜸, 이 출중찮은 놈 하구선, 넌 와 뜨신 밥 처묵구 남의 일에 참견을 해싸 라는 일갈에 덧붙이기를, 싱거워빠진 놈 소리를 안 들을라거덩 썩 물러서라고, 이런 꼴 보기 싫으믄 후딱 내 집에서 보따리 싸매구 나가 뿌리라며 시퍼렇게 삿대질을 퍼부었다. 평소에도 빈말을 건네기는커녕 눈길도 안 주는 양반인만큼 말대꾸를 했다가는 또 무슨 봉변을 당할지 몰라 일가붙이들은 구경꾼처럼 울을 치고 인정 없는 겨레붙이 노릇을 할 따름이었다.

아무리 가장이라고 해도 한 사람만의 일방적이고 무지막지한 그 패악질은 시작할 때처럼 갑자기 뚝 멎어버리곤 했는데, 그 절차에도 나름의 순서가 있었다. 곧 이 망종들, 원대로 했으면 한참에 몰살을 시켜도 시원찮겠지만서도 운운하는 악담을 퍼붓고 난 다음, 담벼락을 따라 심어 놓은 화단에서 한창 피어나는 해바라기, 봉선화, 맨드라미 같은 화초들 중 한 포기를 뿌리째 뽑아 쪽마루나 신방돌에다 패대기치는 것으로 끝나는 활극이 그것이었다. 그리고는 그런 행패가 언제 있었느냐는 듯이 심 형사네는 감쪽같이 괴괴한 정적에 파묻혀버려서 삼이웃들은 한편으로는 재미난 영화를 본 듯 우습다가도 다른 한편으로는 수상쩍기도 했고, 심 형사라는 양반이 무서웠다.

제 휴대폰에 걸려온 전화번호를 몰래 열어봤다고 사생활 침해 운운하며 법정에 판단을 물어 지아비의 못된 행실을 부분적으로 올가미 씌우기도 하는 오늘날에는 도무지 상상할 수도 없는 그런 만행이 불과 40여 년 저쪽에서, 유추하건대 1960년대 안팎부터 1980년대 전후까지 한 집안에서 버젓이 벌어지고 있었다니 개탄스러울 뿐이지만, 당시의 폭압적 통치행태와 그 첨병들이 무시로 저지르던 폭력행사의 관행을 되돌아보면 굳이 머리를 내둘릴 만한 목불인견이라고 몰아붙이는 짓거리야말로 호들갑스러울 수 있다. 게다가 김 교수가 한 지방대학의 동료로서 작은 심과 본격적으로 교유를 나누면서도 차마 한 집안의 그런 폭력 행위의 곡절까지를 캐물어 볼 수는 없었으나, 언젠가 작은 심이 제 부친이 원숭이띠라고, 그러니까 1920년생이라는 사실을 얼핏 흘렸으므로, 그렇다면 그 상습적인 가족 폭행자는 한창 혈기 왕성한 청년기의 들머리에서 일제의 단말마적인 폭행을 일상적으로 보고 들었을 것이며, 그 앞잡이로 동참했을 수도 있었겠다는 짐작만은 곱새겨본 적이 있을 뿐이다. 따라서 심 형사의 그 망동에서 피압박 민족에 대한 제국주의적인 만행의 내면화 내지는 만연화, 안하무인 격 능멸의 노골화 및 그 고질화 등을 읽어내기는 어렵지 않은 일이나, 그런 큼지막한 조명보다는 현미경을 들이대는 것이 한결 유익할지도 모른다. 예컨대 그 짙은 구레나룻을 트레이드 마크로 자신의 편견 많은 예단적 학설에 위엄을 잔뜩 실은 19세기의 한 정치경제학자의 단언대로 만사는 돈이 관건으로, 모든 인간의 어떤 행위에도 그것의 지배적 영향이 깔려 있다면 심 형사의 그 주기적 가족 폭행은 일단 그것과는 무관하다. 왜냐하면 세전지물이든 어쨌든 일찌감치 집칸이나마 지니고 살겠다, 크다면 큰 권력도 나름대로 휘두르는 경찰공무원이었겠다, 그 월급이 자신의 공치사대로 가족 부양에는 제법 여유로웠을 테니까. 실제로도 딸을 앞뒤로 두고 그 가운데 아들 둘을 둔 최 선생네의 늘 째는 살림 형편에 비하면 심 형사네의 그것은 반반하기 이를 데 없었다. 또한 한 가장의 그런 조포성(粗暴性)을 흔히 껄끄러운 부부간의 금실 탓으로 돌리는 이른바 범성욕주의적 진단도 무리인 것은 자명하다. 왜냐하면 후처가 언니의 급서로 살림을 이어받자 바로 예의 그 큰 심을 낳고 뒤이어 세 딸을 거의 해거리로, 흔히 느루배기라는 별호대로 해마다 서는 아이를 두엇쯤 유산하고 작은 심을 막둥이로 봤을 뿐만 아니라 그 양반의 상투어인 '내가 뭘 잘못했다고' 에서 드러나는 대로 다른 여자에게 한눈을 팔 성격도 아니어서 그렇다. 그러므로 직장에서나 가정에서나 자기 소임을 빈틈없이 꾸려가려는 과도한 책임의식에 옥죄어서, 그 자기 과부하의 난반사가 그에게 신체적으로 비틀걸음을, 가족에게는 빳빳한 학대를, 모든 이웃을 예비 위법자 무리로 보는 사시안을 강제했을지도 모른다. 비근한 예로 직장 상관이 미제사건의 조속한 해결을 쾌친답시고 보고서를 면전에서 내팽개친다든지, 드센 마누라쟁이가 온갖 구실을 끌어다 대며 유형 무형의 보챔을 일삼을 때, 그런 폭력을 곱다시 당해야 하는 피해자는 자신의 수모를 주위의 만만한 사람에게 덮어씌운다. 옛말로는 배채기인데, 아버지 폭력의 연장선상에 있는 국가 폭력의 근원도 사실상 이런 구체적인 일상에서 찾아야 하고, 그 다음에 그 기득권 행사로서의 합법적 폭력이 어떻게 증폭되는지, 그 사회적인 요인이 무엇인지를 뜯어보는 것이 옳은 순서일 것이다. 따지고 보면 싸움이나 전쟁도 제 식구나 제 구성원에게만 통하는 그런 부분적 기득권에 대한 전면적 부인이거나 경멸일 뿐이다. 따라서 심씨네 일가는 가장의 그런 직업이, 그 꼬장꼬장한 성격이 불러일으킨 애먼 화풀이의 희생자였다고 보는 것이 한결 그럴듯하다. 굳이 또 다른 연원을 찾는다면 상없이 처제를 취처했다는 만부득이한 일종의 원죄의식이 그 양반 특유의 보신술로서의 과묵한 성정을 스스로 강제하는 일방 그 별난 팔자소관의 반작용이 제 피붙이들에게 그처럼 모진 시집살이를 시키게 만들었을 것이라는 가정을 떠올릴 수 있다. 그러나 아무리 '말의 과학'을 동원한다 하더라도 사람의 속은 알쏭달쏭한 것이므로 막말을 함부로 할 수 없는 노릇이지만, 그 양반이 그런 기막힌 인연을 자신의 허물로 여겼을 것 같지는 않다. 모를 일이긴 하다. 앞서 간 지어미의 고운 자태가 떠오를 때마다, 또 그런 정감이 내연하는 한 자기도 어쩌지 못해 터뜨려지는 가학성 발작이 '불충분한 통곡'에의 미봉적 해소책일 수 있었는지는.

그러나 이쯤에서 아무리 강조해도 지나치지 않는 사실을 빠뜨릴 수는 없다. 곧 겉으로는 너무 반듯하고 깔축없는 엄부 밑에서 온 가족이 숨도 제대로 못 쉬고 살얼음판 위를 걷듯 일체의 언행을 조심조심하며 살았을 것 같으나, 결코 그렇지 않았다. 오히려 그 반대였다. 우선 자모로서 손색이 없는 황씨 성을 가진 그의 후처는 알뜰한 살림꾼에다 둥글둥글한 성격도 일품이라 할 만했다. 자기 소생이 아닌 위의 두 자식도, 어릴 때 자신을 구원해준 언니에 대한 보은 때문에라도 친자식 이상으로 잘 보듬었고, 여필종부하는 미태에도 나무랄 데가 없어서 식은 국을 못 먹는 지아비를 위해서 끼니때마다 따끈따끈한 국그릇을 세 번이나 갈아대는 노고에도 싫은 내색을 내비치는 법이 없었다. 이웃들도 심 형사가 처덕으로 산다고들 했고, 걸핏하면 제 자식들을 개 잡듯이 족대기고 '몽침이'처럼 말도 없는 그런 바깥양반과 무슨 재미로 사느냐고 비아냥거리면, 그래도 없는 것보다는 머리가 편

타는 곱다란 대답을 들어야 했다. 엽렵한 제 어미를 닮아서 자식들도 하나같이 모난 구석이 없었다. 특히나 황씨 부인과 슬하의 자식들은 최 선생네 식구들과 자별하게 지냈다. 그럴 수밖에 없었음은 최씨 댁의 하나뿐인 손위 시누이가 벌이 너른 맏길 임(任)씨에게 시집을 갔는데, 그 사촌 동서 중 하나가, 기계로 실처럼 줄줄이 빼낸 면발을 메줏덩이 말리듯 천장에 주렁주렁 매달아 놓았다가 꾸덕꾸덕해지면 일정한 길이로 자른 다음 그것을 완장 같은 미농지로 싸말아 파는, 인근에서는 다들 그 집 국수가 차지다고 사 먹게 마련인 국숫집 안주인으로 황씨 부인과는 친자매간이었다. 또한 황씨가 세 번째로 낳은 딸이 최씨의 맏딸과는 초등학교 때부터 공립 중고등학교까지 내내 같은 학교를 다닌 단짝 친구였고, 그 밑의 자식들도 서로 학교가 같거나 학년이 앞서거니 뒤서거니 했기 때문이었다. 이래저래 여느 이웃 이상으로 가까울 수밖에 없는 처지였다. 게다가 60년대 중반에는 최 선생이 예의 그 서무주임직에서 들려난 후 또 다른 학교 부지의 조성 책임자로 무슨 농막 같은 데서 노무자들과 숙식을 함께 하는 처지로 굴러떨어지자 집에 들이는 생활비가 가뭄에 콩 나기로 들쭉날쭉이라 최가네는 사는 형편이 말이 아니었는데, 황씨 부인은 이웃사촌의 그 딱한 사정을 알고 산통계를 해보라며 계원을 앞장서서 끌어모아 주고 있던 터였다. 그래서 너무 허랑해빠진 제 동생을 백안시하던 최씨의 누님은 친정 올케와 황씨 부인의 정분을 시기할 지경이었다. 황씨 부인은 거둠손도 커서 지아비는 물론이고 커가는 자식들의 보신을 위해서 철따라 흑염소를 잡거나 개장국을 끓이면 이웃사촌네에게 꼭 한 솥씩 떠안기곤 했다. 제 엄마들이 그처럼 살갑게 지내니 자식들도 숙제거리를 들고 들락였는데, 주로 심씨네 자식들이 최가네에게로 건너온 것은 바깥양반이 밤낮없이 출타 중이었기 때문이었다. 심 형사네의 앞선 두 자식의 출생 비화만 서로가 쉬쉬할 뿐 흉허물없이 지내는 사이였던 만큼 황씨 부인과 세 살 밑의 최씨 댁은 형님, 동생 하며 못할 말이 없었다. 개중에는 이런 일화도 있었다. 다른 쪽보다 계급 승진과 자리 이동 같은 인사고과에 경쟁이 워낙 치열하고, 그만큼 연줄 대기와 엽관 운동도 성행하던 시절이라 심 형사는 때만 되면 커다란 통조림통들에 고액권을 잔뜩 쟁여넣고 상경길에 올랐다. 그런데 그 상경길에 나서면 왠지 밀린 잠이 쏟아져서 보자기에 싼 그 통조림통 뭉치를 열차 속의 선반 위에 던져놓고 한숨 달게 자고 일어난다는 것이었다. 언제라도 밤차를 타고 신새벽에야 서울역에 떨어지면 곧장 출근 전의 인사권자 댁을 찾아가, 머리를 조아린다기보다 눈도장을 단단히 찍은 다음 그 뇌물을 디밀어놓고 바로 내려와야 하는데, 그때마다 혹시라도 그 깡통을 분실할까 봐 황씨 부인은 조마조마해 죽을 맛이라고 했다.

대충 드러나 있는 대로 한때 한반도의 이남 땅에서는, 그것도 중부권의 한 도청 소재지의 한복판에 찡박혀 있는 어느 사립 여자중고등학교의 4층짜리 교사에서 빤히 내려다보면 두 이웃이 더없이 오순도순 살아가고 있었으나, 두 집안의 속살은 이처럼 대조적이었다. 가장의 채신부터 한쪽이 반듯한 규격품이라면, 다른 한쪽은 삐딱하다 못해 한쪽 모서리가 찌그러진 조악품에 가깝다. 중동의 어떤 종족처럼 반달꼴로 깊게 파진 쌍꺼풀 언저리에 늘 웃음기가 잔잔히 고여 있는 한쪽 부인은 비록 매 맞고 사는 여편네는 아니었어도 돈 말만 꺼내면 눈길을 먼 데로 내둘리며 우물거리다가 슬그머니 꼬리를 사리는 길고양이로 돌변해 어디론가로 줄행랑을 놓고, 며칠씩 행방이 묘연해지는 무능한 지아비 앞에 사는 덕으로 언제나 풀이 죽어 지낸다. 제 아비가 발기발기 찢어버린 통신부를 차마 그대로 옮길 수는 없어서 잃어버렸다고 둘러댐으로써 복도에서 한 시간이나 두 손을 들고 벌을 서는 한 여학생 옆에는 집안 형편을 훤히 알고 있어서 공납금 달라는 말도 못 꺼내는 눈치꾸러기 학생이 있다. 이것이 6, 70년대, 나아가서 그 소위 유신의 조종이 울릴 때까지 질펀하게 널려 있던 우리의 엄연한 현실이다. 이런 분별은 자연스럽게도 멀게는 군국주의의 통제경제 체제에서나 가깝게는 군사정권의 개발독재 체제에서 익히 보아온 그 위장된 풍요, 그 가식투성이의 부분적 자유, 그 터무니없이 벌어진 소득의 격차, 서로가 우호적일 수밖에 없는 어떤 인연조차 편견과 불평등으로 비끄러매는, 그 뒤틀린 유대감을 떠올리도록 몰아부친다. 두 이웃의 살림살이가, 그 규모가 한목에 우리 사회의 삐딱해빠진 현상을 상기시키고 마는 것이다.

두 이웃은, 학교법인측의 간곡한 퇴거명을 좇아 최 선생네가 그즈음 시 외곽지에 한창 들어서던 20평대의 한 연립주택에서 전세 살림을 벌일 때까지 꼬박 12년을 그렇게 살았다. 그때가 겨울이었으니 유신헌법이 터뜨려진 직후였던 것 같고, 그 이듬해 최씨네 맏딸은 서울의 한 대학으로 진학했다. 두 이웃은 점점 소원해졌다. 정국이야 숨막히게 돌아가든 말든 덧없는 세월이 이엄이엄 잘도 흘러갔다. 어느새 심 형사도 한 지역에서는 무소불위하다 할 만한 직위에 올라 경찰서장 자리를 넘본다는 소문이 들렸고, 그 맏자식은 약사 자격증을 따서 약국을 개업했으며, 그 밑의 맏딸은 택시 운수업을 제법 크게 벌이고 있는 집안에 시집을 갔다고 했다. 최씨네는 원래부터 무능하던 가장이 중년에 접어들자 한뎃잠을 자버릇한 탓인지 무단히 입만 한쪽으로 실그러지는 와사(喎斜)가 든 이후로는 아예 낚싯대만 붙들고 실속 없는 세월을 낚고 있던 터이므로 안에서 화장품 외판원으로, 그 단골로부터 곗돈까지 받아내는 계주로 생계를 겨우겨우 꾸려가는 형편이었다. 전세 기한에 쫓겨 이사하기에도 숨이 벅찬 최씨네와 대형 아파트에서 관용 승용차로 출퇴근하는 지아비를 단지 입구까지 쫓아가며 배웅하는 한때의 이웃은 이제 그 사는 모양새가 너무 동떨어졌다.

그래도 잊을 만하면 물이 아래로 흐르듯이 행세하며 사는 쪽에서 기별하여 서로의 가족 안부를 묻곤 했는데, 최씨의 맏딸이 대학을 졸업하자마자 운 좋게도 여의도의 한 공립중학교 역사 선생으로 발령받아 한창 철부지 여학생들의 환심을 사고 있을 때, 심 형사 댁의 세째딸 종희가 찾아왔다. 마침 토요일 오후여서 두 친구는 벚꽃이 만개한 강변길의 인파 속에 파묻혀 마냥 걸었다. 그런데 워낙 오랜만에 만나는 터이라 종희의 얼굴이 그새 이렇게 변했을 수 있나 하는 느낌이 들었지만, 대놓고 묻지는 못하고 있는데, 그쪽에서 먼저 자기 얼굴이 좀 부어 있지 않냐고 했다. 그러고 보니 나이와는 걸맞지 않게 들뜬 화장이 짙었고, 완연한 부기 아래에는 푸르끼한 멍 자국도 분명히 어른거렸다. 얼핏 뭔가가 짚여서 고개만 주억거리며 눈짓으로 그 곡절을 채근하니 종희의 실토는 과연 짐작대로였다. 알다시피 자기는 지방국립대학의 국문과 출신이 아니냐고, 그래서 같은 학과 3년 선배에게 일찌감치 점찍혀 이제는 서로가 헤어질 수 없는 처지가 되고 말았으며, 그 선배가 편모슬하의 누이 하나 있는 외동아들이고 지금은 대입전문학원의 강사로 꽤나 이름이 나서 벌써 여기저기서 웃돈의 액수까지 정확히 제시하며 모셔 가려는, 어떻게 보아도 장차 제 앞갈망에는 실수가 없지 싶고, 남에게 폐를 끼치거나 신세를 질 남자는 아닌 게 분명한 그런 사람이라고 했다. 그러나 심 형사에게는 셋째 사윗감의 그 모든 조건이 하나같이 결격 사유로 비쳤던 모양이었다. 바깥사돈이 없다는 것도, 나라에서 법으로 면제시켜주었건만 사내자식이 군 복무를 안 한 것도, 공무원처럼 옳은 직장을 안 가진 것도, 심지어는 장래를 도모하기 위해 스스로 학비를 벌어 대학원 학력을 만들고 있는 좀생이 기질도 탐탁잖다 못해 아예 타매하고 있다는 것이었다. 그러나 그처럼 시원찮은 결혼 조건들이 종희에게는 죄다 제 눈길을 붙잡고 놓아주지 않는, 무슨 흡인력 좋은 장신구 같아서 혼인 말이 나온 지난 연말부터 짱짱하게 버티고 있던 판인데, 엊그저께 환갑을 목전에 둔 양반이 드디어 예전의 그 버릇을 터뜨리며 삿대질에다 혼인은 절대로 '불가하다'는 우격다짐을 내깔기며, 홀시어미 밑에서 지지리도 못나빠진 고생바가지가 될라느냐는 지레 막말 끝에 빰따귀를 내리찍었다고 했다. 이제는 종희도 고분고분 물러서지 않고 옹골차게, 유 선배를 만난 게 왜 내 잘못이냐고, 아버지가 계집애 자식이 서울 유학이 웬말이냐고, 사립대학은 못 보낸다고 내 서울 진학을 한사코 말린 그 화근 때문에 그렇게 되지 않았냐고 대들었으며, 그 악다구니를 기다렸다는 듯이 심 형사 쪽은 걷잡을 수 없는 폭력을 휘두르기 시작하더니, 그놈 애비가 누구였는지 알아보겠다고, 그따위 사설학원도 온통 위법, 탈법, 불법을 저지르고 있는 영리 목적의 임의단체에 불과할 테니

샅샅이 뒷조사를 하고 말겠다고 어처구니없는 엄포까지 놓는 통에 온통 집안싸움으로까지 번져버렸다는 사연이었다.

모든 매질이 그렇기도 하지만 심 형사의 그것은 유별날 정도로 온 집안을 떠들썩하게 만들고, 급기야는 그 일방적인 무력행사가 너무나 지독해서 외마디 비명에 아우성이 보태지는 '전통'이 지켜지는 터였으므로 이제는 명실상부한 최 '선생'도 충분히 짐작이 가는 광경이었다. 물론 그때는 많이 달라져 있었다. 곧 다행스럽게도 종희 쪽의 원군이 많았고, 심 형사는 나잇살이나 먹은 독불장군에 지나지 않았다. 특히나 코피가 터져 피 칠갑한 제 누이의 얼굴을 보자 남동생이 부르르 나서서, 나를 때리라고, 아버지는 사람 패는 선수냐고 대들고, 막내 여동생은 제 아비의 남방셔츠 소매를 뜯어놓는가 하면, 황씨 부인도 매몰차게, 어릴 때 자식 말이지 사리 분별이 분명한 다 큰 자식을 아비라고 함부로 두들겨 패는 당신이 도대체 무슨 인간이냐고, 이제부터는 나도 남은 자식들 데리고 나가 살 테니 알아서 하라고 설쳐댔다는 것이었다. 어떤 공포 분위기의 조성자, 나아가서 모든 무력행사의 도발자는 대체로 자기 정당성의 변호에는 추호의 양보도 없는 법인데 심 형사도 마찬가지였다. 그이는 종희 쪽의 원군이 이제는 도저히 어떻게 손을 써볼 수 없을 정도로 막강하든 말든 오로지 아비라는 호신용 정당성만으로 '내가 뭘 잘못했다고'라는 상투어에 '내가 너희들한테 뭘 제대로 안 해줬다고' 같은 억지를 흩뿌리는 일방, 너희들은 조만간 반드시 후회할 테고, 자기가 옳았음을 알게 될 것이라고 막무가내의 고집을 부리고 있다고 했다. 그렇거나 말거나 종희는 이렇게 창피할 지경으로 두들겨 맞은 '보람'을 영원히 새겨두기 위해서라도 절간 같은 데서 제 아비만 모르는 결혼식을 올리고 말겠다는 다짐을 내놓았다.

그때 중학교 '국사' 선생짜리는 비로소 경찰공무원에게는 계급정년이라는 제도도 사실상 있는 듯 없는 듯하며, 심 형사는 여전히 무궁화 꽃을 하나 더 달려는 야심을 놓지 않고 있다는 사실을 알았다. 그리고 무슨 망외의 소득처럼 해묵은 의문 하나도 종희의 토로로 훌렁 풀어버렸다. 곧 그 당시만 되돌아보면 언제라도 아스라이 떠오르는, 그 조붓한 골목길과 가로수가 점점이 박혀 있던 2차선 학교 담장 길을 누비다시피 걷던 이웃집 바깥양반의 잠에 취한 듯한 그 비틀걸음의 연원을 듣고는 속으로 깜짝 놀랐는데, 그것은 오로지 장차의 간판용으로 4년제 대학 졸업장을 따 두기 위해 야간대학 법학과에 적을 걸어놓고 있었기 때문이었다. 책이나 공책은 물론이고 책가방 같은 것도 들고 다니지 않았고, 아무리 따져봐도 그런 것과는 한참이나 거리가 먼 양반이 오로지 학력 한 줄을 만들기 위해 그토록 밤늦게까지 다리품을 팔고 있었으며, 그런 꿍꿍이 수작을 이웃사촌에게마저 감쪽같이 감추도록, 따라서 종희 엄마조차 그 사실에 관한 한 일체 함구로 일관했다니.

멀쩡한 양반의 개차반 같은 행실에 대한 하소연이 끝나자 종희는 다른 가족들의 안부도 들려주었다. 종구 오빠는 경찰 공무원께서 필독서까지 사다 주며 강권으로 몰아댄 고시 공부에 신물을 내더니 봐란 듯이 모기관의 7급 정기공채 요원으로 들어감으로써 반드시 공무원이 되라는 아비의 원을 반 이상 들어주었고, 제 바로 위의 종선이 언니는 지지난 해 초에 유성(儒城)에서 7층짜리 호텔을 운영하는 집의 맏아들에게 시집을 갔는데, 소아마비를 앓지도 않았는데도 잘름발이인 그 형부는 인물도 좋고 학벌도 빠지지 않아 그런지 일 욕심, 돈 욕심이 끝이 없어 첫아들을 보자마자 제 집사람에게 호텔 1층의 한 자투리를 떼주며 커피숍의 마담으로 앉히는 한편 여러 종업원의 '삥땅' 감시원 역할을 맡겨놓았다고 했다.

마음까지 환하게 틔워주는 벚꽃의 치열한 환호 사이사이로 땅거미가 빠르게 번져갔다. 두 친구는 혼인적령기여서 좀 비감했다. 도도히 흘러가는 한강의 잔물결도, 둔치의 싱그러운 잔디밭도 떼 지어 느긋이 거닐고 있는 상춘객들을 비웃듯 바싹 오그라들어 있어서 방금이라도 부르르 경련을 일으키며 떠들고 나설 것 같았다.

이윽고 종희가 먼저 엉덩이의 검불을 털어내며 일어섰다. 필동의 한 귀퉁이에 숨어 있는, 안채와 뚝 떨어진 독채 2층에서 매끼니를 거의 매식으로 때우며 일부러 어깃장을 부리듯 총각 딱지를 떼지 않고 있는 종구 오빠에게 간다고 했다. 민의야 어떻게 굴러가든 그 명단을 작성하여 위의 형식적 재가를 받은 후, 임명직 국회의원까지 점지하던 전단적(專斷的) 기관에 재직하고 있었으므로 그는 그즈음 조정관으로서 중앙청 제1, 제2 회의실을 뻔질나게 들락이느라고 몸과 머리가 각각 두 개라도 모자라는 신분이었지만, 그날만큼은 꼭 일찍 들어오겠다고 했으니 저녁밥을 지어놓고 기다려야 한다는 것이었다. 두 친구는 서로의 결혼식에는 꼭 기별해서 축하해주기로 단단히 약속했지만 두쪽 다 피치 못할 사정도 있었고, 거리도 멀어 막상 예식장에 얼굴부조는 할 수 없었다.

누구라도 지난날을 되돌아보면 한때의 아둔패기 노릇이 가소로워지고, 그 무기력한 회상 취미에 진저리를 치게 되지만, 위의 몇몇 사실에서도 그 좀 딱한 사정은 잘 맞아떨어지고 있다. 우선 그렇게나 자식들에게 공무원 제일주의를 사주하고, 공립중고등학교와 비록 지방 소재일망정 국립대학만 가라고 닦달한 심 형사의 처세 자체가 모순이다. 아마도 그것은 출세지향주의를 기도하는 꾀바른 세뇌 공작이었을 것이며, 체제 순응과 속물 비호를 위한 사전 정비작업으로서의 또 다른 조기교육이었을 것이다. 자기 스스로 사립대학 야간부에서 얼렁뚱땅 학력을 만들어놓고서도 그 이수 과정이 너무 엉망이었으니까 자식들에게는 답습시키지 않겠다는 발상은 자가당착이 아니고 무엇인가.

그때나 지금이나 교육의 질을 따지면 사실상 국립이든 사립이든 그게 그것이다. 물론 여러 가지 점에서 두쪽 다 많이 나아졌지만, 아직도 이 땅의 교육제도 전반은 외화내빈의 교육환경, 허장성세의 전공학문과 그 연찬 방법 및 그 수준의 열등, 유명무실한 선생들과 그 교수 실적 등등으로 볼 만한 성과를 못 내놓고 있다. 이 엄연한 현실에도 불구하고 어떤 나라의 수치와 견주어도 월등한 교육수요의 항구적인 비등이 오늘날 이 땅의 이만한 풍요를 창출해낸 원동력이었음은 주지의 사실이고, 그 공은 과를 상쇄하고도 남는다. 같은 맥락에서 그런 전반적 역량의 확보가 국력인데, 그것의 경영권은 절대 대주주인 민간이 쥐고 있다. 그러나 불행하게도 부실한 교육을 타의에 의해 감수했으므로 일생토록 무식, 무교양으로 일관한 심 형사는 절대 대주주의 그 막강한 힘, 그 성장 추세에 등한하다 못해 투미한 정세 판단으로서의 아집만 부리다 자식들에게 봉변을 당하고 만 것이다. 그 민간의 힘을 분산시키고, 주주들끼리의 이전투구로 자중지란이 일어나도록 획책하는 일체의 기도 자체는 무리이고, 무익하며, 결국 도로에 지나지 않음을 전제봉건 왕조 국가나 다름없는 북조선의 억지 통치가 구슬프게, 아니 악독스럽게 보여주고 있음에랴.

나중에 작은 심이 들려준 그 후일담은 유신체제의 태생적 한계와 그 자멸극을 미리감치 보여주고 있어서 재미있다. 곧 진단서를 곧이 곧대로 끊기로 들었다면 전치 3주는 충분히 나왔을 둘째 동생 종희의 구타 소동을 듣자마자 그녀의 둘째 오빠 종구는 대뜸, 그 영감탱이가 아직도 정신을 못 차리고 자빠졌네, 지금이 어느 시댄데, 성질대로 했으면 당장 잡아처 넣어 혼찌검을 내줘야 속이 시원하겠구먼이라고 일갈한 데 이어, 제 동생에게는 절대로 굽히지 말고 니 고집대로 그 신랑감을 좋은 이빨로 꽉 물어버리라고 했다는 것이다. 아무리 끗발 좋은 자리에 있다 해도, 또 여동생 앞에서 젊은 혈기로 내지르는 우스갯소리라 해도 제 아비를 잡아처 넣겠다니 오만불손하기 짝이 없는 망발이지만, 그 모든 가정적 말썽조차 이미 저 위에서 조작한 정치적인 권력의 조잡한 규정, 그 야만적 횡포가 빚어낸 우물 속 평지풍파가 아니고 무엇이겠는가. 작은 심은 자신의 단평을 덧붙이는 것도 잊지 않았는데, 자조적인 발상이라고 욕해도 곱다시 당하겠으나, 남북한을 통틀어 옳은 개선식도 한번 못 치렀고, 제대로 지어놓은 개선문도 하나 없고, 울컥해지는 개선행진곡도 한번 울려보지 못한 나라가 어째자고 지 국민들만 그렇게나 마르고 닳도록 달달 볶아댔는지 알다가도 모르겠다고 했다. 이북 땅에는 그런 것들이 더러 있는 모양이지만, 그것들이 전적으로 가짜에 허세임은 두말 할 것도 없으려니와 다른 목적과 수단으로 쓰이고 있으니만큼 일리가 있는 말이었다. 동료로서 김 교수는, 그런이까 만년 약소국가에 열등민족이지 라고 받았고, 심은 즉각, 그걸 늘 똑똑히 알고나 있자 이거지요 라고 했다. 잠시 새겨보니 정치적, 군사적 의미에서의 개선식, 경제적, 기술적 측면에서의 개선문, 문화적, 예술적 성취로서의 진솔한 개선행진곡이 이 땅에서는 영원히 부재할 것임이 빤히 내다보였고, 그런 막막한 장래를 어떤 식으로든 바르게 돌려세워 놓기 위해서라도 폭력 따위의 야만적 행위 일체부터 불식시키는 것이 급선무일 것 같았다.

4

햇수로 벌써 5년 전이었으니까 1999년 3월의 첫째 주 주중의 어느 날이었을 것이다. 그날은 교직원용 식당의 특실에서 총장 임석하에 주요 보직자들 네댓 명, 안식년을 끝내고 다시 강의에 임하는 여러 명의 재직 교수들, 지난 한 해 동안 연구실적이 상대적으로 앞선 최우수 교수 세 명, 신학기부터 새로 임용된 교수 요원 약간 명들이 함께 점심을 하기로 되어 있었다. 김 교수는 본부의 요청대로 신임 교수 요원의 일원으로 참석했는데, 그것이 제2의 생업인 대학 접장으로서 그의 첫 번째 교내 공식행사였다. 마침 그날은 강의가 오전 11시 50분까지 있어서 그는 초임자로서 그것을 꼬박 채우고 허둥지둥 식당으로 뛰어갔다. 원래 낯가림이 심하고 숫기도 없어서 그런 공식적인 자리에 만부득이 참석해야 하는 때도 제일 구석 자리를 골라서 찾아가고, 초면의 면면들과는 눈 맞추기를 피해오는 터이라 그는 데면데면한 눈인사도 하는 둥 마는 둥 하고 좌중을 둘러보고 있는데, 비서실 직원인 듯한 젊은 사람이 안내한 자리는 다행히도 제일 끝자리였다. 착석하고 보니 그가 제일 늦게 온 듯 한가운데 앉아 있던 총장이 곧장 일어서서 이런 회식을 베푸는 취지, 이를테면 새 보직자와 신임 교수의 소개, 국내외 각지에서 1년 동안 연구 활동을 무사히 마치고 건강한 모습으로 복직한 교수들의 노고에 대한 치하 같은 요식적인 인사말이 있었다. 그는 경청하는 일방 앞앞에 올망졸망 진설해둔 뚜껑 있는 사기그릇들에다 시선을 겨누고 있다가 얼핏 고개를 들고 보니 바로 건너편 자리에서 좀 시끄러운 미소를 그에게 연방 끼얹고 있는 작자와 시선이 마주쳤다. 여러 말을 한꺼번에 쏟아내고 있는 듯한, 그러나 할 말을 더 하지 않아도 다 알지 않느냐는 그 특유의 웃음기 번지는 얼굴의 주인공이 바로 작은 심이었다. 이러구러 4, 5년 전 서울의 한 출판사 사장실에서 처음 만났을 때의 그 툭박진 인상에서 뭔가가 많이 빠져 있달까, 단조롭긴 해도 안정된 일상의 대학교수로서 자질구레한 걱정거리가 말끔히 걷히어서 얼굴 윤곽마저 깔끔하게 정리가 된 것 같았으나, 김 교수는 대뜸 심을 알아보았다. 둘은 말이 많은 눈인사를 나눴다. 총장의 인사말로는 심이 최우수 교수로 그 자리에 참석했다는 것이었고, 그런 소개에 따라 심 박사는 잠시 자리에서 일어나 답례하고 앉았다. 뒤이어 주무자가 여러 선생님에게는 요긴한 기념품을, 최우수 교수 세 분에게는 예년처럼 자그마한 순금 표창 메달을 증정하겠으니 식사 후에 잊지 말고 출입구에서 받아 가시라고 일렀다. 격식이 단출해서 그나마 서로 낯붉힐 일이 없게 되어 다행이었다. 꽤나 소란스럽다 싶게 덕담들이 오가는 가운데 식기 뚜껑들이 열렸다.

그제서야 심은 엉거주춤 일어서다 말더니 예전에도 그랬지 싶은 인사를 그에게 건넸다.

"여기서 뵙게 되는군요."

그러고 보니 매번 자리가 그래서인지, 그에 대한 심의 입장이 어정쩡해서인지, 아니면 심의 인사법이 원래 그런지 서로가 손을 내밀지 않았고, 그후로도 두 사람은 악수를 나눈 적이 한 번도 없었다. 굳이 김 교수의 인사법을 밝힌다면 연장자에게는 그쪽에서 먼저 손을 내밀어야 받고, 그게 결례가 아니지만, 연하자에게는 남녀를 불문하고, 심지어 자식뻘의 제자들에게도 악수를 청하는 데 인색한 사람은 아니었다. 그럼에도 불구하고 심과는 그것이 통하지 않고 있을뿐더러 친애를 드러내는 세계 공통의 예법인 그 단순한 손잡기에 서로가 어색해하고 있다는 사실을 문득 깨달았을 때, 김 교수는 심이 무슨 외계인 같다는 느낌을 퍼뜩 떠올렸다.

"정말 너무 오랜만일세. 그때 이후 여기로 곧장 부임했다는 말은 들은 듯싶은데…"

여러 귀를 의식하고 있어서 수인사 나누기도 눈치가 보였지만, 김 교수는 나이도 있는 만큼 귀천 없이 사느라고, 또 그동안 서로의 생업이 달랐으므로 그쪽을 까맣게 잊고 있었음을 시인하느라고 말을 흘렸다.

"우리 대학에 오신다는 말은 진작에 들었는데 막상 연락을 할려니 좀 어색하고 머 그래서 내려오면 뵙지 하고 말았습니다."

심은 역시 우물쭈물하는 법이 없이 말씨가 솔직했다. 그의 전공이 19세기 영국소설이고, 산문 자체가 그래야 하듯이 구체적이고 진지한, 그러나 더러 쓸데없는 말이 많거나 그 통에 요긴한 말을 빼먹는 약점도 없지 않음을 잘 아는 김 교수는 명색 소설가로서의 말귀가 어듭지 않았다.

"가족들도 함께 내려오셨습니까?"

"아니야, 그럴 형편도 안 되고, 당분간 두 집 살림을 해야 될 것 같아."

없는 놈이 핫바지가 두 벌이란 말은, 닥치는 대로 살 수밖에 없는 불편과 째는 형편을 한목에 뜯어고칠 수 없음을 시사하고 있다.

"소위 주말 가족이네요. 숙소는 정하셨습니까?"

"임시로 저쪽 학교 앞에다 대충 전은 펴놓은 셈이야."

주위의 낯선 동료들이 어떻게 들어 새기든 개의치 않고 김 교수는 농담 반 진담 반의 덕담을 건넸다.

"웬 연구를 그렇게나 불철주야로 해서 금메달씩이나 받고… 대단한 기염이네. 이제 소장학자로서 관록이 딴딴히 붙었다는 증걸 테지."

"실은 별것도 아닙니다. 하기로 들면 막상 어려울 것도 없습니다."

식사가 끝나자마자 심 교수는 1시부터 강의가 있다면서 서둘렀다. 지인인 만큼 두 사람은 각자의 기념품과 표창장 따위를 챙기고 나서 나란히 식당 건물을 빠져나왔다. 둘은 같은 어문학부 소속으로 김 교수의 연구실은 4층의 한가운데 있어서 계단이나 화장실과 가까웠고, 심 교수의 방은 2층 끝자락에 숨어 있었다.

아직 새순도 틔우지 않은 가문비나무 가로수 길에 접어들자 심이 불쑥 말했다.

"생활환경이 완전히 바뀌어서 한동안 어수선하고 성가시겠습니다."

"귀찮기야 짝이 없지. 그래도 어째, 목구멍이 포도청인데. 그냥저냥 개길 참이야. 무능한 사람이야 어디선들 어수선할 테지."

"잘 아실 테지만, 제대로 가르치려 들면 끝이 없고요. 김 선생님 전공 쪽은 어떤지 몰라도 오늘날 대학에서 가르치는 지식이래야 사실상 워낙 뻔하고 별것도 아니잖습니까. 우리만 딱히 그런 것도 아니고요."

국민소득의 일취월장에 힘입어 학력(學歷)의 수요, 공급도 꼭 그만큼 늘어났으므로 지식의 속악한 대중화가 그것의 질적 변별화와는 무관하게 대학 강단을 무단으로 점거하고 있다는 말을 그렇게 에두르고 있는 것 같았다.

"앞으로 심 박사한테 강의 요령 같은 걸 많이 배워야 할 테지."

"강의는 대충 술렁술렁하시고 글을 쓰시라는 소리지요. 남는 건 그래도 글밖에 없잖습니까."

"남긴 뭘 남아. 남은들 머 하겠으며, 한 번도 그런 걸 의식하며 쓴 적도 없고, 오로지 원고료에 팔려서 대충 면피나 한다는 주의로 원고지 칸이나 겨우겨우 메워 왔는데. 완전히 얼치기지. 우리 사회가 같잖게 워낙 후덕해서 그나마…"

김 교수는 허무주의 같은 이념이 싹틀 여지도 없는 이 땅의 만성적 소요 현상도 곱게 보지 않는 데다가, 운문이든 산문이든 달콤한 공상으로서의 글쓰기, 아무 데서나 지껄이는 겉멋 들린 딜레탕티즘으로서의 현시욕, 돈푼이나 거머쥐는 수단으로서의 매문 및 매명 행위 같은 일종의 낭만 취향도 하찮게 여기는 고질의 반골이었다.

긴 복도를 다급하게 줄여가다 심 교수는 계단 들머리 앞에서 우뚝 멈춰 섰다. 미리 벼르던 말이란 듯이 일방적으로 말했다.

"아무 때든 전화 주십시요. 제가 도울 일이 있으면 언제라도 달려가겠습니다. 일간 짬을 내서 선생님 연구실에 한 번 들르겠습니다."

김 교수는 자기 쪽에서 먼저 전화할 경우는 흔치 않을 테고, 심이 찾아온다는 말도 건성의 인사치레일 것이라고 지레짐작했는데, 그 예감은 한동안 적중했다.

원래 비사교적이라기보다 아예 무사교적으로 일관해오는, 예의 그 '쥐뿔도 없는 것들이 떼 지어 그 다수의 힘에 기대 살려고 설치는 짓거리 일체' 를 악착같이 경원해 마지않는 김 교수는 어떤 틀 속에 자신의 일상과 일신을 구겨 넣는 데는 나름의 요령이랄까, 일가견 같은 것이 몸에 배어 있어서 그런대로 쉬이 대학 접장 노릇에 적응해갔다. 생활인으로서의 그런 무능과 무재주를 용납해주는 대학사회의 그늘이 뜻밖에도 짙어서 그나마 다행이었다.

한편으로 김 교수에게는 가정적으로나 개인적으로나 그의 삶 전반이 소설적 흥미를 재촉하는 심 교수를 예의 주목하고 있었으나, 워낙 바쁜 듯 코빼기도 볼 수 없었다. 그가 왜 그렇게 바쁜지, 여러 사람과 함께 무슨 일을 도모하는지, 아니면 혼자서 무슨 작업을 하느라고 자투리 시간도 쪼개 쓰는지 궁금하기 짝이 없었다. 설마 목숨을 걸고 시간표에 따라 어김없이 진척시켜 가는 그만의 연구에 골몰하고 있다 하더라도 커피라도 마셔가면서 일과를 채워야 더 능률적임을 모른다면 천치가 아니고 무엇이겠는가. 관심을 갖고 주위를 두릿두릿 살펴가니 그 궁금증은 차츰 풀려갔다.

하루는 서울의 백 사장이 김 교수에게 전화를 걸어와, 아, 나 백가요, 언제 날 잡아 낙향주라도 한잔하면서 얼굴 한번 봐야지요에 이어, 그 학교에 심종덕 박사가 있지 않느냐고 해서, 있다고, 아래위층에서 잘 지내는 것 같지만 만날 기회는 좀체로 없다고 했더니, 아, 그 친구는 지금 대단히 바쁠 거라고 일러주었다. 주섬주섬 들먹이는 일거리를 간추려 보니, 이태쯤 전부터 어떤 출판사의 요청으로 문학용어사전을 만들고 있을 텐데, 그것이 이런저런 원서들을 베낀 짜깁기식 번역서가 될지 심 박사 자신의 저서가 될지는, 또 그 계약이 국외는 물론이고 국내의 심 박사와도 제대로 이루어졌는지는 백 사장 자신도 잘 모르겠다고 했으며, 그밖에도 두어 권의 전기류 역서의 번역, 부교재라 할 만한 영문학 관련의 편저 집필 등등으로 그 친구는 영일이 없을 것이라고 했다. 그 많은 일을 설마 한목에 다 할 수는 없을 테지만, 그 과욕만큼은 역시 부럽고 놀라운 일이어서 심이 그 일들을 언제까지 다 하기로 계약했느냐고 물었더니, 편애가 심한 백 사장은 향후 5, 6년쯤 걸릴 거라면서 그 중의 번역서 한 권은 원서로도 1천2백 쪽에 달하는 방대한 결정판인데, 심이 성씨까지 황가로 갈아버린 필명으로 내길 고집한다고 덧붙였다. 그런데 백 사장 쪽은 출판건으로 심과 걸려 있는 일이 현재로는 하나도 없고, 가끔씩 미국의 인문학쪽 출판 정보를 얻기 위해 심 박사에게 자문을 구하고 있다는 것이었다. 김 교수의 짐작으로는 심에게 그처럼 많은 일을 떠안긴 장본인이 바로 백 사장인 것 같았다. 워낙 호오가 분명한 양반이라 여러 출판사의 하문에 그 친구라면 저서든 역서든 원고 하나는 손댈 데가 없을 것이라고 추천했을 테고, 백 사장이 펴낸 기왕의 심의 번역서 두어 종을 보더라도 그런 추천은 보증수표나 다를 바 없을 것이기 때문이었다. 김 교수는, 한창나이 때는 식자급접장한거위불선(識者及接長閑居爲不善) 운운하는 즉흥적 패러디로 심의 정력적인 집필활동을 에둘러 과찬하고 나서, 백 사장은 왜 심에게 지시, 하명만 떨구고 막상 일을 시키고 부려먹지는 않느냐고 했더니, 이제는 돈벌이도 시원찮은 출판업이 정말 지겹다고 했다. 그처럼 자기 업종에 신물을 켜고 있으면서도 국내외의 이런저런 출판 정보를 염탐하고, 자문을 구하고, 원고 청탁을 주선하고, 불평을 터뜨리는 백 사장도 까마득한 외계에서 이 척박한 땅의 속내를 굽어보는 '지구 밖의 생물' 쯤 되는지 몰랐다. 그런 ET들이 많아서 나쁠 거야 없을지 몰라도 공연히 수선스러울 것 같았으나, 문득 심이 백 사장 같은 양반의 밀명을 받잡고 하계로 내려온 사자(使者)라면 김 교수 자신은 그들의 활약을 구경하는 관객쯤이나 되는가 라는 생각이 들어 쓴웃음을 흘렸다.

아무래도 심 교수의 분망은 허둥거린다 싶게 자기 몸을 몰아쳐대는 그 행동거지에서 확연히 드러났다. 교직원 식당에서의 점심 식사 때나, 야간수업 때문에 오후 여섯시부터 제공하는 저녁 식사 때도 그는 늘 배식구에서 가장 멀리 떨어진 구석 자리를 차지하고 앉아 거의 전투적이다 싶게 알루미늄 식판에 머리를 처박고는 허겁지겁 먹거리를 거머먹은 다음, 식탁 위의 휴지를 성마르게 뽑아 입가를 훔치고 나서는 선뜻 일어나 의자를 방정하게 밀어 넣고는 두 손으로 식판을 들고 식기 수거대로 걸어갔다. 그리고는 워낙 빠른 걸음으로 식당을 가로질러 나가느라고 아는 얼굴과 마주쳐도 목례만 나눌 뿐 멈칫거리는 법도 없었다.

심 교수의 그런 동작 일체를 제대로 보여주는 압권에는 이런 일도 있었다. 뒤늦게 꽃샘추위를 물리치느라고 봄비가 추적추적 내리던 어느 날 오전 아홉시경이었다. 날씨도 그런데다 주말이어서 교정에는 인적이 드물었고, 승용차들만 조촘조촘 오가고 있었는데, 유독 중앙

도서관으로 뻗어 있는 대로에만 가방 든 학생들이 무리 지어 띄엄띄엄 걷고 있었다. 수수꽃다리와 다복솔밭이 길게 이어지는 그 길을 헤쳐간다 싶게 잰걸음을 떼놓고 있는 사내는 비록 우산을 받쳐들고 있다고는 해도 김 교수의 눈총기로는 그 덩치나 걸음걸이가 벌써 한눈에 심이었다. 허리띠 없이 발목까지 치렁치렁 떨어지는 나치스의 장교용 외투 같은, 그 대표적 실례로는 그것 없이는 파리를 떠올리기 어려운 높다란 철탑을 후광처럼 거느리고 히틀러가 휘하의 막료들과 함께 점령지의 뛰어난 경관을 둘러보는 그 보무당당한 역사적 사진 속에서 하나같이 장엄하게 차려입은 그 멋진 군수품 겉옷 같은 그의 바바리코트 아랫자락이 연방 펄럭거렸다. 그 후줄그레하니 짙은 회색 코트도 그랬지만, 무언가에 쫓기고 있는 듯한 저런 동작이 무슨 첩보물 영화 속의 한 장면을 의식하고 그것을 짐짓 흉내내고 있는 것 같지는 않으나 미상불 섹시한 거동이기는 한건가 라는 느낌을 떨쳐버릴 수 없어 김 교수는 한동안 물끄러미 쳐다보았다.

나이 탓으로도 청처짐하니 빈둥거릴 수야 없겠으나, 의젓한 자세가 생래적으로 모자라거나 빠져 있는 듯한 심의 행방에 어떤 종적 묘연이 드러나는 구석은 우편함에서였다. 학교 본관에 있는 중앙우편물수집소에서 각 단과대 건물로 날라준 우편물들을 분류하여 수취인별 우편함에 넣어주는 시간은 매일 오후 2시 30분 전후여서 김 교수는 어김없이 오후 3시에 자신의 우편함을 점검하는 게 아주 중요한 일과였다. 그런데 그때마다 심 교수의 우편함은 우편물로 미어터지도록 넘쳐나는가 하면 어느 때는 말끔히 비어져 있기도 했다. 김 교수는 아무리 가깝게 지내는 사람이라도 드러나 있는 대로는, 그 표피적인 거죽을 믿지 않는다기보다 그 속을 들여다보아야 알 수 있다는 신조를 지키고 있는 만큼, 특히나 우편물의 집배, 배달 과정과 그것의 수취 여부는 믿을 수 없다는, 불신의 눈길을 한시라도 늦춰본 적이 없는 좀 이상한 양반이었다. 그것이 먼 데서 벌어지는 일이며, 그 먼 거리를 오가는 과정의 특성상 여러 사람의 손을 거치게 되어 있으므로 누구의 고의든 과실이든 '배달 사고'가 일어날 소지는 다분하다는 것이 그만의 버릴 수 없는, 피해망상증이라든 불신심화증이라든 어쩔 수 없는 소신이었다. 따라서 인류가 발명한 여러 제도 중 그나마 상당히 편리한 것임에는 틀림없는 우편제도라는 것이 실은 언제라도 분실, 유실, 오전(誤傳)을 담보하고 있는 미필적 고의로서의 아슬아슬한 곡예 행위나 다름없었다. 더욱이나 본인만 열어볼 수 있다는 통신비밀 엄수의 법적 근거가 역설적이게도 누구나 개봉할 수 있다는 함의까지 은밀히 내장하고 있음을 유추해보면 아주 착잡해지고 마는, 그러나 마지못해 이용하지 않을 수 없고 심지어는 한사코 매달릴 수밖에 없는 마약 같은 것인데, 심은 제 우편물을 1주일씩이나 방치해 두고 있었다. 아무리 바쁘다기로소니 김 교수로서는 도무지 이해할 수 없는 작태였고, 심이 젊은 한때를 우편물 교환에 관한 한 다들 제대로 또 적극적으로 애용하는 독일과 미국에서 보냈다는 사실을 떠올려보면 그의 유학 경력조차 의심하지 않을 수 없었다. 하기야 의심하기로 들면 그의 모든 행태가 사기행각처럼 비치기도해서 착잡했다. 그러고 보니 학사 업무를 관장하는 교학과 직원들의 사무실 바로 곁에다 별실을 마련, 벽장 같은 우편함을 비치해놓고, 학부생들에게 그 관리를 맡기는 일종의 아르바이트 장소에서 김 교수는 심을 마주친 적이 어언 5년 동안 한 번도 없었다. 아무래도 우편물 수거에 관한 한 김 교수가 별쭝스런 집착을 보이는 세속인이라면 심은 세속계의 그 따위 통신 수단을 초월해서 사는 ET였다.

이미 교내에서는, 적어도 인문관을 무시로 출입하는 학생들과 교수 제위에게는 심에 대한 일종의 전설이 파다하게 퍼져 있었다. 제2전공을 적극 권장하는 학제(學制)에 따라 영문과 학생들도 김 교수의 강의를 제법 많이 수강하고 있었는데, 개중에는 짤막한 이야기일망정 얼추 근사하게 꾸려맞춰내고 있는 수강생들도 없지 않아서 김 교수는 그중 하나를 연구실로 불러 남의 나라 글도 반드시 잘 익혀야 하지만, 그것은 결국 우리글을 더 잘 쓸 수 있도록 그래야 하므로 차제에 소설 쓰기에도 주력해보라고 격려했더니, 진득하게 경청하던 제대파 학생이 흘리는 말로, 심 교수도 자기 리포트를 보고 나서는 그런 말을 했다면서, 심 선생이 국내의 학부 학번도 없는 분이라는데 사실이냐고 진지하게 물어왔다. 김 교수는 언뜻 짚이는 바가 있었으나, 왜 그걸 나한테 묻냐고 했더니, 다들 김 선생님과 심 교수가 가까운 사이라고 그러고, 심 선생도 무슨 책이든 영어 원서를 손에서 놓지 말고 문장, 문맥을 달달 외워야 한다면서, 짬이 나는 대로 작정하고 소설을 한 편 써서 김 선생님께 보여 보라고 했기 때문에 그런다는 것이었다.

김 교수는 알 만하다는 듯이 머리를 끄덕이고 나서, 설마 그 친구가 시방 소설을 쓰느라고 그렇게 바쁜 건 아닐 테지, 모르지, 힘이 워낙 좋으니까, 아무리 그래도 머리가 두 개가 아닌 이상 당분간 그럴 리야 있겠나 라고 속으로 짐작하며, 그의 집사람에게서 들은 대로 그 유언비어는 바뤄놓아야 할 것 같아서 털어놓기 시작했다.

"몰라서 하는 소리야, 안 그래. 정확히 말하면 국내 학번을 잠시 가졌다가 스스로 내팽개쳤다는 거야. 외국 유학병이 일찍 도질 수도 있잖아. 집안 형편상 말이야. 집안이 넉넉하거나 자기 집이 남의 집처럼 마뜩잖고 도대체 집발이 안 붙으면 흔히 그럴 수도 있지. 좁게는 지방 출신들이 도시로, 서울로 유학, 진학하는 것도 실은 젊을 때의 그런 가족 울타리 탈주극으로서의 낭만 취미지. 간다, 꼭 간다, 가고 말겠다는 사람한테는 못 당해. 결국에는 길이 그쪽으로 뚫리고 말거든. 가서는 마냥 떠돌아다니는 거지. 집이나 가족 따위는 안중에도 없고. 그 부유병(浮遊病)이 생활 그 자체인데 어쩌겠어. 이국 취향과는 좀 다르고. 젊을 때는 몸이야 박살 나든 말든 간섭 없고 눈치 안 보는 그 생활이 훨씬 재밌거든. 아무튼 그 친구가 서울의 모대학 교양학부만 마치고, 그때 갓 결혼해서 잠시 부천에 살던 제 셋째 누이네에 얹혀 있었다지 아마. 데모하기 싫어서 그랬든지 어쨌든지 일찌감치 군대부터 갔다 와서 미국으로, 그것도 뉴욕의 컬럼비아 대학 청강생으로 줄행랑을 놓았다가 거기서 1년도 못 배기고 독일로 날아갔던 것은 틀림없어. 믿을 만한 발설자가 그렇게 들었다고 전하니까 믿어야지. 아마 78학번이거나 79학번쯤 될 거야. 집이 보기 싫고, 부모도, 가족도 소용 없다는 사람한테 이 땅의 대학 학번, 공부, 학력이 눈에 차겠어. 애초에 씨가 안 먹혀들지. 심 교수가 국내 학번을 감추는 게 아니라 안 드러내는 것은 아주 정당한 소행이야. 그때나 지금이나 이 땅의 그 잘나터진 대학, 거기서의 우정과 면학과 추억이 머 대단하다고. 우습겠지. 안 그렇겠어? 내 짐작이 그래. 짐작이야말로 대체로 신뢰할 만한 거지. 내 나이쯤 되면 그따위 국내 학벌 자랑이 얼마나 시시껄렁한 짓거리인가가 저절로 알아진다는 소리는 결국 그걸 무제한으로 용납하고 있는 우리 사회가 그만큼 철딱서니가 없다는 말이야. 그래도 어쩌겠어. 다들 그게 좋다고 미쳐 돌아가는 통에 요 모양 요 꼴로 만사가 뒤틀어져 있는데. 어쨌거나 심 교수의 실력이나 글의 수준이 어느 정도인가는 내가 함부로 말할 수도 없는 것이지만, 그 친구가 그 또래 중에서는 책을 많이 읽었고, 한결 낫다는 것은 분명해. 글을 읽어보면 알아. 유치한가 정치한가, 어휘 하나마다에 그대로 드러나. 세평과는 별도로 그건 그래. 이 말도 착실한 근거가 있고, 증언자가 있으니까 믿어야 할 거야."

김 교수는 스스로 생각해도 한참이나 주섬주섬 읊어댄 자신의 말이 무슨 부조리극의 신음성 독백 같았다. 강의의 연장으로서 선생의 다변은 흔히 학생의 질문을 끄집어내는 방법이기도 했다. 학생이 묻는다기보다 들은 말을 옮기면서 상담을 청해오길, 미국의 사립대학 등록금이 주립대의 꼭 두 배쯤 된다 하고, 거기다 기숙사비에 책값까지 합하면 우리 돈으로 연간 5천만 원 정도는 있어야 버틸 수 있다는데, 심 교수 말로는 사립대가 오히려 이런저런 아르바이트거리가 많고, '노는 물이 좋아서' 생활하기도 편하고 그 비용도 싸게 먹힌다는데 긴가민가하다는 것이었다.

"난 그쪽 사정에 대해서는 완전히 까막눈이야. 내가 가봤어야 말이지. 심 교수가 그렇게 말했다면 사실일 거야. 그 친구가 직접 겪었으니까. 결국 심 교수가 사립대로 가라는 소리 아냐. 자네도 유학병이 단단히 걸린 모양인데, 지금 상태로는 곤란해. 병이 좀더 심각할 정도로 도져서 악화일로로 치달아야 할 거야. 그럴려면 말이야, 자네 혼을 먼저 저쪽의 기숙사에다 보내서 점잖게 착석시켜놔. 그러면 몸은 저절로 따라가게 돼 있어. 그럴 거 아냐. 혼 없는 인간이 이 땅에서 빌빌거려 봐야 그게 옳은 구실을 제대로 하겠어. 그렇게 떠나도록 돼 있는 거야. 주위에서 그런 사람을 많이 봤어. 결국 그렇게 되고 말대. 걱정할 게 머 있어. 일단 떠나고 보는 거지. 학비야 부모나 친지, 또 여기저기서 한껏 뜯어내고. 얼굴에 철판을 꼭 한 번만 깔고 일단 신세를 지고 보는 거야. 우리나라 사람들이 아직도 돈 무서운 줄을 제대로 몰라서 대개 다 그런 갈취에는 관대하다고, 잘 알잖아. 모르긴 해도 심 교수도 그렇게 버티다 조금씩 사는 요령도 늘고, 이럭저럭 홀로서기를 했을 테고, 지금처럼 우뚝한 학력에 빵빵한 실력을 만들었을 거 아냐. 마음먹기 나름이야. 병에 제대로 걸리든 병을 진짜로 고치든 다 그래."

그 밖의 자잘한 전설도 심심풀이용으로는 맞춤한 것들이 많았다. 이를테면 학교의 부설기관으로 숱하게 널려 있는 무슨 무슨 연구소 중의 하나에 심을 임기 2년짜리 운영위원으로 위촉한 바 있었는데, 한 학기에 두어 번 꼴로 열리는 그 운영회의에 심은 한 번도 빠짐없이 정시에 참석했으나, 매번 묵묵무언으로 앉아 있다 회의가 끝나기 무섭게 참석자들의 회식 자리에의 권유마저 손만 훠훠 내젓고는 서둘러 사라지곤 해서 그 이후로는 일체의 보직에서 그를 제외시키고 있다는 것이었다.

또다른 전설 하나는 입방앗감으로도 손색이 없어서 사생활, 금전관, 세상 물정 따위를 너무 무시한다기보다도 고지식하기 짝이 없는 심 자신의 천성을 일목요연하게 드러내 주어 김 교수에게는 자못 흥미로웠다. 김 교수가 당사자로부터 직접 들은 그 실정을 옮겨보면 대충 이랬다.

심이 부임한 지 이태쯤 지났을 때, 독일의 튀빙겐에서 윤리학 연구로 학위를 따온 철학과의 나모 교수가 1년 동안 안식년을 받아 처가 쪽으로 연고가 있는 미국 미시간 주로 떠날 계획을 잡고 그쪽 사정에 밝은 심에게 이런저런 도움말을 청해 듣게 되었다. 나 교수는 50대 초반이긴 했어도 워낙 만학도에다 만혼이기도 해서 그때 초등학교에 다니는 꿀밤 같은 아들 둘을 두고 있었는데, 그 가족을 다 데리고 갈 참이어서 30평대 아파트를 만부득이 1년 동안 비워둬야 했다. 마침 듣기로는 심이 학교 인근의 학생용 다세대주택인 이른바 원룸에서 월세로 기거하며 끼니도 주로 사 먹고 지낸다니 자기 아파트를 쓰라고 앙청했다. 쑥대밭이란 말이 원래 사람의 운김이 없어지고 난 후 빈집의 몰골을 가리키느니만큼 한쪽은 집을 통째로 맡길 수 있어서, 다른 한쪽은 학교에서 불과 2킬로미터쯤 떨어진 끌밋한 아파트 한 채를 공짜로 제 집처럼 쓸 수 있어서 누이가 좋으니 매부도 좋은 격이었다. 앙청한 지 두 주일이 지나도록 일언반구도 없어서 나 교수 쪽에서 되려 초조해지고 있을 때, 심이 우선 그 아파트를 한번 보고 나서 결정하겠다는 통보를 내놓아, 얼마든지 그러라며 집구경을 시켰더니 자기는 방 네 개 중 현관입구에 붙은 방 하나만 쓰겠다고 했다. 그러라고, 그게 보다시피 애들 방 중 하나인데 깨끗이 비워주겠다고, 그것만이 아니라 모든 세간을 고대로 두고 갈 테니 안방, 서재, 냉장고, 세탁기, 텔레비전 같은 것도 마음껏 사용하라고 당연한 생색을 냈더니 심은 쭈뼛거리지도 않고, 사용료를 얼마나 내야겠냐고 물어왔다. 나 교수는 좀 어이가 없었으나 쌍방이 다 독일에서의 유학 경험도 있었으므로 그런 경우를 겪어본 데다 합리성 따위도 존중해야겠기에, 실은 집주인도 접장답게 미리 머릿속 주판도 대강이나마 굴려두었으므로 집세를 받을 생각은 전혀 없으니 신경 쓸 것 없고, 다른 세금의 납부는 따로 부탁할 데가 있으니 고지서가 나오거든 아무에게 전화로 알려만 주고, 매달 나오는 10여만 원의 아파트 관리비가 문제인데, 이것을 심 선생이 일단 부담해주면 귀국 후 그 반을 돌려주겠다고 곱다랗게 제안했다. 그야말로 주객이 전도된 꼴이었는데, 심은 지난달 치의 아파트 관리비 명세서에 적힌 인건비, 공동전기료, 승강기 사용료 등의 항목과 그 금액을 한참이나 훑어보고 나서 마지못해 승낙한다는 듯이, 그러지요 머 반반씩, 이라고 다짐을 놓더라는 것이었다. 먹물이 많고 적음에 상관없이 사람은 누구라도 자기 기분에 따라, 또 상대방의 반응에 따라 무슨 일이든 하고 말고를 결정하는 법인데 그때쯤에는 나 교수도 심사가 좀 앰했지만 자기 쪽에서 자청한 일이었고, 이미 엎질러진 물이었다. 나 교수는 곧장 기분을 돌려세웠다. 어찌 됐든 승강기 사용료가 거기서부터 매겨지고 지상에서 가까우므로 도둑 걱정도 상대적으로 높지 싶은 306호라는 전재산을 1년씩이나 무방비 상태로 방치해두는 것보다야 든든한 집 지킴이를 불러들여 놓았으니 안심해도 될 테고, 관리비 일체 중 반을 심에게 떠안긴 것만도 공돈이 생긴 것 같아서였다.

그런데 나 교수가 귀국해보니 좀 불가사의한 일이 벌어져 있었다. 피치 못할 사정이 생겨서 나 교수 가족이 1년을 채 못 채우고 달포쯤 일찍 귀국하고, 장기간 무료 숙박인도 그 1주일쯤 전에 집을 비워주었으므로, 윤리학자의 증언대로라면 '모듬살이를 시작한 후 숫자와의 약속으로부터 무작정 자유로울 수 없는 현생인류로서' 두 동료는 일단 열 달 치의 아파트 관리비 명세서철을 앞에 놓아두고 전자계산기로 더하기를 하고, 그 합계를 반분하려니, 좀 과장하면 한 달 치 아파트 유지비가 거의 반으로 줄어 있는 것이었다. 하도 이상해서 이번에는 나 교수가 그 내역을 꼼꼼히 훑어보니 전기료, 수도료 따위가 거의 안 쓴 거나 마찬가지였고, 두 달째부터는 TV 수신료조차 아예 공란이었다. 그동안 심이 어떻게 살았는지 도무지 짐작도 못할 지경이었다. 심지어는 한겨울 세 달의 난방비도 기본요금만 부과되어 있었고, 그 수치도 한여름께 집을 비워줄 때의 그것에서 변동이 없었다. 나 교수가 뻥 뚫린 시선으로 원시인의 안면을 훑자 심은, 잠만 자고 현관 입구의 화장실만 이용했으니까요, 덕분에 난생 처음으로 아주 편하게 잘 지냈습니다 라고 했다. 그래도 그렇지 꼬박 10개월 19일 동안이나 어떻게… 겨울에 난방도 안 틀고 살았다는 말인데… 그쪽 방 하나만 틀어도 되는데 라며 나 교수가 점점 커져 가는 의구심을 무슨 신음처럼 흘리자, 동선을 최대한으로 줄이기로 했으니까요, 또 공연히 그런 장치를 작동시켰다가 고장이라도 내놓으면 정말 난처하지요, 그 과외의 경비, 시간 낭비, 신경과민, 끔찍해요. 그 소동이 가라앉을 때까지 사람이 영 피폐해지잖아요. 고문이 별 겁니까. 그런 게 폭력이고 고문이지요 라고 받았다. 더 이상 말이 필요 없었다. 윤리학자는 작은 숫자의 입력과 무거운 약속의 짐을 후딱 털어버려야 했다. 며칠 지나서 306호의 안주인이 물어온 전언에 따르면 심이 아파트 관리사무소로 두 번이나 자진 출두하여 자기는 텔레비전을 시청하지 않는다고, 남의 물건에 손을 댈 수 없는 자신의 입장을 단호히 설명하고, 따지고, 근거를 대보라고 떼를 써서 어쩔 수 없이 그 항의를 받아주고 말았다는 것이었다.

이해 못할 것도 없었다. 심의 그런 처신 일체는 우리 사회에 미만한 어수룩하고 천박한 여러 면면, 치근덕거린다 싶게 달라붙는 여러 인간관계의 무실(無實), 겉은 온전한 편의주의에 신들려있으면서도 속은 쉰내가 나다 못해 썩어가고 있는 제반 장치, 조직, 제도, 체계 등에 대한 섣부른 공격이라기보다 불가항력적인 그런 제약, 구속으로부터 자기만은 어떤 피해를 입지 않거나 모면해 보겠다는 최소한의 방어전략일 수 있었다. 비겁하게도 다수의 힘에 기대어 손쉽게 팔을 부르걷고 나서는 숱한 집단적 농성 투쟁과 견주면 그의 고투는 의지가지없고, 그만큼 지난해서 거의 자기 소모나 자기학대로 비치는 것도 사실이다. 물론 조리 정연한 여러 구실을 들먹이며 어느 특정인의 제 잘난 체하는 그런 보신술을 비난하는, 제멋대로의 세상 이해와 제 나름의 전공지식을 아무 데나 부려놓고 사 가라고 떠들어대는 잡상인 같은 무리들은 결국 이 땅의 그런저런 만행, 치부, 허물 들을 알면서도 대책 없이 용납, 부화뇌동하는, 세속계의 가장 무의미한 속물로 피둥피둥 살아갈 터이다.

그러나 심 교수는 김 교수에게만은 눈에 띄지 않는 자별을, 말 그대로 일정한 거리를 떼놓고 있는 경원을 표시하는데 몸을 사리지는 않았다. 당연하게도 두 사람의 그런 은밀한 관계는 한 건물 안에서 떠도는 학생들이나 동료 교수들 사이에서도 암묵적으로 추인받고 있었다. 어쩌다가 복도에서 우연히 마주치면 김 교수는 짐짓, 야, 심 박사, 이게 도대체 몇 년 만인가, 아니 몇 달 만인가라고 무슨 어릿광대처럼 호들갑스러운 인사를 건네면, 심은, 아, 선생님에 이어 반드시 주위를 의식하면서, 마침 저는 오늘 야간강의도 없으니 학교 밖에서 저녁이라도 함께 하면 어떻겠습니까 라는 네모반듯한 응수를 잊지 않았다. 그런 식으로 학교 근방의 허름한 밥집에서 저녁을 먹다 보면 둘은 자연스럽게도 생맥주를, 대개는 5백 시시짜리로 각자가 두어 잔쯤씩 찔끔찔끔 마시게 마련이지만, 서로가 무슨 염탐질을 하는 것처럼 주로 독서 편력기와 그 독후감 읊기를 화두로 삼았다. 그러면서도 서로의 개인적인 또는 가족적인 관심사를 저만치 내물려놓고 있을 수는 없어서 심도 말문이 잠시 뜸해질 때면, 요즘 사모님은 일 안 하십니까 같은 최초의 조우 때 내지른 그 노래를 후렴처럼 되뇌곤 해서 김 교수도 꼭 그 정도의 세속적인 안부를 챙기곤 했다. 그러나 서로의 관심사나 경도벽이 워낙 단조롭고 그만큼 일맥상통하는 데다 아무리 겸사를 떤다 하더라도 일종의 반속물 취향에는 죽이 맞았으므로 더 이상 캐물을 것도 없었다.

우선 김 교수 쪽에서도 상대방에게 이미 알려질 만큼 알려진 자신의 친족이나 처족 및 자식들의 형편 등에 대해서는 보탤 말도 없었고, 심 교수 쪽의 그것을 들어봐도 김 교수의 짐작, 예상의 범위를 두드러지게 뛰어넘는 이른바 '소설적인 게' 전혀 보이지 않았다. 예컨대 그처럼 강팍한 성정으로 오로지 계급장 따기에 급급했던 심 형사는 역시 이렇다 할 업적도 없이, 그러나 다행하게도 몸이나 명예만큼은 한 군데도 다친 데 없이 곱게 정년퇴직을 맞은 후 여전히 향리에서 건재하며, 납작하나 길쭉한 상가 건물의 임대업자 겸 금리생활자 겸 연금

수령자로서 그 돈줄이 명절 때마다 자기 소생들을 불러 모으는 관건임을 잘 알지만, 아직도 자식들의 냉대 정도는 시쁘게 여기는 근력을 과시하고 있다고 했다. 또한 노망기는 좀 있으나 지아비의 밥상 차리기에는 전혀 지장이 없는 황씨 부인도, 일찌감치 머리가 커지고부터는 경찰서장을 거쳐 경무관으로 옷을 벗은 심 형사를 아예 애물이나 우물(愚物)로 여기는 당신의 친자식 종구의 애비 기피증을 돌려세우느라고 여념이 없다고 했다. 심 교수도 제 친형이 노골적으로 비치는 그런 애비 적개심의 강도에 관한 한 난형난제임을 솔직히 시인하면서 명절 때나 상면할까 더 이상의 내왕이나 거래 일체를 멀찍이 떼놓고 있는 눈치였다. 그래도 심 형사의 딸들만은 제 아비의 한때 불뚝성에 그처럼 혹독하게 당한 억울을 죄다 훌훌 털어버리고 그런대로 부모 섬기기에 소홀하지 않는 모양이었다. 특히나 안팎이 힘을 합쳐 입시산업의 한 자투리를 선점함으로써 집을 두 채나 마련한 셋째딸이 지척에 살면서 부모를 잘 섬길 뿐만 아니라 막내동생 심 박사의 배필 찾기를 큰 숙제거리로 도맡고 있다는 것이었다.

좀 엉뚱한 대비일지 모르나, 심씨 일가의 그런 파란곡절, 벌족이 되다시피한 후세들의 창창한 앞가림, 그런데도 버름하기 이를 데 없는 부자간의 불화 따위가 오늘날 우리의 관민 간의 그것을, 곧 한쪽이 점점 더 시대착오적인 작태로 구지레하고, 거지처럼 글겅이질을 본업으로 삼을 정도로 용렬해지는 데 반해 철딱서니 없기는 해도 다른 한쪽의 등등한 기세를 판박이로 대변하고 있는지도 모른다. 따라서 김 교수는 심씨 일가나 우리 사회 전반의 그런 외형적 번창과 윤택, 요컨대 경제적 풍요가 불러온 친족 간의 버성김 따위에는 관심이 없어서 심 교수에게 더 캐묻지도 않았다. 왠지 그 후일담에 대한 속물적 관심이 결혼기념일이나 생일 따위를 챙기지 않고는 못 배기는 세태처럼 따분하고 성가시게 여겨졌기 때문이었다.

5

어느 날 점심 때, 김 교수와 심 교수가 나눈 '고사리 담론'도 두 사람의 세대를 뛰어넘는 우의를 되돌아보는 데는 특기할 만한 일이었다. 그날 교직원 식당의 식단은 토요일의 그것이 으레 그렇듯 비빔밥이었다. 네댓 가지의 나물과 너부죽한 달걀 부침개 한 점을 얹은 알루미늄 식기에 각자가 재량껏 밥을 퍼서 담으면 배식 담당 아주머니가 말간 콩나물국 그릇을 식판 위에 얹어주었다. 평소에는 빈자리를 찾느라고 두리번거려야 하지만, 그날 식당에는 헤아릴 수 있을 정도의 식구들이 드문드문 앉아 있었다. 그래도 두 사람은 늘 하던 대로 식구들과 멀찍이 떨어져 앉으려고 구석 자리를 찾아갔다. 살기 위해 먹는 게 아니라 먹으니까 살아지고, 사는 동안 일해야 하는 관성에 따라, 빚쟁이처럼 졸라대는 허기를 때맞춰 꺼나가느라고 주는 대로 또 닥치는 대로 먹는다는 주의로 식생활을 꾸려가는, 그래서 스스로 조식가(粗食家)를 자처하고 주위 사람들도 훈련병 먹성이라고 놀려대도 개의치 않는 김 교수는 곧장 밥을 비비기 시작했다. 그런데 심 교수는 밥을 뒤적거려 한 곳으로 밀쳐두고 나서 여기저기 숨어 있는 고사리 나물을 이 잡듯이 뒤져 찾아내 식판 위에다 들어냈다. 그의 밥그릇이 곧장 개밥으로 변해버렸다. 김 교수가 눈으로 묻자 심은, 저는 고사리만큼은 안 먹은 지 오래됐어요. 독일에서는 없어서 물론 못 먹었고, 미국에서 독초라는 말을 듣고부터 안 먹기 시작했습니다 라고 했다.

김 교수가 들은 풍월을 내놓았다.

"독초? 이때껏 아무 탈 없이 잘 살아왔는데. 정력 감퇴제라는 말이야 있지. 필시 중들이 즐겨 먹는 음식이라서 성생활을 금기시해야 하는 스님의 고충을 덮어주고, 그 알량한 천직(天職)을 성원하느라고 지껄이는 비과학적 소리일 거야. 또 모든 동식물에는, 그러니까 인간이 먹는 먹거리들에는 얼마쯤의 독성이 있다는 말도 있어. 그럴 거 아냐. 말하자면 인체에 우호적인 요소와 적대적인 요소가 뒤섞여 있다는 함량의 정도 문제라는 소리지. 물론 인간이라는 종은 지나치게 강인하다고 할 정도로 위대해서 그 숱한 적대적인 요소까지 우호적인 것으로 희석, 반죽시키는 능력을 생체적으로 개발해오면서 진화를 거듭해왔다는 실물 그 자치지."

"발암 성분이 들었다는 말도 있습니다. 브리태니커 사전에도 부분적인 해독을 지적해두고 있고요. 좀더 정확히는 다리의 근력을 무르게 하고, 눈이 침침해진다고 합니다. 경험론일 테니까 미리 피해서 나쁠 거야 없겠지요."

"그래서 선인들은 흐르는 맑은 물에다 오래 담가놓고 우려내지. 절간에 가면 늘 보는 풍경이잖아. 일컬어 생활의 지혜야. 그 있다는 독성을 풀어내고 누그러뜨리느라고. 그러고 난 다음에도 푹 삶아 먹지."

김 교수는 말을 조심하고 있었다. 기계로 대량생산해서 그런지 다소 질긴 면발의 냉면을 '비닐 냉면' 이라 하고, 이 땅의 소비량 대부분을 수입해다 먹는 미국산 대두로 만들었다고 해서 '유전자 콩나물' '유전자 두부' 라고 불러버릇하는 그 비유의 '반과학적' 상스러움 때문에라도 입맛이 떨어져서였다.

서문만 읽어도 그 형세와 수준이 확연히 드러나게 마련인 어떤 책을 겅중겅중 건너뛰어 독파해버리듯이 심 교수는 흔히 말 갈피를 2단, 3단으로 도약시키곤 했다. 강의라면 대단히 불친절한 생략어법의 구사인 셈인데, 김 교수는 그런대로 그 말귀를 따라갈 수 있는 청강생이었다.

심 교수가 그 강의법을 유감없이 토해냈다.

"먹거리 풍속 차원의 전통이 믿을 수밖에 없는 과학의 압도적인 기세를 영구히 제압하기는 힘들어요. 물론 전통과 관습도 최대한의 길항력을 발휘하지요. 무지와 무식에 따르는 기호, 습관 같은 요소도 관습의 막강한 우군이라서 과학이 한시적으로는 열세인 것도 사실이긴 하지요."

말버릇은 서로 닮아가는 게 아니라 말의 생명력이 바로 흉내내기여서 김 교수의 대응도 심 교수의 말본새를 좇아갔다.

"풀만 먹는 소도 고사리는 안 먹는다고 하고, 더위 먹은 소도 세발낙지를 상추에 싸서 던져주면 그걸 달게 먹고 힘을 추스른다는 말도 있기야 하지. 초식동물이란 과학적 분류가 일정하게 엉터리일 수 있다는 말이야. 실험용 흰쥐와 사람이 같을 수는 없지 않을까 싶어. 내장의 구조야 같든 말든 환경, 먹거리, 머리 씀씀이가 엄청나게 다르고, 그것들끼리의 조합과 분열이 어떤 식으로 엉겼다가 퍼뜨려지는지를 알기란 난해한 문제일 거야. 진화론을 믿어야겠지만, 그것이 만능 줄자는 못 되고, 과학 만능도 일시적으로는 우상 숭배와 오십백보 아닐까 싶어. 모든 지식, 과학도 그 일부지만, 그게 한시적으로만 진리로 받들어지고 그렇게 행세하도록 짜여진 이 세상이 과학과 지식을 떠받든다면서 너무 호들갑스럽다면 틀린 말은 아닐 거야."

"인류의 역사는 결국 물질문명의 향유사인 동시에 물질들 개개의 부침사거든요. 쉽게 말하자면 개별 물질들의 각개격파식 활용사지요. 이건 물론 제 말도 아니지만요. 어쨌든 깃털 달린 철필에서 연필, 만년필, 볼펜, 수동식 타자기, 컴퓨터로 진화해왔잖아요. 그런 진화가 생활의 질을 높였다는 관점은 보기 나름이라서 일단 논외로 친다면 박래품이든 자생품이든 결국 그럴 수밖에요. 먹거리도 그럴 수밖에 없어요. 그러니까 과학의 무한한 가능성이 인류의 생활사에 활력을 준다기보다도 생활의 항구적 유동성을 담보하는 한편으로 발명품의 생산 및 그 향유에 관한 사람의 변덕을 부추긴다고 보면 대체로 맞을 거예요. 결국 사람은 과학의 노예가 아니라 과학의 멈칫거리지 않는 질주에 가랑이가 찢어지도록 발맞춰 가면서 그것에다 점점 더 힘을 실어주는 주인이지요. 자기를 그토록 집요하게 좇아오는 사람이 안 보이면 과학은 심심해지고, 거북이가 언제라도 토끼한테는 이기게 되어 있는 것과 같은 이치지요."

"변덕이 감정의 에센스이기는 할 테고, 막강한 과학의 힘이 그것까지 때때로 조절할 수는 있을 테지. 고사리를 잘 먹어오다가 안 먹도록 만드는 변덕을 강제할 수도 있을 테니까. 전화를 사용하고부터 생활의 속도가 가팔라지고 꼭 그만큼 인간관계에 무례가 끼어듦으로써 사람의 심성이 한결 거칠어진 것은 사실일 거야. 물론 과학적 근거는 없는 말이지만, 받들 수밖에 없는 원리쯤 될 거야. 과학은 힘이 너무 좋은 게 탈이고, 섬세성이 태생적으로 결핍되어 있어서 수시로 건달들처럼 완력을 함부로 휘두르기도 하고, 멍청해빠진 겁쟁이도 잘 구슬러서 적당히 부려 먹다가, 토끼한테 이긴 거북이에게 손이야 발이야 비라리치는 지랄도 떨잖아."

"실은 과학이야말로 자연이나 인간이 하는 짓거리를 고대로 베껴 먹으려고 전전긍긍하는 꾀바른 모사꾼이든가, 지고서도 졌다는 소리를 죽어도 안 하는 엉터리 투사일 거예요. 적자(嫡子)는 아무리 못나도 지보다 훨씬 똑똑할 수밖에 없는 서자(庶子)에게 질 수는 없게 되어 있지요. 과학은 만사에 일시적으로는, 더 나은 후속 발견과 발명이 나오기 전까지만 이기게 되어 있어요. 그러므로 인간을 정면에서 이해하려고 하지 않고, 오로지 나를 닮아보라고 설치는 표절자이든가 지보다는 열등한 족속들의 삶을 기어코 바꿔놓아야 속이 편한 파쇼지요. 삶의 외형이 바뀌면 인간의 본성도 어느 정도는 변화를 감수할 수밖에 없다고 볼 수 있을 거예요. 그것이 진화고, 문제는 그 진화의 속도 조절에 인간의 삶이, 사고가, 버릇이, 집단의식과 무의식이 얼마나 간섭할 수 있느냐는 것이지요. 과학의 주체는 엄연히 인간이니까요."

"그러니 인간의 몸과 머리라는 유기체는 자연이 제공하는 여러 패러다임을 무조건 수용하는 너그러운 품성을 가졌다고 보면 대체로 맞을 거야. 그 반대로 인간이 만든 여러 시스템은 반자연적이므로 일시적으로는 배타적일 수밖에 없을 테고, 과학의 소임은 결국 인간과 자연 사이에서 눈치놀음을 열심히 해야 하는 반규범적 의무자 겸 비세속적 보호자쯤 될지도 몰라."

'고사리 담론' 에 뒤이어 이번에는 김 교수가 피분석자 심 교수의 심각한 증상에 대한 해석을 시도한 적이 있었는데, 막상 겪고 보니 너무 늦은 감도 있었지만, 분석자는 연래의 어떤 의문을 풀 실마리라도 찾은 듯 득의의 감정에 몸이 저절로 떨릴 지경이었다.

그날은 봄학기의 종강일이었던 듯싶고, 따라서 붉은 무리들이 한반도의 이남 땅을 한 달 동안이나 무단 점거, 온통 술렁거리게 만든 2002년 월드컵 광풍이 몰아닥치기 직전이었다. 때 이른 무더위까지 덮쳐서 김 교수는 느지막이 냉수에 만 밥과 플라스틱 통에 담긴 쌈된장에다 풋고추와 양파를 찍어 먹는, 다소 원시적인 저녁 끼니를 때우고 나서 창문을 활짝 열어놓은 베란다 쪽을 등지고 책상 앞 의자에 앉아 있었다. 그는 방 청소를 열흘이나 보름에 한 번씩 하고 있었기 때문에 더러워서도 방바닥에 퍼대고 앉을 수는 없었다.

더워서 헉헉거리기는 할망정 쓰기에 따라 겨울방학보다는 한결 오붓할 수 있는 여름방학 두 달 반을 어떻게 메울까로 김 교수의 머릿속이 한창 분주하던 판에 전화기가 울었다. 이 시간에 누가 이 벽지의 한미한 낙탁거사를 찾나 하며 김 교수는 한껏 게으른 동작으로 전화 송수화기를 집어드니 뜻밖에도 심 박사였다. 그가 김 교수의 학교 연구실로 전화를 걸어온 적은 불과 서너 차례쯤 있었으나, 제2의 아지트인 김 교수의 숙소로 전화를 걸어온 것은 그때가 처음이었고, 그 이후로도 물론 없었다. 우선 심 박사가 김 교수의 숙소 전화번호를 어떻게 알았을까 하는 의문이 들었지만, 학교에서 매년 발행하는 교수들의 연락망 수첩을 이용했을 것 같았다. 그거야 어쨌든 저 심가입니다 라며 지금 좀 찾아봬도 되겠냐고 다급하게 물어왔다. 안 될 거야 없으나, 워낙 누추하니 이쪽에서 나가면 어떨까 라고 흥정을 내밀자, 그런 폐를 끼칠 수는 없고, 또 상의드릴 일이 좀 그렇다고, 여러 사람이 있는 데서는 아무래도 좀 마땅찮아서 그런다며 심 박사는 자신의 호가(呼價) 액수를 물리지 않았다. 역시 심은 좀 일방적이랄까, 너무나 자기중심적인 사내였다. 정 그렇다면 그러라고 마지못해 승낙하자, 심 박사는 '확인하려고 그런다'면서 김 교수의 아파트 단지와 동 호수를 물었다. 일러주자 저쪽에서는 알았다고, 미국식 인사로 고맙다며 곧장 전화 통화를 끊었다.

전화 송수화기를 내려놓자, 소등 후 잠잘 때는 그 붉은 숫자가 조명등 구실도 하는 책상 위 책꽂이 상단의 디지털시계는 막 9:11을 깜빡이고 있었다. 그 숫자는 그 전해 어느 날 갑자기 미국의 심장부에서 말 그대로 불기둥이 솟구친, 성경 속에서나 일어나야 제격일 것 같은 끔찍한 이변의 아수라장이 '연출된' 바로 그 날짜를 선뜻 상기시켰다. 세계는 이제 한 마을이나 마찬가지다는 생각은 잠시고, 이게 도대체 무슨 흥미진진한 일진의 전개인가 하고 김 교수 나름의 범죄적인, 그의 생업을 감안한다면 소설적 발상을 굴려보니, 어떤 문제든 심정적으로는 같잖게도 역지사지(易地思之)의 자세를 취하는 자신의 평소 처신에 따라 점점 삭막해지고 있는 이 땅의 인간관계가 자갈밭을 지나가는 마소의 발걸음처럼 삐거덕거리고 힘겹다는 생각도 들었다.

그러나 그런 재미난 사색을 이어갈 잠시의 짬을 당장 방해해버리는 초인종 소리가 들렸다. 전화 통화를 끊은 지 불과 2분도 채 지나지 않은 시점이어서 김 교수도 그때부터는 감당하기 힘든 일과 맞닥뜨린 듯 당황하기 시작했다. 초인종이 두 번째로 울리며, 선생님, 접니다라는 소리가 밖에서 여리게 들렸다. 현관문을 열어주었고, 네모반듯한 시커먼 공간을 빈틈없이 채우며 심 교수가 흡사 영화 장면에서의 그

거침없는 배우들처럼 성큼 들어섰다. 그리고는 언젠가 제 차를 몰고 지나가다 가방 든 김 교수가 이쪽 아파트 단지의 입구로 들어서는 모습을 눈여겨봐 두었으며, 방금 그 어름에서 전화를 걸었다고 했다. 김 교수가 차를 어디다 세워뒀냐고 묻자, 심 교수는 걸어왔다고, 자기 차는 늘 학교 주차장에 세워두고 있다면서 조만간 누구에게 '상징적인 액수의 돈만 수수하고 양도할 작정인데' 오늘 점심때도 지나치면서 보니 무사히 잘 있는 것 같더라고 덧붙였다. 그의 어느 매형 중 하나가 쓰다 물려준 심 교수의 차종이 어떤 것인지도 김 교수는 물론 몰랐고, 그것을 차주인이 무슨 용도로 주로 쓰는지 따위에도 관심이 없었다. 모르긴 해도 심 교수는 자신의 출신이 그런 것처럼 그것을 멍에처럼 짊어지고 있을 것이므로 그 탈것을 소극적으로라도 이용하기 위해서라기보다 그냥 어쩔 수 없이 지니는 폐물일 것이라는 '언어적' 상상을 김 교수는 챙겨두고 있을 뿐이었다. 흔히 그렇듯 엉뚱한 쪽으로 머리를 쓴 탓인지 승용차가 몰아오는 어떤 불길한 일과 오늘의 일진이 일단 무관하다는 사실만으로도 김 교수는 적이 안도했다.

텅 비어 있는 문간방, 좁직한 통로, 냄새의 희석과 습도의 확산을 위해서 늘 그 문짝을 열어놓는 화장실, 간소하다기보다 거의 추상화되어 있는 부엌, 임차인의 절약형 동선이 햇볕 안 들 때만 뭉그적거리는 안방 따위의 구조를 불청객은 시늉으로라도 일별하지 않고, 잠시 우두커니 서 있었다. 그의 그런 무관심도 엄청난 밀명을 띠고 내려온 외계인을 얼핏 떠올리게 했다. 불청객은 말도 없이 집주인에게 어서 제가 앉을 자리를 지정해달라고 요구하고 있는 것이었다. 외계인의 그 요청이 지엄했으므로 집주인은 책상 앞의 의자를 끌고 와서 두 동료는 벽에 기대둔 식탁을 사이에 두고 나은자로 앉았다. 그 구도가 의사와 환자의 초진 때 대면과 닮았다고 해도 과장이 아닐 것 같았다. 대개의 환자가 그렇듯이 불청객의 모색은 제법 심각했다. 아마도 무슨 말을 첫 문장으로 삼을 것인가를, 더 정확히는 부사와 지시대명사 중 어느 것을 첫 문장의 첫 어휘로 골라잡을 것인가를 벼르고 있는 것 같았다. 심은 담배도 피우지 않는 위인이었다. 그러나 심은 흡연을 끔찍이 혐오한 발자크처럼 커피 애호가였고, 김 교수는 담배 효용론을 장황하게 늘어놓은 플로베르의 문장을 읽을 때는, 그렇게나 뛰어나다는 프랑스어의 말맛은 전혀 몰라서 비록 한글로일망정 점자 읽듯 더듬어갈 때면, 특히나 그 조촐한 비유들이 어느새 대담한 직유라는 그 소위 은유의 경지로까지 번져가는 문맥 앞에서는 경외의 심정에 젖어들어 저절로 담배를 꼬나무는 사람이었다.

김 교수가 오히려 초조해서 물었다.

"커피 하겠어?"

"아, 너무 좋지요."

집주인이 커피포트에 수돗물을 받아 전깃불을 지폈고, 식탁 위의 인스턴트 커피병, 커피 크림통, 설탕병 따위를 열어 머그잔 두 개에다 그 가루들을 퍼담을 참이었다. 곧장 심 교수는, 우유 없으시지요, 잠시만요, 제가 좀 나갔다 오겠습니다 라며 예의 그 조급한 동작을 순발력 좋게 일구었다. 현관문이 여닫혔다. 역시 심은 자기중심적에다 제멋대로였다. 불청객이 곧장 돌아왔고, 들고 온 시커먼 비닐 봉다리에서 기다란 1천 밀리리터짜리 우유갑 두 개를 내놓았다.

"저는 밀크커피를 워낙 좋아해서요. 커피만 세 스푼쯤 넣어주세요."

집주인이 뜨거운 물을 머그잔에 찔끔 쏟아붓자 불청객은 질겁하며, 아, 아, 됐어요라고 비명까지 내질렀다. 그리고는 집주인으로부터 스푼을 건네받아 머그잔 속을 휘젓어댔는데, 그것은 죽처럼 빽빽하달까, 진흙처럼 질척거린달까 좀 이상한 음료라기보다는 먹거리에 가까웠다. 뒤이어 불청객이 제 머그잔에다 우유를 찰찰 넘치도록 따랐다. 이제는 그 색깔만으로도 비로소 섹시한 음료였다. 무슨 이유인지는 몰라도 소위 커피 크림이라는 탈지분유를 안 먹는다는 시위였다. 불청객이야 그러거나 말거나 집주인은 평소 습관대로 그 입자의 굵기가 희한하게도 등급화되어 있는 먹거리 가루들을 적당히 뒤섞은 혼합물을 만들었다.

불청객이 제 음료를 한 모금 달게 삼키고 나서, 또 한참이나 뜸을 들이다가 마침내 입을 뗐다.

"이런 증상을 심인성 장애라는 건지, 아니면 그냥 단순한 신경증, 독일말로는 노이로제지요, 그 반응인지, 제가 무식해서 말이지요. 도무지 종잡을 수 없어요."

평소와 달리 심의 말에는 조리가 없었고, 말씨도 두드러지게 허둥거렸다. 김 교수는 환자를 직시하고는 있었지만, 그가 말을 더 털어놓도록 잠자코 있었다.

"오늘 저녁에 우리 학과 선생들의 회식이 있었거든요. 정기적인 거지요. 저 아래쪽에 국민연금관리공단 건물이 들어앉은 그 뒤쪽 먹자골목의 한 한정식집에서요. 다들 빠짐없이 나왔대요. 종강했으니까 홀가분하니요. 열세 명이요. 물론 외국인 초빙교수들은 관례대로 부르지도 않았고요. 5분, 8분, 심지어는 12분이나 늦게 도착한 인간들도 있었지만요. 다들 뻔뻔스럽게 뻔한 덕담들을 자욱하니 깔데요. 대과 없이 또 한 학기를 마쳤다 어쩌고 해대면서요. 저는 할 말이 없어서 그냥 가만히 앉아 있었어요. 늘 그렇듯이요. 아, 따져 보면 꼭 그렇지는 않고요. 그 양반들의 말을 정말 꼼꼼히 경청하면서, 저건 말도 안 되는 소리다, 전에도 들었고, 방금도 지껄인 동어반복이다, 하나마나 한 췌언이다, 전혀 쓸데없는 말이다, 저 말은 시방 자기가 무슨 말을 하려는지도 모르고 있고, 또 무슨 말을 씨부렁거리고 있는지도 모르는 횡설수설이다, 모리면 가만히 있어야 옳은데, 저 인간은 지가 무얼 모리는지도 모르네, 똑똑한 체하려는 수작일 뿐이다, 자기주장이 아니라 비위 맞추기로서의 맞장구치기다, 천박한 말장난의 수준에도 못 미치는 잡소리다, 분명히 남의 말귀, 화두를 이해하지 못한 나머지 엉뚱하게 제 자랑을 늘어놓고 있다, 이런 식으로 따지고 있었습니다. 정말 따분하고 하품이 나올 지경으로 한심한 말의 성찬장인데, 그게 재미있다기보다 시간 낭비다는 생각으로 미치겠어요. 아무튼 그러면서도 밥과 국이 나오기 전에 주전부리 같은 심심한 안주랄까 요리 같은 걸 저는 닥치는 대로 마구 거머먹고 있었습니다. 오늘 아침, 점심을 귀찮아서 뭉텅이 식빵만 뜯어 먹다 말았거든요. 딱히 배고픈 줄도 몰랐어요. 종강일이니 그랬고, 미국에서도 더러 자주 끼때야 거르고 그러거든요. 그 과식도 안 좋았던 것 같애요. 여기로 오면서 비로소 그 생각이 들데요. 어쨌든 어느 순간부터 젓가락을 든 제 손이 움찔거리고, 가슴이 벌렁벌렁 떨려요. 이상하다고 느끼니 점점 더 그래요. 머냐 하면 그 쓸데없는 말들을 앞다투어 지껄이고 있는 동료교수 중 누구 하나에게, 아니, 그런 말을 방금 쏟아내고 있는 당사자에게 슬그머니 다가가, 어깨를 툭툭 친다든가, 양 뺄따구를 토닥토닥 두드린다든가, 빰이나 귀나 코를 잡아 비틀면서, 좀 고만 해, 그게 도대체 무슨 말이야, 너 정말 제 정신을 갖고 시방 그런 같잖은 소리를 지껄이고 있는 거야, 제발 가슴에 손을 얹고 진정으로 반성을 옳게 해봐. 반성 알아, 반성이란 말을 알기나 해, 이런 말을 하고 싶어지는 거예요. 정말 그런 말을 하고 싶어서 미치겠어요. 말도 안 되는 그런 해프닝을 제가 방금이라도 터뜨릴까 봐 조마조마해지고, 그 조건반사를 억지로 통제하느라고 안간힘을 쓰고 있는 게 제 스스로 느껴져요. 말하자면 그런 자제력이 폭식을 강요했지 싶어요. 짐승처럼 마구 처먹고 있는 제가 또 그렇게 싫어 환장하겠어요. 그래서 미친놈처럼 곧장 헛소리를, 땡고함을 마구 질러댈 것 같기도 하고요. 배가 너무 불러서 젓가락질을 더는 하지 않겠다고 손을 밥상 밑에 내려놓고 있으니 어느새 저는 그 음식점의 이쑤시개 통을 집어다 그 속의 나무 이쑤시개를 잘게 똑똑 부러뜨리고 있어요. 아, 정말 그 감정의 폭풍을 어떻게 간신히 잠재웠는지 모르겠어요. 지금은 이런 말이라도 하지만, 구두를 찾아 신으며 구겨진 뒤축을 세울 때는 손가락이 바들바들 떨리고, 내가 방금 꿈 속을 헤매다 나온 것 같아서 머리통을 한참이아 절래절래 흔들어댔어요."

그 회식 자리의 참석자들 면면과 그들 중 일부의 말본새를 선뜻 떠올릴 수 있었으므로 김 교수로서는 그 정황을 한눈에 파악할 수 있었다. 그러나 심 교수의 그 착잡한 심경에 뒤이은 과민한 정서 반응을 이해하기는 쉽지 않았다. 그러고 보니 예의 그 섹시한 밀크 커피를 연방 홀짝거리는 심 교수의 얼굴에는 대근한 기색도 완연하고, 이마에는 땀이 번질거렸다.

김 교수는 말을 쉽게 풀어가려고, 농담도 간간이 섞어 넣기로 작정하고 말문을 열었다.

"알 만해. 좀 과민한 성정이라 남의 허튼 말을 차마 못 들어주겠다는 거 아냐. 당연하지. 그 무리에 섭쓸려 들어 초록은 한 빛이라고 치부하며 스스로를 한시적으로 그 소위 대(對)사회용 제2의 자아라는 페르소나를 원활히 작동시키면 될 텐데, 그걸 못하는 체질이니 그런 신체적 반응이 떠들고 일어났겠지. 앞으로의 과제는 그 기제가 무엇인지 심 박사가 스스로 찬찬히 분석해보는 일이야. 언뜻 떠오르기로는 도스토옙스키의 무슨 작품에도 한 주인공이 그런 정신적 공황으로 멀쩡한 동석자의 귀를 물어뜯잖아."

"압니다. 저는 그렇게 착하지도 않고, 아무리 못났다 하더라도 생활력에서나 지적으로도 정상인에 가까울 뿐만 아니라 허무주의적이지도 않습니다. 오히려 그 반대라고 해야 옳을 겁니다. 사실상 허무주의란 것도 이 시대와는 동떨어진 특정한 시기의 증후군이었고, 일종의 시대병이었달까, 문화적 관습병이었지요."

"그럴 거야. 실제로도 그렇고. 그 자부심을 잠정적으로라도 누그러뜨려 버리라면 병을 빨리 낫워버리라는 말처럼 모순이니까 말이 안 되고, 그 병적인 자기옹호, 자기유별, 자기우월 같은 일시적 정서를 다른 쪽으로 돌려버려. 다 그런 거지 머 하는 시니컬한 대응의 체질화도 유효할 테고, 일 욕심도 반 이상으로 줄이면서, 말하자면 푸짐한 시간 낭비에 자신의 심신 일체를 몽땅 담궈버리는 일시적인 휴식의 자유를 더러 강제적으로 구사하면서, 아인슈타인처럼 모차르트 애호가가 되든지, 발길 닿는 대로 우리 학교 캠퍼스 속을 어슬렁거리는 완보(緩步) 산책을 일용할 육체적, 정신적 양식으로 삼아볼 수도 있을 테지. 그런 발작적 해프닝 미수증(未遂症)을 언제부터 의식했어? 오늘 밤만, 또 그런 자리에서만 그랬던 것 같지는 않은데 어때?"

"모르겠어요, 오늘 밤의 증상이 좀 유별나게 지독했던 것은 분명합니다. 물론 전에도 그러기는 했지요. 고등학교 재학 중에는 죽이고 싶도록 미운 사람이 많아서 그 명단까지 영어 단어장에 적어놓기도 했어요. 심지어는 저와 직접적인 이해관계가 전혀 없는 특정 정치인이 너무 뻔뻔스러워서 저런 인간도 도대체 사람인가 하는 감정에 휩싸이곤 했어요. 아무튼 무슨 소굴이나 우리에서 뛰쳐나오듯 외국으로 빠져나가서는 그런 호오가 많이 누어졌달까 흐릿해졌어요. 누구 간섭도 안 받고 남을 의식할 것도 없이 기숙사나 도서관에서 마냥 죽치고 있으면 그뿐이었으니까요."

그 죽이고 싶도록 미운 대상이 구체적으로 누구였느냐고 물어보고 싶었으나, 김 교수는 환자의 다변을 우선 보장해주어야 하는 자신의 신분을 똑똑히 의식하고 함구했다.

"말이 길어지니까 많은 걸 생략하기로 하고요, 94년도 초여름에 영구 귀국해서, 영구란 말은 여러 의미에서 좀 어폐가 심하지만, 어쨌든 그 1년 전쯤서부터 인편의 확답도 그렇고 제 판단으로도 거의 다 되게 돼 있던 서울의 모대학 전임 자리에서 밀려난 후, 속에서 치받치는 욕지기, 짜증스러운 불쾌감이 손떨림 같은 간헐적 증세로 전이된 건 사실입니다. 그건 제가 분명히 알아요. 그러고 요행히 여기로 임용되어 내려와서는 그런 정신적, 신체적 불쾌감, 전율이지요, 그게 사라졌다가 특정한 장소에서 또 특정한 사람들과 함께 있으면 왠지 조마조마해지고 속에서 뭔가가 요동치고 있는 게 자각되기 시작했어요. 그래서 이러면 곤란하다 싶어서 가급적이면 그런 자리나 기회를 피했습니다. 물론 대인기피증이라고 할 것까지는 없고요. 피하니 또 그런대로 살아지고 일상생활을 꾸려가는데 아무런 지장도 없었고요. 다들 그렇게 살아가겠지만 제게는 두 개의 세계가 너무 뚜렷이 구별되어 있다는 걸 잘 압니다. 이를테면 고치 속과 밖처럼요."

"지금도 어느 대학이든 자리만 나면 당장이라도 서울로 직장을 옮길 작정이고, 여기야 잠시 쉬었다 가는 간이역 같은 데라서 심 박사의 마음자리가 언제라도 붕 붕 떠다닌다고 보면 대충 맞을 테지. 그런 심인성 동요가 그 소위 불쾌감과 신체적 경련을 유발하는 요인이겠네며. 안정이 안 돼 있으니까. 크게는 그렇고, 작게는 특정 장소, 특정 인물에 국한된 증상이라는 건데, 심 박사가 이렇다 할 직접적인 피해를 당하지도 않았지만 그렇다고 가해를 입힌 적도 없다는 점에서 그 특정은 사실상 불특정의 다른 말일 거야, 그럴 수밖에. 그러므로 그 증상의 진전이나 완화의 경과에 따라 그 대상이 더 불어날 수도 있고, 그렇게 되면 보통 문제가 아니라 사회적 원망과 개인적 기대의 착종이 빚어내는 억울성 신체반응이라는 아주 간단한 기제 내지는 진단이 떨어지게 되는 거지. 물론 상당한 정도로 집단적인 시대병일 수도 있을 테고."

환자가 뜨악한 눈길로 의사의 안면을 빤히 쳐다보다가 밀크 커피를 음미하듯 길게 들이켰다.

"아, 벌써 알고 계시는군요?"

의사는 이제 근본적인 치유에의 어떤 접근을 뒤로 물리고 환자의 지금 기분이라도 돌려세우려는 부분적 상담에 다가가야겠다고 작정하고, 그러자면 말을 아무렇게나 흩뿌려도 괜찮겠다고 여겼다.

"모를 게 머 있어. 그렇겠다는 짐작이지. 그럴 수밖에 없기도 할 테고. 난들 안 그런 줄 알아. 매일 같이 보기 싫은 인간들과 대면도 하고, 가기 싫은 데도 가서 얼쩡거리며 그냥저냥 개기는 거지. 나는 소위 문우라는 것도 어떻게 생겼는지 모르고 살아. 그것들이 알고 보니 죄다 엉터리에 암상꾸러기들이라니까. 경련? 그런 경련을 불러일으킬 내 불수의근(不隨意筋)의 기능이, 나이도 있으니까 심 박사에 비해서 상대적으로 많이 떨어져 있다고 봐. 물론 그 심적 동요의 질적 차이는 있겠지. 나도 심 박사 나이 때는 분명히 그랬겠지만, 그때와 지금은 삶의 질적, 양적 볼륨이 엄청나게 달라졌으니까 그 반응도 다르다는 것이 바로 정도의 차이쯤 되겠네."

의사가 환자 자신의 치부와 그 소인을 이미 알고 있다는 지레짐작은 전적으로 피상담자의 독단이었고, 의사로서도 전혀 뜻밖에 환자의 그동안 행적을 듣게 되었다. 대화란 근본적으로 겉돌게 마련이라서, 배운 사람일수록 겅중거리기 일쑤였다. 따라서 상담 치료란 것도 예외일 수는 없을 테고, 그런 소인의 자연스런 토로를 유도해냈다는 것은 의사 쪽의 작은 성취였다.

"실은 여기 내려와서 이태 후에, 또 지지난 해 여름에, 그 사이에 또 한 번 말만 오간 적이 있긴 했지만 다 생략하기로 하고요, 서울로 자리를 옮기려다가 두 번씩이나 미역국을 먹긴 했어요. 그 좌절을 털어버리기는 쉬웠어요. 후문으로 듣기로도 제가 적격자가 아닌 것은 인정할 만했고, 그 부적격 사유가 전공 부전공 같은, 그 뭡니까, 커리어와는 상관 없었고요, 물론 불운이라면 불운이겠지요. 또 우리집 영감탱이의 전력을 갖고, 제 형들이 저희 아버지를 꼰대라는 말을 놔두고 영감탱이, 영감탱이라 불러서 저도 그럽니다만, 아시지요, 대충, 경찰 공무원으로 이런 일 저런 일을 위에서 시키는 대로 또 자기 고집대로, 늘 그래 왔듯이 둘 다 엄청난 월권 행위질을 제대로 꼬박꼬박 수행하다 정년퇴직했지요. 어쨌든 그 영감탱이의 전력을 갖고 일종의 역연좌제 같은 걸로 제 불운에 덤터기를 씌우나 하는 자격지심이 없지는 않았어요. 설마 그랬을 리는 만무하겠지만, 공개채용에 지원서를 낸 신청인들 자격이 여러 점에서 저보다야 나았던 것도 사실일 테지요. 머 그렇다는 거지요. 결과가 말하는 대로요, 실제로도 신청자 중 하나가 우리집 영감탱이의 전직을 갖고 악성 루머를 퍼뜨렸다는 후문을 인편에, 저보다는 한참 후밴데, 서울서 학위를 마친 친구한테서 주워듣기는 했어요. 어쨌든 서울에의 집착 같은 것은 이제 없어요. 극복했다면 말이 안 되고 그런 차원은, 주제넘지만 넘어섰다고 생각합니다."

서울로의 자리 바꿔 앉기에 대한 환자의 그런 전력이 새로운 사실이었음에도 불구하고 왠지 너무나 뻔한 우리 사회의 허물을 보는 듯, 또 그것을 눈가림으로 땜질하려고 덤비는 듯한 말의 홍수를 의사는 일단 틀어막았다.

"그건 극복 차원이 아닐걸. 한동안 꾸준히 내연한다고 봐야 정확할 거야. 여기에 완전히 정착하기 전까지는. 우리 사회의 서울 중심주의, 서울 제일주의는 역사적 전통도 워낙 막강하고, 그것에서 파생한 정서적 민도(民度), 말하자면 시민의식 같은 것이 이미 유전적 형질로 내면화되고 말았잖아. 아주 못나빠진 열성에, 아니 악성의 유전형질이긴 하지. 그건 우리 모두가 시인해야겠지."

"정착요? 그게 자격 시비의 한 항목이기는 하겠지요. 특히나 남자가 결혼을 안 한 게 이 땅에서는 일단 튀는 것으로, 언제 홀가분한 돌출행동이 터뜨려질지 모른다는 혐의를 미리 덮어씌우는 데는 아주 좋은 구실이지요. 결혼이란 할 수도 있고, 안 할 수도 있는 거지요. 그것이 인간의 자격 시비에 흔히 꾸어다 쓰는 잣대라면 좀 부당하달까, 너무 진부하고 상투적인 줄자일 겁니다. 앞으로 결혼할 계획이 있습니까 같은 질문은 사실상 말이 안 되는 허튼소리지요. 제가끔 자기 운명을 미리 알고 살아가는 세상이라면 재미도 없을 테고 아주 곤란해지니까요. 물론 제 경우는 좀 다르다고 스스로도 인정합니다. 한 여자와 힘을 모아, 이를테면 통상적으로 성별이 나눠준 각자의 직분을 존중하고 그것대로 권리와 의무를 다할 능력이 제게는 너무 부족한 게 사실이고, 제 가족들의 경우를 보더라도 그런 경계가 끔찍할 정도로 혼란스러워서 저게 무슨 사치며 낭비인가, 아니면 사서 하는 생고생인가 싶고, 거기다 물리적, 언어적, 성적 폭력까지 제멋대로 횡행, 난무하는 걸 보면 제정신을 똑바로 가지고는 선불리 나설 일이 아니다 싶어 한 여자에게의 정주권을 일찌감치 제 신상의 치외법권 지대에 방치해두고 있는 처지니까요."

환자가 슬그머니 커피병을 끌어다 또 세 스푼의 커피 가루를 들어내 제 머그잔에 담았다. 역시 커피에 자기 몸뚱아리가 졸아붙는 것도 모른 채 그 탁월한 재능만큼은 진액을 짜내듯 발휘했으나, 그 방대한 인간극과 사회극을 조립, 거창한 이원 집정제 제국의 한쪽 종신직 우두머리가 되려는 야심을 중도에서 부러뜨려버린 발자크가 먼 곳에 있는 게 아니었다. 의사는, 어느 커피광 글쟁이가 형편에 따라 거느리기도 했던 빚쟁이 축객용 종자처럼 재깍 커피포트의 자동 버튼을 눌렀다.

"다 맞아, 옳아, 한참 머리를 굴려봐야겠지만, 언뜻 듣기로는 틀린 말이 거의 없는 것 같애. 말하자면 어떤 사명감으로, 그것에 매진하면서 살아야 하는 것이 인간 본연의 자세다, 이거 아니겠어? 여시아문(如是我聞)이야. 좋아. 당연하지. 그런데 말이야, 그 특정의 사명을 이 땅에서, 아니, 이 지구촌에서 누린다는 것은 거의 불가능해. 해보지도 않고 패배주의에 녹아든 소리는 하지도 말라면 가만히 입 닫고 눈만 껌뻑거릴 수밖에 없으나, 하느님의 특정 사명을, 대개는 딱 하나의 밀명을 받잡고 외계에서 하강한 천사가, 그 좀 이상한 천사에 날개를 달아준 것도, 천사는 여성으로, 역시 날개 달린 악마는 남성으로 점지한 서양미술사적 발상도 알 듯 말 듯한 동화적 상상력이지만, 그런 반인간 반신선의 사고 체계는 어리석다 싶을 정도로 단순해빠진 게 탈이야. 그게 머겠어? 지가 할 일이 너무 많다는 거지. 그런데 실은 그 일이 지가 할 일도 아니고, 그렇다고 남에게 맡길 일은 더 아니지만, 함께 할 수 있는 일이기는 한데 벅찰뿐더러 욕심이 사나운 거지. 욕심이 많은 사람은 참을 줄을 몰라. 물론 쓸데없이 부지런을 떨지. 유심히 뜯어보면 주위에 그런 사람이 많아. 신문에는 그런 사람 천지고. 나는 그런 천사형 인간을 믿지 않아. 그것들이 저지르는 일은 대개 다 선의의, 고의의 횡포고 폭력이거든. 그것들 때문에 정말 한시도 제대로 못 살겠어. 요컨대 그것들은 무료를 달래는 경지를 몰라. 무식한 거지.

욕심꾸러기는 무식한이라는 등식은 만고불변의 진리가 아닐까 싶어. 아니, 무료가 먼지도 모르니까, 그 분주가 천사의 다른 이름이야. 좀 우습잖아? 대체로 욕심이란 것은 전적으로 다른 목적을 위한 아주 치졸한 수단일 경우가 많아. 좋은 목적을 위한 나쁜 수단이든 좋은 수단이든, 좋다 나쁘다는 것도 함부로 말하기가 멋하니 차라리 느린 수단이든 빠른 수단이든 그것의 입지는 결국 자기중심, 타인 배척, 지상지옥, 천상천국 같은 편협한 사고에 기초해 있어. 말하자면 그렇게 되돌아가 버리니 그 논리가 너무 순박하달까 유치해빠졌달까 그래. 요컨대 우리 인간과 사회가 알게 모르게 발명해낸 천사형 인물이 흔치 않았을 때는 그런대로 살 만했는데, 현대문명의 골자들, 이를테면 산업사회, 합리화, 컴퓨터, 제도화, 자동차와 비행기, 통제화, 인간 복제, 형식화, 자연파괴 같은 것들이 끊임없이 천사형 인물을 확대재생산하고 있으니 숨이 막히는 거고, 그게 바로 이 세속계의 한계이자 아포리아야. 해결책? 대답은 이미 나와 있어."

"아시는 대로 저는 이렇다 할 세속적인 욕심이란 게 없거든요. 그냥 영어나 가르치고, 그 문맥의 역사적, 사회적 배경 같은 것이나 제가 아는 대로, 또 알아들을 정도만큼만 설명하는 게 제 직분이고, 이 오감한 천직(賤職)에 나름의 최선과 성실을 다하자는 것뿐이거든요. 그런데 그것조차 보호해주기는커녕 훼방하는 집단이나 사회는 나쁘다기도 하려니와 바람직하지 않잖아요."

"사실이야. 한 마디로 개판에 개 같은 인간들이 득시글거리지. 주제넘게 내 경우를 말하더라도, 다사다난한 형극의 길이었던 우리의 근대 및 현대사를 이렇다 할 정신적 외상 하나 없이, 이를테면 고무줄처럼 신경도 없이 시대의 물굽이에 발맞춰 신축을 자유자재로 한 아첨배지, 또 신체적 상처 하나 없이 곱게 늙은 어릿광대들, 우리 주위에 흔해빠졌지. 그런 행복한 무지렁이들을 보면 불운, 불행, 박복을 요리조리 잘도 피해가며 살아냈다 싶어서 신기해하다가도 그 빤지러운 문사, 명색 예술가들이 무슨 흉물처럼 보기 싫어서 미칠 지경일 때가 많아."

김 교수는 환자를 직시하며 숨을 골랐다.

"어쨌든 심 박사의 그 경련을 이해 못할 것도 없고, 심 박사의 그 소박한 직분 옹호벽이 독선일 리는 없어. 다만 욕심이 있다 없다는 것도 의식하지 말고 살아라고 진정으로 권하고 싶을 뿐이야. 물론 성인군자가 아닌 다음에야 그렇게 살아가기는 어렵고, 가만히 있으려는 사람에게 떠들면서 살아라는 사회와 그 기제는 광적(狂敵)일 수 있어. 우리만 봉착한 난관도 아니니까 어쩔 수 없고, 그런 의미에서도 오늘날 진정한 지식인의 일부는 언제라도 이상국가의 심정적 신민이고, 그 시민권을 가지고 있거나 천국의 예비신자이기도 해. 아마도 정서적으로는 이상국가의 원주민들보다 더 지독한 인종차별주의자든가 계급유별주의자들일 거야. 그의 조국이 바람직하지도 않은 나라인데다가 다들 그를 따돌려버리니까. 그러니 우리가 다른 언어권의 시민들에 비해 말이 서로 안 통하는, 말 같은 말을 제대로 주고받을 수 없는 반벙어리 구성원들이란 걸 잊지는 말아야지. 그걸 항상 염두에 두고 각오를 달리하고 있으면 어떤 처신으로 살아야 열을 덜 받고, 신경질, 짜증, 광기, 허탈감, 무력감 같은 심인성 기질의 과부하로부터, 아니 그 피해로부터 부분적인 해방감을 누릴 수 있을 것인지가 떠오르겠지. 그런데 우리의 오늘 담론의 주제인 해프닝 미수증으로서의 발작적 경련은 다소 눅은 거야. 아니면 어디로 슬그머니 사라져 버린 거야?"

"역시 밀크 커피의 효력은 대단하네요. 그 조바심 억제증은 한시적이에요. 이때까지의 제 경험으로는 그래요. 손이나 팔만 올라갔다 하면 걷잡을 수 없는 난동이 속속 벌어질 것이라는 걸 잘 알고 있으니까, 지금까지는 제 스스로 통제가 가능하다는 증거일 테지요. 또 그 자리에서만 벗어나면 멀쩡해요. 앞으로 어떨지는 모르겠고요. 우리집 영감탱이가 죽으면 근치(根治)가 되지 않을까 싶지만, 물론 근거 없는 자기최면이라 더 말하기는 좀 그렇고요. 최근에는, 최근이래도 벌써 4, 5년 전부터 제 심사가 하도 이상하고, 배배 꼬여 들고, 뒤틀리고 있어서 이건 분명히 분석감이다 싶어 미국에 있는 친구들 서너 명한테 번갈아가며 부탁해서 우울증에 관한 수기, 소설, 체험담, 대중적인 학술서 따위를 부쳐오는 대로 읽고 있고, 제 집안에도 그런 유전형질이 있는지 어떤지 찬찬히 점검하고는 있어요."

"알 만해. 가장 쉬운 도식이 도출된 것 같애. 선천적인 기질에다 후천적인 또 환경적인 여러 요인의 합작품이란 거 말이야. 자중자애해야지. 그렇다고 속물이 되라는 소리는 아니고. 그 경계선상을 아슬아슬하게 걸어가는 자신의 곡예를 마냥 태평하게 즐기면 그뿐이야. 그런데 하나만 더 물어보자. 혹시 그 특유의 조바심 억제증이 외국인 친구들이나 선생들과 어울려 있을 때도 더러 떠들고 일어나?"

"그것도 점검해봤는데 드물어요. 거의 없어요. 저한테 그런 증세를 사주할 만한 그쪽 사람들과는 면대할 기회를 제가 피하고, 또 그럴 필요도 없는 저쪽 사회의 전반적인 분위기 때문에 그런 것 같애요. 저쪽은 자기를 무지 존중하지만, 먼저 남도 배려하거든요. 우리보다 눈치가 빠르달까 머 그래요. 그런데 우리는 여럿이 모여 있을 때, 자기 정체성이 없거나 자기 주제를 모르고 제멋에 덤벙거리는, 다들 천편일률적인 반미치광이들이라서 남을 무시하거나 시기하잖아요. 누가 제 이런 성향을 외국 체질이라고 나무라도 곱다시 수긍할 수밖에 없겠으나, 그쪽에서 생활하면 여러 점에서 편한 것은 숨길 수 없는 제 본심이랄까 기질인 것은 틀림없는 것 같애요."

의사가 환자의 소지품인 안 딴 우유갑 한 개와 먹다 말고 임시로 주둥이를 여며둔 그것을 비닐 봉다리에 쓸어담아 건네며, 난 우유를 꼬박꼬박 챙겨 먹는 버릇은 없으니 가져가라고 하자, 환자는 뭔가를 잠시 생각하더니, 새 우유갑 한 개를 성큼 들어내 바로 곁의 소형 냉장고를 열어 집어놓고는, 우유에 밥을 말아서 드셔 보세요, 그런대로 먹을 만해요, 유효기간이 3일쯤 지나도 별 탈은 안 생기데요 라고 말했다. 그러고는 일어선 김에라는 듯이, 들이닥쳤을 때처럼 서둘러 기다란 직사각형의 어두운 통로를 빠져나갔다.

한창나이 때 해외 체류 기간이, 그것도 미국을 위시한 서구의 몇몇 나라 같은 선진국에서 장기간 머물다 온 내국인들이 흔히 그쪽의 조촐하고 소박한 생활양식에 알게 모르게 동화되었답시고 매사에 짜증과 신경질을 불러일으키는 이 땅의 제반 제도와 인간관계에 무력감, 허탈감 따위를 느낀다는 호소는 대체로 엄살이던가, 그럴 확률이 높다. 그럴 수밖에 없음은 그쪽의 생활양식들에 깊숙이 배어 있는 어떤 합리성, 편리성, 실속성에 대한 지나친 심경적 경사 때문이기도 하지만, 그것보다는 그쪽 시민들의 솔직하고 풍부한 감정 표현을 여과 없이 베끼는, 좀더 솔직하게 말하면 줏대 없이 그 풍토성에 젖어버리는 예의 그 환경적, 생리적 동화작용에 더 많은 영향을 받고 있기 때문에 그렇다. 그러니까 그 과정의 자기표현은 대체로 감정의 조절 내지는 그 조율의 배분 및 분출이 때와 곳에 따라 임의롭지 않다는 증거이기도 하다. 대중목욕탕에서는 발가벗고 있어도 괜찮은데, 거기서 한 발자국만 벗어나도 수치심을 느끼는, 비록 그것이 사회적이라기보다는 문명적 관습이긴 할망정 그런 자연스런 감정의 수위 조절이 여의롭지 않다면 당장 미친놈이 되고 마는데, 그런 분별이 자신의 어떤 감정 표현에도 자유자재로 적용되어야 함은 물론이다. 현재까지의 의학적 지식으로는 대단히 변화무쌍한 감정의 연쇄와 그 복합작용을 관장하는 기관은 간뇌(間腦)의 일부인 시상(視床)으로 알려져 있고, 그것의 동력원은 세로토닌이라는 물질이다. 그것의 과다나 과소가 정상인의 감정과 비정상인의 그것을 가름한다는 것이다.

김 교수가 보기에 심의 감정 조율능력은, 그의 세로토닌 수치야 어찌 되었든, 대체로 정상이다. 여러 사람과 합석한 자리에서 묵언으로 저항함으로써 부분적, 소극적일망정 자신의 불쾌한 감정을 분명히 드러냈으니까. 물론 그의 그런 불쾌감은 일시적이라는 점에서 당연하게도 동석자들이, 곧 이 땅의 특이한 사회적 환경이 제공한 것이었고, 그것을 스스로 똑똑히 의식함으로써 점차 과장되기 시작했다. 그렇다면 불가피하게도 아주 불미스런 도식이 불거진다. 곧 자신의 불쾌한 감정을 적절히 통제하는 정상인이 오히려 이 땅에서는 '얌체' 내지는 비윗살 좋은 '아첨꾼'의 지위를 누리거나, 자신의 감정이나 신체적 반응에 관한 한 엄살이 심한 허풍선이가 되고 마는 것이다. 게다가 심은 스스로 슬쩍 내비쳤듯이 유년기에 겪은 어떤 정신적 외상을 끊임없이 의식하고 있다. 세칭 '조폭'들처럼 물질적으로는 제법 유족했으나, 어느 날 느닷없이 터뜨려지는 가족 패싸움으로서의 그의 부친의 폭력 시위로 말미암은 아버지 기피벽, 나아가서 자신의 뿌리 전체를 혐오하는 자기부정이 그것이다. 그런 의식이 잠재하는 한 심 같은 위인이 언제쯤 정상인의 대열에서 일탈할지는 조물주만이 주장하는 일일 것임에 틀림없다. 달리 말하면 자기 점검에 소홀하지 않는 심을 비정상인이라고 치부하면 이 땅의 정상인들은 희소해지든가 아예 없는 것이 되며, 과연 누가 온전한 정상인으로서 제대로 살아갈 수 있겠는가. 따라서 사람다운 사람이 살 수 없는 땅을 무엇이라고 불러야 마땅할지, 아마도 생지옥이든가, 문명화에의 길을 처닫고 사는 미개인의 임시 수용소가 아닐지.

좀 유치한 광기로 전국민의 일상의 거죽을 온통 시뻘겋게 처발라버린 2002년 월드컵대회가 용두사미 꼴로 막을 내린 직후였으니 7월 초였다. 공교롭게도 그즈음 김 교수의 신작 소설집이 출간되었다. 거기에 실린 몇몇 소설 속의 세목들에 도움말을 청한 동료 교수 서넛에게 저자로서 책을 증정하려니 심 교수도 당연히 떠올랐다. 김 교수가 기명을 해서, 그것도 우표 없는 우편물이기는 하므로 손수 각자의 우편함에 집어넣으려고 교학과의 별실로 내려갔더니 심의 그것은 텅 비어 있었다. 심이 방학 때마다는 아니고 1년에 한 번쯤씩은 꼭 미국으로 우선 출국, 두 달 남짓 동안 여기저기서 체류하다 돌아온다고 했으므로, 그 비용 때문에라도 이 땅에서는 꼭 써야 하는 용돈도 최대한으로 줄이는 자기유폐적 생활을 스스로 즐기는 듯했으므로 김 교수는, 이 친구가 어느새 출국해버렸나 하고 그의 우편함에 집어넣었던 증정본을 도로 집어냈다. 그리고는 혹시나 해서 심의 연구실에 들렀더니 그는 땀을 뻘뻘 흘리며 큼지막한 여행용 트렁크 속에다 옷가지를 잔뜩 꾸려넣느라고 여념이 없었다.

"어, 심 박사, 마침 있었네. 직녀를 만나러 가느라고 출국 준비를 하는 모양일세."

무심코 튀어나온 말이 아니라 심에 대한 김 교수의 평소 이미지가 그렇게 뭉뚱그려진 것이었다.

"직녀요?"

"아니면 선녀든가 천사겠지."

"선녀라면 유색인종 같고 천사라면 왠지 백색인종 같은데, 둘 다 아니라면 머가 됩니까?"

"몰라, 월궁항아쯤 돼도 별 상관이야 있겠나 싶은데. 어차피 인간이 만들어낸 상상 속의 피조물인데, 그것 없으면 재미도 없을 테니까. 건데 둘 다 아니라면 인물 고운 메스티소족쯤 되나?"

"가끔 그 짐작이 너무 근사하달까 그럴듯해서 아찔해질 때가 있습니다. 제 오랜 여자 친구 하나의 피에 25퍼센트는 메스티소족 거라니까 그 친구 할아버지나 할머니가 그쪽 출신이겠지요. 하기야 그 25퍼센트 쪽의 비율도 그렇고, 어떤 종족의 혈통이나 그 순도는 전적으로 엉터리일 확률이 높겠지만요."

"걔들 정말 절색이야. 석유 때문인지 그 잘난 얼굴에 칙칙한 용심이 번들거리는 아라비아종족과도 다르고. 걔들 눈망울에 그렁거리는 애상 같은 것의 정체가 도대체 뭔지 모르겠어. 인디오의 그 초식 동물적 순수성에다 겸손, 우수, 체념 같은 것이 어우러져서 너무 곱고 순박하대. 페루에 딱 한 번 가봐서 그때 한참씩이나 빤히 쳐다봤어."

"이름도 그쪽 라틴계에 흔한 마리아라면 좀더 그럴듯하겠는데요. 생활하는 데는 지장이 없는 지체부자유자이긴 하지만요."

"욕심 사납게 멋들어진 소설 속 캐릭터 조건은 죄다 갖췄네 머. 혹시 그 친구 부모가 지엠 주식도 많이 갖고 있는 부자에다 익명의 렘브란트 원화 소장자쯤 되지 않나?"

"그건 좀 다른데요. 아, 너무 어수선하지만 좀 앉으세요. 커피 하시겠습니까?"

심의 눈치도 벌써 그랬지만, 김 교수도 더 이상 그의 사생활을 방해하고 싶지는 않았다.

"아니, 됐어. 중독성이 강한 것일수록 혼자 즐겨야 제 맛이지. 오랜만에 책이 나와서 한 권 증정하려고 가져왔어. 다들 입을 모아 한 목소리로 너무 재미없다니까 심 박사도 그쯤 알고 잠이 안 올 때 수면제 대용으로 삼으면 그 약효가 위약(僞藥) 이상일 것만은 내가 보장할 수 있어."

김 교수가 책을 건네자 심은 어린애처럼 두 손으로 부여잡고 시커먼 표지를 잠시 눈으로 어루만졌다.

"내일 오후 두시부터 비행기 속에서 읽어보겠습니다."

"자, 그럼, 아무쪼록 푹 쉬었다 와. 아무래도 심 박사한테는 그쪽이 안식처고 여기는 피난지쯤 될 테니까."

김 교수가 손을 들어 보이고 돌아서자 심이, 이번 방학에도 쭉 여기

연구실에 나와 계실 겁니까라고 물어서, 그는 딱히 갈 데도 없어, 나야 여기가 안식처고 서울 집이 피난지야, 여기를 벗어나면 생지옥이야, 또 봐 라며 그의 연구실에서 물러났다.

이제는 먹물이 든 사람일수록 그의 의식이든 심신이든 둘 다가 국내에 붙박여지는 부류와 국외를 유령이나 천사처럼 떠도는 부류로 나눠지고, 그런 분별까지 진보네 보수네 식으로 편가르는 이분법은 해괴한 단순논리일 것이라는 생각을 김 교수는 얼핏 떠올렸다가 머리를 흔들며 지워버렸다.

6

이래저래 착잡한 심정으로 김 교수는 퇴근길에 나섰다. 성급하게 계절을 저만치 내모는 봄비가 제법 추적거렸다. 산등성이에서 내려온 어둠이 몰이질에 나선 사나운 짐승처럼 성큼성큼 앞길을 가로막았다.

속설에 따르면 대학 접장에게는 누구나 일종의 오감한 직업병으로서 강의 기피증이 잠재해 있는데, 사람에 따라 그것이 학기 중에도 불쑥불쑥 들쑤시는가 하면 3, 4년 주기로 충동여서 그때마다 호되게 몸살을 앓는 경우도 있다고 한다. 특히나 1년 동안 안식년을 끝내고 다시 강단에 나서기 직전에는 대개 다 그 정도가 꽤 심해서 중병 끝에 시난고난하는 꼴과 흡사하거나, 과장하면 도살장에 끌려가는 소의 심정이 그렇지 않을까 싶게 털버덕 퍼대고 앉아 꼼짝 않고 눈만 껌뻑거리고 있다는 것이다. 모르긴 해도 시방 심도 그 홍역을 치르고 있을 것이었다.

김 교수도 예외는 아니었다. 매시간 그런다면 엄살이겠으나, 1주일에 한두 번씩은 꼭 이게 무슨 고역인가, 언제까지 이 말 품팔이에 지쳐서 허우적거려야 하나라며 신물을 켜는 형편이었다. 오로지 월급이라는 막강한 생계보장용 권력에 휘둘려서. 강의란 참으로 진절머리를 낼 만한 것이, 우선 쓸 말만 하기도 어려운 게 아니라 원천적으로 그럴 수도 없으려니와 쓸데없는 말은, 그것이 수강생들의 이해를 돕는 재담, 우스개, 농담, 비유라 할지라도, 적극적으로 제한하고 싶건만, 말품의 본성이 그럴 수 없다고 떠들고 나서니 말이다.

사실상 오늘날의 대학교육에서, 감히 추측컨대 미국의 유수의 대학들도 마찬가지이지 싶은데, 끈질긴 지적 호기심에의 자극, 침착한 추구벽의 함양, 호연지기의 도덕적, 윤리적 품성 제고, 숨 가쁘게 바뀌고 있는 세상과 그 흐름을 달리 보려는 창조적 안목의 개발 같은 교육목표가 현실적으로는 무망에, 물리적으로는 양두구육이다. 실제로 그런 교육목표도 지식을 전수하는 강단에서보다 대학 접장 개개인의 사적, 공적 인품을 통해 반이라도 전해지면 다행이고, 그것의 본받기도 전적으로 피전수자, 곧 학생 제위의 용심(用心)에 달려 있다. 예로부터 삼락(三樂) 중의 하나를 기리고 누린다는 것도 쌍방의 그 갸륵한 정성이야 인지상정으로 뭐라 할 것도 없으나, 헤픈 인정주의, 염치없는 이해득실이 뒤얽히는 서로의 보비위, 값싼 감상주의에 휘말려 빚어지는 공사간의 무잡성 따위를 떠올리면 사제 관계조차도 김 교수에게는 거추장스러울뿐더러 검접해 오는 게 겁이 날 지경이었다.

그러나 김 교수에게도 낙이 하나는 있었다. 그때까지 과연 버텨낼 수 있을까 하는 조급증이 떨어지지 않아 영일 없이 제 처신을 둘러보고 있긴 해도 2년 후에 다가올 안식년을 제때 제대로 찾아먹고, 그후에 무슨 전기라도 마련해보자는 꿈이 그것이었다. 그런데 다가갈수록 그 꿈이 요원해지는 느낌은 또 무슨 조홧속인지 알 수 없었다. 그런데 제도의 난맥 탓으로, 7년 일하고 나면 1년은 무조건 쉬게 되어 있는 그 합당한 교칙조차 학과의 교수 충원 미비상, 일정기간 동안 상대적인 연구 실적의 우열상, 쉬라는 안식년을 공부하라는 연구년으로 그 명칭을 공식적으로 바꾼 데서도 드러나듯이 1년 동안 추진할 연구계획의 허실상 등을 고려하여 그 수혜자를 학교 본부의 관료형 명색 경영자가 낙점하는 관행 때문에 심지어는 12년만에 겨우 권리를 찾아먹는 예도 봐 와서, 그따위 생색내기라면 배알이 꼴려서 아예 한 끼를 굶고 말지 하는 생각부터 앞서서였다. 어쨌든 심 교수도 햇수로는 9년만에 제 밥그릇을 차지하고 앉았다가 이제 그 과식에 체해 게우는 셈이었다.

예정대로 김 교수의 숙소에는 그의 집사람이 내려와 있었다. 집안이나 학교나 사회나 예측이 가능하고, 예상대로 꾸려지고 나아가야 그 소속원과 구성원이 안도할 수 있는 법이다. 어떤 돌발 사태는 폭력이든지, 아니면 악의가 있거나 그 저의가 수상쩍은 것일 수밖에 없었다. 유신 치하 및 5공 때의 정치 기상도와 정확히 대응하는 심 형사네의 그 손찌검, 가족끼리의 불화 따위는 말할 것도 없고, 심 교수의 현재의 미귀(未歸)도 예정에 없는 일이고, 그래서 주위 사람들이 불안해하며, 도대체 그 저의가 무엇인지 궁금증을 불러일으키게 함으로써 모두의 일상을 불편하게 몰아대고 있다. 이런 사태 앞에서는 심해의 조류처럼 면면하게 이어져 온다는 예의 그 물질문명의 위상 자체, 이를테면 공중누각형 주거 형태인 아파트나 탈것으로서의 비행기 같은 것도 허술하기 짝이 없어서 생활세계와는 완전히 유리된 이상야릇한 물체가 되고 마는 셈이다.

뿌리가 유독 붉은 포항산 시금치로 끓인 된장국, 간고등어구이 한 토막, 콩나물무침 같은 소찬을 차려낸 집사람과 오랜만에 식탁에서 겸상을 하고 보니 늘그막에 홀아비살림으로 허덕거리는 김 교수로서는, 생활의 실물이란 이런 것인가, 하는 새삼스러운 감회가 저절로 우러났다. 머리에 서리를 격지격지 덮어쓴 그의 집사람도 어느새 폐경기에 접어든 연배였고, 두 부부는 아직도 달거리가 있는지 어떤지를 묻지도 않고 그 갱년기 장애를 실토하지도 않는 것이 최소한의 예의 갖추기라도 되는 것처럼 살아가는 무던한 사이였다.

“심 박사 그 친구가 안식년이 끝났는데 아직 종무소식인가 봐. 개강일이 내일모레로 닥쳤는데. 그 친구의 행방 때문에 영문과가 좀 어수선한 모양이야.”

그의 집사람이 무심히 말을 흘렸다.

“어릴 때도 가출할 생각만 한다더니만. 종희 말로는 다락방 귀신이 씌었는지 책만 들고 다락에 올라가면 내려올 생각을 안 해서 깨소금밥, 계란밥 같은 걸 부엌 앞에서 거기로 집어넣어 준다고 그러더니. 하여튼 그 집 식구들은 이상해. 비좁은 골목길을 휘젓듯이, 누비듯이 걷던 심 형사의 그 걸음걸이부터 섬뜩하게 따라붙던 그 눈길까지 괴상하더니.”

“아, 그랬어? 다락방? 그거 적잖이 의미심장한 대목 같은데.”

“마가의 모친이 마리아고, 그이 집 다락방에서 최후의 만찬이 베풀어졌다지요.” 집사로서의 경력이 십수 년째에 이르는 신자의 어릴 때

심방(尋訪) 경험담이 조촐하니 잇대었다. "심 형사네 그 다락방은 안방 옆에 딸린 움푹 꺼진 시멘트 바닥 부엌 위에 덩그렇게 올라앉아 있었으니 그게 무슨 음침한 정자 같댔어. 여닫이 부엌 문골 위에 역시 다락방의 여닫이 창살문이 뚫려 있었고, 그 문짝들 여닫는 드르륵거리는 소리가 한밤중에도 대추나무 너머에서 들려오고 그랬는데. 그 집만 떠올리면 한 사람 한 사람은 죄다 살갑고 곱게 다가오는데도 온 식구를 한목에 놓고 보면 왠지 경찰서 앞을 지나칠 때처럼 으스스해져…"

"그게 왜 그런 줄 알아? 곱게 보이는 쪽은 경제적 여유에다 엄마가 있기 때문이고, 으스스한 쪽은 정치나 제도 같은 것을 관장하고 운용하는 애비가 권위를 남용해서 그럴 거야. 밖에서 돈 벌어온답시고 껍죽대봐야 결국 잘 먹이고 잘 입히는 것은 엄마가 하기 나름이거든. 가난 구제는 나라도 못한다는 말대로 먹고 사는 것은 결국 개인이, 엄마가 도맡고 나라라는 것은 그 자립, 자생력을 방해만 하지 않아도 그런 다행이 없지."

애국심은 못난 것들, 말깨나 하는 덜렁이들, 자기 생업이 없거나 그것에 땀 흘리며 매달리기 싫어하는 것들이 마지막으로 붙잡는 피난처라는 누구의 말을 절대적으로 신봉하는 김 교수의 눈앞에도 살가운 장면이 자연스레 떠올랐다. 오늘날의 아지트형 인물도 어릴 때는 온갖 잡동사니, 세간, 옷보따리가 처쟁여 있는 다락방에서 고양이처럼 웅크리고 있기를 즐겼으니까.

"예수교에서 다락방 이미지는 워낙 성소로 승화되어서 그런지, 그 집은 어째 좀 이상하네. 다빈치의 그림 속 인물도 그렇고, 다락방 이미지는 너무 문학적이라서 식상해져버렸어. 승화와 추락, 상승과 하강 어쩌구 하는 도식도 해석치고는 어색하고, 어쨌든 눈앞에 훤히 그려지긴 하네. 역시 이웃사촌이라 당신이 증언하는 심 박사네 가족력, 심인성 기질 같은 것도 믿을 만하고, 나야 그런 일화를 알았다 하더라도 심 박사를 두둔할 것까지도 없지만."

뒤이어 후식으로 내온 사과와 매실차를 들며 김 교수는 오후에 가랑비 속을 뚫고 연구실로 돌아오다 두 동료 교수의 호위 아래 나눈 심 교수의 미귀건을 그의 집사람에게 들려주었다.

"요즘도 그 종훤가 하는 친구와는 더러 연락을 주고받고 그래?"

"가끔씩 전화야 오지요. 사는 모양새가 너무 다르니까. 못 본 지는 오래돼서 봐도 얼굴이나 서로 알아볼까 몰라요. 큰애가 남자앤데 제도권 교육에는 도무지 적응을 못해서 대안학교에 집어넣었다가 미국으로 보낼 거라고 했으니까 지금쯤 갔겠네요. 음악에 소질이 있다더니만. 하나뿐인 밑에 시누이가 여기서 초혼에 실패하고 미국으로 건너가 거기서 홍콩계 중국인인지 중국계 미국인인지와 재혼해서 레스토랑을 세 개나 운영하며 잘 산다 그러고."

"날개 없는 천사들이 도처에 늘렸네. 다들 미국으로 날아가니 거기가 천국이긴 한 모양이고, 거기서 모종의 사명이나 밀명을 띠고 이 땅으로 날아오는 것 같애. 내 머릿속 소설이 그래. 심 박사도 자기 양친만 돌아가시면 미국으로 아예 출국, 정착할 눈치더면."

마침 전화기가 울었다. 그의 집사람이 먼저 전화를 받은 후, 영문과의 문이라는데요 라며 김 교수에게 건네준 내전자는 미국에서 변형문법을 전공, 학위를 따온 여선생이었다. 듣기로는 그 여고에 그 대학 출신자들은 어느 자리에 합석하더라도 5분 이내에 명시적으로든 암시적으로든 자기 모교에 대한 물신숭배적 심리를 드러내지 않고는 못 배긴다는, 자기홍보형 문모 교수도 바로 그 이상한 집착의 발산에는 소홀한 바가 없는 '정신적 위기'의 당찬 여성이었다. 따져보면 학력 과시벽으로서의 그런 정서의 과다 분출은 그 본바탕을 은근히 지움으로써 확실하게 무언가를 드러내려는 화장술의 기본수칙과 닮았으므로 이미 사회적 현상이 아니라 우성 유전적, 관습적 경향이라 할 만했다. 그런 의미에서도 문모 교수의 화장은 언제라도 착 가라앉아 있지 않고 부스스하니 들떠 있다는 느낌을 지울 수 없었고, 자기 직업을 그대로 드러내야 성이 찬다는 듯이 넓적한 흰 칼라에 감색 투피스나 쑥색 원피스에 가느다란 회색 허리띠를 졸라맨 그녀의 옷거리도 따분하다 못해 한참이나 후진 게 아닌가 싶었으며, 일찌감치 그곳의 시민권에 영주권까지 얻은 딸 둘을 미국 땅의 홀아비 격 지아비 슬하에 묶어두고 있어서 방학 때마다 불원천리하고 날아가 '기러기 엄마'로서의 구실 챙기기에는 깔축없다는 풍문도 떠들썩했다.

"예, 접니다. 어인 일로 이 야심한 밤에 전화를 다 주시고……—사모님이신가 봐요?—(그의 집사람은 장바구니 같은 가방에서 두툼한 신구약 합본 성경책을 꺼냈고, 물걸레질한 방바닥에 단정하니 앉아 성경책을 펴들었으나, 이쪽의 통화내용에는 예의 촉각을 곤두세우고 있으면서 얼핏 창밖으로 쏟아지는 봄비에 시선을 던지기도 했다.)—그렇습니다.—좋으시네요. 오붓하니. 번갈아 오르락내리락할 수 있으니 얼마나 좋아요.—길바닥에다 생돈만 깔아대는 셈이지요. 이런 낭비를 조장하는 제도가 반드시 애용하라고 생긴 문명의 이기 탓으로 돌리자니 좀 억울합니다. 미국이든 한국이든 다 마찬가지겠지요.—다른 이

유야 워낙 뻔하잖아요. 자식들 때문에요.—그것도 이유 중의 하나이기는 할 겁니다.—본론으로 들어가면요. 이미 낮에도 들으셔서 잘 아실 테지만, 저희 과 심 선생의 행방에 대해서 김 교수님께 도움말을 좀 얻으려고 전화했습니다. 아시는지 몰라도 제가 지난 학기부터 저희 과 강의시간 배정을 전담하고 있어서 그렇습니다.—아, 영문과는 연년세세 워낙 번창하는 제국이라서 그런 직책도 있어야겠습니다. 제가 과문해서.—실은 별것도 아닙니다. 내국인 선생님들은 사전조율로, 또 관례를 좇아 자기 전공과목을 수의껏 안배하면 되지만, 주로 외국인 초빙교수들의 영어회화, 영작문 같은 과목은 수강생이 매학기 정원을 채우고도 남아서 분반으로 쪼개고, 요일별로 여선생 남선생의 시간을 조정해야 해서 제가 그 귀찮은 일을 떠맡고 있습니다. 건데요, 이때껏 내국인 교수들의 시간 배정은 이렇다 할 말썽이 없었는데 심 선생이 과연 화요일 3교시 수업에 나올 수 있을지, 만부득이 그럴 수 없다면 아주 골치가 아파서요. 무슨 말인지 아시지요?—알다마다요. 저도 귀가 있고 눈도 뜨고 있는데요. 그 친구의 행방에 대해서라면 제가 무슨 소용에 닿겠습니까?—김 교수님과는 먼 친척으로 걸린다는 소문도 들은 것 같은데요? 그쪽으로 손이 미치는 데까지 연락해서 도대체 지금 소재지가 어딘지, 만에 하나 무슨 불상사라도 있는지, 만부득이 늦는다면 대강(代講)으로 언제까지 땜질해야 하는지 등을 좀 알아봐 주십사 하는 겁니다."

세칭 '조폭'들의 은어로 형사를 '짭새'라고 한다는데, 그 어원이 무엇인지 궁금했다. 사전도 뒤적거려 보았으나 '잡놈'과 '잡문'과 '잡서'는 등재되어 있는데도 '잡새'는 올라 있지 않았다. 그것을 표제어로 삼을 수 없었던 데는 이유가 있을 듯했다. 두루미, 두견이, 까치 따위가 큼직해서 볼품이 좋고, 울음도 곱고, 흔히들 일컫는 대로 익조에 길조라서 새다운 새라면 참새, 뻐꾸기, 올빼미 같은 것은 흔한데다 몰골이 흉하고, 울음도 불길해서 흉조라고는 하나 그렇다고 새답지 않은 새라고 할 수는 없을 터였다. 물론 '온갖 잡새가 날아든다' 같은 해학조 가락이 시정 바닥에서 떠돌고 있음을 볼 때, '잡새'라는 이 잡종 어휘의 연조가 얼마나 긴지는 짐작할 수 있지만, 있는 말도 제대로 챙겨서 간수할 줄 모르는 우리의 엉터리 국어사전들은 그 결정적 허물을 무슨 권력이나 되는 듯이 아직까지 뜯어고치지 않고 내버려 두는 폭력행사의 옹호자 맞잡이였다. 역시 조폭들은 명민하기 이를 데 없어서 그것까지 알고 '짭새'라는 조어를 발명하여 여기저기서 정보를 물어 나르는 데는 혈안이 되어 있고, 그것의 다량 확보와 활수한 활용으로 이쪽에는 앞잡이형 익조로 기능하고, 저쪽 무리에게는 둥지를 온통 거덜내버리는 흉조 구실을 하는 사람을 그렇게 불러버릇했을 법했다.

사람다운 사람 중에도 짭새형 인물이 없지 않다. 그들은 주위 사람들에게서 이런저런 정보를 주워듣는 버릇이 체질화되어 있고, 비상한 기억력으로 그것을 다른 이들에게 옮기는 데도 능하며, 임기응변에도 뛰어나 그것을 제 것으로 널름 포장하여 떠벌이는데도 일가견이 있다. 따라서 끄나풀들의 천금 같은 주의주장 중에서 선별해내는 제 기능만 적당히 써먹을 수 있으면 되므로 그들에게는 딱히 자기 식견 같은 것을 가질 필요도 없고, 넘쳐나는 정보 때문에라도 그럴 만한 용량이 있을 리 만무하다. 그래서 그들은 고분고분하니 시키는 일만은 잘 꾸려내고, 바로 그 성실한 적응성 때문에 중간 숙주들과는 떼려야 뗄 수 없는 체제순응형이 아니라 오로지 자신의 발육, 성장을 영위하기 위해 체제지지형 내지는 체제고착형이 된다. 대세, 주류, 다수파만을 붙좇는 그들의 생리적 근성과 그 영민성 때문에라도 그들은 언제나 한 시대의 최첨단을 걷는 척후병이다.

김 교수는 고개를 내둘리다 못해 잠시잠시 전화의 송수화기를 귀에서 멀찍이 떼놓기도 하면서 심에 대한 자신의 정보를 최대한으로 옹동그리는 일방 말씨도 가능한 한 정중하게 하려고 둔한 머리를 굴렸다.

"우선 친척 운운은 전적으로 틀린 소문입니다. 굳이 해명할 것도 없지만, 말이 나왔으니 털어놓으면 그 친구와 저는 사돈의 팔촌 같은 친척도 아니고, 제 처가가 한때 심 선생네와 바로 옆집에 붙어서 살았다는 기연밖에 없어요. 두 집의 대문이 기역자로 붙어 있었다니까 알 만하잖습니까.—그러니 두 집안이 얼마나 친밀히 지냈겠어요.—글쎄요, 그게 연탄 때고 전깃불이 하룻밤에도 두 번씩이나 꺼졌다 켜졌다 할 때 일이었던 모양입니다.—김 교수님 사모님과 심 선생 가족분들이 지금 내왕이야 없다 하더라도 연락을 서로 하실 거 아니에요. 거기로 지금 전화라도 걸어서 알아볼 수 있잖겠어요?—전화요? 아주 복잡해요. 하나를 말하려면 전체를 통째로 다 설명해야 겨우 이해가 될까 말까 한데 그러면 아주 장황해지고…—(그때 마침 그의 집사람이, 종희네 집 전화번호는 서울의 우리집 전화수첩에 적어놨어요. 여기 나한테는 없어요 라고 일러주었다.)—여기는 마침 전화번호를 안 가지고 있답니다. 얼핏 떠오르는 생각으로도 지금 전화를 해서 어쩌자는 것이냐, 풀어보라고 잡아매놓은 매듭을 가위로 싹둑 잘라버리면 문제의 근본적인 해결은커녕 일이 꼬여버린 내막조차 온통 망가져서 뭐가 뭔지 알 수 없게 되지 않을까 싶긴 합니다만.—(역시 정보통들은 제 잇속을 단시간 내에 챙기는 데는 생리적인 순발력이 뛰어나서 남의 말을 가로막고 나서는 데도 능숙했다.)—실은 두 가지 까닭 때문에 이렇게 수선을 피웁니다. 우선 첫 번째는 다음 주 목요일에 있을 총장 주최의 오찬 자리에 몇몇 포상자 교수분과—(피탐문자가 듣기에 방금 저 말은 '수상자'거나 '피포상자' 또는 '포상대상자'라야 맞지 않나 하는 생각에 뒤이어 오늘날 영문과에 재직중인 대학접장들이 원서야 연중 수백 권씩 읽어내는지 몰라도 우리 책을 과연 몇 권이나 읽을까 라는 평소의 궁금증이 떠올랐다.)—연구년을 마치고 복직하는 교수들이 참석해야 하는데, 이번에는 신임교수들이 너무 많아 그분들은 빼기로 했다네요. 아무튼 그 자리에 심 선생이 불참할 수는 있다 하더라도 불참 사유가 정확히 뭔지를 저와 저희 과 학과장 정도는 알고 있어야겠기에 그럽니다. 두 번째는, 김 교수님 듣고 계시지요, 지지난 학기에 연구년을 끝낸 의대의 모교수가 복직 않고 서울의 모대학으로 자리를 옮겨앉는 바람에 지금 우리 학교 당국과 소송이 걸려 있어서 그래요. 연구년 제도의 시행 세칙에 복직 후에는 3년 동안 본교에서 의무적으로 재직해야 한다는 규정이 있으니까 그걸 일방적으로 무시, 계약을 위반했다는 것이지요. 그 선례도 있고 하니 심 선생이 혹시라도 그런 곡절로 복직하지 않는다면 장차 그 불이익을 어떻게 감당할 것이며, 참, 그 의대 쪽 모교수의 경우는 앞으로 이런 일이 비일비재할 것을 예상하여 모델케이스로 선례를 남기기 위해 법망에다 걸어버렸다고 합니다.―(이번에는 김 교수가 말을 자르고 나섰다. 이미 알고 있는 사안을 수다스럽게 가르치려고 덤비는 데다가 보직교수로서의 면피성 책임감을 호들갑스럽게 주워섬기고 있어서였다.)―첫째 건이나 둘째 건이나 공히 지금 걱정할 사안도 아닌 것 같습니다. 아직 장장 이틀이나 시간이 남아 있고, 천기에 이상이 없는 한 비행기가 날기로 들면 이틀 동안에 지구촌을 두 바퀴쯤은 너끈히 돌 수 있을 듯해서 그렇습니다. 요컨대 좀 느긋하게 기다려 보자는 거지요. 그 세칙이니 규정이니 법망이니 하는 말이 나왔으니 저도 심 교수의 일화 하나는 들려드리지요. 그 친구가 재작년 연말에, 12월 20일인가 그랬습니다, 부랴부랴 학교 남문 앞에 있던 자기의 월셋방 원룸을 비워주고 나서 이틀 밤만 연구실에서 자고 출국한다던 날, 저와 저녁을 함께 먹었습니다. 그때 이런저런 성토가 쏟아졌지만 그 친구 말을 따오면, 9년 만에야 겨우 안식년을 찾아먹게 됐다고, 도대체 이 땅에서는 예정표를 미리 작성할 수 없어서 무슨 일이든 마음먹고 할래도 털거덕털거덕 차질이 엄청나게 생기고 만사가 뒤틀어질 대로 뒤틀어진다면서, 이럴 줄 알았으면 진작에 4년 재직 후 반 년씩 안식년을 찾아먹는 그 편법이라도 써먹었을 걸 잘못했다고 후회막급이었습니다. 이 일화의 본의는 이해하실 테지요? 제주도 감귤을 뭍에다 옮겨 심어놓으면 탱자로 변한다는 말도 있듯이 우리는 어떤 제도를 옳게 베껴먹는 재주가 없습니다. 머리가 나쁜 게 아니라 잔머리만 굴리든가 좋은 머리를 제대로 써먹을 줄 모릅니다. 쓸데없이 편법을 만들어 말만 많게 하고, 그 과외비용이 또 얼마나 큰 낭비입니까. 머리들이 좋아 응용력이 뛰어나다면 우스개치고도 너무 씁쓸해서 짜증부터 납니다. 요컨대 규정을 어느 쪽이 먼저 헝클어뜨렸느냐를 차제에 한 번쯤 되돌아봐야 할 겁니다. 재판해서 학교 당국이 이긴들, 또 졌다 한들 또 다른 편법을 만들고 그걸 쌍방이 또 제멋대로 운영할 텐데요. 그런 걸 생각하면 살맛도 없어지고 이 땅에 만정이 다 떨어집니다. 어쨌든 그때 심 박사는 제법 들떠 있었고, 큰 짐이라도 벗은 듯 적잖이 홀가분해 했었다는 것만은 제가 생생히 증언할 수 있습니다. 아시다시피 그 친구는 어디에 있어도 할 일이 너무 많은, 그걸 미션이라 그러지요, 그것에 휘둘린달까, 그런 자기 과부하로서의 강박관념에 쫓기는 걸 스스로 즐기는 그런 위인이었으니 말입니다.—그 할 일 중에 우리 학교 것이 제일 클 텐데요. 또 그런 고충도 개선시켜 나가려면 여기 있어야 할 테고, 이렇게 잠적, 행방불명으로 주위의 동료들에게 폐를 끼쳐서야 옳은 처신이라고 할 수도 없겠고요.—심의 그릇은 진작에 그런 차원을 넘어서 있었던 게 아닌가 싶고, 그걸 알자면 복잡다단한 그물망의 벼리부터 찾는 게 순서겠지요.—요컨대 심 교수가 그때 벌써 안 돌아올 것 같은 인상을 받으셨다는 말씀이시지요?—저는 그런 말을 한 바도 없고, 예언가도 아니므로 그런 말을 할 자격도 없습니다. 다만 짐작은 있는데, 그게 맞을지 안 맞을지를 떠나서, 또 그가 잘나고 못나고는 차치해두고라도, 그런 위인이 귀국을 안 한다 하더라도 하나도 놀랄 일이 아니라는 신념 같은 것은 갖고 있습니다. 아무리 하잘것없는 제도라도 정정당당히 꾸려가면 이런 일로 시끄러워질 까닭이 하등에 없는데, 거꾸로 말하면 자꾸 무슨 큰일이라도 터진 것처럼 별일도 아닌 것을 떠들어대고, 그런 일종의 야단법석 증후군을 즐기려고 편법을 만들었으니 누워서 침이나 뱉다가 떠나버릴 궁리를 하지 않았나 싶습니다.—무슨 말씀이신지 대충 감은 잡힐 듯 말 듯 합니다. 여러 가지로 도움말을 주셔서 감사하고요. 아무튼 여기저기다 전화로 수소문을 좀 해주시고, 그 결과도 알려주시면 꼭 좋겠습니다. 아무래도 이 일의 전문가는 김 교수님밖에 없는 듯싶고 사실이 그러니까요.—손 닿는 데까지 알아는 보지요.—공연한 일로 야심한 밤에 실례가 너무 많았습니다.—그런 것 같습니다. 공연한 일이란 말은 맞습니다."

전화 송수화기를 내려놓기가 무섭게 긴 통화를 나무라듯 그의 집사람이 참견하고 나섰다.

"전화로 알아봐 달라는 거고, 알아봐 주겠다는 건데 어지간히 말들도 많네. 글줄깨나 읽었답시고 다들 복잡하게 살기로 작정을 했나 봐."

"그러게 말이야. 단 하루라도 심 박사 대신에 강의할 사람을 물색하자니 골치 아프고 다들 내 몰라라 한다는 투정 같애. 아무래도 대학 접장 노릇은 여자들에게 제격인가 봐. 이 말 저 말을 잘 둘러대고 몽롱하게 만드는 데 능수니까. 결론은 뻔한데 진짜 걱정거리나 시비거리를 찾지는 않고, 그 무능을 몰라. 그러니 핵심이 어디에 있는지 모를 수밖에. 누구 말대로 여성 일반은 들어야 할 말보다 듣고 싶은 말만 듣고, 자기가 할 말보다 상대방이 듣고 싶어하는 말이나 들어서 좋아하지 싶은 말만 하려고 하니 늘 말이 겉돌아. 말에 진척이 없어. 요즘은 대학 강의도 그렇게 해야 하나 봐. 몽롱하니 알 듯 말 듯. 유전자는 개체별로 다르다는데 여성과 여성의 말씨는 한 본인 것 같애. 그것까지도 물론 길들어지고 만들어져서 그럴 테지만."

"또 말이 엉뚱한 데서 겉돌고 있네요. 성경처럼 쉽고 단순하고 비유도 의미심장하면 얼마나 좋을까."

"우리가 나설 일도, 걱정할 일도 아니라는 게 요지야. 왜 심의 행방을 내가 챙겨야 해. 그 참, 이상한 발상이잖아, 무지막지하고. 회식 때는 저희들과 말이 안 통해서 손만 바들바들 떨며 입 다물고 있었다는 친군데."

"그 사람들 탓할 게 머 있어요. 다들 하느님이 주신 분복대로 좋은 직장에서 유능하게 살아가는 사람들인데. 그러나마나 알아봐 준댔으니까 알아봐 줘야잖아요."

"나야 더 알아볼 데도 없어. 심의 형이 아직도 그 직장에서 2급 이사관인지 1급 관리관인지로 재직 중이라는 말은 들었어도 내가 무슨 재주로 지금 그 양반을 수소문해. 그 양반과 한때 동료였던 내 동창생 주모도 오래전에 그 직장에서 튕겨나와 연금으로 월 180여 만원인가 받고, 중국 쪽에다 잡화를 실어내고 들여오는 무역상으로 그냥저냥 골프도 치며 세월을 낚고 있다는데. 그 기관원 심모도 자기 부친처럼 그 직업을 끈질기게 물고 늘어지는 게 꼭 부전자전이야. 또 심 박사도 지 아버지를 백안시하는 점에서만 한통속일까 그 형과는 데면데면하게 지내는 눈치던데 이제 와서 무슨 정성이 뻗쳐서 대학 접장으로 지 앞가림을 잘하는 지 동생의 국내외 행적까지 챙길까."

그의 집사람이 전화기 앞으로 다가앉았다. 같잖은 바깥일을 떠맡은 안사람치고는 뒷고개가 가벼운 듯해서 김 교수로서는 그나마 덜 미안했다. 서울의 집 전화는 통화 중인 모양이었고, 둘째이자 맏딸의 휴대전화기는 문자 메시지를 남겨 달래서 두 내외는 잠시 우두커니 앉아 있었다. 베란다 너머의 창밖으로는 굵은 빗발이 주룩주룩 실선을 그

어댔다.

그의 아내에게서 속물근성 같은 것이 엷게 가셔져 버리기 시작한 때가 전업주부로 들어앉고 난 후부터인지, 아니면 애비다운 애비, 지아비다운 지아비 노릇을 한 번도 제대로 못하고 이틀이나 밤을 지새운 민물낚시 끝의 해거름에 귀가하자마자 머리가 어지럽다며 쓰러져 그 다음날 오전에 병원에서 숨을 모은, 타고난 불운의 생을 누가 주재하는지에 대해서 괘념치 않고 허위허위 살다가 꼭 그 모양대로 저승길을 줄여간 가장 가까운 살붙이의 그 허무한 급서를 당한 후, 그녀가 온몸을 던지다시피 기독교에 몰입하고 나서부터인지 알 수 없다. 아마도 셋째애를 낳은 직후였던 듯하니 그 모든 전기가 88년도 전후에 일어났던 것은 분명하다. 한동안 집일과 자식 건사보다는 교회 일과 성경 읽기에 더 주력하는 아내의 고집스런 행태 때문에 한창나이의 그는 성깔도 부리고, 많이도 티격태격했으나, 몰라볼 정도로 달라지고 있는 한 신앙인의 일상만큼은 인정할 수밖에 없었고, 무슨 비문처럼 뚜렷이 새겨지고 있는 생활인으로서의 그 단조로운 동정에는 승복하지 않을 수 없었다.

애들의 학업성적 따위에도 태무심이었다. 타고난 치아도 안 좋은 데다 온종일 닫고 사는 입에 군내가 나서 그런지 과일을 먹고 난 직후에도 양치질만 오래 할까 입술에 무슨 빛깔을 찍어 바를 줄도 몰랐다. 10년 남짓 동안 교편생활을 하면서 제가 번 돈으로 사 입은 옷가지들은 떨어지지도 않았다. 구멍가게에서 키우는 강아지도 1년에 한 번씩은 꼭 따라갔다 온다는 여름휴가를 가자는 말도 없었다. 교회 밑에 갖다 바치는 돈이 만만찮아서인지 생활비 중의 일부를 떼내어 다들 붓는다는 주택부금이나 주택청약예금 같은 것도 들 줄 몰랐다. 애초부터 그 자신의 생업에 관심을 가져주길 바라지도 않았지만, 평생토록 지퍼 달린 가죽 책 한 권만 붙들고 씨름하기로 작정한 후부터는 그가 무슨 글을 쓰는지에도 오불관언이었다. 아내의 그 모든 비상식적 행태에 비난을 퍼붓자면 하루해도 모자랐다. 그러나 한편으로는 그 여러 비난거리 때문에 그는 늘 얼마쯤 천하태평일 수 있었다. 과연 유일신 하느님과 그이의 독생자 예수님의 음덕은 짙었다. 때가 되니 아파트 평수도 저절로 불어났고, 애들도 말썽없이 자라며 시건머리들이 번듯해져 갔고, 그의 느린 속셈으로도 처복은 없으나 처덕은 누리는가 싶었다.

하나라도 제때 따라가지 않으면 당장 병신으로 취급당하는 세속계의 변화무쌍한 여러 살림살이를 일단 치지도외해버리는 아내의 그런 작심한 몰일상벽을 점점 더 옥죄어오는 마귀들이 한 둘도 아니었다. 기독교에서 말하는 그 인격적 실체로서의 마귀들은 당연하게도 친정 피붙이들이었고, 복은 쌍으로 안 오고 화는 홀로 안 온다는 말대로 그 사탄들은 줄을 이어 연방 나타났다. 그 화는, 그쪽 말로 그 '마귀'들은 똑같으면서도 다르고 다르면서도 똑같았다. 그러니 기도 제목은 한결같거나 매번 헷갈릴 정도로 너무 많았다. 그 많은, 그러나 그만큼 똑같은 기도를 단숨에 다 들어주었다가는 하느님의 권능을 의심해야 할 노릇이었다. 하루도 빠지는 법이 없는 아내의 새벽 기도 행차는 그 많은 기구(祈求)의 실천을 바라서가 아니라 그 내용을 뒤적여 보는 문답의 기회였을 게 분명했다. 한 민족과 여러 약소국가의 현대사적 질곡이 그렇듯이 사람으로서의 능력과 노력으로도 어쩔 수 없는 것이 한 집안의, 또 한 인간의 운명과 팔자라면 그것을 다스리는 신의 처사는 심히 부당하고 가혹한 것이었다. 이제 그의 아내의 일신과 일상에는 행이든 불행이든, 고든 낙이든 더 보탤 것도, 더 들어낼 것도 없었다.

조곤조곤하니 끝없이 이어질 것 같던 아내의 전화 통화가 갑자기 가팔라지기 시작했다. 상대방 쪽에서 서둘러 통화를 끝내야 할 일이 생긴 모양이었다. 그의 아내가, 아침마다 꼭 다니도록 해, 건강에도 좋아, 몸보다 머리와 마음이 편안해져, 기도는 결국 자기대면이거든, 또 연락해, 무슨 수가 나겠지, 하며 찬찬하고 느직한 손길로 송수화기를 내려놓았다.

하느님의 자식답게 한숨을 쉴 줄도 모르는 그의 아내가 나직이 읊조렸다.

"집집마다 별별 일이 다 생기네. 아무래도 이 땅은 당신 말대로 문제아고, 우리나라 사람들이 사는 방법에서 뭔가 단단히 잘못된 건 틀림없어. 머리들이 너무 나쁜가 봐. 하느님도 무심하시지."

"서문이든 도입부든 너무 길어."

"성경이 그렇듯이 서문이 본문인데요. 다른 불상사는 다 괄호 속에 묶어뒀다 나중에 꺼내 보기로 하고요. 종희 막내동생 그 심 교수가 지금 아프다네요."

웬만한 일에는 놀라지도 않고, 놀랄 일만큼은 미리 피해 다니는 김 교수의 마음자리가 조금씩 움찔거렸다. 본인이 직접 식탁 밑에서 바들바들 떨고 있는 제 손을 훔쳐봤다는 말도 떠올랐다.

"며칠 전에야 연락을 받았는데, 대장에 용종인가가 생겨서 수술을 받고 나서 막 퇴원했다고, 친구 집에서 며칠 요양할 거라며 걱정 말라는 말만 되뇌다 전화가 뚝 끊어졌다는데요. 용종, 용종 그러는데 그게 뭐예요?"

"폴립이라고 일종의 혹이지. 정말 그거라면 별것도 아니야. 말 그대로 사슴뿔 같고 말미잘 촉수 같은 돌기가 돋아난 거래. 흔하대. 집도할 것도 없이 가느다란 철사고리 같이 생긴 절단기를 집어넣고 뜯어내면 그뿐이래. 수술도 아니고 시술이라 그러고. 사전 정밀검사 때문에 하루나 이틀 입원해 있다가 시술 후에는 경과에 따라 이튿날부터는 일상생활하는데 아무런 지장도 없다대. 현재 의학 수준이 그 정도라고 그러대. 앞으로는 더 질병 취급도 안 할거라고."

"당신은 어째 별걸 다 소상하니 꿰차고 있네. 글쓰기도 작파했다는 양반이."

"우연히 주워들었어. 작년 봄에 학교에서 2년마다 정기적으로 실시하는 신체검사 때 내 앞사람이 자기 동서가 지금 그 시술을 이 병원에서 받고 난 후, 전복죽만 두 공기씩 먹는다 어쩐다 해쌓대. 저절로 귀가 솔깃해져서 유심히 들었어. 남의 말 새겨듣는 게 내 본업이잖아. 건데 그 친구가 지금 어디 있다는 거야?"

"친구 집이었다는데요."

"친구 집? 그 무슨 구름 잡는 소리 아냐. 차라리 다락방이라고 그러는 게 훨씬 구체적이겠네. 그 친구 집이 어디 있대, 미국이 좀 넓어서?"

"그냥 친구 집, 친구 집 그러고 있네요. 지 누난들 뭘 알겠어요. 클 때도 죄다 뿔뿔이 지 일 지 알아서 하고 산 그런 가족인데. 언제부터 걔 결혼을 빨리 시켜얀다는 소리만 노래로 삼고. 방금도 이번에 귀국하면 걔 손목을 잡아 끌고서라도 예식부터 올리게 하고, 지 아버지 돌아가셔야 지 신부감을 찾겠다 했으니 폐백도 드리지 말고 입은 채로 어디든 내보내 저희들끼리 살도록 만들겠다 그러고 있네요."

"별난 집인 줄이야 진작에 알아봤지만. 그 영감이 빨리 죽어야겠네. 모든 말썽은 그 영감, 그 시절, 그 시대가 저질러 놨네 머. 원죄든 업보든 그게 이렇게 무섭고 끈질겨."

"요즘도 새벽같이 일어나 배드민턴을 한 시간 이상 치시고, 온종일 게이트볼로 소일하신다는데 언제 죽기를 바래요. 정말 오래들도 살아. 내가 벌써 중늙은이가 다 됐는데 종희 아버지가 언제쩍 사람이야. 정말 까마득해. 그러나마나 학교에다 알려야하잖아요."

"뭘 알려. 구체적인 근거가 하나도 없는데. 누가 믿든 말든 난 그런 근거 없는 말은 못 전해. 용종? 귀국하기 싫다는 완곡어법인지도 몰라. 내 귀에는 그렇게 들려. 꾀병이 마침 이때 터졌다는 것도 그렇고. 상징적이랄까. 언제든지 화근은 터뜨려지게 마련이야. 병명도 그럴듯하네. 억지로 귀국하려니 그런 지병이 거기서 터졌겠지. 터진 게 아니라 기왕에 있던 고질이 이제사 불거진 거겠네. 무슨 복잡한 방정식이 풀릴 것 같기도 하고. 웬놈의 궂은비가 이렇게 줄줄 쏟아지나."

엉거주춤 일어선 김 교수가 베란다로 나섰다. 네모반듯한 어둠 속에 우뚝 서 있던 각진 심의 얼굴이 비에 젖어 번들거렸다. 그의 의식이야 어떤 모양의 것이었던 의식주 관행을 최대한으로 간추려버린, 적어도 이 지방 구석에서는 사람답게 살가운 구체성이 조금도 없이 맨숭맨숭한 삶을 꾸려온, 그래서 핏기가 가셔버린 얼굴이었다. 따라서 그의 행적에는 사람으로서의 그것이 어른거리지 않았던 것 같다.

그의 이미지가 그렇듯이 그런 탈속화는 추상의, 좀 비약하면 외계에서 또는 상상의 세계에서나 펼쳐 보일 수 있는 자기 보존책이었던 같기도 하다. 일상생활을 그처럼 단순화, 추상화시켜버린 사람은 도대체 어떤 유형의 인간인가. 내국인도, 그렇다고 외국인도 아니었던 것은 분명하다. 김 교수가 눈길에 힘을 모아가자 깜빡깜빡 불을 밝히며 일직선으로 진로를 헤쳐가는 날것 하나가 새카만 하늘에 붙박여 있었다. 이 밤에도 지구촌은 쉴새없이 조그만 마을로 줄어들고 있건만, 이 땅은 빗소리로 시끄럽기만 하다는 생각을 김 교수는 단단히 챙겼다.(504장)

↓

군소리 1 – '천사(天使)'는 천국에서 인간세상에 파견한, 어떤 사명을 띠고 나타난 '사람 형상'의 '사자(使者)'이다. 하늘 나라, 하느님과 마찬가지로 인간이 만든 상상적 형상물이다. 그 기원이 하느님의 '탄생'과 비슷하다면 인간의 상상력은 부실하거나 그 세목이 허술하기 짝이 없다.

군소리 2 – '날개 달린 아기 천사'를 최초로 발명한 사람은 상상력이 유별난 화가였을까? 인간의 소망을 천국의 주인장에게 제대로 전했는지 현생 인류는 알 수 없으므로 천사를 형상화한 그 상상력은 반쪽일 뿐더러 '지구 중심적'이기도 하다.

군소리 3 – 소설 속에서 맹활약을 떨치는 상상력도 '천사'처럼 일방적, 편향적, 단선적이라서 엉성궂기 짝이 없거나 부실하다. 그림 속의 천사나 사자들처럼 부분적으로, 그릴 것만 그릴 수밖에 없는데, 이 제약은 조작미의 허실을 상대적으로 견줘보는 잣대일 수 있다.

습작 비화(習作 秘話)

1

연말과 연초에 걸쳐 거의 달장근이나 마음자리가 보깨는 이런 증후도 일종의 직업병이거니 하는 생각을 쓰다듬어 온 지도 어언 서너 해 전부터인 듯하다. 내쪽의 울컥증이야 그냥저냥 삭이고 추스른 다음 이런저런 자성을 덧대고 나서 그 결과를 어떤 식으로든 생업에 반영해버리면 그뿐이라 하지만, 명색 선생의 가르침을 고분고분하니 잘 따른 제자 쪽의 낙담이 오죽 컸을까 하는 생각에 미치면 이쪽의 그동안의 언행 일체가 무슨 사기꾼의 그것 같았다고나 할까, 심지어는 사행심을 잔뜩 조장한 도박장 업주가 되고 말았다는 자괴감이 멍 자국처럼 덩두렷이 떠오르게 마련이다. 하기야 두쪽 다 그 정도의 갈등과 자극쯤이야 스스로 불러들인 터이고, 그 앙앙불락의 스트레스를 몇 차례나 견뎌냄으로써 세상살이의 신산스러움을 곱다시 익혀 간다면 그다지 무익한 경험만도 아닌지 모른다. 그렇긴 해도 여러모로 하수인 게 틀림없고, 그 실력도 보잘것없는 위인에게는 수월찮게 트이는 그 소위 운길이 특정인에게는 왠지 가뭇없어지는 것 같다는 내 방정이 떠들고 일어서면 맥도 빠지고, 때늦게 그의 재능을 부추긴 내쪽의 알량한 분별과 섣부른 독려가 민망스러워지는 것도 사실이다.

그런 내 민망이 올해 연초부터는 더욱 자심해져서 진작에, 자네는 어떤지 몰라도 나는 도무지 재미가 없네, 진이 빠진 자네 대하기도 그렇지만 나도 이제는 지치고 갈 길마저 너무 까마득히 멀어 보이니 이쯤에서 아예 다른 길을 찾는 게 어떨지 몰라, 라며 시부저기 물러나앉아버리지 못한 후회가 겹겹으로 서리었다. 실제로도 어린 나이에 천생 재주가 상대적으로 돌올한 게 분명하나 추천해주는 책 따위도 건성으로 읽고 나서 그 격조를 웬만큼 알았답시고 아무 데서나 떠벌리는 치들, 아무리 뜯어보아도 무딘 필력임에 틀림없으나 같잖은 시기심과 얄미운 공명심으로 똘똘 뭉쳐져서 오로지 제 잇속만 챙기려고 잔뜩 숙인 머리통부터 한사코 디미는 시건방진 축들, 피상적이나마 여러 방면의 잡다한 글줄을 늘이고 또 그 소양을 바탕으로 온갖 구구한 사연들을 기계처럼 엮어내는 글품 갈망에는 지칠 줄 모르나 그 몸에 밴 얄궂은 지성(至誠)이 결국에는 자기애로서의 보비위질로 비치는 것들, 요컨대 그 어리무던한 눈치꾸러기들에게 쌀쌀맞다 해도 좋을 정도로 거리를 두어 온 내 처신은 이런저런 회식 자리에서 주거니 받거니 하는 그들의 악의 없는 '교수님 말투' 흉내 내기에도 이미 드러나 있었다. 머리가 있든 없든, 사람이 되었든 말았든 제 처신 바루기에 깔축없는 인간을 나보다 연장자들로는 적잖이 봐 왔으나, 연하자들로는 아직 본 바가 없다고 치부해오는 터에다, 더욱이나 가르치고 배우는 터수에는 서로 멀찍이 떨어져 지내는 것이 공사간에 두루 편하다는 평소의 지론을 실천하는 데 소홀하지 않으려고 무던히 애를 쓰는 편이긴 하다. 적어도 나로서는 그럴 수밖에 없는 것이 남녀 사이의 우정 운운하는 새 까먹은 소리나, 글쟁이들끼리의 인정과 의리를 들먹이는 희떠운 짓거리가 도대체 믿기지 않아서이다. 특히나 후자 쪽의 그 너절하고 생뚱 같은 가식 밑에 웅크리고 있는 자기기만, 이기주의, 자기 자랑 따위는 회고담조의 잡문에서도 숱하게 보아 왔고, 몸소 체험한 적도 한두 번이 아니어서 그렇다.

그러나저러나 예년대로라면 정초의 좀 어수선하고 애매한 심사가 숙지근해진 후거나, 아니면 늦어도 음력설 밑에는 반드시 나타날 그를 마주하기가 적잖이 곤혹스럽다. 하기 싫은 일일망정 빠뜨리고 나면 마땅히 디밀어야 할 혼사나 상사에 얼굴 부조를 하지 않은 나머지 차후에라도 구접스러운 말 둘러대기로 허둥거리는 그런 곤경을 미리 모면해두려는 듯이 그는 조촘조촘 자신의 무미건조한 자태를 드러낼 것이 틀림없다. 막막하고 딱하기로야 그쪽이 나보다 더 심할 텐데도 겉볼안이란 말이 무색하게 짐작조차 할 수 없는 그의 속내를 어루더듬어가야 할 내 처지를 떠올려보면 참으로 난감하다. 이제는 치르고 받아야 할 셈도 딱히 없지 싶건만, 빚단련이라도 받는 것 같은 내 처지라니, 생각만해도 점직스럽다 못해 언짢은 정경이다.

돌이켜 보면 과년한 처녀인데도 내가 그를 여자로 대한 적도 없고, 그에게서 이성으로서의 어떤 체취를 맡아본 바도 없다는 것이 좀 이상하긴 하다. 사제간인데 새삼스럽게 무슨 소리냐는 속없는 빈정거림도 들리는 듯하나, 빈말은 아니다. 그의 외모나 행동거지를 훤히 외우고 나서도 한참이나 지난 후에 뜸직뜸직 털어놓은 그의 일신상의 여러 파란곡절을 주섬주섬 주워 담아 체에 걸러본 다음, 그래도 그렇지, 어째 되다만 사내 꼭지도 아니고, 무슨 무당기 같은 게 흐르지도 않는 건 분명한데, 라는 내 감회를 여기서 미리 특기해두는 것은 나도 선생이기 전에 남자이기는 하다는 소리일 것이다. 처녀가 늙어가면 맷돌짝 지고 산으로 오른다는 말도 있기는 하다. 그러나 모든 늙숙한 처녀들에게는 그런 망동을 부리기 전에 어딘가 무당기가 달무리처럼 온몸에 치렁치렁 휘감겨 있으며, 그것이 보이지 않는 당사자는 굳이 육체적 관계를 맺고 있지 않더라도 슬하에 만만한 남자를 하나쯤은 거느리고 있어서 그 궁기만은 면하고 산다는 게 나의 해묵은 눈짐작이다. 그런대로 내 눈대중이 아직도 쓸 만하다면 무당기 대신에 글 귀신에 흠뻑 덮어쓰인 그가 맷돌짝보다 더 무겁고 건사하기도 훨씬 지난한 소설을 장차 어디까지 져나를 것인지, 도대체 등짐장수로 첫걸음이나 제대로 떼놓을 수 있을 것인지, 정말 예삿일도 남의 일도 아니다.

2

그는 편입생이었다. 선착순으로 수강자 명단을 작성한 임시출석부의 제일 꼭대기에 올려져 있는 그의 이름은 흔해 빠진 것이었으나, 여학생의 경우에는 반쯤만 이름과 얼굴을 헷갈리지 않고 기억하며, 나머지 반쯤은 이름만이라도 눈익은 3학년생들이 주로 듣는 과목이라 호명을 하고 나서, 자네 이름은 어째 낯설다, 이번 학기에 편입했냐라고 나는 물었다. 그런데요 라고, 듣기에 따라서는 뭣이 잘못됐나요라는 투의 도전적인 대답을 내놓고는 좀 무안스러울 정도로 강단 쪽을 직시한 그는 복도 쪽의 벽을 따라 바싹 붙여 놓은 줄의 중간쯤에 혼자 오도카니 앉아 있었다. 그 자리가 벌써 이래저래 머쓱해지는 편입생의 위상을 대변하는 것이었다. 늦더위의 후텁지근한 열기가 연방 몰아쳐 오는 창가 쪽과 선풍기 세 대가 천장에서 맴을 도는 뒤쪽에는 낯익은 타과생들까지 껴묻은 일단의 무리가 그를 주시하다 이내 눈씨를 거두었고, 한눈에도 당돌한 말본새에 틀거지부터 꺽진 누나나 언니 같은 그에게 질렸다는 낌새가 역력했다. 가슴팍으로 구슬땀이 줄지어 흘러내리는 가을 학기의 첫 시간이었다.

이러구러 햇수로 벌써 네 해 전인 그때 그의 여러 면면은 아직도 내 심부에 또렷이 남아 있고, 그것들은 다양한 굴절을 거쳐 또 다른 형상을 만들어 가고 있다. 우선 그의 입성부터 다시 현상해볼 만하다. 땀방울이 점점이 묻어 나와 곧장 큼지막한 얼룩으로 번져가는 회색 티셔츠와 그 깡동한 자락 밑으로 엿보이는 툭박진 청바지에는 허리띠도 감겨 있지 않았다. 무슨 길짐승처럼 더위도 타지 않는 체질같이 보였다면 막말이겠으나, 학대받는 제 살가죽을 저렇게 무작정 방치하는 인간도 있을 수 있겠다 싶었다. 유인원이나 원시인이 꼭 책 속에만 있는 것도 아니었다. 그러고 보니 요즘에는 다들 잘 가꾸고 제대로 먹고 살아서 드물어졌거나 좀체 드러나지 않는 여드름까지 그는 잔뜩 달고 있었다. 네모반듯하니 각진 얼굴에는 그 자국이 피지(皮脂)를 다 밀어낸 나머지 살갗 속에 불그죽죽하게 제대로 착색되어 있었고, 이제는 그 푸석살이 또 다른 분비물인 땀을 덮어쓰고 있어서 뻰질거렸다. 또한 그의 청강 자세는 화면 구석의 자잘한 디테일이 연방 꼬물거리는 동영상에 가까웠다. 두루뭉술하니 잘 쪼인 돌확처럼 놓일 자리에 제대로 앉아서 제 앞의 책걸상 쪽에다 45도쯤의 경사진 시선을 한참씩이나 못박고 있다가도 선뜻 그 자세를 허물어뜨리고는 방금 받아쓰기한 글을 헐뜯듯이 노려보며 체머리 흔들듯이 숱 많은 머리통을 간댕거리곤 하는 것이었다. 그의 그런 자세는, 도대체 이게 뭐야, 뻔한데, 좀 이상한 발상이잖아, 우리가 아직도 뭘 모르고 있다는 소리 같애, 내 머리가 어디쯤에서 짱구로 꽉 막혀버린 거 아냐, 같은 자문자답을 쉴 새 없이 주워섬기고 있는 것 같았다. 물론 눈과 귀와 머리를 최대한으로 활용한다는 점에서 그의 청강 태도는 모범적이었으나, 그것이 벌써 다른 수강생의 귀감이라기보다는 좀 튀는, 별종의 행태였다. 그후에도 내내, 매학기에 두 과목씩 네 학기 동안이나 내 강의를 수강하면서도 그는 그 청강 자세를, 더불어 섬처럼 뚝 떨어진 그 자리까지 여일하게 고수하면서 한 번도 내 쪽을 주시하지 않았다. 모르긴 하다, 바라바락 악을 쓰듯 호통이나 쳐댈까 언제라도 눌변인데다, 당당하다기보다 좀 뻔뻔스러운 달변가들이 흔히 그러듯이 시선을 탐조등처럼 내두르지 못하는 내 어쭙잖은 강의술을 그가 힐끔힐끔 훔쳐보기는 했는지 어떤지.

제 혼자서 끙얼거리고 있는 그의 그런 자태는 내게 일말의 안도를 심어주기에 충분했다. 저희들끼리 잡담이나 소곤거리는 부류들을 논외로 친다면, 받아쓰기를 할 줄도 모르고 마네킹처럼 멀건 눈으로 이쪽의 입만 한사코 쳐다보는, 짐짓 엄숙히 경청하는 체하지만 기껏 정색한 얼간이에 불과한 수강생들보다는 내 눈길도 덜 피곤하게 할 뿐만 아니라 내 말의 두서도 덜 비틀어놓는 것이기 때문이었다. 이를테면 똑똑한 체하고 싶어 안달이 나 있는 예의 그런 바보들은 흔히, 주제를 어떻게 살립니까, 같은 황당한 질문을 한 학기에 한 번쯤은 꼭 불쑥 내던진다. 물론 그게 엉터리 질문일 리야 만무하지만, 말을 하기로 들면 길어지고 또한 어디서부터 졸가리를 잡아야 할지도 헷갈리다 못해 한참이나 머뭇거려야 하는 대목이다. 어이없어하다가도 손쉽게, 주제는 드러내면서도 감추고, 감추면서도 드러내야 하는데, 문학의 본령이 은유적 기능을 얼마나 구체적으로 쓸어담느냐는 것이기 때문에 그렇다고, 요컨대 너무 드러내어 버리면 논술문이나 신문 사설 같은 것이 되고 말아 재미가 덜하고, 너무 감춰버리면 알 듯 말 듯한 지지배배조의 난해시가 되거나 어린애들이 아무렇게나 환칠한 추상화가 되기도 하고, 텔레비전 연속방송극 투의 수다스러운 잡담으로 굴러떨어질 수밖에 없으므로 감출 만큼 감추면서도 제 꼴을 너끈히 드러내야 성이 차는 여자들의 화장술을 본보기로 삼는 것이 주제 살리기의 골자라는 요지의 대답을 들려줄 수는 있다. 그러나 그런 답변에는 알맹이가 송두리째 훌렁 빠져 있으므로 질문만큼이나 허황한 잡소리가 되고 말아서 쑥스럽기 짝이 없다.

내 예상대로 그는 어떤 질문을 내놓기는커녕 머리를 갸웃거리는 식의 궁금증을 드러낸 바도 없었다. 오로지 뭔가를 골똘하게 더듬고는 있다는 시위가 돌확 같은 그 특유의 자태 위에 착실히 어려 있었고, 그것이 좋게 보면 글씨 모양이 살아 오르지 않아 붓방아질을 일삼는 필경사의 골몰 같은가 하면, 한글을 갓 배우기 시작한, 그래서 재미있다는 몰골을 드러내고 싶은 외국인 노동자의 어설픈 호기심으로 비치기도 했다.

편입생이라, 또 또래들보다는 열 살쯤 많은 나이 때문에, 여자로서도 드레진 그의 언행 탓으로 그는 한동안 배돌기만 하는 눈치였다. 강의 시간에만 어김없이 제자리에 착석해 있을까, 복도나 교정에서 마주치지도 않았다. 조교의 전언에 따르면 학과 내의 크고 작은 행사에 얼굴을 내비치는 법도 없다고 했다. 대개의 편입생들이 그렇듯이 2년제 전문대를 졸업하고 난 후 이런저런 생업에 종사하다가, 그것이 없으니 공연히 켕기고 따돌림을 당하는 것 같은 학력(學歷)에 굶주려 4년제 학부 졸업장 하나를 따두려고, 또 시쳇말로 워낙 가방끈이 짧은 탓에 제 학력(學力)이랄 게 보잘것없는 줄만은 잘 알아서 옳은 말이라도 새겨듣기 위해 걸음품이나 팔러 다니는 것일 테지 하고 나는 일찌감치 그를 관심권 밖으로 내쳐버렸다.

그렇긴 해도 그가 제때 졸업을 하려면 당장 그 학기의 내 과목 학점을 따야 했고, 당연하게도 2백자 원고지로 80장 안팎의 단편소설 한 편을 지어서 제출한 다음 그 수준을 평가받아야 했다. 실기 과목이므로 A4용지로 15장쯤 되는 각자의 작품 복사물을 1주일 전쯤 30명 남짓의 수강생들 앞앞에 돌려 미리 읽어오도록 하고, 일종의 공개재판식 품평회를 갖는 게 강의의 대강이다. 물론 작품을 발표하는 순번을 재량껏 정하는 반장도 있는데, 주로 강의 시간 직후의 개별 면담과 방과 후에는 휴대폰으로 원고 독촉을 일삼는 게 반장의 소임이므로 그 일에는 여학생이 제격이다. 나로서는 수시로 반장을 불러 작품 제출기일의 엄수를 당부하고, 구지레한 핑곗거리를 앞세우며 마감일을 지키지 않는 수강생들도 있게 마련이라 그에 대비해서 두어 작품이 언제라도 공개재판을 기다리도록 채근해야 한다. 공개재판이라고 하지만 방청객의 변호나 매도 따위는 일절 허락하지 않고 재판장 임의로 잘잘못을 적시하며, 원고의 진술도 듣지 않고 판결을 내리는 것도 내 식이라면 내 식인데, 시간 절약을 위해서도 그럴 수밖에 없고, 방청객들의 품평이란 것이 대체로 퍼스널 컴퓨터의 모니터를 통해 돼먹잖은 문장으로 각자의 짤막한 의견을 달곤 하는 이른바 댓글 같은 잡소리들이기 때문이다.

아무튼 오문, 비문 따위를 가려내고, 문맥 짜기의 미흡도 일러주며, 이야기 얽기에서의 구체성 적부를 감정하는 데는 한 작품당 두 시간쯤이 걸린다. 당연히 낙서 수준의 작품들도 흔해서 그런 것에는 '논외'라는 단호한 판결문에 뒤이어 덧붙이기를, 이래서는 안 되겠다든지, 더 이상 가르칠 게 없을 것 같다거나, 일찌감치 글을 써 보겠다는 허영을 버리는 게 좋을 듯싶고, 그래도 심심하면 아무 책이라도 부지런히 읽는 버릇부터 길들이는 게 우선이라고, 무안을 좀 덜 당하라고 낮은 목소리로 읊조리는데, 그런 재판에 허비하는 시간은 2분이면 충분하다. 그 반면에 방청객들의 말대로 '직사하게 깨졌다'는 작품은 그나마 상당한 수준에 이르러 있는 것이라서 다음 학기에는 더 무참하게 얻어터지지 않을 각오를 다지기도 하는 모양이었다.

교정의 수목이 온통 불붙듯이 시뻘겋게, 또는 누렇게 물들어가던 어느 날 오후, 나는 다음날 있을 공개재판용 원고의 신문을 마치고 난 후, 학과 조교에게 휴대폰으로 반장을 불러 지금 내 연구실에 들르게 하라고 일렀다. 마침 교내에 있었던지 반장이 득달같이 나타났다. 내 호출의 사유는 뻔했다. 누구와도 허튼 인사조차 나누지 않는 듯싶던 그 돌확에게도 반장은 싹싹하니 접근하여 작품 제출 예정일을 탐문해 놓고 있었다. 그것도 자주 짓졸라댄 모양으로, 그쪽의 반응은 글쓰기를 배우러 왔으니 죽이 되든 밥이 되든 써내기는 할 테지만, 제발 발표 순번을 제일 꼬라비로 돌려달라는 앙청을 디밀고 있다는 것이었다. 그것도 권력이기는 하므로 반장은 일언지하에, 안 된다고, 자기 입장이 곤란하다고, 한두 주일쯤 뒤로 미뤄줄 수는 있어도 정식 출석부 순서대로 해야 하는 원칙을 지켜야 한다고 다잡아놓고 있다고 했다. 돌확의 이름은 제2전공자들인 타과생들을 뒤쪽으로 몰아놓는 출석부의 서열대로 한가운데쯤 박혀 있었다. 어느 대학이나 한 학기당 한 과목의 배정 시간은 대체로 45시간 안팎이며, 반드시 지킬 수밖에 없는 내 식의 일정대로는 25명쯤의 원고만 공개재판에 올릴 수 있다. 돌확은 그 점을 대충 어림잡고 종강 후에 작품을 제출하겠다는 의사였다. 이해할 만한 꿍꿍이속이었다. 때 놓친 공부를 뒤늦게 따라잡고 있는 만큼 셋째 동생뻘쯤 되는 동급생들처럼 이왕 맞을 매 먼저 맞는 놈이 낫다고 섣부르게 나댈 수는 없을 것이었다.

짐작건대 벌써 두어 차례나 함께 빵이나 아이스크림 따위로 점심을 때움으로써 돌확과는 웬만큼 친하게 지내는 유일한 학우인 반장은 '언니'의 신상에 대해 이런저런 정보도 흘렸다. 인정신문용으로 제격인 그 신상명세서는 예상 밖으로 제법 뜨르르했다.

우선 그는 흔히 SUV라고 통칭하는 8인승 경유 승용차로 통학하고 있다. 후에 헛소문이라기보다 다소 과장스런 전언이라고 돌확이 머리를 좌우로 흔들어댔지만, 그는 한때 어느 회사의 노사쟁의를 가로막고 나선 투사였다. 뿐만이 아니었다. 그의 아버지가 연쇄 부도를 막아내지 못해 졸지에 거덜난 회사를 기사회생시키느라고 온 가족이 팔을 부르걷고 나섰을 때, 그는 장장 10년 동안 그 회사의 경리 업무 일체를 주무해서 그의 손을 거치지 않고는 사장인 그의 큰오빠조차 시재(時在)에서는 1원 한 푼도 빼내 쓸 수 없게 만들었다고 한다. 게다가 그는 제법 번듯한 4년제 대학 졸업장까지 갖고 있다는데, 그것도 고졸검정

고시를 거쳐 학사 학위를 딴 지가 불과 반년쯤 전이라고 했다. 좀 삐딱한 그런 경력만으로도 그는 벌써 꽤 다채로운 이야깃거리를 잔뜩 지니고 있는 게 아닌가 싶었지만, 내 경험상 그만한 세상살이의 역정을 나름대로 수습하고, 취사 분별력을 발휘하는 기량은 전혀 다른 차원의 능력일 수밖에 없고, 그것은 주로 문장과 문맥의 실속 여부에서 드러나게 마련이므로 당연하게도 그가 글쓰기에서의 사람값을 옳게 할 수 있을지 어떨지는 의문이었다. 아무려나 그 숫기 없는 친구가 나잇살을 얼마나 먹었다더냐고 물었더니, 반장은 즉각 나배기라고만 하고 우물쭈물하더라며 "그래도 성격은 서글서글해요"라면서 여운을 남겼다.

3

두어 해 만에 붙은 나름의 관록대로 나는 엄포를 단단히 놓았다. 곧 자의든 타의든 순번상 강의 시간 중에 공개재판을 받을 수 없는 원고는 종강일까지 강의실 교탁 위에다 제출해야 하며, 그 이후에 연구실 문짝 밑으로 집어넣는 원고는 읽지도 않겠고, 물론 그런 원고에게는 학점을 줄 수도 없는데, 마감 시간을 지키는 단련도 문학 교육의 일환일뿐더러 글이 안 써진다는 어리광은 결국 자기 몸과 머리를 최대한으로 쥐어짜는 그 혹사의 재미를 모르는, 자기과보호벽이 중증인 약골일 수밖에 없으니 알아서 하라고 일렀다. 또한 종강일로부터 1주일이 지나면 여느 작품이라도 그러듯이 그 뒷면에다 문장력과 형상력으로 대별한 간단한 품평을 적어놓은 각자의 원고를 되돌려받을 수 있으므로 언제라도 몇 시까지 들르겠다는 전화를 앞세우고 연구실로 찾아오라고 고지했다.

그 학기에 제출한 돌확의 첫 작품은 공개재판을 모면한, 그의 경우에는 스스로 기피한 여러 작품들 중의 하나였다. 제목이 '잔인한 봄'이 아니었던가 싶고, 그냥저냥 읽히기는 하는 문장력이라는 것, 초보자가 흔히 그렇듯이 자질구레한 사실의 나열에 주력한 범작에 그치고 말았다는 기억은 아직도 내 뇌리에 남아 있다. 그런데 그 좀 희한한 발상을 풀어가는 몇몇 장면이 제법 이색적이었고, 서술의 시간대(時間帶)가 촘촘한데다 그 속의 계절 감각도 선명했으므로 그것만으로도 나름의 성취랄 수 있었다. 습작기의 첫 작품이 그 정도라면 싹수가 출중한 편이라 나는 당연히 제일 좋은 학점을 주었다.

누구나 아는 대로 소설은 시간의 경과를 일용할 양식으로 삼고 살이 쪄가는 유기체다. '서사'라는 말이 벌써 '시간'의, 따라서 '차례'의 분별을 내세우는데, 소설이 그것을 유별나게 특화해야 하는 것은, 그 매체들의 유별을 고려하더라도, 지나치게 덤벙거리거나 지정거리는 영화와 연극 같은 장르와 견줘봐도 일목요연하게 드러난다. 따라서 플롯 짜기라는 말도 실은 시간대라는 임의의 공간을 적당히 분할하여 그 칸막이 속에다 사건과 인물과 사물의 활약을 축소, 확대, 조정하여 짜 넣는 작가 나름의 특권에 지나지 않는다. 그것을 풀어가는 속도의 조절에 따라, 그 서술력의 균질감에 따라 구체적인 실감이 드러나게 되고, 그 질감이 곧 작품의 성취도를 가름한다. 구구한 설명을 자제하면 그 시간대의 조율에 기대서 소설의 성품이 가려지고, 붙좇을 수밖에 없는 그 잣대는, 다소 거친 분류일망정, 찰나적 사건극(일상극), 제한적 인간극(일인극), 영구적 생명극(일생극) 같은 장르로 나눠지며, 작가의 소기의 작의와는 상관 없이 필경 그런 식으로 나아가게 마련이란 것이 나의 잠정적인 소설관인만큼 바로 그 점을 나는 습작들에게 강조하면서, 예의 그 시간대부터 의식, 확정하라고 강요하는 편이다. 더 쉽게 말해서 그것들은 단편, 중편, 장편의 변별점을 예시하는데도 유효한데, 그 시간의 띠는 각각 36시간 안팎, 한두 달에서 서너 계절의 경과, 짧거나 긴 한평생의 축약 등으로 한정되게 마련이다. 자발없이 출몰하는 인간의 의식 일반을 감안할 때, 그 제한적 시간대 속에는 자연시간 곧 현재의 여러 양상과, 사건의 진행을 차단하는 인위의 시간 곧 과거의 여러 기억과 그 잡다한 삽화가 서로 번갈아 끼어들게 되며, 그것들의 교직 양상은 각양각색에 천차만별이다. 물론 시간대의 임의로운 길이의 장단에 따라 공간의 지평은 꼭 그만큼 넓어진다. 특별한 강조사항이 아닌 한 동어반복을 악착같이 피해야 하는 서술(敍述) 전반의 대강령을 만부득이 따르기로 한다면 그 공간은 우리의 의식만큼이나, 또 우리가 제멋대로 누리는 시간만큼이나 다채로워야 하고, 필경 그럴 수밖에 없기도 하다.

그러나 공간은 각자가 재량껏 사용할 수 있는 시간과는 다르다. 그것이 비록 어느 특정 개인, 곧 멋진 주인공의 고유한 밀실이라 할지라도 이미 공적인 것이며, 어떤 사물, 특정 대상, 다른 사람 따위를 거느리는 게 아니라 그것들이야말로 공간의 일부이며, 공간 그 자체가 된다. 그런 열린 공간에 대한 자각이 이제는 개인극, 가족극, 사회극으로 비약하는 길을 터주며, 작품의 길이로 도약하고, 그 지배적인 분위기는, 더러 착종의 양상을 띠기도 할 테지만, 개인의 존재감과 씨름하거나 어떤 소속감을 두드러지게 대변하는 쪽으로 나아간다.

요컨대 사적인 시간과 공적인 공간은 전혀 별개의 것이면서 언제라도 같은 길을 함께 줄여가는 수레바퀴이다. 당연하게도 그 둘은 어떤 식으로든 조화를 빚어낼 수밖에 없다. 현실감이 미미한 어떤 환상극에 그 둘의 기능적 요소들이, 곧 그 두 배경이 희미하거나 뒤죽박죽인 실적이야말로 역설적이게도 그것들의 압도적인 권위를 증명하고 있기도 하다. 따라서 시간대가 제대로 틀을 갖추고 있다는 것은 어느 방, 어떤 그릇, 심지어는 모종의 사건조차도 여실하다는 말이 된다.

예의 그 시공간의 분별이 제법 뚜렷했으므로 지금도 웬만큼 떠올릴 수 있는 3인칭 소설인 '잔인한 봄'의 기둥 줄거리는 대충 이랬다. 우선 그것의 자연시간대는 간질환으로 시한부 인생을 살고 있는 모친을 문병하고, 조퇴를 했으므로 잔업조에 들어가기 위해 다시 어느 섬유(기억이 뚜렷하지 않지만, 흔한 '합성섬유' 회사였을 것이다) 직조회사로 돌아가는 한 여공의 저녁나절로 한정되어 있다. 하복부가 임부의 그것처럼 부어오른 환자는 이미 의식이 오락가락하는 형편이라 주인공은 어떤 위로의 말을 건넬 수도 없다. 오래전부터 슬픔의 덩어리가 딱딱하게 굳어져 있어서 그녀의 말문조차 앗아가버린 것이다. 말하자면 이런 형편은 극한상황의 조작으로서 하나의 사건이다. 물론 이런 류의 원통한 생체험은 한 사람의 긴 인생이나 그동안 겪었고 앞으로도 겪어내야 할 숱한 경험들을 상정하면 찰나적인 사건에 불과하며, 그만큼 상투적인 소재이기도 하다. 박복한 삶을 억지스럽게 꾸려오다 쉰 고개 들머리에 죽음을 눈앞에 둔 환자는 일찌감치 당신의 짧은 생을 예감했든지 생명보험까지 들어두었다. 이 대목은 누선을 자극하는 그 감상적인 서술이야 어찌 되었든 극한상황의 현실감을 부각

시키는 일종의 장치로서 기교에 값한다. 입원비와 치료비 지불에 따른 사무적인 일의 수습에 뒤이어 주인공은 입에 발린 말이긴 해도 보험회사 직원으로부터 오히려 위로의 말을 듣는다. 이것은 문학적인 관습에 해당하므로 선악을 가릴 것도 없으나, 굳이 그 상투적인 발상을 원고지의 낭비라고 문책할 수는 없다. 모든 삶이 그렇듯이 소설도 막강한 일상에의 순종, 그 타협은 불가피한 것이다. 이제 모친의 죽음을 도맡은 사람은 말을 잃어버렸으므로 특유의 정서가 망령을 부려서 분주살스럽다. 그것을 부추기느라고 주인공은 병동 밖으로 나선다. 화창한 봄날의 오후인데도 시 외곽지의 널찍한 둔덕에 터를 잡은, 노인병과 불치병을 전문으로 다스린다기보다도 환자들의 조섭과 임박한 죽음의 처리에나 매달리는 종합병원 일대는 휑뎅그렁하고 쌀쌀하다. 안성맞춤으로 벚나무 아래 벤치도 붙박여 있다. 벚꽃이 화사하니 만개해 있기도 하다. 그런데 그 빼곡한 벚꽃의 치열한 아우성이, 가지가 안 보일 정도로 하얗게 뒤덮인 벚나무가 흡사 꽃 치레한 상여 같기도 하고, 시신을 덮어놓은 뽀얀 천 조각 같기도 해서 징그럽다. 왠지 지은 죄도 없건만 마구 짖어대는 험상궂은 개새끼 앞에 섰을 때처럼 주인공의 머릿살이 화끈거리기도 한다. 이것은 이미지 조작에 상당하고, 그것은 흔히 또 다른 기억을 불러온다. 고단하고 외로울 때마다 덮쳐오는 그 회상은 몸서리가 쳐질 정도로 싫은 것이지만, 육체적으로도 흔적을 뚜렷이 새겨놓은 트라우마여서 어쩔 수 없다. 어느 해 초겨울, 주인공은 환절기 때마다 연례행사로 꼬박꼬박 찾아오는 독감을 호되게 앓는다. 그러나 이번에는 그 정도가 아주 심해서 따끔거리다 못해 가슴이 찢어질 것 같고, 벌겋게 부어오른 목구멍에서 쇳소리와 더불어 덜그렁거리는 잔기침이 1주일째 그치지 않았다. 초콜릿 속에 다량 함유되어 있는 테오브로민이라는 성분이 감기의 진해제(鎭咳劑)인 모르핀이나 코데인보다 그 효능이 월등하다면서 접근해온 사내가 있었다. 그는 유급의 산업체 근로봉사로 군 복무를 대신하고 있는, 어느 사립대학의 약학과에 재학 중인 동료였다. 여러 종류의 초콜릿과 코코아에 우유, 설탕까지 한아름 사들고 주인공의 자취방으로 한밤중에 쳐들어온 그는 다짜고짜로 걸쭉한 코코아차를 만들어 먹이기 시작했다. 안 먹겠다고 손사래도 치고, 도저히 못 먹겠다고 머리를 흔들어대며 진저리를 쳤지만 막무가내였다. 공교롭게도 그때 어느 쪽에서 들려오는지 분간할 수도 없는 야릇한 신음소리와 몸끼리 부딪치고 비비대는 마찰음 때문에 두 남녀는 잠시 벙벙한 시선을 나누었다. 사내는 '미친년놈들' 이라고 한동안 욕설을 구시렁거리더니 호마이카 밥상 밑으로 발을 집어넣고는 껴입은 채로 곤한 잠에 녹아떨어졌다. 방주인은 말할 기운도 없었지만, 차마 전기장판 위로 올라와서 자라고 권할 수 없어서 딱했다. 비몽사몽간에 제 거웃을 쓰다듬는 남자의 손길이 여간 찬찬하지 않다는 느낌을 또렷하게 새기고 있었지만, 이제는 몸을 꼼짝도 할 수 없었다. 신열이 맹렬했고, 머리통이 깨어질 듯이 지끈거렸다. 남자의 숨소리도 들리지 않아 괴이쩍다는 생각을 자꾸 지피고 있는데, 불쑥 상투과자 같은 초콜릿이 그녀의 입 속으로 들어왔고, 이내 물컹하고 큼지막한 혓바닥이 쳐들어와서 그녀의 숨길을 좀 더 가쁘게 만들었다. 성적 충동과 그것의 해소는 가장 만만한 통속물 읽을거리의 재료인데, 그것의 실경과 배경을 얼마나 비틀어놓을 수 있는지, 어차피 그로테스크한 수준으로까지 번져갈 성 심리 일체를 어느 정도까지 그려야 하는지는 전적으로 작가 자신의 속보이는 저의와 일말의 도덕적 자기검열에 맡길 수밖에 없다. 그 이튿날 방주인은 쓰라린 후회의 마음 때문이 아니라 온몸이 불덩이처럼 뜨겁게 달아 있는데도 한기가 덮쳐오는가 하면 뼈마디가 욱신거리는 지독한 통증 때문에 엉엉 울면서 인근의 병원을 찾아갔다. 한나절이나 팔뚝에 주삿바늘을 꽂고 누워지내면서 그녀는 난생처음으로 쉽게 울었다. 해가 바뀌자 사내는 복무 기한이 끝났다면서 그녀 앞에 나타났을 때처럼 홀연히 사라졌다. 만나면 헤어져야 하는 세상살이의 천리를 겪으면서 그녀는 비로소 체념이 얼마나 달고 쓴지를 터득했다. 그해 겨울이 물러가기 전에 사내로부터 뜬금없는 전화가 걸려왔다. 명태를 한데다 매달아놓고 얼부풀리는 덕장에서 일하고 있는데, 꼬박 1년 동안만 막노동으로 자기 일신을 모질게 뒹굴려 보겠다고 했다. 지난해 여름부터 그런 일방적인 전화가 계절에 한 번꼴로 날아오고 있다. 문득 그 전화를 다시 받을 수 있다면 엄마와의 영원한 작별, 그 슬픔도 웬만큼 이겨낼 수 있을 것 같다. 이제는 병상의 엄마를 저렇게 방치함으로써 어떤 미련을 떨쳐버려야 한다는, 심지어는 조만간 닥칠 당신의 주검 앞에서도 죄스러울 게 없으며 이복형제들을 떳떳하게 대하리라고 주인공은 다짐한다.

좋게 봐주면 자기소외의 최대치를 한목에 쓸어 담아놓은 작품인 '잔인한 봄'은, 이미 드러나 있는 대로, 충분히 있을 수 있는 이 시대, 이 땅의 이야기였다. 어느 분야보다 급변하는 오늘날 이 땅의 문학판에서 오래전부터 퇴물이 되고 만 나의 고리타분한 취향 탓일 테지만, 한 줌의 환상도 비치지 않는 그 실팍한 질그릇 같은, 장난기도 그렇다고 기교도 지레 밀어내고 있는 그 정조(情調)도 쓸 만했다. 그 내용이야 그렇다 치더라도 초보자답게 문장력은 역시 껄끄러운 데가 없지 않았다. 이를테면 '중앙병동 출입구 좌측 정면에 우뚝' 같은 명사의 토씨 없는 나열식 중복은 요즘 신문 기사체에 자주 목격하는 엉터리 문장인데, 소설에서는 당연히 피해가며 방정한 문체로 다듬어야 하겠고, 그것도 어휘들 이상으로 문장의 당당한 일부인 쉼표의 남발, 구어체랍시고 함부로 토씨를 빠뜨리고 있는 이른바 '전보 문체'들, 신문이나 만화 속의 풍선글처럼 비좁은 지면 탓으로 중간에서 분질러버리는 문장들, 의미를 흐지부지 중동무이하는 소위 '야만의 문체' 등이 수두룩했다. 잘못을 스스로 숙고해보라고 그런 부실한 대목마다에 밑줄을 그어둠으로써 선생으로서의 내 소임은 일단 끝이 났다. 왠지 뭔가가 미진해서 15장의 원고용지를 한 장씩 넘기며 훑어봤더니 각 장에 열 개 이상의 밑줄이 새카맣게 그어져 있어서, 역시 그것이 형상력보다 훨씬 종요로운 관건이므로 '요주의'를 적어두었다.

종강 후 1주일 동안은 학기말 시험 기간이며, 그후부터 열흘 안에 모든 수강생들의 학점을 전산 시스템에다 정보화해야 하는 학사 일정에 따라 이제 한숨 돌리려는 어름의 어느 날 오전 아홉 시쯤에 그로부터 전화가 걸려왔다. 처음으로 말 같은 말을 나누는 데다가 무엇으로 따져 봐도 문문해질 수는 없는 처지여서 말씨가 제물에 그래졌을 수는 있겠으나, 떠듬거린다고나 할까, 입술이 제대로 맞물리지 않아서 발음이 흩어진다고 할까, 그의 말소리, 음색 따위가 좀 이상했다.

"저는 이번 학기에 소설창작연습 과목을 처음으로 들은 허영숙이라는 편입생인데요."

성질이 급하다기보다 늑장을 부리지 못해서, 또 전화상의 용건이란 게 대체로 뻔해서 늘 그러는 대로 나는 그의 말을 가로챘다.

"자네가 지금 미리 작성한 원고를 또박또박 읽고 있냐?"

"그렇지 않은데요. 그렇게 들리세요? 할 말을 미리 몇 마디 머리로 외워두긴 했어요. 아무튼 저를 기억하시는지요?"

"무슨 외국인도 아니고. 나쁠 거야 없다만 자네 시방 말투가 구어도 아니고 느럭느럭거려서 그런다. 기억? 알 만하다. 얼굴까지는 못 떠올려도 자네 이름이야 오죽 외우기 쉽냐."

"너무 흔해 빠진 이름이지요."

답답할 정도로 꼬박꼬박 응수하는 새침데기였다. 나잇살을 거꾸로 먹은 듯한 그 얌전스런 말투가 평소의 청강 태도와 어울리지 않는 것도 아니었다.

"그렇기도 하다만 한자까지 똑같은지 어떤지 몰라도 그 이름이 초창기 우리 문단의 선두주자 이모씨의 부인 이름과 똑같아서 그런다. 그 여자도 여러모로 선각자에다 동경 유학생이었다 그러고. 물론 케케묵은 소리다만."

"난생처음 듣는 말씀이네요."

"말씀이 아니라 상식이고 요즘 말로는 정보다. 물론 자네가 무식한 소치다만."

그 허모라는 당시의 신여성이 후취로서도 의젓한 지위를 누렸다는 사실도 떠올랐으나, 나는 그 말만은 덧대지 않았다.

"선생님 말씨는 꼭 시비를 따지며 싸우려 드는 것 같애요."

어느새 내 말씨도 좀 누그러진 듯싶었다.

"그럴 거다. 무슨 문제든 어물쩍거리는 것보다야 시비를 분명히 가리는 게 좋을 것이다만, 아직 수양이 부족해서 그럴 테지. 싸워봐야 늘 지기만 하는 선수다만. 작품 찾으러 오겠다고 전화한 모양이다?"

"언제쯤 가면 될까요?"

"점심시간만 피해서 언제라도 오면 된다."

직장생활을 오래 해서 넉살이 좋은 건지, 여자로서 차츰 까부러지는 나이 탓인지, 그것도 아니면 그새 이쪽이 만만해졌는지 그의 말씨가 또박또박 부러지는데도 제법 숫기가 묻어났다.

"얼마나 깨질지 떨리네요. 예약을 해놔서 오전에는 병원에 가야 하고요. 늦어도 오후 3시 전까지 가면 안 될까요?"

"그래라." 역시 돌아서면 곧장 후회할 말이 덧붙여졌다. "맷집이 얼마나 좋은지 보도록 하자."

첫 추위가 막 시위를 떨치려는 12월 중순이어서 그랬을 성싶게 허영숙은 나부죽한 테가 달린 코르덴 모자를 눈도 안 보이게 깊숙이 눌러쓰고, 같은 천의 굵직한 허리띠를 동여맨 검은색 모직 반코트를 역시 골진 검은 바지 위에 받쳐입고 정각에 나타났다. 강의 중에도 시간 엄수를 워낙 닦달해대는 내 지침에다 억지로 맞춘 듯해서 속으로 미뻤지만, 부끄러워서인지 시선마저 온통 가리고 있는 그 시커먼 복장이 무슨 조폭의 등장 같아서 순간적이나마 좀 으스스했다. 그의 입성에 대한 느낌을 말하려다 나는 일부러 입을 다물었다. 말을 아끼려고 미리 작정해둔데다, 찾아온 학생의 외양에 대한 그런 관심을 허술히 드러내다가 실없쟁이가 된다면 두 쪽 다 하등에 부질없는 사적 감정에 겨워하는 꼴이 벌어질지 몰라서였다.

대체로 나는 시간 낭비를 줄이기 위해서 연구실에서는 내방자와 서서 말을 나눈다는 원칙을 지키며, 제 원고를 찾으러 온 학생들에게도, 아직 이 수준으로는 안 되겠다, 거기 원고 뒷장에다 죄다 지적해두었으니 참고하고, 부지런히 읽고 쓰도록 해라, 같은 몇 마디 말을 건네고는 창가 쪽에 붙은 책상으로 돌아섬으로써 용무를 마친다. 그러나 그의 경우는 좀 달라서 역시 작정해둔 대로 그에게 자리를 권하기로 했다. 세면대 앞에 붙박아둔, 방주인이 혼자서 이용하는 경우가 거의 없는 학교 비품인 4인용 테이블을 턱짓하며 나는, 거기에 좀 앉아라, 라고 말하고 나서 노크 소리를 들었을 때 집어 들고 일어선 원고를 그 앞으로 밀어 놓았다.

"처음으로 쓴 작품인가?"

"네." 여기저기 미흡을 지적해둔 제 원고를 내려다보고 있어서도 그랬지만, 예의 그 모자 때문에 시선이 없는 그가 잠시 뜸을 들였다. "너무 시시하지요?"

"형편없다고는 할 수 없겠으나 시원찮은 건 사실이다. 첫 작품이라니까 더 할 말도 없다. 나이도 있으니까 소설 공부를 계속하든 일찌감치 때려치우든 알아서 결정해야겠지. 원고 앞뒤에다 결점과 개선점을 써 두기도 했다만, 이런저런 이야깃거리나 자기가 하고 싶은 말이야 어찌 됐든 문장력이 그래서는 아직 멀었다. 지금 상태는 만화처럼 투박한 선만 보일까, 유화에서의 그 색감, 질감, 음영 같은 것이 거의 안 보이는 수준이다. 자기만의 특별한 표현력, 사실과 사물의 객관적 묘사력이 태부족이라는 소리다. 내면 풍경이든 주변 풍광, 풍속이든 두루 그렇다. 아프다더니 머리도 안 감고 나왔냐, 그 모자를 좀 벗지 그러냐. 춥지도 않은 실내인데, 아무리 여자라도 지킬 것 지켜서 나쁠 게 머 있겠나."

그는 웃지도 않고 두 손바닥으로 양 볼을 감싸쥐며 된추위에 언 얼굴을 녹이듯이 다독거리다가 입을 벌리고 떨어뜨린 아래턱도 좌우로 돌렸다.

"제가 지금 좀 희한한 병을 앓고 있어서요."

여전히 모자를 벗지 않고 있는 그가 갑자기 이상야릇한 흉상 같았다. 이윽고 그가 두 손으로 고이 모자를 벗어 원고 옆에다 내려놓았다. 그 느린 동작도 적잖이 수상했다. 아직도 요란한 현대문명의 때를 그나마 덜 탄 원주민이 관광객들에게 팔려고 그들 특유의 과장 많은 기법으로 빚어놓은 불그죽죽한 토용(土俑)이 성큼 내 시야 속으로 다가섰다. 대개의 토용이 그런 것처럼 그의 얼굴은 잘나지도 못나지도 않았고, 그 형상마저 작지도 크지도 않았다.

서둘러 그 느낌을 지우고 나는 물었다.

"그게 무슨 병인가?"

"하악골안면부전증일 것 같다는데요. 쉽게 말해서 윗턱과 아래턱이 서로 이가 잘 맞지 않나 봐요. 아직은 초기라서 경미하고 더 두고 봐야 한다고는 하네요. 치료약도 없다고 그러고요."

"아마도 그게 우리말로는 턱자가미 탈일 거다. 이가 안 맞다는 말 그대로 사개가 헐거워진 거지. 그게 언제부터 삐걱거렸나?"

"작년 겨울부터 그래요. 졸업을 앞두고, 혹시 아시는지 몰라도요…"

"학사 출신의 편입생이라는 말은 반장한테 들었다."

"아, 그랬군요. 하기 싫은 공부였지만 어쨌든 한 과정은 끝냈으니 이제부터 또 무슨 일을 벌이고 그것에 매달려보나 하는 궁리를 딴에는 제법 심각하게 일구고 있는 판인데, 어느 날 저녁 때, 체감온도가 영하 16도나 된다는 추운 날이었어요. 꼬박 서른 시간 동안 씹는 음식이라고는 아무것도 먹지 않고 원두커피만 두 주전자나 내려서 마셨다는 생각이 문득 들어 억지로라도 머든 먹어둬야겠다 싶었어요. 그래서 달걀 옷을 입힌 식빵을 구워서 우적우적 씹어 먹고 있는데, 이 아래턱이, 두 쪽 귀밑이 뭔가 마뜩잖았어요. 그때 티브이를 켜놓고 있었는데, 볼륨을 줄여놓고 있긴 했지만, 아나운서의 말도 잘 들리지 않고요. 그날 밤을 꼬박 뜬눈으로 새우고 나니 어찌 된 판인지 머리는 그야말로 상쾌하다 싶게 맑아졌어요…"

그러고 보니 그의 턱 주위에는 어린애 볼의 젖살 같은 것이 도도록하니 올라붙어 있어서 턱선이 많이 무뎌져 있었다. 이목구비가 반듯하다는 말도 그 바탕인 윗턱과 아래턱이 제대로 틀을 갖추고 있다는 소리일 터이며, 턱이 빠져버린다면 얼굴의 윤곽이 온통 뒤틀어지거나 없어지게 될 것이었다.

"제때 머든 안 씹고 그러니 턱 주위의 저작근이 용불용설을 찾아 먹으려고 반란을 일으키고 있다고 보면 대충 맞을 거야."

거의 스무 해 전부터 서너 해에 한 번꼴로, 꼭 한 달쯤씩 사날거리로 치과에 들러 썩은 이를 뽑고, 잇몸을 땜질하고, 깎아낸 이를 산플라로 덮고 해오다 최근에는 어금니를 두 개나 들어내고 나서도 새로 박아넣지 않고 있는 터이라 나는 단골 치과의사로부터 그 방면의 상식을 웬만큼 주워듣고 있었다.

"화석 인류에 비해 현대인의 아래턱 윤곽이 덜 각지고 두루뭉술한 것도 저작근을 활발히 사용하지 않기 때문이라는 학설은 믿을 만할 것이다. 도토리 같은 딱딱한 양식을 날것으로 먹다가 화식(火食)을 하기 시작하면서 물러터진 것만, 그것도 가루를 내서 먹어대니 그렇게 퇴화했다는 말일 테지. 이빨은 성한가?"

"괜찮은가 봐요. 구강외과의라는 사람이 별말 없던데요."

"마른오징어나 껌을 수시로 질겅질겅 씹어대든가 볶은 콩을 깨물어 먹는 버릇을 길들여봐라. 반찬으로는 부각 같은 것도 좋겠네. 찹쌀풀 먹이는 부각도 연근에, 다시마에 여러 가지가 있다만, 아무튼 무슨 일이든 제대로 하려면 이를 악물고 아드득아드득 이를 갈아야 할 거 아닌가. 이 비정한 세상에 이빨을 갈기는커녕 아무것도 안 먹어서 턱이 빠지는 병을 앓으며 소설을 쓰겠다니 근본 자세부터 틀린 것 같다. 일컬어 어불성설이다." 나는 그의 원고를 턱짓하며 물었다. "그 이야기는 자네 경험담인가?"

그가 좌우로 움직여대던 아래턱을 고정되어 있는 윗턱에 맞붙였다. 그의 광대뼈가 두드러졌고, 관자놀이께가 오목하니 패었다.

"제 눈으로 직접 보고 귀로 직접 들은 것을 반반씩 섞어 썼어요. 조금씩 비틀어서요. 주인공 엄마의 병환은 실제로 제가 겪었던 것이고요."

"그럼 시방 고아라는 소린가?"

"그렇지는 않고요. 회사 경영에서 완전히 손을 떼신 아빠도 아직 살아 계시고요. 위로 오빠만 여섯이나 있는걸요."

"알 만하다. 거기에 그려져 있는 장면 세 개쯤은 그런대로 비상투적인 문맥이라서 기억에 남을 만하더라."

"그걸 강의하듯이 좀 들려주시면 안 돼요? 저도 힘을 좀 내게요."

누구라도 자식 자랑은 하지 말라지만, 남이 제 자식을 칭찬하는 것은 어디서라도 듣고 싶어 한다. 문학에도 정확히 그렇고, 예술 전반은 더 말할 것도 없다. 감상자들의 의례적인 박수갈채에도 곧장 들떠버려 어린애가 되고 만다는 점에서 글쟁이들은 누구나 만년 철부지든가 타고난 재롱둥이이다. 그러나 병 자랑하는 당사자에게 그의 자식의 고운 점을 들먹이려니, 그것도 면전에서 떠벌리려니 내 기분이 묘해졌고, 아첨꾼이 달리 없겠다 싶었다. 그러나 마나 내친김이라 솔직하니 털어놓았다.

"오글오글 피어난 벚꽃이 징그럽게 보인다는 장면도 이해할 만하고, 아픈 사람 입속에다 초콜릿을 디밀어 넣으면서 음흉한 수작을 부리는 짓거리도 제법 이색적이고, 그 지경에서는 엄마를 유기(遺棄)할 수밖에 없다는 설정도 그럴싸하게 읽힌다는 소리다. 그러나 두 가지는 반드시 짚고 넘어가야겠지. 우선 그런 대목들이 과연 이야기를 억지로 엉구어 간다는 혐의를 얼마나 불식시키고 있는지는 의문이야. 내 식으로 말하면 그것은 일종의 이야기 조작 강박증이거든. 그런 기량이 너무 없어서도 물론 곤란하지만, 지나치면 없느니만도 못한 게 아니라 그것 자체가 스스로 통속과 상투를 불러오고 말아. 쉬운 비유로 물 흐르듯이 자연스럽게 이야기를 꾸려가야 한다는 소린데, 우리 소설 전반의 일정한 역량 미달을 그 잣대로 재볼 수도 있을 거야. 너무들 억지가 심해. 물론 사회적 압력, 역사적 문맥의 과부하가 그런 무리를 불러왔을 테고, 그 재미난 공상 반추로는 누추하고 엉터리투성이로서의 현실이 점점 더 악으로 비쳤을 테니까, 개인과 사회가 서로

극과 극으로, 선과 악으로 멀어지고 갈라지는 악순환을 거듭할 수밖에. 자네야 물론 아직도 무슨 소린지 긴가민가할 테지만. 또 하나 지적할 것은 작가의 자의식이든 소설 자체의 그것이든, 쉬운 말로 세계관이지, 그것이 이 시대의 제반 의식보다 딱 한 걸음 앞서갈 수 있어야 해. 내 문장속으로는 이 시대의 숨어 있는 의식, 시대정신이랄지 그 감성이거나 집단 심성이거나 민의(民意) 같은 것을 발겨내려면 일단, 또 무조건 이 시대의 허울 좋은 얼굴을 전적으로 부정해야 한다는 소리야. 일컬어 막강한 장애물이자 기득권자인 이 사회에 대한 일정한 비판의식이고, 그것으로 무장하고 있어야 아이러니라는 것이 빚어지게 되어 있어. 그러지 못할 때 소설 속의 이야기는 뒷북이나 쳐대는 헛소리가 되고 말거나 누선을 자극하는 감상(感傷)이 골고루 배이고 말 거야. 그렇지 않겠어?"

"이야기를 꾸려가면서도 억지스럽다는 생각은 들었어요. 정말 어렵대요."

"당연히 어렵지. 또 어려우니까 한 번쯤 싸워볼 만한 거고. 쉬우면 머하러 씨름해. 남한테 맡기고 다른 일로 소일하지. 그러니 어렵다는 소리는 말이 안 돼. 글이 억지라면 좀 어폐가 있을 테지만, 문장이 못 따라가니까 이야기나 아이디어가 스스로 억지를 불러들여서 그래. 생각을 좇아가며 글을 쓰는 게 아니라 글이 생각을 명료하게 만들어 가는 경지를 터득해야겠지. 물론 내 말도 아니고, 책에 다 나오는 소리야. 자꾸 써 보면 차츰 알아져. 글이 생각을 불러들인다는 걸."

입을 다문 채로 맨이빨을 자근거리느라고 그의 도톰한 볼살이 연방 옴찍거렸다. 알 듯 말 듯하다는 그의 묵언도 조신해서 맷집만큼은 나무랄 데가 없어 보였다.

나는 의자를 물리며 성큼 일어섰다.

"밥 장사 일 등신이란 말을 들어봤는지 모르겠다. 그 소리는 먹은 양만큼 일을 못한다는 타박이 아니라 밥 장사가 일도 역시 잘한다는 우스개야. 꺼죽한 외모에 마냥 기신거리는 인간이 글인들 오죽하겠냐. 별로 많이 사귀어 보지도 않았다만 내가 겪어본 문인들은 대개 다 사람이 곧 글이더라. 꼭 한 본이야. 무슨 말인지 알 것이다."

그가 가뿐히 일어섰다. 곧장 모자를 눌러썼고, 아무렇게나 쟁여놓은 내 서가를 휘둘러보았다.

"책 좀 빌려 가도 돼요?"

나는 선뜻 그즈음 잘 쓴다는 세평이 떠들썩한 젊은 작가의 소설집들, 화제에 오르내리는 장편소설들, 그런대로 술술 잘 읽히는 번역책들을 주섬주섬 골라서, 모두 열 권의 책을 그에게 건넸다.

"귀찮아하지 말고 사전을 부지런히 뒤적거려가며 꼼꼼하게 익히고 독후감도 적어 버릇해. 언제가 됐든 다 읽었거들랑 반납하는 것 잊지 말고."

한 아름의 책을 헝겊 가방에 담아 일어선 그가 시선 없는 머리통을 까딱이고 나서 연구실을 빠져나갔다.

4

그후부터 그는 가끔씩, 그러나 전화도 없이 무시로 내 연구실에 들렀다. 책을 반납하러, 또 다른 책을 빌리려는 구실을 앞세우고 그렇게 들어설 때면 꼭 캔 커피 하나에 크로켓, 도넛, 바케트, 소보로, 샌드위치 같은 빵을 두 개만 손수 골라 담은 알따란 비닐 봉다리를 가방 속에서 꺼내 테이블 위에 내려놓았다. 그것이 대본료인지, 아니면 자릿세인지 분간할 수 없었으나, 올 때마다 빵 종류가 다르다는 것도, 동석자와 함께 나눠 먹으려는 수작도 안 비치건만 왜 하필 두 개만 달랑 부려놓는지, 또 변화무쌍한 그의 행색과 행태도 좀 희극적이어서 나의 궁금증을 부추겼다. 대체로 그는 해망쩍다 싶게 어리뜩한가 하면 시무룩하니 책장만 두릿두릿 살피다가 내가 묻는 말에나 간신히 두어마디 대답하고는 슬그머니 사라지곤 했다. 좋게 보면 그의 그런 동정 일체가 소설적이었고, 자신의 일거수일투족이 소설 쓰기에 골몰한 나머지 자투리 시간을 활용하고 있는 어떤 파적거리로서의 행적일 수 있었다.

한번은 이런 일도 있었다. 반드시 모든 책은 정독하라고, 욕심 사납게 이것저것 마구 처먹는 대식가 같은 다독은 마약 한 가지라고 수시로 일러오건만 그는 큼지막한 쇼핑용 종이백에 잔뜩 담아간 책을 보름이나 3주 만에 꼬박꼬박 반납했는데, 그날도 꽤나 두꺼운 책들만 가져간 대로 꺼내놓길래, 그새 다 읽었어 라고 내가 물었더니, 그는, 제가 너무 몰라서 그럴 테지만 우리 실정과는 너무 거리가 멀어서요, 아무리 따져 봐도 좀 아닌 것 같애요 라고 가물거리는 소리를 지껄였다.

어차피 독서란 그런 것이었다. 아무리 의무적으로 꼭 읽어야 하는 책도 주로 그 문장, 문맥이 자신의 취향과 동떨어지면 읽으면서도, 또 읽고 나서도 꺼림해서 생색 안 나는 일에 헛돈을 썼을 때처럼 후회막급의 심사로 착잡해진다. 그럼에도 불구하고 그 짓을 또 되풀이해야 그나마 자신의 취향과 분별에 일종의 사(邪)랄까, 저마다 갖게 마련인 소위 그 '편견' 이 얼마나 껴묻었는지 점검하게 되는 것이다.

"그래도 자꾸 읽어야지 어쩌겠나. 몸이 그렇듯이 머리도 맞갖잖다고 편식하면 탈이 나거나 삐딱하니 기형이 되고 말아. 남과 다른 글을 쓰려면 우선 남의 글이 어떤지 알아야 그럴 수 있을 거 아닌가."

"세상을 일단 삐딱하니 보고, 만사를 의심하라고 하셨잖아요."

"동문서답이고, 그 말은 내 말도 아니다. 맑스가 그렇게나 좋아해서 제 딸내미들에게도 물려줬다는 그 좌우명이 논어에도 있다. 중오지(衆惡之)나 중호지(衆好之)나 필찰언(必察焉)하라고. 하기사 두 양반 다 지 생각은 의심하지 않고 지만 옳다고 바락바락 악을 썼다만," 다들 시건방져서 시틋하게 듣는다는 것을 알고 나서부터 강의 중에도 좀처럼 써먹지 않는 내 시덥잖은 인용의 현학이 무심코 튀어나온 게 거슬려서 나는 얼른 화제를 바꿨다. "지난 연휴에는 그 땡고함 잘 지르신다는 부친은 찾아뵈었나 어쨌나. 함자가 허성만이라고 했지, 아마. 이름도 그럴싸해."

"다들 모였지요. 형편 되는 대로. 둘째, 넷째 오빠는 안 오고요. 마침 큰오빠 생일도 겹쳐서요. 우리집은 늘 그래요. 식목일만 되면 당신 자식들 점검하는 게 큰일이고 낙인가 봐요."

"여전히 술은 잘 자시고?"

"그러시대요. 마셨다 하면 끝도 없지요. 우리집은 어쩌다가 들어오는 여자들마다 그렇게나 나무토막처럼 억센지. 남자들은 술만 마시면 흐물흐물하니 허풍만 떨어대고. 당최 시끄러워서 사슴과 눈만 맞추다 나 먼저 후딱 내려왔어요."

그새 꽤나 무간한 사이가 되었답시고 그는 노처녀답게 심드렁한 무심도 드러냈고, 말투도 무람없었다.

이미 드러나 있는 대로 그는 특례입학한 고령자로서 개척교회의 목사나 전도사 등으로 재직 중인 학부생도 아니고, 뒤늦게 공부복이 터져서 난숙한 중년의 나이에 대학원생으로 적을 걸어두고 있는 속칭 '아줌마 부대'의 대원도 아니다. 그의 그 좀 별난 학력과 엉뚱한 향학열의 근원을 알아보려면 그 자신의 집안 내력을 더듬어보는 것이 첩경이다. 그동안 그가 슬몃슬몃 흘린 그 파란곡절에다 내 나름의 상상력이란 정리벽에 의해 그 속내를 열어가고, 자잘한 세목을 부추기지 않으면 현실감이 살아날 리가 없다.

그의 큰오빠가 나와 동갑인 돼지띠에다 그이도 같은 띠라고 했으니까 허성만 씨는 이제 여든 살이 넘은 고령이다. 전직까지는 알 수 없으나 이 양반이 첫 사업을 벌인 때는 마흔 줄에 반이나 들어서였고, 그것도 전적으로 우연이었다. 그즈음은 정부에서 중화학공업을 국가의 주요 기간 산업으로 책정, 온갖 지원책을 강구하고 있던 때여서 시절도 좋았다. 어느 날 서로 호형호제하던 김천의 동향 친구 하나가 스스로 식도락가임을 자처하면서도 오랜만에 꼴같잖게 짜장면으로 점심이나 함께 하자고 호출해서 나가 보았더니 대뜸, 말끝마다 손 내미는 공무원 등쌀에 이 짓도 더 못해먹겠다, 몸도 안 좋다, 사위 따라 캐나다로 이민을 가서 낚시로 소일하며 여생을 도모해야겠다. 그러니 자네가 내 사업을 맡아서 해보라고 강청했다. 대개의 졸때기 사업가들이 다 그렇듯이 그런 하소연을 내놓을 때는 이미 돈이야 벌 만큼 벌었고, 죽을 때 묻힐 땅도 몇천 평쯤 장만해둔 터여서 허씨는 귀가 솔깃했다. 마침 내물리고 있는 그 사업체에는 당질 하나를 취직시켜 놓고 있어서 허씨가 그 조카를 불러 물어보니 품질관리가 워낙 까다롭지만, 원청회사들의 주문은 언제라도 넘쳐나고 있다고 했다. 정승도 마다하면 그 자리를 누구라도 도맡아야 했다. 업종은 도금업(鍍金業)이었다.

가족의 이모저모를 들려주던 허영숙이 내 연구실 실내를 휘둘러보더니 말했다. "여기도 한 꺼풀 입힌 제품이 너무 많네요." 문외한인 내 눈에는 흔히 코팅한 것이라고 일컫는, 반질거려서 상스럽고, 희번덕거려서 글자도 보이다 말다 하는 책 표지와 제목을 금박으로 찍은 책등만 뜨일까 도금한 제품은 도무지 잡히지 않았다. 내 호기심은 곧장 풀렸다. "무슨 상품이든 모양을 내려면 죄다 도금 공정을 거쳐야 해요. 오죽했으면 옛날부터 나무에도 옻칠을 하고 그것도 모자라 금물을 들였을까, 장식을 안 하고서야 어디 물건이 팔리나요. 대번에 물건값이 달라지는데요. 숟가락, 칼, 캐비닛 손잡이, 커피포트, 열쇠, 파카 볼펜 뚜껑, 시계 케이스, 컴퓨터 상호. 모다 도금공장을 일단 거쳤다가 나온 부속품들이네요."

허씨 내외는 슬하에 자식을 일곱 남매나 두었으나, 평생토록 사이가 안 좋았다. 장작불처럼 괄괄거리다가도 한마디 말에 삐치면 얼음처럼 차가워지는 외곬의 허성만 씨 성격 탓도 있었지만, 그이 못지않게 고집이 드센 마누라쟁이의 성깔 때문이었다. 그이의 고명딸의 목격담도 들을 만했다. 파전, 파산적, 파썰이무침, 파김치 같은 파 음식을 유독 바치는 허씨가 하루는 밥상머리에서 그의 집사람에게, 요즘은 왜 그게 밥상에 안 오르냐면서 파강회를 제대로 한번 해보라며 입맛을 다셨다. 가장은 곧장 그 음식이 보기보다 얼마나 손이 많이 가고, 들인 공력도 빛이 안 나게 마디잖는 반찬인데 라는 지청구를 들었다. 사실이었다. 쪽파를 끓는 물에 살짝 데치고, 익힌 돼지 살코기를 실고추처럼 썰어놓은 다음 그것을 파 한 뿌리마다 매듭 모양으로 돌돌 감을 때 잣도 한 톨씩 꼭 박아야 했다. 허씨의 안면이 대번에 빳빳해졌고, 숟가락을 놓았다. 뒤이어 일갈하기를, 내 입에서 다시는 쪽파 말이 소리는커녕 파 음식을 찾는지 두고 보라는 것이었다. 실제로 그랬다. 며칠 후 모양내어 담은 파강회 한 접시가 먹음직스럽게 밥상 위에 올라앉아 있었지만, 그이는 초고추장에도 손을 안 대고 밥 한 그릇을 다 비우고 일어섰다. 그의 모친이 빈대 옆구리 같은 소갈머리라고 지아비를 타박한 대로 남자로서의 아량이랄지 포용력이 부족했던 허씨는 평생토록 한복을 입지 않는 기벽도 있었다. 정치가들이나 자칭 유명인들이 명절에만 입고 거들먹거리는 그 조선 입성이 얼마나 거추장스러우며, 품은 또 오죽 많이 들며, 위엄도 없으면서 태깔도 안 나고, 활동하기도 불편하기 짝이 없을뿐더러 쓸데없이 비싸기만 한 옷이라는 것이었다. 허영숙의 증언에 따르면, 그 옷 같잖은 옷 지탄을 내놓기 시작하면 꼭 술을 찾고, 술상을 물릴 때까지 되뇐다고 했다.

당연하게도 두 내외는 남의 사업을 가로맡기 전에 입씨름을 벌였다. 한쪽은 생고생을 사서 할게 뻔한데 사업한답시고 매일 술타령을 일삼다 뫼터로 줄달음치려고 그러느냐고 구시렁거렸고, 다른 한쪽은 눈앞에 돈이 보이는데 그것을 마다하는 바보가 어딨냐고 막무가내였다. 상무 이하 경리 겸 사환인 여직원 하나까지 예닐곱 명의 사무실 직원과, 쉰 줄의 남자 공원부터 일용직 부녀자들까지 마흔 명 안팎의 기술직 사원과, 셈을 가리니 어금지금한 채권, 채무까지 모두 승계하기로 하고, 공장 대지와 건물 명의는 당분간 그대로 두지만 공장의 설비 일체는 무상으로 증여받고, 상호도 그냥 쓰기로 했으나, 명색 주식회사이므로 등기부의 대표이사직 이름을 바꾸려니 거래은행에서 먼저 승계인 명의의 채권 담보물을 설정한 다음 전주(前主)의 대출금부터 끄라고 했다. 딱딱거리는 은행의 소행이 괘씸했으나, 친구가 회사 운영자금으로 빌려쓴 돈은 몇푼 되지도 않았다. 그런데 집에 와서 인감도장을 내놓으라고 하자, 내주장이 심한 마누라쟁이가 도장 주머니와 등기필증이 수북이 들어앉은 장롱 속의 빼닫이를 성마르게 열어놓고는, 나는 모르겠다고, 당신 손으로 집어가든 말든 하라고, 도대체 당신이 시방 무슨 귀신이 씌었냐고, 아버님이 보리누름까지 점심도 안 드시고 모은 세전지물을 다 날릴 작정이냐고, 적지도 않은 처자식을 굶기다가 거리귀신 만들라느냐고 바락바락 악을 퍼부었다. 여편네의 그 오두방정을 비웃듯이 허씨의 사업은 이내 불길이 괄게 일었다. 밤늦게 귀가하면 허씨는, 내일 아침밥 일찍 하라는 소리가 노래였고, 날도 새기 전에 손전등을 일렁대며 출근길에 올랐다. 마침 정부에서는 수출부국정책을 대대적으로 펼치고 있었으므로 특정유망업종에는 시중 금리의 반도 채 안 되는 무담보 저리융자금을 서류심사만으로 내주고 있던 판이었다. 은행 앞의 다방에서 오전 한나절만 죽치고 기다렸다가 그 대출금만 따냈다 하면 당장 돈 방석에 올라앉던 계제이기도 했다. 이런저런 업종마다 시늉으로 거죽에 맥끼만 올려달라고 매달렸고, 해마다 주문량도 눈덩이처럼 불어났다. 신설공단이 용지 조성에 들어갔다는 보도만 듣고도 입주 신청을 내면 번번이 좋은 쪽 제비가 뽑혔다. 그것도 사업운이었다. 다른 업종과 달리 자잘한 부속품에다 고운 옷을 입히는 도금업은 철강업, 섬유봉제업, 음료주류업, 제지업 같은 다른 제조업과 달리 공장 부지가 상대적으로 클 필요도 없었지만, 도금장치물을 24시간 내내 가동시켜야 하는 공정상 공원들의 기숙사는 반드시 딸려 있어야 했다. 조리시설과 식당을 갖춘 기숙사의 연건평만 각각 기백 평이나 되는 공장이 기흥과 안산에 하나씩으로 불어났다. 세 공장은 각각 취급하는 품목도 달랐고, 도금기술도 전기니켈 도금, 용사(溶射) 도금 등으로 제가끔 판이했다. 아시안게임에 이어 올림픽까지 날을 받아둔 시절이라 온 나라가 면목 일신의 치장으로 한껏 모양을 낸답시고 법석이었다. 도금업은 바야흐로 호황이었다. 어느새 은행에 저당물로 잡힌 사당동의 중국인 공동묘지께 붙어 있던 나대지 두어 필지도 해지했고, 흑석동의 납작한 단층짜리 상가 건물을 헐어버리고 3층짜리 연립주택을 올려 열두 세대로부터 다달이 월세도 거둬들였다.

이제 한숨 돌렸다 싶은데, 마누라쟁이의 강다짐이 숙지근해서 물어보니 몸이 편찮고 만사에 귀천이 없다고 했다. 병원에서는 간경화 증세가 여실하니 양생을 잘하면서 차라리 민간요법을 권장한다면서 손을 놓아버렸다. 득병한 지 이태 남짓만에, 입원한 지 두 달 보름만에 허영숙의 모친은 평소의 어기찬 성깔을 말끔히 누그러뜨리고 자는 듯이 숨을 모았다. 운명하기 며칠 전에 허씨 부인은 네 며느리와 자식들을 불러놓고 유언 비슷한 말을 떠듬거렸는데, 회갑상도 못 차리게 한 너희들 아버지가 원망스럽다며, 그러니 칠순 잔치는 너희들이 고배상으로 잘 차려 올리라고, 부디 죽은 사람 그리지 말고 후취도 얻어 잘 사시게 너희들이 주선하고, 가슴 한복판에 얼음장을 세 장씩이나 깔고 있는 그 양반을 죽는 날까지 잘 모시라고 신신당부했다. 그때가 예의 그 벚꽃이 환하게 피어난 4월 중순이었고, 허영숙은 이제 막 고등학교 2학년으로 진급해 있었다. 허성만 씨는 내자의 주검 앞에서 목놓아 울었다. 생전에는 망자와 두어 마디 이상 주거니 받거니를 안 하던 양반이 눈물, 콧물이 뒤범벅된 얼굴로 밤새 사설도 끊임없이 늘어놓았다. 한 맺힌 넋두리는 누구 것이라도 어슷비슷하게 마련이었다. "이 사람아, 자네가 이렇게 허무하게 가는가, 내가 뭣을 잘못했나 말을 해주고 저승길을 줄여 가든지 말든지 해야지 이토록 산 사람 가슴에 대못을 박고 가면 우얄라 카노. 이 꺽짓손 센 할망구야, 이래 가믄 니 속이 편나, 호강 한분 못 시키고, 언짢다면 언짢다고 지금이라도 한마디만 해주라마, 으이, 내가 애를 너무 만이 태아가 그동안 간이 숯디이가 됐다 이말 아이가, 정말 죄스럽네. 자네 덕에 이를 갈며 모질게 산 내 보람이 겨우 이것가, 이 못나빠진 인사야."

며느리 밥도 한사코 마다해서 허영숙이 미장가의 두 오빠와 함께 허씨의 조석을 건사하고 살림을 두량하게 되었다. 낮에는 며느리들이 번갈아가며 시댁에 들러서 집안 청소도 해놓고, 불만 지피면 되도록 반찬거리도 장만해주고 가지만, 온 집안이 날림집처럼 먼지도 풀썩이고 삐꺽거렸다. 그러나마나 허씨가 점점 이상해졌다. 새카만 밤에 출근해서 해가 져야 귀가하는 일상은 한결같았지만, 한밤중이면 안방에서 구시렁거리는 소리가 조곤조곤 새나왔다. 나도 머리가 있다, 알았소, 자네가 아무래도 나보다는 무식하오, 세상이 많이 달라졌소, 미안하다, 고만하소, 별일 없을끼다, 멧 번이나 말해야 알아듣소, 내가 잘못했소, 걱정하지 마라, 죽기 아이믄 살기다, 인간 말짜들이 너무 많다, 그래도 세상은 굴러간다, 이상하다, 큰일이네 같은 뚝뚝 부러지는 말끝에는, 허어, 내가 미쳤네, 사람이 이렇게 물러터져서야 라고 한숨 섞인 탄식도 흘러나왔다. 그런 자탄 뒤에는 술을 찾기도 했다. 그것도 자식들 중 아무나 불러 술상을 봐 오라고 하면 되련만 꼭 냉장고 속에서 손수 백김치나 무말랭이무침 같은 반찬 그릇 하나를 들어내서 우두커니 앉아 소주를 홀짝였다. 그전부터도 공장들을 돌아가게 하는 운영자들은 그의 아들들로서, 허영숙의 말대로는 '홀수 오빠들' 곧 첫째, 셋째, 다섯째 오빠들이 가업을 물려받을 채비를 갖추고 있었다.

망인이 돌아간 지 일주기를 맞은 그해 초여름의 어느 날 오후였다. 밤마다 실성기를 더러 드러내고 있긴 했으나, 낮이면 여전히 강강한 얼굴로 직원과 아들들에게 호통을 쳐대곤 하는 허씨에게 경리 담당 직원 서너 명이 떼로 몰려와서 한 사장으로부터 받은 어음들이 추심에 걸렸다는 보고를 디밀었다. 한 사장은 전(前) 사업주로부터 승계받은 예의 상무짜리로 두어 해나 한솥밥을 같이 먹다가 독립한 후, 제법 발밭게 제 사업을 일구고 있어서 서로 믿고 연수표나 어음을 돌려쓰고 있던 사이였다. 말하자면 동업자가 일시적으로 돈이 막힌 모양이었다. 마침 그 다음날이 월급날이기도 해서 난감했다. 곧장 큰자식을 앞세워 은행을 비롯하여 여기저기다 구차한 소리를 흩뿌리며 급전을 돌려 사흘 후에 월급을 지급했다. 사업을 시작하고 나서 월급날을 그렇게 늦춰 본 적도 그때가 처음이었다. 죽은 마누라의 그늘이 그렇게도 컸었나 하는 생각이 짚이자 갑자기 사방에서 액운이 거지 떼처럼 몰려오는 게 훤히 보였다. 연방 맏자식이 이런저런 소문과 회사의 운영실태를 주워섬기고 있었지만, 허씨의 귀에는 개 짖는 소리나 마찬가지였다. 난생처음 허씨는 밥숟가락을 놓자마자 횡하니 나서던 문밖 출입을 않고 이틀이나 집안에서 꼼짝도 하지 않았다. 뭔가가 찜찜했다. 동시에 그쪽으로만 오만 신경이 켕기는 것도 뿌리칠 수 없었다. 그 얼굴은 유독 하관이 빨랐다. 마각이 속속 드러났다. 최초의 급보를 알리던 날도 그랬지만, 그전부터도 허씨와는 좀체 눈길을 맞추지 않던 여직원 하나가 몸이 아프다며 결근을 했다는 것이었다. 이제는 심증이 굳어졌다. 한 사장의 계좌는 빈털터리였고, 당연하게도 그쪽 법인에서 발행한 연수표나 어음쪽지는 죄다 휴지였다. 더욱이나 자기앞수표까지 지급 거절을 당했다. 상거래의 통념상, 또한 그동안의 인정상 지급 기한까지 기다렸는데 과실이었다. 은행측 말도 반은 맞았으나, 금쪽같은 거금이 내연의 관계에 있던 두 연놈의 사타구니 속으로 녹아 들어간 게 분명한데도 채권을 주장할 수 없다니 어불성설이라기보다 참담했다. 법에 호소할 수밖에 없었다. 공무원으로 봉직하고 있던 둘째 아들에게 변호사를 알아보라는 하명을 떨구고 있는데, 수표사취(詐取) 운운하며 그쪽에서 먼저 고소를 제기했다는 통보가 날아왔다. 연쇄부도에는 얽혀들지 않으려고 무리하게 당좌대월로 메워가고 있는 중에 주거래은행으로부터 인감이 다른 수표가 한 장도 아니고 세 장이나 들어왔다고 했다. 부정수표를 발행한 꼴이 되었으니 그 단속법에 따라 당장 구속감이었다.

도대체 뭐가 어떻게 돌아가는지 정신을 차릴 수 없는 가운데서도 한 가지 사실만은 명명백백했다. 망처가 그나마 붙들어놓고 있던 인덕으로 그냥저냥 밥술이나 제때 먹고 살아오다가 이제 자신의 박덕에 톡톡히 당하고 있다는 생각이 그것이었다. 돈줄이 그처럼 급환에 시달리니 공장도 덜덜거렸다. 한쪽 공장을 잠정적으로 폐쇄하니 다른 쪽 일거리도 격감했다. 엎친 데 덮친 격으로 임금 적체, 작업환경 불비 같은 사안으로 노사쟁의까지 일어났다. 게다가 그것까지 누구의 사주(使嗾)로 일어났을 리는 만무하지만, 덩치 큰 주문처인, 매달 상당한 물량을 떠안기던 단골거래선에서 제품의 하자를 물어 클레임을 걸었다. 제품의 원가까지 곱다시 떠안아야 했으므로 손해배상액이 도금액의 수십 배였다.

그 모든 횡액이 그해와 그 이듬해에 걸쳐 일어난 일이었다. 보석금을 내고 풀려나오긴 했으나, 그동안 자식들의 읍소도 못 들은 체하고 버티던 허씨는 잠시나마 영어의 몸을 살기도 했다. 둘러쓴 돈에 대한 민사어음법의 적용과 그 해석의 범위를 놓고 법정에서 시비를 가리는 데도 2년이나 걸렸다. 허성만 씨 명의의 회사는 흑자도산을 막아야 했으므로 그것을 경매로 다시 찾은 후 생산과 영업을 본궤도에 올리는 데는 꼬박 3년을 허비했다. 허영숙의 큰오빠가 기왕의 두 공장을 두 아우에게 맡기고 대구의 성서공단에서 신설 도금업체를 차린 지는 이제 불과 8년밖에 안 되었다고 했다.

"왜 그 좋다는 사슴피도 철철이 자시면서 껄끄러운 심기도 좀 가라앉히시지, 무슨 소쩍새도 아니고 그렇게나 피울음을 토하도록 내버려뒀어야 되겠냐. 자네 집 어르신 말이야?"

10여 년 전부터, 그동안 서울에서 자식들보다 더 만만하게 거느리던 공원 출신의 당질 식구를 모두 데리고 영동 지경의 한 두메로 내려와 감, 복숭아 같은 과수 작물과 마, 무, 감자 등의 농작물을 일구다 최근에는 뿔이 큰 사슴 엘크종을 스무 마리쯤 키우며 산다는, 어둑새벽마다 농막 너머의 야산 골짜기로 허위허위 걸어 들어가, 허성만이 아직 안 죽었다, 멀쩡하다, 끄떡없다, 아직 내 코에 단내 안 난다, 와서 한분 맡아봐라, 개안타 마 같은 괴성을 고래고래 질러대다 내려온다는 그 실성한 늙은 아비의 일상이 궁금해서 나는 물었다.

"평생 약이라고는 모르고, 독감에 걸려도 토란대 넣고 뜨겁게 끓인 쇠고기국만 서너 그릇 먹고 마는 양반인데, 그 병에는 약도 없지 싶어요."

"어째 너희 집 부녀는 약도 없는 반병신 노릇을 그렇게 해쌓냐. 딱하다가도 한편으로 신기하고 우습기도 하다."

"그러게 말이에요. 반미치광이 아빠에 턱이 털거덕거리는 고명딸이라니…"

그의 대꾸도 일신만큼이나 소설적이었다.

"자네야말로 정기를 돋워야 그 같잖은 병도 돌려세우고 글쓰기에도 생기를 낼 것 아닌가. 보약 삼아 그 좋다는 사슴피라도 두어 대접 얻어먹지 그러나?"

"하이고, 그 생피를 어떻게 먹어요. 징그럽게."

"호들갑을 떨 일이 따로 있지, 사람은 뭐니뭐니해도 몸이 제일인데, 자기 일신에 좋다면 뭘 가리냐. 나도 어릴 적에 본 바가 있다. 삭신이 저린다고 앉으나 서나 주먹손으로 허리부터 어깻죽지, 팔뚝, 무르팍을 자금자금 두드려쌓던 어느 주인집 젊은 여자가 말이야, 수챗간에서 버둥거리는 흑염소 멱을 따서 콸콸 쏟아지는 생피를 그 자리에서 한 대접이나 벌컥거리는 장면을 봤다. 물론 피난살이를 할 때였으니 50년도 저쪽 이야기다마는. 그 염소 멱을 따던 늙은이 얼굴도, 펌프

우물가에서 치맛자락을 쓸어모으고 조자앉아 하얀 사기 대접에다 머리를 박던 그 새색시 얼굴도 아직 눈에 선하다. 마루 끝에 신발 벗어 놓는 디딤돌이 네모반듯하니 그렇게 높더니만."

"그 여자는 비위도 좋았네요. 저는 보기만 해도 속이 느글거려 간밤에 먹었던 감자전까지 다 토해 올릴 것 같던데요."

"간밤에? 그것도 무슨 때를 가려가며 마시는가?"

"새벽에 이슬 맞은 뿔이 좋다대요. 또 공복에 마실라면 그럴 수밖에 없을 테고요. 포도주 반잔에 섞어서요."

한때의 별호가 '다갈마치' 였다가 이제는 땡고함쟁이 영감이 된 큰아버지를 모시고 '총잽이' 로 살아가는 그의 사촌오빠의 별난 생업에 대해 허영숙은 희한한 정보도 흘렸다. 사람처럼 '사' 자 쓰는 그 짐승은 피혁으로도 그것 이상이 없는 녹비부터 개소주 중탕 전문집에서 연락만 하면 후딱 가져가는 맛 좋은 고기까지 버릴 게 하나도 없다는 것, 그 생피를 정기적으로 찾아 먹는 단골은 반드시 전화로 예약을 하고 오는데, 주로 대기업체의 간부들이거나 골프 동호인들이며, 개중에는 중년여성들도 드물지 않다는 것, 그것이 사람 이상으로 눈치가 빨라 뿔 자르는 시기도 용케 알아맞히고 있으므로 마취총을 숨어서 잘 쏘아야 한다는 것, 감각까지 예민하여 마취가 풀리는 10분 이내에 뿔을 자르고 피를 다 받아내지 못하면 기절(氣絶)이 순식간에 순절(殉節)로 이어질 수도 있다는 것, 몇 번 먹어보고 효험을 본 한국판 흡혈귀들은 하대, 중대, 상대 중에서 꼭 먼저 솟구친 뿔만 찾는다고 했다.

"별세계네, 농사지어 올리는 소득보다 그 수입이 오히려 수월찮게 짭짤하겠네. 돈 그리운 줄 모르는 한량들일 테니까 왕창왕창 뜯어내도 괜찮겠고."

"그렇지도 않나 봐요. 그 신종 목축업도 경쟁이 심해서요. 월급쟁이보다야 낫겠지요. 무슨 사업이든 제대로 할라면 머니머니해도 사람 많이 부리는 인건비 장사를 해야 돼요. 좋은 머리도 한껏 짜내고 몸으로 때우는 노동력을 한 푼 두 푼 긁어모아야 큰돈을 벌지 혼자서 아무리 땅 파고 풀 뜯고 뿔 잘라봐야 겨우 밥이나 제때 먹을 뿐이에요."

"나보고 하는 소리 같다. 자네는 벌써 장사꾼 차원을 훌쩍 뛰어넘어 사업가 안목이 몸에 밴 것 같다. 사람이 다 같을 수야 있나, 나도 내 땅이나 갈아야겠다. 자네도 사람 부리는 사업보다 사람 만드는 작업이나 잘해보도록 머리를 제대로 굴려보든지 해봐야 될따."

그가 보일 듯 말 듯한 웃음을 베어물다가 턱을 좌우로 두어 번 흔들었다. 자신의 신체적 증상에 대한 자의식이었다. 그것은 자신의 부친의 긴장성 발작 행태와는 달리 그의 정신만은 아주 정상임을 드러내는 것이기도 했다. 노처녀의 지병은, 그것이 신체적인 이상 증후일 경우에는 특히나 어떤 몰입벽만이 그 고질의 더침을 눅여줄 터인데, 그의 세태관을 보더라도 그에게 그만한 능력은 있지 싶었다.

내가 자리에서 일어서자 그도 굼뜬 동작으로 몸을 일으키고 나서 의자를 테이블 밑으로 느리게 집어넣었다.

"선생님, 오늘 제 말씨가 흐트러지거나 부서지지는 않았어요?"

"그런 건 못 느꼈다. 귀에 익어서 그런지 어떤지. 아닐 거다, 아마. 병자랑은 하라지만, 자꾸 그 턱자가미 이상 증후인지 뭔지를 의식하지 말고 자기 일에, 일상에 최대한의 집중력을 퍼부어 봐라. 그러면 그만이다. 병이란 일단, 한시적으로 정상이 아니라는 것인데, 실제로 완전무결한 정상이란 있을 수도 없을 테고, 오히려 이상을 의식할 정도라면 정상이라고 해도 괜찮을 거다. 물론 이론적으로는 그렇다는 소리고, 심리적으로 아프다는 증상이랄지 그 의식은 프로이트 같은 소심한 정신병리학자의 소관이지 싶은데, 내 짐작이 비전문가의 엉터리 소견에 불과하다면 어쩔 수 없고."

"오늘 선생님 말은 제 귀에 또록또록 잘 들렸거던요. 의사 말이 청각장애 곧 난청 증상이 올지도 모르니 예의 주의해보라고 해서 오늘 제가 쓸데없는 말을 좀 많이 했어요. 남의 말이야 들리든 말든 앞으로 빗소리도 못 들으면 어떻게 하나 하는 생각이 들면 아주 착잡해지고 난감해져서요."

"그래서 글쓰기를 작정한 거 아닌가. 부지런히 글 읽고 글쓰기에 매진하면 되겠네 머."

어금니를 악물어 턱선이 분명하게 살아 오른 그의 얼굴은 의외로 딴딴했다.

5

학과의 연례행사 중 하나로 5월의 셋째 주 목요일부터 2박 3일 일정의 답사 기행이 있는데, 전국 각지에 흩어져 있는 작고 문인들의 생가와 문학비 등을 탐방하고, 그 일대의 경관과 사찰을 둘러보는 일종의 수학여행이다. 학교에서도 쥐뿔만한 지원비를 내놓긴 해도 선생들도 학생들과 똑같은 액수의 참가회비를 내고 따라간다. 참가 인원은 해마다 들쭉날쭉하지만, 이런저런 사유로 제 시간을 살리기보다 죽여야 하는 여러 제도적 장치가 워낙 다양하게 개발되어 있는 오늘의 대학 풍토에서 전체 학과생 중 반만 참가해도 양호한 편이다. 따라서 교통편은 대형 관광버스 한 대로 족하다.

월드컵 대회가 열리기로 되어 있던 그해의 답사지는 충청도 일원이었다. 학생들이 잡아놓은 일정에 따르면 어떤 작고 시인의 생가를 복원해둔 실개천변의 한 시골 바닥을 경유해서 유무명의 사찰들만 대여섯 군데나 되었다. 나로서는 다른 계제로 이미 익히 본 것들도 있었고, 미처 볼 기회가 안 닿았던 것들은 굳이 안 봐도 알 만한 것들이었다. 그렇긴 해도 연구실에서 죽치고 지내느라고 찌들어 빠진 머리나 헹구면서 5월의 신록이나 한껏 눈에 담아오겠다는 홀가분한 심정으로 배낭을 메고 샌들 차림으로 나섰더니 뜻밖에도 허영숙이 참석해 있었다. 그만한 나이의 편입생이 배돌기 마련인 단체여행에 따라나섰다는 것도 드문 일이었고, 그런 선례도 없었다. 제 일신과는 너무나 안 어울리는, 힘겹게 끌고 다니는 것 같은 큼지막한 승용차를 주차장에 부려놓고 나서 벙거지를 납작하니 눌러쓰고 다가오는 그에게 내가, 야, 자네야말로 귀한 걸음했다 라고 말을 건네자, 그는 심드렁하니, 심심해서요 라고 받았다. 관례대로 통로 양쪽의 앞좌석 여섯 자리는 선생들이 앉는 지정석이고, 그 뒤부터는 남녀 학생들이 학년별로, 또는 친소관계에 따라 끼리끼리 뭉쳐서 사흘 동안 제자리를 지키게 마련인데, 허영숙은 출입문에서 제일 가까운 쪽을 차지하고 있는 내 등 뒤의 좌석을 잡았다.

내 경우에 여행이란 소나 염소 같은 반추동물이 여물을 게워내 연신 씹어대는 그 되새김질과 흡사하다. 부득불 따라나섰으므로 일행들과 함께 똑같은 먹거리를 우적우적 주워 먹어야 한다는 것도 그렇고,

고만고만한 경관들을 부지런히 눈으로, 머리로 되새겨야 한다는 의무감에 시달리며, 문자 그대로 세속계와 등지고 살아가는 내 한심한 반편이 인생이 자꾸만 되돌아 보여서, 나름의 안온한 일상에서 뛰쳐나온만큼 모든 행동거지가 어설프다는 심정적인 부대낌도 던적스러워서 그렇다. 한때는 들이는 경비와 허비하는 시간이 아까워서라도 많이 보고, 많이 느끼려고 딴에는 열성적으로 다리품을 팔기도 했지만, 그것이 여러 겹으로 쌓여가자 피로만 가중시키는 또 다른 도로(徒勞)에 매여버렸다는 생각만이 점점 여실해질 뿐이었다. 더욱이나 나중에 그 모든 견문을 되새길 때마다 왠지 씁쓸해지고 여행길에 나섰던 그즈음의 내 삶 전체가 화석처럼 굳어지고 말아서 현재의 내 전신마저 저리는 것 같은 느낌도 싫어졌다.

그때도 예외는 아니었다. 학생들은 시종 시끄럽게 그 나이 특유의 성정을 유감없이 드러내고 있어서 한편으로는 부럽다가도 그 철없는 작태가 딱했다. 어느 관광지라도 제 맛을 못낸데다 설익은 것 같은 먹거리도 한심하기 짝이 없었다. 잠시도 한가로운 짬이 안 나는 일정도 지겨웠다. 연방 기분을 돌려세우는데도 무럭무럭 괴어오르는 짜증기를 꾹꾹 눌러대는 내 심사도 사납다 싶게 수선스러웠다.

볼거리는 더 엉망이었다. 우리말의 시적 위상과 그 차이를 명주 바닥처럼 섬세하게 열어놓은, 한국동란 중 비명횡사설의 진위야 어떻든 그이의 생물학적 나이를 따지더라도 이제는 납북 후 선종했을 기름내 출신의 한 시인의 생가는 명색 실개울 옆에다 엉거주춤하니 짜맞춰 놓고 있었으나, 천박하기 이를 데 없었다. 특히나 그이의 한복 옷매무새는, 황소 털 색깔 같다가도 볼수록 그 칙칙하고 번들거리는 색감이 소름 끼치게 만들어놓은 전신상 조각은 그런 엉터리가 달리 없지 싶었다. 그 입상의 실물감이 반도 채 살아 있지 않은 거야 빚고 새긴 조소가의 남루한 실력이 그까짓 것이어서 그렇다고 하더라도 그 배경은 더 비루할 뿐더러 볼썽 사납다고 해야 할 지경이었다. 모든 건축물은 그 자체의 위의(威儀) 이전에 그 앉은자리의 걸맞음을 상정해야만 비로소 그럴듯해지거나 빛이 나는 것이건만, 왜 그 등신대 전신상이 그 비좁은 공간에, 그 천격의 대석 위에 올라서 있어야 하는지 도저히 납득할 수 없었다.

근자에, 다들 알다시피 지방자치제의 전면적인 실시 이후 그나마 10여 년의 연륜이 운용의 묘리를 터득하게 만들어 주자 그 제반의 권리신장과 효율주의가 활수하게 씀씀이를 떨치는 광경은 미상불 괄목할 만한 것은 사실이다. 그 대표적인 사례를 하나만 들자면 자기 지방 출신의 유명 문인의 우거나 내력 있는 가문의 웅거지를 관광자원으로 만든답시고 대대적으로 개축, 신축하느라고 막대한 나라 예산을 경쟁적으로 헛되이 쓰고 있는데, 그 형용들은 하나같이 얼토당토않은 꼴불견이다. 좀 과격하게 말하면 그 복원물 및 신축물들은 볼거리이기는커녕 거대한 쓰레기더미거나 자연경관을 깡그리 망쳐놓은 공해에 지나지 않았다. 요컨대 비민주적 절차에 철두철미하게 기대고 있는 전시행정의 그 조잡성과 치졸성은 한 지역을, 우리 사회 전체를 한 뼘이라도 세련시키기보다는 흠집투성이로 만듦으로써 구성원 모두를 열등 시민으로 푸대접하는 꼴이다.

머리를 절레절레 흔들며 시인의 생가와 입상의 전모를 원경으로 바라보다가 나는 미련 없이 돌아섰다. 길가에 대기하고 있는 대절버스로 돌아가 죽치고 있을 작정이었다. 마침 허영숙도 일행과 떨어져 내 곁으로 다가왔다. 기다렸다는 듯이 내 입에서 볼멘소리가 저절로 터져 나왔다.

“어이없네, 도대체 저게 무슨 망신이야. 돈을 저렇게도 쓸데없이 못나게 쓸 수도 있을까. 만정이 다 떨어지네. 그야말로 화사첨족에 개칠이 개판을 불러온 꼴이야. 어디서 또 본받을까 봐 겁나네. 배운 것이라고는 다들 남의 것을 엉터리로 베껴먹는 재주밖에 없다니까. 문인 망신을 누가 시키는지 알다가도 모르겠어.”

허영숙이 즉각 내 의견에 동의했다.

“우리나라 공무원들은 제발 아는 체하지를 말든가, 일을 떠벌리지나 말았으면 꼭 좋겠어요. 국민의 혈세를 쓰려면 제대로 표나게 쓰든가. 무식한 것들이 아무 데서나 부지런을 떨고 설치면 정말 골 때려요.”

“그러게 말이야. 하기야 공무원만 나무랄 것도 없지 싶어. 우리 모두의 안목이 저처럼 천박하고 유치하니 어쩌겠어. 이때껏 돈을 제대로 써본 적이 한 번도 없어서 그럴 거야.”

우리는 텅 빈 관광버스의 들머리 창가에 앞뒤로 가지런히 앉았다. 좁장하나 멀끔한 아스팔트 도로와 그 너머로 첩첩이 들어앉은 나지막한 민가들의 지붕 위로 5월 한낮의 게으른 햇살이 내리쬐고 있었다. 행인도, 차량도, 개새끼 한 마리도 보이지 않아 온 마을이 적막했다. 봄 가뭄이 심해서 대기는 방금이라도 흐슬부슬 바스러질 것처럼 메말랐다. 발 성긴 사(紗) 같은 햇발이 우리네 삶의 남루를 가리느라고 알른알른한 장막을 사치스럽게 드리우고 있는 그 광경을 나는 노려보았다. 이 땅에서 무언가를 해보겠다고 머리를 썩이는 짓거리 일체는 고역이 아니라 사치였고, 분수에 맞지도 않는 허영이었다.

나의 과민한 정서 반응을 허영숙이 등 뒤에서 덧들였다.

"힘들이 너무 좋아서… 정말 저래도 되는가, 겁나고 무서워요."

힘 좋은 그 주체가 누구인지는 굳이 물어볼 것도 없었다. 그 막강한 주체는 저런 조악한 관광상품도 크게는 문화로, 작게는 문학으로 포장하느라고 기를 쓰며 달려든 관과 민의 여러 울력꾼들일 것이었다.

"우리는 정말 뭉치면 망하지 싶어요. 뿔뿔이 흩어지면 다들 제가끔 똘방똘방하니 제 몫을 다 해내는 사람들인데 말이지요."

그새 체념기가 슬그머니 올라붙어서 나는 흐물흐물 그의 진의를 떠보았다.

"어째 자네 경험담 같다?"

"저런 거창한 볼거리를 하나 만드는데도 이쪽저쪽에서 얼마나 말들이 많았는지 몰라요. 직장생활하면서 숱하게 봤어요. 임금 협상이나 상여금, 과외 수당 타결건 등은 말할 것도 없고요. 취사장 개선안이나 각방 거처식 기숙사 개조안 따위로 회의를 열면 각자가 내놓는 말마다 틀린 말은 하나도 없는데도 막상 회의는 겉돌아요. 나중에는 왜 회의를 하고 있는지 오리무중이다가 최종적으로는 흐지부지되고 말거나, 아무렇게나 결정해도 누구 하나 걸고넘어지는 법도 없어요. 보나마나 대개다 개악이 되고 말지요. 개선해놓으면 막상 이용하지도 않고요. 천금 같은 생돈 들여서 만들고 뜯어고친 건데 왜 사용하지 않냐고 따지면 너무 부실하다 어떻다고 되바라진 소리나 해대고, 그때는 그때고 지금은 다르다고 재차 말만 많아요. 그때쯤에는 도대체 이게 뭔가, 머야 이게, 이런 말 같잖은 코미디를 언제까지 보고 겪어야 하나 하는 자문자답만 되뇌게 된다니까요."

칙칙한 색감일망정 색채도, 형상도, 양감도, 명암도 여실한 그림 한 폭이 내 눈앞에, 아니 차창 위에 반듯하니 떠올랐다.

"저기도 지금 사진들 찍고 있네요. 그러고는 기숙사 개축 기념 운운하며 회사 간부들 몇몇과 공원들이 걸상 위에 앉고 올라서고 해서 단체사진을 꼭 찍어요. 액자에 넣어서 걸어놓은 그 작업복 입고 찍은 단체사진을 찬찬히 뜯어보고 있으면 문득 섬뜩해질 때가 있어요. 다들 정색한 얼굴로, 또 환하게 웃는 표정으로 빳빳하게 찍혀 있지만, 그들의 실상은 전혀 다르거든요. 성실하고 정직한 사람이나 농땡이에다 말만 언죽번죽 잘 둘러대는 인간이나 하나같이 겉도 다르고 속은 더 딴판으로 달라서 이 사람이 과연 그때 그 말을 한 그 양반이 맞나 하는 생각이 들면 그 사진 속 얼굴이 무슨 흉물처럼 보여 꺼림칙해지고 말아요. 말로 다 옮기기는 버겁지만, 그때 그 느낌은 지금도 생생해요."

이제는 차창 속에 떠올라 있는 내 머리가 연신 아래위로 끄덕여졌다. 허영숙은 자신의 경험담 한 자락을 펼쳐놓고 있었는데, 그 주종을 몇 가닥으로 정리하기는 어렵지 않았다.

우선 핫바지처럼 헐렁한 우리네의 국민성이라면 너무 거창한 소리일 테지만, 후기산업사회로 줄달음치는 이 땅의 여러 이해집단이 예사로 저지르는 행태, 곧 그 관행이 얼마나 무지몽매한가 라는, 오늘의 어떤 풍속에 대해 그는 진절머리를 낸 적이 한두 번이 아니었다는 것이다. 어떤 집단은, 이미 또 하나의 제도를 전제로 성립되어 있는 만큼 그것은 제도의 다른 말이기도 하다. 따라서 그 제2의 제도가 기왕의 완강한 제도와 이해관계로 부딪칠 때 수많은 시행착오를 겪을 수밖에 없는데, 그것을 곧이곧대로 옮기는 말들의 값은 전적으로 공소하다. 쌍방이 믿어야 할 말은 언제라도 깃털처럼 가볍거나 구름처럼 그 외형이 크고 작게 뒤죽박죽이 되므로 믿는 것은 이해(利害) 곧 숫자에 한하며, 그것은 결국 한쪽에 득을, 다른 한쪽에는 실(失)을 강제한다. 그뿐이다. 비록 사용자 편에 서기는 했을망정 그는 실제로 그 무지막지한 이해의 충돌 현장에서 더러운 숫자 싸움을 주무해본 경험이 있다. 따라서 그 목격담, 그때의 느낌은 실물처럼 또렷할 수밖에 없다. 남의 말이든 제 말이든 그것에 대한 불신감은 그의 마음자리에 얄궂은 응어리를 남겼다. 아마도 그 일종의 정신적 외상을 어떤 식으로든 진솔하게 토로해내는, 좀 더 정확하게는 글로써 표현해보려는 길을 찾아오다가 이런 문학기행에까지 참여하게 되었다. 그러니 우리말을 가장 아끼고 곱다랗게 쓴 한 시인의 입상 앞에서 그는 누구보다 더 난감해했을지도 모른다. 그러므로 그가 그 입상을 통해 그것이 낭비에 불과할지언정 그 정도로나마 무엇을 만들어낸 여러 집단의 허무한 노고를 읽었다면, 나는 충분히 짐작할 수 있는 그 말 많은 과정을 깡그리 사상(捨象)해버리고 가장 반시적(反詩的)인 결과물에 분노를 터뜨린 셈이 된다. 과정을 매도하든 결과에 반기를 들든 어차피 시행착오라는 점에는 이론의 여지가 없으나, 그것이 바로 그와 나의 세대차를 대변하고 있기도 하다.

사람이라기보다 집단에 물렸다는 점에서, 나아가서 어떤 제도와의 반목에서 의기투합한 동지를 등 뒤에 거느리고 있다는 생각만으로도 제법 호습게 다음 행선지로 달려가는 내내 나는 이런저런 생각거리를 줄기차게 일구었다. 아마도 여행이란 그런저런 생각들의 연쇄를 저작하는 기회라는 점에서도 유익한, 그러나 그 주제의 속살을 씹으러 들지 않는 무리 속의 깔깔한 고독이랄지 조출한 소외를 즐기는 것인지도 모른다. 뜻이 상통하는 사람도 그런 충동질을 톡톡히 구사할 터이므로 나는 그 둘의 부추김을 받아가며 분수대로 내 몸만큼은 방만하다 싶게 해방시키는 한편 머리는 지나치다 싶을 정도로 혹사시키기 시작했다.

일행 중의 누가 들어도 사제간의 격의 없는 대화쯤으로 여길 만한 말들을 골라서 한쪽은 뒷덜미에 대고, 다른 한쪽은 얼굴 없는 유령인간에게 지껄이는 식의 진지한 주거니 받거니가 한동안 뜨막해질 때마다 내 등 뒤에서는 아래위 이빨을 자금자금 맞부딪치는 소리가 들려오곤 했다. 나만이 아는 그의 치부로서의 그 이갈이 소리는 내게 무언가를 채근하는 것 같았다.

관광지의 대형 민박시설답게 앞뜰만 널찍한 자갈밭일까 양쪽과 뒤쪽은 잡초와 잡목이 자욱이 우거진 녹음 아래로 늦봄의 께느른한 땅거미가 다문다문 짙어졌다. 먹성 좋은 한창나이의 대학생들이 서너 명의 선생을 앞세우고 들이닥치는 단체손님인 줄을 미리 알고 차려 내놓은 음식들은 시늉만 낸 것으로 보잘것이 없었다. 맛없는 저녁밥을 후딱 먹어 치우자마자 쉰 명 남짓의 일행은 스무 평은 좋이 되어 보이는 봉놋방에서 서너 무더기로 둘러앉아 전을 폈다. 그것도 시늉이기는 마찬가지인 일종의 분담학습을 통한 한 시인의 시작 세계를 조감하고, 답사기행의 감상을 털어놓다가 술잔치를 벌일 판이었다. 산골이라서 그것도 미물이 그리웠던지 곧장 모기와 나방 같은 물것들이 떼 지어 떠다녔다. 준비해온 모기향이 사방에서 매캐하니 피어올랐다. 여학생이 남학생들보다 오히려 10여 명이나 많았고, 그들은 하나같이 운동복 같은 간편한 복장으로 갈아입고 있었다.

방바닥에 벌여놓은 술판이 지저분해질 때마다 후딱후딱 화장지 걸레질로 갈아치우곤 했으므로 무더기들의 이합집산이 서너 차례나 거듭되었다. 낯선 잠자리에서 잠이 올 리도 만무한 만큼 나는 예년대로 자정쯤까지는 자리를 지켜야 했다. 여느 해나 마찬가지로 그런 행사성 회식 중에 학생들과 주고받은 덕담, 일화, 그 분위기는 거의 어슷비슷해서 서로 겹친다. 그해도 그랬지만, 내 기억에 남아 있는 장면이 하나는 있다. 내가 좌장으로 벽에 등짝을 붙이고 앉아 있는 술판에 허영숙이 슬그머니 끼어들었을 때였다. 그때쯤에는 내가 평소에 꼬불쳐 두었다가 갖고 온 값비싼 양주 한 병으로 이른바 폭탄주를 만들어 두어 순배나 돌린 후였을 것이다. 허영숙은 벙거지만 벗었을 뿐 청바지 위에 회색 티셔츠와 후줄그레한 남방셔츠를 받쳐입은 명색 여행 복장 그대로였다. 밤이 깊어질수록 나방의 내습은 점점 그악스러워졌고, 그것들이 날개짓을 다급하게 팔락이며 저공비행으로 맴돌이를 할 때마다 뿌연 가루가 흩어지는 것도 빤히 보였다. 여학생들이 여기저기서 호들갑스러운 비명을 터뜨렸다. 한 여학생이 제 곁으로 날아앉은 나방 한 마리에 기겁하고 놀라서 앉은 자세를 웅크리더니 허영숙에게 매달렸다. 그는 대수롭잖다는 듯이 학교에서 준비물로 갖고 온 두루마리 화장지를 집어 들더니 그 나방을 박력 있게 내리찍었다. 뒤이어 내장까지 터져서 납작하게 짓뭉개진 그 나방의 주검을 화장지 조각으로 거침없이 거두었고, 쓰레기 비닐 봉다리에다 매장시켰다. 허영숙의 그 일련의 동작에는 어떤 대범성을 과시하려는 낌새도 보이지 않았고, '언니'라며 따르는 여러 여학생들이, 역시 짱이야, 어떻고 해대는 농짓거리에도 별것 아니라는 투로, 내가 잘못 본 게 아니라면 해충은 언제 어디서라도 또 당장 즉석에서 깡그리 척결해야 마땅하다는 자신의 평소 소신을 강단 좋게 실천하고 있는 것 같았다. 그는 말을 자제한다기보다도 남의 말을 꼼꼼히 따지듯 경청하는 자세를 허물어뜨리지 않았는데, 맥주나 소주 따위도 주는 대로 마시고 이내 술잔을 돌렸다.

다음날은 크고 작은, 또는 유무명의 사찰을 연이어 둘러보는 일정이었다. 나로서는 오래전부터 이 땅의 그것들마저 볼썽사납기는 마찬가지라고 치부해오는 터였다. 그럴 수밖에 없음은 불경기일수록 번창하는 세 업종이 종교사업, 육영사업, 도박사업이라는 세간의 실물성 경기 진단 그대로 저자 바닥에 오지랖을 질펀히 퍼덕거리고 있는 쪽이나 풍광 좋은 요지에 들어앉아서 세월아 네월아 하는 쪽이나 하나같이 손들이 걸어서 가람들을 대대적으로 지어대는 그 대역사(大役事)의 현장을 자주 목격해서였다. 물론 다른 종교들도 그 푸진 씀씀이에는 서로 질세라 경쟁적으로 나서기를 사양치 않고, 저마다의 교세를 과시, 확장하고 있는데, 세금도 무서워하지 않는 그 거금들이 도대체 어디서 어떻게 굴러들어오는지도 불가사의할뿐더러 역시 동서고금을 통틀어 배보다 배꼽이 큰 면죄부 매매업이야말로 불황을 모르는 업종이라는 생각에 경탄(敬歎)을 금치 못하고 마는 것이다. 좋게 봐서 물질적, 경제적 풍요에 철두철미하게 기대고 있는 이 땅의 종교인구의 폭증을 감안하더라도 헛간 같은 종래의 요사체와 암자들로는 그 갸륵한 신심들을 보듬을 수 없다는 '시류 영합적인 바른 소리'를 들이댈수록 외화내빈에 본말전도의 전경과 맞닥뜨리게 되고, 종교의 구경이라 할 독실한 내세관의 생활화 같은 것은 거의 한담 수준으로 내려앉아서 서로 대면하기조차 껄끄러워진다. 그 실례로 내로라하는 종교인들마저 허구한 날 탐욕을 부리지 말고 가진 것 다 내려놓아 마음을 비우라는 시답잖은 말만 지껄여대는 현실만 봐도 알조다.

아무튼 굳이 그 정도를 따진다면 앞서의 그 문화적, 문학적 볼거리 조성보다는 다소 낫다고 할지 몰라도 그 거친 일솜씨의 개축, 보수, 신축의 실적들은 대체로, 비록 퇴락해 있을망정 기왕의 그것들에다 어떤 짐스러운, 도무지 어울리지 않는, 사세(寺勢)를 억지로 발보이게 하려는 수작의 일환으로, 흡사 꿔다 놓은 보릿자루 같다는 인상을 떨쳐버릴 수 없었다. 그런 요란한 치장들이 대대로 내려오는 특정 지역마다의 소박하고 아담한, 볼수록 수더분해서 걸맞다 싶은, 속세의 잡답과 미망으로부터 이만큼 떨어져 있으려는 그 의젓한 자세를 해치는 방해물임은 재론의 여지조차 없는 일이었다.

예상대로 그 절도 마찬가지였다. 들머리에서부터 부처님의 급수공덕(汲水功德)을 너무 바투 앉아 바친답시고 토산품 매점과 음식점들을 저자 바닥 쪽으로 내물리는 일방, 멀쩡한 기왕의 한길을 넓히면서 쭉 곧게 펴느라고 대찰 슬하의 잡목 우거진 아랫도리가 헐벗겨지고 있었다. 거친 시멘트 도로의 양쪽은 흡사 달동네의 재개발공사 현장을 방불케 했다. 한참이나 그 폐허 속을 허위허위 올라가니 비로소 우듬지가 까무룩하니 치솟은 전나무의 일대 수해가 펼쳐졌다. 거기서부터 도보로 20분 남짓의 상거는 햇빛조차 비끼지 않는 싱그러운 녹음의 터널이었다. 촉촉한 물기가 온몸에 휘감기는 그 짙푸른 그늘 속을 빠져나오자, 그곳은 햇살이 다사롭게 내려앉아 있는 부처의 나라였다. 그야말로 '한낮의 밑바닥' 이 송두리째 환하게 떠올라 있는 그 불국(佛國)에는 가지런히 늘어선 두 개의 탑도 보이고, 그 주위로 길고 짧은 여러 요사체와 산마루 쪽으로는 크고 작은 암자들이 드문드문 찡박혀 있었지만, 선계의 얼굴인 대웅전은 비계와 휘장을 칭칭 동여매고 대수술을 받고 있는 중이었다. 그 역사의 현황을 알리는 안내판에도 '증개축' 이라고 명시해두고 있었으나, 화강암으로 대석을 높다랗게 쌓아올리는 것만 봐도 '신축' 이나 다름없었다.

명부전 앞의 불두화나무 밑에서 잠시 얼쩡거리다가 나는 곧장 일행과 떨어졌다. 더 이상 찬찬히 둘러볼 만한 볼거리도 없었고, 벼랑처럼 깎아지른 주산(主山)을 빼곡하게 뒤덮고 있는 보득솔의 경관을 밑둥부터 네모반듯하게 도려내버릴 장차의 대웅전 위용이 개발에 편자꼴이 아닐까 싶은 기우가 눈앞에서 얼른거려서였다. 휘돌아가는 비탈길을 조촘조촘 내려가자 대나무 울을 두른 해우소(解憂所)도 보였고, 그 옆으로 마른 자갈바닥이 뿌옇게 드러난 계곡 곁에다 넓적넓적한 자연석 축대를 다지듯 쌓은 그 위에 행랑채처럼 기다랗게 들여앉혀 지은 도량(道場)이 나타났다. 그 어귀에 높다랗게 꽂혀 있는 당간(幢竿)이 그런대로 볼만했다. 가두리가 많이 닳아 그 원형이 깡그리 뭉개져 버린 한 뼘 높이의 이끼 먹은 받침돌 위에 검붉은 녹이 두텁게 슨 것이었다. 그 너머로는 큰키나무들이 울창했고, 일부러 구불거리는 흙길을 내느라고 길가의 곳곳에는 큼지막한 바위들을 늘어놓았다. 내륙의 산사에서는 보기 드문 낙엽송과 삼목, 낙우송도 눈에 띄었다. 그 울울창창한 전나무 숲의 진경이 너무 좋아 담배라도 한 대 피우려는데 내 뒤를 잼처 따라왔다는 듯이 허영숙이 당간 주위의 쇠붙이 금줄을 끼고 돌며 다가왔다.

그가 화장실에서 나오다 이쪽으로 우련히 멀어지는 나를 보고 뒤따라왔다면서 내 곁의 다른 바위에 엉덩이를 걸쳤다. 그리고는 배낭에서 물기 듣는 녹차팩 하나를 꺼내 건넸다.

"왜, 배가 아파?"

"아니오. 그렇지는 않고요, 민박집 화장실이 워낙 붐벼서요. 절간 화장실이 과연 깊기는 깊네요. 아찔할 정도로 까마득하게 파놓아서요. 오랜만에 구리텁텁한 변소 냄새도 맡아보니 사람 사는 게 어디나 다 이렇네 싶고요."

"좋은 경험했네. 이런 데 제대로 지은 해우소가 다 그렇지. 원래 시문(詩文) 삼상(三上)이라고 측간도 그중 하나로 치는데, 측상(厠上)이야말로 거치적거리는 것 없이 유일하게 자기 혼자와의 맞대면이야."

나는 주위를 먼눈으로 둘러보며 평소의 묵은 소회를 풀어놓았다.

"요즘 사찰들을 둘러보면 꼭 목 좋은 데다 골라 들어선 대형음식점 같애. 주차시설도 그렇고 바글거리는 인파도 한 본이야. 그 음식에 무슨 특미가 있겠어. 제발 더 이상 손대지 말고 이대로 잘 보존했으면 꼭 좋겠네. 인간이 힘들여 만든 것이나 자연이 저절로 만든 것들이거나 두루. 내가 좋아하는 키 큰 나무들이 여기 죄다 모여 있네. 전나무, 메타세쿼이아, 낙우송, 히말라야시더, 삼나무 같은 것들 말이야. 우리나라에는 희귀한 노송나무도 심어놨더라면 훨씬 더 좋을 뻔했지만. 저쪽의 저 구불텅거리고 하나같이 구부정한 소나무만큼은 솎아내든지 더 안 번지도록 벌목이나 착실히 했으면 좋겠고."

손대지 말기를 바라면서 이 땅의 대표적인 수종인 소나무를 베어버렸으면 하는 바람은 물론 자가당착이었다. 그래도 그 말을 새겨들었다고 허영숙은 머리를 끄덕였다.

"자연미가 살아 있다고 아무 데나 심어 버릇하는 저놈의 소나무가 나는 정말 징그럽게 싫어. 저게 우리나라의 간판 나무라는 것도 못마땅하고. 저게 머야. 볼 때마다 제 깜냥도 못하는 늙은이가 악착같이 살아남으려는 발버둥질을 보는 것 같애. 쓰임새조차 별무 소용인 것이 말이야. 온 나라가 노추로 쉰내가 푹푹 나는 것 같고. 별 볼일 없는 청산(靑山)을 더 가꾸지 못하게 하는 주적이 바로 저 늙다리 소나무야. 꾸불텅거리는 것만 자연민가. 쭉쭉 곧은 것도 인공미는 아니고 사람을 더 편하게 만드는데. 사람의 풍채가 시원하니 헌걸차면 오죽 신뢰감이 좋아. 하나만 아는 고집불통은 달리 생각할 머리가 없다는 증거니까 결국 지능이 모자란다는 소리지, 별거야. 나는 머리 좋다는 말을 잘못 믿겠어."

근자에 식도암인가로 죽은 일본의 한 소설가가, 특히나 한국과 중국에 관한 역사물을 무뚝무뚝한 문체로 소설화시켜 그의 작품이 국내에도 여러 종이나 번역된 한 양반이 취재차 두어 번인가 이 땅을 두루 둘러보고 남긴 기행문에서 다소 경멸적으로 '온 산이 소나무뿐이다'라고 단언한 그 대목을 나는 얼핏 떠올렸다.

인스탄트 녹차 맛이 그런대로 괜찮았다. 풀이나 꽃보다 나무를 좋아하는 내 취향을 허영숙은 귀담아들었다. 뒤이어 간밤에 모꼬지 술판에서 떠올랐던 화제도 주거니 받거니 하면서 일행의 술버릇들도 주워섬겼을 것이다. 그때 우리의 대화가 제법 자연스럽게 풀려갔던 것은 틀림없는데, 무슨 말끝엔가 허영숙이 좀 엉뚱한 화두를 내놓았다. 아마도 세상을, 또 그것을 제대로 굴러가게 하는 사람을, 그 능력의 총체를 얼마나 정확하게 옮겨낼 수 있는가가 문학의 요체라는 내 발언이 불씨였던 듯하다.

"모든 사람이 다 제 마음 같다가도 못된 사람에게 어쩌다 호되게 휘말리거나 당하고 나면 착한 사람조차 무슨 해코지나 할 것처럼 보일 때가 있잖아요." 그의 말씨는 어눌하다기보다도 정확하게 표현하려는 벅찬 노력으로 떠듬거린다고 해야 옳았다. "병신 눈에는 병신만 보이듯이요. 받을 만큼 받았는데도 정리해고만은 안 된다고, 전적으로 부당하다고 대드는 딱 한 사람 때문에 모든 피고용인이 억지떼만 쓰는 무식꾼으로 보이고 말아요. 당연히 회사정리는 하대명년으로 세월아 네월아 하고요. 법에 정리기한을 정해두었어도 그 3, 4개월을 또 생돈으로 메꿔가야 하거든요. 한솥밥에 보리쌀을 한 움큼만 집어넣어도 새카만 보리밥으로 보이고, 그걸 보리밥이라고 퇴짜를 놓으면 다들 그런가 보다 하고 말지 어떤 변명 같은 것은 통하지도 않고, 그야말로 쇠귀에 경 읽기가 되고 말아요."

나로서는 아리송할 수밖에 없는 화제였다.

"피해망상이나 여론의 무서움, 비정함 같은 걸 말하는 모양이다?"

"좀 달라요. 이제 저희 아버지는 그 증세가 분명한 것 같고요. 제가 너무 무식해서 말귀를 잘못 알아듣나 싶어 그전부터 속으로만 끙얼끙얼 앓아오다가 오빠들이 운영하던 회사도 웬만큼 틀을 갖췄다 싶어, 그동안 온갖 곤욕을 다 치렀지요, 뒤늦게 경영학과엘 진학했어요. 많게는 7, 8년, 적게는 3, 4년씩이나 나이 어린 동급생들과, 물론 재수생들이나 제대파 복학생들이요, 노사관리, 기업윤리, 마케팅 전략, 품질관리, 조직 개발 같은 과목을 이수하다 보니 그것들이 전부 백 번 지당한 말씀을 주저리주저리 엮고 있는 건 분명한데도 어딘가 나사 하나가 쑥 둘러빠져서 삐꺼덕거리는 꼴이었어요. 그 나사는 결국 돈이고 좀 더 근본적으로는 인간이고 인간의 품성이거든요."

"우리의 모든 직장인이 너나할 것 없이 직업윤리나 직업의식 같은 것을 허술하게, 아전인수 격으로 써먹어서 탈이라는 소리 같다."

"물론 그렇기도 하지만, 실제로 그런 의식은 달달 외우고 있어요."

"인자는 실천 다르고 말은 또 너무 달라서 사업이든 머시든 해보려고 덤빌수록 점점 더 헷갈린다는 소리 겉고. 말이 제도라면 실천은 인간이라는 등식을 내놓는다면 말이다."

"흔한 말로 인간을 모르면 모든 학문, 모든 사회생활도, 경상도 사투리로는 말짱 도루묵 같아서, 공염불이잖아요. 그때부터는 억지로라도 졸업장이나 따자, 또 후회하기에는 너무 늦었다는 다짐만 쌓아가며 그렇잖아도 재미없는 늦깎이 대학생활을 지겹게 마치고 나니 제 머릿속이 일순간 뻥 뚫린 것 같대요. 곰곰이 따져 보니 그제서야 머시 좀 보이는 것 같았어요."

"잘은 몰라도 경영학 같은 짱짱한 2차학문이랄까 응용사회과학이랄까가 자네 취향과는 도저히 안 맞았는다는 거고, 인간을 제대로 해명하려는 전공 분야야 좀 많나, 프로이트를 비롯해서…"

"그런 이론이나 정리는 나중 일이고요, 제가 보고 느낀 것을, 맞는지 안 맞는지는 후에 따지기로 하고요, 일단 곧이곧대로 써 보기는 해야겠다 싶어졌어요. 말은 워낙 못 하는데다가 상대방에 따라 달라질 수밖에 없으니까 글이 그래도 만만하지 싶었는데 막상 써 보니까 어렵기는 마찬가지대요."

"잘못 알고 제대로 못 본 것은 나이가 조금씩 바로잡아 주더라, 내 경험으로는. 물론 헛나이를 안 먹으려면 바로 보고 옳게 알려고 부단히 노력은 해야 할 테지만. 그래서 문학은 또는 글쓰기는 몸으로 많이 때우고, 눈으로 많이 보고 나서 머리를 싸매고 낑낑거려야 하는 중노동이야. 개인이 감당하기에는 벅차고 힘겹긴 해도 해볼 만한 일거리이기는 하고. 말하자면 옳은 문학 행위의 그런 천부성이 바로 그 고질에 골몰하는 사람의 품위를 그나마 면천(免賤)의 지위로까지는 끌어올릴 테고. 그런데 정말 알 수 없는 의문 중의 하나는 20년이나 30년 전에도 한 소리를 지천명의 나이나 환갑 넘어서도 되뇌는 현상이야. 이런 일반적인 현상이 과연 개인마다의 정신장애적 성향 때문인지, 아니면 우리 사회환경의 지진아 내지는 문제아적 성격 탓인지 알다가도 모르겠어." 헛소리가 길어졌으므로 나는 얼른 화제를 바꾸었다. "그러나마나 지금은 자네 집안 형편도 웬만큼 안정을 되찾았다고 하니 그런 다행이 없네. 그러니 자네도 단단히 작정하고 덤빈 만큼 세상 이해, 인간 해석을 다부지게 밀어붙여 봐야지. 다른 일이야 별 볼일도 없을 테니까. 두 번째 작품은 다 썼어? 언제 제출할 거야?"

"대충 얼개는 잡아놨어요. 몇 번 더 훑어보고 나서 종강 전에는 처음으로 공개재판을 받을까 해요."

"인생이나 문학도 꼭 그렇지만 작품도 잘 안 된다고 반쯤 쓰다 말면 영영 못 쓰고 말아. 물론 실력도 중도에서 중단한 그 상태로 더 늘지도 않고. 반거충이란 말이 그래서 있는 거고. 우선 무슨 대상이든 잡았다 하면 끈질기게 물고 늘어져서 써 버릇하고, 그걸 즐기다 보면 뭣이든 보인다고. 물론 자기 눈으로 보는 기량은 그다음이고. 일어서야겠다. 저 친구들은 아직도 법당 주위에서 노닐고 있는 모양이다만."

호젓한 숲속의 오솔길이라 내가 앞장을 섰다. 내 뒤를 따르는 그가 여자로 비치지 않아서 내 심사가 적잖이 수선스러웠다. 사방으로 가늘긴 해도 기다란 가지들을 쭉쭉 곧게 뻗치고 있는 키다리 침엽수의 수림지대를 헤쳐가는 우리가 무슨 영물(靈物)이거나 조물(造物) 같다는 생각만으로도 내 마음자리는 꽤 설레었다.

6

여느 학생들과 달리 허영숙은 자신의 두 번째 작품을 강의실의 교탁 위에다 제출하지 않고 내 연구실로 직접 들고 왔다. 그의 큰오빠가 서너 해 전에 전세 아파트도 마련해주었고, 생활비와 학비 정도는 대주는 모양이지만, 혼기를 놓쳐버린데다 가족과도 만부득이 떨어져서 살 수밖에 없는 처지라 말벗이 그리워, 더욱이나 턱이 떨어지고 있다는 심인성 반응에 시달리고 있는 터였으므로 나를 여러 점에서 문문한 신상 상담자쯤으로 여기는 눈치였다. 외양이 그렇듯 눈치도 다소 곳한 노처녀여서 그가 내 시간을 지분지분 빼앗을 리는 만무한 만큼, 또 그 정도의 인간관계를 유지하면서 나로서는 그가 하루빨리 라이프 워커 곧 필생의 생업을 갖도록 교도하면 그뿐이었다. 물론 그 생업은 글쓰기였고, 그것이 본궤도에 올라 어떤 자격을 얻는 것이었다.

예의 그 중부권 답사 기행이 무풍지대에서 눈만 껌뻑이다가 문득

이빨이나 딱딱 맞닥뜨리곤 하는 그의 단조로운 홀몸 생활에 의외로 활기를 불어넣어 주었든지 그의 표정은 제법 밝았고, 젖살이 도톰하게 올라붙은 턱 주위의 피부에도 매끄러운 윤기가 흘렀다. 그는 탁자 밑의 의자를 끄집어내며, 잠시만 앉았다 가도 돼요 라고 묻고 나서 원고를 내밀었다. 그리고는 더 이상 주물럭거려봐야 제 실력으로는 나아질 것 같지도 않아서 어젯밤에는 홀가분한 마음으로 잠을 실컷 잤다고, 이번 작품은 후딱 털어버리고 다른 소재를 잡아보겠다면서 좀 들뜬 의욕까지 비쳤다. 그것만으로도 문학의 제도권 교육의 작은 성취이자 선생으로서의 보람이었다. 뒤이어 열심히 얻어터질 각오는 돼 있으니까 샅샅이 지적해달라는, 그로서는 주제넘은 당부도 덧붙였다. 할 말을 다했다는 듯이, 내 쪽에서 무슨 말이라도 걸어 달라는 듯이 그는 한참이나 멍청히 앉아 있다가 책장만 여기저기 휘둘러보았다. 나도 딱히 할 말이 떠오르지 않았다. 이윽고 그는 깜빡 잊고 있었다는 듯이, 오늘 밤에 마침 집안에 행사가 있다면서 서둘러 일어섰다.

하기 싫은 실기 강의에다 그 준비로서의 습작품 읽어두기는 더 짜증스러운 일거리였지만, 미뤄둘 일도 아니었고, 허영숙의 경우는 그 실력 때문에라도 내 쪽에서 끌리는 구석도 만만찮았으므로 나는 즉각 그의 작품을 숙독해버리고 퇴실하기 위해 채비를 차렸다. 그런데 언제라도 환기와 복도에서의 뭇 곁눈질을 차단하기 위해 연구실 출입문을 30도 각도쯤 빼꼼하니 열어놓고, 그 어정쩡한 반개(半開)의 문짝을 고정시켜두느라고 의자를 괴어놓고 있는데, 허영숙의 것이 분명한 노크 소리가 똑, 똑, 똑 단정히 울리더니 의자의 철제 다리가 바닥과 스치는 마찰음을 앞세우고 문이 열렸다.

왠지 좀 괴이쩍은 기분이 들어 나는 퉁명스럽게 물었다.

"또 무슨 일인가?"

"제가 이렇게 정신이 없네요…"

"안다, 말 안 해도 알고 있다. 그럴수록 정신을 차려야지."

"아까부터 뭔가를 빠뜨렸다 싶더니만, 차 속에 놔둔 이거였어요. 선생님이 하라는 대로 견과류를 사서 수시로 우물거리고 씹어 봤더니 턱에 힘이 좀 올라붙는 것 같애요."

그는 검은 비닐 봉다리 속에서 내용물이 훤히 보이는 투명한 비닐 봉다리를 꺼냈다. 그것은 이빨 없는 지퍼가 아가리를 맞물어 닫아놓은 것으로 그 속에는 땅콩, 호두, 피스타치오, 아몬드, 구슬처럼 말린 무화과, 뽀얀 애벌레 같은 캐슈 너트 따위가 빼곡이 들어앉아 있었다.

그가 그 봉다리를 탁자 위에 내려놓으며 말했다.

"이를 악물고 쓰라고 하셨잖아요. 선생님도 드셔보세요."

"이걸 나한테 준다고? 나는 너무 길어서 보기가 좀 그렇지 턱이야 아직 성한데 자네나 열심히 씹지 그러냐. 나야 이를 악물지 않아도 저절로 써진다."

"저는 많이 먹었고, 또 두 봉지나 사다 놨어요. 이런 혼합견과류를 싸게 파는 데도 알아뒀고요."

감히 비교급의 대상은 아니지만, 명실상부하게 최초로 거대한 중국을 단일국가체제로 수습한 지난 세기의 한 위인은 공적(公敵) 떼의 수괴로 몰리면서도 생콩을 씹어가며 대장정을 완수했다는, 그쪽 특유의 허풍 센 일화가 있기는 하다.

"알았다. 내가 이래저래 좀 바쁘다."

그가 냉큼 꽁무니를 사리며 문짝을 반개 상태로 되돌려놓으려고 의자까지 끌고 복도로 나갔다. 그의 갈퀴 같은 손이 문틈으로 빠져나가는 모양도 어떤 영화의 한 장면 같았다.

밑줄을 그을 데가 현저히 줄어 있어서 나는 단숨에 허영숙의 제2작을 읽어치웠다. 마지막 문장 다음에 '끝'이란 말 대신에 반드시 '200자×몇 장'이라고 부기하라는 내 지침을 좇은 '겨울집에서'는 그 분량이 89장이었다. 역시 그 자신의 경험담이 적당히 바뀌진 것임에 틀림없었고, 그가 글쓰기에 뛰어든 자아각성기랄지, 그 입지(立志)의 한 단면을 토로한 것이었다. 그 내용을 요약하면 대체로 이랬다.

미혼여성인 '나'는 지금 축사 맞은편의 둔덕 위에 지어놓은, 화장실 딸린 방 두 칸짜리 납작한 슬래브집에서 아버지의 잠자리를 보살피고 있다. 상처하고 나서 사업에도 실패하자 뭣에 쫓기듯이 시골로 내려온 노인은 새벽 다섯 시면 어김없이 기침하고, 손수 세수수건을 챙겨 목에 감고 산골짜기의 옹달샘을 찾아가는데, 거기서 두어 시간이나 연극배우처럼 또록또록한 방백을 지껄여대는 버릇이 있다. 그 기벽이 이태 전부터는 숙련의 도를 더해 가서 온 산자락을 헤매는가 하면, 나무나 바위, 개울물 같은 말 못하는 자연의 유형물을 상대방으로 삼고 '줄거리가 이어질 듯 말 듯한' 또는 '사연이 통할 듯 말 듯한' 구연(口演) 행각을 일삼게 되었다. 노인의 그런 일상에 적잖이 수상한 변화가 일어났다는 사촌오빠의 연락을 받고 '나'는 차일피일하다 이틀 전에야 부랴부랴 두 시간 남짓 제 승용차를 몰아 두메산골로 달려온 것이다. 처마처럼 달아낸 비닐 포대기가 슬래브집을 칭칭 동여매 놓고 있어서 밤새도록 그 펄럭거리는 소리로 시끄럽다. 납작한 모오리돌을 촘촘히 박아둔 전기장판도 두 짝이나 깔아두었고, 맴돌이하는 열풍기도 연방 뜨거운 열기를 내뿜고 있어서 방안의 난방 상태는 그런대로 좋다. 그러나 아래윗목에 잠자리를 본 부녀는 이미 따뜻한 말을 나눌 수 있는 가족으로서의 인연이 끊어져 있다.

그러므로 '나'의 회상은 겨울의 산바람에 부대끼는 비닐 포대기 때문에 자발없이 뛰논다. 비록 다사로운 부부의 정을 모르고 살다가 중병으로 돌아가셨지만, 어머니는 음식솜씨가 좋았는데 그중에서도 시큼하고 들큰한 파김치와, 돼지고기를 깍두기 크기로 썰어 넣고 새우젓 젓국을 둘러 끓인 콩비지찌개와, 잘게 썬 두부를 넣고 빡빡하게 졸여낸 강된장 등이 유독 맛있었다. 가끔씩 그 음식이 생각나면 저절로 감칠맛이 돌아 마른 입술을 핥아야 했다. 그러나 그 엄마는 무식하고 고집이 센 아녀자일 뿐이었다. 그래서 집 안팎이나 쓸고 닦으며 건사할 줄만 알았지, 그것을 은행에 맡기고 빌린 돈으로 공장을 돌리면 재산 단위가 달라진다는, 치솟는 경제 규모의 시대적 흐름에 까막눈일 수밖에 없었다. '나'의 아버지가 지금 모질게 치르고 있는 실성기의 근원에는 엄마의 그 무지한 강다짐이 깔려 있다. 재산은 마냥 지니고만 있을 게 아니라 굴려야 한다는 것을 진작에 알았다는 점만으로도 엄마보다는 훨씬 똑똑했던 아버지는 결국 2백 명 남짓의 직원을 거느리는 중소기업체를 자식들에게 물려주는 그루터기를 장만했지만, 그는 사업보다 일 자체를 더 좋아했던 자작농일 뿐이었다. 그래서 실수할 줄 모르는 가장으로서, 또 소출을 고루 나눠주고 그 나머지를 꼬박꼬박 쟁여둬야 성이 차는 사장으로서 자족하려는 그만의 빈틈없는 처신은 성격적 한계이자, 어차피 무한대로 키워가기를 족대기는 현대의 자본과 기업의 생리에 대한 소심한 외면은 사업가로서의 결함이었다. 지금 '나'의 아버지는 그 두 족쇄에 치여버려 정신이 완전히 망가진 것이다.

아랫목에 돌아누워 있는 노인은 간단없이, 자불지(졸지) 마라, 회사 망친다 라든지, 똑바로 살아라, 자네 혼자만 힘든 것도 아이다 라든지, 까불지도 말고 엄살도 떨지 마라, 그란다꼬 보태줄 인사도 안 나서고 떼묵을라꼬 덤빌 인간도 없다 같은 잠꼬대조 꾸지람이 이어져서 '나'의 잡다한 회상을 가로막고 나선다. 누구라도 짐작할 수 있듯이 '나'는 오래전부터 잠을 놓쳐버린 여자다. 잠을 이룰 수 없으므로 꿈을 꿀 수도 없고, 꿈이 뭔지도 모른다. 엄마가 살아 있을 때도, 아니 그전부터도 또 이때까지도 '나'는 헐벗고 굶주린 기억이 전무한데도 어떤 성취의 충족감을 누려본 적이 없다. 불특정다수의 인간들에게 적의(敵意)를 품어 본 적은 많았으나 누구를 좋아하거나 그리워한 적도 없었고, 돈 따위를 한껏 지니고 싶다는 소원에 몸부림친 바도 없었다. 그런데도 늘 무언가에 부대껴 온 '나'는 '안 된다, 글렀다, 지나간 일이다' 같은 말만 되뇌는, 스스로를 개울물의 '소용돌이' 같은 인간으로 자위한다. 가정적, 사회적, 문화적 소외의 대표적인 증상을 욕심 사납게도 골고루 체현하고 있는 '나'는 당연히 어떤 각성에 이른다. 그것은 의무와 타성과 일상으로부터의 자기일탈인 동시에 권리와 주체와 현실로서의 자기해명의 길이다. 아버지가 동어반복증으로서의 '말'에 골병이 든 사람이라면 '나'는 그 증상을 적극적으로 기피할 수밖에 없는 '글'을 찾으려고 발버둥쳐 보려는 것이다.

나의 독후감은 좀 착잡했다. 의견도 다르고 감상안의 우열은 더 뚜렷할 수밖에 없는 여러 방청객 앞에서 내릴 판정의 말을 간추리면서 내 분별을 떠오르는 대로 적기하면 대충 이런 것이었다.

흔히 쓰는 '주제' 및 '주제의식'이라는 용어의 공소성과 과장성을 못마땅해하는 터이라 대신에 '작의'라는 어휘를 써버릇하면서 그것 없는 이야기만의 조작을 '통속극 내지는 연속극'이라고 나무라는 데 기를 쓰는 편인 내가 볼 때 '겨울집에서'의 그것은 상당한 편이다. 바로 이 실적만 보더라도, 소모품의 기계적 양산으로 미친 듯이 돌아가는 오늘의 경제생활을 그대로 반영하듯 문학판에서도 비내구성 상품이 넘쳐나고 있음은 주지의 사실인데, 허영숙의 제2작은 단연 내구성 상품을 지향하고 있다. 요즘 말로 '튀고' 싶거나 '뜨고' 싶은 천박하고 상업적인 저의를 노골적으로 까발려 놓는 경향은 소설마다의 제목에서도 뚜렷한데, '겨울집에서'는 그 무던한 취향이 돋보이며, 그것도 작의의 일부로 확실하게 떠올라 있는 게 아니라 제목 자체가 이 들뜬 세태와 부박한 경향에 반하는 작가 의식을 단음절로 외치고 있다. 문명(文名)을 떨치고 싶은 욕망과 그것에 따르는 유무형의 소득을 감안하지 않는 글쟁이란 있을 수 없고, 글쓰기 자체가 실은 자기현시욕의 최대치임은 뻔한 사실이지만, 또한 여러 잡다한 매체와 문학평론가들이 부역꾼으로서 그것을 충동질하는 데 부지런을 떨어대긴 해도 글의 근본적인 목적과도, 또 그것의 성취 정도와도 문명 자체의 우발적, 선정적 화제화는 전적으로 상반되는 것이다.

좀 더 섬세하고 읽히는 맛에 세련도를 덧댔으면 좋았겠지만, 문장력도 수준급이다. 이를테면 '도금은 상품의 거죽에 표면장력의 민주주의를 구현한다. 그것이 불공평할 때 방금 입힌 얇은 층은 여기저기서 울퉁불퉁하니 떠들고 일어섬으로써, 심지어는 주근깨 같은 흠다리와 머리털이나 거웃 같은 혹이 달라붙는 국지적 봉기로까지 말썽을 떠벌림으로써 도금업자는 물론이고 최종적인 상품 생산자의 반발을 불러온다. 만약에 그 불량품이 소비자의 손에까지 넘어갔을 때는 즉각, 이 망종이 어쩌다, 재수 없이 여기에, 같은 성깔 묻은 볼멘소리와 함께 폐기물로 내팽개쳐진다. 모든 상품은 제조 공정에서부터 다루기 힘든, 흔히 주인에게 손해를 끼침은 물론이고 그 목숨까지 넘보는 불량한 하인이다. 하루 24시간 내내 눈에 불을 켜고 감시해도 하인의 반동적인 성향을 잠재우기에는 역부족이다. 범법자가 적을수록 그나마 나은 사회이듯이 하자 물품을 최대한으로 줄이는 요주의야말로 도금업의 사활을 관장하는 것이다. 상품의 다른 이름이 쓰레기임은 현대문명의 역설이지만, 그것은 소비의 최종단계에서만 통용되는 것이 아니라 생산의 시작에서부터 적용되는 이 시대의 한 생활자료적, 생활방편적 문맥이다' 같은 문장은 그 은유적 힘이 실팍하다. 바로 이런 요약, 비유, 단정은 대단히 자의적, 사변적인 글쓰기라서, 그것이 자기 스타일이라면 어쩔 수 없이 수긍해야겠으나, 문학의 보편적 소통화를 스스로 제한하고 있는 것도 사실이다. 바로 그 자의성(恣意性) 때문에 그렇지 않나 싶은데, 작품의 윤곽이 어딘가 흐릿하다. 예의 그 시간대와 공간의 이동이 전경과 후경을 분명하게 자리매기고 있는데도 그렇다. 도대체 이게 뭔가? 일부러, 말하자면 의도적인 작풍 내지는 일종의 모자이크식 기법 때문에 그렇다면 굳이 탓할 것도 없이 그대로 내버려둬도 좋단 말인가. 비근한 실례로 동양화에서는 몰골법(沒骨法)에 해당하고, 서양화에서는 스푸마토 묘법이라고 해서 대상물의 가장자리를 선으로 그리지 않고 색감으로 흐릿하게 마감하여 배경을 더 물러나 앉게, 곧 사실감의 전체적인 고양을 기도하기도 한다.

최근에는 '마티스' 인가 하는 깔끔한 카페를 늘 몽몽한 눈길의 제 집 사람에게 맡김으로써 생활비 걱정을 덜어버리고 있으나, 본인은 이때껏 전문대 시간강사, 무슨 재단법인의 학예연구관, 어느 화랑의 큐레이터 겸 섭외실장, 인테리어 회사의 동업자 등의 직업을 전전해온, 그의 형보다 나와 더 막역한 후배 하나는 워낙 허풍이 세서 어디까지 믿어야 할지 알 수 없는 말을 자주 지껄이는데 언젠가, 인상주의는 스푸마토 기법의 본색에 대한 적극적인 추종인 동시에 어떤 대상의 고정적인 색감과 형태를 과감하게 해체하고 나서 각각 다른 색조로 대상물을 대비함으로써 사실주의에 반기를 든 화풍이라는 장광설을 풀어놓아 나를 한동안 헷갈리게 몰아세웠다. 그래서 인상주의파 화폭은 그 강렬한 색감들의 아우성에도 불구하고 사물의 전체적, 부분적 실감은 떨어지고, 그것이 또 다른 미적 향수를 열어놓는다는 것이다. 소설에서도 미상불 그런 기법의 정색한 안착이 가능할까. 그렇다면 그걸 두고 이른바 환상적 사실주의라고 일컬을 수 있는가.

개별지도도 그렇긴 하나 다수를 상대로 하는 강의의 내용은 다를 수밖에 없고, 또 달라야 한다. 내 독후감을 곧이곧대로 털어놓을 수도 없으려니와 그럴 필요도 없다. 그냥 손쉬운 대로 소설쓰기에서 지켜야 할 일반적인 주의사항을 강조하는 한편, 소설 자체가 내발적으로 구축해야 하는 여러 덕목을 알아듣는 범위 내에서 단단히 일러줘야 하기 때문에 그렇다. 어쨌거나 이제 막 소설이 어떤 언어적 제도인지, 그것을 제대로 읽어가는 고충과 재미가 어떤 종류의 것인지를 어렴풋이나마 깨달아가고 있지 싶은 허영숙에게 격려와 당부를 아끼지는 않을 터이나, 지나친 상찬으로 지레 교만에 빠져서 제 몸에 맞지도 않는 헐렁한 옷을 입고 나돌아다니는 작태만은 미리 막아야겠다고 벼르고 나서 나는 순서대로 두 주일 후 그의 작품을 공개재판에 세웠다.

무지 자체가 법의 보호를 받을 수 없음은 자명하므로 그런 불학무식이 저지른 행태는 판결도 쉽고, 그 판결문도 짧게 마련이다. 그러나 세속계의 일반적인 관행을 명문화한 법의 진의야 어떻든 그 테두리만큼은 상식적으로도 꿸 만한 사람에게는 그를 설복시켜야 할 말을 미리 챙겨야 하고, 법정에서 물러나서도 그가 자신의 허물을 숙고, 자성에의 길을 줄기차게 강행군할 수 있도록 어떤 여운을 던져놓아야 한다. 그가 그 여운을 얼마나 즐길지, 또 어떤 쪽으로 발길을 줄여갈지를 알 수는 없으나, 그렇기 때문에라도 내쪽의 말 갈피 잡기가 간단한 일은 아니다. 따라서 내 식의 능률을 발휘하느라고 단어만 나열해두는 메모도 해두었고, 그 항목들을 요령껏 풀어서 쉽게 들려주기로 했다.

첫째, 지난 학기에 쓴 전작(前作)과는 달리 1인칭으로 썼는데, 이런 시점의 변주는 이미 누누이 강조했듯이 권장할 만하다. 1인칭 소설이나 또는 3인칭 소설만을 써대는 작가를 어떤 고정관념으로서의 색안경을 끼지 않고 올곧게 이해하기는 어렵지 않을까 하는 게 내 생각이다. 일본의 현대소설에서 흔히 목격하는 1인칭 소설의 주류화는 그쪽의 글쓰기 전통과 무관하지 않다는 점에서 유별난 것은 사실이고, 그 사소설의 세련이 괄목할 만한 것이긴 해도 한편으로는 작품세계의 편벽성, 지엽성, 고착성 따위를 주목하면 그 안하무인의 시점에 변주는 불가피하다. 문학은 변함없는 듯하면서도 변화무쌍한 세상을 달리 보자는 일종의 여기니까 변덕스러움은 오히려 권장 사항이다. 요컨대 화자의 여일한 고수는 세상과 인간의 객관화, 구체화, 희화화를 일정하게 제약하는 경향이 있지 않나 싶다. 그러므로 남녀노소를 번갈아 주인공으로 다뤄봄으로써 자신의 작품세계를 열어가는 작의의 개발은 문학도 개개인의 고유한 의무이자 권리이기도 하다. 3인칭 소설과 1인칭 소설의 잡다한 이론적 분류는 일단 괄호 속에 묶어놓고 당장 써보는 실천으로써 그 차이를 터득해보라는 소리다. '겨울집에서'의 1인칭 시점화는 그 성취도와 별개로 납득할 만하고, 그 의욕도 한결 돋보인다.

둘째, 아버지의 초상화, 나아가서 가족들의 인물화를 그려 남김으로써 화자 '나'가 자기소외 탈출기랄지 자기정체성 찾기를 기도한다는 이 작품의 작의는 나름의 간절한 정서에 기대서 그런대로 빛을 발하고 있다. 그런데 그 작의를 살리기 위해 동원한 여러 에피소드가 하나같이 여실한데도 막상 작품 전체의 구도와 색조는 오리무중의 풍경화에 그치고 말았다. 왜 그런지는 나도 잘 모르겠으니 글 쓴 사람이 심사숙고해야 할 과제인 듯하고, 차차 분별이 생기더라는 내 경험을 참고할 수 있지 싶다. 굳이 따져보면 에피소드들이 너무 많고, 그것들이 유기적으로 짜여 있지 않아서 뿔뿔이 겉돈다고나 할까, 사업에서도 또 인간으로서도 실패한 아버지가 그 많은 일화를 한목에 얽어매는 연결고리 역할을 떠맡고 있는 셈인데, 그것이 헐렁한 게 아니라 결국 똑같은 결점들만 잔뜩 끌어모아 놓은 것처럼 비친다는 말이다. 물론 내 나름의 이런 분석이 충분할 리도 없고, 보기에 따라서는 편견이랄 수도 있겠으나, 동어반복이 그렇듯이 지루하고 깝깝하다는 느낌을 뿌리칠 수 없다면 대충 맞지 않을까 싶다.

품평자로서 내가 왜 장황하게 작의와 인물과의 관계, 여러 일화와 사건들의 얼개가 작의의 양각에 미치는 기여 따위를 늘어놓고 있느냐 하면 이것이야말로 소설의 본질 해명에 대한 가장 직접적인 접근이자 모색이기 때문이다. 좀 더 쉽게 말하면 이렇다. 어휘 하나하나마다, 심지어는 토씨 하나까지도 그때그때마다 취하고 버릴 것을 쉴 새 없이 강요하는 글쓰기 현장에서 작가는 언제라도 일종의 모험가이자 운명론자일 수밖에 없다. 풍문으로만 듣던 신비의 세계를 발견하면 그런 다행이 없겠지만, 온갖 동식물이 바글거리는 언어의 밀림지대 속을 헤매다가 기진맥진하여 불구의 낙오자가 된다 해도 그에게는 어떤 보상도 없고, 오히려 사회적인 냉대만 기다리고 있기 때문에 그렇다. 그런 인생도 속물의 삶보다 낫다면 나을 수도 있겠으나, 그의 비천한 재능의 허무한 낭비를 보상할 길을, 그 습득을 교육이랄지 고된 숙달로 찾고, 줄여 보자는 것이다. 따라서 단어, 문장, 문단의 경제성 제고라는 기율은 인물, 일화, 사건에 따르는 일체의 정서, 사고, 현실의 부조(浮彫)에도 그대로 적용해야 옳다는 말이다. 보다시피 현대는 만사를 경제성으로 저울질할 수밖에 없다. 들인 비용만큼 소득을 올리면 그나마 본전을 건진 셈이고, 그 이상의 이득을 올렸다면 그런 행운은 불가사이한 것이라 따질 가치도 없다. 오히려 내가 지금 말의 낭비가 심한지도 모르겠다.

다시 작의 살리기에서 인물과 사건의 상관관계라는 문제로 되돌아가서 말하자면, 실성기로 말미암은 아버지의 유별난 캐릭터화, 세포 같은 자신의 소형 아파트로 돌아온 '나'가 컴퓨터 앞에 앉아서 모니터 위에 떠오르는 어떤 노인의 영락한 실루엣을 뚫어지게 쳐다보다가 발작적으로, '이번에 아버지 곁을 떠나면…' 운운하는 첫 문장을 써 가는 대목 같은 것들이, 내 눈에는 연극이나 영화의 마지막 장면에서 흔히 보는 어떤 과장의 동작을 정지시켜 놓은 화면처럼 다가온다. 이것을 통속이라고 해도 틀린 말은 아닐 것이다. 선악의 대비, 그 대결의 구도가 신파의 골격이듯이 통속은 과장이 본색이므로 신파극과 통속극은 시대적 장르 분류일뿐 그게 그것이다. 신음하는 병자, 모질고 당찬 결의, 숨 막히고 거칠어빠진 노동현장 따위는 이 시대 나름의 전형성이기도 하지만, 그것 자체가 이미 상투화되어 있다는 범위 내에서 통속이며, 또 하나의 신파이기도 하다. 물론 '겨울집에서'가 유독 그렇다는 소리가 아니라 오늘날 범람하는 우리의 기성작가들 작품도 상당수가, 아니 그 엉성한 문맥만으로도 통속극이라는 '바른 사실'로부터 자유로울 수는 없으므로 차제에 독서 지침으로 짚고 넘어감으로써 어떤 식으로든 극복의 계기로 삼자는 일종의 문제 제기일 뿐이다. 다른 시간에 말할 기회가 오리라 믿지만, 진정한 의미에서의 세태극 내지는 세태소설이 그 극복책의 하나일 수는 있을 것이다. 이를테면 정확무비한 문체 같은 성취에 기대고 있긴 해도 "마담 보바리" 같은 소설도 작의나 배경, 인물 살리기라는 관점에서 전형적인 세태극에 지나지 않는다. 그러고 보면 모든 명작은 세태극이라는 도식이 성립되는 게 아니라 그 당대의 시대정신을 예의 관찰한 이야기야말로 진짜로 좋은 작품의 반열에 오를 자격을 스스로 누릴 확률이 높다는 것이다.

셋째, 이 작품에는 아버지의 새벽녘 기행(奇行)을 '나'가 바싹 추적하면서 한때 우리 독서계에서도 베스트셀러로 군림했던 어떤 외국 소설, 이 강의실에도 그 책을 들고 다니던 수강생을 본 적이 있는데, 아무튼 몽유병자로 온종일 온 마을을 헤집고 돌아다니는, 이야기 자체야 워낙 단순해서 더 옮길 것도 없을뿐더러 그 정조(情調)에 눈곱만큼의 해학도, 아이러니도 보이지 않는 그 짧은 장편소설을, 장편이란 장르 분별도 엉터리지만, 그중 몇 대목을 인용하고 있다. 그 인용의 공과는 잠시 후에 따지기로 하고 이 땅의 일화를 내가 목격한 대로 옮겨보겠다. 다들 봤다시피 서울역이나 대구역, 또는 동대구역에도 날파리처럼 쉬지 않고 떠돌아다니는 미친 사람들이 많다. 내가 자주, 또 유심히 본 바로는 그렇게 쏜살같이 직선으로만 정신 없이, 미친 사람이라 물론 정신이야 없는데, 왔다 갔다하는 그런 위인들은 남녀 불문하고 하나같이 이상하게도 헐레벌떡거리지도 않고 옷들도 웬만큼 갖춰 입고 있었다. 당연하게도 '겨울집에서'의 한 인물처럼, 물론 정도의 차이는 있지만, 쉬지 않고 말을 지껄이는 사람도 본 적이 있는데, 그 실성한 양반은 무슨 대단한 일이나 한답시고 요즘 이 땅의 여러 시위꾼들처럼 이마에 빨간 머리띠까지 다부지게 동여매고, '대학 가믄 머 하노, 줄만 잘 서만 되지, 대학이 밥 믹이 주나, 안 글타, 줄 잘 서는 기 최고다, 미친 지랄한다고 대학 갈라카나' 같은 말을 줄기차게 큰소리로 되뇌고 있었다. 그 중년 남자는 다른 말을 할 줄 모르는 동어반복 증상이 중증이었다. 물론 중증이니까 그런 공공장소에까지 진출했을 것이다. 그런데 그런 일련의 미친 증세를 제 몸으로, 곧 다리의 혹사로 체현하는 부류에 비해 다변으로, 곧 머리로 토해내는 부류는, 적어도 나의 결론 없는 참조용 가설로는, 그 입성이 상대적으로 추레하다 못해 어처구니없을 지경으로 제멋대로였다. 미친 증세의 분류에 대응하는 입성의 이런 차이가 과연 일반화할 수 있는, 말하자면 어떤 증후군인지 어떤지 나는 그 방면에 무식해서 잘 모르겠다.

인용도 마찬가지다. 누구라도 또 어떤 종류의 글이라도, 동서고금의 여러 사례도 얼마든지 인용할 수 있는데, 그 빌려다 쓴 글이 자기 글에도 적용될 수 있는 일반성, 곧 이 시대의 증후군으로서의 자격이 있는지를 심사숙고해봐야 한다. 어떤 글이라도 바짝 다가앉아서 뚫어지게 앞뒤 말을 따져보면 부적절한 직유, 부실해서 아리송한 은유가 수두룩하듯이 인용도 그런 것이 많다. 문장에서의 지나친 기교는 원래 그런 것이라서 모든 독자는 알면서도 넘어가거나 속고 있는 셈인데, 그렇다고 나무토막처럼 뻣뻣하니 재미없는 글만 쓸 수는 없는 터이므로 남의 말도 빌려오고 온갖 치장을 덧댈 수밖에 없기는 하다. 대체로 그런 자기현시욕이랄까 현학 취향은 시대적, 환경적, 역사적 변수를 충분히 상정하지 않아서 그렇지 않나 싶지만, 동서고금을 막론하고 사람살이와 세상살이가 어느 때 또 어디 없이 고만고만하다는 선부른 보편성을 전가의 보도로 휘두를 일이 아니라는 소리다. 내 진의는 '겨울집에서'의 인용이 부적절하다는, 또는 설득력이 없다는 지적을 내놓고 있는 게 아니라 그 외국의 사례를, 그것도 좀 해괴한 베스트셀러에서 따옴으로써 지면을 낭비할 필요가 있었는가를 작가는 물론이고 독자도 자문해봐야 하지 않겠느냐는 것이다.

내 발상으로는 '나'의 간절한 소망을, 상투적인 비유대로 '고삐 풀린 망아지처럼' 뛰노는 '나'의 의식만을 곡진하게 그려낸다고 해도 인용이 빼앗아간 지면의 두 배도 모자랄 것 같다. 다시 되돌아가서 인용의 적부성(適否性)을 점검해보자. 문학일반론이나 작가론 및 작품론에서 국내외의 여러 이론이나 그들의 저작물 및 작품 속의 빛나는 대목들을 따오는 것은 그런 글의 장기인 일반성 또는 보편성의 추출이라는 당면한 목적 때문에 어느 정도까지는 과감히 허용되고, 그것도 필자 자신의 다방면의 독서 편력에 대한 자랑할 만한 자부심의 토로임은 사실이지만, 소설의 경우는 그쪽보다 질로도 엄격해야 하고 양으로도 제재를 가해야 한다는 것이 내 소견이다. 소설은 어떤 일반론에도 반발하는 특기를 자임하는 장르이기 때문에 그럴 수밖에 없기도 하다. 물론 패러디는 전혀 다른 창작 기법이므로 오늘 이 시간에는 언급할 화제가 아니다.

그렇다면 소설에서의 인용을 어떤 식으로 활용해야 할 것인가. 그 방법론, 요컨대 깔끔하게 써먹을 수 있는 요령은 무엇일까. 내 나름의 대안은 이렇다. 다시 강조하건대 소설이든 다른 장르든 글이란 어차피 글 쓰는 사람의 지적 체험담의 술회이므로 어떤 인용문으로든 그의 지면을 빛낼 수 있지만, 외국어를 번역하듯이 축자식(逐字式)으로, 곧 그대로 베끼는 데 그쳐서는 안 된다는 것이다. 그것은 부분적으로 매문 행위와도 닿아 있다. 그러므로 자기 식의 해석으로 그 인용문의 진정한 가치를 비틀어서 정의해 보라는 말이다. 그러면 인용문과 그 새로운 해석이, 피인용문이라고 해야 할지 모르겠으나, 어쨌든 그것들이 겹겹으로 떠올라 작품 전체의 질감이 두터워질 수 있지 않을까 싶다. 쉽게 말해서 남의 말의 비틀기, 따지기, 견주기, 헐뜯기인데, 이것은 모작의 냄새를 불식시키는 데도 유효할뿐더러 작가 자신의 유별난 세계관을 열어놓으면서 종내에는 득의의 독보성까지도 보태주지 않나 싶다. 한마디만 더 덧붙인다면 컴퓨터의 그 마우스라는 것만 깔짝거리면 언제라도 온갖 정보가, 너희들은 아직 이것도 몰랐지 라고 으스대는 조잡한 정보가, 몰라도 괜찮은 상투적 지식이, 좋게 말해서 구지레한 백과사전식 상식이 쏟아지게 되어 있는 오늘날의 실시간대 정보교환 체제에서 과연 어떤 정보만이 인용할 가치가 있느냐는 숙제거리는 누구에게나 숨차게 과부하되어 있는 셈이다. 그것들을 선별하는 기량은 전적으로 작가 자신의 소양의 정도, 곧 반세속적 분별력에 달려 있다는 소리일 뿐이다.

수다스러운 상식, 유치한 정보, 천박한 지식, 김빠지는 인용, 없었으면 더 좋을 온갖 종류의 범서와 악서가 범람하고 횡행하는 오늘날의 이 희한한 언어의 유희화 내지는 만담화 사회에서 진정한 지식, 나아가서 미처 몰랐던 여러 인식의 개발은 옳은 작가라면 누구나 곱다시 짊어져야 할 멍에다. 따라서 모든 글이 어디서 어디까지 인용이고, 원용이며, 심지어는 도용인지 분간하기조차 지난하며, 그런 숙시숙비(熟是熟非)는 원천적으로 또 전적으로 무익하기까지 하다. 한마디로 우리는 시대를 잘못 만나 혼탁해진 글의 바다에 빠져 허우적거리고 있는 팔자인데, 이럴수록 자기 글, 자기 문체가 더 중요하다는 것은 거꾸로 인용의 조심스러운 취사를 강요하고 있기도 하다. 세상을 달리 본다는 것, 그런 안목으로 자기 집을 지어 보겠다는 입지는 역설적이게도 '어떤 정보의 최소화와 여러 의식에 따라붙는 개성적 문장의 최대화'에 적극적으로 고분고분한 복종, 비록 소극적이긴 할망정 충실한 복무로만 가능하다.

마지막으로 지적할 사안은 지금까지 언급한 세 항목과 고루 연관되어 있는 것으로 현실의 재현에 따르는 어떤 기술 내지는 기법이다. 알다시피 '재현'이란 말은 '다시', '두 번째로' 드러내고 나타낸다는 뜻이다. 글로써 실물을 그대로 베껴낸다는 것이 과연 어느 정도까지 가능한지는 의문이다. 원근법이 있긴 해도 근본적으로 2차원의 세계에 불과한 평범한 화폭 속의 정밀한 복사 능력에도 못 미치고, 사람처럼 하나의 덩어리임에도 불구하고 그 긴장감, 입체감, 돌출감에서 실물보다 더 여실한 조각과 견주면, 인간의 기억, 고정관념, 상상력, 현상 파악력, 인지 능력 따위를 논외로 치더라도, 소설에서의 재현 능력은 아주 저급한 1차원적 세계의 소묘와 비슷하다고 해야 옳을지 모른다. 요컨대 그 서술 일체는 원천적으로 불가능하다. 우리가 부리고 있는 탈감각적 매체로서의 언어와 그 양의 한계 때문에, 또 지면의 한정 때문에라도 역부족임은 자명한데, 이런 물리적 구속을 이겨내려면 어쩔 수 없이 한편으로는 베껴내면서도 다른 한편으로는 베끼지 않아야 한다. 옮겨봐야 별무 소용이라는 분별안, 그런 안목에 기대서 강조할 것만 양각하라는 원칙은 존중해야 할 테고, 그러려면 현실 곧 실물의 어떤 주관적 변형, 왜곡은 만부득이하다. 그런 취사를 통한 변주에는 어차피 자잘한 세목들을 빌려옴으로써, 그 비유, 은유 같은 문맥이 현실에 옷을 입힌다. '겨울집에서'의 여러 정경, 인물에는 그런 변주가 없는 게 아니라 좀 부족한 것 같다. 어떤 직접적 경험의 세계라도 간접화시키라는 것, 심지어는 작가 자신의 자화상 그리기라 할지라도 사진처럼 찍어내려 하지 말고 꼭 반쯤만 근사하게 번역하고 나머지 반은 아예 옮기지 말든가, 다른 데서 빌려오라는 소리다. 그것이 오히려 작가는 물론이고 독자의 상상력도 부추겨서 진실한 허구에의 밀착감을 증대시켜 줄지도 모른다. 우리 모두의 일상생활을 꼼꼼히 따져 보더라도 속없는 말, 거짓말, 헛소리 따위만 늘어놓으면서 그냥저냥 살아가는 것이 바로 인간이다. 바른말, 진실, 속에 맺힌 말만 골라가며 한다는 것은 불가능하고, 그렇게 살아지지도 않고 살아갈 수도 없다. 우리가 정상인이라고 치부하는 여느 평범한 사람들도 크게든 작게든 정신적으로 문제가 많거나 반상식적인 부류임은 틀림없는 사실이다. 어떤 의미에서도 인간과 세상을 실사(實寫)할 수는 없고, 해봐도 이렇다 할 가치도 없다. 그것이 가능하다고 설쳐대는 좀 이상한 정열가들은, 혁명가나 종교인이나 정치가들도 그런 부류일 테지만, 그들은 그 허영대로 평생토록 뺑이나 치면서 고군분투하라고 내버려두면 그뿐이다. 작가는 다른 방법으로 인간과 현실의 명암을 조명하는 사람인 셈이고, 적어도 허영꾼일 수는 없다.

이상이다. 잡다한 소리를 내가 너무 많이 한 것 같다. 소설쓰기 교육에서 너무 자상하고 친절한 설명으로 임하는 게 아주 나쁜 방법인 줄 알면서도, 흡사 군것질용 용돈을 너무 헤프게 쥐어줌으로써 성장기 아동의 밥맛을 잃게 하는 애정 난반사형 엄마처럼 내가 워낙 엉터리 접장임을 또 한 번 확인한 꼴이 되고 말았다. 굳이 말로써 일러주지 않아도 알 만한 것을 가르친다는 것은 특정 종교의 선교 행위와 비슷할 텐데, 알다시피 나는 전도사가 아니다. 아직도 모르고 있기는 하다, 문학의 전도에 과연 말이 필요한지 어떤지, 또 개개인의 생각과 상상력을 문장으로 곧 득의의 표현으로 바꿔낼 수 있는 훈련이 강단에서의 배우고 가르치기로 가능한지 어떤지도.

허영숙의 말귀가 어둡지 않다는 거야 나도 익히 알고 있었다. 하지만 자신이 꼭 해야 할 말을 속으로 더듬고 있을 때는 그 말을 꺼낼 기회를 잡느라고 남의 말을 귀담아듣지 않는 버릇 때문에 그와 나의 대화가 더러는 엉뚱한 말의 둘러대기로 바쁜 경우도 없지 않았으므로 나는 그가 내 품평을 얼마나 제대로 이해했는지, 또 내 지적에 승복했는지는 알 수 없었다. 나의 주시에도 불구하고 강의 시간 내내 그가 예의 그 반복 동작, 앞자리를 가만히 쏘아보다가 곧장 제 원고에다 시선을 꼬느고는 연방 머리를 끄덕이며 가끔씩 밑줄도 긋고 받아쓰기를 하는 그 골똘한 경청 자세를 허물어뜨리지 않기는 했어도, 웬만큼 소설을 쓴다고 자부심을 가지고 있는 수강생들도 나의 평가의 성의만큼은 소롯이 쓸어안았으리라는 짐작은 갔으나, 그가 그것을 어떻게 소화해낼지는 또 다른 문제였다.

3, 4학년 수강생의 작품들 중에서 싹수가 완연히 다른 한두 편은 개고하라고 당부하고, 반드시 제목까지 바꿔버리겠다는 각오로 덤벼서 환골탈태한 새 작품을 만들어내라는 주문을 빠뜨리지 않는 게 내 강의의 마무리 방법 중 하나다. 한 학기에 그런 주문을 받는 작품은, 한 학년에 한두 편이 나오곤 하지만, 그 개작도 당사자가 원한다면 당연히 공개재판에 올린다. 그런데 그 개작을 보면 그 임자의 능력, 성격, 심지, 가능성 따위를 짐작할 수 있다. 지적받은 오문과 비문, 시대착오적 발상, 전후 문맥의 도착 따위만 깔짝거리다 말았다 싶게 고쳐놓고는, 좀 더 정확히는 이야기나 플롯을 버리기가 아까워서 바들바들 떨다가 결국에는 하나도 바꾸지 않았을뿐더러 그 앉은자리조차 그대로 내버려둔 개작은, 비록 그 고심의 저항이 내 평가에 대한 나름의

응수라 할지라도, 몰매를 맞아도 싸다. 그런 행태는 고집이 아니라 응석일 뿐이며, 흠 없는 완제품을 만들어 보겠다는 소신의 미달로써 자기기만에 지나지 않는다. 어떤 천품이나 재능이 한몫하는 자기만의 개성으로서 빛을 내려면 제 자식의 못난 점을 누구보다 잘 알 수밖에 없는 아비로서 그는 남몰래 하염없이 울어야 하는 것이다. 그 통곡이야말로 재능의 또 다른 본령이라 불러 마땅하고, 진정한 의미에서의 개성을 스스로 쟁취하려는 소지이기도 하다.

당연히 '겨울집에서' 도 개고해 보라는 당부를 디밀었다. 그러나 1주일 후에 종강이 닥쳤으므로 그것의 개작 여부는 한동안 알 수 없었고, 나는 적잖이 안달했다.

7

발설자를 굳이 알 필요도 없는 명언 중에 '모든 남자는 다 우스꽝스럽고, 모든 여자는 다 이상하다' 는 말이 있다. 노소를 막론하고 두쪽의 언행 일체를 유심히 뜯어보면 볼수록 섬뜩해지는 지언(至言)이어서 속으로 '과연' 이라며 머리를 끄떡인 적이 한두 번이 아니다. 아마도 여러 욕망의 제어 기제를 작동시키는 일련의 언행에서 남자와 여자는 선천적으로 그 양상이 판이해서 그렇게 되는 듯싶고, 이런 대목에서도 '남성다움' 과 '여성스러움' 에 대한 사회적 기대치와 관습적 요구라는 잣대를 그 해명의 도구로 들이대는 것은 본말전도적인 발상이 아닐까 싶다. 아무튼 현생 인류의 두 성별이 절대적으로든, 상대적으로든 정상이 아니라는 시사(示唆)가 위의 명언에는 분명하게 드러나 있다. 그런 예증이 나와 허영숙 사이에도 자주 있었다.

바로 그해 가을 학기의 어느 날 오후였을 것이다. 그때 마침 나는 복도 너머의 화장실에서 나와 내 일신과 머리의 자율적 타율적 해방구로 서둘러 피신하려고 잰걸음을 떼놓고 있던 참이었다. 그런데 불과 10여 미터 앞쯤에서 허영숙이 무슨 귀신처럼 발소리도 달지 않고 느리게 걸어가고 있어서 나는 주춤하지 않을 수 없었다. 그 걸음의 보폭이나 속도도 연출자의 지시를 따르는 연극배우의 그것에 가까웠다. 이윽고 그는 내 연구실 앞에 당도했고, 잠시 숨을 고르는 듯 멈춰 서서 실내의 기척이나 반응을 알아둬야겠다는 자세로 삘쭉이 열린 문짝에다 귀를 갖다 대고는 노크 소리를 똑, 똑 두 번 울렸다. 순간적으로 내 가슴이 뜨끔했으나, 그의 일상적인 행동거지를 웬만큼 숙지하고 있었으므로 나는 곧장 그의 곁으로 다가갔다.

"방주인은 여깄다. 들어가자."

불쑥 튀어나온 말이긴 하고, 따져봐도 틀린 말은 아닌데도 그 말의 어감이나 어조가 참으로 이상해서 한동안 그 공명의 메아리가 내 귀에서 떠나지 않았다. 그때 그의 감정은 어땠는지 몰라도 몸으로나 말로나 어떤 호들갑을 떨지도 않았던 것만은 아직도 내 기억에 남아 있다. 아마도 방주인답게 내가 문짝을 밀고 먼저 들어갔을 것이다.

"거기 앉아라. 오랜만이다. 내 강의에 결석은 안 하는 것 같더라만."

"이 작은 냉장고도 텅텅 비어 있는 게 좀 우습네요."

"대체로 늘 그렇다. 가끔씩 서울의 집에 가서 냉수라도 마시려고 냉장고를 열어보면 그 속이 온통 터져 나갈 듯이 꽉 차 있어서 갑갑하고, 당장 쓰지도 않을 것을 저렇게나 처쟁여두니 얼마나 아깝고 비경제적인가 싶어 후딱 좀 깔끔하게 비우라고 일러도 집사람은 내 말을 서푼 어치도 안 듣더라. 정말 이상해. 여자들은 왜 자꾸 머시든 채우려 드는지. 남자는 그 반대고. 또 여자들은 언제라도 뭘 주려고 나대지만, 남자는 늘 뭣이든 빼앗으려고 대들고. 남자들이 뭘 주는 것은 잠시 보관하고 있으라는 것이지, 절대로 영원히 가지라는 것이 아니야. 그럴 리가 없어. 반드시 다시 빼앗지."

나는 그의 외모를 힐끔 훔쳐보았다. 꺼벙한 허우대에 여전히 꺼칠한 얼굴이었고, 복숭아 껍질처럼 분가루가 터실터실 일어나 있는 살갗 밑에는 울긋불긋한 여드름 자국이 자우룩했다. 멀뚱멀뚱 책장의 칸칸을 훑어보는 그의 행태는 너겁이 몰켜든 수면 위를 사부자기 걷고 있는 소금쟁이처럼 자늑자늑한 것이었지만, 그의 전신에는 저퀴가 슬그머니 내려앉아 있었다. 그 저퀴가 제발 글귀신이길 바라는 내 심사도 얄궂었다. 그것은 우리말로 더넘이었다.

"낭비혐오증이라는 병명도 있는 모양이고, 나도 그 귀신에 씌었는지 모르지." 나는 턱짓으로 냉장고를 가리키며 물었다. "또 그 견과류가 하는 먹거린 모양이다? 그것을 하나씩 까서 우적우적 씹어먹고 하니 영장류의 단출한 살림살이가 그렇게 부러울 수 없고, 우리 인간들이 먹고사는 데 너무 수선을 떨어대고 있는 것 같애서 왠지 서글퍼지더라."

그는 웃지도 않고 정색하며 말했는데, 벌써 동문서답이었다.

"떨어지면 언제라도 전화 주세요. 생색낼 일도 아니지만요."

"나는 영장류에 가까워서 그런지 전화 같은 문명의 이기를 이용하는데 게으르고 느리다. 환경보호론자들의 말을 나도 열심히 주워듣고는 있다만, 인면수심(人面獸心)이 아니고서는 어떻게 앞뒤도 맞지 않는 그런 설을 함부로 풀어놓을 수 있을까 싶은 생각부터 앞을 가려서 말이야. 말들이 전부 서로 치고받고 싸우며 난리야. 박이 터지고 피가 철철 흐르는데 아프지도 않는가 몰라. 왜 모를까, 알 거야. 그러면 머야, 사기라는 소리지. 무슨 전생을 팔아먹는 점쟁이도 아니고. 아무리 좋게 봐도 새로운 근본주의자 같기도 해. 보호? 그 말이 벌써 데리고 논다는 소리 아냐. 그런데 인간이 어떻게 환경을 돌보고 길들여? 힘들 거야. 환경이 인간을 데리고 사는데. 환경이 보면 얼마나 가소롭겠어. 욕심을 버리고 마음을 비우라는 종교인들의 점잖은 말씀은 전적으로 헛소리야. 말이 안 되잖아. 내가 아무리 중증의 낭비혐오증을 앓고 있다고 해도 말을 낭비하는 것들보다는 다소 도덕적이지 않을까 싶어. 큰소리는 결국 낭비거든. 실천이 애초부터 불가능하니 말이야. 그런 낭비가들이 과연 제정신일까? 그렇지 않을 거야. 이것만은 장담할 수 있어. 미친 것들, 어처구니가 없어. 자꾸 생기는 것을 버리고 비우라니, 형용모순 아냐. 완벽한 이성으로는 그럴 거 아냐. 완전무결한 이성이란 말도 똑같이 모순이지만. 언어의 유희라면 말이 안될 거야 없지. 모든 형용사는 감성이지 이성일 리는 만무해서도 그럴 테고. 일컬어 재미있는 미망(迷妄)이지."

공연한 일에 거품을 물고 있는 꼴이었다. 어쩌다가 이런 허풍을 떨어대는지 내 스스로도 알 듯 말 듯했다. 그가 아주 차분하게 물었다.

"지금은 안 바쁘신가 봐요?"

그는 이미 내 말을 귀담아듣고 있지도 않았다.

"왜, 바쁘기로 들면 한량없이 바쁘지. 다 비워지지 않는 욕심 탓이다만. 그래도 어쩌냐. 영장류의 곡식을 일부러 먼길을 마다않고 대주러 왔으니 말품으로라도 같잖은 보답을 해야지. 내가 명색 선생으로서 불면수심(佛面獸心)일 수야 있나." 평소의 소회를 풀어놓은 만큼 심심풀이용 농담은 아니었지만, 나는 즉각 내 소임을 도슬렀다. "그 해보라는 개고는 어떻게 됐냐? 다른 일도 그렇지만 글이란 느럭느럭거리면 거기서 당장 끝장이야. 그야말로 자기학대를 통한 자기해방을 누려야지. 욕심을 최대한으로 갖고 자기 심신에 닦달을 퍼부어야지."

"엉터리인지 몰라도 세 편으로 늘어났네요."

귀가 번쩍 뜨이는 소리였다.

"그것 참 듣던 중 반가운 소리다. 한 편이 그렇게 됐다는 소린가, 아니면 두 편이 그렇게 늘어났다는 소린가. 어느 쪽이든 수지 맞는 작업이다만."

"두 편을 완전히 해체했더니 그렇게 되던데요. 네 편 다섯 편도 쓸 수 있겠던데 몇몇 장면과 일화는 꼬불쳐 뒀고요."

"자알했다." 내 일처럼 기뻤다. 솔직히 말하면 접장질을 하고부터는 천금같은 월급에 코가 꿰어 소설쓰기가 정말 시드럽고, 벌써 나잇살이나 먹었답시고 머리나 체력이 두루 못 따르는 내 일신이 한심스럽다 못해 징그러운데다가 돼먹잖은 글이나마 언젠가는 써야지 하는 강박관념 때문에 사시장철 생몸살을 앓고 있던 판이라 당장에라도 그의 작품을 내 것이라고 빼앗고 싶었다. 그것도 한 편도 아니고 세 편이라니. 부러웠다. "어서 반장한테 말하고 발표 순번을 받지 그러냐? 미적미적거릴 일이 따로 있지."

"신작이나 두어 편 더 써서 발표하고 난 후에 그럴려고요."

그의 말씨는 여전히 찬찬했고, 제 실속 차리기에는 여물어빠진 구석이 여실했다. 역시 여자들이란 뭣이든 챙기고, 냉장고 같은 데다 가득 채워놓아야 성이 차는 이상한 동물이었다.

"그래? 듣자 하니 그 신작 두 편도 얼추 다 써 놓았다는 소리 같다?"

"종이로 빼서 읽어보고는 있어요. 곳곳에 아직 옹이가 덜 맺힌 것 같아서요. 문맥짜기가 정말 힘들고 어렵기는 하대요. 난생처음 내 머리로 어려운 궁리를 한다고 생각하니 재미도 있고 억지로 신바람을 내고는 있어요."

내가 강의 중에 들려준 문장 작성의 요령을 실습하고 있다는 말이었다. 이를테면 문장은 우선 술술 읽혀야 하고, 강물처럼 그렇게 유유히 흘러가는 단계에 이르면 그다음부터는 쭉쭉 뻗어나는 나뭇가지에 맺히는 옹이 같은 것이 한 문단 속에 두어 개 이상씩은 꼭 들어앉아 있게 되며, 초고가 일단 써졌으면 화면에 떠다니는 글자로 첨삭하지 말고 프린터로 빼낸 '종이 위의 문장'을 반드시 소리내어 읽으면서 전후 문맥을 다듬어 가라는 것이었다. 그것은 일종의 버릇 길들이기인데, 문장이든 사람이든 그것들의 우열이라기보다 선악은 머리나 재능이 좌우하는 게 아니라 버릇이 결정하기 때문에, 다소 비능률적이긴 해도 좋은 버릇을 지치지 않고 실천하는 것만이 두 쪽 다가 살아남는 유일한 길이라는 지침이었다. 숱한 실례를 들 수 있지만, 다음과 같은 사례도 덧붙였다. 일본의 만연체 문장에 한 경지를 보여줬다는 한 작가는 밤새도록 쓴 예닐곱 장의 원고를 다듬느라고, 짐작건대 그 구수하고 걸걸한 목청까지 가다듬어 가며 읽어 버릇하는 통에 새벽녘에는 목이 꺽꺽하니 쉬어 날계란을 후루룩 들이켜곤 했다는 일화가 그것이다.

"호오, 그렇다면 벌써 다섯 편이란 소린가. 누가 훔쳐갈 리도 없고, 빌려달랄 수도 없는 재산이 그렇게 쌓여가니 얼마나 배짱이 든든하냐. 인자 자네는 부자야. 고시망국이란 비문법적인 말도 있긴 하지만, 한꺼번에 1천 명씩이나 뽑아대는 요즘은 어떤지 몰라도 예전 우리 때는 그 어렵다는 사시에 언제 붙어도 붙을 실력쯤 되면 차라리 몇 년 늦게 좋은 성적으로 붙는 게 그동안 공부도 많이 되고, 장래의 출세에 훨씬 유리하다고들 했어. 글도 꼭 그래. 등단하기로 마음만 독하게 먹으면 그까짓 거야 실은 별것도 아니고, 그다음이 문제지. 문운 같은 것도 고시 쪽의 승진운처럼 계단식이 아니니까. 아무튼 열심히 실력을 쌓아 일가를 이루는 일은 나중이고, 우선 그 신작부터라도 빨리 공개재판에 올려보려마."

그는 한참이나 뜸을 들였고, 쭈뼛쭈뼛하더니 어렵사리 말을 꺼냈다.

"개작한 걸 선생님이 직접 좀 감별해주시면 안 돼요? 강의실에서 실컷 깨져도 상관은 없지만, 아무래도 여러 사람을 상대로 하는 말은 좀 다를 것 같애요. 잘못된 부분을 좀 더 확실하게 또 솔직하게 지적받고 싶어서요."

내 머릿골이 순식간에 어수선해졌다. 지금은 10월 말이다. 따라서 이 친구는 신춘문예에 투고할 궁심을 갖고 있다. 그것을 위해 과외지도를 앙청하는데, 게다가 비밀리에 개인지도를 받겠다고 한다. 그렇다면 이때껏 날라다 준 세 봉다리의 견과류 식량은, 그동안의 소행으로 미뤄볼 때 그럴 리야 없지만, 일종의 미끼였단 말인가. 학교에 적을 걸어두고 있는 이상 특정개인에게 과외지도를 하기는 금기랄 것까지는 없겠으나, 공연히 구설수에 오를 수 있다. 주로 학부생들이 가만가만 찧고 까불어댈 그런 입방아가 겁나서가 아니라 그 하기 싫은 습작품 읽기는 금쪽같이 쪼개 쓰는 내 시간을 너무 많이 갉아먹는다. 그래서 이때껏 개작도 강의시간 때우기의 종요로운 텍스트로 활용했고, 그것을 통해 웬만큼 쓴다고 한 학생들끼리의 선의의 경쟁의식을 불러일으킴으로써 등단에의 의욕을 고취시켜 왔다. 그동안 겪어봐서 내 성정과 일과와 강의를 어지간히 꿰차고 있을 텐데, 이 꼰질꼰질한 친구가 도대체 의뭉스러운가, 아니면 제 실속만 챙기는 억척보두란 말인가.

“소설 실기 강의가 무슨 대입전문 학원처럼 출제예상문제를 찍어내고 정답 알아맞히기의 요령만 가르치는 데는 아니지 않은가, 잘 알 것이다만. 또 공석에서의 말과 사석에서의 말이 같을 수야 없을 테지만, 원고의 잘잘못을 지적하는 데 있어서 한쪽에서는 잘 썼다고 추어주기만 하고, 다른 쪽에서는 엉망이다, 개악이다고 머러칼 리야 있나. 나는, 짐작이 있을 것이다만, 이때껏 똑같이 해왔다.”

그가 검지와 중지를 모아 귓구멍 옆의 조그만 돌기를 꾹꾹 눌러댔다.

“왜 그러냐? 내 말이 잘 안 들리냐?”

“아니오, 그렇지 않고요. 아주 또랑또랑하니 잘 들려서요. 무슨 말씀인지 분명히 알아듣겠고요.”

“그 턱 떨어진다는 심기증은 좀 어떠냐?”

“글 쓴다고 잊어버렸더니 어떻게 됐는지 잘 모르겠어요. 아직 난청 증세는 없는 것 같고요. 담당 의사가 6개월마다 한 번꼴로 들르라고 했는데 지난번에는 가지도 않았어요."

"그것도 다행이다. 다 글 덕인 것 같다. 글이란 게 원래 사람을 사람답게 살리자고 생겼을 테고, 또 이때껏 있어 왔는데 성경에도 있듯이 이제는 그 홍수에 치어서 더 큰 혼란이 생긴 것 같다. 말도 꼭 그렇다. 말의 액면가와 시장가격이 너무 동떨어져서 도통 머가 먼지, 어느 쪽이 정상가격에 맞는지 종잡을 수 없게 됐으니 큰일도 이런 큰일이 달리 없을 것이다."

"제가 고등학교 2학년 가을부터는 집안 사정 때문에 제도권 교육을 전혀 못 받아서 남의 말을 얼마나 제대로 알아듣는지 늘 의심스러워서요."

어떤 식으로 품평을 들려주든 읽을거리를 숙제로 떠맡은 마당이라 내 심사는 벌써 허둥지둥 쫓기고 있었다.

"그게 바로 열등감이고 자격지심이라는 건데 이제 자네 학력으로는 그런 걸 훌훌 털어버려도 괜찮을 거다. 물론 숙환이라서 쉬 떨어지지는 않을 것이다만. 그럴수록 더 노력하고 훈련을 쌓아가야지. 제도권 교육? 그럼 그 짱짱한 대학의 경영학과에서 4년 동안이나 배운 것은 무슨 폼이었단 말이냐?"

"그거야 거의 상식에 준하는 공부라서 그 방면의 용어들만 익히면 더 이상 공부할 것도 없어요."

"됐다, 못 알아듣는 게 아니라 안 듣는 경우는 종종 있는 것 같더라. 너무 꼼꼼히 따지며 듣느라고 앞엣말만 물고 늘어지다가 뒤엣말을 놓치곤 해서 그럴 테지만, 남의 말을 다 들을 필요도 없다. 글도 마찬가지다. 인기 있다고, 잘 팔린다며 떠들어댄다고 다 찾아서 읽으려면 끝도 한도 없으려니와 가랭이가 찢어질 판인데, 그 짓을 왜 하냐. 별 소득도 없을 게 뻔한데."

"물론 그렇지요. 그래도 사장실에서 한 말이 작업 현장에서는 생판 달라져서, 아주 딴판으로 뒤바뀌어서 떠도는 걸 많이 봤어요."

"그거야 두 쪽의 임기응변책이든가, 불신시대인 만큼 서로의 기만술일 테지. 알겠다. 그걸 글로 명징하게 써 보려마. 그 개작들은 언제까지 가져올 수 있겠나?"

그는 머뭇거렸다. 나는 기다렸다. 서로의 입장이 거꾸로 바뀌어 있었다. 그의 주저벽은 중증이었다. 말을 아낀다기보다 감추고 있는 그의 성품이 안타까워서라도 나는 벗바리 노릇을 자임할 수밖에 없었다.

그의 거래가 멎었다.

"선생님, 너무 죄송해요, 제가 누구에게 뭘 졸라보기는 처음이라서요."

나는 의자를 밀치고 일어섰다.

"그럴 거 같다. 이 세상은 너무 복잡다단하게 뒤틀려 있어서 제 혼자 꾸물대고 자기감정에 겨우면 얼치기가 되고 만다. 더 모질게 글에 매달려봐라. 원고는 될수록 빨리 가져오도록 하고."

나는 뒤쪽으로 물러나 책상 앞에 앉았고, 연구실을 빠져나가는 그의 모습을 지켜봐 주지도 않았다. 글에서나, 일상에서나 감상이 금물임을 나는 잘 알고 있었다.

8

가져오겠다던 개작은 두 주일이 지나도록 종무소식이었다. 신춘문예에 투고하려면, 또 소기의 목적을 달성하기 위해서는 닭 잡는데 소라도 잡을 기세로 덤벼야 할 것이므로 두어 번쯤 가필를 해야 할 테고, 그때마다 내가 읽어보고 좀 더 손댈 곳을 지적해줘야 할 터이라 시간도 촉박했다. 그런데도 허영숙은 무슨 배짱인지 태평이었다. 여일하게 내 강의에는 꼬박꼬박 출석하여 낙숫물이나 하염없이 받아내는 돌확처럼 투그리고 앉아서 가만가만한 손길로 낙수(落穗)나 줍듯이 받아쓰기를 해대고 있었다. 강의실을 빠져나오면서 그를 힐끔 쳐다보아도, 일부러 그러는지 그는 내 눈도 좇지 않고 딴청을 부렸다. 저런 느림뱅이가 있나 하고 속에서 욕지기가 치밀어오르는 것을 겨우 참아내면서도 점점 내 쪽에서 안달이 나서 그를 불러들일까 하는 엄두를 내다 그만두기도 했다. 마음이 바쁘고, 시간에 쫓기고, 기신거리며 빌어야 할 사람은 그지 내가 아니었다.

이른바 신춘문예병이 도지는 계절이 오면 이런저런 인연으로 내게 작품을 봐달라는 문청들이 하나둘씩 끊이지 않고 찾아오기 시작한 지도 어언 20년쯤 전부터였다. 그동안 별의별 일이 다 있었고, 그 일들을 떠오르는 대로만 옮길래도 반나절은 족히 걸릴 테지만, 공통점 하나는 투고 지망자들이 의외로 강심장들이어서 마감일이 임박해서야 허둥지둥, 더러는 탈진 직전의 몰골로, 몇 번이나 낙선의 고배를 마신 치들은 시큰둥한 태깔로 나타나서 원고를 디밀며, 시방 지 코가 쉰댓 자나 빠졌다며 엄살을 피운다는 사실이었다. 개중에는 마감일을 불과 사흘 앞두고, 당연하게도 이번에는 모신문사에 투고하겠다는 시건방진 소견까지 앞세우고 내 앞에 나타난 새치름한 아줌마짜리도 하나 있었는데, 손만 움직여도 훅훅 끼쳐오는 그 이상야릇한 향수냄새까지 거슬려서 나는 일언지하에, 이 늦어빠진 인간아, 사람이 짐승과 다른 점은 준비성이 있고 없는 것 아닌가, 자네는 시간을 물 쓰듯 써 놓고서는 이제와서 나한테 짬을 내서 같잖은 원고를 읽어달라면 내 꼴이 흡사 자네 출입을 대청 끝에서 기다리는 종놈과 마찬가지지 뭔가, 꼴도 보기 싫으니 어서 이 원고는 가져가라고, 조의 설교를 퍼부으며 내쫓아도 고양이처럼 제 몸만 빠져나가려고 해서 그 원고를 임자의 아랫도리 쪽에다 내팽개쳐버린 적도 있었다.

학과의 조교나 4학년 반장을 전화로 불러 허영숙을 불러들이기도, 수강생들이야 어떻게 생각하든 말든 강의 후 그를 직시하며, 자네 지금 안 바쁘면 잠시 내 방에 좀 들르지 라는 하명을 떨구기도 마뜩잖았다. 무슨 걸작을 만드느라고 저렇게나 꿈지럭거리나, 장고 끝에 꼼수 둔다고 하수가 제아무리 머리를 쥐어짜 봐야 무슨 뾰족수가 나오나. 하기야 미친년이 애를 씻기다 죽인다지 같은 노여움을 일구다가도 사람을 잘못 보고 헛발질을 해대는 내 입장이 가소롭고 겸연쩍어 떡심이 풀렸다.

따져보면 그는 동급생보다 열두어 살 남짓 나이를 더 먹은 꼭 그만큼 나와 가깝게 지낸 인연밖에 없었다. 그러나 한편으로는 제때 학업을 닦지 못한 열등의식이 워낙 심해서 이제 노처녀 특유의 심기증까지 스스로 불러들여 그 불우를 애지중지 쓰다듬고 있으며, 가업이나 다름없는 도금회사에서 오래도록 직장생활을 하느라고 그 노사의 틈바구니에 치여서 남의 말을 곧이곧대로 믿지 못하는, 그래서 사장실 문밖으로 흘러나오는 말을 염탐하는 버릇이 있기는 하다. 그런데도 그는 전국 각지의 5백여 업체가 오로지 기술 경쟁과 불량품 없는 품질

관리로만 적자생존의 치열한 각축전을 벌이는 동업계에서 공장을 다섯 군데에서나 돌리며, 규모로나 내실로나 유관업체에 꿀리지 않는 체통을 유지하는 집안의 막냇동생이다. 모르긴 해도 그동안 회사의 살림을 알뜰하게 꾸려온 공헌도를 참작해서라도 그의 오빠들이 앞으로 그의 생계비 정도는 넉넉하게 챙겨줄 것이다. 유일한 골칫거리가 있다면 집안 어른의 해괴한 신병인데, 그거야 대체의학으로도 넘볼 수 없는 데다가 그나마 맞춤한 데다 모셔두고 있는 만큼 당신의 고종명을 잠자코 기다릴 수밖에 없다. 그런저런 모든 여건은 명암을 너무나 뚜렷하게 드러내고 있다. 그러나 그 밝고 어두운 면면은 소설쓰기에의 어떤 입지 조건을 거의 완벽하게 갖춘 환경이기도 하다. 강의실에서의 내 식으로 말한다면 명징하게 깨어 있는 의식만이 이 시대의 숨겨진 비경을 찾아낼 수 있는데, 그러기 위해서는 생활온도가 너무 훈훈하면 졸음이 쏟아져서 멍해지게 마련이므로 차라리 잔뜩 웅크리고 지내야 할 정도로 춥게 살아야 한다.

나의 그런저런 조바심과 성화, 성원과 동정, 관심과 매도 따위를 비웃듯이 그는 나름의 돌출행동을 속속 드러냈다.

우선 그는 제 심지대로 신작 '경청 자세, 또는 떠다니는 말' 을 먼저 제출했다. 제출방식도 여느 수강생들처럼 내가 강의실에 들어가기 전에 원고를 교탁 위에 얌전히 올려놓는 그것이었다. 종강이 3주 앞으로 다가와 있었으므로 그날은 세 작품이나 한꺼번에 올라왔는데, 그의 작품은 제일 밑바닥에 깔려 있었다. 아마도 그가 나중에 내면서 제 순번을 뒤로 물린 모양이었다.

적잖이 삐딱하게 뒤틀어져 있던 내 심사도 한몫했지 않았나 싶지만, 그 신작에 대한 내 감상은 탐탁하지 않았다. 대단히 묵직한 그 제목이 벌써 막강한 작의를 드러내고 있긴 해도, 특히나 흔히 쓰는 '혹은'을 단호히 기피하고 순수한 우리말 '또는'을 굳이 사용한 고집도 좀 무겁지 않나 싶은데다, 앞말을 부연하는 뒷말을 보더라도 제목 전체는 너무 설명적이다 못해 '산은 산이다' 식의 순환적 서술이라는 책을 잡을 만했다. 내 취향이라 시비를 가릴 수도, 또 그럴 필요도 없으나 앞말이든 뒷말이든 하나만 써도 괜찮을 듯했고, 뒷말은 어느 기성 작가의 제목에도 그것이거나 그것과 비슷한 것이 있었지 않았나 해서 껄끄러운 것이었다. 한창 자기 세계를 열어가는 젊은 나이의 작가들은 기발한 제목을 선호하는 경향이 다분하고, 나이가 들수록 남과 다르려는 그런 성향이 가뭇없어져 무난한 것을 좇게 마련이지만, 내 눈에는 오늘의 우리 젊은 소설들은 그 제목들조차 너무 노골적, 선정적, 기교적이어서 못마땅할뿐더러 얼굴 화장만 짙게 한다고 몸까지 건강하며, 그 처신도 윤리적인지를 조금도 숙고하지 않는 행태로 비친다. 적어도 일류 작가를 꿈꾼다면, 그런 설부른 작태부터 교정하는 버릇을 길들여 하건만, 젊은 나이라서 그게 불가능한 것은 어쩔 수 없는 취약점이기도 하다. 하기야 허영숙의 제목은 내용을 웬만큼 반영하고 있다는 점에서도 나의 그런 선입견을 저만큼 물리칠 정도로 성숙한 것이었고, 바로 그 점만으로도 누구 것을 패러디한 게 아니라 양질의 도전쯤으로 이해할 만했다.

이야기는 상당히 이색적이었으나, 그 줄거리는 의외로 단순했다. 주인공 영희는 복식 부기의 원론과 실제를 확실하게 익히기 위해서 퇴근 후에는 매일같이 학원에 다니는, 남녀 내의를 전문으로 제조하는 어느 섬유봉제회사의 사원인데, 어느 대학의 겸임교수라는 김모 강사의 강의가 좀 어수선한가 하면 때로는 오늘의 경제 현황에 대한 비판적인 견해를 장황하게 늘어놓고 있어서 곤혹스럽다. 이를테면 투자를 결정, 추진하는 여러 복잡한 요인을 일단 논외로 친다면 '경제성장은 결국 국민총생산을 불리는 계수와의 싸움'이며, 그것을 고르게 분배하는 방법론은 '놀고 싶어하는 사람에게 일을 시키거나 그대로 방치해버리는 소비적 측면으로서의 공적 영역'과 '열심히 일하는 게 유일한 낙인 사람에게 놀라고 권유하거나 일거리를 제한하는 생산적 측면으로서의 사적 영역'을 어떻게 조화시키는가에 달려 있는데, 그것의 제도화 과정은 오늘의 일반적인 근로 의욕과 노동의 윤리적 성격을 상정할 때 거의 이상론에 가깝고, 누구의 말대로 오늘날과 같은 기계 및 황금만능 풍조의 시대에는 이상주의란 말 자체가 상스럽거나 공허한 수사에 불과하므로 어떤 강제적 수단의 동원은 필요악일 수밖에 없으며, 바로 그런 법에 의한 조정은 고용시장을 왜곡시킬 뿐만 아니라 시장경제 체제의 물을 흐리게 하는 파시스트적 지배를 의미한다는 것이었다.

요컨대 중년의 김모 강사의 강의는 얼마든지 쉽게, 단순하게, 깔끔하게 설명할 수 있는 것도 일부러 어렵게, 복잡하게, 너더분하게 풀어놓아 수강자를 헷갈리게 만드는 재주가 뛰어나다. 그런데도 그의 '해박한 실력'은 대다수 수강생에게 선망의 적으로 떠올라 있어서 영희로서는 '이게 무슨 수상한 협잡'인지 종잡을 수가 없다. 어쨌든 그녀는 그 강의를 제대로 이해하지 못한다는, 소설 속의 표현대로는 '피교육생으로서의 자격 미달이라는 억울감'에 시달리고 있다. '현재' 피교육생으로서 3주째를 맞고 있는 그녀는 중간에 10분간 휴식시간이 있는 90분짜리 강의를 경청하는 내내 배앓이가 심하고, 방귀가 터질 듯 말 듯해서 그것을 참느라고 오만 신경을 곤두세운다. 실제로 '어제'는 배에서 꾸르륵거리는 소리가 한동안 이어지더니 방귀가 저절로 터져버려서 한 줄 건너 수강생이 그 소리를 들었던지 그녀를 힐끔거리기까지 했다.

아무튼 영희는 낮 동안 회사에서 성실하게 일하는 중에도 잠시 짬을 내서 그 전날 밤에 배운 것을 복습하느라고 나름껏 애쓰며, 점심시간이면 한 공단의 B지구에서도 같은 울타리 안에 있는, 도금회사를 거쳐야 비로소 완제품이 되는 철제 주종의 안경테 제조회사의 경리직원이자 사장의 부인이기도 한 이정순 언니에게 알쏭달쏭한 계정을 물으러 가기도 한다. 그런데 사장은 물론이고 회사 전체를 쥐락펴락하는 이정순 과장의 설명은 매번 예의 그 김모 강사의 번거롭고 애매모호한 강의와 달리 너무나 명쾌하고 단도직입적이라 그녀는 속으로 놀란다. 마침 그녀의 회사는 위장 취업자 한 명 때문에 노사간에 말들이 많다. 그 말들은 '어젯것이 오늘것과 아주 다르고', '사장의 문자대로라면 절상생지(節上生枝)라고 가지에 가지가 자꾸 붙어서' 주종(主從)이 혼선을 빚고 있다. 그러나 사장은 배포도 크고 뚝심도 만만찮아서 노사분규가 잦은 회사는 반드시 망한다는 속설을 깨고 말겠다는 '의식이 아니라 고집에 철저히 순종하는', 임금은 회사의 수지 타산에 따라 얼마든지 인상할 수 있으나 비내구 소비재 업종의 특성상 조업단축, 작업 강도의 이완 따위는 용납할 수 없다며 서슬을 시퍼렇게 세우는 그녀의 고종사촌 오빠이기도 하다. 두쪽의 첨예한 대립은 결국 경영상태의 전면적 공개 여부로 비화한다. '장부'의 공개는 '숫자'의 면밀한 검토와 다를 바 없는데, 그 숫자들은 우리 산업계 전반의 관행적 불합리, 비리 등과 맞닿아 있다. 박 사장의 대응은 이렇다. '장부는 공개하고 말고도 없다. 주먹구구로도 셈이 금방 나온다. 누가 인건비를 뜯어먹었나, 나는 안 뜯어먹었다. 제반 경비 부풀리기, 회삿돈 유용, 접대비 과다, 그럴 여유가 있다면 얼마나 좋겠나. 그것보다는 환율의 등락이 내 살과 피를 말리고 뜯어 갔을 것이다. 노동집약형 산업은 이제 이 땅에서는 진작에, 또 영원히 종쳤다. 하루라도 빨리 물 건너가서 낯설고 말씨 다른 순박한 공원들과 진짜 말씨름이나 해야겠다. 남의 말을 안 듣고 못 믿는 인간들이 일이나 제대로 할까, 일이 말이고 말이 일이지 별건가.' 영희는 후들거리는 다리에 힘을 모아가며 어떤 가공의 숫자들이 빼곡하게 기록된 장부를 한 아름 가슴에 부둥켜 안고 사장실로 들어간다. 그곳에는 하등에 쓸데없는 잡담들을 나누는, 뻔뻔스러운 여섯 얼굴이 있다. 물론 노사 양측의 대표 세 명씩이 그들인데, 말맞추기, 말꼬투리 잡기 끝에 도출해낼 그들의 타협점은 결국 숫자다. 믿을 것은 숫자밖에 없으나, 그 엄정한 숫자에 대한 영희의 불신은 그 골이 깊어만 간다.

'웬만큼 썼다'는 총평에 곁들여 자잘한 지적거리를 원고 뒷장에 휘갈겨두긴 했으나, 여러 인물의 그 각진 면면과 그들의 대결 구도가 다소 도식화되어 있다는 내 감상은 분명했다. 영희와 김모 강사의 회화화를 별개로 친다면 나머지 인물들은 각각 그 직능을 대변하는 유형화로서의 어떤 과보호가 지나쳤기 때문에 나의 그런 독후감은 설득력이 있었다. 실제로 오늘의 산업 현장에서 벌어지고 있는 다른 측면,

곧 미싱이 숨 가쁘게 돌아가는 공장 속의 싱싱한 일상과 박음질 소리 속에 파묻혀 살아가는 여공들의 삶 같은 세목이 다뤄졌어야 했고, 가능하다면 그것이 해학적으로나 시니컬하게 조명되었어야 했을 것이다. 나의 기대와 욕심이 좀 과했는지 몰랐다. 그렇다면 내가 허영숙을 과보호하는 셈이므로 그런 사적인 감정을 앞으로 그가 어떻게 소화해 낼지를 미리 그려보면 내 처신이 두꺼운 옷을 입은 듯 거추장스럽게 느껴졌다.

그렇긴 해도 어느 쪽의 눈치도 아랑곳하지 않는 작의의 씩씩한 육성, 반듯하게 설명하는 문장력의 온당한 득세, 다소 치우쳐 있긴 해도 현실 파지력의 비상한 정확성 같은 덕목은 괄목할 만한 것이었고, 그 미덕은 허영숙 나름의 독보적인 작가 세계여서 상대적으로 칭찬을 받기에 부족함이 없었다. 그의 직조 능력의 뛰어남은 위장 취업자 운운에서도 드러나듯이 이 소재가 80년대나 90년대 말의 좀 낡은 것이 아니냐는 비난을 불식시키기 위해서 '주문자 상표부착 제조업(OEM)' 같은 세목들을 곳곳에 장치해둬 이런 업종이 21세기 벽두인 현재에도 우리의 지근 거리에서 성업 중이라는 시사에 값하고 있다. 빈틈없는 봉제술이자 실밥 하나도 묻어 있지 않은 완제품인 것이다.

아마도 내 강의의 진의를 그가 웬만큼 수습했다면, 자신의 경청력 부족에 대한 자의식에도 불구하고, 상당한 격려가 되었을 것이 틀림없고, 이제부터는 소설쓰기에 혼을 빼앗겨 훨씬 더 멍청해져 버려도 보람찬 삶을 영위할 수 있을 것이었다.

그해 12월 둘째 주 수요일 오전 중에 나는 실기 과목 '소설창작연구' 강의를 끝냈다. 시리얼을 쏟아부은 우유에다 눅눅한 식빵을 적셔서 소처럼 우걱우걱 씹어대는 점심을 연구실의 예의 그 탁자에서 때우고 난 후, 또 한 학기가 대과 없이 끝났다는 후련한 심지를 다독이고 있는데, 귀에 익은 노크 소리에 뒤이어 문짝이 의자를 가만히 밀어내는 소음이 들렸다. 그때쯤에는 숙제거리인 그의 개작 읽어주기에 따르는 이런저런 심리적 부담감을 툴툴 털어버리고 있던 차였다.

허영숙은 역시 말없이 냉장고를 손수 열어 그 속에다 무언가를 집어넣은 다음, 소모품을 챙겨놓은 여사원이 사장의 다른 지시를 붙좇는 엉거주춤한 자세로 멀뚱거리며 서 있었다. 앉으라는 내 말이 떨어지기를 기다리는 것 같았으나, 나는 속에서 씩씩거리는 기운이 치받쳐 올라 할 말을 찾지 못했다.

이윽고 그가 쭈뼛거리며 가방 속에서 원고뭉치를 꺼냈다. 곧장 탁자 위에 그것을 올려놓고는 그 가장자리를 맞추느라고 잔손질로 집적거렸다. 얼핏 보아도 그 원고는 세 묶음으로 호치키스를 박은 바로 그 개작들이었다.

"야, 이 친구야, 마감일이 며칠 남았다고 이제사 그걸 들고 오면 나보고 어떡하란 말인가."

아마도 몇몇 중앙지들이 그 주일의 토요일자 소인이 찍힌 투고작까지만 받는다는 신춘문예 사고를 냈을 것이다.

느닷없는 내 신경질에 그가 잠시 영문을 모르겠다는 표정을 지었다. 그 표정 연기는 제법 진실이 묻어나서 이번에는 내가 좀 당황스러웠다.

"거기 좀 앉아라."

나도 그에게 더러 그랬지만, 그도 가끔씩 나로 하여금 말문이 막히게 만드는 경우를 만들었는데, 그때가 바로 그랬다. 물론 내가 잠시나마 벙어리로서 무슨 말을 찾느라고 애을 먹은 경우는 그 후에 더 자주 일어났다.

"성적도 다 내시고, 난 후, 짬이 나면, 천천히, 읽어봐 주십사고 해서 일부러 종강에 맞춰서…"

말을 뚝뚝 끊어가며 전하는 그의 사려 깊은 연착 사유는 진정임이 한눈에 보였다. 그렇다면 그는 신춘문예에의 투고질 따위는 안중에도 없었던 셈이고, 오히려 내쪽에서 그에게 일종의 사행 심리를 조장하느라고 안달을 낸 꼴이었다. 내 혼자서 넘겨짚고 설친 해망쩍은 잘못이 단숨에 두드러졌으므로 나는 한동안 할 말을 잃었다.

그 후에도 그랬지만, 그는 신춘문예에의 투고질, 등단에의 의욕 따위에 안달하는 내색을 일절 비치지 않았다. 그만한 실력을 썩이기가 아까워서 내쪽이 그를 부추겼던 것이고, 그는 마지못해 그 이듬해부터 응하긴 했으나, 이제 와서 내가 만시지탄의 심정에 젖어 드는 것은 왜 그때 그 세 개작을 투고하도록 다조지지 못했는가 라는 회오가 너무 깊어서이다.

역시 달랐다. '벚나무 아래서' '겨울집에서' '분주한 홀앗이'로 각각 개작한 그의 원고들은 전작의 자취가 거의 보이지 않는 신작들로서 단숨에 읽혔고, 가슴 한복판에서 잔잔히 괴어오르는 감동은 각별했다. 주요인물들의 이름을 바꿔 적은 오기가 두 작품에서나 보였으나, 그런 실수는 고심의 부끄럼 없는 흔적으로서 좋게 비쳤다. 특히나 조출한 단문과 길찬 장문을 번갈아 구사하는 문맥들은, 개울물이 바위에 부딪쳐 콸콸대는 소용돌이를 치다가 곧장 유장하게 흘러가는데도 둥실한 달이 그 물살의 곳곳에 한결같이 떠 있는 격조까지 누렸다. 흠을 잡기로 들면 어떤 작품이라도 사선에서 보이는 표적지처럼 연방 찢어지는 구멍이 생길 테지만, 그의 작품에서는 반듯한 규격품으로서의 어떤 품위 같은 것이 얼른거렸다.

꽤나 설레는 감정을 주체하지 못하고 나는 이틀 후 연구실에 나오자마자 학과의 연락망 수첩을 뒤적여 그의 집 전화번호와 휴대폰 전화번호를 놓고 직접 그를 찾았다. 나의 흥분 따위와는 동떨어지게 그의 전화 음성은 메마르고, 좀 삭았다 싶게 느렸다. 작품을 다 읽어놓았다고 하자, 그새 벌써요에 이어 제 집 전화번호로 전화를 거는 사람은 '제 생활상 감시자인' 오빠들뿐인데, 오늘은 특별한 날이라고 했다. 내가, 안 바쁘면 오늘 중으로라도 내 연구실로 들르라고 하자, 그는 그러겠다면서, 좀 감상적이게도 선생님께서 직접 전화까지 해주셔서 너무 기쁘고 고맙다는 깍듯한 인사도 잊지 않았다. 전화를 끊고 나자 그의 어느 소설 속에서 눈이 뻔쩍 뜨이던 대목, '오늘날과 같은 관람 만능의, 감동 만발의, 환호 만끽의 시대에서 고독, 쓸쓸함, 외로움 같은 말은 정신 빠진 허영꾼의 진부한 상투어에 지나지 않으며, 그래서 어떤 감정의 분출에도 철저히 무능한 그녀로서는 지금의 모든 인간관계란 배고프면 밥을 찾게 되고 마는 개들의 조건반사에 그치고 있다는 체념에다 자신의 심신을 묶어버렸다. 단념은 언제라도 견딜 만한 자학이자 자부심이기도 했다'라는 격한 토로가 떠올랐다. 어떤 호소, 불평, 불만도 잠재워 가면서 글의 거미줄을 정직하게 짜 가는 한 노처녀에 대한 나의 그런저런 억측은 살을 통통하게 찌워 갈 수밖에 없었다.

9

여러 인물이 벌이는 일화, 사건, 이야기 등을 어느 정도까지 확대해야 하고, 어느 선까지 제한할 수 있는지를 면밀히 유의하고, 그런 천착에는 명화의 화폭에 배치된 여러 사물과 인물을 참조하면 반드시 어떤 아이디어의 가감승제가 저절로 잡혀올 것이라고 누누이 강조해온 내 소신이 민망하게도, 이쯤에서 소설쓰기와 무관한 허영숙의 신변사 몇 토막을 털어놓아도 무방하지 싶다.

내 눈에 들어오는 것만 보고, 내가 마땅히 감당해야 하는 일에만 매달리고, 내 처신에 남의 간섭이나 남의 일이 비집고 들어오지 못하도록 경계한다는 신조를 가능한 한 고수하며 살아오는 내 삶의 피근피근한 옹색이야 새삼 말할 나위도 없지만, 졸업을 한 학기 앞둔 허영숙이 이때껏 장학생이었다는 학과 조교의 전언을 우연히 듣고는 적잖이 놀랐고, 그런 일에 무심한 내 스스로를 되돌아보지 않을 수 없었다. 3학기 내내 그의 학점 평균이 4.5에 육박할 정도로 우수한 데다, 그는 제2전공으로 철학과의 여러 과목을 듣고 있는데, 그쪽도 죄다 'A뿔'을 받아내고 있다는 것이었다. 게다가 그는 우수학생에게 지급하는 성적 장학금을 한사코 마다하며 다른 학생에게 양보해왔으나, 마지막 학기인 이번에는 학칙상으로도 장학금을 수령할 수밖에 없다고 했다. 성적이라면 내가 담당한 몇몇 과목을 되돌아보더라도 충분히 이해할 수 있는 일이었다. 우선 그는 결석하는 법이 없었다. 인터넷에서 받아낸 말도 안 되는 정보를 어떤 분식(粉飾)도 없이 베껴내는 대개의 리포트와는 유를 달리하는 과제물을 그는 마감일까지 정확히 제출했다. 문장력의 우열, 정리력의 유무, 사고력의 고저 따위를 점검해보느라고 학기말에 이른바 오픈북 테스트를 실시해봐도 그의 기술 일체는 단연 발군이었다. 타고난 문장 감각을 차분한 성정으로 갈고 닦는 학생이 틀림없었는데, 단언적 기술을 자주 휘둘러 다소 빳빳한 그의 문체에 들어앉아 있는 정확한 용어의 구사력, 조리정연한 설명력 등은 철학과에서 배워온 것 같았다.

또 다른 일면이라면 그는 굳이 알 필요도 없는 여러 기성문인의 기벽, 그들의 친소 관계, 여러 매체의 나름의 성격 따위에도 무신경한 듯했고, 요즘 젊은 소설들의 경향, 기법 같은 것에도 태무심한 듯해서 나는 내 연구실에 굴러다니는 여러 문학 계간지들을 집어주며, 잡지를 끝까지 다 읽는 사람은 바보라는 말도 있으니, 첫머리 서너 문단만 숙독해보면 읽을 만한 것이 골라질 테니 그런 읽을거리를 열심히 읽어 보라고 당부한 적이 있었다. 한두 해나 묵은 문학지 다섯 권을 받아간 지 1주일 만에 돌려주러 다시 와서 그는, 산문은 다 읽어 봤어요 라고 했다. 나는, 어떻든가 라고 그의 독후감을 채근했다.

"다들 잘 썼대요. 사담도 많고, 남의 글 인용도 너무 심하고, 중언부언도 흔해빠졌고, 제 자랑은 좀 역겨울 정도로 장황하대요."

좀 뜨끔한 말이었으나, 나는 짐짓 내 심사를 감추었다. 이름을 가리고 읽은 듯한 그의 독후감은 물론 추상적인 총평이었으나, 거명하기와 얼굴 팔리기야말로 속물들이 평생토록 제 이름을 걸고 싸우는 시끄러운 소모전일 것이었다.

"자네도 앞으로 그런 것들을 잘해야지. 글이란 원래 그런 거야. 문학이란 게 특히 그렇고. 야비하고, 속 보이고, 천박하고, 맛도 없는 것을 진국인 양 우려먹고, 지 요리가 기중 맛있다고 자랑해대고 머 그래."

"읽는 내내 좋은 것 시원찮은 것 중 어느 게 더 많을까 하고 그 비중을, 비율이 더 맞겠네요, 그걸 따져보니 자꾸 구름이 연상됐어요. 구름의 모양, 구름이 장악한 하늘의 면적 따위가요."

희한한 발상이었다. 응수할 말이 즉각 떠오르지 않아 나는 또 잠시 벙어리가 되었다.

"이제는 3, 4백 장쯤 되는 중편을 한번 써 보도록 하지?"

문학 교육의 일천과 부실에 따른 단편의 주류화, 통속소설, 중간소설, 세태소설 같은 장르 의식의 모호화, 퍼스널 컴퓨터의 발빠른 보급에 기대 거의 찍어내다시피 하는 장르 불명의 길고 짧은 사담(私談) 투이바구들, 감상적 낭만주의가 온갖 희로애락을 연방 펼쳐 보이는 흥미 만점의 대하소설들이 옥석의 구별도 없이 설쳐대는 우리 문학판의 고유한 현장성을 떠올리면서 어렵게 꺼낸 내 말을 그는 기다렸다는 듯이 받았다.

"그럴려고요."

이제는 둘 다 말문이 막혔다.

그가 역시 어렵사리 말을 잇대었다.

"중편도 학기 중에, 강의용으로 발표해도 돼요?"

"안 될 거야 없지. 아직 실력들이 그래서 중편을 제출한 사람은 없었다만."

성장 이후 한 번도 짜릿한 충족의 기쁨, 나아가서 어떤 환희를 누려본 적이 없는, 바로 그런 가정적, 사회적 소외감이 제대로 몸에 배어 중성적 인물이 되고 만 허영숙의 정진은 대번에 두드러졌다. 졸업 직전에 연거푸 내게 보여준 두 편의 단편도, 그 제목은 몇 번씩 바뀌기도 했고 그 후의 여러 작품과 헷갈리기도 해서 아슴푸레하거나 까맣게 잊은 것도 있지만, 일장일단이 있긴 했어도 상당한 수준작들이었다. 성급한 예상을 내놓는다면 그는 이미 한몫하는 작가로서의 소질이 약여했다. 그러고 보니 어느새 그는 많이 달라져 있었고, 나도 그를 달리 대하고 있었다. 어딘가 끄느름하니 구름이 잔뜩 낀 듯한 그의 외모, 자차분한 그 거동, 어디에서도 또 누구 앞에서도 어색해 하고 서먹서먹해 하는 그만의 분위기 따위도 다소 펴지고, 풀어지고, 너그러워져 있는 것이었다. 그 변화가 나이 탓인지, 교육의 힘인지, 아니면 문학의 보람 때문인지 알 수 없었지만, 이제 그의 독자이기도 한 나로서는 흥밋거리이자 즐거움이기도 했다.

8월 말 개학 직전에 그는 이수한 두 전공학과가 명기된 두 번째 학사 학위증을 받으러 학교에 나왔다가 내 연구실에 들렀다. 축하한다는 의례적인 인사에도 그는, 다 선생님 덕분이지요 라며 무덤덤한 표정을 누그러뜨리지 않았다. 서늘한 강기, 모진 세파에 대한 앙버팀 같은 것이 그의 작품 속에는 똘똘 뭉쳐져 있었지만, 막상 생활 자체에서는 어떤 일념이나 집착, 남다른 성취에 대한 열정 같은 것이 보이지 않아 나는 노파심을 발휘했다.

"쭈뼛쭈뼛거리며 내 사정을 미리 니 멋대로 챙길 것 없이 작품이 써지거들랑 아무 때라도 들고 와. 내가 읽어봐 줄 테니까."

"그래 주시면 정말 좋지요. 저는 아무래도 안 될까 봐요. 그래도 이쪽 길밖에 없기는 한데…"

"안 된다는 그런 나약한 소리는 하지도 마라. 방정이다. 바싹 매달려 쓰면 써지는 거다. 올해 연말에는 여기저기 신춘문예에다 투고질을 해서 무슨 일을 내보자." 그가 이렇다 할 반응을 드러내지 않아 나는 덧붙였다. "목에 힘이 너무 들어가 있어. 풀어. 빳빳한 자기 고집 같은 것이 안하무인으로 비칠 수도 있으니까. 좀 가볍게, 부드럽게 써. 어차피 사기고 거짓말인데. 아이러니, 해학, 조롱, 자기 희화화 같은 것도 적당히 섞어서. 무슨 말인지 잘 알 것이다만."

"선생님도 못 그러시잖아요?"

"내 이야기 할 거 머 있나. 세대도 다른데 자네만 잘하면 그뿐이지. 생활에도 정직, 성실, 겸손 같은 것이 이제는 안 묵히더라. 그런 세상인가봐. 내가 늘 이렇게 둔하지만. 그렇다고 성격을 죽이고 살린답시고 인간말짜나 전지전능한 인물들이 좌충우돌하는 그 소위 뜨르르한 리얼리즘 소설을 본받으라고 할 수야 있나. 각자가 알아서 지가 마땅하고 온당하다고 생각하는 옳은 인물을 만들어내야지."

"이론을 알수록 정말 안 써지는 걸요."

"벌써 그러면 곤란해. 왜 그 쓴다던 중편이 잘 안 풀려서 그러냐?"

"써 놓긴 했는데요, 너무 어리벙벙한 소리나 하고 있는 것 같아서요."

"젊을 때는 누구라도 자기가 온갖 재능을 다 갖고 있다고 착각하다가 마흔 줄에 접어드니 타고난 재능도 없고, 분복대로도 못 산다는 체념이 슬슬 자리를 잡아가더라. 절망이랄 것까지는 없고. 글쟁이들이 원래 뺑이 심하니 알아서 들어야지. 막상 지내놓고 보니 그 체념이 쓰고 달고 시고 해서 재밌더라. 그런 체념은 생활에서나 문학에서나 적당히 순화, 승화의 길을 밟게 되어 있어. 일컬어 팔자다. 팔자는 누구도 모린다는 말은 너무 어정쩡한 언사라서 하기도 싫고, 그 순화, 승화의 길이나 방법이 이 엉터리 사회와 이 덜 떨어진 시대와 불화를 빚었다는 말이 한결 맞을 거야. 물론 어떤 사회, 어떤 시대도 잠정적으로든 영구적으로든 너무 헐렁하니 모자라고 시시껄렁할 수밖에 없어. 한마디로 천박하고 무잡하지. 인간이나 세상이나 공히 다. 그러니 별 볼 일 없는 인간들도 짝짜꿍질로 평생 떵떵거리며 잘살지. 문학작품도 정확히 그래서 유치한 사회, 엉망인 시대에 아첨을 떨어댄 것들은 예외적이게도 인구에 회자하고 그래. 아무리 뜯어 읽어봐도 이거다 싶은 구석이 도무지 눈에 안 띄는 범작들이 명작, 걸작, 수작이라는 상표를 붙이고 한 세기 이상씩 만천하에 유통되고 있는 현실을 보면 정말 착잡해져. 국내외를 막론하고 그런 허명에 놀아나는 작품이 숱하지. 이런 착시현상의 선별적 일반화가 바로 작품의 운명이고 팔자인가 하는 생각이 떠오르면 허무해져 살기도 싫어져. 어쨌든 쉽게 말해서 체념의 진정한 육화에는 용기, 집념, 열정 따위가 필요하다는 소리고, 그러면 소위 팔자라는 것이 아양을 떠느라고 아장아장 다가오기도 하는 거야. 사람에 따라 너무 박복해서 운이 안 오면 그러려니 해야지. 인생이란 그런 거야. 쓰디 쓰다고, 목놓아 울고 싶도록, 그래도 어째, 이를 갈며 버텨야지."

그와 나의 졸업식 간담회는 그쯤에서 끝났을 것이다. 그때인지 분명치는 않지만, 일본의 어떤 여류작가는 작품을 기고할 때마다 길일을 택하느라고 그 사전 준비로 온갖 금기와 거리두기도 꼬박꼬박 실천한다는 일화를 들려주자, 글쓰기의 생활화에 자잘한 재미를 곁들이고 일궈도 보라는 내 진의를 그는 어떻게 받아들였는지, 저도 글 쓸

때 손은 자주 씻어요 라는 엉뚱한 말을 내놓았다. 무미건조한 그의 일상이 한눈에 붙잡혔다. 띠앗머리가 남달리 두터운 여러 오빠의 감시와 성원 속에서, 그러므로 더욱이나 외풍 한 점 없는 삭막한 온실에서 따분하게 살아갈 그의 앞날이 다사다난했던 자신의 지난날의 무게를 어떻게 감당해낼지, 한편으로 연일 폭폭할 그의 심사를 얼마나 단단히 비끄러매줄지 나로서는 걱정스러웠고, 그 어느 때보다 답답했다.

10

그가 내 전화를 기다릴 리는 만무했다. 그러나 내가 아무런 사심 없이, 그동안 어떻게 지내는지 궁금해서 연락해봤다, 소설은 여전히 열심히 쓰고 있냐, 같은 안부를 간곡히 띄우면 그도 반가워할 것이고, 그것이 어떤 자극이 될 줄은 잘 알면서도 나는 그러지 않았다. 명색 글쟁이로서의 다소 반세속적인 내 기질 때문에 전화 한 통화에도 그처럼 인색했다면 반쯤은 맞는 말일 것이다. 수다스러운 온갖 문학이론, 또한 문학작품의 여러 소통구조 따위를 아무리 들먹인다 하더라도 글이란 생물학적으로도 혼자서 온몸을 걸레처럼 쥐어짜내 흘리는 순수한 땀방울에 지나지 않으며, 그 결과에 스스로 만족하면 그뿐이다. 자기검열만큼 옳고 바람직한 감별은 더 이상 있을 수 없으며, 그런 의미에서도 최초의 성실한 독자인 작가는 성에 찰 때까지 뜯어고치면서 고뇌와 희열과 패배를 온몸으로, 그것도 동시에 체험한다. 그 다음의 어떤 보상은 세속계의 진부한 관행이거나 뜬금없는 해프닝일 것이며, 또 다른 측면으로서 작품의 확대 해석을 통한 작가의 거명화 및 작품의 명명화는 일종의 페티시즘 행위라고 해도 틀린 말은 아니다. 그래서 나는 기다릴 수밖에 없으므로 의무적으로, 권리로써 기다린다는 주의로 기다렸다. 그에게 신변 변동이 없는 한, 어떤 변동이 있으면 있는 대로 그가 내 앞에 나타나지 않는다면, 그 특유의 자격지심을 곱게 봐준다 하더라도, 그것은 나의 관심에 대한 그의 배신행위일 것이었다.

그해 10월 말이었다. 회식을 겸한 인문대 전체교수회의가 있어서 가방을 꾸려 막 퇴실하려는데 허영숙이 나타났다. 짐작건대 그때가 내게는 좀 한가한 시간이고, 이런저런 말을 나누다 졸업 후 처음으로 허물없는 저녁이라도 함께 먹자고 일부러 때를 맞춰 온 모양이었으나 그의 일진이 사나웠다.

"전화라도 좀 하고 오지 그랬냐, 별일 없지?"

긴말이 필요 없었다. 들을 말도 뻔했다. 낯가림, 숫기 없음, 치근치근 감겨오는 자신의 어떤 심적 부담감, 내 시간을 뺏는 데 대한 미안감 같은 감정들을 그는 온몸으로 드러내고 있었다. 볼 때마다 처음 대하는 사람처럼 구는 그가 곧장 끈 짧은 장다래끼 같은 가죽 가방에서 원고 뭉치를 꺼냈다.

"그건가? 알았다. 이틀 후, 목요일에 오너라. 이번 주말에는 만사 전폐하고 서울로 올라가봐야 할 일이 생겨서 그렇다."

그는 한마디 말도 꺼내지 못한 채, 우리는 선 채로 볼일을 끝냈고, 내가 먼저 연구실을 나와 문단속을 하고 나서 그를 복도에 버려둔 채 회식 장소로 총총걸음을 놓았다.

그가 개고 후 몇 장으로 늘였는지 알 수 없으나, 내가 읽은 초고로는 3백 장이 훨씬 넘었던 중편 '생활방식 만들기'는 좀 희한한 작품이었다. 우선 중심 화자가 없지는 않았으나, 공간이 바뀔 때마다 주인공이 달라서 주요인물이 여러 명이나 되었다. 지금도 내가 기억하기로는 9장으로 갈라놓은 그 각 장의 공간은 대체로 다음과 같았다.

어느 수출 산업체의 경영관리실, 가방이나 구두를 보세가공하는 봉제 전문업체인 듯 공업용 미싱들이 쏟아내는 소음이 요란한 공장 내부, 어느 공장 안의 대형 식당, 사장실, 종합병원의 임상병리실, 변호사 사무실, 지역 경찰서의 수사과장실, 노동부 산하의 무슨 연관단체인 듯한 산업안전과 사무실, 샤워 시설이 딸린 노무자 전용 휴게실 등이 그것이다.

이 수많은 공간을 사장의 셋째 동생인 김모 경영관리실장은 혼자서, 때로는 남녀 부하 직원 한두 명을 데리고 전전한다. 어느 날 오전 중에 우즈베키스탄 출신의 남자 공원 하나가 무두질한 수입품 피혁의 하역작업에 임하다가 창고 바닥에서 짚단 무너지듯이 사르르 주저앉아 버린 후, 뒤이어 오금을 못 펴는 안전사고가 일어났기 때문이다. 이목구비가 워낙 선명하고 눈매도 부리부리한 산업재해자는 즉각 인근의 종합병원으로 실려 간다. 다행히도 압둘인지 뭔지 하는 외국인 근로자는 의식도 또랑또랑하고, 우리말도 웬만큼 읽고 듣고 할 줄도 안다. 의사의 잠정적인 진단에 따르면, 과로사고일 수도 있고, 평소에 알게 모르게 척추 장애를 앓고 있었다면 일시적으로, 더러는 장기적으로 하반신 마비증세를 겪든가 수술을 해야 한다는 충격적인 단언이다. 그런데 지역 경찰서 형사 하나와 김모 실장이 함께 뒷조사를 해보니 압둘의 여권은 '가라' 곧 위조한 것으로 그의 출신국이 아랍계의 어느 나라임이 분명해서 정치적 망명객일 혐의까지 받는다. 뿐만아니라 압둘은 오전 9시부터 오후 5시까지 일과를 마친 후, 오후 6시부터 오후 10시까지 어느 대형 음식점에서 주차 관리요원으로, 또는 숯불 마당쇠로 또 다른 돈벌이에 분골쇄신하고 있었다는 사실이 드러난다. 이제는 수출업체의 실권자 김모 실장의 얼굴과 허리가 활짝 펴진다. 압둘의 국내에서의 모든 행적, 근로행위, 돈벌이 행태는 명백한 위법이며, 미필적 고의로서, 중병 내지는 지병의 유무에 관계없이 당장 출국 조처를 받을 수 있기 때문이다.

이미 반 이상 드러나 있듯이 이야기의 졸가리는 산업재해의 현장과 더불어 그 근인 및 원인을 밝혀가는 과정을 조명하고 있는 셈인데, 재미있는 것은 직접화법과 간접화법을 적절히 구사하고 있는 여러 직종의 인물들이 나누는 대화 곧 그 말들의 의사소통이 여의롭지 않다는 작의의 숨김없는 토로이다. 하기야 겉도는 말, 부실한 말, 요령부득의 말, 난해한 말 등등에 대한 허영숙의 관심은 그의 전작들의 배면에도 짙게 깔려 있고, 그것이 그의 편집광적인 라이트모티프임은 재론의 여지조차 없다. 그래서 그는 이런 단정에 이르고 있기도 하다.

'경제적 난민(취업적, 생활고적 일상 탈출자)은 정치적 난민(낭만적, 운동권적 조국 일탈자)보다 주변인으로서의 지위를 상대적으로 빨리 상실한다. 그들의 그런 동화 능력은 몸으로, 눈치로, 표정으로 익히는 육체언어를 귀설기 짝이 없는 남의 나라말보다 훨씬 빨리 습득하는 데서도 드러난다. 기술 습득에 말은 그렇게 요긴한 중개자가 아니다. 없어도 그만이다는 말은 작업 현장에서 결코 과장이 아니다. 당장 그들의 눈앞에서 벌어지는 떠들썩한 풍요는 그들의 고향의 모든 풍정, 풍속을 순식간에 무력화시킨다.'

다각도로 자료조사도 하고 거기다 데이터를 첨부해서 사회학 분야의 짱짱한 연구 논문으로 엮어야 할 테마지만, 과히 틀린 말 같지는 않다. 앞으로의 소설 문맥이 개척할 요체는 이런 대목이 아닐까 싶고, 실은 그게 정상이다. 문제는 그런 난민의 가짜 의식이 아니다. 일용직 노무자에서부터 자유업으로서의 변호사에 이르기까지 다양한 직업인들이 지껄이는 말들은 하나같이 각자의 직종의 위신을 드높여 주고 있음은 분명한데, 실제로는 그 말들이 아리송하기 짝이 없다. 그처럼 부실한 말들을 함부로 뇌까리고 있으면서도 그냥저냥 의사를 '소통 및 상통' 하고 있다는 '사실 내지 현실' 은 그들의 생활수단, 생존방식, 생활세계 전반이 엉망이고 엉터리라는 명백한 방증일 수 있다. 따라서 말은 어떤 생업이라도 그 생활방식 자체를 대변하고 또 그럴듯하게 포장해 주고 있긴 해도 그들의 삶의 허물과 실물을 노골적으로 까발림으로써 제 소임을 면밀히 따져가는 도구일 뿐이다.

재미있게 읽었던 만큼 내 품평을 원고 뒷면에다 길게 적을 것도 없었다. 면전에서 할 말은 더 없을 것 같았다. 시의적절한 소재랄지 소위 화두를 간취해 내는 능력도 수준급이지만, 이야기와 플롯의 벼리를 잡아당기는 그의 작의 장악력은 이미 범상한 경계를 세 걸음쯤 앞서 걷고 있었다. 누가 읽더라도 나의 독후감에 시비나 제동을 걸 수는 없으리라는 자부심마저 괴어올랐다. 당연히 정독에 바친 내 시간도 아깝지 않았다. 아는 사람만 느끼고 실감하는 글읽기의 보람과 감흥은 그런 것이었다. 당장 전화로 불러서 격려해줄까 하는 엄두를 내다가 다시 원고를 훑어보니 밑줄 다음에 달아놓은 물음표보다 느낌표가 훨씬 많았다. 그 두 부호는 그뿐만 아니라 모든 수강생이 다 알고 있는 암호로서 물음표는 미비, 미숙, 미흡한 대목이고, 느낌표는 상당, 양호, 출중 따위를 암시했다.

약속한 날 오후 다섯 시쯤 그는 내 연구실에 나타났다. 두리번거리는 그가 자리에 앉기도 전에 나는 물었다.

"어제 이때쯤 전화했더니 안 받대?"

"아, 전화 주셨어요? 서둘렀으면 받을 수도 있었는데." 그는 잠시 머뭇거렸다. "1주일에 사흘씩, 바쁠 때는 나흘씩 공장일을 봐주고 있어서요. 출퇴근 시간은 제가 알아서 하고요. 보수를 꼬박꼬박 받으니까 직원들 보기도 그렇고 해서요. 저도 오빠한테 떳떳하고요."

"경리 일을?"

"이것저것 다요. 검수 라인은 잠시라도 한눈 팔면 끝장이거든요. 큰오빠 상투어로는 한 발만 삐끗하면 천 길 낭떠러지라서요. 품질 관리, 감독 일이 도금업의 골자라서 그래요."

처음 듣는 그의 돈벌이 일이었다. 말이 번졌다가는 그의 사생활을 염탐함으로써 그의 미지의 어떤 소설을 미리 요약해서 읽는 꼴이 될 것이었다. 나는 책상 위의 사전류 책꽂이 속에 갈무리해둔 그의 원고를 탁자 위에 올려놓았다.

"재밌더라. 그만하면 됐지 싶대. 독후감은 뒷장에다 써 뒀으니 읽어 보고 손 봐야겠다 싶으면 가필은 알아서 하고. 나야 괜찮더라만 사회과학 용어들은 좀 풀어서 쓰면 어떨까 싶대. 무식한 독자들이 무슨 소설이 이렇게 딱딱거리냐, 무겁고 설을 너무 많이 풀잖아 그럴 수 있어. 원래 쉬운 통속소설만 주로 읽는 독자들이 시건방지게 지 잘난 체하느라고 조금만 꼼꼼한 서술이 나와도 대번에 지루하다, 재미없다 어떻다고 말이 늘어져. 도스토옙스키 소설이 죄다 쓸데없는 말이 주저리주저리 많은 거는 연재소설이라서 원고지 분량을 불리느라고 만부득이 그랬기도 했을 테지만, 사설이 너덜너덜할 지경으로 길어. 지루하지, 그래도 결국 그게 진국이야. 소설은 그래야 되고, 그걸 참고 읽어야 해. 그 장황이 없으면 맨날 뻔한 소리가 되고 말아. 하기야 자네 소설에서 그런 사설을 쉽게 풀었다간 너무 허물허물해진달까 말랑말랑해져서 이 빠진 팥죽할매 꼴이 되고 말 테지. 알고 보면 우리 문학판이라는 데가 남의 말만 시시콜콜히 되뇌는 추수주의자들이 만년 주류를 이루고 있어서 촌놈들처럼 아무 데서나 아는 체했다가는 백안시 당하기 꼭 알맞아. 사대주의가 뼛속까지 켜켜이 베어 있는데 어째. 일본인들이 은근히 우리를 무시하고 냉대하는 그런 분위기와 비슷해. 내 과민한 정서반응일 테지만."

내가 말벗에 굶주린 중늙은이처럼 독백하듯이 중덜거리는 내내 그는 원고만 뒤적거리더니 문득 무슨 생각이 떠올랐는지 한때 늙은이들의 안경집 같은 필기통을 꺼내 볼펜으로 무슨 글인가를 끄적거렸다.

"왜 그러나?"

"아니오. 무슨 놓친 말이 있었는데 밑줄이 쳐져 있었어요." 그가 뜸을 들였다가 말을 바꿨다. "아무래도 내년에는 대학원에 진학할까 봐요."

"우리 대학 우리 과에?"

그는 또 내 말문을 막아버리고 있었다. 학력 한 줄을 더 만들겠다면 어떨지 몰라도 나로서는 그에게 더 가르칠 것도 없었고, 따라서 진학을 권유할 생각 따위는 떠올린 적도 없었다.

"네, 아무리 생각해봐도 저는 누가 시키고 맡기는 일은 웬만큼 해내는 사람인 것 같애요. 그런 일이 없으니 머리도 몸도 삐꺽거리며 제대로 잘 안 돌아가고요."

그 말은, 소속감이 없으니 왠지 허전하고 막연해진다는 투정이지 싶었고, 자신이 피동적인 인간이라는 실토로 들렸다. 그것은 구슬픈 자기자랑이었다. 노예는 남에게 얽매여 있는 사람만이 아니라 자기에게, 자신의 일에 빌붙어 지내는 인간일 수도 있었다. 사람의 본성은 그런 것이었다. 사실상 인간해방이나 여성해방은 자기해방이 웬만큼이라도 이루어진 다음에나 논란할 허풍스러운 큰소리였다. 순간적으로 누군가를 향해 욱기가 치솟았으나, 나는 간신히 참았다.

"알아서 하지 머. 자네 실력으로야 더 배울 거나 머 있나. 말이 좋아 세미나식이지 내 강의야 학부에서와 똑같애. 잘 아다시피 내가 워낙 무능해서 달리 어떻게 바꿔볼 수도 없어. 글쓰기에서, 특히나 소설쓰기에서 뭘 가르치고 뭘 배워. 필독서 일러줬겠다, 공부하는 요령 알려줬으면 각자가 실천만 하면 되는 거지. 혼자서 못하는데 여럿이선들 제대로 되겠어. 가르치는 쪽이 사기나 안 치고, 배우는 쪽이 허영꾼이나 안 되면 그런 다행이 없지."

얼핏 내가 쓸데없이 건짜증을 내고 있다는 생각이 들었다. 내 직업병도 조만간 안전사고나 과로사고를 일으킬지 모른다는 방정도 떠들고 일어섰다.

"시키는 일? 그 말 잘했다. 지금부터 내가 시키는 일부터 해라. 그 작품은 물론이고 지난 학기까지 써둔 작품들을 죄다 한 차례씩 꼼꼼히 읽어봐. 자네 실력이면 벌써 미진한 구석이 곳곳에 보일 거야. 그걸 모조리 가필해. 그리고 이번 신춘문예에 모조리 투고해. 미심쩍으면 몽땅 다 들고 와. 내가 다시 한번 읽어봐 줄 테니까. 어느 구름에 비가 들었을지 모른다는 말도 있어. 운에 맡기라는 소리다. 무슨 말인지 알겠어?"

"알지요. 제 실력으로는 아직 멀었을 텐데요. 공연히 속만 보대끼고 망신만…"

"그런 쓸데없는 소릴랑 하지도 마라. 나도 눈이 있다. 겸손은 아주 저질의 아양이든가 환심이나 사고 제 잇속을 챙기려는 얍삽한 교만이야. 됐다, 일어서자, 각자 누가 시키는 일이나 열심히 하자."

가을을 타는지 꺼시시한 외모에, 금속막이 고르게 입히지 않은 째마리들을 골라내느라고 눈을 혹사시켜서 그런지 눈꺼풀을 애채처럼 파르르 떨어대고 있긴 했어도 그의 심지나 성품은 진짬이었고. 적어도 내 눈에 비친 그의 작품은, 아무리 멍석 가장자리로 밀쳐내며 홀대한다 하더라도 두드러진 머드러기에 가깝다는 내 소신은 조금도 흔들리지 않았다.

11

그해 연말이었으니까 햇수로는 벌써 재작년이 된다. 벙어리도 세월 가는 줄은 안다는 말 그대로 나는 눈만 껌뻑이며 초조히 기다렸다. 허영숙으로부터 걸려올 전화를 기다리고 있는 참이었다.

몇 해 전부터 맡기고 있어서 응하는 중앙지 하나와 지방지 하나의 신춘문예 본심 심사 중에도, 닥칠 때마다 이 '심사'라는 어휘가 못마땅해서 일본식이기는 할망정 '선고(選考)'라고 해야 한결 낫지 않을까 하고 속으로 툴툴거리면서도 그 대상작들의 수준 감별에서 자꾸만 허영숙의 작품들과 비교해대고 있는 내 심사가 얄궂었다. 그러나 읽어갈수록 내 득의가 점점 모양을 갖춰가고 있다는 느낌도 밀물처럼 밀어닥쳤다. 내 판단으로는 그의 작품이 단연 나았으므로, 또 다른 여러 신문사의 투고작들도 그 수준이 엇비슷할 터이라 그가 난생처음 작은 보람을 누릴 것은 사필귀정이었다.

그런 내 판단에는 다년간의 내 심사 경력도 한몫하고 있음은 물론이었다. 이를테면 수백 편의 투고작 중에서 걸러진 본심 대상작 10편 안팎은 그 수준차가 크게 두 부류로 갈라지게 마련이다. 그중 하나는 오문, 비문투성이에 도대체 무슨 말을 하고 있는지 종잡을 수 없는 데다가 소재의 취사력 및 그 장악력도 낡은 것이거나 허술하기 짝이 없는 것들이다. 내가 보기에 그런 한갓된 이바구들은 어쩌다가 글 귀신이 고황에 들어서 '현대' 소설이 뭔지도 모르면서 제 글은 아직 쓸 만하다고 제멋대로 자위하는, 심지는 우악스럽지만 글 공부도 부족하고 머리는 더 나쁜 독학자들의 음풍농월일 뿐이다. 이 부류가 대체로 7편 안팎에 이르는데, 읽어가다가도 한숨이 저절로 터져 나오고, 이런 수준이 어쩌다 운 좋게 본심에까지 올라온 우연에 허탈해지고 만다. 나머지 한 부류는 전혀 다르다. 문맥이나 플롯의 얼개가 상대적으로 비범하고, 작가의 육성이 곳곳에서 깐깐하게 울린다. 대체로 그렇다 해도 이 3, 4편의 소설도 흠을 체에 걸러내기로 들면 반드시 하나둘 정도는 '될뻔한 졸작'이다. 이때껏 나와 함께 심사한 다른 문인들의 의견도 이 감별까지는 정확히 일치해왔다. 사람의 눈이란 거의 다 똑같아서 위인의 됨됨이 정도는 대번에 훤히 알아보는 것이다. 그다음이 문제이기는 한데, 꼭 하나만 골라야 한다는 방침과 다소 부족하더라도 당선작을 내줘야 한다는 주최측의 주문 때문에 흠이 상대적으로 적은 것을 뽑든가, 한쪽에서 우기면 그만한 이유가 있을 것이므로 다른 쪽이 슬그머니 양보하든가, 울며 겨자 먹기로 아무거나 하나를 골라잡든가 한다. 제일 나중의 경우도 분별하자면 답답할 정도로 반듯한 모범생이 무슨 규격품을 억지로 짜맞춰낸 듯한 범작일 수도 있고, 째마리를 겨우 면해서 꿩 대신 닭 격으로 밥상에 마지못해 올린 가작일 수 있다. 탁월한 문제작이 불쑥 나타나는 예외적인 경우를 제외한다면, 오늘날 이 땅의 문청들 작품은 다들 고만고만하다. 따라서 어느 신문의 당선작이 더 낫다든지, 예년보다 동뜨게 좋다든지 하는 허튼 말은 전적으로 호들갑이든가 속없는 심사위원이나 주최측 담당 기자가 상투적으로 지껄이는 빈말이다.

통례에 따르는 고식적인 심사평도 적당한 선에서 듣기 좋은 외교적 언사를 구사하므로 새겨읽어야 한다. 그렇긴 해도 언젠가부터 심사평도 도맡아서 써 온 내 경험을 옮기면, 낙선자와 당선자가 곱다시 승복할 수밖에 없는 결점과 장점만을 밝혀야 한다는 취지 아래 2백자 원고지 5장 안팎을 군더더기 없이 작성해주지만, 비좁은 신문 지면의 특성상이란 일방적 양해 아래 그것 중 일부를 무단으로 칼질해버려 작성자의 부아를 치밀게 하는 사례도 비일비재하다. 당사자들은 아니꼽다고 할지 모르나, 심사평의 글맛도 여러 가지다. 한마디로 무성의한 글읽기에 무잡한 글쓰기 행태가 행간마다에 줄줄 흘러넘치는 심사평들이 드물지 않다. 이런 대목에서는 하기 싫지만 심사비라도 몇 푼 만지기 위해서 억지로 맡은 일이니 별수 없지라든가, 신문지면을 충분히 내주지 않으니 형용이나 대충 그려서 면피한다는 식의 책임회피는 어불성설이다. 그런데도 여일하게 버젓이 통용되고 있는 무성의한 작품 '감별' 행태는 많을수록 좋다는 돈과 누릴수록 즐겁다는 권력을 더 오래 지니고 싶다는 의미로서의 매명 행위를 방자하게 휘두르는 아주 나쁜 관행일 뿐이다. 성의 없는, 욕심 사나운, 사양할 줄 모르는 사람들을 보면 언제라도 어느 밥상에나 오르는 군내 나는 쉰 김치를 연상하게 되는 것도 나의 이상감각일지 모른다. 심지어는 심사 대상작을 꼼꼼하게 읽지도 않고 나오는 양반도 허다하고, 자기가 직접 가르친 문청의 작품인 줄 알면서도 모르는 체하고 뽑거나 더러는 노골적으로 뽑자고 통사정하는 철면피한 편애주의자도 있음은 주지의 사실이고, 나의 경험담이기도 하다. 이런 무잡한 관습이 정착한 데는 신춘문예라는 등단제도를 빈틈없이 진행, 관리하지 않는 주최측 관계자들이 반 이상의 책임을 져야 하고, 나머지 반은 글이란 누구라도 쓸 수 있다는 반전문가적, 비직업윤리적 관습과, 그처럼 아무렇게나 쓴 글들을 어떤 경계도 긋지 않고 유통시켜온 우리의 '전근대적' 문학 전통이 짊어져야 한다. 볼수록 서로 무안해지는 못난 아비와 허랑한 자식 사이 같은 이런 심사 풍토를 불식시키는 손쉬운 방안이 없는 것은 아니다. 그것은 대상작이 얼마나 독창성을 확보하고 있느냐에 대한 자세한 주목이다. 그 표상은 우선 문장에서부터 여지없이 드러나게 되어 있다. 그 기량은 상대적으로 늠름하고 요지부동한 형상으로 즉각 떠오르고 만다. 수미일관하게 그 역량은 그렇다. 그런 바탕이랄까, 기초실력만이 기왕의 유수한 작품 목록에다 새로운 무언가를 보탬으로써 한글문학의 활발한 내실과 착실한 진전의 토대를 구축할 수 있는 것이다.

12월 20일쯤이 아니었나 싶은데, 뜬금없는 전화 한 통화가 날아오기는 했다. 그때쯤에는 내가 담당한 과목들의 성적도 다 내놓았고, 예의 두 건의 신춘문예 심사평도 써 주고 난 후여서 그런저런 잡무에서 놓여난 만큼 내게 날아오는 전화는 하루에 두 통이면 많은 편이었고, 방학 중에 연구실에서 내가 전화를 걸 데는 사흘에 한 번쯤 될까 말까 한 형편이라서 전화기가 울어대자 가슴부터 두근거렸다. 다급히 손에 집은 전화 송수화기에서 대뜸 들려온 여자 음성도 그랬지만, 그 전언은 과연 깜짝 놀랄 만한 것이었다. 본명이 강문자인 4학년 여학생으로, 물론 허영숙과 함께 내 과목을 다섯 개 이상 수강했는데, 이번에 제 작품을 한 지방지 신춘문예에 '장난삼아' 투고해봤더니 당선됐다는 연락을 방금 받았다고 했다. 제목도 두 번인가 바꾸고 해서 내가 긴가민가한 채로나마, 집에서 일어나는 소음 공해를 다룬 그 작품 말이냐고 물었더니, 강양은, 지난 봄학기 때 개작으로 발표한 바로 그 작품이라면서, 음성에도 벌써, 흥분, 환희, 당혹이 시끄럽게 뒤범벅되어 있어서 온통 제정신이 아니었다. 신춘문예의 전통에 관한 한 항도 P시의 그 유력지는 웬만한 중앙지에 못지않았고, 상금의 액수도 마찬가지였다. 너무나 뜻밖인 제자의 희소식에 나도 얼떨떨해 있었던 것은, 그래? 그것 참 별일이다, 하기야 그럴 수도 있지, 만사는 운이지, 운이 그렇게 제 발로 굴러오는 데야 누군들 어쩌겠어 같은 생각들이 마구 떠들고 일어나서였다. 나는 즉각 어릿광대처럼 어조를 바꿔, 잘 했다, 장하다, 축하한다, 자네가 올해 용꿈을 꿨나 보네, 부모님께는 알렸나, 이제 1년쯤 취직 걱정은 안 해도 되게 생겼다, 상금 타거던 선후배들 몽땅 불러 톡톡히 한턱 쏴라, 그런 공돈 쓰는데 바들바들 궁상 떨어대면 사람이 잘아지고 장차 늘품도 쪼그라든다 라며, 제자 쪽에서 그런 희소식을 전할 때마다 이르는 상투적인 덕담을 얼버무렸다.

강문자의 그 작품은, 회사에서나 집에서나 소음에 시달리는 주인공 '나'가 싱크대 앞에서, 승용차 속에서, 심지어는 퍼스컴을 켜놓고서도 유명 목사의 설교, 찬송가, 부흥회의 그 주문 같은 아우성, 사경회의 그 교리문답식 음송 따위를 채록, 편집한 녹음 테이프를 줄창 듣고 있는 아내와의 끈질긴 불화를 다룬 가작이었다. 초고 때는 두 부부가 서로 팽팽한 악다구니 끝에 '나'가 그 소음을 무참하게 제거해버림과 동시에 발작적으로 아내를 목 졸라 죽이는 식으로 소설을 끝내고 있었다. 좀 어처구니가 없어서 원고의 마지막 장을 두어 번이나 꼼꼼히 읽어봤더니, 그 좀 부실한 서술력에도 불구하고 그 만행은 환상이 아니라 실제로 저지르고 있는 사건이었다. 부부가 함께 살기 싫다면, 또 그만한 여러 가지 사정이 있다면 얼마든지 다른 수단을 찾아야 할 테고, 그런 길과 쌍방의 합의를 종교 쪽은 어떤지 몰라도 명색 법치국가인 우리 형편은 여의롭게 열어놓고 있지 않나. 흔히 문청들은 소설 속의 주요인물을 쉽게 죽이기는 하지만, 이 경우는 정도가 좀 심하다. 나는 내친김이라 매몰차게 윽박질렀다. 파딱이는 전자문명의 여러 이미지, 날로 속도전을 방불케 하는 오늘날의 제반 생활세계 등이 그 부분적 연원이지 싶은 현대의 한 속성 곧 그 광포성과 엽기성을 빙자해서 폭행, 자살, 살해, 시체유기, 시체매장, 시체손괴 따위의 끔찍한 돌출행동 내지는 우발적 범죄를 오늘의 우리 젊은 소설 속에서 자주 목격하는데, 이런 이상한 발상과 그 증후군은 마땅히 경계해야 옳다. 또

한 우리 인간의 머리에서 만들어낸 그 어떤 관념, 공상, 인식, 환상도 이해할 수 있고, 누구라도 수용할 수밖에 없지만, 그런 충동적인 행위에는 반드시 책임이 따라야 하며, 여기서의 책임이란 행위자의 설득력 있는 견해가 피해자는 물론이고 일반독자도 납득할 수 있는 경지여야 한다. 그런 충동적인 행태의 판정관은 말할 나위도 없이 '지금, 여기서'의 엄연한 현실일 수밖에 없으므로, 비록 이 판정관의 기득권을 인정하든 말든, 그것의 현실적인 위신과 권위를 어느 정도까지라도 인정해야만 이 시대, 이 사회, 이 문명의 실제적 존립을 설명할 수 있다. 손쉽게 설명하자면 이 현실이란 막강한 실물은 건달과 정확히 상동한다. 워낙 많이 당해봐서 어떤 종류의 폭력이라도 그것의 끔찍함과 무서움과 아픔과 그 후유증을 뼈저리게 알고 있는 겁쟁이들인 건달은 먹물이 든 양반, 권력을 누리는 고위 관료, 돈 많은 실력자들에게는 그럴 수 없이 살갑지만, 무식한 것들, 힘없는 약골들, 실없는 가난뱅이들에게는 아주 광포하다. 이 생업적 기질은 누구보다 또 어느 계층보다 현실을 냉정히 파악하고 있다는 확실한 방증이 아니고 무엇인가. 여러 면에서 역부족임을 알고 있기 때문에 그들은 군대나 경찰과 싸우는 법이 없다. 또한 영악하게도 비현실적인 또는 반현실적인 여러 모색과 그 사업적 전망이 그나 그의 졸개들의 존립과 위엄과 생활방식에 득이 되지 않는다면 철저히 징치, 배제한다는 점에서도 건달들은 나름의 경제적인 발상을 거의 완벽하게 체현하고 있기도 하다. 현실도 정확히 그렇지 않은가. 하기야 그런 폭력과 광기로의 돌관 작업이야말로 예술 전반이 선호하는 일종의 기호식품인 것은 사실이라 할지라도 우리는 견과류나 까먹는 원숭이도, 섹스의 순간적 열

락조차 발견해내지 못했을 것 같은 머리 큰 외계인 곧 이티도, 성서 속의 기적극에나 등장하는 성자나 전쟁에서 질 줄 모르는 절세의 영웅도 아니다.

내 강의가 우스개를 좀 섞은 것이었는데도, 강문자는 눈시울까지 새치름해 있었다. 아무려나 그 개작은 문제의 그 마지막 대목을 가짜 화해로, 그러니까 '나'가 자신을 자발적인 실종자로 따돌리기 위해 정처 없는 여행길에 오른다는 식으로 바꿔놓고 있었는데, 그쪽이 한결 낫다기보다 판정관인 현실도 웬만큼 수용할 수 있을 터이므로 나는 가타부타하지 않았다. 그러나 개작한 문장도 초고에서 지적해준 것만 손을 봤는데다, 거칠어빠진 현재형 단문에, 겅중겅중 모심기를 해둔 듯한 문맥이 너무 많아 예의 그 밑줄에다 물음표를 주렁주렁 달아둬야 했다. 아마도 그 부분만큼은 철저히 고쳤을 터이므로 무난히 읽히기야 할 테지만, 그것은 이미 강문자의 문체도 아니었고, 그렇다고 남의 문장이랄 수도 없는 그런 것이었다. 요컨대 내가 아는 한 그녀의 문장 감각은 아직 수준 미달이고, 예상컨대 아무리 독하게 숙련을 거듭해도 당분간 자기 문체를 가지기는 역불급이었다. 그럴 수밖에 없음은 그녀의 컴퓨터에 내장된 쓸 만한 작품이 딱 그 한 편밖에 없음을 내가 알고 있어서이다.

강문자의 행운만이 아니라 이런 류의 상처뿐인 영광을 이해하기는 어렵지 않다. 투자에 따르는 여러 물적, 심적인 고충과 그 정도가 다소 다르달 뿐 복권을 매주 사버릇하는 사람을 이해할 수 있듯이. 또 그 당첨을 누구라도 부러워하듯이 그 행위는 일종의 호사 취미의 일환이다. 호사는 일을 좋아한다기보다 일을 떠벌이고 싶다는 인간의 가장 근본적인 심리일 것이며, 모든 호사가는 이 투기(投機) 심리에서 다른 사람들보다 한발 앞서 있다. 이를테면 사행 심리, 엽색 심리, 투기(妬忌) 심리가 호사가의 전유물임은 보는 바와 같다. 좀더 비약하면 논공(論功) 행위, 포장(褒奬) 행위도 호사가들이 팔을 걷어붙이고 뛰어드는 일생일대의 큰일이며, 그것의 제도화 과정을 지긋이 머릿속에 그려보면 이 지구 문명의 위대성은 전적으로 호사가들의 활약에 빚지고 있는 것 같다. 거꾸로 말하면 기회를 엿보아 예상 밖의, 능력 밖의, 노력 밖의 요행수를 따먹기 위한 호사가들의 투기 심리가 오늘의 찬란한 인류 문명을 구축한 셈이다. 누구는 사치 취미가 오늘의 힘 좋은 자본주의의 강력한 동력원이었다고 하지만, 그것조차도 자신이 일단 남의 입방아에 오르고 싶어 안달하는 호사 취미의 작은 한 갈래임은 더 말할 나위도 없다.

호사다마란 말도 있으므로 강문자의 행운은 은근히 걱정스러웠다. 나의 걱정이란 재고품도 하나 없는 신인 작가에게 원고 청탁이라도 덜렁 들이닥쳐서, 그 뻔한 실력으로 '집필'한 명색 소설이 망신살의 화근이나 되지 않을까 하는 기우였다. 그러나 나는 그런 기우도 곧장 털어버렸다. 행운을 더 이어가지 못하는 것은 그의 능력 때문이지, 내가 섣불리 이래라저래라 할 수도 없는 것이었다. 그러나 마나 견과류나 까먹고 있을 이 영장류는 어째 그런 행운도 거머쥐지 못하나 하는 생각에 미치면 저절로 내 성이 부풀어 올랐다.

정확히 이틀을 더 기다리다가 도대체 인간이 되다만 순진한 가축 같은 이 친구의 생태 관찰이나 해두자는 속셈을 앞세우고 내 쪽에서 오전 아홉 시쯤 전화를 걸었다.

소음은커녕 고요가 겹겹으로 고여 있는 돌우물 바닥에서 울려오는 공명 같은 그의 음성이 왠지 반가워서 내 성급한 염탐질이 좀 민망했다.

"별일 없냐?"

"네, 제게 무슨…"

내 말문이 막혔다. 짐승끼리는, 또는 짐승과 인간 사이에는 흔히 대화가 끊기지 않나 싶었다.

"아무 신문사라도 연락이 없었냐는 소리다."

"선생님도 참, 그런 반가운 소식이 있다면 제가 누구에게 먼저 알리겠어요. 당해보지 않아서 짐작도 못하겠지만, 오빠들보다 선생님께 먼저 알릴 건데요."

이른바 '소설이 안 되는 소리를' 내가 지껄이고 있다는 그의 지청구였다. 이번에도 나는 할 말을 잃어버렸다.

"믿거나 말거난데요. 저는 벌써 그 투고건은 까맣게 잊고 있는걸요. 공연히 선생님께 걱정이나 끼치고… 제가 전에는 이렇지 않았는데…"

만사태평이었다. 역시 영장류는 뭔가가 좀 달랐다.

"참, 문자는 이번에 잘됐대요."

그 말을 내가 먼저 꺼내지는 않을 작정이었다.

"어째 너도 그 소식은 들었네?"

"어젯밤에 술 먹자고 전화 왔대요. 작년에 답사기행 갔을 때 걔가 제 옆에서 잤거든요. 누군지 지금 옆에 있다는 문자 친구 하나는 신년호 신문만 나오면 걔 고향에서 모교서껀 플래카드를 적어도 세 개는 달거라고, 그런 우스개도 하고 그러대요. 남이 좋아하는 걸 보니 저도 속없이 기분이 좋대요."

투기할 줄 모르는 짐승은 호사를 미리 밀어낼 뿐만 아니라 강새암도 없는 모양이었다. 그는 나를 연방 벙어리로 만들었다.

"주최측의 진행에 따라 다소 늦을 수도 있지만, 지금까지 연락이 안 왔으면 이번에는 떨어진 모양인데…"

"참, 선생님도 또… 공연한 집착을… 저는 아무렇지도 않아요. 염려 마세요."

어이없게도 그가 오히려 내 걱정을 하고 있어서 말문이 막혔다.

"투고를 제대로 하기는 했냐?"

"네, 했어요. 선생님이 시키는 대로 중앙지 다섯 군데에다가요."

"본명으로?"

"네, 엄마 이름으로 할라니까 돌아가신 이라 좀 그렇고, 아버지나 오빠들 이름으로 할려다가 속 보인다 싶고, 부질없는 일 같애서 죄다 그냥 제 이름 그대로 사용했어요."

이름 탓으로 돌릴 것까지는 없겠으나, 비문인적인 그 흔한 이름 석자도 좀 찜찜했다. 어쨌거나 미심쩍던 그의 투고 사실만은 틀림없음이 드러났다.

"알았다. 억울해 할 것도 없다. 운이 없는 거지 머. 어디 없이 다 투기판이다. 나도 공연히 사행 심리나 부추긴 덜렁이 같다. 열심히 해라, 끊는다."

예상은 했어도 내 낙담은 컸고, 억울감은 심했다.

대관절 무슨 하자를 물어 그것들을 죄다 불량품으로 퇴짜를 놓았단 말인가. 제목이 너무 싱겁고 안 튀어서? 그거야 보기 나름이지. 기발한 제목을 일부러 피하는 것도 작의잖아. 좀 빽빽한 문장이 껄끄럽게 읽히고, 문청 주제가 시건방지게 단정적인 언사나 까발리고 있다고? 그게 개성인데, 또 그런 것까지 까탈을 잡고 뻔한 말 잔치나 영일없이 벌이고 있으니 우리 소설이 지금도 요 모양 요 꼴로 백년하청이지. 소재가 때 지난 것인 데다 그것도 노동 현장의 자투리 관찰담이고, 또 진부한 말값의 씨름판만 벌리고 있다고? 그게 바로 아직도 우리 생활세계의 진면목이자 치부이기도 한데 어쩌나. 보이는 치부를 덮어두라고? 그 냄새는 고상한 문학의 대상이 아니라고?

야비다리로서의 나의 그런저런 자문자답이 끝도 없이 이어지다가도 불쑥불쑥 개수작 마라고 고함이라도 치고 싶은 심정을 가누기는 힘들었다. 기껏 문인을 배출시키는 공정한 심사 제도를 만들어놓고 막상 그 운영을 엉성하게 꾸리는 또 다른 관행에 꼴뚜기질이라도 내밀고 싶은 내 섟을 달래려니 한숨이 저절로 터졌다.

이러나저러나 하등에 시답지 않은 일을 떠벌린 나야말로 객쩍게 공돈 한푼 안 생기는 말품에 일품까지 잔뜩 처들인 호사가라는 자성이 고개를 치밀고 일어났을 때쯤, 나는 서울의 한 편의점에서 신년호 중앙지를 모조리 사서, 거기에 실린 신춘문예 소설 부문 심사평부터 당선작과 당선소감 등을 샅샅이 읽어 내려갔다. 허영숙의 이름은 물론이고, 그의 것과 비슷한 제목도 내 눈에는 띄지 않았다. 모르긴 해도 예심도 통과하지 못하고 천 길 낭떠러지로 굴러떨어진 모양이었다.

적잖이 씁쓸하고 허탈했으나 나는 이내 머리를 주억거렸고, 인생이란, 또 그 세부로서의 삶의 곡절이란 그런저런 복마전의 연속일지도 모른다는 또 다른 야비다리를 치지 않을 수 없었다. 그러면서도 허영숙의 어느 소설에서 제법 심각하게 되뇌는 대충 다음과 같은 내적독백이 저절로 떠오르는 것을 어쩌지 못했다.

'말이 나를, 우리를 지켜주지 못하면, 그래서 우리의 생업도 자꾸만 삐꺽거리면 이 일터의 우리 전부는 얼마나 비참해질까요? 도대체 말값이 때와 곳에 따라 달라진다면 그 사회는, 아니 그보다 작은 공동체의 삶은 험악해지기 전에 당장 위태위태해지는 게 보이는데도요.'

누구나 아는 대로 말은 중의를 모아가는 과정에서 자연스럽게 태어난 합의의 발명품이며, 그것이 요긴하게 쓰임으로써 제도화의 길을 밟아간다. 말이든 글이든 그 의미가 또렷하게 드러나는 것일수록 그 통사 체계도 반듯해져 있음은 보는 바와 같다. 그것은 바둑판의 금 같은 질서이기도 하다. 그런 질서로서의 제도로는 어떤 집단이나 생업의 현장까지도 들먹일 수 있을 텐데, 그것들을 방정하게 관리, 운영하는 매개체도 결국 말이고 글이다. 따라서 말의 주인은 서로가 지키고 누리기로 되어 있는 말값을 만든 사람이 아니라 제도 그 자체이다. 그 제도화된 질서에 순순히 복종하면 이 혼탁하고 어지러운, 그래서 행운과 불운이 아무렇게나 교차하는 우리의 생활세계가 다소나마 고르게, 또 누구에게나 골고루 펴지지 않을까 하는 생각을 나는 뒤적거렸다. 도금이 결국 제품의 거죽에 입히는 장식이고 분식이자 가식일 텐데, 말이나 글에서의 그것들 역할까지를 따져볼 마음이 벙어리에 불과한 내게는 아직 없는 것 같았다.(515장)

↓

군소리 1 – 소설의 실체와 소설쓰기를 강단에서 어떻게, 얼마나 잘 가르치고 배울 수 있을까 라는 물음은 교육자나 피교육생이나 자못 곡진한 눈어림으로 터득해가게 마련인데, 그래서 서로가 눈치놀음에 그칠 수 있다. 제도권 교실은 물론이려니와 유무명의 소설가들이 사사로이 베푸는 '소설기초반/소설심화반'이 시중에는 넘쳐나고 있다. 다들 소기의 성과를 거둬서 소성하기를 바라지만, 말/글의 '허실'을 끝까지 추구하는 버릇이 쌍방의 심중에서 어떻게라도 암약, 정착해야 할 텐데, 결코 쉽지 않다.

군소리 2 – 소설 속에서 만들어진 '가상 현실'은 '실제 현실/현장'보다 우월하거나 열등하다. 열등한 쪽은 현실을 제멋대로 읽고, 과장스럽게 그린 것이므로 통속물의 한 사례에 값한다. 그 남루한 실정을 그대로 그릴 수는 없고, 그려본들 재미도 없고 우선 '말이 되지 않는다.' 작중의 모든 '습작'은 우월한 경지를 일부러 빚어낸 조작물이다. 소위 '문청'들의 습작을 숱하게 읽고 그 잘잘못을 분별한 내 경험으로는 문장/문맥이나 바루었을까, 그 내용으로서 '가짜 현실'의 무지막지한 거드럭거림에는 가타부타하기도 민망했다. 눈에 보이는데도 안 보거나, 아니라고 우기는 억지떼에 무슨 말이 필요할까.

군소리 3 – 발표 당시의 제목은 '벙어리의 말'이었으나, 영 마땅찮고 그 흔한 모순어법은 진부한 것이었다.

나그네 세상

1

화살표 깜빡이로 피사체의 몸통들을 차례로 하나씩 집적거리며 살살이 훑어봐도 남의 집안 팔순 노모의 자태는 도무지 안 보인다. 리무진 관광버스답게 출입문 발판이 땅바닥에 닿을 듯 나지막하긴 했지만, 노파는 한나절에도 두어 번씩은 꼭 오르내려야 하는 그 거동에 고되다거나 비편하다는 기색을 조금도 비치지 않았다. 그냥 먼발치에서 눈에 띄는 대로 잠시 뇌리에 찍어뒀을 뿐이고, 빈말이라도 이쪽에서 먼저 '아직 근력이 정정하시네요' 같은 인사치레를 닦지도 않았긴 하다. 하기야 두 팀으로 나누어진 일행 예순 명 남짓을 한 장에 쓸어 담는 단체 사진을 찍을 데라곤 여기밖에 없다고 두 가이드가 누누이 얼레발을 쳐댔건만, 그 연세에 하 시들먹해서 마냥 버스 속에서 죽치고 있었을 게 틀림없다. 보다시피 노파와 네 딸은 제일 뒷줄에 용케도 나이 순서대로 가지런히 서 있다.

한 시간은 좋이 구불구불 돌아가며 재를 넘자 아침부터 내내 추적거리던 빗발이 보란 듯이 뚝 그쳤다. 버스에서 내리자 눈이 시릴 정도로 새파란 하늘이 들었다. 활화산 꼭대기에서 내뿜는 목욕탕 굴뚝의 연기 같은 뿌연 수증기 가닥들이 보기 좋게 화면 상단을 메우고 있고, 그 아래로 제법 실그러졌다 싶게 펼쳐진 민틋한 녹색 잔디밭이 물매 뜬 인공의 산기슭 맞잡이라 키들이 고루 들쭉날쭉하다. 아무래도 흰색 말고는 그때 보았던 그 녹색, 짙은 잉크빛에 가깝던 그 하늘색이 아니다. 역시 화면의 한계거나 자연의 우월성 중 하나다. 그때 북위 42도의 서늘한 날씨와 눈이 시원해지는 하늘빛만이라도 외워가자며 유심히 봐두었던 것이다.

막내딸 경숙이는 보자마자 의외로 이쪽을 웬만큼 알고 있다는 낌새를 대뜸 눈가에 피워 올렸지만, 볼수록 낯설었다. 키가 늘씬해서 체육 선생이라고 해야 믿길 만한데다 질그릇처럼 툭박진 얼굴에 콧마루가 유달리 우뚝하고 비공도 그만큼 큼지막해서 사람보다 코가 먼저 육박해오는 인상이었다. 싱거운 소리를 때맞추어 잘하는 이쪽 일행 중 하나가, 하, 아깝다, 아직도 저 나이에 처자라니, 서양인들처럼 코치레도 장하구만서도, 소피아 로렌 코보다 더 실하고 씩씩하다, 라고 탄성을 내지르자, 누구가, 왜 하필 그 이탈리아 여자를 들먹여, 잉그리드 버그만도 있는데, 라며 우스개를 내놓았고, 피부가 후자만큼 희고 야들야들하지 않아서 해보는 말이지, 라고 제딴에는 그럴싸한 심미안을 내놓자, 이번에는, 이쪽저쪽을 다 만져보고 비비대보고 나서 하는 말 겉다, 얼매나 좋았을까, 참으로 부럽다 하고 지레 걸떡거렸다. 여자의 미추를 보는 눈은 다들 어금버금한 듯싶고, 그녀의 좀 개성적인 용모에 속으로 무릎들을 치고 있는 낌새였다.

이미 몇 번이나 주시해온 피시 화면상에 떠오른 고만고만한 여행 사진이라 신물이 날 만도 하건만, 이가는 시방 무슨 숨은 혐의라도 발겨낼 것처럼 염탐질에 붙들려 있는 판이다. 각자가 데리고 온 제 마누라짜리 다섯 명까지 합쳐서 이가 일행 열여섯 명은 예순 줄을 바라보는 나이로나 그 체신에 걸맞게 오른쪽 첫째 줄과 둘째 줄에 우쭐우쭐 서 있거나 엉거주춤하니 쪼그리고 앉아 있다. 일행 중에서 유일하게 맨발에다 샌들 차림이었던 이가의 발등에 잔디밭의 물기가 촉촉하게 젖어 들던 기억이 지금도 생생하다.

화면 하단에 찍힌 순서대로 지난 한여름, 곧 2009. 08. 14에 일어난 사단이다. 그때의 패키지 투어를 처음부터 발설하고 끝까지 두루 주선한 서울 소재의 유 단장이 일행의 대표로서 주관 여행사로부터 전송받은 단체 사진을 그 자신의 디카로 찍은 백여 장의 컬러 사진과 함께 실어 보낸 것들 중에서 '지난여름 갑자기 불붙은 어떤 한 쌍의 정념의 흔적들' 을 찾고 있는 셈인데, 막상 그 상대적 지명도가 한참 떨어지는 대구시 외곽지 소재의 어느 사립대학 접장인 이가는 속으로 '미친것들, 어쩌자고 지금 나이에 실없이 인연을 만들라고 설쳐싸, 공연히 남들한테 폐나 끼치고 어수선하게, 그야말로 가관에 별꼴이 만발이네, 된장들은 힘도 좋아, 다 마늘 장복 덕분인가' 같은 지청구를 마구 쏟아내고 있다. 그렇긴 해도 이번 학기 내내 남의 시더러운 연애 사단, 나아가서 될 듯 말 듯한 인연 맺기에 설왕설래를 일삼느라고 총기도 좋게 그의 강의시간표까지 외워버린 유가로부터 하마나 전화가 있을까, 이 더펄이가 그 후일담을 전자우편으로 띄워 보낼 때도 됐건만 하고 촘촘히 기다리고 있는 터이다.

↓

친구 좋다고 거름 지고 장에 따라나선 격이랄까, 영 마뜩잖은 기분을 뒤꼭지에 매달고 이가가 지난여름의 한복판 곧 말복 임시에 불쑥 3박 4일 일정으로 삿포로 일대의 단체 관광여행에 껴묻어 간 전말의 약도는 다음과 같이 엉성궂다.

벌써 수십 년 전의 일인데, 친구들이 친목회를 하나 만들자고 했다. 아마도 다들 갓 직장을 잡았거나 더불어 배우자를 고르느라고 덥적거리던 때였을 것이다. 그때도 발설자가 유가였던지는 아슴푸레하지만, 그가 중심인물이었던 것은 분명하고, 그후 회장, 총무 같은 명칭뿐인 직책을 혼자서 독점해왔을뿐더러, 초창기 두어 해 동안 그 친목회의 회비 통장도 그가 갈무리했던 것은 엄연한 사실이다. 어쨌든 무슨 말이든지 이리저리 둘러대기를 잘하던 그가 앞으로 경조사에 친구들끼리의 친소 관계를 떠나서 친목회 이름으로 두둑한 부조금을 전하고 화환을 내걸면 남 보기에 얼마나 그들먹하니 낯이 서겠냐고 했다. 덧붙이기를 이 세상 어느 구석에서 살아가더라도 우리끼리의 우정과 친목을 죽을 때까지 돈독히 다져가자는 거창한 다짐조차 미리 디밀었다. 한창들 혈기방장할 때라 거의 스무남은 명이 삽시간에 거명되었다. 말이 퍼지자 주비위원 격인 한 친구가 마지못해 인선한, 말하자면 겨우 피추천인인 주제가 제 동네의 불알친구를 달고 와서 공개적으로 입회시키자고 앙청해대는 판이었는데, 누군가가 이럴 때 쓰려고 일찌감치 챙겨놨다는 듯이 친목회 명칭을 '심경회'로 하자고 했다. 그 뜻풀이에 따르면 거울같이 맑은 마음으로 세상과 친구를 밝게 비춰주자는 것이니, 또 마음을 논밭 매듯이 깊이 갈아도 좋으니 서로가 어깨를 겯고 가로가로 도와가며 살아가자는 것이었다. 다들 그 취지가 산뜻하게 요약되어 있어서 좋다고, 그 두루 써먹기 좋고 발음도 쉬운 이름이 갸륵해서라도 단지는 못할망정 손가락 끝의 피는 한두 방울쯤 뽑아 혈맹을 불사하자고 설치는 친구도 있었다. 발기인 댓 명이 서른 명 안쪽으로 회원을 추려서 명색 창립 기념집회를 열어보니 면면 중에는 향리의 지방법원 배석판사가 있는가 하면, 명패만 사업한다고 걸어놓고선 건달처럼 장차 회원들의 회비나 걷으러 다니느라고 허둥거릴 백수 후보자에, 벌써 야산 자락에다 초지를 일궈놓고 비육우를 키우는 영농가도 있었고, 세전지물로 내려오는 근교의 금싸라기 땅에다 주유소를 차린 기름쟁이는 무스 바른 곱슬머리가 번질거렸고, 그때 마지막 학위 과정을 밟느라고 일주일에 한 번씩 서울을 들락거리던 이가는 시간강사였으나 실업자와 다를 바 없었다. 일부러 골라잡아서 생업들이 그처럼 다양했을 리는 만무하지만, 바로 그런 특색이 '서로의 마음을 비춰보기'에 부족할 것은 없지 싶었다. 그러나 무슨 학연 같은 것을 굳이 들먹이자면 끼리끼리 초등학교 동창생이고, 삼삼은 동명의 중학교를 함께 다녔는가 하면, 오오는 고등학교 때부터 단짝 친구이기도 했으며, 출신 대학은 여기저기 흩어져 있는 것을 주워 모은 형국에다 그나마 반반한 캠퍼스의 동문들은 학번이 다르기도 해서 그만큼 이 땅의 거추장스러운 학력 콤플렉스 따위를 지닐 하등의 이유가 없는 점도 돋보였다. 물론 그런 장점은 결속력이 없다는 허점을 두드러지게 만들어서 도대체 이 잡동사니의 친목계가 향후 몇 해나 명맥을 이어갈지 모르겠다는 회원들도 없지 않았다.

그러나마나 수시로 떼 지어 뭉쳐가며 살아야 사는 것 같은 보람을 느끼는 이 고장의 오랜 사람살이 관행을 좇아 한때는 부지런히들 만나서 이번 여름에는 운문사 계곡에 발을 담그고 누렁이 도리기를 벌이자고 말을 모으는가 하면, 봄철에는 더러 흑염소 한 마리를 잡아서 회원들의 가족까지 데불고 그 수육을 포식하기도 했다. 그런 전성기도 잠시였다. 다들 제 앞가림하기에도 바쁜데다 자식들 뒷바라지로 영일이 없고, 부도를 내고 잠적해버린 한 허울 좋은 사장짜리의 뒷갈망으로 가장 친한 친구끼리 티격나고, 그래서 무슨 일이든 흐지부지로 용두사미가 되고 마는 이 바닥의 짱짱한 전통을 수굿이 따르지 않을 수 없어서였다. 자연스럽게도 최근에는 그야말로 유명무실의 표본이 되고 말아서 회원들 집에 초상이 나거나 혼사가 있으면 어쩔 수 없이 불려나가 잠시 얼굴이나 비치는 정도였고, 벌써 저승 귀신이 된 회원도 노치(老齒) 빠지듯이 두 명이나 생겼고, 벤쿠버, 덴버 등지로 솔가해버려 연락 두절 상태인 난민들도 불거진 형편이었다.

연원이 그렇달 뿐이지 이제는 되돌아봐야 하등에 쓸데없는 세사였다. 그럴 수밖에 없는 것이 이가라는 이 명색 대학 접장은 이 바닥 인문학의 본령이라고 해도 과언이 아닌 뜻글자의 진정한 뜻을 상고(詳考)하는 자신의 생업에 그나마 충실한 성품답게 모든 인간관계를 탐탁잖게 여기는 고질이 생래적으로 꽤 심한 편임을 스스로 자각하고 있어서이다. 따라서 처음부터 그런 친목회에 발을 걸쳐놓은 것도 귀찮기 이를 데 없는 노릇이었으나, 한편으로는 매사에 적당주의랄까 보신주의를 처세의 제1 원리로 삼는 눈치꾸러기인데다가, 이 세상과 부화뇌동하지 않는 인간이 도대체 있기나 한가, 이 시대와 불화를 일궈 무슨 덕 볼 일이 있나 같은 궤변도 때맞춰 시부렁거릴 줄 아는 속물이기는 했다. 요컨대 누구와도 적당한 거리의 유대관계를 맺어가다가도 저쪽에서 무슨 일을 앞세우고 바싹 다가들면 더럭 경계색을 드러내면서 슬그머니 꼬리를 사리고 제 본업에 매달리는 이가의 천성은 천생 접장이었다. 어쨌든 살아갈수록 각자의 생업이 다른 만큼이나 말투, 의식, 처세에 엄청난 격차가 두 눈에 빨려들듯이 다가오는 판이라 최근 10여 년 동안 이가는 예의 그 모임이라면 이런저런 핑계를 둘러대며 외면해오고 있는 터였다. 그렇다고 직장 동료들과도 걱실거리는 터수가 아니므로 누구라도 그런대로 멀쩡한 허우대의 이모 접장과 허교한 후 그의 속살을 웬만큼 알고 나면 도대체 무슨 재미로 저렇게 외돌토리로 살아가는가 싶지만, 막상 이가 본인은 하루하루를 분초 단위로 쪼개 쓴다고 해도 좋을 지경으로 분망한 가운데 제 본분 지키기 곧 접장질에는 면피나 하겠다는, 이를테면 최대한의 겸손과 교만으로 자신의 체신을 위장하며 그럭저럭 버텨내는 위인이기는 했다. 그렇다는 것은, 강단을 지킨 지도 어언 20여 년이나 되었으므로 당장 그만둔다 하더라도 다달이 나올 사학연금으로 겨우 의식주 정도는 자급자족할 수 있게 되었다는 자위가 저절로 안도의 한숨을 내쉬게 하고, 그럴수록 이 같잖은 본업에 싫증을 내지 않고 덤비는 자신의 지극히 재미없는 생활세계랄가, 그 따분한 인생살이가 고마워서 번번이 숙연해지고 말아서이다.

그러나 사람은 역시 제 혼자 잘났다면서 살아지는 유기체는 아닌 모양이었다. 지난 여름방학을 바로 코앞에다 겨누고 있던 시점에서 유가가, 나다, 심경회 유 총무다, 회장도 없지만 회장 대리는 아이고, 라면서 뜬금없이 접장 이가에게 학교 연구실로 전화를 걸어왔다. 아직도 그 유명무실한 친목계가 명맥을 유지하고 있는지 뜨악했지만, 그를 언제 만났는지도 아슴아슴하고, 전화 기별은 더욱이나 오랜만인 것이, 유가의 주위에는 늘 신원미상의 졸개가 한 사람 이상씩 붙어 다니는, 일종의 되다만 정치적 인물이 바로 그의 정체라는 해묵은 선입관이 성큼 어른거렸기 때문이었다. 어쨌든 그쪽은 대뜸, 여전히 자리는 착실히 지키고 있네 라면서 예전 같으면, 안 죽고 살아 있나 싶어 전화라도 해봤다, 연락이나 철철이 좀 하고 살자, 답답한 줄도 모리는 무슨 은자도 아이고, 참 용타, 라고나 했을 그 수더분한 말본새를 점잖게 눅이고 있었다. 환갑 밑이어서 말투가 그처럼 고와진 게 아니라 예의 그 '마음갈이로서의 남의 마음 비춰보기'로 무슨 청탁 여부를 알아볼 낌새가 완연했다. 과연 이가의 예상은 제대로 적중했으나, 그가 가로 지나 세로 지나 도울 수 있는 사안도 아님이 곧장 드러났고, 그런 선긋기야말로 그의 평소 처신을 그대로 토로한 대목이었다.

당연하게도 그 전화질은 인사 청탁이라기보다도 그것을 요령 좋게 할 수 있는 길이 어떻게 뚫려 있는지, 그 취업건의 일차적인 권한을 누가 쥐고 있는지 따위를 알아보는 탐문이었다. 말을 줄이면 그의 처족인지 친족인지 알 수 없으나, "뭣 하나 내삐릴 것 없는 인척 한 놈이" 시방 이 교수 자네가 봉직하고 있는 그 학교의 임용 전형에 원서를 내놓고 있는데, "당최 다리를 걸칠 만한 인사가 내 주위에는 씻은 듯이 없어가 우짜믄 좋겠노 카고 맥을 놓고 있다가 퍼뜩 짚이는 데가 있어서" 이렇게 전화를 넣어봤다는 것이었다. 전화 통화가 길어지다 보니 지원자의 신원이 이내 드러났다. 미국 북동부의 초일류 사립대학에서 학위를 땄다니 흠잡을 데 없는 학력이었고, 배태신앙을 자랑하는 기독교인이라 하니 착한 심성에다 어디서나 솔선수범하는 봉사 정신도 남다를 테며, 전언자가 잠시 멈칫거리긴 했으나 지원자의 부인은 당분간 이중국적자로서 우리말보다 더 편한 영어로 현지에서 무슨 직종인가에 종사할 모양이더라면서 슬하의 두 자식 중 하나가 지체장애아라고, 딱해 죽겠다면서 엉뚱한 사람에게 미리 동정까지 사려고 들었다. 더 이상 들을 것도 없었다.

그런 취업건에 관한 조언이라면 누구에게라도 서슴없이 일차 선고권자(選考權者)로서의 경험담을 솔직하게 들려주는 터이므로 이가는, 제발 언행을 나부대지도 또 아는 체하지도 말고 오로지 겸손한 자세로 모린다고, 학문으로나 세상 문리로나 아직 제대로 아는 게 하나도 없다고 하는 게 상책이라고, 그렇게 단단히 조지라고 일렀다. 명색 전형위원들인 대학 접장들이 아무리 학문적으로야 빌빌거린다 해도 임용지원자의 머리꼭지에 앉아 있을 거 아닌가, 그러니 무조건 무지몽매하다면서 지 허리부터 꺾으라는 당부였다. 유가는 즉각, 백번 맞는 말이다, 실제로도 꼭 그렇고, 옛날 박사 말이지, 요즘 개똥 박사들은 워낙 흔해빠져가 남이 걷어차면 아무 데나 쑤시 박히는 깡통들이 지천이다, 우리 같은 장삼이사도 그 실정이사 조석으로 익히 다 보고 있다며 맞장구를 치더니, 뒤이어 최종 낙점권은 누가 어떻게 행사하느냐고 곱다라니 물었다.

그 절차도 워낙 뻔한 관행이라서 이가는 곧이곧대로 들려주었다. 곧 이가가 소속된 인문대나 지원자가 지망한 사회대나 그 전형은 매한가지인데, 제출한 각종 서류의 기재사항 등을 근거에 따라서 수치로 뽑아내게 되어 있으므로 금방 그 상대적 우열이 드러나며, 면접과 시범강의에 대한 평가도 해당 학과의 여러 교수가 작성하는 심정적, 객관적인 계량화에 따라 암묵적 석차가 쉽게 불거져 나올 수밖에 없고, 그렇게 엄선한 지원자를 임의로, 그러나 대체로 3배수쯤을 총장 이하 두어 명의 품성 감별 면접관 앞에 세우게 되며, 거기서 주로 무슨 일이든 맡기고 시킬 수 있겠는지를 점쳐보는, 이른바 제멋대로 넘겨짚기로서의 관상 보기가 이루어진다고 했다.

요컨대 복잡한 것 같아도 요식행위일 뿐이니 모든 절차가 공정하고 엄격하게 진행되지만, 결국에는 운수소관일 것이라고, 여러 말 할 것 없이 지원자의 팔자에 대학 접장이 될 운이 씌어져 있으면 될 것이니 쫄지 마라고 이가는 단정하면서, 형편이 웬만하거든 누구라도 대학 접장 노릇만은 하지 말라고 일러주고 싶다고, 이 생업이야말로 언죽번죽 말이나 둘러맞추는 지 장단에 놀아나다보면 속물 중의 상속물이 되는 첩경 같아서 그런다고 심드렁히 덧붙였다.

저쪽의 말귀가 어둡든 말든 그런 심회라도 터뜨리고 나니 이가는 새삼스럽게 제 직분에 다소나마 위로가 보태진 것 같았다. 이쪽의 그런 심중을 아는지 모르는지 속물은 남의 말에 선뜻 승복을 잘함으로써 피차간에 마땅찮은 심사의 불씨를 아예 없애 버릇하므로 수월히, 맞다, 만사가 운이다, 와 아이라, 팔자에 씌 있어야지, 역시 젊은 아아들 가르치는 사람 말이 월등하다, 귀에 속속 들어온다, 들은 대로 단디 이르꾸마, 어쩌구 하며 발 빠른 심부름꾼처럼 헐레벌떡 전화를 끊었다.

달포쯤이 지났다. 늘 그렇듯이 유가는 또 느닷없이 비윗살도 좋게 전화로 이가를 찾더니, 방학 중인데도 여전히 별 볼일이 많은가 라고 물었다. 대답하기가 난해해서 어떻게 둘러댈까 하고 우물쭈물거리고 있는데, 유가는 이쪽의 생업과 전공이 그런 만큼 답사다, 학회다로 국내외 여행을 오죽 많이 했을까만, 이번에 불특정 다수의 선남선녀와 단체여행을 한번 해보지 않겠느냐고 이가의 의사를 타진해왔다. 이런 경우에 단체여행은 도대체 무슨 말인지 이가는 종잡을 수 없었다. 권유자는 놀린다는 어투는 전혀 묻히지 않고, 그러나 다방면에 걸친 자신의 여러 능력만큼은 반드시 과시해야 직성이 풀리겠다는 어조를 푹푹 끼얹으며, 이 박사 자네도 모르는 기 많네, 하고 나서, 요새는 여행도 상품이라서 온갖 기 구색대로 다 갖춰져 있어서 고객들이 지 입맛대로, 주머니 형편대로 골라잡아 간다는 것이었다. 그러나 숱한 여행사들이 볼거리 많은 행선지를 개발하여 적당한 일정을 꿰맞춰놓고 수시로 희망자를 모아서 만판으로 놀고먹는 유람 행차가 바로 오늘날 이 땅의 단체 해외여행인데, 시방 일본 삿포로 일대의 관광을 3박 4일로 끝내주는 맞춤한 상품 하나가 아주 헐값에 나와 있다고 했다. 그것도 무슨 경매처럼 원매자가 임의로 가격을 정하는 것인지 어리둥절했으나, 아무튼 시세의 3분의 2 값으로 일류 호텔에서 숙식이 제공된다고, 자네만 좋다면 이번 경비는 지 쪽에서 대납할 테니 일행에게 '속닥한이' 술이나 한잔 사라고 선후책까지 내놓았다.

단체여행 중의 일행이라면 그 범위가 어디까지인지, 배보다 배꼽이 더 크다는 꼴로 술값이 더 비쌀 것 같아 고사하려는데, 참 인사가 늦었다며 일전에 알아봤던 그 교수 임용건은 자네 조언 덕분에 일이 잘 됐다고, 그런저런 연유로 신세를 갚을 테니 만사 전폐하고 몸만 따라나서라고 숫제 강청이었다. 어째 일이 수상쩍게 굴러간다 싶고, 무슨 구설수에 휘말려들지도 모르겠어서 여비 송금처를 알려달라고 잘라 말했더니, 참 소심하네 라면서 유가 자신의 은행 구좌번호를 알려주었다. 여비를 온라인 뱅킹으로 부치고 나서 가만히 생각해보니, 이제는 한 직장의 동료가 될 그의 인척이 과연 어떤 촌수인지 유가는 끝내 얼버무리고 있어서 적잖이 궁금하지만, 이가는 그 신참 정치학도에게 언젠가 물어봐야겠다고 머리에다 새겨두긴 했으나, 대충 짐작이 가는 터여서 모른 체하기로 작정해버렸다.

↓

실직자가 과로사한다는 우스개대로 요새는 다들 바빠서 인선(人選)이 뜻대로 안 돌아간다는 유가와의 서너 차례의 설왕설래 끝에 이가는 8월 12일 새벽에 용약 우거를 나섰다. 우거일 수밖에 없음은 아직 학업 중인 자식 둘이 전세로 빌려 쓰고 있는 서울특별시 강동구 천호동의 한 빌라형 다세대주택이기도 해서 그랬지만, 그 썰렁한 공간마저 다섯 살 터울의 두 형제가 함께 쓰는 경우는 일주일에 두 번이 될까 말까 하다니 알조인데다가 그날 밤도 두 놈 다 그룹 스터디다, 야간 당직이다로 지 애비를 임시 독거노인으로 몰아넣어서였다. 어쨌든 숫자 네 개만 누르면 무상 출입할 수 있는 그 우거에서 이가는 꼬박 일곱 시간쯤 머무르다 썰렁하니 빠져나온 셈이었다.

거기서 5분도 채 안 걸리는 공항행 리무진 버스정류장까지 배낭을 등짝에 매단 채로 우산을 받쳐 들고 걸어가는데, 비가 억수같이 퍼부었다. 좀 꺼림했으나 이왕 나선 걸음이었고, 설마 본전이야 못 건질까 하고 마음을 도사렸다. 그로서는 일본 여행을 이미 서너 차례나, 그것도 오래전에 짧은 일정의 공적인 탐방으로 치른 터라 이렇다 할 감흥을 새삼스럽게 일굴 건덕지도 없었지만, 인천공항을 이용하기는 처음이라 그동안 엔간히도 우물 안 개구리로 살았다 싶어 전에 없이 제 주제와 처신을 되돌아보는 계기가 되었다. 그렇다고 후회를 곱씹는 것도 아니었고, 이 미친 듯이 바쁘게 돌아가는 세상살이에서 저만은 느직하게 살아감으로써 알량한 자부심 같은 것이나마 챙길 계제가 아님도 그는 잘 알았다. 방학마다 한때의 유학지를 반드시 다녀오곤 하는 동료나 선바람 쐬러 갔다 온다 싶게 해외여행을 자주 해대는 주위의 지인들을 경원하지도, 그렇다고 저게 무슨 낭비에, 허영에, 낭만벽인가 하고 따져보는 짓거리도 부질없다고 치부해버린 지 오래였다.

리무진 버스 차창에 촘촘히 내리꽂히는 빗방울 너머로 내빼는 흐릿한 서울 거리의 새벽 풍경이라기보다 그 분위기를 외울 듯이 쏘아보며 그는 평소의 상념을 반추했다. 그는 시방 난생처음 아무런 볼일도 없이 오로지 놀기 위해 남의 나라 여행길에 올랐으며, 책으로만 읽어온 관념의 세상을 몸으로 익히려고 나선 걸음이다. 실상 오늘의 지구촌은 백 번 듣는 것이 한번 보는 것보다 못하다는 말도 설득력이 없다. 사진으로, 화면으로, 중복되는 여러 관점의 숱한 글들이 기시감을 전폭적으로, 거의 무한대로 펼쳐 보이고 있으니까.

지구상에 사진기가 등장하고 나서 사진가라는 직업이 생겼음은 분명하지만, 여행지의 풍광과 풍속은 만들어내거나 찾아낼 대상이 아닌 것도 사실이다. 그것들은 오래전부터, 누대에 걸쳐 그런 모습으로 거기에 잠자코 있어 왔다. 보는 바와 같이 풍경 사진은 어느 것이거나 아주 아름다운데, 막상 현장에 당도해보면 남루를 겨우 면한 몰골이라서 실망스럽기 짝이 없다. 그렇다고 사진기라는 피사체 재현용 기계와 사진이라는 반(半)창작물을 나무랄 수도, 현지의 경치와 삶 자체를 엉터리니 가짜니 해대며 매도할 수도 없다. 그러므로 사진가나 여행가는 불특정 다수에게 무언가를 알린다는 어떤 '제도'의 산물일 뿐이며, 그것에 따라붙는 여러 모양새의 소비 일체를 부추기는 매개체거나 소도구에 지나지 않는다. 물론 그런 알림은 전체에서 한 조각만을 떼어낸 일부분일 뿐이어서 당연하게도 피상적이며, 그런 의미에서도 일종의 허상 매개물이거나 군맹무상(群盲撫象)을 유도하는 수단임은 말할 나위도 없다.

인천공항의 청사 앞 아스팔트도 줄기차게 내리꽂히는 굵은 빗방울로 연방 자잘한 물웅덩이가 파졌다 지워지곤 했고, 그위를 몇 발자국 철버덕거리자 이가의 샌들은 이내 흠빽 젖어버렸다. 그런 불가항력 앞에서는 대체로 태무심할 수밖에 없다는 것이 이가의 생활 습관이기도 했다. 만부득이 눈코 뜰 새 없이 바쁘게 일상을 꾸려가는 두 자식에게 왜 그렇게 허둥지둥 살아가냐고 나무랄 수도 없듯이 그건 그랬다. 날씨마저 이처럼 무언가를 다조진다 싶게 험한데도 과연 비행기가 뜰 수 있을까 하고 그는 잠시 궁금증을 어루다독였다.

일러준 약속 장소에 당도하자 선착했나 싶어 이가는 주위를 두리번거렸다. 마침 출입구 쪽으로 가지런히 늘어선 상가 중에서 한 매점이 눈에 띄었다. 그는 그 짙은 향기를 쫓아가서 뜨거운 카푸치노 한 잔을 달라고 했고, 당연하게도 그는 관객이므로 주목받는 무대 위의 한 자리를 피하느라고 외진 구석을 잡았다.

누구라도 자주 느낄 텐데, 잠시라도 가만히 죽치고 있지 못하는 희한한 미물이 현생인류이다. 몸을 움직이지 않을 때는 머리로라도 하등에 쓸데없는 생각거리를 일부러 자아올려 그 씨가 닳도록 어루만진다. 꼴사납게 억지 분주를 일삼아 떨어대는 형국이다. 물론 그런 자발

없는 행동거지가 좋은 쪽으로 원력(願力) 같은 것에 기대서 오늘의 이 요사스러운 문명을 이루었다고 봐야 옳고, 나쁜 쪽으로 가닥을 잡으면 인간이 스스로 만들어 퍼뜨린 이 모든 수선스러운 제도에, 해외 단체여행이야말로 그런 제도의 본보기로 손색이 없는데, 솔직히 말하자면 남들은 어떻게 살아가고 있나를 둘러보는 짓거리야말로 지 목숨부지와는 전적으로 무관한 반자연적 관행일 뿐이며, 이런 요란스러운 풍조는 지구 환경을 망가뜨리는 낭비에 불과하고, 아무리 멀리 잡더라도 금세기 안에 이 헐떡거리는 지구문명 자체가 어떤 거대한 허방다리에 빠지고 말리라는 방정을 재촉하고 있다. 지금과는 다른 형식과 내용의 모듬살이는 있을 수 없고, 그런 상정 자체가 이때껏의 사람살이와 견주어 보더라도 형용모순일 뿐이며, 그러므로 조만간 결딴이 나게 되어 있다는 사유는 결코 자만이 아니다. 종말론과는 다르게, 전지구 규모의 물리적이고 화학적인 괴변이 덮쳐서, 그것도 괴기스럽게, 노아의 홍수는 차라리 낭만적이고 동화적이었다는 괴성을 내지르면서.

누군가가 인간의 모든 비극은 혼자서 조용히 있지 못하는 데서, 곧 문밖출입을 상습화함으로써 비롯되었다며 장탄식의 절규를 내질렀지만, 그게 결국 그 말이고 백 번 타당하다. 커피는 잠을 말갛게 쫓아내버리는 특효약임에 틀림없는 것 같고, 공연히 사위스럽고 방정맞기도 한 지레걱정을 채근해대는, 당장에는 그 절절한 욕망을 해소할 길이 없는데도 삼켜버려야 하는 마약과 같다.

이가는 간밤에도 편의점에서 사들고 들어간 캔커피를 마신 통에 뜬눈으로, 한숨으로 꼬박 밤을 지새웠다. 옷가지와 책들을 아무렇게나 널브러놓은 방을 하나씩 차지하고, 식탁 위에는 라면 봉다리만 처쟁여 있는 자식들의 우거에서.

눈앞에서 어정버정거리는 이 숱한 행락객은 무슨 제도에 갑시어 이런 시위살(示威煞)을 제멋대로 행사하나. 알다가도 모를 일이다. 인류에게서 수면의 낙을 빼앗아버렸다면 그 시간만큼의 소란스러운 야단법석 때문에라도 진작에 망조가 들었을 게다. 이 넓디넓은 실내 광장을 빼곡히 메우고 있는 인파의 물질적 동력원이 경제력 곧 돈만도 아니다.

두 아들놈이야 그렇다고 쳐도 마누라쟁이조차 잘 도착했냐는 인사전화도 없어서 더 괴괴하던 간밤의 그 임시 거처와 이 새벽의 북적거림은 너무나 대조적이다. 늦은 밤 열한 시 반쯤 집으로 전화를 걸었더니 마누라는 소파에 오도카니 앉아서 졸리는 음성으로 애들 집은 잘 찾아갔냐고 묻고 나서, 그렇잖아도 큰애가 하필 오늘따라 밤 근무라서 아버지와 식사는커녕 대면도 못하게 생겼다고, 엄마가 대신 미안하다고 전해달라는 연락이 아까 왔었다고 알려주었다. 아들놈이란 딸처럼 오사바사한 맛이 없어서 틀렸다. 다 지 애비의 성정을 물려받아서 그럴 테지만, 그나마 조손(祖孫)이 무슨 내림으로 밥벌이가 같아질 판인 게 다행인지 어떤지 모르겠으나, 제발 개업할 생각일랑 접고, 또 그 앞갈망을 얼마라도 도맡아줄 경제력이 없는 아비를 원망하지 말고 후딱 취직이나 해주길 바라는 심정이다.

그쯤에서 이가의 반문명적 상념을 방해하는 떼거리가 연이어 바퀴달린 짐짝들을 질질 끌고 주춤주춤 다가섰다. 일행의 우두머리는 역시 유가여서 그의 너름새가 곧장 소란스러움을 일구었다. 곧 서로 인사들 하라는 설레발로서, 반쯤은 예의 그 심경회 회원들이어서 구면이었지만, "준회원이나 마찬가지다"라는 너스레를 곱다시 받아내고 있는 나머지는 초면인데다가 달고 온 다섯 명의 부인들도 당연히 생면부지였다. 부인네들 중 두어 명인가는 심경회 정회원의 마누라라는 데도 이가에게는 낯설었고, 남자들은 저희들끼리 너나들이를 하는 것으로 보아 서로의 신상에 훤해서 만만한 사이들인 것 같았다. 반쯤은 서로 손을 잡고 나머지는 눈을 맞추고 만 수인사가 대충 끝나자 면면들의 정체가 속속 이가의 눈길을 붙잡았다.

올빼미 사장이라는 별명대로 편의점을 두어 개 꾸려가고 있는 내외, 짱배기에 머리숱이 아예 한 올도 안 비치는데도 그 기름진 황무지를 당당히 드러내느라고 덮개는 없고 챙만 달린 모자를 둘러쓴 다혈질의 어른, 공무원으로 퇴직한 후 어느 공사(公社) 산하의 무슨 재교육기관에 적을 걸어두고 있다는 김모는 유달리 자그마한 무테안경을 걸치고 있지만, 그 안쪽의 두 동공이 붕어눈처럼 큼지막한데다 두툼한 안경알에 붙을 듯 밀착시킨 채로 그 눈알마저 굴리는 데 인색해서 그 직시의 눈길이 영판 멍청한 수사관을 닮아 있기도 했다.

어째 이 땅의 중년이나 늙은이들은 하나같이 '저러면 곤란한데' 같은 속생각이 저절로 우러나오도록 족대기는 반면교사들일까, 이것도 무슨 풍토색인가 하고 이가는 잠시 망연해졌다.

다섯 여자는 차림새로는 중년 여자들임이 틀림없으나, 얼굴과 몸매는 고만고만하니, 그래서 내남없이 진부하게 살아왔다는 내력이 노골적으로, 아니 덕지덕지 껴묻어 있었다. 물론 그녀들의 행티는 시늉으로일망정 다소곳했다. 그러나 이렇게 어수선한 채로나마 여러 사람과 한마음으로 어딘가를 향해 가고 있다는 것만이 대견스러울 뿐이고, 어제까지 영위한 폭폭한 일상들도 되돌아보지 않으며, 지지리도 못나 빠진 그 관행들에 왜 치여 가며 살았는지도 훌훌 털어버리고 있는 듯했다. 남자들은 반 이상이 '백수' 임을 숨기지 않았고, 그들의 생리가 그런지 쓸데없는 말들을 한사코 주절거렸다. 그래도 놀고먹지는 않을 뿐더러 유족하게 살아간다는 태깔을 말투나 작태에 골고루 분식(粉飾) 해대느라고 바빴다. 이제는 다들 그러니 그런 발라꾸밈이 어색하지도 않았다. 일하지 않고 빈둥거리는 나날이 멋쩍고 대근하지도 않는지, 걱정거리 따위를 한사코 끌어안고 사는 체질은 아니라는 언행이 일행의 온몸에서 뭉게뭉게 괴어올라서 좀 신기했다.

마침 두 젊은 여자가 번갈아가며, 연둣빛 하나투어 고객님들 운운하며 두 손으로 나팔을 만들어 사방으로 외쳐댔다. 어느새 단장의 호칭을 자천타천으로 걸머진 유가가 앞장서서 일행을 인솔하려고 주위를 휘둘러보자, 이가는 자연스레 뒷걸음질로 꽁무니 쪽에 눌어붙었다.

그때 벼르고 있었다는 듯이 꼼짝 않고 서 있던 작자가 선글라스를 슬쩍 머리 위에다 걸어 올려놓고, 이 서방, 오랜만일세, 얼굴 잊아뿌겠다, 내가 누군지 알라 라며 불쑥 손을 내밀었다. 아까 얼핏 눈길은 갔지만, 미처 인사를 나눌 짬은 없었던 한때의 친구 허 사장이었다. 이가는 이내, 알다마다, 허길도 사장 아이가, 옛날 그대로네, 안 변했다 라는 상투적인 인사를 건넸지만, 상대방의 어디가 어떻게 안 변했는지는 막상 막연했다. 잠시 이가는 난감했다.

그동안 단체여행을 추스르면서 유가가 전화상으로 꼬박꼬박 허 사장이라고 들먹이긴 했으나, 그가 무슨 직종으로 사장 명찰을 달고 지내는지 이가는 굳이 캐물어보지도 않았다. 관심도 없을 뿐만 아니라 알아봤자 세상물정을 너무 모르는 자신의 빙충맞음이나 되뇔 게 뻔해서였다.그래서 서치(書癡)일 수밖에 없다는 체념에 겨워 지내는 셈이지만, 실은 그런 부분적인 이해가 오늘날의 시대 조류를 읽는데 오히려 방해가 될지도 모른다는, 전공 학문을 제 나름으로 천착하다 소롯이 얻은 거름종이 같은 것을 갖고 있기도 해서였다.

제출물에 이가는 허 사장의 행색을 흘끗 훑어보았다. 포도주색 바탕에 희끔한 가로줄이 오선지처럼 그려진 티셔츠, 지퍼 달린 무릎도리를 떼내버리면 반바지로도 입을 수 있는 스판덱스 등산용 바지, 얼금얼금한 망을 덮어씌운 챙 달린 모자, 바지 주머니께의 허리띠에 매달려 있는 간장 종지보다 더 큰 인조 가죽띠 손목시계, 오른쪽 손목에 질끈 동여매어진 울긋불긋한 손수건, 그럴 리는 없지만 프로급 여행가나 등산가라고 해도 좋을 차림에다 다부진 몸매였다.

허 사장이 이가의 칙칙한 시선을 걷어내느라고 화제를 돌렸다.

"여기저기서 참 잘도 골라 모았다. 우리 일행 말이다. 하여튼 유 단장 입심 하나는 알아조야지. 지나 내나 직업을 잘못 선택해가꼬실랑이 고생이다."

귀가 뻔쩍 뜨이며 그동안 적잖이 궁금했던 남의 사정이라 이가는 다짜고짜로 물었다.

"저 친구가 요즘 머해 먹고 사나? 소문은 무성하더라만 제대로 굴러가는지 어떤지…"

어느새 새카만 선글라스로 시선을 가린 허 사장이 입가에 어설픈 웃음기를 피워올리며 말했다.

"한때는 올림픽 휘장 사업엔가 한 다리 걸쳐서 자투리 돈푼깨나 만졌을거로."

"그 시절이 벌써 언제 적인데. 세월이 빨라서 일제시대같이 들린다."

"와 아이라. 한창 좋고 철없던 장년 때지. 요새는 중국으로 일본으로 잡화를 실어내고 실어온다고, 지 말로는 삼각무역 중개상이라 칸다. 말이 그렇지, 유통업체와 생산업체를 알선해주는 거간꾼이라 캐야 맞을 끼다. 뿐인가, 이것저것 욕심이 조조라서 각종 단체, 회사에다 기념품, 사은품도 주문배수로 공급하고, 바뿌다, 저것도 지 팔짤끼다."

"우옜든 남한테 사기 안 치고 돈만 잘 벌면 장땡이 아이가."

"어디서 어디까지를 사기라 칼란지사 누구도 장담 못하지만서도, 자가 저래도 사람은 재밌다. 옳은 말도 가끔씩 잘하고. 이번에 이 단체여행 건도 지 말로는 시세의 반값도 안 된다고 허풍이 늘어졌더라마는 다 빈말이고, 여행사 사장한테서 지발 모자라는 정원만 채아달라꼬, 그런 통사정에 떠밀리가 지가 생색낼라꼬 일을 벌인 길 끼다. 나중에 크게 한 껀 봐달라고 손 내밀 끼고. 그 반대로 저 연두빛인가 먼가 3개 국어로 포장한 여행사에 진 무슨 신세를 갚는다고 이카든가. 둘 중 어느 쪽이든가 생색내는 거는 마찬가지고. 저 유가가 저래 어수룩한이 비치도 자다 깨나도 지 손해 보는 짓은 안 하는 악도리 장사꾼이다. 한참 얼빵해 비이도 거기 다 수단이고, 아무 세상이라도 용케 구불러댕기는 재주가 여러 개다."

처음 듣는 유 단장의 실상이었다. 그러나 그 잡화라는 것이 무엇인지 이가는 여전히 긴가민가했다. 뒤이은 허 사장의 조언에 따르면 일행 중 두 친구는 각각 항도 부산시와 울산시에서 밥걱정 안 하며 골프장을 일주일에 두 번 이상씩 들락거리면서 산다고 했고, 또 다른 친구 하나는 세관에 근무하다가 일찍 옷을 벗고 지금은 7층짜리 빌딩의 주인으로서 그 건물 관리인 겸 청소부 노릇을 손수 한다고 해서 다들 알부자 환경미화원으로 대접한다고 했다. 나머지는 서울에서 그냥저냥 세월을 낚는 중이라고 해서, 이가는 그러면 자네도 시방 서울에서 소일하냐고 물으며, 어린애 하나를 집어넣어도 될 만한 시커먼 짐짝을 덜덜 끌고 등짝에는 중들의 바랑만한 부대를 걸머메고 있는 허가의 거방진 자태에, 그러나 득도 직전의 선승처럼 해학기가 제법 그럴싸하게 우러나는 행태에 군눈이 연방 쏠리는 것을 어쩌지 못했다.

"시방 내가 집도 절도 없이 사는 나그네라 카믄 저 유가는 엄살 떨지 마라 카겠지만도 절에 가믄 중 노릇 하고 싶고 저자 바닥에 가믄 속물로 살고 싶다는 그 짝으로 아무 욕심 없이 그냥저냥 지낸다. 그래도 누가 국내든 국외든 어디 놀러 가자 카믄 언제라도 허위허위 따라나서는 내 팔자가 상팔잔지 몰라도 세상만사에 귀천이 없는 것도 사실이다. 사람 한평생이 잠시라 카듣이 사람 운도 똑같더라. 인자 다 살았다 카믄 다들 헛소리하지 마라 카지마는 나는 마음인가 먼가를 비울 것도 없고, 내려놓을 짐도 없고, 앞으로 이 세상에 머시든 이바지할 것도 없지 싶어서 내가 도대체 머시며 누군가 하고 하루에도 수백 번씩 물어쌓기는 한다. 물론 옳은 답 같은 것도 있을 리 만무하고, 또 내 머리로는 해답이 영영 안 나온다는 것도 안다. 그라이까 낭인이라 카믄 나잇값을 못 하는 기라서 어울리지도 않고, 거사나 처사라 카믄 벼슬이나 무슨 자리를 넘바다 본 적이 없은이 천부당만부당한 기고, 여기저기 뜬귀신맨쿠로 떠돌아댕기는 기 내 정체 같아서 자칭 정신적 난민이라 부르는 기 반쯤은 맞지 않을까 싶은데, 속에 든 것도 없는 기 까분다 카믄 할 수 없지 머. 우옜든간에 돌아댕기는 연간 키로 수로 따지만 내가 여행전문가 못잖을 끼다. 여행이랍시고 떠돌아댕기는 주제에 배부른 소리 하지 마라 칼지 몰라도 집 나가믄 고생이란 말대로 생고생 사서 하는 이 내 팔자도 무신 업일 끼라."

한없이 어리뚝해 보이는 허가가 느릿느릿 걸으면서 쏟아내는 말본새가 의외로 무무한 데가 없고, 굴퉁이 꼴은 진작에 면한 듯해서 이가의 심사도 서그러웠다.

다른 일행들은 큰 가방들을 화물로 부치는 수속을 밟고 있는데도 개의치 않고 허가가 그 텅 빈 듯한 커다란 짐짝을 다른 손에 갈마쥐면서 먼 산 바라듯기 앞서 늘쩡거리는 일행에게 시선을 던졌다.

소지품과 온몸의 검색을 마친 동행인들이 제가끔 여권을 들고 또 다른 대열을 지어가는 뒷모습을 보며 이가는 문득 난민(難民)이란 말을 떠올림과 동시에 찹찹해지는 마음자리를 또록또록 의식했다.

2

여권을 돌려받기가 바쁘게 난민 대열은 뿔뿔이 흩어졌다. 다들 걸음걸이도 씩씩하게 면세점으로 무언가를 사러 그처럼 줄행랑을 놓고 있었는데, 이가도 물건 사기라면 가끔씩 분수에 안 맞는 과소비를 저질러놓고도 스스로 어이없어 하는가 하면, 마누라로부터 너더분한 핀잔을 맞는 쪽이었다. 다른 것도 아니고 가방 종류를 봤다 하면 그 쓸모 따위를 따지지 않고 사버리는 기벽이 그것인데, 이제는 나이도 있어서 터무니없이 비싼 것, 외부의 장식이 요란한 것, 내부에 쓰잘 데 없는 속주머니가(점원들은 흔히 '수납공간'이라는 가방 안팎의 그 자잘한 주머니들을 그는 '방'이라고 부르지만) 많이 붙은 것, 손잡이에 쇠붙이 같은 것을 덧대서 공연히 뻰쩍거리는데도 막상은 부실한 것 따위에는 애써 눈길을 피해버리지만, 그래도 크기, 디자인, 봉제, 안감과 겉감의 재료, 배색, 끈, 용도 같은 것이 그의 마음에 들면, 다른 이유를 억지로라도 끌어다 붙여서 안 샀다가는 나중에 두고두고 후회하지 싶어 덜렁 사 버릇했다.

그래서 그의 연구실과 집에는 그 용도가 거기서 거기인 지갑, 배낭, 손가방, 트렁크, 캐리어 등을 여러 개씩이나 갈무리해두고 있었다. 물론 개중에는 들뜬 마음으로 비싼 값 따위도 개의치 않고 샀음에도 불구하고 한 번도 사용하지 않은 것이 태반이었지만, 그는 그 낭비를 후회한 적도 없으려니와 본전을 뽑기 위해서라는 핑계를 앞세우고는 그것들을 끄집어내서 그 쓸모와 더불어 사용할 경우에 따르는 여러 공상을 일구곤 하는데, 그런 감미로운 시간을 즐길 때면 거의 멍청해지고 마는 것이었다.

이제는 즉흥 구매를 단연코 안 하겠다고, 가방점 안으로는 절대로 발을 들여놓지 않고 밖에서 눈요기로 그치겠다는 맹세를 단단히 해두고 그는 어슬렁거렸다. 다행히도 가방점은 많았고, 가게마다 손님들이 없어서 텅텅 비어 있었지만, 그 상품들은 대개 다 소위 명품들로서 고가인데다 최신 유행을 선도하는 것들만 창가에 진열해두고 있어서 '기능이야말로 상품의 의미이자 수명이며 품질이고 주제이다'라는 이가의 기호에는 맞지 않았으나, 그럴수록 그의 촉수는 어떤 가방에라도 속수무책으로 빨려 들어가고 있었다. 또 허랑한 낭비꾼이 되고 말아야 할 팔자인가 하고 그는 매초마다 속으로 승강이질을 벌이는 판이었다. 그 달콤한 싸움에서 이기려면 탑승 시간이라도 후딱 닥쳐서 살까 말까 하는 자신과의 흥정거리를 앗아가야 하련만, 그의 기억이 정확하다면 그때 삿포로행 비행기의 체크인 시간은 무려 한 시간 이상이나 남아 있었다.

그는 그 눈요기에 마냥 홀렸고, 연방 손목시계를 힐끔거리면서도 점점 달떠 올라서 감미로워지기까지 하는 제 심사를 살살 달래는 중이었다. 꼭 써야 할 돈을 제때 안 쓰기도 고역이었다. 냉방장치가 제대로 가동되고 있어서 한기를 느낄 만한데도 그는 '낭만적 낭비와의 심리적 암투'에 시달리느라고 이마로, 가슴팍으로 진땀을 흘리고 있었다. 어느 순간부터인지 그의 주위에는 일행도, 행인도 얼씬거리지 않아서 자신의 그 고역을 눈여겨보는 사람도 없었고, 따라서 홀가분했다. 한동안 가방을 안 샀더니 보는 것마다 마음에 들었다. 마땅히 사용할 데도 없고, 이제는 집과 연구실만을 시계처럼 정확한 시간에 왔다 갔다 하는 주제인데도 그런 신분에 과연 어울리는지 따위를 따져보는 짓거리도 벌써 안중에서 사라졌다.

오랜만에 해외여행 길에 나섰으니 그 기념으로 값이 싼 놈을 하나 사두는 것도 괜찮을 것이다. 단체여행이므로 일본 현지에서 쇼핑할 기회도 넉넉지 않을 테고, 일제 가방도 쓸 만한 게 많은데 그중 눈에 띄는 참한 것을 안 사고 배길 재간도 없는 형편이잖나. 더욱이나 여기는 면세점일뿐더러 이 상점은 특별할인으로 30퍼센트나 세일한다고 유혹함으로써 남의 소비성향을 적극적으로 충동질하고 있네.

그런 타협안은 이가가 과소비증에, 좀더 정확히는 가방광으로서의 중독증에 꼼짝없이 들려 있다는 증후였으며, 그 심리적 암투에서 질 것 같다는 씁쓸한 신음이었다. 그러나 그 패배의 과정이 사정(射精) 전후처럼 황홀한 것도 사실이다. 늘 보다시피 여자들은 단연 예외지만, 짐승처럼 손에 아무것도 들지 않은 남자들을 보면 이상하다 못해 건달이나 조폭처럼 수상하고, 더욱이나 명색 대학 접장이란 것들이 가방도 안 들고 빈손으로 근무지 안팎을 돌아다니는 꼬락서니는 실로 가관이 만발이다. 공수래공수거를 써먹을 데가 따로 있지, 책가방도 없이 밥벌이를 하겠다니, 경거망동이 아닌가.

광증을 이겨내는 당사자는 없다기보다 드물다고 해야 옳다. 마침 대여섯 해째나 매일같이 손에 들고 출퇴근하는 책가방에 싫증이 나 있는 판이기도 하다. 물론 그 대용품을 두 개 이상이나 미리 장만해두고 있지만, 모든 상품이 그렇듯이 그것들에는 나름의 미비점이나 부족한 구석이 한 개 이상씩은 반드시 껴묻어 있다. 요컨대 구입할 당시에는 그렇지도 않았건만, 이제는 썩 마음에 차는 것은 아니라고 점찍어두었다. 지금 눈앞에 보이는 이 가방은 거의 완벽품에 가깝다. 92점? 에이뿔은 줘야지. 한쪽 거죽에 덧붙여 놓은 '건넌방'이 좀 커서 싱겁지만, 그 정도는 결점이랄 것도 없다. 반달 같은 손잡이 두 개의 봉제, 디자인이 두루 뛰어나고, 그 재질도 무광에다 도톰한 모양새가 매번 부드러운 촉감을 만끽할 수 있게 생겼다. 손잡이의 두 다리가 스트레칭 중이라는 듯이 쩍 벌어져 있는 형태도 이색적일뿐더러 악력을 편하게 자유자재로 구사하라는 배려로서 돋보이고, 크기도, 이게 아주 중요한데, A4용지도 접지 않고 넣을 수 있을 정도이지만, 그렇게 밉상으로 커 보이지 않고 차라리 다부지다고 해야 옳겠다. 틀림없이 '5백불' 이상을 호가할 텐데, 어째 가격표 표찰을 이놈만 안 매달아뒀나, 인기 품목이라서 일부러 상술을 부리나, 아쉽다, 이 점포는 세일도 안 하네, 이 한여름에 누가 가방을 산다고, 지 잘났다는 시위고, 고객에게 불필요한 아첨은 안 떨겠다는 거지, 참신한 제품 자체의 특성과 품질로 진검승부를 걸겠다, 그것도 고자세로. 한번 덤벼보고 말아? 카드로 지불하고 물건은 연구실로 부쳐달라고 말해버리지 머, 내가 무슨 다른 사치를 하는 것도 아니잖아. 마누라한테는 당분간 철저히 비밀에 부치고.

대학 접장 이 아무개는 이때껏 품값 말고는 가욋돈을 단 한푼도 받아본 적이 없고, 그 노력의 대가조차 헐값으로 또 아무런 근거도 없이 '쌔리멕이는' 이 땅의 보수 체계에 할 말이 많은 양반이었다. 그런 이유 때문에라도 뜻밖에 많은 재산을 지닌 고위직 공직자의 치부 수단을 타기시하기 전에 일단 부러워하는 한편 그 방면에 관한 한 자신의 무능력에 일찌감치 체념, 자포자기를 앞세울 수밖에 없어서 아직도 제가 쓴 용돈을 백 원 단위까지 일일이 일일잡기장에 적어둬 버릇했다.

그 고가의 외제 가방과 이가가 힘겨운 신경전을 벌이고 있을 때, 한참이나 그의 행태를 관찰하며 뒤좇아온 한 여자가 그의 배낭을 톡톡 건드렸다. 그 가방에 잔뜩 눈독을 들이고 있었으므로 그는 뒤쪽의 촉각에 둔했고, 여름 옷가지 몇 개와 세면도구만 달랑 들어앉은 그 상추 소쿠리만한 배낭은 허리를 폭싹 구부리고 있었으므로 당그랗게 목덜미 쪽에 걸려 있었다. 여자가 두 번째로 배낭을 잡고 흔들어대자, 마지 못해 그는 시선만 힐끔 올려다보았다. 이 바닥에서 그를 그렇게 집적거릴 사람이 있을 리 만무해서 웬 행인이 지나가다 부주의로 받힌 줄 아는 낌새였다.

뭔가가 그의 눈길에 안겨왔다. 젖무덤을 가리느라고 가슴팍 두 짝에다 큼지막한 가짜 주머니를 하나씩 덧댄 녹색 남방셔츠를 헐렁하니 걸쳐 입은 여자가 활짝 웃는 얼굴을 바짝 들이대며 말했다.

"니 맞제, 이태문이. 내가 누군지 알겠나? 나잇값 한다고 그새 많이 삭았실 끼다마는."

가방을 살까 말까로 끝까지 사투를 벌이지 못한 아쉬움을 쉬 털어버리고 이가는 허리를 쭉 폈다. 그의 가는 눈길에 웃음이 잔잔히 피어올랐다.

"와 몰라, 대성(大姓) 영일 정씨에 맑을 징자에 아들 자자 쓰고, 임고(臨皐)초등학교 6학년 2반 37회 졸업생 아이가. 영천여중 3학년 1반에다 선원리 처자 중에서는 인물이 기중 낫다고 소문이 자자했고, 샘이 타고나게 많다고 암상꾸러기라 안캤나."

"지랄한다, 줄줄이 잘도 윈다. 총기가 좋디마는. 촌년인데 지까짓기 샘이 많아본들 머 할 낀데."

"웬일이고. 어째 이런 데서 이렇게 오랜만에 보게 되노. 세상이 좁은지 넓본지 모리겠다."

"아까부터 얼굴에 글줄깨나 흐르는 저 인간이 누구고, 맞제, 틀림없제 카민서 내가 머리를 되는 대로 흔들어싸도 니는 못 봤는지 못 알아보데."

"내가 눈이 많이 안 좋아서 꼭 볼 것만 자세히 보고 산다."

"그래 빈다. 너거 일행도 연둣빛 하나투어 여행사에서 모집한 삿포로 관광 가제? 명칭은 효도관광이라 카드라마는."

"이 더운 여름에 별나기 효도하네. 우리 일행은 효도하고는 아무 관계도 없고, 기양 어중이떠중이 다 모아가 남우 나라 술이나 한잔 사묵을라고 가는 길이다. 니도 일행이 따로 있는갑다?"

"우리 엄마가 올해 팔순이라서 잔치 대신에 딸자식 넷이서 처음으로 효도관광 시켜준다고 이래 부랴부랴 뭉치서 온 기다. 할마씨는 서방이야 웬만큼 살다가 먼저 갔다 캐도 자식까지 앞세우고 오래 사는 기 무신 자랑이라꼬 잔치다, 관광이다 카노꼬 함부래 말도 꺼내지 마라 캐싸서 못 간다, 안 간다로 몇 달이나 실랭이질하다가 우리가 양다리 양팔 한 짝씩 잡고 나선 기다."

"노친네 팔다리 떨어질라, 살살 조심해라. (우스개가 엇길로 빠져나갈까봐 그는 얼른 덧붙였다.) 그래도 아죽 건강하신갑다? 남의 떡쌀을 일일이 담가주고 간 맞차주고 하시더마는."

"하루 세끼 꼬박꼬박 잘 챙기 자시고 기억력도 또빡 같애서 손주들 휴대폰도 찾아주고, 손녀들 옷 사오면 칠칠찮아 빈다고 너덜거리는 실밥을 일일이 다 떼주고 가위로 잘라내고 그칸다."

"다행이다. 참척 봤다는 소리는 누구한테선가 들었지 싶은데. 그카믄 시방 자네 모친을 며느리가 모시고 사나?"

"무신 텍도 없는 소리고. 요새 그런 법이 어딨노. 주로 우리집에 사시미 올케가 지 외손지 봐주러 갈 때나 당신 친손지 밥 앗아주라고 모시러 오고 그칸다. 우옛기나 자식들한테 큰 짐 안 될라고 당신이 알아서 신강을 챙기준이 우리사 고맙다 카미 산다."

두 중년 남녀가 내외처럼 다정하게 주거니 받거니 하며 잠시 거닐다보니 이내 삿포로행 비행기의 탑승구가 보였고, 바로 그 옆에는 널찍한 대기실이라 한국인 관광객으로 득시글거렸다. 이가는 초등학교 동기생 정징자의 뒤에 붙어서 인파로 빼곡한 좌석 사이를 헤쳐나갔다. 그러고 보니 늙은이들이나 나잇살이 지긋한 남자, 여자들 곁에는 자식뻘 젊은이들이 꼭 한둘씩 곁들려 있었다. 동방예의지국이란 말은 중국 중심의 세계관인데다가 여태도 이 땅에 예의라는 인간관계의 근본적인 윤리의식이 작동하고 있는지는 의문이지만, 딸자식이나 아들자식이 그나마 부모의 정성을 깨달아서 이런 식으로 효도를 하는 것이야 겉멋 들린 미풍이라기보다 수선스러운 견문 넓히기이기는 하겠다는 생각이 들었다.

이윽고 정징자가 걸음을 멈췄고, 이가는 이미 그전에 고요를 한 아름이나 거느리며 의자 등받이에 허리를 기대고 단정히 앉아서 멍한 눈길을 고정시킨 채 무언가를 곱씹고 있는 조쌀한 파파노인을 적이 내려다보았다. 어릴 때 가끔씩 봐오던 양반이 옛 모습을 깡그리 뒤바꿔 폭삭 늙어 있었고, 헐렁한 치마와 낙낙한 웃옷에 감싸인 몸은 마른 장작 같은 형용이었다. 그이 옆에는 세 딸이 종아리까지 덮힌 바지 차림에 한쪽 다리들을 포개고 앉아 있었다. 나이들에 걸맞게 피둥피둥한 허벅지살이 방금이라도 튀어나올 듯한 그런 자세는 이즈막에 여권의 혁혁한 신장을 한눈에 알아보게 하는 흔해빠진 앉음새인데, 이제는 다소곳이 무릎을 붙인 두 다리를 한쪽으로 비스듬히 기울이고 외어앉는 모양새는 어디서도 볼 수 없게 되었다.

노파긴 해도 남의 집안의 부모뻘 어른이고 여자라서 손을 덥석 잡을 엄두를 못 내는 이가는 무릎을 짚고 엉거주춤하니 몸을 구부렸다.

"저 아실는지 몰라도 어릴 때 임고면 당골에 살던 건재약국 이가네 둘째아들임더."

모친이 알은 체하기도 전에 큰딸이 일렀다.

"어메요, 알겠는교? 내하고는 초등학교를 같이 댕깄고요, 야 아부지가 인자는 영천 읍내서 인덕 한약방 하고 있구마. 참, 작년 가을에 우리 손우 시누 영감이 풍이 살푸시 오다가 말아서 너거 어른한테 가서 약 지 왔디라. 너거 어른이 큰 병을 잘 낫순다 카대. 그 어른은 우예 아직도 대추 삶은 물맨쿠로 말가니 혈색도 좋으시고 이마는 많이 벗거졌어도 신수도 오지고 총기도 그래 좋대. 내가 누구라 캤든이 대번에 알아보민서 화남면에 누구 자식이네, 너거 모친이 창녕 조씨다, 아죽 구존하시제 이래 묻고 그라더라. 올해 연세가 몇이시고?"

"여든셋 되는갑다. 아직도 옛날 우리 집까지 왕복 40리 길을 펜허키 걸어다니시는 거 보믄 우리 형제보다 오래 사시지 싶다."

그제서야 노친네는 웃옷 앞섶의 단을 바루면서 쪽 고른 틀니 사이로 말을 쏟아냈다.

"안다, 얼굴은 모리겠고 음성은 들은 것도 겉다. 햇골 밑이 당골이다. 젊을 때 너거 어른한테 첩약 지러 더러 갔디라. 그 영감님이 아직도 한약방에 나앉아 있는가베. 자네 모친이 아매 하양 우에 와촌 사람일 거로? 명절 때마다 가래떡을 대두 서 말씩 빼고 그라디마는. 아죽 살아 계시나?"

"연전에 돌아갔심더."

노친네는 더 물을 말을 자제하는 듯 주름투성이의 긴 인중을 힘주어 오므렸다.

할 말이 뭉얼뭉얼 솟구치고 있었으나 여기저기서 제동이 걸리는 걸 똑똑히 의식한 이가가 허리를 펴자 어느새 세 딸도 포갠 다리들을 풀어서 인사를 나눌 채비였다. 맏딸이 동생들을 차례로 지적하며 혜자, 선숙이, 경숙이라고 일일이 일러주었으나, 이가에게는 죄다 낯설었다. 그러나 어느 유행가의 한 소절대로 '어떻게 살았는지 말을 안 해도' 그들의 차림이나 생김새에는 숱한 곡절과 세파에 닳을 대로 닳으면서 터득한 만만찮은 여유와 자신감이 무르녹아 있었다.

"이 둘은 지금 미국서 산다. 둘째는 애틀란타에서 벌써부터 눌러 살고, 셋째는 지 신랑 직장 때문에 그 유명한 달라스에서 3년째 사는데 곧 돌아오네 마네하고. 넷째는 지금 중학교 선생이다. 시집을 못 갔어도 지금 지 집도 33평짜리 아파트가 있고 착실해서 누가 맨몸으로 장가와도 호강하고 살 끼다."

이가는 한쪽으로 버름하니 물러서면서 세 여자와 눈인사로 화답했다.

"다들 부모 잘 만나서 오양이 반듯반듯하네. 옛날에는 인물 좋은 여자를 훤하다고 달짝 겉다 캤는데, 요새 그 말 하면 살쪄서 그카는 줄 알고 싫다 칸다미. 우예 징자 니보다 동생들 인물이 곱절은 더 곱다. 그래도 내 눈에는 다 낯서네. 내가 징자 니한테만 한눈 파니라고 건성으로 봐서 그런갑다."

둘째인지가, 철 없을 때 우리 언니를 엔간히도 좋아하고 졸졸 따라 댕깃는갑네, 이런 데서 이래 만내서 우야노, 속닥한이 나중에 따로 한

분 만나봐라, 라며 서글서글하니 부추겼다.

"내가 쫄쫄 따라댕긴 기 아이고, 영천까지 버스비가 5원도 하고 6원도 하던 그 시절에 등하교 때마다 마주치믄 얼굴부터 시뻘건이 달아오르고 그랬디라. 우리 사이를 아는 아아들이 놀리만 징자 야는 입을 삐죽거리미 내빼고, 그때 징자 니도 얼추 내 마음을 알았실 거로?"

"지금 다 늙어서 그 말 하믄 머하노. 그때도 사람이 착실하고 모범생이기는 했디라. 중학교 3학년 때쯤에사 버스 타고 댕깄지 그 전에사 니나 내나 다 20리 길을 타박타박 걸어댕깄다. 봄가을로는 그래도 걸을 만한데 겨울에는 얼음 백인 그 길이 얼매나 길고 지업던동."

"단돈 1원 애낄라고 한참씩 걷고 그랬다. 그래 걷다가 뒤에서 오는 버스라도 얻어 타믄 팍팍하던 다리도 이내 햇갑디라. 우짜다가 버스 속에서 징자 니하고 마주치믄 돈 애낄라고 내가 걸어온 줄을 니가 알고 있으까봐 부끄럽고 그랬던 기 선하네."

아마 그쯤에서 이가는 향리의 푸릇푸릇한 논바닥을, 산비알이나 냇가의 둔치에 가없이 펼쳐져 있던 사과밭을, 그 속을 느릿느릿 헤쳐가곤 하던 여러 인물을 퍼뜩퍼뜩 떠올리기 시작했을 것이다. 되돌아보면 이제는 낡아빠지고 퇴색해서 글자도 제대로 판독할 수 없는 문서쪽지 같은 그 풍경들을 북적거리고 어수선하기 짝이 없던 그런 공항 대기실에서 그처럼 끄집어낼 수 있었다는 것도 신기했다.

대성 영일 정씨의 집성촌은 원래 화북면과 화남면에 걸쳐 있었지만, 그 친인척들은 먹물 번지듯이 자양천변을 따라 대처인 대구, 영천으로 나아가는 고을마다에 실팍하니 뿌리를 내리고 있었다. 이쪽 말로는 흔히 '종반간'이라는 그 겨레붙이들은, 다 그랬을 리는 만무하지만, 어째 하나같이 의젓한 틀거지에 밥술이나 먹게 생겼는지도 의문이었다.

정징자의 어른도 영판 그랬다. 그만큼 유족한 집안에 그 정도로 빈틈없는 허우대면 일제 치하의 '삐딱한' 식민지 교육일망정 배울 만큼 배웠을 텐데도 도회지로 나가 관직에 오르든지, 다른 생업을 도모하지 않은 게 이상하긴 했다. 다사다난하기 그지없는 시절을 만나 남자로서 뜻한 바를 제대로 떨칠 엄두도 못 내고, 그럴 기회도 없었다고 자탄하는 양반이 그 너른 벌족 가운데 어디 한둘이었을까만, 그이는 그런 울분이나 기고만장 따위와는 전혀 무관하게 생긴 반반한 신수와 차분한 거동 자체가 우선 남달랐다. 반듯한 이목구비에 좀 작고 왜소하다 싶은 키와 체구에도 빈틈이 없었거니와, 대개의 양반집 어른들이 그렇듯이 착한 기운이 온몸에서 뚝뚝 떨어지는 쪽이었다. 그렇긴 해도 근엄하기는 이를 데 없어서 말을 아끼고, 남녀노소 누구라도 곁을 안 준다고 할 정도로 적당한 거리를 두는 처신이 자연스럽게도 그의 지체가 다름을 스스로 드러냈다. 의외로 그이의 전모가 소탈했는데도 철없는 나이에 아둔한 눈으로 봐서, 역시 양반 씨는 다르다는 전래의 말을 실물로 확인해버렸는지도 모른다. 하지만 들은 소문도 있고, 두 눈으로 똑똑히 목격한 바도 있어서 그이의 전신상에 다소의 피와 살을 덧붙일 수는 있다.

정징자의 위로 세 살 많은 오빠가 하나 있었는데, 비록 다른 마을이긴 했어도 그 부잣집 아들은 이가의 형과는 초등학교 때부터 같은 학년이었다. 그런데 그 남의 집 형 말에 따르면, 자기는 지 아버지 말대로 면서기가 될란다고, 영감이 그 얄궂은 직책보다 더 힘센 권력을 왜

정 때나 지금이나 못 봤으니 제발 그 직위에만 오르면 지 아들을 업어주겠다고 하니 그 소원은 들어줘야 할 것 아니냐고 되뇐다는 것이었다. 설마 지 애비 흉을 보느라고 그런 말을 했을 리는 만무하고, 우스개 반에 촌구석에서 태어난 죄로 자조(自嘲) 반을 묻혀 지껄였을 테지만, 자식대에서나 이뤄질까 말까 한 그런 희원을 터뜨린 당사자는 막상 정색했을 게 틀림없다. 그러고 보니 인근에는 그이를 정주사라고 불렀던 게 기억난다. 어쨌든 정주사의 그 모진 포원의 연원이 무엇이었는지는 들은 바 없고, 말한 당사자나 그 아들도 굳이 발설했을 리가 없다. 그렇긴 해도 아들에게 그처럼 좁장한 포부를 심어줬다는 심지가 관의 횡포에 엔간히 시달렸음을 시사하고, 그이의 얼굴만큼이나 네모반듯한 처신을 짐작하게 한다. 논밭을 몇 마지기나 부쳤는지는 알 수 없으나, 3백 주 이상이었던 과수원에다 장골의 상머슴을 둘이나 거느렸고, 한 해에 반 이상은 늘 놀려두고 있던 떡방앗간까지 갖고 있던 부농이었다. 어느 해엔가는 가근방에서 처음으로 부사 사과를 수확해서 한 상자에 3만 원씩 받았다고, 몇 년 안에 이 동네에서 천석꾼이 부럽지 않은 큰 부자가 생기게 됐다는 소문이 자자했다.

과수원집에서 미친 여자 하나를 사랑채에 딸린 건넌방에 모셔두고 있다고, 사과 수확철이면 누구라도 그 안주인을 볼 수 있다는 소문은 오래전부터 널리 퍼져 있었다. 더욱이나 그 여자의 인물이 아주 곱다고, 그런데 간간이 미친증이 도지면 입에 거품을 물고 버둥거려서 삽시간에 온 집안과 삼이웃을 발칵 뒤집어놓는다고 했다. 아마도 그 고질은 간질이었을 것이다. 그러고 보면 기다란 과수원이 제 겨드랑에 품고 있는 꼴의 그 고패집 와가에 딸린 초가집과 여벌 집 같은 떡방앗간 집채가 거의 시오 리나 떨어져 있었던 것도, 그 지랄병 들린 여자가 본처에 돌녀라는 사실도 쉬 납득이 가는 정경이다. 아귀를 맞추니 그런 헤아림이 불거지는 게 아니라 그 시절에는, 그 고을에서는 정주사의 그 두 집 살림이 조금도 이상하게 비치지 않았다는 뜻이다. 그러니 자식에게 도둑질을 하며 살지언정 면서기는 되지 말라고 망발할 양반이었다면 진작에 향리를 훌훌 벗어났을 테지만, 지 자식을 반드시 면서기로 만들겠다는 황소의 뜸베질 같은 고집, 고향이라서가 아니라 내 것이라서 지킨다는 자중(自重)으로 똘똘 뭉쳐진 사람의 위의는 그래서 더욱 번듯해진다. 아마도 양반이란 신식교육을 받아서거나 아는 게 많음으로써 가려지는 게 아니라 사람의 형용을 지킴으로써 저절로 다른 이들의 본이 되는 홀로서기라는 뜻에서도 자존적이며, 떳떳하게도 윤리적이다.

면서기가 되지 마라가 아니라 되어서 우리 마을을 제대로 다스리고, 같잖은 관것들의 못나빠진 행태에 포원 진 그 원수를 갚아라. 많이 못 배웠으나 그래야 되는 줄은 아는 정주사가 양반이라면 그런 이가 그즈음 과연 몇이나 있었을까. 그러나 우물 안 개구리란 말대로 자식에게 면서기가 되라는 소원 그 자체는 당사자의 보는 세계가 그만큼 작다는 것, 그야말로 안분지족에 급급하는 대다수 이 땅의 양반이 지닌 '보수반동적' 성향이었을 게 틀림없고, 이제는 제도권 '국민교육'의 보편화로 그 꼬장꼬장하던 '양반 의식'이 깡그리 사라졌다고 해야 옳을 것이다.

↓

이가네는 어른들의 전언대로 '그 고을에서 꼬박 15년을 살다가' 영천으로 이사했다. 건재약국을 면 단위에 하나씩만 허가해주는 제도가 그 당시에도 있었다는 말은 들었던 듯하고, 70년대 중반 무렵이면 이미 시골 구석에도 사람이 줄어드는 형편이었으니 한약방이 제대로 꾸려질 수 없는 형세였다. 따져볼 것도 없이 사람이 있고 또 흔해야 병도 생기고, 양의든 한의든 병자가 흔해야 호구라도 하는 법이다.

눈에 안 보이면 멀어진다는 말대로 정주사 일가의 집안 사정도 점차 잊혀졌다. 이가도 머리가 굵어지자 그 집 맏딸의 자태가 가뭇없이 사그라들었다는 기억은 남아 있고, 그 고향 마을이 고지식한 정주사처럼 낡아 간다는 나름의 분별은 가졌던 것 같다. 사람을, 세상을 보는 눈이 달라진 게 아니라 넓어지고 커진 것이었다. 그래도 그 집 아들 정 아무개는 더러 이가네에 들러곤 했다. 중학교 때 장래 희망으로 면서기를 썼다가 담임선생한테 꿀밤을 헤아리라면서 수도 없이 맞고 졸업 때까지 놀림감이 되었다는 실토대로 정주사의 후처 소생 맏이는 해학기가 많은 편이었다. 그즈음 이가네 형제는 물론이고 그 정 아무개도 대구에서 자취하며 고등학교를 마치고 대학들을 다니는 처지라서 영천 읍내의 인덕 한약방이 고향 걸음에는 반드시 거쳐야 할 길목이었다.

그후 우스개를 잘하던, 면서기 운운하며 제 아비를 원망도, 그렇다고 상찬도 않던 그 정 아무개는 죽어도 공무원은 안 되겠다는 말을 염불처럼 외고 다니더니 갓 신설한 지방은행에 취직하여 가장 빨리 지점장 직책을 걸머지는 출셋길을 밟았다. 그런데 그 정모 지점장에게는 뭔가가 빠져 있었다. 고향을 일찍 떠나서도 아니고, 양복이 어울리지 않아서 그런 것도 아니었던 듯하다. 양복감으로 지은 진회색 두루

마기를 끼끗하게 입고, 대님 맨 깡똥한 핫바지 차림에 두툼한 털실 목도리를 두르고, 중절모를 반듯하게 눌러 쓴 정주사는 장날이면 꼭 하얀 첩약 꾸러미를 한쪽 손에 들고선 착실한 보폭을 떼놓곤 했다. 어쩌다 길에서 그런 모습과 마주치면 이가는 적당한 거리를 눈대중하면서 꾸뻑 머리를 조아렸고, 정주사는 기다렸다는 듯이, 오냐, 춥다, 어서 가거라 라며 이쪽을 눈여겨보는 낌새를 내비치는 법도 없었다. 본처의 숙환이 불치병인 줄 알면서도 꼬박꼬박 한약을 달여 먹이는 정성, 한눈팔지 않고 자기 앞에 뚫린 길만 차곡차곡 줄여가는 그 근엄한 자태 같은 것은 정주사 연배가 어쩔 수 없이 온몸으로 끌어안고 사는 숙명이자 체질이었을 것이다. 물론 그 배경에는 엉성궂다기보다도 살벌하기 짝이 없고 부정부패에 엉터리투성이 시절이 도도히 흐르고 있다. 그런저런 여건이 달라졌으므로 그이의 아들은, 곧 정주사의 다음 세대는 좀 너그러워진 만큼 무골호인으로 제 신분과 성미를 알게 모르게 탈바꿈했다고 봐야 할지 모른다. 민주화된 사회가 뻣뻣한 맛이 없어졌지만, 매사에 무슨 명분 따위를 미처 내세울 여지도 없는 채로 어리뜩하고 덤벙거리듯이.

그쯤에서 이가의 얼룩덜룩한 회상과 번번한 대중이 멎었다. 그의 주위로도 쇼핑을 마친 일행들이 요란한 색깔의 비닐 봉다리들을 하나씩 들고 어슬렁거렸고, 곧 탑승을 시작하겠다는 안내방송에 따라 질펀히 앉아 있던 승객들도 우쭐우쭐 일어섰다. 개중에는 이런 해외관광에는 유경험자란 듯이 짐짓 태연스러움을 드러내려고 억지로 기지개를 켜고 몸부림을 쳐대는 촌스러운 치들도 눈에 띄었다.

이가가 불쑥 징자에게 꼭 물어볼 것을 이때껏 참았다는 투로 말을 건넸다.

"매호동에 있던 너거집 그 과수원은 우예 됐노?"

"아부지가 일손 놓으시고부터는 문중 사람한테 도지(賭地)를 줏따가 벌써 처분했다."

"봄에 흰꽃이 파딱파딱 피믄 아주 보기 좋았니라. 제값 제대로 받았으믄 큰돈 됐을 거로."

"그 능금밭이 개골창 둔치를 끼고 안 있었나. 그캐서 3분지 1이 하천부지다 머다 카민서 지번이 없다고 옥신각신하니라고 옳은 금도 못 받았고, 우리 오빠는 당최 그런 데 관심이 없는데다가 촌것이라 카믄 머리부터 절레절레 흔들민서 아부지 살아 계실 때 벌써 부자간에 의가 많이 상했니라."

아무리 부자 사이라 할지라도 한창나이 때 면서기 운운한 언어의 폭력이 손찌검 못지않게 그 내상(內傷)의 골을 깊게 팼을 터이므로 이가는 머리를 주억거렸다.

"그랬을 기라. 짐작은 간다. 언제 차 몰고 그 앞을 지나가다 본이 그 떡방앗간은, 고추나 메줏디이도 빻고 참기름도 짜고 그랬지 아마, 기다란 철판 집을 장하게 지서 누가 창고로 쓰던가 그라데."

"인자는 우리 올케 집안사람이 거기서 정미소 한다. 우리 딸네들이야 친정집 재산 넘볼 처지도 아이고, 그쪽으로는 관심 끄고 산 지 오래됐다. 내가 우리 엄마 모신 지 꼭 10년짼데 그새 세상이 너무 많이 변했다. 내 바로 밑에 혜자가 이번에 지 말로는 14년 8개월 만에 귀국하고 본이 우리가 말이나 예전 그대로 통하까 세상도 천지개벽한 드끼 온통 변했지만도 사람이 아주 달라졌다 칸다. 맞는 말일 기다. 요새 농촌은 도시와 달리 돈 없이는 못 산다. 농사도 몸으로 손으로 안 짓고 돈이 있어야 짓듯이 돈 없이는 꼼짝도 못한다. 도시보다 더하다. 도시서야 없으면 없는 대로 라면이라도 끓이 묵고 살지만 시골서는 그기 안 된다 카이. 세상이 그래 변했다. 말 다르고 마음 다르다. 말은 시늉뿐이다. 요새 남우 말 그대로 믿는 사람이 어딨노. 말이 겉과 속으로 두 개다 카이. 머리를 잘 굴려야 말귀를 알아듣는다. 사람 사이가 썰렁썰렁 겉돌 듯이 세상이 워낙 빨리 변한이 사람이 꼭 귀신처럼 땅바닥도 안 딛고 겉돈다 카이."

"와 아이라, 니가 눈썰미가 좋든이 도틴 소리도 곧잘 하네. 옛날에는 10년 공부했다 카믄 많이도 했다 카미 다들 우러러보고 그랬지마는 요새야 시켜서 억지로 하는 정규교육 말고도 지지막끔 30년씩 공부하는데도 헛소리에 흰소리나 자욱한이 늘어놓으까 도통 무신 소리를 하는지 당사자도 모린다. 와 그렇겠노? 세상도 하루가 다르게 변하고, 그 세월을 바싹 따라가잔이 사람도 줄변덕을 부리야 되고, 변해가는 세상과 사람을 따라잡는 말이 미처 못 쫓아가서 하는 말마다 말 겉잖고, 누구 말이라도 또 옳은 말일수록 말이 제대로 안 믹힌다. 흔히 정명(正名)이라 카는데 니 말대로 말이 겉돈다. 말을 고대로 못 믿은이 그럴 수밖에 더 있겠나. 내 말이 쓸데없이 길어졌다. 니 봤다는 소리는 우리 집사람한테 꼭 그대로 이러꾸마. 니가 철이 엄청 들어가 나를 많이 가르치고 후지박더라 카민서."

"벨 소리 다한다. 내가 언제 니를 후지박았노. 참, 우리 3년 후배 방가는 벨일 없제."

"우리 집 밥쟁이 안부 묻는갑다? 그냥저냥 잘 지낸다. 요새는 사군자도 치고 늦바람에 공부복 누릴라꼬 한문 배아가미 붓글씨 익힌다꼬 세월 가는 줄도 모린다."

"신사임당이 따로 있나. 자식 잘 키우고 취미생활하믄 거기 현모양처지. 얼굴이 새첩고 행실이 낙숫물 똑똑 떨어지드시 찬찬하디마는 붓 친다 카이 적이나 한참 어울린다."

이가의 집사람은 임고 초등학교 출신으로 대구선 열차간에서 우연히, 그러나 겪어보니 '운명적으로' 만나 정이 든 사이로 편모슬하의 맏딸이었다. 한약방 주인은 당연히 그 기우는 혼처를 반대했는데, 바깥사돈도 없으니 장차 장모를 모시고 살 둘째 자식의 팔자도 좀 그렇고, 더 근본적으로는 성씨가 상놈이라는 것이었다. 아들은 마침 군복무 중이었으므로 편지로 단호히 천명하길, 우리나라 대통령 각하 박아무개도 시방 청와대에서 장모를 모시고 살며, 방모 처녀와 혼인을 못하라 카믄 탈영해버리겠다는 엄포를 놓았다. 한약방 주인은 편지를 받자마자 한달음에 동두천까지 달려오는 소동을 벌였으니, 촌것들치고는 별나고 희한한 결혼 이벤트를 치른 셈이었다.

정징자가 그 일화를 모를 리 없어서 빙그레 웃었다.

"늙어갈수록 집사람 잘 떠받들어야 남자도 대접받는다."

"요새 마누라 이기는 서방이 어딨노. 안 맞고 안 쫓기나믄 다행이지. 하기사 요새는 아어른 없이 아무 데서나 농담도 너무 흔하기 잘한다. 세상이 그렇듯이 사람이 너무 들까불고 촐싹댄다."

"하모, 와 아이라. 우쨌든 이래 만나서 반갑다. 우리 사이가 이래 소원해서야 될끼가. 앞으로 자주 연락하고 살자. 늙어가민서 할 일이 머 있노. 사람 만나고 아는 기 기중 큰일이지."

"니가 내 말을 앞질러 잘도 한다. 가만, 개찰하는갑다. 먼저 들어가거라. 나는 볼일이나 좀 보고 나중에 들어갈란다."

그때쯤부터 이가는 공연히 무엇엔가에 뒤채인달까, 엉뚱한 데서 빈둥거린달까, 만사에 심드렁해진달까 하는 어수선한 심사에 빠져들었다. 이게 나이 탓인가 하고 마음을 돌려세울라고 용을 썼으나 별무소용이었다. 일행들과 어울릴 수 없어서 그런 것도 아니었다. 비록 고만고만한 속물들이기는 할망정 다들 체면치레는 하고 사는 친구들인만큼 속으로야 어떻게 생각하든 남한테 폐 끼치지 않으려는 배려와 조심은 서로 질세라 앞세우곤 했다. 그러니 그들의 드레진 마음 씀씀이를 선선히 받아내지 못하고 더러는 뻥뻥한 채로, 더 자주는 뚝뚝하니 비비적거리고 어물쩍거리는 찜부럭을 탓해야 옳을 일이었다. 하기야 생업이 다른 만큼 자신이 볼 것만 본다는 식으로 두리번거리면 그들이 그의 그 시들한 행태에 간섭하거나 나무랄 처지도 아니었고, 실제로 그러지도 않았다. 따라서 얼마든지 자유롭게 또 마음 편하게 돌아다닐 형편인데도 그게 뜻대로 잘되지 않았던 것은 무슨 조홧속이었던지.

왜 그처럼 찝찝한 기운이 그의 심경에 똬리를 틀고 들어앉았는지 그 근인과 원인을 따져본들 유가의 야지랑스러운 꼬드김 때문에 명색 단체 해외관광에 따라나선 불찰이 클 터이므로 그는 머리를 흔들어버렸다. 그래서 그는 이 불편한 심기를 무엇에다 비유하며 그대로 옮겨놔야 성에 찰까 하고 한동안 머리를 싸맸다.

그 궁리는 쉬 풀렸다. 흔히 넉넉한 시간을 야금야금 발겨내서 마련한 독서 계획을 나름껏 착실히 실천하는 경우가 있는데, 서너 차례씩 치르는 그 연중행사 중에도 유독 생게망게해지는 때가 비일비재하다. 어제 그제부터 손에 잡은 책은 이미 필독서로 정평이 나 있고, 책 표지나 책 크기 같은 외형이야 그렇다치고 본문 활자나 지질도 웬만큼 괜찮을뿐더러 내용도 만만히 덤빌 종류는 아니지만 그렇다고 유별나게 어렵지는 않다. 그런데 읽어갈수록 시드럽다. 밥맛도 입맛도 간곳없는 데다 먹기 싫어서 깨작거리는 밥처럼 그럭저럭 책장은 넘어가고 있건만, 도대체 솔깃해지지가 않는다. 하 한심해서 읽었던 앞쪽을 다시 훑어봐도 이렇다 할 대목도 없다. 내용이야 그가 가장 관심을 갖고 있는 분야이고, 문장도 저마다 다른 특유의 가락은 없어도 그런대로 무난하게 읽히기는 한다. 그런데도 왜 이토록 지겨운가. 거의 고전급이라는 세평이 과장 심한 엉터리 인정(人情) 평가인가. 이즈막에는 명성과 실적이 따로따로 놀아나는 경우를 독서 풍토에서도 자주 목격하지만, 이게 바로 그 본보기가 아니고 무엇인가. 그냥 어지간한 저서일뿐이고, 창의력으로만 따지면 범작이라고 해도 과한 점수일 텐데, 그러고 보니 곳곳에 동어반복도 꽤나 자심하다. 세상을 보는 시선이 솔아빠졌든지 머릿속에 든 것이 즈런즈런하지도 못하다. 영악한 지식인이 흔히 그렇듯이 뒤넘스럽지는 않지만, 메부수수한 구석이 곳곳에 찡겨 있다. 도시에서 태어났어도 만년 촌놈이 없지 않다. 심지어는 탤런트 기질을 타고난 먹물 중에도 그처럼 촌티를 가시지 못한 얼치기들이 수두룩하다. 그러나저러나 착상도 기발 난 데가 하나도 안 보인다. 의미 부여에는 설득력도 없고, 걸핏하면 같잖게도 공연한 자기 자랑을 슬쩍 끼워 넣는다. 그렇다고 반 넘어 읽은 책을 중도에 내팽개칠 수는 없다. 한때는 동료들로부터 이것저것 많이 알고, 시비와 적부를 잘 가리며, 잡학에도 신통방통한 독서광을 좋게 비아냥거린답시고 통달선생이란 별호도 얻은 이 아무개의 그만한 지식욕이 요즘 알게 모르게 몸살을 앓고 있나. 의욕 상실증, 아니면 허구한 나날을 연구실에서 옴나위없이 눈이나 파는 무룡태의 기세증(棄世症). 책 꼬라지가 그런 줄 알았다면 독서 계획 자체를 진작에 바꿨을 텐데. 이제와서 공연히 자격지심이나 둘러대며 건들건들 노라리로 세월을 축낼 수작인가. 이쪽의 시각과 탐구벽에 이렇다 할 하자가 없다면 이 책의 단조롭고 답답하기 짝이 없는, 그러나 어디서 이런저런 대목을 많이도 긁어모아놓은 듯한 서술 일체는 전적으로 고리삭은 것이든지 양아치의 넝마이다. 그런데도 세평은 뜨르르하니 난감하다. 어느 분야라도 이런 허술한 통칭과 너불거리는 칭송은 난무한다. 그것에 동의할 수 없다면 결국 이쪽과의 사이는 버성겨진다. 이른바 세상과의 불화이다. 물론 세상은 이쪽의 그런 겉돎에 냉담하다. 대충 이런 도식이 짜짐으로써 그 찝찝한 불편은 만성화의 길로 접어든다.

이가의 그 좀 떨떨한 심경은 나름의 비유와 정리벽에 기대 그냥저냥 다리품이나 팔자는, 자기 식의 표현으로는 흘껴보기 식 독서 같은 '시늉 관광'으로 낙착된 셈이었다.

↓

피시의 화면상에 떠오른 여러 배경의 스냅 사진을 보더라도 저런 풍경 속을 거닐었나 하는 미시감만 들 뿐이다. 물론 오늘날의 관광은 기시감 운운하며 안다니 노릇을 일부러 떠벌려봐야 화자나 청자가 고루 몽총해지고 만다. 하기야 일본 현지 관광이란 그쪽 풍속을 대변하는 '목욕 인심'이란 말대로 온천욕을 마냥 즐기는 그 도락을 빼버리면 남는 게, 식탐꾼들이야 먹거리도 괜찮다고 할지 모르나, 별로 없다. 거기나 이 땅이나 사람살이의 인심이 갈수록 야박해지고 있음을 미처 따질 겨를도 없이 서로 야멸찬 행태만 천방지축으로 드러내는데 급급하고, 볼거리도 억지로 무언가를 갖다 붙여놓았다 싶게 두드러져 있는데, 그것이 죄다 깔끔한 일솜씨, 위생을 의식한 청결감, 거죽만 친절로 발라꾸민 장삿속임은 더 말할 나위도 없다.

이를테면 작달비가 쏟아지는데도 자갈이 깔린 사찰 경내의 솔가리를 대나무 갈퀴로 긁어대는 짓거리, 곧 뿌연 색의 투명한 비옷 차림으로 떠벌이는 그 노력봉사가 누구로부터 노임을 받든 말든 귀한 노동으로 보이지 않고 관광객의 눈을 의식한 관민 합심의 무슨 퍼포먼스처럼 비쳐서 소증사나웠던 것도 사실이다. 헤살꾼의 군눈팔기라고 자책해버리면 그만이지만, 이가의 눈에는 유독 그런 장면들이 빨려들듯이 목격되었고, 그것에 눈감아버리면 바사기일 게 틀림없었다.

그처럼 주니를 내며 따라다니는 도중에도 식사 시간만은 꼬박꼬박 기다려지고 그때마다 발밭게 챙겨 먹으려고 덤빈 것은 생리현상이라 할 수 있겠지만, 이틀째 저녁식사 때는 시내에서 제법 떨어진 주택가의 한복판에 널찍이 자리 잡은 대형 음식점에서 씨알이 제법 굵은 대게를 아예 커다란 대야에 수북수북 담아 내놓았다. 실컷 처먹으라는 투의 그 서비스도 완인상덕(玩人喪德)의 본보기 같아서 은근히 울화가 치밀었다. 이가는 이빨이 안 좋은 데다가 무슨 음식이든 젓가락으로 집어 한입에 들어갈 수 있도록 요리해놓아야지 야만스럽게 손으로 들고 뜯어먹어야 하는 먹을거리를 질색으로 여기는지라 그나마 게살을 발겨먹을 엄두를 못 내고 있으려니까, 일행 중 누군가가 솜씨 좋게 게다리를 분지르고 그 속의 흰살을 발겨내 그에게 건네주었고, 그 성의가 고마워 먹어보니 게맛이 아주 맹탕이었다. 그때서야 일행 중 하나가, 게맛이 우리 것하고 아무래도 다르다고, 아마도 러시아산이나 북한산일 거라는 추측을 내놓았다. 맛이 없는 생물을 죄다 남의 나라 것으로 치부하는 발상도 객쩍은 국수주의적 행태지만, 바다가 거기서 거기임에도 일본 배가 잡은 대게나 우리의 그것이 더 낫다는 농담 같은 짓거리도 말 같잖게 들리는 것이었다. 그 밑바닥에는 붉은 악마니 뭐니 하는 젊은것들의 치졸한 민족주의가 안하무인으로 설치는 작태가 깔려있고, 그런 벌거벗은 무교양은 비단 우리의 치부만도 아니다. 그보다는 그쪽의 싼 임금으로 잡아올린 무진장한 어획고를 헐값에 사들여 우리 관광객의 지갑을 발겨내려는 구차스러운 상술을 쓰렁쓰렁 써먹는 티가 완연해서 거슬렸다.

좀더 근본적으로는 이른바 서구식 잣대로서의 '근대'를 수용하는 자세에서 한발 앞섰다는, 사회의 제반 체제가 우리 것보다 낫다는 일본인들, 특히나 그쪽 지식인들이 무책임하게 퍼뜨린 유치한 우월의식 자체를 따져야 옳을 것이다. 물론 우리의 저작물이나 각 방면의 예술작품 일체가 그들보다는 상대적으로 두찬(杜撰) 일변도인 것도 엄연한 사실이지만, 넓은 시각으로 보면 그런 비교우위는 양으로 따질 것이 아니라 한두 개의 질적 수준이나 정치도(精緻度)로 평가해야 하며, 또 어느 쪽이든 소수의 그런 특출한 성과는 곧장 후학들의 연찬에 의해 극복됨으로써 '흘러간 옛노래' 기리기에 매몰된다. 요컨대 완물상지(玩物喪志)다. 그래서 자기자랑은 식자나 무식한이나 공히 기피하고 경계해야 할 인생의 작반(作伴)이며, 그런 의미의 연장선상에서 자기조롱이랄지 자성을 앞세운 자기희화는 지식의 대중화가 꽤 심화된 오늘날 더 빛을 발한다. 어쨌거나 그 알량한 자기과시가 일본에서는, 더욱이나 일본인에게서는, 나아가서 그 속에서 부유하는 모든 풍속에서는 너무나 또록또록 드러나서 재미가 없다. 그것을 국가의 정체성이나 고유성으로 미화하는 것은 본말전도의 호도벽에 지나지 않는다.

대충 그런저런 심사를 반추하면서 이가는 더 이상 되돌아보지 않으려고 기를 쓰며 귀국길에 올랐다. 그런데 보름쯤 지나 유가가 피시를 열어보라는 하명을 전화로 떨구었고, 예의 그 날아온 사진첩을 한 장씩 훑어보자 이내 그 무작스러웠던 단체 해외여행 중의 몇몇 장면들이 소롯이 되살아나버린 것이다. 마침 개강과 맞물려 그만의 소회와 나름의 저회에 빠질 틈도 없이 빡빡하게 물고 돌아가는 일상에 묶여버린 것이 그나마 다행이었다. 그러고는 그 여행에 따르는 일체의 감상을 깡그리 털어내버렸다고 생각할 때쯤, 되돌아보니 이번 학기도 그럭저럭 3분의 2선을 넘었으니 대충 끝나가고 있다는 자위에 겨워 있던 판에 어릴 때부터 양반의 후손이라고 달리 보던 정징자의 하소연을 듣고는 한편으로 뜨악하고 다른 한편으로는 아연해지고 만 것이었다.

3

없는 것을 있다고 빡빡 우기면 고집쟁이가 되든지 억짓손이 걸어서 말을 조심해야겠다는 충고를 받아야 마땅할 것이다. 그러나 고집통이들은 대개다 시먹어서 남의 말을 귀담아듣지도, 믿지도 않는 먹통이라서 제 주장을 굽히지 않거니와, 무슨 헛것을 봤을 리 만무하다며 제

가설을 증명해 보이려고 발버둥을 치곤 한다. 이가가 죽마고우임에는 틀림없는 징자의 뜬금없는 전화를 받고 나서 대뜸 느낀 착잡한 기분의 밑바닥에 엉겨 있는 것이 바로 그녀의 그 미심쩍음에 대한 집착이 좀 지나치다는 단정이었다.

뭔가 있다고? 둘 사이에. 인생을 거의 다 살았다면 막말일 테지만, 아무리 장수 시대라고 해도 반 넘어 산 두 남녀에게 어떤 사련이 있다 한들 그 일신의 중대사를 누가, 심지어는 부모 형제라도 이래라저래라 간섭할 수 있을까?

어깨가 제법 선득거리던 지난 11월 중순의 어느 날 퇴근 무렵이었다. 난방시설을 제때 제 마음대로 활용할 수 없도록, 그것도 일종의 '장치'를 만들어놓은 연구실이라서 두덜거림이 저절로 쏟아지는 판인데도 이가는 여섯 시 삼십 분 전후의 퇴근을 한결같이 고수하는 생활습관을 좇아 어정쩡하니 착석해서 멍청해지는 머리를 굴리고 있었다. 그때 낯선 전화번호가 액정표시기에 찍히면서 연구실의 전화기가 울었다.

그녀는 대뜸, 내다, 징자다, 벨일 없제, 나는 벨일이 있다 카믄 있고 없다 카믄 없다면서도 이런저런 안부 인사를 너더분하게 깔고 나서, 예컨대 두 동생은 예의 그 삿포로 효도관광여행 후 곧장 미국으로 출국했고, 제 모친도 난생처음 한 그 해외여행 중의 온천욕으로 노인성 피부 '근지럼병'이 좀 우선해진 것 같다고, 딸들 덕분에 호강한 공치사를 종종 늘어놓는다고 했다. 그러고는 아무래도 좀 찝찝하고, 뭔가 걸리는 것이 있어서 뒤꼭지가 해깝잖다면서 양반답잖게 말꼭지를 선뜻 못 따더니, 전번 여행 중의 그쪽 일행에 혀 무슨 사장이 있었던 모양인데, 이가 자네와 절친한 사이냐고 물었다. 뜻밖의 탐문이어서 그는 대번에 어리둥절했다.

사람이 얼마나 솔직해질 수 있는지, 달리 말하면 평소에 얼렁뚱땅 거짓말로 얼버무리는 경우를 어느 정도까지 줄이면서 생활할 수 있는지, 그래서 궁극적으로는 눈곱만큼의 거짓도 없이 진솔하게 살아갈 수 있는지를 제 입과 마음을 탐지기로 삼아 가끔씩 진정으로 시험해 보는 위인답게, 물론 재미 삼아 치르는 그런 실습이 하루는커녕 몇 시간도 못 가 낭패를 보지만, 이가는 섬뜩 가슴 한복판에 괴어오는 꺼림칙함을 억누르고 조심스럽게 입을 열었다.

"절친이라면 어느 정도를 두고 말하는지 몰라도 20년쯤 알고 지내는 사이긴 해도 그 친구 신상에 대해서 먼가 잡히는 것은 없는 것 같네. 그래, 머가 없어. 요즘에는 그런 오리무중의 사람들이 많더라. 신문에 큼지막하니 지 얼굴 사진을 파는 사람들도 그렇고, 우리는 아무리 뜯어봐도 도무지 정체를 모르겠데. 정객만 그런 것도 아이고, 문화계, 학계에도 그런 사람이 새삐까리더라. 어쨌기나 정체든 실력이든 신분이든 뻔히 있는 걸 없다고 할 수는 없을 끼고, 또 없는 걸 있다고 그럴 수는 없을 낀데, 실제로는 아무 것도 없이면서도 있는 체하고 떠벌려쌓는 사람이 숱해. 신문이고 방송이고 서로 통을 짜고 입을 맞차 가민서. 배운 것들이 더 웃긴다 카이. 하기사 아무 것도 모리는 것들이야 옳게 웃길 수나 있나마는."

"니 말도 오랜만에 참 에럽네. 우야믄 좋겠노."

"모리는 거는 모린다 캐야 말이 쉬워지는데 정말로 잘 모리고 또 모리겠는 사람을 명색 친구로 삼고 있어서 나도 참 어지럽고, 그래서 쓸데없이 난해한 사람이 되고 말아뿌네. 이번 여행 중에 그 친구를 몇 년 만에 처음 봤고, 가끔씩 그동안의 이런저런 근황을 뜸직뜸직 주거니 받거니 할수록 점점 더 모리겠대. 사장이라 카이 더 물어보기도 그렇고, 또 알아봤자 내 쪽이 원캉 무식한 데다 사회생활에 대한 이해 범위가 제대로 굴러갈 것 같지도 않고 그렇대. 세파에 닳을 대로 닳은 친구는 틀림없지 싶은데, 또 그러고 본이 우리 사회 구석구석을 제법 소상한이 꿰차고 있는 건 분명한 것 같고 머 그렇긴 하데. 소탈한 면도 있는 것 겉고. 우리 나이가 인자는 그런 탈속기쯤이사 내남없이 만만한이 거느려야 되지 싶고, 이래저래 배울 기 더러 있는 것 같기사 하데. 그런데 와 하필 그 친구 신상을 캐물어쌓노."

전화기 저쪽에서 말을 삼키는 소리 같은 것이 얼핏 들렸다. 이가는 침묵으로 응수를 기다렸다. 묵언은 정직하게 살기 위해 스스로 물린 재갈인 것이다.

"어디까지 말해야 괜찮을지 몰라도 우리 넷째가 그 사람 뒤를 좀 알아봐달라칸다. 혼자 산다 카고, 여자 등쳐묵는 인간은 아이지 싶우다 카민서."

남의 일인데도 이가는 제 가슴이 철렁함을 똑똑히 감지했다.

"알아보는 거야 에럽지 않은데, 그 넷째라면 너거 여형제 중 막내딸 말이네. 아직 미혼이라 캤재. 코가 큼지막하고 외모도 그만하믄 걱실걱실한이 잘생겼데. 무슨 중학교 윤리선생이라 캤나?"

그가 말을 흘린 것은 지난번의 그 여행 중에 붙박인 몇 장면이 번갈아 희번득거려서였다.

"중학교는 도덕선생이라 칸다. 가는 원래 대학 때부터 국문과 다니면서 국민윤리를 전공했다."

"그걸 복수전공이라 카기도 하고, 다전공이라 카기도 한다."

"처음에는 둘 다 가르치다가 지금은 국어만 가르친다."

"어느 것이나 제대로만 하믄 거기 거기다."

"가가 원래는 별로 까탈스럽지도 않았는데 무단이 혼기를 놓치뿌리더마는 성질도 아수룩해지고, 시방 말로는 털버덕 무너져 있어서 옆에서 봐내기도 딱하고 하지만도 본바탕은 참하고 조신하고 머 그렇다. 내 동생이라 카는 소리가 아이라 요새 여자치고 그만한 인물도 막상 찾아보믄 눈에 잘 안 띠인다."

"안다, 알 만하다. 요새 나 많은 처녀들이 더러 괘꽝스럽기는 하더라 캐도 직업과 직장이 반듯한데 설마 지 본성을 잃가뿔 리야 있나."

"지도 말은 그칸다. 내가 가를 우예 키았는데. 우리보다 열세 살 밑이고 내일모레 교감을 바라보는 아라서 더 애가 탄다. 자꾸 말이 길어지는데 다 할 거는 없고, 우리 엄마가 이 달 들고부터 경숙이가 자주 꿈에 빈다면서 우째 됐는가 한분 알아봐라 카미 나를 자꾸 떠다미는 거 있제. 우리 엄마가 신 내릿다 카는 그런 양반은 아이라도 더러 헛것도 봤다 카고, 언제는 길에서 돌아가신 우리 아부지가 버스를 훌쩍 올라타든이 경로석에 단정한이 앉아 있더라 캐서 디기 놀래고 그랬다. 우쨌기나 젊었을 때부터 꿈이 영험하다고, 여축없이 맞춘다 캐쌓다. 자꾸 그캐서 경숙이한테 전화를 넣어봤든이 지 휴대폰은 지난달부터 꺼났다 카고, 학교 전화를 받든이 아까 그 말을 하네. 니는 우리 동네를 잘 아는가 몰라도 나는 아양교역 근방에 살고 경숙이는 세 정거장 떨어진 신천역 부근에 사는데도 서로 바뿌다 카민서 두어 달에 한 번 눈 맞추기도 어렵든이 이런 일이라도 터진이 좀 생기도 나고 그렇긴해도 우째 조마조마하고, 아무 일도 없다 카는데도 머시 벌써 있는 거 같애서 니한테라도 이카고 있다. 이것저것 좀 단디 알아봐줄래? 나도 우리 신랑한테 좀 알아보라고 일러났다만서도."

"참, 너거 신랑도 어디서 교장을 산다미? 공립이가 사립이가?"

"공립이다. 사립은 비윗살이 엔간이 좋아도 시집살이를 디기 시키는갑더라."

"시집살이가 아이고, 그걸 머라 캐야겠노, 아, 화장하는 선생들은 때맞차 어리꽝을 잘 부리야 되고, 넥타이 매는 선생들은 수시로 아첨도 떨어야 되는갑더라. 그걸 그쪽에서는 딸랑이가 돼야 한다 카는갑대. 말도 잘 지어냈지, 딸랑이사 원캉 작아나서 무신 간이나 쓸개 같은 기 붙어 있을 자리나 있나."

"그카대. 나도 더러 그런 말은 들었다. 우리 신랑이사 인자 멫년 안 남았다. 하루라도 빨리 연금수령자가 되고 싶다는 기 노래다. 요새는 하루가 여삼추 같다 칸다. 말을 바꾸만 아까 말한 그 사람 본바탕이 어떤지 여기저기 단디 수소문해봐 달라 이 소리다."

"알아보는 거사 하나도 에러벌 기 없지만도… 당사자들 둘이서 알아 할 일이지 그 대가리 굵은 선남선녀를 우리가 나서서…"

그로서는 당장에 뭘 알아봐야 하는지도 종잡을 수 없었다. 말귀가 어두운 편도 아닌데, 쉰 줄 중반에 들고부터 더러 상대방의 말뜻을 재깍 파악하지 못할 때가 있었다. 불시에 해망쩍은 위인이 되고 만 그 경위를 찬찬히 따져보니 상대방의 말솜씨가 워낙 버벅거리거나, 일의 전말에 대한 설명이 들쭉날쭉하거나, 이쪽 곧 청자가 이미 다 알고 있겠거니 하고 말의 요지를 겅중겅중 생략해서 그처럼 아리송해진다는 것을 깨달았다. 아무튼 이쪽은 답답한데, 그렇다고 꼬치꼬치 캐물을 수도 없거니와 심문하듯이 화자의 언술 일체 곧 그 전후 맥락을 낱낱이 따지고 들 수도 없어서 난처했다. 이러나저러나 무식하고 불친절하며 안하무인의 일방적인 말버릇임에는 틀림없겠는데, 정징자의 하소연이 바로 그랬다. 모든 게 애매모호하기 짝이 없었고, 잠시 후에는 왜 전화를 했는지조차 헷갈렸다.

요컨대 두 남녀가 눈이 맞았다면 이제부터라도 서로가 이성적(理性的) 탐색을 예의 즐기며 이성(異性)의 특별한 성징을 곱다랗게 수습해가야 할 테고, 그 열락에 남은 물론이거니와 부모라도 무슨 간섭을 내놓을 수 있을까. 한창 젊은것들이라면 눈이 멀 수도 있으니 연장자가 이것저것 따지며 신중하라는 충고야 들려줄 수 있을 테지만, 나중에 무슨 꼬투리라도 잡으려고 보증 같은 것을 서달라는 말인가.

그러고 보니 징자는 전화 통화의 서두에서 제 동생 경숙이가 이가를 잘 안다고, 지난해 겨울방학 때 이가가 재직하고 있는 대학에서 사흘 동안 치른 '학교 도서관 활용 직무연수'에서 두 시간 연강을 들은 적이 있어서 그렇다고 했다. 그 연수는 원래 사회대 소속의 문헌정보학과에서 대대로 내려오는 뻰한 강좌명에다 서너 개를 즉흥적으로 짜깁기해서 끼워 넣고, 그때마다 만만한 강사를 억지로 초빙하여 초중고등학교 선생에게(물론 초등부, 중등부, 고등부로 나뉘어 주최측이 임의로 결정한 날짜에 실시되었고, 그 강의 내용은 어느 것이라도 똑같았다) 엉성한 내용의 강의나마 무책임하게 들려주는 연례행사였다. 모르긴 해도 지역 교육청에서 전시행정을 모양내서 꾸려내느라고 그런 재교육 기회를 제공하지 않나 싶은데, 막상 강의실에 들어가 보면 수강자들은 소속 학교의 도서관과는 전혀 관련이 없고, 듣기로는 학교마다의 사정에 따라 연하자부터, 더러는 교장의 재량에 따라 지명당한 선생들이(그것도 대개는 한 학교에서 두 사람 이상씩 복수였다) 울며 겨자 먹기 식으로 불려 나와 그 재미없는 강의를 수료하고 있는 형편이었다.

그때 이가는 강의료 몇 푼에 팔려서 나왔다는 인상만은 면하려고 '기록의 중요성과 그 작성 자세 및 보관 방법'에 대한 사례를 몇몇 나라와 그쪽의 이름난 저작자에서 따와 들려준 바 있었다. 덧붙인다면 오늘날처럼 책이 흔해빠진 시대에, 또 아무라도 저자가 되겠다고 설치는 시절에 그것의 소중함을 떠들어봐야 케케묵은 전언이 될 터이므로 책이 책다워지려면 그 예비단계로서의 기록 그 자체에 대한 물신숭배적 자세의 확보가 요긴하다는 역설을 강조한 셈이었다. 아무려나 강청에 떠밀려 후딱 해치운 그 고역이 이제사 엉뚱한 인연의 꼬리를 잇대고 있으니, 이런 것도 금세기에 일파만파로 번지고 있는 이른바 '나비효과'인지 뭔지 알 수 없었다. 어떤 분야의 학문이든 참신한 말 지어내기, 나아가서 정의(定義) 내리기가 관건인 줄이야 잘 알지만, 요즘에는 그것이 '나비'처럼 제멋대로 날아다니는 추세였다. 말하자면 그런 '트랜드'야말로 견강부회이고, 상부상조라는 튼실한 말을 놔두고 '윈윈전략'을 떠벌리며 수선스러움만 배가시키고 있는 꼴이라니.

좀 멍청해져 있자니 이가의 눈앞에 몇몇 장면이 저절로 떠올랐다. 아마도 첫 숙박지의 한 관광호텔에서였을 것이다. 하루 일정이 끝났으므로 이제부터는 각자가 알아서 내일 아침까지 시간을 요령 좋게 꾸리게 되어 있었다. 마침 저녁도 뷔페식이라고 하니 짐들을 2인1실의 방에다 부려놓고 호텔 주변을 잠시 거닐다가 우선 먹자판부터 벌이자고, 그후 온천에 몸을 한 시간쯤 담갔다가 끼리끼리 한 방에 둘러앉아 추렴술판을 벌이자는 것이 유 단장의 제안이었다. 이런 단체여행을 워낙 많이 해본 사람이라 다들 그러자고 고개를 끄떡였다. 유가는 삼십대 중반은 넘었지 싶은 B팀의 가이드와도 진작에 말을 맞춰놓았는지 자신과 이가가 한 방을 쓰게 조를 짜놓아서 동숙자로 하여금 새삼 그의 매끄러운 일솜씨에 탄복하게 만들었다.

↓

카펫이 깔린 기다란 미로를 두어 번이나 꺾었고, 뒤이어 승강기와 자동식 계단을 이용하고도 한참이나 걸어가니 광장이라고 해야 어울릴 대형 식당이 나타났다. 식사 시간이 막 시작된 참이어서 유 단장을 위시한 이가 일행 대여섯 명은 나머지 동행들을 기다릴 것도 없이 큰 쟁반에다 먹을거리를 거하게 퍼담았다. 그러고는 누군가의 제의에 따라 한 자리를 차지하고 앉았더니 바로 어깨 너머에는 무대가 제법 높다라니 설치되어 있었다. 동행들도 속속 그 앞자리에 진을 쳤고, 바야흐로 식탐에 빠져들 찰나에 굵다란 띠를 머리와 허리에 동여맨 개량한복 비슷한 줄무늬 옷을 입은 남녀 4인조가 메뚜기처럼 훌쩍 뛰면서 무대 위에 나타났다. 그들은 허리를 직각으로 꺾는 인사를 마치자마자 다짜고짜로 손짓을 요란하게 흔들어대며 크고 작은 여러 모양의 북들을 두드려대기 시작했다. 먹자판에 웬 북장단인지 알다가도 모를 일이었다. 그러나마나 칠수록 신명이 난다더니 고수들은 점점 기세를 올려서 삽시간에 식당 전체가 떠내려갈 지경이었고, 그 시끄러운 바닥에서도 다들 아귀아귀 잘도 먹었고, 출입구 쪽에는 소위 유카다(浴衣)라는 홑겹데기 내리닫이 옷들을 걸친 관광객들이 장사진을 이루며 밀쳐 들어오고 있는 판이었다. 일본식 표현대로라면 대형 실내 북새판을 '연출하고' 있는 셈이었는데, 마침 그때가 일본도 오봉인가 하는 최대 명절이어서 그야말로 일본인 반에 한국인 반으로 시끌벅적한 장바닥이 선 것이었다. 대체로 이 절기에는 일본의 모든 관광지가 인산인해를 이루고, 따라서 호텔의 방 잡기도 여간 어려운 게 아니라고 하며, 그런 악조건을 뚫고 입도선매(立稻先賣)식 피서여행을 챙기고 있으니 일의대수를 끼고 있는 이쪽저쪽 서민의 분주살스러움도 알아줄 만한 가경이었다.

그런저런 눈팔기와 눈치보기로 덩달아 숨이 가빠지는 이가의 심경이야 어찌 되었든 일행들은 두어 차례씩이나 먹을거리를 나르느라고 어수선한 가운데서도 북소리는 어쩌자고 여전히 쿵쿵 쾅쾅거렸고, 우리는 풍악을 울릴 테니 여린 백성은 허리끈을 풀고 마음껏 잡수시오라는 조의 고수들 어깻바람도 점점 절정을 향해 치닫고 있는 형국이었다.

아마도 그 언저리쯤이었을 텐데, 이가는 앞서거니 뒤서거니로 막 식당 안으로 들어서는 정씨네 일가와 맞닥뜨렸다. 식당 입구에서부터 디귿자로 기다랗게 이어붙인 식탁 위에 화려한 색깔의 먹을거리가 잔뜩 진열되어 있던 터여서, 이가는 한참이나 인파를 헤쳐서 걸어 나온 두 번째 걸음이었고, 방금 온천욕에서 빠져나온 듯 다섯 여자가 하나같이 빨갛게 익은 살갗에 김이 모락모락 피어오르는 포동포동한 몸뚱아리를 예의 그 홑겹데기 일본 옷으로 감싼 채 마주친 것이었다. 이가는 정씨네 일가와 환한 얼굴만 주고받았을 뿐 이렇다 할 말을 나누지는 않았다. 그럴 짬도 없이 여러 사람들과 뒤섞여 음식들을 주워 담느라고 어정거리게 된 셈이지만, 그때 두 동창생은 각자의 일행이 A팀과 B팀으로 갈라져 각각 다른 버스에 분승하여 전체 일정을 소화하게 된 것을 무슨 크나큰 배려로, 적당한 시간과 거리를 두고 관광지마다 뒤쫓아 돌아보게 되는 이 간격을 아주 생색나는 무슨 시혜로 받아들이고 있었을 게 틀림없다. 만약 두 일행이 한 버스에 타게 되었다면 어느 쪽이든 일거일동을 조심하느라고, 일행의 짓궂은 농담을 상대편이 어떻게 받아들일까로 적잖이 조마조마하게 가슴을 태우느라고 관광의 낙을 저만큼 물리쳐야 했을 테고, 이제는 그런 불편을 꾹 참고 견뎌낼 나이들은 아닌 셈이었다. 어쨌거나 두 동창생은 비행기에 탑승한 후 비로소 지근거리에서 대면하게 된 꼴이었고, 그새 피로의 땟국을 말끔히 씻어낸 네 자매는 그 모친을 닮아서 인물들이 훤했다. 더불어 그들에게서 풍겨오던 무슨 기초화장품 냄새가 색다르게 향긋했다는 기억도 이가에게는 새삼스럽게 남아 있다.

만복감을 돌리려고 이가 일행은 앞다투어 온천욕장으로 줄달음쳤다. 누가 일본을 왜국(倭國)이라고 했는지, 그 작가의 눈은 어떤 사물이든 한쪽만 보는 사시(斜視)였을 확률이 높다. 그 한자 뜻대로 일본은 작지도, 순박하지도, 추하지도 않기 때문에 그렇다. 온천장이야말로 그 점을 확실히 대변한다. 욕조마다 어마어마하게 크고, 그것도 수다스러울 정도로 온갖 모양과 크기에다 갖가지 기교를 덧대서 이용자들을 질리게 하고, 그것들마다 깔밋하기 이를 데 없음은 이제 세계적으로도 상식이 되고 말았지만, 이처럼 잘못 알려진 그들 자신의 내면화된

섬나라 근성을 쓸어버리려고 용맹정진하는 흔적을 곳곳에다 끼워놓기에 여념이 없다. 차라리 바로 그런 일본의 열등의식을 만끽하느라고 이가는 아예 늘어질 대로 늘어진 불알을 털럭거리며 온갖 형태의 욕조마다에 몸을 담가보느라고 한동안 수선을 피웠다. 물론 이가만 유독 그런 치기를 일부러 일삼지는 않았는데, 누구라도 이것이야말로 본전 뽑기의 진면목이라는 심경을 한쪽에다 갈무리해두고 있었을 터이다. 그러나 어느 욕조라도 물의 뜨겁기 차이에 지나지 않으므로 이내 속살에 깊숙이 배겨 있는 묵은 찌꺼기를 속속들이 빼내주는 대형 욕조 속에 점잖게 안착하기 마련이었다. 이가는 이미 오래전에 그런 경험을 한두 차례나 치른 바 있었고, 그 일시적 청량감이라고나 할 가뜬함, 가뿐함, 개운함을 재음미하기 위해서 노천탕 속으로 빠져들 듯이 나아갔다.

천장과 벽면을 동굴처럼 울퉁불퉁하게 치장해놓은 시커먼 입구를 더듬어가니 이내 두 개의 수면이 근경과 원경으로 펼쳐져 있었다. 가까이 있는 수면은 물론 노천탕이었고, 그 위에 펼쳐져 있는 것은 아까 낮에 유람선을 타고 한 바퀴 돌아본 도야호(洞爺湖)였다. 버스 속에서 쉴 새 없이 떠들어대야 하는 것이 자신의 직분인 양 무식한 말을, 그것도 말주변조차 없는 주제임에도 혼자서 지껄이는 데 싫증을 내지 않고, 승객들의 썰렁한 반응에 멋쩍다는 듯이 공허한 웃음도 간단없이 흩뿌리던 가이드의 이 지역 '스토리'에 따르면 호수 둘레가 자그마치 43킬로이고, 호수 속의 섬 세 개는 사람이 살지 않으며('무인도'라는 말을 모르는지, 그 말을 쓰기가 부적합해서 그런지 알 수 없었다. 어휘력이 빈약하든가 그 감수성이 미달 상태인 듯했다), 겨울철에도 얼지 않는

데 호수 밑바닥에 용암이 들끓고 있어서 그렇다는 것이었다. (용암이 끓고 있다니? 용암층이 형성되어 있는지, 용암호라는 말인지, 어느 쪽이든 청자 자신도 그 방면에는 무식해서 답답했다.) 그것은 '스토리'가 아니라 믿기지 않는 '사실'이거나 몰라도 되는 '허위 정보'였다. 어쨌든 크기나 모양새도 제멋대로인 매끄러운 바위들을 아무렇게나 쌓아놓은 가두리 밑은 호숫가의 산책로라서 이쪽에서는 볼 수 있으나, 소요객들은 촘촘히 심어놓은 관목들 때문에 목욕객의 벌거벗은 몸을 못 보게 만들어놓은 구도였다. 온천물은 뜨겁고 맑고 깨끗하고 파르끼하고, 그래서 청련(清漣)하고 투명한 액체 덩어리가 마냥 감미롭게 휘감기는데도 아무런 저항감이 없었다.

이가는 호텔용 목욕수건으로 머리통을 질끈 동여서 이마빼기에다 매듭을 지었다. 그러고는 얼굴만 내놓을 수 있는 맞춤한 바위를 찾아가 엉덩이를 걸쳤다. 이내 진액 같은 구슬땀이 온몸에서, 특히나 머리와 얼굴에서 빠작빠작 솟아났다. 그의 부친의 진지한 진맥에 따르면 이가는 태음 체질이고, 폐부가 허해서 사시장철 땀을 많이 흘리게 되어 있다. 어느 정도인가 하면 여름 한철 찬물에 찬밥을 말아 미역, 오이채를 띄운 냉국과 함께 먹어도 비지땀을 쏟아내는 터이고, 그래서 그가 스스로 지어 붙인 체질명도 물티이였다.

어느새 일행들의 고만고만한 얼굴들이 여기저기서 눈에 띄었다. 그쯤에서 허 사장이 슬그머니 그의 곁으로 물뱀처럼 미끄러져 오더니, 어디서 많이 본 장면이다 라며 말을 걸었다. 이가의 머릿수건을 보고 하는 말 같았다. 선글라스를 벗어붙인 허가의 얼굴은 아무런 특징도 없는, 그래서 전형적인 몽골인의 형상을 골고루 갖추고 있어서 여느 장바닥에서나 마주치는 그런 넙죽한 그것이었다. 마땅한 응수가 떠오르지 않아 이가는, 좋네, 역시 잘 왔네, 땀 빼고 목욕하러 비행기 타고 다니는 세상이라니, 태평성대가 별 것가, 호사 취미를 이렇게 누리고 사니, 같은 말을 허투루 내뱉었을 것이다.

바로 곁의 바위에 자리를 잡은 허가가 벼르고 있었다는 듯이 물었다. 둘의 주변에는 일행들 서넛의 머리통이 둥둥 떠다니고 있었다.

"아까 그 여형제들을 잘 아는갑제, 고향까마군가?"

이가는 순간 적이 놀랐다. 허가는 어느 틈엔가 등 뒤에서 이가의 동정을 낱낱이 주시하고 있었던 모양이었다. '자네도 그 집안을 좀 알고 있는갑다' 같은 물음을 일단 밀쳐두기로 하고, 이가는 선뜻 접장으로서의 오랜 경험에 따라 말밑천을 이리저리 공글렸을 것이다.

"봤다시피 그 집 맏딸이 나하고는 임고초등학교 37회 동창생이다."

허가를 위시한 주위의 일행들은 그런 학교가 도대체 어디에 처박혀 있느냐는 눈치였다. 이가는 차근차근, 그 학교가 1924년 개교했으니 유서가 깊고, 2회 졸업생들이 교정 둘레에 제 키만한 어린 나무들을 심은 것이 이제는 아름드리 플라타너스, 히말라야시더로 자라 나라에서 시상하는, 전국에서 가장 아름다운 교정상도 받았다고 일러주었다. 시쁘다는 듯이 여기저기서, 벽촌인가 보네, 스몰 칸트리란 소리지, 심지어는 시골 촌부자, 산골 수재가 지 자랑이 아무리 많아도 그것들 도시에 내놓으면 이내 사그라드는 거 우리가 크면서 많이 봤제 따위의 얕잡아보는 우스개 해석까지 덧붙였던 듯하고, 누군가가, 무슨 전설 따라 삼천리의 한 대목 같다는 촌평까지 디밀었다.

이가는 내친김이라 단호히 덧붙였다. 포만감에 겨운데다 땀을 대량으로 빼고 있는 덕분으로 얼핏 고양감에 취했던 듯하다.

"구라로 들린다꼬? 소설 같다 이기지? 어허, 참, 이 친구들이 사람을 멀로 보는지, 그렇잖다, 아이다, 우리 고을이 아무리 깡촌이라 캐도 옛날부터 장장 5백 년 동안 글이 안 떨어진 동네라는 말이 내려온다. 왜정 때부터 이 땅을 뒤덮은 점수 매기는 공부야 서울, 대구 같은 도회지보다 한참 뒤떨어졌다 캐도 다른 글읽기, 더 근본적인 공부는 웬만큼 따라갔다고 보믄 맞을 끼다."

말길이 엇나가는 줄 또록또록 의식하면서도 이가는 수월하게 잇대었다.

"애향심도 아이고 상고벽(尙古癖)과는 더욱이나 거리가 먼데, 아직도 매년 한시(漢詩) 경연대회가 베풀어지고, 거기 참석하는 거를 뿌듯하게 여기는 영감들이 살아 있는 고을이 명색 대한민국 하늘 아래 흔치는 않을 거로. 음풍농월이 현대적 감각으로 보믄 백해무익한 장르라 카면 할 수 없이 입을 다물어야겠지만서도, 쓸모만 따진다 카믄 온갖 것이 다 요긴하든가 모조리 쓰레기든가 둘 중에 하나다. 그렇잖고서, 암, 바른 소리 아이가. 그래도 팔십 넘은 노인들이 바람을 노래하고 계절이 바뀌는 것을 아쉬워하면서 달을 지그시 바라보며 옛일을 떠올리는 거는 요즘 세상에서도 귀하다 카믄 아주 귀한 기다."

옴 덕에 거시기를 긁는다는 야한 속담대로 이가는 온천욕으로 묵은 땀을 줄줄 토해내다시피 흘리느라고 하등에 쓸데없고 또 재미도 없는 말을 오랜만에 엉뚱한 데서, 보잘것없는 청자들 앞에서 지껄인 셈이었다. 아니나 다를까, 일행들의 둥둥 떠다니는 머리통들이 하나 둘 멀어지고, 더러는 등짝을 보이며 동굴 속으로 사라져갔다. 그런데 이상하게도 허 사장까지 정씨 자매들에 대해 더 물어볼 게 있을 텐데도 다가올 때처럼 슬그머니 꼬리를 사렸다. 그렇게 봐서 그럴 테지만, 허가의 일거수일투족은 천상 물뱀이라고 해야 옳겠는데, 그 이미지가 그때 그 자리에서 떠올라 뿌리를 내리지는 않았을 것이다. 하물며 그럴 리야.

↓

역시 그날 밤이었던 듯하다. 당연하게도 호수 위를 현란하게 수놓는 불꽃놀이를 다들 우두커니 서서 한동안 구경하다가 이가 일행은 친소 관계에 따라 삼삼오오 뭉쳐서 술집 순례에 올랐고, 대체로 한 시간 남짓 그 소위 '이자카야(居酒屋)'에 앉아 있다가 호텔 객실로 돌아왔는데, 그때부터 아주 본격적으로 음주 행각이 벌어졌다.

되돌아보면 처음에는 복도를 가운데 두고 대각선으로 마주보는 방 두 개를 아지트로 삼았던 듯싶고, 그 방마다 모주꾼 하나가 창가 쪽의 상석에 앉아서 방금 잔뜩 사들고 온 온갖 종류의 맥주를 유리컵에다 철철 따르면 누가 인천 공항의 면세점에서 사온 발렌타인 17년산 위스키를 한 종지 쏟아부어 이른바 폭탄주를 돌리는 식이었다. 물론 그 두 방을 왔다 갔다 하는 넉살 좋은 친구도 있었지만, 이가는 동숙자 유 단장과 함께 묵을 객실을 제1아지트쯤으로 내줘야 했으므로 곱다시 술판에 꼽사리꾼으로, 그것도 술을 과히 바치는 체질이 아니라는 핑계를 앞세우고 제 침대 위에 책상다리로 앉아서 마른 안주거리나 주워 먹으면서 대여섯 명이 마음껏 떠들고 마셔대는 술자리를 굽어보는 풍속도가 짜여졌다. 양주 한 병이 금세 동나버리자, 바로 옆방의 숙박자가 또 다른 상표의 모양 좋은 위스키 병을 들고 왔다. 말들을 맞췄는지 술꾼들은 돌아가면서 양주를 한 병씩 내놓기로 한 모양이었고, 유 단장이 진작에 술이나 한잔 사라는 언질을 내밀었던 게 이거라면 이가도 약소하다고, 못 낼 것도 없겠다고 속으로 어림잡고 있는데, 그런 소심함을 이미 알고 있다는 듯이 동숙자는 귓속말로, 자네 몫을 사두었다고, 내일 밤에나 풀자고 해서, 이게 또 무슨 술수나 수단인지, 아니면 단순히 눈치 빠른 호의인지 몰라서 어리둥절하게 만들었다.

모든 술자리가 대개 다 그렇듯이 이웃나라의 호텔 객실에서 벌이는 술판도 지루하기는 마찬가지였고, 객에게 안방을 내주고 부뚜막에 나앉은 꼴인 이가에게는 특히나 불편하기 이를 데 없었다. 게다가 낭자하게 떠벌리는 입담은 걸고 거칠었고, 서로 뒤질세라 퍼지르는 농담은 험하고 야비하다 못해 사나웠다. 추억담은 늘 듣던 흘러간 옛노래였고, 음담패설은 구뜰한 맛은커녕 건더기도 건질 게 없는데, 구성진 음색마저 안 비치는데다가 가락도 못 맞춘 맹탕이었다.

이가는 한시라도 빨리 술자리가 전을 걷었으면 하고 내심 주니를 내고 있었으나, 난망이었다. 하루 일정을 조용히 되돌아보면서 느낌을 간추리고, 그 소회를 낙수 줍듯이 몇몇 어휘로 갈무리해둘 기회도 챙길 수 없다니, 단체여행은 한마디로 개판에다 싼 게 비지떡이라고 두 번 다시 되돌아보기 싫은 막판이었다. 틈틈이 주워 먹은 안주거리가 속에서 잔뜩 부풀어 올랐는지 만복감도 되게 거북했다. 맥주를 두어 잔 얻어 마시고는 주전부리가 간간짭짤한 통에 내처 생수만 들이킨 나머지 잦은 화장실 출입도 성가셨다.

마침 잠시라도 그 술판을 벗어날 틈이 생겼다. 큼지막한 비닐 봉다리가 찢어질 지경으로 주워 담아온 캔맥주가 동이 나버렸는데, 첫날이고 하니 술판을 벌인 김에 '쪼매만 더' 이어가자는 의견이 대세였고, 양주는 얼마든지 있으므로 꼭 맥주가 있어야 한다는 것이었다. 그러나 이미 열한 시를 치닫고 있는 시각이라 창틀 아래의 상점가는 말끔히 철시했고, 역시 휴양지답게 새카마니 적요했다. 대형 호텔이라 복도에는 자판기가 없고, 1층 어딘가에는 반드시 있을 것이라고 했다. 그렇다면 그것을 찾아서 사 오겠다고 이가는 자청해서 나섰다. 인천공항에서 미리 공동경비로 1인당 5천 엔씩 거뒀으므로 유 단장은 그것을 허물어 쓰자고 했으나, 이가는 손을 휘휘 내저으며 일축했다. 주니가 틀리다가 놓여나는 셈인데, 그까짓 맥주값이야 약과였다. 이가가 캔 맥주를 담아 올 뿌연 비닐 봉다리를 들고 까무룩하니 뻗어 있는 긴 복도를 헤쳐나가자 누가 등 뒤에서, 싸게 후딱 빨리 갔다 오시기요 라고 재촉했고, 다른 음성이, 이 교수는 손이 크지요 라고 부추겼다. 9층에서 승강기를 타고 1층으로 내려와서 곧장 접수대로 다가가 자동판매기가 설치되어 있는 위치를 물었다. 오던 길을 계속 가라면서 목욕탕 입구에 여러 개가 있다고 했는데, 근무복 차림의 종업원 손짓이 한참 가야 한다고 했다. 알고 있는 길이었다. 장사가 너무 잘 되어 별관을 달아냈고, 본관과의 통로 양쪽에다 토산품점, 기념품점, 슈퍼마켓, 어린이 놀이터, 약국, 주전부리를 파는 실내 상가를 조성해두었는데, 그 끝자락쯤에는 전망 좋은 '만남의 광장' 같은 로비를 꾸며놓고, 거기서 자동계단을 타고 내려가면 별유천지 같은 대욕장(大浴場)이 나오게 되어 있었다.

양쪽의 실내 상가는 다들 이미 문을 닫았고, 어떤 상점은 견물생심을 막으려는지 헝겊을 늘어뜨려 놓거나 덮개로 씌워놓았는가 하면, 그 반대로 알전구 몇 개를 켜두어서 매장과 상품을 눈요기시키는 한밤중의 상술도 엿보이고 있었다. 정숙을 강요하는 아스름한 조명이 천장에서 쏟아지고, 비상구 쪽을 알리는 벽면 하단의 붙박이 등이 띄엄띄엄 복도의 길이를 가늠하게 했다.

이가는 방금까지의 떠들썩한 술판을 까맣게 잊어버리고 그런 국면에서는 흔히 그러듯이 '현대문명이 바야흐로 여기까지 왔단 말이지' 같은 느낌을 추슬렀지 않았나 싶은데, 그 자의식의 요지는 이랬다.

어느 정해진 시각 무렵이면 매일같이 거의 동일한 풍경이 자동적으로 반복되는 일관성, 곧 어떤 일상의 면면의 지속적 제도화야말로 현대문명의 지역별, 국가별 공통분모라 할 수 있을 텐데, 그 진면목의 출현 아래서 개개인들은 상투적 고립감에 빠질 수밖에 없고, 그런 현상이 외화내빈을 강제, 인간의 외모는 번듯해지지만 심성은 메말라빠진 응달로 주저앉아버리는 몰풍경이 속속 드러나고 말지 않을까. 따라서 표리부동은 현대인이 저마다 누리는 전신상을 대변한다.

오가는 인적이 없어서 복도는 더욱이나 길었다. 그러나 실내여서 곧 끝이 났다. 초저녁에는 몰랐으나 휴게실 겸 대기실은 타원형이었다. 한쪽 면은 통유리를 벽지로 발라놓은 듯 번들거렸고, 그 방대한 장방형 화폭의 한가운데에 호수의 전경(全景)과 낮에는 수목이 빽빽해서 흡사 보득솔 같던 예의 섬 세 개가 크고 작은 새카만 점들로 찍혀 있었다. 창틀 화폭에 붙박인 그 정경과 당당하게 마주 보는 서너 명의 남자들은 하나같이 흰 바탕에 감색 줄무늬의 유카타를 걸치고 담배연기를 풀풀 날리고 있었으며, 일본은 흡연자에게 관대할 뿐만 아니라 흡연 욕구를 부추기는 풍경의 배치에까지 자상했다.

이가는 수년 전에 하루 두 갑씩 태우던 백해무익한 끽연 습관을 버렸으므로 다른 쪽 벽면으로 잽싸게 몸을 돌렸다. 거기에는 세탁소, '관계자 외 출입 금지구역' 같은 팻말이 붙박여 있었는데, 그 가장자리에 자동판매기들이 여러 대나 늘비해 있었다. 그는 곧장 일본돈 지폐를 기계 구멍 속으로 밀어 넣었고, 달그락거리며 떨어지는 깡통 맥주를 헤아리기 시작했다. 아마도 깡통 서너 개를 한목에 꺼내고 나서 얼핏 뒤를 돌아보니 공교롭게도 허 사장이 담배를 단호히 재떨이 통에다 비벼 끄고 나서 시부저기 대욕장으로 내려가는 자동계단 위에 몸을 싣는 옆모습과 뒷모습을 목격할 수 있었다. 틀림없이 술독을 빼러 그 시간에도 온천욕조에 몸을 담글 심산이었겠지만, 왠지 조금 이상하게 비쳤다. 다행히도 허 사장은 이가를 못 보았고, 방금까지 그는 제2아지트에서 부두목쯤으로 주당들을 두량하고 있던 터였다.

하기야 일본인들은 남녀 불문하고 그런 휴양지에만 떨어지면 밤 두시든 세시든 가리지 않고 노천탕에 몸을 부리고, 모처럼만의 그 특이한 정서를 즐긴다고들 하지만, 허가의 그때 그 뒤꼭지에는 그런저런 특유의 촉촉한 감정 경험을 다독인다기보다도 번민과 생각거리를 채근하는 자신의 처지를 이제는 대충 거둬들여야 하지 않을까 하는, 그런 어정쩡한 기분을 따끈따끈한 목욕물로 훑어내버리려는 기색이 완연했다. 그후의 여러 정황과 들은 말로 그의 그때 인상을 유추해보니 그렇다는 것이 아니라 차츰차츰 아래로 꺼져 없어지던 그의 생각 많은 뒤통수에는 일행들의 왁자지껄한 술자리를 고의로 벗어나서 혼자 온천물을 뒤집어쓸 충분한 여유가 있어 보였으니까.

↓

걸음품에 지쳐서 또 사진 찍기에도 진력이 나서 그랬든지 전송해온 사진 중에는 그쪽 지역이 하나도 보이지 않지만, 이가의 기억에는 분명히 남아 있는 생생한 풍경화 하나가 더 있다.

여행 3일째였다. 내일 아침이면 짐을 꾸려서 바로 공항으로 떠나게 되어 있었으므로 일정이 빠듯하게 짜여 있었다. 조식을 끝내자마자 두어 시간이나 달려가 떨어진 곳은 오타루(小樽)였다. 작은 술통이라니. 그 지명이 앙증맞아서 어쩌다가 그런 이름이 지어졌는지, 그에 따르는 무슨 '스토리'가 있는지 탐문해 보았으나, 가이드는 워낙 무식해서 헤픈 웃음이나 베물었다. 뜻밖에도 작고 소박한 항구였다. 일본의 지방 도시가 대개 다 그렇듯이 '작은 술통'도 대도시화로서의 여러 기능의 비대화와 첨단화를 가능한 한 지연시키려는 고집이 겨우 포석(鋪石) 깔린 옛날의 신작로나 배가 지나다닐 수 없는 좁직한 운하 지키기 따위에 악착같이 매달림으로써 그나마 시가지 전체에 고풍스런 분위기를 덧입히는 수준이었다.

우선 오전 중에는 정교한 가내수공업이라고 해야 할 색깔 고운 여러 모양의 유리 제품 전시장과 그 생산시설을 둘러보았다. 이어서 채광창이 군데군데 뚫려 있고 천장만 높다란 양곡 창고 같은 시장바닥에서 맑은 생선찌개 냄비를 앞앞에 놓아준 점심을 먹었다. 그때는 연이어 도착한 A팀과 B팀이 한 줄씩 기다랗게 늘어앉도록 자리를 배정했으므로 통로를 중심으로 서로 등을 지고 있는가 하면, 이가는 두 줄 건너의 면면들을 뚜릿뚜릿 살필 수 있었는데, 둘째인지 셋째인지와 나란히 앉은 징자의 막내동생을 정면에서 똑바로 쳐다볼 수 있게 되었다. 목례나 눈웃음이나 고갯짓으로 인사든 뭐든 그쪽에서 알은 체를 해야 옳건만 두 자매는 이가와 몇 번이나 눈을 맞췄으면서도 빤히 쳐다볼 뿐 시선을 이내 거두지도 않았다. 횟수도 그렇고, 시선을 고정시켜 두는 시간도 막내동생이 길었다. 고양이가 흔히 제 주인이나 어떤 사물에다 시선을 못 박고 있을 때는 단단히 작정하고 쏘아 보는 경우도 있으나, 그냥 막연히, 가물가물하니, 부러운 듯이, 맹하니 쳐다보게 마련인데, 어느 쪽이든 인물이 한결 나은 막내동생이 바로 그 묘한, 포유류 애완동물 특유의 말간 눈 버릇이 심했다. 그때 얼핏 이가는 처녀가 늙어가면 맷돌짝 지고 산으로 오른다는 속담을 떠올렸을 것이다. 역시 앞앞에 국산 고추장을 담은 1회용 플라스틱 용기까지 하나씩 집어준 그 점심을 먹고 난 후, 일행들은 한참이나 느직느직 걸어서 도심을 관통했고, 당도한 곳은 대형 오르골 매장이었다.

반도체를 비롯한 각종 전자제품의 세계 시장 점유율에서 우리의 몇몇 기업이 압도적으로 앞서기 시작한 근년에는 어떤지 몰라도 한때 일본인들은 정교한 것, 작은 것을 만들 줄 모르는 우리의 무딘 솜씨를 노골적으로, 좀 심하게 말하면 거국적으로 폄하했음은 여러 기록이 증거하고 있다. 대체로 사실이다. 물론 그런 우월감의 골간은 어떤 풍토색에 대한 경원이든가 몰이해일 수밖에 없다. 지방마다 사투리가 다르고 나라마다 고유의 특성이 있게 마련이므로 그것은 비교우위로서 또는 점수로서 상대평가할 대상이 아니다. 즐기는 대상이 달라지는 것은 시대별로 종족별로 얼마든지 다를 수 있는 것이다. 뚱뚱한 여자가 말라깽이보다 자족감을 훨씬 많이 누렸고, 이성으로부터도 환영받은 시절이 지역과 종족을 불문하고 장기간 이어져온 명백한 역사적

실적은 시사적이다. 그런저런 상념을 끌어당겼다 늦췄다 하면서 이가는 단아하고 고풍스런 2층짜리 붉은 벽돌 속으로 인파에 떠밀려 들어갔다. 오르골 전시장이자 판매장이었다.

오르골은 태엽을 감든가 그 몸체를 흔들든가, 아니면 외부에서 어떤 동력을 주면 일정한 선율이 상당한 시간 동안 단조롭게 흘러나오는 놀이기구다. 그 형태는 워낙 다양하다. 달걀만한 것에서부터 운두 높은 우동 그릇만한 것까지, 집, 동식물, 남녀노소, 생활집기에서부터 세모꼴, 네모꼴, 원형, 구형 같은 추상 조형물까지 온갖 것들을 그야말로 천차만별로 발명해서 진열해두고 있다. 색깔도 가지각색이다. 앙증맞고, 예쁘고, 사랑스럽고, 귀엽고, 깜찍한 형상들이 일제히 어리광을 부리고, 기성을 내지르고, 소곤거리다가도 까르르 웃다가, 무슨 야릇한 신음처럼 감미로운 비명을 쏟아내는 현장은 정상적인 사람의 탈을 쓴 손님들을 단숨에 바보로 만든다. 그 각각의 모형물들은 사실상 제멋대로 축소한 것이고, 극도로 단순화시킨 것이며, 함부로 뭉뚱그린 것들이다. 이른바 미니어처인데 구경꾼들은 이 불구화 내지는 기형화되어 있는 흉물 앞에서 어쩔 줄 모른다. 특히나 여성들이 사족을 못 쓰는, 탄성을 터뜨리는 광경을 등 너머로 들여다보면 재미가 수월찮다.

어느 쪽이냐 하면 이가는 어떤 사물이라도 추상화, 모조화, 왜곡화되어 있으면 거부감에 젖고, 멀쩡한 현실을 곧이곧대로 직시하기도 힘겨운 판인데, 그것을 의도적으로 과장, 축소해대는 반상식적인 발상 일체를 곱게 보지 않는다. 흡사 자해(自害) 행위로 남의 동정을 사려는 못난이의 경거망동 같아서 저절로 머리가 내둘려서이다.

아무리 좋게 보려고 해도 좀 호들갑스럽다. 오르골의 기원이 어디에서 언제쯤 출발했는지는 알 수 없으나, 처음에는 신기했을지 몰라도 이제는 유치하다. 인간은 유치한 것을, 만만한 것을 좋아한다. 그래서 통속물은 읽을거리든 볼거리든 늘 인기를 누린다. 다만 너무 유치하면 모든 게 엉망진창이 되고 마니까 군데군데에 엄숙주의를 당의정으로 드리운다. 이른바 상투화의 국면이다. 그것이 따분하고 답답해지니까 또 덧칠한, 명색 세련을 입힌 제3의 유치한 것을 찾는다. 그 회로를 일본인들은, 특히 장인들은 잘 알고 있다. 인생이 별거냐, 얼마나 유치하고 덧없냐, 애완동물 하나도 거느리지 못하는 인간에게서 무슨 관용을 바랄까. 관용 없는 사회는 화석화의 길을 한달음에 밟아간 공룡의 세계와 다를 바 없지 않은가.

한쪽 면만 둘러보아도 이내 싫증이 났다. 어슬렁거리기도 귀찮았다. 후딱 밖으로 빠져나가서 이가 자신의 연래의 도락거리인 절 같은 건축물이나 사방댐 같은 구조물, 고목 같은 자연물이나 비석 같은 유물 따위를 가까이서 또는 멀리서 완상하기를 즐기려는 판인데, 그것도 여의찮았다. 그 다종다양한 자명(自鳴) 장난감들을 겹겹으로 빈틈없이 진열해놓았듯이 비좁은 통로도 꼭 그만큼 인파로 메워져 있어서였다. 몸끼리 안 부딪치려고 애를 쓰면서 빠져나오다 이가는 2층으로 올라가는 층계 옆에서 또 징자의 막내동생과 시선이 부딪쳤다. 그녀는 여전히 고양이처럼 차분한 눈길로 이쪽을 한동안, 그래 봐야 찰나와 버금가는 한순간에 지나지 않았을 테지만, 가만히 노려볼 뿐 알은 척도, 눈 깜빡임도, 고갯짓 따위도 일절 없었다. 그녀의 그런 묵시적(默示的) 대응은 그 번듯한 얼굴, 큰 키, 굴곡이 분명한 몸피 때문에라도 이상했다. 수더분하달까, 소탈한 편인 그녀의 맏언니인 징자와는 너무나 판이한 성격이 아닌가 싶었다.

그런데 그 희한한 상면을 서둘러 뿌리치고 입구 쪽으로 발걸음을 떼놓으려는데 허 사장이 그 기형적 몸체의 빵빵한 아랫배에다 디지털시계를 붙박아놓은 오뚝이 모양의 오르골 하나를 들고 징자의 막내동생 경숙이에게 어떠냐고, 살 만하지 않냐고 보이려다가 이가와 맞닥뜨린 것이었다. 서로가 잠시 어, 어 하면서 당황을 얼버무렸다. 잠시라도 더 지체할 경우가 아니라서 이가는 서둘러 인파를 밀쳐내다시피 하고 밖으로 빠져나왔다. 건물 밖의 인도에는 흙색과 회색 포석으로 물결무늬와 동심원을 번갈아 깔아놓은 성당 앞의 쉼터가 조성되어 있었으므로 이가는 빠른 걸음으로 걸어가 그곳의 빈 벤치에 몸을 부렸다.

이제는 이가가 오히려, 저 어울리지 않는 한 쌍이 도대체 어떤 관계인가 라는 의문에 휩싸여 후끈후끈 달아오를 지경이었다. 되돌아보면 그 당시에는 두 남녀가 알게 된 곡절이 몹시도 궁금했을 뿐이었지 더 이상의 호기심, 이를테면 저것들이 엄청난 나이 차를 내팽개치고 벌써 통정하는 사이란 말인가 따위의 속물적 추측을 이가가 떠올리지 않았던 것은 경숙이의 그 말간 고양이 시선도 그렇거니와, 나아가서 이쪽의 짐작으로는 거의 중성적인 성격에다 그와 유사한, 거의 준남성적인 그녀의 외양 때문이 아니었나 싶다. 그러고 보니 허가는 딱 바라진 몸통만 그럴듯하달까 키도 경숙이와 어금버금하고, 또 고분고분한 데 비해 그녀는, 알아서 해, 그깟 오뚝이 시계를 사고 말고를 나한테 굳이 물어봐야 하냐 같은 드레진 자세를, 그것도 그 침착한 시선과 격이 맞는 듬직한 몸으로 지시하는 것 같았기 때문이었다.

이가가 예상하고 있었듯이 허 사장은 뒤미처 허리띠를 추스르면서 사람들이 연방 들고 나는 오르골 매장 입구에 나타났고, 사방을 두리번거리다가 한쪽 손을 번쩍 치켜들었다. 그의 손에는 여러 개의 오르골을 주워 담았지 싶은 반투명 비닐 봉다리가 들려 있었다. 맹인용 건널목 신호음이 오르골의 그것처럼 삐융삐융삐융 울리자 허가는 인도를 가로질러 건너오고 있었는데, 그의 등덜미에서는 이제 눈에 익다 못해 좀 해학적인 트레이드 마크 같은 예의 그 주둥이를 질끈 묶어 세모꼴이 된 중들의 걸망 같은 배낭이 덜렁거렸다.

벤치에 엉덩이를 걸치고 비닐 봉다리를 부려놓자마자 허가가 물었다.

"참, 진작에 물어볼라꼬 베루다가 자꾸 깜빡깜빡했네. 저 정 선생 집안이 옛날에 시골에서 머 해묵고 살았노? 딸부잣집인 모양인데."

이가는 선뜻 말을 아끼고, 조심해야 된다고 스스로를 경계했다.

"얼추 3백 주가 넘는 사과밭에다 명절이면 천시가 나는 떡방앗간에 상머슴 둘을 행랑채에다 각방 쓰게 하고, 잘살았지. 가문도 대성에 벌이 너르고 짱짱했어. 지금이사 촌부자나 그런 집안이 언제 사라졌는지 안 보이지만도 그때는 저런 집이 모범생처럼 더러 있었디라."

"모친도 저 나이에 아직도 허리가 꼿꼿하고 젊을 때는 한 인물 했겠데."

"그렇다, 잘 봤다. 젊을 때는 일 잘하고 인물 곱고 몸도 좋다고 호가 났디라. 얼굴에 밥이 더덕더덕 붙었다고, 복스럽다고 해쌓다."

이가는 허가가 뭘 알고 싶어 하는지 대충 짚이는 데가 있었다. 그러니 더 긴장할 수밖에 없었고, 혹시라도 그이가 후처라는 말이 툭 튀어

나올까 봐서 조마조마한 마음을 다독였다.

엄밀히 말하면 전처가 앞서가고 난 뒤에 맞아들이는 아내에게만 후처라는 말을 쓰고, 후처취가란 말이 있는 데서도 알 수 있듯이 그 지위는 엄연한 것이었다. 그러나 전처가 살아 있고, 뒤에 본 아내와 딴 살림을 차리고 있는 것도 사실이었지만, 지아비가 조강지처의 그 천생의 지병을 어떡하든지 반이나마 돌려세우려고 지극정성을 다하는 정경과 그이의 뜸직한 성품도 가근방에서는 웬만큼 널리 알려져 있었다. 그래서 누구라도 그이 앞에서는 첩산이라든지 첩살림 같은 말을 입에 올릴 수 없었다. 풍문으로 들은 바로는 그이의 전처 장모가 사위의 몸이 너무 아담하다 못해 약해서 제발 환갑까지만 살라면서 갖은 보약을 다 지어 날랐다고 하며, 지어미의 고질도 친정 모친의 그 음덕으로 그나마 우선하다고 했다. 이런 정경 앞에서는 딸 가진 부모치고 몸이 달지 않을 수 없었을 것이다. 두 당사자의 음전한 행티를 보더라도 그런 이중혼인이 계집질과는 전적으로 무관한 것이었음은 말하나 마나이다. 흔히 이런 남녀 관계에는 색정적인 성적 유희를 떠올리게 마련이지만, 그런 상투적인 발상의 밑바닥에는 얼마 전까지만 하더라도 글로써, 요즘에는 동영상으로써 선정(煽情)을 부추기는, 그런 기계적 사주로 오락과 예술을 빙자하면서 돈벌이 같은 다른 목적을 손쉽게 거머쥐려는 작자들의 얍삽한 술수가 암약하고 있다. 여러 매체가 합심 협력해서 주야장천 내질러대는 그 야비한 협잡질로서의 금전욕을 이제는 막을 수도 없고, 누구나의 앞앞에 몫몫이 떨어진 무료한 일상 때문에라도 그 성욕 사주 활극에의 세뇌, 중독에는 속수무책이다.

한쪽은 그 불치병을 입에 올리기도 뭣하므로 애써 덮으려고 버둥거리고, 다른 한쪽은 자식 농사보다 더 큰 농사는 없다고 응원함으로써 공동체를 말썽 없이 꾸려가던 그 시절에는 굳이 향약(鄕約) 같은 것이 있을 필요도 없었다. 차분한 정기 같은 것을 등 뒤에 한 아름이나 매달고 차곡차곡 걸음을 떼놓던 정주사에게 같은 항렬의 동년배 일가붙이가, 또 약 지으러 가는가 라고 물으면 그이는, 하모, 누가 대구 약전골목에 있는 신아무개 약방에 한분 가보라 캐서 나서본다면서 중절모에 손만 갖다 댔다 떼곤 하던 광경을 이가는 아직도 떠올릴 수 있다.

그쯤에서 이가는 내가 뭣인데, 또 내 옆에 앉아 있는 이 친구라는 작자가 누구이며, 나와는 학연도 없는 만큼 그 근본도 모르는데, 그런 저런 케케묵은 내막을 까발려봤자 별무소용이라는 생각을 뒤적였다. 어느 쪽이든 더 알 필요도, 나름대로 납득할 수도, 좋은 쪽으로 해석할 여지도 없고, 알아듣도록 옮겨줄 필요도 없는 옛일이었다.

이가가 힐끔 일별을 주자, 허가는 구수한 담배연기를 길게 뿜어내며 수월수월 털어놓았다.

"이 교수, 자네는 중국 장가계라 카는 데 가 봤더나?"

"그런 이름도 처음 듣는다."

허가는 허, 참이라며, 뒤이어 혀 차는 소리와 아울러 엔간히도 답답하다는 낌새를 슬쩍 비쳤다.

"요새는 좀 숙지막해진 것 같더라마는 5, 6년 전에는 거가 단체관광지로는 단연 인기였디라. 이런 해외관광도 곳곳이 그때그때 붐을 탄다. 언제는 터키다, 인자는 몽고다 이런 식으로. 그 유행을 잘 타믄 여행사는 돈 좀 벌고. 페루의 쿠스코나 티티카카호수, 마추픽추도 인자는 한물 갔을 거로. 한 5, 6년 전쯤 됐나, 그때 나도 장가계를 한분 가봤디라. 부모 잘 만나서 평생 백수로 잘 묵고 잘사는 친구 하나하고. 상해, 항주를 거쳐 5박 6일짜리로. 그때 거서 저 정 선생을 처음 봤다. 물론 버스도 같이 타는 일행으로. 이바구를 다하기로 들만 길어지고, 그때 내 형편은 털어놓을 것도 없지 시푼데, 참말로 이상하네. 저 정 선생이 그때도 7, 8명쯤 저거 동료교사들하고 같이 왔던데, 젊은 선생은 서른 안팎도 있었고, 나이 많은 선생은 마흔 전후도 있디마는. 물론 다 여선생들이고. 그때도 그렇게 며칠이나 같이 돌아댕기미 봤는데도 여기서 한동안 나는 저 여자가 누구지, 어디서 봤나 하고 아무리 머리를 굴려도 생각이 안 나는 기라. 미치겠데. 저 큰 키에 쪽 곧은 콧날만 보믄 대번에 떠오를 만한데 도통 아슴아슴한 기라. 나중에는 생각날 때까지 한분 내 머리하고 씨름을 해보겠다고 베루고 있었디마는 문득…”

허가가 옹송옹송하다는 표정 연기를 제법 자연스럽게 지어 보였다. 이가는 미심쩍은 데가 많았으나, 의문은 털어버리고 물음은 자제했다.

“그카다가 어젯밤에사 저녁 묵고 자질구레한 일용품으로 멀 살 기 있어가 엘리베이터를 타고 내리갈라 카는데, 복도에서 또 딱 마주친 기라. 그때서야 머리에 번개 같은 기 뻰쩍 티면서 생각이 나데. 다짜고짜로 물었지. 혹시 우리가 장가계에서 동행한, 교편 잡고 있다 칸 그 정 선생이 아인가요꼬. 건데 저 여자 성질이 좀 이상해. 그냥 말갛게 쳐다보디이만 그렇다꼬, 맞다고, 나보고는 허모 사장이 아니냐고. 그때 받은 명함도 아직 집 서랍장에 갖고 있을 기라고 그러는 기라. 말문이 더 탁 막히데. 그렇게 훤히 기억하고 있었으믄 알은 체를 하든가, 웃던가 해야 할 낀데 내가 말을 걸 때까지 기다렸다는 소린지 먼지. 참 희한한 성미고, 내 머리가 띵해지데. 원래 좋지도 않은 머리지만 그렇게 사람을 몰라볼 수 있을까 싶어 어젯밤에 밤새도록 생각해봤디라. 와 그랬는가 하고. 우선은 그때 동행들하고, 이번 삿포로 효도여행하고 함께 온 일행이 너무 달라서, 한쪽은 어슷비슷하고 다들 인물이 웬만한 교사들이었고, 이번에는 팍삭 늙은 모친하고 역시 생김생김이 곱고 닮은 여형제들이라서 그렇지 싶데. 입이 짤바서 표현이 엉성하네. 어쨌든 동행들이 다르다면 너무 다르고 비슷하다면 두 쪽 다 여자들만으로 뭉쳐졌다는 점이 비슷한데, 그래가 내 머리 굴리기가 혼란스러워진 거 같고. 둘째는 저 정 선생의 태도가 사람을 영 헷갈리게 했지 시푸데. 사람이 우째 그럴까, 알면서도 눈만 깜빡거리면서 이쪽에서 말을 걸어주기를 기다렸다는 소린데. 빤히 쳐다보민서, 그쪽에서 먼저 알은 체하면 체면이 사나워지고 무신 암내라도 풍기는 짓으로 비칠까봐 그랬는지. 장가계에서도 그랬고, 여기서 어젯밤에도, 또 방금도 몇 푼 되지도 않는 기념품을 선물로 사줬든이 그건 또 고맙다는 소리는 없고 그냥 잘 쓰겠다고 넙죽 받는 기라. 희한한 여자야."

예의 그 '고양이 시선'을 어떤 성격의 한 특징이나 단면으로 파악하고 있던 이가에게 허 사장의 그 고백이랄지, 경숙이와 얽힌 만남의 전후담은 솔깃했을 뿐만 아니라 고스란히 납득할 만한 경험담이었다. 어휘력도 짧은 데다 말솜씨도 워낙 손방이라서 들어내기가 고역이었지만, 우선 가식이 없어서 그런대로 그럴 수도 있었겠다는 짐작이 저절로 불거졌다. 그런 짐작은 잠시나마 두 사람 사이에다 불륜이나 사련 같은 환칠을 입혀 의심했던 이가 자신의 지극히 세속적인 억측을 자성하게 하는 한편 쓴웃음을 베어물게 몰아갔다. 그렇긴 해도 허가가 이쪽의 그런 심사의 추이를 알 턱이 없는 만큼 당장 면전에서 미안하게 됐다고 할 수는 없는 노릇이라서, 이제부터라도 두 남녀 사이를 평정심으로, 남의 일이므로 될 수 있으면 멀찍이서 쳐다봐야 할 것 같았다.

허가가 어이없다는 듯이 머리통을 몇 번이나 내두르더니 자리에서 일어섰다.

"다들 가는 모양이네. 우리도 일어서자. 그때 내가 무슨 명함을 줬던지 생각도 안 나네."

"명함을 여러 개나 만들어 썼다고?"

"그 당시는 명함에 박을 무슨 끌티기도 없었슨이 하는 말이지. 한마디로 내 코가 석자라서 당최 귀천이 없었디라. 이 돈 저 돈 빌리가 대충 막아놓고 겨우겨우 빚잔치나 면했실까, 내 형편이 그때 메른없었던 거로. 틀림없이 그전에 쓰던 명색 사장이라고 박은 그 명함을 집어줬을 기라. 저 여자하고사 장차 무슨 거래가 있을 리도 없고, 막말로 사기 칠 일도 없었슨이까. 인자는 거짓말한 거 같애서 그기 다 찜찜한 이 마음에 걸리고 그렇네."

"정 그렇다면 지금이라도 실토하지 그러나. 그때는 사장이 아니었다고. 그 명함은 그전 꺼라서 믿을 기 못 된다고."

"지금도 사장이 아인데 그 말까지 해서 머할라꼬."

적어도 당분간은, 아니 영구히 자신의 관심권 밖으로 들어내버리려고 이가는 그런 우스개를 내놓았을 테고, 그때 허가의 심중이 어땠는지에 무심했던 것을 보면 오로지 놀기 위해서 그런 단체여행에 껴묻어 갔던 게 후회막급이었음을 새기고 있었기 때문이었을 것이다. 뼈 빠지게 일하다가 짬짬이 쉬는 시절이 우리에게도 분명히 있었건만, 이제는 놀면서 일하고, 쉬어가면서 밥벌이도 하는 시대인만큼 놀이 삼아 그렇게 마냥 떠돌아다녀도 이럭저럭 잘살아지는 팔자 좋은 사람들을 이가가 은근히 경원하고, 아니, 매도하고 있었던 것은 당연한 처사였다.

4

정징자의 부탁을 받은 그 이튿날 이가는 짬을 내서 서울의 유가에게 전화를 걸었다. 두어 번인가 휴대전화는 불통이었고, 사무실 전화로 찾았더니 지금 손님이 와 있다고, 이따가 지 쪽에서 전화를 걸겠다고 했다.

이가는 죽마고우의 부탁대로 허가의 신상만 알아볼 작정이었다. 성격이나 인품 같은 사람의 근본에 대해서는 이가도 나름의 판단이 서 있었고, 그 분별은 과락(科落)이야 줄 수 없잖냐 라는 것이었다. 요즘처럼 얼룩덜룩한 인간이 지천인 세태에서는 허가의 그 소탈한 무교양도 나름의 남성미로서 사기꾼으로 볼 여지는 전혀 없었으니까. 그렇긴 해도 그의 재산 정도가 알토란 같고, 건강 상태도 양호해서 때에 따라서는 호색을 마다하지 않는다고 해도 생업이 없다는 사정만으로도 일단 낙제생인 것은 틀림없고, 그런 실격자와 더 인연을 이어간다는 것은 피곤했다. 이가의 나이에 그런 분별은 남이 뭐라든 고집처럼 분명했고, 생업이 만년 접장이라서 불퇴전의 기백까지 떨칠 수 있는 것이었다. 따라서 자신의 판단을 굽히거나 물리칠 경우에는, 이제부터 나는 모르겠다, 그러니 빠지겠다, 차후라도 내게 책임을 떠넘기지 마라는 선언이나 마찬가지였다.

"누가 허 사장 신원을 좀 알아봐달라고 카길래 유 사장 자네가 그래도 그 친구와는 대학 동문이고 해서 기중 잘 알지 싶어서 이렇게 바뿐 사람을 전화로 불러서 괴롭힌다."

"바뿐 거 없다. 놀 궁리나 하고 있다. 허길도? 나도 글마 요새 신원은 잘 모린다. 원캉 낮도깨비 같은 친구라서."

"요새는 어떻게 지내는고? 사는 형편 말이다, 지 말로는 해외여행이라 카믄 어디든 따라나선다 카데. 더러 연락도 안 하나?"

"우짜다가 삐꿈삐꿈 전화나 하는 정도다. 많이 어려불 끼다. 지 말로는 내가 친구한테 폐를 끼쳤나, 돈을 떼묵었나, 사기를 쳐서 누구 고랑태를 입힛나, 감방살이를 했나 카지만, 아가 어째 아직도 종잡을 수 없어서 서로 말을 하다 보믄 이내 털거덕거리고 세상하고 겉돌아가는 기 빤히 빈다."

"그러거나 말거나 끼때마다 밥 묵고 해외여행도 댕기고 할라 카믄 무슨 벌이든 생업이 있어야 할 거 아이가."

"허어, 그기 말처럼 쉽잖다. 우리 나이에, 월 백만 원이라도 벌이가 있으믄 무신 걱정, 우선 사람이 번듯해지는데. 단돈 백만 원이 아이라 꼬박꼬박 할 일이 있고 없는 기 그렇게나 중요하다. 전번 삿포로 여행 중에도 안 봤나, 가끔씩 혼 빠진 것처럼 지 혼자 어슬렁거리고. 돈보다 일이 없어서 그렇다."

"몰라, 내 보기에는 멀쩡하더구마는. 푼돈은 더러 헐렁헐렁 쓰면서도 돈에 궁기가 들었다는 냄새는 영판 풍기고 하데. 이 말 했다가 저

말 하고."

"벌써 오래전 일인데, 부도 직전까지 갔다가, 몰라, 아마 부도도 냈실 끼다, 우옜든 그때 공장 두 군데도 다 처분하고, 딸내미 둘하고 마누라는 카나다로 이민 보냈실 끼다. 그 이후부터 그 친구가 물가에서 배배 돈다. 남이 하는 낚시질 구경이나 하고. 지 말로는 카나다로 생활비는 꼬박꼬박 부쳐 보내고 있다 카는데, 그것도 내 짐작인데 지 처남이 때 되면 알아서 보내주고 있실 끼다."

"머시 데기 복잡하다? 내 머리로는 못 따라가겠다."

"복잡할 거 하나 없다. 자네 전공이 아이라서 말이 에럽게 들리고, 내 말도 장사꾼이라서 겅중겅중거려서 그렇지, 막상 어려불 끼 머 있노, 돈이 말하는데."

"아니, 무슨 사업을 그렇게나 크게 벌렸길래, 공장을 두 개씩이나 갖고 그랬나?"

"지 말로는 기저기 장사를 했다 카든데, 막상 핵심 부분은 늘 우물우물거리미 말을 바로 안해서 나도 잘 모린다. 하기사 모릴 거도 없다. 워낙 뻔한데 머. 사업이나 장사는 결국 사고파는 거고 얼매나 이문을 남기는간데, 돈이 장난치는 법은 없다. 사람이 욕심 때문에 장난을 쳐서 탈이지. 돈은 발랑 까진 깐돌이라서 장난치는 인간들한테는 절대로 지 몸 안 매낀다."

"기저귀 장사? 거기 먼가? 어린애들 기저귀를 우짤라고?"

"물론 그 기저기도 생산하지만, 그것보다 작은 기 주품목이었는갑더라."

"작은 거? 그것도 크고 작은 기 따로 있나? 우량아용 따로…"

이가는 미숙아, 인큐베이터 같은 말을 얼핏 떠올렸다가 지웠다.

"어허, 말이 어렵다. 니 전공이 뜻글자 뜻풀이라 카든이. 그런 거 말고 여자 생리대 말이다. 그걸 진작에 지 손위 처남하고 지 말로는 동업했다 카는데, 내 짐작으로는 주식 일부를 따안고 들어간 월급쟁이였을 기라. 요새 말로는 그거를 파트너라 칸다. 그러나마나 한쪽 공장 명의는 지 이름으로 올라가 있었다 카드라마는. 우쨌든 그 제조업도 경쟁이 워낙 치열하고, 소재 개발에도 공을 많이 들여야 되고, 포장 디자인에 또 잔재주를 잔뜩 집어넣어서 신경을 많이 써야 된다 카고, 특히나 지명도 경쟁에서 안 질라믄 광고를 제때 제대로 많이 때리야 될 거는 뻔한 이치고. 허 사장 가도 한때는 잘나갔다. 기사 데리고 볼보 차 굴리민서 서울서 아침 두 번 묵고, 대구서 업자들과 저녁에 술판을 3차씩 벌리는 식으로 한창 찔락거렸다. 아, 요란했다마다. 뿐이가, 쌍팔년도 전에 벌써 골프도 치고 그랬다. 그라다가 지 말로는 필림 장사한테 한방에 오지게 걸리뿌고나서 내리막길에 지 혼자 나가떨어지고서는 막차도 못 타는 신세가 됐다 카는데 물론 풍이 반 넘는다. 한마디로 거기서 팔자 조진 기지. 그 소문은 나도 한참 후에 들었고, 한 2, 3년 종적을 감추기도 했디라."

"필름? (이가는 그 말이 그쪽 제조업에서 통하는 은어인 줄로 즉각 감은 잡았지만, 우정 추임새를 집어넣었다.) 영화판까지? 그 동네도 워낙 뺑이 세고, 돈을 받아야 받는 기지 여수(與受)가 엉망이라 카는 거 같더라. 또 당했겠네?"

"어허, 그기 아이고, 그 명함만한 여자용 작은 기저기 제조에도 이런저런 부속품이 많고, 미싱 작업에도 섬세한 손길이 가야 되는 모양이던데, 소재 개발이 그 사업의 승패를 좌우한다 이기지. 우옜든 그 작은 기저기에 필림 비슷한 방수 소재가 꼭 들어가야 되고, 또 그기 오물의 누수를 방지하는 데는 요긴해서, 누수 방지라기보다는 흡수력이고 보송보송해지는 복원력이겠지. 그기 핵심 부품인데, 그걸 일본 제조업자와 기술협력으로 생산해서 납품하는 하청업체, 요즘 말로는 협력업체의 사장 친구가, 지 말로는 사업자금도 일부 빌리조따 카이 일종의 동업자지. 그 작자한테 된통 한방 묵었다는 스토리야. 거기서 종친기지 머. 사업이라는 기 원래 삐긋 하믄 한방에 날라간다. 재벌도 어느날 하루 아침에 붕 떴다가 그대로 날아가는 거 많이 봤잖아. 사업이란 기, 비서 앞에 태우고 차 굴리미 산다는 기 참으로 허황한 긴데 사람이란 기 워낙 철이 없어서 그 마약을 못 끊는다."

"일종의 투자였던 모양인데 그기 삐꺼덕 잘못됐던 갑네."

"그 내막까지야 우리사 알 수 있나. 그 친구라는 작자도 돈이 솔솔 불어나니 욕심이 생겨서 또 엉뚱한 데다 투자했을 끼고, 그 돈이 어디서 물리뿌린 기지. 틀림없이 그랬실 거 아이가. 그런이 지 처남도 안 되겠다고, 사달이 더 커지기 전에 갈라서자고, 니 몫은 갖고 나가라고 했실 끼라. 갈라서는 데만 보통 1, 2년씩은 후딱 지나간다. 우리 된장들 사업은 동업만 했다 카믄 반드시 뒤가 지저분하다. 강성노조가 생기믄 회사가 반드시 망하듯이 꼭 한본이다. 한마디로 사업운이 거기까지지 머. 모든 기 운이다. 사업이야말로 운 7에 기 3이 아이라 운이 9든지 10이든지 둘 중에 하나다. 기술, 역량, 운때, 관리, 자금 회전 같은 좋은 말 다 소용없다. 운이 따라주믄 그것들이 저절로 활개를 치미 훨훨 날아댕기는 기 훤히 비는데 우짤기고."

"그라믄 허가는 지금 어데서 혼자 사나?"

"그럴 수밖에. 전번 그 여행 중에 넌지시 물어봤든이 또 어물쩍거리길래 대구 안지랭이골 먹자골목 끝티이 그 다세대주택은 그대로 갖고 있나꼬 다잡아 물어봤디이 요새도 거 있다 카데. 재산 보전한답시고 부동산 물건을 마누라 이름으로 옮겨놓는 거 그거 다 헛일이다. 그걸 요새는 위장이혼이라 카는데 그거 했다 카믄 그 날짜로 남남 되고 끝이다. 사랑하기 때문에 헤어진다는 말도 헛소리드끼 지 재산 지킬라꼬 마누라와 위장이혼한다는 기 말이 되나. 남의 빚이 있으만 언제가 됐든 갚아야 하고, 또 갚겠다는 증서도 써주고 둘이서 힘을 합쳐 열심히 살아야지. 그기 정상 아이가. 요새 여편네들이 얼마나 시건방지고, 쥐뿔도 없으면서 힘이 좋은데, 말은 위장이다 캐도 그기 정식이다. 니 말마따나 다들 말을 엉터리로 하고, 그야말로 말의 액면가치가 겉도는데, 위장이혼이 아이라 유도이혼이다. 더 살기 싫고 자식들하고 살 밑천은 합법적으로 꼬불치고 후무려내야 한이까. 허가도 바로 그 쪼가 났을 거로. 그 처남이 카나다로 지 여동생 생활비 정도야 부쳐주겠지. 공장 임대료는 장부상으로도 떨어내야 할 테인까. 아까 한 그 말대로라 카믄 허가 지는 지금 저거 할마씨하고 그 원룸 건물 하나 지키믄서 세 받고 살 끼다. 철근 콘크리트 말뚝 위에다 1층에는 차고 집어넣고, 그 위로 4층 올린 네모반듯한 다세대주택에 원룸, 투룸을 골고루 집어넣은 거, 그것도 지 엄마 이름으로 돼 있을 거로. 가 여동생을 내가 좀 안다. 이름이 학교 댕길 때는 순복이었다가 유미로 바꿨는데, 인물은 박색이라도 심덕이 곱니라. 가 유미 시아주번이가 와 전번에 삿포로 여행 때 같이 간 그 별명 많은 친구 있었제, 바로 가다."

"별명 많은 친구?"

"아, 와, 새벽을 깨우는 백수, 건물 청소부, 소화전(消火栓) 관리 책임자, 계량기 검침원, 길거리 환경미화원, 임대료 체불 독촉원, 독거 영감, 호주 유학 상담원 겸 유학 비용 송금원이라 카미 다들 많이 웃고 그랬잖아."

"아, 아, 세관에 있다가 아슬아슬하게 안 짤리고 뜻한 바 있어서 일찌감치 옷 벗었다는 그 짱백이 벗거진 친구 말이네."

"그래, 가다. 그 송 사장 말로는 우리 제수씨가 얼매나 여물어빠졌든동 그 다세대주택도 벌써 상속분으로 반 이상을 공증까지 받아났다 카드마는. 혹시라도 지 오빠가 그것까지 말아묵고 늙마에 고생할까봐 유미 지가 지니고 있을라꼬 그랬다 카지마는, 아무리 형제간이라도 상속 재산을 지 오빠한테 다시 게아내는 양반이 어딨노. 나는 아직 그런 미담을 못 들어봤다. 돈이나 재산은 음식 맨쿠로 비위가 상했다고 토해지는 기 아이다, 안 그렇나. 우옛든 순복이 가 그 말 듣고 참 세상이 많이도 달라졌다 싶데. 우리 친구들 담배 심부름, 술 심부름을 군말 없이 잘도 하디마는 지도 서방 데리고 자식 섬기고 살아본이 세상이 얼매나 무서븐 줄 알아본기지."

너무 많은 정보가 큰물 질 때의 흙탕물 벌창처럼 한꺼번에 우르르 쏟아지는 데다 그것들이 죄다 이가에게는 생게망게한 것들이어서 머리를 끄떡일 수도 없는 노릇이었지만, 그런 중에도 허가가 일시적으로 불우를 곱씹는 인물이 아니라 앞으로도 비색한 운수를 자초하는, 그의 그 총체적 한계로 말미암아 거의 재기불능 상태임이 드러나고 말았다는 나름의 분별을 간추리고 있는 판이었다. 머리 굵은 대학생들을 오랜 기간 지도해본 경험에 따르면 개개인의 우열은 그 성품이 나 노력 정도와는 무관하게 분명한 것이었다.

"인자는 안 되겠네, 허 사장 전도 말이야?"

"장담이야 할 수 없지만서도, 어려불 끼다. 거의 끝났다고 봐도 과히 틀린 말은 아일 거로. 우리 나이에 인자 다 살았다 카믄 분명히 어폐가 많은 줄이야 잘 알지만도, 사업운, 직장운은 사실상 끝났다고 봐야지. 쓸데없이 미련 가지고 덤비는 작자는 미쳤거나 살짝 돌아뿐 놈이다. 나는 그렇게 봐. 아무 일 없이 빈둥거린 지가 벌써 몇 해짼데. 집구석에서 뭉그적거리고, 열 손 놓고 빈들거리미 놀아보믄 사람이 이내 삭아뿌고, 그 눈에는 헛것만 빈다. 말이 좋아 환상, 공상이지 그 유토피아는 말짱 허깨비다. 우리가 늘 보잖아, 그런 실성한 인간들을. 옛날 양반들도 그런 좋은 세상을 마음 속으로만 얼매나 훌륭한이 잘 맨들었는데. 오죽했으만 목민(牧民)을 마음으로만 그리고, 글로만 새깃겠나. 실천을 안 하고 또 할 수도 없슨이 글이라도 적어놔야지 카는데, 양반이라고 상놈처럼 일하믄 안 된다는 법을 만든 그런 세상을 한탄만 하고 있는 기 진짜로 글을 옳기 알고 하는 수작이가. 나는 머리가 잘 안 돌아가서 모리지만, 그 기풍이 아직도 건재하다, 이 바닥 곳곳에."

"와, 일본 사람들은 예순에 일흔에도 창업을 공공연히 실천하고, 우리 나이에 창업은 너무 흔해서 신문 기사로도 못 나온다 카는데, 우리는 무슨 낙원 같은 별세계에 사나?"

"어허, 참, 안 그렇다 카이. 사람의 형용만 같을까 유전인자가 다르다 카이 그라나. 와 하필 일본 사람만 그라노. 우린들 일흔 창업은 와 못하노. 허어, 참, 이혼 당한 사람이 무신 창업을 하노. 어이? 무신 말인지 알겠나, 어? 하늘이 웃는다, 안 된다. 그럴 리가 있나. 백수 생활 오래하믄 사람이 완전히 변한다. 세상도 옳기 못 보고, 만물, 만사가 다 삐딱하다. 그렇다고 등신이나 바보라 칼 수는 없다. 와 그렇겠노? 요새 그런 인간들이 너무 흔해서, 야, 이 축구(畜狗)야꼬, 정신 차리라꼬 선의로 권해봐라, 당장 길길이 날뛰면서 바락바락 달라들어싸서 내 일도 못하고 피해 댕겨야 돼서 그렇다."

"그래도 그 친구 근황을 여기저기 좀 알아봐두가. 진솔한 실상을 말이다. 무슨 말인지 알겠제? 조만간 내가 또 전화하꾸마."

"알아볼 끼나 머 있나. 불알 두 쪽에 빈 껍데기 뿐인데."

전화를 끊고 나서 이가는 잠시 멍청해졌다. 그쪽 동네는 완전히 별세계였다. 명색 사업들을 한다니까 장사꾼임에는 틀림없겠는데, 그들이 판을 벌이고 있는 도떼기시장에 그처럼 서로 속고 속이는 술수가 난무하고, 남의 귀한 재산을 제 임의대로 발겨먹고, 인간관계를 매정하게 끊어버리는가 하면, 지 살점을 떼줘도 시원찮을 동기간에 숨통을 죄는 횡포를 백주에 늠름하게 해치우는 저 불학무식한 족속들은 도대체 어떻게 되다만 인종들인지, 남의 일인데도 그는 긴 한숨을 토해냈다. 그런 비인간의 세상에서 오가는 말을 어느 선까지 믿고, 또 이해해야 하는지, 그런 이중 삼중의 머리굴림이 사람을 얼마나 짜증나게 할지, 나아가서 하루하루를 피폐하게 몰아갈지를 대충이나마 그려보니 난감해지고, 시커먼 오물 구덩이에서 허우적거리는 것 같았다. 그 시끄럽고 말썽 많으며 너는 죽고 나만 살자는 아비규환 세상에서 살아가야 한다면 이가 자신은 과연 몇 달이나 버틸 수 있을지를 떠올리니 자신의 생업과 몸 담고 있는 직장이 그나마 오감하다 못해 천국 같아서 감읍하고 싶은 심정이었다.

좋은 소식도 아니라서, 한낱이라도 좋게 봐주고 치켜세울 게 전무해서 이가는 징자에게 전화를 걸기조차 망설여졌다. 이럴 때는 시간에 맡기고 똥끝이 타는 그쪽에서 무슨 기별이 오겠거니 하고 주저앉아 있는 게 상책이지 싶었다. 실은 그런 저쪽의 보잘것없는 사정에다 이쪽의 심란해지는, 다음과 같은 심사에 보대끼는 바가 적지 않았다고 해야 옳을 것이었다.

이를테면 돈 없고 지위도 없는 사람을 인간 이하로 취급하고, 오로지 그것만으로 점수를 매겨 그 인격 전체를 매도하는 오늘날의 괴상망측한 세태 앞에서는 내남없이 무력해지게 마련이지만, 특히나 그 부분에서만 고득점을 받고 있는 뭇 유력인사들의 쓸개 빠진 헛소리조차 진리인 양 대서특필해대는 여러 매체들의 천박한 풍조를 떠올리면 유구무언일 수밖에 없는데, 우리 나이가 지니고 있어야 할 인간으로서의 또 다른 자격이나 미덕 같은 것을 하나도 갖추고 있지 못한 그 따위 위인을 친구라고, 또는 친구랍시고 동행한 이가 자신의 인품이나 지위도 그 나물에 그 밥 같아서 되돌아보였던 것이다. 물론 본인으로부터 직접 들은 바는 없어서 허 사장에 대한 이가의 정보나 판단 일체는 과장된 것일 수도 있고, 여행 중 받은 선입관이 점점 더 짙게 어룽거린 것일 터이므로 두어 수나 접어줄 소지는 워낙 만만했다. 그렇긴 해도 벌써 5, 6년씩이나 아무런 일도 하지 않으면서도 말썽없이 일상을 꾸려가고 있는 허가 고유의 재주 자체가 용한 능력으로 비치는 것도 사실이었다. 제 앞가림을 하고부터 이때껏 연구실에서 하루 열

시간 이상씩 뭉그적거리면서도 늘 무언가에 쫓기듯이 살아온 이가에게는 허가의 그 무위도식이야말로 탁월한 수완으로, 당장에라도 배워서 자신의 삶과 일상에 적용하고 싶은 비결로 비쳤음은 두 말할 여지조차 없었다.

↓

징자는 이가의 집사람을 지칭할 때마다 입에 발린 소리일망정 '우리 애끼는 후배' 라고 애교심에다 동향 내지는 동류의식까지 끼얹어서 우리는 막역한 액내 사이임을 은연중에 조장하는 터였는데, 삿포로 효도관광여행 후에는 늙마에 좋은 말동무라도 생겼다는 듯이 두 선후배가 전화로 수다 떨기에 부지런을 일구고 있는 모양이었다. 아마도 징자의 그 덥적덥적한 자별함에 호응이라도 하듯 이가의 집사람도 붓을 잡아보라는 권유도 하는 눈치였고, 선배쪽은 손재주도 글재주도 젬병인데다가 어릴 때부터 샘이나 부릴 줄 알까, 머리가 '원천강' 나빠서 자신은 그쪽 방면에는 부적격자라고 조를 뺀다고 했다. 그런 터수라서 이가의 집사람도 시방 정씨 가문의 발등에 떨어진 초미의 관심사에 대해서는, 그래봤자 징자 지 혼자서만 막내동생이 자금자금 토해내고 있는 허모라는 백수건달과의 '인간적인' 관계를 펄쩍펄쩍 뛰며 가로막고 나서는 형편이라고 설레발을 치고 있었지만, 웬만큼 소상할뿐더러 그 귀추에 비상한 촉각을 곤두세우고 있는 형편이었다.

그즈음의 어느 날 이가가 정시에 퇴실 후, 이런저런 생각거리가 많아서 걸어 20분쯤 걸리는 집까지 느럭느럭 귀가하자, 현관에서 보늬 같은 속집 달린 반코트와 가방을 받아든 그의 집사람이 명색 문방사우를 다 갖추고 있는 서재로 들어서는 지아비의 등 뒤에서 앰한 말을 내놓았다.

"그 허 사장이라는 사람이 신불자라는데요."

윗도리와 바지를 성급히 벗겨내면서 이가는 뚱하니 무슨 소리냐고 지어미를 쳐다보았다. 그의 머릿속에는 당연히 엉뚱한 발상인 줄 알면서도 밥벌이가 한문 선생이라서 '신참의 불자(佛者)' 같은 말이 떠올랐다가 지워졌다.

"아, 신용불량자라는 말도 여태 몰라요?"

"무슨 신용? (우스개조차도 진지하게 말해 버릇함으로써 더러 스스로 웃음거리를 사는 이가가 말을 잇댔다.) 그 친구한테 양호한 게 하난들 있겠나. 죄다 엉망일 테지. 그렇다고들 해. 난들 뭘 아나."

"참 세상을 몰라도 한참이나… 요즘 세상에 신용이 돈 신용밖에 달리 머가 있게요. 나머지 신용이야 다들 말을 잘해서 듣기 나름이고 이해해주기 나름이지."

"백수가 돈이 있을 리 있나. 원룸, 투룸 월세 받아 용돈 쓰고, 술 사 묵고, 아무 데나 여행이랍시고 싸돌아다닐 테지." (허 아무개라는 남자는 말할 것도 없고, 자기 동생의 축축한 연애 감정 일체를 한사코 삐딱하게 저울질하는 징자도 또록또록 의식하며 이가는 제 솔직한 심경을 중얼거렸다.) "그 허모를 두둔할 꺼도 없지만, 험담할 건덕지도 없지 싶더구마는 와 자꾸 말이 길어지는지 몰라. 하기사 남자가 불우를 겪을 때는 온갖 기 다 얻어터질 낀수지. 그래도 맷집이 좋아서 그만치나 견뎌내니 항우장사야."

"징자 언니 말로는 스스로 신불자라고 실토하는 그 인간이 도대체 제대로 돼먹었냐 이거지요."

"아, 정직하고 얼마나 솔직해. 그만하면 사람이 순진한 거 아냐." (곧이곧대로, 아내의 말을 액면 그대로 이해하고 바로 대꾸를 내놓은 그 순간 이가는 공연히 허 아무개를 옹호하고 있는 꼴이 되고 만 자기 발언도 그렇거니와, 스스로 나는 죄인이로소이다, 간통자입네다 라고 떠벌리는 사람이 오늘날에도 과연 있을 수 있는지, 만약 있다면 그이의 진정한 면모가 어느 정도는 드러난 셈이므로 이제부터 그를 어떻게 해석해야 옳을까 같은 생각들이 마구 뒤엉켜서 좀 혼란스러웠다.) "아니, 그 중대한 발언을 징자한테 솔직히 털어놓았다면 벌써 일의 수세가 상당히 진척되었다는 소리 아닌가. 나는 그렇게 들리는데."

"징자 언니가 그 사람을 왜 만나요. 말귀도 어둡네. 얼굴도 뭣도 아무것도 기억에 남아 있는 기 없는 사람이라는데. 그 백수가 경숙이한테 실토했다는 거고, 그 말을 지 언니한테 그대로 옮겼다는 이바구라니까요. 인자 제대로 알아듣겠능교? (비록 사교육 현장에서였지만, 한때는 중학교 학생들을 지도한 이력도 있는 이가의 집사람이 구사하는 표준말 반, 억양은 그대로인 사투리 반에는 대학 접장조차도 쉽게 알아들을 수 있도록 지절거리는 요령과 힘이 넘쳐났다.) 허 사장이야 그렇다 치더라도 신불자와 사귀는 지 동생 경숙이도 도대체 제정신인지 미쳤는지 모르겠다고, 이 일을 이제 어떡하면 좋으냐고 한숨이 늘어졌다니까요. 이제 무슨 말인지 알아듣겠어요?"

"허, 이 친구가, 사람을 멀로 보나. 내가 설마 우리말 말귀조차 어두울까봐."

↓

그 전주 주말에, 그때도 퇴실 직전쯤에서야 전화를 걸어온 징자가,

며 좀 알아봤디나 하고 예의 그 청탁건을 독촉해서 이가는, 우리 눈에는 사람이 영 탐탁찮아 비네. 사업인지 동업인지를 지 처남하고 떡 벌어지게 하다가 지 몫만 떨어묵은 모양이고, 그런 조짐을 미리 예상했던지 마누라 이름으로 옮겨놓은 공장을 지금은 친정 조카가 맡아서, 그라이까 허 사장의 그 손위 처남 아들이 지 애비 사업을 물려받아서 오이엠(OEM) 방식인가로 성업 중이며, 그 덕분에 카나다 쪽 생활비와 자식들 학비 걱정은 덜고 있는 처지라고, 들은 말을 간추려서 옮겨주었다. 혹시나 나중에라도 무슨 뒷말을 들을까 싶어 이가는 좀더 정확히 허가의 치부라기보다 전력을 까발려주기도 했다. 벌써 오래전에 위장이혼인가를 했다니까 지금 법적으로는 독신이 틀림없고, 말이 좋아 '위장' 이지 그 용어는 법적으로든 사적으로든 아무짝에도 쓸모가 없을 뿐만 아니라, 저희끼리는 물론이고 남들까지도 오해의 소지가 짙은 그 따위 수식어가 막상 당사자 두 사람의 본심과는 전적으로 무관하므로 영영 갈라선 셈이며, 멀쩡한 남자가 혼자 사니까 낙을 붙일 데가 없어서 무슨 건수라도 일부러 만들어 국내외 여행을 여기저기 많이 싸돌아다니는 게 취미인 갑더라 라고 일러주었다.

징자는 즉각 시무룩하니, 경숙이 입으로도 이혼남이라는 소리는 어제사 비로소 털어놓더라고, 언니가 족치기 전에 죄다 이실직고한다면서 6년 전 중국 장가계 관광 중에 흑요석인가 뭔가 하는 까만 돌을 뺀질뺀질 갈아 만든 목걸이하고 팔찌 한 쌍을 그 남자가 사준 게 다라고, 그런데 막상 이번 일본 여행 중에는 지를 알아보지도 못하고, 나중에서야 생각났다면서 말을 걸어놓고 나서도 그 목걸이와 팔찌를 선물로 사준 것도 까맣게 모르더라고 그런다면서, 그 목걸이가 얼매짜

린데 하고 물어봤더니 그때 중국 돈으로 얼마였는지 몰라도 우리 돈으로 천 원짜리 몇 장을 보태서 장사꾼에게 건네주던 것은 기억난다고 했다는 것이었다. 또한 그때 중국에서도 그랬고, 이번에 일본에서도 그랬는데, 그 허 사장이 지 지갑 속에 들어 있는 딸 둘의 인물 사진을 보여주면서 너무 보고 싶다고, 자주 들바다보면 돌았다고 소문 날까 봐서 하루에 꼭 두 번씩, 그것도 정해진 시간에 일어나자마자 한 번, 밤에 저녁 먹고 나서 한 번, 그 갈래머리 딸 둘과 눈을 맞춘다는 말도 들려주면서 눈물을 글썽일 때는 경숙이 지도 가슴이 짠해지더라는 하소연까지 풀어놓더라고 했다. 그러면서 덧붙이길 허가 자신이 요즘 돈 사정도 안 좋지만 여행이랍시고 부지런히 떠돌아다니는 것은 딸자식을 비롯한 가족, 지 처지 따위를 잊어버리려고 그런다는 말도 했다는 것이었다.

이제 두 사람의 정서적 교감이 어떻게 막을 올려 갈등을 겪고 있는지를 파악했으므로 이가는 그 절정에 대해 물어봐야 했다. 그러나 두 남녀가 공교롭게도 참으로 애매한 연령대라서, 또 그만큼 세상 물정을 아는 처지라서 어떤 절정을 향해 치달아가기에는 시시때때로 '이성의 훼방' 이 얄궂게 떠들고 일어나리라는 이가 나름의 짐작이 얼쩡거렸다. 그러니까 어떤 형태로든 두 남녀의 절정이 가능하다면 그런 국면은 소설이나 영화에서 흔히 볼 수 있는 고만고만한 설정이나 조작이 될 테지만, 지금 이 땅의 현실은, 그것도 여전히 전통 지향성이 아니라 그 집착성이 병적이라서, 예컨대 어느 대목에서나 자주 눈에 띄는 그 소위 보수색이 짙은 이 지방의 여선생이라는 신분으로서는 어떤 종류의 성사도 불가능한 정황이었다. 물론 원리주의가 아직도

기고만장하니 설치는 이슬람 세계가 아닌 만큼 도저히 있을 수 없다거나 천부당만부당하다는 소리는 아니고, '어렵다'는 것이 그나마 심정적으로는 호소력 좋은, 그러므로 바람직한 도덕적 판단이랄 수 있었다. 한편으로 음성적으로야 '순수한' 내연의 관계를 맺을 수도 있겠지만, 경숙이가 이미 두 사람의 관계를 제 언니에게 털어놓았고, 바로 그 점은 그들의 사귐 자체가 공공연한 화두가 되기를 바란다는 증거이다. 따라서 목걸이나 팔찌 같은 선물 주고받기는 일종의 즉흥적인 해프닝에 지나지 않으므로 잊어버려야 하고, 실제로도 허가는 그 별것도 아닌 '호감 사기' 공세를 요즘 말로 '작업'의 일환으로 여기지도 않은 듯하니까, 더욱이나 남자 쪽도 그런 '푼돈 투자'를 섭섭하게도 잊어버리고 있었다는 여자 쪽의 실토에 묻은 '다성음적 불만'을 이해하기로 들면, 경숙이도 미련 없이 그 자차분한 일화 따위야 훌훌 털어버리고 자신의 생업에 매달리면 그뿐인 셈이다.

이가가 짐짓 지나가는 말투로, 더 이상 다른 일은 없었던 모양이네 라고 물었더니, 징자는 시방도 그 허 사장인가 뭔가 하는 낮도깨비가 구름처럼 떠돌아다니는 게 너무 불쌍하다고 경숙이는 되뇐다면서도 심드렁히 별일은 없는 모양이라고, 더 깊은 남녀 관계야 본인들이 안 털어놓는 다음에야 어찌 알겠냐면서 여전히 미심쩍긴 하다는 의심의 끈을 말 끄트머리에서 늦추지 않았다. 뭔가 확답이 없어 찜찜한 이가가, 그럼 됐네, 머, 한때의 추억으로, 따분한 에피소드로 흘려보내고 말아야지, 다 큰 성인들이 불장난할 때도 지났고 라면서, 어째 말 같잖은 어벙벙한 소리다만 이라고 덧붙였더니, 저쪽에서도 즉각 말귀를 알아듣고, 경숙이 니 아파트까지 그 사람을 들이지는 않았지 라고 다

잡아도 보았지만, 고개만 한참이나 흔들고 나서 청소를 몇 주째나 안 하고 사는 판인데, 남의 사람을 들어 오라 마라 할 형편도 아니라는 대답을 받아내기는 했다는 것이었다.

뒤이어 이가는, 아니, 그거야 어느 쪽이든 우리가 캐묻기는 민망한 부분이니 일단 접어두기로 하고, 혹시 돈거래 같은 기 있었는가 알아 봤냐고 떠보았더니, 징자는 미처 그것은 아직 못 물어봤다면서 참, 참 이라며 뒤늦게 혀를 찼다. 그러나 이내 그 좀 드세고 괄괄한 중년의 여편네는 제 자신의 그 빠뜨렸던 힐문에 대한 후회막급을 싹 감아 넣고는, 어이, 지금 돈 따지기 됐나, 아무리 과년한 처자라 해도 바람나서 그 알짜 백수와 내놓고 살 섞고 지냈다는 소문이라도 나믄 그 우세를 장차 우예 감당하라꼬, 돈이야 그까짓 거 몇 푼 빌리좆다가 잃가뿟다 카믄 그뿌이라도 처녀 몸이사 어데 그렇나, 내 말이 그릇됐나, 말 한분 해봐라, 남자들은 우예 생각하는 기 그 모양으로 짜리몽땅한가 몰라, 길게 볼 줄 모리고, 몸이 먼저가 돈이 먼저가 라고 잔뜩 부어터진 분기를 터뜨리기도 했다. 역시 양반의 후손은 여자라도 결기 같은 것이 아직도 남아 있는 듯해서 이가는 속으로 감탄하며, 자신의 속물적인, 옛날 말로는 순상놈의 관심벽을 곱다시 접어넣느라고 허둥거렸다.

그러나마나 효도관광이 몰고 온 공연한 말썽에 생고생을 하느라고 만만한 동창생에게 건짜증을 부리는 줄로 치부할 만했으나, 미상불 사리에 맞는 징자의 그 원망에는 이가도 찔끔하지 않을 수 없어서, 안 그렇다, 돈거래가 있었다 카믄 그 사달이 오래 간다, 그래서 해본 소리다, 당장 인연을 끊을라 캐도 돈 때문에 질질 끌리간다 아이가, 남녀 간에는 절대로 돈 거래할 끼 아이다, 돈 띠이고, 결국은 추접게 서로 갈라서는 기 이 세상 순리란다, 허 사장인가 그놈 내외도 꼭 그 뽄 아이가, 위장이혼이 돈 때문에 뿔뿔이 찢어진 기지 벨 거가, 단디 알아봐라 어쩌구 어물쩍거리며 통화를 줄였다.

↓

허가가 신용불량자로까지 전락했다는 사실은 이가에게 제법 큰 충격이었다. 그 자신이 워낙 반듯한 사회인에다 명색 대학 접장이라는 신분도 작용해서 적이 마음을 졸이기 시작한 것은 당연한 추이였다. 그쪽으로는 워낙 아는 바가 없어서 그럴 테지만, 허가가 방금이라도 무슨 사고를 터뜨릴 것 같고, 나중에야 어찌 됐든 어떤 경제적 범죄를 저지를 수도 있다는 선언 같게 들려서 온갖 방정맞은 생각까지 떠들고 일어나는 것이었다. 이가의 전공과는 한참 거리가 멀기도 한데, 허가가 시방 저지르는 일련의 방자한 행티는 이른바 '미필적 고의' 가 아닐까 하는 생각도 주물럭거리지 않을 수 없었다. 이래저래 거름 지고 장에 따라나선 지난여름의 그 만판 놀고 보자식 관광여행이 뿌린 재앙에 곱다시 얽혀들고 말았다는 초조감으로 꽤 심란했다.

이가의 심사가 그처럼 다급하게 돌아갔으므로 그는 그 이튿날, 마침 강의도 없는 날이어서 오전부터 유 사장을 전화로 찾았다. 늘 그런대로 휴대폰은 불통이었고, 음성부터 되바라진 서울 말씨의 사무실 여직원은 사장님께서 지금 외근 중이라고, 거래처에 들렀다 오겠다는 전갈은 있었지만, 언제 귀사할지는 모른다고 했다.

휴대폰이 어느 나라보다 성급하게 전국민의 일상적인 필수품이 되고 난 뒤부터 '지금 통화 가능해요?' 라는 난해한 말이 널리 쓰이고 있지 않나 싶은데, 전화로 말을 나누겠다고 먼저 자청해놓고 뭣이 가능한지 어떤지를 묻는 것도 말이 안 된다기보다는 모순이 아닐까. 그럴 바에야 아예 전화를 걸지 말든가, 전화기를 이용하지 말아야 할 터이나, 그런 이치대로라면 언제 어디서라도 통화하려고 휴대폰을 사서 들고 다니면서도 그것을 불통시켜놓는 작태는 '내 애물단지를 제발 고만 좀 집적거려, 귀찮아 죽겠어. 난들 이걸 꼭 갖고 다니고 싶어 이런 줄 아나' 같은 성마른 시위를 흩뜨리고 있는 거나 마찬가지잖나.

오후 느지막이 유 사장과 간신히 통화가 이루어져서 이가는 오늘 중으로 끝낼 일을 치르게 된 듯이 홀가분했다.

"어, 사업이 바쁜지 몸이 바쁜지 모리겠다. 아침부터 찾았는데."

"둘 다 하나도 안 바뿌다."

"다른 기 아이고 정 선생 쪽 말로는 허 사장이 스스로 신용불량자라고 통보를 내놓았다 카는데, 도대체 무슨 소리고?"

"그거 별거 아이다. 일부러 그랄 수도 있다."

"아니, 자기 스스로 신용이 불량한 인간이라고 문신 박듯이 대(對)사회적으로 공언한다고? 말이 되나?"

"말이 되고도 남는다. 기껏해야 마이나스 통장으로 연체료를 물고 있끼나 카드깡을 안 갚으면서 갈 데까지 한분 버티고 있을 끼다. 다들 많이 그란다. 자네는 신문도 안 보나, 돈 빽에 모리는 변호사하고 의사가 직종별로는 신불자가 제일 많다는 통계도 나왔는데. 그 똑똑하고 모질어빠진 인간들이 진짜 돈이 없어 스스로 신불자를 자청했지 시푸나, 천만에. 일시적으로 돈줄이 경색될 수도 있는 기 요즘 세상이고, 이런 현상은 모든 경제 주체가 늘 노심초사해야 하는, 머라칼까,

심사숙고를 강제하는 화두다. 돈이란 놈의 생리가 피처럼 안 죽는 한 지구가 좁다고 돌고 돌아야 해서 그렇다. 돌다가 보면 맥힐 수도 있다. 한때 아이엠에프 외환 위기다 머다 캐사미, 나라가 온통 거덜 나서 내일이라도 당장 훌러덩 둘러빠질 것처럼 지랄을 떨고 금붙이까지 모우고 한 것도 다 몰라서 방정을 떨어댄 기다. 영국도 우리처럼 똑같이 한분 외국돈을 잠시 빌리 썼어도 의젓하게 대처했고, 아무 말썽 없었다. 그카고 신불자라 카는 말 자체가 아주 악의적이다. 그처럼 험상궂게 지칭하자면 돈 빌리주고 사는 저것들은 고리대금 징수자거나 금리 갈취자라 캐야 말이 안 맞나. 돈이란 기 있다가도 없고 없다가도 있는 긴데 잠시 없다고 신용이 불량하다고? 나쁜 놈들, 말을 지들 편한 대로 지어내고 남이야 죽든 살든 모리겠다고? 명예훼손으로 고발해서 감방살이를 시키도 시언찮을 놈들 아이가. 개자석들, 와 남의 신용을 저거가 도매금으로 나뿌다고 소문내고 지랄이야. 저거한테만 신용이 나뿔까, 남들한테는 멀쩡한이 돈을 지 날짜에 주고받는데. 국민권익위원횐가 먼가 하는 같잖은 공공기관은 혈세 축내면서 이런 것도 시정 안 하고 머하는지 몰라. 국민권익을 말로만 옹호하고 보호할라는 긴지. 수시로 박탈하고 강탈당해도 이권 당사자들 니들끼리 알아서 말 맞추라는 긴지 헷갈리서 도통 모리겠다."

"아니, 그러고도 신불자들은 버젓이 여기저기 돌아다닐 수 있나?"

"신용양호자보다 더 많이 활발하게 돌아다녀야지. 경제활동을 여의롭게 해서 하루라도 빨리 신용을 회복할라면 감방 같은 데 가다놓고서야 언제 빚을 받아내겠노. 내가 알아보겠지만도 허가 글마도 지금 어디서 받을 돈을 못 받고 있어서 그럴 끼다. 큰 빚 없고 매달 꼬박꼬박 돈 들어갈 데도 없는데 지가 돈 쓸 일이 머 있노. 가가 보기보다 약고, 지 실속도 잘 채리고, 지 딴에는 지만치 의리도 있고, 경우도 바른 인간이 드물다 칸다. 하기사 요새 지가 옳다 안 카는 놈이 어딨노. 다 말도 비단이고 지가 옳세라 카는 데는 우짤 기고. 두쪽 말이 정반댄데 각각이 옳다 카믄 거기 도대체 무신 말이고. 한쪽은 틀리야 말이 맞는데 말이다. 아무튼 그건 그렇고 다시 허가 이바구로 돌아가서 가가 지금 장기전을 펼칠 꿍심인지 아인지 단디 알아봐야 될따."

"장기전? 무슨 말이가, 에렵네."

"지가 스스로 신불자라고 털어놨다 카믄 요새 말로 그 소위 '사고'라 카는 거 치고 될 대로 되라 식으로 바람이나 피우고 보자고, 그 정 선생을 그렇게 꼬셔볼라는 수작질을 넘어서서 지 딴에는 제법 고상하게 먼 장래까지 챙기면서 김칫국을 마시고 있는 기 아인지 모리겠다는 소리다. 무신 말인지 알랑가?"

"대충 감은 잡힌다. 결혼까지, 아니, 그 허가 쪽으로는 재혼인데 그거까지 바라보며 순정적인 접근을, 그란이까 진실로 정 선생을 대하고, 사귀어가는 수순도 정직하게 제대로 밟아간다는 말 같다. 정 선생을 그 생업으로나 인품으로나 그렇게 존중해가민서, 그야말로 인간적인 너무나 정상적으로 인간적인, 요즘에는 이 '인간적인'이란 말도 사람들이 무슨 외계인들처럼 별종으로 변해버리는 바람에 너무 희석이 많이 돼서 잡탕 같기는 해도, 우옜든 그런 신사적인 연애의 진정한 끝을, 다사로운 남녀 화합의 장까지 밀어부쳐 보겠다, 그런 조짐이 비친다 이런 말씀 같다, 맞을랑가?"

"역시 책상 앞에서 늘 잔글씨 읽는 사람이라 말귀가 꽤 빠르다. 나는 예언하고 니는 자세히 뜻풀이한다. 이런 시스템을 잘 활용하면 신흥종교를 창설해서 한 몫 볼 수도 있겠다."

"니는 교주가 되고, 나는 설교를 맡는 목사로? 나쁜 구도는 아인 거 같다. 강단에 서기는 인자 진절머리도 나는 판인데, 차제에 보수만 제대로 주만 못할 것도 없지 시푸다."

"보수가 머 따로 있나. 연보든 십일조든 헌금이든 시주든 들어오는 족족 다 니낀데. 교주란 기 그런 자잘한 설경(舌耕) 구전(口錢)이나 넘바다 보고 있어가사 교세(敎勢)가 제대로 붇겠나. 모름지기 더 큰 우주를 경영하고 생사여탈을 관장해야지. 우리 이바구는 빼고, 허가 글마가 그런 일면도 없잖아 있실 끼다. 무슨 말인고 한이 지 전마누라한테 되기 디고, 또 가슴팍을 쥐어뜯으면서 홀아비 생활을 그만큼이라도 버텨냈다는 거는 실로 인간 승리라 할만 한 거 아이가. 그런이 지금 정 아무개 선생을 곱게 애끼고 있다. 요컨대 시시껄렁한 그런 남녀 관계를 인자는 물린다고 판단했을지도 모린다. 페미니즘이 별거가. 무슨 기득권이든 제대로 옹호할라 카믄 개인들 시건머리가 앞서야지, 공공단체가 나서고 지랄을 떨만 될 꺼도 안 된다. 여성해방이든 국민권익보호든 다 똑같다. 우쨌든 둘 사이가 끝이 좋아야 할 낀데 그걸 누가 알겠노. 좋게든 나쁘게든 사람을 한쪽으로만 볼 수밖에 없는데, 실제로 모든 인간은 좋고 나쁜 기 뒤죽박죽으로 뒤섞여 있고, 또 그 선악이 시도 때도 없이, 지도 모리게 튀어나와서 자신은 물론이고 주위 사람들까지 골탕 믹이는 거 아이가. 그러이까 아무도 장담 못한다, 내버려둘 수밖에 없고, 우리든 일가친척이든 간섭은 절대 금물이 아이라 해봐야 소용도 없고, 결국에는 운명이라는 엄청난 수호신이자 대자대비하신 교주 어르신께 매끼는 수밖에 없다."

"자네야말로 어디 헐찍한 강단에라도 서야겠다."

"와 아이라, 현대의 병폐는 사람마다의 진정한 실력을 몰라보는 기다. 이거보다 더 큰 폐단이 먼지 나는 잘 모린다, 머리가 나빠서."

"사업도 잘만 하면 도통한다는 말이 실감나는 국면인데, 나는 머하고 있는 밥버러진지 알다가도 모리겠다. 더 좀 알아봐 주고, 또 그대나 나나 더 머리를 굴려보자꾸나. 또 연락 지딱지딱 주시기요."

"암마, 하모, 온갖 사은품을 도매로 여기저기다 팔아묵는 소인이 말품 애끼가 머 할라꼬. 끊는다. 부디 욕봐라."

↓

이제 이가는 막연히 두쪽으로부터, 그러니 유 사장과 정징자에게서 어떤 소식이 전해지기를 기다릴 수밖에 없었다. 그나마 종강을 했으므로 홀가분해져서 다행이었다. 그러나 초겨울 된추위가 꼬박꼬박 닥치고 있는 데다 연말 기분까지 덮쳐와서 싱숭생숭하기 이를 데 없었다. 아무리 따져봐도 징자에게 전화할 일은 없는 것 같고, 유가에게는 좀 치신머리 사납게 비칠지 몰라서 주저하고 있지만, 허가의 최근 동정을 알아봤냐고 탐문해볼 수는 있지 싶었다. 내일은 꼭 물어봐야지, 오늘쯤에는 무슨 기별이 올 테지 하면서 세월을 보낸 지도 벌써 일주일이나 지나서 몸이 달대도 달아 있는 판이었다.

그 점수화가 진짜로 공정한 평가라고 할 수도 없는 데다가 알고 모르는 정도도 기껏 오십보백보인데, 그것을 굳이 자로 반듯하게 재라니 고역이다. 강의도 하기 싫지만, 성적 내기는 더 신물이 난다. 미뤄둘 수는 없고, 막상 잡으면 후딱 해치우기는 한다. 이가에게 방학의 시작은 학점을 매기고 난 직후부터이다.

수강생들의 학업 소양의 정도를 알아보는 몇몇 자료를 간추려놓기만 하고 달려들기가 싫어 한껏 찜부럭을 내다보니 오전이 후딱 지나갔다. 다른 접장은 어떤지 몰라도 이가는 이런 때 흔히 속으로 '겨울이 왔으니 봄도 멀지 않으리' 란 좀 유치하지만, 그런대로 그럴싸한 시구를 외우곤 한다. 평가 자료를 책상 위에 펼쳐둔 것만도 그에게는 심정적으로 모진 겨울을 맞고 이겨낼 마음의 준비가 다 된 것이다.

이제는 평일에도 하루에 받는 전화가 한 통도 없을 때가 자주 있고, 이 널뛰기 같은 통화 주고받기에서 이가가 요긴하게 전화를 걸 데도 별로 없다. 그가 전화를 걸지 않으니 남들도 말을 붙이지 않는 것이다. 어떤 제도도 쓰기 나름인 셈이고, 이가는 자신의 그런 길들이기에 웬만큼 익숙해져서 이제는 거의 무감각해져 버렸다. 문명의 이기마저도 안 써 버릇하면 불편한 줄 모르게 되는 것이다. 남이야 불편하든 말든, 내가 편해지고 볼 일 아닌가. 그래서 뜬금없이 전화기가 울리면 이게 또 무슨 훼방꾼인가 하고 건짜증부터 앞세우는 편이다.

칼국수로 점심을 때우고 나서 책상 위에 두 다리를 올려놓고 30분쯤 눈을 감고 자는 듯 마는 듯하는 버릇도 그가 누리는 일상의 낙 중 하나다. 이가가 만사를 전폐하고 제일 기리는 그 버릇을 오지게 즐기려는 참에 훼방꾼이 시끄럽게 울어댔다.

"자네는 어째 '놀토' 도 안 찾아묵나?"

좀 들뜬 음성의 유가였다. 관공서나 공공단체가 격주로 토요일에도 쉬는 날을 잡아놓고 '놀토' 라고 불러 버릇하는 모양이지만, 이가의 직장에서는 오래전부터 주 5일 근무에 주당 40시간을 학교에 눌어붙어 있어야 한다는 학칙 같은 게 있긴 해도 그것을 지키는 교원도, 감독하는 직원도 없어서 역시 따질 거리도 아니다. 그런 사정보다 '놀토' 같은 줄임말이 그는 마땅찮다. '논다'는 말도 따져보면 옳지 않고, 노동과 휴식을 강제하는 이런 제도 자체에 대한 조롱이 묻어 있어서이다.

"갈 데가 없어서, 나는 여가 노는 데다."

"놀 줄 몰라서 그런 거 아이가?"

"결국 똑같은 말일 끼다. 노는 것도 큰 능력이 되고 말아뿐 세상인데, 나는 이래 무능해서 장차 우예 살아낼지 한걱정이다."

"크게 걱정 안 해도 될 거 겉다. 그건 그렇고 허가가 방금 서울역에서 차표 끊어놓고 차 시간 기다린다 카미 전화가 왔네. 전번에 자네가 걱정한 그 신불자 내막을 알아볼라꼬 글마를 찾았디이 휴대폰을 아예 꺼나서 지 동생 순복이한테 물어봤디라. 그때 마침 저거 할마씨한테 와 있다 카민서, 저거 그 길조 빌라트 세입자 중에 웬 놈이 벌써 투룸 월세를 2년째나 안 내고 배 째라미 버티고 있어서 지금 재판을 걸어놓고 있다 그카데. 그래서 내가 재판에서 이기기야 하겠지만도 이래저래 돈 많이 깨질 기라 캤더이, 안 그래도 오빠가 그 지 배 째라는 흉조가 방도 안 빼주는 통에 지금 순복이 지 돈까지 빌리 쓴다 그카데. 허가가 지금 한국에 떨어지자마자 저거 할마씨 안부 알아본다꼬 지 동생을 찾았디이 내 말을 들었다민서 전화한 기다."

"어데 또 외국에 나갔다 왔는가?"

"그카네. 오래전부터 사부님으로 모시는 웬 스님 한 분이 시방 네팔에서 큰 불사를 일으킷따꼬, 허가 지 보고도 따라와서 거들어라 카는 통에 맨몸으로 스무 날쯤 있다가 왔다 카민서 또 다음 달쯤에는 길게 나갔다가 다시 돌아와서는 앞으로 자주 나가든동 영 나가서 거기 주저앉아가 살든동 둘 중에 하나를 작정할라꼬 들어왔다 카네."

"재주는 좋다. 그 낯선 데를 영 살러 나간다이, 참 대단하다. 무슨 내림인가 바람인가. 김삿갓의 후예든가, 고산자의 핏줄이든가 둘 중에 하난갑다."

"그 선각자들이야 짱짱한 목적이라도 있었지. 요새는 남 도와준다민서 온 세계를 휘젓고 떠돌아댕기는 팔자 좋은 인간들이 국내외에 새삐까리다. 상팔자가 따로 있나, 종교를 명패 삼아 말로 남 도와준다는 보살들이야 얼매나 심간이 편캤노."

"지가 남의 도움을 받아야 될 처진데도 그란이 거기 좀 돌안 거 아이가?"

"와 아이라, 그라이까 이래 남들이 지보다 더 말이 많지. 세상이 이래 돌아간다. 나는 요새 남 도운다카미 기부하고, 얼굴 팔고, 돈 좀 쓰미 살아라고 나발 불어대는 인간들을 바로 안 본다. 그기 도대체 진심인지 무슨 잇속 때문인지 분간도 못 하겠고, 한참 그 내막을 뜯어보믄 내 머리가 헤까닥 돌아뿌겠데. 우옜든 내가 허가 보고, 니 요새 웬 여선생하고 사귄다미 카고 물어봤디이, 대뜸 댓 번 만났다고, 인물이나 몸은 어디 내놔도 안 빠지는데 사람이 당최 맹하달까 멀뚱하달까, 너무 말이 없고, 좋게 보믄 차분하고 조용한 여잔데, 머든 손에 집어주기 전에는 꼼짝도 안 하는 성미라서 가만이 두고 보고 있다 이카네."

"그런 성질이 요즘 세상에는 차라리 더 귀해 보이서 기를 쓰고 덤비도 시원찮을 판에. 호강에 바쳐서 요강에 똥 싼다 카든이. (이가는 무작정 고향붙이를 성원하고 나섰다.) 김칫국부터 묵지 말고 작심을 단디 하라꼬 좀 조져놓지 그랬나."

"안 그래도 그캤다. 니가 지금 찬밥 뜨신밥 가리게 됐나. 바람을 넣을라거든 단디 잡아넣어보라 캤디이, 바람이 들어갈 데도 없는 여자기는 한데 인자는 오미가미 주차료로 저녁이나 사주고 커피 사묵을라믄 안 만날 수도 없기 됐다 캐서 무슨 소린고 물어봤디이, 그 여자 아파트가 동대구역에서 택시로 기본요금밖에 안 나오는 데, 파티마병원 바로 뒤쪽에 있다 카민서 지가 여기저기 떠돌아댕길라카믄 동대구역까지는 지 똥차로 가서 그 아파트 지하주차장에 부라놔야 돼서 그란다 카네. 얼추 말은 맞기 돌아가는 구도데. 오늘도 무궁화호 타고 동대구역에 내리만 만부득이 지 고물차 찾으러 가자믄 그 여자를 만나야 된다 그카고 있네."

"먼가 그림 같은 기 얼른얼른 비기는 하네. 인연이 될란지 어떨지 몰라도."

"허가 전처가 원래 인물도 뺀드럽고 말도 시끄러블 정도로 많고, 세상만사 모리는 기 없고, 좀 많이 설칫니라. 아무 앞에서나 나서기 좋아하고, 머시든 지 똑똑하다고 잘 따지고. 거 오지게 디서 허가가 지금 그 정반대지 시픈 그 여선생한테 반쯤 미쳐서 지 정신이 아인 모양이네. 그림이 안 될 거도 없는 거 아이가. 돈이 없지, 돈이사 없으만 없는 대로 살믄 대는 기고, 서로 뜻만 맞으만 그뿐이지. 요새 묵고 사는 거야 돈하고는 관계 없다. 집만 있으만 되지, 라면도 있는데 짜드라 돈 쓸 일이 머 있노. 그럭저럭 살다가 뜻이 정 맞으만 알라도 하나 맨들고, 아야 낳놓기만 하믄 저절로 큰다."

"그래도 정신을 바짝 안 차리믄 곤란할 거로. 그 여자도 명색 도덕 선생에 국어도 가르친다 카이 미친갠이 사내한테 살을 넙죽 대줄 리야 있나. 아무리 정이 들었다 캐도 이것저것 따질 기 좀 많아서. 인물이야 나중 일이고 덩치도 체육 선생 못잖던데."

"건데 누구라도 막상 정신 똑바로 채리기가 쉽잖다. 미친놈한테 니 미치지 마라 카는 기 말이 되나. 아픈데 아프지 마라 카는 거하고 똑같이 말이 안 되는 이치다. 지금 허가가 저래 떠돌아댕기는 행려살(行旅煞)이 옴팍 끼는데, 집구석에 가만히 붙어 있으라 카믄 없는 병이 생기든지 질거 죽는다. 가는 한이 많아 일찍 죽지도 못할 끼다. 지 딸내미 둘이 다 인물도 곱고, 성질이 우예 변했는지 몰라도 머리도 좋다. 언제는 누가 우리 옆에서 딸 자랑하는 거 가만이 듣던이 시끄럽다꼬, 팔불출이 따로 있냐꼬 고함을 지르고 나서는 지도 울고불고 해서 그거 말리느라고 애를 참 많이 무따. 우옛든지 오늘 주차료로, 돈이 꽤 될 거로, 스무 날이나 차 세아났으믄 그 돈이야 있겠지. 모리지, 그 아파트 주민 행세 하민서 주차료는 공짜로 떼우는지. 우쨌기나 주차료 대신에 그 여선생하고 밥 묵은 후일담이 들려올 낀께, 우리사 손가락이나 빨면서 남우 연애담이 기다리보지 머. 와 그런지, 머시 잘 안 될 거 겉다. 짝이 한참 기울어서도 그렇고, 지금이사 저래 삐꺽거리는 거는 겨우 면했다 캐도 뜸 많이 들잇따가 밥이 타뿌믄 못 묵는 거 예전에 많이 봤잖아."

택시에 내리자마자 그 큼지막하고 낡아빠졌는데다 시커멓기까지 한, 그러나 속은 텅 빈 듯한 예의 그 여행용 가방을 뒤꽁무니에 질질 끌면서 행객 하나가 주춤주춤 나아간다. 여행객은 이제 여름 나그네에서 겨울 나그네로 환골탈태한 지체라 티셔츠 위에다 가로줄이 굵게 파인 패딩 잠바를 껴입고 있다. 이가의 안전에는 허 사장의 얼굴은 보이지 않고 그의 뒷모습과 거동 일체만 크게 떠오른다. 실제로도 그의 외모는 아무런 특징이 없는 평범 그 자체여서 떠올릴 만한 무슨 근거 같은 것도 없으나, 정 선생은 그와 정반대로 그 말똥말똥한 눈알로 이쪽을 말끄러미 쳐다보던 그 고양이 시선만으로도 초상화가 선명하다. 그런데 아무리 주시해도 행객은 어딘가 어색하다. 자신의 우거가 들어앉아 있는 아파트 단지가 아니어서도 그렇지만, 차만 들어가는 통로 속으로 내려가자니 주뼛주뼛해지지 않을 수 없는 것이다. 내리막길 바닥은 미끄럼 방지용으로 우레탄 수지를 두텁게 발라놓아서 등산화가 쩍쩍 달라붙지만, 여행용 가방의 바퀴는 아스팔트 도로보다 오히려 소리도 덜 나고 접착력도 적당해서 끌고 가기에는 안성맞춤이다. 행객은 이 내리막길을 벌써 몇 차례나, 그것도 대개는 이 시간대쯤에 내려와 본 적이 있어서 스스럽지는 않다.

누가 말했던가, 여행은 해거름이나 한밤중에 귀가하든가 어느 목적지에 떨어져야 일단 완성이 된다고. 허가도 여행 전문가답게 그 정서를 빼저리게 절감하고 있어서 일부러 그 시간대에 닿느라고 무궁화호로 느직이 내려온 것이다.

그전과 달리 오늘따라 행객은 좀 들뜨는 기분이다. 은근히 아랫배에서부터 치밀어 오르는 고양감을 애써 억누르기도 벅차다. 이제까지는 지하 1층에 주차해둔 차 속에 앉아서 엘리베이터 입구 쪽 여닫이문이 열리면 이내 헤드라이트를 깜빡여서 제가 있는 위치를 알렸으나, 오늘은 서울역에서 이미 전화를 걸어두었을 뿐만 아니라 동대구역에서도 이제 막 도착했다고 알렸으므로 정 선생은 미리 그 자신의 고물차 포텐샤 옆에까지 내려와서 기다려줄지도 모른다. 두 남녀는 나이도 있어서 남의 눈도 없는 지하주차장에서일망정 열렬한 포옹까지는 도저히 엄두를 못 내고 있으나, 온몸으로, 그래 봐야 어설프지 않을 만큼 얼굴을 활짝 펴는 인사로 오랜만에 만남의 반가움을 드러낼 것이다. 노처녀가 그 특유의 말똥말똥한 시선으로 잠시 훑어보니 행객은 입성이 너무 남루하고 퀴퀴한 냄새도 풍기는 데다 얼굴은 며칠 굶은 것처럼 바싹 여위어 있다. 그러나 늘 배웅도 못하도록 대낮에 훌쩍 떠나버리는 사람을 마중 나온 여자는 지하주차장이 그렇게 춥지 않은데도 덩치가 작게 보이려고 털실로 짠 앙증맞은 볼레로를 입고서 팔짱을 끼고 있다. 이제 두 남녀는 늘 하던 대로 구뜰한 음식을 사 먹으러 어딘가로 차를 몰아 달려가야 할 판이다. 이번에는 주차료가 많아서 좀 걸게 먹어도 되겠다고 차 임자가 말하지만, 스무날쯤 네팔에서 꿀꿀이죽 같은 박찬(薄饌)으로 배만 간신히 채우다 온 행객을 위해서 주차장 무료 제공자가 한턱 '쏠지도' 모른다.

이가의 망막 위에 그려지는 동영상은 이제 진전이 없다. 왠지 더 이상의 조작은 남의 내밀한 애정사를 몰래 들여다보는 못난 작태 같고, 점점 더 추해지는 장면을 탐하려는 관음증 환자가 멀리 있지 않다는 생각이 앞서서이다.

학부 두 과목과 교육대학원 한 과목의 성적을 다 내놓고 나서 이번 겨울방학에 해치울, 그동안 한사코 미뤄둔 일 따위를 적바림해둔 다음 이가는 느지막이 퇴근길에 올랐다. 왠지 모르게 벌통 주위처럼 소란스러운 이 세상도 그런대로 살아볼 만한 동네가 아닐까 하는, 자못 생기 넘치는 그런 마음자리가 뭉클뭉클 떠들고 일어서는 것 같았다. 하기 싫은 일을 해치워버려서도 그럴 테지만, 유가와 벼르던 통화를 마치자마자 마구 날뛰던, 두 중년 남녀의 다소곳한 열애에 대한 나름의 상상력이 제법 재미도 있고, 어떤 식으로든 이제 그 절정이 임박했다는 자신의 추리가 상당한 현실감으로 다가왔기 때문일 것이다.

그는 슬며시 웃음까지 베어물며 귀갓길을 착실히 줄여나갔는데, 교주 유가의 예언이 과연 얼마나 정곡을 찌를까를 미리 그려보는 자신이 좀 어처구니없기도 해서였다. 유가의 예언이라면 두 가지인데, 그 하나는 허가가 치른다는, 주차료 대신에 쓸 유흥비를 어디서 탕진했느냐에 대한 내역이 조만간 어떤 식으로든 들려올 것이라는 단정이고, 다른 하나는 각기 다른 성정, 생업, 현재의 생활 자세 및 생활 세계 때문에라도 두 남녀의 장래가 결코 밝지 않다는 추측이다. 어느 쪽의 결과가 어떤 식으로 들려오든 그 귀추가 이가에게는 초미의 관심사로 떠올라 있는 것은 사실이었다.

저녁을 먹고 난 다음, 종강 후 맞는 첫 주말이므로 이가는 인터넷을 켜고 고서적 경매 사이트에 들어가서 세상의 또 다른 한 면을 훑어볼까, 아니면 공중파 방송을 열어 주인공들이 동분서주하는 외화 활극을 한 편 감상할까를 궁리하느라고 소파 위에 질펀히 앉아서 한껏 게으름을 만끽하고 있었다. 어느 쪽 화면에 빨려들어가더라도 아홉시 텔레비전 뉴스 시간은 따돌려야 될 것이었다.

그런 이가의 밤 시간 짜맞추기를 훤히 들여다보고 있다는 듯이 벽걸이 전화기가 울렸고, 이가의 집사람이 사과를 깎던 손길을 털고 일어났다. 이가 쪽을 연방 힐끔거리며 상대방의 전언에 맞장구를 쳐대는 이가 집사람의 통화는 길었다. 당연하게도 전화를 걸어온 사람이 징자임을 대번에 알아들음으로써 이가는 교주의 첫 예언이 맞아떨어진 게 신통했고, 속으로 쾌재를 불렀다. 뒤이어 당신도 전화를 받아보라고 집사람이 손짓했으나, 이가는 손사래를 쳤다. 그 내용이 무엇이든간에 이가 자신이 더 개입할 것도, 또 긍정이든 부정이든 제 의사를 개진할 사안도 못 된다고 이미 단안을 내려두고 있었기 때문이었다.

마침내 통화가 끝났다. 이가의 집사람이 탁자로 돌아오자마자 내놓은 첫마디는, 징자 언니도 참, 아무리 부모 맞잡이라도 그렇지, 왜 자기가 동생 연애에 냅떠나서고 난리야, 누가 시샘이 없달까봐 였다. 이가는 속으로 적이 놀랐다. 일이 단단히 뒤틀어져버렸구나 하는 직감이 얼핏 들어서였다.

"그 허 사장이 오늘에사 꼬박 3주 만에 네팔에서 귀국했다네요. 그 기별을 경숙이가 받자마자 징자 언니한테 사람 감별이나 해보라고, 자기는 별다른 의견이 없으니 좋다 나쁘다 말만 해주면 그 뒤는 자기가 알아서 하겠다고, 그러니 오늘 저녁에 경숙이 지 아파트에서 세 사람이 모여서 밥이나 시켜 먹자고, 그랬대요. 징자 언니는 잘됐다고, 이차판에 되든 말든 결판을 내야겠다고 작정하고, 밑반찬까지 꾸려서 오후 일찌거니 지 동생 집에 가서 청소도 해놓고 기다렸다는 거예요."

거기까지는 이가의 머릿속 동영상에 이미 들어 있는 것이므로 손쉽게 이해할 수 있는 내용이었다. 그러나 낮에 유가와 통화한 내용을 아직 집사람에게 전하지는 않았으므로 이가는 짐짓 내숭을 떨었다.

"정식으로 혈육에게 인사를 시킬 궁량이었던 모양 같은데, 그렇다면 두 사람이 웬만큼 열을 내고 있었다는 소리네, 머. 나쁜 소식은 아인 거 같네."

"징자 언니가 자꾸 왜 그러냐, 머냐, 이래라 저래라 간섭을 들이대니 경숙이는 공을 떠넘길라고 그랬는지도 모르지요. 아무튼 올 시간이 됐다고 경숙이가 마중을 나가더니 시커먼 비닐 봉다리만 큼직한 걸로 들고서 혼자 들어오더라는 거예요. 그게 뭐냐니까, 경숙이 지도 모른다면서, 그 허 사장 말로는 네팔 자연석으로 빚은 불상이라면서 제법 마음에 들어 선물로 갖고 왔으니 두고두고 들여다보면서 마음이나 가라앉히라고 했다는 거지요. 그러고는 비닐 봉다리 속에서 신문지로 둘둘 말아놓은, 얼추 전기스탠드만한 석불 하나를 풀어놓고 둘이서 한참 들여다봤다네요. 아무리 그런 장식용 불상을 볼 줄 몰라도 그것이 벌써 꽤 잘 빚은 거라는 건 한눈에 알아보겠더래요. 선물치고는 희한한 건데, 징자 언니가 그 허 사장은 어디 갔냐고 물었더니, 경숙이가 한참이나 아무 말이 없어서 가슴이 저절로 서늘해지더래요. 그러고도 또 한참이나 지나서 경숙이가 하는 말이, 큰언니가 마침 집에 와 있으니 인사나 하고 오늘은 자기 집에서 밥을 시켜 먹자고 그랬더니 엘리베이터 앞까지는 그 허 사장도 아무 말 없이 잘 따라와놓고서는 엘리베이터 문이 열리자마자 좀 그렇다면서, 자기 옷도 이 꼴이라고, 나중에 따로 정식으로 자리를 만들자느니, 기회야 얼마든지 있지 않겠냐고 지 말만 하더니 횡허케 오던 길로 돌아서서 내빼버렸다고 그러더래요. 징자 언니는 그러면 다음에 보지 머 라고 해놓고서는, 밥 생각도 없어서 식탁에 우두커니 앉아 있으려니까, 경숙이가 느닷없이 그 불상을 두 손으로 거머쥐더니 통곡을 터뜨렸다는 거예요. 징자 언니는 이게 도대체 머냐고, 내가 이 동생한테 뭘 잘못했냐고 자문자답하다가, 왜 우냐고, 울지 말고 말로 해보라고, 머시 잘못됐냐고, 어서 속을 툭 털어놓아보라고 해도 경숙이는 목 놓아 울기만 하다가 지 방으로 들어가더니 문을 잠가버려서 할 수 없이 울음소리가 그치기만을 기다렸다가 돌아왔다고 그러네요."

이가는 말을 아껴야 된다고 느끼면서도 저절로 흘러나오는 감상담을 내버려두었다.

"노처녀가 너무 예민한가, 아니면 무슨 자격지심이라도 있는 건가. 부모 맞잡이에게 인사를 시키겠다는 건 일종의 프로포즌데 그게 거절당했다고 저절로 통곡이 터진 건가. 알 수 없네. 정서가 불안정하다면 문제가 아주 크고, 요새는 그쪽으로 심리치료를 받으면서 훌훌 털어버려야 된다 카기는 하더라만."

텔레비전의 뉴스 시간이 끝나고 나서도 이가의 머릿속에는, 아니 가슴 한복판과 귀청에는 노처녀의 통곡 소리가 메아리를 길게 끌고 있어서 난감했다. 왜 울었는지, 혈육 앞에서 왜 통곡을 터뜨리고 말았는지 그 심경이나 이유를 제삼자가 설명하기는 도저히 불가능할 것이었다. 본인이 털어놓지 않는 한 어떤 해석도 근사치와는 한참이나 동떨어진 억측일 게 뻔했다.

↓

그쯤에서 이가는 문득 한때 열독한 소설의 전경이 떠올라서 점점 더 그 통곡의 의미를 캐보는 데 오롯이 빠질 수 있었다.

이제는 주인공들의 이름과(창녀의 이름이 우리 식으로는 순동이나 귀남이에 해당하는 톰슨이 아니었던가 싶고, 그런 작명에도 고심한 작가의 기량에 감탄한 기억이 남아 있긴 했다) 그 내용을 까맣게 잊었지만, 한 쌍의 의사 부부와 선교사 부부가 남태평양의 작은 섬이자 미국령인 파고파고에 기착한다. 그곳 우기의 특성대로 장대비가 연일 퍼붓듯이 쏟아져서 그들은 발이 묶이고 만 것이다. 누구에게나 임시 기착지쯤 되는 그곳에서 호놀룰루의 홍등가 출신 창녀 하나도 제 영업을 시작하려고 나댐으로써 소설의 긴장미는 아연 급박하게 돌아간다. 미개인에게 문명의 씨를 뿌리고, 누구에게라도 선행을 강요하는 데 강팍할뿐더러 자신의 본분 수행에는 도무지 지칠 줄도 모르며, 자연재해 따위에 겁도 안 내는 선교사가 그 창녀의 악덕을 치유하려고 덤빈다. 그러나 그는 줄기차게 쏟아지는 비처럼 사내라면 누구라도 아랫도리에서 맹렬하게 타오르는 욕정을 주체하지 못하고, 불쌍한 영혼을 구원해보려고 덤빈 그 창녀에게 하룻밤 성적 노리갯감이 됨으로써 스스로의 그 파렴치한 행위를 주검으로 속죄한다는 내용이다.

서머싯 몸의 그 유명한 단편 '비'를 이가도 영어의 구문을 웬만큼 익혔을 때 교재로 읽었다. 시험지에 타자로 친 텍스트를 카랑카랑한 음성의 한 선생이 강독했는데, 굳이 해석해줄 필요도 없는 반쯤의 원문은 건너뛰고, 이른바 전후 맥락상 꼭 알아야 할 대목과 관용어, 어휘 등만 강조한 그 수업 중에도 '비'의 이차적 의미라든지, 성적 욕망의 돌발성과 그 허무한 절정 따위에 대해서는 이렇다 할 해석을 듣지 못했던 것이 아쉬웠다. 아마도 대학입시를 위한 영어 해독력만 가르치려고 일부러 그런 문학적 감수성의 개안에는 힘주어 눈을 감아버리라고 강제했을 것이다. 그러나 고등학교 3학년이었음에도 불구하고 그 내용 일체는 거의 정확하게 이해했으며, 원문의 그 명시적 반전이 워낙 선명해서 선교사의 죽음이 몰고 온 모순 덩어리로서의 인간의 불가해성, 성욕에 희생되는 한 남자의 허무한 삶 같은 것을 어느 정도까지는 알 만하다고 자부했던 듯하다. 그러면서도 그 극적인 반전은 너무나 작위적이어서 과연 이럴 수 있나 라는 의문은 늘 품고 있었다.

그의 전공과는 거리가 멀어서 영어 원문과는 담을 쌓은 지 거의 10여 년 만에 다시 '비'를, 이번에는 온전한 책자 텍스트로 읽었다. 두 번째 읽는 터이라 원문의 해독력만큼은 믿고 덤볐건만 여전히 사전을 무수히 뒤적거렸던 기억이 남아 있고, 과연 스토리텔러로서의 서머싯 몸의 능청스러운 작가적 역량과 그 청산유수 같은 입심에는 혀를 내두르지 않을 수 없었다. 그렇긴 해도 선교사를 죽음으로까지 몰아간 그 결말을, 그가 성욕의 노예로서 죽었다는 명시적 제시가 기교치고는 너무 그 속살이 치졸하게, 좋게 말하면 해학적으로 드러나버린 게 아닌가 하는 감상을 지울 수는 없었다.

요즘 젊은이들이 함부로 가볍게 사용하는 '미션'을 신념에 차서 실천하려는 선교사가 창녀에게 몸을 맡겼으니, 결국 '재미'를 위해서 작가는 주인공으로 하여금 '윤리'를 내팽개치게 한 셈인데, 의사 부인과 내밀한 통정을 나눴다고 해도 그 죄책감 때문에 자살로 생을 마감시킬 수 있었을까? 오늘날처럼 남녀간의 성적 행위가 거의 유희화되어 있는, 무슨 해프닝처럼 가볍게 '사고'를 쳐버리는 이런 세태에서도 '비'의 선교사 같은 죽음이 과연 성립될 수 있을까. 공교롭게도 정 선생의 한결같은 '고양이' 정서와 충동적인 통곡은, '비' 속의 그 질탕거리는 성욕 발산과 말 그대로 '팜므 파탈'인 한 창녀의 도발적인 웃음소리와는 정반대의 구도가 되는 셈인데, 불상을 끌어안고 내지른 그 충동적인 울부짖음이야말로 노처녀로서의 성적 결백에 대한 올바른 선언일뿐더러 훨씬 제격이 아니고 무엇인가. 그동안의 여러 조건과 정황을 종합해보더라도 허가와 정 선생이 아직 통정에까지는 이르지 않았다는 신빙성 많은 추단에 힘이 실리고 있지만, 그들을 그처럼 옹색하게 처신하도록 만드는 관건이 바로 이 땅과 남태평양의 성적인 풍토성 차이 때문일까. 진정한 인간극에서 '환경' 이야말로 '성격' 을 압도하는 기제가 아니고 무엇인가. 그런데도 '환경' 을 제멋대로 조종하는 '성격' 의 우위를 강조함으로써 대개의 인간극은 통속 취향으로 줄달음치고 있지 않은가.

의문은 늘어나고 그 답변에는 점점 궁색해지는 이가의 시선이 멍해지고 있으나, 그의 배우자는 반쯤 벌거벗어 더 쑥스러워지게 하는 그 남의 사연을 벌써 저 멀리로 내물린 듯 텔레비전 화면의 그 남루한, 그래서 상투적일 수밖에 없는 한낱 '개성적인 인물상' 에 눈독을 들이고 있다.(460장)

↓

군소리 1 – 해외 여행, 이성과의 불가피한 만남, 연애, 갈등, 이별 같은 소재는 가장 진부한 이야기거리이다. 소설이 될 수도 없는 횡설수설이라고 해도 좋을 것이다. '나그네 세상' 에서는 그런 상투성을 '거꾸로' 피했는데, 보기 나름이기는 하지 않을까. 소설은 진부한 일상을 색다르게 그리는 언어적 유희에 지나지 않을지도.

군소리 2 – 인간이 특정 '환경' 의 부속물이라는 나의 해묵은 고정관념을 쉽게, 비근한 사례로 풀어보려고 나름의 고심을 쏟은 작품이다. 결말은 고등학교 때 영어 구문을 익히면서 챙긴 여러 느낌과 그 충격이 오래도록 남아 있었는데, 그 심사를 내 식으로 간명하게 해석한 것이다. 또 다른 사설을 풀어놓기로 들면 가외의 원고지를 수십 장 허비해야겠지만. 아무튼 '여행기 소설'이란 만만한 장르는 철두철미한 자기반성과 '환경'에 대한 지극한 통찰을 앞세워야 그나마 짝짝이 같은 모양새에서 한 발 멀어질 수 있을 것이다.

샛길에서

오후 다섯 시쯤 무사히 도착. 기내(機內)에서 온갖 잡념을 뒤적이다 이제 액년(厄年)이 거의 다 지나갔다는 자기 암시를 일삼아 반추. 더불어 이것저것 하릴없는 다짐도. 좀 들뜨는 마음을 지긋이 다독이기도. 여태 철이 덜 든 이런 소년 취향도 내 성정의 일부인지.

물주이자 세 살 연하의 동업자 박 사장은 오늘 자 우리 신문의 부고란에서 가까운 친구의 부친상을 듣자, 집에 돌아가는 대로 겨울옷으로 갈아입고 문상길에 나서겠다고. 잡다한 상식을 많이 주워다 쟁이고 있는 박 사장의 기벽 하나. 최근 10년 안팎 저쪽부터 신문을 볼 때부터 제일 눈여겨보는 기사가 부고란인데, 특히나 겨울 한철에 노인네들이 많이 돌아가시므로 자연히 2단으로 길어지는 그 난을 유심히 뜯어 읽는 게 재미있다고. 그것을 들여다보고 있으면 고인의 수, 부, 귀, 다남, 호상(好喪) 같은 오복의 여부가 빤히 보인다나. 좀 엉뚱한 관심벽일 테지만 딴은 그럴 듯.

화면 위의 한반도 상공을 날아가는 비행기의 이정(里程)이 1백 킬로미터쯤 남았을 때, 박 사장은 문득 진지하게 물었다.

"조 선배는 일기 같은 거 매일 적고 그럽니까?"

"방금 그걸 생각하고 있었는데. 내년부터라도 그걸 좀 착실히 실천해볼까 어쩔까 하고. 회사 다닐 때는 잡책에다 메모 같은 거야 수시로 했지만. 다들 그러지요, 아마. 내가 내 갈 길은 제대로 가고 있는가 잘 몰라서. 머랄까, 따분한 자기 대면으로다."

박 사장이 입가에 묘한 웃음을 찍어 눌러놓은 듯이 붙이고는 엉덩이를 스르르 미끄럼 태워 눕다시피 앉은키를 낮췄다. 동안이 아닌데도 가끔씩 드러내는 그의 개구쟁이 같은 행티나 돋보기 속의 짓궂은 눈매는 '쥐뿔이나 심각할 게 머 있어, 닥치는 대로 살지' 라는 투다.

그가 입에 물고 있던 돋보기 다리를 접어 와이셔츠 주머니 속에 갈무리하며 대들 듯이 말했다.

"그래서, 매번 제 갈 길을 제대로 가고 있습디까?"

"가기는 갔으니까 지금껏 이렇게라도 살아가고 있는 것 아닌가 모리지. 벨트 컨베이어라고 있지요? 깡통, 유리병 같은 것이 앞뒤에서, 또 양쪽에서 이리저리 치이고 부대끼면서 줄줄이 흘러가는… 꼭 그 짝이라니까. 벌써 6, 7년 전쯤 됐나, 내가 공장장 할 때 그 벨트 컨베이어 시스템 사이를 어정어정 돌아다니면서 늘 생각하는 게 내가 지금 저 꼴이다, 나만 저런 게 아니라 다들 저렇게 치이며 이리저리 살아간다는 거였어. 꼼짝없이 그렇게 줄줄 흘러갈 수밖에. 그 공장을 내가 설립 요원으로 독일인 기술자 두 명과 함께 시운전까지 해서 돌아가게 만들었는데, 담배 생각날 때까지 그 속을 뒷짐 지고 어슬렁거리고 있으면 나중에는 술도 깨고 몽몽해진다니까. 그 짓을 꼬박 3년 동안 했나…"

"먹을 것 있고 승진에만 신경 안 쓰면 월급쟁이 생활만큼 배짱 편한 게 어딨게요. 컨베이어야 돌아가든 말든 눈치 볼 것도 없이. 회사 형편, 나라 사정이야 다른 똑똑한 사람들이 맡아놓고 걱정해주니까. 나는 월급쟁이 생활할 때 불경기 걱정하는 동료들을 보면 엔간히도 할 일 없는 미친놈이다 싶대요."

"그래도 그런 친구들이 상관에게 잘 빌붙어서 결국 눈에 들어요."

"바른 소리는 알아서 안 하고, 다 아는 말은 남 먼저 나서서 하니까."

"그게 살아가는 데 가장 요긴한 요령인 줄이사 오만 신경으로 아니까."

"상식이고, 뻔하니까."

박 사장이나 나나 어깨걸이가 달린 가방 하나와 술병, 담배 따위를 집어넣은 비닐 팩 같은 수화물만 들고 있었으므로 세관 앞에 일찌감치 당도. 박 사장이 승객들 틈 사이로 빙글빙글 돌아가는 벨트 컨베이어를 유심히 쳐다보았다.

"다들 지겹도록 실어나르네. 우리도 앞으로는 뭣 좀 실어날라요. 컨베이어는 어차피 이용하자고 설치해놓은 건데."

"장사될 것도 없던데. 저까짓 컨베이어로 실어봤자지. 품값도 안 남을 텐데."

공항 리무진에 함께 승차. 버스가 공항 정문을 벗어나자마자 박 사장은 출입문 옆에 매달린 공중전화기로 어딘가와 긴 통화.

"또 터졌어? 얼마나 물렸는데? 적지도 않네. 어쩌다가 그렇게나 말려들었어?"

계(契)와 부도(不渡)의 차이점. '깨지다'와 '터지다'라는 말에서 곧이곧대로 드러나는 것처럼 돈 액수만 우리의 경제 볼륨만큼 커졌을 뿐이다. 조마조마하게 기다리던 돌발 사태란 점에선 똑같고. 계주와 사장이 한시적 은신처를 찾는 것도 정확히 일치하고. 개발 독재 정치의 불가피성을 옹호하는 박 사장 왈, 월별 부도율의 최고치 갱신이야말로 문민정부의 최대 치적이라고. 그 비아냥이 급기야는 특정인에 대한 빈정거리는 성토로까지 비화. 역대 통치자 중에서 가장 바보라고, 거의 천치급이라고. 밑에서 작성해준 식사(式辭)도 제대로 읽을 줄 모르는 점이 그것을 증명하고도 남는다나. 통치자의 자격 조건 중 가장 먼저 들먹어야 할 것이 스피치인데, 그 억양은 어쩔 수 없다 하더라도 사투리를 지양, 표준말을 정확하게 구사하는 성의부터 보여줘야 한다고. 백번 지당한 탁견.

박 사장이 존경하는 인물은 물론 돈 많이 벌고 일 많이 하는 이른바 재벌 그룹의 총수들이다. 우리 경제의 현안 중 난제가 산업 전반의 구조 조정인데, 정부 주도로는 절대로 안 된다고. 최일선의 사업가들이 벌써 돈 냄새를 맡고 실천하고 있는데, 정부는 뒷북만 치고 앉았다고 아예 성화까지.

연말이라서 그런지 차창 밖의 시커먼 밤 풍경이 한결 더 을씨년스럽다. 그야말로 암담한 장래를 실감. 나도 나지만 나라 꼴이 말이 아니다. 공연한 초조감이 무럭무럭 부풀어 올라서 심란해지다. 벼랑으로 몰리고 있는 듯한 기분. 또는 낭떠러지에서 굴러떨어져 계곡에 꼬라박히지 않을까 하는 방정.

토막토막 끊어지는 잡념에 붙들려 있다는 자각. 자의식 비대증. 착잡한 내면 풍경일지도. 누구는 인간 실존의 원초적 비극이 일하지 않고는 못 배기는 일종의 노동 집착 때문이라고 했으나, 얼핏 떠오르는 잔걱정을 천착, 반복, 확장하는 것일 듯. 노동에는 심신의 피로라는 도중 하차 장치라도 있지만, 사유의 연쇄는 거의 반자동적이니까.

무역회관 발치의 도심(都心) 공항 터미널에서 하차. 박 사장은 모범택시 속에서 오피스텔의 열쇠를 흔들어 보이며 내게 그것의 여벌을 갖고 있냐고 확인. 20분은 좋이 터덜터덜 걸어서 오피스텔에 도착하니 오후 일곱 시 정각. 팩스는 온 게 없다. 거의 한 달쯤 비워놓았는데. 세 해 전이라던가 골프장 회원권을 넘기며 웃돈을 좀 얹어 주고 맞바꿨다는 강남 한복판의 20평짜리 오피스텔인데, 소유자 박 사장의 사통팔달 식 사교 범위가 뜻밖에도 웅숭깊다는 느낌. 자신의 행방을 내국인으로서는 언제나 오리무중의 상태로 만들어놓고 있는 듯하니까. 이런 숨겨둔 오피스텔도 이재(理財)의 한 수단인 듯. 내 추측이지만, 한 달에 최소한 밥값으로 2백만 원쯤씩 딸자식 하나의 유학비를 미국으로 보낸다는 그 재원(財源)이 국내 어딘가에 또 묻혀 있지 않을까. 중계무역상의 꿍꿍이속이야 알 수 있나. 한때 중국 북경에 틀어박혀서 국내의 폴리에스테르 원사(原絲)를 수입, 방직하여 그 원단을 동남아 일대에 풀어먹여 제법 큰 돈을 벌었다는 위인이니까. 붉은 포도주잔을 흔들며 본인 스스로 실토한 바에 따르면 그때도 친구 두 명과 동업했던 모양인데, 동업자 중 하나를 회사 경비 유용 및 횡령죄로 고소까지 했다고. 그것도 김포공항 국내선 청사에서 인도네시아로부터 막 귀경하는 동업자를 '붙잡아서' 바로 경찰서로 실어날라 이익금 분배의 부실을 따졌다니까 박 사장의 성깔도 알 만하다.

너무 출출해서 신경성 위염에는 분명히 안 좋지 싶은 라면을 허둥지둥 끓여 먹었다. 그래도 허기가 거지 떼처럼 꾸역꾸역 몰려와서 라면과 함께 사 온, 소화에 좋다는 카스텔라를 두 개나 덥석덥석 베어먹고 있으려니 피로가 겹겹으로 덮쳤다. 여독을 절감하기도 난생처음.

건강 염려증을 털어버리느라고 뜨거운 물로 샤워하고, 소파에 쓰러졌다. 불을 켜둔 채로 수마에 사로잡힌 듯 눈을 뜨니 11시 15분. 꼼짝도 하기 싫은 무력감. 분당까지 택시를 타고 가기도 도무지 내키지 않아서 뭉그적뭉그적. 연방 시계를 훔쳐보면서. 결국 귀가를 포기. 구실이야 너무 많아서 탈이다. 그중 하나는 문상을 끝내고 화투판에 파묻혀 있다는 박 사장이 거기서 밤샘을 하고 내일 새벽에 친구들과 골프장으로 직행하겠다는 전화 연락을 받자 나도 덩달아 집 발이 뚝 멈춰버린 것. 귀가 유예증이라는 심인성 장애도 있을까. 있다면 그것도 지구촌을 누비며 돈벌이에 매달리는 현대인의 좀 방만한 속성이든지 피로에 찌든 나태성 증후군일지도. 거의 계절별로 실시하던 2박 3일씩의, 또는 4박 5일씩의 경영 전략 연수 내지는 영업 강화 합숙 훈련을 끝마치고 귀갓길에 오르면 왠지 집 발이 주춤거리곤 했다. 추리닝 복장으로 각자의 숙소로 밤늦게 돌아갈 때는 발길이 그렇게 가벼웠건만.

고용 관계와 동업 관계. 경비와 마진. 품삯과 배당. 한국과 필리핀. 방갈로와 오피스텔. 케손 시티와 서울 테헤란로. 수해 많은 섬나라와 공해 심한 반도 국가. 대비와 이분법. 정처 없는 행상인의 임시 숙소에서.

교환 경제의 거간꾼이 맞는 연말은 씁쓸하다. 낯설다. 꾸벅꾸벅 졸고 있는 서울의 거리도, 창틀에 붙박인 나의 희미한 몰골도. 당분간 내 숙소는 아무래도 케손 시티 외곽의 그 방갈로가 적합할 듯. 그 좀 축축하고, 걸음을 떼놓을 때마다 듣기 좋을 정도로 나무 마룻바닥이 삐꺽거리며, 녹음 사이로 아침 햇살이 수많은 빗금처럼 쏴 하니 내리 꽂히는.

↓

화들짝 깨어 일어나다. 창밖은 칠흑 같은 밤. 13층이므로 가로등의 전광도 미치지 못한다. 골프에 미친 매도인이 이 오피스텔을 박 사장에게 헐값에 떠넘긴 것도 층수가 꺼림칙해서일지도. 명색 사업하는 친구들은 흔히 그런 미신을 잘 주워섬기니까. 화장실에서 흘러나오는 불빛으로 손목시계를 봤더니 새벽 다섯 시 이십 분. 내 시계는 오래전부터 15분 앞서간다. 좀 느긋하게 시간 관리를 하느라고 그렇게 맞춰 뒀으나 그게 오히려 매사에 조급한 처신을 조장하는 빌미가 되고 말았다.

한동안 소파에 멍청히 앉아 있으려니 악몽이 새록새록 얼쩡거렸다.

대리점의 경영 실태에 관한 사례별 연구를 내가 발표하기로 되어 있었다. 곧 전국 각지에서 불러올린 점주들 앞에서 강사로 나서게 된 것이다. 그런데 담보물권의 증빙 서류들, 한 지역 내의 소매상 분포도, 지상 영업장과 지하 영업장의 평수별 판매 현황을 막대그래프로 그린 차트, 강의 요지를 간추린 인쇄물 따위를 아무리 찾아도 그 행방이 묘연. 내 숙소 안의 원형 테이블 위에는 잡다한 서류들이 엉망으로 널려 있고, 강의 시간은 꼬박꼬박 닥쳐오는데도, 밖에서는 전무와 상무가 번갈아 가며 '강사가 어디 갔어? 없어? 빨리 찾아봐' 라는 고함이 들리는가 하면, '사장님도 참석하셨어? 허, 이게 무슨 망신이야' 같은 탄성이 들려오는데도 서류들은 끝내 찾아지지 않았다. 에라 모르겠다, 닥치는 대로 해치우고 말자며 납작한 서류 가방만 들고 숙소를 빠져나와 강의실로 달려가는데, 이번에는 자주색 카펫이 깔린 복도가 미로처럼 여러 갈래로 나 있어서 강의실을 찾느라고 또 허둥지둥 헤맸다. 아무 방이나 불쑥불쑥 열고 들어가면 전혀 낯선 사람들만 빼곡이 들어앉아서 이쪽을 민망하게 빤히 쳐다보고. 강의실을 제대로 찾기 위해 아예 처음부터 왔던 길을 되짚어가서는 또 서류를 뒤적거리고. 사람의 그림자라고는 비치지도 않는 미로 같은 복도는 여전하고. 화장실에서 손을 씻고 나서 넥타이 매듭을 만지작거리고 있다가는 또 화들짝 놀라 시계를 보고 난 후 뛰어가면 음침한 복도 속에서 혼자서만 서성이고.

생생한 실감. 그 악몽이야말로 이때껏 내 실생활을 곧이곧대로 반영하고 있다. 영화 같은 실경들. 사람과 일에 끊임없이 쫓기고, 시간을 분 단위로 쪼개 쓰느라고 매일같이 허둥대고, 출고 현황 및 영업 보고서 같은 서류 등쌀에 멀미를 내고. 그러면서도 나 자신을 직시하면 언제라도 미로 속에 갇혀버린 듯한 나날의 숨 가쁜 행진. 그것도 꼬박 20년 동안이나.

재수생이었던 외동 딸애가 그동안 애쓴 보람이 있어서 스스로 지망한 명색 일류대학 신방과에 무난히 합격한 올해 정초는 그런대로 출발이 산뜻했다. 그런데도 딸애의 그 보답이 왠지 호사다마의 전조 같게만 여겨졌던 까닭은 무엇일까. 연초마다 다짐하는 버릇대로 내 급한 성질부터 다독거리면서 신변을 두릿두릿 살펴볼수록 점점 뒤숭숭해지던 심사의 곡절은 끝내 밝혀낼 수 없었다. 설을 쇠고 나서야 회사 안팎에서, 또 집안에서 일어나는 웬만한 말썽쯤이야 딸애의 입학 턱을 낸 셈으로 치자는 자기 최면을 걸었다.

아니나 다를까. 정초의 그 방정맞은 예감이 맞아떨어지려고 그랬던지 무슨 인위적 재난 같은 것이 속속 불거졌다. 3월에는 하객으로 참석한 어느 예식장에서 한때의 춘정이 빚은 사단을, 나로서는 까맣게 잊고 지냈던 한 여자의 모질어빠진 원망과 가시가 박힌 말을 곱다시 곱새겨야 했고, 4월의 정기인사에서는 이른바 명예퇴직에의 종용을 어쩔 수 없이 감수해야 했으며, 7월에는 막냇동생의 비명횡사까지 덮쳤다.

역순으로, 그러니까 가장 최근의 액운부터 새삼스럽게 조감해보면 그것은 한마디로 허망한 죽음이었다. 막냇동생은 수선스럽다고 할 정도로 바쁘게, 남들보다 두 걸음쯤 앞서, 무슨 일이든 엄벙덤벙 잘 떠벌리는 특이 체질이어서 중학교 3학년 때 벌써 코로 연기를 내뿜는 굴뚝 담배를 피우다 들키는 통에 반성문을 썼는데, 담임 선생이 그 반성문을 읽고, 넌, 담배만 끊으면 이건 아주 명문이야 라고 칭찬할 정도였다. 고등학교 2학년 때는 여대생 애인한테서 사흘이 멀다고 전화가 걸려오곤 했다. 대학에 들어가서는 사진기 가방을 들고 전국 방방곡곡을 발바리처럼 싸돌아다니더니 일찌감치 사업을 한답시고 사진 현상소를 차리는가 하면, 손수 실내 장식을 꾸민 술집을 꾸려갔다. 워낙 재주가 많은 위인이어서 통기타의 연주 솜씨는 자칭 공연 수준급이라며 한때 유행한 인기 팝송이나 뽕짝을 제 식으로 해석, 편곡한다며 설쳤고, 언제 배웠는지 사교춤에도 아주 정통으로 능해서 어떤 여자라도 손만 잡으면 그 손길의 가볍고 무거운 정도에 따라 춤을 익힌 수준과 경력은 물론이거니와 심지어는 바람기 따위마저 대번에 짚어낼 수 있다고 했다. 물론 뻥이 심한 그런 성격을 여기저기다 과시해야 성에 찬다는 듯이 잠시라도 한자리에 진득이 앉아 있지를 못해서 남의 말을 귀담아듣는 법이 없었다. 일가친지들이 결혼이라도 하라면 그 재미없는 것을 왜 일찍 해서 안 할 고생을 미리 사서 하냐고 오히려 제 쪽에서 울컥거렸다. 그러다가 문민정부가 출범하던 그해 봄, 배가 제법 떠들썩하니 부풀어 있던 제수씨에게는 꼼짝없이 덜미가 잡혀 예식장에 허둥지둥 나타났고, 서른 여섯 살짜리 노총각이 대학에서 모던 발레를 전공한 열 살 연하의 신부를 맞는다고 웬만큼 좋았던지 싱글벙글거리며 주례석까지 총총걸음을 놓아 하객들로부터 만판 웃음을 샀다.

키만 장승처럼 클까, 외모도 겨우 밉상을 면했을 정도였건만 왠지 여자들이 줄줄이 따랐던 막냇동생과 생전에 마지막으로 대화를 나눈 가족은 뜻밖에도 그 이튿날 콘도 회원권을 가진 친구와 함께 제주도 여행길에 오르려던 딸애였다. 대학은 달랐지만, 막냇동생도 신방과 출신이었고, 조카들에게는 곰살궂기 짝이 없는 '풍뎅이 삼촌'으로서 매사에 시원시원한 카운슬러 겸 '용돈 창구'로서도 손색이 없었다. 막냇동생의 삐삐에는 딸애가 띄운 전화번호가 남아 있었다. 그 전화번호는 분당의 한 커피 전문점 것이었고, 그때는 밤 열한 시였다. 그 한 시간 전쯤에 딸애는 집에서 '풍뎅이 삼촌'을 삐삐로 찾았더니 일산이라며 즉각 전화가 걸려왔고, 한라산 등산길에 관해 묻자 이것저것을 살갑게 일러주는 한편 그곳 파라다이스 호텔의 지하 디스코테크에는 꼭 한번 들러볼 것과 역시 그 지하에 있는 한 카페를 찾아가서 지가 맡겨놓은 발렌타인 17년짜리 양주를 반만 마시고 그 집주인에게 술값 일체를 내지 말라는 신신당부까지 덧붙였다는 것이었다.

여름밤이라 날이 일찍 들었으므로 새벽 다섯 시쯤 한강변 둔치를 어슬렁거리던 한 중늙은이 산책객의 눈썰미에 막냇동생의 변시체가 희뜩희뜩 띄었다고 했다. 급커브 길을 돌아가게 되어 있는 강변도로의 진입로에서 곤두박질했던 듯 양화대교의 강북 쪽 교각 발치께에서였다. 막냇동생의 짙은 감색 승용차는 휴지처럼 구겨져 있었다고. 그 주검은 피곤에 절어 녹아떨어진 듯 핸들 위에 상체를 얹어놓은 형상이었다고 했다. 두 시간쯤 후에 시신을 병원으로 옮기고 대충 수습한 결과, 사망 시간을 새벽 한 시 전후쯤으로 추정했다. 물론 음주운전 사고였다.

늑장꾸러기와 게으름뱅이는 장수를 누릴 확률이 단연 높다. 굶주림조차 잘 견뎌낸다기보다도 귀찮아서 내팽개쳐버린다는 장수 동물 거북이는 눈꺼풀도 마지못해 뜨다가, 그것도 반쯤에서 그만두고 영화 속의 슬로 모션처럼 더 느리게 감아버린다. 막냇동생은 언제라도 두세 가지 일을 한꺼번에 떠벌이며 살았다. 대학생이면서 자영업자였고, 월급쟁이인 주제에 8밀리 소형영화인협회 홍보 담당 이사로 뛰어다녔다. 아마도 총각 때는 내연의 여자도 틀림없이 한 손에 한 사람 이상씩 지니고 있었을 것이다. 그 시간대에 일산에서 죽치고 있어야 할 까닭이 종내 드러나지 않았으니까. 팔방미인은 그 다사다난 때문에 반드시 박복하도록 운명지어져 있다. 아무리 스스로 좋아서 뛰어다닌다지만, 공연히 쓸데없는 일로 몸만 축내고 금쪽같은 시간만 허비하니까. 그러므로 오늘날은 모름지기 모나게 살아야 한다. 따라서 대인 관계에서도 척지는 사람을 많이 가질수록 살기가 한결 수월하다. 또 그들로부터 욕을 들을수록 실속도 알차다. 연예인들처럼 뭇사람들의 기림을 받는 것들이 어딘가 천박해 보이는 것은 모나지 않고 흠잡을 데 없는 그 무개성의 과시성 동분서주가 어릿광대 같기 때문이다. 처가의 재산이 대학 설립을 타진할 정도로 풍성한데다 사돈 영감이 장성한 제 자식 둘을 제쳐놓고 고명딸 사위를 워낙 애지중지하여 3천5백 시시짜리 새 차를 사준 게 탈이라면 탈이었다. 문명의 이기야말로 가까이할 것도 없고 멀리해서도 안 되는 요물이다. 전화 한 통화를 거는 데도 이것저것 따지고, 가능하면 그 사용횟수를 줄이려고 고심하는 내 성격의 대척점에 동생이 있었는데, 이제 그놈은 홀연히 저승 귀신으로 사라지고 말았다. 그쪽 세상에서도 부디 동분서주하며 살아가길 바라는 이 딱한 심사라니.

지 애비가 죽은 것도 모르고 반바지 차림으로 영안실 안팎을 풍뎅이처럼 싸돌아다니던 조카가 눈에 삼삼하다. 찜통 같던 영안실. 길바닥에 스티로폼을 깔고 옹기종기 앉아 있던 조문객들. 제수씨는 어느 대학의 무용 강사답게 몸매도 나무랄 데 없이 호리호리하니 참했지만, 어린애처럼 투명한 피부에다 얼굴은 더 빼어나게 고왔고, 멋을 워낙 챙기는 여자여서 새까만 드레스 차림에 머리쓰개로부터 늘어뜨린 검은 망사 가리개 속의 숫된 표정에는 애달프다 못해 비장미까지 넘실거렸다. 사돈 영감은 내 왼쪽 어깨를 잡고 흔들며 "내 재산 다 맡기려고 했는데, 난 이제 명대로 못 사네, 자식 앞세우고 무슨 낯짝으로 사나. 내 재산 다 어디다 맡기고 절로 들어가든지 무슨 방도를 찾아야겠네. 내가 차만 안 사줬어도 이런 일은 없었을 것 아닌가. 지도 쓰고 나도 짬짬이 쓰자고 사준 건데"라고 울부짖었다. 있는 사람들은 나이에 상관없이 말을 함부로 지껄이는 버릇이 있는가 싶었다. 줄변덕이 심해서 그런 게 아니라 곧장 후회할 말인지 어떤지 분별하는 머리 기능이 퇴화한 듯했다. 그 여러 개의 얼굴을 때맞춰 아무렇게나 들이미는 것이 그들의 장기이자 사는 보람일지도.

사람이 많아진 만큼 죽음의 희소가치도 눈에 띄게 엷어졌다. 명색 맏형과 두 누이는 말할 것도 없고 나조차도 명절 때나 막냇동생의 어떤 함몰, 나아가서 그의 확실한 부재를 되새기다가 곧장 허무해지고 마는 판이니. 그러나 조씨 성을 물려받은 조카의 장래를 미리 떠올려보면 저절로 애통함이 스멀스멀 괴어오른다. 점점 쓸쓸해지는 그 마음자리도 내가 벌써 이처럼 늙었나 하는 생각에 이르면 이내 머리부터 흔들어대고 마는 데야 어쩌랴. 제수씨에게는 최대한으로 너그러워져야겠다는 마음은 절절하나 그 심정을 전달할 길조차 없으니.

무능력자로 손가락질을 받아도 좋으니까 한껏 게으를 것. 남들로부터의 괴음 적극적으로 사양할 것. 내 신변보다 나 자신을 천연스레 굽어살필 것.

↓

대중 사우나(언제부터 멀쩡한 '목욕탕'이 사어가 아니라 사장어가 되고 말았을까)에서 땀을 한껏 빼기 위해 숨이 가쁠 정도로 밀린 때를 밀다. 껍데기 한 꺼풀을 벗겨낸 기분. 화끈화끈한 살갗. 목울대 주위는 아예 따끔따끔하다. 몸무게를 입욕 전과 후에 두 번 재보다. 정상이어서 다소 안도. 땀과 때로 떨어버린 중량도 평소처럼 정확히 1킬로그램. 오랜만에 면도를 정성스레 하다. 방갈로에서는 전기면도기만 사용했으니까.

선지해장국을 한 그릇 후루룩거리자 식은땀이 방울방울 떨어지다. 비로소 귀국했다는 느낌. 방갈로에서 박 사장과 함께 포도주, 안심구이, 식빵, 통조림 반찬 같은 음식들을 널브러 놓고 한 시간씩이나 먹다 말다 한 식사에 비하면 깍두기에 대파를 넉넉히 집어넣은 해장국 한 그릇도 성찬이다.

해장국집에서 조간신문을 겅중겅중 훑어보다. 노동관계법의 국회 날치기 통과. 날치기 통과에 관한 한 군사 독재 정권이나 문민정부나 달라진 게 하나도 없다고. 한동안 정국은 난마 상태를 면치 못할 것이라고 예단. 날치기 통과는 일종의 쾌도(快刀)인데, 그것으로 국가 경쟁력을 높이겠다는데야. 다들 성질이 급해서 난상토의를 피한다. 좀 지지부진할지 모르나 그게 사회적 과외 경비를 줄이는 길인데도. 우리에게는 합의가, 특히나 이해 집단 사이에는 쌍방의 의견 조율이 원칙적으로 없다. 있더라도 시늉뿐이고, 간신히 도출한 그 합의마저도 제대로 지키지 않는다기보다 미비점이 드러날 때까지 참아내는 인내력도 없고, 그 제도를 개선, 보완하려는 슬기는 쩨쩨하다고 거들떠보지도 않는다. 어깃장이 만만한 근성, 시행착오를 통해 어떤 최선을 얻어내려는 집요성의 태부족, 미로학습을 무시하는 나쁜 버르장머리. 내 코가 석 자라 더 생각할 머리도 없지만.

넥타이를 매고 나서다. 전철을 이용. 출근 시간이 지났는데도 승객은 북적였다. 점심때를 피하느라고 좀 일찍 나섰건만.

예상은 하고 있었지만 역시 조마조마한 심정은 어쩔 수 없었다. 가로수 잎들이 파릇파릇 돋아나던 화창한 봄날이었다. 떼지어 일식집으로 몰려가서 생선 초밥에 맑은 복국을 곁들여 맥주잔도 앞앞에 돌렸다. 점심 포식은 간부 사원들의 특권이다. 또한 점심 사기는 상하 관계를 분명히 자리 매기는 좌장의 권력 과시용 내지는 품위 유지용 처신이다. 가능한 한 화장실에서 상관과 마주치지 않으려는 조신도 직장 생활의 한 요령쯤 되는 것이지만, 그날의 요의는 그 요령을 잊어버릴 정도로 다급했다. 부사장은 점심 식사 후에는 꼭 화장실에 들러 물로 입가를 훔치는 한편 양손 검지로 이와 잇몸을 박박 문질러대는 버릇을 빠뜨리지 않았다. 감히 물어보지는 못했으나, 그 버릇이 건치(健齒) 유지에 크게 도움이 되는 듯 부사장은 자기보다 세 살 밑인 전무가 걸핏하면 치과에 들러 한나절씩 보내는 신고를 은근히 조롱했다. 맥주 거품 같은 뿌연 오줌 줄기가 너무 기다랗게 이어져서 조바심이 났다. 왠지 좀 불경스럽다는 생각과 마뜩잖은 기운이 등덜미에서 스멀거렸다. 부사장이 종이 수건으로 입가의 물기를 훔치면서 짐짓 나의 오줌 줄기를 못 들었다는 듯이 말했다.

"어, 조 이사구먼. 오후에 어디 안 나갈 거지? 이따 좀 봐."

순간적으로 오줌 줄기가 뚝, 뚝 부러졌다. 일종의 조건반사. 생리적인 반응은 어떤 예감에 특히 민감한지도.

당연히 내가 먼저 부사장실의 문을 두드려야 했다. 부사장의 낮잠을 방해하기가 좀 머쓱했다. 책상 위에 다리를 올려놓고 낮잠을 자는 쉰 고개 막바지의 부사장 오후 일과는 두시 반쯤에 시작하는 게 관례였다. 가장 맞춤한 시간대가 무작정 흘러갔다. 이제는 부르기를 기다릴 수밖에 없다고 작정했을 때, 부사장실의 비서가 좀 들어오시래요라는 연락을 띄웠다.

활처럼 길게 휘어져 드리운 제주도산 한란 촉이 싱그러웠다.

"집에는 별일 없지?"

아내는 어느 3류 여자 대학의 접장으로서 그 사학 재단의 이사장은 처숙부였다.

"다행이야, 그게 어디야. 든든하지."

기름지고 맑은 부사장의 음성은 소문이 나 있었다. 벌써 5, 6년 전쯤인가. 마시는 온천수로 유명해서 그곳 맥주 맛이 좋기도 한 체코로 부사장과 함께 출장 갔을 때, 2박 3일 일정으로 크리스털 글라스의 세공(細工) 공정 따위를 둘러보느라고 소(小)파리라는 별칭답게 고색창연한 도시 프라하의 지하철을 여러 번 이용했는데, 그때 지하철 안내 방송으로 울려 퍼지던 낭랑한 중년 남성의 음성은 단연 인상적이었다. 체코어라서 한 마디도 알아들을 수 없었지만, 열차의 착발과 역명 따위를 되뇌던 그 탁 트인, 대단히 맑아서 역 구내와 열차 안을 쩌렁쩌렁 울리던 음성은 흡사 금관악기에서 흘러나오는 진동음 같았다. 정말 듣기 좋은 중후한 남성의 테너였다. 그 목소리만 들어도 신뢰감이 저절로 솟구쳐오르던, 좀 과장해서 말하면 신성한 음색이란 것이 저런 것이 아닐까 싶었다. 그때는 상무였던 부사장이 지하철 속으로 오르락내리락하기가 힘들다면서 한사코 택시로 이동하자고 했으나, 나는 그 안내 방송 음성이 듣고 싶어서 지하철을 이용하자고 우겼다. 그 음성조차 관광 자원이라면서. 상무님 목소리만큼이나 듣기 좋잖아요, 라는 솔직한 아첨까지 덧붙이면서. "내가 이때껏 음성 하나로 그나마 밥 먹고 살아, 알다시피. 그러나마나 조 부장은 이번에 관광을 아예 제대로 하려고 작정을 했구먼. 동구 쪽 출장은 이번이 처음이지?" 상무의 그 음성도 듣기에 좋았다. 그 이태 후에 나는 이사 대우로 승진

했고, 상무는 전무로 올라앉았다.

"조 이사도 잘 알다시피 우리 회사는 지금 자리가 없어. 자리를 만들기에는 회사 형편도 시원찮고. 월급쟁이 신세가 너나없이 막판에는 다 이래. 청춘을 바쳐 고생한 결과가 이렇다니까. 밥 먹고 애들 공부시킨 것밖에 없잖아."

역시 인사를 담당하는 직책답게 부사장의 통보는 시원시원했다. 그 기름진 음색도 여전했고, 부하를 챙기는 따뜻한 마음 씀씀이도 그 선뜻선뜻한 말솜씨에 얼마쯤 녹아 있는 것 같았다.

"별로 할 말이 없네요."

"그럼, 할 말이 있을 리가 있나. 떠나더라도 이쪽과 창구는 어차피 만들어놔야 하니까 언제라도 좋으니 나를 좀 찾아줘. 나도 얼마나 더 뭉그적거리고 있을지 모르지만. 나야 나이도 있으니까 내일부로 당장 보따리 싸래도 미련이 손톱만큼도 없어. 머리도 썩을 대로 썩어서 책도 못 보겠어. 퇴직하면 가물거리는 총기에 기름칠하는 셈치고 러시아 말이나 독학할까 어쩔까 그 궁리만 요즘 굴리고 있는 판이야."

자신의 처지에 빗댄 부사장의 위로는 조리 정연했다. 그 말뜻을 새기느라고 그랬던지 내 심사는 뜻밖에도 태평스러웠다.

부사장이 선뜻 자리에서 일어섰다.

"자, 그럼, 며칠 남지도 않았네. 이달 말까지 대충 인수인계를 끝내지."

문을 열고 나서려는데 부사장이 깜빡 잊을 뻔했다는 작위적인 음성으로 불러세웠고, 내게로 다가왔다.

"아 참, 규정대로 할 수는 있겠냐면서 오너가 일년치를 차량 운행비까지 보태서 더 지급하든지, 아니면 대리점도 요즘에는 내봐야 별 볼 일 없으니까 조그만 사업 자금으로다 한 장 반이나 두 장쯤을 5년만 돌려쓰도록 하라는구먼. 이럭저럭 신변 정리가 끝나는 대로 말이야. 올해 연말쯤에나. 목돈을 쓰든 다달이 받든 알아서 하라고 이쪽에다 공을 던졌어."

비로소 말 같은 말을 응수한다고 생각했다. 좀 비감한 심정으로.

"이것저것 한참 생각해봐야지요."

"고깝게 생각할 건 없어."

"그럼요. 오너 아닌 다음에야 누구든 언제 당해도 당하는 건데요."

아마도 부사장은 그날 중으로 오너에게 이쪽의 반응을 그 탁 트인 음성으로 전달했을 것이었다.

머리가 하얗게 비어버린 것 같던 허탈은 막상 그 후부터 차곡차곡, 아주 완강하게 덮쳐왔다. 당장 그 이튿날 오전부터 결재 서류가 올라오지 않았다. 점심 약속을 맞추기 위해 전화 송수화기를 들었다가 이내 내려놓았다. 일거수일투족이 주춤거렸다. 점심을 함께하자는 동료들의 제의는 여기저기서 밀어닥쳤으나, 왠지 겸연쩍고 낯이 부실 것 같아서 '오늘은 좀 그런데' 라고 심드렁히 물리쳤다. 앞서 나간 동료들의 전례를 되돌아보니 그들은 대개 다 평소보다 더 좋은 낯색으로 퇴직 인사를 하러 이방 저방 돌아다녔고, '그동안 신세 많이 졌습니다' 같은 의례적인 말들도 수더분하게 지껄이고 했건만, 그런 주변머리가 도무지 내키지 않았다. 자기 정체성의 어떤 공동(空洞) 상태, 또는 이쪽의 처신이 상대방에게 어떻게 비칠지에 대한 지레 조바심. 월말까지의 그 닷새가 그렇게 지루할 수 없었다.

여권을 소지한 사내와 재무 담당 이사와 맞대면. 호의는 받아들인다는 심정으로 어색한 채로나마 짐짓 환한 표정을 짓자 그쪽에서도 반색.

결재 서류철을 펼쳤다. 일종의 차용증서다. 사인만 하라고.

"진작에 결재가 났었는데. 댁에 안 계신다대요. 무역하신다고요?"

"도붓장산데 머. 어젯밤에 귀국했어요. 한 달 만에. 세 번째 걸음인가 그래요. 스무날씩, 보름씩 있다가."

"아이템은 뭡니까? 재미 좋으시면 앞으로 저도 어떻게 좀 꼽사리끼게 해주세요."

"간판은 중고차 수출업인가로 걸어놨어. 명색은 동업이니 나야말로 꼽사리 붙어 있는 처지니까 아직은 머가 뭔지도 모르고. 더운 나라라서 에어컨을 좀 실어내 볼까 어쩔까 그러고 있어요. 선적이다 하역이다로 급행료 뜯겨가면서. 좀 된다 싶으니까 너도나도 우르르 달려들어서 남는 것도 별로 없을 것 같애. 마침 동업자도 우리 나이에 돈 벌겠다는 심보는 억지라는 주의고, 밥이나 그냥저냥 먹고 살자는 속셈이라 죽은 맞다면 맞고 그래."

어쨌든 명색 사업자금을 무이자로 돌려쓰는 판이라 감지덕지한 심정의 일단이라도 선선히 드러내야 했으므로 내 쪽에서 말을 많이 할 수밖에.

나보다 입사 3년 후배라서 이사 대우의 명함을 갓 박은 김이 점점 정색하고 대들었다. 속으로 이 친구가 제 공치사를 듣고 싶나 하고 좀 경계하기도.

"마진은 얼마쯤 봅니까?"

"20프로나 볼까. 대중이 없어. 그럴밖에."

매일같이 수십억 원대의 숫자와 씨름하는 직책에 걸맞게 김 이사는 주먹구구가 잽쌌다.

"그러면 월 5천만 원 정도는 팔아야 경비 떨고 밥이라도 먹겠습니다, 두 분이서."

"대충 그런 셈인데 그것도 들쭉날쭉할밖에. 장사가 다 그렇지."

"그쪽에 직원도 씁니까?"

탐문이다. 내 사업자금의 행방과 내 생업의 전도를 저울질하는. 그의 추측이 당사자인 나 이상으로 낙관적일 수는 없을 테다.

"저쪽 인건비는 그야말로 물값이니까 전화 받고 심부름하는 사람은 하나 부리고 있어. 더러 동업자와 내가 번갈아 그쪽에 상주하는 셈이고."

문득 지구촌 곳곳에 쓰레기 하치장이 생겨난다는 생각. 더불어 나 자신의 실체도 쓰레기라는 씁쓸한 자괴감. 쓰레기가 쓰레기를 쓸어모아서 부린다는 실감. 한동안 멀뚱멀뚱.

쓰레기는 어디서나 걸리적거리는 터이므로 서둘러 일어서다. 김 이사가 엘리베이터까지 배웅. 막상 요긴한 말은 나란히 걸으면서 나눴다.

"오늘 중으로 온라인으로 집어넣겠습니다. 아까 보신 금액대로요. 아마도 두 장을 못 채워드려 위에서는 좀 찝찝한 눈치예요."

"관례가 있는데. 특혜를 바라는 것도 염치없는 짓이고."

빈말이라도 서로가 여운을 남겨두자는 계산속일 터. 거래란 원래 그런 것이다. 돈이 개입하면 어떤 인간관계도 신경전이 되고 만다. 직장 생활을 통해 배운 유일한 것이 그런저런 신경전을 어떻게 희석, 극복할 수 있는가 하는 궁리였다.

"회사채를 사서 굴리게 하면 어떨까 하는 말도 나왔고요."

잠시 뜨악해졌다. 그 말속에는 이쪽의 생계를 곰살궂게 챙기고 있다는 호의와 더불어 내 능력이 장사할 주제도 못 된다는 동정적 평가까지 껴묻어 있어서 머리가 복잡해지다.

"누가요? 오너가?"

"아니요, 그렇다는 소리지요. 요즘 장사 되는 게 머 있냐면서."

내 심사가 좀 사나워졌던 듯 불쑥 말이 튀어나왔다.

"이 집 회사채를? 요즘 돈이 급해요?" 비록 경쟁업체는 두엇 정도 있으나, 또 그 경쟁이 날로 치열해지는 형편이긴 해도 국내 굴지의 제조업체를 무시하는 소리로 들릴까 봐 얼른 덧붙였다. "그것도 한 방법이긴 하겠지만, 내가 알아서 궁리를 좀 해봐야지요. 내 몸도 그렇지만 돈도 어디다 묶어두는 게 싫고 신경 쓰는 게 귀찮아서, 아직은 귀천도 없고."

여윳돈을 알아서 갈무리하는 집사람은 퇴직금조차도 딱히 쓸 데가 없다는 듯이 은행에 묻어두고 있는 판이다. 그것도 금리가 낮은 단기 예금으로.

"제조업체들은 다들 안 쓰러지려고 밖으로 나가는 모양이에요."

월급쟁이의 엄살은 근본적으로 생계에 대한 위기의식과는 거리가 멀다. 방관적, 자조적일 수밖에 없으니까. 그 엄살은 실물 경기의 상당한 정보에 의해 제법 객관적인 만큼 대체로 맞을지도.

"언제 다시 출국하실 겁니까? 신년 하례식 때 인사 올 거지요?"

"모르겠어요. 연말 연초라서 저쪽에서는 딱히 할 일도 없지만. 여기서는 여기저기 알아볼 일도 좀 있고. 그야말로 정처는 없어도 갈 데는 많을 수밖에요. 후딱 떠나버릴까 하는 생각도 없지 않고."

몸무게가 백 킬로그램 이상 나가는 듬직한 체구의 김 이사가 "일간 연락해서 자리 한번 만들게요"라며 머리를 끄덕였다. 꼬박 20년 동안 명줄을 달고 일한 회사 쪽에 내가 어떻게 비쳤을까를 하릴없이 곱씹었다. 아마도 내가 경쟁업체 같은 데서 다시 월급쟁이로 일하지 않으리라는 짐작은 했을 테고. 5년 거치 1년 분할 상환의 사업자금을 돌려주는 관례적 시혜도 그것을 밀막기 위한 담보이므로. 그러니 오늘 받은 내 사업자금은 내가 어떻게 굴려도 상관없고, 저쪽에서는 그것이 장사 밑천으로 쓰이지 않을 것도 빤히 들여다보고 있다. 돈도 사람도 유예기간이 정해져 있다. 아직도 나는 20년 동안의 내 인생을 송두리째 바친 일터에 꼼짝없이 볼모로 잡혀 있는 셈이고. 사람은 누구나 평생토록 어떤 인간관계의 볼모일 수밖에 없다. 가족도 어차피 서로가 서로에게 볼모듯이.

↓

동생이 첫 맞대면 좌석에서 "춤꾼인가 봐요"라고 소개했을 때도 무대 위에서의 약동 같은 연속 동작을 도무지 떠올릴 수 없을 정도로 제수씨는 조용한 여자였다. 찻잔 부딪치는 소리마저 일부러 안 내려는 듯 고요를 잔뜩 끌어모으고 있는 제수씨의 그 좀 차분한 기질과 섬약한 미모에 동생은 허둥지둥 빨려 들어갔던 것 같다. 그래도 혼인 날짜를 잡느라고 사돈댁에서 한창 옥신거릴 때, 제수씨 배가 불러오는 기미에 왠지 내가 뿌듯해지던 심사도 아직 생생하다. 아마도 그때부터 나는 제수씨의 박복을 얼핏얼핏 떠올렸을지도 모른다. 동기간인데 설마 시샘까지야 했을까만, 그 예감이랄까 방정을 쉬이 떨쳐버리기도 어려웠다. 두 내외의 나이 차 때문이었을까, 제왕절개 수술로 어렵사리 애를 낳은 제수씨가 젖병을 흔들어대는 아리따운 모습을 느긋이 관망하던 동생의 때 이르게 노숙한 표정에는 어딘가 분수에 안 맞는 행복 같은 것이 얼찡거렸다. '잘 만난 처덕'이나 '잘 얻은 처복' 같은 속말로 동생의 단란을 마음으로나마 얼마든지 응원해주었어도 좋았으련만.

세모라서 그런지 호텔 로비는 북적거렸다. 나는 회전문 곁에 붙어서서 밖을 멍하니 내다보고 있었다. 허리를 질끈 동여맨 쑥색 코트가 회양목 사이로 뚫린 좁장한 인도에 나타났다. 자신이 착지해야 할 무대 위의 자리를 겨누듯 제수씨는 또박또박 다가왔다. 역시 사람보다 옷이 걸어오는 듯한 이미지. 흔한 바바리 체크무늬 머플러 위에 오뚝 올라앉은 듯한 제수씨의 얼굴은 더 작아진 것 같았다. 아직도 처녀티가 또렷했다. 그러나 가리마 없이 뒤로 바싹 빗어넘겨 말총처럼 묶은 머리매무새는 애 딸린 여자임을 본인 스스로가 과시하는 듯. 제수씨의 머리칼은 말갈기처럼 굵고, 빗질한 굵은 고랑도 깊다.

"분명히 두시라 그러셨지요? 세시면 그동안을 어떻게 보내나 그 생각만 하고 왔어요. 뭘 자꾸 생각하기가 싫어서요."

그 순간 섬뜩한 기운이 내 가슴을 훑고 지나갔다. 추석 때 보고 처음 만나니 꼬박 세 달 만인데도 이렇다 할 수인사도 없이, 약속 시간을 제대로 지켰다는 안도감부터 드러내는 제수씨의 갈팡질팡하는 심리 상태를 헤아리자니 초조가 겹겹으로 몰려왔다.

제수씨는 내 전화를 받고 뭘 좀 먹어놔서 밥 생각은 전혀 없다고. 나도 마찬가지여서 곧장 지하 커피숍으로 내려갔다. 큼직큼직한 잎이 가죽처럼 두껍고 뻔질거리는 고무나무 밑에 파묻히듯 마주 앉았다. 상큼한 콧마루 주위에 주근깨가 아른아른하게 비치는 제수씨의 고운 피부와 육질이 칙칙한 고무나무 잎사귀가 묘한 대조를 이루었다. 그 분위기가 그나마 제수씨의 어깨에 생기를 돋우고.

조카만 없다면 분명히 남남 사이라는 가부장적 생각이 얼핏 떠올라 머리를 흔들었다. 뒤이어 늙은이의 하릴없는 과욕성 노파심에 건짜증이 무럭무럭 일어 잠시 안절부절못하기도.

왠지 입이 안 떨어졌으나 도리를 차린다는 심정으로 용기를 냈다.

“만영이는 탈 없이 잘 크지요?”

대꾸할 말을 한참이나 생각하는 눈치를 드러내다가 제수씨는 아무렇게나 둘러댔다.

“네, 벌써 제 또래 유치원 계집애들을 제멋대로 울리고 그러나 봐요. 형님께는 너무 미안해요. 제가 전화라도 자주 드려야 하는데. 너무 죄송해서 두어 번인가는 제가 일부러 전화를 안 받기도 했어요. 일러바치지는 마시고요.”

나른한 자태인데도 제수씨의 조용한 말씨에는 의외로 강단이 실려 있어서 그나마라도 고맙다는 생각이 저절로 우러났다.

“집사람도 밖에서 일이 있는 사람이라 나름대로 바빠서 어쩌다가 불쑥불쑥 생각이 나면 제수씨 안부라도 물어보려고 그랬겠지요. 괘념치 마세요.”

“지난 추석 때는 만영이 겨울옷까지 두 벌이나 사줬는데. 참, 시아주버님이 사주신 기차놀이 완구를 만영이가 아주 잘 갖고 놀아요. 굴속을 달리다가 빨간 신호등이 깜빡거리면 기차가 멈추고 하는 게 신기한가 봐요."

"한창 재롱을 떨 나이지요." 내친 김이라 불쑥 다잡았다. "더러 제 아빠는 안 찾습니까"

무대에서 동작만을 실연해본 사람이라서 그런지 제수씨는 손수건 따위도 꺼내지 않고 한동안 몽몽한 시선을 허공에 기다랗게 매달았다.

"밤에는, 잠자기 전에 가끔씩 그래요. 아빠 안 와라고요."

"뭐라고 둘러댑니까?"

"하늘나라에 계시다고. 만영이 너 자는 걸 보고 있다고. 그러고 말아요. 알기는 아나 봐요. 죽었어 라고 안 묻는 걸 보면요. 애 이름까지 왜 만영이라고 지었는지 모르겠어요."

"늦게 본 자식이라고 그랬겠지요."

"자기처럼 대기만성하라고 그렇게 짓는다고야 했지만."

내가 점점 더 울적해졌다. 어린애와 미망인의 실존 때문에 죽음의 비통은 더 절절히 깊어진다. 인간에게는 죽음이 삶의 일부로서 늘 등짝에 붙어 있으므로 슬픔이 그림자처럼 따라다닌다. 그 슬픔의 고통을 줄이거나 늘이는 것도 인간이 짊어진 멍에다. 물질문명의 드센 만연과 팽창이 떠안긴 재앙으로서의 교통 사고사. 국내에서만도 1년에 평균 1만 명쯤이 죽어간다니까 치사율이 높은 만성 전염병이다. 아비 없는 자식과 미망인의 숫자는 얼마나 될까. 또 신체적 정신적 장애인들의 숫자는. 면역 기능은 원천적으로 있을 수 없고, 예방책도 근본적으로 마련하지 못하는 무능한 세상. 불가피한 물질문명의 과부하로 말미암은 비극의 세상. 세상을 바꾸겠다는 진보적 세계관이 오히려 인간을 못살게 구는 해악을 사시장철 끼얹고 있으니, 이런 현상도 아이러니라면 언어의 희롱이 살갑다기보다 무책임하다고 할 밖에. 다들 자동차 없이는 못 산다고, 스스로 그 편리성의 맹신자임을, 마약중독자를 자처하고 있으니까.

어디서부터, 무슨 말부터 주워섬겨야 할지 도무지 갈피를 못 잡아서 한동안 머리를 굴려보았다. 생각할수록 답답해지고 막막해지다. 속이 끓는 대로 내버려 둘 수밖에 없다.

도대체 우리의 폭폭한 사람살이에서 '정'이란 무엇인가. 그것은 뻔뻔스럽기 짝이 없는 귀신일지도 모른다. 늘 장롱처럼 안방 차지를 하고 있다가도 불쑥 나타나서는 사람살이에서 자기만을 유일신으로 섬기라고 악지를 쓰다가, 따돌리면 이내 싸늘하게 토라져 버리는.

신제품 출하에 따르는 일련의 사무 처리처럼 나는 후딱후딱 갈피를 잡아채 갔다.

애초부터 그 가당찮은 욕심을 주제넘게 터뜨린 당사자는 당연하게도 노친네였다. 노친네는 장가처이긴 해도 엄연히 후처다. 다섯 살배기 머슴애 하나가 딸린 홀아비인 줄도 모르고 '속아서' 시집을 왔다니까. 다행히도 두 양반의 금슬은 그런대로 좋았던 모양이다. 내 밑으로도 삼 남매를 줄줄이 낳았으므로. 낳은 정보다 기른 정이 더 두터웠든지 노친네는 지아비 생전에도 당신의 노후를 이복형께 맡기겠다고 당당히 얼러맞췄다. 부모 자식 사이에도 무슨 살(煞)이 낀 인연이 있는지 노친네는 어릴 때부터 당신 맏자식인 나를 은근히 따돌리고, 똘똘

하고 서글서글한 이복형을 감싸고 돌았다. 노친네가 어릴 때 나를 '저 인정머리 없는 놈' 이라고 단정한 말은 귀에 못이 박였다. 그런 정 가름이 남의 자식 키우는 후처 살림을 말썽 없이 꾸려가려는 당신의 슬기인 줄 알게 되고 나서도 적잖이 서운하다는 생각은 못내 지워지지 않았다. 그때쯤에는 벌써 이복형에 대한 노친네의 자식 정이 내 쪽보다 훨씬 살가워졌을 것은 미뤄 짐작하기 어렵지 않다. 며느리들도 그 나물에 그 밥이라 노친네는 들이굽는 팔과 내굽는 팔로 성급하게 갈라놓았다. 그 정성이 제대로 뻗쳤던지 명실상부하게 맏자식인 이복형은 노친네에게 손주 둘에 손녀 하나까지 안겨주었다. 시커먼 기름걸레를 사시장철 내내 빨아대며 살아온 이력답게 노친네는 입도 걸어서 "지가 배운 년이라고 자식을 마다해? 좋은 것 배웠다. 그 고운 심청을 누가 안 떠받들어줘 섭해서 어떻게 살까. 지 눈에 고드름 달릴 날이 멀잖았다"라고 둘째 며느리의 단산을 타박했다. 아내의 때 이른 단산이 이른바 '물혹' 제거 수술 탓임을 알고 난 후부터 노친네는 아예 내 집 쪽으로의 발걸음조차 사려버렸다. "사람은 늙을수록 내남없이 자식 없는 절간 같은 집에서는 심심해서 못 살아." 기절이 센 노친네라 명절 때 차례를 모시려고 당신의 거처에 가족들이 모이면 아예 들으랍시고 그런 말을 빠뜨리지 않았다. 지아비 생전에는 한강변을 지척에 둔 널찍한 쓰레기 하치장 곁에 붙박인 움막이었으나, 지금은 일등 주택가 한복판에 들어앉은 2백 평 남짓의 차 수리 센터 땅을 잽싸게 맏자식 명의로 돌려세워 놓은 것도 전적으로 노친네의 가는 정 덕분이었다. 하기야 지아비를 여읜 후부터 그 기술은 물론이고 상호와 영업장까지 물려받아 꾸려가는 고종사촌이 다달이 디미는 임대료야 노친네 몫이었으므로 내가 그 세전지물에 연연할 건더기조차 없는 셈이긴 했다. 근년에는 쏟은 정을 발겨잡느라고 그러는지 노친네는 "내 죽거든 니들 애비 제사 모시는 이 집에다 밥 한 그릇 따로 떠놓든지 말든지 알아서 해"라며 밥상머리를 말갛게 훑닦아놓았다.

"만영이 아빠와 돌아가신 그이 아버님 사이가 안 좋았나 봐요?"

뜨악한 눈으로 나는 제수씨의 말간 얼굴을 쳐다보았다.

"만영이 두 돌 때 어머님이 오셔서 그이한테 자꾸만 니가 니 형 몫도 다하라고 채근했어요. 애를 둘쯤 더 낳으라는 말씀이지요. 그런데 어머님이 큰댁으로 돌아가시고 그날 밤에 만영이 아빠가 그래요. 돌아가신 자기 아버님을 개새끼라면서. 그 개새끼한테 속아서 시집온 어머님 팔자가 늙마에 저 꼴이라고 혀까지 차고 그랬거든요."

제수씨와 나 사이가 조금씩 가까워지고 있다는 느낌. 동생의 생전 망발도 그야말로 재생 녹음처럼 생생하게 튀어나온데다 좀 성가신 핏줄 타령까지 들먹여져서 그런 듯. 제수씨에 대한 내 선입관을 깡그리 수정해야 할 정도로 그녀의 말씨는 재연(再演) 능력이 탁월. 세대 차이가 이런 건지. 얼핏 현대의 10년은 중세의 한 세기에 맞먹는다는 과장법을 떠올렸다.

자연스레 베어링이나 모터 따위의 자동차 부품에 묻은 시커먼 모빌유를 걸레가 끈적끈적해지도록 훔쳐내곤 하던 망인의 생전 모습이 떠올랐다.

"만영이 할머니도 좀 드센 노친네지만 저희 부친도 우락부락하니 욕심이 사납고 성격도 아주 급했습니다. 어릴 때 우리 형제가 당신한테 세차용 고무호스로 닦달질도 엔간히 받곤 했지요. 그 단매를 안 맞으려고 내빼다가 얼음이 꽁꽁 얼어 박인 세차장 구덩이에 처박히기도 하면서요. 영감이 팔 힘도 아주 좋으셔서 젊은 군인들과 팔씨름을 하면 누구한테도 지는 적이 없었어요. 아시는지 몰라도 60년대 말까지 저희 집 차 수리 센터에는 군용 트럭, 지프차 같은 것이 밤낮 가릴 것 없이 줄을 서며 들락거렸습니다. 그때는 요즘과 달리 자동차 부품 같은 것이 이것저것 아주 귀할 때라 고장 난 군용차도 며칠 밤씩 우리 집 차 수리 센터에 입원해 있었거든요. 연탄재가 늘 산더미처럼 쌓여 있는 쓰레기 하치장이 우리 집 들머리에 널찍하니 터를 잡고 있어서 이래저래 안성맞춤이었습니다. 그 당시 군용 휘발유, 경유 같은 기름은 드럼뙈기로, 밧데리, 절삭 공구 같은 차량 부품은 박스뙈기로 군대에서 마구 흘러나왔어요. 영감은 그런 군수품을 암거래해서 제법 돈을 벌었습니다. 원래 그 양반은 차 고치는 기술자 군속으로 한동안 밥을 먹었기 때문에 군 쪽에 발도 넓고, 또 그쪽 사정을 빠삭하니 꿰차고 있었어요. 다 지나간 일이지만. 저희 집이야말로 군사 문화 덕을 아주 톡톡히 입은 셈이랄까 머 그래요."

덩달아 나도 말이 술술 풀려나왔다. 숨길 것도 없는 과거지사라 곧이곧대로 털어놓았건만 제수씨는 그런 치부에는 관심도 없다는 듯이 물었다.

"힘도 좋으신 분이 어떡하다 그렇게 일찍 돌아가셨어요?"

"80년 가을에 환갑 술도 자셨으니까 그렇게 일찍 돌아가신 것도 아니지요. 지금 제 형님이 앓고 있는 그 병이었어요. 제가 장가가기 전에, 가만있자, 그러니 제가 취직하기 전에도 벌써 지병인 줄은 아셨나 보네요. 알고 나서도 식욕은 되려 더 좋으시고 술도 전과 다름없이 많이 자셨어요. 5년쯤 앓았을 거예요. 당뇨병도 유전인가 봐요."

"군속도, 당뇨병도 처음 듣는 이야기네요. 그이는 도통 그런 집안 사정을 일언반구도 내비치지 않았어요. 큰시아주버니가 이복형이란 것도 제가 시집와서 한참 있다, 그때가 언제더라, 만영이 돌 땐가 그 무렵에 알았어요. 그것도 어머님이 싱크대 앞에서 지나가는 말로 그러시며 저한테 알지, 라고 물으시길래 대답이 궁했던 기억은 지금도 생생하네요."

"그거야 무슨 자랑도 아닌데 걘들 떠들 리가 있었겠습니까. 걔야 또 워낙 천방지축으로 바쁘게 산 위인이었으니까요. 걔가 대학 다닐 때, 저희 영감이 공무원이 최고라고, 나라 녹만큼 배짱 편코 등 따신 게 없다고, 우리 집안에도 공무원이 셋은 나와야 번듯해진다고 걔를 짓졸라서, 두 형은 놔두고 나한테만 웬 성화냐며 걔는 시뻘겋게 대들니 더만 그 길로 가출해버리기도 했어요. 아시는 대로 제 매제 둘이 다 공무원이잖습니까. 형님도 지금은 준공무원에다 한직으로 물러나 있지만요."

"우리가 연애할 땐가 언젠가 어머님 핸드백에 들어 있는 돈을 몽땅 훔쳐내서 집 뛰쳐나갔다는 말은 들었어요. 그이는 다니던 광고 회사에서도 한 달쯤씩 그만뒀다가 다시 다닌 모양인데, 저는 그것도 나중에사 알았어요. 말하는 것을 찬찬히 새겨들어보면 소탈하고 솔직한 사람인 것은 틀림없는데, 뭔가 꿍꿍이수작 같은 게 많아서, 그런 생각들이 늘 가슴 한복판에서 똬리를 틀고 있었던 것 같아요."

새삼스럽게 동생의 상이 카메라 속의 실경처럼 바싹 다가오다가 까마득히 멀어지는 듯한 착각이 덮쳤다.

"머랄까, 걔는 늘 저만큼 두어 발 앞서 달아나지 못해서 안달했달까 허둥거렸잖아요. 그 성질대로 한발 앞서간 모양이지만."

"제 성격도 워낙 태평스러워서 그이 월급이 올랐는지 어쨌는지, 보너스 같은 것도 있는지 없는지도 모르고 살았던 게 이제사 후회스러워요."

"그 점은 제 집사람과 똑같네요."

"형님도 그러세요? 그러면 저만 그런 게 아니네요."

다소나마 안도감에 젖는 듯 제수씨의 어깨는 착 가라앉았다. 그렇게 봐서 그럴 테지만.

"지금도 앞으로 어떻게 살아갈까 같은 생각은 눈곱만큼도 안 하고 있으니 저 자신도 절 잘 모르겠어요. 잊으라, 잊으라 그러시는 어머님 속내가 무슨 뜻인 줄이야 대충 짐작하지만, 막상 저로서는 거기까지 생각할 머리가 지금은 없는 형편이고요. 또 그이한테 이렇다 할 원망도 없고, 제 팔자가 그러려니 하는 체념도 웬만큼 자리 잡았는데도 이렇게 털버덕 주저앉아 있어요."

비로소 본론이 나온 셈이다. 그렇긴 해도 그것은 노친네의 헤살 같은 과욕일 뿐 나도 제수씨와 마찬가지로 이렇다 할 복안이 있는 것도 아니다. 이런 대목에서도 노친네의 '저 정 없는 놈'이라는 내 사람 됨됨이에 대한 품평은 정곡을 찌르고 있다. 정을 떠먹이려고 턱받이 밑에다 들이대도 도리머리질만 해대는 애늙은이.

노친네의 욕심 사나운 분별은 일견 일리가 없지 않다.

양자도 들일 판인데 하나뿐인 조카가 남인가. 당신도 다섯 살배기 남의 자식을 제 자식으로 키워냈잖냐. 세상이 아무리 변했다 한들 자식 포원이야 어디 가나. 열 번 양보해서 친권이네 뭐네 하며 지 자식을 지가 키운다 해도 요즘 세상으로는 청상과부나 다를 바 없는 제수씨 장래를 우리가 떠다밀 것까지는 없어도 가로막고 있어서야 되겠냐. 또 무슨 심청으로 조카를 의붓아비 떡치는 데로 내다몰 작정이냐. 이때껏 시집살이는커녕 지 살림도 제대로 안 살아본 안에서 바깥일을 그렇게나 하늘처럼 섬겨서 애 키울 손도 없고 마음도 없다면 이 늙은 것이 소일 삼아 남부럽잖게 키워주겠다는데 무슨 억하심정이 그토록 바지랑대처럼 기다랗게 뻗쳤냐. 다행히도 당신은 아직 총기도 멀쩡한 데다 아픈 데도 없고, 손주 새끼 하나 정도는 뒷바라지할 돈도 있다. 니 형이 의붓자식이지 만영이 애비가 의붓자식이냐. 니 에미 팔자가 진작에 이렇게 될 줄 알았는지 차 밑에서 기름걸레나 훔치고 산 니 애비가 병원에도 안 가고 떨궈준 돈을 누가 어디다 쓰겠냐. 만영이 애비 그놈이 생전에 지 애비와 그렇게 상극이다가 죽어서까지 그 불효 빚마저 떠넘겼으니 남은 동태(同胎) 형제 하나라도 그걸 갚아야 사람 사는 도리가 아니냐. 미적미적거릴 일이 따로 있다. 진작에 손 볼 차를 귀찮다고 내버려 두면 털털거리기 밖에 더하냐. 아들 자식 없는 애비 니가 빨리 작정을 차려라. 많이 배운 년이라고 기름걸레 빨아대며 산 시어미를 지 의붓동생처럼 깔보는 며느리년은 상대하기도 싫고, 또 그 자식 없이도 유식한 년이 나설 일도 아니다. 이런 일에는 식품영양학 같은 학식도 소용없다. 미국까지 가서 그 잘나 터진 학문을 공부했다는 년이 허구한 날 차려내는 밥상이 겨우 그 꼬라지냐. 못 배운 부모도 어른인데 자식이 부모 말을 들어 해될 일이 머 있겠냐.

"만영이 장래는 제수씨가 알아서 챙기세요. 섭섭하게 듣지는 마시고요. 실은 저도 노친네에게 짓졸리는 게 싫어서 몇 푼 되지도 않는 퇴직금 까먹어가면서 무역입네 머네 하며 시방 다리품이나 팔고 있는 셈입니다. 제가 대리점 관리할 때 막역하게 알고 지내던 김 사장이라고, 그 양반 처남하고요. 제가 그 자리에 있을 때 별로 도와준 것도 없는데, 그 김 사장이라는 양반이 덕은 닦은 데로 간다 어쩐다고 저를 그나마 곱게 봐줘서 명함이나 하나 만든 셈이지요."

"앞으로도 국내에 잘 안 계시겠네요."

"어떻게 될지도 잘 모르겠어요. 반살림을 저쪽에다 걸쳐놓고 있다지만 언제 걷어치울지. 집사람도 태무심하기는 마찬가지고요. 그 친구도 내일모레면 쉰 줄에다 벌써 머리도 많이 셌어요. 수진이 에미나 저나 다 이런 인생도 있다는 조로 살아가고 있는 판인데, 노친네가 자꾸 윽박지르고 해서 마지 못해 이래요. 저야 어째도 좋다는 입장이고요."

이런 일에는 기다릴 수밖에 없다는 속셈으로 나는 수월하니 지껄였다. 전혀 어울리지 않게도, 이 나라는 지구상에서 자유와 정의와 자연을 마지막까지 지니고 있을 법치 국가라는 신조로 꾸역꾸역 각자 맡은 일에 성실한 미국 중산층이나 된 듯이. 그들의 요긴한 유머 감각 대신에 궁상스런 신수나 실토하면서.

"지지난 주에도 첫눈이 제법 나풀거리자 어머님께서는 추운데 어떻게 사냐고 전화를 주셨어요. 딱히 할말도 없으시면서요. 또 연말이 닥치는데도 수진이 애비는 남의 나라에서 돌아오지도 않는다면서 저한테 군걱정을 늘어놓으시고요."

얼금얼금한 망사 장갑을 낀 손으로 제수씨는 코트 자락의 옷단 솔기를 한사코 매만졌다.

"저도 만사가 시덥잖아서 아직 노친네에게 귀국했다는 연락도 안 했습니다."

"그러셨어요? 제가 아까 어머님께 전화 안 하기를 잘했네요. 전 왠지 어머님은 좀 그래요. 화는 홀로 안 온다는데 자꾸 다그치는 것도 꺼림칙하고요. 만영이야 내버려 두면 어디서든 세월 따라 저절로 커서 어른이 될 테지요. 정말 어머님 원대로… 만영이가 제 손에서 떠나 자라는 게 오히려 제가 평생 개를 못 잊고 시아주버님 댁과도 꾸준히 연락을 취하며 살아가는 방법이기는 하지 싶어요. 만영이가 이대로 쭉 저와 살다 보면 어른이 된 다음에는 제 핏줄을 찾아갈지 몰라도 그 전에는 한동안씩 서로가 잊어버리고 맹맹하니 지낼 거 아니에요?"

잠시 묵직한 부담감이 덮쳐왔다. 손을 내저으며 뿌리칠 수 없는 일인 줄 알기 때문에 더 그런지도. 잠잠히 제수씨의 심경을 따져보니 모정을 빨리 떼는 게 서로 살기 편하다는 노친네의 성화가 너무 매정스러워 얄밉기는 해도 그것은 그것대로 억지는 아니다 라는 눈치다. 그런 심적 동요야 나도 마찬가지다. 비록 억지 춘향식일망정 넘겨받아야 한다는 도리와 그래도 편모 슬하가 낫지 않을까 하는 통상의 짐작이 반반씩이므로. 어쨌든 제수씨의 심경이 알게 모르게 한쪽으로 약간 기울어져 있다면, 노친네 말대로 만영이를 빼앗아오는 게 아니라 고스란히 넘겨받아 오는 셈인데, 나로서도 조카를 노친네에게 맡기기는 싫다. 노친네가 친손자 하나 거둬주기 위해 때 늦게 아닌 보살로 내 집 살림을 살아줄 리도 만무하고. 나도 어차피 내 자식으로 만들 바에야 나름대로 내 정성을 다 쏟아야 할 것 같으니까. 물론 노친네도 일만 벌여놓으면 마무리야 자식 없는 너희 내외가 알아서 하라는 속셈일 테고. 설마 당신의 의붓아들 슬하에서 도맡아 키울 보짱이야 없을 테지만.

내 머리가 두 개라도 모자랄 판이다. 이 세상에서 가장 복잡하고 뾰족한 해법조차 없는 것이 혈연끼리의 신경전이다. 그래서 서로가 이중 삼중의 심리적 긴장으로 살세고 마는 것이다. 그 버름한 사이를 조금이라도 풀어서 좁히려면 잔머리를 한참이나 굴려야 한다.

아내는 살날도 얼마 남지 않은 노친네가 중뿔나게 우리 내외의 후사까지 걱정하며 나서는 게 마땅찮다는 게 아니라 딱 거슬린다는 심사다. 그것은 모정이 아니라 쓸데없는 참견이라는 식으로. 늙은이에게는 돈도 중하나, 정이 마지막 발악 같은 권력이다. 정만큼 검질긴 집착, 천착이 달리 있을까. 하기야 노친네의 인정도 무던하기로는 일찍부터 소문이 자자했다. 술값이라도 꼬불치려고 휘발유를 팔러오는 군인들에게 라면도 끓여주고, 돼지고기 두루치기 안주로 술상도 봐주곤 했으니까. 나중에는 그 맛에 길든 군인들이, 주로 하사관과 사병들이었으나, 움막 같은 가건물 뒤쪽 한데다 도마 의자를 깔고 앉아 아예 술집처럼 술판을 벌이기도 해서 부정 유출한 휘발유 값을 몽땅 까발리기도 했다. 차고 기둥에다 외상 술값 장부까지 매달아두고 있었으니까, 당신이 우리집 살림을 반 이상 일궜다는 발도 빈말은 아니다.

오히려 내 쪽의 단안을 재촉하듯 제수씨는 내게 언제 다시 출국하실 거냐고, 나가시기 전에 한 번 더 뵙자고 간절히 통사정. 나야 그러자고, 아무 때라도 연락하겠다고 무덤덤히 응답. 아내와 더 숙의할 테지만, 누구에게나 가르치려고 덤비는 식품영양학자의 말솜씨에 제수씨가 얼마나 휘둘릴지는 못내 의문이다. 아내는 머리 하얀 학부모 노릇도 입양아 얻은 양 감수하겠고, 지 동생 본 셈으로 수진이가 좀 도와주면 된다지만, 앞으로 예상되는 제수씨의 신변 변화 및 심적 동요는 논문 훑듯이 조목조목 뜯어볼 게 틀림없다. 화근은 노친네의 대물림 업보 탓이므로 그런저런 추후 동정도 나로서는 일절 모른 체할 수밖에.

이 다사다난한 올해 연말에 나라는 위인의 정체는 무엇인지. 또 어디로 나아가고 있는지. 정의는 의외로 간단하다. 안팎곱사등이. 허우대 멀쩡한 금리 생활자이면서도 막상 오갈 데는 없는 행상인. 비승비속(非僧非俗)이라더니 늙은이도 못 되고 그렇다고 젊은 것은 더욱이나 아니고. 굳이 분류하자면 프티부르주아에 국제적 부랑아. 그냥저냥 먹고 살 여유는 있는. 그러나 달리 좋은 일자리를 찾아볼 기회마저 철저히 빼앗긴 피감금자. 입양자를 들일까 말까로 고민하는 허울 좋은 가장. 그런저런 구속감이 갑갑해서 나는 훌쩍 나라 밖으로 떠나버렸을지도. 그럴 수밖에.

↓

경비실에서 열쇠를 건네받았다. 썰렁한 집안. 모녀만 살므로 집 청소는 대체로 깔끔히 되어 있다. 화장실에는 여기저기 기다란 머리카락들이 눌어붙어 있긴 해도 그런대로 맡아줄 만한 화장품 냄새도 짙게 풍긴다. 딸애가 대학에 다니면서부터 옷도 제법 갖춰 입는 통에 명색 부부 전용 화장실은 두 모녀의 탈의실쯤으로 바뀌었으므로 내게는 치외법권 지역인 셈이지만, 나는 가끔씩 그곳이 어릴 때의 다락방처럼 살갑기도 하다. 무슨 비밀의 아지트처럼 궁금하기도 하고, 우정 그곳에서 오줌을 누기도 한다. 파란 변기 속 물이 묽은 녹색으로 변하면, 노란 오줌 줄기가 마음보다 몸이 더 무겁다는 걸 알려준다. 눈이 시릴 정도로 파란 하늘 밑에 펼쳐진 야자수 그늘을 무연히 바라보고 앉아 있던 방갈로 속의 화장실이 저절로 떠오른다. 일부러 코를 큼큼거리며 냄새를 맡아 보았다. 기껏 이 냄새를 맡아보려고 귀가했나 하는 생각에 실소나 베어물고.

요컨대 집조차 내게는 낯설다. 특히나 이 집이 그런데, 아내 명의로 등기되어 있어서 그렇다면 내가 좀 옹졸한 속물이 되고 말지만. 하기야 이 아파트는 임시로 이태쯤 살다가 팔든지 전세를 놓는다는 작정 아래 아내가 제 돈을 반 이상 대서 사둔 것이다. 노후 대책용일 것까지는 없고 재산 증식의 한 방편으로. 청담동의 명색 빌라형 다가구 주택은 작년 겨울 들머리부터, 그러니 꼬박 1년 남짓 전부터 여벌 집이 된 셈이다. 실은 햇수로 꼭 8년 동안 살았던 그 집도 한 대리점 점주가 주식 투자에 열을 올리다 생돈을 반이나 녹여버린 나머지 운영 자금에 궁기가 들어 떠넘긴 것이었다. 물론 회사에 저당권이 설정되어 있었으므로 반강제적 조정안이 나왔고, 그때 내게는 목돈이 턱없이 부족해서 미수금으로 갈음한 회삿돈 융자를 5년에 걸쳐 연부로 갚아나간다는 조건으로 떠안았다. 어쨌든 그 집 옆으로는 대단위 아파트 단지를 감싸고 돌아가는 2차선 차도가 있었는데, 봄철이면 개나리가, 초여름에는 줄장미가 구멍 뚫린 아파트 담벼락에 흐드러지게 피어나서 풍치가 꽤 좋았다.

분당의 이 아파트로 이사 오자마자 불평을 터뜨린 식구는 당연하게도 아내와 딸애였다. 딸애는 학원 과외도 끝나고 대학 입시 결과를 기다리는 중인데도, 또 아내는 겨울방학 중이었는데도 둘 다 통학 거리가 너무 멀다고 지레 건짜증을 부렸다. 새벽어둠이 걷히기도 전에 한달치 고속도로 통행권을 한 장씩 끊어주며 출근길에 오르는 가장의 신고는 안중에도 없는 듯 두 모녀는 어서 다시 서울로 입성하네 마네로 승강이를 대놓고 떠벌렸다. 죽이 맞을 수밖에 없는 아내와 딸애의 '정이 안 붙는 집' 이라는 소리는 결국 귀가 시간을 여의롭게 골라잡을 수 없다는 투정에 지나지 않았다. 각자의 인내력과 적응력을 재미삼아 시험이라도 해볼 만하건만, 웬 고생을 사서 하냐는 두 여자의 지청구 앞에서는 딱히 달랠 말도 없었다.

그때 나는 남자로서 여자들의 잗다란 원망을 해소해줄 길은 생활형편상 근원적으로 막혀 있다는, 남자와 여자가 살을 비비며 함께 살아가는 살림 자체가 부실하기 짝이 없는, 지옥이 아니라면 첩첩산중을 헤매는 곡경의 연속이 아닐까 하는 생각을 여투었을 것이다. 돈으로 해결될 문제도 아니었다. 아내는 청담동 집도 저당물이었다고, 말하자면 회사와 지저분하나 공공연한 연이 닿아 있다고 마뜩잖아했다. 혼전에 미국에서 5년쯤 학창 생활을 하며 몸에 밴 일종의 화술 덕분인지 아내는 아무 데나 '사생활 보호' 따위를 끌어다 쓰는 데 극성스러웠다. 회사 일처럼 어떤 타개책이 있을 리도 없었고, 그런 게 있다 한들 그 결과야 또 뻔했다. 무망(無望)의 덧없는 되풀이. 그 따위가 한 여자와 꾸려가는 '살림' 이란 것이었다. 그 따분함을 받들면서 나는 곱다시 배겨냈고, 다들 그러듯이 버텼다. 집을 옮길 테면 옮겨보라고, 그러면 거기서도 나는 또 하릴없이 버틸 것이라고. 난들 자꾸 변두리로 내몰리는 것 같아서 축축 처지고, 달갑지 않기야 마찬가지지만, 어떻게 뾰족 수도 없지 않냐, 이 집은 내 집도 아니니 당신이 알아서 하라고. 그 생떼거리가 그나마 먹혀들 만할 때 실직을 당했으니. 평소에 사(邪)랄지 운수 같은 것을 따지지 않는 내게도 이 아파트는 왠지 버름하기 짝이 없다.

이 아파트를 운 좋게 분양받았을 때쯤이었을 것이다. 무슨 말끝에 아내가 내 심중을 떠보려고 그랬던 듯하다. 그러나 염탐질이 원래 그렇듯이 아내가 제법 정색하고 덤벼들었다는 기억은 지금도 새롭다.

"당신은 불편하지도 않아요? 우리 집이랄지 제가요."

엄마로서야 외동딸 하나를 기필코 외국 유학까지 시켜 자기 자신처럼 대학 접장으로 만들겠다는 포부가 엄연한 만큼 그렇다 치더라도 주부로서, 또 아내로서 여러 가지 점에서 낙제생임을 시인하는 말 같았다. 그렇긴 해도 아내는 스스로 우등생임을 코끝에 달고 사는 여자라서 은근히 빗대어 한 소리였다.

"진의는 다른 것 같은데… 바로 말해도 돼. 어떤 말도 진지하게 들어줄 여유 같은 건 아직 나한테도 남아 있으니까."

"당신도 이제는 꽉 찬 중년이잖아요. 혹시나 이제라도 다른 욕심이 만만해서 어느 날 문득 갈라서자고 해도 저는 얼마든지 담담하게 받아들일 수 있겠다는 생각이 요즘 문득문득 들어서 그래요."

대충 간추리면 그런 말이었다. 그것도 강의하듯이 아주 침착한 어조로.

이럴 때 그렇고 그런 시시껄렁한 미국 영화에서라면 희멀쑥한 남자 배우가 '당신에게 좋아하는 남자가 생겼다는 말 같은데, 그게 아니라면 우리 사이의 부부 관계, 까놓고 말해서 성생활에 불만이 많다는 소리 같기도 하고' 같은 농반진반의 대꾸를 내놓았을 것이다. 어쨌든 우리는 개개인의 인생마저도 미국적인 사고방식으로부터 무한정 자유로울 수는 없으니까.

아내가 그렇듯이 나도 모범생처럼 답답한 천성을 누리는 편이다. 이럴 테면 합리성을 가능한 한 존중하며 분복대로 살자는, 노후 걱정 같은 것은 잠시 밀쳐두고 각자의 현재에, 또 맡은 일에 힘자라는 대로 성심성의를 다하자는 주의가 몸에 배어 있다. 허튼 말 따위는 하기도 싫고, 예의를 제대로 갖추지는 못할망정 실수를 저질러버린 망신스러운 내 꼴은 감히 떠올리기도 벅차다.

"갈라선다? 아직 그런 생각은 미처 못 해 봤는데. 잘 알다시피 난 좀 엉망으로 둔한 편이잖아. 그런 경우도 있을 수는 있겠구먼. 닥치면 그건 그것대로 견뎌낼 테고. 어차피 어떻게 살아도 별 뾰족 수야 있겠어?"

이심전심이 아니라 나는 물론이고 아내도 너무 많은 것을 알고 있었다. 어떤 문제에 관해서라도. 적어도 이 세상을 적당히 살아가는 데 있어서 남보다 모자라지는 않을 만큼의 상식은 갖추고서.

틀어질 대로 틀어진 고부 사이의 시각차. 케케묵은 아들 선호 풍속의 사회적, 성비적(性比的) 반윤리성. 너무 단출해서 부족한 것 없는 삶에 고여 든 권태의 찌그럭거림. 따분하기 그지없는 성생활. 딸애의 유학비 및 혼사 비용 조로 붓고 있는 양도성 정기예금의 적립액. 한계 많은 각자의 직장 내 앞날 위상. 좋게 말해서 금욕적이다 싶은 쌍방의 정서 교환(交歡)에의 태무심 등등.

쉽게 말하면 우리 부부는 지나칠 정도로 네모반듯하다. 그게 너무

지나쳐서 차라리 예외라면 예외다. 그래서 밑줄 표시를 어느 한 구석에라도 그을 데조차 없는 삶이다. 그래도 경제적으로, 정신적으로 일종의 개인별 '사회보장제도'를 거의 완벽하게 구축해놓고 있는 당사자들이기도 하다. 물론 그 밑바닥에는 서로에 대한, 우리를 둘러싸고 있는 사회적, 가정적 여러 여건에 대한 상식적인 삶 자체가 착실하게 인프라를 구축하고 있다. 아쉬울 것 하나 없는 이런 부부 관계에서의 일시적 일탈이 얼마나 어수선한 말썽을 자초하며, 그런 정황은 엉터리 영화나 소설에서 목격할 수 있는 그 무모한 유희거나 시끄럽고 소란스러울 뿐인 일시적 만용인 줄도 안다.

진부해 빠진 우리 부부의 그런 삶에 아내도 웬만큼 물려버린 모양이었다. 그런 삶 자체를 애써 가꾸어온 나와 아내의 모든 노력이 횡포라면 횡포일지도 몰랐다.

"허무하지도 않고 싫증도 안 느낀다면 그나마 다행이고요."

"무슨 소릴. 나라고 왜 싫증을 안 느낄까. 또 허탈감 같은 것도 수시로, 전철 역으로 걸어갈 때라든지, 그것이 괴어들면 심사가 아주 고약해지지. 말을 안 해서 그렇지."

"왜 그런지 그 원인 같은 걸 속 시원히 털어놔 보라니까요."

"당신이 몰라서 물어? 아닐걸. 다 알고 있잖아."

"하긴 그렇기도 하겠네요. 아예 후딱 늙어버려 나돌아다닐 일도 없는 늙은이가 되든지 20년쯤 전으로 되돌아가서 설레발치며 여기저기 기웃거리고 살든지 했으면 꼭 좋겠어요."

오래전부터 서로가 너무 무심해서 무정한 사이로 변해버린 부부 관계. 우리 부부 사이에는 이제 이처럼 할 말조차 없어졌다. 무슨 부조리 연극 속의 대화가 그렇다는 대로.

어느 해 정초에 아내와 함께 직속상관에게 세배를 간 적이 있었다. 아내는 역시 '사생활' 운운하며 그런 걸음을 한사코 마다했으나, 그 전해 정초에 왜 자네는 홀아비처럼 혼자 오는가, 집사람 얼굴이라도 알고 지내면 좀 좋아 같은 덕담도 들었는 데다, 마침 그해 봄 정기 인사에는 승진해야 하는 연차였으므로 같잖은 불화까지 터뜨리며 억지로 데리고 간 것이었다. 익히 알려진 아내의 명함 때문이었는지 이른바 오너의 손위뻘 인척인 상관은 아연 반색이었고, 세뱃돈을 태워야지 라며 미리 준비하고 있던 마고자 속의 봉투까지 내놓았다. 그 자리에서 아내는 뜻밖에도 지아비 건사를 제법 싹싹하게 한답시고, 이이는 공부는 열심히 하고 학점도 우수한 학생임에는 틀림없지만, 왠지 뒤를 밀어주고 싶은 마음이 안 생기는 모범생 같아서 거북스러워요 따위의 말을 주워섬겼다. 대학 접장 티가 저절로 묻어나는 소리였지만, 지아비 그릇에 대한 겸사로서는 그 여운이 좀 묘한 품평이었다. 좋게 해석하면 선생 맞잡이인 상관이 뒤를 안 밀어줘도 제 앞길을 제가 알아서 잘 닦아가리라는, 답안지가 그런 만큼 학점을 제대로 줘야 하듯 이 지아비를 제때 승진시켜줘야 할 것 아니냐 라는 같잖은 자세(藉勢) 같았다. 좋은 자리였던 만큼 상관은 곧장 "그렇고 말고요, 그럼, 조 차장이야 우리 회사의 보배이자 눈인데, 눈 없으면 앞을 못 보는데" 하며 얼버무렸다. 여느 아내라면 귀가 중에라도 내가 어땠어요, 말은 제대로 했어요 같은 제 조신스러운 처신을 짐짓 알아볼 터이었건만, 아내는 큰 짐이라도 벗은 듯 택시 속에서 허리를 쭉 펴고 앉아 있었다. 어린애도 아닌데 웬 세뱃돈이야, 이쪽 동네에만 있는 풍습인가 봐하고 혼잣말을 중얼거리면서. 아내가 말한 그 '이쪽 동네'의 등 너머에는 인정 따위야 아예 얼쩡거리지도 못하도록 막아버리고 오로지 성과급과 능력급을 연봉으로만 따지는 미국 쪽 회사가 있을 것이었다. 아내는 그런 여자였다. 까놓고 말하면 아내의 그런 성격은 안하무인 격이랄 것까지도 없었고, 누구라도 어느 직장에서 제 능력껏 빌어먹고 살면 그뿐이라는 대단히 편리한 처세술이었다. 물론 나도 알게 모르게 아내의 그런 처세술을 몸에 익혀가기는 했을 테지만.

가죽 소파 위에 비스듬히 누워서 오만 잡생각을 다 떠올렸다. 야금야금 덮쳐오는 땅거미를 눈앞에 매달아 놓고. 분명히 나 혼자만 큰길을 놔두고 샛길에 들어섰다는. 갈 길은 멀건만 수심 가득한 나그네라는 확실한 실감을 반추하며. 전화기가 울어대도 받지 않았다. 세상이 비정한데 내가 친절할 것까지는 없을 터이므로. 허기를 끄기조차 귀찮아서 내버려 두고. 상식의 횡포에 진저리치면서. 미혼모가 버린 입양아를 연간 몇백 명씩 비행기로 실어 내보낸다는 '만행'도 반추하며. 과연 '이쪽 동네'가 사람이 사는 곳인지 어떤지 미심쩍다. 산더미처럼 쌓여 있던 시커먼 폐타이어 밑바닥에는 빨간 실지렁이가 덩이로 엉겨 있던 장면도 왠지 자꾸만 얼쩡거리고. 부정 타지 말라고 그러는지. 아니면 징그러운 지렁이를 물리치려고 그러는지 아침마다 문짝도 없는 차부 출입구에다 뽀얀 소금을 뿌려대던 노친네의 모습도 눈에 선히 밟혔다. 누구 말대로 절간 같은 집구석에 처박혀서.

↓

우물 속처럼 괴괴하던 실내가 갑자기 시끌벅적해서 눈을 뜨다. 선잠이 깜빡 들었던 듯.

"봐, 내 말이 맞지? 돌아와 계실 거라고 했잖아."

이때껏 건성으로 흘려 들어왔던 남의 말들이 이제는 왠지 귀에 쏙쏙 들어박히며 공명한다.

"응, 돌아왔어."

직장이 없어지고부터 할 말을 미리 한참씩이나 간추리는 버릇도 붙어버렸지만. 동생의 초상을 치르고 나서는 딱히 할 말을 못 찾아 멍청해져 버리는 때도 종종 있다. 억울 상태쯤 될 터이나 그것을 내가 촘촘히 의식하고 있으므로 병이네 뭐네로 엄살을 떨 것까지는 없을 테고.

"저녁은 어떡하셨어요? 우리는 피자 한 접시를 나눠 먹고 왔는데."

아내는 외출복을 벗지도 않고 일인용 소파 등받이 뒤에 붙어서서 자상한 선생이 고민 많은 학생을 굽어보듯 내 신수를 어루더듬었다. 딸애도 그 곁에서 고자질한 학생처럼 내 안색을 살피기는 마찬가지고.

"저녁? 먹어야지. 점심도 안 먹었는가 봐."

"기내식도 안 드셨어요?"

"그런가 봐."

"얘, 빨리 물 얹어. 아빠, 라면 좋아하시잖아. 라면 냄새 없애게 계란 두 개 풀어 넣고. 식은밥도 전기밥통에 좀 남아 있을 거야."

말이나 행동 일체가 아내는 선생이고, 딸애는 말 잘 듣는 학생이다.

"아무것도 못 사 왔어."

짐짓 자상한 지아비인 체했다.

"매번 사 오긴 뭘 사 와요. 손님인가 머. 당신 선물이야 늘 시계뿐이었잖아요. 수집광도 아니면서."

나는 속으로 '그 시계가 처음부터 말썽이었어' 라고 새삼스럽게 떠올렸다.

신부 쪽에서 형식적일망정 갖출 건 다 갖추겠다고 해서 결혼식 날짜를 한 달쯤 앞두고 양가 친지들만 대여섯 명씩 불러 모아 저녁을 먹는 약혼식을 조촐하게 치르기로 했다. 늙으신 부모를 모시고 사는 노처녀인데다 학업을 마치고 막 귀국해서 설립자 둘째 자식인 사촌 오빠가 이사장으로 재직 중인 대학에 적까지 걸어둔 명색 학자라 이래저래 그런 형식을 챙길 만한 계제였다.

약혼식 이틀 전의 출근길에서였을 것이다. 그 전날 무슨 일에 뒤채였던지 그날따라 출근이 좀 늦었다. 택시를 주워 탔다. 어디쯤에선가 복장이 유달리 깔끔하고 올백한 고수머리에 물기름까지 자르르 발라서 외모는 더 반지르르한 신사 하나가 합승했다. 합승객이 올라타자 야릇한 향수 냄새까지 풍겨 와서 군계집을 여관에 재워둔 건달이겠거니 여겼다. 아무려나 뒷좌석에 나란히 앉아 을지로를 관통하는데 합승객이 갑자기 양복 주머니를 여기저기 뒤적이더니 점점 난감한 기색이었다. 지갑을 빠뜨리고 허둥지둥 출타한 모양이었다. 그러나마나 모른 체하고 있는데, 합승객이 사내 같잖게 눈웃음을 가득 피워올리며 차비를 좀 빌리자고, 아니 아예 만 원쯤 빌려주고 잠시 제 직장에 들러 돈을 받아 가시라고 통사정했다. 있을 수 있는 일이었고, 그 정도 편리야 못 받아줄 것도 없었다. 합승객이 고맙다며 자청해서 두 사람 몫의 택시비까지 지불했다. 합승객은 명동 입구에 즐비한 금은방 겸 시계 점포의 주인으로서, 마침 반분해서 쓰는 그 시계 점포가 그의 자영업장이었다. 그것도 인연이라면 묘한 인연이라 퇴근 후에 예물 시계를 하나 골라잡기 위해 들르겠노라고 약속했다.

대학 은사의 물리칠 수 없는 권유로 어영부영 맺어지려는 혼처라서 그때까지 나는 약혼자의 손목도 못 잡아봤으려니와 회사 일도 워낙 바빠서 미처 그쪽에서 내 예물 시계를 마련해줄 시간도 못 내주고 있던 판이었다. 해거름에 약혼자와 함께 들렀더니 시계 점포 주인은 구면이랍시고 아주 반색이었고, 돈 낼 사람은 값이야 어찌 됐든 당사자가 마음에 드는 것을 고르라고 권하며 뒤로 물러났다. 두께가 얇은 오메가 시계를 골랐다. 시계 줄도 새카만 무광택의 가죽끈이어서 그것이 내 마음에 들었다. 그런데 시계 점포 주인이 자꾸만 '마음에 드신다면 어쩔 수 없지만'이라고 토를 달며 다른 상품을 이것저것 더 좀 보시라고 권했다. 여전히 눈웃음을 치면서 말씨도 사근사근하게. 먹물 든 약혼자를 대동해서 좀 들떠 있었던지, 시간에 쫓겨 마음이 바빴던지, 그 시계가 꼭 마음에 찼던지 나는 희한한 인연으로 알게 된 시계 점포 주인의 그 자상한 권매(勸買)가 무슨 뜻인지 까맣게 몰랐다. 그때나 지금이나 엔간히도 아둔해 빠진 내 머리 굴림은 현실과 겉도는 교과서 속의 서술 같았다.

그 의젓한 디자인의 오메가 시계는 가짜였다. 6개월도 채 못 가서 주로 늦게 가다가, 더러는 겉돌다시피 빨리 갔다 제멋대로더니 나중에는 아예 멎어버렸다. 그제서야 한사코 두 손을 마주 잡고 비벼대던 시계 점포 주인의 송구스러운 손길이 오롯이 떠올랐다. 더불어 그쪽의 암시 많은 권매를 곡해한 듯 뻗대는 이쪽의 태도에 난감해하던 고수머리 중년의 표정도. 내 고집으로 골라잡았던 만큼 그게 가짜라고 실토하지 못한 시계 점포 주인의 상술을 탓할 건더기도 내게는 없었다. 오히려 시계 점포 주인의 친절한 권매를 한 번쯤이라도 되새겨보지 못한 나의 들린 아둔함을 탓해야 마땅한 노릇이었다. 게다가 바보스러운 집착에 휘둘려버린 내 네모반듯한 기질을 진작부터 속으로 비웃고 있었던 또 다른 한 사람은 당연하게도 아내였다. 아내는 시계 점포 주인의 권매가 무엇을 뜻하는지 알고 있었으나, 방정스럽게 비칠까 봐 차마 나설 수는 없었다고 했다.

그때부터 나는 시계라는 '진짜' 상품을 수집하는 기벽에 신들려버렸다. 이런저런 회사 업무로 1년에 한 차례 이상은 들락였던 국외 출장길에서는 꼭 한 개 이상의 시계를 사 들고 귀가했다. 크지 않은 괘종시계, 앙증맞은 탁상시계를 비롯하여 머리맡에 늘 두고 자는 자명종 시계도 아날로그형과 디지털형을 닥치는 대로 샀고, 아내용도 목걸이 시계, 반지 시계 따위를, 딸애용도 노리개형 손목시계와 탁상용 전자시계 따위를 손에 잡히는 대로 사서 선물이랍시고 디밀었다. 한 번 물려버린 터라 고가품만은 피했을 뿐 내 시계도 마찬가지였다. 따라서 전지 수명이 1년 반에서 2년쯤이지 싶은데 나는 내 손목시계에다 그것을 갈아 끼워 본 적이 없다. 새 시계를 사버렸으니까. 내 집의 방마다에 하나씩 벽에 걸려 있기도 하고, 책상이나 화장대 위에 놓여 있기도 한 그 시계들은 더러 건전지를 갈아 끼우기도 했지만, 구형에다 어딘가 싫증이 나면 고물이라고 버렸다.

일요일이나 연휴의 오후 한때 아내와 딸애가 수영장으로 내빼버리고 나 혼자서 집을 지키고 있으면 방마다에서 여리게 들려오는 시계의 초침 돌아가는 소리가 꽤 신비롭다. 째깍거리는 그 소리는 대체로 내 심사에 안온감과 초조감을 번갈아 가며 불러일으킨다. 어쨌든 세상은 제 갈 길로 굴러가고 있으며, 나 자신도 이 지경까지 왔다는 마지못한 자족에 뒤이어 보람 없는 내 삶과 속절없이 늙어가는 내 몰골에 대한 허무를 주섬주섬 챙기고 있으니까. 게을러터진 그런 상념에 겨워 있을 때마다 제 명대로 수를 누린다 할지라도 죽음이 그렇게 멀리 있는 것도 아니라는 실감은 여실했다.

최근에는, 그래봐야 불과 두어 해전부터 나는 시계 사들이기에도 웬만큼 싫증이 나서 모빌을 눈에 띄는 대로 사는 버릇이 들었다. 크고 작은 것을 대여섯 개쯤 사들였는데, 천체 모양의 모빌은 워낙 흔한 것이고, 양쪽의 돌고래 두 마리가 가운데 떠 있는 수구용 공을 주둥아리로 번갈아 가며 쉼 없이 공중으로 밀어 올린다기보다 슬쩍슬쩍 애무하는, 그 오르락 내리락하는 약동과 반동을 보고 있으면 잡념이 잠시나마 걷힌다. 그것은 일종의 메트로놈의 완구화이지만 동력도 필요 없다. 반작용을 서로 떠넘기는 그 힘만으로도 언제나 한결같이 움직이는 모빌이니까. 그네처럼. 한낱 움직이는 장식품일 뿐이다. 시곗바늘처럼. 그것들은 낮 동안의 빈집을 개보다 더 충실히 지킨다. 그것들을 물끄러미 쳐다보고 있으면 나는 무엇인가를 곱씹고 있는 나 자신을 발견한다. 가령 이 단조로운 운동이야말로 결국 무위에 그치고 말 모든 인간 행위의 끈질긴 되풀이를 곧이곧대로 시사해주고 있지 않냐고.

허기만을 대충 끈다는 여일한 본새로 구호식 같은, 덩이밥을 만 라면을 후루룩 거머먹고 나서 국물까지 말끔히 핥아먹었다. 수영복을 바꿔입기도 하는 모양인 아내와 딸애가 자매처럼 나란히 식탁에 앉아 원두커피 액도 드롭으로 내리고, 배도 깎고, 무슨 고운 막처럼 서리

앉은 홍시 껍질도 벗겨내면서 걸귀 들린 가장의 젓가락질을 힐끔힐끔 관찰했다.

미국 유학 생활 중 수영이 유일한 시간 때우기 취미였다는 아내가 간신히 할 말을 발겨냈다는 듯이 물었다.

"함께 풍찬노숙한다는 그 박 사장이라는 사람은 위인이 어때요?"

아내의 '풍찬노숙' 운운은, 지난 추석 밑에 여기서는 도저히 더 배겨낼 재간이 없다는 심정으로, 술이 덜 깬 채로나마 트렁크를 꾸려 출국하려 했을 때, 행상인답게 내가 지껄였던 말이고, 그때 박 사장의 신분과 생업을 얼버무린 바 있어서이다.

"머, 적당히 무식하고 그래. 나름대로 계산은 분명한 듯하고, 온갖 상식을 많이도 들먹여서 지겹지만, 그 통에 좀 덜 심심한 것도 사실이고."

"그러려니 해야지요. 동업한다면서 그쪽에서 사업 밑천을 얼마라도 집어넣으라는 말은 안 해요?"

"아직은 그러고 있어. 홍시가 수시가 아니라 맛이 덜하네. 옛날 맛 같잖고. 여기서 실어낼 물량이 커지면 나도 있는 돈을 얼마라도 좀 끌어다 부어야 할 테지. 밤마다 둘이서 싸구려 포도주를 와인이라며 마시고 있어."

"아, 그래요? 특히 적포도주가 좋아요. 그걸 적당히 드세요. 발효식이라 입맛도 돌리고 몸에 나쁘지 않아요. 식욕을 조절해주기도 하고요."

아내는 전공이 그것이라 모든 음식을 날것과 삭힌 것으로 나누고, 몸에 좋고 나쁜 것을 즉석에서 가린다. 아주 간단한 이분법인데, 삭힌 것이라도 부패한 것은 몸에 나쁘고 발효한 것은 몸에 좋다는 식이다. 그 상식을 학문으로 포장해서 밥벌이용으로 써먹는다는 게 용하긴 해도 내게는 지겹고, 만화처럼 단순해서 학문도 결국 사기야라고 내친다.

제 엄마를 닮아 아비의 동정을 할끔할끔 염탐하고 있는 딸애를 우정 대화 속으로 끌어넣었다. 방학 기간을 허송세월하지 말고 뭣이든 표나게, 가령 영어 회화라도 배우라고 당부. 딸애는 자동차 운전면허증을 따려고 하는데, 벌써 두 번이나 코스 시험에서 떨어졌고, 내년부터 법이 바뀌어 운전면허 시험이 아주 까다로워지는 데다 수험생도 워낙 밀려 있어서 1종 면허증을 따기로 했다고.

"퇴직금은 당신 재량껏 마음대로 쓰세요. 그 동업자에게 기죽을 것 없이요. 본전만 안 까먹으면 차제에 좋은 경험도 되고 여러모로 몸에도 좋잖아요."

"그럴 참이야. 아예 본전까지 다 털어먹을 각오도 단단히 하고 있어."

"그래도 좋고요. 당신이 그야말로 청춘을 바쳐 번 돈인데 보람 있게 쓰든 말든, 왼껏 들어먹은들 누가 뭐라겠어요. 차라리 그쪽이 좋을 거예요."

아내는 아예 작정하고 매음을 교사하는 포주라도 된 듯한 말투다. 왼쪽 가리마를 타고 길게 쓸어 붙인 앞머리도 제법 희끗희끗하다. 머리를 돌릴 때마다 안말이한 머릿결이 치렁거리는 걸 보니 빗질은 많이 한 모양이지만, 미혼의 늙은 기숙사 사감 같은 대학 접장 티는 완연하다.

한동안 내 방에서 열적게 서성이며 아내에게 통보할 말을 간추렸다. 굳이 숨길 생각은 추호도 없으나 퇴직한 전 직장에서 돌려준 사업자금은 말하지 않기로 단안. "그만두라나 봐"라고 나의 퇴직을 전했을 때, 아내는 기다렸다는 듯이 "정말 시원섭섭하다는 말을 이럴 때 써야 할까 봐, 잘됐어요, 그동안 애썼어요"라고 홀가분해 하던 말이 떠올랐으므로. 그 말은 결국 전 직장에 더 연연할 것도 없고, 자기 앞에서 전 직장 말은 하지 말아 달라는 일종의 은근한 앙청이자 압력이었으니까.

아내가 "자리 깔아놨어요"라고 이끌어서 서늘한 이부자리 속으로 기어들었다. 커피도 마셨겠다, 등걸잠일망정 오랜만에 집에서 잠시 눈도 붙였던 덕분인지 잠이 안 들어 뒤척거렸다. 신혼 때부터 이부자리를 따로 깔아 버릇한, 한 뼘 너머의 아내도 잠을 못 이루는 듯.

간추린 말을 통보했다.

"제수씨가 노친네 말을 반쯤은 들을라나 봐. 만영이야 어디서 큰들 마찬가지 아니냐고. 우리한테 맡기는 것이 오히려 나을지도 모른다는 선까지는 마음이 바뀐 눈치야."

"전화 왔어요?"

"만났어." 어제 오후에 귀국했다는 사실까지 까발릴 것은 없어서 말을 적당히 둘러댔다. "아까 오후에. 벌건 대낮에 집에 들어오기도 뭣해서."

"내 일을 대신해줘서 고맙지만, 글쎄요, 당신이 알아서 하세요. 조카를 양자로 삼는 거야 가장이 결정할 문제지 제가 하자 말자고 지레 나설 수는 없는 거잖아요. 잘못했다가는 탐나서 빼앗아오는 것 같을 텐데. 우리 나이에 벌써 노욕을 부린다는 말이야 나돌까만."

만영이는 영판 수구용 공이다. 돌고래 네 마리가 서로 질세라 입으로 집적거리기만 할 뿐 누구도 덥석 보듬지는 않고 내물리기만 하니까. 제수씨와 나 사이에서, 나와 아내 사이에서, 아내와 노친네 사이에서, 노친네와 제수씨 사이에서.

트림처럼 연거푸 괴어오르는 아내의 한숨이 길어빠져서 힐끔 쳐다보았다. 안경을 벗어버린 아내의 얼굴은 언제라도 좀 부석부석하다. 눈썹 밑을 말끔하게 손질한 눈두덩께가 특히 그래서 안경을 꼈을 때 얼른거리는 싸늘한 먹물기가 머물러 있다. 밤마다 자기 전에는 콘택트 렌즈를 세척하느라고 오만 정성을 다 떨더니 딸애가 중학교에 들어가면서 안경을 끼자 아내도 눈꺼풀을 까뒤집는 짓거리를 그만두었다. 그 새치름한 기색을 못 봐주겠다고 했더니 아내는 엉뚱하게도 "푹 퍼진 늙다리 선생 같다구요?"라고 대거리를 놓았다. 그때는 그래도 새침데기 같은 멋이라도 있었건만. 아내도 어깃장은 심해서 지아비야 투정을 하든 말든 안경 서너 개를 아무 데나 늘부려놓고 그것을 마음 내키는 대로 골라가며 찾아 끼느라고 온갖 수선을 다 떨었다. 노친네에게는 그 짓거리야말로 '유식한 년의 거드름'이었다.

"지 엄마한테서 안 떨어지려고 발버둥치면 그 애처로운 꼴을 내가 무슨 재주로 달래지. 매일같이 달라붙어서, 입양아처럼 지 엄마가 없는 것도 아닌데."

"지레 걱정하고선. 한동안 정 떼고 정 붙이는 조정 기간이야 필요할 테지. 그게 사람 사는 낙이고 재미라면 아무런 문제도 없어."

"내가 애나 키우면서 사는 한가한 여자도 아니라서 그렇지요. 당신도 밖으로 떠돌아다니는 판인데."

"글쎄, 그렇게 되고 말았지만 나도 당장 큰아빠에서 아빠로 격상될 수는 없는 거잖아. 한동안 어색할 테지."

"그거야 나도 마찬가지지요. 안 할 소리지만 이렇게 될 줄 알았으면 차라리 두어 해라도 일찍 만영이를 데려올 수 있었더라면."

세상 풍파를 머리로, 입으로만 걱정하며 사는 팔자 좋은 여자의 한계. 좋다 나쁘다 할 것도 없이 그것도 한 인생이고, 한갓진 풍속으로 자리 잡았다. 어차피 나도 한통속이기는 마찬가지고.

늘 그렇듯이, 아니 착실한 여권 신장의 진면목을 과시하듯 아내는 내가 어떻게 생각해도 상관없다는 투다. 뜸 들일 때와는 달리 아내는 내 이부자리 속으로 쪼르르 기어들어 왔다. 뱃속이 부글거려서 한동안 아내의 손이 시키는 대로 내 손을 부드러운 여체의 여기저기를 어루더듬었다. 차츰 이불 속이 따뜻해졌다. 뭉실뭉실한 촉감도, 미끈거리는 감촉도 너무 상투적이어서 이내 심드렁해지고 거슬렸다.

"좀 천천히 해줘 봐요."

나는 짐짓 엉뚱하게 받았다.

"천천히, 아주 느긋하게 돈을 까먹으면서 살아야 할까 봐. 돈 까먹는 명색 일자리를 하나 잡았달까. 돈 욕심 없이 소일 삼아. 머 그런 심정이야. 가당찮은 소린 줄이야 잘 알지만. 만영이도 그렇게 키우다 보면 머가 돼도 될 테지. 나중에 정성 안 쏟고 키운 자식에게 원망을 듣는 한이 있더라도 지금 당장은 그런 담담한 심정이 상책인가 싶어."

"뭘 바라고 키울 수야 없지만 키우다 보면 서로 정이야 들 테지요."

"도대체 이런 심정으로 남의 자식을 떠맡을 수도 있나 싶기도 해.

사업인지 뭔지 소일거리라도 있어야 사람 행세를 하는 것 같은 지금 내 형편처럼. 하기야 나만 이런 것도 아닐 테지만."

내내 눈을 감고 있어서 부기가 더 완연한 아내의 얼굴이 점점 낯설었다. 어차피 세상은 낯설 수밖에. 하물며 없던 아이 하나 키우기야.

↓

오랜만에 노친네의 이른바 '맏자식'과 맞대면. 나이가 들수록 형의 얼굴은 고인과 완연히 한 본이다. 어이없다는 듯이 히물쩍 피워올렸다 얼른 지워버리는 웃음도 그렇고, 밥상을 차고 앉는 거동이나 숟가락으로 밥그릇 가두리를 두어 번씩 꾹꾹 다져 퍼담았다가 숟가락 바닥을 훑듯이 달게 먹는 입 매무새도. 다만 밥을 오래 씹는 것은 다르다. 밥맛도 깡그리 없는 현미에다 검은콩을 많이 섞은 잡곡밥이라서 침이 우러나도록 씹어대지 않을 수 없지만.

두 아들 앞에 겸상을 대령하고 나서 노친네는 방석까지 아예 깔고 단정히 앉았다. 벌인 일을 차제에 다잡을 듯이.

"식욕은 오히려 전보다 더 좋아지신 것 같네요."

불그죽죽하고 큼직큼직한 홍합을 넣고, 참기름을 듬뿍 돌려 끓인 미역국 사발 위에 숟가락을 걸쳐놓고는 입속의 밥알이 곤죽이 되도록 우물거리는, 그 끈질긴 저작만이 지병 악화 방지책이라고 믿는 형이 한동안이나 지나서 대꾸했다.

"당뇨병이 원래 그렇잖아. 늙으나 젊으나. 밥맛이 없으면 입맛으로 먹는 거고."

"어른 앞에 놔두고 제발 그 늙었다는 소리 좀 하지 마."

노친네는 원래 반죽이 좋은 양반이다. 한때 차 수리 센터 뒤쪽의 휑

한 공터에다 비닐 문짝을 달아낸 움막 같은 달개집을 지어놓고 아주 일 삼아 무허가 밥집 겸 술집을 꾸려가면서도 먹성 좋은 젊은 군인들에게 "머 좀 더 주까, 말만 해"라며 언죽번죽 인정 내는 말을 곧잘 주워섬기는 아낙네였으니까.

저작을 재미 삼는 형의 반벙어리 같은 대꾸도 더운 인정 내기에는 안성맞춤이다.

"저도 우리 아부지만큼은 살아야지요. 설마 오륙 년이야 더 못살까."

"또 쓸데없는 소리. 나처럼 일흔은 채우고 죽든지 말든지 알아서 해."

"진갑만 채워도 원이 없겠건만."

내가 소파에 엉덩이를 걸치자마자 형은 병자입네 하고 시위라도 하려는 듯 허름한 갈색 모직 남방셔츠 주머니에서 성냥갑만한 뽀얀 계기를 끄집어냈다. 그리고는 주삿바늘로 검지 끝을 콕 찔러 피를 한 방울 따더니 계기 위에 떨어뜨렸고, 막상 혈당치 숫자는 내게 보여주지도 않고 짐짓 어처구니없다는 흉감 짓으로 머리를 절레절레 내두르며 "하이고, 아직 너무 높아, 안돼, 안 되고 말고, 이러다가 사돈도 못 보고 죽으면 나만 섧어"라고 흐물흐물 지껄였다. 자신의 그 흉감이 너무 작위적인 줄은 알고 있다는 듯이 곧장 화장실에 들어갔다 나와서는 또 "오줌도 아직 너무 많아. 냄새도 걸어빠졌고"라며 설레발쳤다. 일부러 내 동정을 사려는 듯한 형의 그 좀 장난스러운 일련의 행티를 감상하면서 나는 자연스레 고인의 만년을 떠올렸다. 잠시도 가만히 앉아 있지를 못하고 일을 찾아다니며 즐겨하는 양반들은 지병까지도 노리개 다루듯 조물조물 만지작거려야 직성이 풀리는지도 모른다.

노친네의 농담이 걸었다.

"마침 홍합 넣고 끓인 미역국도 먹겠다, 다리품도 안 들었겠다, 작은아범 니가 어서 애 하나를 만들어."

만영이를 양자로 받아들이라는 소리치고는 좀 가관이다.

"그게 어디 만드는 겁니까, 그냥 얻어다 데리고 와서 키우는 거지."

형의 수월수월한 대꾸는 언제라도 덥고 푸지다. 노친네와는 죽이 잘 맞는 편이다.

"그게 그거지. 걔가 어디 남의 자식인가. 어서 만영이 에미를 한번 만나봐. 여러 말 길게 할 것 없이 아예 노골적으로 만영일 우리가 키우겠다고 들이대 버려. 하나도 어려울 것 없어. 소년과부 앞길을 우리가 활짝 열어주는 건데. 홀가분하니 힘을 덜어주는 거잖아. 어려울 게 머 있어. 내가 벌써 다 뜸을 들여놨다니깐 그러네."

마침 내 미역국 사발이 비자 노친네는 "큰에미야"라고 형수를 불러 "아직 뜨겁지? 미역국은 뜨거워야 제맛이야"라며 내 국 사발을 들이밀었다.

형수가 뽀얀 김을 피워올리는 미역국 사발을 대령하고 나서 내 신수 걱정을 은근히 디밀었다.

"서방님 얼굴이 요즘 좀 축난 것 같애요. 더운 나라에 계셔서 그런지."

"밤마다 쇠고기 스테이큰지 먼지 구워 먹고 포도주만 마신다니 그럴밖에. 남자나 여자나 늙을수록 자식이 있어야 돼. 그러면 사람이 여물어지고 각오도 단단해진다니까 그러네."

노친네는 셈도 재바르고 총기가 좋아서 남이 한 말을 잊어버리는 법이 없다.

"어제 오후에 만영이 에미를 만났습니다." 어찌 된 판인지 나는 형에게 이실직고하는 투가 되고 말았다. 노친네의 극성에 떠밀려 마음고생을 사서 한다는 내 심정을 드러내느라고 그랬던지 알 수 없다. "똑 부러지게 말은 못 해도 마음이 반반인 거 같대요."

좌중이 잠시 빳빳해져서 미역국을 들이마시는 형 쪽의 울림이 유독 컸다.

"그럼 됐어. 언제라도 우리 자식인데. 애비 없는 자식으로 키울 게 머 있다고. 날 잡아서 데리고 오는 일만 남았어."

"서방님이 맡으세요. 동서가 한창 중년에 학교 일로 바빠서 제대로 잘 못 키우겠다면 우리도 한동안씩 심심찮게 데리고 있을게요."

집사람보다 한 살 밑인 형수의 차돌 같은 자태를 바라보는 형의 눈길이 제법 그윽했다.

"제수씨 마음에 달렸지. 아버님 날 낳으시고 어머님 날 기르시니란 말도 있잖아. 우리가 나설 일도 아니고. 당신은 사과나 좀 깎아. 기름진 음식도 못 먹고 단것도 입에 못 대니 내 속이 이래 헛헛해 빠졌어."

노친네는 맏자식의 몸 타령이나 나의 초조한 심사 따위에는 관심도 없다는 눈치였다. 무슨 일념 같은 것이 지독하게도 외곬이고, 노욕은 과연 무섭다. 무식해도 줏대는 사납던 지아비를 휘어잡으며 억척같이 살아낸 노친네의 본성을 새삼 확인하는 기분.

"수진이 에미도 나중에 날 업어준다고 떠받들 날이 있을 거다. 작은 아범 니가 어서 단단히 작정을 차려. 만영이 호적부터 파서 옮기고.

그러면 그뿐이야. 남의 자식도 금이야 옥이야 애써 키워 지 자식 만들 판인데 그 철없는 것을 왜 남의 손에 내둘려."

"사실은 말이지요, 수진이 에미보다 내 마음이 더 갈팡질팡이라서 그래요. 제가 이 나이에 그 어린 것을 맡아 제대로 키워낼지 겁부터 나고요."

"시방 애비 니 나이가 어때서? 겨우 쉰 줄 바라보잖아. 예전에는 예순에 자식 보는 사람도 편했어. 아닌 말로 지금이라도 보려고 들면 첩을 둘이라도 보겠다."

형의 누글누글한 대응이 걸었다.

"호, 안될 말, 어림도 없지. 우리 제수씨 오기에 첩을 봤다면 자다가 목졸림만 안 당해도 다행일걸."

"그게 그 말이지." 노친네의 빈정거리는 대꾸는 모질었다. "제발 그래라도 봤더라면 내가 원이 없겠다. 지가 유식하다고 유세를 떨어대도 반기집 밖에 더 돼? 흥, 나중에는 별 소릴 다 듣네. 대학 접장이랍시고 지가 서방을 우습게 알고 언제라도 갈라서자고 선수를 쳐? 이놈의 집구석에는 공갈치는 대로 꾸뻑꾸뻑거리는 졸병들만 사는 줄 아는 모양이지. 흥, 말아라 말아. 만영이는 내 자식이니까 내가 키울란다. 배운 것들일수록 원래 더 유난을 떨고 지랄이야. 마음을 곱게 쓸 줄은 모르고."

잿빛 머리숱만 좀 듬성듬성할까 노친네의 살 많은 우뚝코에는 아직도 결기가 파랗다. 이래저래 나만 죄라도 지은 듯 무르춤해지다. 깎은 사과 조각을 손가락으로 집어 서걱서걱 베어먹고 있는 형은 장자답게 틀을 갖추고 눈만 끔뻑거리고, 그 버릇도 영감의 만년을 그대로 닮았다. 당뇨병이 백내장을 부를까 봐 오만 신경을 눈에만 끌어모으느라 고 눈 끔뻑이가 되고 만 것이다.

사람은 대체로 두 종류밖에 없을지 모른다. 나중에 망신살이 뻗치든 말든 일을 자꾸 떠벌리는 사람과 제물에 지쳐서 일을 옹동그리는 사람으로. 퇴직하기 전까지는 매일같이 쏟아지는 회사 일을 웬만큼 잘 추슬렀건만 내가 어쩌다가 이 지경까지 되고 말았는지. 불과 8개월 저쪽과는 판이한 지금의 변모. 허무한 낭패감. 씁쓸한 자괴감. 눅눅한 곤혹감.

도대체 이게 무슨 전근대적인 대 잇기 소동이란 말인가 하는 생각을 연신 반추하며 걸었다. 한때는 제법 가파른 언덕빼기였는데, 한강 둔치를 두두룩하게 덧댄 덕분인지 명색 내 본가 일대는 평지의 일등 주택가로 바뀌었다. 사람도 변하지만, 환경은 더 빨리 그 모양을 바꾼다. 거의 천지개벽이라고 해도 좋을 지경으로. 왠지 한 치 앞의 내 삶, 내 인생을 감히 짐작할 수조차 없다는 막막함이 자꾸 희번덕거렸다. 무책임하게 후사(後嗣) 말썽까지 나한테다 옴팍 떠넘기고 죽어버린 막냇동생에 대한 원망이 거의 악감정으로 비화해서 그런지 어떤지. 그래서 이제는 막냇동생보다 그 조카 놈이 더 밉다.

↓

좌석버스 정류장에서 버스를 기다리고 있으려니 외투만 안 입었을까 넥타이까지 맨 웬 멀쩡한 사내 하나가 제 주민등록증을 내 코앞에다 불쑥 들이밀었다. 웬일인가 하고 멀뚱히 귀를 맡겼더니 서른 중반에 막 들어섰지 싶은 사내는 집이 부산이라고, 지 할매한테 맡겨놓은 하나 아들놈이 보고 싶어 죽겠다고, 집에 내려갈 차비를 얼마라도 좀 빌려달라고, 아들놈이 설 쇠면 초등학교에 입학한다고, 여편네가 무단히 가출해버려서 "그 찢어 죽일 년"을 찾아다니다가 이제는 자신도 지쳐서 미치기 직전이라고. 노자가 떨어진 지는 오래됐고, 벌써 이틀째 목구멍에 곡기를 구경도 못 시켰다고 통사정. 술이 좀 취한 듯 얼굴 혈색도 불콰하니 좋고, 외모도 제 앞가림은 충분히 할 수 있을 정도로 선명하고, 실성기가 좀 비치긴 해도 말 조리도 번듯할 뿐더러 그쪽 사투리를 일부러 주워섬기며 울먹이는 측은한 연기도 그럴듯해서 만 원짜리 지폐 한 장을 선뜻 건네주었다. 내 심사가 별도 안 박힌 하늘처럼 울상이어서 그런 같잖은 동정을 베풀었을 듯. 노친네를 뵈러 가다가 전철역 통로에서 구세군 냄비에도 그런 적선을 집어주었지만. 그때는 '여기가 서울이다, 나는 내국인이다' 라는 즉흥적인 심정에 휘둘렸을 테고.

덩달아 가출인 신세로 굴러떨어진 사내는 뻔뻔스럽게도 "이 은혜는 안 잊을끼구마" 어쩌구 해대며 허리를 서너 번이나 납신납신 꺾었다. 그러나 좌석버스에 올라타 차창 가에 자리를 잡고 앉아 무심히 차창 밖을 내다봤더니, 뜻밖에도 실성기 있는 그 비렁뱅이 사내는 불 밝은 편의점 안에서 점잖게 서서 플라스틱 어묵 그릇을 들고 그 속의 건더기를 하얀 포크로 건져 먹느라고 정신이 없었다. 언뜻 탁월한 명연기자라는 생각이 떠올랐다. 허기를 허둥지둥 끄고 있는 그 게걸스러운 식욕까지도 연기로 보였으니까. 방금 누구에게 무슨 하소연을 지껄였는지조차 까맣게 잊어버리고 누런 어묵 국물을 들이마시는 꼬락서니라니. 정치인들의 식언을 현장에서 목격한 듯한 생생한 실감. 그들은 자신이 무슨 말을 하고 있는지 모른다. 지껄이는 말마다 막상 뜯어보면 일일이 옳지만, 때와 곳에 따라 그 말이 바뀌고, 그 말들이 서로 싸우고 있는 것을 알면서도 아무렇지도 않다는 듯이 내버려 두고 있으니까. 그게 직업이자 생업이라서 그런 명연기를 즐긴다고 봐야 할 듯. 그 비렁뱅이 사내도 설마 여편네의 속살을 잊을 리야 만무하겠으나, 집 걱정 따위야 헌신짝처럼 내버렸을 테고.

60년대 중반쯤이었던 듯하다. 밥을 빌어먹는 까치집 머리 아이가 하나 있었다. 정진봉. 지 엄마를 찾아다닌다고 했다. 사흘에 한 번꼴로는 꼭 들러서 벌겋게 얼어 터진 손을 내밀었다. 차비만 얻어가는 게 아니라 운전병들이 시도 때도 없이 찾는 라면을 한 그릇 수북이 담아주면 개처럼 그릇 밑바닥까지 훑닦아 먹었다. 소금 찍어 먹는 삶은 달걀은 네 개고 다섯 개고 주는 게 한정이었다. "야, 이놈아, 짜구 난다, 짜구나, 니 에미도 못 찾고 병들면 어떡할라고." 아이가 안 나타나면 노친네와 영감이 섭섭해서 쓰레기 하치장 쪽으로 한눈을 팔았고, 운전병들도 봉이 안부를 묻곤 했다. 수줍음을 많이 타고 말도 없는 애였다. 라면을 그릇을 꼭 지가 씻어놓고 가겠다며 팔을 걷고 나섰다. 중학교 문전에는 들어갔다 나왔는지 지게처럼 생긴 글자가 A인 줄은 알았다. 두어 철을 그렇게 보내다가 봉이는 어느 해 겨울부터 '사장님'께 연장도 앗아주고, 지가 알아서 차 밑에도 기어들어 갔다. 노친네가 영감의 조수로 기술이나 배우라고 거둔 것이었다.

함석으로 하늘만 가리고 있는 차고 앞에는 사시장철 기름때에 전 시커먼 공터가 밤에도 바지랑대 위에 내걸린 누런 알전등 밑에서 훤했다. 차 수리장이었다. 그 너머에는 휘발유, 경유, 모빌유 드럼을 켜켜이 쟁여둔 납작한 슬래브 창고가 있었다. 창고 한쪽에는 공구, 고무

호스, 깔때기, 배터리 같은 것을 아무렇게나 처쟁여 놓은 명색 숙직실인 가겟방이 있었고, 거기에는 노란 비닐 장판을 깔아두었다. 봉이 방이었다. 거뭇거뭇한 기름얼룩이 더께 앉은 국방색 군용 슬리핑백 속으로 기어들어 가서 얼굴만 내놓고 잠을 잤다. 겨울이면 자리끼가 꽁꽁 얼어붙는 한데였다. 정말 모진 애였고, 지 천덕꾸러기 팔자가 그래서 그런지 고뿔이 걸리는 법도 없었고, 고단한 줄도 몰랐다. 눈썰미도 좋아서 털털거리는 차 소리만 들어도 카뷰레터가 나갔다고 여축없이 집어냈다. 뱃속도 하얘서 밤늦게 지 혼자서 휘발유 한 통을 판 푼돈까지 아침에는 어김없이 '사장님' 에게 건네 바쳤다. 영감에게는 업이자 차 수리 센터로서는 제 발로 굴러온 지킴이였다.

서너 해나 지났을까. 봉이는 그동안 꼬깃꼬깃 모은 돈으로 청계천에 가서 지 잠바때기부터 한 벌 두툼한 것으로 사 입고 지 애비 것인 듯 두둑한 파카 한 벌과 겨울용 내의, 장갑, 목도리, 양말, 털신 같은 것을 한 보따리나 사 들고 들어왔다. 고향이 지리산 밑자락께라고 했다. 봄이면 산벚꽃이 흐드러지게 피어나는 쌍계사 길이 그의 마을에서 아스라이 보인다는 것이었다. 마음까지 환하게 지펴주는 그 벚꽃 밑에서 서럽게 울다가 꽃놀이 나온 행락객에 묻어 가출했다고 했다. 영감이나 노친네도 그때 처음으로 봉이의 좀 들뜬 기색을 보았을 것이다.

봉이의 금의환향은 이틀 만에 벚꽃이 지듯이 허무하게 사그라졌다. 설날 당일 해거름 때였다. 봉이는 들고 간 보따리를 그대로 보듬고 나타났다. 그때 우리집은 장독대, 수돗간은 말할 것도 없고 빤한 네모진 마당까지 깡그리 시멘트 바닥으로 뒤덮인 디귿 자 기와집이었다. 누가 인기척을 듣고 방문을 열었더니 봉이가 우두커니 서 있었다. 이 방 저 방의 문짝들이 다 활짝 열렸다. 노친네가 먼저 버선발로 봉이에게 다가갔다. 설 대목 추위라는 말대로 몹시 추운 날이었던 듯 빤질거리는 시멘트 마당 위에는 뽀얀 빙판에 너테까지 두텁게 얼어붙어 있었다. 혼자 서서 이미 울고 있었던지, 우리 가족의 명절 단란을 새삼스럽게 봐서 그랬던지 봉이는 보따리를 든 채로 하염없이 눈물을 떨구었다. 눈물이 아예 방울져서 발갛게 언 볼을 타고 주루룩 흘러내렸다. 모두 말을 잃었다. 제법 찡한 충격이었다. 내가 봉이보다는 서너 살 위였으므로 그때 받은 충격은, 가령 머슴애 꼭지가 저렇도록 쉽게 울 수도 있구나 하는 생각이 한동안 잊히지 않았다.

노친네가 봉이를 두 손으로 끌어 대청 끝에 앉혔다. 그리고는 니 애비가 새엄마를 봤더냐고, 니 엄마는 영영 소식이 없던가고, 혹시 니 애비가 그새 죽었더냐고, 나중에는 숫제 니네 집칸은 그냥 그대로 있더냐고 물어대도 봉이는 종내 대꾸가 없었다. 아무리 달래도 봉이는 무르팍 속에 얼굴을 묻고 어깨만 들먹였다. 밥을 차려 주며 먹으라고 해도 봉이는 고개만 내젓고 일어설 줄도 몰랐다. 봉이는 이미 오래전부터 우리집 식구였으나, 처음으로 온 가족을 벌쓰우고 있는 꼴이었다. 얼마나 지났을까. 어느새 새카맣게 얼어붙은 밤이 시멘트 마당 위에까지 내려앉았다. 그때까지 봉이의 흐느낌은 그치지 않았다. 영감과 노친네가 거처하는 큰방 문만 뺄쭘이 열려 있을 뿐 우리 형제와 여동생들이 한 방씩 차고앉은 건넌방, 아랫방, 문간방은 다 문짝들을 처닫고 봉이의 동정에만 촉각을 곤두세우고 있었다. 이윽고 봉이의 울먹임이 들렸다. "사장님, 저는 차부에 내려가 숙직실에서 잘랍니다."

고집이 센 아이라 영감도 말리지 않았다. 노친네가 얼른 명절 음식과 떡을 주워 담은 찬합을 봉이에게 쥐어주었다. 웬만큼 시장했던지 그 찬합 보자기는 달갑게 받아들고 봉이는 "잘 먹겠습니다, 지는 인자부터…"라며 말끝을 흐렸다. 성미 급한 영감이 "머시가? 무슨 말이가? 사내 꼭지가 명절 끝에 수도꼭지처럼 눈물이나 질질 짜쌓는 꼬락서니하고선…"이라며 기어이 울화를 터뜨렸다. 봉이는 말없이 영감에게 꾸벅 인사만 하고 잠바때기 소매 끝으로 눈물을 훔치며 대문을 나섰다.

사나흘쯤 지났을까. 봉이는 느닷없이 자원해서 군에 입대하겠다고 나섰다. 말이 더 없어진 그의 궁심을 도무지 알 수 없었다. 그때까지 영감조차 그의 애비가 죽었는지 살았는지, 고향에 집칸이나 지니고 있는지 어떤지도 모르고 있던 판이었다. 물어도 히물쩍 웃기만 할 뿐지 속내는 물론이고 지 액내(額內) 사정은 터럭만큼이라도 비치는 법이 없었다. 천애 고아라고 여기면 그뿐이었다. 영감도 아랫것을 구슬리는 데는 이력이 나 있었다. "야, 봉아, 니나 내나 국졸 학벌인데 요즘 군대는 예전과 달라서 니를 안 받아준다. 군대 생활은 말짱 도루묵이다. 나도 이등 중사까지 꼬박 5년을 군대서 썩어봤지만 군대는 안 갈 수 있으면 안 가는 게 장땡이다. 니는 안 가도 되지 싶은데 무슨 애국 정성이 뻗쳐서 고생을 사서 할라고 설치나." 그때 나는 알오티시에 적을 걸어두고 있었다. 영감도 지쳐서 "저 군대에 미친놈"이라고 봉이를 내놓았다. 생각해보면 그때 봉이는 제 신원을 제대로 갖추기 위해, 또는 사회 경험을 얻기 위해 군 복무만은 기어이 마치겠다는 의젓한 작정이 서 있었던 듯하다. 영감은 손발이 잘리는 판이라 거주지 증명서를 떼서 지원병으로 입대하겠다고 뛰어다니는 봉이를 넋 놓고 바라볼 수밖에 없었다. 하루는 영감이 아예 술상까지 차려놓고 봉이를 불러 앉히고 달랬다. "야, 이 되다 만 중국 되놈아, 말을 좀 해봐, 입구멍 처닫아놓고 있지 말고. 내가 이날 이때까지 춤바람, 계바람, 노름바람, 차바람에 미쳐 돌아가는 연놈들은 숱하게 봤어도 군대바람에 미친 인간은 니가 처음이다. 여러 말 할 것 없이 군댓밥이 그렇게나 니 에미처럼 그리우면 찾아나서 봐. 그런데 니, 나하고 약조는 하나 맺자, 먼고 하니 절대로 말뚝만은 박지 마라, 알았지? 약속할래, 안 할래. 이 자리서 딱 부러지게 낫또를 조아 박아." 입이 무거운 아이라 약속을 할 리 만무였다. "야, 이 반벙어리야, 봉이, 너, 편지 쓸 줄 알지? 군번 받는 대로 이 집에다 꼭 편지해라. 내가 딴 거는 몰라도 널 수송부대로는 두말없이 빼줄 테인께. 암, 장담하고 책임진다. 우리집에 도라무떼기로 군대 기름 팔아 처묵는 씨아이디 김 상사한테 내가 술 한 잔 사주고 부탁하면 들어준다. 전화 한 통이면 직방이다. 군대는 그기 좋다. 우에서 눌리면 찍소리 못한다. 알았지? 말뚝만 박았다 하면 봉이 넌 나하고 인연 끝났는 줄 알아라. 그날로 끝이니까 날 찾지 마라. 사내는 두 가지만 안하면 출세할 날이 저절로 굴러오기 돼 있다. 먼고 하니 도둑질, 기집질이 아이라 노름하지 말고 배은망덕 안 하는 기 바로 그거다. 내 이 말을 니 가슴에다 보루트로 단단히 틀어박아둬라. 나중에 내 말 할 날이 반드시 있을끼다." 배은망덕은커녕 휴가를 나와서도 봉이는 영감의 술 시중도 들고, 손에서 기름걸레를 놓지 않았다.

내가 전역한 그해 가을에 봉이도 만 3년 복무를 마치고 제대했다. 갈 데라곤 없는 위인이라 그는 곧장 또 우리집 식구가 되었다. 영감과 노친네가 그에게는 수양부모나 다름없었으나 그는 꼬박꼬박 사장님,

사모님이라고 불렀다. 그즈음에는 영감 내외가 벌써 맏며느리도 보았을 때였다. 허물어져 가던 디근 자 기와집도 쓸어내고 슬래브 이층집을 올렸고, 봉이가 잠만 자던 명색 차부의 숙직실도 책상 하나를 달랑 들여놓은 사무실 꼴을 갖추었다. 여기저기 손 좀 봐달라는 용달차가 유독 많이 들락거리던 때였다. 봉이는 아침밥만은 꼭 한길 너머의 언덕빼기 우리집에 올라와서 먹었다. 영감이 운동화를 신고 일터로 내려가면 봉이가 뿌옇게 세수한 얼굴로 아침밥을 먹으러 올라왔다. 우리집 식구들이 물린 밥상에다 밥 한 그릇, 국 한 대접만 올려주는 대궁 밥상이었으나 봉이는 쓰다 달다 말이 없었고, 언제라도 밥상을 입식 부엌 들머리에다 옮겨놓고는 일터로 내려갔다. 한강에서 안개가 자욱이 피어올라 지척을 분간할 수 없는 날이면 봉이의 붉은 얼굴이 유달리 돋보였다.

영감의 지병이 점점 자리를 잡아갈 즈음에 봉이보다 두 살 많은 고종사촌 동생이 '시다'로 들어왔다. 그때도 벌써 봉이 밑에는 학벌 없는 '시다'가 둘이나 딸려 있었고, 그들은 고종사촌 동생과 마찬가지로 지네들 집에서 밥 먹고 출퇴근하는 명색 직원들이었다. 고종사촌 동생은 지방의 공고 출신에다 1종 운전면허증 소지자였다. 그즈음 봉이는 미용 기술을 가진 색시를 봐서 인근에다 살림을 났다. 명절날에는 새벽같이 안식구를 거느리고 우리집에 들이닥쳐 차례상도 그가 손수 챙겼다. 입 무거운 봉이도 장가들자 좀 달라졌다. 자라목에다 가슴팍에 얼룩덜룩한 줄무늬가 굵다랗게 박인 스웨터를 입고 와서는 집사람이 떠준 것이라고 자랑했다. 선이는 뜨개질 솜씨도 좋은 살림꾼이었다. 머슴애 자식을 연년생으로 둘 낳자마자 선이는 친정 엄마에게 살림을 맡기고 '써니' 라는 머용실을 차렸다. 선이의 친정엄마는 부엉이처럼 턱이 없어서 눌러놓은 듯 얼굴이 넓었다. 노친네와 형수, 두 여동생은 버스로 다섯 정류장이나 떨어져 있는 '써니' 머릿방의 단골이었다. 머릿방 가게 안쪽에는 커튼을 쳐둔 부엌이 있고, 그 너머에 두 칸짜리 살림방이 딸려 있다고 했다. 여름에는 대발 주렴을 쳐두고 머릿방 가게 문을 활짝 열어놓고 있다면서.

영감이 일을 놓자 이제는 세상이 변해서 걸핏하면 찜부럭 부리는 자가용 승용차 일거리가 많아졌다. 쓰레기 하치장에는 다세대 연립주택이 들어섰다. 영감은 늘 "말은 덕이가 잘하고 일은 봉이가 잘한다" 라며 고종사촌 동생의 얼렁뚱땅이질을 시쁘게 여겼다. 영감으로서는 좌청룡 우백호를 거느린 셈이어서 매상은 승덕이가 올리고, 일은 진봉이가 도맡는 꼴이었다. 다들 봉이 일솜씨 정도면 어디를 가도 밥은 먹을 것이라고 했다. 게다가 한 다리가 천리였다. 하기야 간판 이마빼기에다 '자동차 1급 정비 센타' 라고 큼지막하게 내걸어놓은 사업장을 봉이가 물려받기에는 글도 턱없이 모자랐고, 배짱도 있는지 없는지 알 수 없었고, 밑천도 그 바닥이 훤히 비쳤고, 우선 그 야무진 일솜씨야 나중 일이고 그 고집과 툭툭 분질러버리는 말솜씨로야 '시다' 들 월급도 제때 줄지 의심스러웠다. 남한테 일을 내주기가 못내 서운했던지 한동안이나 뭉개기만 하다가 영감은 덕이에게 사업장을 맡으라고 넘겼다.

하루는 영감이 노친네를 옆에 앉혀두고 봉이에게 지나가는 말로 니 애비, 니 에미는 죽었나 살았나고, 살았으면 연락은 하고 지내냐고 물어봤다고 했다. 밥상을 물린 봉이가 지 애비 말은 없고, 지 에미를 '그쪽' 이라고 지칭하며 가끔씩 낮에만 며느리 머릿방에 들러 머리털이 떨어지는 족족 비질해대는 턱 밭은 애들 외할매와 이런 말 저런 말을 나누다가 돌아간다는 것이었다. "들은 돌이 있어야 낯을 붉히지요, 그쪽도 내가 없을 때 손자들 얼굴이나 보러 삐꿈삐꿈 들르는 거지 나한테 무슨 정낼 일이야 있겠습니까." 옳든 그르든 부모한테 막말하면 쓰냐고 영감이 이르자, 봉이는 히물쩍 웃음을 베물고는 밥상을 들고 일어섰다고 했다.

받아놓은 잔칫날 같은 영감의 명줄이 꼬박꼬박 닥쳐왔다. 빈뇨증이 심해서 영감은 봉이가 세차하는 곁에 서 있다가도 돌아서서 바지춤을 까 내렸다. 술이 과하다 싶으면 봉이는 영감 앞에 놓인 소주잔을 말없이 집어서 제 입에다 털어 넣곤 했다. 희한한 인연을 말하듯 차 수리센터 화장실에 서 있다가 그 자리에서 쓰러진 영감을 봉이가 들어 업고 우리집으로 달려왔다. 영감이 자리 보전을 하자 봉이는 점심때 꼭 들러 안부를 물었다. 영감에게 봉이는 자식 이상이었다. 영감이 덜컥 숨을 거뒀다. 봉이는 상주 이상으로 서러운지 목놓아 울지만 않을까, 두 눈에 눈물을 그렁거리며 빈소를 지켰다.

해가 바뀌자 봉이는 웃돈까지 받고 다른 일터로 옮겨갔다. 그동안 집을 늘렸으므로 '써니' 머릿방도 천호동 쪽에다 터를 잡았다. 영감이 돌아가시고 나서도 봉이는 명절 때마다, 또 영감의 기제사 때마다 청주 같은 것을 사 들고 와서 제사상에 술 한 잔을 괴어 올렸고, 그 제삿술을 달게 음복했다. 제삿상도 그가 손수 걷었다. 서너 해를 그렇게 얼굴이나 비치더니 차츰 발길이 뜸해졌다. 노친네가 못내 섭섭한지 "남의 밥 먹는다는 소리 안 들을라꼬 한다고 했건만, 남의 자식은 할 수 없지"라며 봉이를 기다렸다.

대통령 선거가 있던 해였던 듯하다. 한동안 연락을 끊고 지내던 봉이가 영감의 기제사 때 나타났다. 손수 몰고 온 봉고차에서 봉이는 사과 한 상자, 배 한 상자를 부려놓았다. 시흥에서 광명시로 들어가는 길목에다 차 수리 센터를 조그맣게 차렸다고 했다. 중년 살이 붙어서 봉이는 하관도 넓어졌고, 허리띠께에는 군살도 접힐 정도로 두두룩했다. 없던 넉살도 제법 생겨서 무릎걸음으로 다가가 노친네의 두 손을 덥석 거머쥐고는 "도리가 아닌 줄 알면서도 제 살기가 워낙 바빠서 때마다 못 찾아뵙네요"라고 주워섬겼다. 그러고는 안식구의 머릿방 벌이가 그런대로 괜찮아서 이럭저럭 밥걱정은 안 하고 산다고도 했다. 근자에는 또 소식이 뚝 끊겼다.

명절 때와 영감의 기제사 때나 떠올리고 그리는 봉이와 같은 인연이 우리에게는 도대체 무엇일까. 거의 15년 이상이나 한솥밥 먹고 살았으면서도 우리 형제들은 봉이와 곰살궂은 말을 나눈 적도 없다. 그는 영감의 손발이자 막역한 친구였다. 노친네가 웬만큼 정을 쏟아도 그는 공연히 어려워했다. 우리집 식구와는 도저히 무간할 수 없는 자신의 처지를 늘 염두에 두고 어떤 갈개 같은 것을 선명하게 파놓고 있었을 것이다. 못 배운 탓도 아니었고, 주변머리가 없어서도 아니었다. 한겨울에나 양말을 신고 운동화 바람일까, 봄부터 가을까지 슬리퍼만 끌고 다니며 차 속에만 머리를 처박고 살던 그런 삶에도 희로애락이란 것이 있었던지 짐작할 수도 없다. 걱정거리를 만들 줄도 모르고, 감정조차 없는 기계 같은 위인이었다. 기계처럼 제 할 일만 하고 때맞춰 먹고 자면 그뿐이었으므로 그는 자신의 삶이 고생살이인지 어떤지도 모르는 것 같았다. 분명히 그의 과묵 때문이지 싶은데, 그는 사람이나 돈이 얼마나 귀하고 천한지에 대해서도 일절 내색하는 법이 없었다. 세차장에서 검누런 빨랫비누로 제 양말과 속옷을 빨아 활활 털어대던 봉이의 모습이 지금도 눈에 선하다.

담배나 사 피울까 돈 쓸 줄도 모르는 봉이 같은 삶을 굳이 들먹일 것도 없이 사람의 감정이란 것도 벌써 사치다. 그렇다면 당연하게도 우리의 아옹다옹하는 삶도 사치스러운 찜부럭의 연속일 뿐이다. 하루 내내 먼지 마시고 기름에 전 몸이라며 비계가 둥둥 떠 있는 벌건 김치찌개와 양파를 잔뜩 집어놓은 돼지고기 두루치기만 찾고, 반주로 소주 한 글라스를 두 번에 나눠 마시고 나서는 곧장 "아무 생각 없네"라고 탄성을 내지르던 영감의 일상까지 그대로 물려받은 봉이를 떠올리면 나의 엄살 심한 삶이 무색해진다.

따져보면 삶이란 아무리 좋게 봐주더라도 별것도 아니다. 세상이야 어떻게 돌아가든 말든 한치 내 앞만 빤하면 그것으로 족하다. 더 이상은 주제넘은 짓이다. 하물며 인정 내기와 대 잇기야. 아내도 나의 이런 천성의 자조감에 얼마쯤 동화되어 이러지도 저러지도 못하고 엉거주춤하니, 될 대로 되라지 하고 차일피일을 능사로 삼고 있다. 노친네가 말끝마다 꼴사납다고 나무라는 그 유식과는 상관없이. 노친네의 이상한 집착과 쓸데없는 과욕을 무작정 내쳐 버릴 수도 없는 내 한심한 처신 때문에 이렇게 속을 끓이고 있는 줄이야 잘 알지만. 점점 더 피둥피둥해지는 거부감에 따라붙는 허탈감.

↓

또 다른 별난 인연과의 조우는 예식장에서, 그것도 주춤주춤하다가 불쑥 맞닥뜨려졌다. 4월의 정기 인사를 앞두고 꽤나 마음을 졸이고 있던 무렵이었다. 내 이름의 호명은 거의 난망인 줄 알면서도 온 신경이 그쪽으로만 뻗어가는 걸 어떻게 뿌리쳐볼 재주가 없었다. 명색 임원이었으므로 호명이 없으면 당장 보따리를 싸야 할 판이었다. 계열사로의 자리 이동이라도 바라던 그 초조한 기대 심리라니.

마침 청첩장이 날아왔다. 입사 동기로 과장 말년에 일찌감치 의원(依願) 사직한 친구가 사위를 본다는 것이었다. 그 당시는 회사 형편도 독과점 제조업체답게 흥청거렸고, 경기도 좋아서 대리점 권리금도 만만찮았는데, 회사 안에서도 흔히 '남서방'이라고 불리던 그 친구는 대리점 영업권을 챙기고 미련 없이 월급쟁이 신세를 걷어치웠다. 역시 선견지명도 남다르고 돈복도 있었던지 남 사장은 말끝마다 "은행 돈 메울 일이 캄캄하네"라면서도 강남의 요지에다 5층짜리 오피스 빌딩 한 채를 장만했다는 풍문이 벌써 90년대 벽두에 나돌았다. 가끔씩 차를 몰고 그 앞을 지나치면서 남 사장의 그 번듯한 부동산 실물에 눈이 미치면 기가 죽을 것까지는 없어도 어떤 신분의 격차는 반듯하게 잡혀오는 것이었다. 어쨌거나 인심을 잃어 좋을 게 없었다. 상관과 동료의 봉투 여남은 개를 거둬서 예식장으로 달려갔다. 길일이었던지 강남의 한 예식장은 인산인해였다. 혼주의 성씨가 희성이 아니었더라면 부조금도 어디다 디밀어야 할지 한참이나 두리번거려야 할 정도였다.

예정대로 부조금만 전하고 돌아서려니까 혼주가 흰 장갑 낀 손으로 매달리며 따로 날을 잡아 자리를 만들겠다고 곡진히 일렀다. 계단을 막 내려왔을 때였다. 계단을 오르려던 낯선 여자가 이쪽을 보고는 흠칫 놀라는 기색이었다. 내가 잘못 듣지 않았다면 "어머나" 정도의 놀라는 소리도 얼핏 귓가에 스쳤던 듯했다. 이래저래 경황도 없던 계제였고, 중인환시리에 낯선 여자와 안면 되잡기도 쑥스러워서 나는 곧장 예식장 현관 쪽으로 내달았다. 그래도 무슨 찜찜한 구석은 남아 있었던지 들락거리는 하객들 틈바구니에 끼여서 뒤를 돌아보았다. 그런데 그쪽도 층계참에 서서 무언가를 더듬는 기색이다가 이쪽을 쳐다보았고, 서로 정색한 눈이 맞춰졌다. 분명히 낯선 여자였다. 그쪽이 사람을 잘못 봤을 것이라고 치부할 수밖에 없었다. 여자 얼굴을 외우는 데는 손방인 내 기질도 얼핏 떠올렸다. 심지어는 아침 식탁에서 커피를 마시며 신문을 펼쳐 들고 있는 아내의 얼굴이 너무 생소해서 얼떨떨해질 때도 있고, 납작한 책가방만 들고 있지 않으면 계절이 바뀌어 새 옷으로 갈아입은 아내의 새치름한 외모를 얼른 못 알아보는 지경이다.

차를 회사에 놔두고 왔으므로 택시를 잡기 위해 나는 예식장 입구를 후줄근히 벗어나는 중이었다. 점점 아슴푸레해지는 기억을 끈질기게 더듬으면서. 은근한 기대 심리가 맞아떨어지려고 그랬던지 뒤에서 그 여자의 것이지 싶은 바쁜 소리가 다가왔다.

과연 그 여자였다.

"조 선생님 맞지요? 절 모르시겠어요?"

그쪽이 그러는 대로 나도 여자의 안면을 빤히 직시했다. 미모랄 것까지는 없으나 이목구비가 오목조목하니 제대로 자리를 잡고 있고, 이마도 시원하고, 좀 놀면하다 싶은 눈동자에는 어딘가 짓궂은 소년의 장난기랄지 숫된 기상 같은 것이 넘실거렸다. 그 영리한 눈매가 곱다면 고왔다. 그러나 난감했다. 퇴직한 부하 여직원은 아니었다. 방학 때 한두 달씩 시장 조사 같은 일을 시켜본 아르바이트생도 아닌 것 같았다. 깡똥한 미니 스커트에 흰 블라우스를 받쳐 입은 투피스 차림이나, 동안이긴 해도 30대 후반 여성임에는 틀림없었다. 예식장이 아닌 곳에서 만났더라면 기혼인지 미혼인지도 쉬이 분간할 수 없을 것 같았다.

"혹시 이벤트 회사 직원이 아니신지…"

좀 무례한 말이어서 쑥스러웠다. 아마도 나의 평소 여자 사교 범위가 회사 일 때문에 맺어지는, 너무나 사무적인 그것으로 한정되어 있어서 그런 말이 불쑥 튀어나왔던 듯하다. 신상품의 판촉 활동을 대행해주는 이른바 이벤트 회사는 최근에 여럿 생겼고, 나는 한때 그런 회사의 책임자나 실무자들을 임의로 불러들인 바 있었다. 그들은 대개 다 젊었고, 그들의 직종이 일종의 유흥 부추기기인 만큼 복장들도 좀 튄다 싶게 유별났다. 또한 그들은 초대면임에도 불구하고 선전 공세를 펴려는 이쪽의 노골적인 요구를 일일이 받아적는 똘똘한 여직원을 한두 명씩 꼭 데리고 나타났다. 따라서 그쪽에 대한 나의 궁금증이 딱히 무리랄 것도 없었다.

여자는 무안을 타지도 않았고, 곧장 나의 골똘을 훌쩍 건어갔다.

"아니고요, 안 바쁘시면 어디 가서 차라도 한잔 나누세요."

웃지도 않고 들이미는 당당한 요청이었다. 인사 명령을 기다리느라고 일도 손에 안 잡히는 주제라서 바쁠 리야 없었다. 시간을 끌어 여자의 신원을 기어코 밝히고 싶기도 했다.

"그래도 좋지만, 아예 밥을 먹지요, 점심 전이시면요."

"그래요, 그게 낫겠네요."

여자의 소년 같은 눈매에 짓궂은 웃음기가 잔잔히 피어올랐다.

"여전히 기억이 안 나시는 모양이군요?"

여자의 말투에는 이쪽의 기분을 챙기겠다는 영업적인 냄새도 얼쩡거렸다.

"예, 솔직히 말하면 그렇습니다."

"그러실 거예요."

"그런데 사람을 제대로 봤는지, 제가 맞기는 합니까? 말이 좀 이상합니다만."

"맞아요, 틀림없어요." 이번에는 여자의 눈매에 가소롭다는 웃음기가 잠시 머물렀다. "그때는 부장이셨는데, 지금도 그 회사에 다니시지요?"

'그때' 라? 뭔지 얼핏 붙잡힐 것 같았으나 내 머릿속은 이내 캄캄해졌다. 내 회사의 업종이 그랬으므로 전국 도처에 수요처와 영업장과 사용자는 지천으로 깔려 있다. 그것도 주로 밤에 성업 중이지만. 연중무휴로. 그러니 나를 정확하게 알아본 여자의 신원은 어느 정도까지 까발리진 셈이지만, 내 쪽이 그녀를 알아볼 수 있는 범위는 좁혀진 게 아니라 오히려 거의 무한대로 넓어진 꼴이다.

"네, 그렇습니다. 가만, 제 회사까지 알고 있다면?"

당연하게도 여자는 직답을 피했다.

"지금은 직책이 어떻게 되세요?"

"이사쯤 되는 모양입니다. 더 정확히는 이사 대우고요. 아마도 다음 달 중으로 보따리를 싸야 하지 싶습니다."

여자는 회사 쪽의 내 한심한 처지 따위에 대해서는 더 관심이 없는 듯했다. 그것도 교양이라기보다 자질로서 좋게 볼 만했다.

우리는 길을 건너 대형 중국음식점 속으로 들어섰다. 물론 예약 손님이 아니었는데도 우리의 행색을 보자 구석방으로 안내했다. 둥근 탁자 위에 햇빛이 환하게 쏟아지고 있어서 방 속은 호젓했다. 여자가 햇살을 등지고 앉았다. 곧장 그녀의 자태가 후광을 두른 실루엣으로 두드러졌다. 부추잡채 한 접시와 물만두 두 접시를 시켰다.

짬이 났다. 왠지 벌이라도 달게 받아야 할 사람처럼 내 마음이 두근거렸다.

"그때라면, 그게 언젭니까?"

여자가 엽차로 입술을 축였다.

"숨 좀 돌리고요. 담배 안 피우세요?"

"밥이나 먹고 난 다음에 피지요. 참, 담배 피시겠습니까?"

"아니요, 저두요." 여자가 엽차 종지를 두 손으로 거머쥐고 그 누런 담뱃가루 같은 물속을 말갛게 들여다보았다. 여자가 이내 고개를 들었다. 아주 차분한 눈길이 선처럼 기다랗게 내 쪽으로 건너왔다. "다 지나간 일이라 새삼스럽긴 하네요. 절 까맣게 몰라봐서 어처구니도 없고요. 막상 여기까지 왔지만 입은 잘 안 떨어지네요."

너무 신중해 빠진 나 같은 위인도 가끔씩 우스개를 던질 수 있는 모양이었다.

"이것 참, 내가 기억상실증에 걸린 무슨 배우 같습니다. 담배라도 피워야겠습니다."

"네, 그러세요. 피세요. 혹시 미림이라고 기억하세요?"

순간적으로 내 명치께가 뜨끔했다.

"미림요? 그게 술집입니까?"

"네, 일식집요."

"그 집이 어디쯤 있습니까?"

"그때는 역삼동에 있었어요. 지금도 있는지 어떤지는 모르지만요. 3층짜리 건물이 온통 일식집이었어요. 혹시 아마조네스는 생각나세요?"

"그건 또 뭡니까?"

"역시 술집이에요. 소위 룸살롱이라는 거요. 미림 사장이 아마조네스도 운영했어요."

나는 고개를 주억거렸다. 서울의 술집이란 어차피 그게 그거다. 그것들은 언제라도 이름은 있으나 익명성으로 서식한다. 호스티스들처럼. 그것도 줄변덕쟁이처럼 수시로 그 하찮은 이름까지 바꿔버리면서.

"대충 생각날 듯 말 듯 합니다. 그런 집이 있었던 것 같습니다. 아시는 대로 우리 직장이 좀 그런 쪽이라 유흥업소야 여기저기 너무 많이 알고 지내잖습니까. 무슨 발뺌하자는 건 아니고요."

"알아요." 눈이 부시도록 하얀 블라우스 위의 각진 감색 윗도리에 구슬픈 기가 어렸다. 윤곽이 두드러진 실루엣에 차분한 낙담도 엉겨 붙었다. "그 직장에서는 술을 많이, 여러 군데서 팔아주는 것도 큰 영업활동이잖아요."

"하긴 그렇지요. 낮술도 권장하는 직장이니까요. 술 못 마시는 직원이 따돌리기는 하지만, 직원마다 주량이야 다를 수밖에 없고요."

"그때는 조 선생님도 술 잘하셨잖아요. 요즘도 많이 하세요?"

"옛날만큼은 못하고, 몸을 사리는 편입니다."

음식이 한목에 날라져 왔다. 싱그러운 부추 색깔 때문에 식탁 위가 대번에 조촐하니 살아 올랐다. 물만두가 오글거리는 접시는 앙증맞았다.

"단오 전의 부추가 남자들에게 특히 좋다대요. 어서 많이 드세요."

그 말 때문인지 실루엣이 갑자기 후줄근하니 늙어 보였다. 음식을 잘 시켰다는 생각 때문인지 내 기분이 좀 뿌듯해졌다. 짐작컨대 여자는 과음 핑계를 대며 나와 하룻밤 통정한 인연 같았다. 그러고 보니 어느새 내 마음이 좀 들떠 있달까, 뭐 그래서 싱숭생숭해졌다. 서걱거리는 부추 맛이 그런대로 괜찮았다.

"제 주량까지 아시고, 그때 말입니다?"

갑자기 후광이 더 밝게 타올라서 실루엣 앞에 놓인 앞접시 속의 부추가 시커매졌다. 실루엣의 음식 문 입가에 조소가 묻었다.

"참, 아까 예식장에서 어느 혼사에 갔더랬습니까? 나처럼 부조만 전하고 곧장 돌아선 모양인데요?"

"부조만 대신 전하러 갔어요. 남 사장님 혼사예요. 남 사장님도 한때 그 회사에 다녔었지요?"

"그러면 그 소위 그때란 시점에 제가 그 친구와 함께 미림인지 아마조네스인지를 두루 헤맸습니까?"

"아니요." 내친김이라는 듯이 실루엣의 말투가 사뭇 단정적으로 바뀌기 시작했다. "그때 일차에는 일고여덟 분이 미림 3층 홍실에 오셨지만, 남 사장님은 없었어요. 이차까지도요. 벌써 햇수로 7년 전, 맞아요, 89년도 늦가을이었어요."

내 머릿속이 매미 소리 끓듯 시끄러워졌다. 무슨 명목의 회식 자리였던 모양이다. 그때라면 남서방은 벌써 퇴직한 후다. 한복짜리 파트너들을 청바지 같은 사복으로 갈아입혀서 이차에 동행시켰던 듯하다. 영업 실적이야 어떻든 그런 회식 순례는 통상 관례다. 실루엣의 기억력은 비상하다. 저 정확한 기억력을 지금 당장 이 자리에서 영원히 지우게 할 수는 없을까. 일수가 이렇게 사나울 수도 있나. 하객인 주제에. 참담하다. 내 이마에 진땀이 저절로 배어 나왔다.

실루엣이 앞접시와 물만두 접시를 한쪽으로 밀쳐냈다. 앞접시는 말끔했고, 다른 접시에는 물만두 서너 개가 오글거렸다. 실루엣이 손수건으로 입가를 꼭꼭 찍어냈다. 그리고는 철사처럼 가느다란 담배를 꺼내 한 모금 깊이 빨았고, 턱을 옆으로 끄떡 쳐들고는 담배 연기를 기다랗게 쏘아 올렸다.

나는 이마의 땀을 훔쳤다. 손바닥에 물기가 축축했다. 눈이 부셨다. 밝은 후광을 두른 실루엣을 차마 정면으로 쏘아볼 수도 없었다.

"그해 겨울 내내, 89년 연말부터 90년 연초를 지나 구정 너머까지 그 후유증으로 아주 되게 혼이 났어요. 손발이 멍하니 저리고, 다리에도 힘이 쭉 빠져서 후들거리고 머 그랬어요. 겪고서 한참 후에야 심리적으로 더 쪼들렸던 것 같다고 치부하고 말았지만, 당시에는 꽤 심란했어요. 아까 예식장 계단을 올라가는데도 갑자기 그 증세가 무슨 환통처럼 덮쳐와서 까무러칠 것 같더라니까요."

내 가슴에서 뭔가가 툭 소리를 내고 떨어졌다. 눈앞이 뿌예졌다. 정신도 얼떨떨했다. 실루엣이 겪은 그 모든 모진 고통이 나로 말미암았다는 지적이었다. 질책은 아니었지만 그렇게 들렸다. 긴가민가한 채로나마 그럴 수도 있겠다는 생각은 퍼뜩 떠올랐다.

"아니, 그러면 그때 우리가… 그런데 나는 도무지… 얼굴도 모르겠고…"

내 말은 이미 뜻도 없고, 말도 되지 않는 딱한 비명이나 다를 바 없었다. 낭패감으로 얼굴이 달아올랐다. 실루엣은 말귀가 밝았다.

"네, 그랬어요. 하룻밤. 그것도 두어 시간 남짓에 그쳤지만요. 조 선생님은 그때 너무 억병으로 취해 있었어요. 술을 섞어 마시면 더 취한다는 속설은 전적으로 근거 없는 헛소리라면서 자기가 시범을 보이겠다고 마구 들이켰어요."

그 지론은 그때나 지금이나 내 것이었다. 여러 술에 대한 각자의 기호를 무시한다면 숙취 정도는 음주량에 따라 판가름 나지 알코올 도수와는 전적으로 무관하다는 내 지론은 이론적으로도 그럴듯할 수밖에 없다. 실루엣은 용케도 내 상투어 '전적으로'까지 외우고 있다.

"웬만큼 호기를 부렸나 보네요. 가끔씩 회사 업무로 시달리다 스트레스를 푸느라고 그러기도 했지만, 월급쟁이 낙이 그것밖에 더 있나 해대면서."

"맞아요, 그 호기를 여러 손님이 부추겼어요. 그 호기 때문에 여관까지 갔고요. 제가 먼저 여관을 빠져나왔어요. 저로서는 처음이었어요."

"처음이라면… 그게 무슨 말입니까?"

역시 숙맥의 덜 떨어진 질문이었다.

"머긴요. 임신이 처음이었다는 소리지요. 그날 밤에 마침 제게 잔돈이 없어서 차비하게 만 원짜리 한 장만 빼내 가겠다고 했더니 지갑 주인이 새우처럼 누운 채로 다 가져가라고 손을 휘휘 내젓던 모습이 지금도 선하네요.”

‘전적으로’ 내 잘못이라는 소리였다. 아니, 그렇게 들렸다. 뭔가를 수습해야 할 것 같았다.

“아니, 그렇게 일이 터졌다면 제게 즉각 연락해서, 그 수습 비용 같은 것이라도 다문 얼마라도…”

벌써부터 실루엣은 아주 의젓해져 있었다. 그래서 그런지 어느새 실루엣은 좀 만만해 보이는가 하면 그렇게 낯설지도 않았다. 햇살을 등지고 있어서인지 뜯어볼수록 어디 한 군데라도 빠지는 인물도 아니었다.

“구접스레 그렇게까지 할 생각은 애초부터 전혀 없었고요. 그래도 벼라별 생각은 다 들었어요. 집에 가자마자 씻기까지 했는데 덜컥 임신이 된 게 어이없다가도 신기하기도 해서 이것도 무슨 인연인가 하는 생각도 들었고요. 심지어는 내 주제에 낳아서 내 멋대로 키워볼까 하는 생각도 제법 심각하게 했다면 말 다 했지요. 그러다가 친구한테 내 같잖은 속내를 털어놓았더니 그 친구가 대뜸 한다는 말이, 글쎄, 중절 수술하고 나면 임신이 더 잘 된다면서 앞으로 단단히 조심하라고 그래서 어이없어하기도 했어요. 어쨌든 그랬어요. 그런 일이 있었어요.”

실루엣은 버릇인 듯 담배꽁초를 신경질적으로 콕콕콕 눌러 껐다. 좀 홀가분한 기색이었다.

“아까도 부조만 내고 돌아 나오다가 이제 와서 옛일을 왜 들먹여 라는 생각을 하면서도, 그때 생각이 떠오르면서 다리가 마구 덜덜덜 떨리는 바람에 어디 들어가서 다리쉼이나 해야겠다고 작정하고 여기까지 왔어요. 요즘은 국부 마취를 한 다음에 수술도 아주 간단히 끝내버리고, 병원 문을 나서자마자 보신한답시고 갈비도 뜯어 먹고들 하는 모양이지만, 그때는 전신 마취를 했어요. 전신 마취를 하고 나니 아편 맞으면 이렇지 않나 싶게 온몸이 나른해지대요. 그리고는 한참이나 있다가 수술하고 나니 머리도 어디로 날아갔는지 모르게 멍멍하고, 발바닥에 감각이 하나도 없어져 버려 발도 헛디디고 그랬어요. 병원에서도 그냥 더 누워 있다 가라길래 한참이나 늘어져 누웠다가 창피해서 일어나려니 눈앞이 정말 노래졌어요. 그러나마나 남들도 다 겪는다 싶어서 어기적거리며 간신히 병원 문을 나섰어요. 다 지나간 일이고 힘이 펄펄 넘쳐날 때니 그나마라도 버텨냈을 테지만요."

나도 멍멍해졌다. 무슨 악업을 곱다시 덮어쓴 것 같았다. 어깨도, 가슴도 두루 빼근했다. 마땅히 할 말도 없었다. 재수 없다고 치부해버리기에는 내 이성이 그런대로 문문하고 미지근한 온기나마 지니고 있지 않나 싶었다.

분명히 나이 탓일 텐데, 근년에 들어서 나는 매사에 '이런 경우에는 내 처신을 어떻게 바로 세워야 옳은가' 라고 자문하는 버릇이 생겼다. 말하자면 지천명(知天命)의 나이를 의식한다는 소리고, 성숙한 남성의 처지를 나름대로 챙기기 시작했다는 말이다. 가령 죽마고우와 밥 한 끼를 먹는 자리에서도 내가 할 말을 자로 재고 있는 나 자신을 문득 깨닫는다.

"제 명함입니다. 다른 뜻은 없고요, 좀 어리벙벙합니다. 이럴 수도 있다는 생각도 들고, 면목도 없고, 한편으로는 내가 그렇게 무심했을 수도 있나 싶고, 제가 뭘 좀 어떻게… 참 이름이 어떻게 됩니까? 요즘에는 어떻게 지냅니까?"

실루엣도 대충 말을 마무리 짓고 싶은 눈치였다.

"저도 무슨 딴 뜻은 없어요. 고깝다는 생각도 없고요. 세월이 너무 빠르다는 생각은 들고, 그게 왠지 서운하고. 폭삭 늙어버렸다는 생각은 들지만 야속하다고 해봐야 무슨 소용이겠어요. 머 이럭저럭 밥은 먹고 살아요. 짐작하시겠지만 여전히 그 바닥에서요. 새끼 마담쯤으로요. 기회가 오면 애를 꼭 하나만 낳아 기르고 싶은 생각이야 자다가도 문득문득 들지만 내 마음대로 되는 일도 아니라서 머 그럭저럭 지내는 셈이에요. 제 진짜 이름은 황경주예요. 누를 황, 경사 경, 구슬 주요. 그때는 우리 엄마 쪽 성씨를 따서 미스 장이라 불렀지만요."

이상하게도 내 마음자리가 차분하게 가라앉았다. 잘못 보지 않았다면 실루엣도 아늑한 해방감 같은 것에 젖어 들고 있었다.

비로소 내 어쭙잖은 주변머리가 그나마 생기를 찾았다.

"오해는 마시고요, 아까는 예식장이라서 그랬던지 애 딸린 부인 같았습니다."

"요즘 여자들은 대개 다 그렇잖아요. 부인 같은 처녀, 처녀 같은 부인이 좀 많아야지요."

"이런 경우에 남자들이 어떻게 해줬으면 좋겠습니까? 말로랄지 다른 걸로랄지. 여자 입장에서요. 물론 곡해는 마시고요."

"모르겠어요. 뭘 바라지도 않았고, 바라는 것도 없어요. 그냥 머… 그렇잖아요. 누구라도 바라는 게 없다는 말이 정답일 거예요. 그냥 일수가 사나워서 그날 하필 덜컥 임신이 되고 말았으니까요. 우연이라면 인생이란 게 어이없을 정도로 허무맹랑한 한 편의 멜로드라마 같기도 하고요."

"멜로드라마라니까 무슨 결말처럼 제 쪽에서는 뭔가 바라는 게 있을 것 같기도 한데요. 가령…"

"그게 뭔데요?"

"우선 당장은 제 명함을 줬으니까 미스 황이 저한테 연락을 줬으면 하는 겁니다. 그 이후야 어떻게 됐던 지레 걱정할 것 없이요."

지금이라는 듯이 실루엣은 내 명함을 빤히 들여다보았고, 그것을 까맣게 윤이 흐르는 가죽의 가두리에 다이아몬드 꼴의 바느질 자국을 또렷하게 새겨놓은 핸드백 속에다 집어넣었다.

"부담스러워할 것까지는 전혀 없지 싶은데요. 제 쪽이나 미스 황 쪽이나. 이제부터는 이름도 얼굴도 평생 잊지 않을 자신이 섰습니다만."

"부담이야 그때 너무 컸었는데요."

"그때라, 자꾸 그 그때란 말에 지금 제가 이렇게 주눅이 들어 있어요."

"그만 일어서지요. 따지고 보면 별것도 아닌 일을 가지고 제가 공연히 수선을 떨었나 봐요. 괘념치 마시고 잊어버리세요. 한때 그런 일이 마구 흘리는 거짓말처럼 있었거니 하고요."

"이제는 한때라, 어떻게, 뭘 잊으라는 건지."

↓

나의 구차스러운 애원은 그쯤에서 끝났다. 무슨 말인가 하면 미스 황은 내가 이른바 명예퇴직을 당할 때까지 연락을 주지 않았고, 또 다른 형식의 통정을 이어갈 마음이 추호도 없다는 내 진술을 보여줄 기회까지 빼앗아버렸으니까. 회사에서의 진급과 퇴출에 따르는 미소망상(微小妄想)에 톡톡히 들려 있었다고 해도 좋을 그즈음의 내 불우, 울적, 의기소침, 동료와의 열없음, 점점 심드렁해지는 사생활 따위를 퇴근 후의 한잔 술로 쓸어내버리고 싶었건만, 미스 황이, 당신은 그런 인간이야, 좀생이처럼, 하룻밤 만리장성을 쌓아놓고서도 전화 한 통화조차 못하는 그 너름새가 오죽하냐 라며 놀리듯이.

이제 열 평 남짓 되는 오피스텔 속에서 정물처럼, 아니, 벽에 붙은 늦가을의 파리처럼 손이나 비비며 갇혀 있는 내게 미스 황을 찾을 수단도 없고, 엄두도 나지 않는다.

그것은 남자의 것이 아닌 모양이다. 아무 데나 방사(放射)하고 난 직후부터는. 적어도 그 문제에 관한 한 사내는 전적으로 겉도는, 괴뢰정부의 실권 없는 제2인자에 불과하다. 민심을 한곳으로 끌어모으려고 온갖 아첨과 감언이설과 비리로 수선을 떨다가 제풀에 지쳐서 털버덕 주저앉아버린 신세라니. 실제로도 인연이란 그런 것이다. 우연으로만 잠시 맺어지는. 그 인과조차 전적으로 우연에 붙들려 있으니까. 성관계 후의 배태 여부가 그런 것처럼.

미스 황을 찾기로 든다면 못 찾아낼 것도 없겠으나, 그녀와 또 다른 인연을 만들기에는 내가 너무 늙어버렸다. 내 심신의 능력이 두루 겉늙어버린 것은 사실이다. 이것조차도 초산 후 돌계집을 자가 선언하고 나서 대학 접장 생활에 만족하며 사는 여자에게 비끄러매인 내 인연이 덤터기씌운 우연이다. 이 불가사의한 우연의 희롱 앞에서 희로애락을 드러내는 짓거리야말로 경거망동일 수밖에. 나로서는 멍청하니 비켜서 있을 수밖에 없다. 이런 엉거주춤한 자세가 오늘날 대다수 남자의 진정한 사회성 내지는 가정적 위상일지도 모른다.

오늘 아침부터 노친네는 정식으로 조카의 입양을 들고나와 두 인연을 들쑤시고 있다. 돌계집과 젊은 과부를. 희한하게도 두 인연은 말을 맞춘 듯 건성으로만 고분고분하다. 막상 힘 좋은 노친네의 역정은 뾰얗게 무시하면서도 내 눈치만 말갛게 할끔거리는 식으로. 우리네 인연의 구도는 결국 잔정 끼얹기와 덧정 일구기다. 나는 그 어느 것에도 인색하다. 거의 병적으로 그렇다. 천성이 그렇다면 곧장 고개를 주억거릴 수밖에 없다. 매사에 자신이 없는 미소망상증 환자이므로. 보다시피 내가 마음 편하게 앉아 있을 자리도 없다. 세상이 미치광이 같아서 내가 이렇게 되고 말았다는 소리는 하기도 싫고, 그것은 다른 문제다. 설마 애비 잃은 조카 하나를 내 자식으로 못 거둘까 라는 선부른 자신감에 떠밀려서 살아가자니 막막한 것이다.

고민 덩어리 같은 이 세상살이에서 고민을 더 적극적으로 끌어안고 살아야 하는 인간의 숙명. 이것이 사람다운 삶일지도. 세상이야 어떻게 돌아가든 말든. 오늘의 세상이 너무 비정상적으로 굴러간다고 해서 삶도 다소 비이성적으로 꾸려가도 괜찮다는 구실로. 다들 알게 모르게 뒤틀린 자세로 갈지자 행보를 싫증도 내지 않고 내디디고 있는 이런 삶 자체가 거짓이긴 할망정.

그야말로 세밑이다. 땅거미가 속도감 좋게 내리깔린다. 심기증(心氣症)이야 있든 말든 여느 사람이 그러는 대로 나도 길에 나서야 한다. 큰길 놔두고 샛길로 갈지언정 엇길로야 들어설까만.(337장)

↓

군소리 1 – 소설쓰기는 쓸거리로서의 인물, 시공간, 제목 등등을 머리로든 메모로든 간추려가면서 '빈정거리기/서늘하게/삭막한 채로' 같은 작품의 전반적인 분위기를 챙기고 다독거리는 착잡한 과정과 늘 씨름해야 한다. 소위 '아우라'라는 그것은 필경 문장/문투로 풀어내야 하는데, 언제라도 그 승강이질이 마뜩찮아 난망과 무망 사이를 헤매기 마련이다.

군소리 2 – 독자야 고유한 입맛만 지니고 달려들므로 자칭 숙수가 한 상 차려낸 음식 자체의 세상맛이나 뒷맛을 제대로 챙기려면 기왕의 다른 음식맛에 물든 그 미각으로 오미(五味) 정도나 분별하지 않을까.

군소리 3 – 그 오미도 각자의 후천적인 편식, 가정적인 별식 등의 세례에 힘입어 취사(取捨)와 호오가 선명히 갈라지는 듯하다. 세칭 '명작'들이 술술 읽히고 먹히기는커녕 허튼소리로 일관하는 맹탕도 숱한데야 어쩌랴.

난민 하치장

1

정수리께가 후끈거린다. 머릿밑도 축축하다 못해 흥건하다. 가슴팍으로 땀이 방울져 흐르고, 팔뚝에도 구슬땀이 맺혀 있다. 이상하게도 발바닥에 힘을 주고 피댓줄 받침대를 뒤로 잽싸게 밀어낼 때는 훔칠 땀도 여간해서는 비치지 않건만, 속보로 나지막한 경사면을 기어오르면 땀이 온몸에서 빠작빠작 배어 나오는 게 빤히 보일 지경이다. 땀을 들이느라고 그러는지 더운 기운과 후련한 느낌은 그다음에 섞바뀌며 덮쳐온다. 그 기분을 한 번 더 즐기려고 제자리 달리기를 반복한다.

노안 때문에 한 사장은 계기반을 눈여겨보지는 않으나, 둥그런 벽시계의 분침이 10에서 2까지 스무 걸음을 또박또박 떼놓을 때마다 흠칫흠칫 진저리를 쳐대던 것을 일일이 읽었으니 상쾌한 피로감을 누릴 만하다. 뒤이어 뻣뻣해 오는 하체 근육을 풀어주느라고 바퀴 없는 자전거 안장 위에 올라앉아 5분 동안 페달을 자근자근 밟고 난 뒤끝이니까. 평소의 순서대로라면 2층으로 올라가 실내 트랙을 조깅으로 다섯 바퀴쯤 돌든가, 다시 탈의실로 돌아가 땀복을 벗고 박스형 수영 팬티를 갈아입은 다음 가운을 걸치고 수영장으로 가야 한다.

시방 한 사장은 사흘째 벌금 고지서 소지자라서 이런저런 생각거리가 많다. 방금이라도 탈의실 안의 손가방 속에서 핸드폰이 울어댈 것 같아 좀이 쑤신다. 끼때가 지났는데도 담백한 맛이 그런대로 괜찮은 구내식당의 우거지사골탕을 챙겨 먹을 염도 안 난다. 죽마고우 이 사장과 동무해서 그것을 먹었으면 좋겠건만, 가끔씩 체련장에까지 핸드폰을 들고 오는 이 친구가 오늘따라 오전 내내 연락도 없다. 하기야 이 사장의 실내체육관 이용 시간은 대체로 새벽녘이고, 한 사장의 그것은 오후나 저녁나절이다. 벌써 이럭저럭 한 달 전쯤서부터 이 사장은 그야말로 백수건달이 되고 말아 그런 일정을 챙길 것까지도 없다. 그는 시방 영업 정지 처분 기한이 채 끝나기도 전에 앞뒷방에서 튀어나온 쌍방의 한 사람 이상씩이 각각 전치 1주에서 3주까지의 상해를 입은 패싸움에 참고인 겸 불법 영업자로 걸려들어 아예 영업장 허가를 취소당한 처지다. 업종을 바꾸지 않는 한 그것의 복원에는 6개월이 걸린다. 술을 못 파는 노래방과 술을 팔 수 있는 단란주점은 업종이 다르다.

수영장에서 묻어온 물기인지 샤워실에서 배어 나온 누수인지 바닥이 질퍽거린다. 생업이 물막이질이라 한 사장은 물기라면 질색이다. 하기야 오래전부터 음식점이나 술자리에서도 술잔 곁에 물수건을 고이 모셔두고 상머리에 얼룩지는 물기를 연방 훔쳐대는 버릇이라기보다 일종의 강박증이 있긴 했다. 그 깔끔 떨기가 건축물 하자 보수업으로까지 연장되었다면 어폐가 있겠으나, 굳이 팔자소관으로 돌리자니 내색이 안 좋다. 성정도 생업과 무관할 리는 만무하다. 하필이면 넥타이를 꼬박꼬박 매고 일주일에 사나흘씩은 타의에 따라 꼭 모셔야 하는 상관의 댁으로 출근하는 비서직이 사회생활의 첫 출발이었으니까.

사방 벽에다 희미한 간접조명만 띄엄띄엄 박아 두어서 수면실은 언제라도 거뭇거뭇하다. 양팔을 바닥으로 늘어뜨리고 코까지 드르렁거리는 치들도 드문드문 보인다. 아무렇게나 덮어쓴 누르스름한 모포 자락들이 뒤치락거린다. 등받이를 누이면 무릎 밑의 받침대가 천천히 올라오면서 1인용 수면 침대가 되는 통에 통나무 색 가죽 의자들은 언제라도 머리 쪽이 거룻배의 이물처럼 끄떡 쳐들려 있다. 그 우묵한 뱃바닥 속에 널브러져 있는 낮잠꾸러기들이 꿈틀거릴 때면 낮과 밤을 제멋대로 바꿔가며 살아가는 유한계급의 상습적 피로를 알 만하지만, 두런거리는 소리나 끙지럭거리는 기척이라도 들리면 수면실 전체는 영락없이 텔레비전 화면에서 본 여느 난민 수용소 같아진다.

당연하게도 이 사장 같은 난민은 보이지 않는다. 벌써 겨울방학이 시작되었는지 어느 사립대학에 적을 걸어두고 있는 황 화백의 뻰질거리는 대머리가 가운데 열에서 둥실 떠올라 있다. 황 화백은 한쪽 귀의 난청이 자칭 좀 심한 편이라 이비인후과 개업의 정 박사와 가깝다. 작년 연말의 어느 날 저녁에 가까운 회원 서른 명 남짓이 각자 회비 3만 원짜리 송년회 회식을 가졌는데, 그 자리에서 이 사장은 황 화백의 난청을 엄살이라고 단정하며 "저것도 무슨 처세술의 일종일 거야, 편리하잖아, 못 들었다면 그만이니까"라고 지탄해서 한 사장은 친구의 사람 보는 안목에 적이 놀란 바 있다. 뒤이어 한 사장이 본 대로 "아닌 게 아니라 수영도 곧잘 즐기긴 하데"라도 받자, 이 사장은 즉각 "뱀대가리처럼 물안경 쓴 머리통만 오뚝 쳐들고 허우적거리는 개 헤엄? 우습지. 그래도 여자 회원들한테는 그게 개구쟁이 같애서 인기가 좋은

가 봐"라고 해서 새삼스럽게 갈비집 저쪽 상머리 끝에 앉아 있던, 회색 줄무늬 헌팅 캡을 눌러쓴 황 화백을 주목하자 유독 그 주위에 유한마담들이 몰려 있었고, 학장까지 지낸 그의 찬찬한 거드름이 단연 돋보였던 그때 인상이 그 후로도 쉬 지워지지 않는다. 건축물 하자 탐색꾼으로서 한 사장의 분별에 따르면 이 사장의 그런 비아냥에는 한 미술교육자의 그럴듯한 거들먹거림과 중인환시를 작정하고 즐기는 점잖은 속물근성에 대한 경원이라기보다도 미술대학 입시제도에 대한 원망과 불신이 깔려 있는 듯하다. 그 방면에 소질이 괜찮다는 이 사장의 큰딸이 이태나 모 유명짜한 미대 입시전문 학원에 들락이면서, 그것도 똥끝이 타던 막판 3개월 동안에는 황 화백이 소개한 그의 수하에게 고액 특별개인과외까지 받고 나서야 간신히 미대에 입학해서 그 밑에 처넣은 생돈이야 그렇다 치더라도 그 인사치레 같은 온갖 수선에 엔간히도 시달린 경험을 불쑥불쑥 터뜨리곤 하니까. 인정의 치졸한 버성김? 그것도 임시방편의 난민 근성인지 어떤지. 돈으로 급히 땜질하는 인정. 말이 안 될 것도 없지, 딴에는.

한 사장이 희한하게도 이 사장을 상봉한 장소도 바로 이 수면실 입구에서였다. 작년 초여름의 어느 주말 점심때였으니까, 늙마에 뜬금없이 튼 어수선한 교우가 벌써 이태째다. 한 사장은 그 전해 겨울 들머리께 회원권을 끊었으니 이사 덕분으로 이쪽 실내체육관을 이용한 지 5개월 남짓 되었을 때였다. 막 거무레한 움막 속으로 한 사장이 들어서려는데 한 중년 사내가 핸드폰 든 손에다 홑껍데기 가운을 걸치며 나오고 있었다. 길을 비켜주다가 서로의 눈이 마주쳤다. 순간적으로 서로의 눈길에 아는 얼굴이라는 기색과 놀람이 거의 동시에 어렸다.

그쪽에서 먼저 쭈뼛쭈뼛 말을 걸어왔다.

"혹시, 어릴 때 대구에서 피난생활한…"

"그래, 맞아, 대흥철공소… 이홍태, 넓을 홍에 클 태자 쓰고…"

둘은 손을 잡고 탈의실을 나와 아예 발가벗고 맥반석을 한쪽 벽에다 무더기로 쌓아놓은 통나무방 속으로 들어갔다. 그만해도 밝은 데서 나란히 앉고 보니 어느 쪽이라도 옛날 얼굴 흔적이 오롯이 떠올랐다.

"안 변했네. 옛날 그대로야."

비를 맞으면 물방울이 이슬처럼 맺혔다가 얼굴로 주르륵 흘러내리던 이홍태의 숱 많은 곱슬머리가 희끗희끗한 은발로 변해 있었다. 단정한 외모, 좀 섬약해 보이던 좁은 어깨통, 어질어빠진 음성 등도 소년 때의 모습을 그대로 떠올려주었다.

"영감 다 됐지. 이렇게 만날 수도 있구나. 꼭 35년 만이네."

한 사장은 붙박이 모래시계를 돌려서 세워놓았다.

"그때가 아마 초등학교 5학년 때지. 봄에 자네가 서울로 전학 간 게. 그 후로 못 만났네. 편지한다더니 종내 소식이 없어서 얼마나 섭섭하던지, 그때 기억이 아직도 생생하네."

점심 밑이라 그런지 다섯 평 남짓 되는 통나무방 속에는 그들 둘뿐이었다.

"전학은 명색이 그랬고, 그때 큰집으로 양자 갔었잖아."

"아, 그랬어? 누구한테 들은 것도 같네. 그 시절에 너네 집 철공소에서 풍뎅이처럼 뛰어놀다가 망치 든 작업 인부들이 쇳가루 박힌 빨간 땅바닥에 옹기종기 둘러앉아 새참으로 먹던 삶은 고구마, 동치미무, 두부김치, 막걸리 같은 걸 집어주는 족족 받아먹곤 했지. 가끔씩 벌겋게 단 인두 위에 올려놓고 구워대던 돼지고기도 얻어먹었고. 자네 밑에 남동생이 하나 있었나? 그 밑으로 여동생이 하나 있은 건 생각나지만. 눈매가 빠꼼한 게 인물이 아주 고왔고. 다들 중년이 됐겠네."

"둘 다 지금 미국서 살아. 자네 모친이 피난살이하느라 혼자서 고생 참 많이 하셨는데. 자네 형제가 4남매였지, 아마? 자네 위로 형님과 누님이 한 분씩 계셨고. 우리집 철공소 뒤로 돌아가는 기다란 골목길 생각나지? 자네 모친이 은비녀 꽂은 머리 위에 쌀말을 팔아 이고 가시던 모습이 지금도 눈에 선하네. 살아 계신가?"

"벌써 돌아가셨지. 올해로 15년짼데. 그때야 쌀말만 이고 다녔나, 멸치젓갈통도 아침저녁으로 져 나르고 그랬지. 아참, 그건 훨씬 전이다, 대구에 정착하자마자 그랬으니까. 그 긴 골목 끝에 자유 골프장이 있었지. 그런 골프장을 요즘 말로 머라고 하나, 홀이 열두 갠가 있었고, 홀마다 시멘트로 다리, 가풀막, 성 같은 장애물을 오밀조밀 만들어놓고…"

말은 그렇게 수월수월 이어놓고 있었지만, 한 사장으로서는 두 번 다시 되돌아보기 싫은 세월이었다. 실제로 그의 모친이 중풍으로 쓰러져 꼬박 8개월이나 병원에서 식물인간으로 누워 지내다가 운명한 후로는 일부러라도 그 시절을 까맣게 잊은 듯이 살아왔다. 서울 근교의 한 가톨릭 공원 묘원에 당신의 시신을 모시고 돌아섰을 때, 청춘에 홀몸이 되어 4남매를 키우느라고 억척같이 살아온 당신의 한평생이 먼 산처럼 아득히 눈 앞을 가렸지만, 그 시름 많은 세월이 이제야 겨우 종지부를 찍었다는 시원섭섭함도 문득문득 고개를 쳐들었다.

“맥고 모자 쓰고 나비넥타이 맨 중년 신사들이 이런 환한 대낮에도 삼삼오오 짝을 지어 그 골프장으로 모여들곤 했어. 간혹 금가루도 묻은 자잘한 돌조각을 푹신거리도록 깔아놓은 그 골프장에서 우리는 숨바꼭질한다고 온종일 메뚜기처럼 뛰어다녔고. 그 팔자 좋은 한량들이 좁다란 나무 판때기에 몽당연필을 매달아놓고 칸막이 친 홀번호 밑에다가 요즘 말로는 티샷해서 홀인할 때까지 골프공 때린 횟수를 적어놓았다가 마지막에 합산하던 거 기억나지? 그때는 그 한량들이 그렇게 부럽고 딴 세상 사람 같더니만.”

“기억나다말다. 그때 그 양반들이 지금 우리 나이쯤 됐을 거야. 빳빳한 콧수염을 그려 붙인 듯이 깔끔하게 다듬고 다니던 양반 얼굴은 지금도 삼삼한데, 왜경(倭警) 보조원들처럼 동그란 무테안경을 콧잔등에 걸쳐놓고 있었고, 그 나무 판때기에 한 장씩 밥풀로 붙여놓은 스코어링 페이퍼가 등사기로 밀어서 가위로 자른 거였어. 그것도 아마 내기 골프였을 거야. 골프공 하나로 두 사람이나 세 사람이 번갈아 가며 쳤으니까. 홀번호까지 합쳐서 네 줄짜리 그 스코어링 페이퍼가 원고지처럼 촘촘했지. 지우개 달린 그 미제 몽당연필이 얼마나 갖고 싶던지.”

서로가 각자의 기억력을 시위라도 하듯 주거니 받거니 하면서 두 친구는 어이없다는 표정을 짓는 일방 얼굴로, 가슴으로, 등짝으로 방울져 흘러내리는 땀을 훔쳐냈다.

“참으로 희한한 세월이었어. 50년대 중반까지 그 골프장이 우리 동네에 들어앉아 있었지, 아마?"

"아니야, 50년대 말, 60년대 초까지 있었어. 자네가 서울로 전학 간다고 했을 때 왠지 쓸쓸해서 내가 그 골프장 자갈밭에 퍼질고 앉아 닭 모이 주듯이 돌을 흩뿌리던 기억이 남아 있어. 그게 말하자면 전쟁 경기였을 거야. 한쪽에서는 그처럼 한가롭게 골프나 쳐대고, 또 이쪽에서는 굶네 마네 하면서도 어영부영 목숨은 부지하고…"

살이 빠진 부처처럼 생긴 얼굴을 쳐들고 이 사장이 그 어진 눈매에 곱다란 잔주름을 파며 물었다.

"참, 자네 어른은, 그 후로도 영영 소식이 없었나?"

순식간에 한 사장의 머릿속이 복잡해졌다. 우선 이 친구가 그 나이에도 벌써 이쪽의 집안 사정을 웬만큼 알고 있었나 라는, 느낌표를 붙여야 하는 생각부터 퍼뜩 떠올라서였다.

얼핏 까무룩한 기억의 회로가 파딱이며 다가왔다. 걸핏하면 용하다는 점바치를 수소문하여 찾아다니던 대흥철공소 사장 댁의 손에 이끌려 생이별수를 겪는 한 과수댁도 지아비의 생사와 귀가 일시를 몇 번인가 물으러 다니던 기억이 그것이었다. 그 통에 한 과수댁은 개성댁에게 제 서방의 빨갱이 전력은 물론이고, 월북의 전말도 털어놓았을 터였다. 피난지 셋방에까지 순사들이 덮칠까 봐 한의 모친은 마산 쪽인 시가마저 철저히 기이며 친정이 그곳이었으므로 울산댁으로 불렸다.

"없었어. 이제야 돌아가셨을 테지. 무덤이라도 남겼으면 다행이고."

'숙청 안 당했으면 재혼해서 그냥저냥 살아가다가' 라는 체념이 괴어오르고 있었지만, 한 사장은 얼른 그런 단념을 덮어버렸다.

“백방으로 좀 알아보지 그랬어? 신문에도 여러 건 났었지만, 저쪽 소련이 실없이 무너지고부터는 중국 연변 쪽으로 사람을 풀어 통기하면 생사 정도는 직방으로 알아준다던데.”

“알아, 알다마다. 그런 비슷한 사연을 풀어놓은 티브이 드라마도 유심히 봤어. 또 누가 읽어보라고 우정 권해서 저쪽에서 사는 제 아버지를 제3국으로 빼내 만나고, 자식 부모가 서로 멀뚱멀뚱 속내를 염탐한달까 탐색하는 소설도 읽어봤어.” 한 사장은 죽마고우와 벌거벗고 앉아서 이런 이야기를 나누는 게 멋쩍다는 생각이 들었으나, 평소의 소회가 자연스럽게 이어졌다. “흔히 그것을 분단 비극의 현장 운운하지. 그런데 그게 나한테는 전혀 실감이 없어. 호들갑처럼도 읽히고. 그것을 자꾸만 들이대는 쪽은 가학 취미가 있는 게 아닌가 싶고. 그걸 멍청히 쳐다보고 있는 이쪽은 떠안긴 자학이든가 피학 정서가 만만한 것 같고. 이제 세상을 알 만큼 알아서 그런지. 우리가 흔히 고생이 낙이다 어쩌고 지껄이지만, 고생이 즐거울 리가 있나. 마지못해 하는 소리고 지내고 나니 아득해서 내놓는 회고 취미거나 탄식쯤 될 거야.”

한 사장은 자신도 좀 심하다고 느낄 정도로 제 말에 열을 내고 있었다.

“이런저런 경우를 나도 웬만큼 생각하고, 묻고, 따져봤지만, 그런 사연들이 나와는 너무 멀어. 내 심정이야 그렇다 치고, 그런 정서 환기는 어째 감상적이랄까, 낭만적이 아닐까 싶어. 이렇게 까마득히 멀어져 있는데 세상이 정서 환기를, 정서 비대를 줄기차게 사주하는 꼴이야. 저쪽의 대남 정치 공세도 결국은 왜 잊어버리려고 발악이야 라며 대드는 꼴이고. 거기에 이쪽 학생들도 맞장구를 치고 있어. 이용하고, 알면서도 어영부영 이용 당하고 있는 거야. 내 큰놈도 지 애비를 닮았는지 올해 모 사립대학 사회학과엔가 들어가더니만 단박에 분단 극복 운운하며 그 물에 섭슬려든 눈치야. 그냥 내버려 두고 있어. 그 정도 낭만이야 추리소설 읽듯이 얼마든지 즐기라는 심정으로. 데모에 앞장서봐야 감방살이 경험밖에 더하겠어. 혁명의 시대는 끝났으니 제발 혁명가 될 생각은 꿈도 꾸지 마라고 우스개 삼아 충고하면, 이놈은 아빠 세대의 심정적 통일 부정론이야말로 비관주의, 패배주의다 어떻고 해대며 토론하자고 덤벼들고 그래."

이 사장은 공연히 심각해진 한 사장의 소위 정서 비대를 스스로 부추겨서 계면쩍은 눈치였다.

성가신 뿌리 캐기였다. 아무리 짓고 까불어도 수확이야 뻔할 것이어서 품값을 미리 따져보는 꼬락서니였다. 왜 이토록 연년세세 이 짓에 매달리고 있느냐는 무상감을 억지로 달래면서도 돌아서면 또 이 생업이라도 지녀야 그나마 사람 행세를 하며 그럭저럭 살 수 있다는, 그 숙명이랄까 근본을 차제에 한번 발겨내보자는 순간적인 고양감도 제풀에 까무룩하니 사그라드는 것을 한 사장은 촘촘히 새겼다. 하기야 온몸에서 땀도 그 뿌리만큼이나 끈질기게 샘솟고 있어서 경황이 없기도 했다.

한 사장으로서는 그날 처음으로 실내체육관의 구내식당을 이용한 셈이었다. 두 친구는 우거지사골탕을 허둥지둥 챙겨넣었다. 끼때가 이럭저럭 한 시간 넘게 지나 있던 참이었다.

자리를 옮겨 커피를 시켜놓았을 때야 이 사장은 자청했다.

"나는 아직 명함도 없이 살아. 요근래 7, 8년 동안 이것저것 장사란

건 안 해본 게 없이 허덕허덕 사니까 그래. 자네 명함 있으면 한 장 줘 봐. 안부나 물으며 살게."

이 사장은 한 사장의 명함을 책 읽듯이 한동안 들여다보았다.

"남북화학주식회사? 이게 머하는 회산가?"

"땜쟁이야. 거창하게 말하면 빌딩, 지하 주차장, 교량 같은 건축물 하자 보수업인데, 아직 그쪽 법이 제대로 안 만들어져서 건설업 단종 하청업체에도 못 끼이고 있어. 동업자들끼리는 도장업이라고도 하고. 쉽게 말하면 방수업종이고 누수 탐지업이야."

이 사장의 궁금증이 얼굴에 잔뜩 매달려 있어서 한 사장은 숨길 것도 없는 일이라 쉬 털어놓았다.

"간판이 너무 크다고? 원래는 동서화학이라고, 친구이자 내 처남이 전공도 그쪽이고, 그 방면에 발이 좀 넓어서 벌인 사업인데, 나도 직장 다니면서 몇 푼 출자해뒀다가 이른바 명퇴당하고 나서는 1년쯤 동업을 거쳐 3년 전부터 분가한 셈이야. 딴 뜻은 전혀 없고 처남 회사와 짝으로 이름을 짓느라고 즉흥적으로 명패를 그렇게 큼지막한 걸로 붙인 거야."

"그새 이럭저럭 자리를 잡은 모양이네?"

"밥이나 겨우 먹고 사는 셈이지. 알음알이 덕분에 작업 현장은 지금도 세 군데 벌여놓고 있어. 내남없이 품 많이 드는 업종이야 결국 인건비 뜯어먹는 건데, 요즘에야 사람 구하기가 하늘에 병 달아매기잖아. 다들 힘든 일은 돈도 싫다니까. 일솜씨야 자재 안 아끼면 그냥저냥 체면이나 유지하는 셈이고."

이번에는 이 사장이 "천호동이란 데 알아?"라고 묻고 나서 7년 전부터 그 한복판에서 노래방을 꾸려가고 있다고 자신의 생업을 털어놓았다.

"칸막이 친 방이 열한 개쯤 되나 봐. 말이 노래방이지 밤새도록 깡통 맥주에 새우깡, 오징어 날라주는 게 일이야."

철공소 담벼락 너머에 등나무 박인 호젓한 적산가옥과 대팻밥 상자에 노란 유부초밥이 차곡차곡 담겨 있던 소풍날 도시락이 얼핏 한 사장의 눈결에 아물거리다가 사라졌다. 그의 그런 출신으로 보나, 귀공자같이 생긴 그 외모로 보나 이 사장의 생업은 맥락이 안 닿는 기문이었다. 그를 맞닥뜨렸을 때부터 어딘가 탈속한 부처 같다는 인상이 좀체로 지워지지 않았으나, 한 사장은 곧장 머리를 끄떡였다. 그런 수긍 너머에는 35년이라는 풍상이 두텁게 펼쳐져 있었고, 남북 분단 같은 화석을 일단 못 본 체해버린다면 그동안 우리네의 울퉁불퉁한 바윗덩어리 같은 삶은 드센 풍화를 겪은 나머지 자잘한 돌무더기로, 그것도 사금파리로서 여기저기 흩어져 있을 것이었다.

한 사장의 뜨악한 기색을 모른 체하고 이 사장은 자신의 '가게' 수습기를 수월수월 들려주었다.

이 신종 니나놋집이 이 땅에서는 부산에 제일 먼저 상륙한 것은 틀림없지 싶은데, 그 시기는 알 바 없고, 여기 서울에서는 88서울올림픽 직전부터 신촌 대학가 일대에서 바람이 불기 시작했다고 보면 얼추 맞다. 술도 못 팔고 콜라나 땅콩 같은 주전부리 심부름이나 해주며 푼돈 빼먹는 장사라서, 그 당시로는 드물던 멀티비전까지 출입구 벽면에다 붙박아두었던 한 친구의 가게를 한심하게 여겼다. 오죽했으면 한동안 그 친구를 '방장'이라고 놀렸을까. 선견지명이 있어서 그때 그 업을 시작했더라면 1년 안에 목돈을 좀 만질 수 있었을 것이다. 알다시피 먹고 놀자판은 88서울올림픽 전후부터 불이 붙었으니까. 어쨌든 나사 풀린 젊은것들이 삼삼오오 짝을 지어 모여들고, 스트레스를 푼답시고 한두 시간씩 퍼대고 앉아서 입을 짝짝 벌리며 쏟아붓는 푼돈이 하루에 30만 원, 50만 원으로 불어나는 데야 신바람이 나지 않을 수 있으랴. 가랑비에 옷 젖는 줄 모른다고 손님들은 니나노질에 푼돈이 녹아나고, 이쪽은 현찰 박치기라서 수입이 짭짤했다. 그때 우리 내외는 천호동 시장 바닥에서 일가붙이 남녀 점원을 각 한 명씩 데리고 기성복 옷가게를 벌여놓고 있었다. 벌써 반마음은 니나놋집으로 가 있는데, 막상 전업하려니 이것저것 걸리는 게 많았다. 그렇게 미적거리고 있는데, 하루는 친구가 드디어 월 매상액이 3천만 원을 넘어섰다고, 기계 설치비, 실내 장식비 따위야 사업 자금으로 치면 돈 이자까지 따질 것은 없고, 건물 임대료에다 밤샘하는 종업원 급료만 떼주면 그뿐이라서 이쪽 천호동에도 가게 터를 물색한다고 설쳤다.

그때서야 눈앞이 뭣이 얼른거렸다. 그것이 헛것일 리는 만무했고, 옷걸이에 빽빽하게 포개져 있는 방모 코트, 혼방 신사복, 콤비 홈스펀 같은 기성복들이 그렇게 후줄근해 보일 수 없었다. 그때가 91년도 가을인데, 그날 밤 느지막이 가게 셔터를 내리면서 울컥하는 심정에 '동복 신상품 입하' 라는 광고지를 손수 떼버렸다. 다들 보다시피 이 신종 업종은 방음 때문에 지하에다 영업장을 쑤셔박아 놓아야 한다. 지하실을 구하느라고 한 달을 허비하고 부랴부랴 개업해놓고 보니 그해 연말 장사가 괜찮았다. 화면도 새것이라 선명한 데다 센티멘탈한 풍경화와 비키니 수영복 그림을 번갈아 희번덕거리게 하고, 의자도 하늘색 인조 가죽으로 산뜻하게 덮어씌워서 그랬는지 이른바 미시족 부부들도 더러는 갓난애까지 달고 들락거렸다. 물론 술이야 손님이 주문하면 판다. 절대로 이쪽에서 먼저 술 시키라고 권하는 법은 없고, 그럴 필요도 없다. 마지못해 술 심부름이나 해준다는 영업방침이 이 신종 니나놋집의 생리다. 주로 깡통 맥주를 날라다 주는 게 원칙이고, 양주는 아예 팔지 않으며, 소주는 가끔씩 주전자에 담아서 디밀기도 하고, 콜라 같은 것을 섞어서 내놓기도 한다. 규정을 일부러 복잡하게 정해놓았으니까, 노래방에서 술을 파는 영업이야 물론 불법이고, 자정 넘어서는 문을 닫아야 한다. 업계의 은어로는 불법 영업을 변태 영업이라고, 그냥 줄여서 '업태'라고 통칭한다. 어떻든 술 팔아서 남는 이문은 관할 경찰서, 파출소에 상당액을 뜯겨야 하니 그 구멍은 밑 빠진 독이나 마찬가지다. 이 장사 문리를 알고, 그 구멍을 제대로 찾아서 뚫는데 꼬박 2년이 걸렸다. 이제는 아예 그쪽 구멍에다 굵다란 지하 수로를 파놓고 서로 짬만 나면 왔다리갔다리 하고 있으니 속도 편하고, 어느 쪽이 변태인지 분간도 못하고 산다. 중국의 어느 고서에도 조선족을 가무(歌舞) 즐기는 종족으로 점찍어 뒀다는데, 새벽 네 시까지 꼬박 열 시간을 뽕짝만 불러제끼고도 미진해서 뭉그적거리는 손님들이 숱하다. 원래 술장사, 밥장사가 몸장사라는 말이 있다. 그래서 이쪽 실내체육관을 벌써 5년째 개근하고 있다. 일주일에 닷새 이상은 밤을 꼬박 새우게 되므로 그럴 수밖에 없다. 실내체육관이 문을 여는 새벽 다섯 시 반까지 기다리느라고 아무 빈방에나 들어가서 쓰러져 자다가 벌떡 일어나면, 그 기분을 뭐랄까, 누구한테 흠씬 두들겨 맞은 변태성욕자가 그렇지 않을까 싶은 생각도 든다. 내일도 또 이 짓을 해야 한다고 생각하며 우정 생기를 일궈서 옷을 주섬주섬 챙겨입는 꼴이 마조히스트가 아니고 무엇이겠나.

당장 헤어지기에는 서로 좀 서운한 구석이 있었다. 밀린 이야기는 너무 많았다.

한 사장은 작업 현장에 들러봐야 했으나, 전화로 대충 땜질해버렸다. 봉천동의 한 대형 상가 건물의 지하 주차장은 이제 막 천공(穿孔)작업에 들어가 있던 중이었다.

명색 사업을 벌이면서 한 사장은 스스로 맹세 하나를 단단히 챙겼다. 개인 용무로는 제 승용차를 이용하지 않겠다는 다짐이 그것이었다. 막상 그 다짐을 실천하다 보니 여러모로 편리해서 흡사 거치적거리는 애물단지 하나가 떨어져 나간 것 같았다. 차 속에 갇혀서 길이 막히면 흔히 짜증이 났는데, 그 때문인지 고간(股間) 부위가 늘 꿉꿉하고, 환절기에는 꼭 왼쪽 사타구니에 습진 같은 빨건 얼룩이 드러나면서 참기 좋을 만하게 가려워 연고를 발라주면 다소 우선해지곤 했다. 주로 전철을 이용하고부터는 그 짜증 밑에 쏟아붓던 온갖 잔다란 투정, 급기야는 만행이라고 단정하고 싶은 교통체계, 비생산적이기는커녕 소비 과시적인 '나 홀로' 승용차들의 뻔뻔스런 질주 등에 대한 일체의 저주와 담을 쌓고 지낼 수 있었고, 덩달아 사타구니의 그 만성 피부염도 한결 나아졌다. 전철 승강장에서 서성이거나, 지하도 계단을 타박타박 밟아 올라갈 때면 어김없이 배포가 좀 느긋해졌달까, 성정도 어른스러워졌달까 하는 그런 심사에 길들어서 한 사장 자신의 표현대로라면 '좀더 큰 생각'을 골라잡아서 이어갈 수 있었다. 더불어 그의 승용차를 회사 업무용으로 내돌리니 그 자신이 운전대를 잡지 않게 되어 그 무노동마저 홀가분해서 좋았다.

이 사장의 승용차는 비록 기어를 좌우로 꺾고 바꾸는 구형이긴 했으나 끌밋하게 빠진 중대형이었는데, 막 소개지에 당도한 피난민의 달구지처럼 남루했다. 차체 위에는 묵은 먼지가 자욱이 더께 앉아 있었고, 흙발투성이의 깔개는 몇 달째 털지도 않은 듯싶었다. 차창도 운전대 앞만 빠끔히 시야가 트여 있는 데다 뒷좌석에는 옷가지들이 아무렇게나 수북이 처쟁여 있기도 했다. 그의 타고난 깔끔한 외모와는 대조적이어서 한 사장은 순간적으로 '이런 현상을 뭐라고 해야 옳나' 라는 생각을 더듬었다.

이 사장은 제 승용차에 올라타자마자 미뤄뒀던 일이 생각난 듯 여기저기로 전화를 걸어 뭘 알아보고, 일을 시키고, 알아서 해달라고 일렀다. 차는 행방이 정해지지도 않은 채로 달리기 시작했다. 한 사장은 뒷좌석을 유심히 훑어보며 엉뚱한 짐작을 이어갔다.

이 사장이 무심히 주워섬겼다.

"세탁소에 맡기려고 이 집 저 집에 널부러 뒀던 옷가지를 큰맘 먹고 걷어왔는데 벌써 사나흘째 저러고 있어."

"이 집 저 집?"

"응, 이 집 저 집 들러야 할 데가 많아."

이 사장은 어려운 수수께끼를 풀어보라는 듯이 희뿌연 차창 밖만 쳐다보고 말이 없었다. 더러운 차창처럼 한 사장의 짐작도 먹통이었다.

"시방 어디로 가나?"

"내 가게로 가. 거기서 술이나 한잔 해. 아직은 텅텅 비어 있을 테니까 제일 널찍한 7호실에서 생선회나 탕수육 같은 진한 안주 하나 시켜서. 자네도 술 좀 하지? 나는 술도 안 하지만, 오래전에 그래 봐야 꼭 10년 저쪽인데 간염을 앓았거든. 온몸이 나른한 게 그 병 진짜 무섭데. 살기가 왜 그렇게 싫던지. 그때 꼬박 1년 동안 술 담배를 일절 끊고 나니 그 후로는 술이라면 아예 덧정도 없어지데. 니나놋집 하면서 담배는 더 늘었지만. 그래도 자네를 이렇게 만났으니 오늘은 맥주를 세 깡쯤만 마셔 보지 머."

차는 지하철을 뚫느라고 길이 배배 뒤틀린 철판 위를 덜컹거리며 굴러갔다. 마침 수업을 마친 중고등학교 학생들이 떼를 지어 길 아닌 길을 찾아가며 느직느직 어딘가로 나아가고 있었다. 영락없는 피난민 행렬이었다.

문득 어떤 얼굴 하나가 한 사장의 시야에 오롯이 떠올랐다. 그 나이에도 그 얼굴은 쉬 잊혀지지 않는 유별난 것이었다.

폐병쟁이처럼 하얗고 긴 얼굴, 유독 새카만 눈썹에 움푹 꺼진 눈매, 기름 발라 말끔히 빗어넘긴 머리 매무새, 가끔씩 큼지막한 갈색 가죽 트렁크를 들고 홀연히 나타나던 신사, 햇볕 잘드는 다다미방에서 어른 식모가 날라다 주는 독상을 받을 때도 한 손에 들려 있던 두툼한 양장본 일본책에서 눈을 떼지 않던 식객, 또한 반듯한 이마 위로 흘러내린 머리카락을 쓸어올리면서 기다란 골마루를 지나 돌아앉아 있던 실내 화장실로 들어가던 그 생각 많은 걸음걸이.

얼굴에 마른버짐이 앉은 한 소년도 그 적산가옥의 깨끗한 화장실을 몇 번인가 이용한 적이 있었다. 물론 누런 배설물 덩이가 까마득한 구덩이 속으로 기다랗게 떨어지는 재래식 변소였으나, 검은색 골마루를 깔끔하게 파고 들어앉아 있는 하얀 변기는 언제라도 오물은커녕 물기 한 방울도 안 보일 정도로 정갈했다. 늘 그 바닥이 차가웠지만, 화장실용 하얀 고무신도 눈이 부실 지경으로 닦여서 변기의 볼록한 가리개 쪽을 향해 그 코를 나란히 맞춘 채로 얌전히 놓여 있었다. 엉덩이를 까고 변기 위에 앉으면 누런 덩이가 빠져나오면서 터뜨리는 소리가 커질까 봐 조심스러웠고, 오물이 혹시라도 어디로 튈까 봐 긴장해서 그랬던지 사르르 아파 오던 아랫배도 순식간에 숙지근해져 버리는 게 신기했다. 그 잦던 배앓이도 피난민 어린이 특유의 영양실조를 반증하는 일종의 시절병이었는지도 모른다.

"자네 삼촌인가 왜 그 인물 좋던 양반이 한때 잠시 자네 집에서 식객으로 있었지? 아마 그때 그 양반이 일본으로 밀항한다고 그랬던가? 소문으로는 기피자다, 상이군인이다, 여러 말이 나돌았고, 혼담도 무성했던 것 같고."

"아, 우리 막내 외삼촌 말이구나. 오른쪽 가운데 손가락 한 마디가 없었지. 손톱 붙은 첫 마디만 뭉청 날아가 버려서 연필을 여기 손샅에다 끼워서 글씨를 썼어."

"그랬어? 그건 모르겠네. 외가 쪽에 형제가 많았던 모양인가?"

"월남 못한 큰외삼촌이야 나도 얼굴을 모르고, 내 생모 밑으로 이모 한 분과 그 부야 외삼촌이 다야. 그 양반 이름을 일본식으로 지어서 믿을 신(信)자에 사내 부(夫)자 썼어. 그 신부 삼촌은 지금 오사카 근방에서 그럭저럭 행세하고 사나 봐. 그때 일본으로 밀항하겠다고 끙끙거리더니만 기어코 가긴 가더구먼. 마산에서 밤배를 타고 나갔다가 가지고 있던 돈까지 몽땅 다 털리고 우리 집으로 터덜터덜 되돌아오는 헛걸음질도 여러 번 했을 거야. 일본 땅인 줄 알고 내렸더니만 부산이더라 카면서. 내가 초등학교 2학년쯤 다녔을 때야, 그 양반 소식이 뚝 끊긴 때가. 일찍이 외국 바람이 든 그런 사람이 요즘도 더러 많을걸."

"많다마다. 그런 팔자가 있어. 좋다 나쁘다 할 것도 없이 그것도 팔자고 한 인생이야."

"그 외삼촌 밑에 우리 집 할마씨가 목돈을 꽤나 처넣을 거야. 몇 년 전에는 귀국해서 개성 땅이 바라다보이는 강화도 언저리에다 땅을 2천 평쯤 사겠다고 설치길래 다들 말리니까 공연히 불뚝거리더니만 이 땅에서는 도저히 못 살겠다면서 죽을 때나 기별하겠다고 일본으로 되돌아가대."

어느새 시장 바닥 한복판이었다. 길 떠난 지 오래된 달구지들이 사방에서 꾸역꾸역 모여들었다. 삽시간에 그것들이 마구 뒤엉겨서 주춤거렸다. 한 사장에게는 물론 낯선 풍경이었다. 좁장한 인도에는 좌판 행렬이 미어지도록 박혀 있었다. 인파들도 곳곳에 득시글거려서 차도로까지 넘쳐났다. 3, 4층짜리 상가 건물들 사이에는 아직도 무허가 건물 같은 납작한 단층집 가게들이 구걸하듯 길바닥으로 차양을 내밀고 있었다. 오거리인 모양인데 양쪽으로 연방 나타나는 벌쭘한 고샅들 너머로는 나지막한 슬래브집들의 아랫도리를 미로 같은 좁은 길바닥이 친친 동여매듯이 이어져 있는 듯싶었고, 그 먹자판 골목마다에도 추레한 몰골의 행인들이 쉴새없이 들락거렸다. 곳곳에 길도 파헤쳐놓았고, 쓰레기 더미도 드문드문 널려 있는가 하면 임대용 상가 건물을 대로변에 짓느라고 반듯반듯하게 꽂아놓은 비계에는 걸레처럼 찢어진 차단막이 펄럭였다. 한마디로 피난지의 난장판을 그대로 옮겨놓은 풍경이었다.

한 사장은 속으로 '하아, 이게 뭐야, 오래전에 어디서 많이 봤던 풍경이잖아. 아직도 이런 동네가 있나' 라는 자탄을 내지르며 슬금슬금 치받치는 조바심을 억눌렀다. 그 주위에 수목이 제법 우거져서, 이 사장 말에 따르면 새벽에는 특히 운치가 괜찮다는 실외 조깅 코스까지 딸린 실내체육관 주차장을 방금 빠져나왔기 때문에 그 시장 바닥이 그처럼 인상적으로 비치는 것 같았다. 아무튼 우리 주위에 여전히 흔하다면 흔한 그런 분잡 속에는 어떤 억센 생명력이 꿈틀거리고 있었고, 한 사장으로서는 그 낯설지 않은 풍경이 곧장 묘한 친화력을 발휘하며 다가왔으므로 똑똑히 새겨두었다. 문득문득 당황감을 끼얹을망정 일상 중의 쉬 물릴 것 같지 않은 자극으로서.

이윽고 교통 체증쯤에는 만성이 된 듯 조용한 시선으로 앞만 쳐다보고 있던 이 사장이 이쪽으로 몰려오는 달구지 행렬이 잠시 틈새를 내놓자 날렵하게 차 머리를 왼쪽으로 꺾었다. 교통법규 같은 것은 안중에도 없다는 듯이 치닫는 그 날랜 동작마저 그 바닥이라서 어울렸다.

고샅 들머리에는 빤한 공터가 보였다. 거기에도 이미 빼내기조차 어려울 것 같은 승용차가 서너 대나 주차해 있었지만, 이 사장은 길쪽으로 사람 하나가 겨우 빠져나갈 만한 틈만 내주고 차를 부렸다. 신기하게도 주차 금지 팻말 같은 것도 보이지 않았고, 그야말로 달구지 주인답게 이 사장도 태연스러웠다.

좌판 사이를 앞서 빠져나가며 이 사장이 핸드폰으로 누군가에게 조곤조곤 일렀다. 그 말씨마저 찢어지게 가난하나 인심만은 푹한 한 마을의 별스러운 재가승(在家僧)처럼 나직나직 의논조였다.

"나야, 일어났어? 여기 소머리국밥집 앞에 차 세워놨다. 쓸 데 있으면 쓰고 감자탕집 옆이든지 어디다 좀 옮겨놔라. 그라고 제발 막판 손님들하고는 끝다리 계산 가지고 옥신각신하지 마라. 새우깡을 서비스로 친다든지 한 깡통에 2천 원씩만 받는다고 선심을 쓰라니까. 알았지? 왜 내 말을 안 듣나, 시끄러운 거 딱 질색인 내 성질을 잘 알면서 그래. 지금 귀한 손님 한 분하고 가게로 간다. 빨리 나와서 술 심부름 좀 해도고."

노래방 '블랙박스'는 그 오거리를 한눈에 빤히 내다보는 낡은 5층짜리 건물 속에, 타일도 안 바른 민짜 시멘트 더미 거죽에는 벌건 녹물이 덧칠을 하고 있는 데다 창틀에까지 온갖 상호, 업종, 선전 문구들이 게딱지처럼 붙어 있긴 했어도 그 뼈대만은 창고같이 튼튼한 한 구조물의 지하에 폭 파묻혀 있었다. 방공호 입구처럼 좁지만 깊숙한 계단과 둥그런 천장 장식, 반쯤 내려와 있는 방화용 알루미늄 새시, 안이 안 보이도록 서리 창유리를 붙박아둔 여닫이문을 차례로 관통하자 거기가 바로 층계참이었다.

이 사장이 벽에 붙어 있는 전기 스위치를 눌렀다. 방공호 속이 희미하게 밝아졌다. 한 사장이 얼핏 돌아보니 층계참 안쪽에는 영업장보다 훨씬 밝은 화장실이 외짝문을 활짝 열어놓은 채로 막 대피하러 들어온 피난민의 뒤통수를 쏘아보고 있었다. 나지막한 계단을 세 걸음 내려가니 자동문이 슬그머니 열렸다. 등짝에 대형 냉장고를 붙이고 있는 카운터가 보초처럼 우뚝 서서 피난민을 맞았다. 그 앞에는 명색 대기실인지 제법 빤한 공간이 두 팔을 벌린 듯 대피로 두 가닥을 뚫어 놓았고, 벽면에는 소파를 기역자로 붙여놓았다.

영업장 운영자가 한쪽 대피로로 나아갔다. 컴컴한 미로였다. 방마다 문을 벌쭉벌쭉 열어보는 이 사장은 청소 상태와 피난민의 기율 같은 것을 건성으로 점검하는 대피소 관리 책임자였다.

“비만 안 샐까, 엉망이야.”

“다 이렇지, 어디 없이.”

“방만 많은 니나놋집이라니까. 술 팔고 몸 파는 작부 대신에 만수받이 기계만 당그랗게 앉혀두고 실컷 찧고 까불어라 이거지. 전자문명이 별거야? 세상이 많이 변했지.”

“하기야 만수(萬首)꾼이지. 몸은 없어도 노래만 불러대는 기계니까.”

“별아별 것들이 다 많아. 막가는 세상처럼 여기서 아예 그 짓까지 만판으로 해치우는 것들도 있어. 청소하다 보면 콘돔도 나오고 비린내 나는 휴지가 한 방에서 한 바가지씩이나 나온다니까.”

“변태가 멀리 있지도 않네.”

“돈이 더럽다는 말은 하나마나한 소리고, 세상이 너무 돌아버려서 사람이 무슨 요물 같다니까. 짝지어 둘이서 오는 것들보다 차라리 네댓 명 이상씩 몰려오는 단체 손님들이 훨씬 나아. 술도 단체 손님들이 더 많이 팔아주고.”

미로도 끝은 있었다. 이 사장이 거칠게 이겨 바른 시멘트 바닥을 구둣발로 자박자박 눌러댔다.

“이것 좀 봐.”

한 사장의 감별안을 좀 빌리자는 소리였다. 거기에는 야트막하나 두툼한 시멘트 보를 쌓아놓은 도랑이 벽 쪽으로 기다랗게 파여 있었다.

"누수가 제법 심하네."

"맑은 물이 늘 이렇게 고여."

"고이다마다. 흘러내려서 도랑까지 파놓았네. 화장실 쪽에서 새 나오나 보네."

"냄새는 안 나는데."

"변기물이겠지. 벽을 타고 흘러내리는 물일 수도 있고."

"건물주가 이 바닥에서 30년째 전당포도 하며 일수놀이를 해서 이런 건물을 서너 채나 꾸리고 있는 모양인데, 어떻게 좀 고쳐보자고 말을 붙이면 대뜸 허물어버려야지 여기저기 땜질해서 될 일이 아닙니다 하고 말아. 싱글벙글거리기만 하고. 더 말도 못 붙여. 사는 수단이 여러 가지라니까."

"뛰어난 코미디언이네 머."

"삼팔따라지인 모양이야. 요즘도 점심때 갈빗집 앞을 안 지나다닌다면 말 다했지. 그 맛있는 냄새에 취해 자기도 모르게 갈빗집 안으로 발이 미끄러져 들어갈까 봐 겁이 난대."

"요즘도 일숫돈을 쓰는 사람이 있나?"

"어허 참, 많다마다. 그게 서민 금융인데. 이 지독한 영감탱이가 나보고도 걸핏하면 일숫돈 좀 안 쓰겠냐고 짓조르는 판이야. 백만 원 먼저 돌려쓰고 하루에 만 원, 이만 원씩 120일, 60일짜리로다. 매일같이 도장 찍으며 돌아다니는 게 운동도 되고 재미있다는 데야 할 말 없지. 현찰만 수십억대를 굴리는 이 영감 탕구의 치부책이 손바닥만한 잡책

한 권이야. 그것도 문방구에서 산 게 아니라 무슨 은행에서 사은품으로 돌린 거야."

두 친구는 7호실로 들어갔다. 사람이 죽어 나가도 모를 정도로 괴괴해서 과연 현대판 깡깡이 대피소의 특실다웠다. 벽면을 돌아가며 ㄷ글자로 놓여 있는 소파의 한 모서리씩에 좌정하니 한 사장은 출입구를 등지고 앉았고, 이 사장은 만수받이를 빤히 쳐다보는 자리였다. 곧장 중노미가 캔맥주 예닐곱 개와 갈가리 찢어발긴 마른오징어 한 접시에 땅콩을 덧붙여서 대령했다.

이 사장이 "우럭을 반쯤 얹어서 이것저것 섞은 모듬 생선회를 큰걸로" 한 쟁반 시켜오라고 중노미한테 일렀다.

한 사장은 좀 멍멍한 느낌이 들었으나, 우선 살고 보자는 난민의 심정으로 우정 생기를 일구었다. 캔을 심드렁하니 부딪쳤다. 맥주 맛은 싱거웠다. 그래도 술은 술이어서 한 사장의 머릿속이 일시에 부걱부걱 괴어오르는 술독처럼 어수선해졌고, 눈앞에도 아슴아슴한 풍경들이 간단없이 스멀거렸다.

"가끔씩 그 시절이 떠오르면 자네는 지금쯤 대학에 몸담고 있지 싶었는데…"

"대학 접장? 그것도 팔자에 있어야지. 형이 지방에서 팔자 좋게 그야말로 책만 벗 삼고 있어. 명절 제사도 나한테 떠넘기고. 덕분에 귀성 전쟁이야 안 치러서 좋지만."

그나마 한숨 돌렸다는 듯이 내뱉는 이 사장의 말이 의미심장했다.

"이제 내 주위에는 온통 여자밖에 없어."

뜨악한 표정을 지으면서도 한 사장은 눈앞이 좀 환해지는 느낌을 추슬렀다. 실제로 둘 사이에는 절간의 법당처럼 까무레한 정적이 고여 들었다. 받침대 위에 듬직하니 올라앉아 있는 만수받이 기계는 불상(佛像) 맞잡이인지도 몰랐다. 하관이 빠르고 귓불이 올라붙었긴 했으나, 이목구비가 반듯하고 순한 눈매를 씀벅거리는 이 사장의 상은 보살들 앞에서 목탁을 두드려야 제격일 것 같았다.

"무슨 말이야?"

"두 영감 다 돌아가셨지, 생가에 있던 동생 한 놈도 벌써 10여 년 전에 미국으로 살러 가 그냥저냥 제 앞가림은 하고 있어. 여기는 혈육이래야 양모, 생모, 이모밖에 없어. 양가 두 누님도 중늙은이들이고."

"중절모 쓰고 다니시던 자네 어른 얼굴은 통 기억이 안 나네."

"군사혁명 나고 이듬해, 그 철공소 팔아치우고 상경해서 내무반 침상, 총기대, 관물함 같은 비품 군납업, 택시 운수업, 나중에는 저쪽 답십리 변두리께 남의 허름한 건물을 임대해서 2본 연속 상영하는 삼류 영화관까지 운영하시다가 내가 대학 2학년 때 차 사고로 돌아가셨어. 서너 달 병원에 누워 계시다가. 그 병 수발을 드느라고 나도 진작부터 하기 싫은 공부를 일찌감치 때려치웠고."

"멋쟁이셨는데."

"그때야 관급공사 따느라고 말쑥하게 차려입고 다녔을 거야."

쇠 녹이는 아궁이만 환할까 온통 시커멓고, 양철 천장이 엉성궂어서 빗물도 여기저기서 떨어지던 철공소 바닥, 그 삼거리 길바닥, 담너머 적산가옥의 널찍한 한데에는 철문짝, 철책, 철창, 그 속에 들어가 숨기도 했던 물탱크, 서너 아름이나 되던 급식용 쇠솥, 그 둥그런 테두리 속에서 거지 부자가 한추위를 피하던 철판 도관 같은 철물들이 산더미처럼 쌓여 있었다. 놀이터로서는 안성맞춤이었다. 모루에다 망치질을 할 때마다 발갛게 달아 있는 쇠붙이가 휘어지고 납작하게 찌그러지는 게 신기했다.

아마도 그때쯤에서야 한 사장은 닥치는 대로 살아가는 난민의 한 초상을, 어쩌다가 살아남아 이래저래 부대끼는 난민의 곤혹을 확실히 손에 거머쥐었던 듯하다. 그 애옥살이는 아직도 못다 한 숙제처럼 명치에 걸렸다. 아닌 게 아니라 자위도 안 돌아서 속이 더부룩했다. 그것을 내리려고 그는 맥주를 들이켰고, 캔 껍질을 연방 우그러뜨렸다.

2

트럭도 지나다닐 수 있을 만큼 널찍한 지하 갱도다. 바닥, 천장, 벽, 기둥 등을 분간할 수 있으니 어둡지는 않다. 감고 있지 않는 한 두 눈은 조명등 구실만 한다는 게 한 사장이 이 생업에 매달리고 터득한 가설이다.

바닥에는 경계를 그어주는 홈이 가로로 기다랗게 파여 있다. 굵은 동아줄을 밟고 발밤발밤 나아가는 기분이다. 비탈은 완만하다. 건물 대지의 넓이를 알 만하다.

추위를 많이 타서 한겨울에는 얇은 내의 위에다 뜨개질한 속내의까지 껴입는 김 과장이 랜턴을 흔들어댄다. 불빛이 벽면에다 분무기처럼 뿌연 조사를 그어간다. 부처의 후광(後光) 같은 빛무리가 한곳에 머문다. 균열이 보인다. 철사 같은 그 선들은 굵기도 다르고, 제멋대로 가지를 뻗치고 있다.

"깨뜨려서 될까? 드릴은커녕 착암기를 들이대야 하는 거 아냐?"

"벽인데요."

"어디든. 그 위로 더 비춰 봐. 황 반장은 뭐래?"

"패커만 촘촘히 박으면 되겠대요."

"그러다가 왕창 내려앉는 거 아냐? 한쪽으로 스러지든지."

"설마요. 철근 콘크리튼데요."

"설마가 사람 죽이잖아. 저것들도 설마 방수를 안 했을까."

현장에서는 의식적으로라도 뼈 있고 묵직한 농담을 하려 드는 게 한 사장의 용인술이다. 말투는 부드럽게 하지만, 그게 자신에게도 좀 너그러워지는 밑천이 되는 것 같아서이다.

"지질 조사도 제대로 안 했나 봐."

"암반이라던데요. 잘만 파들어 갔더라면 유황온천이 나올 뻔했다는 말 못 들었어요? 아, 사장님은 그때 자리에 안 계셨구나. 굴토 작업할 때부터 그 말이 나왔대요."

"우리야 알 바 없지. 그것들이 우리 밥그릇까지 챙겨줬을 리는 만무하잖아."

"시공회사가 하청을 잘못 줬대요. 단종 회사들이 하는 일이 머 다 그렇잖아요."

"뻔하지 머. 과신, 과식이 늘 말썽이야."

벽 깨는 소리가 들린다. 장작 패듯이 힘껏 내리찍는, 또는 철공소에서 단련할 때처럼 용을 쓰며 두드려대는 소리가 아니다. 그래도 지하 광장이므로 공명은 맑게 울려 퍼진다. 군데군데 아름드리 기둥들이 우쭐우쭐 천장을 떠받치고 있다. 그 사이사이로 광도가 확연히 달라지는 빛살들이 싸한 차단막을 친다. 감정 없는 눈으로 볼 때만 비경이라면 비경이다. 소음은 점점 시끄러워지고 비경은 가뭇없이 사라진다. 훅, 훅 끼쳐오는 먼지내, 흙내도 제법 매캐하다. 덩달아 목도 칼칼해진다. 외풍이 들이칠 리도 만무하건만 탁한 공기가 분명히 불뚝거린다.

세 명씩 한 조를 짠 인부들이 두 무리를 이루고 있다. 한 조는 시계 방향으로 돌아가고, 다른 한 조는 그 반대 방향으로 나아가며 땜질을 하는 셈이다. 발포제(發泡劑), 경화제(硬化劑) 같은 주사액의 네모 깡통들이 잔뜩 널려 있다. 에폭시, 우레탄 등이다. 수성도 있고, 유성도 있다. 그것들을 섞는 플라스틱 함지박도 크고 작은 것들이 나뒹군다.

한쪽은 천장을 까부수고 있다. 시멘트가 덩이로, 가루로 쉴새없이 떨어진다. 다른 한쪽은 모서리 벽면을 쪼고 있다. 두쪽 다 알루미늄 사다리 위에 올라가서 작업한다. 작업복들이 등겨 가루를 덮어쓴 듯 뿌옇다. 당분간 기계가 그 소임을 떠맡을 여지는 손톱만큼도 없는 작업 현장이다. 다만 최첨단 화공약품이 부실한 틈새를 깔끔하게 메운다. 그것은 지수(止水)이고 반영구적인 보(洑)다.

알루미늄 사다리에 시멘트 조각이 부딪히는 소리가 연거푸 들린다. 신출내기가 발길질로 그 파편을 한쪽으로 쓸어모은다. 먼지를 들이마신 듯 캑캑거리는 소리를 발작적으로 터뜨린다.

한쪽의 망치질이 뚝 멈춘다. 섬뜩한 정적이 와락 몰려온다.

"왜 그래?"

"눈에 머가 들어갔어요."

한 사장이 나선다.

"내려와 봐. 담배나 한 대씩 태우고 천천히 해."

등 뒤에서도 작업이 멎는다. 황 반장이 한쪽 눈을 질끈 감고 어둔한 발걸음으로 사다리를 내려온다.

"눈 안 다쳤어? 저기 물 가져와 봐. 좀 씻어."

벽을 쪼던 조원들이 다가온다. 아픈 목을 연신 맴돌이시키고 오는 땅딸보는 김 반장이다. 그는 말을 좀 더듬지만 하자 감별안과 약품 주입력이 황 반장 못지않다. 다들 시멘트 바닥에 퍼대고 앉는다. 황 반장의 조수가 바가지 물을 질금질금 부어준다. 다른 조원이 지켜서서 5리터짜리 큰 주전자 속의 맑은 물을 바가지에 따른다. 물 묻은 손가락으로 눈곱을 후벼파듯이 볼록한 눈물주머니 위쪽 눈꺼풀을 까뒤집어 훑어내느라고 안간힘이다.

한 사장도 바가지 밑에 머리를 들이대고 쪼그려 앉는다. 얼핏 이것도 산재(産災)에 해당하나라는 생각을 떠올렸다가 털어낸다. 한 사장은 남의 살에 주삿바늘이 꽂히는 것도 못 쳐다보는 체질이다.

"아파? 너무 후벼파지 마. 정 뭣하면 병원에 가고. 안구에 기스 나면 안 돼. 누굴 보니 일주일씩 안대 처매고 고생하던데."

"됐어. 고만해. 바가지 치워. 머가 뜨끔하더니만. 망치 안 내팽개친 것만 해도 다행이지."

"어어어때? 누누눈은 아아안 다쳤어?"

"벽도 라이방 끼고 쪼아얄란가 봐. 에이, 재수 없이. 함바집 막걸리는 공연히 멕여가지고. 낮술 마다는 사람한테."

"이 시커먼 데서 선글라스를 껴? 장님 소리 듣겠다."

"아아아안경까지 바바박살내면 크크큰일나지."

"수경이라야 어울리지 않나?"

"아예 용접공으로 나서려고?"

원래 남의 염병은 말 품앗이로 그친다. 황 반장은 연방 오른쪽 눈을 껌뻑거려 그렁거리는 눈물을 떨군다. 그가 양말목을 뒤적거린다. 그의 담뱃갑은 새것이라도 늘 구겨져 있다. 젓가락처럼 기다란 장미 담배를 꺼내, 그것을 담배 말 듯이 펴서 혓바닥으로 침까지 골고루 묻힌다.

황 반장은 제일 연장자고, 매월 150만 원씩 타가는 월급쟁이다. 김 과장을 일쑤 운전기사라고 놀리는데, 그 말에는 김이 한 사장 처남의 고종사촌 동생이잖냐는 점잖은 조롱성 보비위가 묻어 있다. 과음을 피할뿐더러 주로 1차에서 끝내는 그의 술버릇도 살 만한데 당최 고집이 세다. 일할 때 보면 그런 융통성 없음이 한눈에 드러난다. 좋게 보면 꼼꼼한 일솜씨로 실수를 안 저지를 위인이지만, 능률과는 겉돌고 시간 때우기로 덤벙거리는 늑장꾸러기 요령꾼 같다. 그 능력도 자질이랄까 천성일 수 있으므로 눈가림 공사의 허물을 들추어내서 땜질하는 한 사장의 만부득이한 생업에는 지킴이로서 기릴 만하다.

등 뒤에서 한 난민이 불쑥 물어온다.

"사장님, 그 깜상 반 티와 대질신문까지 했습니까?"

동해안의 한 포구에서 오징어잡이 밤배를 2년 동안이나 탔다는 신출내기 장군이다. 한 사장의 추단으로는, 이렇다 할 기술도 없이 오로지 몸으로 때우는 일거리를 찾아 전국 방방곡곡을 떠도는 현대판 유랑민 막일꾼들이 도시 일원의 술집이나 음식점에서 손님 접대에 종사하는 여급들 숫자와 비슷하지 않을까 싶다. 그들의 그런 떠돌이형 돈벌이에는 돈을 모으겠다는, 하루라도 빨리 한곳에 정착하겠다는 목적보다는 새롭게 맞닥뜨릴 인간관계에 대한 기대와 젊으니까 한번 부딪쳐 보자는 낭만적 객기가 스며져 있다. 어디를 가도 입은 살 수 있다는, 그런 동물적 생계 수단에 따르는 자잘한 걱정조차 무시하는 낭만성이 그 나이의 근성이고, 그런 유랑 노동자는 급증하는 추세다. 지구의 생활환경대를 빈틈없이 채울 정도로 사람 숫자가 불어났으므로 그들을 먹이고, 재우고, 입혀야 하는 일거리 수요도 그만큼 늘어나 있다. 요컨대 목적보다 수단을 더 기리는 그 직업적 유랑 근성을 팔자로 치부해버리면 그만일지 모르나, 나잇살이 차츰차츰 그 일종의 유희적 수단에 제동을 걸 것이다.

면총각하자마자 창업자 회장의 수행비서직에서 네 해 만에 밀려나고, 그이의 무던한 인덕으로 기획실에서 꼬박 여섯 해나 신규 사업의 타당성, 손익분기점, 시장성 여부 같은 것을 조사, 참조, 궁리하다가 어느 날 귀가 도중 미친 뺑소니 트럭이 택시를 들이받는 차 사고로 허리를 삐는 통에 세 해나 명예회장 일가의 주식 및 개인 재산 관리를 맡아보는 한직에서 온갖 자료나 뒤적였던 한 사장의 직장 경력이 하등에 쓰잘데없는 생각거리들을 주물럭거리는 '대리 구상업'을 몸에 배게 만든 것이다.

"대질신문은 무슨… 그냥 잠시 봤어. 본 게 아니라 수갑 찬 그 친구 얼굴만 얼핏 보여 주대."

"그 깜상이 덩치값 한다고 식탐은 많았어도 궂은 일에도 몸은 안 사렸잖아요."

"하이고, 그그 그놈 마 말은 하지도 마. 포포포포장마차에서 고고고 공짜로 나오는 오오오 오뎅 구구구 국물을 세 보시기나 먹는 놈이야.

포장마차 주인 보보보기 차차 창피해서."

"원래 집 떠나면 누구든 배부터 고파. 우리는 한때 안 그랬나. 눈칫밥이 그런 거야."

"불심검문에 걸렸대요?"

"구로공단 근방에서 붙잡혔다지 아마."

김 과장이 그 전말을 대충 들려줬을 텐데도 다들 좀 더 알자는 눈치다. 하기야 장군은 시방 그 월남인 노무자의 쿰쿰한 체취가 한껏 배어 있을 단칸 셋방에서 밤마다 뒹굴고 있다.

"그랬나 봐. 그 며칠 전에 거기서 전치 10준가 12준가 하는 자상(刺傷) 사건이 났대. 피해자는 웬 한국인 중년 사내고. 칼부터 들이대는데 장사 있나."

"그 깜상 반 티가 찔렀대요?"

"아니라지 아마. 피해자도 대질신문에서 아니라고 했나 봐. 애매하게 걸려든 거지 머. 반 티가 불심검문 도중에 튀었나 봐. 재수없이 순찰 중이던 전경 둘한테 또 붙들렸고. 맞았는지 넘어지다가 갈아붙였는지 광대뼈에 벌건 찰과상은 붙이고 있대. 나하고 눈만 맞추고는 곧장 고개부터 떨구는 꼴이 불쌍해서…"

열흘 전쯤이었다. 느닷없이 구로 경찰서 형사계라면서 전화가 날아왔다. 한주호 사장이 맞냐고, 당신 회사 노무자의 신원을 확인할 일이 생겼으니 지금 당장 경찰서로 출두했으면 좋겠다고 했다. 그때가 오전 8시 20분경이었다. 각팀별 반장과 함께 어제 작업의 문제점과 작업 일정과 일일 작업량 등을 주거니 받거니 하는 아침 회의가 막 끝나고, 김 과장이 모는 9인승 승합차가 두 군데 작업 현장에다 막일꾼들과 자재를 부려주느라고 출발한 직후였다. 전철과 버스를 타고 작업 현장으로 곧바로 나오는 막일꾼 세 명을 논외로 친다면 결근자가 없었으므로 그 노무자가 누구냐고, 우선 전화로라도 알 것은 알아야 가든 말든 할 것 아니냐고 공손하게 대들었다. 오히려 이쪽이야말로 그 신원부터 알아야 할 것 아니냐는 투덜거림 덕분인지 그쪽에서도 사람만 확인해주면 된다고, 반 티라는 월남인 불법 체류자를 고용한 적이 있느냐고 물었다. 그런 고용 관계야 우리가 떠맡을 소관 사항이 아니고, 다른 관공서에서 조치할 건수라는 언질까지 덧붙이면서. 좀 떨떠름해졌다. 일용 근로자로 쓰긴 했어도 그 고용이 불법임은 물론이었다. 한 사장은 제가 지금 좀 바쁜데, 부하 직원을 보내면 안 되겠느냐고 그쪽의 기색을 살폈다. 김 과장을 보낼 셈속이었다. 안 될 거야 있겠냐면서도 반공갈조로 알아서 하라고, 허나 반드시 위임장을 지참해서 보내라고 일렀다.

그런 일이 아니더라도 한 사장은 관공서 출입이라면 짜증부터 일어 죽을 맛이었다. 차가 안 막힌다면 아홉 시 반경에나 작업 현장에 도착할 터이고, 삐삐를 쳐서 불러들여도 김 과장에게 가보라고 하려면 열 시 반까지는 좋이 기다려야 했다. 위임장을 초잡으려니 그 요식행위도 성가셨다.

그런 쪽 세상 물정에 밝은 이 사장을 찾았다. 마침 실내체육관에서 전화를 받았다. 혹시 단잠을 깨운 건 아니냐고, 별일 없냐고 건성으로 안부부터 닦으니, 이 사장은 대뜸 단란주점으로 업종을 바꿔봐야 속 보이는 짓인데다가 아무리 변태 영업이 정상 영업으로 돌아가는 이 바닥이지만, 또 무슨 트집이 잡힐지 알 수 없으므로 아예 카레라이스,

오징어덮밥 같은 것을 파는 경양식 레스토랑이나 꾸릴 궁리를 해봐야겠다고 제 쪽 근황을, 그래 봐야 사나흘 못 본 사이에 공글린 장삿속부터 줄줄이 엮어내렸다. 말밑을 새겨보니 주방 시설이나 간판 따위를 시늉으로 갈아붙이고, 그것을 사진 찍어 구비 서류에 첨부해서 관할 구청에다 제출하면 요식업이야 신고제인만큼 허가가 나오게 되어 있으므로 노래방 영업을 계속할 수 있다는 배짱 좋은 엄두였다. 그러면서도 그는 늑장 좋게 올해는 재수가 너무 없어 어째 하는 일마다 제발로 굴러가는 게 없다고, 그래서 어제 점심때는 족집게로 소문난 봉은사 자락께의 한 점바치를 찾아갔다고 했다. 역시 거기서도 점괘는 나빠서 손재수(損財數)가 머리 위에 먹장구름처럼 덮여 있다고, 동짓달부터는 그 액운이 안개처럼 차차 걷히는데 내년 봄에는 이사운(移徙運)이 있으며, 그 집 가상(家相)이 집주인 사주와 배가 맞다는 것이었다. "원래 내 팔자에 집복은 타고 났다니까 믿어야지"라던 이 사장의 헙헙한 말의 행간만큼은 한 사장도 곧장 짐작이 갔다. 곧 근자에 혼자 끓여 먹기가 비편하여 평촌의 한 아파트에서 큰사위에 얹혀 지내지만, 큰외손자의 등록금도 당신 쌈짓돈으로 댄다는 그의 양모, 답십리에서 복덕방과 담배 점포가 딸린 방만 여섯 개인 단독주택 한 채를 지니고 그 집세로 쓸 데 쓰고 사는 그의 생모, 서너 해 전인가 아들 하나를 데리고 미국으로 이민 간 그의 생가 여동생이 이혼 위자료조로 받은 신천동의 널찍한 한 아파트를 시세보다 싼 전세금으로 빌려서 그의 가족이 아예 들어가서 사는 만큼 워커힐 근방에 있다는 그의 전재산인 2층짜리 슬래브집 한 채 등이 그것이었다. 어쨌든 그의 모친을 닮아 그도 점을 꽤 바치는 모양이었고, 그런 버릇이야말로 내림인지도 몰랐다.

한 사장이 난데없는 출두령을 이실직고하자 이 사장은 이쪽 강동구라면 직방으로 해결해줄 텐데 라면서, 서로 호형호제하고 지내는 박반장에게 알아봐 주겠다고 했다. 담배 한 대를 태울 짬이 지나자 이사장으로부터 연락이 날아왔다. 걱정할 거 없다고, 정 가기 싫으면 안가도 까탈 잡힐 거야 없지만, 그 불법 체류자가 무슨 사고를 쳤는지, 그게 자네 사업에 무슨 찍자 붙는 것은 아닌지 알 수 없으므로 일단 만나서 이것저것 알아보라는 '이쪽 형사계'의 교시를 일러주었다. 가만히 따져보니 당연히 그래야 할, 아주 적실한 횡액 모면책이었다. 공연히 끌탕을 일군 셈이었고, 이 사장이 물어다 준 그 뻔한 모범답안이 깜빡 잊고 있었던 미제(未濟) 일거리 같아서 김 과장을 기다리기도 부질없어졌다.

오랜만에 운전대를 잡고 남부순환도로를 질주하면서 한 사장이 까물거리는 기억의 미궁을 굳이 뒤적거린 것도 이제는 웬만큼 삭을 대로 삭아버린 난민 근성의 새삼스런 발로였는지 모르겠으나, 아무래도 그 반추를 덧들인 장본인은 아무렇게나 술술 뇌까리던 이 사장의 경험 많은 곁말이었다.

"걔네들 정말 춥고 배고픈 백성들이야. 국적이 다르고 피부 색깔만 다를까, 여기가 걔네들한테는 피난지잖아. 그야말로 썰렁한 찬밥 신세지. 권력이 먼데, 알량한 경찰 완장을 찼다고 지하고는 아무런 이해관계도 없는 개밥그릇까지 심통 사납게 차버린다니까. 그 심보가 바로 그놈의 중뿔난 권력이란 거야. 당하는 쪽은 그것들의 손짓 발짓 하나하나도 다 날벼락이고, 그때마다 가슴이 철렁한다니까. 애매하게 이리 치이고 저리 뜯기고. 시방 그 월남 난민은 따뜻한 말 한마디가 아쉬운 판이야. 쥐뿔이나 우리가 도와줄 건덕지도 없긴 하지만. 우리도 걸핏하면 당하고 사는 입장이잖아. 오랄 데 툴툴거리지 말고 가는 게 좋아. 이미 오래전부터 나는 쥐뿔만한 그 권력을 쥐고 아무한테나 흔들고 딱딱거리는 치들한테는 욕 안 하고 살기로 맹세했어. 막상 당하면 그 쥐뿔이 황소뿔이고 호랑이 아가린데 어째. 저것들도 먹고 살자고 그 짓 하는 거 아냐. 직업이 죄지 본성이 나쁘다 좋다 할 것도 없어. 개중에는 정말 등쳐먹고 간까지 발겨 먹는 인간말짜도 많아, 쓰레기야 어디든 지천이잖아."

어쩌다가 간신히 피난살이의 둥지를 튼 곳은 그 이름도 아직 생생한 '조양(朝陽)여관'의 사랑채였다. 말이 사랑채지 그 귀퉁이에 붙어 있는 허름한 헛간을 개조하여 방구들을 얹은 단칸방이었고, 실제로 그 옆대기에는 통나무 장작을 빼곡이 쌓아놓은 허드렛광이자 큰손님을 칠 때나 쓰는 헛부엌이 딸려 있었다. 천장과 모서리마다에는 거미줄이 자욱한 변소도 그 광 안쪽에 딸려 있었고, 그 변소 옆에는 담쟁이 덩굴이 싱그럽던 돌 박힌 흙담에 쥐구멍만한 나무 쪽문을 뚫어놓아 그 등 너머의 고래등 같은 골기와 안채, 기다란 쪽마루가 안팎으로 내달린 기역자 행랑채에서는 이쪽 피난민 일가가 끼때마다 죽이라도 끓여 먹는지 어떤지 모를 지경이었다.

되돌아보면 그 기다란 행랑채에만도 방이 대여섯 개는 되었던 듯하고, 아침저녁으로 그 쪽마루에 독상이나 겸상 밥상이 드문드문 날라지던 걸로 보아 골목 깊숙이 들어앉아 있던 여관이어서 숙박객이 그렇게 많지는 않았던 듯싶다. 물론 사랑채 방 세 개에도 가끔씩 숙박객이 묵긴 했으나, 대체로 비어 있을 때가 많았고, 낮이나 초저녁에 주인집의 먼 일가붙이, 심부름꾼들이 잠시 훈기를 일구고 마는, 말하자면 접객용 여벌 방 같은 것이었다.

2년 남짓 동안 뜬귀신처럼 머물렀던 그 여관집 사랑채에서의 피난살림이 그 후 헷갈릴 정도로 자주 옮겨다닌 숱한 셋방살이보다 훨씬 소상하게 떠오르는 까닭은 무엇일까.

그 여관집 안마당에 널찍하니 터를 잡고 있어서 안채와 행랑채를 서로 가려주던 정원에는 유독 이팝나무가 얼추 대여섯 그루나 심겨져 있어서 아지랑이가 가물거리는 봄날이면 눈을 하얗게 덮어쓴 것 같던 이팝꽃을 무연히 쳐다보며 허기를 달랬던 기억도 생생하다. 흐드러지게 피어난 그 꽃무리가 흰 쌀밥 같다고 해서 이밥꽃이라고도 했다. 그 이팝꽃이 숙지근해지면 여름 한철 내내 알록달록한 채송화가 치열하게 피어났다. 사랑채 앞마당에서 붉게 타오르던 단풍나무의 풍치도 아주 고왔다. 유달리 옹이 많은 높다란 가죽나무도 두어 그루 흙담벼락에 붙어서 늠름하게 곧추서 있었는데, 그 잎을 따서 장아찌를 담는다고 했다. 여관집이었던 만큼 숙박객의 밥상을 채우려면 그런 밑반찬도 미리 넉넉히 장만해두어야 했을 것이다. 찬 바람이 불면 수시로 허드렛광에서 통나무를 잘게 패 달라고 놉을 샀고, 온종일 땀을 뻘뻘 흘리며 정까지 박아 팬 장작들을 행랑채 쪽마루 밑과 안채의 부엌 살강 밑에다 차곡차곡 쟁여주고 나면 장작꾼은 고봉밥을 달게 얻어먹고 가뿐한 걸음으로 돌아가곤 했다. 묵직한 도끼 자루를 한쪽 어깨에 걸치고 "장작 패려어, 장자악"이라고 외치던 그 쩌렁쩌렁한 울림이 꼭 골목 길이만큼이나 길게 울려 퍼졌다. 얼굴색이 발가니 복스럽게 생겼던 처녀 식모가 김이 모락모락 피어오르는 더운물을 누런 놋대야에 담아 섬돌 밑에 대령하면 뽀얀 세수수건을 목에 두른 숙박객은 쪽마루 끝에 서서 기지개를 한바탕 늘어지게 켜고 나서는 비누 세수를 하느라고 한동안씩이나 푸푸거렸다. 기껏 하루나 이틀씩 자고 흔적도 없이 사라지곤 하던 그 숙박객들이 피난민일 리야 만무하겠으나, 그 시절에는 그런 과객이야말로 선망의 적이었다.

눈썰미가 좋고 말귀가 빨라 심부름을 잘하던 소년은 저녁마다 누나의 보챔에 시달려야 했다. 해가 저물도록 엄마가 돌아오지 않기 때문이었다. 저뭇해지면 유독 배부터 고파와서 길에라도 나서야 잠시나마 허기를 달랠 수 있었다. 긴 골목의 입구에는 나무 전봇대가 붙박여 있었고, 거기에는 '朝陽旅館'이라고 쓴 상호와 화살표가 그려진 양철 판때기를 못질해두었는데, 그 밑에서 말뚝처럼 서 있곤 하던 마중길이 언젠가부터 점점 길어졌다. 외등도 없는 종로통 신작로는 까마득하게 멀었다. 밤에도 대흥철공소 안은 불이 훤하게 밝혀져 있었고, 쇠뭉치 때리는 소리가 맑게 울렸다. 대흥철공소를 끼고 골목길을 나아가면 구인(救人) 산부인과가 나왔다. 신작로를 한참 더 내려가면 성누가병원의 붉은 담벼락에 혹처럼 불거져 있던 시멘트 쓰레기 구덕에는 누런 고름과 피딱지가 엉겨 붙은 붕대, 크고 작은 빈 약병들이 수북이 쌓여 있었다. 그 앞을 지나칠 때면 언제라도 병원 냄새가 짙게 풍겼다. 그 맞은 편은 중국인 아이들이 다니는 화교(華僑)초등학교였다. 농방과 호떡집과 중국인 밀가루 도매점포를 지나면 군방각(群芳閣)이라는 대형 중국 요릿집이 나왔다. 하수구로 흘러나온 푸르끼한 목욕탕 비눗물이 하얀 때를 동동 띄우며 거기까지 내처 따라왔다. 헌팅 캡을 눌러쓴 신사가 그려진 큼지막한 자유 골프장의 양철판 간판이 골목 입구에 플래카드처럼 높다랗게 걸려 있었다. 거기서 오른쪽으로 꺾어지면 요정 골목도 나왔고, 중앙통으로 이어졌다.

엄마는 양말공장에서 동자질하는 드난꾼이었다. 연방 철거덕거리는 기계 앞에서 끊어진 실을 잇고, 동태북실을 갈아대는 처녀 직공들이 스무남은 명은 되었다. 엄마는 나이 어린 안잠자기 두엇과 직공들에게 점심 저녁을 앗아주며 난침모 노릇도 했던 듯하다. 양말공장은 중앙통 대로변에 누런 타일을 박은 2층짜리 건물이었고, 그 옆에는 가시철망을 둥그렇게 말아서 얹어놓은 철대문이 붙어 있었다. 그 건물의 1층 일부에는 맞춤 양복점이 세들어 있었던 듯하고, 그 뒤쪽이 양말공장 주인의 살림집이었을 것이다. 철대문을 밀고 들어가면 시멘트 담벼락과 건물 사이에 뚫린 좁장한 길바닥이 이어졌고, 그 길의 끝자락에는 시커먼 콜타르를 입힌 판자때기 단층집이 나왔다. 백 평은 좋이 되었지 싶은 그 판잣집이 바로 양말공장이었다. 그 앞에는 송아지만한 불독 한 마리가 붙들어 매여 있었는데, 아무에게나 으르렁거렸다. 그해 가을쯤인가, 드난살이도 그럭저럭 자리를 잡아가던 무렵 엄마는 그 불독에게 개밥그릇을 들이밀다가 손등을 덥석 물렸다. 용케도 살점은 안 뜯기고 엄지와 손목 사이의 무른 살에 이빨 자국만 깊숙이 박혀서 엄마는 곧장 성누가병원으로 업혀 갔고, 한동안 붕대를 친친 동여매고 있느라고 주로 방에서 기동하는 반빗하님 노릇도 했다.

코안이 쩍쩍 달라붙는 한겨울이었다. 여자로서는 풍채가 좋았던 엄마는 그날따라 얼굴에 수심이 자욱했다. 엄마는 당신의 그 큰 덩치가 험한 상일을 하는 데는 어울리지 않고, 장사에도 안 맞는다고 늘 구시렁거렸다. 언죽번죽하는 말주변이 없어서 시장 바닥에서의 멸치젓 장사를 서너 달만에 걷어치우고 오로지 몸으로 때우는 드난살이 일자리를 얻어걸린 걸 만분 다행이라고 여기던 참이었다. 원래 말이 없던 양반이어서 그런가 보다고 여기며 소년은 곳곳에 빙판이 번들거리는 길을 엄마의 치맛자락에 붙어서 마냥 줄여갔다. 마중길을 그대로 되돌아가는 중이었다. 양말공장의 자투리 실밥 뭉치 같은 담쟁이덩굴이 벽면에 온통 거뭇거뭇 붙어 있던 허외과 병원 앞을 막 지나쳤을 때였다. 그때까지 양말공장집 철대문 앞에 마중을 나와 있던 둘째 아들을 보고서도 이렇다 할 내색이 전혀 없던 한창 중년의 생과부가 흐느끼듯 중얼거렸다.

“호야, 돈이 바낏단다. 인자부터 우리는 우예 살겠노. 이 일을 우야믄 좋노, 니 샌이는 언제 불러 올리겠노. 없이 사는 사람부터 꼭뒤 친다 카든이. 촌구석에서 꼴머슴 안 만들라믄 니 샌이부터 불러올려야 하는데 큰일이다.”

소년은 아직 초등학교에도 다니지 않건만 말귀가 밝았다. 숫기도 없고 남의 눈치만 멀뚱거리는 어릿보기였으나, 속짐작은 멀쩡했다. 형은 그때까지도 고향의 할머니 슬하에 묻혀 있었다. 내후년이면 중학교에 진학해야 하므로 한시라도 빨리 맏자식을 비록 피난지이긴 하나 도회지로 불러올려야 하는 그 시름이 한 과수댁의 뒤꼭지에 매달려 떨어질 줄 몰랐다. 그 소원 때문에 밥도 제대로 못 삭이는 나날에다 자리끼가 꽁꽁 얼어붙는 냉돌방에서 누워 자도 추운 줄을 모르는 살림이었다.

엄마의 후들거리는 탄식을 듣자마자 소년의 눈에서는 눈물이 가득

고였다. 엄마에게 무슨 말을 건넬 수도 없어서 더 서글펐다. 눈물이 방울방울 볼을 타고 흘러내리더니 빙판 위로 연방 떨어졌다. 소리내어 울 수도 없었다. 날씨도 귀가 떨어질 듯 추운 데다 가슴을 갈가리 쥐어뜯는 슬픔이 마구 덮쳐왔다.

어느 날 마른하늘에서 불쑥 떨어진 날벼락 같은 화폐개혁이 한 과수댁에게 그처럼 큰 충격파를 던졌던 까닭은 도대체 무엇일까. 하루 벌어 하루 먹고 사는 피난민 주제에 품삯 같은 잔돈이야말로 오죽 중했겠는가. 새벽부터 저물녘까지 허리가 내려앉도록 일하고, 전신이 저리고 휘지는 마음고생을 감내할망정 이제 겨우 안 죽을 만큼 입에 풀칠이나 하는 형편에 쓸모없는 구화폐 몇 푼을 손에 거머쥐고 나니 저절로 떡심이 풀어져서 그랬을까. 의지가지없는 과수댁으로서 당장 두 자식과 꾸려가는 극빈의 반동강 살림에, 더욱이나 또 다른 횡액이 밀어닥치지나 않을까 하는 불안에 몸서리를 치고 있었을지도 모른다. 죽을 고비를 겪는 한이 있더라도 맏자식부터 불러와야 한다는 일념이 그나마 짝지가 되었는데, 그것마저 모진 세파가 뚝 부러뜨려버리는 시절이 그토록 원망스러웠을 것이다.

난리 중에는 흔히 성인 여자들이 남자들보다 그런 절망을 더 다발적으로 또 집중적으로 겪는 현상도 이해할 만하다. 그들은 그 현장에서 죽을 수도 없거니와 남은 식구들 걱정 때문에라도 죽음에 뛰어들 수도 없고, 어떤 수단으로든 그 고통에서 벗어날 신체적 능력이 없다는 것에 체념하며 살아야 하니까. 가족의 생계는 전적으로 그들이 도맡아야 하고, 몸으로든 마음으로든 진짜 고생을 송두리째 앉아서 당하는 생고생도 오로지 그들 몫이다. 난리의 그런 이면이, 피난민의 그 표면이 전장과 전투의 전면보다 더 비극적이고 장기적인데도 흔히 간과하거나 허술히 묻어버리고 만다.

그 후 그 화폐개혁의 여파를 어떻게 수습했는지 어떤 기억도 남아 있지 않다. 닥치면 닥치는 대로 목숨이나마 부지하려고 더 아득바득 기를 쓰면서 살아냈을 것이다. 다만 그날 밤 집에 돌아와서도 양말공장에서 얻어 머리 위에 이고 온 됫박쌀, 보리쌀, 콩 같은 것을 조금씩 섞어넣고 끓인 멀건 죽을 반찬도 없이 달게 먹고, 곧장 냉돌방에 등을 누이고서도 잠이 안 와 오래도록 뒤척였던 기억은 어제 일처럼 지금도 생생하다. 울음소리를 죽이면서 눈물을 하염없이 떨구며. 어린 나이에도 왜 그렇게 잠이 안 오던지. 무슨 생각이 그토록 많았던지. 엄마와 누나는 한동안 두런두런 말을 주고받다가 이내 잠에 곯아떨어졌는데도.

지금 생각해도 이상한 것은 벽 하나 저쪽의 허드렛광에는 마른 장작이 천장까지 켜켜이 쟁여 있었건만, 그것이 주인집 물건이라고 손도 안 대고 세 식구가 냉돌방에서 그해 겨울을 내내 넘겼다는 사실이다. 언제쯤 우리도 저 부엌 아궁이에다 솥 걸어놓고 사냐라는 푸념을 되뇌면서. 무밥, 시래기밥을 풍로에 끓여 먹으면서도 남은 숯불은 물에 적셔 말리곤 했다. 정직하고, 부지런하고, 염치만 차리면 밥은 먹고 산다는 주의로 온갖 신고를 맨몸으로 때우는 억척 어멈 슬하에서 큰 출신의 멀뚱한 처신이라니.

한 사장이 명함을 건네자 손 경장은 뜻밖에도 수더분했다.

"먼길 오시느라 수고했습니다. 회사가 양재동 화훼단지 근방에 있다면서요, 맞습니까?"

"예, 그렇습니다."

"거기 좀 앉으세요. 이게 무슨 회삽니까? 무슨 화훼 농약 같은 거 취급하는 회삽니까?"

월남인 반 티에게 그것까지는 미처 안 알아본 모양이었다. 한 사장은 잠시 뜸을 들였다. 혹시라도 자신의 별난 생업 때문에 난민이 어떤 불이익을 입지나 않을까 하는 염려가 얼핏 들어서였다. 이것저것 따져본들 어차피 불찰은 인간으로서 짊어져야 할 짐이었다.

"동업자들끼리는 그라우팅업이라고도 하고, 물 새는 건축물 크랙을 때운다고 그냥 필링업이라고도 합니다. 도장업(塗裝業)하고는 많이 다르고요."

"요즘 일거리는 많아요? 부실공사가 많아야 이 업종도 먹고 사는 모양인데, 어때요?"

"그냥저냥 제때 노임 주면서 밥은 먹고 살 만합니다. 워낙 소규모라서요."

손 경장은 의자를 끌어당기며 짐짓 호들갑을 떨었다.

"아니, 이 보수업도 큰 회사가 있습니까?"

"그럼요, 직원을 백 명 이상씩 쓰는 대형 회사도 여럿 있지요. 우리 같은 구멍가게 회사도 전국에 수백 업체는 실히 될 겁니다."

"호오, 그래요. 우리 사회 구석구석이 삐꺽거리고 있는 줄이야 잘 알지만 뜻밖이네. 오늘 또 하나 좋은 것 배웠네. 하기야 업종도 직업도 많을수록 세분화될수록 건전하고 좋은 사회라더니."

요즘 세상은 다들 말을 잘한다. 정보가 그만큼 열려 있다는 증거이기도 하다. 심지어는 날품팔이꾼들도 하루 일을 마치고 통닭에 생맥주로 목을 축이며 예사로 '사용자의 도덕적 생활양식과 근로자의 생산적 노동윤리' 운운하는 게 어색하게 들리지 않을 지경이다. 그래서 역설이긴 해도 이 시대의 가장 무식한 계층이 대학 접장이라는 말도 있을 정도다. 각자의 전공 분야에만 폭 파묻혀서 나름의 지식을 꿰고 있는 백면서생일 뿐이어서 그 역설은 '불편한 사실'일 수 있다고 말한 사람은 운 좋게도 20년 이상 지방대학에서 교편을 잡고 있는 한 사장의 친형이다.

"지금 직원은 몇 명이나 씁니까?"

"월급 주는 직원은 저까지 합해서 여덟 명이고, 일 있을 때만 일당으로 불러 쓰는 직원은 다섯 명입니다."

"그럼, 저 친구도 일당으로 썼습니까? 어이, 이봐, 반 티, 고개 들어 봐."

손 경장이 오른쪽으로 시선을 돌렸다. 거기에는 수갑 찬 손을 무릎 사이에 모아 잡고 때 이르게 감색 파카를 입고 있는 반 티가 어슷비슷한 행색의 한 무리 속에 섞여 있었다. 그 무리는 찌들고 지친 난민이었다. 그중에서 유독 얼굴색이 까무잡잡한 반 티가 머리를 들었다. 한 사장과 눈을 맞추자마자 반 티는 고개를 숙였다. 수갑을 차고 있어서 그렇게 보였을 테지만, 한동안 함께 동고동락할 때보다 훨씬 꺼칠한 몰골이었다. 콧수염과 턱수염은 말끔히 깎아대면서도 염소처럼 아랫입술 밑의 성근 수염을 다보록이 기르고 있는, 그 이방인 특유의 치장술도 여전했다.

"예, 그렇습니다. 말은 일당제라고 해도 월급제나 마찬가집니다. 매월 80만 원은 보장해주니까요. 보너스까지는 못 줬습니다만."

"저런 친구들을 더러 씁니까?"

그것이 불법인 줄 알고 있었으므로 한 사장은 좀 허둥거렸다.

"지금요? 아니, 월남인 말씀입니까? 월남인은 저 친구를 처음 써봤습니다."

"월남인 말고 다른 나라 사람들도 더러 쓰는 모양이지요?"

"예, 실제로 그렇습니다. 소위 3디 업종 중 하나라서 사람을 못 구합니다. 작업 현장이 대개 다 시커먼 지하고, 거기서 벽을 깨고 발포제를 쑤셔박아넣는 고된 작업이라서 그렇습니다. 수학교사 출신이라는 필리핀인은 꼭 사흘 써봤고, 파키스탄인은 아킬라쉬드라는 친구를 몇 달 데리고 있었습니다." 한 사장은 자신도 모르게 불쑥 덧붙였다. "지금은 한 사람도 안 씁니다. 저 월남인은 상대적으로 다소 낫다 해도 도통 말이 안 통해서 일에 능률이 안 올라서요."

'한 사람도 안 쓴다' 라고 덧붙인 말은 참말이기도 했으나 거짓말이었다. 중국인 동포 한 사람을 재워주고 먹이며 석 달째 부리고 있으므로 그를 외국인이라고 부르기에는 어폐가 있을 테고, 그 역시 불법 체류자이므로 당연히 국적이 달라서였다.

한 사장은 그 거짓말을 얼른 덮어버리려고 물었다.

"저 친구가 무슨 사고를 쳤습니까?"

"지야 안 쳤다고 잡아떼지만, 불심검문 중 토끼는 것도 수상하고, 소지품을 털어보니 소라도 잡을 만한 장도칼도 칼집까지 딸려서 나오고, 달라 돈도 큰걸로 여덟 장이나 갖고 있고 해서 일단 더 족쳐봐야지요. 요 며칠 전 저 아랫동네 뒷골목에서 칼로 옆구리, 허벅지를 난자한 살해미수사건이 터졌어요. 신문에는 안 났지만. 피해자 진술로는 범인이 월남인같이 생겼더라니까 경비검색을 강화하는 중에 마침 저 친구가 걸려들었어요. 피해자는 인상착의를 보더니만 아니라고 했지만. 옷이야 아무거나 바꿔 입잖아요."

"언제 잡혔습니까?"

"어제 점심나절 좀 지나서 붙잡았어요. 토끼다가 전경 둘이 길을 막자 대번에 고분고분하니 수갑을 받긴 했지만. 혹시 저 친구의 친구들을 본 적이 있습니까? 가령 저 친구를 만나러 왔다면서."

한 사장은 창밖을 향해 기다란 시선을 고정시켰다.

"없었던 거 같은데요. 예, 없어요."

"잘 좀 생각해보세요."

그 채근에 정답을 내놓을 사람은 황 반장이거나 그의 동료들일 것이고, 더 직접적으로는 일과 후 동거동숙한 아킬라쉬드일 것이었다.

"저는 일거리 수주 때문에 여기저기 기웃거리느라고 일주일에 한두 번꼴로 현장에 들르는 터라 막상 노무자들의 그런 사정까지는 잘 모릅니다. 직원들한테 한번 알아보지요."

"꼭 좀 알아봐서 연락 주세요." 손 경장은 잡책에다 받아쓰기를 할 채비였다. "저 친구를 얼마나 썼다고요?"

"지난봄에 3개월 썼습니다. 임금대장을 보면 정확히 알 수 있을 테지만, 3월 중순부터 6월 중순까지일 겁니다. 그때 아까 말한 아킬이라는 파키스탄 친구도 함께 썼는데, 아킬은 두어 달쯤 더 있다가 역시 제 발로 걸어나갔습니다."

더 이상 오라 가라는 말을 안 들으려면 실토할 말이 많아서 머릿속이 복잡하게 돌아가는데, 손 경장은 말을 잘랐다.

"지금은 그 친구도 연락이 안 닿겠군요?"

"그럼요. 외국인 노무자라서 더 그렇기도 하지만 우리나라 사람들도 이 바닥을 떠나버리면 영영 못 봐요. 우리 쪽이 손이 아쉽더라도 연락하기가 좀 그래요. 일거리가 들쭉날쭉하니 일당제를 안 쓸 수는 없지만, 역시 일당제는 한계가 많습니다."

"숙식은 제공합니까?"

"예, 회사 경비로요. 보증금 2백만 원에 월 20만 원씩 무는 방 한 칸 얻어서 두 사람씩 합숙시킵니다. 라면 박스나 가끔씩 사다 주고요. 주로 아침만 꿀꿀이죽 같은 걸 저희들이 알아서 해 먹고 하는 모양입니다."

"알았어요. 그 합숙소는 어디 있습니까?"

"회사 근방입니다. 청계산 입구에 있습니다."

"알겠습니다. 일단 돌아가세요."

손 경장은 악수까지 청하며 "더 알아볼 게 있으면 연락 드리지요. 바쁘신데 협조해주셔서 고맙습니다"라고 깍듯한 인사까지 닦았다.

뭔가 찜찜했다. 이렇다 할 근거도 없이 더 큰 말썽이나 불이익이 빠른 시일 안에 들이닥칠 것 같았다. 방정이었으나, 그렇다고 일의 추세를 더 알아보기도 마뜩잖았다. 구로 경찰서에서 연락이 오지 않는데 이쪽에서 먼저 반 티의 신변을 어떻게 처리했는지 염탐하기는 껄끄러운 게 아니라 수상쩍게 비칠지도 몰랐다.

구두로 고용 계약조건을 주거니받거니 했을 때, 반 티가 겸연쩍게 흘린 말을 곧이곧대로 믿는다면 그는 그 당시 벌써 한국에서 1년 남짓 뜬구름 같은 삶을 꾸려가던 중이었고, 그것도 대개는 구로공단과 공사판에서 몇 달씩 단순 잡일꾼으로 살아왔다고 했는데, 왜 하필이면 그토록 옮겨 다닌 여러 일터 중에서 남북화학을 들먹였을까? 그가 경험한 바로는 남북화학이 그나마 옳은 직장으로 비쳤던 것일까? 얼룩무늬 돛베로 만든 큼지막한 보스턴 백형 가방 하나만 달랑 들고 양재동 화훼단지 앞에서 서성일 때처럼 청계산 입구의 버스 종점에서 사라진 후로 꼬박 5개월 동안 그는 어디서 호구를 때웠단 말인가?

초대면 중 그의 여권을 달래서 잠시 일별한 후, 그가 서른여덟 살이고, 관광 비자를 받고 내한한 위장 취업자이며, 보트 피플로서의 경험은 없으나 호치민 시에서 열쇠, 건전지, 담배 따위를 파는 행상을 했으며, 애가 딸렸는지는 물어보지 않았지만, 홍이라는 아내도 두고 있다는 사실 정도는 알았다. 홍은 그쪽 말로 장미꽃을 뜻한다고, 아주 흔한 이름이라고 그는 덧붙였다. 월남 패망 당시 그는 열여섯 살이었을 것이므로 베트콩의 혁혁한 소년 전사였을지 모른다는 궁금증을 그때 굳이 떠올렸던 기억도 자꾸만 성가시게 얼찡거렸다.

닷새가 훌쩍 지나갔다. 이래저래 반 티의 신상 걱정이라기보다 이쪽의 조바심을 웬만큼 추스르면서 될 대로 되라지 식으로 주저앉아 있던 계제였다. 그런데 이번에는 출입국관리소에서 호출령이 떨어졌다. 당연히 반 티 건으로 불법 체류자를 고용한 시말서를 써야 한다고 했다. 그쪽에서도 그런 준사법적 권한을 휘두를 수 있는 모양이었다. 구로경찰서에서 이쪽의 실토를 전달했을 것이므로 꼼짝달싹할 수도 없었다. 그러나 한편으로는 왠지 어떤 결말이 보이는 듯해서 체증기가 숙지근해지는 기분이 들기도 했다. 내친김이라 전화로라도 반 티는 어디 있냐고, 이쪽의 시말서는 앞으로 어떻게 처리되느냐고 물었더니, 그는 조만간 제 여비로 강제 출국당할 것이며, 이쪽은 2백만 원 상당의 벌금고지서를 받을 것이라고 시원시원한 대답을 들려주었다.

정확히 밝혀야 할 날짜와 숫자는 잡책에다 적고, 감추거나 슬쩍 넘어가야 할 세목들은 머릿속에 챙기고 나섰으나 막상 관청에서 시말서를 쓰자니 요령이 서지 않았다. 쓸 말이 너무 많았으나, 따져보니 그것들은 반 티에 대한 이쪽의 인상담에 불과했다. 꼭 써야 할 말은 서너 문장으로 뭉뚱그릴 수 있지 싶건만, 그것들은 이미 준사법기관에서도 훤히 알고 있는 사실이었다. 난감해 있는 중에도 이런 요식행위가 결국은 한쪽의 불법 고용행위를 솔직하게 시인하고, 반 티가 불법체류자임을 사전에 알고 있었다고 밝히는데 그치면 될 터이고, 그쪽에서도 그것만을 요구할 것이라는 데 생각이 미치자 아무렇게나 써버리자는 단안이 성큼 불거졌다.

— 본인(한주호, 이하 본인으로 갈음한다)은 건축물 누수 방지 및 방수업에 종사하는 사람으로서, 1994년 5월 1일부로 남북화학주식회사를 설립, 현재까지 그 대표이사를 맡고 있는 바 업종 자체가 워낙 힘들고 위험한 작업이어서 일찍부터 구인난으로 상당한 애로를 겪어왔습니다. 그러던 중 1997년 3월부터 의왕시에 소재한 한 대단위 공동주택단지의 지하 공동구 하자 보수공사를 도급한 관계로 일손이 딸려서 무가정보지 '벼룩시장'에 구인광고를 내기에 이르렀습니다. 즉시 광고 효과가 있어서 월남인 응우엔 반 티(Nguen Van Ti, 이하 반 티로 갈음한다)가 양재동 소재의 남북화학주식회사 사무실로 찾아왔고, 당일로 고용 계약을 맺었습니다. 고용조건은 사측이 근로자에게 숙식

제공과 함께 월급 80만 원을 지급하며, 여타의 상여금은 일절 없으나, 최소한 6개월 동안 일자리를 보장해준다는 일당제였습니다. 그 이튿날, 곧 3월 10일부터 전기, 통신, 상수도 공동작업구역 중 하나에 투입되었습니다. 반 티가 맡은 작업은 소위 시다 일로서 주로 3인 1조의 한 팀 선임자(통칭 반장으로 부른다)가 지시하는데 따라서 에폭시, 우레탄 등의 발포제, 경화제를 적정 비율로 섞는다든지, 균열이 나서 누수가 일어나는 벽이나 기둥이나 모서리를 깰 때 떨어지는 낙석을 쓸어모아 두었다가 치운다든지, 차량에 자재물을 싣고 작업 현장까지 나르는 등의 단순 잡부역이었습니다. 1년쯤 체한 중이라는 반 티 자신의 말대로 웬만한 한국말을 알아듣는다고 하나, 그래도 의사소통이 여의롭지 않아 한동안 작업 중에 동료들로부터 홀대를 받았던 것은 사실입니다. 물론 돈을 벌기 위해 낯선 외국에 온 만큼 상당한 자격지심을 비치기도 했으나, 반 티의 작업 태도는 시키면 시키는 대로 한다는 식이었습니다. 한편으로 숙소가 사무실에서 가까웠으므로 출퇴근까지도 회사 업무용 9인승 승합차를 이용했으며, 일당직으로 일한 3개월 동안 본인과 반 티 사이에는 어떤 압력이나 말썽도 없었습니다. 다만 반 티가 고용관계를 일방적으로 해지할 의사를 비쳤을 때, 본인은 일손이 모자라던 판이라 월급액을 다소나마 상향 조정하겠다는 언질을 주었으나, 그는 그 제안을 받아들이지 않았습니다. 그때 본인이 제시한 월급액은 90만 원이었습니다. 대체로 하루 작업량은, 이를테면 하자 감별, 코킹(caulking), 발포제와 경화제 주입 등을 기술자인 반장이 정하는 터이며, 그 일정이 빡빡한 것은 이 업종의 특성이기도 합니다. 또한 작업 환경도 대개는 지하나 천장이므로 근로조건상 좋다고 할 수는 없으나, 오히려 그 이유 때문에 일요일은 언제라도 휴무이며, 많지 않은 임금일망정 체불한 적도 없습니다. 본인은 이상의 모든 진술에 어떤 허위도 없음을 서약합니다.

준사법관은 한 사장보다 10년 이상의 연하로 보였으나, 시말서 하자를 발견잡을 듯이 뜯어 읽었다.

"보기보다 엔간히 깐깐하시군요?"

듣기에 따라서는 비아냥 같았지만, 한 사장은 대범하게 받아들였다.

"제 밥줄이 그걸 요구하는데요. 하자는 한 번으로 그쳐야 하잖습니까. 그래서 일을 맡을 때, 쌍방간에 하자보수보증보험까지 들어야 합니다."

"산재보험도 들어 있습니까?"

"예, 물론 들었습니다."

"이제 이해관계는 끝난 셈입니까?"

"누구와 말입니까?"

"반 티 말이지 누구겠습니까?"

"그와의 이해관계라면 오래전에 끝났지만 이렇게 벌금까지 물어야 할 고역을 그가 왜 하필이면 내게 떠넘기는지 도대체 알 수가 없습니다."

"여기저기서 날품도 팔고 중국 음식점에서 배달도 했다지만 그걸 취업장이라고 댈 수는 없잖겠어요. 모르지요, 무슨 말 못할 사정이 있는지. 우리는 그들의 진술을 반 이상 믿지 않습니다. 재수 없다고 치부하고 잊으세요."

"어떻게 잊습니까. 딴 건 다 놔두더라도 당장 두 달치 임금에 해당하는 벌금을 생돈으로 물어야 하게 생겼는데."

"그 사정이야 이해하지만, 우리는 그들을 이 땅에서 원천적으로 퇴치하려면, 퇴치란 말이 다소 과격할지 모르나 그렇게 틀린 말도 아니고, 어쨌든 발을 못 붙이게 만들기 위해서는 우리의 노동시장을 부분적으로 폐쇄할 수밖에 없어요. 물론 이런 일련의 조치들이 제한적이고 임시방편적이긴 하지요. 아무튼 외국인 취업자의 대량 유입으로 인한 우리 노동시장의 왜곡 현상은 심각하고, 그 점에 대해서는 일선에서 경험하신 대로 할 말이 많으실 줄 잘 알지만, 그쯤 양해해주시고요."

"그 난민이 언제쯤 강제 출국당할 예정입니까?"

"왜요, 환송하러 김포공항까지 나가시려고요?"

"아니요, 무슨 농담을, 혹시 기회가 닿으면 뭘 좀 알아보려고요."

"그게 뭡니까? 제게 말씀해보시지요."

"이것저것 많지만, 우선 그 난민이 내게 무슨 악감정이라도 있는지, 아니면 내 부하직원들에게라도 그런 걸 갖고 있는지 알고 싶어서요."

"아닐 거예요. 그쪽은 한시적으로 노동력을 팔았고, 이쪽은 노임을 제때 줬으면 그뿐이잖아요. 만에 하나 이쪽 회사는 물론이고 한국에 대해서까지 못된 악감정을 가졌다 한들 그 난민이, 난민이란 말이 두루 써먹기에 딱 좋은데요, 어쩌겠습니까. 비상한 수단을 쓰지 않는 한 그 난민은 당분간 한국에 재입국할 수 없게 돼 있어요, 말하자면 블랙리스트에 올라갔어요."

"그럼 제 소관을…"

"예, 그렇게 하세요. 참, 그 난민이 관광 비자로 입국했다가 기한이 차서 일본에 보름 동안 가 있었던 건 모르시지요?"

"금시초문인데요. 초대면 때 여권을 잠시 본 바는 있지만 앞쪽의 사진과 인적사항만 훑어보고 뒤쪽은 안 봤어요."

"그러실 거예요. 그만큼 용의주도했다는 말도 되고, 한국 실정을 잘 몰랐거나 우리 노동시장이 그나마 돈을 벌기에는 일본보다 낫다는 함의도 숨어 있어요. 어쨌든 재입국해서 이때껏 불법 체류자로서 돈도 벌고 고국에 송금도 했으니까요. 그 난민이 보기보다 아주 영악해요. 한국돈을 우습게 알고 지금 환율이 얼마냐고 따지더라니까요. 말하자면 품팔러 온 주제에도 세계 경제의 흐름을 미국쪽에다 맞추는 거시적 눈도 가졌다니 웃기잖아요. 조금만 여기 더 눌러 있었더라면 무슨 장사라도 하며 여자와 살림까지 벌였을 거예요."

보수공사를 하다 보면 하자 부분이 점점 더 커다랗게 불거지는 경우가 흔한데 꼭 그 짝이었다. 이쪽은 같잖은 직업의식으로라도 그 하자의 밑바닥까지를 발겨내야 하건만, 지수용(止水用) 화공약품의 탁월한 효능을 의심하게 만드는 차단막이 곳곳에서 나타난다. 그 차단막은 허술할 수밖에 없는 제도이기도 하고, 눈 가리고 아웅하는 식의 사람품 자체이기도 하다. 나중에는 믿을 게 하나도 없고, 건축물 전체를 허물어버리고 싶어진다. 일이 겁나는 것이 아니라 겉과 속이 철저히 다른 건축물과 흡사한 사람의 근본적인 속성이 무서워지는 것이다.

한때 한 사장은 온갖 자료를 뒤적거리며 사업보고서를 숱하게 작성해봤지만, 그렇게 도로감을 느끼기는 처음이었다. 굳이 존칭어미까지 구사한 자신의 시말서는 전적으로 가짜 같았고, 가능하다면 그 종이쪽을 반 티의 면전에서 찢어버리고 싶었다.

한편으로 자잘한 구멍이 여기저기 뚫려 있어서 줄기차게 누수가 떨어지고, 그 누기 때문에 당연히 부식화(腐蝕化) 현상을 일으키고 있는 우리의 거대한 노동시장을 이런 식으로 땜질한다고 해서 과연 난민의 유입이 제대로 막아질지도 의심스러웠다. 난생처음으로 벌금을 물어야 하고, 불법인 줄 알면서도 난민을 썼다는 죄 아닌 죄를 덮어쓴 사정이 억울했다. 한심스럽게도 그 억울을 하소연할 곳도 없었다. 누군가가 가소롭기도 했고, 한 난민에 대한 일말의 동정도 쉬 떨쳐내버리기는 어려웠으므로 한 사장은 한참이나 멍청해졌다.

3

승합차는 부천시 외곽지대를 막 벗어나고 있다. 해가 짧아져서 어스름이 성큼성큼 다가온다. 네온사인들도 때 이르게 명멸하건만 서울보다는 어딘가 촌스럽다. 지명만 다를 뿐 사람도 마구 뒤섞여 살고, 어슷비슷한 건축물이 줄지어 이어져 있는데 서울과 지방은 그 외양부터 이처럼 현격한 차이가 점점 두드러지고 있다.

사리분별을 지나치게 따지는 자신의 천성이 지겹지만, 한 사장은 제 분주한 머리 굴림을 내버려둔다. 이제는 천착기가 많은 자신의 천성 때문에 주위의 사람들이 거북해 하더라도 어쩔 수 없다는 신조로 살아간다. 남에게 손 안 벌리고, 피해 안 주고 살면 그뿐이라는 제 작은 자리 지키기에의 집착이 따분한 삶을, 일종의 또 다른 금욕주의를 억지로 장제하고 있는 것이다.

김 과장의 운전 솜씨는 점잖다. 사람은 생각을 먼저 하는 형과 말을 앞세우는 형이 있겠는데, 김 과장은 전자에 가깝다. 한 사장이 한때 직장생활을 할 때 그랬던 것처럼 김 과장은 상대방의 반응을 미리 견준다. 앞일이라 감히 알 수도 없고 선불리 장담하기도 싫지만, 그만 좋다면 한 사장은 지금의 생업을 5년쯤 후에 그에게 고스란히 물려줄 작정이다.

"황 반장을 억지로라도 부를 걸 그랬지?"

"집 부근에서 한잔 하는 게 편하대요. 마포 쪽 돼지고기 소금구이가 맛있나 봐요."

"비계 껍데기 타는 냄새야 구수하지만 그놈의 파란 연기 때문에 도통 어디로 넘어가는지도 모르잖아. 눈물을 질금질금 흘려대면 다친 눈에는 좋겠네. 눈이 제법 빨갰지?"

"괜찮대요. 아리지는 않다던데요."

"그만하기 다행이야. 최씨는 일 끝나면 바로 숙소에 돌아오나?"

최씨는 중국인 동포다. 장군과 동거한 지는 두 달째 접어든다. 그는 시방 다른 팀의 조수로 목동 현장에서 일하고 있다. 전당포를 찾아가는 착한 가장처럼 생긴 그의 껑충한 외양은 그것만으로도 사람다웠다, 첫인상은 그래서 요긴하다. 전화가 걸려오면 양재동 화훼단지의 정문 입구로 몇 시까지 나오라고 이르고, 대로 건너편에서부터 생면부지의 한 노무자 행색을 관찰하는 것도 한 사장의 중요한 일과 중 하나다.

운전대 옆에 앉아 있는 명색 고졸 학력의 장군이 수월하게 대답한다.

"여축없는 사람이에요. 지금쯤 5호선 지하철 속에 있을걸요. 믿거나 말거나지만 아들이 후내년에 북경대학에만 들어가면 이곳 생활 쫑치겠대요. 말끝마다 아들 자랑은 늘어졌는데 자기가 하얼빈에서 뭘 해 먹고 살았는지는 말 안해요. 개장사했냐고 놀리면 미친놈 그러고는 밤늦도록 티브이 앞에만 죽치고 앉았어요. 웃기는 영감이에요."

한 사장으로서는 대충 짐작도 하고, 듣기도 한 숙소의 일과 외 풍경이다.

"술도 안 마시고?"

"체질에 안 맞대요. 돈 모을 욕심 때문에 일부러 그러는 것 같애요. 담배 한 대도 꼭 두 번에 나눠 피우는데요, 머."

"부식은 제대로 챙겨 먹나?"

"주로 참치캔 따서 김치찌개 끓여 먹어요. 최씨도 그걸 좋아해요. 김치 같은 걸 담그는 솜씨를 보면 중국에서 주방장 일한 거 아닌지 모르겠어요. 자기는 딱 잡아떼고 미친놈 그러긴 하지만."

"아들 대학 공부 뒷바라지할라면 여기서 더 일해야지 돌아간다는 소리는 머야?"

"여기는 자기 마누라와 의무교대하고 자기는 북경에서 아들 밥해주고 남의 빨래라도 빨며 학비를 대겠대요. 함안인가 어디에 자기보다 불과 두 살 많은 당숙이 살고 있다지만, 겨우 밥이나 먹는 모양이대요. 파출부가 반나절 일하고 보통 2만5천 원 받고 강남의 웬만한 빌라나 아파트에서는 꼭 5천 원씩 팁을 준다니까 오전 오후로 두 탕씩 뛰면 하루 6만 원 벌이고, 대개다 일요일 빼고 하루 걸러 반나절씩 쓰니까 네 집만 물색하면 한 달에 150만 원 벌이니 지금 자기 벌이보다 두 곱절이나 낫다면서, 무슨 닭 키워 돼지 사고, 돼지 팔아 소 사는 식의 산술만 늘어놓고 있어요. 자기 어른도 살아 계시는데 일흔 넘은 노인이 쌀을 세 가마나 자전거에 싣고 30리를 왔다 갔다 한대요. 반은 중국 사람이고 반은 조선 사람이라서 그런지 어떻게 보면 이게 진짜 사람이다 싶기도 하고, 어떨 때는 사람이 되다만 짐승 같기도 해서 웃겨요."

한 사장의 속에서 뭔가가 울컥거린다.

"재밌는데… 한 달 반이 지나도록 우리가 왜 여태 그 재미를 몰랐지? 오늘 밤에는 거기 가서 고기나 구워놓고 한잔 할까? 김 과장, 어때? 다른 약속 없으면 같이 가. 쌀말이라도 팔아서 부려주고."

장군은 머리 씀씀이가 산만해도 호기심이 왕성하고, 눈썰미도 괜찮고, 눈치와 말귀도 다 빠르고, 그래서 그럴 텐데 사람과 일에 지치는 기색도 내비치지 않는 친구다. 하기야 서른 전이라 한창 시절이다. 군복무도 공군에서 격납고를 지키며 마쳤다고 한다. 일종의 방랑벽을 스스로 즐기는 형인데, 가정 형편만 제대로 돌아갔으면 이런 시절에는 외국을 돌아다니며 염문도 일궜을 법하다. 인물도 번듯하고 수더분한 말솜씨에는 낙천기가 배어 있다.

"자네는 이번 대선에 어디서 투표했나? 설마 부재자 투표 대상자는 아닐 테고."

"투표요? 관심도 없어요. 내 코가 석 잔데 누가 되든 무슨 상관이에요. 누구는 부의 공정한 분배를 선거공약으로 내걸데요. 말이나 되는 소린지. 그렇게만 된다면 그게 파라다이스라는 말이잖아요. 웃겼어. 농어촌 부채도 나라가 탕감해준다는데 말이 되요? 왜 도시 근로자 부채는 탕감 안 해줘요? 국가가 그렇게나 할 일이 없어서 남의 개인 빚 걱정까지 해주면 태평성대지요. 요즘 시골 사람들 빚내서 온천여행, 단풍관광, 동남아 해외여행 한두 번씩 안 한 사람 있는 줄 아세요?"

"어쨌든 투표권은 있다는 소리잖아?"

"있지요. 이용도 안 하는 의료보험도 꼬박꼬박 내는데요. 이산가족이 별것도 아니잖아요. 각자 살기가 바빠서 명절에 부모 형제 얼굴 보는 게 죽기보다 싫은 실정이야말로 진짜 이산가족이지요. 짐승처럼 웃도 단벌인 최씨 말이 부모 형제 사이에는 돈이 있어도 탈, 없어도 탈이래요. 있으면 있는 대로 신경 쓸 일이 많고 없으면 없는 대로 시름이 깊어진다는 거지요. 그래도 있고 신경 쓸 일이 많은 게 낫다고 하니까 나보고 또 미친놈 그러데요."

이 말 했다가 저 말 하는 정신병자처럼 수선스러운 장군의 저 말투는 한 개인의 심적, 정서적, 지적 함량 미달 탓인가, 아니면 각자의 각박한 생존 환경을 사방팔방에서 옥죄는 사회적, 정치적 제재와 속박에 지친 넋두리인가. 일거리를 찾아 떠돌아다니는 현대판 방랑자의 말투에는 그 낭만벽이 냉소를 조장하고, 그 절박성이 과장과 피상을 부추기는지도 모른다.

"여행할 여유가 있거든 빚을 갚든가, 빚내서 여행할 바에야 집에서 담배나 피우며 최씨처럼 티브이 앞에 죽치고 앉아 있으란 말이네."

"내 말이 그거에요. 기회를 만들어서라도 아무 때나 시골에 한번 가 보세요. 철철이 무슨 피난민 행렬 같은 행락객들이 떼거리로 몰려다닌다니까요. 장관이에요. 일주일씩 열흘씩 온 동네가 텅텅 비어버리는데요. 애들은 저희끼리 라면 끓여 먹고 학교 가고 그래요. 피난민 일가가 별거예요."

거의 10년 남짓이나 '대리 구상업무'에 종사한 팔자 때문인지 한 사장은 어떤 상품의 시장 점유율 같은 수치를 잘 외워버린다. 최근에도 쓰잘데없는 그런 수치 하나를 우연히 주워서 갈무리하고 있다. 개 눈에 뭣밖에 안 보인다는 말과 비슷하고, 뗄래도 시멘트 바닥의 껌처럼 달라붙은 그것은 지금도 이 지구상에는 115명 중에 한 사람꼴로 난민이 속출하고 있다는 통계수치다. 그 통계수치를 이쪽에다 대입하면 장군, 최씨, 반 티 등도 그중 하나로서 이 땅에는 대략 40만 명 정도의 난민이 서식하고 있다. 아마도 이 땅의 난민 조밀도는 내전으로 종족별 대이동이 성행하는 아프리카의 몇몇 나라와 유사한 판이다. 여기서 장군 같은 국지적 또는 시류적 난민을 예외로 치더라도 이 땅은 20세기 내내 난민의 안식처거나 간이역이었던 것은 틀림없다. 그러니 국토라는 땅 덩어리에도 소위 지정학상 팔자가 있는 셈이다. 그 박복한 팔자를 돌려세우려는 숱한 몸부림이 교과서에만 주마간산격으로 오르내리는 '자연재해성 사건'으로서의 역사다. '천재(天災)'라는 말은 전적으로 헛소리다. 광풍과 홍수를 '하늘'이 주관한다고? 그런 일을 수시로 저지르는 '하늘'은 누구인가.

잎 떨군 그린벨트는 거무충충하다. 저것을 세금으로 지가(地價) 보상해주고 풀자, 안 된다는 것이 이번 대선의 또 다른 이슈다. 당분간 안 된다는 쪽은 돈도 없잖냐며 들이대고, 풀자는 쪽은 돈이야 어떻게 융통하든 사유권 침해를 장기간 행사하는 것은 국가적 범죄라고 툴툴거린다. 명분론과 현실론의 차이점쯤 되는데, 보나마나 흐지부지되고 말 한시적 입씨름일 뿐이다. 그 덕분에 다들 말로만 섬기는 친환경론

자로서의 위선이 자못 그럴듯하다.

야경이 갑자기 요란스러워진다. 밤이라도 외교안보연구원만큼은 누수 현상이 안 비쳤으면 좋겠다. 구명도생하려고 밤에만 야산을 헤매며 북으로 활로를 뚫던 무장공비의 정조준 사격에 대공 정보 담당 육군 대령이 즉사한 해프닝을 팔자소관으로 돌린다면 이 나라의 '국방 실력'은 엉망이란 말이 아닌가. 명절 술에 불콰해진 한 사장의 형은 그것을 희비극이라고 단정했다. 게다가 송이버섯을 캐던 심마니를 쏘아죽인 무장공비의 절박한 몸부림을 상정하지 않고 남북 화해, 나아가서 평화통일을 들먹이는 것은 흑색선전술일 뿐이라고 성토하며 자작술까지 마다하지 않은 양반도 지방 국립대학의, 그것도 사범대학에서 '사회형태학과 인문지리학'을 두량하는 접장이다.

오른쪽으로 돌아가면 곧장 화훼단지가 나온다. 거기서 청계산 발치까지는 차로 불과 5분도 채 안 걸린다. 그러나 걷기에는 마땅찮고, 걷는 사람도 드물다.

때맞추어 한 사장의 가슴팍에서 핸드폰 신호음이 울어댄다. 충전이 남아 있었던 모양이다.

"아, 이 사장, 나야, 꼼짝없이 2백만 원짜리 벌금 고지설 받았어. 어떡하나 두고 보려고 과태료 물 때까지 버텨볼 속셈이야. 계속 가. 회사에 들를 거 없잖아. 아니, 직원한테 한 말이야. 회식하러 가는 중이거든. 그 난민이 여기 물정을 조금만 더 꿰찼더라면 장사라도 할 궁심이었다는데. 세금 안 내는 장사가 좀 많아. 누군 누구야. 출입국관리소 준사법관인가 먼가 하는 작자지. 외국인 근로자들의 노임 착취행태를 많이 다뤄본 솜씨라서 그런지 유식한 말을 아주 번지르르하게 잘하더라고. 공무원한테 쥐뿔이나 한 수 배울 게 머 있나. 그러려니 해야지. 차제에 난민의 생리나 이것저것 더 알아볼 생각이야. 내남없이 다 이리 치이고 저리 뜯기는 난민 신세니까. 아, 자네 모친이 그랬어? 날이야 자네가 받아. 자네 모친이 요즘 사람 훈기가 그리운 모양이지? 암, 조심조심 살아야지. 긴장을 풀지 말고. 안 뜯기고 살려면. 난민 신센데. 그래, 연락할게."

마장동의 쇠고기 먹자골목에서 이 사장과 어느 날 때 이른 저녁을 먹다가 말이 나온 김에 들여다본다고 쇠꼬리 상(上)치 한 점과 돋보기를 사 들고 이 사장의 생모를 찾아간 때는 지난 추석 밑이다. 덕분에 어지럼증에 좋다는 그 곰국을 당신 혼자서는 처치 곤란이니 아침저녁으로 와서 먹고 가라고 성화라는 이 사장의 지청구는 들었으나, 돋보기 공치사는 처음 듣는다. 추워지고 있으니 구멍 난 내복이라도 꿰매면서 돋보기를 사준 아들의 죽마고우를 떠올린 것일까. 이런저런 핑계로 밀쳐두었다가 지난 설밑에야 그의 생모를 30년 만에 뵈었을 때 한 사장은 접었다 폈다 하는 돋보기 다리에 철사가 비끄러매져 있는 것을 눈여겨봐 두었었다.

음식 솜씨가 특별한 개성댁의 말씨가 그대로 들려온다.

"기집들은 젊을 때 말이지 늙으면 보기 싫어. 나는 늙은 여편네들만 나오면 텔레비도 당장 꺼버려. 그것들은 팔자타령도 할 수 없는 추물들이잖아. 온갖 궁상만 다 처바르고. 딸도 며느리도 난 다 귀찮아. 내가 해물 많이 넣은 신선로 대령하고, 속 푸는 곰국 끓여줄 테니 날 잡아서 같이 한번 와. 술 한 상 제대로 차려줄게. 집구석에 사내가 들락거려야 훈기가 돌지. 머리도 어지럽고 가끔씩 깜빡깜빡해서 간을 두 번 세 번씩 맞추다가 동치미 국물을 소태로 만들어서 낭패야. 요즘 세상은 술상 하나도 제대로 못 보는 기집들 천지야. 아범아, 나하고 살자는 말 안 할 테니까 내 죽기 전에 밥상 차려주는 내 낙이라도 짬짬이 챙겨줘, 응?"

어느새 흙길로 들어선다. 버스가 두 대나 연이어 갈지 자 걸음으로 다가오고, 뒤따라온 버스 한 대가 신바람 난 것처럼 엉덩이를 뒤뚱거리며 지나간다. 나지막한 집들이 무리 지어 환한 불빛들을 내비치고 있는 그 너머로 민둥한 청계산 자락이 굽이굽이 울을 치고 있다. 장군의 말대로 진짜 사람 같은 '조선족' 양반이 여기에 숨어 있다니, '인가 근처'에 제대로 들어선 느낌이다. 누수 걱정을 안 해도 되는 동네라서 더욱 그런지도.

한 사장으로서는 환한 대낮에 집 계약하러 한 번 들르고 두 번째 걸음이니 밤에는 처음 오는 셈이다. 그때가 벌써 1년 전쯤이다. 지주가 작인의 부엌 살강에 숟가락이 몇 개인 것까지는 알 바 없다. 그만큼 다른 궁리가 많기도 하고 바쁘게 돌아가는 나날이다.

기와집도 보이고, 오랜만에 보는 낮은 담벼락도 새삼스럽다. 서울에는 담이 없든가, 드물게 있어도 무슨 성처럼 높다. 비닐 하우스 같은 움막을 달아낸 구멍가게의 불빛이 밥솥의 김처럼 다사롭다. 까치밥으로 남겨둔 담장 위 우죽의 감도 발가니 곱다. 서울이 지척인 곳에 이런 두메산골이 아직도 훈기를 일구고 있다.

널찍한 버스 차부를 지나자 이발소, 정육점, 선술집, 전기 재료상 겸 가전제품 수리점이 연이어 나타난다. '파마머리 전문' 미용실은 밤에도 전깃불이 훤하다. 소걸음처럼 느직거리는 행인들의 걸음걸이도 한가로워 더 시골답다. 띄엄띄엄 담벼락 위에 매달린 갓 쓴 외등이 고샅과 한길을 밝혀준다.

승합차가 느티나무 박인 공터에 멈춰 선다. 한길 쪽만 기와 얹은 낮은 블록 담장을 기역 자로 두른 철대문집의 아래채가 숙소다. 옛날로 치면 외양간인 셈이지만, 구유가 있을 자리에 연탄 아궁이를 뚫어놓은 입식 부엌이 있다. 사방에 남새밭도 널려 있고, 구릉도 두루뭉술하게 병풍을 치고 있는 오지라서 집집이 지붕 위에는 티브이 안테나가 두어 개씩 건들거린다.

"회식을 정말 숙소에서 하시려고요?"

"최씨가 곧장 온댔잖아. 고기 굽는 철판도 없어?"

"최씨야 언제라도 불러내면 되고, 프라이팬이야 있지요."

"그럼 됐어. 방에다 자리 봐. 궁상이 아니라 이것도 재미야. 김 과장, 저기 가서 고깃근도 사고 쌀도 팔아."

철대문에 붙박인 쪽문이 활짝 열려 있다. 감나무 밑의 오줌독도 그대로다. 일흔도 넘은 것 같은데 허리가 꼿꼿하던 늙은 양주는 밤마실을 갔는지 안채가 정자처럼 괴괴하다. 허리춤에서 상아 인감도장을 끄집어내서 손가락 받침으로 계약서에 도장을 찍고는 "쓸 만큼 쓰시오, 도배도 내가 했지만서도 우리야 늘 비워두고 있는 방이니께. 그런 이 떠돌아다니며 품파는 조선 사람이든 품팔러 여기까지 온 외국인이든 저 방을 늘 안 비워둬야 집에서 하는 사업이 잘 돌아간다는 증거요, 이?"라던 집주인 영감의 해학기 묻은 말씨가 우렁우렁 들려온다. 봉당처럼 움푹 꺼진 아래채 이마를 담벼락 밖의 외등이 삐딱하니 내려다본다. 숙소의 문틀 위에는 전기 계량기가 붙박여 있다.

방 안은 의외로 안온하다. 방바닥도 따스하다. 벽에 걸린 옷들이 후줄그레하다. 홀아비 냄새가 저절로 우러난다. 못대가리 중 하나에는 모택동 모자와 중들이 겨울에 쓰고 다니는 납작한 털실 모자가 당그라니 포개져 있다. 추운 데서 살아온 중늙은이의 머리쓰개다. 얼룩덜룩한 담요와 깔개 같은 이부자리 두 동이 한쪽 모서리에 각각 개켜져 있고, 그 사이에는 허름한 헝겊 가방 하나가 배를 빵빵히 불린 채로, 큼직한 배낭 하나는 훌쭉히 놓여 있다. 언제라도 정처 없이 떠날 수 있는 피난 보따리다. 문 쪽에는 채널을 손으로 비틀어 맞추는 구형 티브이가 방바닥 위에 오두마니 앉아 있고, 앙증맞은 전기밥솥도 기다란 코드 자락을 거느리고, 달 지난 월간지 같은 책들이 아무렇게나 나뒹굴고 있다. 전기밥솥은 회사 경비로 사준 것이지만 티브이 임자는 알 수 없다.

한 사장은 한쪽 이부자리에 등을 기대고 길게 앉는다. 부엌에서는 연방 장군과 김 과장이 두런거리고, 식기가 달그락거린다.

그때가 언제쯤이었는지 아슴아슴하다. 피난살이도 그럭저럭 자리를 잡았을 때였으니 초등학교 3, 4학년쯤이었을 게다. 여름방학이면 토끼풀 당번이 오전 오후로 두 사람씩 배정되어 있어서 판잣집 가교사의 울타리로 심어놓은 아카시아 잎사귀를 따서 토끼장에 수북이 쟁여두어야 했다. 방학 동안 오전에 한번, 오후에 한번 그 당번이 돌아오게 되어 있었는데, 그때도 꾀를 내어 토끼풀을 안 뜯어놓은 동무도 있었고, 당번을 숫제 빼먹는 뺀뺀이가 태반이었다.

심부름을 잘하던 소년이었던 만큼 엄마가 시키는 대로 배급통장을 지니고 빨간 줄이 팬 안남미 배급쌀을 타러 다녔다. 빨간 도장이 촘촘히 찍힌 그 배급통장은 빳빳한 누런색 종이의 인쇄물이었다. 여름에만 배급쌀을 타러 다닌 것도 이상하다. 귀가 떨어져 나갈 것처럼 춥거나 아스팔트 바닥이 녹아 고무신이 쩍쩍 달라붙던 더운 계절이 기억의 재생에는 요긴한 촉매제인지도 모른다. 신작로 길가로 내민 뿌연 양철 혓바닥에 쌀자루를 갖다 대면 안남미가 차르르 쏟아졌다. 쌀 한 말을 어깨에 메고 오는 아들이 엄마에게는 자랑이자 의지였다.

그 배급소의 뒤쪽에는 좁다란 골목이 대문도 없는 이층짜리 집채를 마주 보도록 갈라놓고 있었다. 그 막다른 골목의 아래채 끝집에는 이북 출신의 젊은 홀어미가 딸 하나를 데리고 살았다. 딸 이름은 경자였고, 밤마다 한복을 자르르 끌고 니나놋집으로 몸을 팔러 나갔다. 창틀 위에 붙인 차양 밑에서 풍로에 냄비밥을 해먹고 살던 그 경자네는 엄마에게 다달이 곗돈을 내는 산통계를 들어 미리 타 먹고는 반년 치나 안 냈다. 산통계를 깰 수는 없어서 엄마가 그 돈을 물었고, 그 빚을 받으러 사흘이 멀다 하고 도다녀오곤 했다. 아마도 그 계꾼들을 반 이상 모아준 사람도 개성댁이었을 것이다. 돈이 급해서라기보다 자식 넷만 주렁주렁 달고 힘겹게 살아가는 울산댁을 도와주려고, 또 그 핑계로 말벗이나 삼으려고 개성댁은 목돈 쓸 일이 딱히 없으면서도 두세 몫의 곗돈을 다달이 부었을 것이고, 마지막 달 치가 엄마 몫이었다. 뒷박만한 양은솥에다 닭백숙을 고아 그릇에 퍼담지도 않고 통째로 뜯어 소금에 찍어 먹으면서도 경자네는 그 곗돈을 기어코 갚지 않았다. 엄마가 가보라고 해서 왔다는 말을 어쭙잖게 건네면 경자네는 즉석에서 번번이 사흘 뒤에 오라고, 또 다음 주에는 꼭 찾아가서 갚겠다며 물리쳤다. 참으로 여수가 질기고 뻔뻔스러운 여편네였다. 누가 이기나 보자는 투로 엄마는 둘째 아들만을 그 얼굴 뽀얀 여편네에게 빚쟁이로 보냈고, 소년은 헛걸음인 줄 뻔히 알면서도 꼬박꼬박 찾아가서 그 정색한 퇴짜를 고스란히 받아들고 집으로 돌아와 일렀다.

한여름에도 방바닥에 이부자리가 깔려 있었던 걸 보면 경자네는 그 시커먼 단칸 셋방에서 딸에게 매음까지 시켰던 것일까. 그 구차스러운 삶이 어린 나이에도 벌써 한심하게 비쳤던 것은 이쪽이 빚쟁이였기 때문이었을까. 난민도 가지각색이긴 했다. 갈 때마다 계면쩍은 기색도 전혀 없고, 어설픈 웃음기마저 조금도 비치지 않던 그 홀어미의 진지한 빚 단련이 이제서야 무슨 코미디처럼 여겨지는 것은 어쩐 일인가. 그 경자네야말로 한 과수댁 난민 일가의 돈놀이 생업을 일찌감치 작파하게 만든 장본인이었는데도 말이다.

귀에 익은 칼칼한 음성이 들려온다. 부엌으로 난 외짝 방문이 빼꼼하니 열린다. 작업모를 벗은 까치집 머리 하나가 불쑥 들이민다.

"앙이, 우리 사장님께서 어인 일로 이 비편한 델 걸음하셨음메까?"

최씨는 억양도 어색하지만, 이북말 비슷하나 도무지 그 원형을 알 수 없는 괴상한 말을 쓴다. 난민이 들끓는 나라는 말씨마저 또 다른 사투리로 가지를 치는 듯하다. 휴전선 담벼락에 바싹 붙어사는 강원도의 실향민들 말씨도 그중 하나다.

"어쩌다가 바람이 일로 불었어요. 젊은 친구들한테 맡기고 최씨는 들어오세요."

"아, 예, 그럽시다래. 여기 말로는 로스구이, 생고기, 등심구이 같은 거이 많이는 멕히지만 맛은 한 수 빠집디다요. 간장 두르고 마늘 다져 넣은 불고기가 맛있아요. 잠시만 기다리시기요. 우리가 고기 재워 가

스바나에다 본 좋게 익힐 테니끼니. 야, 장군아, 자네 오늘 술복 터졌어. 날래 상부터 차려."

곧장 방 한가운데 호마이카 밥상이 펼쳐진다. 싱그러운 상추, 깻잎이 운두 낮은 양은쟁반 위에 수북하다. 연필 깎듯이 얇고 큼직큼직하게 빚은 무김치 국물이 발그레하다. 뚜껑 딴 참치캔 두 개가 통째로 놓여 있다. 잘게 썬 마늘, 기다란 풋고추, 겹속살이 나이테로 드러난 양파가 먹음직스럽다.

전기밥솥에다 청정미를 쏟아붓고 손바닥으로 물을 재는 장군의 거둠손이 많이 해본 솜씨다. 가스버너에 불을 지핀다. 양념에 잰 불고기감을 푸짐하게 담은 양푼이 부엌에서 건너온다. 땟국이 자르르 흐르는 프라이팬이 이내 부지직거린다. 최씨가 쪽마루에 걸터앉아 바짓가랑이를 털어낸다.

다들 술상 앞으로 좌정한다. 방 안이 그들먹하다. 김 과장은 배울만큼 배운 사람이라 일당 노무자들 앞에서는 가능한 한 말을 줄이지만, 요즘 시속에 때맞춰 못 배운 것들일수록 말발이 드세서 그들 앞에서는 수가 죽는 듯하다. 장군이 앞앞에 놓인 소주잔에 술을 따른다. 방주인 행세로서는 그럴듯하다. 최씨도 마지못해 잔을 받으면서 알만하다는 웃음을 동거인의 안면에다 슬쩍 끼얹는다. 최씨가 가스버너를 오지랖에 차고 바투 앉는다.

장군이 잔까지 삼킬 듯 소주를 목구멍 깊숙이 털어 넣으면서 "카아, 조흐은데, 역시나"라고 비명을 내지른다. 최씨가 불고기를 뒤적거리다가 설익었지 싶은 것을 한 움큼씩 들어낸다.

"쇠고기는 너무 익으면 단내가 나서 맛이 한 수 없시오."

한 사장은 문득 '이게 무슨 호사(好事) 취미는 아니지, 회고 취미일 리도 만무하고' 라고 속으로 자문자답한다.

장군이 의논스럽게 묻는다.

"사장님, 어때요?"

"머가? 술맛, 고기맛 다 좋고, 더욱이나 술집도 아주 제격이야. 비위 맞추는 소리가 아니라 사는 게 별거 아니다, 사람은 원래 이렇게 사는 거 아닌가 싶기도 해. 이러니 홀애비 살림이 온 사방에 지천으로 깔릴 수밖에. 무자식 상팔자가 아니라 무계집 개 팔자란 소리가 저절로 나오게 생겼어."

한 사장은 방주인에게 뭔가를 알아보려는 속내를 안 비치려고 애를 쓴다. 그래도 장군에게 술은 권한다.

"그런데 말이지요, 제가 이 방에서 아킬과 달포쯤 동거했잖아요…"

한 사장은 속으로 옳거니 하고 반색한다.

"달포? 두 달쯤이었잖아?"

김 과장이 즉각 호응하고 나선다.

"맞습니다. 6월 한 달은 반 티가 꼭 반만 살다 나가고, 9월 한 달은 꼬박 장재호씨 혼자 살았어요."

"어쨌든요. 그 누린내 나는 아킬이 말이에요, 반 티가 아주 지독한 놈이었대요."

"무슨 말이야? 호모였다는 소린가, 설마…"

"아니고요. 그 반 티가 여기서도 돈놀이를 했던 모양이에요."

"여기서라니?"

"이 땅에까지 와서요. 또 이 방에서도요. 일주일쯤 동거하고 나서부터 반 티가 아킬한테 지 돈을 쓰라고, 큰 선심이라도 쓰는 것처럼 함께 기거하는 사이니 월 5부 이자만 받겠다며 자꾸 지 돈을 꿔 쓰라고 졸라댔대요. 소주 한 병, 새우깡 한 봉지도 각자가 따로 사 먹으면서요."

"호오, 그랬어? 기문인데. 오늘 처음 듣는 소리야."

한 사장은 얼핏 유목민족과 농경민족의 차이가 이런 구석에서도 드러나는가 싶다. 물론 그들의 주거 양식의 차이가 돈타령에도 그대로 적용될 수 있는지 어떤지는 미심쩍으나, 월남인과 파키스탄인이라는 국적이 그런 선입견을 불쑥 들이민 것이다.

"그런데 아킬 말이 지네들은 돈 이자를 안 주고 안 받는다고 머 그래요. 이슬람 율법에 그렇게 돼 있대요."

"들은 것 같기도 해. 회교 신자와 불교 신자의 가치관 차이쯤 되겠네. 그래서 아킬이 반 티 돈을 돌려썼대?"

"첫 임금을 받을 때까지 십만 원인가 얼마를 빌려 쓰긴 했나 봐요. 그 통에 서로 옥신각신하다가 한동안 숫제 말도 안 하고 나중에 밥도 따로따로 해먹자 말자 했대요."

김 과장은 그야말로 중간 관리사원이라 이쪽저쪽의 눈치를 두루 살피느라고 언제라도 말을 자로 재서 하는 편이지만, 뜻밖의 기문에 탄성을 저절로 내지른다.

"어이없네. 웃기는데. 쌀이야 회사에서 제공하는데 뭘 나누고 자셔?"

"우리가 얼마씩 대줬나?"

"한 달에 쌀 두 말에 라면 두 상자씩이요. 몇 번 거르기도 했을 거예요. 한 달에 3만 원씩 주는 부식비로 지들이 대충 알아서 해결하다가 출근 때 여기로 픽업시키러 들르면 쌀 떨어졌다고 해서 사주기도 했고요."

"먹든 말든 못 박은 대로 사주지 그랬어?"

"저녁도 팀별로 이럭저럭 때우는 경우가 많으니까 일일이 챙겨줄 수도 없잖아요. 저도 사람 구하기 힘든 줄 아니까 저것들한테 한다고 했는데. 역시 외국인은 말도 많고 문제도 많아요. 말이 안 통하는 것도 불편하고요. 잘 알아듣다가도 가끔씩 모르쇠를 잡는 데는 정말 열받는다니까요."

"그거야 각오하고 썼는데 군말할 거 없지."

삐딱하게 돌아앉아 가스불만 낮췄다 올렸다 해대는 최씨의 구부정한 어깻죽지는 제주도의 돌하르방처럼 딴딴하게 굳어 있다. 어느새 방 안에는 뿌연 김이 자욱하고 들쩍지근한 고깃내도 진동한다.

왠지 수세에 몰린 것만 같은 한 사장의 눈앞에 어떤 장면이 퍼뜩퍼뜩 지나간다.

안남미 배급쌀로는 다섯 식구의 입 치레가 태부족이었다. 누나도 그랬지만 세 형제는 한창 먹을 나이였다. 학용품은커녕 헌 교과서도 제대로 못 갖추고 학교를 나다니는 형편이었다. 엄마는 밥만 먹여주면 공부는 니네들이 알아서 하라는 무간섭주의로 살았다. 지리부도 책을 꼭 사보고 싶었지만, 헌책방에서도 그것은 너무 비쌌고, 부교재여서 그것 없이도 학교 수업은 이럭저럭 때울 수 있었다. 여름방학 동안의 과제물로 식물채집본과 곤충채집 상자를 개학 날 들고 가야 했다. 뻔한 집안 사정을 훤히 꿰차고 있던 눈치꾸러기 소년은 차마 그 과제물 용품비를 달라고 떼를 쓸 수도 없었다. 개학이 닥쳐오면 한걱정이었다. 담임선생의 꾸중이나 체벌은 얼마든지 받겠다는 각오가 서 있었지만, 두 과제물을 다 제출하지 못하는 반원은 그가 유일할 것이라 동무들 보기가 부끄러웠다. 지겨운 세월이었다. 끼때마다 밥이나 겨우 먹을 수 있는 그런 세월을 곱다시 견디게 한 힘은 염치부터 터득한 네 자식의 눈치놀음과 이웃집 해산구완도 마다하지 않는 엄마의 근검절약 덕분이었다.

그런 엄마의 살림 궁량이 제대로 드러나는 대목은 아무래도 쌀 사모으기 기벽일 것이다. 엄마는 돈만 생기면 쌀, 보리쌀, 메주콩 같은 곡식을 사 모았다. 요즘 말로는 사재기일 텐데, 곡물의 품귀를 미리 대비한 난민 일가의 잗다란 생존 방침이었다. 어느 집에서 버린 미군용의 탄약 상자가 처마 밑에 진을 치고 있었고, 그 옆에는 악수하는 그림이 그려져 있던 드럼통만한 분유 종이상자도 두 개나 습기 막는 굄돌 위에 놓여 있었다. 특히나 탄약을 장기간 보관하는 데 썼지 싶은 그 미군용 상자는 거죽이 양철판인데다가 안쪽에는 두터운 판지로 싸발라서 견고하기 이를 데 없었고, 쇠고리를 힘겹게 들어올려야 열리는 뚜껑 닫는 자물쇠도 세 개나 가지런히 붙어 있는 것이었다. 크기도 엄청나서 그 속에 들어가 웅크리고 앉으면 어린애 두 명이 감쪽같이 피신할 만했다. 그 탄약 상자가 쌀 뒤주였고, 그 속에는 언제라도 쌀이 가득했다. 여름이면 그 쌀 뒤주 속에 쌀벌레가 붐빌 정도로 일어 굼실거렸다. 낮 동안에는 뚜껑을 열어놓지만, 쌀벌레 퇴치 수단으로서는 역불급이었다. 소년은 틈만 나면 쌀을 뒤적거려 굼실거리는 그 쌀벌레를 잡아내야 했다. 밑바닥 쪽으로 헤쳐갈수록 쌀벌레는 불어났고, 팔꿈치쯤 파들어 가면 아예 쌀벌레 천지였다. 다 잡아낼 수는 없었다. 어쩔 수 없이 쌀벌레가 태반인 밥을 지어야 했다. 해마다 여름이면 보리쌀과 함께 섞인 그 쌀벌레를 발겨내 가며 먹을 수밖에 없었다. 누나는 늘 찬물에 그 밥을 말아 먹었다. 쌀과 함께 푹 익은 쌀벌레가 둥둥 뜨기 때문에 건져내기가 한결 수월해서였다. 쌀벌레도 끓어대니 제발 쌀을 사 모으지 말자고, 우리도 남들처럼 옳은 밥을 지어 먹자고 통사정을 해도 엄마는 들은 체도 하지 않았다.

네 자식에게 오로지 정직, 근면, 고집, 내핍 등의 생활신조를 온몸으로 본보이며 살았던, 생이별 수를 타고난 한 과수댁의 악다구니 같은 인고의 세월에는 어떤 이념도 감히 비집고 들어갈 틈이 없었다. 세칭 '빨갱이'였던 지아비에 대한 독한 원망과 그 모질어빠진 악감정은 비등점을 향해 서로 쌍욕으로 치고받는다. 그 보복 때문에라도 고집쟁이로서의 성실한 삶만이 하루하루를 버텨내는 유일한 짝지였으니까.

나잇살을 먹으면 누구라도 삶이, 사람의 한평생이 별것도 아니라는 헐렁한 깨달음을 얼핏얼핏 간추리게 되지만, 그 각성은 당장 눈앞에서 얼쩡거리는 어떤 여유의 잔돈에 지나지 않는다. 안 죽고 살아낸 것이 천행이라고 생각할 정도로 그토록 모질게 살았다. 자랑일 수는 없으나 그렇게 살아온 사정이 드물기도 할 테고, 그만큼 귀하기도 할 것이다. 그 고지식하고 무지한, 짐승처럼 굶주림에 발버둥치며, 또 이웃에게 손을 벌리게 될까 봐 겁이 나서 조마조마하게 살아온 그런 삶을 천하다고, 궁상스럽다고 따돌린다면 세상의 모든 비극은 호들갑스러운 말장난에 불과하다.

술상 위에 잠시 뜨악한 침묵이 흐른다. 최씨가 동거인에게 술이나 마시라는 눈짓을 피운다. 최씨는 자식의 교육을 보듬으려고 기어이

술을 안 마실 모양이다. 착하게 생긴 얼굴에다 어색하게 조를 빼는 듯한 중늙은이의 처신이 무슨 일에든 찌그렁이를 부리는 이쪽 사람들의 눈에는 낯설다.

장군이 생뚱하게 침묵을 깬다.

"사장님, 담배 좀 피울게요."

"무슨 새삼스럽게, 언제는 안 피웠나."

말이 떨어지자마자 최씨는 한 방 동무에게 라이터 불까지 괴어 올리고, 장군은 그것을 당연하다는 듯이 받는다. 걸핏하면 미친놈이라고 홀닦는다더니 그 말질을 사화조로 갚는 듯하다. 말이 통하므로 그들에게는 나이 차에도 불구하고 버성김이 없다.

"현장에서야 돌아서서 자주 피웠지요. 사장님이 이 방 진짜 주인이잖아요."

"내가? 쓸데없는 소리. 등 눕히고 사는 사람이 임자지."

쌀 익는 냄새가 은은히 풍긴다. 전기밥솥인데도 밥내는 어김없이 새 나온다. 한 사장은 큼큼거리면 냄새를 들이 맡는다. 옛날의 그 밥내가 틀림없이 껴묻어 있다. 묫내 나고 찰기를 쌀벌레가 다 빨아먹어 쌀알이 푸석푸석 흩어지던 그 쌀밥도 아닌 먹거리 내음이다. 냄새야말로 저 멀리서 기억을 불러오는 가장 요긴한 매개물인 듯하다.

장군의 담배연기가 천장까지 길게 내뻗고 있다.

"더 기가 막히는 에피소드는요. 그 악착같은 반 티가 이 방으로 입주해오기 전에 잠시 일했던 구로공단의 무슨 부품 하청공장에서 한 달 친가 노임을 못 받았나 봐요. 일요일마다 그것을 받으러 다녔대요. 아킬이 그러는데 일요일만 되면 반 티가 아무 말도 없이 나갔다가 해질 때 돌아와서는 울컥불컥 짜증도 내고, 한국 사람은 다 도둑놈이네 죽일놈이네 어쩌구 욕을 퍼붓곤 했대요."

한 사장은 갑자기 날아온 알밤에 정수리가 뜨끔하다. 잠시 술기운도 간 곳 없고 눈앞이 흐릿해진다. 결국 이 말을 들으러 여기까지 왔나 싶기도 하고, 반 티에 대한 찜찜한 미련이랄지 벌금고지서가 떠오를 때마다 치미는 억울감 같은 것이 이제야 삭는 실마리를 붙잡았다는 느낌이다.

술이 약해서 얼굴부터 벌겋게 달아오른 김 과장이 묻는다.

"그래서 그 체불 노임을 결국 못 받았대?"

"못 받았겠지 머. 난들 알 수가 있나. 아킬도 잘코사니다고 히죽히죽 웃고 말던데. 나야 반 티라는 친구 얼굴도 모르지만 그 꽁한 깜상이 앙앙거리는 게 눈에 선해서 피식피식 선웃음이 저절로 나오더라고."

방 임자는 떠돌이 막벌이꾼인 주제에도 여유가 만만하다. 늙마에 갈라서네 마네로 수년째 찌그럭거리긴 해도 양친이 구존하고 있는 덕분인지, 이 땅의 임금노동자 삶이 의외로 푹한 구석도 있어서 그럴 터이다. 한 사장에게는 난민답잖은, 그 절박성을 어떤 식으로든 묽게 줄 여가는 장군의 그 너그러움이 미쁘게 비친다.

"노임 체불하는 인간들은 원래 싹수부터 다르잖아. 진작 줄 사람은 빚을 내서라도 준다고. 빚 떼먹을 인간이 안 갚겠다는 말을 하는 줄 알아, 절대로 그러는 법이 없지."

"그게 좋은 말로 장기 체불이고, 임금 장기 유용이지."

"노임 소유권 불이양이고, 임금 부당 점유권 행사고."

김 과장이 어른스럽게 최씨를 끌어들인다.

"최평규 씨는 우리 이 말을 제대로 알아들어요?"

"알아듣다마다요. 조선 사람이 우리말을 못 알아들으면 그게 귀머거리지 멉네까. 우리 아바지도 아직 귀가 멀쩡한데."

"중국은 사회주의 국가라서 임금 체불 타령 같은 것은 없을 거 아니에요?"

"사회주의 국가에서는 돈도 없고 밥도 안 먹고 산답네까. 우리도 60년대 말, 70년대 초에 하방(下放)이 지방 골골마다 우루루 쏟아질 때, 일 시키고 인민폐는커녕 배급쌀도 안 주고, 그런 경우 없는 천대를 많이 당했시오. 아주 혹독해시오. 생각만 해도 몸서리가 나다마다요. 그때 당시 고구마 삶아 먹고, 무밥, 나물밥 해묵으며 배 많이 곯아댔시오. 중국 사람들은 애까지 잡아먹는다는 풍문도 듣기는 했시오. 이북도 시방 그 짝이 난 모양인데 우리가 겪어봐서 그 형편이야 잘 알지요. 별거 아니에요. 누구든 겪어 보면 다 넘기게 되고, 죽을 사람은 죽고 살 사람은 살아져요. 우리 조선 사람은 엄살 호들갑이 심해요. 고작 사람 몇백 명 죽은 걸 가지고설랑. 중국 사람들은 대국이라서 그런지 허풍은 심해도 엄살은 없시오. 모르갔시오, 이제 살 만해지면 없던 엄살, 안 부리던 호들갑도 불쑥불쑥 나올란지."

나잇살 때문인지 최씨의 말이 구수하다. 웬만큼 분별을 차린 한 사장이 방금 씩둑거린 두 젊은 동년배의 얼굴을 훑고 나서 바싹 다가든다.

"그렇게나 돈을 밝힌 반 티가 엔간히도 운수가 사납네. 품팔러 남의 나라에 와서 품값까지 떼이고, 애매하게 불심검문에 걸려 강제 출국까지 당하고. 안 주는 놈한테는 못 당하지. 나도 어릴 때부터 겪어봐서 그 사정은 잘 알아. 그래도 달라는 큰걸로, 백불짜리로 여덟 장이나 갖고 있었다는데."

한 사장의 눈앞에는 영계백숙 한솥을 차고 앉은 한 난민의 뽀얀 얼굴이, 특히나 닭의 속살보다 더 하얗던 고갱이 속의 야들야들한 허벅지가 얼쩡거린다. 그 여편네의 게걸스런 식탐이 얼마나 밉살스러웠던지 제법 풍성하던 그 반나신의 몸뚱어리에 선정기가 조금도 풍기지 않았던 기억도 또렷하다.

"8백 달러요? 비행기 삯일걸요. 설마 그것뿐이었겠어요. 개네들 비행기 삯하고 칼은 꼭 가지고 다녀요."

"구로경찰서에서도 그 말은 하데. 소라도 잡을 만한 걸 갖고 있었다고."

김 과장도 들은 바가 있는지 나선다.

"명동성당에서 얼마 전에 체임, 강제 연금, 인권 유린을 해결하라고 연좌농성을 벌인 외국인 근로자들도 다들 몇백 불 몇천 불씩은 지니고 있는 알부자들이었대요. 칼도 꼭 소지하고 있었고요."

"그게 우리하고 달라요. 아킬도 총검술할 때 꽂는 군대칼만한 걸, 꼭 한 손에 들고 다니는 그 국방색 헝겊 가방 안에 넣어갖고 있었어요. 생각해보세요. 이 좁은 방에서 칼을 품은 두 친구가 서로 견원지간으로 으르렁거리며 살고, 밥도 해먹고, 잠도 잤다는 걸요."

"어째 으스스하기도 하고 우습기도 하네."

"그렇다니까요. 그래도 우리는 칼 같은 거 안 가지고도 잘 산다고, 배짱 좋게 나는 아킬 옆에서 취한 채로 잠도 자고, 돈도 얼마 있다고 지갑까지 보여주며 살았어요. 아무 탈도 안 일어나데요."

장군이 네 병째 소주의 병마개를 비틀어 딴다. 그가 반이나 마신 폭이다. 가스불을 아예 꺼버린다. 불고기가 밥상 위에 수북이 쌓인다. 최씨가 하얀 플라스틱 밥주발에다 밥을 퍼담아 앞앞에 건넨다. 권할 때마다 서너 번이나 감질나게 입술만 적시고 내려놓은 최씨의 술잔은 아직 그대로다. 이제 쉰 줄을 갓 넘긴 중년이건만 이쪽 눈으로는 고생길을 줄창 헤맨 겉늙은이로 비친다. 자제력, 인내력이 몸에 밴 사람이다. 하기야 외손자까지 봤다니 할아버지다. 저 착한 기운에 돈독이 껴묻으면 어떻게 달라질지 궁금하다. 다들 불고기 국물에 밥을 비벼 달게 먹는다. 반주를 마시는 장군의 거동이 나이답잖게 어른스럽다. 그게 그의 삶을 요약하고 있는 것 같아서 한 사장의 기분이 씁쓰레하다.

이윽고 밥숟갈을 놓으며 한 사장이 그동안 조촘조촘 속으로 공글리고 있던 말을 내놓는다.

"반 티가 임금을 못 받았다는 그 하청공장이 뭐래, 상호 말이야? 생산 품목 같은 거라도 들은 바 없어?"

"아킬도 돈 생길 일이 아닌데 남의 그런 사정까지 꼬치꼬치 불어봤겠어요. 동정은커녕 하품이나 하고 있었을 텐데요. 그건 왜요?"

"내일이라도 전화로 월남인에게 칼침 맞았다는 그 피해자가 누군지 좀 알아보려고."

그제서야 세 장정은 하나같이 뜨악한 눈길로 한 사장을 직시한다.

"설마요. 저도 얼핏 그 생각을 안 한 건 아니지만, 반 티도 그 건은 딱 잡아뗐다면서요?"

"피해자도 반 티를 보고는 아니라고 했다대. 그래도 지금에사 반 티라는 그 난민의 성정 같은 걸 대충 파악하고 보니 별 생각이 다 들어서 말이야. 혹시 지 친구를 시켜서 그랬지 않나 싶기도 하고, 왜 하필 구로공단에서 다시 배돌다 잡혔는지 그것도 의심스럽고."

"교사(教唆)요? 피해자 직업만 알아보면 그 진부(眞否)는 대번에 알겠네요. 그쪽이야 일자리 구하러 갔을 테지요."

"그 원수진 곳에 또?"

"목구멍이 포도청인데요."

최씨만 국외자로 나앉고, 국적이 같은 세 사람이 받고채기가 누글누글하다. 배부르니 성깔이 죽어버리고, 무슨 탁상공론 같기도 하다. 그래도 협의를 뜯어 맞추는 연극 대사처럼 진지하다. 비록 이해관계는 없을망정 얼굴 없는 피해자도 엄연하고, 피의자도 한때 이 방에서 잠시 기거했던 한 난민이었던 것은 분명하니까.

"아무리 돈에 눈이 어두웠기로서니 반 티가 설마 사주까지나 했을라고요."

"알 수 없잖아, 그렇게 악바리였다면서."

"혹시 말이지요, 체임 때문이 아니라 그 깜상이 돈놀이하다 돈을 못 받게 되자 빚 단련한 건 아닐까요?"

"둘 다일 수도 있을 거고. 반 티가 그 고용주에게 돈을 돌려줬을지도 모르잖아. 돈 이자 욕심에. 고용주도 그렇게 구슬렸을 수도 있을 거고."

"설마요, 애들 볼에 붙은 밥풀을 떼먹지."

"그건 몰라. 요즘 사용자가 고용인 전세 방값까지 담보 잡혀 빼먹는 경우가 흔하대. 다급해 봐, 어디든 손 내밀잖아, 체면이고 머시고 가리나."

스스로 난민 근성이 유전인자처럼 속속들이 배어 있다고 여기는 한 사장은 자신도 점점 더 어떤 피해 의식과 의심증에 들씌워지고 있음을 헤아리고 있다.

"그 피해자가 누구든 왜 우리가 월남인에게까지 칼침을 맞아야 하는 건지, 난 이게 자꾸 걸려. 아주 찜찜해서 미치겠어. 생돈으로 벌금을 물어야 해서 그런지. 그 원인이야 남녀관계 아니면 돈 시비로 인한 원한 때문일 거 아냐. 엄연히 살인미수사건이었다는데. 하기야 남의 일이고 다 끝난 일이지만. 그래도 볼일 보고 밑 안 닦은 기분인 것만은 틀림없어."

"아직 범인을 못 잡았다면 우리 경찰 입장도 마찬가지고요."

"물론이지. 그쪽도 일을 끝없이 헐렁하게 했지만 나도 이것저것, 그 피해자 사정이든 반 티의 최근 동정이나 심경을 더 세세히 알아봤어야 했는데, 내 몰라라 했어. 남의 일이라 귀찮기도 했고. 원수진 일도 없었는데 나한테만 벌금을 덤터기씌우는 반 티 그놈이 두 번 다시 보기 싫더니 막상 벌금고지서를 받고 나서야 찬찬히 생각해보니 이 사고가 남의 일이 아니야."

"사장님도 피해자인 것만은 틀림없지요. 어쨌든 난민들 등쌀이 스리쿠션으로 이 방에까지 쳐들어왔으니까요."

"정 찜찜하시면 내일이라도 경찰서로 찾아가서 그 피해자가 임금 떼먹은 사용자인지 아닌지만 알아보면 되겠네요."

"그 피해자가 지 약점을 불었겠어? 또 그런다고 살인미수사건이 해결되나. 그 깜상은 벌써 출국했을 텐데. 난민 입 하나 줄어든 것밖에 없지. 한쪽은 돈을 떼이고 이쪽은 임금을 떼먹었으니 그 돈은 고스란히 이 땅에 녹아 있는 것이고. 피해자 두 사람만 난민들 난동에 몸으로 돈으로 액땜한 거고. 살인미수사건은 미궁으로 빠지고."

연장자 한 사장이 굼뜨게 일어선다. 볼일을 보기 위해서다. 술까지 곁들인 좋은 음식을 먹었으나 그의 얼굴에는 풀기가 없다. 그의 탄식이 웬만큼 삭아 있어서 그나마 다행이다.

"여기저기 구멍이 뻥뻥 뚫려 있어. 이러니 누수가 안 새고 배겨. 집 무너질까 봐 겁나잖아. 난리야, 난리가 별건가. 난리라면 지긋지긋한데 아직도 우리는 난리, 난동에 이렇게 부대끼고 있으니. 씨발, 개판이야, 점잖은 입에 욕 나오네. 땅을 백날 파 봐, 땡전 한 푼 나오는가."

소설(小雪)이 내일모레라 밤 날씨가 쌀쌀맞다. 한쪽 모서리가 꽤 파먹힌 보름달이 흐릿하다. 그것마저도 성에 안 차고, 왠지 불안하다. 한 사장은 이런 짜증 묻은 걱정도 난민 근성일지 모른다는 생각을 챙겨둔다. 오줌독으로 떨어지는 오줌 줄기가 뿌옇고 길다. 누기 묻은 밤바람이 감나무 우듬지를 훑고 지나간다.

한 차례 진저리를 치고 나서 한 사장이 등짝 너머의 단칸방에 이른다.

"다들 나와, 떼거리로 뭉쳐서 어디든 가자고. 이차 해야지, 맥주든 소주든 더 마시자고."

남루하다고 해도 좋을 세 사내가 움막에서 꾸물꾸물 기어 나온다. 한 사장이 고샅에서 사방을 둘러본다. 공터를 중심으로 여러 갈래의 길이 뚫려 있다. 어느 길이라도 낯설다. 그래도 낯익은 것은 점점이 흩어져 있는 불빛과 잔뜩 웅크리고 있는 시커먼 집채들인데, 그 너머로 짐승의 등줄기 같은 유연한 야산 자락들이 겹겹이 둘러싸고 있으나, 방금이라도 굶주린 난민 떼거리처럼 덮쳐올 기세다. 패잔병 몰골의 한 사장이 앞장을 선다. 움푹 꺼진 오지를 빠져나가는 걸음이다. 그 뒤를 세 사내가 느직느직 따른다.

"그 길로 가면 산이에요. 피난 갈 일이 있나."

등 뒤의 간섭에 한 사장은 살길을 찾아 나선 사람답게 뒤도 돌아보지 않고 손을 훠훠 내젓는다. 난민 주제에 무작정 따라오라는 손짓 같기도 하고, 사지(死地)로 나아가는 사람의 마지막 작별 인사 같기도 하다. 달도 없어진 밤길에 그 손짓이 자맥질처럼 한동안 이어진다.

세 사내 중 하나가 어눌한 말씨를 뇌까린다.

"시방 우리가 어디로 가는 거야?"

한참이나 뜸을 들이다가 억지로 근심을 털어낸 대답이 어두운 고샅길을 열어놓는다.

"그것도 몰라요? 이 한밤중에 방수할 일이 있든지, 피난길에 나선 걸음이든지…" (319장)

↓

군소리 1 – 1953년 2월 15일, 그날은 일요일이었다. 그날 밤 겪었던 한 장면은, 수심이 가득했던 내 모친의 풀 죽은 탄식은 평생토록 잊히지 않는 정신적 외상이 되었다. 나의 지력은 그 언저리에서 멈췄거나 싹을 틔워 갔을 것이다.

군소리 2 – 모든 소설은 직접경험이나 간접경험을 적당히 조합하는 것이지만, 이른바 취재로서 쓸 말을 아무리 꼼꼼하게 간추려도 써먹을 자료는 열에 하나가 될까말까 한다. 인간의 심리도 마찬가지다. 모든 앎에서 글로 '표현'할 수 있는 것, 언어로 옮겨놓을 만한 것을 골라내기는 지난하다. 취사 분별력은 응축미와 씨름해야 하는 시작(詩作)의 본령이면서 소설의 생명수 같은 것일 텐데, 그것을 제대로 구사하는 기량이 '장르 감각'의 개발로 이어지는 듯하다.

군소리 3 – 작중의 두 직종은 한때 자주 만났던 죽마고우 둘의 생업이었다. 벌써 35년 전쯤이었는데, 두 벗님의 생사가 궁금하다. 어릴 때 체험은 몸소 겪었던 것을 가감 없이 간추려 놓았다. 풀어쓰기처럼 독해력이 더디다면 우리의 먹고 사는 방식이나 정서가 너무 달라져서 그럴 텐데, 그래서 선뜻 내물릴 수 없는 작품이다. 작품의 성취야 어떻든.

중편소설 변해

'공백'과 함께 머물기

서경석(한양대 명예교수 · 문학평론가)

중편소설에 대한 작가 김원우의 꾸준한 관심은 우리 현대 소설사에서 단연 이채롭거니와 그 규모 면에서도 여러 권의 중편소설 선집이 가능하다는 점에서 독보적이다. 또한 작가가 성취한 중편소설의 미학적 수준, 즉 그 언어적인 밀도와 사회현실에 대한 언어적 응전력은 가히 최고의 수준에 가닿아 있다고 해도 과언이 아니다. 중편소설로도 사회현실에 대해 깊이 있는 재현과 진단이 가능하다는 말이 아니라 중편소설이어서 가능했다는 점이 필자의 판단이지만 창작의 자의식 속에도 이 점이 명확히 자리하고 있다고 생각한다. 『김원우 문학선집 2』이 그 미학적인 육체로서의 증거이며, 끝에 붙인 「개작본 후기 2」에서 우리는 이 소설 작품들의 창작 구조에 대해 함축적 설명과 창작방법에 대한 답을 읽게 된다.

이 선집에는 작가의 중편소설 일곱 편이 수록되어 있다. 1990년대 후반부터 2000년대 전반까지 발표된 작품이다. 포함된 작품들은 대부분 그가 대학에서 교편을 잡고 있었던 시기에 집필한 작품들이라는 작가의 언급도 특별히 참조할 만하다. 수록 작품은 「무병신음기」, 「객수산록」, 「헤매는 천사」, 「습작 비화」, 「나그네 세상」, 「샛길에서」, 「난민 하치장」. 각 소설 끝부분에 '군소리' 형식으로 작품을 마주하고 개작한 작가의 후주를 달아놓았고, 작품들에 대한 논리적으로 매우 섬세한 설명인 「개작본 후기 2」가 붙어있다. 이 「개작본 후기 2」의 내용을 새겨가며 〈선집 2〉의 의미를 조망해 보도록 하자.

이 선집에 수록된 작품들은 제목 수정을 포함하여 내용상의 개작 과정도 거친 것들이다. 작가에게 개작이란 무엇인가. 이 작품집의 의의의 중심에는 그 개작의 정도와 무관하게 '개작'에 임하는 작가의 어떤 현실관이 놓여 있다. 작가는 창작에 있어 여섯 가지 사항을 고려 대상에 넣고 있다. 인물, 정황, 삶, 현실, 풍경, 사물이 그것.

모든 작가는 무엇보다도 먼저 '그럴듯한' 소설을 쓰기 위해 (1)인물(남녀노소인데, 풀처럼 초록은 동색이라도 그 외형이 다르듯이 직업, 교양, 감정, 심리, 버릇, 생각, 욕심 등에 따라 저마다 각별한 개성을 지닌다), (2)정황(사건, 사고 같은 비일상적이고 개인적인 현장이다), (3)삶(사람살이로서의 한결같은 일상과 세상살이로서의 '남/밖'과의 관계 일체를 다룬다), (4)현실(당대의 사회적환경을 비롯하여 이념, 여론, 지역별/계층별 집단심성, 풍속 같은 것으로서 이른바 현상과 사실 일반을 다루는 근경이다), (5)풍경(원경으로서 작품들 속에 드리운 특이한 자연적 생활 조건이면서 동시에 주거 환경 같은 인위적인 공간이기도 하다), (6)사물(당대에만 널리 통하는 문물들의 선별적 조명이다) 등을 맞춤하게 얽어 맞추려고 머리를 쥐어짠다.(789면)

개성적인 인물, 그가 놓인 사건적인 정황, 그리고 남과의 관계 속에서 살며 자신을 확인하는 인물의 일상이라는 배경은 소설의 주요 삼요소라 흔히 말해진다. 그러나 이런 사항들이 주관적 환상의 세계, 편집증적인 서사로 함몰하지 않기 위해서는 그 인물이 삶의 가치 지향의 근거로 삼는 현실의 제반 풍속이나 이념이 그려져야 하고 '사물' 즉 현실 속에서 예외적 가치로 통용되는 그 이데올로기 탐구가 필수이다. 당대, 그 집단에 공통적인 어떤 '재현 체계'를 따져야 하는 것이다. 소설 장르의 고단함은 바로 이 객관 현실에 대한 언어적 탐사의 난해함에 놓여 있다.

작가는, 이런 사항들을 고려하면서 창작한다고 하여도 "파편적이고 추상적인 '현상'과 유기적이고 구체적인 '사실'의 총체로써의 '현실'을 전반적으로든 부분적으로든 파악, 감지, 이해, 해석하기는, 비유컨대 군맹무상(群盲撫象)과 얼추 비슷"하다고 지적한다. 소경이 코끼리 만진다는 비유가 현실을 인식하거나 재현하는 과정의 난해함을 표현하는 데 적합하다는 것이다. "현실을 정확하게 읽기는 실로 어렵다기보다 불가능하다." 물론 이것이 포스트모던적인 사고, '현실은 언어의 유희에 불과하며 그 파악은 기본적으로 불가능하다거나 없다'라는 명제를 정당화하는 것이 아니다. '사람살이/세상살이'의 현실 자체가 난해하기 짝이 없는 괴물이라는 말.

현실을 인식하기도 그리고 현실을 재현하기도 어렵다면 그 현실에 대한 좁은 소견과 주관적 편견만이 작동하는 것이 아닌가. 혹은 현실을 대하는 작가가 지닌 환상적인 틀만이 작동하는 것이 아닌가. 이런 한계로의 추락은 현실에 대한 정보, 그 앎 자체의 부실함도 한몫을 하지만, 그 부실함을 무시하거나 현실을 알고 있다는 착각에 기인한다고 작가는 지적한다. 두 가지 현상이 벌어진다. '현실'에 접근 불가능하다고 단정거나, 적당한 선에서 타협하는 것이다. 이것이 현실에 대한 일면적 환상을 투사하는, 주로 역사물에서 작동하는 장편 명작의 허상의 배경이다. 보잘것없는 것들이 '사실'로 부각되어 '진실'을 호도하게 되며 이외의 많은 사실은 채로 걸러지거나 망각한다. 다른 한편으로는 이러한 인식론적인 혹은 정보력의 한계에 안주하고 나름의 상상력을 더해 '세상만사' 재현의 한 방편으로 작품의 역할을 축소하는 경우이다. "그 앎 자체는 대체로 부실하기 이를 데 없거나, 그마저도 당시의 제한적 정보에 그쳐 있다는 허술한 실적이 훤히 비쳐서 난감해지는 경우가 비일비재하다. 그런데도 글쓴이 당사자는 그 부실을 짐짓 모른 체하거나 실제로 모르고 있는 경우가 허다하다(젊었을 때 쓴 작품에 그런저런 천방지축이 흔하지만, 나잇살을 먹었어도 그 허물을 모르거나, 되돌아보지 않으려는 작자가 의외로 많은 듯하다)." (790면)

이런 연유로 성실한 작가에게 개작의 필요성은 필연적이다. 현실 자체가 매우 접근하기에 복잡한 구조를 지닌다는 점에 덧붙여 인식된 현실 자체가 심지어 '공백'이 포함된 '미완의 구조'라는 점에서 더욱 그러한 것이다. 일정한 인식론 혹은 사유의 틀, 현실을 보는 안목 등은 필연적으로 자기들이 포획하지 못하는 여분을 지닌다. 정신분석에서는 이 여분의 출현을 증상이라고 표현하는데, 적대적이거나 비정합적인 요소들이어서 사유의 틀 너머에 존재한다. 예외이기도 하고 무심하게 반복되는 것들. 따라서 전체성과 그 전체성을 피해 가는 세부들 사이의 상호작용 공간이 작가 김원우 소설의 자리이다. 현실의 본질을 찾아가는 형이상학이 아니라 현실의 내적 논리를 필연적으로 방해하는 병적인 장애들에 대한 탐구인 것이다. 이런 차원에서 김원우 작품의 특성을 미리 규정하자면, 이 사회라는 좌표 속에 놓인 개인들의 자기 삶에 대한 근거, 그리고 그 관계의 필연적인 어긋남, 그 사회적 증상에 대한 탐구이다.

'증상은 미래에부터 도래한다' 는 명제는 이 지점에서 옳다. 증상의 양상이나 증상을 보는 시선이 변화한다는 것은 개인이 놓인 사회적 좌표의 변화로 인한 사회적 인식의 확대와 관련이 있다. 문제가 되는 것은 사태의 변화 속에서 감지 된다. "작가가 알고 있는 현실의 실상은 실로 보잘것없는 하나의 가상, 곧 이르는 바 대로의 '주관적 환상' 에 지나지 않는다는 경고를 유념하지 않을 도리는 '죽어도' 없게 되어 있다." '그때는 틀리지만 지금은 맞다' 거나 그 반대의 사례는 얼마든지 있다. "비근한 사례로 이승만/김구/박정희에 대한 작금의 비등한 칭송/폄훼가 시절의 변화에 따라 얼마나 달라지고 있는가를 둘러봐도 알조다. 기왕의 한국동란과 민주화 후일담을 다룬 소설이 장차 맞이해야 할 그런 두둔과 몰매도 짐작이 수월해진 판인데, 그 수난극은 우리가 최근세사와 당대 현실을 얼마나 왜곡, 오해, 자의적 해석에 겨워 살아왔는지를 자문하도록 몰아붙이고 있다."(796~797면) 말하자면 진실은 소급적으로 판명되게 되어 있다. 사건이 완결되었을 때 그 사건은 실체적으로 개념화된다. 지난 시기의 '현실' 에 대한 판단과 그 재현은, 지금의 제반 정보나 인식에 비추어 본다면 수정되어야 할 것들이 대부분이다.

작품은 이런 과정에서 발견된 그 증상의 재현이자 그에 대한 당대적 답변이다. 선집에 수록된 소설들의 제목들이 이를 압축적으로 드러낸다. 무병하지만 신음하며, 우리 사회에서 정착민이 아닌 난민으로 살며, 그것도 샛길에서 홀로 나그네로 사는 증상적인 모습이 그러하다. 작품에 드러난 증상의 양상들은 이러하다.

모계중심사회가 아니라 처족중심사회로의 행진. 미국 사회는 어떤지 몰라도 한글 문화권 안에서는. 법률적으로만 허울 좋은 부계제도를 내걸어놓고. 그 과도기적 현상으로서의 편법. 그 획책의 주무자는 장모이자 외할머니다. 겉 다르고 속 다른, 또는 물에 기름 같은 이중구조로서의 풍속. 옳은 교육의 수수는 뒷전이고 같잖은 학벌이나 챙기려는 작태가 그렇듯이.(80~81면)

역시 판에 박은 듯한 일상의 반복은 즉효약이었다. 하기야 소시민의 팽이치기 같은 '일상' 자체와 그 운신의 구조화가 이른바 '근대'의 산물이며, 그것으로부터의 궤도 이탈은 누구에게나 기휘(忌諱)의 대상임에 틀림없다. 찌뿌드드한 몸의 부조(不調)가 한결 제자리를 잡아갔고, 용을 써볼 기운도 저절로 모여들었다. 하룻밤이라도 네 활개를 쫙 펴고 숙면에 곯아떨어지고 싶은 염원이 꿈틀거렸다. 손톱과 발톱까지 깎고 대중목욕탕을 벗어나니 이미 날이 저물어 있었다.(110~111면)

다들 살 만해지자 어떻게 사는 것이 제대로 사는 것인가를 스스로 어림잡는 데 그치지 않고, (열어놓은 닭장에서 뛰쳐나온 닭들처럼) 떼 지어서 보고 듣고 지껄여야 옳게 사는 것 같다고 여기는 '구경 체험' 풍속이 만연해진 셈이었다. 시비를 따질 것도 없이 시속이 그렇다는 데야 잠자코 있는 게 까짓것이었다.(143면)

부부의 유형이 아무리 각양각색이라 할지라도 이 동상이몽의 행태만은 정확히 공통함수일지도 모른다. 이쯤에서 부부 각자의 머릿속에 그려지는 어느 특정 인물이 어떻게 매번 똑같을 수 있는가 라는 의문은 떠오르고, 선동가 자신의 실제적인 내연관계를 곧이곧대로 털어놓은 것이라면 그의 동상이몽론에서 자신의 머릿속 숫자와 그 상만큼은 위선이 아닌 셈이 된다. 사람은, 가족은, 특히나 부부는 어차피 서로가 서로를 남처럼 멀찍이 밀쳐낸 나머지 각자가 뚝뚝 떨어져서 살아가게 마련이다. 나그네 세상의 나그네 길에는 객수의 휴지가 한 순간도 있을 수 없는 것이다.(243면)

무병신음은 "개인적 생병이라기보다도 일종의 사회적 증후군"으로서의 신음이지만 병의 진단은 불가능하다. 남에게 적대적이지만 한편으로 홀로는 심적 공황상태에 빠져 자아 분열증에 이르는 알 수 없는 증상들, 이 무병신음은 인간의 본질에 관한 규정이기도 하다. 스스로를 '난민'으로, 이 곳을 난민들의 하치장으로 비유함에 이르면 사회 속에서 자기 자리를 찾지 못하는, 혹은 삶의 의미가 분별되지 않는 우리네 인간의 모습이다. 세파에 시달리며 신음하는 인간군상들, 사기꾼에게 말린 아들에게 밑도 없는 돈을 대는 노인이나, 바람나 살림 차린 남편에게 돈을 날릴까 전전긍긍하는 부인, 독일인과 결혼하여 필사적으로 노동하며 살아온 독일 파견 간호원 출신 처형 모두 생병을 앓고 있기는 마찬가지다. 작품은 이런 신음의 재현이자 이에 대한 응답이다.

특히 이 점은 작가의 작중 시선과 중편이라는 형식이 맞물리는 지점이기도 하다. 자신 역시 그 허구적 구조의 온갖 허위를 몸소 체험함에도 그 내부에 갇혀 괴로워하고 있다는 점, 그 괴로움의 환경이 치밀한 풍속적 차원의 묘사와 주석을 통해 거울처럼 제시되고 있다는 점은 중편 형식을 확보하는 계기이다. 만약 이 인물이 그 어쩔 수 없는 허무적인 내면에서 홀연히 벗어나버린다면, 사회의 총체적 형상화를 노림수로 하는 장편의 형식이 열릴지는 모르나 그야말로 단성성의 시야로 빠져들 수도 있기 때문이다. 따라서 그의 작품 특유의 이런 시선이야말로 독특한 그만의 중편 형식을 창출한 동력이다.

각 작품의 끝부분에 붙여진 '군소리' 삽입도 이 선집의 독특한 특징이다.

> **군소리 1** – 소설쓰기는 쓸거리로서의 인물, 시공간, 제목 등등을 머리로든 메모로든 간추려가면서 '빈정거리기/서늘하게/삭막한 채로' 같은 작품의 전반적인 분위기를 챙기고 다독거리는 착잡한 과정과 늘 씨름해야 한다. 소위 '아우라'라는 그것은 필경 문장/문투로 풀어내야 하는데, 언제라도 그 승강이질이 마뜩찮아 난망과 무망 사이를 헤매기 마련이다.(695~696면)

오랫동안 우리는 언어로 세상을 재현하는 일이 가능하다고 생각해왔다. 또한 언어의 화행성을 이야기하며 언어가 지닌 행위 능력을 강조해 왔다. 세계를 재현하는 매개, 그리고 '존재의 집'으로서의 언어 말이다. 전자의 경우는 세계 현상의 이면에 어떤 단단하고 실정적인, 진정한 실체가 있다고 생각하며 현상을 뚫고 본연을 드러내는 언어의 재현력을 신뢰한다. 후자의 경우, 세계는 언어에 의해 구성된다는 그 수행력에 대해 신뢰한다. 그런데 김원우의 작품에 드러나는 언어는 이들과는 이질적이다. 즉 '사물'에 접근하려는 필사적인 노력과 그 언어 행위에 대한 좌절이라는 점에서 특징적이다. "그 승강이질이 마뜩찮아 난망과 무망 사이에서 헤매기" 마련이라는 것. 그러나 이런 양상은 오히려 작품의 내재적 힘으로 작동한다고 판단된다. 언어는 결코 현실에 '적합'하지 않으며, 주체가 현실 안에서 자신을 위치 지우지 못하게 하는 근본적 불균형의 표식이다. 언어는 현실을 겨누며 분투하지만 현실의 일정부분은 언제나 공백으로 남아 있다. 이 공백은 어떤 경우는 증상으로 혹은 미래의 잠재성으로 남아 작품의 내용을 고양시킨다. 낯선 이야기 같지만 재현 논리의 붕괴를, 재현의 장과 재현불가능한 '사물' 간의 근본적 통약불가능성을 이야기하고 있는 것이다. 보바리 부인과 그녀의 연인의 첫 조우에 대한 플로베르의 묘사가 그런 사례이다. 두 연인이 마차에 타고 마부에게 그냥 도시를 돌라고 말한 이후에, 우리는 안전하게 커튼으로 가려진 배후에서 무슨 일이 진행되고 있는지에 대해 전혀 듣는 바가 없다. 그러나 그 공백은 마차 내부의 사정을 고양 시킨다. 김원우의 소설들은 내재된 '공백'과 더불어 내용 너머의 본체를 포착하는 것이다.

개작본 후기 2

조작의 최대치

모든 작가는 무엇보다도 먼저 '그럴듯한' 소설을 쓰기 위해 (1)인물(남녀노소인데, 풀처럼 초록은 동색이라도 그 외형이 다르듯이 직업, 교양, 감정, 심리, 버릇, 생각, 욕심 등에 따라 저마다 각별한 개성을 지닌다), (2)정황(사건, 사고 같은 비일상적이고 개인적인 현장이다), (3)삶(사람살이로서의 한결같은 일상과 세상살이로서의 '남/밖'과의 관계 일체를 다룬다), (4)현실(당대의 사회적환경을 비롯하여 이념, 여론, 지역별/계층별 집단심성, 풍속 같은 것으로서 이른바 현상과 사실 일반을 다루는 근경이다), (5)풍경(원경으로서 작품들 속에 드리운 특이한 자연적 생활 조건이면서 동시에 주거 환경 같은 인위적인 공간이기도 하다), (6)사물(당대에만 널리 통하는 문물들의 선별적 조명이다) 등을 맞춤하게 얽어 맞추려고 머리를 쥐어짠다. 이 '그럴듯함'의 정도에 따라 작품의 소설적 가치라기보다 그 품질의 상대적 차이가 뚜렷이 드러난다('대체로 그럴 것 같다'라고 여기는 개연적판단은 독자의 수용 능력에 따라서 저마다 다를 수밖에 없어서이다). 요컨대 어떤 생산품이라도 쓸모가 별로 없거나 엉터리라서 도무지 믿기지 않는다는 품평을 들으려는 생산자는 없을 텐데, 작가는 모름지기 위의 여섯 가지 이야기 구성 요소들을 적절하게 엉구어서, 오로지 '당대'의 말/글로써, 덧붙이면 개성적인 문투로써 올곧게 부려 놓으려고 노심초사한다.

말은 쉽지만, 우선 여섯 개의 요소를 서로 버성기지 않도록 골고루 취합, 안배해놓기도 어렵다. 그럭저럭 어떤 형용이 갖추어졌다 하더라도 이 모양새가 과연 눈앞에 보이는 '현실'과 얼마나 근사하지를 알아보는 엄정한 눈씨를 지니기도 여간 힘들지 않다. 그럴 수밖에 없는 것이 파편적이고 추상적인 '현상'과 유기적이고 구체적인 '사실'의 총체로써의 '현실'을 전반적으로든 부분적으로든 파악, 감지, 이해, 해석하기는, 비유컨대 군맹무상(群盲撫象)과 얼추 비슷해서이다. 특정 작가의 그런 터득은 아무리 좋게 보더라도 주관적 편견이거나 부분적 소견에 그치는데도, 그처럼 알거냥하는 근거는 신문이나 책 같은 활자매체나 텔레비전이나 영화 같은 영상 매체를 통해 습득한 자신의 지적 총량에 대한 자부심이 지나칠뿐더러 '나는 잘 알고 있다'라는 일방적이고 설부른 자랑이어서 그렇다.

모든 글이 철두철미 그렇듯이 소설도 작가의 지적 허영을 웬만큼 쓸어 담을 수 있는 언어 제도이긴 해도 그 앎 자체는 대체로 부실하기 이를 데 없거나, 그마저도 당시의 제한적 정보에 그쳐 있다는 허술한 실적이 훤히 비쳐서 난감해지는 경우가 비일비재하다. 그런데도 글쓴이 당사자는 그 부실을 짐짓 모른 체하거나 실제로 모르고 있는 경우가 허다하다(젊었을 때 쓴 작품에 그런저런 천방지축이 흔하지만, 나잇살을 먹었어도 그 허물을 모르거나, 되돌아보지 않으려는 작자가 의외로 많은 듯하다). 작가와 독자가, 소설과 글들이 서로 적당한 선

안에서 그러려니 하고 양해하는 이 관행이 모든 독서 행위, 독해력의 근간인데, 그 밑바닥에는 누구나 일상적으로 목격하는 만만한 '현실'을 남보다 잘 알고 있다는 '거창한 착오'가 깔려 있다. 그러므로 모든 글줄과 더불어 여러 소설은 독자에게 세상을 오해, 곡해하도록 부추기는 원인 제공자이고, 작가는 이 공공연한 '세상 이해 막간극'의 수혜자/혐의자의 너울을 덮어쓰고 있다. 관견(管見)을 자랑하는 세상사=기록물의 수많은 잘잘못을 누가 먼저 머라칼 것인가.

↓

'현실'을 정확하게 읽기는 실로 어렵다기보다 불가능하다. 그런데도 모든 글은, 어떤 종류의 소설은 '이것이 현실의 진상이야'라며 나대기를 서슴지 않는다. 하기야 그처럼 들까불지 않고서는 소설을 쓸 엄두도 못 내려니와 비록 피상적이긴 할망정 한 편의 소설이 빚어질 수조차 없다. 모르는 게 없다는 방자한 처신은 글을 쓰는 모든 인간이 일용하는 양식 같은 기본자세이므로 그 글줄은 어쩔 수 없이 숱한 결함을 숙명적으로 안고 태어난 미완의, 허점투성이의 째마리에 불과하다. 물론 상대적으로 또 부분적으로 '그럴듯한' 대목을 제법 누리는 세칭 명작들도 많지만, 엄정한 잣대를 들이대면 그 황당한 기고만장 앞에서는 민망해지는 경우도 숱하다.

소설이 들려주는 특정 분야의 정보를 추적해보면 결국 예의 그 활자/영상 매체를 통해 습득한 감성을 적당히 얼버무린 케케묵은 교양에 나름의 알량한 상상력을 덧입혀 바꿔치기한 '세상만사'인데, 그 원재료들은 드러나 있는 대로 이미 많은 '사실들'을 체로 걸러내고 남은 찌꺼기에 지나지 않는다. 쓸 것만 쓰겠다는 구실 아래 아예 과감하게

빼버린 많은 '사실들'은 당연하게도, 보는 바대로 엉성한 '기록물'의 뒤안길에 영영 묻힌다. 이것이 기록물 본연의 숙명이자 한계이며, 부실의 근거다. 따라서 그 정보의 총량은 워낙 보잘 것도 없으려니와 믿을 만한 '사실'로 엄숙히 떠올라서 널리 통하는 그 '메뚜기 한철'로서의 세력만으로도 '진실'을 꾸준히 호도하고 있는데, 이런 회로가 소위 허실상몽(虛室相蒙)하는 '역사'의 전신상이기도 하다.

오늘날처럼 가짜 정보가 진짜 정보보다 득세하는 시절에는 모든 글이, 더불어 어떤 소설도 남루한 자기 허상을 보태는 언어의 본질적 속성에 부응하는 한낱 괴뢰의 맞잡이일 수 있다. 작가나 독자나 다 같이 불충분하게 이해하고 있는 '현실'을 떠들썩한 언어로 퍼뜨리는 소설의 체신은 근본적으로 그 원재료의 미흡을 모르고 함부로 부려 놓기도 하지만, 정보를 옮기는 모든 글줄의 본질적 한계에 무지몽매한 이런 타성이야말로 '세상 읽기'을 그르치고 있다는 가설에 힘을 실어준다. 상대적으로 다소 '근사한' 현실이 좋은 소설 속에서 꿈틀거리는 실적이야 없을까만, 그것마저도 여러 정보의 수습에 조심스럽거나 미흡하다는 사실을 빠뜨리고 있지 않다는 '자성'에 기대고 있음에랴.

↓

그의 생업이 학생이거나 선생이라면 배우고 가르치는 직분만 겨우 살아 있을까, 그 전형성을 찾기도, 그와 유사한 실물을 그려내기도 거의 불가능해진 오늘의 '현상'에 어리벙벙해지고 마는 작가의 고충을 이해하자면, 예의 그 '현실' 파악력이 역불급이기도 해서 그렇지만, 실은 '다 아는 체해 버릇하는' 소설의 태생적 소임 자체와도 무관하지 않다. 그래서 '다 쓸 수 있는 것은' 쓸 필요도 없고, 요긴한 것만 골라내는 그 기량에서 '현상/사실'의 대부분이 버려지거나 날것인 채로 밥상에 올려짐으로써 옳은 먹거리가 될 수 없는 불상사가 일어난다. 다른 예로는 날마다 허랑한 언행을 일삼고 살아가는 백수건달 같은 자발적인 실업자를 주인공으로 삼는다고 하면 그 직분의 모호성 때문에라도 그 실상의 반 이상이 형상화되어 있다고 할지 모르나, 그 바쁜 위상에 (4)나 (5) 같은 요소를 덧대보면 당장에 반시대적인, '현실'과는 정확하게 겉도는 외계인이 태어나고 마는 데서도 '현상/사실'의 막강한 힘을 절감할 수 있다.

요컨대 소설은 일삼아 괴물을 조작하는 만능과는, 곧 허랑방탕한 자칭 상상력과는 거리가 멀뿐더러, 그런 장르는 다른 서사 매체에서 입신의 길을 찾아야 한다. 달리 말하면 전형성, 예외성이라는 용어의 여실한 실가가 무색하게 그 가상의 인물은 착잡하기 이를 데 없는 '현실'의 일부만을 짜깁기한 짝퉁에 불과해서 거의 쓸모가 없다. '현상/사실'을 제대로 알기가 벅차서, 아니면 누구보다 잘 안다며 떠들기가 차마 머쓱해서 공상 만발의 별세계와 거기서 서식하는 괴물을 붙좇았다면 어떤 식으로든 사람살이/세상살이에 찌그렁이를 부려야 하는 소설의 성채 앞에서 항복했다는 선언일 수 있다. '현실'을 좀 더 소상하게 알려는, 어떻든 '내 식으로나마' 알리려는 노력을 지레 포기하는 트레바리가 소설을 데리고 놀려다가 그 등 뒤에서 점점 더 작아지는 실상은 정보량의 과다를 따지는 오늘의 세상과는 아무런 관계도 없을 것이다.

↓

(2)와 (3)의 조작도 대개 다 위의 인물 빗어내기와 비슷한 회로를

그대로 답습하는데, 좀 찬찬한 눈길로 훑어보면 (4)와 (5)와 (6)이 예상 밖으로 소루하게 다루어지는 소설들이 흔하다. 그래도 다른 독자들의 글눈이 '과연 그럴듯하네' 하고 여기면 그 일종의 거친 문해력을 그러려니 하면서도, '봐주기로 들면' 처갓집 말뚝에 절하는 사람에게 무슨 말인들 통하겠나 싶어진다. 내친김에 덧붙이면 (4)와 (5)와 (6)이 과도하게 또는 부실하게 다뤄지거나 숫제 모르쇠로 일관하는 작품의 성마른 기상이 장르 감각의 변별에는 유효할 테고, 그런 유별남은 당대의 세계상 전반에 대한 유무식 여부를 어떤 글줄보다 분명하게 고백하거나, 점점 드세지는 저마다의 편견을 떼칠 수 없다는 하소연으로 들리지만, 물론 얼뜬 망상일 수는 있다. 부언컨대 (1)과 (2)와 (3)만 작동하는, (4)와 (5)와 (6)이 빌빌거리는 국적 불명(不明)의 작품을, 오늘의 풍속 전반에 최대한으로 무심한 여러 화제작의 고만한 실적을 장르 감각이 아닌 다른 잣대로 평가하는 기량은 아무리 좋게 보더라도 어불성설일 듯한데, 이런 가설이 설 땅은, 작금의 시류를 고려할 때 점점 더 비좁아지지 않을까 싶긴 하다. 무주공산에서의 진지한 사유가 얼마나 실가를 누릴지, 그 '멍 때리기'의 대상도 결국 '현실'의 착잡한 양상들일 텐데, 그 성취를 어떻게 믿어야 할지, 머리가 저절로 내둘린다.

그러니 소설의 기본적 골격이 그 '피상성'을 짝지 삼아 거들먹거리는 속성에 기대고 있다 하더라도 조작의 '내용'은 어차피 예의 그 '현실'의 단면만을 겨냥하면서, 이제는 알거냥하는 그 기본적 처세조차 의젓하게 휘두르면서 당대에만 잠시 통하는 미달의 지식을, 그것도 대개는 편견에 기대고 있는 고정관념을 소설이라는 양식 자체에 '속임수'로 덧칠하고, 그 자그마한 성취에 놀아나는 허영을, 그것도 일시적으로 허락할 수 있을 뿐이다.

↓

어쩔 수 없이 '현실주의'만이 잘났냐는 지청구를 들어도 쌀 대목인데, 이미 행간에도 드러나 있듯이 '현실'이란 실상은 어느 날 문득 태어난 이상한 '벌레'의 실체에도 속속들이 스며들어 있다. '현실'을 제멋대로 읽을 수 없다는 상대적인 기율이 사람살이/세상살이의 골격임이 저절로 드러남으로써 오히려 그 난해하기 짝이 없는 흉물의, 아니 그 '실상'의 여러 속태(俗態)의 막강한 덩치까지 일러준다. 여러 구구한 설명을 덧댈 것도 없이 2084년에 펼쳐질 가상의 세상을 미리 소설로 다뤄보는 예언적 서사물의 의미가 다대하다면, 그 해석의 전제는 매체 전성시대를 구가하는 '오늘'을 뼈저리게 의식함으로써 화제 부풀리기에만 종사하는 측면도 없지 않다. 어떻든 조잡한 상상력에 기댄 그런 초현실적 작품일수록 가당찮은 발상과 허름한 언사가 난무하리라는 예상은 차치하고서라도, 그 막강한 사유의 흔적을 굳이 소설로 토로하려는 장르 감각을 이해하자면 역시 시대/시류를 초월하는 만능의 줄자가 필요하지 않을까 싶기도 하다. 따지기로 들면 그 일회성 '기발'이 일상사/세상사와는 어떤 관계도, 따라서 고만고만한 의미 부여도 실없는 짓거리일 테지만, 그럼으로써 호사가 연하는 문학 연구가들의 의식 확장에 상당한 기여가 있었다면, 억지로나마 그 이중적인 '현실 왜곡'의 의의를 서둘러 재단하는 공과는 있을 듯하다.

'현실'이 예전보다 훨씬 난해해져서 도무지 이해도, 해석도 어려운 게 아니라 불가능해졌다는 비명이 모더니즘이나 포스트모더니즘 같은 자의식 만발의 선언을 부추겼다면, 그 취지에는 눈앞의 실상을 제대로 파악하기가 벅찰뿐더러 그런 천착을 피하려는 비겁과의 타협을 얼렁뚱땅 땜질하고 있다는 소행도 엿보이고, 그런 물질적/객관적 방증도 무수하다.

차라리 '다 그리려는 만용'은 한때 소설이 누린 자화자찬식 깃발이었을 텐데, 실은 '다 그릴 것도 없다'라는 선언적 맹세가 모든 기록자의 번민에 매달려서 떨어지지 않는 경고장인 데야 어쩌랴. 실은 사진도 아닌데 '사실대로'를 고집한다면 언어의 자체적 한계도 의식하지 못하는 데림추의 표본일 테고, 그 이전에 현상과 사실의 '거죽/속살'을 정확하게 발겨낼 수 있는 문장이 따라붙지 않는다는 비명부터 수습해야 할지 모른다. 하기야 '몰라서' 현대의 여러 삶과 사유 자체를 피상적으로, 아리송한 추상화로 그릴 수밖에 없다면 예의 그 출중한 자의식의 내면 풍경이 다채롭지 못한 사정부터 토로해야 할 테고, 어차피 문장/문체에의 자신감 상실은 직무유기를 자청하고 있는 국면이기도 하다.

↓

작가가 알고 있는 현실의 실상은 실로 보잘것없는 하나의 가상, 곧 이르는 바 대로의 '주관적 환상'에 지나지 않는다는 경고를 유념하지 않을 도리는 '죽어도' 없게 되어 있다. 여론/집단심성에 떠밀려 수시로 갈팡질팡하는 개별적 의식이야 잠시 접어두더라도 지금의 지적 총량이 일러주는 그 어설픈 판단조차도 한동안의 잠정적인, 그러므로 부분적인 방언에 지나지 않는다는 실례는 무수히 쏟아지고 있는 형편이다. 비근한 사례로 이승만/김구/박정희에 대한 작금의 비등한 칭송

/폄훼가 시절의 변화에 따라 얼마나 달라지고 있는가를 둘러봐도 알조다(보다시피 북한의 환상적인 조작 기술이 역사와 현실을 얼마나 왜곡하고 있는지, 그 실상은 개화기 당시의 '세상 읽기'와 그 치세력을 방불하게 한다). 기왕의 한국동란과 민주화 후일담을 다룬 소설이 장차 맞이해야 할 그런 두둔과 몰매도 짐작이 수월해진 판인데, 그 수난극은 우리가 최근세사와 당대 현실을 얼마나 왜곡, 오해, 자의적 해석에 겨워 살아왔는지를 자문하도록 몰아붙이고 있다. 이 분명한 '현상' 내지 임시적 '집단 지성'을 내가 곡해하고 있다면, 어리석기 짝이 없는 여러 종류의 글줄들보다는 해망쩍은 '시절'에다 원망을 퍼부을 수밖에 없다. 진정한 소설은 이 곡절을, 그 시비를 가려야 할 테지만.

게다가 대개의 작가는 어휘를 골라 쓰는 천품의 과부하로 말미암아 어떤 특정한 단어를 남의 책이나 사전을 통해 익히자마자 당장 써먹으려는 강박증을 주체하지 못하는데, 그런 성징의 총체가 곧 창작의욕이며, 그 후천적 기능을 자동적/기계적으로 가상의 세계 만들기에도 따와서 붙이려고 안간힘을 쓰곤 한다. 하기야 모든 글줄은, 특히나 여러 잡다한 산문의 내용은 저마다 그 부실을 원천적으로 내장하고 있는 함량 미달의, 일시적으로만 또 일부의 호응에만 그치는 운명을 감수하게 마련이고, 그런 수모가 바로 지식 자체의 자생적인 가변성/유동성 때문이기도 하다. 곧 성급한 당대 반영에 신들린 그 조급증은 모든 어휘 선택에 휘둘린 남루에 불과하므로 그 실적이야 오죽 어질더분할 것인가.

↓

이상에서 드러났듯이 소설의 '내용'에서도, 그 풀이에서도 작가가

용의주도하게 써먹을 수 있는 재료는 손가락으로 헤아릴 수 있을 정도로 적다. 적어도 이 책에 실린 중편들은, 뒤에 실은 두 편을 제외하면, 한때 교편을 잡으면서 방학 때 쓴 작품들이라서 위의 큰 분별을 촘촘히 의식하며, 또 연방 '설마 그럴 리가'를 되뇌는 한편으로 그 과점의 비율까지도 일일이 따지며 원고지를 메꿔간 흔적이 곧이곧대로 드러나 있다. 차제에 제대로 특기해 두어야 하고, 좀 더 상세한 사설을 달아두고 싶지만, 만사는 지면의 제약과 싸워야 하는 작가의 본분 때문에 역시 생략의 미덕을 누려야 하지 않을까 싶다. 이야깃거리야 어찌 되었든 그 생각을 풀어내는 기량으로서의 문장 감각은 또 다른 갈래이므로 그에 대한 분별은 차회를 기약할 수밖에 없다. — 2024년 9월, 하남에서.

습작 비화

1쇄 발행일 | 2024년 11월 05일

지은이 | 김원우
펴낸이 | 정화숙
펴낸곳 | 개미

출판등록 | 제313－2001－61호 1992. 2. 18
주소 | (04175) 서울시 마포구 마포대로 12, B-103호(마포동, 한신빌딩)
전화 | (02)704－2546
팩스 | (02)714－2365
E-mail | lily12140@hanmail.net

ISBN 979－11－90168－92－2 03810

값 30,000원

잘못된 책은 바꾸어 드립니다.